KB177578

제임스 조이스(1882~1941) C. 러프. 1918.

▲제임스 조이스 타워 아일랜드, 더블린. 이 곳 바닷가에는 18세기 프랑스 침략에 대비해 지어진 원형 포탑이 여러 개 있다. 이러한 포탑들은 그 뒤 더블린 사람들의 주거지로 쓰였고, 제임스 조이스 또한 그 가운데 하나에서 일주일을 머물렀다. 그의 소설 《율리시스》는 바로 이곳에서 이야기를 시작한다. 오늘날에는 '제임스 조이스 타워'라는 이름으로 그를 기리는 박물관이 되었다.

◀포탑 앞의 제임스 조이스

▼제임스 조이스 타워의 실내

▲〈제임스 조이스〉 로널드 설. 1962. 유명한
풍자 만화가인 로널드 설은 이 삽화에서 그를
'더블린의 언쟁꾼 연대 기록자'라 묘사했다.

▶〈율리시스〉 자필 원고

▼〈제임스 조이스〉 밈모 팔라디노. 1998.

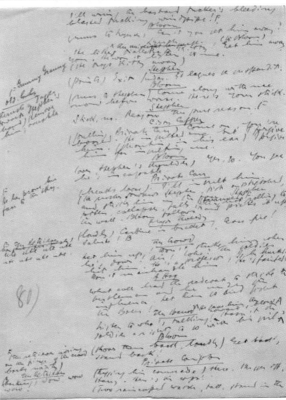

▲파리, 셰익스피어 서점의 제임스 조이스와 실비아 비치 1920. 1919년에 문을 연 이 서점에서 《율리시스》가 출간되었다. 이곳은 헤밍웨이, T.S. 엘리엇 등 최고의 작가들이 자주 찾는 장소로도 유명했다.

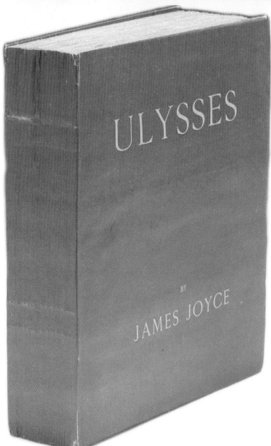

◀《율리시스》 초판본 1922.

▼셰익스피어 서점 프랑스, 파리. 1940년에 사라진 실비아 비치의 서점을 기리기 위해 1951년 새로이 만들어진 셰익스피어 서점 내부

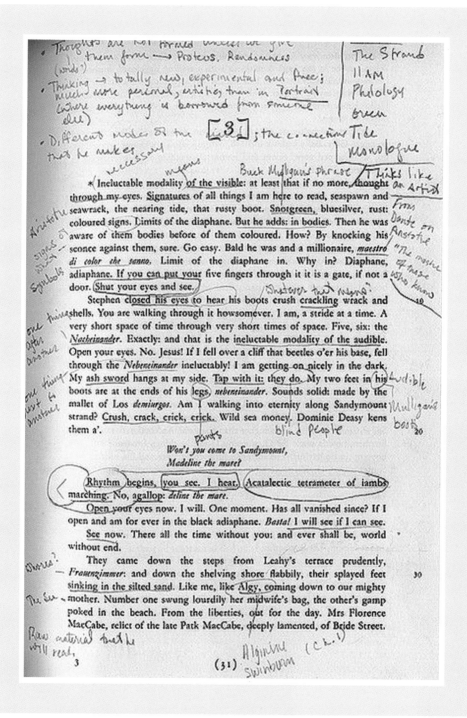

제임스 조이스의 《율리시스》 수정본 첫 단락에서 소설 가운데 유명한 구절인 '눈을 감고 보라(Shut your eyes and see.)'라는 문장을 찾을 수 있다

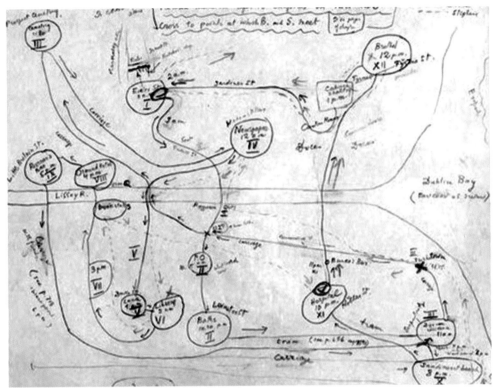

▲블라디미르 나보코프가 그린 레오폴드 블룸의 이동
경로

◀《율리시스》현대 삽화 밈모 팔라디노. 1998.

▼《율리시스》삽화 앙리 마티스. 1935.

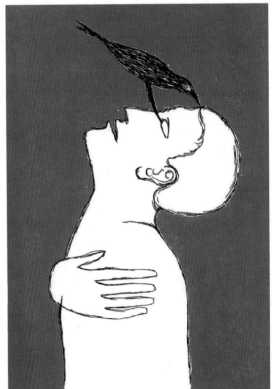

▲ **오늘날 더블린 풍경** 제임스 조이스는 자신이
나고 자란 더블린을 위한 글을 쓰는 데 온 삶을
바쳤다.

▶ 〈**제임스 조이스**〉 윈덤 루이스. 1921. 그는 조
이스를 '좀 과장해서 아일랜드인 행세를 하는,
재미있는 사람'이라 칭했다.

▼더블린 시내에 세워진 제임스 조이스 기념상

The late James Joyce, from a portrait painted in Paris by the late Patrick Tuohy, R.H.A.

Death Of James Joyce

JAMES JOYCE, the Irish writer, whose work provoked world-wide discussion, died in a Zurich hospital yesterday. Born in Dublin in 1882, he was the son of a Parnellite organiser.

He was educated at Clongowes, Belvedere, and University College, Dublin. He later went to Paris, where he studied music and medicine.

Joyce was a man of extra-ordinary energy. He never dictated his work, but wrote it laboriously, re-writing several times if necessary.

For many years he fought against failing sight, using a big red pencil, and writing letters so large that a few words filled each page.

He usually worked 14 hours a day without rest.

As a student he showed talent of a rare order. His first publication was an essay entitled "The day of the Rabblement," which was printed with Francis Sheehy-Skeffington's "A Forgotten Aspect of the University Question" in a twopenny pamphlet, now very rare, on October 15, 1901.

In 1907 he published "Chamber Music," a volume of lyrics.

His other works before going to live on the Continent included "Dubliners," a collection of stories about the capital's personalities, in 1914, and "The Portrait of the Artist as a Young Man," a semi-autobiographical work.

He left Dublin about 1916 and spent the remainder of his life on the Continent, living at various times in Rome, Trieste, Paris and Zurich.

"Ulysses," which took many years to write, was published in 1924 in Paris. Its circulation was banned in many countries on moral grounds. It provoked bitter controversy, being furiously attacked by many critics and praised as a masterpiece by others.

"Work in Progress," another publication with a Dublin back-ground appeared intermittently between 1927 and 1932.

In some of his work Joyce used the English language in such unusual forms, and without punctuation that its meaning is not always clear to the ordinary reader. It is agreed, how-ever, that earlier books, such as "Dubliners" and the "Portrait of the Artist as a Young Man" have a per-manent place in great literature."

Mr. Joyce married Nora, daughter of Thomas Barnacle, of Galway, in 1904. They had one son, and one daughter.

▲제임스 조이스를 기리기 위해 타워에 모인 아일랜드의 예술가들 1954. 소설 《율리시스》의 시간적 바탕이 되는 6월 16일은 작가 제임스 조이스와 주인공 레오폴드 블룸을 기념해 '블룸스데이'라 이름 붙여졌다.

◀제임스 조이스의 부고 기사 1941. '도발적인 작품으로 세계의 주목을 받아 온 아일랜드 작가 제임스 조이스가 어제 취리히의 병원에서 운명하다.'

▼제임스 조이스의 묘비에 세워진 흉상

JAMES JOYCE 1882-1941

세계문학전집037
James Augustine Aloysius Joyce
ULYSSES

율리시스 I

제임스 조이스/김성숙 옮김

동서문화사

일러두기

1. 이 책은 James Joyce, Ulysses(Paris, 1922)를 완역한 것이다.

2. 원본으로는 영국 초판 Ulysses(The Bodley Head, 1936)를 선택했다.

3. Hans Walter Gabler, ed., Ulysses : A Critical and Synoptic Edition(Garland Publishing Inc., 1984)과 원본을 대조하면서 번역했는데, 서로 눈에 띄게 차이나는 부분에서는 The Bodley Head 1937년 판 및 1960년 판, The Modern Library 1961년 판 등을 추가로 참고했다.

4. 원서 및 역주에 인용한 참고자료는 다음과 같다.

(a) 원서

Ulysses, The Bodley Head, 1936.

Hans Walter Gabler, ed., Ulysses : A Critical and Synoptic Edition. Garland Publishing Inc., 1984.

(b) 주석

R. W. Dent, Colloquial Language in Ulysses. University of Delaware Press, 1994.

Don Gifford, Ulysses Annotated. University of California Press, 1988.

Declan Kiberd, 'Notes' to Ulysses : Annotated Student's Edition. Penguin Books, 1992.

Weldon Thornton, Allusions in Ulysses : An Annotated List. The University of North Carolina Press, 1968.

Harry Vreeswijk, Notes on Joyce's Ulysses : Part Ⅰ(Chapter 1~3). Amsterdam : Van Gennep, 1971.

(c) 사전

The Oxford English Dictionary. The Second Edition. Oxford University Press, 1992.

패트리지 : Eric Partridge, A Dictionary of Slang and Unconventional English. 1970 Edition. The Macmillan Company, 1970.

(d) 정기 간행물

James Joyce Literary Supplement. The University of Miami.

James Joyce Quarterly. University of Tulsa.

율리시스

차례

율리시스 I

제1부

제2부

율리시스 Ⅱ

제2부 (이어서)

제3부

제임스 조이스 생애와 문학

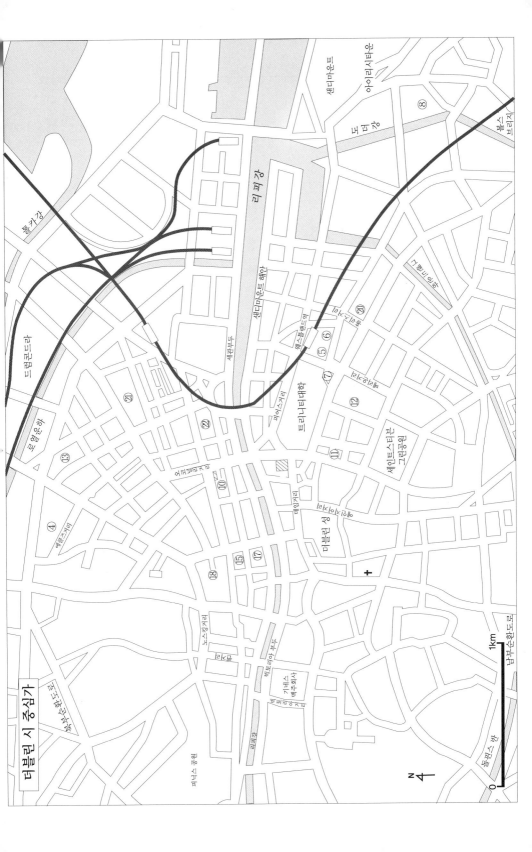

더블린 시 중심가

더블린 시 및 근교도

벨파스트
호스헤드
톨카강
글래스네빈
⑨
⑭
피닉스공원
로열운하
노블등대
리피강
아이리시 타운
풀벅등대
③샌디마운트
그랜드운하
해럴즈 크로스
⑲
⑯
더블린만
래스마인
도더강
블랙록
킹스타운
①
샌디코브
②
댈키
브레이

N

①마텔로 탑(샌디코브)
②디지교장 학교(댈키)
③샌디마운트 해안
④블룸의 집(에클즈거리 7번지)
⑤웨스틀랜드거리 우체국
⑥올 핼로스 성당
⑦링컨 광장 스위니 약국
⑧패디 디그넘의 집
⑨프로스펙트 묘지
⑩〈프리먼스 저널〉사

⑪데이비 번 가게(듀크거리)
⑫국립도서관
⑬존 콘미 신부 사제관
⑭아테인
⑮성 마리아 수도원 터
⑯왕립 더블린 협회 전시 마당(마이러스 바자회 개최지)
⑰오먼드 호텔
⑱바니 키어넌 술집
⑲바다의 별 성당
⑳국립산부인과 병원
㉑벨라 코헨의 창녀집
㉒마부 집합소

제1부

에피소드 1
TELEMACHUS
텔레마코스*1

---

*1 오디세우스와 페넬로페의 아들. 어머니와 함께 아버지가 돌아오기를 기다린다. 어머니 구혼
  자들의 횡포에 견디다 못해 아테네 여신의 인도를 받아 아버지 오디세우스를 찾아 떠난다.

줄거리

오전 8시. 더블린 시 북쪽 교외에 있는 낡은 탑 마텔로. 해적 방어를 위해 세워진 것으로, 이제는 폐물이다. 그 탑을 스티븐 디댈러스가 연 12파운드의 집세를 내고 빌려, 친구인 의학생 맬러키 멀리건과 함께 살고 있다. 거기에 옥스퍼드 대학생 헤인즈가 아일랜드 전설을 연구하기 위해 와서 이 두 사람과 어울려 머문다. 그 탑 꼭대기에서 멀리건과 스티븐이 이야기 나누는 장면으로 이 소설은 시작된다. 스티븐이 어머니가 돌아가실 때 기도해 드리지 않은 것을 두고 두 사람 사이에 대화가 오간다. (스티븐의 어머니는 죽기 전 아들에게 기도해 달라고 애원했는데, 신앙을 버린 스티븐은 이를 거절했다. 이것이 그에게 상처로 남았다) 멀리건은 조소적(嘲笑的)이고 유머러스한 성격으로 그의 부주의한 언사는 사사건건 스티븐에게 상처를 입힌다. 식사를 마치고 나선 세 사람. 스티븐의 셰익스피어론에 흥미를 느끼는 헤인즈는 걸어가면서 여러 질문을 한다. 스티븐이 학교에서 급료 받는 날임을 알고 멀리건은 12시 반에 십이라는 주점에서 만나자고 스티븐과 약속한다. 멀리건은 탑의 열쇠를 자기 것으로 만들려고 스티븐에게서 교묘하게 빼앗는다. 스티븐은 그것을 주고 다시는 탑으로 돌아가지 않으리라 결심한다.

《오디세이아》 제1장에 해당하는 이 에피소드에는, 멀리건이 스티븐을 두고 '아버지를 찾는 노아의 아들'이라고 말하는 대목이 있다. 아버지 오디세우스를 찾으러 나갈 운명을 지닌 텔레마코스의 출발이 암시된 장면이다. 그가 친아버지로부터 떨어져 유대인(블룸)을 아버지 자리에 둔 것은 조이스 자신의 상황을 암시하는 것으로 볼 수 있다. 조이스는 예이츠 등의 아일랜드 문예부흥운동에 적극적으로 참여하지 않았을 뿐만 아니라, 가톨릭을 저버리고 스위스나 파리에 살면서 국제적 작가로 활동했기 때문이다.

에피소드 1 주요인물

스티븐 디댈러스 Stephen Dedalus : 22세. 클론고우즈 우드 칼리지 로열 대학 졸업생. 디지가 경영하는 사립학교 교사. 사이먼 디댈러스의 아들. 조이스의 자전적 요소를 갖춘 인물. 조이스의 《젊은 예술가의 초상》 주인공. 어린 시절부터 받은 가톨릭의 영향에서 벗어나 문학가가 되려 한다.

벅 멀리건 Buck Mulligan : 의학생. 스티븐의 친구. 더블린 교외의 낡은 탑 마텔로에서 스티븐, 헤인즈와 함께 살고 있다. 입이 가벼운 독설가.

헤인즈 Haines : 옥스퍼드 출신 잉글랜드인. 켈트 문학 연구를 위해 더블린에 와 있다. 물에 빠져 죽을 뻔했을 때 멀리건에게 구출된 것이 인연이 되어 탑에 함께 살고 있다.

몸집이 당당한 벅 멀리건*²이 비누거품이 이는 그릇을 들고 계단 꼭대기에서 나타났다. 그릇 위에는 거울과 면도날이 십자로 포개져 놓여 있었다. 띠를 매지 않은 노란 가운이 아늑한 아침 바람을 타고 가볍게 그의 등 뒤에 두둥실 꼬리를 끌었다. 그는 그릇을 높이 쳐들고 큰 소리로 읊조렸다.

—'나 하느님의 제단으로 나아가리라.'

그는 걸음을 멈추고 어두운 나선형 계단을 내려다보며 쉰 목소리로 소리쳤다.

—올라와, 킨치. 올라와, 이 겁쟁이 예수회 수사(修士)야.

이어 엄숙한 발걸음으로 앞으로 나아가 옥상의 둥근 포상(砲床)으로 올라갔다. 그러고는 각 방향을 향해서 세 번, 이 탑*³과 주위의 땅과 잠에서 깨어나기 시작한 산들을 엄숙하게 축복했다. 그때 올라온 스티븐 디댈러스를 보자 그에게로 몸을 굽혀 목구멍이 울리는 목소리로 머리를 흔들며 연이어 공중에 십자가를 그었다. 기분이 언짢은 데다가 잠이 덜 깬 스티븐 디댈러스는 계단 난간에 양손을 얹고, 쉰 목소리로 축복해 주는 멀리건의 말처럼 길쭉한 얼굴과, 한가운데를 깎지 않은 머리*⁴를 차가운 눈으로 바라보았다.

벅 멀리건은 잠깐 거울 아래를 들여다보고는 다시 그릇 뚜껑을 닫았다.

—숙소로 돌아가! 그는 엄격한 투로 말했다.

그러고 나서 설교사와 같은 말투로 덧붙였다.

—사랑하는 사람들이여, 이거야말로 진짜 만찬회입니다. 육체와 영혼과 피와 창에 찔린 상처입니다. 음악은 느리게, 제발. 여러분 눈을 감아 주세요. 잠시 동안. 이 백혈구가 조금 안정되지 않아서요. 여러분, 조용히.

그는 비스듬히 위를 바라보고 천천히 신호와 같은 휘파람을 길게 불고 나

---

*2 조이스의 친구였던 올리버 고가티(Oliver Gogarty 1878~1957)가 그 모델.
*3 더블린 교외에 있는 마텔로 탑. 스티븐이 멀리건과 함께 살고 있다.
*4 가톨릭 신부는 머리 한가운데를 밀었다. 멀리건은 신부 흉내를 내고는 있지만 세속인이다.

샌디코브 해변에서 보이는 마텔로 탑(오른쪽)

서 잠시 황홀한 듯이 귀를 기울였다. 그의 가지런하고 하얀 이들이 군데군데 금빛으로 번쩍였다. 크리소스토모스.[5] 두 차례 날카롭고 강한 휘파람이 고요함을 뚫고 응답했다.

—어어이, 고마워! 그는 활기차게 외쳤다. 이제 됐어. 전류의 스위치를 끊어 주게.

그는 포상에서 뛰어내려 앞가슴이 벌어진 가운 자락을 다리 주위로 모으면서, 자기를 바라보고 있는 상대에게 엄숙한 눈초리를 보냈다. 포동포동한 그늘진 얼굴과 무뚝뚝한 타원형 턱이 중세 예술의 보호자인 고위 성직자를 생각나게 했다. 느낌이 좋은 미소가 조용히 그의 입술에 퍼졌다.

—참 이상해! 자네의 엉뚱한 이름 말야.[6] 마치 고대 그리스인 같아. 그는 쾌활하게 말했다.

그는 다정하게 손가락질하며 놀리더니 혼자 웃으면서 흉벽(胸壁) 쪽으로 갔다. 스티븐 디댈러스는 계단을 다 오르고 나서 귀찮다는 얼굴로 따라가다 포상 가장자리에 걸터앉았다. 그러고서 멀리건이 흉벽에 거울을 세우고 그

---

*5 황금의 입이라는 뜻. 4세기에 웅변으로 알려진 콘스탄티노플 총주교.

*6 스티븐 디댈러스라는 이름. '스티븐'은 그리스도교 최초의 순교자로 유대계 그리스인인 스테파노에서, '디댈러스'는 그리스 신화에서 건축과 공예의 명장인 다이달로스에서 나왔다.

룻에 브러시를 적셔 뺨과 목에 비누칠하는 것을 물끄러미 바라보았다.

벅 멀리건의 명랑한 목소리가 이어졌다.

—내 이름도 우스꽝스러워. 맬러키 멀리건. 강약약격(强弱弱格)이 두 개. 하지만 이것에도 그리스풍의 울림이 있잖아, 안 그래? 수사슴처럼 경쾌하고 밝은 울림이. 우리는 아테네로 가야 해. 숙모한테서 20파운드 우려 낼 수 있으면 같이 가겠나?

그는 브러시를 옆에 놓고 기쁜 듯이 웃으면서 외쳤다.

—그 사나이는 올까? 말라깽이 예수회 수사 말야!

그는 이렇게 말하고 나서 꼼꼼하게 수염을 깎기 시작했다.

—말해 줘, 멀리건. 스티븐은 조용히 말했다.

—뭘?

—헤인즈는 언제까지 이 탑에 머물 작정이지?

벅 멀리건은 어깨 너머로 깎은 뺨을 돌렸다.

—아주 싫은 녀석이야. 젠체하는 색슨 녀석! 그는 자네 같은 건 신사가 아니라고 생각하고 있어. 피비린내 나는 영국 녀석! 돈다발과 소화불량이 자랑거리야. 그것도 녀석이 옥스퍼드를 나온 덕분이지. 그런데, 디댈러스, 자네 쪽이 진짜 옥스퍼드 매너를 지니고 있어. 그는 자네를 몰라. 정말, 그래서 말인데, 내가 자네에게 붙인 별명이 딱 어울려. 비수(匕首) 킨치라는 별명 말야. 그는 솔직한 투로 말했다.

그는 조심스럽게 뺨을 밀었다.

—그는 밤새도록 흑표범에 대해서 잠꼬대를 하더군. 스티븐이 말했다. 그의 총 케이스는 어디 있지?

—가엾게도 정신이 이상해! 무서웠나? 멀리건이 말했다.

—무서웠지. 이런 캄캄한 곳에서 표범 사냥에 대해 잠꼬대하고 신음하는, 알지도 못하는 남자와 함께 살고 있다니. 자네는 물에 빠진 사람을 구해 줬어. 하지만 난 영웅이 아냐. 그 녀석이 여기에 있겠다고 하면 나는 나가겠어. 스티븐은 공포가 점점 심해지는 상태에서 힘주어 말했다.

벅 멀리건은 얼굴을 찡그리고 면도날의 비누 거품을 바라보았다. 그는 발판에서 뛰어내리더니 급히 주머니 안을 뒤지기 시작했다.

—아차! 그는 탁한 목소리로 말했다.

마텔로 탑 전경(현재 제임스 조이스 박물관)

그는 포상이 있는 쪽으로 와서 스티븐의 가슴 주머니에 손을 넣으면서 말했다.

—면도날 닦을 손수건 좀 빌려줘.

스티븐은 그가 더럽고 구겨진 손수건을 꺼내는 대로 내버려 두었다. 벅 멀리건은 면도날을 깨끗이 닦았다. 그러고 나서 손수건을 바라보면서 말했다.

—시인 나리의 손수건이군! 우리 아일랜드 시인들에게 주는 새로운 예술의 색채인 푸른 콧물 색. 핥으면 맛있겠지, 안 그래?

그는 다시 흉벽으로 올라가 더블린만(灣)을 바라보았다. 그의 참나무와 같은 엷은 빛 머리카락이 희미하게 흔들렸다.

—정말! 바다는 바로 앨지*⁷가 말한 대로 '위대한 부드러운 어머니'가 아닌가! 푸른 콧물의 바다. 불알을 조이게 하는 바다. '포도주 빛깔의 바다.'*⁸ 이봐, 디댈러스, 자네는 그리스인이 아닌가. 내 말해 두겠는데, 자네는 원어로 읽어야 해. Thalatta(바다여)! Thalatta(바다여)!*⁹ 바다는 우리의 위대

---

*7 영국의 앨저넌 찰스 스윈번(1837~1909). 유미파(唯美派) 시인.

*8 호메로스가 바다를 형용한 말.

*9 그리스어. 크세노폰의 〈아나바시스〉 제4권 제7장에서 바다를 본 병사들이 외치는 소리.

하고 감미로운 어머니야. 와서 봐. 그는 조용히 말했다.

스티븐은 일어서서 흉벽 쪽으로 갔다. 그는 흉벽에 기대어 수면을 내려다보고 킹스타운의 항구를 나가는 우편선을 바라보았다.

—우리의 힘찬 어머니야! *10 벅 멀리건이 말했다.

그는 갑자기 무엇인가 살피는 듯한 눈을 바다로부터 스티븐에게로 돌렸다.

—우리 숙모는 자네가 어머니를 죽였다고 생각하고 있어. 그래서 숙모는 내가 자네와 가까이 지내는 것을 싫어해.

—누군가가 어머니를 죽였어. 스티븐이 침울한 목소리로 말했다.

—자네는 무릎을 꿇을 수 있었지, 킨치. 어머니가 눈을 감기 전에 말야. 나도 자네와 마찬가지로 상춘국(常春國) 주민*11이지만, 그래도 자네 어머니가 마지막 숨을 거둘 때 자기를 위해 기도해 달라고 부탁했잖아. 무릎을 꿇고 기도해 달라고. 그것을 거절하다니. 자네한테는 어딘가 악마 같은 구석이 있어…….

벅 멀리건이 말을 끊고 남은 쪽 뺨에 가볍게 비누를 칠하기 시작했다. 관용의 웃음이 그의 입술을 일그러뜨렸다.

—그러나 자네는 귀여운 어릿광대 배우야. 킨치, 자네는 모든 배우 가운데 가장 귀여운 녀석이야. 그는 중얼거렸다.

그는 매끈하게, 조심해서 면도질했다. 말없이, 꼼꼼하게.

스티븐은 거칠거칠한 화강암에 팔꿈치를 괴고 손바닥으로 이마를 누른 채 자신의 번쩍거리는 검은 저고리 소매 끝을 바라보고 있었다. 고뇌가, 사랑의 고뇌라고는 말할 수 없는 고뇌가 그를 괴롭혔다. 죽은 뒤 말없이, 꿈속에서, 어머니는 그의 곁으로 왔다. 헐렁한 갈색 수의(壽衣)를 두른 그녀의 메마른 몸은 밀랍과 자단(紫檀) 냄새를 풍기고 있었다. 그에게로 덮쳐 오는, 말없이 나무라듯이 내쉬는 숨결에선 젖은 재 같은 희미한 냄새가 났다. 그의 닳아 해진 소매 너머로, 옆에 있는 멀리건이 위대한 어머니라고 한 바다가 보였다. 만과 수평선이 서로 이어져 암녹색의 물을 둘러싸고 있었다. 임종 때

---

*10 더블린의 시인이자 화가, 신학자, 연구가, 비평가인 러셀(1867~1935)의 말.

*11 hyperborean. 그리스 신화에서 극북의 이상향에 사는 사람. 니체는 《권력에의 의지》에서 그리스도교 논리를 초월한 '초인'을 가리켜 이 단어를 썼다. 여기선 스티븐을 냉혈한이라고 놀리는 데 쓰임.

마텔로 탑 옥상 방어벽에 뚫린 포문

침대 옆에 놓아둔 하얀 도자기 그릇에도 녹색의 질퍽한 담즙이 고여 있었다. 어머니는 구토의 발작이 일어날 때마다 신음하며 썩어 가는 간장에서 담즙을 토해 낸 것이다.

벅 멀리건이 다시 한 번 면도날을 훔쳤다.

─아, 가엾은 마른 개. 자네에게 셔츠와 손수건 두서너 장 주어야 할 텐데……. 그 헌 바지는 어때? 그는 부드러운 목소리로 말했다.

─응, 잘 맞아. 스티븐이 대답했다.

벅 멀리건은 아랫입술 아래 움푹한 곳을 밀기 시작했다.

─거 웃기는 일이군. 이번에는 다리 쪽도 헌 것, 아니 헌 다리가 되겠군. 어떤 매독 걸린 노숙자가 버린 것인지 몰라도 나에게 가는 무늬가 든 깨끗한 것 한 벌이 있는데 자네가 입으면 훌륭할 거야. 농담 아냐, 킨치. 옷만 제대로 입어도 자네는 정말 훌륭하게 보일 거야. 그는 만족스러운 표정으로 말했다.

─고마워. 그러나 회색이라면 입을 수 없어.[*12] 스티븐이 말했다.

─그는 입을 수가 없다는데, 예법은 예법. 그는 어머니를 눈 뜨고 죽였으

[*12] 어머니의 장례 날부터 1년 동안 상복을 입겠다고 고집하는 스티븐. 어머니는 지난해 6월 26일에 매장되었다(에피소드 17 참조).

옥상으로 통하는 가파른 나선계단

면서도 회색 바지는 입을 수가 없다는 거야. 벅 멀리건이 거울 속의 자기 얼굴에 대고 말했다.

그는 면도칼을 가지런히 접고, 매끈한 피부를 손가락으로 만져 보며 두들겼다.

스티븐은 바다로부터 눈길을 돌려, 살집 좋은 얼굴의 푸른 기가 도는 재빠른 눈동자로 옮겼다.

—간밤에 나와 함께 십[*13]에 있던 그 사나이는, 자네가 지피 아이(gpi)에 걸렸다는 거야. 그는 지금 코널리 노먼[*14]의 정신병원에 근무하고 있어. 지피아이란 치매성 전신마비래. 벅 멀리건이 말했다.

그는 거울로 공중에 반원을 그리며, 바다 위에서 번쩍번쩍 춤추는 햇빛을 반사시켜 신호를 보냈다. 깨끗하게 면도한 입술이 비쭉거리며 웃자 하얀 치열 끝이 보였다. 그의 웃음은 튼튼하고 균형 잡힌 온몸으로 퍼졌다.

—자네 얼굴을 직접 봐. 자네는 어찌할 수 없는 시인이야. 그가 말했다.

스티븐은 몸을 앞으로 굽히고 그가 내민 거울을 들여다보았다. 거울에는 깨진 틈이 나 있어 얼굴이 두 개로 갈라지고 머리카락은 곤두서 있었다. 멀리건이나 다른 녀석들에게는 이렇게 보이는 거야. 누가 이 얼굴을 내 것으로 골라 주었지? 이가 득실거리는 메마른 개 같다. 얼굴도 나에게 그렇게 묻고 있어.

—하녀 방에서 훔쳐 왔지. 하녀들에게 어울리는 물건이야. 숙모는 맬러키를 위해서 못생긴 하녀들만 둔단 말야. 그를 유혹하지 말라는 거지. 그녀의 이름은 우르술라[*15]야. 벅 멀리건이 말했다.

[*13] 스티븐과 그 친구들이 잘 가는 술집.
[*14] 아일랜드의 저명한 정신병 전문의(1853~1908). 그 무렵 리치먼드 정신병원 원장이었다.

탑 내부의 방

그는 다시 소리 내어 웃으면서, 들여다보는 스티븐의 얼굴로부터 거울을 치웠다.

—거울에 자기 얼굴이 보이지 않는 칼리번의 분노[16]야. 와일드[17]를 살아 있게 해서 자네 얼굴을 보이고 싶었어. 그는 말했다.

스티븐은 뒤로 물러나면서 거울을 손가락으로 가리키며 쓸쓸한 투로 말했다.

—이것이 아일랜드 예술의 상징이야. 하녀의 금 간 거울이.[18]

벅 멀리건은 갑자기 스티븐과 팔을 짜고 그와 함께 탑을 돌았다. 주머니에 쑤셔 넣은 면도칼과 거울이 서로 부딪쳐 소리를 냈다.

—이렇게 자네를 놀리는 건 좋지 않아, 자네가 누구보다도 고귀한 정신의 소유자라는 건 하느님이 아셔. 안 그래, 킨치? 그는 위로하듯이 말했다.

---

[15] 로마 가톨릭의 성녀 우르술라. 전설에 따르면, 그녀는 11000명의 처녀들과 함께 순례여 행을 떠났다가 순교했다고 한다.

[16] 셰익스피어의 〈템페스트〉에 나오는 추악한 괴물. 와일드의 《도리언 그레이의 초상》 서문 의 한 구절.

[17] 오스카 와일드(1854~1900). 이해보다 5년 앞서 죽었다.

[18] 와일드의 대화체 비평 〈거짓말의 부패〉(1889)에 나오는 구절. 스티븐은 영국이 주인이고 아일랜드가 하녀라고 생각한다.

또 얼버무리고 있군. 내 예술의 수술 칼이 무서운 게지. 내가 그 녀석의 그것을 무서워하는 것처럼. 냉혹한 강철 펜.*19

—하녀의 금이 간 거울이라! 그걸 아래층 옥스퍼드 녀석*20에게 말해서 1기니 짜 내는 거야. 그는 돈을 썩어 날 정도로 가졌고 자네 같은 건 신사가 아니라고 생각하니까. 그 녀석 아버지는 설사약을 줄루족(族)*21에게 팔기도 하고, 지독한 사기 따위로 현금을 삽았어. 세기랄, 킨치, 자네와 내가 함께 한다면 아일랜드를 위해 무슨 일인가를 했을 텐데. 이 나라를 그리스화(化)하는 데 말야.

크랜리*22의 팔. 이 녀석의 팔.

—그런데 그런 자네가 그런 돼지들로부터 돈을 꾸어야 하다니. 자네의 정체를 알고 있는 것은 나뿐이야. 왜 좀 더 나를 믿지 않는 거야. 나의 어디가 마음에 안 들지? 헤인즈 때문인가? 만약에 녀석이 조금이라도 여기에서 떠들어 댄다면 나는 시머를 데리고 와서 클라이브 켐소프*23가 당한 것보다 더 지독하게 그를 혼내 줄 수밖에 없어.

클라이브 켐소프의 방에서 들려오는 젊은 부자 녀석들의 외침. 창백한 얼굴*24의 족속들. 그들은 배를 거머쥐고 웃어 댄다, 서로 붙들고. 아, 숨이 끊어질 것 같다! 오브리, 내가 지금 죽는다면 어머니가 놀라시지 않도록 잘 이야기해 줘. 죽을 것 같아. 리본처럼 갈기갈기 찢긴 셔츠 자락을 펄럭이고 테이블 둘레를 비틀거리며 도망 다닌다. 뒤꿈치까지 내려온 바지에 재봉 가위를 든 마들렌의 에이디스*25에게 쫓기면서. 마멀레이드를 칠한 겁먹은 송아지 얼굴. 나는 바지 벗는 것이 싫어.*26 어이, 그런 이상한 짓은 그만둬.

열어젖힌 창문으로부터 들리는 고함 소리가 가운데 마당의 석양을 놀라게

---

*19 스티븐의 날카로운 필설(筆舌).

*20 동거인 헤인즈를 말한다.

*21 남아프리카공화국 동부 쿠아줄루 나탈주에 사는 토인.

*22 《젊은 예술가의 초상》에 나오는 스티븐의 친구. 독립운동에 가담한다. 두 사람은 자주 팔짱을 끼고 걸으면서 인생과 예술에 관해 논했다.

*23 멀리건의 옥스퍼드 대학 친구인 것 같다. 시머도 마찬가지.

*24 전통적으로 붉은 얼굴이 아일랜드인의 상징인 데 반하여 창백한 얼굴은 영국인의 것이다.

*25 에이디스가 누구인지 분명치 않다.

*26 학생들이 자기들끼리 집행하는 벌. 얄미운 친구의 바지를 벗겨 버리고 놀리는 것이다.

한다. 귀가 어두운 정원사가 앞치마를 두르고 매슈 아널드*27와 똑같은 얼굴을 하고 어두워지는 잔디 위로 잔디깎기기계를 밀고 간다. 춤추며 튕기는 풀줄기를 눈을 가늘게 뜨고 바라보면서.

우리 자신에게*28⋯⋯새로운 이교주의*29를⋯⋯ 옴팔로스.*30

—헤인즈는 머물게 내버려 둬. 곤란한 것은 밤뿐이니까. 스티븐이 말했다.

—그럼 뭐야? 말해 봐. 나는 모두 말했어. 그럼 내 어디가 마음에 안 든단 말야? 벅 멀리건이 초조한 눈빛으로 물었다.

그들은 멈춰 서서 잠자는 고래의 콧등처럼 수면에 뻗어 있는 브레이 헤드의 둥근 곶*31을 바라보았다. 스티븐은 조용히 그의 팔을 풀었다.

—말해 주었으면 하나?

—그래. 도대체 뭐지? 나는 아무것도 기억이 안 나.

그는 이야기하면서 스티븐의 얼굴을 들여다보았다. 미풍이 그의 이마를 가로질러 빗질하지 않은 금빛 머리카락을 살며시 갈랐다. 그러고는 멀리건의 눈 속에서 염려스럽게 움직이는 은빛을 흔들었다.

스티븐은 자기 목소리에 정나미가 떨어진 듯이 말했다.

—어머니가 돌아가시고, 내가 처음으로 자네 집에 간 날을 기억하나?

벅 멀리건이 순간 얼굴을 찌푸리며 말했다.

—뭐? 어디서? 전혀 생각나지 않아. 나는 생각이나 감각밖에 기억하지 못해. 어떻게 된 이야기야? 도대체 무슨 일이 있었지?

—자네는 차를 준비하고 있었지. 그래서 나는 더운 물을 가지러 계단 마루를 지나갔어. 자네 어머니가 손님과 함께 거실에서 나오시더군. 그리고 자네 방에 있는 것은 누구냐고 자네에게 물었어.

—그래? 내가 뭐라고 했지? 잊어버렸어.

---

*27 1822∼88. 영국의 비평가, 시인. 《교양과 무질서》(1869)에서 히브리 사상의 편협성을 비판하고 그리스 정신을 칭송하였다.

*28 그 시대 아일랜드 애국단체의 게일어 이름 '신 페인(우리 자신)'과 거의 비슷하다. 여기서 스티븐은 아일랜드 문예부흥운동을 생각한다.

*29 아널드가 칭송하고 스윈번이 경도된 그리스 정신을 가리킨다.

*30 멀리건은 마텔로 탑을 '옴팔로스(omphalos)'라고 곧잘 불렀다. 옴팔로스는 세상의 중심, 배꼽이란 뜻.

*31 마텔로 탑에서 남쪽으로 약 7마일 떨어진 곳에 툭 튀어나온 곳.

—자네는 이렇게 말했어. '아, 디댈러스예요. 어머니를 개처럼 죽게 한.'

벅 멀리건의 얼굴이 순간 빨개졌다. 그것 때문에 그는 여느 때보다도 더 젊고 매력적으로 보였다.

—그런 말을 했나? 그런데? 그게 뭐가 나쁘지? 그가 물었다.

그는 신경질적으로 몸을 흔들어 당혹감을 뿌리쳤다.

—죽음이란 뭐지, 그는 뇌물었다. 자네 어머니의 죽음이나 자네의 죽음이나 또 나의 죽음이나 말야. 자네는 어머니의 죽음을 보았을 뿐이야. 나는 매일 메이터 앤드 리치먼드의 병원에서 환자가 해부실에서 산산이 잘려 살 부스러기가 되는 것을 보고 있어. 그것은 동물적인 일 말고는 아무것도 아냐. 아무것도. 자네는 어머니가 임종 때 부탁했는데도 무릎을 꿇고 기도하는 것이 싫다고 했어. 왜 그랬지? 그놈의 구역질나는 예수회 수도사의 피 덕분이지. 그것이 거꾸로 흐르고 있어. 나에게는 그건 모두 웃음거리에 지나지 않아. 모두 동물적인 일! 어머니의 뇌엽(腦葉)은 잘못되어 있었어. 의사를 피터 티즐 나으리*³²라고 부르기도 하고 이불에 수놓은 꽃을 쥐어뜯기도 하셨지. 살아 있는 동안에는 기쁘게 해 드려야 해. 자네는 어머니의 임종 때 소원을 거역하면서, 내가 랄루엣 장의사에게 고용된 고용인처럼 울어 주지 않는다고 툴툴거렸어. 어리석은 일이야. 내가 정말 그렇게 말했는지도 모르지. 그러나 나는 자네 어머니의 영혼에 찬물을 끼얹을 생각은 없어.

그는 말하는 동안에 대담해졌다. 스티븐은 그의 말이 마음에 입힌 상처가 입을 벌린 것을 숨기면서 되도록 냉정하게 말했다.

—나의 어머니를 모욕했다고는 생각하지 않아.

—그럼 뭐지?

—나를 모욕한 거야.

벅 멀리건은 휙 하고 돌아서서 외쳤다.

—참 골치 아픈 친구군!

그는 흉벽을 따라 빠르게 걷기 시작했다. 스티븐은 그 자리에 선 채 잔잔한 바다를 바라보다 곶 쪽으로 눈을 돌렸다. 바다와 곶이 흐릿하게 보였다.*³³ 눈이 지끈거리고 시야가 어두워지더니 뺨에 열을 느꼈다.

─────────────

*32 더블린 태생의 극작가 셰리던(1751~1816)의 걸작 희곡인 〈욕설 학교〉에 등장하는 인물. 친절한 노신사.

탑 안에서 크게 부르는 소리가 들렸다.

—멀리건, 거기에 있나?

—지금 내려가. 벅 멀리건이 대답했다.

그는 스티븐 쪽을 보며 말했다.

—바다를 봐. 모욕 같은 걸 신경 쓰고 있나? 로욜라*³⁴와는 손을 끊어, 킨치. 인연을 끊고 내려와. 색슨 녀석이 아침밥으로 베이컨이 먹고 싶다는군.

그의 머리가 계단 위에서 잠시 멈춰, 지붕과 같은 높이가 되었다.

—온종일 우울해 할 필요 없어. 내 말은 그때뿐이야. 우거지상은 그만둬.

그의 머리는 사라졌으나 내려가면서 노래하는 그의 목소리의 여운이 계단을 떠돌았다.

  고개를 돌리고 생각에 잠기지 말아요.
  사랑의 쓰라린 신비일랑
  퍼거스*³⁵가 놋쇠 수레를 끌고 오는데.*³⁶

아침의 고요 속에서, 숲의 그림자가 그가 바라보고 있는 계단 꼭대기에서 바다 쪽으로 소리 없이 옮아갔다. 해변 근처에서 먼 바다에 걸쳐 거울 같았던 수면이 가벼운 바람의 발걸음으로 하얀 잔물결로 덮였다. 어두운 바다의 하얀 가슴. 두 개씩 얽히는 강세 음절. 하프의 현을 타는 바람의 손이 두 개의 얽히는 화음을 하나로 섞는다. 하얀 파도머리에 깃든 말들이 어두운 조수에 희미하게 빛난다.

구름이 점차 태양을 가리기 시작하더니, 이제는 완전히 덮어서 만에 그늘을 드리워, 녹색이 한층 진해졌다. 쓰디쓴 담즙을 담은 그 그릇*³⁷을 생각나

---

*33 《젊은 예술가의 초상》의 내용으로 볼 때, 스티븐이 아직 어릴 적에 유복했던 그의 가족은 (조이스 가족처럼) 브레이에 살았던 듯하다. 이 지역이 그에게 젊고 상냥했던 어머니의 모습을 연상시킨 것이리라.

*34 에스파냐의 성직자, 예수회 창설자.

*35 5세기에 아일랜드에서 이주했다고 전해지는 스코틀랜드의 왕.

*36 아일랜드 시인 예이츠(1865~1939)의 시 〈퍼거스와 함께 가는 자 누구냐〉의 두 번째 스탠자에서 인용. 뒤에 나오는 '숲의 그림자'와 '어두운 바다의 하얀 가슴'도 같은 데서 인용.

*37 성서에서 간음한 여인을 심판하는 데 쓰인 독약 종지(《민수기》5 : 11~31).

게 하는 만을 향하여 지금 그는 등을 돌렸다. 퍼거스의 노래. 집에서 나는 혼자 그 노래를 불렀지. 길고 어두운 화음을 억누르듯이. 어머니의 방문은 열려 있었다. 어머니는 나의 노래를 듣고 싶으셨던 것이다. 나는 두려움과 연민의 정으로 아무 말도 못하고 어머니 침대로 갔다. 어머니는 비참한 꼴로 침대에서 울고 계셨다. 애야, 스티븐, '사랑의 쓰라린 신비'라는 말을 들었기 때문이야.

지금은 어디에?

어머니의 비장의 물건들. 낡은 깃털부채, 사향(麝香) 가루가 뿌려진 술 장식 달린 댄스카드[*38] 묶음, 자물쇠를 채운 서랍에 넣어 둔 값싼 호박(琥珀) 목걸이. 어머니가 소녀였을 때 집 안의 햇볕 잘 드는 창에 매달았던 새장. 어머니는 로이스 노인이 〈쾌걸 터코〉에서 연기하며 노래하는 것을 듣고 다른 사람들과 함께 웃었다고 한다.

　　이 몸은
　　이내 모습을 감출 수 있는
　　젊은이로소이다.

그 환상의 즐거움은 사라졌다. 사향의 향기에 싸여…….

　　고개를 돌리고 생각에 잠기지 말아요.

추억의 물건들과 함께 그녀는 자연의 기억 속으로 사라졌다. 여러 가지 기억이 생각에 잠긴 그의 머리를 괴롭혔다. 어머니가 성체(聖體)를 배수할 때 부엌의 수도로부터 가져온 물 한 잔.[*39] 어두운 가을날 저녁, 어머니를 위해 속을 도려내고 갈색 설탕을 채워 난로 위에서 구운 사과. 아이들 셔츠에서 잡은 이를 눌러 찌푸려 피로 물들었던 어머니의 모양새 좋은 손톱.

꿈속에서 말없이 어머니는 그의 곁으로 왔다. 헐렁한 수의에 싸인 그녀의 황폐한 육체가 밀랍과 자단(紫檀)의 냄새를 풍겼다. 소리나지 않는 신비한

[*38] 무도회에서 춤을 신청한 남성들의 이름이 적힌 카드.
[*39] 경건한 신자는 미사를 드리기 전에는 식사를 하지 않는데, 그의 어머니도 그렇게 했다.

말로 그를 덮쳤던 그녀의 숨결. 젖은 재의 희미한 냄새.

나의 영혼을 뒤흔들고 굴복시키려고 죽음 속에서 바라보는 어머니의 흐릿한 눈. 나 한 사람을 향하여. 그녀의 괴로운 듯한 얼굴을 비추어 내는 죽음의 침대의 촛불. 고통으로 일그러진 얼굴 위의 유령과 같은 빛. 모두가 무릎을 꿇고 기도하는 동안 어머니의 쉰 숨결이 크게 색색거렸다. 어머니는 어떻게든 나를 무릎 꿇게 하려고 나를 바라보았다. '백합과 같은 참회자의 무리 그대를 둘러싸기를. 기쁨으로 노래하는 처녀들의 합창 그대를 맞이하기를.'[40]

망귀(亡鬼)여! 시체의 고기를 먹는 자여!

싫어요, 어머니! 저를 이대로 살게 해 줘요.[41]

―어이, 킨치.

벅 멀리건의 목소리가 탑 안에서 불렀다. 목소리는 계단을 올라오면서 다시 불렀다. 아직 자기 영혼의 외침에 겁을 먹고 있던 스티븐은 따뜻하게 흐르는 태양 빛 속에서 자기 바로 뒤에서 부르는 다정한 목소리를 들었다.

―디댈러스, 빨리 내려와. 아침밥 다 됐어. 헤인즈가 어젯밤 모두를 깨워서 미안하다는 거야. 이제 결말이 났어.

―지금 갈게. 스티븐이 돌아보며 말했다.

―그래, 예수님을 위해서라도,[42] 나를 위해서도, 모두를 위해서도 말야. 벅 멀리건이 말했다.

머리가 일단 들어갔다가 다시 나타났다.

―나는 그에게 아일랜드 예술의 상징이라는 걸 이야기해 두었어. 참 좋다고 했어. 녀석에게서 1파운드 우려내, 그래 1기니.

―오늘 아침 급료를 타. 스티븐이 말했다.

―그 교장한테서 말인가? 얼마 타지? 4파운드? 1파운드는 나에게 꾸어 줘.

―필요하다면.

―번쩍이는 금화 네 닢이라. 근사한 술판을 벌여 따분한 멍청이들을 깜짝 놀라게 해 주자. 전능하신 금화가 네 닢이시다. 벅 멀리건이 기뻐서 외쳤다.

---

[40] 임종의 어머니를 위해 해 주지 못했던 기도 문구.

[41] 배신자로서 용서해 주세요.

[42] "부탁이다", "제발"이란 뜻.

그는 두 손을 위로 쳐들고 런던 사투리로 가락도 맞지 않는 노래를 부르면서 발을 구르며 돌계단을 내려갔다.

어이, 신나게 보내자꾸나.
위스키, 맥주 그리고 포도주로
대관식에는, 내관식 그날에는
어이, 신나게 보내자꾸나.
대관식 그날에는.*43

바다 위에 춤추는 따뜻한 햇볕. 면도용 니켈 그릇이 흉벽에 잊혀진 채 번쩍이고 있었다. 왜 내가 가지고 내려가야 하지? 아니면 온종일 여기에 둘까? 잊어버린 우정의 증표로?

그는 거기까지 걸어가서 그릇을 두 손에 들어 그 차가운 기운을 느끼고 브러시를 꽂은 채로 있는 들큰한 비누 거품의 냄새를 맡았다. 나는 그 무렵, 클론고우즈*44에서 이런 식으로 배 모양의 향로를 날랐지. 지금 나는 다른 인간이 되었지만 그러나 같은 인간이기도 하다. 역시 하인이다. 하인을 섬기는 하인이다.

탑 속의 어두운 둥근 지붕 거실에서는 가운을 입은 벅 멀리건이 난로 주위를 경쾌하게 움직이고 있었다. 그때마다 노란 불꽃이 가물거렸다. 두 개의 높은 총안(銃眼)으로부터 두 줄기의 부드러운 햇살이 돌바닥 위에 비치고 있었다. 두 줄기의 빛이 만나는 곳으로 석탄의 진한 연기와 기름이 타는 냄새가 소용돌이치면서 맴돌고 있었다.

—숨이 막힐 것 같아. 헤인즈, 그 문 좀 열어 주겠나? 벅 멀리건이 말했다.

스티븐은 면도용 종지를 찬장 위에 놓았다. 몸집이 큰 사나이가 해먹에서 내려와 문 쪽으로 가서 안쪽 문을 열었다.

—열쇠는 있나? 목소리가 물었다.

—디댈러스가 가지고 있어. 제기랄, 숨이 막힐 것 같군. 벅 멀리건이 말

---

*43 1901년에 즉위한 에드워드 7세의 대관식을 노래한 축가. '대관식 축제일'은 봉급날의 속어.
*44 소년 시절에 스티븐이 다녔던 예수회 교파의 학교. 그때 스티븐은 순진하고 경건한 가톨릭교도여서 미사 때 사제를 시중들기도 했다. 《젊은 예술가의 초상》 참조.

했다.

그는 불에서 눈을 떼지 않고 소리쳤다.

—킨치!

—자물쇠에 꽂은 채로 있어. 스티븐이 가까이 오면서 말했다.

열쇠는 귀에 거슬리는 소리를 내며 두 번 돌았다. 무거운 문이 조금 열렸을 때 상쾌한 빛과 맑은 공기가 들어왔다. 헤인즈는 문간에 서서 밖을 내다보았다. 스티븐은 여행 가방을 뒤집어 들고 테이블로 가서 앉아서 기다렸다. 벅 멀리건은 옆에 있는 접시에 프라이를 던져 넣었다. 그러고 나서 접시와 큰 찻주전자를 테이블로 가져가서 무거운 듯이 내려놓고 휴! 안도의 한숨을 쉬었다.

—난 녹을 것 같아. 마치 양초가……. 아니 그만두겠어. 이런 이야기는 이제 끝. 킨치, 눈을 떠. 빵, 버터, 꿀이야. 헤인즈, 이리 와, 밥이 다 됐어. 주여, 원컨대 우리와 우리에게 내려진 이 선물을 축복해 주옵소서. 설탕은 어딨지? 제기랄, 우유가 없잖아.

스티븐은 찬장에서 빵과 꿀단지와 버터 그릇을 꺼냈다. 벅 멀리건은 언짢은 기분으로 자리에 앉았다.

—멍청한 여자야. 8시가 되면 가져오라고 했는데.

—우유 없이도 마실 수 있어. 찬장에 레몬이 있어. 스티븐이 말했다.

—자네의 쓸데없는 파리 취미는 그만둬. 내가 원하는 것은 샌디코브*45 우유야. 벅 멀리건이 말했다.

헤인즈가 문간에서 들어와서 조용히 말했다.

—그녀가 우유를 가지고 왔어.

—거 고마운 일이군. 당신에게 신의 축복을! 벅 멀리건은 의자에서 벌떡 일어서면서 외쳤다. 앉아. 차를 따라 줘. 설탕은 봉지 안에 있어. 계란이란 건 다루기가 힘들단 말야, 그는 접시의 프라이를 대충 잘라서 세 개의 작은 접시에 놓으며 말했다.

—'성부, 성자, 성령의 이름으로.'

헤인즈는 앉아서 차를 따랐다.

---

*45 더블린 시의 교외.

─설탕은 각각 두 개씩 넣겠어. 그런데 멀리건, 자네는 차를 무척 진하게 타는군. 그는 말했다.

벅 멀리건은 빵 덩어리에서 두툼하게 몇 조각 잘라 내면서 노파와 같은 간사한 목소리로 말했다.

─차를 탈 때에는 제대로 차를 타는 거야. 그로건 할멈*⁴⁶이 말한 대로. 오줌을 눌 때에는 제대로 오줌을 누고.

─이게 바로 진짜 차군. 헤인즈가 말했다.

벅 멀리건은 빵을 계속 자르면서 간사한 말투로 계속했다.

─'카힐 마나님, 정말이에요' 하고 노파가 말했지. 그러자 카힐 부인이 말하는 거야. '정말, 같은 항아리*⁴⁷로 두 가지 일을 하지 말았으면 해요.'

멀리건은 식사 동료들에게 나이프 끝에 꽂은 두툼한 빵 조각을 하나씩 내밀었다.

─이것은, 헤인즈, 자네 책에 써 넣어야 할 지방 풍속이야. 던드럼 항구*⁴⁸의 민족과 여러 어두신(魚頭神)에 관해 기술할 때에는 5행의 원문에 10페이지의 주석이 필요해.*⁴⁹ 대풍(大風)의 해*⁵⁰에 마녀 자매 이것을 인쇄하다─라고. 그는 매우 진지하게 말했다.

그는 스티븐 쪽을 돌아보고 복잡한 수수께끼를 거는 것 같은 투로 눈썹을 추켜올리면서 말했다.

─어이 형제, 그로건 할멈의 차와 소변 겸용 단지에 관한 이야기가 《마비노기온》*⁵¹에 쓰여 있는지, 《우파니샤드》*⁵²에 쓰여 있는지 기억이 나나?

─쓰여 있지 않은 것 같은데. 스티븐이 신중하게 말했다.

─그런가, 왜지? 설명해 줘. 벅 멀리건이 같은 투로 말했다.

─내 생각에는, 스티븐이 먹으면서 말했다. 《마비노기온》 안이나 밖에도 그런 것은 없었어. 그로건 할멈은 메리 앤*⁵³의 친척이라고도 생각돼.

*46 작자 미상의 아일랜드 민요에 나오는 익살스런 주인공.
*47 찻주전자(tea pot)와 요강(chamber pot)은 똑같이 'pot'다.
*48 더블린 시의 북쪽 80마일에 있는 항구.
*49 초기 아일랜드 문학과 민속 등을 모아서 정리하고 해설한 연구가들의 작품을 암시.
*50 1903년 아일랜드 전역을 초토화시켰던 대풍.
*51 웨일즈 지방 켈트족의 전설집. 14세기 사본을 중심으로 19세기에 편찬됐다.
*52 고대 인도의 경전.

벅 멀리건의 얼굴이 기쁜 듯이 미소 지었다.

—재밌다. 그녀가 메리 앤의 친척이었다고? 정말 재밌어! 흰 이를 보이면서 즐거운 듯이 눈을 깜박이고 간사한 목소리로 말했다.

그러고 나서 갑자기 무뚝뚝한 얼굴로 힘주어 빵 덩어리를 자르면서 쉰 목소리로 외쳤다.

메리 앤 할멈은
조금도 남의 눈은 아랑곳하지 않아.
속치마를 걷어 올리고…….

그는 프라이를 입에 한가득 넣고 게걸스럽게 씹으면서 말했다.

입구가 어두워지더니 사람의 그림자가 들어섰다.

—선생님, 우유를 가져왔습니다.

—들어와요, 마나님. 킨치, 주전자를 가져와. 멀리건이 말했다.

한 노파가 들어와서 스티븐 옆에 섰다.

—오늘은 날씨가 좋아요, 선생님, 다 하느님 덕택이죠.

—누구 덕택이라고? 아, 그렇군요. 멀리건은 그녀를 흘끗 바라보며 말했다.

스티븐은 뒤로 손을 뻗어 찬장에서 우유 그릇을 꺼냈다.

—섬사람들은 포피(包皮) 수집가[54] 이야기를 곧잘 꺼낸단 말야. 멀리건은 아무렇지도 않다는 듯이 헤인즈에게 말했다.

—얼마나 드릴까요, 선생님. 노파가 물었다.

—1쿼트요. 스티븐이 말했다.

그는 노파가 하얀 우유를 됫박에 따라 주전자에 옮기는 것을 지켜보았다. 할멈 탓이 아냐. 나이를 먹어 쪼그라든 젖꼭지. 노파는 다시 한 됫박과 약간의 덤을 따랐다. 정체 모를 늙은 여자가 지금 신비스럽게 아침 세계로부터 들어온 것이다. 아마 누군가가 보낸 전달자인지도 모른다. 그녀는 우유를 따르면서 품질이 좋은 것이라고 자랑했다. 새벽에 녹색 들판에 나가 얌전한 암소 옆에 웅크리고서 주름투성이의 손가락으로 재빠르게 우유를 짠다. 독버

---

[53] 둘 다 아일랜드 가요에 등장하는 인물.

[54] 아브라함과 계약을 맺은 증거로서 할례를 명한 하느님을 비웃는 말.

섯에 걸터앉은 마녀인가. 소들은 낯익은 그녀 주위에 와서 운다. 이슬에 촉촉하게 젖은 비단 같은 소들이. 암소 속의 비단, 가난한 노파.*⁵⁵ 이것이 옛날에 그녀에게 주어진 이름이다. 헤매고 다니는 주름투성이의 노파. 천한 모습*⁵⁶으로 변한 불사(不死)의 여신이 정복자*⁵⁷와 깡패 같은 모반인*⁵⁸을 섬긴다. 양쪽에서 희롱당하는 남편을 빼앗긴 여자. 불가사의한 아침 속에서 나타난 전달자. 섬기기 위해서 왔는지, 나무라기 위해 왔는지, 그는 알 수가 없었다. 그러나 그녀의 호의를 구하는 것은 접기로 했다.

—참 좋은 우유야, 마나님. 벅 멀리건은 모두의 컵에 우유를 따르면서 말했다.

—드서 보셔요. 그녀가 말했다.

그는 그녀가 하라는 대로 마셨다.

—만약에 우리가 이렇게 좋은 음식만으로 생활했다면, 그는 약간 소리를 높여 노파에게 말했다. 이 나라에 충치나 썩은 창자가 가득 차지는 않았을 거야. 우리는 습기가 많은 소택지에 살고 값싼 음식물을 먹고, 거리는 먼지와 말똥 그리고 폐병쟁이가 뱉은 가래로 가득 차 있어.

—선생님께서는 의사신가요? 노파가 물었다.

—그래요, 할멈. 벅 멀리건이 대답했다.

스티븐은 멸시하면서 말없이 듣고 있었다. 그녀는 그의 큰 소리에 늙은 머리를 숙인다. 접골 의사에게, 기도치료사에게. 나 같은 건 가볍게 보지. 고해를 듣고, 그녀의 모든 것에, 여자의 더러워진 허리, 신의 모습을 본뜨지 않고 남자의 육체로 만들어진 것,*⁵⁹ 뱀의 먹이가 되는 그곳은 별도로 하고, 다른 모든 것에 종유(種油)를 바르고 무덤으로 보내는 목소리에. 지금은 닥치라는 큰 소리*⁶⁰에 머리를 숙이고 있다. 당황하고 겁먹은 눈초리를 하고.

---

*55 어느 것이나 영국의 압정(壓政)에 시달리는 아일랜드의 상징 또는 화신으로, 민요의 소재.

*56 예이츠 작 〈캐슬린 백작부인〉의 여주인공을 암시.

*57 영국인 헤인즈를 암시.

*58 멀리건을 암시. 스티븐은 그를 친영파(親英派)라고 생각한다.

*59 사람이 이렇게 부르짖었다. "이야말로 내 뼈에서 나온 뼈요 내 살에서 나온 살이로구나. 남자에게서 나왔으니 여자라 불리리라."(《창세기》 2 : 23) 남자가 신을 본떠 만들어진 존재라면, 여자에게는 신과 닮지 않은 성스럽지 못한 부분(생식기)이 있는 셈이다.

*60 헤인즈의 목소리.

─이 사람이 말하는 뜻을 알겠어요? 스티븐이 그녀에게 물었다.

─선생님이 쓰는 말은 프랑스어인가요? 노파는 헤인즈에게 말했다.

헤인즈는 자신이 있다는 듯이 다시 좀 더 긴 말로 그녀에게 이야기했다.

─아일랜드어야. 게일어를 아시오? 벅 멀리건이 말했다.

─말투로 봐서 아일랜드어인줄 알았어요. 선생님께서는 서쪽에서 오셨는
가요?*61 그녀가 말했다.

─나는 영국 사람이에요. 헤인즈가 대답했다.

─이분은 영국 사람이야. 그래도 이분은 아일랜드에서는 아일랜드어를 말
해야만 한다고 생각하지. 벅 멀리건이 말했다.

─그렇고말고요. 저야말로 그 말을 못하는 것이 부끄럽지요. 아는 사람에
게 물어보니 훌륭한 말이라고 하더군요. 노파가 말했다.

─훌륭하기는커녕 실로 놀라울만한 말이야. 킨치, 차를 더 따라줘. 아주
머니, 한 잔 어때요? 벅 멀리건이 말했다.

─아니에요, 괜찮습니다. 노파는 말하고 우유통 고리에 팔을 넣으면서 돌
아갈 준비를 했다.

헤인즈가 그녀에게 말했다.

─계산서 있어요? 멀리건, 돈을 지급하는 편이 좋지 않아?

스티븐은 다시 세 개의 컵에 우유를 따랐다.

─계산서라구요, 선생님? 그녀는 멈춰 서서 말했다. 그럼, 1파인트에 2
펜스가 7일이니까 2 7은 14로 1실링 2펜스와, 지난 3일은 1쿼트에 4펜스로
3 4 12니까 1실링. 모두 합해서 2실링 2펜스가 되는데요.

벅 멀리건은 한숨을 쉬고 양쪽에 버터를 두껍게 칠한 빵 한 조각으로 입을
채우면서 다리를 뻗어 바지 주머니를 뒤지기 시작했다.

─기분 좋게 지급해 드려. 헤인즈는 그에게 미소 지으면서 말했다.

스티븐은 석 잔째 찻잔을 채웠다. 한 스푼 분량의 차가 진한 우유를 희미
하게 물들였다. 벅 멀리건은 2실링의 은화를 꺼내 손가락으로 만지작거리면
서 외쳤다.

─기적이다!

───────────

*61 여기선 아일랜드어도 게일어도 같은 뜻. 아일랜드 서부에서는 지금도 게일어를 쓴다.

그는 그것을 테이블 너머로 노파에게 밀어 주며 말했다.

—연인이여, 더는 요구하지 마시오. 줄 수 있는 대로 주노니.*62

스티븐은 사양하는 그녀의 손에 화폐를 얹었다.

—2펜스 빚이군. 그는 말했다.

—당장이 아니라도 좋습니다, 선생님, 그녀는 돈을 받으면서 말했다. 언제라도. 그럼 안녕히 계세요.

그녀는 인사를 하고 나갔다. 벅 멀리건의 부드러운 노래가 뒤를 쫓았다.

  그리운 이여, 더 있으면
  그것을 그대의 발 아래 바치는 건데.*63

그는 스티븐 쪽을 보며 말했다.

—심각한 이야기야, 디댈러스. 나는 파산이다. 급히 교장에게로 가서 돈을 조금 가지고 와. 시인들과 함께 오늘 술자리를 만들어야 해. 아일랜드는 오늘 저마다 자기 의무를 다할 것을 요구한다.*64

—그러니까 생각났어. 오늘은 이곳 국립도서관에 가 봐야 해. 헤인즈가 일어서면서 말했다.

—그보다도 우선 수영을 하고 나서. 벅 멀리건이 말했다.

그는 스티븐에게 점잖게 물었다.

—킨치, 오늘은 자네의 월례 목욕일이지?*65

그리고 나서 헤인즈에게 말했다.

—이 불결한 시인 나리는 한 달에 한 번의 목욕을 빼놓지 않는다네.

—아일랜드가 모두 만류(灣流)*66로 씻기고 있어. 스티븐은 벌꿀을 빵에 떨어뜨리면서 말했다.

헤인즈는 구석에서 그의 테니스 셔츠의 느슨한 깃에 가볍게 넥타이를 매

---

*62 스윈번의 서정시 〈봉헌〉 첫 행.

*63 스윈번의 〈봉헌〉에서.

*64 트라팔가르 해전 때 영국의 해군 제독 넬슨이 부하들 앞에서 제창한 유명한 구호를 변형시킨 것.

*65 스티븐이 오늘 급료를 타 술을 마실 것이란 뜻이다.

*66 멕시코만류가 대서양을 북동으로 흘러 서유럽의 해안을 따라 흐르고 있다.

면서 말했다.

—만약에 자네만 좋다면 자네의 경구집(警句集)을 만들고 싶은데.

나에게 말하고 있군. 그들은 씻고, 탕에 들어가고 몸을 닦는다. 양심의 가책. 양심. 그러나 오점은 있다.[*67]

—금이 간 하녀의 거울이 아일랜드 예술의 상징이라고 한 말은 참 좋았어.

벅 멀리건은 테이블 밑으로 스티븐의 발을 슬쩍 차고 나서 열정적인 투로 말했다.

—어쨌든 이 사나이의 햄릿론을 들어 봐, 헤인즈.

—나도 그럴 작정이야, 헤인즈는 여전히 스티븐에게 말을 걸면서 말했다. 저 가엾은 노파가 들어왔을 때 나는 그것을 생각하고 있었지.

—그것으로 돈이라도 벌 수 있다는 건가? 스티븐이 말했다.

헤인즈는 웃고 나서 해먹 고리에서 회색 모자를 들고 말했다.

—글쎄, 모르겠어.

그는 문 쪽으로 걸어갔다. 벅 멀리건은 스티븐 쪽으로 몸을 내밀고 거칠게 말했다.

—지금 것은 실수였어. 무엇 때문에 그런 말을 했지?

—그래? 문제는 돈을 손에 넣는 거야. 누구로부터? 우유 짜는 여자나 그에게서지. 어느 쪽이건 반반이라고 생각해. 스티븐이 말했다.

—내가 그에게 모처럼 자네 바람을 넣어두고 있는데, 거기에서 자네가 심술궂은 눈짓과 예수회 수도사의 음침한 얼굴로 비웃었어. 벅 멀리건이 말했다.

—가망성은 없어, 저 여자에게도, 저 남자에게도. 스티븐이 말했다.

벅 멀리건은 비극 배우처럼 한숨을 쉬고 그의 손을 스티븐의 팔에 얹었다.

—나도 돈은 없어, 킨치.

그리고 나서 갑자기 바뀐 투로 덧붙였다.

—솔직히 말하면 자네가 하는 말대로야. 그러나 그들은 돈이라도 빌리지 않으면 별로 쓸모가 없어. 나처럼 그들을 왜 어르지 않느냐 말야. 모두 지옥으로 가라지. 다 같이 탑 밖으로 나가자고.

[*67] 〈맥베스〉 5막 1장. 미쳐 버린 맥베스 부인이 환각을 보면서 피 묻은 자신의 손을 씻으려할 때 하는 말.

그는 자리에서 일어나 가운 끈을 풀고 체념한 듯이 말했다.

—멀리건, 의복을 벗기셨도다.*68

그는 주머니에 든 것을 테이블 위에 내놓았다.

—자네의 콧수건이야.

그는 빳빳한 옷깃과 뜻대로 되지 않는 넥타이를 욕하고, 늘어져 있는 회중시계의 시겟줄에까지도 잔소리를 해 댔다. 그는 깨끗한 손수건을 찾기 위해 가방 속에 손을 넣고 뒤졌다. 양심의 가책. 제기랄, 우리는 자신을 인형 삼아 옷입히기 놀이를 해야 해. 나는 암갈색 장갑과 녹색 구두가 있으면 좋겠어.*69 모순이다. 나는 나 자신과 모순되는가? 그렇다면 그것으로 좋아. 나는 나 자신과 모순되는 것이다. 머큐리처럼 경쾌한 맬러키여.*70 이야기를 하는 그의 손으로부터 검고 부드러운 것이 날아왔다.

—옜다, 자네의 라틴 구역 모자.*71 그가 말했다.

스티븐은 모자를 주워 썼다. 헤인즈가 문간에서 그들을 불렀다.

—자네들, 아직 멀었나?

—지금 곧 가, 벅 멀리건이 문 쪽으로 걸어가면서 말했다. 킨치, 어서 나와. 음식 남은 건 모두 먹었지?

그는 체념한 듯 중얼거리며 슬픔에 가까운 무거운 발걸음으로 걸어갔다.

—그리하여 그는 밖으로 나가 버털리를 만났도다.*72

스티븐은 물푸레나무 지팡이를 기대어 두었던 곳에서 집어들고 그들을 따라 밖으로 나가서는, 두 사람이 계단을 내려가고 있는 동안에 천천히 철문을

---

*68 "그분(예수)의 옷을 벗기고 진홍색 외투를 입혔다."(《마태오복음서》 27 : 28)

*69 19세기 말 퇴폐주의와 심미주의를 추구하던 사람들의 차림새.

*70 머큐리(그리스어로는 헤르메스)는 주신 주피터(제우스)의 전령인데 꾀를 잘 부리는 영리한 신이다. 맬러키는 히브리어 남자 이름인 말라기에서 유래했다. 이 단어의 본디 뜻도 '전령'이다. 멀리건이 그리스 이교주의를 동경하여 자신의 히브리어 이름엔 그리스풍(風)의 뉘앙스가 있다고 말한 것을 비꼰 표현. 이것도 하나의 모순일까.

*71 스티븐이 유학했던 파리의 대학가 '카르티에 라탱'에서 예술인과 대학생들 사이에서 유행한 중절모.

*72 "베드로는 '닭이 울기 전에 너는 세 번이나 나를 모른다고 할 것이다' 하신 예수님의 말씀이 생각나서, 밖으로 나가 슬피 울었다."(《마태오복음서》 26 : 75)를 변형한 것. 버털리가 누구인지는 알 수 없다. 에피소드 15에서 블룸의 환각 속에 등장하는 농부 버털리라고 보기도 어렵다.

닫고 자물쇠를 걸었다. 그는 큰 열쇠를 안주머니에 넣었다.

—열쇠 가져왔나?

—가져왔어. 스티븐은 앞장서 걸으면서 말했다.

그는 계속 걸었다. 뒤에서 벅 멀리건이 무거운 목욕 수건으로 고사리와 높이 자란 풀 싹들을 때리는 소리가 들렸다.

—수그려, 이래도 안 수그려?

헤인즈가 물었다.

—자네들은 이 탑 집세를 물고 있나?

—12파운드, 벅 멀리건이 말했다.

—육군 당국에, 어깨 너머로 스티븐이 덧붙였다.

모두가 걸음을 멈췄다. 헤인즈가 유심히 탑을 바라보고 마침내 이렇게 말했다.

—겨울이 되면 쓸쓸하겠는데. 탑 이름이 마텔로*73인가?

—빌리 피트*74가 세운 거야. 프랑스군이 해상권을 쥐고 있던 시대에. 우리가 사는 곳은 그 옴팔로스지. 벅 멀리건이 말했다.

—햄릿에 대한 자네의 의견을 듣고 싶군. 헤인즈가 스티븐에게 물었다.

—안 돼, 안 돼, 벅 멀리건이 신음하듯 외쳤다. 토머스 아퀴나스*75나, 그의 학설을 지지하는 55가지 논거*76 따위는 생각 없어. 우선 두서너 잔 들이켜고 나서 하자구.

그는 연노란색 조끼 가장자리를 가지런히 끌어내리면서 스티븐에게 말했다.

—킨치, 너도 석 잔은 마셔야 혀가 돌아갈 걸, 안 그래?

—이제까지 기다렸는데, 좀 더 못 기다릴까. 스티븐이 내던지듯이 말했다.

—자네는 나의 호기심을 자극하는군, 역설 같은 것인가? 헤인즈가 애교 있게 말했다.

—쓸데없는 소리! 우리도 와일드나 역설 같은 건 졸업했어. 그것은 아주 간

---

*73 돌로 만든 원형 포탑. 코르시카섬 모르텔라곶의 작은 요새를 흉내내서 이런 이름이 되었다. 나폴레옹군의 상륙에 대비하여 윌리엄 피트가 해안가에다 구축한 요새.

*74 영국 수상(1759~1806). 빌리는 윌리엄의 애칭.

*75 1226~74. 가톨릭 최대의 신학자. 셰익스피어 이전 세대 사람.

*76 멀리건의 말은, 아리스토텔레스가 《형이상학》에서 주장한, 우주는 동심구체 59개로 구성되어 있다는 우주론을 떠올리게 한다.

단해. 이 사나이는 대수(代數)로 햄릿의 손자는 셰익스피어의 할아버지이고 그 자신은 그의 아버지의 유령이라는 것을 증명한다고, 벅 멀리건이 말했다.

—뭐라고? 헤인즈는 스티븐을 가리키려고 했다. 그 자신이?

벅 멀리건은 수건을 스톨*77식으로 목에 걸고 몸을 굽히며 큰 소리로 웃으면서 스티븐의 귓전에 대고 말했다.

—아이, 노(老) 킨치의 망령. 아버지를 찾는 야벳! *78

—우리는 아침에는 언제나 피곤해, 게다가 이야기하자면 길어지니까.*79 스티븐이 헤인즈에게 말했다.

벅 멀리건은 다시 앞으로 걸으면서 두 손을 들었다.

—성스러운 한 잔의 술만이 디댈러스의 혀를 풀어 주리라.

—내가 말하고자 하는 것은, 이 탑이나 이들 절벽이 어딘가 엘시노어*80를 생각나게 한다는 거야. 그 '암반으로 뒤덮인 딱정벌레처럼 바다로 튀어나온 곳'*81 말야. 안 그래? 헤인즈는 뒤따라가면서 스티븐에게 말했다.

벅 멀리건이 갑자기 흘끗 스티븐을 돌아보았으나 아무 말도 하지 않았다. 순간의 침묵 속에서 스티븐은 값싼 상복(喪服)을 입은 자기가 그들의 화려한 의복 사이에 끼어 걷고 있는 모습을 보았다.*82

—그것은 정말 훌륭한 이야기야. 헤인즈는 말하고 두 사람의 걸음을 멈추게 했다.

바람에 물결치는 바다와 같은 엷은 회색의 헤인즈의 눈. 아니 더 엷고 견고하고 신중한 헤인즈의 눈. 바다를 지배하는 자*83답게 그는 만(灣) 너머 남쪽을 바라보았다. 빛나는 수평선에 희미하게 꼬리를 끄는 우편선 연기와 머글린군도 옆을 파도를 헤쳐 지나가는 범선 외에는 아무것도 없다.

—어딘가에서 그러한 신학적 해석을 읽은 적이 있어, 생각에 잠기며 그가 말했다. '성부와 성자'라는 생각. 아버지와 일체가 되려는 아들.

---

*77 사제가 어깨에 두르는 긴 천.
*78 노아의 셋째 아들. (《창세기》 9장)
*79 스티븐은 햄릿론을 이날 정오 무렵에 도서관에서 말한다.
*80 셰익스피어 〈햄릿〉의 배경인 헬싱괴르의 영어식 이름.
*81 햄릿 아버지의 큰 성. 〈햄릿〉 1막 4장.
*82 스티븐은 왕과 왕비가 보낸 두 첩자들 사이에 선 햄릿으로 자신을 떠올리고 있다.
*83 영국인.

벅 멀리건은 이내 기쁜 듯한 미소를 얼굴에 띠었다. 그는 그들을 바라보았다. 잘생긴 그의 입은 행복한 듯이 벌어지고 모든 날선 감각을 갑자기 씻어낸 그의 눈은 밝고 쾌활하게 반짝이고 있었다. 그는 인형처럼 머리를 이리저리 움직여 파나마모자를 흔들면서 조용하고 즐거운 순진한 목소리로 노래하기 시작했다.

나는 매우 기묘한 젊은이.
어머니는 유대 여자, 아버지는 새.*84
목수인 요셉과는 뜻이 맞지 않아
마시자, 제자와 갈보리*85를 위해.

그는 조심하라는 듯이 첫째손가락을 세웠다.

나를 신이라고 생각하지 않는 녀석에게
포도주 같은 건 좀처럼 마시게 하지 않겠어.
물이라도 마시고 정신을 차려
만든 술까지 물로 만들겠어.*86

멀리건은 작별의 표시로 스티븐의 물푸레나무 지팡이를 휙 끌어당겨 절벽 가장자리로 달려가 양손을 하늘로 날아오르는 새의 날개처럼 펄럭이며 노래했다.

안녕, 이제, 안녕! 나의 말을 전해 줘.
톰과 딕, 해리에게는 내가 다시 부활했다고 말해 줘
내가 공중으로 나는 것은 타고난 거라네.
감람산*87의 미풍…… 안녕, 이제, 안녕!

---

*84 마리아는 성령을 통해 임신했다고 하는데, 성령의 상징은 비둘기이다.
*85 예수가 처형된 언덕. 골고타의 라틴어명.
*86 예수는 가나의 잔치에서 물을 술로 만들었다.
*87 올리브산. 예루살렘 동쪽, 예수가 승천한 곳.

멀리건은 그들 앞 40피트의 언덕을 달려 내려갔다. 날개처럼 두 손을 흔들고 펄쩍펄쩍 경쾌하게 뛰면서. 상쾌한 바람이 머큐리 모자*88를 흔들고, 그가 내지르는 짤막짤막한 새 울음소리를 뒤의 두 사람에게로 실어 왔다.

이제까지 조심스럽게 웃고 있던 헤인즈가 스티븐과 나란히 걸으면서 말했다.

—웃으면 안 되겠지. 그는 신에게 너무나 불손해. 하기야 나도 신자는 아니지만. 그러나 그의 쾌활함에는 어딘지 죄가 없어, 안 그래? 그가 뭐라고 했지? 목수 요셉이었나?

—그리스도를 비웃는 노래야. 스티븐이 대답했다.

—아, 그래? 자네는 전에 들은 일이 있나? 헤인즈가 말했다.

—하루에 세 번, 매 식사 뒤에. 스티븐이 아무렇지도 않게 말했다.

—자네는 신자가 아니지? 좁은 뜻으로 말야. 무로부터의 창조, 기적, 인격신*89 따위에 대한 것만이지만. 헤인즈가 물었다.

—신앙이란 말뜻은 하나밖에 없다고 생각하는데. 스티븐이 말했다.

헤인즈는 멈춰 서서 녹색의 보석이 빛나는 매끈한 은 케이스를 꺼내 엄지손가락으로 밀어서 열고 내밀었다.

—고마워. 스티븐이 담배를 집었다.

헤인즈는 자기도 집고 나서 뚜껑을 탁 하고 닫았다. 그러고는 그것을 옆 주머니에 넣고 조끼 주머니에서 니켈제 성냥갑을 꺼내 이것도 탁 하고 열더니 자기 담배에 불을 붙이고 성냥불을 두 손으로 가리며 스티븐에게로 내밀었다.

—그렇지, 물론, 그는 걸음을 계속하면서 말했다. 믿느냐 안 믿느냐 둘 가운데 하나지. 안 그래? 개인적으로 나는 그 인격신이란 생각을 참을 수가 없어. 자네는 그 편을 드는 건 아니겠지?

—자네도 알겠지만, 나는 자유사상의 가공할만한 한 예야. 스티븐은 순간 불쾌감을 느끼며 말했다.

그는 이야기를 걸어오길 기다리며 계속 걸었다. 몸 옆으로 물푸레나무 지팡이를 끌면서. 지팡이 끝이 그의 뒤꿈치 근처에서 직직 끌리는 소리를 냈

---

*88 고대 그리스 전령의 신으로서 공중을 날아다니는 머큐리가 쓰는 얇은 모자. 여기에서는 파나마모자.

*89 인간적 형태와 마음과 뜻 등의 인격성을 갖춘 신을 가리키는 개념. 신을 의인화한 것으로 유일신교에만 있는 특징들 가운데 하나이다.

다. 뒤에서 따라오는 나의 친애하는 녀석이 스티이이이이이이이이이이이이브ㅡ 하고 부르고 있다. 길을 따라 흔들리는 한 가닥의 선. 저 두 사람은 오늘 밤 어둠 속에서 이곳으로 되돌아 올 때, 이 선 위를 걸을 것이다. 멀리건은 이 열쇠를 원하고 있다. 이것은 내것이다. 집세는 내가 냈으니까. 지금은 내가 그의 쓰디쓴 빵을 먹고 있다.*90 열쇠를 그에게 줘야지. 모든 것을. 그도 그 것을 달라고 하고 있어. 그의 눈빛이 그렇게 말하고 있어.

—결국, 헤인즈가 말하기 시작했다…….

스티븐은 돌아다보았다. 그리고 자기를 평가하고 있던 차가운 그의 눈이 막상 불친절하지는 않음을 알았다.

—결국, 자네는 자신을 해방시킬 수 있는 사람이라고 생각해. 자네는 자기 자신의 주인이야, 내 생각엔.

—나는 두 주인을 섬기는 하인*91이지, 한 영국인과 한 이탈리아인의. 스티븐이 말했다.

—이탈리아인? 헤인즈가 말했다.

늙고 질투 많고 광기 어린 여왕.*92 내 앞에 무릎을 꿇어.

—세 번째 사람*93도 있어, 스티븐이 말했다. 나에게 쓸데없는 심부름을 시키는 녀석이.

—이탈리아인이라고? 헤인즈가 또 물었다. 그건 무슨 뜻이지?

—대영제국과 신성 로마 가톨릭 사도교회지. 흥분으로 얼굴빛이 달아오르면서 스티븐이 말했다.

헤인즈는 말을 하기 전에 아랫입술에 붙은 담뱃잎 가루를 떼어 냈다.

—그건 잘 알아. 내가 감히 말하건대 아일랜드인은 그렇게 생각할 거야, 틀림없이. 우리 영국 사람들도 자네들을 부당하게 대해 왔다고 생각하고 있어. 역사를 탓해야 하지 않을까. 그는 조용히 말했다.

자랑스럽고 강대한 칭호가 스티븐의 기억에 메아리쳐서 승리의 종을 울려 퍼지게 했다. 하나이고 거룩하며 보편적이고 사도적인 교회. 그 자신이 희귀

---

*90 남에게 부양 받고 있다는 뜻. 단테의 《신곡》 '천국편' 제17곡 58.
*91 대영제국과 신성로마 가톨릭교회를 섬기는 종이란 뜻.
*92 신성 로마 가톨릭교회
*93 멀리건을 가리킨다.

한 사고(思考)라도 되는 것처럼 차차 성장하고 바뀌는 의식과 교리, 별들의 화학. 교황 마르셀루스를 위한 미사*94에서의 사도의 상징, 서로 섞이는 소리들 가운데 단연 혼자서 소리 높이 노래하고 있다. 그 성가의 배후에서는 전투적인 불면(不眠)의 수호천사가 이교의 우두머리들을 무장해제시켜서 위협하고 있다. 이교도의 무리가 일그러진 사제관(司祭冠)을 비스듬히 쓰고 달아난다. 포티우스,*95 멀리건도 끼어 있는 비웃는 자들의 한 떼, 성부 성자 일체론에 반대해서 평생 동안 싸운 아리우스,*96 그리스도의 지상에서의 육체설을 부인한 발렌타인,*97 성부 자신이 스스로 성자라고 주장한 이해하기 힘든 아프리카의 이단 지도자 사벨리우스*98 따위의 한 무리. 방금 멀리건이 이 낯선 자들에게 농담 삼아 지껄인 말이 그것이다. 무익한 조롱. 공허한 곳에서는 파란을 일으키는 말이 나온다. 그것은 이들 교회의 무장한 천사로부터 오는 협박과 무장해제와 파멸을 말한다. 그 천사의 무리는 전시에 창이나 방패로 영원히 교회를 지킨다. 대천사 미카엘의 군대들.

좋아, 좋아. 길게 이어지는 박수. '쳇! 시시해!'*99

—물론 나는 영국인이야, 헤인즈의 목소리가 말했다. 그리고 그러한 한 사람으로서 생각해. 나라도 우리나라가 독일계 유대인의 손에 들어가는 꼴은 보고 싶지 않을 거야.*100 이것이 지금 우리의 국가적 문제이기는 하지만.

두 사나이가 절벽에 서서 바라보고 있었다. 상인과 뱃사공이었다.

—저 배는 벌록항(港)으로 향하고 있소.

뱃사공은 다소 멸시하는 표정으로 만 북쪽을 턱으로 가리켰다.

—그쪽은 깊이가 다섯 길이오. 오후 1시쯤에 조수가 차오면 그쪽으로 밀려 떠내려갈 거요. 오늘로서 9일째요.

---

*94 등극한 지 22일 만에 별세한 로마 교황 마르셀루스(Marcellus, 1501~55)를 위해 팔레스트리나가 지은 미사곡.

*95 815?~895 무렵. 콘스탄티노플의 총대주교. 교황 니콜라오 1세와 대립한 것으로 유명하다.

*96 250?~336. 성부와 성자가 같다는 설에 반대. 알렉산드리아의 신부.

*97 ?~160. 이집트 불가지론자. 발렌티누스와 창시자.

*98 ?~260. 로마 가톨릭교회 삼위일체설에 맞서, 유일한 그리스도의 인격만이 신성하다고 주장했다. 사벨리우스파 시조.

*99 파리 군중의 야유를 떠올린 것. 여기에서는 자신의 의식을 비웃고 있다.

*100 독일계 유대인 대부호 로스차일드 일가가 그 무렵 영국 경제를 지배하다시피 했다.

물에 빠진 사람 이야기다. 범선 한 척이 텅 빈 항구에서 방향을 바꾸며, 물에 불어터진 익사체가 예기치 않게 떠올라 휙 드러누워 소금물로 하얗게 부은 얼굴을 태양 쪽으로 돌리길 기다리고 있다. 나 여기 있소 하고.

두 사람은 굽은 길을 걸어 후미로 내려갔다. 벅 멀리건은 윗옷을 벗고 돌 위에 서 있었다. 클립을 벗긴 넥타이를 바람에 나부끼며. 한 젊은이가 바위의 돌출부를 붙잡고 깊은 젤리 모양의 물속에서 녹색 다리를 개구리처럼 천천히 움직이고 있었다.

─동생도 자네와 같이 있나, 맬러키?

─녀석은 웨스트미스*101에 있어, 배넌 집안에 묵고 있지.

─아직도 거기야? 배넌에게 엽서를 받았어. 거기에서 예쁜 아가씨를 발견했대. 사진 찍는 소녀*102라던가?

─순간 사진 한 방이란 말인가? 단시간 노출이군.

벅 멀리건은 앉아서 구두끈을 풀었다. 돌출된 바위 근처에서 초로의 남자가 물을 뱉으면서 얼굴을 내밀었다. 그는 바위를 붙잡고 기어 올라왔다. 물이 그의 흰머리가 섞인 화환(花環)과 같은 머리에서 빛나고,*103 가슴과 배로 줄줄 흘러내려 느슨한 검은 팬티에서 뿜어져 나왔다.

벅 멀리건은 기어오르는 그 사나이를 위해 길을 양보했다. 그리고 헤인즈와 스티븐을 흘끗 보고 엄숙하게 엄지손톱으로 어깨와 입술과 가슴 근처에 십자를 그었다.

─시머*104가 돌아왔어, 젊은이가 바위의 돌출부를 잡으면서 말했다. 의사가 되는 것은 그만두고 군대에 간대.

─그래? 마음대로 하라지. 벅 멀리건이 말했다.

─다음 주, 열심히 공부하러 그쪽으로 간다나. 저 칼라일*105의 빨간 머리 아가씨 알지? 릴리라는.

─그래.

---

*101 더블린 시 서쪽 40마일 지점에 있는 주.

*102 레오폴드 블룸(이 소설의 또 다른 주인공)의 딸 밀리. 그곳 사진관에서 일을 배우고 있다.

*103 머리 한가운데를 밀었다. 가톨릭 성직자란 증거.

*104 멀리건의 친구.

*105 영국 잉글랜드 북서부 컴브리아주 주도.

—어젯밤 부두에서 그와 재미보고 있더라고. 그녀의 아버지는 썩어날 정도로 돈이 많지.

—그녀 애 뱄나?

—그건 시머에게 물어봐.

—시머가 빌어먹을 장교라니! 벅 멀리건이 말했다.

그는 바지를 벗고 멈춰 서서 진부한 말을 하고는 고개를 흔들었다.

—빨간 머리 아가씨는 산양처럼 발정하지.

그는 펄럭이는 셔츠 아래 옆구리를 만져 보더니 깜짝 놀란 듯 말을 뚝 끊었다.

—열두 번째 늑골이 없어. 나는 '초인'*106이야. 이빨 없는 킨치와 나는 초인이야.

그는 몸을 비틀어 셔츠를 벗고 뒤쪽 옷을 벗어놓은 곳으로 던졌다.

—맬러키, 자네도 들어올 텐가?

—그래, 자리를 조금 비워줘.

젊은이는 능숙한 스트로크 두 번으로 몸을 뒤로 밀어내어 그 작은 바위틈 가운데에 이르렀다. 헤인즈는 담배를 피우면서 바위 위에 걸터앉아 있었다.

—자네는 안 들어올 텐가? 벅 멀리건이 물었다.

—나중에. 식후에는 좋지 않으니까. 헤인즈가 말했다.

스티븐이 돌아보았다.

—멀리건, 나는 가겠어. 그가 말했다.

—킨치, 그 열쇠를 이리 줘, 셔츠가 날아가지 않도록 눌러놓게. 벅 멀리건이 말했다.

스티븐은 그에게 열쇠를 주었다. 벅 멀리건은 그가 쌓아올린 옷 위에 그것을 놓았다.

—그리고 2펜스, 한잔할 돈이지. 거기에 놓아줘. 그는 말했다.

스티븐은 부드러운 옷 위에 1페니 동전 두 개를 놓았다. 벅 멀리건은 똑바로 서서 몸 앞에 두 손을 짜고 엄숙하게 말했다.

—가난한 자로부터 훔치는 자는 주님께 빌려 주는 것이니라,*107 차라투스

---

*106 《차라투스트라는 이렇게 말했다》에 나오는 니체의 말이다. 멀리건은 열두 번째 늑골이 없으니 자기는 최초의 인간 아담이며 따라서 초인이라고 농을 던지고 있다.

트라는 이렇게 말했도다.

살집 좋은 몸이 물로 뛰어들었다.

—나중에 만나세, 헤인즈는 뒤돌아보고 오솔길을 오르는 스티븐에게 말했다. 색다른 아일랜드풍으로 미소 지으면서.

황소의 뿔, 말발굽, 그리고 그 다음이 색슨인의 미소다.[108]

—십 술집에서 만나, 벅 멀리건이 말했다. 12시 반에.

—알았어. 스티븐이 말했다.

그는 구불구불한 절벽의 오솔길을 올라갔다.

백합처럼 하얀 참회자의 무리.
그대를 둘러싸기를.
기쁨으로 노래하는 처녀들의 합창.[109]

벽감(壁龕) 속에서 공손하게 옷을 입는 사제의 잿빛 후광(後光).[110] 오늘 밤 나는 여기에서 자지 않는다. 집으로 돌아갈 수도 없다.

달콤하고 길게 꼬리를 끄는 목소리가 바다에서 그에게 들려왔다. 그는 모퉁이를 돌면서 손을 흔들었다. 목소리가 다시 들려왔다. 매끈한 갈색 머리, 물개의 머리, 먼 바다 위에, 둥글게.

찬탈자(簒奪者).[111]

---

[107] "가난한 이에게 자비를 베푸는 사람은 주님께 꾸어 드리는 이 그분께서 그의 선행을 갚아주신다."(《잠언》19 : 17)를 뒤튼 것.

[108] 이 셋을 조심하라는 아일랜드 격언. 스티븐은 헤인즈의 미소를 보고 이 말을 떠올린 것이다. 그 밖에 "황소의 뿔, 개의 이빨, 말발굽"을 조심하란 말도 있다.

[109] 기도문.

[110] 조금 전 수영을 마친 사제의 체발한 머리를 스티븐이 떠올린 것.

[111] 스티븐의 내적 독백. 멀리건은 결국 탑 열쇠를 빼앗은 것이다. 스티븐은 자신을 《오디세이아》의 텔레마코스 및 햄릿으로, 헤인즈와 멀리건을 《오디세이아》의 구혼자들, 햄릿의 숙부로 간주하고 있다.

에피소드 2
NESTOR
네스토르[*1]

*1 트로이 전쟁 때 그리스군 명장.

줄거리

오전 10시 무렵. 디지 교장이 경영하는 사립학교. 목요일이어서 오전 수업만 있다. 스티븐은 교장실로 가서 반달 치 급여 3파운드 12실링을 받는다. 교장은 세속적인 훈계를 한 뒤, 스티븐이 신문사 편집자들과 잘 아는 사이라는 것을 알고 구제역에 관한 자기의 칼럼을 실을 수 있도록 주선해 달라고 부탁한다. 그런 다음 자신의 유대인 배척론을 펼친다. 아울러 스티븐이 교사라는 직업에 오랫동안 머물 사람이 아니라고 충고해 준다. 서로 헤어진 뒤 교장은 교문이 있는 곳까지 스티븐을 쫓아와서, 아일랜드는 유대인을 배척한 적이 없는 유일한 국가라고 하며 그 이유를 말한다.

이 에피소드에 나오는 늙은 충고자 디지 씨는 《오디세이아》 제3장에 나오는 파일로스의 왕 네스토르에 해당한다. 네스토르는 트로이 전쟁 때 그리스 쪽에 가담한 가장 나이 많은 왕이다. 전쟁터에서는 별로 활약하지 않았지만 자기가 젊었을 때 세운 공적에 대한 이야기를 해 주는 참모격의 지혜자로서 오디세우스와 함께 중요한 인물이다. 텔레마코스는 아버지를 찾으러 나섰을 때 맨 처음 이타카섬을 방문하여 네스토르에게 아버지의 소식을 묻는다. 네스토르는 오디세우스의 소식은 모르겠다고 말하고, 스파르타로 가서 메넬라오스와 헬레네에게 물어보라고 조언한다.

에피소드 2 주요인물

디지 Deasy : 스티븐이 일하는 학교의 교장. 텔레마코스가 아버지를 찾아 나섰을 때 조언해준 파일로스의 왕 네스토르에 해당하는 인물.

—음, 코크런, 그에게 원조를 구한 건 무슨 도시였지?

—타렌툼*²입니다, 선생님.

—좋아, 그래서?

—전쟁이 일어났습니다, 선생님.

—좋아, 싸움터는?

소년의 공허한 표정이 공허한 창문에 물었다.

기억의 신의 딸들*³이 만들어 낸 이야기. 기억이 만들어 낸 대로가 아니라 해도 무엇인가가 있었다. 그 다음에는 참을성을 잃은 한마디, 블레이크 특유의 방종(放縱)의 날갯짓.*⁴ 나는 듣는다, 모든 공간의 파멸을, 유리가 쪼개지는 소리를, 무너지는 석조물을, 그리고 마지막에 남은 창백한 유일한 불꽃의 시간*⁵을. 그때 우리에게 무엇이 남는가?

—장소는 잊었습니다, 선생님. 기원전 279년입니다.

—아스쿨럼*⁶이야, 스티븐이 말했다. 피비린내 나는 이야기로 가득 찬 책에서 지명과 연대를 흘끗 보면서.

—알았습니다, 선생님. 그는 그때 말했습니다. '다시 한 번 이렇게 승리한다면 우리는 파멸이다'라고.*⁷

---

*2 이탈리아 남부 항구도시. 고대 그리스 식민지이다. 피러스(Pyrrhus)왕의 원조를 받아 로마와 싸웠다.

*3 뮤즈(Muse)의 아홉 여신.

*4 영국의 낭만파 시인이자 판화가인 윌리엄 블레이크(1757~1827)는 그의 시 〈최후의 심판의 환영〉에서 뮤즈를 독자적으로 구별하여, 기억의 딸들은 우화를 만들고 영감의 딸들은 상상력을 지키는데 전자는 후자만 못하다고 했다. 또 블레이크의 잠언집 《천국과 지옥의 결혼》에는 "방종의 길은 지혜의 궁전으로 통한다", "자기 날개로 나는 새는 얼마든지 높이 날 수 있다"란 구절이 나오는데, 이를 합친 것이 '방종의 날갯짓'이다. 시인의 상상력이 만들어 내는 신화는 역사를 초월하고 부정한다는 뜻.

*5 블레이크는 《천국과 지옥의 결혼》에서 '세계는 불 속에 소멸된다'고 예언하고 있다.

*6 이탈리아 중동부의 한 마을. 피러스왕이 로마군에게 승리한 곳.

*7 아스쿨럼 전투의 승리 소식을 전한 피러스가 한 말.

디지 교장의 학교 댈키거리 63번지에 있는 섬머필드 로지.

세계는 그 말을 기억했다. 음울한 안도감. 언덕 위에서 시체가 널려 있는 평야를 내려다보고 창(槍)에 기대어 장군은 막료들에게 말한다. 모든 장군이 모든 막료들에게 하는 것처럼. 막료들은 귀를 기울인다.

—암스트롱, 스티븐이 말했다. 피러스의 최후[8]는 어떠했지?

—선생님, 피러스의 최후 말입니까?

—선생님, 제가 알아요. 제가 말하게 해 주세요. 코민이 말했다.

—기다려. 암스트롱, 피러스에 대해서 뭔가 알고 있니?

암스트롱의 가방에는 건포도가 든 빵 꾸러미가 남몰래 들어 있었다. 그는 그것을 두 손바닥 사이에서 둥글게 비벼 남몰래 삼킨다. 입술에 묻은 빵 찌꺼기. 달콤해진 소년의 숨결. 부유한 집안. 장남이 해군에 있다는 것이 자랑인 가족. 댈키[9]의 비코거리.

—피러스 말입니까, 선생님? 피러스는 피어(埠頭)입니다.

---

[8] 그 뒤 피러스는 그리스로 돌아가 아르고스의 내분에 가담했는데, 성문 옆 좁은 길에서 난전에 휘말렸다가 한 노파가 지붕에서 떨어뜨린 기왓장 때문에 말에서 떨어져 적에게 살해되었다.

[9] 더블린 교외의 고급 주택지.

모두가 웃었다. 음침하고 심술궂은 웃음소리. 암스트롱은 반 친구들을 둘러보았다. 옆얼굴에 얼빠진, 그러나 기쁜 듯한 표정을 보이면서. 이윽고 그들은 나의 통제력에 대한 무능과 그들의 아버지가 내고 있는 수업료를 알아차리고 더 소리 높이 웃을 것이다.

―그럼 묻겠는데, 스티븐은 책으로 소년의 어깨를 가볍게 두드리면서 말했다. 피어란 뭐지?

―피어란, 바다에 돌출되어 있는 것을 말합니다. 다리 모양으로. 킹스타운*10 피어처럼. 암스트롱이 말했다.

몇 사람이 또 웃었다. 우습지도 않은 데 마치 무언가 의미가 있다는 듯이. 마지막 줄에 앉은 두 학생이 속삭였다. 그렇다, 그들은 알고 있었던 것이다. 배운 것도 아니고 천진난만한 것도 아니다. 모두들. 그는 그들의 얼굴을 시기하는 마음으로 둘러보았다. 이디스, 에셀, 거티, 릴리. 그들의 동료. 그들의 숨결에서도 차와 잼의 달콤한 냄새가 난다. 몸을 움직일 때마다 소리 내는 그들의 팔찌.

―킹스타운의 부두란 말이지? 맞아, 그러나 그건 실망스런 다리*11야. 스티븐이 말했다.

이 말이 모두의 눈빛을 혼란시켰다.

―선생님, 어째서 다리인가요? 코민이 물었다. 다리라는 것은 강 위에 있잖아요.

헤인즈가 쓴 싸구려 책에나 알맞은 이야기다. 여기에서 이야기해 봐야 소용없다. 오늘 밤 술과 수다 속에서 그들이 마음속에 입고 있는 번쩍이는 갑옷을 푹 찌르기 위해 쓸 거다. 그것으로 어떻게 되지? 방종이란 용서 받되 업신여김을 당하여, 마음씨 좋은 주인의 칭찬을 얻기 위해 아부하는 어릿광대*12에 지나지 않는다. 왜 광대들은 그런 역할을 골랐는가? 모두가 그 부드

---

*10 더블린 시 남쪽의 항구.

*11 킹스타운은 1821년 영국 국왕 조지 4세의 방문을 기념하여 붙인 이름이다. 그러나 왕은 민중의 기대와는 달리 아일랜드의 자치엔 냉담했다. 그런 역사적인 경위 때문에 스티븐은 '실망스런 다리'라고 했는지도 모른다. 또 이곳은 실의에 찬 망명자가 유럽으로 떠나는 장소이기도 했다. 스티븐이 파리 유학 시절의 실패를 떠올렸기 때문일 수도 있다.

*12 18세기 골드스미스와 셰리던부터 19세기 말 와일드에 이르기까지, 아일랜드 출신 희극작가들을 가리키는 말. 조이스는 〈오스카 와일드〉란 비평에서 '그들은 문단에서 명성을 얻기 위해 영국인 어릿광대가 되어 아부해야 했다'고 말했다.

러운 애무를 바라고 그런 것은 아니겠지. 그들에게도 역사는 너무나 자주 들은 흔한 이야기에 지나지 않는다. 그들의 영토는 전당포[*13]와 같다.

　만약에 피러스가 아르고스에서 한 노파의 계략에 걸려 죽지 않았더라면, 또 율리우스 카이사르가 단도에 찔려 죽지 않았더라면. 그것은 간단히 생각할 수 있는 일이 아니다. 시간은 그들에게 낙인을 찍어 그들을 구속했다. 그들이 파기한 무한한 가능성의 영역 안에 그들은 갇혀 있다. 그러한 가능성이 결코 실현되지 않았던 것을 보면, 그러한 일들은 과연 가능할 수 있었을까? 그렇지 않으면 일어난 일만이 유일한 가능이었던가? 파란을 일으키는 말들이여. 허풍을 다루는 자들이여.

　─선생님, 이야기 하나 해 주세요.

　─선생님, 해 주세요. 유령 이야기가 좋아요.

　─이 책은 어디서부터였지? 스티븐은 다른 책을 열고 말했다.

　─'울지 마'부터예요. 코민이 말했다.

　─그럼, 거기서부터, 탤벗.

　─하지만 역사 이야기는요, 선생님?

　─나중에, 스티븐은 말했다. 시작해, 탤벗.

가무잡잡한 소년이 재빨리 책을 펴서 가방을 벽 삼아 살며시 세웠다. 그는 가끔 흘끗흘끗 책을 보면서 빠르게 시를 암송했다.

　─울지 마라, 괴로워하는 목자들이여, 울지 마,
　　그대들의 슬픔, 리시다스는 죽지 않았어.
　　비록 물속 깊이 가라앉았다 해도……[*14]

　그것은 분명히 하나의 운동,[*15] 즉 가능성의 한 실현임에는 틀림없다. 아리스토텔레스의 문구가 지금 빠르게 암송되고 있는 시구 사이에 떠올랐다. 그

---

*13 온 아일랜드가 남(영국)의 소유물이므로.

*14 밀턴의 〈리시다스〉 165행. 그의 친구 에드워드 킹이 아일랜드 먼바다에서 빠져 죽은 것을 노래한 시.

*15 아리스토텔레스는 《영혼론》 제2권 제5장에서 말하길, 가능적 존재인 식자(識者)는 문장을 연구하고 이해하는 지식활동을 통해 현실의 식자가 된다고 했다. 또한 그가 쓴 《물리학》 제3권 제1장에는 "가능적 존재를 실현하는 것은 하나의 운동이다"란 구절이 나온다.

리고 매일 밤, 파리의 죄악에서 내 몸을 지키기 위해 그가 읽은 성(聖) 주느비에브 도서관*16의 학구적인 침묵 속으로 그 문구는 떠돌면서 되돌아갔다. 그의 바로 옆에는 자상하게 생긴 한 태국 사람이 병학(兵學) 교본을 탐독하고 있었다. 내 주위에 있던 교양 있는, 또 교양을 쌓아가고 있는 두뇌, 백열등 아래에 핀에 찔려 꼼짝 못한 채 희미하게 더듬이를 움직이는 벌레처럼. 그리고 나의 마음의 어둠 속에는, 지옥의 나태(懶怠)가 의심 많게, 햇볕을 두려워하여, 용의 주름진 비늘을 떨고 있었다. 사고(思考)란 사고의 사고. 소리 없는 광명. 영혼이란 말하자면 존재하는 것의 모든 것이다. 영혼은 형상(形相) 중의 형상. 갑작스러운, 광대한, 백열하는 정적. 그것이 형상 중의 형상이다.

탤벗은 계속 이어갔다.

─파도 위를 걸으신 주의 위대한 힘으로
　위대한 힘으로…….*17

─페이지를 넘겨라, 스티븐이 조용히 말했다. 나는 보지 않고 있어.
─뭘요, 선생님? 탤벗이 몸을 앞으로 굽히면서 순진하게 말했다.

그의 손은 페이지를 넘겼다. 그는 몸을 다시 세우고 방금 외운 곳을 다시 암송하기 시작했다. 파도 위를 걸으신 분에 대해서. 이곳에도 또, 이들 인색한 아이들 위에 파도 위를 걸은 분*18의 그늘이 드리워져 있다. 또 저 비웃는 자들의 마음과 입술 위에도. 또 나 자신의 마음과 입술 위에도. 그의 그늘은 그에게 화폐의 공물(供物)을 바친 사람들의 열성 어린 얼굴에도 퍼져 있다. 황제의 것은 황제에게, 하느님의 것은 하느님께.*19 검은 눈의 응시(凝視). 교회의 방적기(紡績機)에서 계속 짜내는 수수께끼 같은 한 구절. 아아.

─────────────

*16 파리에 있는 도서관.
*17 밀턴의 〈리시다스〉 가운데 한 구절. "예수님께서는 새벽에 호수 위를 걸으시어 그들 쪽으로 가셨다."(《마태오복음서》14 : 25) 참조.
*18 예수.
*19 예수는 자신을 함정에 빠뜨리려고 황제에게 바치는 은화를 보여 주는 자들에게 이렇게 말했다. "황제의 것은 황제에게, 하느님의 것은 하느님께 돌려 드려라."(《마태오복음서》22 : 21)

맞춰 봐, 맞춰 봐.
아버지가 주신 씨는 뭐지?[20]

탤벗은 책을 덮고 살며시 가방 속에 넣었다.
─끝까지 다 했나? 스티븐이 물었다.
─네, 선생님. 10시부터는 하키가 있습니다.
─오늘은 오전 수업만 있어요. 목요일이니까요.
─누가 수수께끼를 풀 수 있나? 스티븐이 물었다.
모두는 연필을 달그락달그락 소리 내고 책장을 펼럭이며 교과서를 덮었다. 왁자지껄하게 떼를 지어 가방을 닫고 고리를 채우고 쾌활하게 지껄이기 시작했다.
─수수께끼요? 저에게 시켜 주세요.
─아니에요, 저요, 저.
─선생님, 어려운 것을.
─자, 수수께끼다. 스티븐이 말했다.

수탉이 울었다.
하늘이 파랬다.
하늘의 종이
11시를 쳤다.
이 가엾은 영혼이
하늘로 올라갈 때가 되었다.

─이것은 뭐지?
─뭐라고요, 선생님?
─선생님, 다시 한 번 말씀해 주세요. 들리지 않았어요.
수수께끼를 되풀이하자 그들의 눈은 점점 커졌다. 잠시 침묵이 흐른 뒤 코크런이 말했다.

─────────────

[20] 이어지는 말은 다음과 같다. "씨는 검고 땅은 하얗지. 이 수수께끼 풀면 파이프 줄게." 답은 '글씨 쓰는 것'이다.

—뭐예요, 선생님? 우리는 도저히 모르겠는데요.

스티븐은 목구멍이 간질간질한 감각을 느끼면서 대답했다.

—여우가 자기 할머니를 감탕나무 아래 묻고 있는 거야.

스티븐은 일어서서 신경질적으로 크게 웃었다. 학생들의 실망한 목소리가 이에 반향(反響)했다.

누군가가 스틱으로 문을 두드리고 복도에서 부르는 소리가 났다.

—하키다!

모두는 의자에서 빠져나오거나 뛰어넘어 흩어졌다. 이내 모두가 사라지고 다용도실에서 스틱이 부딪치는 소리와 구두 소리, 떠들어 대는 소리가 들려왔다.

뒤에 혼자 남은 사전트가 어슬렁어슬렁 걸어 나오더니 연습장을 펴 보였다. 그의 곱슬머리와 메마른 목은 분명히 그가 머리 나쁜 아이임을 말해 주었다. 흐린 안경 너머로 시력이 약한 눈이 호소하듯이 올려다보았다. 핏기 없는 창백한 뺨에 대추 모양의 잉크 얼룩이, 묻은 지 얼마 안 되는 양, 달팽이가 기어간 것처럼 번져 있다.

그는 연습장을 내밀었다. 맨 처음 줄에 '덧셈'이라고 쓰여 있었다. 그 아래에는 비스듬히 기울어진 숫자가 나열되고 맨 아래에 비뚤어진 서명이 얼룩과 함께 적혀 있었다. 시릴 사전트라는 이름과 도장.

—디지 선생님[*21]이 이걸 모두 다시 써서 선생님에게 보이라고 말씀하셨어요.

스티븐은 연습장 가장자리에 손을 댔다. 쓸데없는 일이다.

—이제 하는 방법은 알았니?

—11번부터 15번까지는 디지 선생님이 칠판에 쓴 내용을 베껴서 연습하라고 하셨어요.

—혼자서 할 수 있니?

—아니요, 선생님.

추하고 쓸모없는 녀석이다. 메마른 목. 덥수룩한 머리카락, 잉크 얼룩, 달팽이가 기어간 흔적. 하지만 어떤 여자가 이 아이를 사랑했고 그녀의 팔 안에, 그 가슴에 안았다. 그녀가 없었다면 인류는 그를 짓밟았을 것이다. 납작

---

*21 스티븐이 몸담고 있는 댈키의 초등학교 교장.

하게 짜부라든 뼈 없는 달팽이. 그녀는 자기 피를 이은 이 연약한 물 같은 피를 사랑했다. 그럼 그것은 사실이었단 말인가? 인생에서의 유일한 진실이었단 말인가? 그의 어머니의 엎드려 쓰러진 몸을 신성한 열정에 불탄 성 콜룸바누스*22가 넘어갔다는 것은. 그녀는 그때 이미 살아 있지 않았다. 불에 탄 작은 가지처럼 떨리는 해골과 자단(紫檀)과 젖은 재 냄새뿐이었다. 그녀도 옛날에 그가 짓밟히는 것을 구해 주고는 죽었다. 거의 살았다고는 말할 수 없는 삶을 산 뒤에. 하늘로 올라간 가엾은 영혼. 황야에서, 깜박이는 별빛 아래, 한 마리의 이리가 사냥감의 빨간 피를 털에 묻힌 채, 잔혹한 눈을 번쩍이며 흙을 긁고 귀를 곤두세우고 흙을 파헤치고 또 파헤쳤다.

스티븐은 그의 곁에 앉아서 문제를 풀었다. 이 사나이는 대수로 셰익스피어가 그린 유령이 햄릿의 할아버지라는 것을 증명한다네.*23 사전트는 미끄러져 내려온 안경 너머로 곁눈질했다. 다용도실에서는 하키 스틱의 덜거덕거리는 소리가 났다. 운동장으로부터 들리는 공 치는 소리와 고함 소리.

페이지 전면에 숫자가 장중한 무어인(人)의 춤을 추며 가면무도를 하고 돌아다니는 것 같다. 제곱, 세제곱이라는 기묘한 모자를 쓰고. 손을 잡고, 앞으로, 파트너에게 머리를 숙이고. 그래. 무어인의 공상에서 생긴 작은 마귀들이다. 아베로에스*24도, 모세스 마이모니데스*25도 그들의 조롱하는 거울 위로, 세계의 불투명한 영혼을 비추고, 광명 속에 빛나는 어둠, 광명 자신은 결코 이해하지 못할 광명이 품은 어둠을 드러내고, 그들 또한 떠나갔다.

—이제 알겠니? 두 번째 것은 혼자서 할 수 있겠지?

—네, 선생님.

사전트는 불안한 솜씨로 천천히 숫자를 베꼈다. 끊임없이 도움말을 기다리면서 그의 손은 불안정한 숫자를 충실하게 움직여 갔다. 그의 윤기 없는 피부 아래 엿보이는 희미한 부끄러움의 빛. '어머니의 사랑'*26은 주격 소유

---

*22 543~615. 유럽 대륙에서 선교한 아일랜드 사제. 어머니의 반대를 무릅쓰고 수도생활을 시작했다.

*23 앞에서 멀리건이 스티븐에 대해 한 말.

*24 1126~98. 에스파냐 코르도바 태생 무어인 철학자. 아리스토텔레스 해설자로서 유명하다.

*25 1135~1203. 에스파냐 코르도바 태생 유대인. 철학자, 의학자, 수학자, 천문학자.

*26 Amor matris. 라틴어. 총체적인 모성애를 뜻한다. 문맥에 따라 '어머니가 사랑하는 것'(주격 소유격)도 되고 '어머니를 사랑하는 것'(목적격 소유격)도 된다.

격과 목적격 소유격이다. 묽은 피와 신맛이 나는 젖으로 그녀는 이 아이를 길렀고, 또 이 아이의 배내옷을 남의 눈으로부터 숨겼다.

나도 이랬었다. 축 처진 어깨. 이 꼴불견. 나의 소년시대가 지금 옆에서 고개를 굽히고 있다. 그것은 이제 손을 뻗어 만져 보려고 해도 너무 멀어서 닿을 수가 없다. 나의 것은 멀고, 그의 것은 우리의 눈처럼 비밀이다, 두 마음의 어두운 궁전에 똑같이 침묵하는 돌과 같이 놓여 있는 비밀. 스스로의 학대에 지칠 대로 지친 비밀. 그 폭군은 스스로 폐위당하기를 바라고 있다.

계산은 끝났다.

—정말 간단하지? 스티븐은 일어나면서 물었다.

—선생님, 고맙습니다. 사전트가 대답했다.

그는 엷은 압지(押紙)를 대어 잉크를 말리고 나서 연습장을 가지고 자기 책상으로 돌아갔다.

—스틱을 가지고 나가서 친구들과 어울리렴, 스티븐은 소년의 초라한 모습을 따라 문 쪽으로 걸어가면서 말했다.

—네, 선생님.

복도로 나오자 운동장에서 그의 이름을 부르는 소리가 들렸다.

—사전트!

—자, 뛰어. 디지 선생님이 부르신다. 스티븐이 말했다.

그는 현관에 서서 이 낙오자가 다툼이 벌어져 날카로운 목소리가 일고 있는 좁다란 운동장으로 급히 뛰어가는 것을 바라보았다. 편이 갈려 있었다. 디지 씨는 다리에 각반을 감고 성긴 잔디밭을 걸어 이쪽으로 왔다. 교장이 교사(校舍)까지 왔을 때 소리들이 서로 다투어 교장을 불렀다. 그는 화를 내며 흰 수염의 얼굴을 돌렸다.

—도대체 또 어떻게 된 거야? 그는 제대로 듣지도 않고 소리를 질렀다.

—코크런과 핼리디가 같은 편에 있어요. 스티븐이 말했다.

—자네, 잠깐 내 방에 가서 기다려 주게. 내가 저 소란을 가라앉히고 올 때까지. 디지 씨가 말했다.

교장은 바쁜 걸음으로 운동장으로 돌아가면서 노인 특유의 목소리로 엄격하게 외쳤다.

—왜 그래? 이번에는 뭐야?

소년들의 요란스런 목소리들이 그를 둘러싸고 외쳤다. 모두가 그를 둘러쌌다. 번쩍이는 햇빛이 그의 어설프게 염색한 꿀빛 머리를 허옇게 드러냈다.

교장의 방은 뿌연 담배 연기와 낡고 색바랜 가죽 의자 냄새가 뒤섞여 퀴퀴한 냄새를 풍겼다. 첫날 그가 여기에서 계약을 했을 때와 똑같았다. 처음 왔을 때와 달라진 것이 없었다. 옆에 있는 찬장 선반에는 스튜어트 화폐를 담은 접시가 있다. 늪지에서 파낸 시시한 보물. 언제까지나 이러할 것이다. 색바랜 보랏빛 스푼 케이스 안에는 이교도들에게 설교하는 12사도의 그림이 그려진 수저*27가 얌전하게 들어 있다. 무궁한 세계이다.

돌계단과 복도를 지나 급히 다가오는 발소리. 디지 씨는 내뱉는 숨으로 드물게 난 콧수염을 펄럭이면서 테이블 옆에 섰다.

—우선, 잠깐 계산을 먼저 하고. 그는 말했다.

그는 저고리에서 가죽 끈을 감은 작은 공책을 꺼내어 펼치고 그 안에서 지폐 두 장을 꺼내어 조심스럽게 테이블 위에 놓았다. 그 가운데 한 장은 둘로 찢어진 것을 이은 것이었다.

—두 장, 그는 공책에 가죽 끈을 다시 감고 주머니에 넣으면서 말했다.

이번에는 황금을 넣어 둔 보물 상자다. 스티븐의 머물 곳 잃은 손이 차가운 돌 사발에 쌓아둔 조개껍데기 위에서 움직였다. 쇠고둥과 돈, 개오지조개*28와 표범조개. 여기 이것은 이슬람 통치자의 터번처럼 소용돌이친다. 이쪽은 성 제임스의 가리비.*29 늙은 순례의 수집물이다. 죽은 보물, 텅 빈 조개들.

번쩍번쩍 빛나는 1파운드 금화가 두툼하고 부드러운 책상보 위에 떨어졌다.

—이것으로 3파운드, 디지 씨가 작은 저금통을 만지작거리며 말했다. 이런 것이 있으면 편리해. 봐. 여기에는 1파운드 금화. 여기에는 은화를 넣고, 6펜스 은화, 반 크라운 은화. 여기가 크라운 은화. 봐.

그는 그 상자에서 크라운 은화 두 닢과 실링 은화 두 닢을 꺼냈다.

---

*27 손잡이에 12사도가 그려진 은수저. 세례를 받는 어린아이에게 주는 선물.

*28 이 조개의 껍데기는 태평양, 인도양 인근의 많은 나라들에서 주화가 통용되기 이전 대용 화폐로 널리 쓰였다.

*29 가리비는 세베대(Zebedee)의 아들인 성 제임스(야고보)를 나타내는 전통적인 상징이며, 순례자의 길(the way of St. James)의 종점인 에스파냐의 산티아고 데 콤포스텔라 대성당을 순례한 사람은, 가리비를 모자의 기념 휘장으로 쓰는 것이 관례였다.

—3파운드 12실링, 이것으로 된다고 생각하는데.[30] 그는 말했다.

—고맙습니다, 선생님. 스티븐은 어색하게 그러나 바쁘게 금화를 긁어모아 바지 주머니에 넣으면서 말했다.

—고마워할 필요는 없네. 자네가 번 돈이니까. 디지 씨는 말했다.

스티븐의 손은 다시 자유로워져서 텅 빈 조개껍데기로 되돌아갔다. 이것 또한 미와 힘의 상징이다. 나의 주머니 속으로 들어간 금화 한 줌. 그것은 탐욕과 불행으로 더럽혀진 상징이다.

—그런 데에 돈을 넣으면 안 돼. 어딘가에서 꺼낼 때 잃는 수가 있어. 어쨌든 이런 걸 하나 사. 매우 편리해. 디지 씨가 말했다.

뭐라고 대답해.

—제 지갑은 텅 빌 때가 많을 겁니다. 스티븐이 말했다.

같은 방, 같은 시간, 같은 지혜. 게다가 나도 같은 사람. 이것으로 세 번째. 여기에서 내 주위에 생긴 세 개의 덫. 별 거 아냐. 내가 바라기만 하면 지금 당장 깰 수 있어.

—그것은 자네의 돈 씀씀이가 헤프기 때문이야, 디지 씨가 손가락으로 가리키면서 말했다. 자네는 돈이 어떤 것인지 아직 몰라. 돈은 힘이야. 자네도 나처럼 오래 살면 알게 돼. 그래, 그래. 젊었을 때 알았다면 좋았을 걸.[31] 하지만 셰익스피어는 뭐라고 했지? '돈만은 지갑에 넣어 둬.'[32]

—이아고의 대삽니다. 스티븐은 중얼거렸다.

그는 따분한 조개껍데기에서 눈길을 돌려 노인에게로 향했다.

—그[33]는 돈이라는 것이 무엇인지 알았어. 그는 돈을 벌었네. 시인이라고는 하지만 역시 한 사람의 영국인이야. 자네는 영국인의 자랑이 무엇인지 아나? 영국인이 무엇보다도 자랑스럽게 말하는 것이 무엇인지 아나? 디지 씨가 말했다.

바다의 지배자?[34] 바다처럼 차가운 그 녀석의 눈이 텅 빈 만을 바라보고

*30 이날은 1904년 6월 16일이다. 이 사립학교는 보름마다 봉급을 지급하고 있다. 스티븐은 세 번째 받았으므로 5월 초부터 근무한 것이 된다.

*31 '만일 노년이 갈망하는 바가 무엇인지를 청춘이 알기만 하면, 그것을 얻고 축적할 수 있을 것이다'라는 격언에서.

*32 셰익스피어의 〈오셀로〉에서 이아고가 로데리고와 돈을 같이 쓸 속셈으로 그에게 한 말.

*33 셰익스피어.

있었다. 나쁜 것은 역사인가? 그는 나와 내 말에 대해서 악의 없이 이야기한 것이다.

—그의 제국에, 해는 결코 지지 않는다. 스티븐이 말했다.

—아냐, 아냐, 그것은 영국식이 아냐. 프랑스의 켈트인이 그렇게 말한 것뿐이야.*35 디지 씨가 말했다.

교장은 저금통을 엄지손가락의 손톱으로 탁! 튕겼다.

—이야기해 주지. 무엇이 영국인의 최대의 자랑인가. 그것은 '나는 내야 할 몫은 다 냈다'는 거야. 디지 씨는 엄숙하게 말했다.

착한 사람이다, 착한 사람이다.

—'나는 내야 할 몫은 다 냈다. 태어나서 이제까지 땡전 한푼 빌린 적도 없었다.' 이 기분을 알겠나? '한 푼의 빚도 없다.' 어때, 이해하겠어?

멀리건에 9파운드, 양말 세 켤레, 값싼 구두 한 켤레, 넥타이 몇 개. 커런에 10기니. 맥컨에 1기니, 프레드 라이언에 2실링. 템플에 점심 두 끼. 러셀에 1기니. 커즌즈에 10실링. 보브 레이놀즈에 반 기니. 쾰러에 3기니. 미시즈 매커넌에게 숙박비 5주일 분. 이 한 줌으로는 어떻게 할 도리가 없다.

—아직은 잘 모르겠습니다. 스티븐은 대답했다.

디지 씨는 저금통을 다시 맨 처음의 자리로 놓으면서 마음으로부터 재미있다는 듯이 웃었다.

—그럴 줄 알았어. 그러나 언젠가는 그걸 알게 될 거야. 우리는 너그러운 민족이지만 동시에 공평해야 해. 그는 기쁜 듯이 말했다.

—저에게는 그런 훌륭하신 말씀이 무섭습니다. 그 때문에 비참한 생각을 하게 되니까요. 스티븐이 말했다.

디지 씨는 잠시 엄숙한 표정이 되어 난로 위에 걸린, 체크무늬 킬트를 입은, 몸집이 장대한 사나이를 바라보았다. 영국 왕세자 앨버트 에드워드.*36

---

*34 헤인즈.

*35 디지의 착각일까. 헤로도토스의 《역사》 제7권 제8절에서 페르시아 왕 크세르크세스는 유럽을 정복한다면 "빛나는 태양 아래 이 나라와 나란히 국경을 맞댈 나라는 하나도 없으리라"고 했는데, 이 때문에 디지가 저런 말을 했는지도 모른다.

*36 빅토리아 여왕과 앨버트 공의 아들(1841~1910). 1901년 즉위했다. 1904년에는 이미 에드워드 7세였다. 디지가 아직까지 킬트를 입은 왕세자 시절의 그의 사진을 걸어 놓고 있는 것은, 그의 선조가 스코틀랜드 출신인 개척자이기 때문일까.

─자네는 날 나이 든, 시대에 뒤떨어진 보수주의자라고 생각하겠지. 나는 오코널*37 때부터 세 시대의 변천을 보아 왔어. 대기근*38도 기억하고 있지. 오렌지당 회원*39들이 연합의 철폐를 외치며 소란을 일으킨 것을 알고 있나? 오코널이 철폐 운동을 벌여 자네들 교회의 높은 분들로부터 선동 정치가라는 말을 듣고 있어. 그것도 20년 전 이야기지. 자네들 페니아 당원*40들은 무엇인가 잊고 있는 것은 아닌가? 그는 신중하게 말했다.

영광으로 빛나는, 경건한 불멸의 추억. 가톨릭교도의 시체로 장식된 아머시(市)의 다이아몬드 비밀결사.*41 가면을 쓰고 무장하고 쉰 목소리로 잉글랜드 농장주들은 선서한다. 검은 북방인*42과 진짜 성경. 아일랜드의 폭동은 굴복한다.

스티븐은 약간 몸을 움직였다.

─내 안에도 반역의 피는 흐르지. 어머니 쪽에 말야. 그러나 나는 연합정치*43에 찬성표를 던진 존 블랙우드 경*44의 후예네. 우리는 모두 아일랜드인이야. 모두 옛날 왕족의 자손이지. 디지 씨는 말했다.

─아아. 스티븐이 말했다.

─'올바른 길을 따라서.'*45 이것이 그의 좌우명이었어. 그는 찬성표를 던졌고, 이를 위해 승마 장화를 신고 다운주(州) 아즈*46로부터 말을 타고 왔

---

*37 대니얼 오코널(1775~1847). 아일랜드 자유당원, 법률가, 아일랜드 해방운동의 거물. 아일랜드의 로마 가톨릭 신앙의 자유와 영국으로부터의 독립을 위해 평생 싸웠다.

*38 1845, 46년의 감자 기근. 이 재난으로 150만의 아일랜드인이 죽거나 미국으로 이주했다.

*39 1795년 아일랜드 신교도가 조직한 비밀 결사로, 당의 기장이 오렌지색 리본이다.

*40 아일랜드 독립을 위해 1858년 뉴욕에 본부를 두고 존 올리아리 등이 만든 결사.

*41 오렌지당의 지사인 신교 장로과 신자로 이루어진 다이아몬드사가 1795년 9월, 북 아일랜드의 아머시에서 가톨릭 농민과 충돌해 20명 이상의 사상자를 냈다. 아일랜드 민중의 대부분은 가톨릭 신자인데 여러 세기 동안 영국의 지배와 신교의 억압으로 고통 받아왔다.

*42 신교도가 대다수를 차지했던 북아일랜드 사람들을 가리키는 말로 용어의 유래는 분명치 않다. 다소 조롱하는 의미가 담겨 있다.

*43 1800년 '연합법'이 성립되면서 아일랜드 고유 의회가 영국 의회에 병합되어 소멸하고 말았다.

*44 실존인물(1722~99). 그러나 디지의 이야기는 부정확하다. 우선 블랙우드는 연합법 성립에 강하게 반대했다. 또한 그는 더블린으로 떠나려던 차에 발작을 일으켜 급사했으므로 반대표를 던지지 못했다. 조이스는 이 사실을 알고 있었다.

*45 존 블랙우드 경의 신조.

지. 디지 씨가 단정하듯이 말했다.

이랴, 이랴
더블린까지 험한 길을.*47

번쩍번쩍 빛나는 승마 장화를 신고 말에 오른 걸걸한 목소리의 지주님. 참 날씨가 좋습니다, 존 나리. 좋은 날씨입니다. 나리…… 날씨……. 더블린까지 덜렁덜렁 흔들리는 두 개의 승마 장화. 이랴, 이랴.

—그 말을 들으니 생각이 나는데, 디댈러스 군, 자네에게 한 가지 부탁할 일이 있네. 자네의 문학 친구들에게 말야. 신문에 내고 싶은 공개장이 있어. 잠깐 앉아 있게. 마지막을 옮겨 적기만 하면 되니까. 디지 씨는 말했다.

그는 창가의 책상으로 가서, 두 차례 정도 의자를 끌어당겨, 타자기의 원통에 감은 종이에 찍힌 몇 단어들을 입으로 중얼거렸다.

—앉아 있게, 실례하네. '상식의 명령'이란 제목이야. 곧 끝나. 그는 어깨 너머로 되돌아보고 말했다.

그는 굵은 눈썹을 꿈틀거리며 팔꿈치 옆 원고를 들여다보고 투덜대며 뻑뻑한 타자기 글자판 단추들을 누르기 시작했다. 가끔 원통을 감아올려 잘못된 곳을 고치고 숨을 불어 지우개 찌꺼기를 날렸다.

스티븐은 왕자나 되는 것처럼 거들먹거리는 존재 앞에 조용히 앉아 있었다. 주위 벽에는 지금은 없는 명마(名馬)들이 액자에 들어가 목을 공중에 뻗어 공순한 뜻을 나타내고 서 있었다. 헤이스팅스 경의 말 '리펄스', 웨스트민스터 공의 '숏오버', 보포트 공의 '실론', 1886년의 '파리상(賞)'. 작은 요정과 같은 기수들이 말 등 위에서 신호를 기다리고 있다. 그는 각 말들의 속도와, 그것을 후원한 왕들의 국기를 보았다. 그리고 지금은 사라진 군중의 외침에 소리를 맞추었다.

—끝, 디지 씨가 타자기 단추들에 대고 명령했다. '그러나 이 매우 주요한 문제의 조속한 해명은……'

---

*46 더블린의 북북동 80마일 지점 다운주 아이리시해에 있는 반도.
*47 작자 미상 아일랜드 민요. 시골 농부의 아들이 더블린에 가서 영국으로 건너가 명성을 얻는 내용인 듯하다.

저곳은 크랜리가 손쉽게 돈벌이가 된다고 해서 나를 끌고 간 경마장이다. 진흙을 뒤집어쓴 사륜마차 사이를 지나, 자기 가게로 오라는 마권 판매소의 외치는 소리를 들으며, 가게에서 흘러나오는 음식 냄새를 뚫고 질퍽한 흙탕 길을 이겨 줄 만한 말을 찾아 돌아다녔다. 페어 레벨은 1 대 1의 승부. 그 밖의 모든 출장마는 10 대 1. 우리는 도박사와 사기꾼들 앞을 지나, 말발굽 과 기수 모자와 조끼를 쫓아, 오렌지에 코를 박고 게걸스럽게 먹고 있는 푸 줏간 여자 앞을 지나갔다.

소년들이 있는 운동장에서는 왁자지껄한 소리가 일어나고 호루라기가 요 란스럽게 울렸다.

다시 골이다. 나는 그들 안에, 혼란하고 흥분한 무리 속에 있다. 인생의 마상(馬上) 창 겨루기. 무릎 관절이 아픈 어머니의 전부인 그 안짱다리 아 들을 말하는 건가? 마상 창 겨루기. 적절한 반격. 찌르면 바로 되찌른다. 마상 창 겨루기. 진흙과 전쟁의 아우성. 참살된 자의 얼어붙은 피의 구토. 인간의 피투성이 내장을 노리는 창의 함성.

—이제 됐어. 디지 씨가 일어서면서 말했다.

그는 종이들을 핀으로 고정시키면서 테이블로 왔다. 스티븐은 일어섰다.

—요점만 간단히 썼는데, 가축 구제역(口蹄疫)에 관한 거야. 잠깐 읽어 봐 주게, 이 문제에 대해서 별로 이론이 없으리라 생각하지만. 디지 씨는 말 했다.

제가 귀지의 귀중한 지면을 빌릴 수 있을까요? 우리 역사에 자주 나타나 는 저 '자유방임주의'. 우리의 가축업. 우리 전체 산업의 운명. 골웨이의 항 만 건설 계획을 방해하는 리버풀 동업조합. 유럽 전체 재앙. 해협의 좁은 통 로를 통한 곡물 공급. 완벽하기 짝이 없는 농림부의 침묵. 고전적인 인용이 허락된다면. 선지자 카산드라.*48 한 사람의 여성이 잘못된 일을 저지른 것이 다. 당면 문제로 들어간다면.

—돌려서 말한 대목은 없겠지? 디지 씨는 계속 읽어 내려가는 스티븐에 게 말했다.

---

*48 트로이 왕 프리아모스의 딸. 아폴론의 구애를 받아들이는 조건으로 그로부터 예언 능력을 받았으나, 그 약속을 지키지 않았다. 그러자 아폴론은 그녀의 예언을 아무도 믿지 않게 했다.

구제역. 코흐*49의 예방법으로 알려진 혈청과 병균. 예방 접종된 말의 비율. 저지(低地) 오스트리아 뮈르츠스테크의 황제의 말들.*50 수의사들. 헨리 블랙우드 프라이스 씨. 공정심사에 관한 정중한 제의. 상식의 명령. 매우 중요한 문제. 총력을 기울여 난국에 대처해야. 귀지의 게재에 대한 감사.

—이것을 신문에 내서 모든 사람이 읽었으면 해, 디지 씨가 말했다. 다음에 병이 유행할 때에는 아일랜드 가축 수입금지 명령이 떨어질 거야. 그런데 이 병은 고칠 수가 있어. 그리고 실제로 고친 일이 있지. 나의 사촌 블랙우드 프라이스의 편지에 따르면, 오스트리아 수의사들은 적절한 치료를 해서 고치고 있다는 거야. 그들은 이곳에 와도 좋다고 말하고 있어. 나는 관공서를 움직여 보려고 해. 이제 일반인들이 어떻게 받아들일지를 알아보고자 하는 거야. 나는 여러 가지로 방해가 들어와서, ······음모네, 뒷구멍 거래네······, 게다가······.

그는 집게손가락을 세우고는 말이 제대로 나오지 않는 것이 답답하다는 듯이 계속 흔들어 댔다.

—내 말을 명심하게, 디댈러스 군, 영국은 유대인의 손아귀에 있어.*51 재정도, 신문도, 모든 높은 지위도. 그들이 번창하는 것은 한 국가가 쇠망할 징조야. 그들이 모이면 반드시 국가의 생명력을 먹어치우고 말아. 나는 오랫동안 일이 돌아가는 것을 봐 왔지. 유대 상인들이 파괴 공작을 시작한 것은 절대로 확실해. 늙은 영국은 죽어 가고 있어.

그는 빠른 걸음으로 걷기 시작했다. 햇볕이 들어오는 곳을 가로지를 때 그의 눈에선 생생한 푸른빛이 빛났다. 그는 몸을 돌려 다시 돌아왔다.

—죽어 가고 있다, 다 죽은 것은 아니지만. 그는 또 말했다.

이 거리 저 거리에서 매춘부의 아우성
늙은 영국의 수의(壽衣)를 짠다.*52

---

*49 1843~1910. 독일의 물리학자, 세균학자. 1905년 노벨 생리·의학상을 받음.

*50 이곳에 오스트리아 황제의 사냥집과 외양간이 있었다.

*51 로스차일드 일가의 재정적 지배를 가리킨다.

*52 블레이크의 시 〈순진한 예언〉에서, '창녀와 도박꾼, 국가에서 면허를 받아,/국민의 운명을 세우나니/이 거리 저 거리에서 매춘부의 아우성/늙은 영국의 수의를 짠다./승리의 함성, 잃은 자의 저주,/죽은 영국의 관(棺) 앞에서 춤을 추도다.'

환상을 보는 것처럼 크게 뜬 디지 교장의 눈은 그가 멈춰 서 있는 햇볕 저편을 바라보았다.

—상인이란. 싸게 사서 비싸게 파는 사람들입니다. 유대인이건 그리스도 교도이건 마찬가지일 겁니다. 스티븐이 말했다.

—그들은 빛을 배반하고 죄를 저질렀어.[53] 그들의 눈빛은 그래서 어두운 거야. 그리고 그 때문에 그들은 오늘날까지 지구를 방황하는 게 아니겠나. 디지 씨는 엄숙하게 말했다.

파리의 주식 거래소 계단 위에서 황금색 피부의 사나이들이 보석반지를 낀 손가락으로 시세를 외치고 있다. 타조들처럼 꺽꺽거리고. 그들은 소리 높여 지껄이면서 회당 주위에 떼를 지어 모여 있다.[54] 어울리지 않게 쓴 실크 모자 아래, 책략으로 가득 찬 머리. 그들의 의복, 그들의 말, 그들의 몸짓은 그들 본디의 것이 아니다. 그들의 움직임 둔한 둥근 눈이 그들의 몸짓과 다른 본심을 말하고 있었다. 게다가 그들의 눈은 주위에 모이는 원한도 알고 있었다. 또 그들의 노력이 헛된 것이라는 것도 알고 있다. 인내를 모아 쌓아도 헛된 일이다. 시간은 반드시 이들의 모든 것을 걷어찰 것이다. 길가에 쌓은 보물의 산더미. 약탈되어 남의 손에 들어간다. 그들의 눈은 방랑의 세월을 알고, 또 참을성 있게 그들 인종의 수치를 알고 있었다.

—죄를 짓지 않은 사람이 있겠어요? 스티븐이 말했다.

—무슨 말이지? 디지 씨가 물었다.

그는 한 발 앞으로 나와 테이블 옆에 섰다. 그의 아래턱은 의문의 표정으로 비스듬히 아래로 벌어졌다. 이것이 노년의 지혜일까? 그는 나의 말을 기다리고 있다.

—역사는 제가 어떻게든 깨어나고 싶은 악몽입니다.[55] 스티븐이 말했다.

운동장에서 소년들의 함성이 울렸다. 호루라기가 요란스럽게 울렸다. 골. 만약에 그 악몽이 이쪽으로 닥치면 어떻게 되는가?

—창조주의 길은 우리의 길과는 달라. 모든 역사는 하나의 큰 목표, 신의 현시(顯示)를 향해서 움직이고 있어. 디지 씨가 말했다.

---

[53] 유대인들이 그리스도를 십자가에 못 박았다.
[54] 예루살렘에 있는 회당에서 예수가 환전상들을 쫓아냈다는 복음서의 설명을 암시한다.
[55] 프랑스 상징파 시인 라포르그의 《사후의 문집》에서 인용.

스티븐은 엄지손가락을 창 쪽으로 가리키며 말했다.

—저것이 신입니다.

만세! 와! 호루라기 소리!

—뭐라고? 디지 씨가 물었다.

—거리의 외침이 말입니다.*56 스티븐이 어깨를 움츠리며 말했다.

디지 씨는 아래를 바라보고 손끝으로 잠시 코를 잡더니 다시 위로 고개를 들고 손가락을 놓았다.

—나는 자네보다는 행복하군. 우리 인류는 많은 과오, 많은 죄를 저질러 왔어. 한 명의 여자, 즉 이브가 이 세상에 죄를 가져온 이래. 평판만도 못한 한 명의 여자, 메넬라오스*57로부터 달아난 아내 헬레네 때문에 그리스인은 10년 동안이나 트로이에서 싸웠지. 한 명의 부실한 여자가 우리 땅에 낯선 사람을 끌어들였어. 맥머로의 아내가 데려온 그의 정부 브레프니의 영주 오루크*58 말야. 한 명의 여자가 파넬을 실각시키기도 했지.*59 나는 많은 잘못과 많은 실수를 저질렀어. 그러나 그 가운데 하나의 죄*60만은 범하지 않았지. 나는 이제 삶이 얼마 남지 않은 투쟁자라네. 나는 끝까지 정의를 위해 싸울 작정이야. 그는 말했다.

얼스터는 싸우리
얼스터는 정당하리.*61

스티븐은 원고 종이를 집어들었다.

—그런데, 선생님. 그는 입을 열었다.

---

*56 성경에서. '지혜가 바깥에서 외치고 광장에서 목소리를 높인다. 법석대는 거리에서 소리 치고 성문 어귀에서 말을 한다.'(《잠언》 1 : 20, 21)

*57 호머의 《일리아드》에 나오는 스파르타 왕. 그의 아내 헬레네가 트로이 왕자 파리스와 달아났기 때문에 트로이 전쟁이 일어났다.

*58 12세기에 태어난 오루크는 헨리 2세의 도움으로 렌스터 왕 다몬트 맥머로와 싸웠다. 맥머로가 오루크의 아내를 유혹했기 때문이라고 한다.

*59 1846~1891. 대니얼 오코널 이후 가장 영향력 있었던 아일랜드 독립지도자. 오셰이 부인과의 연애문제로 만년에 스캔들을 일으켰다.

*60 '빛을 배반하는 죄'.

*61 반(反)가톨릭교도, 반자치군의 전투 구호.

—나는 알아, 자네는 언제까지나 이 일에 머무르지 않을 거야. 자네는 교사에 맞지 않아. 나는 그렇게 생각해. 내 생각이 잘못됐을지도 모르지만. 디지 씨가 말했다.

—오히려 배우는 처지죠. 스티븐이 말했다.

여기서 더 무엇을 배우지?

디지 씨는 머리를 가로로 흔들었다.

—글쎄, 배우기 위해서는 겸손해야 해. 인생은 위대한 스승이야.*62 그는 말했다.

스티븐은 원고를 뒤적였다.

—이 건에 대해서는. 그가 입을 열었다.

—아, 그것은 사본이 두 벌 있는데, 양쪽에 모두 실을 수만 있다면. 디지 씨는 말했다.

〈텔레그래프〉지와 〈아이리시 홈스테드〉.

—애를 써보고서 내일 대답을 드리겠습니다. 양쪽 편집자를 다 조금 알고 있으니까요. 스티븐이 말했다.

—좋아. 디지 씨가 기운을 얻어 말했다. 어제 저녁, 하원의원 필드 씨*63 에게 편지를 썼네. 오늘은 시티 암스 호텔에서 가축업자조합 모임이 있어. 그 모임에 나의 편지를 제출해 줄 것을 그분에게 부탁했지. 자네는 이것을 그 두 신문에 낼 수 있는지 알아봐 주게. 무슨 신문이었지?

—〈이브닝 텔레그래프〉 하고…….

—좋아, 한시가 바쁘니까. 나는 지금부터 조카의 편지에 답장을 써야 해. 디지 씨가 말했다.

—그럼 실례하겠습니다, 스티븐은 원고를 주머니에 넣으면서 말했다. 감사합니다.

—뭘, 디지 씨는 책상 위에서 서류를 찾으며 말했다. 내 비록 나이를 먹었지만 자네와 토론하는 것은 좋아해.

—안녕히 계십시오, 스티븐은 상대방의 굽은 등에 머리를 숙이면서 말했다.

그는 열린 현관을 통해 밖으로 나가 운동장에서 나는 외침 소리, 스틱이

---

*62 호머의 《오디세이아》에서 네스토르가 왕자에게 조언하는 장면을 연상시킨다.
*63 1904년 당시 아일랜드 가축업자조합의 조합장.

부딪치는 소리를 들으며 가로수 밑 자갈길을 걸어갔다. 그가 지나가는 문의 주춧돌 옆에서 자고 있는 사자. 이빨 없는 위협. 그래도 그가 싸운다면 돕겠다. 멀리건이 새로운 이름을 나에게 지어 주겠지. 불친소를 벗삼은 시인? *64

—디댈러스 군!

뒤에서 쫓아온다. 또 원고는 아니겠지.

—잠깐 기다려 줘.

—네, 스티븐은 문 옆에서 돌아보며 말했다.

디지 씨는 멈추자 숨을 헐떡였다.

—한마디 해 두고 싶었네. 아일랜드는 유대인을 박해한 일이 없는 유일한 나라라는 명예가 있다고 말야. 자네는 이것을 알고 있나? 호, 모른다고? 왜 그런지 알겠나?

그는 밝은 빛이 내리쬐는 대기를 향해서 엄숙하게 찡그려 보였다.

—왜 그러죠? 스티븐은 미소를 지으면서 말했다.

—아일랜드는 결코 유대인을 입국시키지 않았기 때문이지.*65 디지 씨는 엄숙하게 말했다.

기침 섞인 웃음의 총알이 걸걸거리는 가래를 끌고 그의 목에서 튀어나왔다. 그는 기침을 하고 웃고 두 손을 높이 올려 흔들면서 홱! 등을 돌렸다.

—절대로 입국시키지 않았어. 그는 자갈길 위를 각반을 찬 발로 힘차게 밟으면서 웃음 속에서 이렇게 다시 외쳤다. 이것이 그 이유야.

나뭇잎들의 격자무늬를 통해서 떨어지는 햇볕이 디지 교장의 어깨 위에 태양의 번쩍이는 빛, 춤추는 금화를 뿌렸다.

＊64 호메로스식(式) 수사법을 흉내낸 것일까. 그리스 문화를 예찬하는 멀리건을 비꼬는 표현. 여기서 불친소는 고기를 얻기 위해 거세시킨 소를 말한다.

＊65 11세기 무렵부터 아일랜드에 자리를 잡고 살았던 유대인들은 1290년 영국에서와 마찬가지로 아일랜드에서도 쫓겨났다.

에피소드 3
PROTEUS
프로테우스*1

---

*1 변신과 예언의 능력이 있는 바다의 신.

줄거리

오전 11시가 지난 시간. 스티븐은 학교를 나와 샌디마운트 해변을 걸어간다. 추상적인 사고가 잇따라 그의 머리에 떠올라, 그것이 바다의 풍경, 파도의 움직임, 모래사장의 조개껍데기, 떠내려 온 재목, 버려진 헌 구두 따위와 결부되어 걷잡을 수 없는 심상(心象)의 풍경을 이룬다.

그 도중에 그는 변호사 일을 하는 리치 숙부의 집 근처까지 오지만 들르지 않는다. 그의 명상은 해안 풍경과 결부되어 이어진다. 시내 쪽에서 조산사두 사람이 해안으로 내려오자 인생의 탄생과 최초의 여성 이브에게 배꼽이 없었다는 추정, 자기가 잉태되어 태어난 데에 대한 신의 의지에 대해서 생각한다. 또 파리에서 학교를 다닐 때 만난 혁명가 케빈 이건을 떠올린다. 이때 조개를 줍는 남자와 여자가 개를 데리고 온다. 그 개의 동작을 그는 자세하게 살핀다. 다음에 그는 생각난 말을 교장으로부터 부탁 받은 원고 끝을 잘라 적어 둔다. 그리고 코크 호수까지 걸어간다.

이 에피소드는 텔레마코스가 메넬라오스와 헬레네를 만나 아버지의 소식을 묻는 《오디세이아》 제4장에 해당한다. 메넬라오스와 헬레네는 트로이 전쟁 뒤 이집트에 표착했는데, 예언을 듣기 위해 바다의 늙은 신 프로테우스를 사로잡는다. 프로테우스는 사자, 뱀, 표범, 늑대, 물, 나무 따위로 변신하여 달아나려고 하나, 결국 실패해 귀국 길을 가르쳐 준다. 이 에피소드의 추상적인 사고의 난해성은 파도 사이에서 모든 것으로 모습을 바꾼다는 프로테우스의 이미지를 반영하고 있다.

눈에 보이는 것이 갖는 피할 수 없는 형식. 그 이상은 아니라 할지라도 적어도 나의 눈을 통해서 이렇게 생각했다.

내가 여기에서 인정하는 모든 사물들의 특징, 물고기 알, 해초, 다가오는 밀물, 낡은 장화와 같은. 파란 은색, 빨간 녹. 그것들은 색의 기호다. 투명도의 한정된 범위. 그러나 그[2]는 덧붙인다. 형체를 이룬 것에 대하여. 그렇다면 그는 그것들이 색을 띠고 있다는 것을 알아차리기 이전에 물체로서의 그것들을 알아차리고 있었던 것이다. 어떻게? 그야 물체에 머리를 부딪쳐서지, 분명히. 조심해. 천천히 나아가는 것이 좋아. 그는 대머리인 데다 억만장자였으니까,[3] '사물을 아는 사람들의 스승'은.[4] 형체가 있는 투명한 것의 한계. 왜 모양이 있는가? 투명, 불투명. 만약에 자네가 다섯 손가락을 통과시킬 수 있다면 그것은 대문이 아니라고 해도 분명히 문이다. 눈을 감고 봐.

스티븐은 눈을 감고, 장화가 해초나 조개들을 밟아 바스락거리고 깨지는 소리를 들었다. 너는 어쨌든 그 속을 걷고 있다. 틀림없어. 한 번에 한 발자국씩. 공간의 극히 작은 구획(區劃)을 통한, 시간의 극히 짧은 사이를. 다섯 걸음, 여섯 걸음. '차례대로 이어서.' 맞아. 그리고 그것이 들리는 것들의 피할 수 없는 형식이다. 눈을 떠라. 아냐 아직. 엇? 만약에 내가 바다 위로 돌출된 절벽에서 떨어진다면,[5] 그 추락은 피할 수 없이 '서로 병존(並存)하는 것들'을 통과함으로써이다.[6] 나는 어느새 익숙해져 어둠 속에서도 앞으로 잘 나아간다. 물푸레나무 칼은 허리에 매달려 있다. 그것으로 더듬으면서 걸어. 장님이 하는 것처럼. 그의 구두를 신은 나의 두 다리는 '서로 나란히' 그의

---

*2 아리스토텔레스.

*3 아리스토텔레스의 묘사.

*4 단테 《신곡》의 〈지옥편〉 제4곡 131. 아리스토텔레스를 가리킨다.

*5 스티븐은 그 행위 자체를 혐오하지만, 햄릿이 유령을 뒤따르듯 자살을 명상한다. 〈햄릿〉 1막 4장 참조.

*6 공간을 암시.

다리 끝에 붙어 있는 셈이다.*⁷ 천지창조의 신의 망치가 만들어 낸 이 확실한 소리. 나는 샌디마운트 해변을 따라 영원 속으로 걸어 들어가고 있는가? 바삭 바삭 바삭 싹 싹. 거친 바다의 화폐.*⁸ 디지 교장은 조개에 대해서는 무엇이든지 알아.

샌디마운트에 오지 않겠나?
매들린 암말아.*⁹

들어 봐. 리듬이 시작된다, 그렇지? 그래, 들린다. 약강격(弱强格) 불완전 4보격(四步格)의 행진이다. 아니, 달리기다. '암말 들린'아.

자, 너의 눈을 떠라. 그래 뜬다. 하지만 잠깐. 그때부터 모든 것이 사라져 없어졌을까? 만약에 내가 눈을 떠도 영원히 불투명한 암흑 속에 있다면. '이제 됐어!' 보이는 것이라면 보아야지.

자, 봐. 네가 없어도 그대로다. 줄곧 그래왔고, 앞으로도 그러할 것이다. 세계는 영원히 존재한다.

어? 여자들이 리히 대지(臺地)*¹⁰의 계단을 조심스럽게 내려오는군, '여자들'이. 경사진 해변을 부드럽게 내려온다. 그녀들의 넓적한 평발이 진흙투성이 모래 속에 푹푹 빠진다. 나처럼, 앨지*¹¹처럼, 우리의 위대한 어머니에게로 걸어오고 있다. 한 사람은 산파용 가방을 무거운 듯이 들고, 또 한 사람은 큰 우산으로 해변가 모래를 짚으면서. 자유 구역*¹²으로부터의 하루의 외출. 미시즈 플로렌스 맥케이브, 깊은 애도 속에 세상을 떠난 브라이드거리의 고(故) 백 맥케이브 씨의 부인. 그녀와 같은 직업을 가진 한 사람이 비명을 지르는 나를 인생 속으로 억지로 끌어냈다. 무(無)로부터의 창조. 저 가방 속에는 무엇이 들었을까? 검붉은 모직천에 감싸인, 탯줄 달린 유산아(流産

---

*7 지금 스티븐의 바지와 신발은 멀리건에게서 빌린 것이다.

*8 조개껍데기.

*9 출처를 알 수 없는 아일랜드 민요. 암말은 파도를 암시한다.

*10 샌디마운트 도로에서 해안으로 뻗은 작은 길.

*11 영국 시인 스윈번의 애칭.

*12 주로 성 패트릭 대성당 주변 지역을 가리킨다. 본디 더블린 시 행정권 바깥쪽에 있었으므로 이런 이름이 붙여졌다. 그 시대 빈민가.

샌디마운트 해안에서 바라본 호우드 곶

兒). 탯줄은 애초의 조상에게 연결되어 있는 끈이다. 모든 육체를 잇는 밧줄이다. 그래서 신비파 사제들이 존재하는 거지. 너희는 신처럼 되고 싶은가? 그대의 옴팔로스(배꼽)를 보라.*13 여보세요, 여기는 킨치. 에덴 동산시(市)에 대 줘요. 알레프,*14 알파*15의 001번이오.*16

아담 카드몬*17의 아내이자 친구인 헤바, 즉 나체의 이브. 그녀에게는 배꼽이 없었다. 자세히 봐. 통같이 큰 배. 송아지 가죽을 친 둥근 방패. 아니, 쌓아올린 흰 곡식의 산. 동방(東方)의, 영원에서 영원으로 나아가는 불사(不死)의 배. 죄악의 자궁.

나 역시 곧바로 세상에 태어난 것이 아니라, 죄의 암흑 속에 잉태되었다.

---

*13 배꼽을 응시함으로써 명상 훈련을 한 교도들이 있었다.

*14 헤브라이어의 A.

*15 그리스어의 A.

*16 스티븐은 배꼽의 탯줄을 '원초'와 연결된 전화선으로 보고서 지상 낙원에 전화 거는 흉내를 내고 있다. 여기서 알레프, 알파, 001은 모두 전화번호를 뜻하며, 원초를 나타내는 기호이기도 하다. 또한 001은 무(無)로부터의 창조를 암시한다.

*17 유대교 신비주의 카발라의 원초적 인간. 헤바는 이브의 중세 라틴어 표기. 본디 뜻은 '생명'이다.

저 두 사람, 나의 목소리와 나의 눈을 가진 사나이와, 숨결에 재 냄새가 섞인 망령의 여자를 통해서. 두 사람은 꽉 껴안았다가 그리고 떨어졌다. 두 사람을 결합시킨 신의 의지에 따라서. 신은 오래전부터 나를 존재하게 하려 했고 지금까지, 아니 어쩌면 영원히 내 존재를 거두려 하지 않을지도 모른다. '영원의 법칙'이 신과 함께 있으니까. 그러면 이것이 바로 성부(聖父)와 성자(聖子)의 동질성을 이루는 신성한 본질인가? 결론을 내리려는 가엾은 아리우스는 지금 어디에 있는가? 평생을 두고, '대(大)유대 신성(神性) 조소(嘲笑) 반대론'을 위해 평생을 싸운 이교의 시조(始祖)여. 그리스의 수세식 화장실에서 숨을 거두다니. 안락사였던가. 구슬이 달린 사제관을 쓰고, 사제장(司祭杖)을 손에 들고, 변기를 옥좌삼아 앉아 법직(法職)에서 쫓겨난 외톨이로. 사제복을 걷어 올리고 더러운 오물을 엉덩이에 묻힌 채……

바람이 그의 주위에서 날뛰었다. 물어뜯는 것 같은 날카로운 바람*¹⁸이. 그들은 이쪽으로 온다, 파도가. 하얀 갈기의 해마(海馬)들, 재갈을 우드득 우드득 씹으면서, 바람의 고삐를 단 마나난*¹⁹의 준마(駿馬)들.

교장의 신문사 투고 건*²⁰를 잊어선 안 된다. 그러고 나서 술집 십으로. 12시 반이다. 그 돈*²¹은 어리고 착한 천치처럼 마음 편하게 쓰는 것이 좋아. 그래. 그렇게 해야 해.

그의 걸음이 느려졌다. 여기다. 여기까지 왔다. 사라 숙모 집으로 갈까? 어떻게 할까? 나와 동질(同質)인 아버지의 목소리. 요사이 예술가 형 스티븐을 만났니? 만나지 않았다고? 그는 분명히 샐리 숙모와 함께 스트라스부르 그의 테라스에 있지 않을까? 그 녀석*²² 좀 더 높이 날아오를 수는 없었나? 그리고, 그리고, 그리고, 스티븐, 사이 백부*²³는 어떻게 지내셔? 아, 울음보 신이여, 나는 어처구니없는 것들과 친척이 되었어! 건초 외양간에서 뛰노는 아이들. 몸집이 작은 술주정뱅이 서기와 코넷*²⁴을 부는 그의 동생. 대단히

---

*18 〈햄릿〉 1막 4장 호레이쇼의 대사와 거의 비슷하다.

*19 아일랜드 신화에 등장하는 바다의 신. 프로테우스처럼 변신하는 능력이 있다.

*20 디지 교장의 원고를 신문에 실어 주기로 한 것.

*21 스티븐이 아침에 받은 보름치 급여.

*22 이카로스.

*23 사이먼.

*24 19세기 중엽 프랑스에서 발명된 금관악기로 모양이 트럼펫과 비슷하다.

존경스러운 곤돌라 사공. 자신의 아버지에게 나리라고 존칭을 붙여 말하는 사팔뜨기 월터. 나리. 네 나리. 아니요 나리. 예수도 울었대.*25 무리는 아니지. 결단코.

나는 숙모의 초라한 집 앞에 서서 가르릉거리는 천식환자의 소리를 내는 벨을 누른다. 그리고 기다린다. 모두는 나를 빚쟁이로 잘못 알고 안전한 곳에서 엿본다.

—스티븐이에요, 나리.

—들어오게 해, 스티븐을 들여보내.

빗장이 벗겨지고 월터가 나를 맞이한다.

—우린 네가 다른 사람인줄 알았어.

넓은 침대에서 리치 숙부가 베개를 베고 모포에 싸인 채 굽힌 무릎 위로 그 건장한 팔을 뻗는다. 가슴이 깨끗하다. 상반신을 방금 씻은 참이었다.

—잘 왔어, 조카.

그는 무릎 위 판을 옆으로 치운다. 그 판 위에서 동의서, 일반 조서, 법정 출두 명령서*26 따위를 철하고, 고프 사정관과 새플란드 탠디 사정관에게 제출할 비용 추산서 원안을 작성하던 참이었다. 그의 대머리 위쪽에는 이탄목(木) 액자가 걸려 있다. 와일드의 '진혼(鎭魂) 기도시'*27다. 그의 낮은 휘파람의 뜻을 잘못 알고 월터가 돌아온다.

—예, 나리?

—리치와 스티븐에게 맥주를 내놓으라고 어머니에게 말씀드리고 와. 어머니는 어디 계시지?

—크리시를 목욕시키고 있어요, 나리.

아빠 침대의 꼬마 친구. 사랑의 귀염둥이.

—괜찮아요, 리치 숙부님……

—그냥 리치라고 불러. 탄산수 같은 건 안 돼. 그것은 인간을 타락시켜. 위스키를 내놔!

<hr />

*25 라자로가 죽었다는 이야기를 듣고 "예수님께서는 눈물을 흘리셨다."(《요한복음서》11 : 35)

*26 스티븐의 외숙부는 변호사이다.

*27 오스카 와일드가 자기 누이의 죽음에 관하여 쓴 시.

―리치 숙부님, 정말로…….

―앉아. 그렇지 않으면 법률을 걸고 정말로 너를 때려눕힐 테다.

월터가 사팔뜨기 눈으로 의자를 헛되이 찾는다.

―앉을 것이 없습니다, 나리.

―엉덩이를 둘 자리가 없다니, 이 바보야. 우리 집 치펀데일*28 의자를 가져와. 뭔가 먹지 않겠나? 이 집에서는 너의 젠체하는 행동은 통하지 않아. 청어와 함께 프라이한 자양분 많은 베이컨은 어때? 정말? 그럼 좋아. 우리 집에는 허리 아픈 데에 먹는 알약밖에 아무것도 없으니 말야.

'들어라!'*29

그는 페란도의 〈출격의 노래〉 몇 소절을 웅얼거린다. 이 오페라에서 가장 들을 만한 대목이야, 스티븐. 잘 들어 봐.

감미로운 휘파람이 다시 울려 퍼진다. 세심하게 조율된 곡조로 열심히 숨을 이어가면서. 모피로 덮은 무릎을 큰 주먹으로 쿵쿵 치면서.

이 바람 쪽이 그 휘파람보다 더 상쾌해.

몰락하는 집들, 나의 집도, 그의 집도 모두. 너는 클론고우즈*30의 아이들에게 판사 숙부와 육군 대장 숙부가 있다고 말했어. 그따위 얘긴 집어치워, 스티븐. 아름다움은 거기에 없어. 또 네가 요아킴 아바스*31의 색 바랜 예언을 읽은, 퇴락한 항만과 같은 마시 도서관*32 안에도 아름다움은 없어. 도대체 누구를 위한 예언이야? 대성당 안에 바글거리는 어리석은 군중을 위한. 또 한 사람의 인간 혐오자*33는 군중을 피하여 광기의 숲으로 뛰어 들어갔다. 달빛 속에서 그의 갈기는 땀으로 젖고 눈동자는 별빛을 띠고. 말 같은 코를 한 후이넘.*34 타원형의 말 얼굴들. 템플과 벅 멀리건, 여우 얼굴의 폭

---

*28 18세기 영국의 유명한 가구 제작자. 그의 작품은 곡선이 많고 장식적인 것이 특징이다.

*29 이탈리아어. 베르디의 오페라 〈일 트로바토레〉(1853)에서 용병대장 페란도가 부르는 〈출격의 노래〉에 나오는 대사다.

*30 소년 시절 스티븐이 다녔던 가톨릭 예수회파 학교, 클론고우즈 우드 칼리지.

*31 1145?~1202. 이탈리아의 신비주의 신학자.

*32 아일랜드에서 가장 오래된 공공도서관. 더블린 중남부 성패트릭 성당 근처에 있다.

*33 조나단 스위프트. 1667~1745.

*34 《걸리버 여행기》 제4장에 등장하는 말. 외모는 짐승 같지만 인간 이상으로 총명하며 도덕적인 사회를 이루고 있다.

시 캠벨.*35 턱이 긴 녀석들. 아바스 신부여, 미친 사제장이여,*36 어떤 죄가, 그들의 두뇌에 불을 질렀는가? 체! '내려와, 대머리, 목이 아까우면 내려와.' 위협 받은 머리에 화환과 같은 흰머리를 하고 괴사(怪蛇)와 같은 눈을 하고 성체*37 상자를 집으면서 제단 맨 아랫단까지 내려오는 것을 나는 본다. 내려와, 내려와, 대머리야. 합창단은 제단 모서리 근처에서 가세하여 위협하고 반향을 일으킨다. 머리를 깎고 성유(聖油)를 바르고, 거세되고, 밀알의 가장 좋은 것을 먹고 살이 찐 채, 긴 흰옷을 입고 위엄 있게 걷는 사제들의, 코 고는 소리를 닮은 라틴어가 여기에 반주를 붙인다.

그와 동시에 구석에 있는 한 사제가 성체를 들어 올리고 있다. 짤랑 짤랑! 그리고 두 줄 떨어진 곳에서 또 한 사람이 그것을 성체기에 넣고 자물쇠를 잠그고 있다. 짤랑 짤랑! 그리고 성처녀의 제단에서는 다른 한 사람이 성체를 혼자 차지하고 있다. 짤랑 짤랑! 아래로도, 위로도, 앞으로도, 뒤로도. 무적(無敵)의 박사 댄 오컴*38은 그것을 생각했다. 안개가 짙게 긴 영국의 어느 날 아침, 원질론(原質論)의 작은 마귀가 그의 머릿속을 뛰어다닌 것이다. 그가 성체를 내리고 무릎을 꿇었을 때 그는 회당 밖의 그의 두 번째 종소리와 첫 번째 종소리가 뒤섞이는 것을 들었다. (그는 성체를 받들고 있다) 그리고 일어서면서 그는 (이번에는 내가 받들고 있다) 이들 두 종이 (그는 무릎을 꿇고 있다) 이중 음으로 울리는 것을 들었다.

사촌인 스티븐이여, 자네는 결코 성인은 될 수 없을 거야. 이 섬은 이제 성인들로 가득 차 있어. 너도 옛날에는 신앙심이 매우 깊었잖은가? 너는 빨간 코가 되지 않도록 성모 마리아에게 기도했지. 너는 눈앞의 뚱뚱한 과부가 물이 찬 길에서 그 옷을 좀 더 높이 올리도록 해달라고, 서펜타인거리*39에서 악마에게 빌었다. '아, 분명히 그래.' 그를 위해서는 영혼이라도 팔아 버려, 안 그래? 여자의 육체 둘레에 핀으로 고정시킨 염색 천 조각을 위해. 더 이야기해 봐. 더 말해 봐. 호우드 곶으로 가는 전차 이층에서 혼자 빗속

---

*35 모두 스티븐의 친구들.
*36 조나단 스위프트, 그는 더블린 시 성패트릭 성당의 사제장으로 만년에는 미쳤다.
*37 예수의 육체의 상징으로 신자의 입에 넣는 얇은 빵.
*38 1275~1347. 영국의 스콜라파 신학자. 스승 당 스코타스의 실체론에 반대하여 유명론을 주장했다.
*39 더블린 남동부 샌디마운트에 있는 거리.

에서 외쳤지. '나체의 여자를' 하고. 이건 뭐야, 응?

뭣이 뭐라니? 그렇지 않으면 여자는 뭣 때문에 만들어진 거야?

매일 밤, 일곱 권의 책을 두 페이지씩 읽는 거 말인가? 나는 젊었었다, 너는 거울 속에서 열성적인 갈채라도 받는 것처럼 앞으로 나아가 그 속의 너 자신에게 인사했어. 참 어리석은 녀석. 만세다. 아무도 보지 않았어. 누구에게도 말하지 마. 한 권마다 알파벳 한 자씩을 표제로 해서 네가 쓰려고 생각한 책. 자네는 그의 '에프(F)'를 읽었나? 아, 읽었지. 하지만 나는 '큐(Q)' 쪽이 좋아. 그래, 그러나 '더블유(W)' 쪽이 놀랄 만해. 그래 '더블유'다. 녹색의 타원형 이파리 위에 네가 인정한 신의 현시(顯示)를, 그 심각한 체험을 쓴 책을, 만약에 네가 죽으면 알렉산드리아시를 포함해서 세계의 모든 큰 도서관에 보내지도록 되어 있는 너의 책을 떠올려. 어느 무함마드 학자인가 누군가가 수천 년 뒤에 그것을 읽는다고 생각해 봐. 수억 년 뒤에. 피코 델라 미란돌라*40처럼. 그래, 그러고 보니 고래처럼 보이기도 하는군.*41 먼 옛날 사람의 그러한 기묘한 페이지를 읽을 때에는 자기가 이전에 그런 일을 한 자기와 함께 있는 것 같은 생각이 든다.

곡식 낱알 같은 모래가 이제 그의 발아래에서 없어졌다. 그의 구두는, 젖은 소리를 내는 돛대나 맛조개 무리, 무수한 조약돌 위에서 부딪쳐 소리 나는 무수한 조약돌, 좀조개가 파먹어 구멍이 난 나무토막, 부서진 아르마다*42 위를 다시 밟고 걷고 있었다. 더러운 모래사장은 오물과 같은 냄새를 풍기면서 그가 밟는 구두 밑바닥을 빨아들이기 위해 기다리고 있다. 그는 조심스럽게 그것들을 피해서 걸었다. 검은 맥주병이 허리까지 파묻혀 과자 반죽가루와 같은 모래 속에 서 있었다. 보초다. 지독하게 메마른 섬이야. 해변에는 부서진 통 테, 육지에는 어둡고 교활한 그물이 처져 있다. 그 저편에 분필로 낙서가 갈겨진 뒷문, 그리고 해안 높은 곳에는 셔츠 두 장이 십자가에 묶인 듯 널려 있는 빨랫줄. 여기는 링센드*43이다. 햇볕에 탄 키잡이와

---

*40 1463~1494. 르네상스 시대의 이탈리아 철학자, 신학자. 박식했던 사람으로 기존 사상의 전체적인 종합을 계획했다. 그는 알 수 있는 것이라면 그 무엇에 대해서도 논쟁한다고 말했다.

*41 〈햄릿〉에 나오는 말. 어리석은 이야기라는 뜻의 햄릿의 말. 스티븐의 실현성 없는 계획에 대한 스스로의 냉소.

*42 1588년 영국해협에서 영국에 패배한 에스파냐의 아르마다 무적함대.

*43 더블린만(灣) 동쪽 연안에 있는 곳과 등대.

상급선원들의 오두막이다. 인간의 조개껍데기다.

그는 걸음을 멈추었다. 나는 사라 숙모 댁으로 가는 길은 지나쳤어. 거기는 안 갈 건가? 가지 않을 것 같군. 근처에는 아무도 없다. 그는 북동쪽으로 방향을 바꾸어 단단한 모래밭을 가로질러 피전(비둘기)하우스*44 쪽으로 걸어갔다.

—'누구 때문에 이런 궁지에 빠졌지?'*45

—'비둘기 때문이야, 요셉.'*46

휴가로 집에 돌아와 있는 패트리스가 맥마흔 술집에서 나와 함께 따뜻한 우유를 핥았다. 파리 기러기인 케빈 이건*47의 아들. 나의 아버지는 새.*48 그는 분홍빛의 젊은 혀와 둥근 집토끼와 같은 얼굴을 하고서 달콤하고 따뜻한 우유를 핥았다. 핥는 토끼. 그는 복권에 당첨되기를 바라고 있다. 여성의 성질에 관해서 그는 미슐레*49를 읽었지. 그나저나 그가 레오 택실*50의 《예수의 생애》를 나에게 꼭 보내 주어야 하는데. 그것을 그의 친구에게 빌려 주었지.

—'그건 정말 웃겨. 나? 나는 사회주의자야. 나는 신의 존재를 믿지 않아. 아버지에게는 비밀이지만.'

—'아버지는 믿으시나?'

—'아버지? 그래.'*51

쪽. 그는 핥는다.

나의 라틴구(區) 모자. 정말, 우리는 제대로 몸치장을 해야 돼. 나는 진한 갈색 장갑이 갖고 싶어. 너는 학생이었잖아. 무슨 학생이었지? 솔직하게 말

---

*44 리피강 하구 남쪽 기슭의 길게 돌출된 둑 중간에 있는 옛 요새 겸 선착장. 1890년대 후반에 발전소가 들어섰다.

*45 이 요셉과 마리아의 대화는 레오 택실의 《예수의 생애》(1884)에 나온다. 성모 마리아가 임신했을 때의 대화.

*46 비둘기는 성령의 상징, 마리아는 성령으로 잉태했다.

*47 독립운동을 하다가 영국 정부를 피해 파리로 망명한 인물. 여기서 기러기는 해외로 망명한 독립운동가를 가리키는 말이다.

*48 성령으로 잉태되어 태어난 예수를 풍자한 멀리건의 노래.

*49 1798~1874. 프랑스의 역사가. 프랑스 혁명운동의 여성 투사를 그리고 있다.

*50 1854~1907. 프랑스의 문학가. 그는 《예수의 생애》에서 전통적 성경 해설을 꼬집고 비틀어서 합리적으로 설명하려고 했다.

*51 스티븐이 파리에서 패트리스와 주고받았던 대화.

해 무엇을 공부하고 있는 거야? 뻬이 쎄이 엔. P·C·N.*52 알겠나? '물리' '화학' 그리고 '자연과학'. 아하, 4페니짜리 폐장(肺臟) 스튜를 먹고, 이집트의 미식(美食)인 양, 트림하는 마부들과 팔꿈치를 맞대고. 자연스런 투로 말하는 거야. 내가 파리에 있었을 때에는 불 미슈거리*53에 곧잘 갔지. 그래, 만약에 어디에선가 살인 혐의로 붙잡히면 알리바이를 증명하려고 구멍 뚫은 티켓을 지니고 다녔지. 정의. 1904년 2월 17일 밤,*54 그 죄수는 두 증인에게 목격되었지.*55 다른 사람이 한 거야. 또 한 사람의 나. 그 모자, 넥타이, 외투, 코. '그것은 나야.'*56 재미있었겠군.

뽐내고 걷는다. 누구를 흉내내려는 거지? 잊어버려. 추방된 자여. 어머니가 보내 주신 8실링의 우편환을 가지고 갔더니 우체국 심부름꾼이 코앞에서 문을 탕! 닫고 말았어. 배가 고파서 오는 치통. '아직 2분 남았잖나.' 시계를 봐. 꼭 필요해. '끝났어요.'*57 이 저주받은 개새끼! 탕 하고 한 방, 엽총으로 날려 버릴까? 피투성이 살점이 벽에 눌어붙을 거야. 놋쇠 단추처럼 말야. 그러면 그 살점이 빙빙 다시 돌아와서 애당초의 모양이 된다. 다치지 않았소? 오, 괜찮아요. 악수합시다. 내 기분을 알겠죠? 오, 괜찮아요. 악수야.

너는 기적을 행하려 했었지, 뭐? 불 같은 콜룸바누스와 같이 유럽으로 가서 선교한다. 천국의 의자에 걸터앉은 피아커와 스코투스가 라틴어로 소리 높이 웃으면서 그들의 술잔에서 술을 엎지른다. '좋아, 좋아' 하고. 뉴헤이븐*58의 미끈미끈한 부두를 가로질러 짐꾼 삯 3페니라고 외국인처럼 서툰 영어를 쓰는 척하면서 너의 여행 가방을 끌었다. 뭐랬더라? 대단한 전리품을 가지고 돌아왔지. 〈Le Tutu〉, 해질 대로 해진 〈흰 바지와 붉은 반바지〉*59

---

* 52 물리(physiques), 화학(chimiques), 자연과학(naturelles)의 각 머리글자. 프랑스어.
* 53 파리 카르티에라탱의 불바르 생 미셸(생 미셸거리)을 줄여서 불 미슈라고 부른다. 파리 생활에 익숙하다는 증거.
* 54 스티븐은 이날 파리에 있었던 것 같다. 어머니가 돌아가신 것은 그 후이다.
* 55 실제 있었던 일로, 맥카시라는 남성이 자기 아내 테레사를 살해한 것이 두 증인에게 목격 되었다.
* 56 루이 14세가 '짐은 국가다'라고 한 말을 재미있게 표현한 것.
* 57 스티븐이 파리에서 겪었던 일.
* 58 영국 남부 해안의 항구도시. 스티븐은 이 항구를 경유하여 파리 유학길에 오른다.
* 59 둘 다 잡지.

다섯 권, 프랑스의 파란 전보용지. 과시할 만한 진품이다.

—어머니 위독, 즉시 귀가, 아버지.

숙모는 말야, 자네가 어머니를 죽였다고 생각하고 있어. 그래서 싫어해.

그렇다면 멀리건 숙모에게 건배.
그 까닭을 알려 줄까?
숙모 덕분에 하니건 집안은
항상 품위 있는 생활이거든. *60

그의 발은 갑자기 자랑스러운 리듬을 타고 남쪽 벽 호박돌을 따라 모래 이 랑 위를 나아갔다. 그는 쌓아올린 매머드 대가리뼈와 같은 호박돌을 자랑스 럽게 바라보았다. 바다, 모래, 호박돌 위에 황금의 빛이 비친다. 태양은 저 쪽이다. 홀쭉한 나무들과 레몬 빛 집들.

아침잠에서 깨어나고 있는 파리. 그 레몬 빛 거리 위에 밝게 비치는 햇빛. 맛있는 빵 과자. 청개구리 빛깔의 향쑥. 파리의 향기가 주위의 공기에 스며 든다. 바람둥이가 자기 아내 애인의 아내 침대에서 일어나고, 머릿수건을 쓴 마나님은 초산 접시를 손에 들고 움직이기 시작한다. 로도 제과점*61에서는 이본과 마들렌이 금이빨로 만두 과자를 먹고, ‘브르타뉴 과자’로 입 언저리 가 누렇게 되어 화장을 고치고 있다. 파리 남자들의 얼굴이 지나간다. 여자 를 만족시키고 나서 만족하고. 곱슬머리 ‘정복자들’이.

정오의 졸음. 케빈 이건은 인쇄 잉크*62로 더러워진 손가락으로 탄약 가루 같은 담배를 만다. 아들 패트리스가 흰 우유를 마시는 것처럼 그는 녹색의 술을 홀짝홀짝 들이켠다. 그와 나의 주위에서는 대식가들이 양념을 친 완두 를 포크로 목구멍에 밀어 넣고 있다. ‘반 씨띠에*63 더 줘요!’ 잘 닦은 가마 솥에서 커피 김이 세차게 올라온다. 그 여자가 그의 지시에 따라 나의 주문 을 받으러 온다. ‘이 청년은 아일랜드 사람이야. 네덜란드 치즈라고요? 아

---

*60 아일랜드 가요. 프렌치의 〈매슈 하니건의 숙모〉 가운데 한 구절.

*61 파리의 성 미카엘거리 8번지에 있는 제과점.

*62 케빈 이건은 프랑스로 망명해 〈뉴욕 헤럴드〉지 파리판 식자공으로 일했다.

*63 액체를 재는 단위. 약 8리터에 해당한다.

냐 치즈가 아냐. 우리 두 사람 모두 아일랜드 사람이에요. 우리는 아일랜드. 아, 그러세요?' 그녀는 자네가 네덜란드 치즈를 주문한 것으로 생각한 거야. 자네의 포스트프랜디얼(postprandial), 자네는 그 말을 아나? 식후의 재미 말이야. 옛날에 바르셀로나에서 알게 된 사람이 있는데 묘한 녀석이었어. 그 것을 자기의 포스트프랜디얼이라고 말했지. 자, 그럼 '건배!' 석판을 깐 테이블 주위에서 술 냄새나는 숨결과 꼬로록 하는 목구멍소리가 얽힌다. 케빈 이건의 숨이 소스로 더러워진 접시 위에 어리고 녹색 요정의 이빨이 그의 입술 사이로 나온다. 아일랜드 이야기, 달카시아 일족(一族)*⁶⁴의 이야기, 희망 이야기, 음모 이야기, 그리고 이번에는 아서 그리피스*⁶⁵ 이야기. 나와 자신을 같은 의무에 묶어서 우리의 죄요, 우리의 동기라고 말한다. 자네도 역시 자네 아버지의 아들이군. 그 목소리로 알 수 있어. 그가 비밀을 누설할 때 그의 핏빛 꽃이 달린 퍼스티언직(織) 셔츠의 에스파니아풍 술 장식이 흔들린다. 저명한 드루몽 씨,*⁶⁶ 유명한 저널리스트인 드루몽 씨가 빅토리아 여왕을 뭐라고 불렀는지 아나? 누런 이빨의 노파라는 거야. '누런 이빨'의 '마귀할멈'이라고 말야. 모드 곤, 그녀는 아름다운 여자야. 〈조국〉, 밀르부아예 씨.*⁶⁷ 펠릭스 포르*⁶⁸가 어떤 식으로 죽었는지 아나? 음탕한 친구들이야. 몸을 파는 여자, 웁살라의 목욕탕에 가면 잡부라고 불리는 젊은 여성들이 있는데, 나체 남성의 마사지를 하지. '제가 해 드리죠' 하고 나오는 거야. '남자분이라면 누구나' 하고 말야. 난 됐어, 내가 말했지. 참 호색적인 풍습이야. 목욕이란 가장 사적인 일이지. 나는, 나의 형제, 친형제에게도 보이지 않아. 참 호색적인 이야기야. 녹색의 눈, 나는 자네를 보고 있다. 송곳니, 나는 너를 느낀다. 음탕한 사람들.

푸른 성냥이 손 안에서 생기 없이 타다가 확 하고 세차게 타오른다. 서툴

---

*64 중세 아일랜드 남서부 먼스터 지방 호족. 그중 한 사람인 브라이언 보루는 아일랜드 왕이 되었다.

*65 1872~1922. 아일랜드 정치가, 시인.

*66 1844~1917. 반유대주의를 주창한 프랑스의 〈라 리브르 파롤〉지의 편집인이자 기자.

*67 프랑스 언론인이자 정치가(1850~1918). 반(反)의회주의, 배외주의, 군국주의를 주장했다. 1894년부터 우익 석간신문 〈조국〉 정치란 담당자가 되었다.

*68 프랑스 정치가(1841~99). 1895~99년에 공화국 대통령이었는데 드레퓌스 사건의 재심을 거부했다. 재직 중에 뇌일혈로 쓰러져 급사했다. '애인의 품에 안겨' 죽었다고 한다.

게 만 담배 끝에 불이 옮아간다. 불꽃과 목을 찌르는 연기가 우리가 있는 구석을 환하게 비춘다. 새벽당원*⁶⁹ 모자 밑으로 슬쩍 드러나는 말라빠진 광대뼈. 두목들이 어떻게 해서 도망갔는가 하면……. 이건 진짜 이야기야. 그 사나이는 젊은 신부로 꾸며서 베일을 쓰고 오렌지 꽃을 들고, 맬러하이드 도로*⁷⁰를 마차로 달아난 거야. 분명히 달아난 거지. 좌절한 지도자들, 배반당하여 허겁지겁 달아난 거야. 변장을 하고, 하마터면 잡힐 뻔했지. 없어. 여기에는 없어.

쫓겨난 연인. 그 무렵엔 나도 건장한 젊은이였지, 정말로. 언젠가 사진을 보여 줄게. 실제로 그랬어. 사랑을 하고 있던 그는 사랑 때문에 반역자 패거리의 수령인 리차드 버크 대령*⁷¹과 함께 클러켄웰*⁷²의 성벽 아래를 헤매고 돌아다닌 거야. 그리고 거기에 웅크리고 있으면서 복수의 불길이 뿜어 나와 그 성벽을 폭파하는 것을 보았지. 안개 속에서. 유리가 깨지고 무너지는 벽돌. 그리고 화려한 파리의 그 사람, 파리의 이건이 숨어 있는 거야. 그를 찾아낸 것은 나뿐이었지. 더러운 활자 상자, 세 곳의 술집, 밤에 그가 잠시 가서 잠을 자는 몽마르트르거리*⁷³ 동굴, 파리똥이 깔린 죽은 자의 초상으로 벽이 장식된 구트 도르거리 집 따위를 그는 매일 헤매고 다닌다. 애인도 없고, 조국도 없고, 아내도 없이. 아내 쪽은 추방된 남편이 없어도 지르쾨르거리에서 카나리아 한 마리, 그리고 다른 동거인 두 사람과 함께 아주 편하게 지낸다. 복숭아 같은 뺨, 얼룩말 무늬 스커트, 젊은 여자처럼 활발하게. 그는 쫓겨나도 절망하지 않아. 나를 만났다고 패트에게 이야기해 주지 않겠나? 한때 나는 가엾은 패트*⁷⁴에게 일을 찾아 주려고 했지. 여보게, 자네, 프랑스 병사로 만들어 줄까 하는데. 나는 그에게 노래를 가르쳐 주었어. '킬케니의 젊은이는 튼튼하고 쾌활하다.' 그 옛 노래를 아나? 이것을 패트리스에게 가르친 거야. 그리운 킬케니, 성 캐니스 교회, 노어 강변에 선 스트롱보우의 성. 이런 식이었지. '오, 오.' 그 사람, 내퍼 탠디는 나의 손을 잡는다.

---

*69 18세기 말 아일랜드 신교도들이 구교도들에 맞서서 만든 결사. 오렌지당의 전신.
*70 아일랜드 동부 해협의 작은 마을. 더블린 북쪽 9마일 지점에 위치.
*71 미국 남북전쟁 당시 북군 대령. 아일랜드 출신 미국 페니언 당원이기도 했다.
*72 영국 런던에 있는 정치범 수용소.
*73 파리 북부 빈민가.
*74 케빈 이건의 아들 패트리스.

'아, 아, 킬케니의
젊은이…….'*75

연약하고 쇠약한 손을 나의 손에 얹고. 모두는 케빈 이건을 잊어도 그는
모두를 잊지 않는다. 너를 떠올리면, 오 시온이여.*76

그는 바닷가 가까이까지 와 있었다. 젖은 모래가 구두에 닿아 철벅 하고
소리를 냈다. 새로운 공기가 거친 신경의 현(絃)을 타면서 그를 맞는다. 만
물을 생기게 하고 빛나게 하는 야생적인 공기의 바람이. 가만, 내가 키시의
등대선이 있는 곳까지 걸어가는 것은 아니겠지? 그는 갑자기 멈춰 섰다. 그
의 발은 느슨한 모래 속으로 서서히 가라앉기 시작했다. 되돌아가야지.

되돌아가면서 그는 남쪽 해안을 바라보았다. 그의 다리는 다른 새로운 모
래 속으로 천천히 가라앉았다. 탑*77의 차가운 둥근 천장의 방이 그를 기다
리고 있다. 총안(銃眼)에서 들어오는 빛줄기가 지금도 조용히 움직인다. 내
다리가 가라앉고 있는 것만큼이나 서서히, 해시계 바닥 위로, 석양 쪽으로,
기어가면서. 푸르스름한 땅거미, 내리는 밤, 깊은 청색 밤의 어둠. 어두운
거실에서, 차려놓은 접시 그대로 내버려둔 난잡한 식탁 곁에서 그 두 사람은
기다리고 있다. 뒤로 밀어낸 그들의 의자, 오벨리스크처럼 거꾸로 선 나의
가방. 누가 그것을 치우지? 멀리건이 열쇠를 가지고 있다.*78 오늘은 밤이 되
어도 저곳으로 돌아가지 않으리라. 말 없는 탑의 닫힌 문이, 눈을 감은 두
사람의 육신을, 표범 나리와 그를 쫓는 사냥꾼*79을 가둔다. 불러 봐도 아무
런 대답이 없다. 그는 빨려 들어가는 두 다리를 빼고 돌 방파제를 따라 되돌
아갔다. 무엇이든지 주겠다, 모두 다 가져. 내 영혼은 나와 함께 걷는다. 모
든 형태 속의 참다운 형태가.*80 이리하여 나는 달이 철야를 하고 있는 밤 속
을, 은빛 흑담비 모피 옷을 입고,*81 엘시노어*82의 유인하는 듯한 파도를 들

---

*75 아일랜드 민요 〈푸른 의상〉 한 구절. 위의 '내퍼 탠디'는 이 곡의 주인공으로 혁명가이다.
*76 구약성경 〈시편〉 137의 구절.
*77 마텔로 탑.
*78 스티븐은 탑의 열쇠를 멀리건에게 주었다.
*79 멀리건과 헤인즈를 가리킴.
*80 멀리건과 헤인즈가 자기의 모든 것을 가져가도 자기의 영혼만은 빼앗을 수 없다는 뜻.
*81 〈햄릿〉에서 호레이쇼가 유령의 수염을 '은빛 흑단비 모피'로 묘사했다.

으면서 바위 위를 걷는다.

파도가 나를 쫓아온다. 나는 여기서 그것이 흘러가는 것을 볼 수 있다. 그럼, 풀베그 도로에서 저편 해안으로 되돌아가면 돼. 그는 사초와 미끈미끈한 미역을 넘어 가서 물푸레나무 지팡이를 바위 틈새에 세우고 의자 모양의 바위 위에 걸터앉았다.

부풀어 오른 개의 사체가, 떠내려 온 바닷말 더미 위에 뒹굴고 있었다. 그 앞에는 모래에 파묻힌 보트의 뱃전. '모래에 묻힌 마차'라고, 루이 비요*⁸³는 고티에*⁸⁴의 산문(散文)을 그렇게 불렀지. 이 무거운 모래톱은 조수와 바람이 쌓아올린 하나의 언어이다. 그리고 저쪽에는 죽은 건축자가 쌓아올린 돌 둑이, 족제비쥐들의 사육장이 되어 있는 암벽이 있다. 거기에 황금을 감춰라. 해보는 거야. 어느 정도 가지고 있잖아. 모래와 돌. 과거의 추억으로 무거운 마음. 거인 라우트 경의 장난감이다.*⁸⁵ 뺨을 얻어맞지 않도록 조심해. 나는 무서운 거인이야. 거대한 호박돌을 모두 굴려서 그것을 내 발판으로 하는 거야. 쿵 쿵. 사람 냄새가 난다. 아일랜드인의 피 냄새가 난다.

하나의 점처럼 작게 보였던 개가 기운차게 모래사장을 가로질러 시야에 들어왔다. 망할 녀석! 덤벼들려나? 녀석의 자유를 존중하라. 너는 남의 주인도 노예도 되지 않을 것이다. 나에게는 지팡이가 있다. 가만히 앉아 있자. 더 먼 곳에서 파도 머리를 가로질러 해안 쪽으로 걸어오는 사람의 그림자가 둘. 아까의 두 성녀(聖女)들인가?*⁸⁶ 그녀들은 그것을 남몰래 갈대숲에 감추었다.*⁸⁷ 숨바꼭질이다. 찾았다. 아냐, 개가 말야. 두 사람 쪽으로 달려가는 군. 누굴까?

북구 민족의 노예선이 사냥감을 찾아서 이곳 해변가로 왔다. 피로 물든 부

---

*82 햄릿의 거성.

*83 1813~83. 프랑스 문학자.

*84 1811~72. 프랑스 시인, 비평가, 소설가.

*85 아일랜드 전래 동요에 나오는 사람 잡아먹는 거인. 이빨 대신 돌(장난감)들을 입에 채워 넣고 있다. 뒤에 나오는 "아일랜드인의 피 냄새가 난다"는 "영국인의 피 냄새가 난다"를 뒤튼 말.

*86 처음 본 여자들. 스티븐이 마리아 막달레나, 야고보와 요셉의 어머니 마리아 두 사람을 연상했다는 설도 있다. 둘 다 예수의 추종자로서 십자가에 매달리는 예수를 목격했으며, 그 시체가 무덤에 묻히는 모습을 지켜보았다(《마태오복음서》 27~28).

*87 모세의 어머니와 누이는 아기 모세를 누인 갈대상자를 갈대숲에 두었다.

리 같은 뱃머리는 백랍을 녹인 듯한 큰 파도를 뚫고, 맬러키가 황금빛 옷깃을 달고 있던 시대에, 가슴에 도끼 표지를 번쩍이던 덴마크인 해적들. 무더운 대낮에 고래 떼가 해변으로 기어올라 얕은 여울에서 물을 뿜으며 몸부림친다. 그러자 굶주린 새장과 같은 도시로부터 가죽조끼를 입은 한 무리의 난쟁이들, 즉 내 종족이 나왔다. 가죽 벗기는 칼을 들고 달려와 껍질을 벗기고, 푸른 지방질의 고래 살덩이를 자른다. 기근, 질병, 도살. 그들의 피가 내 몸 안을 흐르고 있는 것이다. 그들의 탐욕이 내 안에서 맥박이 되어 고동친다. 나는 얼어붙은 리피강에서 그들 사이를 돌아다녔다. 요정이 인간 아기와 바꿔친 아이인 나,*88 송진이 지글지글 타는 모닥불 사이를. 나는 누구에게도 말을 걸지 않았다. 누가 나에게 말을 걸어오지도 않았다.

개가 짖으면서 그를 향해 달려왔다. 그리고 멈추었다가 다시 되돌아갔다. 나의 적인 개. 여기저기 짖어 대고 돌아다니는데 나는 다만 얼굴이 창백해지고, 말없이 서 있었다. 공포의 침묵. 엷은 노란색 조끼를 입은 운명의 악당*89이 내가 무서워하는 꼴을 보고 빙그레 웃었다. 그것을, 그들의 울부짖는 듯한 갈채의 소리를, 자네는 기다리고 있는가? 왕위를 노리는 자여. 그들의 생활을 겪어 보라. 브루스의 동생,*90 토머스 피츠제럴드,*91 비단옷을 입은 기사, 요크 집안의 후계자라고 속인 퍼킨 워벡*92은 상앗빛 흰 장미의 비단 반바지를 입고, 단 하루만의 경이(驚異)가 되었다. 그리고 나서 하녀와 술꾼을 데리고 왕관을 쓴 접시닭이 램버트 심넬.*93 모두가 왕의 아들이라고 말

---

*88 아이 바꿔치기는 서유럽 지역 전설 및 민간설화에 주로 등장한다. 요정, 트롤, 엘프와 같은 존재들이 몰래 인간 아이를 자신의 아이나, 아니면 마법 걸린 나무토막 같은 물건으로 바꿔치기 해간다고 한다. 사람들은 이렇게 인간 아이 대신으로 내버려진 아이는 머지않아 죽게 된다고 믿었다.

*89 맬러키 멀리건.

*90 1280?~1318. 스코틀랜드 왕 로버트 브루스의 동생 에드워드 브루스. 1315년 아일랜드에 침입하여 섬 전체를 전율의 도가니로 몰아넣었다. 북아일랜드 던독에서 전사했다.

*91 1513~37. 킬데어 백작. 1534년 6월 더블린 성을 공격하는 등 영국에 저항하여 봉기하였으나 같은 해 10월 윌리엄 스케핑턴 경이 이끄는 영국군과의 메이누스 싸움에서 패했으며, 숙부들과 함께 처형되었다.

*92 1474~99. 사기꾼. 1491년부터 스스로를 영국왕 에드워드 4세의 아들이라고 일컬었다. 1495년 영국 왕위를 찬탈할 목적으로 침략을 꾀했으나 실패, 런던타워에 수감되었다가 처형되었다.

했지. 예나 지금이나 이 섬은 왕위를 노리는 녀석들의 낙원이다. 멀리건은 물에 빠져 죽어가는 헤인즈를 구했다. 그런데 너는 강아지가 짖는 소리에 떨고 있다. 하지만 오르 산 미켈레 사원*94의 귀도*95를 비웃은 왕의 신하들은 자기네들 집에 있었다. ……집에. 자네의 난해한 중세풍 고증 버릇은 이제 질색이야. 멀리건이 한 일을 자네도 할 텐가? 보트는 근처에 있겠지. 구명 대도. '물론' 자네가 쓸 수 있도록 되어 있고. 자네는 할 건가, 안 할 건가. 9일 전에 메이든 바위 앞 바다에 빠진 사나이가 있어. 모두 그 시체가 떠오르기를 기다리고 있지. 본심을 말해 봐. 나는 하고 싶다. 나는 해 보고 싶다. 수영은 잘 하지 못한다. 물은 차갑고 부드럽다. 클론고우즈의 학교에서 세면대의 물에 이마를 담갔을 때. 아무것도 안 보여! 뒤에 있는 것은 누구지? 빨리 올라와, 빨리! 사방에서 조수가 신속하게 흘러들어 이내 모래사장의 낮은 곳을 채우고 조개껍데기가 섞인 코코아 빛으로 변해 가는 것이 보이지 않나? 만약에 내 다리 아래가 육지라면 말야. 나는 역시 그의 생명이 그의 것이고 나의 생명이 나의 것인 편이 좋아. 물에 빠진 사나이. 그 사나이의 눈이 죽음의 공포에서 나를 향해 비명을 지른다. 나는…… 그와 함께 떨어져 간다…… 나는 어머니를 구할 수가 없었다. 바다, 괴로운 죽음, 영원한 상실.

한 여자와 남자였다. 그녀의 스커트가 보인다. 그 스커트는 핀으로 고정되어 있다, 틀림없어.

그들의 개는 여기저기 뛰고 냄새를 맡고 돌아다녔다. 전생에서 잃은 것을 찾고 있나? 개는 느닷없이 뛰기 시작했다. 들토끼처럼 양쪽 귀를 뒤로 눕힌 채. 낮게 날아가는 갈매기의 그림자를 쫓아서. 남자의 날카로운 휘파람 소리가 개의 늘어진 귓전에 울렸다. 개는 돌아보고 깡충깡충 뛰어 돌아가, 물방울이 번쩍이는 다리로 잰걸음으로 가까이 왔다. 갈색 들판에서 뛰어다니는 야생 그대로의 뿔 없는 수사슴 같다. 조수의 레이스 천 가장자리에서 멈추었다. 굳어진 앞다리로, 바다 쪽에 귀를 돌리고, 코를 들고 바다의 소음과 해

---

*93 1477?~1525. 영국왕위 참칭자. 1487년 더블린에서 영국왕의 지위에 올랐으나 헨리 7세에게 정복되었다. 사형을 받는 대신 왕실 부엌의 고기 꼬챙이 돌리는 사람으로 고용되었다.

*94 피렌체의 교회당.

*95 1575~1642. 이탈리아 화가.

마 무리와 같은 파도 머리를 향하여 짖어 댔다. 파도는 개의 다리 쪽으로 뱀처럼 가까이 왔다. 소용돌이치면서 여러 개의 닭볏을 세우고 아홉 개째의 파도마다*96 부서져 물보라를 일으킨다. 멀리에서, 멀리, 훨씬 먼 앞바다에서, 파도, 또 파도······.

저 둘은 새조개 따는 사람들인가? 그들은 얕은 물가를 조금 걷다가 몸을 굽혀 주머니를 물에 담그고 다시 들어 올려 앞으로 나아갔다. 개는 그들 쪽으로 뛰어가면서 짖어 댔다. 그들을 뒤쫓아, 뒷발로 서고, 그들에게 덤비고, 납작 엎드렸다가는 말없이 곰처럼 애교를 부리고 다시 뒷발로 섰다. 그들이 마른 모래사장으로 돌아오자 개는 그를 아랑곳하지 않는 그들의 뒤를 따라갔다. 벌어진 아가리로 이리 같은 혀를 내밀고 붉게헐떡이면서.*97 얼룩덜룩한 반점이 나 있는 개는 느릿느릿 그들을 앞서 갔다. 그러다가 질주하는 송아지처럼 뛰기 시작했다. 개의 사체가 그의 앞길에 가로놓여 있었다. 개는 멈춰서 킁킁거리고 주위를 맴돌았다. 자기 형제의 주위를. 이번에는 좀 더 코를 가까이 대고, 개 특유의 날랜 동작으로 죽은 개의 엉망이 된 털가죽 위의 모든 부분을, 냄새 맡았다. 개의 대가리뼈, 개의 후각, 땅으로 향한 눈이 하나의 커다란 목표를 향해 움직인다. 아, 불쌍한 개여. 여기에 가엾은 개의 사체가 가로놓여 있다.

—나부랭이 같으니! 저리 꺼져, 이 똥개야.

호통에 놀라 질금거리며 개가 주인 곁으로 돌아왔다. 그러자 주인이 맨발로 개를 걷어찼다. 개는 걷어차일 때 몸을 웅크리고 모래톱을 가로질러 무사히 떨어졌다. 그러고는 먼 길을 돌아 살며시 돌아왔다. 나를 알아채지 못한다. 낮은 땅 가장자리를 따라 헤매다가 바위 냄새를 맡더니 뒷다리를 쳐들고 오줌을 갈겼다. 가엾은 것들의 단순한 즐거움. 그러고 나서 그의 뒷다리는 모래를 차냈다. 다음에는 앞다리를 내고 다시 팠다. 거기에 무엇인가 묻어 두었나? 녀석의 할머니라도? 개는 냄새를 맡고 되파고 모래 속으로 파고들었다. 그러다가 잠시 그만두고 바람에 귀를 기울였다. 이번에는 미친 듯이 발톱으로 모래를 긁어 올렸다. 다시, 정지. 표범, 퓨마, 잡종으로 태어난 들

---

*96 아홉 번째로 밀려오는 파도는 다른 파도보다 높다는 속설에서.

*97 지은이는 작품에서 수많은 단어를 새롭게 창조했다. '붉게헐떡이다(redpanting)'도 거기에 포함된다.

개나 표범이다. 이놈은 죽은 시체를 파먹는다.

어젯밤, 헤인즈 덕분으로 눈을 뜬 뒤에 꾼 꿈은 이것과 같았던가? 가만. 거실 문이 열려 있었다. 창녀들의 거리. 회상해 봐. 하룬 알 라시드*98였다. 거의 생각해 냈어. 그 사나이가 나를 안내했고, 내게 이야기했다. 나는 두려워하지 않았다. 그가 들고 있던 멜론을 내게 내밀었다. 웃으며. 크림 프루트의 냄새. 그것이 규칙이라고 말했다. 들어와. 이쪽으로. 깔려 있는 빨간 융단. 누군지 알게 될 거야.

부대를 어깨에 멘 빨간 이집트 사람들이 터덜터덜 걸어갔다. 걷어 올린 바지 밑으로 드러난 핏기 없는 다리가 젖은 모래 위에서 처벅 처벅 물을 튕겼다. 짙은 갈색 머플러가 면도하지 않은 목을 쥔다. 여자는 자신의 걸음 속도를 유지하며 그의 뒤를 따랐다. 깡패와 함께 다니는 순회 창녀. 노획물은 여자가 등에 짊어지고. 거친 모래알과 조개껍데기가 그녀의 맨발에 달라붙어 있다. 머리카락이 바람에 날려 사방에 나부낀다. 주인 뒤를 따라, 서둘러, 롬빌*99로. 밤의 어둠이 몸의 흠을 감추어주면, 개들이 더럽힌 아치 길에서 여자는 갈색 숄을 쓰고 손님을 끈다. 그녀의 정부는 블랙피츠의 올로플린 주점*100에서 더블린 근위병 두 사람에게 한턱 내고 있다. 저 여자를 깨물고 핥아. 사기꾼의 그럴듯한 언어로 후리는 거야. 어이, 귀여운 아가씨 하고. 악취를 풍기는 넝마 아래 마녀의 흰 피부. 그날 밤, 펌밸리 골목길.*101 피혁소의 냄새.

　　그대의 손은 희고, 입술은 빨갛고
　　몸매도 싱싱하구나.
　　어둔 구석 술통 위로 같이 올라가
　　끌어안고 입맞췄으면.*102

---

*98 《아리비안 나이트》에 나오는 바그다드의 교주. 사치와 향락을 즐기고 학문과 예술의 옹호자로 활동했다.

*99 런던을 가리키는 은어.

*100 더블린 시 특별 구역에 있는 무허가 주점.

*101 더블린 시 특별 구역에 있다.

*102 17세기에 유행했던 민요.

술통배의 아퀴나스는 그것을 '엉큼한 쾌락'이라고 부른다. '돼지처럼 살찐 수도사 녀석.' 타락하기 전의 아담은 올라탔으나 발정(發情)은 하지 않았다. 저 아퀴나스에게 말하게 하면 돼. 그대의 '몸매가 싱싱하구나'. 이 말은 그의 말로 조금도 손색이 없다. 수도사의 말, 그들의 띠 위에서 묵주들이 재잘거리는 세상을 현혹하는 말. 악한의 말, 그들의 주머니에서 돈을 쟁그랑거리게 하는 신호의 말.

지금 지나가고 있다.

나의 햄릿형 모자[103]를 흘끗 곁눈으로 본다. 만약에 내가 여기에 앉은 채 갑자기 나체가 된다면? 그러나 나는 나체가 아냐. 온 세계의 사막을 가로질러 태양의 불타는 칼에 쫓기면서 서쪽 석양의 땅으로 이주한다.[104] 그녀는 터벅터벅 걷는다, 짐을 당기고, 끌고, 움직이고, 나르면서. 조수가 달의 인력에 끌려 서쪽으로 흐른다. 여자의 몸 안으로 떠오르는 무수한 섬들, 밀려드는 조수, 그것은 피, 내것은 아니다, 그것은 '포도주 빛깔의 바다',[105] 포도주처럼 어두운 바다다. 달의 지배를 받는 이 여자를 보라. 잠 속에서 물의 신호가 시간을 고하여 그녀를 깨운다. 그리고 나서 결혼의 침상, 출산의 침상, 창백한 유령의 빛 떠도는 죽음의 침상. 죽음이여, 모든 육체가 너에게 올 것이다. 죽음은 온다, 창백한 흡혈귀, 폭풍을 통해 보이는 그의 눈, 그의 박쥐들의 항해는 바다를 피로 물들이고, 그의 입술은 그녀에게 키스하려고 다가간다.

자. 이것을 잊기 전에 기록해 두자. 나의 수첩에. 그녀에게 키스하려고 내미는 입술. 아니 입을 두 개 적어야겠어. 그것을 잘 붙여. '그녀의 입에 키스하려는 그의 입술'이라고 적어 둬.

그의 입술은 공기의 육체 없는 입술을 핥고 삼켰다. 그녀의 자궁에 가 닿는 입술. 자궁, 모든 것을 담는 무덤. 신의 입은 말 없는 숨을 토해 내면서 창조했다. 우우이이이하 하고. 그러자 이내 폭포와 같은 행성의 부르짖음이,

---

*103 앞서 나온 라틴 모자를 바꿔 말한 것. 나중에는 '조개 모자'로 변한다.

*104 '불타는 칼'은 하느님이 아담과 이브를 에덴동산에서 추방하는 대목에 나온다. "이렇게 사람을 내쫓으신 다음, 에덴동산 동쪽에 그룹들과 번쩍이는 불칼을 세워 생명나무에 이르는 길을 지키게 하셨다."(《창세기》3 : 24)

*105 호메로스가 바다를 표현한 말.

둥근 꼴을 이루고 불길을 뿜으면서 사라져 간다, 멀리 멀리 멀리 멀리 멀리 멀리. 종이가 있다. 지폐다. 쳇. 엿이나 먹어라. 디지 노인의 편지다. 이거면 되겠군. 귀지의 친절에 감사드리며—라. 이 끄트머리 여백을 찢어야지. 그는 태양을 등지고 평평한 바위 위로 깊이 몸을 숙인 채 글을 써갈겼다. 도서관 카운터에서 수첩 대신 쓸 메모지를 가져오길 잊은 것은 이번이 두 번째다.

몸을 굽히자 바위 위로 그의 그림자가 드리웠다. 바위 끝까지. 그림자는 왜 가장 먼 별까지 끝없이 이어지지 않을까? 별들은 이 빛의 배후 어두운 곳에 있다. 빛 속에서 빛나는 어둠,*106 카시오페이아 별자리 삼각주(三角洲)가, 여러 세계가. 나는 여기에서 신의 점쟁이처럼 물푸레나무 지팡이를 가지고 앉아 있다. 남에게서 빌린 신을 신고, 낮에는 창백한 바닷가에, 아무도 보는 사람 없이, 보랏빛 밤이 되면 불길한 별의 지배 아래 돌아다닌다. 나는 내게서 나온 그림자, 피할 수 없는 인간의 형태를 띤 이 짧은 그림자를 던지고, 또 그것을 불러들인다. 끝없이 어디까지나 그것은 나인가? 나의 형상의 형상인 그것은? 누가 나를 보고 있는가? 누가 어디에서 지금 내가 쓴 이 말들을 읽을 것인가? 하얀 종이 위의 기호를. 너의 가장 미묘한 목소리를 어디서, 누가. 클로인 주교님은 주교관(冠) 위로 성소의 장막을 걷어 올렸다. 그것은 색깔 있는 문양을 수놓은 넓은 베일이었다. 그곳을 꽉 잡고 계셔요. 평면 위에 착색한 것이니까요. 그래요, 그것으로 좋아요. 나는 평면을 본다. 동쪽으로, 또 뒤로. 아, 보라, 입체경 속에 얼어붙어 갑자기 멀어진다. 딱! 소리 나는 트릭 장치다. 자네는 나의 말이 어둡다고 생각한다. 그러나 어둠은 우리의 영혼 속에 있다. 그렇지 않은가? 좀더 분명히 이야기하자면, 우리의 영혼은 우리가 저지른 죄로 인해 수치를 느끼고 상처 입어 한층 더 우리에게 달라붙는다. 여자가 애인에게 달라붙는 것처럼. 강하게, 더 한층 강하게.

그녀는 나를 믿고 있다. 그녀의 상냥한 손, 속눈썹이 긴 눈. 그런데 나는 도대체 그녀를 베일 너머 어디로 데려가려는가? 피할 수 없는 눈에 보이는 것들의 피할 수 없는 형태 속으로. 그녀, 그녀, 그녀, 어느 그녀인가? 자네

---

*106 "그분 안에 생명이 있었으니 그 생명은 사람들의 빛이었다. 그 빛이 어둠 속에서 비치고 있지만 어둠은 그를 깨닫지 못하였다"(《요한복음서》 1 : 4, 5)의 변형.

가 쓰려고 하는 알파벳 순의 책 한 권을 읽히고 싶은 것은 월요일 호지스 피기스 서점 창문으로 들여다본 그 처녀다. 자네는 날카로운 눈초리를 그녀에게 던졌다. 양산의 가죽 끈에 끼운 그녀의 손목. 그녀는 슬픔과 빈곤 속에 리슨 공원*107에 살고 있는 문학소녀이다. 그런 이야긴 다른 사람한테나 하라고, 스티비, 술 앞에서. 그녀는 틀림없이 코르셋 가터벨트에다, 굵은 털실로 짠 노란 스타킹을 신고 있을 거야. '오히려' 사과가 든 찐빵 이야기라도 해 주면 좋아. 여느 때의 자네의 재주는 어디로 갔지?

나를 만져다오, 상냥한 눈이여. 부드러운, 부드러운, 부드러운 손이여. 나는 여기에서 혼자 외로워. 아, 나를 만져다오, 지금 곧. 누구나가 아는 그 말이란 도대체 뭐지? 나는 여기에서 외톨이야. 그리고 슬퍼. 나를 만져다오, 나를 만져다오.

그는 울퉁불퉁한 바위에 길게 누웠다. 종이쪽과 연필을 주머니에 쑤셔넣고 모자를 눈 위에 덮고. 이것이 바로 케빈 이건의 낮잠, 안식일의 잠이다. '신은 보셨도다. 보시니 참 좋았더라.'*108 여어! 좋은 날씨야. 5월에 핀 꽃만큼이나 반갑구면.*109 그는 모자 챙 아래로 공작의 날개 끝처럼 가늘게 떨리는 속눈썹 사이로 남쪽으로 가는 태양을 바라보았다. 나는 이 불타는 정경에 사로잡혀 있다. 판 신의 시각,*110 목양신의 정오이다. 수액을 잔뜩 머금은 뱀처럼 구불구불한 나무들, 농익어 짓무른 열매, 황갈색 수면 위로 떠가는 고요한 잎사귀들…… 고통은 멀리 있다.

'더 이상 얼굴을 돌리고 생각에 잠기지 마.'*111

그의 눈은 자신의 앞코가 넓은 구두에 쏠렸다. 멋쟁이가 쓰다 버린 구두. 그는 이전에는 남의 발이 따뜻하게 담겼던 그것의 주름진 가죽 갈라진 틈을 세어보았다. 기쁨에 취해 힘차게 땅을 밟았던 다리, 그 다리를 나는 좋아하

---

*107 더블린 남부 교외에 있는 공원.
*108 '하느님께서 보시니 손수 만드신 모든 것이 참 좋았다.'(《창세기》 1 : 31)
*109 이는 16세기부터 계속 쓰여 온 관용구다.
*110 판은 그리스 신화에 나오는 목신(牧神). 말라르메의 시 〈목신의 오후〉를 염두에 둔 표현.
*111 예이츠의 시 〈퍼거스와 함께 가는 자 누구냐〉의 한 구절.

지 않는다. 하지만 에스더 오스발트의 구두가 너에게로 향했을 때 너는 기뻐하지 않았는가. 파리에서 알던 그 소녀. '어머, 얼마나 작은 다리야!' 믿을 만한 친구. 형제와 같은 마음, 차마 입에 담기 힘든 와일드의 사랑.*¹¹² 멀리건은 이제 나를 버릴 것이다. 그리고 나쁜 것은 누구인가? 나는 이대로, 나는 이대로. 모 아니면 도다.

코크 호(湖)*¹¹³로부터 긴 올가미 모양을 이루는 물줄기가 황록색 모래늪 위로 굽이치며 힘차게 흘러갔다. 나의 물푸레나무 지팡이가 떠내려갈 것이다. 나는 기다리리라. 아냐, 물은 지나갈 것이다. 낮은 바위에 부딪쳐 부서지고 소용돌이치며. 어서 일을 끝내는 편이 좋겠다는 듯이. 저 소리를 들어봐. 네 단어로 된 물결의 언어. 시이슈우—, 스스스스—, 크르르르—, 우우우— 바다뱀, 뒷발로 선 말들, 바위 틈에서 나는 격렬한 물의 숨결. 바위의 잔에 물이 넘친다. 철벅, 철벅, 철벅 하고. 술통 안에서 술이 출렁이듯이. 그러고 나서 물은 피곤해져 지껄이기를 그만둔다. 그러더니 이번에는 잔물결을 이루며 넓게 흐르고 웅덩이처럼 펼쳐진 꽃 같은 거품을 부글거린다.

솟구쳐오르는 조수 아래로 시달림으로 고통받는 잡초들이 힘없이 머리를 들어올리고, 느적느적 팔을 흔들고, 그리고 또 은빛 잎줄기들이 물의 속삭임에 흔들리며 수줍은 듯 머리를 들어올리는 것을 그는 보았다. 밤으로, 낮으로, 들어올려지고, 물에 잠기고, 떨어진다. 신이여, 이들은 피곤합니다. 물의 속삭임을 들으며 탄식합니다. 성 암브로시우스*¹¹⁴는 그것을 들었다, 구원의 때가 무르익는 것을 기다리고 또 기다리는*¹¹⁵ 해초와 파도의 탄식을. '밤이나 낮이나 그는 계속 슬퍼했다. 상처를 견디면서.' 목적 없이 모여들고 정처 없이 풀려나고 흘러내리다가는 다시 돌아간다. 달무리. 음탕한 남자들의 시선에 권태를 느껴, 자신의 궁전에서, 벌거벗은 채, 빛나는 여인. 그녀는 물의 그물을 당긴다.

---

* 112 오스카 와일드는 동성애를 했다.

* 113 샌디마운트 해안 앞바다에 실제로 있는 석호(潟湖). 해안을 따라 가늘고 길게 뻗어 있다. 그런데 코크(cock)는 '음경'의 속어다. 여기서는 스티븐이 소변을 보는 모습도 표현되고 있다.

* 114 밀라노 대주교(339~397). 성가집을 편찬하였다.

* 115 성구에서. '그러나 때가 차자 하느님께서 당신의 아드님을 보내시어 여인에게서 태어나 율법 아래 놓이게 하셨습니다.'(《갈라티아 신자들에게 보내는 서간》4 : 4)

저기 다섯 길 되는 곳에, 넉넉히 다섯 길 되는 곳에 너의 아버지는 가라앉아 있다.[116] 한 시에, 그가 말했다. 익사체로 발견되었다. 더블린만의 모래 사장에 조수가 넘치면, 자갈이 쌓인 곳, 부채 모양으로 떼를 이루는 물고기들이나 멍청한 조개 따위가 밀려나온다. 뭍을 향해, 한 발 한 발, 물살에 휘청이면서, 썰물의 소금으로 하얗게 되어 떠오르는 시체. 봐, 거기다. 빨리 걸어. 물밑에 가라앉아도 곧 끌어올릴 수 있어. 이제는 됐어.[117]

악취 나는 소금에 절여진, 죽음의 가스로 가득한 자루. 흐물흐물한 진미를 뜯어 먹고 살이 오른, 꿈틀대는 피라미 떼가 시체의 단추 채운 바지 앞섶 틈으로 쏜살같이 빠져나온다. 번쩍인다. 신은 사람이 되고, 사람은 물고기가 되고, 물고기는 흑기러기가 되어 깃털의 산을 이룬다.[118] 내가 들이마시는 죽은 자의 숨결, 죽은 자의 먼지를 밟고 모든 시체의 오줌 냄새 나는 살 찌꺼기를 게걸스럽게 먹는다. 뱃전 너머로 끌어올려져 녹색의 묘에서 가지고 온 악취를 뿜어내는 시체, 문드러진 콧구멍이 태양을 향해 코를 곤다.

이것은 바다가 변화시킨 것이다. 갈색의 눈은 소금물의 푸른색으로. 바다에서의 익사. 사람에게 알려진 모든 죽음 가운데에서 가장 온화한 것. 나이든 아버지인 대양(大洋).[119] '파리상(賞)', 가짜 주의. 일단 시험해 보시라. 놀라운 효과가 있습니다.

오라. 내가 목마르다.[120] 구름이 끼기 시작했다. 그러나 검은 구름은 어디에도 없지 않은가?[121] 뇌우(雷雨). 빛에 싸여 떨어지는 자랑스러운 지성의 전광(電光).[122] '죽음을 모르는 마왕은 이야기한다.'[123] 아냐. 나의 새조개

---

*116 〈템페스트〉 1막 2장. 에어리얼의 노래.

*117 스티븐은 시체 찾는 사람들을 떠올리고 있다.

*118 카발라 신비사상의 윤회설을 흉내낸 것. '깃털의 산(페더베드 산)'은 더블린 남쪽에 실제 있는 산이다.

*119 바다의 신 프로테우스에 대한 호메로스의 표현.

*120 십자가에 못박힌 예수가 한 말(《요한복음서》 19 : 28)을 인용한 것. 술을 마시고 싶다는 뜻이다.

*121 예수가 십자가에서 죽을 때 천둥이 쳐서 지상이 어두워졌다.

*122 "그러자 예수님께서는 그들에게 이르셨다. 나는 사탄이 번갯불처럼 하늘에서 떨어지는 것을 보았다."(《루카복음서》 10 : 18)

*123 부활제 전날 성토요일 기도문에서 따온 구절. 스티븐은 개뿐만 아니라 번개도 매우 싫어한다.

모자와 지팡이, 그의 것으로 내 것인 샌들형 구두.*124 어디로? 석양의 땅으로. 석양은 저절로 온다.

그는 물푸레나무 지팡이를 잡고 가볍게 찔렀다. 계속 어물대면서. 그렇다, 석양은 내 안에도, 내 밖에도 다가올 것이다. 모든 나날은 끝이 난다. 그런데 다음에는 언제지? 그래, 화요일이 하지(夏至)가 된다. 새해의 즐거운 나날 가운데 낮이 가장 긴 날은, 어머니, 럼 럼 티들디 텀. 론 테니스.*125 신사 시인. 노란 이빨의 마귀할멈을 위해 만세. 그리고 드루몽*126 씨, 그는 신사 저널리스트. 만세. 나의 이빨은 몹시 나빠. 왜 그러지? 만져봐. 이것도 빠질 것 같다. 조개껍데기. 치과 의사에게 가야 하나? 이 돈을 가지고? 그쪽도. 이빨이 없는 킨치는 초인이다. 도대체 왜 그렇게 말하지? 무엇인가 다른 뜻이 있는 걸까?

나의 손수건. 멀리건은 그것을 던졌다. 나는 기억하고 있어. 내가 그것을 줍지 않았던가?

그의 손은 헛되이 주머니를 뒤졌다. 아니 줍지 않았어. 하나 사는 게 좋아.

그는 콧구멍에서 마른 코딱지를 파내 바위 가장자리에 살며시 놓았다. 그밖의 것을 보고 싶은 녀석은 보면 돼.

뒤에. 아마도 거기에 누군가가 있다.*127

그는 어깨 너머로 뒤를 돌아보았다. 돛대가 허공을 가른다, 십자형 돛대에 돛을 매단 세대박이 돛대, 흐름을 거슬러, 소리 없이 항구를 향해 움직여가는, 한 척의 소리 없는 배.*128

---

*124 오필리아의 노래에서.

*125 로드 테니슨, 즉 계관시인 테니슨 경과 론 테니스(잔디 코트에서 하는 테니스)의 합성어.

*126 프랑스 신문 〈라 리브르 파롤〉 편집자.

*127 블룸이 이날 오후 이곳을 거닐었다.

*128 로즈빈호(에피소드 10, 16 참조). '흐름'이란 리피강이다. 리피강은 더블린 한가운데를 관통해 흐르면서 시를 남북으로 나누고 있는데, 그 부두며 배, 강변, 다리 등과 함께 등장인물들의 생활 및 의식 속에 깊숙이 뿌리내리고 있다.

제2부

에피소드 4
CALYPSO
칼립소*1

---

*1 오디세우스를 사랑한 바다의 요정.

줄거리

제2부로 들어와서 이 작품의 또다른 주인공인 레오폴드 블룸이 등장한다. 1904년 6월 18일 오전 8시, 블룸은 부엌에서 자기와 아내 마리온을 위해 아침밥 준비를 하고 있다. 11시에는 친구 디그넘의 장례식에 참석해야 한다. 그는 새나 짐승의 내장을 좋아하므로 콩팥을 사러 나간다. 그리고 신문 기사로 동양에 대해서 몽상하기도 하고 이웃집 하녀의 엉덩이를 보고 색욕적인 자극을 받기도 한다. 집으로 돌아와 아직 자고 있는 아내에게 가벼운 식사를 나른다. 그때 와 있는 편지 두 통과 엽서 한 통을 본다. 아내에게 온 편지는 발신인이 그녀의 연인인 블레이제스 보일런인 듯하다. 한 통은 딸 밀리가 생일 선물 고맙다며 보낸 것이다. 또 마리온에게 엽서 한 통이 더 와 있다. 마리온은 오늘 오후 보일런이 찾아온다고 지나가는 말로 말한다. 블룸은 자기에게 과분할 정도로 아름다운 예술가 아내에게 심한 말을 할 수가 없다. 그는 새로운 연애소설을 찾아 주겠다고 아내와 약속한다. 그 뒤로 오후에 보일런이 집으로 와서 아내와 밀회한다는 상상으로 그는 온종일 어디에 가든 고민에 싸인다. 식사를 마치고, 그는 화장실에 들어가서 지난 잡지를 읽으며 현상소설을 써볼까 하고 쓸데없는 공상을 하기도 한다.

이 에피소드는, 부하를 모두 잃은 오디세우스가 오귀기에 섬에 표착하여 요정 칼립소의 사랑을 받으며 7년 동안 머문다는 내용의 《오디세이아》 제5장에 해당한다. 블룸의 아내 마리온은 본디 고국에 있는 페넬로페가 되어야겠지만, 여기서는 오디세우스를 섬에 머물게 하는 칼립소 여신이다.

마리온 블룸은 가수로서는 아버지 이름 트위디를 써서 마담 트위디로 알려져 있다. 그녀는 군악대장 트위디의 딸로서 에스파냐 지브롤터에서 태어났다. 조이스는 칼립소의 섬이 지브롤터 섬에 해당한다는 전설에 따라서 지브롤터 태생의 마리온을 칼립소로 설정한 것이다. 그러나 또 다른 설에 따르면 칼립소 섬은 이탈리아 남쪽의 말타 섬이라고도 한다.

에피소드 4 주요인물

레오폴드 블룸 Leopold Bloom : 1966년생. 36세. 더블린의 신문 〈프리먼〉지 광고부원. 헝가리계 유대인으로서 아일랜드로 이주한 루돌프 비라그(후에 루돌프 블룸으로 개명)의 아들. 박식한 체하는 보통 사람. 편지로 마사 클리퍼드라는 아가씨와 연애 게임을 즐기고 있다.

마리온 블룸 Marion Bloom : 32세. 레오폴드의 아내. 지브롤터 태생. 지브롤터 요새 주둔 영국인 군악대장 트위디의 딸. 가수로서는 마담 트위디라는 이름으로 알려져 있다. 현재 블레이제스 보일런과 연애 중.

블레이제스 보일런 Blazes Boylan : 현재 마리온 블룸 일행과 함께 극단을 조직하여 아일랜드 곳곳을 순회하는 것을 계획 중이다. 멋쟁이에다 수완가.

밀리 Milly : 블룸과 마리온의 딸. 15세. 멀링거시(市)의 사진관에서 일을 배우고 있다. 알렉 배넌이라는 청년과 연애를 시작하려 한다.

미스터 레오폴드 블룸은 짐승이나 새의 내장을 즐겨 먹는다. 들큰한 거위 내장 수프, 호두맛이 나는 모래주머니, 속을 채워서 구운 심장, 빵가루를 입혀 튀긴 얇게 썬 간, 대구 알 소테, 그 가운데에서도 가장 좋아하는 것은 양 콩팥 석쇠구이로, 엷은 오줌 냄새가 그의 미각을 미묘하게 자극해 준다.

돌기 무늬가 새겨진 쟁반에 그녀의 아침밥을 차리며 부엌에서 조용히 돌아다닐 때 그러한 콩팥에 대한 생각이 그의 마음을 차지하고 있었다. 부엌은 시원한 빛과 공기로 가득했다. 그러나 밖은 온화한 여름날의 아침이었다. 그것이 그로 하여금 약간 시장기를 느끼게 했다.

석탄이 빨갛게 달아오르고 있다.

버터를 바른 빵 또 한 조각. 세 개, 네 개, 됐어. 그녀는 접시가 가득 차는 것을 좋아하지 않으니까. 됐어. 그는 쟁반에서 눈을 떼고 난로 시렁에서 주전자를 내려 그것을 비스듬히 해서 불 위에 올려놓았다. 주전자는 음울하게 웅크리고 앉아서 주둥이를 내민 모양새가 되었다. 이제 곧 차를 마실 수 있다. 됐어. 입이 말라왔다. 고양이가 꼬리를 곤두세우고 테이블 다리 주위를 몸을 굳힌 채 걸었다.

—냐옹!

—아, 너 거기 있었구나. 불에서 돌아서며 블룸은 말했다.

고양이는 대답으로 울었다. 그리고 울면서 테이블 다리 주위를 젠체하고 돌아다녔다. 내 책상 위를 걸어 다닐 때와 똑같다. 프르르. 머리 좀 긁어 줘요. 프르르.

블룸은 신기한 듯이, 상냥하게, 그 유연한 검은 모습을 바라보았다. 깨끗한 느낌. 매끈한 피부의 윤기, 꼬리 밑 부분에 보이는 흰 단추 모양의 엉덩이 구멍, 빛나는 초록빛 눈. 그는 양손으로 무릎을 짚고 고양이 쪽으로 몸을 숙였다.

—우유 먹고 싶니?

레오폴드 블룸의 집(복원) 에클즈거리 7번지

—냐웅!

고양이는 머리가 나쁘다고 모두들 말한다. 그러나 사람이 고양이를 이해하는 것보다도 고양이가 우리 말을 더 잘 이해하는 법이다. 이 녀석은 자기가 이해하고 싶은 것은 모두 이해한다. 게다가 집념이 강하다. 나는 이 녀석에게 어떻게 보일까? 탑처럼 높을까? 아냐, 이 녀석은 나에게 뛰어오를 수 있으니까.

—그러면서 병아리를 무서워하지. 그는 놀리듯이 말했다. 삐약삐약 병아리를 무서워한다. 이 녀석처럼 멍청한 고양이는 본 적이 없어.

잔혹하기도 하지, 이 녀석의 성질은. 생쥐의 소리를 들을 수 없게 된 것은 묘한 일이야. 이 녀석은 그것을 좋아해.

—므르크르 냐웅! 고양이는 크게 울었다.

고양이는 탐욕스러운, 부끄러운 듯한 눈을 깜박이면서 올려다보았다. 슬픈 듯이 그리고 길게 울고 흰 이를 드러내면서. 그는 고양이의 어두운 눈동자가 욕망 때문에 좁아지고, 그 눈이 두 개의 녹색 구슬과 똑같아질 때까지 바라보았다. 그리고 나서 조리대로 가 핸론의 우유 배달부가 방금 가득 채우고 간 큰 병을 들어 올려 따뜻하게 거품이 이는 우유를 접시에 붓고 나서 천천히 바닥에 내려놓았다.

　—그르르르우! 고양이는 그것을 핥기 위해 달려가면서 외쳤다.

　그는, 고양이가 세 번 입을 대 보고 가볍게 핥기 시작했을 때, 그 수염이 약한 빛 속에서 철사처럼 빛나는 것을 바라보았다. 수염을 깎으면 고양이가 쥐를 잡을 수 없다는 것은 정말일까? 왜 그럴까? 그것은 어둠 속에서 빛나는가? 아마도 수염 끝이. 그렇지 않으면 어둠 속에서는 하나의 촉각 역할을 하는 거야, 틀림없이.

　그는 고양이가 핥는 소리에 귀를 기울였다. 햄에그로 할까? 아냐. 이렇게 더운 날씨가 계속되면 제대로 된 계란이 없다. 신선한 좋은 물이 없는 것이다. 목요일이니까 버클리네 가게에도 좋은 양의 콩팥이 없겠지? 버터로 구워서 후춧가루를 치고. 차라리 들루가츠 가게의 돼지 콩팥을 사올까? 주전자가 끓는 동안에 가야지. 고양이는 핥는 속도가 느려지더니 접시를 깨끗하게 정리하기 시작했다. 왜 고양이의 혀는 저렇게 까실까실할까? 핥기 좋게 온통 잔구멍이 나 있다. 무엇인가 고양이에게 먹일 것은 없나? 그는 주위를 둘러보았다. 없다.

　삐걱거리는 구두 소리를 조용히 내며 그는 계단을 올라가 거실로 들어가서 침실 입구에서 걸음을 멈추었다. 그녀는 무엇인가 맛있는 것이 필요할지도 모른다. 아침밥으로는 버터를 엷게 바른 빵을 좋아해. 그래도 때로는 무엇인가 다른 먹을 것을.

　텅 빈 거실에서 그는 조용히 말했다.

　—잠깐 나갔다 올게. 곧 돌아와.

　자기 목소리가 그렇게 말하는 소리를 듣고 그는 덧붙였다.

　—아침밥으로 필요한 것은 없소?

　졸린 듯한 낮은 목소리가 들렸다.

　—으응.

　그래. 아무것도 필요치 않다는 거지. 그는 그러고 나서 그녀가 몸을 뒤쳐서 침대의 느슨해진 놋쇠 고리가 삐걱 소리를 냈을 때 더 낮은, 따뜻하고 무거운 한숨 소리를 들었다. 저 침대를 빨리 손봐야지. 가엾게도. 멀리 지브롤터로부터 운반해 온 것인데. 그녀는 약간 알고 있었던 에스파냐어도 모두 잊고.*² 그녀의 아버지는 그것을 얼마에 샀을까? 구식이다. 아, 그래그래! 총독 관사의 경매에서 산 거야. 싸게 낙찰을 받았다. 거래에는 빈틈이 없어, 트위디 영감은. 그래, 플레브나*³ 전쟁 때였어요, 그것은. 저는 한 졸병에서 출세한 겁니다. 각하, 그리고 저는 그것을 자랑으로 삼고 있습니다. 그러면서도 그는 우표 사재기를 할 만큼 수완이 있었다. 그것은 앞을 내다본 일이었다.*⁴

블룸의 손은 그의 머리글자가 든 외투와, 유실물 보관소에서 산 중고 레인코트를 걸어 둔 못에서 자기 모자를 집었다. 우표, 뒤에 풀을 바른 그림. 많은 사관들이 또 그 건에 관계하고 있었던 것은 틀림없어. 물론 그렇지. 모자 꼭대기의 땀이 밴 상표가 말없이 그 내력을 말해 주고 있었다. 플라스토 상점의 고급 모자다. 그는 모자의 안쪽 가죽 머리띠를 재빨리 들여다보았다. 흰 종잇조각.*⁵ 무사히 있다.

현관의 돌계단 위에서 그는 뒷주머니에 손을 넣고 열쇠를 뒤졌다. 여기에는 없군. 벗어 놓은 바지 안인가? 가지고 와야지. 감자*⁶는 있다. 삐걱거리는 양복 장롱. 그녀를 깨우지 않는 것이 좋아. 그녀는 아까부터 졸린 듯이 몸을 뒤척이고 있었다. 그는 밖으로 나오자 현관문을 매우 신중하게 닫았다. 좀 더. 문 자락이 조용히 문지방에 낄 때까지. 꽉 닫힌 것 같다. 어쨌든 돌아올 때까지는 안심이다.

75번지 지하실의 들어 올리는 느슨해진 문 뚜껑을 피하여 그는 햇볕이 닿는 쪽으로 건너갔다. 아침 해가 성 조지 교회의 첨탑에 다가가는 참이었다. 오늘은 더워질 것 같군. 특히 이런 검은 옷을 입고 있으면 더 더워. 검은색은 열을 전도하고 반사(굴절이었던가?)한다. 그러나 그 밝은색 양복을 입고

---

*2 그의 아내 마리온은 연대 군악대장 트위디의 딸로 지브롤터에서 태어났다.

*3 불가리아 북부의 도시. 1876~8년 러시아—터키 전쟁 때 터키의 오스만 파샤가 뒤에 항복한 곳. 마리온의 아버지인 트위디는 이때 터키로 간 영국의 원군이었던 것 같다. 후에 에스파냐 남단의 영국 요새 지브롤터에서 근무.

*4 트위디 소령은 우표 수집가였다.

*5 '헨리 플라워'라는 블룸의 가명이 적혀 있는 카드. 그의 펜팔 상대는 마사란 아가씨다. 에피소드 5 참조.

*6 널리 퍼진 미신. 류머티즘을 치료하는 가장 좋은 방법은 윗옷이나 바지 주머니에 감자를 넣고 다니는 것이라고 한다. 다만 딱딱한 검은색으로 변할 때까지 놔둔 감자여야 한다(필리파 워링 《징조와 미신 사전》). 이 감자는 블룸의 어머니가 남긴 유품이다. 에피소드 15 참조.

75번지

갈 수도 없지. 소풍 가는 느낌이 된다.*7 그가 행복한 온기(溫氣) 속을 걸어가고 있을 때 그의 눈 까풀은 몇 번이고 조용히 내려왔다. 볼랜드 가게의 빵 배달차는 그날그날의 빵을 쟁반에 담아 배달하지만, 그녀는 전날 빵, 바삭바삭하는 껍질을 뜨겁게 구운 것을 좋아한다. 그것을 씹으면 젊어진 것 같은 기분이 들어요. 동방 어딘가의 나라에서 아침 일찍, 날이 새자마자 출발해서 태양보다 앞서 여행하면 하루의 진행을 단축시킨다. 영원히 그것을 계속하면 이론적으로는 나이를 조금도 먹지 않는다. 해변, 낯선 땅을 걸어 도시의 성문에 도착한다. 거기에 보초가 있다. 그 또한 나이든 졸병 출신. 나이든 트위디와 똑같은 커다란 콧수염을 기른 사나이가 긴 창에 기대고 있다. 그곳의 차양을 친 도로를 걸어간다. 터번을 감은 얼굴이 지나간다. 어두운 동굴 같은 융단 가게들. 쾌걸 터코와 같은 사나이가 편히 앉아서 나선형으로 감은 물부리를 피우고 있다. 거리에는 상인들의 호객 소리. 회향을 탄 물, 셔벗을 마신다. 온종일 헤매고 돌아다닌다. 도둑 한둘을 만날지도 모른다. 그것도 좋겠지. 걸어 다니다가 해가 진다. 기둥을 따라 이슬람 사원의 그림자, 감은 두루마리를 겨드랑에 낀 사제들. 나무들이 몸을 떨고 있다. 그것이 신호다. 신호, 저녁 바람이다. 나는 지나간다. 저물어가는 금빛 하늘. 한 어머니가 혼자 문간에서 바라보고 있다. 그녀는 뜻을 알 수 없는 말로 아이들을 집으로 불러들인다. 높은 벽, 그 저편에서 현악기의 소리가 울린다. 밤하늘의 달, 보라색. 몰리*8의 새로 맞춘 가터벨트의 색이다.

*7 오늘 그는 친구 디그넘의 장례식에 가므로 검은 옷을 입고 있다.
*8 블룸의 아내 마리온의 애칭.

현의 울림. 들어 봐. 소녀가 그 현악기 중 하나를 연주하고 있다. 자네는 그런 것을 무엇이라고 하지? 덜시머[*9]인가? 나는 지나간다.

아마도 사실은 그런 것이 아닐 게다. 요컨대 책에서 읽는 이야기지. 태양의 궤도를 따라서[*10] 등과 같이. 속표지에 햇볕이 닿아 있었다. 그는 혼자서 생각하고 미소를 지었다. 아서 그리피스[*11]가 〈프리먼〉지 논설란의 장식도안에 대해서 말한, 북서쪽에 해당하는, 아일랜드 은행의 뒷골목에서 떠오르는 자치(自治)의 태양이라는 것. 그는 즐거운 듯

성 조지 교회 첨탑

이 혼자 미소를 계속 짓고 있었다. 북서에서 떠오르는 자치의 태양이라.[*12]

그는 래리 오루크 상점[*13]에 가까이 왔다. 지하 술 저장고 격자창으로부터 흑맥주 김빠진 냄새가 떠돌아왔다. 열린 입구에서 생강이나 차 가루, 비스킷의 찌꺼기 가루가 코를 찌르는 냄새를 풍기고 있다. 하지만 좋은 가게야, 마침 번화가의 전차 종착점에 있잖아. 이를테면 건너편 몰리 술집 같은 장소는 좋지 않아. 물론 가축 시장에서 강가까지 북 순환로에 전차 노선을 깔면 가

---

*9 무릎 위에 올려놓고 손가락으로 연주하는 현악기.

*10 톰슨(1836~99)이 쓴 《태양의 궤도를 따라서》(1893). 블룸은 이 책을 가지고 있다(에피소드 17 참조). 책 표지에는 덜시머를 연주하는 동양인 소녀가 그려져 있다.

*11 당시에 살아 있던 아일랜드 정치가. 신페인당 지도자.

*12 〈프리먼〉은 더블린 조간신문 〈프리먼즈 저널〉의 약칭이다. 자치를 추진하지만 온건하고 보수적이다. 사설란 윗부분에는 아일랜드 은행(18세기 말까지는 아일랜드 의회였다) 뒤편에서 솟아오르는 아침 해 그림을 그려 놓았다. 동쪽에서 바라본 은행을 그렸으므로 아침 해는 화면 북서쪽에서 떠오른다.

*13 식료품, 차, 와인, 술을 파는 가게. 에클즈거리에서 상부 도싯거리로 나가는 모퉁이에 있었다.

래리 오루크 상점

치가 많이 올라가겠지만.

가리개 너머로 보이는 대머리. 빈틈없는 괴짜 영감이다. 신문 광고를 권유해도 조금도 반응이 없다.[14] 그러나 어쨌든 그는 자기가 하는 일을 잘 이해하고 있어. 거기에 그가 있는 것이다, 저 대가 센 래리 영감이, 설탕 상자에 기대어, 앞치마를 두른 종업원들이 자루 달린 빗자루와 양동이를 들고 청소하는 것을 바라보고 있다. 사이먼 디댈러스[15]는 그 녀석의 흉내를 잘 낸다. 실눈을 뜨고. 당신에게 할 이야기가 있는데요, 그건 뭔가요, 오루크 씨. 뭣인지 아시겠습니까? 러시아인에 대한 말인데요, 그들을 해치우기란 일본인에게는 누워서 떡먹기 겠죠?[16]

잠깐 이야기나 하고 가야지. 오늘의 장례식 이야기라도.[17] 디그넘은 참 안 됐어요, 미스터 오루크.

모퉁이를 돌아 도싯거리로 들어서자 곧, 그는 문간에서 인사하면서 기운차게 말했다.

—안녕하세요, 오루크 씨.

—여, 안녕하세요.

—날씨가 좋군요.

—그래요.

---

[14] 블룸은 〈프리먼〉지의 광고부 직원이다.
[15] 스티븐의 아버지 사이먼 디댈러스는 블룸의 친구이다.
[16] 이날, 1904년 6월 16일, 러—일 전쟁이 시작된 지 4개월이 지나고 있다.
[17] 블룸의 친구 디그넘의 장례식.

도싯거리 들루가츠 푸줏간이 있던 자리.

이 친구들은 어떻게 돈을 벌까? 리트림 지방*18에서 온 지 얼마 안 되는 빨간 머리 술집 종업원이 양조장에서 빈병을 씻어 혼합주를 만들고 있다. 그런데 봐, 그들은 눈 깜짝할 사이에 애덤 핀들레이터즈*19나 댄 탤런즈*20와 같은 부자가 되어 버린다. 하지만 경쟁도 심하지. 그러나 마시는 것을 싫어하는 사람은 없어. 선술집을 한 번도 스치지 않고 더블린을 끝에서 끝까지 걸어가라고 하는 것은 큰 무리일 것이다. 선술집 없이는 해나갈 수가 없는 것이다. 취객들로부터 쥐어짜겠지. 밑천은 3실링이지만 받는 것은 5실링. 여기서 1실링, 저기서 1실링, 조금씩 모으는 거야. 아마 도매상 주문도 받겠지, 아마도. 도시에서 오는 여행자한테서도 뜯어내겠지. 사장과 계산을 잘 맞춰 둬. 벌이는 둘이서 똑같이 나누는 거다. 알았지?

그렇다면 흑맥주로는 한 달에 얼마나 벌까? 열 통이라고 하고. 매출액의

---

*18 아일랜드 북부의 시골.

*19 차, 와인, 술, 식료품을 파는 가게. 더블린 시내에 5개, 시외에 6개 지점을 두고 있었다. 성공한 실업가로서 정치적 야심도 강한 인물.

*20 대니얼 탤런즈. 식료품 및 주류상인. 술집 경영에 성공했다. 1899~1900년 더블린 시장을 지냈다.

10프로 벌이라 하고. 아니 더 많겠지. 10프로. 15프로야. 그는 성 요셉 교회, 초등학교 앞을 지나갔다. 악귀들의 고함 소리. 창이 열려 있다. 깨끗한 공기는 기억을 돕는가. 그렇잖으면 노랫가락을? 아베세 데페지 켈로멘 오페큐 러스트유비 더블류. 남자아이들인가? 그래. 이니쉬터크 이니샤크 이니쉬보핀.*21 지리를 하고 있어. 광산. 나의 이름과 같은 블룸 산.*22

그는 들루가츠 푸줏간 진열장 앞에서 발을 멈추고 희고 검은 소시지와 흑백 훈제 순대 다발을 물끄러미 바라보았다. 50의 몇 배지? 답이 나오지 않은 채 숫자는 머릿속에서 하얗게 흐려졌다. 그는 불쾌감을 느끼면서 숫자가 사라지는 대로 내버려 두었다. 양념된 다진 고기를 쟁인 번쩍거리는 소시지의 고리가 그의 눈을 채웠다. 그리고 그는 양념을 발라서 구운 돼지고기의 미지근한 냄새를 조용히 들이마셨다.

버들 무늬 접시에 담은 콩팥으로부터 질퍽하게 피가 스미고 있다. 하나밖에 남지 않았다. 카운터에서 옆집 하녀 옆에 섰다. 그녀도 그것을 살까? 손에 든 종잇조각에서 물건 이름을 읽고 있다. 튼 손, 세탁용 소다 탓이다. 데니표 소시지 1파운드 반 주세요. 그의 눈길은 그녀의 두툼한 엉덩이에 머물렀다. 우즈*23가 그 사나이의 이름이다. 녀석은 무슨 짓을 하고 있을까? 그의 아내는 약간 나이가 들었어. 신선한 피? 뒤를 쫓아다니면 가만두지 않을래요. 건장한 두 팔. 세탁 망에 넌 융단을 탕탕 두들긴다. 성 조지에 맹세하고. 탕탕. 기운도 세지. 두들길 때마다 스커트가 꼬여 흔들리는 그 모습.

족제비눈을 한 푸줏간 주인이 소시지를 잘라 쌌다. 그 손가락은 소시지 같은 핑크색으로 부스럼투성이. 외양간에서 자라 아직 새끼를 낳지 않은 어린 암소와 같은 건전한 고기가 거기에 있어.

잘라 놓은 신문지 더미에서 블룸은 한 장을 빼 보았다. 티베리아스*24 호숫가의 키네레스 모범 목장. 겨울철의 요양소에도 이상적. 모제스 몬테피오레*25였다고 나는 생각했는데. 농장 건물. 주위에 두른 담. 풀을 뜯는 소 떼

---

*21 모두 아일랜드 섬 이름.

*22 아일랜드 중부에 있는 산맥.

*23 블룸네 옆집 주인.

*24 이스라엘 갈릴리 호숫가의 온천지대.

*25 영국 자선가이자 이탈리아에서 태어난 유대인(1748~1885). 유대인 해방과 팔레스타인 식민 문제에 많은 노력을 기울였다.

가 희미하게 찍혀 있다. 그는 신문지를 멀리 떼어서 바라보았다. 재밌다. 가까이 해서 읽었다. 풀을 뜯는 흐린 소 떼. 신문지가 바사삭 소리를 냈다. 어리고 흰, 아직도 새끼를 낳지 않은 암소 한 마리. 가축 시장에는 매일 아침 소나 돼지가 집합되어 우리 안에서 울고 있다. 낙인이 찍힌 양, 덥석 하고 떨어지는 똥. 사육자*26들은 징을 박은 장화로 깔아놓은 짚 위를 돌아다니면서 살찐 엉덩이를 탁! 때리고는 어때? 최고의 소야. 가죽을 벗기지 않은 나뭇가지 매를 들고. 그는 신문지를 비스듬히 해서 참을성 있게 들고 있었다. 그의 감각과 의지를 모아 아래로 향한 눈길을 살며시 한 점에 멈추면서. 탁 탁 하고 칠 때마다 비틀어진 치마가 흔들리고 있었어.

푸줏간 주인은 신문지 산더미에서 두 장을 빼내어 그녀에게 최고급 소시지를 싸 주고 붉은 얼굴로 빙그레 웃어보였다.

—자, 아가씨. 그는 말했다.

그녀는 동전을 하나 꺼내어 대담하게 웃는 얼굴을 보이면서 굵은 손목을 내밀었다.

—고마워, 아가씨. 그러면 거스름돈이 1실링 3펜스군. 이쪽 분은 무엇을 드릴까요?

미스터 블룸은 급히 가리켰다. 만약에 그녀가 천천히 걷고 있으면 뛰어가서 뒤따라가리라. 출렁거리는 저 햄과 같은 엉덩이를. 아침에 처음 보는 것으로는 나쁘지 않아. 빨리 해, 제기랄. 어물어물하다가는 해가 넘어간다. 그녀는 가게 앞, 햇볕 속에 서 있다가 천천히 오른쪽으로 걷기 시작했다. 그는 코로 한숨을 쉬었다. 저런 여자들은 센스가 없어. 소다로 거칠어진 손. 발톱도 갈라지고. 넝마 같은 갈색옷이 그녀의 앞뒤를 방어하고 있다. 가시와 같은 멸시의 생각이 그의 가슴속에서 점점 강해져 하나의 기쁨이 되었다. 저 여자는 다른 남자 거야. 비번 경찰 하나가 에클즈 골목길에서 그녀를 껴안았던 거다. 사내들은 끌어안기에 꼭 알맞은 여자를 좋아하지. 가장 좋은 소시지. 오, 부탁이에요, 나는 숲 속에서 길을 잃었어요.*27

—3펜스입니다.

---

*26 과거에 가축 시장의 조지프 커프 밑에서 일했던 블룸은 지금 그 시절을 떠올리고 있다.
*27 뮤직홀 노래 가사를 변형한 것. 런던으로 갓 나온 처녀들이 그만 미아가 돼 버린다는 내용. 1890년대에 유행했던 노래.

그는 축축한 내장을 받아들고 옆 주머니에 손을 넣었다. 바지 주머니에서 동전 세 닢을 꺼내어 고무 접시 위에 놓았다. 나란히 있는 동전은 재빨리 계산되어 한 닢씩 재빨리 돈 궤짝 속으로 들어갔다.

—고맙습니다. 또 오세요.

여우와 같은 눈 안에서 집념의 불길이 번쩍이며 그에게 감사했다. 순간 그는 시선을 비꼈다. 아니, 말하지 않는 게 좋아. 다음번에.*28

—수고하세요, 그는 떠나면서 말했다.

—안녕히 가세요.

하녀의 그림자도 모양도 없다. 가 버렸다. 상관없어.

그는 도싯거리를 따라 되돌아갔다. 진지한 얼굴로 아까의 그 신문을 읽으면서. 아젠다트 네타임, 식수(植樹)회사. 터키 정부로부터 광대한 불모의 모래땅을 사들여, 유칼리나무를 심을 예정이라. 그늘과 연료와 건축용으로 최적. 자파*29 북방에 오렌지 숲과 광대한 멜론 밭, 8마르크의 투자마다 당사는 1듀넘의 토지에 올리브, 오렌지, 아몬드 또는 시트론을 심어 당신의 것으로 해 드립니다. 올리브 쪽이 저렴. 오렌지에는 인공 관개 필요. 해마다 수확물을 보내 드립니다. 당신의 이름은 종신 소유자로서 회사의 대장에 기입. 계약금 10마르크. 잔액은 해마다 나누어 낼 수 있음. 베를린, 서15구, 블라이프트로이거리 34번지.*30

해볼 생각은 없어. 하지만 제법 짜낸 아이디어인걸.

그는 은빛 열기로 흐리게 보이는 소 떼를 바라보았다. 은빛 가루가 붙은 올리브 나무. 아늑하고 긴 낮 동안 붉은 기가 섞인 진한 보라색으로 익어가면서. 올리브는 항아리 속에 담는다고 했던가? 나는 앤드루스 가게에서 산 것을 조금 가지고 있어. 몰리는 그것을 토해 냈었지. 지금은 그 맛을 알게 되었지만. 엷은 종이에 싸서 바구니에 담은 오렌지, 시트론도 마찬가지이다. 그리고 보니 가엾은 시트론은 아직도 성 케빈 광장에 살고 있을까? 그리고 그 낡은 하프를 가진 마스티언스키*31도. 그 무렵, 매일 밤 즐겁게 지냈었는

---

*28 서로 유대인임을 확인하는 일을 다음으로 미루겠다는 뜻.
*29 이스라엘 항구.
*30 이스라엘 땅을 얻는 일은 유대인인 블룸의 관심을 끈다.
*31 한때 블룸의 이웃.

데. 몰리는 시트론의 집 등나무 의자에 앉아서. 촉감이 좋은, 차갑고 밀랍 같은 과실, 코끝에 들고 향기를 맡는다. 그 희미하고 향기로운 야생적인 향기. 항상 변하지 않았어, 해마다, 해마다. 그것은 꽤 비싸게 팔린다고 모이젤[*32]이 나에게 말해 주었지. 아뷰터스 광장, 플레전츠거리,[*33] 즐거웠던 그 무렵. 한 점의 상처가 있어서도 안 된다고 그는 말했다. 먼 길을 운반되어 온다. 에스파냐, 지브롤터, 지중해, 근동(近東) 여러 나라들. 자파의 부두에서 만들어지는 가지 바구니, 그것을 장부에 기입하는 사나이, 더러운 작업복을 입고 맨발로 운반하는 인부들. 어디서 본 일이 있는 사람이 왔어. 안녕하세요? 알아차리지 못한다. 인사만 주고받는 사람은 처치곤란이야. 뒷모습은 저 노르웨이의 선장과 비슷하다. 오늘 그를 만나게 될까? 살수차(撒水車)다. 비를 부르기 위해. 하늘에서 이루어진 것과 같이 땅에서도.[*34]

구름 하나가 차차 태양을 덮기 시작하여 완전히 가리고 말았다. 잿빛이다. 멀리까지.

아냐, 그렇지는 않을 거야. 불모지, 벌거벗은 광야야. 화산호(火山湖), 사해(死海). 물고기도 없고, 수초도 없고, 땅속에 깊이 가라앉아 있다. 그 어떤 바람도, 이들의 물결, 회색의 금속과 같은 독이 있는 안개 깊은 그 물을 교란하지 않을 것이다. 비처럼 쏟아져 내려오는 그것을 그들은 유황이라고 부른 것이다. 광야의 도시, 소돔, 고모라, 에돔. 모두 죽어 없어진 이름이다.[*35] 죽은 땅에 있는 죽은 바다다. 회색으로 나이 먹은. 지금은 오랜 옛날의 일이다. 거기는 가장 오랜, 최초의 인종을 낳은 곳이다. 캐시디 술집[*36]에서 허리 굽은 노파가 1/4파인트짜리 병의 목을 쥐고 걸어오고 있다. 가장 오래된 민족. 온 세계를 훨씬 멀리까지 헤매어, 포로에서 포로로, 늘어나고, 죽고, 그리고 어디에서나 태어나면서.[*37] 그것은 지금도 거기에 누워 있다. 이제 그것은 낳을 수가 없다. 죽었다. 노파의. 흰털이 되어 시든 세계의 음

[*32] 한때 블룸의 친구.

[*33] 둘 다 서부 롬바드거리 근처에 있다.

[*34] 주기도문 중에서.

[*35] 〈창세기〉에 나오는 악의 도시 소돔과 고모라는 하느님의 노여움을 사 하늘에서 내려온 불에 멸망했다.

[*36] 상부 도싯거리 71번지.

[*37] 유대 민족은 사해 쪽으로 나가 이집트 또는 바빌론의 포로가 되어 그 뒤 온 세계에 흩어졌다.

부(陰部).

황폐다.

회색 공포가 그의 육체를 움츠러들게 했다. 그는 신문지를 접어 주머니에 넣고, 모퉁이를 돌고 에클즈거리로 돌아 집으로 길을 서둘렀다. 차가운 기름이 그의 피를 냉각시키면서 그의 정맥을 흘렀다. 나이가 그를 소금의 외투로 감쌌다.*38 자, 여기까지 왔다. 잠에서 깨어난 언짢은 기분이라는 건가? 아침에 잘못 일어났나? 다시 샌도우*39식 체조를 시작해야지. 엎드려 팔 굽히기. 더러워진 갈색 벽돌의 집들뿐이다. 80번지는 아직 비어 있다. 왜 그럴까? 집세는 단돈 28파운드인데. 타워스, 배터스비, 노스, 맥아더. 거실 창문에 더덕더덕 붙은 전단. 눈병 난 눈에 바른 고약 같다. 차의 부드러운 김과 냄비에서 끓는 버터의 냄새. 그녀의 풍만한, 침대에서 따뜻해진 육체 가까이에 온 것이다. 그렇다, 그렇다.

빠르고 따뜻한 햇볕이 버클리거리에서 들어왔다. 화려한 샌들을 신고, 밝아지기 시작한 보도를 따라서. 그녀의 광선은 급속히 나를 만나기 위해 달리는 것이다. 금발이 바람에 나부끼는 광선의 소녀가.

편지 두 통과 엽서 한 장이 홀 바닥 위에 떨어져 있었다. 그는 몸을 숙여 그것을 모았다. 미시즈 마리온 블룸이라. 그의 강하게 뛰던 심장이 이내 완만해졌다. 남자의 필적이었다. 미시즈 마리온이라고.

—폴디!*40

침실로 들어가면서 그는 눈을 반쯤 감았다. 그리고 따뜻한 노란빛 어스름 속에서 잠으로 흩어진 그녀의 머리 쪽으로 갔다.

—누구에게 온 편지예요?

그는 편지를 바라보았다. 멀링거시(市)*41에서, 밀리다.*42

—밀리로부터 나에게 편지가 한 통, 그는 조심스럽게 말했다. 그리고 당

---

*38 블룸은 롯의 아내를 떠올리고 있다. 그녀는 소돔에서 도망칠 때 뒤를 돌아본 탓에 소금기 등으로 변했다(《창세기》19 : 26).

*39 소문난 장사인 유진 샌도우는 뮤직홀에서 자신의 훌륭한 근육을 자랑했다. 블룸은 그가 쓴 책을 가지고 있다(에피소드 17 참조).

*40 아내가 레오폴드 블룸을 부르는 애칭.

*41 웨스트미스의 한 도시. 더블린 서북 약 70킬로미터 떨어진 곳에 있다.

*42 밀리센트 블룸. 애칭은 밀리. 블룸의 외동딸(15세). 멀링거시에서 사진 기술을 배우고 있다.

신에게는 엽서가 한 통, 그리고 편지가 한 통.

그녀에게 온 엽서와 편지를 그는 능직(綾織) 침대 커버 위, 그녀 무릎 근처에 놓았다.

—가리개를 올릴까?

조용히 끈을 당기고 중간까지 열면서 뒤를 돌아보자 그녀가 편지를 흘끗 보고 베개 밑으로 밀어 넣는 것이 보였다.

—이 정도로 괜찮아? 돌아서며 말했다.

그녀는 팔꿈치를 짚고 엽서를 읽고 있다.

—밀리는 소포를 받은 것 같아요, 그녀는 말했다.

그녀가 엽서를 옆에 놓고, 기분이 좋은 듯한 한숨을 쉬면서 다시 천천히 반대편으로 몸을 웅크릴 때까지 그는 가만히 기다리고 있었다.

—차, 빨리 갖다 줘요, 목이 타요. 그녀는 말했다.

—물이 끓고 있어, 그는 말했다.

그러나 그는 곧 나가지 않고 의자 위에 있는 것을 치우는 데에 시간을 끌었다. 줄무늬 속치마, 내던진 채로 있는 더러운 내복. 그것을 모두 팔로 가득 안고 침대 발치에 가져다 놓았다.

그가 부엌으로 가는 계단을 내려가기 시작했을 때 그녀가 불렀다.

—폴디!

—왜?

—찻주전자를 부셔줘요.

분명히 끓고 있다. 아가리에서 줄기차게 김이 뿜어 나오고 있다. 그는 찻주전자를 더운물로 부시고, 홍차를 네 개의 잔에 넉넉히 넣고 나서 주전자를 기울여 더운물을 따랐다. 차가 잘 우러날 때까지 그대로 두고 주전자를 내리고 나서, 타오르는 석탄 위에 탁! 프라이팬을 두들겨, 버터 덩어리가 미끄러져서 녹는 것을 바라보았다. 콩팥 꾸러미를 여는 동안에 고양이가 가까이 와서 배가 고프다는 듯이 그를 향해 울었다. 먹이를 너무 주면 쥐를 잡지 않아. 돼지고기는 먹지 않으려 한다지만 깨끗한 먹이를 줘야지. 자. 그는 피가 묻은 신문지를 고양이에게 떨어뜨려 주었다. 그리고 지글지글 끓는 버터 속에 콩팥을 떨어뜨렸다. 후추가 필요해. 이가 빠진 에그 컵 안의 후추를 그는 손가락 사이로 원을 그리듯이 뿌렸다.

그러고는 봉투를 찢고 편지를 펴서 위아래로, 그리고 뒤를 훑어보았다. 고마워, 새로운 모자, 미스터 코플런,[43] 오웰 호수[44]까지의 소풍, 젊은 학생, 블레이제스 보일런[45]의 〈해변의 아가씨들〉.

차는 잘 우러났다. 그는 그것을 자기 뚜껑이 달린 컵에 따르면서 미소를 지었다. 가짜 크라운 더비 자기. 밀리가 준 생일 선물. 그때는 아직 다섯 살이었다. 아냐, 네 살이었지. 나는 그 아이에게 호박(琥珀)과 다름없는 목걸이를 보냈는데 그 아인 그것을 깨뜨리고 말았어. 그 아일 위해 갈색 종잇조각을 접어서 우편함에 넣어 주었지. 차를 따르면서 미소를 지었다.

오, 밀리 블룸, 너는 나의 연인.
밤부터 아침까지는 너는 나의 거울.
나는 돈 한 푼 없는 네가 좋아.
당나귀와 밭을 가진 케이티 키오보다도.[46]

가엾은 굿윈 노교수.[47] 어찌할 수 없는 딱한 노인. 그러나 예의만은 발랐어. 몰리[48]가 무대에서 물러날 때 항상 옛날식 인사를 보냈지. 그리고 그의 실크 모자 속에 넣은 작은 거울. 밀리가 그것을 객실까지 가지고 왔던 그날 밤. 어머, 굿윈 선생님의 모자에는 이런 것이 들어 있었어! 우리는 모두 웃었다. 그 무렵 이미 섹시했었어. 민첩한 꼬마였어. 정말로.

그는 콩팥에 포크를 찔러 단숨에 뒤집었다. 그리고 나서 찻주전자를 쟁반에 얹었다. 그가 쟁반을 들어 올렸을 때 쟁반 바닥이 덜거덕! 소리를 냈다. 모두 얹었나? 버터를 바른 빵 네 장, 설탕, 스푼, 그녀의 크림. 됐어. 그는 찻주전자의 손잡이에 엄지손가락을 끼고 쟁반을 들고 계단을 올라갔다.

---

*43 밀리와 함께 일하는 멀링거시의 사진사.

*44 멀링거시 근처 호숫가.

*45 '지옥의 보일런'이라는 별명으로 불린다. 연주 여행 계획을 세우고 있다. 성악가 마리온 블룸의 공연기획자이자 애인. 〈해변의 아가씨들〉이 단골 노래. 딸 밀리도 그 남자를 알고 있다. 오늘 아침 미시즈 블룸에게 온 남자 필적의 편지도 보일런이 보낸 것이다.

*46 아일랜드 문인 새뮤얼 러버의 시를 변형한 것.

*47 피아니스트. 과거에 몰리의 반주를 맡았다.

*48 마리온의 애칭.

무릎으로 문을 밀어서 열고 쟁반을 침대 머리맡 의자에 놓았다.

—꽤 늦군요! 그녀는 말했다.

그녀가 한쪽 팔꿈치를 베개에 받치고 몸을 휙! 일으켰을 때 침대의 놋쇠 고리 장식이 짤랑 하고 울렸다. 그는 그녀의 풍만한 몸집을 느긋하게 내려다보고, 나이트드레스 안에서 산양의 젖처럼 솟은 크고 부드러운 유방 사이를 바라보았다. 누웠던 여체의 온기가 공중으로 솟아, 그녀가 따른 홍차의 향기와 섞였다.

찢은 봉투 조각이 베개 밑에 나와 있었다. 그는 방을 나가다가 멈춰 서서 침대 커버의 매무새를 고쳐 주었다.

—어디서 온 편지야? 그는 물었다.

굵은 손. 마리온.

—아, 보일런이에요, 그녀는 말했다. 프로그램을 가지고 온대요.

—당신은 무엇을 부르기로 되어 있지?

—〈그녀에게 나의 손을 주리〉*⁴⁹를 J.C. 도일*⁵⁰과 함께 불러요. 그리고 〈사랑의 그리운 달콤한 노래〉*⁵¹도.

그녀의 풍만한 입술이 차를 마시면서 미소지었다. 향수도 이튿날이 되면 케케묵은 김빠진 냄새를 풍기지. 썩은 플라워 워터와 같은.

—창문을 조금 열까?

그녀는 빵 한 조각을 둘로 접어서 입에 밀어 넣으며 말했다.

—장례식은 몇 시부터죠?

—내가 알기로는 11시야, 신문은 보지 않았지만. 그는 말했다.

그녀의 손가락 지시에 따라서 그는 침대 위에서 더러워진 속바지의 다리 한쪽을 집어 올렸다. 아니라고? 그렇다면 회색 가터벨트. 그것이 얽혀 있는 스타킹, 구겨진 채 발바닥만이 번쩍번쩍 빛나고 있다.

—아니에요, 저 책 말이에요.

또 한쪽의 스타킹. 그녀의 속치마밖에 없다.

---

*49 모차르트의 오페라 〈돈 조반니〉 1막 9장에서 주인공이 시골 처녀 체를리나를 유혹하면서 부르는 이중창.

*50 그 무렵 아일랜드의 유명한 바리톤 가수.

*51 G. 빙엄이 작사, J. 몰로이가 작곡한 가곡(1884).

—분명히 아래로 떨어졌나 봐요. 그녀는 말했다.

그는 여기저기 손으로 더듬었다. '갈까요 말까요'*52 그 대목을 그녀는 제대로 발음할 수 있을까? 볼리오(voglio)라고. 침대 안에는 없어. 미끄러져 떨어진 모양이야. 그는 몸을 굽히고 침대 가장자리의 침대보를 들어보았다. 책은 떨어져서 펼쳐진 채 오렌지색 무늬가 있는 실내 변기 옆구리에 기대어 있었다.

—이리 주세요, 거기에 표시해 두었어요. 당신에게 물어보려고 한 말이 하나 있어서요. 그녀는 말했다.

그녀는 찻잔 손잡이가 아닌 곳을 들고 한입 마신 뒤 모포로 손가락 끝을 맵시 있게 닦고 나서 머리핀으로 문장을 더듬어 그 말을 찾아냈다.

—그를 만났다고? 그는 말했다.

—이거예요, 무슨 뜻이죠? 그녀는 말했다.

그는 몸을 숙이고 그녀의 닦은 엄지손가락 손톱 옆을 읽었다.

—윤회(輪廻).*53

—그래요. 그 사람은 도대체 집에 있을 때에는 무엇이라고 불러요?

—윤회라, 그는 중얼거리고 나서 얼굴을 찌푸렸다. 그리스어야. 그리스에서 온 말이야. 영혼의 전생(轉生)이라는 뜻이지.

—어머, 어렵네요. 쉬운 말로 해 줘요.

그는 미소지었다. 곁눈으로 그녀의 장난기 어린 눈을 흘끗 바라보면서. 조금도 변하지 않은 젊은 눈. 수수께끼 놀이를 한 뒤 처음 만난 날 밤. 돌핀스 반에서.*54 그는 손때로 더럽혀진 페이지를 넘겨갔다. 《서커스의 꽃 루비》.*55 어? 삽화. 매를 손에 든 사나운 이탈리아인. 과연 루비는 볼거리겠지. 바닥 위에서 나체로 있는 거다. 고맙게도 빌려 쓴 깔개. '괴물. 머피는 멈춘

---

*52 돈 조반니가 손을 내밀며 같이 가자고 유혹하자 체를리나가 한 대답.

*53 사후에 영혼은 다른 육체로 다시 태어난다는 신비적 교의. 고대 인도 신앙, 고대 그리스의 오르페우스 신앙, 19세기 후반의 신지학이 신봉한 사상이다. 단 앞의 두 신앙에서 인간은 동물이나 식물로 다시 태어날 수도 있지만, 신지학은 진화론의 영향을 받았으므로 여기서 인간은 인간으로 되살아난다.

*54 더블린 남서부 지구. 몰리는 블룸과 처음 만났을 무렵 이 지역에 살고 있었다.

*55 에이미 리드의 《루비, 한 서커스 소녀의 삶》(1889)이 모델. 리드는 서커스 생활의 잔혹함을 폭로하는 데 중점을 두었다.

뒤 그의 희생자를 저주의 말과 함께 내동댕이쳤다.' 그 잔혹함. 흥분제를 먹인 동물. 헹글러스 서커스단*56의 공중 그네. 제대로 눈 뜨고 볼 수 없었다. 입 벌리고 보는 군중. 네가 목뼈를 부러뜨리면 우리는 포복절도(抱腹絶倒)할 뿐. 모두 그런 친구들이다. 어렸을 때부터 뼈를 빼서 그들은 윤회한다. 우리가 죽은 뒤를 산다. 우리의 영혼. 죽은 뒤 인간의 영혼. 디그넘의 영혼 ……

—모두 읽었소? 그가 물었다.

—그래요, 조금도 야한 곳이 없는 소설이에요. 그녀는 줄곧 첫 남자를 사랑하고 있는 게 아네요? 그녀가 말했다.

—난 읽지 않아. 다른 것을 읽고 싶어?

—네, 또 한 권, 폴 드 코크*57의 다른 것을 빌려와요. 참 재미있는 이름이군요.

그녀는 컵에 차를 더 따랐다. 흘러나오는 차를 곁눈으로 보면서.

케이플거리의 도서관에서 그 책의 대출을 늦추지 않으면 보증인인 키어니*58에게로 재촉장이 가겠지? 영혼의 재생. 그렇다. 이 말이 좋다.

—이런 것을 어떤 사람들은 믿지, 그는 말했다. 우리는 죽은 뒤에도 다른 육체 안에서 계속 살아가고, 이전에도 살아 있었다는 거야. 이것을 영혼의 재생이라고 해. 우리는 모두 몇 천 년 이전의 지구나 다른 행성에서 살고 있었다는 거지. 다만 그 사실을 잊었을 뿐이라는 것인데, 자기 과거의 인생을 기억하는 사람도 있어.

들큰한 크림이 그녀의 홍차 안에서 고리를 그리며 나선형으로 굳어지기 시작했다. 다시 한 번 그 말을 생각나게 해 주어야지. 윤회. 구체적인 예를 드는 것이 좋아. 어떤 예?

'님프의 목욕'이 침대 위에 걸려 있다. 〈포토 비츠〉지*59의 부활절 특별호 부록으로, 아트 컬러 최고 걸작. 우유를 넣기 전 홍차색과 비슷하군. 머리를

---

*56 19세기 말에 가장 인기 있었던 것으로 전해지는 서커스단 가운데 하나.

*57 1794~1871. 프랑스의 통속적인 작가. 하층 계급을 묘사한 그의 작품은 널리 애독되었다.

*58 케이플거리, 도서관 맞은편에 있는 서점의 주인.

*59 1898년 런던에서 창간된 1페니짜리 주간지. 사진집 형태를 취했으나 실은 약간 음란성을 띠고 있었다.

늘어뜨린 마리온을 닮지 않은 것도 아니다. 그러나 더 날씬하다. 나는 이 액자에 3실링 6펜스를 지급했다. 침대 위에 걸면 좋을 거예요 하고 그녀가 말했으므로. 벌거벗은 님프들. 그리스. 그리고 예를 들면 그 무렵 살아 있던 모든 사람들.

그는 페이지를 뒤로 넘겼다.

─윤회는 옛날 그리스인들이 썼던 말이야. 그들은 사람이, 예를 들어, 동물이나 나무로 변할 수가 있다고 믿었어. 이를테면 님프 같은 것으로. 그는 말했다.

그녀는 스푼으로 설탕 젓는 것을 멈추었다. 그러고는 곧장 앞을 바라보았다. 젖혀진 콧구멍으로 공기를 들이마시면서.

─눈는 냄새가 나요, 불에 얹어놓은 것 있어요? 그녀가 말했다.

─콩팥이다! 그는 갑자기 외쳤다.

그는 책을 거칠게 안주머니에 넣고 부서진 의자형 변기에 발가락을 부딪치면서 방을 나가 냄새가 나는 곳으로 급히, 당황한 황새 같은 발걸음으로 계단을 뛰어 내려갔다. 코를 찌르는 연기가 프라이팬 한쪽에서 화가 난 듯 뿜어 오르고 있었다. 그는 포크 끝을 콩팥 아래에 찔러 넣어 냄비 바닥에서 떼어내 휙 뒤집었다. 약간 눌었을 뿐이었다. 그는 그것을 냄비에서 접시로 옮겨 얼마 남지 않은 갈색 육즙을 부었다.

자, 이제는 차를 한 잔. 그는 앉아서 빵을 한 조각 잘라 버터를 발랐다. 콩팥의 탄 부분을 잘라서 고양이에게 던져 주었다. 그리고 포크로 큰 조각을 입에 넣고 향기롭고 연한 고기 맛을 느끼면서 천천히 씹었다. 적당히 구워졌다. 홍차를 한 모금. 그러고 나서 빵을 주사위 모양으로 잘라 그 한 조각을 육즙에 적셔서 입에 넣었다. 어딘가의 젊은 학생과 소풍 갔다는 것은 어땠을까? 그는 옆에 놓아 둔 구겨진 편지를 펴고 천천히 읽으면서 빵을 씹고 다음 한 조각을 육즙에 적셔 다시 입으로 가져갔다.

사랑하는 아빠에게

훌륭한 생일 선물 고마웠어요. 저에게 딱 어울려요. 저 새로운 모자를 쓰면 아주 미인으로 보일 거라고 모두들 이야기해요. 엄마에게 크림 과자 한 상자를 받았어요. 그래서 엽서를 쓰려고요. 참 멋진 과자예요. 저의 사진 일도 아주 잘 되어가고 있어요. 코플런 씨가 저를 한 장 찍어 주셨는데 코플런 씨의 부인이 현상이 되면 보내 주신다네요. 어제는 너무 바빴어요. 날씨가 좋아서 무다리 부인들이 줄줄이 왔거든요. 월요일에는 친구 두세 명과 오웰 호수로 가벼운 소풍을 가려고 해요. 엄마에게 안부 전해 주세요. 아빠에게는 큰 키스와 감사를 드려요. 모두가 아래층에서 피아노를 치고 있어요. 토요일에 그레빌 암즈 호텔에서 음악회가 있어요. 배넌*60이라는 젊은 학생이 저녁 때 가끔 놀러 와요. 사촌인가 하는 사람이 큰 부자래요. 그분은 보일런(참, 저도 모르게 블레이제스*61 보일런이라고 쓸 뻔했어요)이 곧잘 부르던 〈해변의 아가씨들〉을 노래해요. 바보 밀리가 보일런 아저씨에게 안부 전한다고 말씀해 주세요. 이만 줄일게요, 마음속으로부터 사랑을 담아.

아빠의 정다운 딸
밀리로부터

추신 : 글씨 엉망인 거 용서해 주세요. 서두른 탓이에요. 안녕. 엠*62

어제로 15살. 생일도 우연히 이달 15일.*63 태어나서 처음으로 집을 떠난 생일이다. 이별인가. 그 아이가 태어난 여름날 아침이 생각난다. 덴질거리의 손튼 여사*64를 깨우러 달려갔지. 유쾌한 할멈이었어. 아마도 그녀는 많은 아이를 받았으리라. 죽은 루디*65 때에는 처음부터 오래 가지 않을 것이라고 알고 있었어. 그래요, 하느님의 뜻이에요. 한눈으로 알아차렸었다. 살아 있으면 그 애는 지금 열한 살이 됐을 거야.

그는 멍청한 얼굴로 '추신'을 애처로운 기분으로 바라보았다. 글씨 엉망인 거 용서해 주세요. 급해서요. 아래층 피아노. 그 아이도 이제 어른이 됐군. 제40번 카페에서 팔찌 때문에 말다툼을 했다고? 케이크를 먹으려고 하지 않

---

*60 에피소드 1에서 스티븐과 멀리건이 해변에서 친구와 이야기했을 때 화제에 오른 청년.
*61 지옥이라는 뜻.
*62 밀리의 머리글자.
*63 밀리는 어제(6월 15일) 열다섯 살이 되었다.
*64 홀리스거리 산부인과 병원 근처의 덴질거리 19번지에 사는 조산사.
*65 어려서 죽은 블룸 부부의 아들.

고 말도 않고, 바라보려고도 하지 않았다. 건방진 아이야. 그는 남은 빵을 육즙에 적시고, 차례로 콩팥을 먹었다. 주급 12실링 6펜스. 많지는 않다. 하지만 그 아이의 처지치고는 좋은 편이야. 뮤직홀 무대. 젊은 학생이라. 그는 식어가는 차를 한입 마시고는 고기를 입에 넣었다. 그러고 나서 편지를 다시 읽었다. 두 번 되풀이해서.

아냐, 좋아. 저 아이도 자기의 일을 돌볼 정도는 할 수 있을 것이다. 그러나 만약에 알 수 없다면? 아냐, 아직 아무 일도 일어나지 않았어. 앞으로 일어날지도 모르지만 그것은 그때 가서의 일이고. 워낙 말괄량이라. 계단을 뛰어 올라가는 그녀의 날씬한 다리. 숙명이지. 지금 무르익어가고 있다. 허영심. 대단한.

그는 부엌의 창을 보면서 불안한 애정의 미소를 띠었다. 언제였던가, 그 아이가 거리를 걸어가면서 뺨을 꼬집어 혈색을 좋게 하려는 것을 보았지. 빈혈기가 있어. 우유를 너무 오래 먹인 거야. 에린스 킹호를 타고 키시를 돌았던 그날. 낡은 배라 몹시 흔들렸다. 그러나 조금도 무서워하지 않았지. 그 아이의 엷은 푸른빛 스카프가 머리카락과 함께 바람에 날리면서.

볼우물과 곱슬머리,
보고 있는 사람의 마음은 소용돌이친다네. *66

〈해변의 아가씨들〉. 찢은 봉투. 바지 주머니에 쑤셔 넣은 두 손. 하루 쉬는 마부. 가족의 친구. 머리가 빙빙 돈다고 그는 사투리로 말한다. 부둣가에 불이 켜지고, 여름 밤. 악대.

아가씨들, 저 아가씨들
귀여운 해변의 아가씨들.

밀리도 이제. 젊은 키스, 첫 키스. 이제 먼 옛날 이야기다. 미시즈 마리온. 지금은 누워서 책을 읽고 자기의 머리카락을 세고, 미소를 지으면서 그

---

*66 〈해변의 아가씨들〉의 노랫말.

것을 핥고.

가벼운 구토를 일으키는 후회의 마음이 점점 강해지면서 그의 등뼈를 따라 내려갔다, 일어날 건가? 일어날 거야. 막는다. 헛된 일이지. 움직일 수가 없다. 소녀의 달콤하고 가벼운 입술. 그 입술에도 일어나겠지. 그는 척추를 흐르는 구토 기운이 전신에 퍼지는 것을 느꼈다. 간다고 해도 어떻게 할 수 없다. 키스를 받는 입술, 키스하면서 키스를 받는다. 푹신하게 달라붙은 여자의 입술.

지금 있는 곳이 그녀를 위해 좋을 것이다. 먼 곳에. 항상 바쁘게 해 두어야 해. 기분 전환을 위해 개를 기르고 싶다고 했지. 한 번 가 봐 줄까? 8월의 은행 휴일에. 왕복하는 데 겨우 2실링 4펜스. 그러나 6주 남은 일이다. 신문사 버스를 이용하든가, 그렇지 않으면 매코이*67에게 부탁해서.

고양이는 온몸의 털을 깨끗하게 핥고 나서, 다시 콩팥의 피가 묻은 포장지 쪽으로 돌아가서 코로 냄새를 맡은 뒤 천천히 문 쪽을 향해 걸어갔다. 그를 돌아보고 냐옹 하고 운다. 밖으로 나가고 싶은 모양이다. 문 앞에서 기다리면 언젠가는 열린다. 기다리게 내버려 둬. 안절부절못하고 있다. 전기 때문인가? 대기 속의 천둥. 그러고 보니 등을 불쪽으로 돌리고 자꾸만 귀를 씻고 있다.

그는 배가 묵직하게 찬 기분이었다. 그리고 장이 점점 차오르는 것을 느꼈다. 그는 일어났다. 바지 허리띠를 늦추면서. 고양이는 그를 향해 울었다.

—냐옹! 그는 대답을 했다. 이쪽에서 준비될 때까지 기다려.

나른하다. 더운 날이 될 것 같다. 중간참까지 계단을 올라가기란 고역인걸.

신문. 그는 변기에 앉아서 읽는 것을 좋아한다. 그럴 때 노크하는 바보가 없으면 좋은데.

탁자 서랍을 열고 〈티트비츠〉 지난호를 발견했다. 그는 그것을 접어서 겨드랑에 끼고 문간까지 가서 문을 열었다. 고양이가 가볍게 뛰어 올라갔다. 아, 위로 올라가서 침대 위에서 웅크리고 싶었던 거야.

귀를 기울여서 몰리의 목소리를 들었다.

---

*67 블룸의 친구. 더블린 시 시체 수용소에 근무하고 있다.

—이리 와, 이리 와, 퍼시야, 이리 와.

그는 뒷문을 통하여 마당으로 나갔다. 걸음을 멈추고 이웃집 마당 쪽으로 귀를 기울였다. 아무 소리도 들리지 않는다. 아마도 세탁물을 밖에 말리고 있는 모양이다. 하녀가 마당에 있었다. 좋은 아침이군.

그는 몸을 구부리고 울타리 옆에 있는 잘 자라지 못한 박하의 열을 바라보았다. 여기에 정자를 세울까? 붉은 꽃의 강낭콩. 버지니아 넝쿨. 이 땅 전체에 비료를 주지 않으면. 바삭바삭한 토양이 된다. 온통 유황과 같은 갈색으로 덮여 있다. 비료를 주지 않으면 모두 이런 모양이다. 부엌의 구정물. 옥토란 어떠한 토양을 말하는 것일까? 옆집 마당의 닭들. 닭똥은 가장 좋은 살포 비료지. 그러나 가장 좋은 것은 소, 특히 깻묵을 먹인 소의 것이 좋아. 소똥 거름. 키드 가죽 장갑의 더러움을 빼는 데에도 그것이 최고. 불결한 정화법(淨化法). 재도 좋다. 여기를 모두 개간할까? 저 구석에 콩을 심고, 레터스. 그러면 항상 신선한 야채를 먹을 수가 있다. 그러나 채소밭에 좋은 일만 있는 것은 아니지. 여기에 벌이나 쇠파리가 모여든다. 성령강림절*⁶⁸ 이후 첫 월요일 무렵에는.

그는 걸음을 계속했다. 그런데 모자는 어디에 두었지? 분명히 아까 그 못에 걸어 두었는데. 아니면 일층 어딘가에 걸어 놓았던가? 이상하다. 기억이 없어. 현관의 우산 세움대는 꽉 찼어. 우산이 네 개, 그녀의 비옷. 아까 편지를 주워 올렸을 때. 드래고 이발관*⁶⁹의 벨이 울리고 있었다. 마침 그때 내가 그 남자의 일을 생각하고 있었다는 것은 묘한 일이다. 그 사나이의 옷깃 위에 늘어진 번쩍이는 갈색 머리카락. 마침 세수를 하고 빗질을 하고 난 뒤였다. 오늘은 아침나절에 목욕탕에 갈 시간이 있을까? 타라거리*⁷⁰에서. 그곳 계산대에 있는 남자가 제임스 스티븐즈*⁷¹를 달아나게 했다고들 한다. 오브라이언이다.*⁷²

---

*68 블룸은 1904년 5월 23일 벌에 쏘였다. 의사 딕슨(에피소드 14 참조)이 그를 치료해 주었다.

*69 리피강 남안 도슨거리 17번지. 블룸은 며칠 전 보일런을 만났을 때의 일을 떠올리고 있는 듯싶다. 에피소드 8 참조.

*70 리피강 남안에 있는 거리. 더블린 시영 공중목욕탕이 이곳에 있었다.

*71 1824~1901. 아일랜드 독립운동가. 페니언 당원. 1864년 더블린에서 체포되었다.

*72 페니언당 조직자이자 초대 당수. 그러나 블룸이 생각하는 오브라이언은 스티븐즈와는 관계가 없어 보인다.

들루가츠란 녀석은 목소리에 깊이가 있지. 아젠다가 뭐였더라? 자, 나의 아가씨. 열광적 지지자다.

그는 잘못 지은 화장실의 문을 걷어차 열었다. 장례식에 가는 바지를 더럽히면 큰일이지. 그는 머리를 숙이고 낮은 문지방을 지나 안으로 들어갔다. 문을 완전히 닫지 않고, 곰팡내 나는 석회와 낡은 거미줄 따위의 악취 속에서 그는 바지 끈을 내렸다. 앉기 전에 벽 틈으로 이웃집 창 근처를 내다보았다. 임금님은 그의 회계실(會計室)에 계시다.*73 아무도 없다.

고통스러운 의자에 올라앉아 그는 신문을 펴고 벌거벗은 무릎 위에서 페이지를 넘겼다. 무엇인가 새롭고 부담이 가지 않는 것. 그렇게 서둘 필요는 없다. 나올 때까지 기다리자. 본지의 현상 단편소설. 〈매첨의 비상한 솜씨〉. 런던의 연극을 사랑하는 클럽 회원, 미스터 필립 뷰포이 작. 1단 당 1기니의 고료가 작가에게 지급되었다. 3단 반. 3파운드 3실링. 아니 3파운드 13실링 6펜스가 된다.

그는 조용히 읽었다. 나오는 것을 억누르면서. 첫째 단을, 그리고 나오는 대로 내보면서, 다시 참으면서, 둘째 단을 읽기 시작했다. 반쯤까지 와서 이제 그는 마지막 억제를 포기하고 읽으면서 그의 장이 조용히 편안해지는 것을 허락했다. 참으면서 읽어 가는 동안에 어제의 가벼운 변비는 해소되었다. 부탁해. 너무 크면 치질이 돼. 아냐, 마침 좋아. 이것으로 좋아. 그렇다! 변비약에는 카스카라 사그라다를 한 알. 인생도 이러면 좋을 텐데. 그 소설은 그를 움직이지도 않고 감동시키지도 않았다. 그러나 무엇인가 센스가 있는 아담한 읽을거리였다. 지금은 무엇이든지 활자가 된다. 재료가 고갈된 계절이다. 그는 솟아오르는 자신의 악취 속에 앉은 채 계속 읽었다. 확실히 센스가 있다. '매첨은 웃는 마녀를 획득한 천재적인 자기 수완에 대해서 자주 생각한다. 그 마녀는 지금.' 센스가 있다. 그는 읽고 난 문장을 다시 한 번 흘끗 보았다. 그리고 자기의 오줌이 조용히 흐르는 것을 느끼면서, 이것을 써서 3파운드 13실링 6펜스의 고료를 받은 미스터 뷰포이가 부럽다고 생각했다.

짧은 것이라면 나도 그럭저럭 쓸 수 있을지도 모른다. L.M. 블룸 부부 작. 무엇인가 센스가 있는 말을 살려서 하나의 이야기를 만들어 낸다. 그녀가 몸

---

*73 전래동요 〈6펜스의 노래〉에서 따온 말. 임금님은 이웃집 주인 남자.

치장을 하면서 말한 것을 내가 셔츠 소매에 적어 두었던 그 무렵. 함께 옷을 갈아입는 것은 싫다. 나는 수염을 깎으면서 상처를 내고 말았다. 그녀는 아랫입술을 깨물고 스커트의 고리를 낀다. 그녀의 시간을 재보니 9시 15분. 로버츠는 당신에게 돈을 지급했어요? 9시 20분. 그레타 콘로이*74는 어떤 옷을 입고 있었죠? 9시 23분. 무엇 때문에 나는 이런 빗을 샀을까? 9시 24분. 나는 그 양배추를 먹은 뒤 살이 찌고 말았어요. 그녀 구두의 에나멜 가죽에 약간 먼지가 묻어 있었지.

그녀는 솜씨 있게 한쪽씩 스타킹을 신은 장딴지에 구두를 문지르고 있었다. 메이*75의 악단이 폰키엘리의 시간의 춤*76을 연주한 자선무도회 이튿날 아침. 아침 시간, 낮, 그리고 석양이 오고, 그러고 나서 밤 시간이 온다는 것을 일일이 설명해야. 그녀는 이를 닦았다. 그것이 최초의 밤이었다. 그녀의 얼굴이 춤추었다. 그녀의 부채 자루가 덜그럭 소리를 냈다. 보일런은 부유한가? 부자예요. 왜? 춤출 때 그 사람 숨결에서 좋은 냄새가 난다는 것을 알았어요. 그럼 잔소리를 해도 아무 소용이 없다. 넌지시 돌려서 말하는 것이 좋아. 그 마지막 밤은 묘한 음악이었다. 거울이 흐려져 있었다. 그녀는 재빨리 그녀의 손거울을 풍만하게 출렁이는 유방 위 모직 속옷으로 문질러 닦았다. 그것을 들여다보면서. 그녀 눈가의 주름. 아무래도 거기가 개운치가 않았던 것 같다.

저녁 무도회, 회색의 엷은 옷을 입은 아가씨들. 그리고 밤 무도회에는 검은 옷에 단도를 들고 가면을 쓰고. 시적인 착상이군, 분홍, 그리고 황금빛, 그리고 회색, 그리고 검은색. 정말 이 세상은 그대로인 거야. 낮 그리고 밤.

그는 현상소설을 중간에서 날카롭게 찢어 그것으로 훔쳤다. 그러고 나서 바지를 올려 바지 띠와 단추를 채웠다. 그는 덜컹거리는 화장실 문을 열고 어둠 속에서 밖으로 나왔다.

눈부신 빛 속에서 사지가 가벼워지고 차가워졌다. 그는 그의 검은 바지를

---

*74 《더블린 사람들》의 〈죽은 사람들〉에 등장하는 여주인공.

*75 음악 관련 흥행 회사. 서부 스티븐스그린거리에 있었다.

*76 폰키엘리는 19세기 이탈리아의 대중적 오페라 작곡가(1834~86). '시간의 춤'은 그의 대표작 〈라 조콘다〉(1876) 제3막의 발레곡. 무용수가 차례차례 의상을 바꿔 입으면서 새벽부터 밤까지 하루의 경과를 표현한다.

주의 깊게 둘러보았다. 자락, 무릎, 무릎 뒤를. 장례식은 몇 시였던가? 신문으로 확인하는 것이 좋아.

하늘 높이 공중에 울려 퍼지는 금속음과 어두운 신음소리. 성 조지 교회의 종이다. 때를 알리는 종이 울린다, 소리 높이 울리는 어두운 첫소리.

헤이호 헤이호!
헤이호 헤이호!
헤이호 헤이호![77]

15분 전. 다음 것은 공중에 울려 퍼지는 그 반향이다. 세 번째의 종소리.[78]

가엾은 디그넘!

---

[77] 비탄, 실망 따위를 나타내는 감탄사.

[78] 교회의 시계는 15분마다 울린다. 세 번 울리는 것은 45분이 지난 것. 지금은 8시 45분이 지났다.

에피소드 5
THE LOUTUS-EATERS
로터스 이터즈*1

---

*1 로터스 열매를 먹고 황홀경에 빠져 세상일을 잊은 사람. 쾌락주의자.

줄거리

오전 10시. 블룸은 거리를 걷고 있다. 그는 헨리 플라워라는 가명으로 우체국 사서함을 통해 연애 편지를 주고받는다. 상대는, 여자 조수가 필요하다는 신문 광고를 내서 알게 된 마사 클리퍼드. 그는 모자 뒤의 가죽 띠에 감추어 둔 우편 수령용 카드를 꺼내어 우체국에서 편지를 받아, 아는 사람을 만날까 두려워하며 읽는다. 그 편지의 달콤한 말이 온종일 그의 마음에 머물러, 보일런과 아내의 밀회, 딸 밀리의 편지 따위와 겹쳐서 블룸의 마음속을 오간다.

이 소설의 기본적인 서술법은 '의식의 흐름'으로, 조이스는 심리상의 이미지나 관념을 일어난 차례로 적어간다. 독자가 읽기에는 다소 번거로운 방식이다. 그 구성은 본 것, 들은 것, 이야기한 것 다음에 그에 따라 떠오른 추억이나 인상, 비판, 느낌 따위를 덧붙이는 식이다. 이 방법은 평범한 인간이 블룸의 마음속의 움직임을 그릴 때 충분한 작용을 발휘한다고 할 수 있다.

그는 걸어가는 도중에 친구인 매코이나 밴텀 라이언스 등을 만난다. 아내를 위해 약국에 들러 화장수를 주문하기도 한다. 그리고 비누를 사서 거리의 목욕탕에 가는데, 그 비누는 어느 주머니에 넣어도 굴러다녀 그는 온종일 이것을 이 주머니 저 주머니에 바꾸어 넣느라 고심한다.

이 에피소드는 《오디세이아》에서, 오디세우스가 그리스 남부에서 아프리카의 튀니지 가까이에 표착해 로터스를 먹은 사람의 나라에 도착했을 때와 상응한다. 자기의 고향, 가정을 잊게 하는 여러 가지 사례가 이 에피소드의 핵심적인 주제이다. 이 에피소드 끝에, 탕에 들어가 있는 자기의 성기(性器)에서 연꽃을 떠올리는 대목이 그 상징이라고 한다. 또 플라워라는 블룸의 가명이나 마사의 편지에 든 말린 꽃 따위도 이와 관계가 있는 것으로 보인다.

에피소드 5 주요인물

패디 디그넘 Paddy Dignam : 죽은 사람. 블룸 등이 그의 장례식에 참석한다. 그는 이전에 존 헨리 멘튼 아래서 근무했는데 술 때문에 실수하여 실직하고 나서 죽었다.

마사 클리퍼드 Martha Clifford : 블룸과 연애편지를 주고받는 타이피스트. 블룸이 헨리 플라워라는 가명으로 구인광고를 내 꾀어낸 여성이다.

매코이 C.P. M'Coy : 블룸의 친구. 원래 〈프리먼〉지의 광고부 직원이었는데, 지금은 시의 시체수용소에서 일한다. 아내가 약간 알려진 가수이다.

밴텀 라이언스 Bantam Lyons : 블룸의 친구. 경마광.

미스터 블룸은 존 로저슨 경 부두*²에 줄지어 서 있는 짐마차 옆을 지나 진지한 표정으로, 윈드밀 골목, 리스크 아마인(亞麻仁) 제유(製油)공장, 우편전신국을 지나갔다. 그 주소도 알려 주었으면 좋았을 걸.*³ 그리고 선원 숙박소를 지났다. 그는 부둣가의 아침 소음으로부터 멀리 떠나 라임거리를 걸어갔다. 브레이디 주택지 옆에서 한 가죽 무두질 공장 직공이 찌꺼기 고기가 든 양동이를 들고, 씹어서 납작해진 값싼 담배꽁초를 피우면서 서성거리고 있었다. 이마에 습진 자국이 남아 있는 더 작은 여자아이가 따분하다는 듯이 낡은 통 테를 장난감으로 갖고서 그를 바라보고 있다. 담배를 피우면 키가 크지 않는다고 말해 줄까? 아냐, 그대로 내버려 둬! 어차피 그는 좋은 환경에서 자란 것도 아니다. 아버지를 모셔가기 위해 술집 입구에서 기다리기도 한다. 어머니에게로 돌아가요, 네, 아버지. 한밤중, 이제 사람도 거의 없잖아요. 그는 타운젠드거리를 가로질러 찡그린 얼굴을 하고 있는 베셀의 무뚝뚝한 가게 앞을 지나갔다. 엘이라고 쓰여 있다. 그래, 여기다, 알레프 베셀의 집은. 그리고 그는 니콜즈 장의사 앞을 지나갔다. 장례식은 11시. 아직 시간이 있다. 이번 일은 아마도 코니 켈러허가 오닐 장의사*⁴에게 주선한 것이리라. 눈을 감고 노래 부른다. 저 코니 녀석은. '저 공원에서 그 애를 만났어.*⁵ 캄캄한 어둠 속. 경찰이 오는 것은 아녜요?*⁶ 그 아이가 말한 이름과 주소. 나는 그때 콧노래로 툴라룸 툴라룸이라고 했지.' 분명히 그가 장례식을 주선했어. 어디라도 좋으니 값싸게 묻으면 돼. 내가 툴라룸 툴라룸, 툴라룸, 툴라룸이라고 노래하는 동안에 말야—하고 말하면서.

＊2 리피강 하구 남안의 부두.
＊3 블룸은 지금 웨스틀랜드거리의 우체국으로 가고 있다. 그러나 로저슨 18번지에 있는 다른 우체국을 통해 마사와 편지했어도 좋았으리라고 생각하는 것이다.
＊4 이 장의사는 북쪽 스트랜드 도로 164번지에 있다.
＊5 켈러허가 즐겨 부르는 노래. 출전 불명.
＊6 켈러허는 경찰의 첩자라는 소문이 있었다.

그는 웨스틀랜드거리의 벨파스트 앤드 오리엔탈 홍차회사의 진열창 앞에 서서 은종이 포장의 상품 상표를 읽었다. 엄선한 혼합차, 최상품, 가정용 홍차. 꽤 덥군. 차(茶)라. 톰 커넌[*7] 가게에서 좀 사둬야지. 하지만 장례식 석상에서 부탁하기란 어색해, 그는 눈으로 그 상표를 한가하게 읽는 사이에 모자를 벗고 조용히 자기 머리 기름 냄새를 들이마시고 천천히 이마와 머리를 쓰다듬었다. 몹시 더운 아침이다. 늘어진 눈까풀 아래로 그는 그의 고급 모자 속 가죽 띠에 붙은 작은 나비매듭을 발견했다. 그의 오른

웨스틀랜드거리역(오늘날 피어스역)의 우체국 주변

손이 모자 안쪽으로 뻗었다. 그의 손가락은 모자 테 안에서 재빨리 카드 한 장을 꺼내어 조끼 주머니로 옮겼다.

무척 덥다. 그의 오른손은 다시 한 번 천천히 애초의 자리로 돌아갔다. 엄선한 혼합차, 실론산(産) 최고품. 극동. 그 근처는 좋은 곳이겠지, 틀림없이. 지상낙원일까? 올라탈 수 있을 정도로 크고 무겁게 보이는 잎, 선인장, 꽃이 핀 목장, 뱀 덩굴식물이라는 것이 있다. 정말로 그럴까? 감미로운 무위(無爲)의 생활. 햇볕이 닿는 곳에서 어슬렁거리는 실론섬 사람. 온종일 손도 까딱하지 않는다. 1년 중 6개월은 잠으로 보낸다. 너무 더워서 싸움도 하지 않는다. 풍토의 영향이다. 혼수병(昏睡病). 태만의 꽃. 공기가 가장 좋은 영양이 된다. 질소. 식물원의 온실. 신경초. 수련(睡蓮). 힘없이 늘어진 꽃잎. 공기 중에 수면병의 균이 있다. 안일하기 이를 데 없는 생활. 소 내장과 다리 삶은 것을 먹는 모습을 떠올려 봐. 이 남자는 어딘가의 그림에서 본

---

*7 홍차 상인. 《더블린 사람들》의 〈은총〉에 등장한다.

녀석인데, 그것은 무슨 그림이었지? 그래 그래, 사해(死海)의 그림이었어. 드러누워 물에 떠서 양산을 받치고 책을 읽고 있었어. 가라앉으려고 해도 가라앉지 않는다. 그 정도로 소금기가 진하다. 왜냐하면 물의 무게가, 아니, 물속에 있는 몸의 무게가 ……의 무게와 같다. 무슨 중량과 같았지? 그 무게와 같은 것은 부피였던가? 어쨌든 그런 법칙이 있어. 고등학교에서 반스 선생님*8이 손가락 관절을 꺾어 소리 내면서 가르쳐 주었는데. 대학 과성이야. 딱딱 소리 내는 과정인가? 사람들은 무게라고 말한다. 그 진짜 무게란 무엇인가? 1초마다, 1초마다 32피트인가. 낙하의 법칙, 1초마다. 1초마다. 모든 것은 땅 위로 떨어진다. 지구. 무게란 지구의 중력이다.

그는 방향을 바꾸어 천천히 길을 가로질렀다. 그 하녀는 소시지를 들고 어떤 식으로 걸었지? 틀림없이 이런 식으로 걸었을 거야. 그런 식으로 해볼까? 걸어가면서 그는 옆 주머니에서 접은 〈프리먼즈 저널〉지를 꺼내어 일단 펴서 세로로 길게 막대처럼 감고는 한 걸음마다 바지 옆을 그것으로 두들겼다. 아무렇지도 않은 태도로 잠깐 들러보자. 1초마다, 1초마다. 1초마다는 매초라는 뜻이다. 그는 도로의 갓돌이 있는 곳에서 우체국*9 안쪽으로 날카로운 눈길을 던졌다. 시간 외 우편 접수는 이곳에 넣으세요—라. 아무도 없다. 들어가자.

그는 놋쇠 격자 사이로 그 카드를 내밀었다.

—저에게 온 편지 없어요?

우체국장으로 보이는 여자가 칸막이 선반을 찾는 동안에 그는 무장한 군인이 그려진 신병 모집 포스터를 보고 있었다. 그리고 코끝에 신문 막대의 끝을 댔다. 새로 인쇄된 종이 냄새를 맡으면서. 아마도 답장은 오지 않았을 것이다. 지난번에 너무 지나쳤으니까.

여자 우체국장은 격자창 너머에서 한 통의 편지와 함께 그의 카드를 건네주었다. 그는 감사하다고 말하고 타이프로 친 주소를 흘끗 보았다.

시내
웨스틀랜드거리 우체국 사서함

*8 에라스무스 스미스 고등학교의 교사. 블룸은 이 학교에 다녔다.
*9 웨스틀랜드거리 49, 50번지에 있다.

헨리 플라워 귀하*10

어쨌든 답장을 주었군. 그는 카드와 편지를 옆 주머니에 쑤셔 넣고 다시 한 번 병사들의 행진을 바라보았다. 트위디 영감의 연대는 이 가운데 어느 것일까? 저 퇴역 군인의. 어, 저 모피 모자와 깃털 장식이 그렇다. 아냐, 그 것은 척탄병(擲彈兵)이다. 소매가 네모져 있어. 아, 저거다. 더블린 주재 왕 실 저격병이다. 빨간 상의. 너무 화려하다. 그러니까 여자들이 쫓아다니지. 제복. 모집해서 훈련시키는 데에 그것이 편리해. 그들이 밤에 오코널거리를 활보하지 못하도록 하는 것에 대한 모드 곤의 서한,*11 우리 아일랜드 수도의 수치야. 그리피스의 신문*12도 요즈음 그러한 논조지. 성병으로 부패한 군 대. 해상권을 가지고, 술에 취한 기분의 제국인 것이다. 그들은 절반만 구운 빵 같은 상태다. 최면술에 걸린 것 같다. 차렷! 제자리걸음. 왼쪽, 오른쪽, 왼쪽, 오른쪽, 국왕의 연대. 국왕이 소방관이나 경찰 제복을 입고 있는 것은 본 일이 없어. 비밀공제조합원 것은 입고 있었어도.

그는 우체국에서 천천히 나와 오른쪽으로 돌았다. 이야기를 주고받는다 고? 그것으로 일이 해결된다는 건가? 그는 손을 주머니에 넣고 집게손가락 끝으로 봉투를 더듬더니 봉한 곳을 찾아서 찍 하고 찢었다. 여자는 조심성이 강하다는 말은 거짓말이군. 그는 손가락으로 편지를 꺼내고 주머니 안에서 봉투를 구겼다. 무엇인가가 핀으로 꽂혀 있어. 사진인가? 아마도, 머리카 락? 아냐.

매코이 녀석이 왔다. 빨리 그를 쫓아 버려야지. 방해받기 싫어. 이럴 때에 사람을 만나다니. 싫다.

—여, 블룸. 어디 가는 거야?

—여, 매코이. 딱히 정한 곳은 없어.

---

*10 블룸의 가짜 이름.

*11 남아프리카에서 벌어진 보어전쟁(1899~1902) 초기에, 더블린 주둔 영국 병사들의 야간 외출 금지가 일시적으로 풀리자 그들은 오코널거리 주변의 번화가를 활보하고 다녔다. 이 를 기회로 모드 곤(독립운동 여성 지도자)과 그 밖의 사람들은 영국군 모병에 반대하는 운동을 벌였고, 그 가운데 하나가 '적국 병사와 교제하는 아일랜드 처녀들의 치욕'이라는 글이다.

*12 그리피스가 창간한 주간지 〈유나이티드 아이리시먼〉(1899~1906).

―별일 없고?

―괜찮아, 자네는?

―그럭저럭 지내고 있지, 매코이는 말했다.

매코이는 검은 넥타이와 옷을 바라보면서 망설이듯이 물었다.

―뭔가 불행한 일이 있었던 것은 아니겠지? 자네 옷차림이…….

―아냐, 아냐, 저 디그넘 있지? 오늘이 장례식이야. 미스터 블룸은 말했다.

―그래? 가엾은 친구. 그래, 몇 시지?

이것은 사진인가? 배지인가?*13

―열…… 열한 시야, 미스터 블룸이 대답했다.

―나도 얼굴을 내밀어야겠는데, 열한 시라고? 어젯밤 처음으로 들었어. 누가 말해 주었더라. 홀로헌*14이지. 자네도 호피 알지? 매코이가 말했다.

―알지.

미스터 블룸은 도로 건너편의 그로브너 호텔*15 입구에 서 있는 2륜 마차를 바라보았다. 짐꾼이 여행가방을 짐칸에 싣고 있다. 여자가 물끄러미 서서 기다리는 옆에서, 남자는, 남편인가, 오빠인가, 그녀와 비슷한 남자가 주머니에서 잔돈을 찾고 있다. 목도리가 달린 유행하는 코트. 오늘 같은 날에는 더울 텐데, 모포로 만든 것 같다. 밖에서 댄 주머니에 두 손을 꽂고 무관심한 듯 서 있는 여자의 모습. 폴로 경기를 보고 있는 거만한 여자―라고나 할까? 여자는 급소를 잡힐 때까지 콧대가 센 법이야. 아름다운 여자는 행동도 아름다워야지. 굴복하기 직전까지는 젠체한다. 고결한 영부인이 있기에 브루투스는 명예로운 남성이다.*16 일단 손에 들어오면 흐느적흐느적 무골(無骨)이야.

―보브 도런을 방금 만났는데 녀석은 또 주정뱅이 발작을 일으키고 있더군. 게다가 밴팀 라이언스라는 사내도 있었지. 바로 저기 콘웨이 술집이야.

도런과 라이언스가 콘웨이 술집에 있다고? 그녀가 장갑 낀 손을 머리까지 올렸어. 호피가 들어왔다. 술에 취해서. 그는 머리를 뒤로 젖히고 내려오는

눈까풀 아래로 건너편을 바라보았다. 햇볕 속에 빛나는 새끼 사슴 가죽의 장갑과 끈 장식이 보였다. 오늘은 물건이 뚜렷이 보인다. 공중의 습기가 멀리까지 보이게 만든다. 이 사나이는 지금 횡설수설하고 있군. 숙녀의 손. 그녀는 어느 쪽으로 마차에 탈까?

—그러자 그가 '패디는 참 안됐어' 하고 말하기에 '패디라니?' 하고 물었더니 '패디 디그넘 말야. 가엾게도'라고 하는 거야.

시골로 가는 거군, 아마도 브로드스톤*17이겠지. 갈색의 긴 부츠에 끈이 늘어져 있다. 보기 좋은 다리. 저 사나이는 무엇 때문에 잔돈을 꺼내길 망설이지? 저 여자는 내가 보고 있다는 것을 알아차렸군. 항상 다른 남자를 찾고 있는 눈초리다. 가능하다면 멋진 예비 애인을. 양다리 걸치는 방식이다.

—'어떻게 된 거야?' 하고 내가 물었어. '그가 어떻게 됐느냐'고 말야.

허영심이 강한, 돈 많은, 비단 스타킹.

—그래, 미스터 블룸이 말했다.

그는 약간 옆으로 비껴 서서 이야기를 하는 매코이의 얼굴을 피했다. 곧 마차를 탄다.

—'그가 어떻게 됐느냐고?' 하고 그가 말하는 거야. '죽었어.' 그리고 정말로 눈물을 글썽거리고 있더군. '패디 디그넘이?' 하고 나는 되물었지. 설마 했지. 최근에, 지난 주 금요일이었던가, 목요일이었던가, 아치 술집*18에서 함께 만났으니까. '그래' 하고 그가 말했어. '그는 죽었어. 월요일에 죽었어. 가엾게도 말야' 하고.

봐! 저 봐! 값비싼 비단 스타킹이 하얗게 빛나 보인다. 저 봐!

묵직하게 보이는 전차가 요란스럽게 경적을 울리면서 사이에 끼어들었다.

보이지 않는다. 이 저주받을 사자코 녀석들. 따돌림을 당한 기분이군. 천국을 악마가 방해했어. 항상 이렇단 말야. 막상 중요한 순간에. 유스터스거리의 어느 집 문간에서, 월요일이었던가, 가터를 고쳐 매고 있던 여자아이 때도 그랬다. 그 여자 친구들이 둘러싸서 보이지 않게 되었어. 단결심이라는 건가? 너는 뭘 멍하니 바라보고 있지?

—그래, 그래, 미스터 블룸은 마음이 내키지 않는 한숨을 쉬고 나서 말했

*17 서쪽 골웨이 지방으로 가는 기차 발착역. 리피강 북쪽에 있었는데 1937년에 문을 닫았다.
*18 더블린 중심부, 리피강 북쪽. 헨리거리 32번지.

다. 또 한 사람이 세상을 떠났어.

—참 아까운 한 사람이, 매코이가 말했다.

전차가 지나갔다. 그 사나이와 여자의 마차는 루프 라인교(橋) 쪽으로 사라졌다. 그녀의 호화로운 장갑이 쇠 난간을 잡고. 번쩍번쩍. 햇빛을 받아 그녀 모자의 레이스가 빛났다. 번쩍번쩍.

—자네 부인은 잘 있지? 매코이가 어조를 바꾸어 말했다.

—그래, 잘 있지, 아주 건강해. 고마워. 미스터 블룸은 말했다.

그는 신문지 막대를 풀고 따분하다는 듯이 읽었다.

'만약 가정에
자두나무표 통조림 고기가 없다면?
허전하지.
이것을 먹으면 행복한 집.'*19

—우리 집사람도 마침내 계약했어. 아직 확정된 건 아니지만.

또 여행가방을 빌려 달라는 거겠지. 하지만 이번에는 어림없어. 그럴 걱정이 없지.*20

미스터 블룸은 여유로운 친근감을 보이고 눈까풀이 큰 눈을 그에게로 돌렸다.

—우리 집사람도 벨파스트의 얼스터 홀에서 열리는 화려한 음악회에서 노래를 부를 것 같아. 오는 25일에.

—그래? 거 잘됐군. 누가 개최한 거지? 매코이가 말했다.

미시즈 마리온 블룸. 아직 일어나지 않았다. 여왕님은 아직 침대에서 빵을 들고 계셔. 그리고 책이 아냐. 거무스름한 그림 패가 일곱 끗 패와 함께 그녀의 허벅지를 따라 나열되어 있었다. 검은 머리의 여자와 금발의 남자.*21

---

*19 자두나무는 더블린 머천츠 부두 23번지에 있는 통조림 제조회사 이름. 다만 이 광고는 그
    날 〈프리먼즈〉 사망광고란 아래에 게재되지 않았다.

*20 마리온도 여행을 해야 하므로.

*21 검은 머리 여자는 스페이드 퀸, 금발 남자는 하트 킹. 점술에서 하트는 사랑을 뜻하고 스
    페이드는 죽음과 무덤을 암시한다.

공처럼 둥글게 몸을 사린 검은 털의 고양이. 찢어진 봉투 조각.

'사랑의
그리운
상냥한
노래가
들려오는 사랑의 오래된…….'*22

—순회공연 같은 거야. '달콤한 노래'. 운영위원회가 있어. 비용과 이윤을
서로 나눈대. 미스터 블룸이 신중하게 말했다.
매코이는 짧게 자란 콧수염을 잡아당기면서 고개를 끄덕였다.
—그렇군, 좋은 소식이야.
그는 떠날 자세를 보였다.
—어쨌든 자네가 건강해서 좋았어. 어디에서든 돌아다니다가 만나겠지.
그는 말했다.
—그래, 미스터 블룸이 말했다.
—부탁인데, 장례식에 가면 내 이름도 적어 주지 않겠나? 가고 싶지만 갈
수 있을지 몰라서. 샌디코브 해안에서 익사 사건이 있어서, 만약에 시체가
떠오르면 검시관과 함께 현장에 가야 해. 이름만이라도 적어 넣어 주면 고맙
겠는데. 매코이가 말했다.
—알았어, 대답하면서 미스터 블룸은 떠나려고 했다. 그래, 알았어.
—고마워, 미안해. 가능하면 나도 함께하고 싶지만. 이것으로 안심이 되
네. C.P. 매코이라고만 적으면 돼. 매코이가 쾌활하게 말했다.
—그렇게 적겠어, 미스터 블룸은 또박또박 대답했다.
저놈의 수다에 꼬리를 잡히지 않았어. 날카로운 칼끝을 부드럽게 받아넘
긴 식으로 했지. 일은 간단해. 난 그 여행가방에 특별히 애착이 간단 말이
야. 모두 가죽으로 된 데다 네 구석에는 덮개 가죽이 붙어 있고 구석은 대갈
못으로 고정되어 있다. 그리고 이중으로 채우는 자물쇠. 보브 카울리*23가

---

*22 〈사랑의 그리운 달콤한 노래〉. 에피소드 4 참조.
*23 에피소드 10에 등장.

작년 위클로우 보트경기 음악회*²⁴ 때 이 녀석에게 빌려 준 여행가방은 그날로부터 자취를 감추었다지.

미스터 블룸은 브런즈윅거리를 향해 천천히 걸어가면서 미소지었다. '우리 집사람도 마침내 계약했다'고? 주근깨투성이의 메마른 소프라노. 빈대 코. 나름대로 귀여워. 발라드의 소곡(小曲)의 1절쯤 부르는 여자치고는. 그런 노래에는 내용이 전혀 없어. 당신과 내가 같은 처지라고 말해 주는 것은 겉치레야. 그 목소리를 들으면 으스스해져. 저 사내는 그 차이를 구별할 줄 모른단 말인가? 조금은 그 방면에 아는 것이 있을 텐데. 어쨌든 나는 그 목소리를 좋아할 수가 없어. 그는 벨파스트로부터 마중이 올 것이라고 생각하고 있었군. 그곳의 천연두가 심하지 않으면 좋을 텐데. 그녀는 두 번 다시 종두를 맞으려 하지 않을 거야. 자네의 아내와 내 아내.

녀석이 내 뒤를 따르고 있지는 않겠지?

미스터 블룸은 길모퉁이에서 걸음을 멈추고 갖가지 색의 광고판을 훑어보았다. 캔트럴 앤드 코크런 진저 에일(향료 첨가). 클러리 백화점*²⁵의 여름 세일. 아냐, 녀석은 곧바로 걸어갔어. 호오. 오늘 밤은 〈레아〉 공연이 있군. 미시즈 밴드먼 파머.*²⁶ 그 역을 맡은 그녀를 다시 한 번 보고 싶군. 그녀는 어젯밤 '햄릿'을 연기했어. 남자 역을 하는 여자다. 어쩌면 햄릿은 여자였었는지도 모르지. 그 때문에 오필리아가 자살했는가? 가엾은 아빠.*²⁷ 아버지는 그 작품에 출연한 케이트 베이트먼*²⁸에 대해서 이야기해 주었어! 런던의 아델피 극장 밖에서 오후 내내 입장 시간을 기다리고 있었다. 그것은 내가 태어나기 전해의 일. 65년.*²⁹ 그리고 빈에서 주연한 리스토리*³⁰에 대한 이야기도. 본명은 무엇이었더라? 모젠탈의 작품이다. '라헬'인가? 아냐. 아빠

---

*24 매년 8월 더블린 남쪽으로 약 40km 떨어진 항구 도시 위클로우에서 열린다.

*25 오코널거리 21~27번지에 있는 커다란 백화점.

*26 밀리센트 파머(1865~1905). 미국 여배우. 1904년 6월 16일 〈프리먼즈 저널〉이 그녀의 〈레아〉 공연 광고와, 전날 있었던 〈햄릿〉 공연 기사를 실었다.

*27 블룸의 아버지는 1886년 6월 27일에 음독자살했다.

*28 영국 여배우(1843~1917). 1863년(블룸은 1865년이라 착각하고 있지만) 런던 아델피 극장에서 〈리어왕〉을 연기해 대성공을 거두었다.

*29 1865년. 블룸은 1866년 생.

*30 이탈리아 여배우(1822~1906).

가 항상 말씀하셨던 장면은 늙어서 장님이 된 아브라함 노인이 아들의 목소리를 듣고 그의 얼굴을 손가락으로 더듬는 대목이었다.

—나단의 목소리! 그것이 그의 아들의 목소리! 아버지의 집과 아버지의 신은 제쳐두고, 아버지에게 죽도록 슬픔과 고통을 맛보게 한 나단의 목소리가 지금 나의 팔 안에서 나는 것이 들린다.

그 말 한마디 한마디가 뜻이 깊은 거란다, 레오폴드.

가엾은 아빠! 가엾은 사람! 그날 그의 얼굴을 보기 위해 방으로 들어가지 않은 것이 다행이었어. 그날! 아, 정말! 휴! 아빠를 위해서는 그 편이 가장 좋았던 것이다.[*31]

미스터 블룸은 길모퉁이를 돌아, 마차 정거장에서 고개를 숙이고 있는 말들 옆을 지나갔다. 이제 생각해 봤자 소용없다. 꼴망태를 채우는 시간이군. 매코이 같은 녀석을 만나지 않았으면 좋았을 걸.

가까이 가자 황금빛 오트밀을 씹는 소리가 났다. 조용히 씹고 있는 이빨. 말들은 그 커다란, 회색 눈으로 그가 옆을 지나갈 때, 말 오줌, 오트밀 냄새가 나는 김 사이로 그를 바라보았다. 그들의 황금향(黃金鄕). 가엾은 녀석들! 아무것도 모르고, 신경도 쓰지 않고, 긴 코를 여물 주머니에 처박고, 그들은 무엇을 알고 또 무엇을 신경 쓸 일이 있단 말인가? 먹기에 바빠서 말을 할 수도 없다. 역시 그들은 먹이나 잠자리에는 부족함이 없다. 거세까지 당하고, 사타구니 사이에 검은 페르샤 고무의 그루터기 같은 것이 흔들리고 있다. 그래도 나름대로 행복할지도 모른다. 선량하고 가엾은 짐승들의 얼굴. 그러나 말 울음소리는 신경에 거슬릴 때도 있지.

그는 주머니에서 편지를 꺼내어 손에 들고 있던 신문지에 쌌다. 여기라면 아내와 마주칠 염려가 있다. 골목길이 더 안전하다.

그는 마부 집합소를 지나갔다. 마부들의 흐름에 맡긴 생활은 얼마나 기묘한가. 어떤 날씨에나 어떤 장소에나. 시간을 정하고 또 횟수로. 자기 의지 같은 건 하나도 없이. 갈까나 말까나. 담배 한 대라도 주고 싶어. 성미가 좋은 사람들이야. 그들은 지나가는 길에 두서너 마디 말을 건다. 그는 작은 목소리로 노래했다.

[*31] 블룸은 아버지의 자살을 안락사로 여긴다.

'그녀에게 내 손을 잡게 하리.
라 라 라라 라 라'

    모퉁이를 돌아 컴벌랜드거리로 들어가 몇 걸음 걷고 나서 그는 정거장 담 그늘, 바람이 닿지 않는 곳에서 걸음을 멈추었다. 아무도 없다! 미드 상점의 목재소. 쌓아 놓은 대들보들. 폐가나 셋집들. 그는 신중한 발걸음으로 돌치기 놀이의 돌이 하나 잊혀진 채 그대로 있는 돌치기 놀이터를 걸어갔다. 선은 밝지 않어. 목재소 근처에서 어린아이 하나가 쪼그리고 앉아서 구슬치기 놀이를 하고 있다. 안쪽으로 엄지손가락을 굽혀 돌을 튕긴다. 영리해 보이는, 알 수 없는 고양이 한 마리, 눈을 깜박이는 스핑크스 같은 것이 따뜻한 문지방에 앉아서 이쪽을 바라보고 있었다. 이 친구들을 방해하고 싶지 않어. 무함마드는 잠자는 여자를 깨우지 않기 위해 망토 자락을 잘랐다지.*32 편지를 펴라. 나도 예전에 저 나이든 여선생님의 학교에 다녔을 때는 구슬치기 놀이를 했어. 목서초(木犀草)를 좋아했던 선생님. 미시즈 엘리스의 아들. 그리고 그 선생님의 남편은? 그는 신문지 사이에서 편지를 폈다.
    꽃 한 송이, 내가 생각하기에는. 꽃잎이 납작해진 노란 꽃. 그렇다면 화나지 않았었나? 그녀는 무엇이라고 써 보냈을까?

    친애하는 헨리
    편지 잘 받았어요. 참 고마웠어요. 지난번 드린 제 편지가 마음에 들지 않으셨다니 죄송합니다. 왜 우표를 함께 보내셨죠? 저 몹시 화났어요. 벌로써 당신을 혼내 주고 싶어요. 전 당신을 버릇없는 꼬마라고 불러요, 왜냐하면 다른 세계*33는 싫거든요. 그 말의 진짜 뜻을 말씀해 주세요. 버릇없는 꼬마 당신은 댁에서 행복하지 않어요? 저는 당신을 위해 힘닿는 데까지 무엇인가 할 수 있다면 얼마나 좋을까 생각해요. 가엾은 저를 어떻게 생각하시는지 말씀해 주셔요. 저는 당신의 아름다운 이름을 몇 번이고 떠올려요. 친애하는 헨리, 우리는 언제 만날 수 있나요? 제가 당신을 얼마나 자주 생각하는지 모르실 거예요. 남자에게 이렇게 강하게 끌린 것은 이

＊32 이슬람교 창시자인 무함마드는 인간뿐만 아니라 동물까지 배려했다고 한다.
＊33 'word(말)'를 'world(세계)'로 잘못 쓴 것.

번이 처음이에요. 저는 이제 완전히 포로가 된 기분이에요. 저에게 긴 편지를 써 주세요. 그리고 여러 가지 것을 가르쳐 주세요. 만약에 그러지 않으신다면 제가 당신에게 벌주리란 것을 잊지 마세요. 버릇없는 꼬마, 당신이 편지를 쓰지 않으시면 제가 어떤 일을 저지를지 아시죠. 아, 만나는 날을 더는 기다릴 수 없어요. 친애하는 헨리, 저의 참을성이 다하기 전에 이 소원을 들어 주세요. 그러면 저는 무엇이든지 이야기할게요. 그럼 안녕, 버릇없는 그대. 저 오늘 머리가 몹시 아파요. 하지만 당신이 기다리실 것 같아서 답장을 쓴 거예요.

마사

추신 : 당신 아내가 무슨 향수를 쓰는지 꼭 가르쳐 주세요. 알고 싶어요.

그는 진지한 얼굴로 핀으로 고정시킨 꽃을 꺼내어 이제는 거의 사라진 그 냄새를 맡고 가슴 주머니에 꽂았다. 꽃말. 그것은 그 누구의 귀에도 들리지 않으므로 모두가 쓰는 것이다. 그렇지 않으면 적을 쓰러뜨리기 위한 독(毒)의 꽃다발이다. 그는 천천히 걸어가면서 다시 한 번 편지를 읽고 여기저기의 말을 중얼거렸다. 화가 난 튤립 당신을 사랑하는 남자 플라워 벌주는 당신의 선인장 만약에 당신 제발 가엾은 물망초 얼마나 오랜 제비꽃 장미꽃 나의 귀여운 장미 언제 우리는 곧 아네모네 만나요 모든 버릇없는 것들 밤의 밀어 아내 마사의 향수.*34 다 읽고 나자 그는 편지를 신문지로부터 빼내어 옆 주머니로 되돌려 넣었다.

막연한 만족을 느끼고 그는 입술을 벌리고 있었다. 처음 편지와는 매우 다르다. 그녀 혼자 쓴 것인지? 화난 척한다. 나와 같은 좋은 집안의 딸, 존경할 만한 인간이. 언젠가 일요일에 로사리오의 기도 후에 만나주시지 않겠어요? 네, 고마워요. 나는 그런 거 한 번도 없었어요. 흔히 있는 사랑의 옥신각신. 그리고 어수선한 일이 여러 가지 계속된다. 몰리와의 싸움처럼 무서운 일이 된다. 엽궐련에는 진정 작용이 있다. 마취제. 요 다음에는 좀 더 진전시켜 봐야지. 버릇없는 그대. 벌을 줄 거예요. 물론 말에 신경을 쓰고 있어.

---

*34 블룸이 읽은 편지 구절을 여기저기에서 모은 것.

잔혹하다고? 안 될 게 뭔가? 어쨌든 해 봐. 한 번에 조금씩.

그는 주머니 속의 편지를 아직도 손가락으로 만지작거리면서 편지에서 핀을 뽑았다. 보통 핀인가? 그는 그것을 길바닥에 버렸다. 그녀의 옷 어딘가에서 뺀 거겠지. 어딘가에 꽂았던 핀. 여자는 이상하리만큼 핀을 많이 가지고 있으니까 말야. 어떤 장미에도 가시는 있지.

단조로운 더블린 사람들의 목소리가 그의 머릿속에서 울리기 시작했다. 그날 밤, 쿰*[35]에서, 빗속에서 껴안고 있던 두 창녀.

'어머, 메리의 속바지 핀이 없네.
어째야 좋을지 몰라
그것을 붙들어 두려면
그것을 붙들어 두려면.'*[36]

뭣을? 속옷을. '머리가 몹시 아파요.' 아마도 그녀는 생리 중일 거야. 아니면 온종일 앉아서 타이프를 쳤기 때문인가? 눈의 긴장은 위의 신경에 독이다. '당신 아내는 무슨 향수를 쓰나요?' 여자의 사정이라는 걸 어떻게 알아?

'그것을 붙들어 두려면.'

마사, 메리.*[37] 이제 어디였는지 잊었지만 나는 그 그림을 보았다. 옛날 거장의 작품인가, 아니면 돈을 목적으로 하는 위작인가? 예수가 그녀들의 집에 앉아서 이야기를 하는 그림이었다. 신비적이다. 쿰의 두 창녀도 귀를 기울이겠지.

'그것을 붙들어 두려면.'

---

*35 리피강 남쪽, 성 패트릭 성당 부근의 이른바 '특별 지구'에 있는 지역. 과거에는 상업 중심지로 번화했으나 이때는 이미 빈민가가 되어 있었다.

*36 출전 불명. 속요. 마사와 핀에서 연상된 노래.

*37 성경에 나오는 마르타와 마리아(《루카복음서》 10 : 38~42)의 영어식 발음. 노래의 메리와 편지를 보낸 마사라는 이름과 부합되고 있다.

그 그림은 기분 좋은 석양의 분위기이다. 이제 헤매고 다니지 말고, 저기에서 잠깐 쉬자. 조용한 석양. 모든 것을 되어 가는 대로 맡기는 거야. 잊는 게 좋아. 이제까지 당신이 갔던 곳 이야기를 해 주세요. 색다른 습관에 관한 것도. 또 한 사람의 여자[38]는 머리에 물 항아리를 이고, 저녁밥을 가져오는 참이다. 과실, 올리브, 애시타운의 석벽에 나 있는 구멍과 같은 돌우물에서 길어온 차갑고 맛있는 물. 이번 경마에 갈 때에는 꼭 종이컵을 가져가야지. 그녀[39]는 크고 검은 상냥한 눈으로 이야기를 듣고 있다. 그녀에게 이야기해. 좀 더, 좀 더 모든 것을. 그리고 나서 한숨, 침묵. 긴 긴 휴식.

그는 아치형 철길 아래까지 와서 봉투를 꺼내어 그것을 재빨리 찢어 길에 뿌렸다. 종잇조각이 팔랑팔랑 날려서 축축한 바람 속에 말려들었다. 하얗게 팔랑팔랑. 모든 종잇조각은 사라졌다.

헨리 플라워. 너는 같은 방법으로 100파운드의 수표도 이런 식으로 찢어서 버릴 수 있어. 단순한 종잇조각에 지나지 않으니까. 아이비 경[40]은 이전에 아일랜드 은행에서 일곱 단위 숫자의 수표로 100만 파운드의 현금을 인출했다. 흑맥주로 버는 금액을 알 수 있다. 그리고 아이비 경의 형인 아딜론 경[41]은 하루에 네 번 셔츠를 갈아입어야 성이 찬다는 소문이다. 피부에는 이나 진드기가 끓기 때문이지. 100만 파운드, 잠깐 기다려. 2펜스가 1파인트, 4펜스가 1쿼트, 8펜스가 흑맥주 1갤런, 아냐, 그렇잖아. 1실링 4펜스로 흑맥주 1갤런이다. 1파운드 4실링으로 20갤런이다. 약 1500만. 그렇다. 확실히, 흑맥주 큰 통이 1500만 개다.

나는 통으로 생각한 모양이지? 갤런으로 계산해서 말야. 그러나 역시 1500만 통이다.

역으로 들어오는 열차가 묵직한 소리를 내며 한 량 또 한 량 그의 머리 위를 지나갔다. 객차 뒤에 또 객차. 커다란 통이 그의 머릿속에서 서로 부딪쳤

---

[38] 마르타.

[39] 그림 속 마리아.

[40] 아이비 백작 에드워드 세실 기네스(1847~1927). 자선가였던 그는 기네스 맥주회사의 공동경영자 중 한 사람이었다.

[41] 아서 기네스 경(1840~1915). 기네스 맥주회사의 공동경영자이자 정치가였다.

다. 묵지근한 흑맥주가 통 안에서 흐르기도 하고 섞이기도 한다. 부딪친 통마개가 여기저기서 튕겨서 입을 벌리고, 막대한 양의 암갈색 맥주가 흘러나온다. 한꺼번에 흘러나와 근처 땅을 누벼 마치 큰 꽃잎과 같은 거품을 운반해 간다.

그는 올 핼로즈 교회*⁴²의 열린 뒷문까지 왔다. 복도로 들어가면서 모자를 벗고 주머니에서 명함을 꺼내어 그것을 다시 모자의 가죽 띠 뒤에 꽂았다. 아차! 멀링거로 가는 공짜 차표*⁴³를 매코이에게 부탁해 볼 걸.

문 위에는 같은 게시가 나와 있었다. 예수회 성 피터 클레이버와 그의 아프리카 전도에 관한 예수회 부감독 존 콘미 신부의 설교. 중국의 100만 대중을 구하라. 어떤 방법으로 이교도인 중국 사람들을 설득할까? 종교보다도 아편 1온스 쪽이 더 나을 텐데. 하늘. 그들에게는 순전한 이단이지. 글래드스턴이 혼수상태에 빠졌을 때 그들은 글래드스턴의 개종을 위하여 기도했다. 개신교도들도 마찬가지 일을 했어. 신학박사 윌리엄 J. 월시를 참다운 종교로 개종시키겠다는 것이다. 그들의 신, 부처는 박물관에 누워 있다. 뺨 아래에 손을 짚고 편안하게. 선향이 피어오르고. 그리스도 십자가와는 큰 차이이다. 가시 면류관과 십자가. 좋은 발상이다, 성 패트릭의 클로버는 현명한 착안이야.*⁴⁴ 젓가락처럼 마른 인물은? 콘미다. 마틴 커닝엄은 콘미를 알고 있다. 훌륭한 얼굴을 한 사람. 콘미 신부가 아니라 팔리 신부에게 몰리를 합창단에 넣어 주도록 부탁한 것은 잘못이었어.*⁴⁵ 그는 보기엔 바보 같은데 실은 그렇지가 않아. 모두들 그걸 배우는 거다. 저 신부도 아프리카로 가서, 흑인에게 세례를 주기 위해 이마에 땀을 흘리고 파란 색안경*⁴⁶을 쓰고 일하는 것은 아닐까? 안경이 번쩍번쩍 빛나는 것을 흑인들은 좋아한다. 둥글게 앉아 두툼한 입술로 넋을 잃고 귀를 기울이고 있는 그들을 보고 싶다. 정물(靜物)과 같은 생활. 신부의 말을 우유처럼 훑는 거군.

신성한 돌의 차가운 냄새가 그를 유혹했다. 그는 닳아빠진 돌계단을 밟고

---

*42 웨스틀랜드거리 46번지에 있는 로마 가톨릭 성당.

*43 딸 밀리를 만나기 위하여.

*44 성 패트릭은 아일랜드의 국장(國章)에 클로버를 넣었다. 클로버는 삼위일체의 상징이다.

*45 교황 비오 10세의 명령으로 1903년부터 성가대에 여성이 들어갈 수 없게 되었는데, 블룸은 이를 모르고 있다. 《더블린 사람들》의 〈죽은 사람들〉 참조.

*46 선글라스.

반회전문을 밀고 제단 뒤쪽으로 살며시 들어갔다.

무엇인가가 시작되고 있다. 신자들의 모임이다. 유감스럽지만 텅 비어 있어. 여자 옆에 눈에 띄지 않는 좋은 자리가 있다. 내 옆에 있는 사람은 누굴까? 느린 성가를 들으면서 한 시간이나 말없이 있다. 심야 미사 때의 그 여자. 진정한 행복이다. 목에 진홍색 홀터*47를 묶고 벤치에서 무릎을 꿇고 머리를 숙이고 있다. 한 무리는 제단 난간 앞에서 무릎을 꿇고 있다. 사제는 양손에 예의 그것을 받들어 들고 기도를 중얼거리면서 그녀들 사이를 걸어간다. 그는 각자 앞에 서서 성체의 빵 한 조각을 꺼내어, 한두 방울 떨어뜨리고 (물에 적셔 있는 것인가?) 솜씨 있게 입에 넣어 준다. 여자의 모자와 머리가 숙여진다. 그리고 그 다음 여자. 몸집이 작은 할머니. 사제는 줄곧 기도를 외면서 그것을 그녀의 입에 넣어 주기 위해 몸을 숙였다. 라틴어다. 그리고 또 다음 여자. 그대의 눈을 감아라, 그리고 그대의 입을 벌려라. 뭐라고 했지? 성체, 육체. 시체. 좋은 생각이야, 라틴어라는 것은. 우선 그녀들을 마비시킨다. 임종을 맞이하는 호스피스지. 그녀들은 씹지 않고 통째로 삼키는 것 같다. 이상한 생각이군. 시체의 부스러기를 먹는다. 그러니까 식인종이 믿는 것도 무리가 아냐.

그가 곁에 서서, 무표정한 얼굴의 신자들이 차례로 통로를 내려와 자기들의 자리에 앉는 것을 보고 있었다. 그는 한 벤치로 가까이 가서 모자와 신문지를 안고서 가장자리에 앉았다. 모자는 우리가 쓰는 항아리이다. 우리는 우리의 머리에 맞는 모자를 갖는 것이 당연하다. 여자들은 그의 주위 여기저기에서 진홍색 홀터를 묶은 채 고개를 숙이고 성체가 위 안에서 녹기를 기다리고 있다. 유월절 마조스와 같은 그런 종류의 빵. 효모가 들어가지 않은 제사빵. 저 여자들을 봐. 덕택으로 그녀들은 행복한 기분이 되지 않았는가. 사탕과자. 바로 그거야. 맞아, 천사들의 빵이라고 부르지 않는가. 그 배후에는 훌륭한 생각이 숨어 있다. 신의 왕국과 같은 것이 당신 안에 있는 듯한 생각이 든다. 처음으로 성체를 받는 사람들. 실은 한 무더기에 1페니의 속임수. 그것만으로 모두가 한 가족처럼, 같은 극장에 있는 것처럼, 같은 기분이 된다. 그녀들은 느끼고 있다. 틀림없이. 별로 적적하지 않아요. 우리는 교단

---

*47 가톨릭에서, 어깨에 늘어뜨리는 성의(聖衣)를 묶는 끈.

(敎團) 안에 있어요. 그리하여 어느 정도 들뜬 기분으로 밖으로 나오게 된다. 우울한 기분이 사라진다. 사물은, 만약에 당신이 그것을 진실로 믿는다면 존재하는 실체다. 루르드*48의 치료, 망각의 강, 노크 마을의 성령,*49 동상에서 피가 흘렀다 따위. 고해실 옆에서 늙은이가 졸고 있다. 저거야, 아까부터 나던 코 고는 소리는. 맹목적 신앙. 앞으로 오는 천국의 팔에 편안히 안겨서. 모든 고통을 가라앉힌다. 내년 이맘때쯤 눈을 떠요.

보고 있자니까, 사제는 성찬배(聖餐杯)를 안으로 치우고, 그가 입고 있는 레이스 옷자락 사이로 회색의 큰 구두바닥을 보이면서 그 앞에 잠시 무릎을 꿇었다. 어디선가에서 핀을 떨어뜨린 모양이지. 그도 어떻게 해야 좋을지 모를 것이다. 뒤가 대머리군. 그의 등에는 I·N·R·I(유대인의 왕, 나사렛의 예수)라는 글자. 아냐. I·H·S(인류의 구세주 예수)다. 언젠가 몰리에게 물었더니 뭐라고 했더라? 나는 죄를 범했다(I have sinned). 아냐, 그게 아냐. 나는 고통을 받았다(I have suffered)—라는 거다. 그리고 앞의 머리글자는? 쇠못이 박혔다(Iron nails ran in).

일요일 로사리오의 기도 후에 만나고 싶군요. 이 소원 들어 줘요. 베일을 두르고 검은 가방을 들고 오겠지. 어둑어둑할 때에 역광을 받고. 그녀는 목둘레에 리본을 달고 여기에 온다, 그래도 역시, 남몰래 무엇인가 하기는 할까? 신부들의 버릇이다. 저 무적혁명당*50을 배반한 녀석, 그 녀석 이름이 케어리*51였던가? 그 녀석도 매일 아침 성찬을 받고 있었다. 더욱이 이 교회에서. 피터 케어리. 아냐, 나는 피터 클레이버*52를 생각하고 있었어. 데니스 케어리다. 참으로 어이없는 녀석이야. 생각해 봐. 집에는 아내와 아이들이 여섯 명. 그런 주제에 줄곧 그 암살을 계획하고 있었어. 엉터리 독신자(篤信者), 그게 아일랜드의 가톨릭 녀석들에게 알맞은 이름이다. 그들은 언

---

*48 프랑스에서 기적이 나타난 장소.
*49 아일랜드 북서부 메이요주의 마을. 1879년과 80년에 마을 사람들이 성모 마리아의 출현을 목격했다.
*50 아일랜드를 통치하는 영국 폭군들을 암살할 목적으로 1881년 조직된 페니언당의 분파. 그 유명한 '피닉스 공원 암살'을 저질렀다.
*51 1845~83. 아일랜드 무적혁명당 더블린 지부장. '피닉스 공원 암살사건' 뒤에 발각되어 교수형당했다. 동생도 당원이었다.
*52 1581~1654. 에스파냐 예수회 신부.

제 보아도 어딘지 능청맞은 느낌이 든다. 제대로 된 장사꾼도 아니고. 아냐, 없어, 그녀는 여기에 오지 않을 걸. 꽃? 아냐, 아냐. 그런데 내가 봉투를 제 대로 찢어서 버렸나? 그래, 저 육교 아래에서?

사제는 성배를 헹구고 있었다. 이어 그는 솜씨 있게 헹군 물을 획! 버렸 다. 포도주. 포도주라는 것은 그들이 평소에 마시는 것, 즉 기네스의 흑맥주 나, 휘틀리제(製)의 더블린 홉주(酒)라든가, 캔트렐 앤드 코크런 상회의 진 저 에일(향료가 든) 같은 알코올이 들어 있지 않은 음료 따위를 마시는 것 보다 훨씬 귀족적인 느낌이 든다. 신자들에게는 조금도 마시게 하지 않는다. 차려놓기 위한 포도주다. 단지 빵만 주지. 실속 없는 대접. 경건한 사기. 그 러나 그러는 편이 좋아. 그러지 않으면 한잔 마시기 위해 잇달아 오는 자들 이 있어서 난처할 거야. ……그 분위기는 기묘할 것이다. 무리도 아니지. 그렇게 하는 것은 지극히 당연한 일이다.

미스터 블룸은 성가대석 쪽을 돌아보았다. 음악은 하지 않을 모양이다. 아 쉽다. 이곳 오르간은 누가 맡지? 그린 노인은 정말로 오르간 연주 솜씨가 있었어, 그 '비브라토'(진동음)를. 그는 가디너거리의 교회에서 연 50파운드 를 받았대. 그날 몰리의 목소리는 좋았어, 로시니의 〈성모 애도가〉를 노래 했을 때. 처음에 버나드 본 신부의 설교가 있었다. 그리스도냐 빌라도냐? 그리스도지. 하지만 밤새도록 그런 이야기를 하지 말아줘요. 모두가 음악을 듣고 싶어 했다. 발을 끄는 소리가 딱 멈추고. 핀이 떨어지는 소리도 들릴 정도. 나는 저 구석을 향해 마음껏 소리를 높이도록 몰리에게 일러두었다. 나는 청중이 위를 바라보았을 때 그 감동이 절정에 달한 것을 느낄 수가 있 었다.

'그 사람은 누구인가!'*53

저 오래된 찬미가 중에는 훌륭한 것들이 있다. 메르카단테,*54 일곱 가지 최후의 말들. 모차르트의 미사곡 12번, 특히 그 중에서도 '글로리아'(찬가). 옛날 교황들은 음악, 미술, 모든 종류의 조각상과 회화에 정통했다. 예를 들

---

*53 〈성모 애도가〉 제3절 첫 구절.
*54 1795~1870. 이탈리아 작곡가.

어 팔레스트리나*55도 그러했다. 그들은 생명이 있는 유쾌한 시간을 보냈다, 노래하면서 건강하고, 시간을 정확히 지키고, 리큐르술까지 만든다. 베네딕틴 술. 녹색의 샤르트뢰즈 술.*56 그러나 거세한 남자들을 성가대에 넣었다는 것은 조금 지나친 처사였어.*57 어떤 느낌의 목소리일까? 자기들의 깊은 저음 뒤에 들으면 기묘한 느낌이었을 거야. 전문 감정가. 그것을 듣고 그들이 아무것도 느끼지 못한다는 것은 하나의 평온함이지. 고민도 없다. 그러니까 저렇게 살이 찌는 것이 아닌가.*58 대식가에 키가 크고 다리가 길다. 그럴지도 모르지. 거세된 자. 하나의 해결책인가?

그는 사제가 허리를 숙여 제단에 키스하고 나서 이어 정면을 향하여 모든 회중을 축복하는 것을 보았다. 모두는 성호를 긋고 일어섰다. 미스터 블룸은 주위를 둘러보고 일어섰다, 모자 위로 눈을 돌리면서. 물론 축복을 받을 때에는 일어선다. 이어 회중은 다시 무릎을 꿇었고, 그는 조용히 벤치에 앉았다. 사제는 예의 것을 받들어 들고 제단에서 내려왔다. 라틴어로 미사 복사와 문답했다. 그러고는 무릎을 꿇고 유창하게 독송하기 시작했다.

—오, 하느님, 우리의 피난처이시자 우리의 힘······.*59

미스터 블룸은 그 말을 잘 듣기 위해 얼굴을 내밀었다. 영어다. 그들에게도 뼈 정도는 던져 주어라—인가? 나는 어렴풋이 기억한다. 자네가 지난번에 미사에 오고 나서 얼마나 지났지? 영광과 순결의 처녀 마리아. 그녀의 남편 요셉. 베드로와 바울. 그 사이의 사정을 알면 더 재미있어진다. 분명히 놀랄 만한 장치이다. 마치 시계 태엽 장치처럼 움직인다. 참회. 모두가 참회하고 싶어 한다. 그럼 저는 모든 것을 이야기하겠습니다. 회개. 제발 저를 벌 주세요. 그들의 손이 큰 무기. 의사나 변호사 이상의. ······하고 싶어서 못 견디는 여자. 그리고 나는 슈, 슈, 슈, 슈, 슈. 그래서 당신은 샤, 샤, 샤, 샤, 샤 했나요? 그런데 왜 했죠? 고개를 숙이고 자신의 반지를 바라보

---

* 55 1524~1594. 이탈리아 음악가. 음악의 왕이라고 불렸다.
* 56 베네딕틴 술은 프랑스 베네딕트파 교단이 만든 술. 샤르트뢰즈 술은 프랑스 샤르트뢰즈 수도원의 신부가 만든 브랜디.
* 57 성가대에는 이른바 카스트라토(거세한 남성 가수)들이 끼어 있었다. 그들은 변성기가 지나도 보이소프라노를 유지하기 위해 거세를 했다.
* 58 거세는 비만을 초래한다는 생각에서.
* 59 〈시편〉 46:1.

면서 구실을 찾는다. 중얼거리는 회랑(回廊)의 벽에는 귀가 있다. 남편이 들으면 깜짝 놀라 뒤로 넘어질 걸. 하느님의 작은 장난이다. 끝나고 그녀는 거기에서 나온다. 겉으로만의 후회. 귀여운 수치심. 제단에 기도한다. 신성한 마리아여, 꽃, 향, 녹아내리는 초. 여자 얼굴의 붉은 기를 감춘다. 구세군 것은 그것을 흉내 낸 시끄러운 방법이다. 회개한 매춘부가 청중을 향해 연설한다. 나는 어떻게 하느님을 발견했는가? 로마에 있는 가톨릭 친구들은 대단한 일꾼임에 틀림없어. 그들은 모든 장치를 이용한다. 그리고 돈을 긁어 모으는 쪽도 하고 있잖아. 유산(遺産)도 이용한다. 얼마 동안은 교황이 그것을 아주 자유롭게 쓸 수가 있다. 내 영혼의 평안을 위해 공공연하게 이루어지는 미사. 남자 수도원과 여자 수도원. 퍼매너주(州) 사제가 증인석에 출석한다. 그를 위협할 수는 없다. 그들은 모든 일에 적당한 대답을 했다. 우리의 신성한 어머니인 교회의 자유와 명예. 교회 박사들. 그들이 신학의 정밀한 뼈대를 세웠다.

사제는 기도했다.

—성스러운 천사장 미카엘이시여, 위난 때에 우리를 지켜 주시고 악마의 악한 마음과 함정으로부터 우리를 지켜 주옵소서. (나의 하느님이여 악마를 제압해 주시기를 미천한 우리는 기도드립니다) 그리하여 오, 하느님의 군세의 우두머리시여, 악마와 이 세상을 방황하는 사탄과 그 밖의 악마를 하느님의 힘으로 지옥에 떨어지게 해 주옵소서.*60

사제와 미사 복사가 일어서서 나갔다. 모두 끝났다. 여자들은 뒤에 남았다. 감사의 기도다.

빠져나가는 것이 좋아. 돈을 모으는 순서인 모양이다. 아마도 쟁반을 가지고 오겠지. 부활절 헌금을 내세요.

그는 일어섰다. 아니? 내 조끼 단추가 두 개, 내내 열려 있었나? 여자들은 그것을 즐긴다. 가르쳐 주었으면 좋았을 텐데. 왜 좀더 빨리 가르쳐 주지 않았죠? 여자들은 결코 말하지 않는다. 하지만 우리는. 여보, 아가씨, 여기에(흐흐!), 잠깐(흐흐!) 솜털이 붙어 있어요. 그리고 스커트 뒤쪽, 고리가 빠진 틈. 달처럼 흘끗 보인다. 남자는 복장이 약간 흐트러져 있는 쪽이 좋

---

*60 미사를 맺는 말.

아. 더 아래가 아니어서 다행이야. 살며시 단추를 끼우면서 그는 복도를 지나 정면 입구로부터 햇빛 속으로 나아갔다. 잠시 현기증이 나서 차가운 검은 대리석 성수반 옆에 서 있자니까 그 사이에 앞과 뒤에서 참배자 두 사람이 얕은 성수에 재빨리 손을 담갔다. 전차, 프레스코트 염색공장의 짐마차,[61] 상복(喪服)을 차려입은 과부 한 사람이 지나가고 있다. 나도 검은 옷을 입고 있으니까 상복이 금방 눈에 띈다. 그는 모자를 썼다. 지금 몇 시쯤일까? 15분이 지났군.[62] 시간은 아직 남아 있다. 그 화장수를 만들게 해 두는 편이 좋아. 어디였지? 아, 그래. 지난번에는 링컨 광장의 스위니 약국. 약국은 좀처럼 이사를 가지 않는다. 간판으로 삼고 있는 녹색과 황금색 약절구를 움직이기 힘드니까. 해밀턴 롱 약국,[63] 홍수가 나던 해에 창업. 위그노 교도들의 묘지[64]가 그 근처에 있다. 언젠가 가봐야지.

그는 웨스틀랜드거리를 남쪽으로 향해서 걸어갔다. 그러나 그 처방전은 다른 바지 주머니에 있어. 난처한걸. 더욱이 열쇠까지 잊고 왔다. 모두 장례식 난리 때문이지. 아냐, 아냐, 가엾게도, 죽은 사람의 죄가 아냐. 언제였지? 지난번 만들어 받은 것은? 가만. 그때 나는 1파운드 금화를 헐었을 것이다. 이달의, 분명히 1일인가 2일. 그래. 처방전 대장을 보면 될 게 아닌가?

약제사가 한 페이지씩 넘겨갔다. 약제사에게는 먼지 냄새, 시들었다는 냄새가 눌어붙은 듯한 느낌이 든다. 주름진 목. 그리고 나이가 들었다. 황금석을 탐구한 그 옛날 연금술사. 약품은 사람을 정신적으로 흥분시켜 놓고 나서 나이를 먹게 한다. 그 다음에는 혼수상태가 된다. 왜 그런가? 반작용이다. 하룻밤 동안에 지나가는 생애. 차차 당신의 성격을 변화시킨다. 약초나 고약, 소독제 사이에서 온종일 보내서 설화석고(雪花石膏)처럼 창백한 단지. 약절구와 공이. 용액, 증류수, 산엽(酸葉), 계엽수(桂葉水). 텔루륨 구리. 그 냄새만으로 치과 의사의 현관 벨처럼 치유하는 힘이 있다. 그는 우선 자기를 치료하는 것이 좋아. 연약(煉藥)이나 유제 등. 자기를 고치기 위해 처

---

61 W.T.C. 프레스코트가 경영하는 공장. 염색, 세탁, 카펫 청소를 의뢰받아 하던 곳으로, 하부 애비거리 8번지에 있었다.

62 10시 15분이 지났다. 디그넘의 장례식은 11시이다.

63 스티븐스그린 공원 북쪽 그래프턴거리 107번지.

64 스티븐스그린 공원 동쪽 메리언거리 10번지.

음으로 약초를 캔 남자는 담력이 무척 세다. 약초. 주의하지 않으면 위험해. 자네를 클로로포름으로 마취시키는 재료는 얼마든지 있다. 시험, 푸른 리트머스지를 빨갛게 변하게 한다. 클로로포름. 아편제의 정량 초과. 수면제, 최음제. 설사 치료제용 아편 시럽은 기침에 나빠. 그것은 기공(氣孔)을 막는다. 또는 담을 만든다. 독이 바로 약이다. 전혀 예기치 않은 곳에 치료법이 있다. 대자연은 머리가 좋아.

─두 주일쯤 전이라고요?

─그래요. 미스터 블룸이 말했다.

그는 약품의 독한 냄새와 해면이나 수세미 가죽의 마른 냄새를 맡으면서 카운터 옆에서 기다리고 있었다. 어딘가가 아프다거나 괴로운 것을 설명하기 위해서는 꽤 오랜 시간이 걸리는 법이다.

─유향성(有香性) 아몬드와 안식향(安息香) 팅크, 그리고 오렌지 플라워 워터······. 미스터 블룸은 말했다.

분명히 그것은 그녀의 피부를 밀랍처럼 하얗고 매끈하게 만들었다.

─그리고 표백랍(漂白蠟)도. 그는 말했다.

그것은 그녀의 검은 눈을 돋보이게 한다. 내가 커프스 단추를 잠그고 있을 때 시트를 에스파냐풍(風)으로 눈언저리까지 끌어올려 덮고 자기 냄새를 맡으면서 나를 바라보고 있었다. 이런 종류의 자가 처방은 가장 잘 듣는 경우가 많아. 치아에는 딸기가 좋아. 쐐기풀과 빗물도. 버터우유에 오트밀을 적신 것도 듣는 모양이다. 피부의 화장품. 늙은 여왕의 아들 가운데 하나, 알바니 공작이었던 것 같은데, 그는 엷은 한 꺼풀의 피부밖에 없었다. 그래, 그래, 이름은 레오폴드*65야. 우리는 세 꺼풀이나 있다. 게다가 난처하게도 사마귀, 혹 그리고 여드름. 그런 주제에 향수를 바르고 싶어 한다. 부인께서는 어떤 향수를 쓰셔요? '에스파냐 사람의 살결'. 이 오렌지 꽃. 화합물이 없는 우유 비누. 용액은 매우 신선하다. 얼마나 좋은 비누 냄새인가? 시간이 있으니까 얼마 멀지 않은 목욕탕에 들러야지. 하맘.*66 터키식. 마사지. 때가 배꼽 주위에

─────────────────

*65 빅토리아 여왕의 막내아들이었던 알바니 공작 레오폴드 왕자(1853~84). 혈우병으로 고생했다.

*66 hammam. 아랍어로 욕탕. 오코널거리에 이런 이름의 터키식 욕탕이 있었으나, 블룸이 여기서 생각하고 있는 것은 링컨 광장에서 렌스터거리로 꺾어 들어가면 바로 나오는 욕탕이다.

굳어 있다. 만약에 예쁜 여자가 해 주면 더욱 좋아. 나는 또 그것도 하고 싶어. 그래, 나는. 욕탕 안에서 그것*67을 해야지. 호기심 많은 갈망. 물에는 물로. 용무와 쾌락을 함께 해결한다. 마사지할 시간이 없는 것이 유감이다. 그것을 하면 하루가 개운한데. 장례식은 어쨌든 침울해지게 만들어.

—그렇습니다, 그것은 2실링 9펜스였습니다. 병을 가져오셨습니까? 약제사가 말했다.

—아니, 그것을 조제해 주세요. 오늘 안으로 가지러 올 테니까. 그리고 이 비누 하나 가져가겠습니다. 얼마죠? 미스터 블룸이 말했다.

—4펜스입니다.

미스터 블룸은 비누 하나를 코로 가져갔다. 감미로운 레몬향 비누.

—이걸로 하겠습니다, 모두 3실링 1페니군요. 그는 말했다.

—그렇습니다, 한꺼번에 내셔도 됩니다, 나중에 오실 때. 약제사가 말했다.

—그렇게 하겠습니다. 미스터 블룸이 말했다.

가게를 나와 어슬렁어슬렁 걸어가면서 감은 신문지를 겨드랑 밑에 끼고, 차가운 감촉이 느껴지는 종이에 싼 비누를 왼손에 쥐고 있었다.

옆에서 그 겨드랑 밑으로 뱀텀 라이언스의 목소리가 나더니 그의 손이 신문지로 뻗어 왔다.

—여, 블룸, 무슨 좋은 소식이라도 있나? 이건 오늘 거야? 잠깐 보여 줘. 또 콧수염을 깎아 버렸군. 녀석! 코밑이 길게 보여 차갑겠다. 젊게 보이고 싶은 거야. 그는 꽤 멋쟁이야. 나보다 더 젊게 보인다.

뱀텀 라이언스의 검은 손톱과 누런 손가락이 감은 신문지를 폈다. 이 손도 씻어야겠군. 눌어붙은 때를 벗겨야겠어. 안녕하십니까? 피어스 비누를 쓰셨나요? 어깨에 비듬이 떨어지고 머리는 기름이 모자라.

—오늘 경마에 나오는 저 프랑스 말에 대해서 알고 싶은 거야. 어디에 실려 있지? 뱀텀 라이언스가 말했다.

그는 접은 금이 있는 신문지를 확 펴고 높은 옷깃 위로 턱을 내밀었다. 면도의 뒤탈이다. 답답한 옷깃을 달고 있으면 머리가 빨리 벗어져! 이 녀석에게 신문을 주고 달아나는 편이 낫겠군.

---

*67 자위행위.

—그건 자네에게 주겠네. 미스터 블룸이 말했다.

—애스컷 경마장. 골든컵 레이스.*68 가만, 잠깐. 1초면 돼. 밴텀 라이언스는 중얼거렸다.

—방금 버리려던 참이었어, 미스터 블룸이 말했다.

밴텀 라이언스는 갑자기 눈을 들었다. 그리고 살며시 곁눈질했다.

—뭐라고? 그는 날카로운 목소리로 말했다.

—주겠다고 했어, 마침 버리려던 참이라고. 미스터 블룸이 대답했다.

밴텀 라이언스는 곁눈으로 보면서 잠시 망설인 뒤 펼친 신문지를 미스터 블룸에게로 돌려주었다.

—한판 해보겠어, 고마워.*69 그가 말했다.

그는 급한 걸음으로 콘웨이 술집 모퉁이 쪽으로 사라졌다. 행운을 빌어, 실없는 녀석.

미스터 블룸은 미소지으면서 그 신문지를 사각형으로 다시 접고 그 속에 비누를 넣었다. 녀석의 얼빠진 말투. 내기. 아주 악의 온상에 푹 빠졌어. 심부름꾼 녀석들이 6펜스를 걸고 싶은 마음에 도둑질을 하기도 하고. 부드럽고 큰 칠면조가 당첨되는 제비뽑기. 3펜스로 크리스마스의 맛있는 음식이 손에 들어온다. 잭 플레밍은 도박으로 돈을 몽땅 날리고 미국으로 달아났어. 지금은 호텔 경영을 하고 있다나. 그들은 다시는 돌아오지 않는다. 이집트의 고기 냄비가 좋은 거지.*70

그는 즐거운 기분으로 모스크풍의 목욕탕으로 걸어갔다. 이 욕탕은 빨간 벽돌의 이슬람 사원이나 그 뾰족탑을 생각나게 한다. 오늘은 대학의 스포츠 대회인가? 그는 트리니티 칼리지 운동장 문 위에 붙은 말굽 모양의 포스터를 보았다. 냄비 속의 대구처럼 몸을 굽힌 자전거 선수. 얼마나 서툰 광고인가. 왜 바퀴처럼 둥글게 하지 않았을까? 스포크 위치에, 스포츠, 스포츠,

---

*68 런던 서쪽으로 40km 지점에 있는 애스컷 경마장에서 매년 6월 셋째 주에 열리는 대회. 1904년에는 6월 16일 오후 3시에 경주가 시작됐으며, 다크호스 스로우어웨이가 우승을 차지했다.

*69 라이언스는 신문을 버리겠다는 블룸의 말(throw it away)을 '스로우어웨이(Throwaway)'에게 거는 것이 좋겠다는 말로 잘못 알아들은 것이다.

*70 모세의 인도로 이스라엘 왕국을 건설하기 위해 이집트로부터 탈출한 유대인들이 광야 생활로 고생하게 되자, 그래도 이집트에선 고기를 먹을 수 있었다며 불평했다.

로터스 이터즈 155

스포츠라고 문자를 나열하고 뒤축이 있는 곳에 대학이라고 쓰는 거야. 무엇인가 눈을 끄는 것이 있어야지.

수위실에 나팔수가 서 있다. 그를 사귀어 두면 단지 고개를 끄덕이는 것만으로 들어갈 수 있을 것이다. 안녕, 나팔수 군. 안녕하세요, 선생님.

참 좋은 날씨다. 인생이 언제나 이러면 좋을 텐데. 크리켓 날씨. 양산 아래에 죽 앉아 있다. 시합은 차례로 잇달아. 아웃. 그들은 여기에서 승산이 없다. 6 대 0. 하지만 불러 주장만은 과감하게 왼쪽으로 일격을 가해 킬데어 거리의 클럽 유리문을 깼다. 도니브룩의 마을 축제 같은 것이 아일랜드 사람의 성미에 맞을 거야. 그때 매카시가 일어나자 우리는 열광했지. 열파(熱波). 오래 이어지지는 않을 것이다. 생명의 흐름은 항상 흐르고 있다. 생명의 흐름 속에서 우리가 밟아가는 곳이 생명의 모든 것보다도 귀중한 것이다.

목욕을 즐겨야지. 깨끗한 욕조, 상쾌한 에나멜, 잠잠한 미온탕의 흐름, 이것이 나의 몸이다.*71

하얀 몸에 향기 나는 녹는 비누가 칠해지고 가볍게 씻긴 뒤 따뜻한 탕의 자궁 속에서 마음껏 뻗은 창백한 알몸을 그는 떠올렸다. 그의 눈은 그의 몸통을, 잔물결에 덮여 가볍게 위로 떠오른 노란 레몬빛 사지를, 육체의 싹인 배꼽을 보았다. 또 표류하는 울창한 숲의 서로 얽힌 곱슬 털, 무사한 자손의 뼈 없는 아버지 주위에 표류하는 털들, 시들어 떠도는 꽃을 보았다.

---

*71 "예수님께서는 또 빵을 들고 감사를 드리신 다음, 그것을 떼어 사도들에게 주시며 말씀하셨다. '이는 너희를 위하여 내어 주는 내 몸이다. 너희는 나를 기억하여 이를 행하여라.'" (《루카복음서》 22 : 19)

에피소드 6
HADES
하데스[1]

---

[1] 죽음과 지하세계를 관장하는 신.

줄거리

11시. 블룸은 패디 디그넘의 장례식장으로 가는 마차에 오른다. 마차에는 그를 비롯해 스티븐의 아버지 사이먼 디댈러스와 마틴 커닝엄, 잭 파워까지 모두 네 사람이 탔다. 장례식 행렬이 가는 도중에 블룸은 스티븐이 거리를 걷고 있는 것을 발견하고 사이먼에게 알린다. 사이먼은 충실한 친구인 체하는 벅 멀리건 때문에 스티븐이 타락했다며 화를 낸다. 또 보일런이 걸어오고 있는 것이 마차에서 보이자 커닝엄은 인사를 하지만 블룸은 모르는 척한다. 이야기 도중에 잭 파워가 자살은 악한 짓이라고 말한다. 그때 블룸의 아버지가 자살한 사정을 아는 커닝엄이 자살자들을 변호해 준다. 묘지에 마차가 도착하고 기도가 끝나자 관이 묻힌다. 거기에서 블룸은 묘지를 지키는 존 오코널을 만난다. 또 변호사 존 헨리 멘튼을 만나는데, 젊은 시절 마리온을 좋아했던 멘튼은 그녀의 남편인 블룸에게 나쁜 감정을 품고 있다. 블룸과 멘튼 사이에 가벼운 적개심이 일어난다. 블룸은 묘지를 걷는 동안에 죽음, 매장, 시체를 먹는 쥐들, 죽은 아버지 등에 대해서 여러 가지로 생각한다.

이 에피소드는, 마녀 키르케의 지시에 따라 오디세우스가 예언을 듣기 위해 죽은 자들의 나라로 가는 《오디세이아》 제11장에 해당한다. 오디세우스는 그곳 하데스에서 예언자 테레시아스를 만나, 태양신 헬리오스의 소를 잡아먹지 않으면 고향에 갈 수 있다는 말을 듣는다. 또 거기에서 아가멤논과 아킬레스, 돌아가신 어머니 등을 만난다. 죽음의 나라를 통과해야 미래가 열린다는 생각에는 고대인의 상징적인 사고방식이 담긴 듯하다. 즉 죽음을 의식함으로써 찾아오는 새로운 삶을, 죽은 자의 나라를 설정함으로써 이룩한 것이다.

에피소드 6 주요인물

사이먼 디댈러스 Simon Dedalus : 스티븐 아버지. 한때 부유했으나 지금은 생활고에 시달린다. 자녀가 많은 데다가 아내까지 잃었으면서도 낙천성을 잃지 않는다. 테너 가수로서 아마추어의 경지를 넘어섰다.

마틴 커닝엄 Martin Cunningham : 착하고 양심적이며, 블룸에게 친절하고 또 디그넘 유족에 대해서 여러 가지로 걱정한다. 알코올중독자 아내 때문에 고생하고 있다.

잭 파워 Jack Power : 부유한 상인. 원래 경찰 아들. 숨겨놓은 여자가 있다.

조 하인스 Joe Hynes : 블룸과 마찬가지로 〈프리먼즈 저널〉지 광고부원.

존 헨리 멘튼 John Henry Menton : 패디 디그넘이 살아 있을 때 그의 고용주. 변호사. 지난날 블룸의 아내 마리온을 좋아했었다.

네드 램버트 Ned Lambert : 대학 부총장 채터튼의 조카로 집안이 좋고 곡물상을 한다. 그의 창고는 원래 성 마리아 성당 집회소로 휴 러브 신부가 조사하러 온다. 카울리 신부의 집주인이다.

코니 켈러허 Corny Kelleher : 오닐 장례회사 지배인. 패디 디그넘의 장례식을 맡았다.

존 오코널 John O'Connell : 묘지 관리인. 모두가 좋게 생각하는 인물.

마틴 커닝엄이 먼저 실크 모자를 쓴 머리를 삐걱거리는 마차 안으로 밀어넣고 이어 솜씨 있게 들어가 의자에 앉았다. 미스터 파워가 그의 뒤에서 키가 큰 몸을 조심스럽게 구부리면서 올라탔다.

—어서 타, 사이먼.

—자네가 먼저. 미스터 블룸이 말했다.

미스터 디댈러스가 재빨리 모자를 쓰고 마차에 오르면서 말했다.

—그럼 실례.

—모두 탔나? 마틴 커닝엄이 물었다. 어서 타, 블룸.

미스터 블룸은 안으로 들어가 빈자리에 앉았다. 그러고는 손을 뒤로 돌려 문이 딱 닫히도록 탕! 당겼다. 그는 한쪽 팔을 손잡이 가죽끈에 끼고서, 열어젖힌 마차 창문을 통해 거리의 낮게 내린 가리개를 진지한 표정으로 바라보았다. 한 노파가 가리개 틈새로 이쪽을 내다보고 있었다. 유리창에 눌려서 하얗고 납작해진 코. 죽음을 면했다는 것을 운명의 신에게 감사하며. 저 노파들은 죽은 자에 대해서 필요 이상의 흥미를 품고 있다. 우리가 죽는 것을 보고 나이 먹은 여자들은 좋아한다. 우리가 태어날 때 노파들에게 심한 폐를 끼치기 때문이다. 그녀들에게 어울리는 일이다. 구석에서 하는 소곤대는 이야기. 죽은 자가 눈을 뜰까 두려워서 슬리퍼 소리가 나지 않도록 살금살금 다닌다. 그러고 나서 시신을 손질하고. 입관 준비를 하고. 몰리와 플레밍 여사*²가 관 내부를 정돈한다. 좀더 당신 쪽으로 당겨요.*³ 우리의 수의(壽衣). 죽으면 누가 나의 몸을 만질지 몰라. 몸을 씻기고 손톱과 머리카락을 자른다. 약간은 봉투에 넣어 둔다. 하지만 그 뒤에도 그것은 또 자란다. 불결한 작업이다.

모두는 그렇게 기다리고 있었다. 아무도 말을 하지 않았다. 화환을 싣고

---

*2 블룸 집안의 가사 도우미.
*3 블룸이 아들 루디가 죽었을 때의 일을 떠올린다.

있는가? 엉덩이 쪽에 무엇인가 단단한 것이 있군. 아, 그 비누다. 다른 데로 옮기고 싶지만 적당한 기회를 기다리자.

모두 기다리고 있었다. 이윽고 선두 쪽에서 회전하는 바퀴 소리가 났다. 그 다음에는 좀더 가까운 쪽에서. 그리고 말발굽 소리. 덜컹! 그들의 마차는 삐거덕거리고 흔들리며 움직이기 시작했다. 다른 말발굽과 삐거덕거리는 바퀴 소리가 뒤에서 났다. 거리의 가리개가 지나가고, 문이 조금 열려 노커를 검은 천으로 씌운 9번지 집*⁴이 지나갔다. 보통 속도로.

모두는 무릎이 부딪치면서도 가만히 있었다. 이윽고 마차가 모퉁이를 돌아 전찻길을 따라 앞으로 나아갔다. 트리톤빌거리다. 마차는 더 빨라졌다. 바퀴는 덜컹거리는 소리를 내며 자갈길 위를 달리고, 창틀에서는 유리가 덜거덕거리며 소리를 냈다.

—어느 길로 갈 작정이지? 미스터 파워가 양쪽 창밖을 내다보면서 물었다.

—아이리시타운일 거야, 링센드. 브런즈윅거리. 마틴 커닝엄이 말했다.

미스터 디댈러스는 고개를 끄덕이며 밖을 내다보았다.

—참 좋은 옛 관습이야.*⁵ 아직도 지켜지고 있다는 것은 기쁜 일이지.

모두는 잠시 자기 창 너머로 통행인이 벗는 모자들을 바라보았다. 죽은 자에 대한 경의다. 마차는 전찻길을 벗어나 워터리 골목을 지나 평탄한 길로 나갔다. 말없이 밖을 내다보던 미스터 블룸의 눈에 젊은 남자의 홀쭉한 모습이 들어왔다. 상복을 입고 챙이 넓은 모자를 쓰고 있었다.

—자네가 아는 사람이 지나갔어, 디댈러스.

—누구지?

—자네 후계자인 아들.

—어딨지? 미스터 디댈러스는 반대편으로 몸을 뻗으며 말했다.

마차는 마침 공동 주택 앞의 노출된 하수구와 파헤친 도로의 흙더미 옆을 지나, 갑자기 차체를 기울이면서 모퉁이를 돌더니 다시 전찻길로 나와 요란스럽게 돌진했다. 미스터 디댈러스는 자기 자리로 돌아가면서 말했다.

—멀리건이란 녀석도 같이 있던가? '충실한 친구'인 체하는 녀석 말야.

—아냐, 그 녀석 혼자였어. 미스터 블룸이 말했다.

---

*4 디그넘의 집. 샌디마운트 뉴브리지거리 9번지.

*5 장례 마차가 더블린 중심부를 지나가고 모든 사람들이 죽은 이에게 애도를 표하는 풍습.

―샐리 숙모 집에 갔던 거겠지, 주정뱅이 꼬마 회계 담당인 굴딩의 집 말이야. 아빠의 꼬마 똥 덩어리 크리시, 자기 아버지가 누구인지 잘 아는 현명한 녀석이지.*6 미스터 디댈러스가 말했다.

미스터 블룸은 링센드거리를 보고 시시하다는 듯이 미소 지었다. 여기가 월리스 형제 병 공장. 도더다리.

리치 굴딩과 서류 가방. 굴딩 콜리스 앤드 워드가 그 회사의 이름이라지.*7 그 사나이의 농담도 날카로운 맛이 없어졌어. 왕년에는 꼭 필요한 인물이었는데. 언제였던가, 일요일 아침 스테이머거리에서 이그네이셔스 갤러허*8와 왈츠를 추었을 때, 그곳 마나님의 모자 두 개가 그의 머리에 핀으로 고정되어 있었다. 그 무렵에는 밤새도록 떠들어대고 돌아다녔지. 지금은 그것이 탈이 되어 몸에 나타나기 시작한 거야. 그의 등이 아픈 것도 그 때문인 모양이야. 아내가 등을 다리미로 지진대. 그는 알약이라도 먹으면 낫는다고 생각하는 모양인데. 그런 알약은 모두 빵 찌꺼기를 둥글게 만든 거야. 약이란 대체로 600% 이익이라던가?

―우리 집 아이는 저질 애들과 사귀고 있어, 미스터 디댈러스가 신음 같은 소리를 냈다. 멀리건 같은 녀석은 아무리 보아도 타락한 피비린내 나는 악당이야. 그의 이름은 온 더블린에 악명을 떨치고 있어. 하지만 나는 말야, 하느님과 성모의 힘으로, 그 녀석의 애민가 숙몬가에게 편지를 써서 분명히 눈을 뜨게 해줄 작정이야. 놈을 혼 좀 내주어야겠어. 암, 꼭 그렇게 하고말고.

그는 마차 바퀴 소리보다 더 큰 소리로 외쳤다.

―나는 그 여자의, 사람 같지도 않은 조카 때문에 내 아들을 망치고 싶지가 않아. 상점 직원의 아들 놈 같으니. 나의 사촌 피터 폴 맥스위니 가게에서 테이프나 팔던 녀석의 아들이야. 어림도 없지!

그는 이야기를 멈추었다. 미스터 블룸은 그의 화가 난 턱수염으로부터 미

---

*6 《베니스의 상인》 2막 2장에 "누가 제 자식인지 아는 자는 현명한 아버지"란 말이 나온다.

*7 허구의 인물 리치 굴딩이 데임거리 31번지에 실재하는 콜리스 앤드 워드 변호사 사무소에 근무하고 있다. 가방에 자기 이름을 새겨 넣고 공동경영자 티를 낸다.

*8 《더블린 사람들》의 〈작은 구름〉에 나오는 인물. 에피소드 7에서 그가 런던 〈데일리 메일〉 및 〈이브닝 뉴스〉의 기자임을 알 수 있다.

스터 파워의 온화한 얼굴, 묵직하게 머리를 흔들고 있는 마틴 커닝엄의 눈과 수염 쪽으로 눈을 돌렸다. 시끄러운 외고집 남자야. 자기 아들 이야기만 하는군. 무리도 아니지. 물려줄 재산이 좀 있으니까. 만약에 나의 어린 루디가 살아 있다면. 그 아이가 커가는 모습이 눈에 보이는 것 같다. 집 안에서 그 아이 목소리가 난다. 이튼형 제복을 입고 몰리 곁을 나란히 걷는다. 나의 아들. 나를 쏙 빼박았다. 그것은 이상한 느낌일 거야. 나로부터 생긴 것. 오롯이 우연이다. 틀림없이 그날 아침 일이야, 그녀가 레이먼드의 테라스 창가에 서서, 소변 금지라고 쓰인 벽 옆에서 개 두 마리가 그짓 하는 광경을 보고 있었다. 그날 아침임에 틀림없어. 경찰이 빙그레 웃으며 이쪽을 올려다보았지. 그녀가 입고 있던 저 크림색 가운, 찢어진 곳이 생겼어도 그녀는 언제까지고 꿰매지 않았어. 폴디, 잠깐 만져 줘요. 하고 싶어서 죽겠어. 이리하여 생명이 시작되었던 거다.

그러고 나서 몸이 무거워졌다. 그레이스틴*9의 연주회를 거절해야 했다. 그녀 안에 나의 아들. 살아 있었으면 힘이 되어 줄 수 있었는데. 여러 가지로 혼자 독립할 수 있도록 말야. 독일어도 배우게 하고.

—늦었나? 미스터 파워가 물었다.

—10분, 마틴 커닝엄이 시계를 보면서 말했다.

몰리. 밀리. 같은 것이 묽어졌을 뿐이다. 그녀의 말괄량이 같은 말투. 오, 뛰는 주피터여. 너희 신들과 작은 물고기여. 하지만 그녀는 귀여운 소녀다. 곧 어른이 된다. 지금 멀링거에 있다. 사랑하는 아빠. 젊은 학생. 그렇다, 그렇다. 그녀는 여자야. 인생. 인생.

마차가 기울어졌다가 제자리로 돌아와 네 사람의 상체가 흔들렸다.

—코니 녀석, 제대로 된 마차를 보냈으면 좋았잖아, 미스터 파워가 말했다.

—글쎄, 거 사팔뜨기가 없었다면 더 배려를 해 주었을지도 모르지. 내 말 알아듣겠어? 미스터 디댈러스가 말했다.

그는 자기 왼쪽 눈을 감아보였다. 마틴 커닝엄이 사타구니 아래에서 빵 찌꺼기를 털어내기 시작했다.

—이게 뭘까, 도대체? 빵 찌꺼긴가?

---

*9 더블린 남남동 30km쯤 떨어진 곳에 위치한 어촌. 여름 피서지로 유명하다.

—누군가 최근에 여기서 피크닉 파티라도 한 모양이지? 미스터 파워가 말했다.

　모두가 허리를 들었다. 그리고 좌석의, 곰팡이가 난, 대갈못이 빠진 가죽을 언짢은 눈으로 바라보았다. 미스터 디댈러스는 코를 씰룩거리며 아래로 숙인 얼굴을 찡그리며 말했다.

　—내가 단단히 착각한 게 아니라면. 어떻게 생각해, 마틴?

　—나도 그렇게 생각해. 마틴 커닝엄이 대답했다.

　미스터 블룸은 허리를 내렸다. 목욕하고 오길 잘했어. 다리가 개운하다. 그런데 플레밍 아주머니가 이 양말을 제대로 꿰매 주었더라면 좋았을 텐데.

　미스터 디댈러스는 체념한 듯이 한숨을 쉬었다.

　—어쨌든, 이것은 세상에서 가장 흔한 일이니까.

　—톰 커넌은 왔어? 마틴 커닝엄이 턱수염 끝을 가볍게 꼬면서 물었다.

　—왔어, 뒤차에 타고 있어, 네드 램버트, 하인스와 함께. 미스터 블룸이 대답했다.

　—문제의 코니 켈러허도? 미스터 파워가 물었다.

　—묘지에 가 있지. 마틴 커닝엄이 말했다.

　—오늘 아침 매코이를 만났는데, 가능하면 그도 온댔어. 미스터 블룸이 말했다.

　마차가 갑자기 멈췄다.

　—어떻게 된 거야?

　—멈췄는데.

　—어디야 여기는?

　미스터 블룸이 창에서 얼굴을 내밀었다.

　—그랜드 운하*10구만.

　가스 공장이다. 가스로 백날 기침이 낫는다고들 한다. 밀리가 그것을 앓지 않아 다행이야. 가엾은 아이들! 얼굴이 검고 창백하게 되어 경련을 일으키면서 몸을 둘로 꺾는다. 정말로 눈 뜨고 볼 수가 없어. 그 아이는 비교적 병

---

*10 더블린 리피강 하구와 아일랜드 서해안을 잇는 운하. 운하 하구에 가장 가까운 다리(빅토리아 다리)는 배를 통과시킬 수 있는 선개교인데, 지금 그것이 열려서 마차가 잠시 멈춘 것이다.

을 잘 이기는 성질이었어. 홍역뿐이다. 아마씨기름. 성홍열, 유행성 감기. 죽음의 신을 위해서 나는 광고를 맡고 다니는 거와 같다. 이 기회를 놓쳐서는 안 됩니다. 저기에 개 수용소가 있다. 가엾은 늙은 개 애소스! *11 애소스에게 잘해 주라는 것이, 레오폴드야, 마지막 소원이다. 뜻이 이루어지기를. 우리는 무덤 안 죽은 이들의 명령에 따른다. 죽음을 맞이했을 때 갈겨쓴 글씨. 녀석은 주인의 죽음이 가슴에 와 닿아 말아 죽었다. 그 개는 참 조용한 동물이었지. 노인이 기른 개는 대개 그래.

빗방울이 하나 그의 모자에 떨어졌다. 그는 몸을 움츠리고 갑작스런 소낙비가 회색 포장도로 위를 점점이 적시는 것을 보았다. 한 방울씩 따로따로. 정말인가? 마치 여과기를 통과해서 떨어지는 것 같다. 비가 올 것 같았어. 그러고 보니 구두가 삐걱삐걱 소리를 냈었잖아.

—날씨가 변덕이야. 그가 조용히 말했다.

—곤란한 걸, 비가 오기 시작하면. 마틴 커닝엄이 받아쳤다.

—시골에서는 오기를 바라겠지, 저봐, 태양이 나왔어. 미스터 파워가 말했다.

미스터 디댈러스는 구름이 걸린 태양을 안경 너머로 보면서 말없는 책망을 하늘을 향해 던지는 몸짓을 했다.

—어린애 궁둥이처럼 믿을 수가 없단 말야. 그는 말했다.

—또 달리기 시작하는군.

다시 마차의 단단한 바퀴가 돌기 시작하여 그들의 상체는 조용히 흔들리기 시작했다. 마틴 커닝엄은 수염 끝을 조급하게 꼬기 시작했다.

—어젯밤의 톰 커넌은 참 훌륭했어, 그것을 패디 레너드가 본인 앞에서 성대모사를 해 놀리더군. 그는 말했다.

—어떤 식으로 했지, 마틴? 미스터 파워가 열심히 말했다. 사이먼, 그가, 벤 돌라드의 〈까까머리 소년(단발당원)〉을 노래한 솜씨에 대해 비평한 것을 들어보지 않겠어?

—당당한 비평이었지, 마틴 커닝엄이 과장해서 말했다. 그는 이렇게 말했어. '마틴 군, 그가 그 단순한 발라드를 노래한 솜씨는 우리가 평생 동안 들을 수 있는 것 중에서 가장 통렬한 것이었다네.'

---

*11 블룸은 그의 아버지가 애견 애소스에 대해 남긴 유언을 떠올리고 있다.

—통렬하다, 미스터 파워는 웃으면서 말했다. 그건 그 친구의 단골 표현이지. 그리고 그 회고적인 말투도.

—댄 도슨 연설*¹² 읽어 봤어? 마틴 커닝엄이 물었다.

—아니, 미스터 디댈러스가 대답했다. 어디에 실려 있지?

—오늘 아침 신문에.

미스터 블룸은 안주머니에서 신문을 꺼냈다. 그녀에게 다른 책으로 바꿔 주어야 한다.

—아냐, 아냐, 나중에 읽지. 미스터 디댈러스는 급히 말했다.

미스터 블룸의 눈길은 지면(紙面) 끝 죽은 자의 이름을 살피면서 내려갔다. 캘런, 콜먼, 디그넘, 포셋, 로리, 나우만, 피크, 어느 피크지? 크로스비 앤드 앨런 변호사 사무소*¹³에 근무하던 사람인가? 설마. 섹스턴 어브라이트다. 보풀이 이는 찢어지기 쉬운 종이에 이내 색이 바래는 잉크로 인쇄된 활자. 작은 꽃에 대한 감사.*¹⁴ 깊은 애도. 말로는 다할 수 없는 그의 비탄. 88세. 길고도 지루한 병상생활 끝에. 죽은 뒤 한 달 동안의 미사, 퀸란. 그 영혼에, 그리스도여, 자비를 베푸시기를.

'사랑하는 헨리가 하늘나라
영원한 땅으로 떠난 지 한 달
유족들은 그의 죽음을 비탄의 눈물로 슬퍼하고
언젠가 천국에서 다시 만날 날을 기다리노라.'*¹⁵

내가 그 봉투를 제대로 찢어서 버렸나? 그래. 편지를 목욕탕에서 읽고 난 다음 어디에 치웠지? 그는 조끼 주머니를 만져 보았다. 들어 있다, 됐어. 친애하는 헨리는 달아났다. 나의 참을성이 다하기 전에.

초등학교. 미드 건재상의 재목 저장소. 마차 차고. 지금은 두 마리밖에 없

---

*12 에피소드 7 참조. 댄 도슨은 더블린 제과점을 경영해 성공했다. 더블린 상인 정치가 중 하나. 더블린 시장 자리에도 올랐다(1882, 83). 그의 연설이 〈프리먼즈 저널〉 조간에 실린 것.

*13 리피강 남부 데임거리 24번지.

*14 신문 사망광고란의 시구. '작은 꽃'은 리지외의 성 테레즈(1873~97)의 별명.

*15 신문 사망광고란에 실리는 '추도시'의 전형.

다. 대가리를 흔들면서. 진드기처럼 배불뚝이가 되어. 그들의 대가리뼈에는 뼈가 너무 많아. 또 한 대는 손님을 태워 뛰어다니고 있다. 한 시간 전에 나는 이곳을 지나갔다. 마부들이 장의차 앞에서 모자를 벗었다.

미스터 블룸의 창 밖에서, 전철수(轉轍手)의 등이 갑자기 전차표지 바로 앞에서 섰다. 차가 좀더 편리하게 움직일 수 있도록 무엇인가 자동 장치를 발명할 수 없을까? 그러면 저 사나이는 직업을 잃을지도 모른다. 하지만 대신 다른 사람이 그 새로운 발명품 만드는 일을 얻겠지.

에인션트 음악당이다. 아무것도 하지 않는군. 엷은 노란 가죽옷을 입은 남자가 팔에 조장(弔章)을 두르고. 별로 슬퍼 보이지도 않는다. 4분의 1 정도의 슬픔인가? 아마도 혈연이 아닌 사람의 상복이겠지.

그들은 성 마르코 성당의 황량한 설교단 옆을 지나, 철도 육교를 뚫고 퀸즈 극장 앞을 지나 앞으로 나아갔다. 모두 말이 없었다. 게시판이다. 유진 스트래튼.*16 미시즈 밴드먼 파머. 오늘 밤 〈레아〉를 보러 갈 수 있을까? 간다고는 했지만. 그렇지 않으면 〈킬라니의 백합〉? 그쪽은 엘스터 그라임스 오페라단. 박력 만점의 새로운 기획. 다음 주 것을 예고하는 선명한, 갓 인쇄한 포스터. 〈브리스톨호의 즐거운 항해〉.*17 마틴 커닝엄에게 부탁하면 게이어티 극장의 표를 얻어 줄지도 몰라. 그러면 한잔 내야겠지? 결국 그게 그거군.

그 녀석*18은 오후에 집에 오도록 되어 있다. 그녀의 노래.

플라스토 모자점. 필립 크램튼 경의 흉상 기념분수.*19 어? 저 남자는?*20

—여, 안녕하시오? 마틴 커닝엄이 거수경례를 하면서 말했다.

—알아차리지 못했어, 아니, 이쪽을 보고 있어. 안녕하세요? 미스터 파워가 말했다.

—누구죠? 미스터 디댈러스가 말했다.

—블레이지스 보일런이야. 저기에서 늘어진 머리에 바람을 쏘이고 있어.

---

*16 미국 뮤지컬 스타(1861~1918). 흑인으로 분장해 연기하는 민스트럴쇼로 인기를 얻었다.
*17 헨리 C. 자렛의 원작을 바탕으로 한 뮤지컬 코미디.
*18 블레이지스 보일런.
*19 필립 크램튼은 더블린 출신의 유명한 의사(1777~1858). 그의 기념 분수와 흉상은 그레이트 브런즈윅거리 서쪽 끝 칼리지거리에 있었다. 훗날 철거되었다.
*20 블룸이 보일런에 대해서 생각하고 있을 때 보일런이 지나간 것이다.

미스터 파워가 말했다.

마침 내가 그 녀석을 생각하던 순간이다.

디댈러스가 인사를 하기 위해 몸을 내밀었다. 보일런이 답례로 레드뱅크*21 입구에서 하얀 원반과 같은 밀짚모자를 흔들어 보였다. 지나갔다.

미스터 블룸은 자기 왼손 손톱을 살펴보았다. 그리고 오른손 손톱을. 손톱. 그렇다. 여자들이 그 사나이 안에서 보는 것은 매력 외에 무엇이 있는가? 더블린에서 가장 나쁜 사나이. 그 매력이 녀석을 살리고 있는 거야. 여자들은 때로 상대방이 어떤 인간인지 곧바로 느낀다. 본능이다. 그러나 저런 유형의 녀석은. 내 손톱. 나는 마침 그것들을 바라보고 있다. 깨끗하게 잘랐군. 그러고 나서 혼자 생각하고 있다. 나의 몸은 탄력이 좀 떨어지고 있다. 이전 상태를 생각하면 알 수가 있다. 아무래도 살이 빠졌는데 피부 수축이 그것을 따라가지 못하기 때문인 것 같다. 그러나 몸매는 그대로이다. 모양도 여전하고. 어깨. 허리. 엉덩이. 통통하다. 저녁 무도회 복장. 엉덩이 양 둔덕 사이에 달라붙은 내복.

그는 무릎 사이로 두 손을 움켜잡고는 확신했으며, 멍한 눈길로 그들의 얼굴을 흘끗 쳐다보았다.

미스터 파워가 말했다.

—연주 여행은 어떻게 됐어, 블룸?

—아, 잘 되어 가고 있지. 그에 대한 좋은 말도 여러 가지로 듣고. 계획도 좋고…….

—자네도 갈 건가?

—아냐, 난 개인적인 일이 있어서 클레어주에 가야 해.*22 연주 여행은 주요 도시만 돌지. 한 도시에서 적자가 나도 다음 도시에서 채울 수 있으니까. 미스터 블룸이 대답했다.

—맞아, 마틴 커닝엄이 맞장구쳤다. 메리 앤더슨*23이 지금 거기에 가 있어.

---

*21 드올리어거리 19, 20번지. 굴 요리로 유명한 레스토랑.

*22 아버지 기일이라서. 블룸의 아버지는 아일랜드 서부 클레어주의 주도 에니스에서 1886년 6월 27일에 자살했다.

*23 미국 여배우(1859~1940). 1904년 6월 16일 벨파스트 얼스터홀에서 〈로미오와 줄리엣〉 발코니 장면을 연기했다.

—좋은 출연자들이 갖추어져 있나?

—루이스 워너가 흥행주야, 일류들이 모일 예정이지. J.C. 도일과 아마도 존 맥코맥*24도 올 거야, 바라건대. 모두 일류들이지. 미스터 블룸이 말했다.

—게다가 '마담'도, 마지막으로, 그러나 앞서 말했던 사람들 못지않게 중요한 출연자야. 미스터 파워가 미소를 띠며 말했다.

미스터 블룸은 잡고 있던 두 손을 정중한 몸짓으로 풀었다가 다시 쥐었다. 스미스 오브라이언.*25 누군가가 거기에 꽃다발을 놓고 갔다. 여자군. 틀림없이 그의 기일이다. 오늘과 같은 좋은 날이 몇 번이고 돌아오기를…… 마차는 파렐이 만든 동상 앞을 지나갔다. 그들은 흔들리는 무릎을 소리 내지 않고 서로 댔다.

구……. 초라한 옷을 입은 노인이 길 가장자리에서 상품을 내밀며 크게 입을 벌리고 구…….

—구두끈 4개에 1페니.

그*26는 왜 변호사 명부에서 빠졌을까? 흄거리에 그의 사무실이 있었다. 몰리와 성*27이 같은 집안이었는데. 워터포드의 변호사 트위디. 그때부터 저 실크 모자를 쓰고 있다. 옛날 체면의 기념물. 상복도 그렇다. 무섭게 몰락했어. 가엾게도! 들개처럼 걷어차이고. 몰락한 오캘러헌*28 같은 신세다.

게다가 '마담'*29도 말야. 11시 20분이 지났다. 일어났을 거야. 플레밍 아주머니가 청소하러 왔을 것이다. 머리 손질을 하면서 그녀는 흥얼거린다. '옛날에는 싫었지만 지금은 좋아.' 아냐, '옛날에는 좋았지만 지금은 좀' 하고 작은 소리로 노래 부르면서. 머리카락 끝이 갈라지지 않았나 하고 바라보고 있다. '그것이 내 마음에 걸려요.' '나'라는 대목에서 그녀는 아름다운 목소리를 낸다. 흐느껴 우는 것 같은 가락. 지빠귀, 개똥지빠귀. 그것을 나타내기 위해 개똥지빠귀라는 좋은 말이 있다.

---

*24 도일은 바리톤, 맥코맥은 테너. 둘 다 20세기 초 아일랜드를 대표하는 가수.

*25 윌리엄 스미스 오브라이언. 아일랜드 독립운동가. 조각가 파렐(1827~1900)이 만든 그의 동상은 웨스트모얼랜드거리와 드올리어거리 교차점에 세워져 있었다.

*26 변호사를 그만둔 오몰로이. 몰리의 옛 애인.

*27 트위디.

*28 미국 극작가 윌리엄 버나드가 쓴 소극(笑劇) 〈몰락〉(1839)의 주인공.

*29 마리온.

그의 눈은 미스터 파워의 잘생긴 얼굴을 잠시 바라보았다. 귀언저리에 흰 머리가 섞였다. '마담'이라고 말하면서 미소 짓고, 나도 미소 지었다. 미소란 매우 의미심장한 것이다. 예의에 지나지 않을 테지만. 좋은 남자야. 첩을 두었다는 것은 사실일까? 글쎄. 아내 쪽에선 반갑지 않겠지. 하지만 모두가 그렇게 말해. 나에게 말한 것은 누구였던가? 육체관계는 없다고. 그러면 별로 오래 가지 않을 거라고 누구나가 생각할 것이다. 그래그래, 그것은 크로프턴*³⁰이었어, 어느 날 밤 그가 우둔살 스테이크를 1파운드 가지고 갔더니 그녀가 만나 주었다지. 그녀는 어디 여자일까? 주리 호텔*³¹ 여자 바텐더? 아니면 모이라 호텔*³²이었던가?

그들은 거대한 망토를 입은 해방자(解放者)*³³의 동상 아래를 지나갔다.

마틴 커닝엄이 미스터 파워의 옆구리를 가볍게 찌르며 말했다.

—루벤족(族)*³⁴의 한 사람이군.

검은 수염에 키가 큰 사나이가 지팡이를 짚으면서 무거운 발걸음으로 엘버리의 엘리펀트 하우스*³⁵의 모퉁이를 지나갔다. 그의 굽은 등에 얹은 한쪽 손이 이쪽에서 보였다.

—아주 원시적인 미모를 유지하고 있군. 미스터 파워가 말했다.

미스터 디댈러스는 걸어가는 그 남자를 보고 나서 조용한 목소리로 말했다.

—악마가 그대의 등골을 바싹 부수어 버렸으면!

미스터 파워가 웃어젖히는 동안에 창에서 보이지 않도록 손으로 얼굴을 가렸다. 마차는 그레이의 동상*³⁶을 지났다.

—우리는 모두 저 고리대금업자에게로 갔었지. 마틴 커닝엄이 거리낌 없

---

*30 사이먼 디댈러스의 친구.

*31 칼리지 그린 7, 8번지.

*32 트리니티거리 15번지.

*33 대니얼 오코널의 동상. 남쪽에서 오코널 다리를 건너가면 오코널거리 남쪽 끝 중앙에 서 있다. '해방자'는 그의 통칭.

*34 야곱과 레아의 장자 루벤(《창세기》 29 : 32)에서 나온 루벤 지파는 이스라엘의 12지파 가운데 하나이다(《민수기》 1 : 5~21). 예수를 배신한 유다는 '루벤 지파 가운데 하나'였다는 설이 있다. 여기서는 루벤 J. 도드를 비난하는 것.

*35 우비 장수 엘버리의 가게. 오코널거리 46-47.

*36 존 그레이 경(1816~75)의 동상. 〈프리먼즈 저널〉 사장, 편집자. 아일랜드 애국자.

이 말했다.

그의 눈이 미스터 블룸의 눈과 마주쳤다. 그는 수염을 만지면서 덧붙였다.

—하기야 예외도 있겠지만.

미스터 블룸이 갑자기 열띤 투로 동승자들의 얼굴을 바라보면서 말하기 시작했다.

—루벤 J와 그의 아들*37에 대한 이야기가 재밌더군.

—선원 이야긴가? 미스터 파워가 물었다.

—그래, 재미있잖아?

—무슨 이야긴데? 미스터 디댈러스가 물었다. 나는 못 들었어.

—여자가 얽혀 있어, 미스터 블룸이 이야기하기 시작했다. 너무 깊은 관계로 빠지기 전에 아들을 맨 섬으로 보내야겠다고 아버지가 결심한 거야. 그러나 그와 아들이……

—뭐라고? 미스터 디댈러스가 물었다. 그 유명한 불량소년 이야긴가?

—그래, 미스터 블룸이 대답했다. 함께 배까지 걸어가는 길에 그가 갑자기 강으로……

—바라바*38를 빠트렸나? 미스터 디댈러스가 외쳤다. 그 녀석은 죽어야 돼!

미스터 파워는 손으로 코를 감추면서 잠시 웃어댔다.

—아냐, 아들 녀석이 스스로 뛰어들었어. 미스터 블룸이 말했다.

마틴 커닝엄이 무례하게 그의 말을 가로챘다.

—루벤 J와 아들이 맨 섬으로 가는 배가 있는 곳까지 말싸움을 벌이면서 걸어가는데, 갑자기 젊은 녀석이 도망을 쳐서 담을 넘어 리피강으로 뛰어든 거야.

—이런! 그 녀석은 죽었나? 미스터 디댈러스가 놀라서 외쳤다.

—죽긴! 마틴 커닝엄이 외쳤다. 죽을 녀석이 아냐! 선원 하나가 삿대에

---

*37 루벤 J. 도드는 실재 인물이다. 사무 변호사로 뉴욕 애국보험회사와 상호보험회사 대리인이기도 했다. 위의 이야기는 1911년 12월 2일 〈아일랜드 위커〉에 '생명을 구해 주신 답례로 반 크라운'이란 표제로 게재되었다. 반 크라운은 2실링 6펜스. 여기서는 플로린 은화 한 닢으로 줄었다.

*38 예수 대신 풀려난 죄수. 〈마태오복음서〉 27 : 16~26 참조.

그의 바짓가랑이를 걸어 강가의 아버지 눈앞으로 끌어올렸는데, 반은 죽은 상태였지. 구경꾼이 득시글했어.

—맞아, 한데 재밌는 것은……. 미스터 블룸이 말했다.

—그러자 루벤 J가, 아들의 생명을 구해 준 사례라면서 선원에게 플로린 은화*³⁹ 한 닢을 내놓은 거야. 마틴 커닝엄이 말했다.

억누른 한숨이 미스터 파워의 손 안에서 들렸다.

—정말이야, 마틴 커닝엄이 단언했다. 단단히 마음먹은 거지. 플로린 은화 한 닢이야.

—참 재미있잖아? 미스터 블룸이 열심히 말했다.

—1실링 8펜스가 덤이지. 미스터 디댈러스가 무뚝뚝하게 말했다.

미스터 파워의 참았던 웃음이 마차 안에서 조용히 울렸다.

넬슨 기념탑*⁴⁰이다.

—자두가 1페니에 8개! 1페니에 8개!

—우리 좀더 엄숙하자고, 마틴 커닝엄이 말했다.

미스터 디댈러스는 한숨을 쉬었다.

—하지만 약간 웃는 것쯤은 죽은 패디가 용서해 줄 거야. 그도 여러 가지 웃기는 이야기를 많이 했으니까.

—주여 용서하옵소서! 미스터 파워가 손가락으로 눈물이 난 눈을 훔치면서 말했다. 가엾은 패디! 한 주 전, 마지막으로 만났을 때에도 여느 때처럼 건강했는데. 설마 이런 식으로 그의 뒤를 따라가리라고는 생각지도 못했는데. 우리를 놔두고 가 버렸어.

—그렇게 좋은 사내는 없었지, 그야말로 갑자기 가 버렸어. 미스터 디댈러스가 말했다.

—마비로, 심장 마비로. 마틴 커닝엄이 말했다.

그는 슬픈 듯이 가슴을 쳤다.

불타는 듯한 얼굴, 새빨갛다. 존 발리콘*⁴¹을 너무 마신 탓이다. 딸기코

---

*39 2실링 은화.

*40 트라팔가르해전의 영웅 넬슨 제독(1758~1805) 기념탑. 오코널거리 중앙우체국 옆에 서 있었다.

*41 위스키.

치유법. 코가 에탄올 빛이 될 때까지 퍼마신다. 저런 빛깔이 되려면 꽤 많은 돈을 썼을 거야.

미스터 파워는 슬픔으로 추억을 되새기면서 지나가는 집들을 바라보았다.

—갑작스레 죽었어, 가엾게도.

—가장 좋은 죽음이야. 미스터 블룸은 말했다.

모두가 크게 눈을 뜨고 그를 바라보았다.

—조금도 고통 받지 않고, 순간적으로 모든 것이 끝났으니까 말야. 자면서 죽는 것과 같아.

아무도 입을 열지 않았다.

죽은 것 같은 거리군, 이쪽은. 낮에도 조용한 비즈니스거리. 토지 관리인 사무소, 금주 호텔, 폴코너 철도 안내소, 공무원 양성소, 질 서점, 가톨릭 클럽, 맹인 직업훈련소. 어떻게 된 거지? 무엇인가 이유는 있지? 장님이라면. 해가 뜨나 바람이 부나. 밤에도 일을 할 수 있지. 굴뚝 청소부와 하녀. 고(故) 매슈 신부*42의 수호 아래. 파넬*43을 위한 주춧돌. 심장발작.

하얀 말들이 이마에 흰 깃털 장식을 달고 원형 건물 모퉁이를 돌아 달려왔다. 흘끗 작은 관(棺)이 보였다. 황급히 묻기 위해. 장례 마차. 미혼 여자구나. 기혼자라면 검은 말을 단다. 독신자는 흑백 얼룩말. 수녀에게는 암갈색 말.

—가엾게도, 어린애야. 마틴 커닝엄이 말했다.

어린 루디의 얼굴처럼 붉은 자줏빛에 주름 진 작은 아이의 얼굴이. 하얗게 안을 댄 소나무 관 안의. 연약한 작은 아이의 몸. 장례식 상조회가 비용을 댄다. 잔디 한 덩어리. 매주 1페니로 산 한 조각의 잔디 땅. 우리의. 작은 꼬마. 갓난 아이. 무의미하다. 대자연의 과실. 만약에 그것이 건강하다면 어머니 덕이다. 그렇지 않다면 아버지 탓이다. 다음에는 잘 되어 갈까?

—가엾은 아이군, 이런 세상은 하직하는 편이 나아. 미스터 디댈러스가 말했다.

마차는 속도를 줄여서 러틀랜드 광장 언덕길을 올라갔다. 죽은 자의 뼈가 덜거덕 덜거덕 소리를 낸다. 포석(鋪石) 위에서. 빈민이다. 아비 없는 자식.

—삶의 한가운데에서. 마틴 커닝엄이 말했다.

---

*42 매슈 신부(1790~1856)는 '금주의 사도'라 불렸다. 상부 오코널거리에 동상이 있다.
*43 아일랜드 독립운동가. 그도 디그넘처럼 심장발작으로 죽었다.

—그러나 가장 나쁜 것은, 스스로 자기 생명을 끊는 인간이야. 미스터 파워가 말했다.

마틴 커닝엄이 시계를 일부러 꺼내더니 기침을 한 차례 하고 다시 넣었다.

—가족 중에서 그런 일이 일어난다는 것은 최대의 불명예지. 미스터 파워가 덧붙였다.

—그건 일시적인 정신착란 때문이야. 우리는 동정의 눈으로 보아야 해. 마틴 커닝엄이 단호하게 말했다.

—자살하는 인간은 겁쟁이라고 하지 않나. 미스터 디댈러스가 말했다.

—우리 인간이 심판할 일이 아냐. 마틴 커닝엄이 받아쳤다.*⁴⁴

미스터 블룸은 무슨 말인가 하려다가 다시 입을 다물었다. 마틴 커닝엄의 저 커다란 눈. 그 눈은 지금 외면하고 있다. 동정심 있는 좋은 사람. 총명하고 셰익스피어의 얼굴과 비슷하다. 어떤 상황에서도 어떻게 말해야 하는지 알고 있다. 아일랜드 사람들은 자살이라는 것을 영아(嬰兒) 살해와 마찬가지로 생각해서 조금도 동정하지 않는다. 그리스도 교도로 매장하길 거부한다.*⁴⁵ 옛날에는 무덤에 넣은 뒤 자살자의 심장에 나무 말뚝을 박는 관습이 있었다. 그것이 아직 파기되지 않았다는 듯이. 그러나 이미 때늦어 뉘우치는 자살자도 있을 것이다. 강가에서 수초를 움켜쥔 채 죽은 사람이 발견된 적도 있으니. 커닝엄은 내 얼굴을 보았다. 이 사나이의 지독한 주정뱅이 아내. 그는 그녀를 위해 몇 번이고 가구를 마련한다. 더욱이 매주 토요일이 올 때마다. 그의 아내는 그의 이름으로 가구를 남몰래 전당포에 잡힌다. 덕분에 지옥 같은 그의 생활. 돌 심장도 견딜 수가 없지. 정말. 월요일 아침에 또 새로 사야 한다. 수레로 날라 와서. 휴, 그날 밤 그 여자는 볼만했을 거야. 그도 그 자리에 있었다고 디댈러스가 나에게 말했다. 부인은 술에 취한 채 마틴의 우산을 휘두르며 싸돌아다니고.

  '사람들은 나를 아시아의 보석이라 부릅니다.
  아시아의,
  게이샤.*⁴⁶

---

*⁴⁴ 블룸의 아버지가 자살했다는 것을 커닝엄만이 알고 있다. 지금 그는 블룸을 감싸는 중이다.
*⁴⁵ 특히 가톨릭의 규정이다. 아일랜드는 가톨릭의 나라이다.

마틴은 나로부터 눈을 돌렸다. 그는 알고 있다. 몸 안에서 뼈가 덜거덕덜거덕 소리를 내는 그러한 때의 기분을.

그날 오후 시신 검사.*47 테이블 위에 빨간 라벨을 바른 병. 사냥 그림으로 장식한 호텔 방. 무더웠지. 베네치아풍(風) 가리개를 통해서 들어오는 햇살. 검시관의 귀, 크고 털이 많이 난. 호텔 구두닦이가 증언했다. 처음에는 잠이 든 줄 알았습니다. 그리고 노란 줄무늬와 같은 것이 얼굴 위에 보였습니다. 침대 발밑에 미끄러져 떨어져 있었습니다. 진단, 과다 복용. 과실치사. 유서. 나의 아들 레오폴드에게.

이제 고통은 없다. 두 번 다시 눈을 뜨지 않는다. 아무도 소유하지 않는다.

마차는 블레싱턴거리를 덜거덕거리면서 내달렸다. 자갈길 위를.

—날고 있는 것 같군, 마틴 커닝엄이 말했다.

—하느님의 뜻으로 우리가 길바닥에 뒤집히지 않도록……. 미스터 파워가 말했다.

—정말, 내일 독일에서 대단한 경기가 있잖아. 고든 베넷 컵*48 말이야. 마틴 커닝엄이 말했다.

—그래, 정말, 볼만할 거야. 미스터 디댈러스가 말했다.

마차가 모퉁이를 돌아서 버클리거리로 들어갔을 때 수원지 근처에서 손풍금의 명랑하고 시끄러운 유행가가 그들의 마차를 쫓아왔다. 누구 켈리 본 사람 있나요?*49 케이, 이, 더블 엘, 와이예요. 〈사울〉의 장송곡*50인가? 안토니오와 똑같은 악당. 저를 버리고 갔어요. 급하게 돈다. 자비의 성모병원.*51 에클즈거리다. 저 끝이 나의 집. 저 큰 광장. 저것은 불치병 환자 수용소다. 정말 믿음직해. 죽음을 맞이하기 위한 성모 호스피스. 지하실에는 편리한 영안실까지 있다. 미시즈 리오던은 거기에서 죽었지. 죽은 여자의 얼굴은 무서

---

*46 제임스 필립 작곡, 해리 그린뱅크 작사 오페레타 〈게이샤〉(1896년 초연)에 나오는 '아시아의 보석'이란 노래.

*47 블룸의 아버지가 자살했을 때.

*48 미국의 스포츠맨이자 기자였던 베넷(1841~1919)이 제정한 우승컵. 이 연례 경주를 〈이브닝 텔레그래프〉가 광고한다.

*49 노래 제목.

*50 헨델(1685~1759)의 오라토리오. 이스라엘 왕국의 초대 왕 사울을 주제로 한 곡.

*51 그 무렵 더블린에서 가장 큰 병원이었다. 버클리거리와 에클즈거리가 만나는 모퉁이에 위치.

워. 그녀의 젖병식 컵, 수저로 그녀의 입에 넣어 준다. 그러고 나서 그녀가
죽을 때를 대비해 그녀의 침대 주위에 치는 막. 내가 벌에 쏘였을 때 붕대를
감아 주던 그 친절한 젊은 인턴. 그는 산부인과 병원으로 옮겼다지?*⁵² 하나
의 극에서 다른 하나의 극으로.*⁵³

마차는 전속력으로 모퉁이를 돌아 멈추었다.

—뭔 일이야?

여러 무리로 나뉜 낙인찍힌 소들이 울면서, 발싸개를 신은 발굽으로 느릿
느릿 걸으면서, 똥이 눌어붙은 엉덩이 주위로 꼬리를 휘두르면서 마차 창 앞
을 지나갔다. 소 떼 주위를 또는 그 한가운데를 뚫고 빨간 흙이 묻은 양이
겁먹은 소리로 울면서 뛰어다녔다.

—이민자들이네. 미스터 파워가 말했다.

휘어이! 소몰이꾼이 외치고, 짐승들 옆구리에서 회초리가 소리를 냈다.
휘어이! 그쪽이 아냐!

물론 오늘은 목요일이다. 내일은 도축일(屠畜日). 새끼를 밴 암소들. 커
프는 그들을 한 마리당 약 27파운드에 팔았다. 아마도 리버풀로 가는 거겠
지. 늙은 잉글랜드로 가는 로스트비프다.*⁵⁴ 잉글랜드 사람들은 물기가 많은
것은 모두 산다. 그리고 고기 외에 필요 없는 것은 버린다. 여러 가지 원료
가 되는 것들. 가죽, 털, 뿔. 1년분이 모이면 대단한 양. 식육 거래. 무두질
한 가죽, 비누, 인조버터 따위의 도살장 부산물. 클론실라*⁵⁵에서는 지금도
예의 그 장치로 기차에서 쇠고기를 내릴까?

마차는 그대로 소 떼를 뚫고 앞으로 나아갔다.

—도대체 왜 시청은 공원 정문에서 부두까지 전차를 놓지 않을까? 이런
동물은 무개화차로 배까지 나를 수 있잖아? 미스터 블룸이 말했다.

—길도 막지 않고 말야. 맞아, 꼭 그렇게 해야 해. 마틴 커닝엄이 말했다.

—그럼, 미스터 블룸이 말했다. 그리고 또 하나, 내가 늘 생각하는 일인
데, 시 차원에서 장례식 전차를 만들어야 한다고 봐. 밀라노에 있는 것과 같

---

*52 의사 딕슨. 에피소드 14에서 블룸과 만난다.
*53 죽음에서 탄생으로.
*54 Roast beef for old England. 옛 노래의 가사.
*55 미들랜드 그레이트 웨스턴 철도 환승역. 더블린에서 서쪽으로 약 10km 떨어진 곳.

은 거 말야. 묘지의 문까지 선로를 깔아서 특별 전차가 다니게 하는 거지. 영구차도 조문객 객차도 모두 함께. 알겠지?

—참, 대단한 일이로군, 침대차에 특별 식당차도. 미스터 디댈러스가 말했다.

—코니*56에게는 장사가 되지 않을 텐데. 미스터 파워가 덧붙였다.

—왜? 미스터 블룸이 미스터 디댈러스 쪽으로 몸을 돌리고 물었다. 쌍두마차로 가는 것보다 낫지 않아?

—하기야 그도 그렇지. 미스터 디댈러스는 인정했다.

—그렇게 되면 영구차가 던피의 모퉁이*57를 돌다가 뒤집어져서 관이 도로로 튕겨 나오는 사고 같은 것도 없을 텐데. 마틴 커닝엄이 말했다.

—지독한 일이었지, 시체가 도로로 내동댕이쳐졌으니. 너무 심했어! 미스터 파워가 으스스한 표정으로 말했다.

—던피 모퉁이에서 선두 다툼이라, 고든 베넷 컵이로군. 미스터 디댈러스가 고개를 끄덕이며 말했다.

—하느님 뜻이야, 마틴 커닝엄이 경건한 투로 말했다.

꽝! 전복이다. 관이 길로 떨어진다. 뚜껑이 딱 벌어진다. 패디 디그넘*58의 굳은 시신이 튀어나온다. 너무 큰 갈색 수의를 입은 그의 굳은 몸이 먼지속을 뒹군다. 빨간 얼굴이 지금은 회색이다. 입을 크게 벌리고. 무슨 일이야하고 묻는 것 같다. 다물게 해 주는 것이 좋아. 입을 벌리고 있으니 보기에도 무섭다. 게다가 이렇게 두면 내장도 빨리 썩는다. 모든 구멍은 막아야.그래, 그곳도. 밀랍으로. 늘어진 괄약근을 모두 막아라.

—던피 모퉁이다, 마차가 오른쪽으로 돌았을 때 미스터 파워가 말했다.

던피 모퉁이다. 장의 마차는 그 슬픔을 얼버무리면서 멎었다. 길가에서 잠시 휴식. 술집을 열기에는 가장 알맞은 장소다. 죽은 자의 명복을 빌기 위해 돌아가는 길에 한 잔 할까. 기분 전환으로 술잔을 돌려서. 불로장생약.

그러나 만약 지금 그런 일이 일어난다면? 만약 시신이 흔들리는 동안에

---

*56 코니는 장의사다.
*57 북부 순환로와 피츠버러 도로 교차점. 1890년 무렵까지 그곳 모퉁이에 토머스 던피 술집이 있었다.
*58 이 장례식의 주인공.

이를테면 못이 그의 몸에 상처를 입힌다면 피가 날까? 날지도 모르고 안 날지도 몰라. 상처가 어디에 났는가에 따라 다르겠지. 혈액 순환은 멎었다. 그래도 얼마간은 동맥에서 스며 나올 것이다. 빨간 수의에 싸서 묻는 편이 좋아. 검붉은 빨간색.

말없이 그들은 피브즈버러 도로를 달리고 있었다. 빈 영구차 한 대가 묘지로부터 돌아오면서 스쳐갔다. 한숨 놓은 표정이다.

크로스건스 다리, 로열 운하.

물은 수문을 지나 콸콸 빠져나가고 있었다. 한 남자가 내려가는 거룻배 위, 이탄(泥炭) 더미 사이에 서 있다. 갑문(閘門) 옆 예인선도(曳引船道)에는 말이 한 마리 긴 줄에 매어 있다. '도깨비배'*59를 타고 여행인가?

그들의 눈은 거룻배 위의 사나이를 지켜보았다. 수초가 많은 느슨한 흐름에 배를 띄우고 그는 아일랜드를 가로질러 해안 쪽으로 떠내려 왔다. 갈대가 난 곳. 연한 진흙. 진흙이 꽉 찬 병, 썩은 개 옆을 지나서, 저인망에 끌려. 애슬론, 멀링거, 모이밸리, 밀리*60를 만나러 운하를 따라 걷기 여행을 할 수도 있다. 자전거로도 갈 수 있다. 낡은 것을, 안전한 자전거를 빌려서. 지난번 렌이 경매에서 한 대 샀는데 여자용이었다. 여기저기에 열린 수로. 나루터에서 나를 태우는 것이 제임스 매캔*61의 즐거움이었다. 그쪽이 싸게 먹혀. 무리하지 말고 천천히 여행하는 거야. 지붕이 달린 배로. 텐트를 친다. 영구차도 수로를 타고서 천국으로. 편지로 알리지 않고 밀리에게 가겠지. 갑자기 나타난다, 레익슬립,*62 클론실라를 지나서. 그리고 갑문에서 갑문을 따라 더블린까지 흘러내려왔다, 중부 소택지에서 이탄을 싣고. 경례를 하는구나. 저 사나이는 갈색 밀짚모자를 들어 올려 패디 디그넘에게 경례했다.

그들은 브라이언 보루 술집*63을 지났다. 이제 얼마 남지 않았다.

─옛날에 곧잘 오갔던 포가티*64는 어떻게 지낼까? 미스터 파워가 물었다.

---

*59 루니의 해학적 민요. 이탄 나르는 배의 어려운 항해를 노래했다.

*60 블룸의 딸 밀리는 멀링거에 있다.

*61 그랜드 운하 회사 회장. 1904년 2월 12일 사망. 디그넘보다 넉 달 일찍 세상을 떠난 그가 디그넘을 마중하러 와서 저승의 강을 건네주는 것이라는 해석도 있다.

*62 더블린에서 17.5㎞ 정도 서쪽으로 떨어진 도시. 리피강 연안에 있다.

*63 J.M. 라이언이 경영하는 술집. 간판에 아일랜드 왕 브라이언 보루(941?~1014)의 초상이 그려져 있다.

—톰 커넌에게 물어봐. 미스터 디댈러스가 대답했다.

—그건 왜? 그가 울도록 내버려 두었겠지. 마틴 커닝엄이 말했다.

—눈으로부터 멀어져도 잊을 수 없는 사람이야. 미스터 디댈러스가 말했다.

마차는 왼쪽으로 돌아서 핑글래스 도로로 나왔다.

오른쪽에 석공 작업장. 마지막 손질. 약간 높은 언덕에서 말없는 상(像)들의 떼가 보였다. 하얀 상이 슬픔에 차서, 조용히 두 팔을 내밀기도 하고, 무릎을 꿇고 비탄에 잠기기도 하고, 무엇인가 가리키기도 하면서. 돌에 새겨진 여러 가지 모양의 단편. 하얗게 침묵한 채 호소하면서. 최상품. 기념비 제작자이자 조각사, 토머스 H. 디너니.

지나갔다.

교회지기 지미 기어리의 집 앞 갓돌에 늙은 떠돌이가 앉아 무어라 투덜대며, 커다란 진갈색 입 벌린 장화에서 진흙과 돌멩이를 털어 내고 있었다. 인생 여로의 뒤안길에서.

음산한 마당을 지나갔다. 차례차례로. 음산한 집들이다.

미스터 파워가 가리켰다.

—차일즈가 살해된 곳은 저기야.*65 저 끝에 있는 집.

—그렇군, 무서운 사건이었어. 시머 부시*66의 변호로 무죄가 되었지만. 동생이 형을 죽인 거지. 어쨌든 소문은 그래. 미스터 디댈러스가 말했다.

—검찰 측에는 증거가 없었어, 미스터 파워가 말했다.

—정황 증거뿐이었지, 그것이 법의 정신이야. 한 사람의 죄 없는 인간을 부당하게 처벌하는 것보다 99명의 범인을 놓치는 편이 낫다는 거지.*67 마틴 커닝엄이 말했다.

그들은 보았다. 살인자의 땅이다. 그 음산한 집은 지나갔다. 덧문을 내리고, 사는 사람도 없이, 잡초가 우거진 정원. 이곳이 모두 지옥이 되어 버렸다. 억울하게 벌을 받는다. 살인. 살해될 때의 인간의 눈에 비친 살인자의

---

*64 글래스네빈 도로에서 작은 가게를 운영하는 커넌의 친구.

*65 새뮤얼 차일즈가 당시 76세였던 형 토머스를 살해한 사건을 가리킨다(1898년 9월 2일).

*66 그 시절 가장 실력 있던 변호사의 한 사람.

*67 '이와 같이 하늘에서는, 회개할 필요가 없는 의인 아흔아홉보다 회개하는 죄인 한 사람 때문에 더 기뻐할 것이다.'(《루카복음서》 15 : 7)

모습. 사람들은 그런 사건을 쓴 글을 읽고 싶어 한다. 정원에서 발견된 인간의 목. 그녀의 복장은? 그녀는 어떻게 살해되었는가? 최근 흉악범. 범행 도구. 살인자는 아직 잡히지 않았다. 단서. 구두끈. 발굴해야 할 시신. 살인은 탄로나는 법이다.

이 마차에 있으니까 갇힌 기분이 드는군. 예고 없이 가면 밀리는 싫어할지도 몰라. 여자들을 대할 땐 반드시 조심해야 한다. 그녀들이 팬티를 입지 않았을 때 보게 된다면. 결코 용서받지 못한다. 15세쯤 되면.

프로스펙트 묘지의 높은 울타리가 파도치면서 그들의 시야 속을 지나갔다. 거무스름한 포플러 가로수. 띄엄띄엄 하얀 석상이 있다. 석상의 수가 조금씩 늘어났다. 이번에는 나무들 사이에 하얀 석상이 가득하다. 하얀 상과 그 일부분이 말없이 헛된 몸짓 그대로 공중에 떠서 지나간다.

마차 바퀴가 보도 갓돌에 세게! 부딪쳤다. 멈췄다. 마틴 커닝엄이 팔을 뻗어 손잡이를 틀고 무릎으로 문을 밀어서 열었다. 내려갔다. 미스터 파워와 미스터 디댈러스가 뒤를 따랐다.

비누를 바꾸어 넣을 기회는 지금이야. 미스터 블룸의 손이 바지 뒷주머니 단추를 재빨리 풀고 종이에 싼 비누를 손수건용 안주머니로 옮겼다. 그리고 마차에서 내리면서 또 다른 한 손에 계속 가지고 있던 신문지를 다시 고쳐 쥐었다.

초라한 장례식. 영구차와 승용 마차 세 대. 어느 쪽이든 상관없다. 상여꾼들, 황금빛 고삐, 죽은 사람을 위한 미사, 조총(弔銃)의 일제 사격까지 하는 그러한 호화로운 장례식이라도 말이다. 맨 마지막 마차 뒤에는, 도붓장수가 과자와 과일이 실려 있는 수레 옆에 서 있다. 저것은 과일 케이크. 서로 눌어붙어 있다. 죽은 자를 위한 과자. 개 비스킷.*68 누가 먹었을까? 문상객들이 나오는 참이다.

그는 일행 뒤를 따라갔다. 미스터 커넌과 네드 램버트가 뒤를 이었다. 다시 그 뒤로 하인스가 걸어갔다. 코니 켈러허가 열린 영구차 옆에 서서 화환을 두 개 꺼내어 그중 하나를 사내아이에게 건넸다.

그 아이의 장례식은 어디로 사라졌을까?

---

*68 딱딱한 과자.

프로스펙트 묘지 입구 주변

핑글래스 채석장에서 화강암 덩어리 하나를 짐수레에 싣고 온 말의 한 떼가 무거운 발걸음으로 장례식의 침묵 속을 지나갔다. 말들의 맨 앞에 있는 마부가 모자를 벗었다.

이번에는 관이다. 그는 죽었지만 우리보다 먼저 도착했다. 깃털 장식을 세운 장의차 말이 그것을 보기 위해 뒤돌아본다. 흐릿한 눈. 목에 꼭 낀 목걸이. 혈관인가 무언가를 압박하고. 말들은 매일 여기로 날라 오는 것이 무엇인지 알까? 매일 20 내지 30건 장례식이 있을 것이다. 게다가 마운트 제롬*[69]으로 가는 프로테스탄트의 장례식도 있고, 세계 곳곳에서 1분마다 장례식이 거행된다. 마차 가득히 실어 급히 삽으로 묻는다. 시간마다 수천 명. 세상에는 너무 많아.

문상객들이 문에서 나왔다. 여자와 소녀다. 뺨이 야위고 뾰족한 얼굴의 여자. 일그러진 보닛을 쓴 탐욕스러운 여자. 먼지와 눈물로 더러워진 소녀 얼굴. 여자의 팔을 잡고 울 신호를 기다리고 있다. 물고기 같은 얼굴, 핏기 없이 잿빛이다.

---

*[69] 더블린 남부 교외 해롤즈크로스에 있는 신교도 묘지.

장의사들이 관을 메고 문 안으로 운반했다. 저렇게 죽은 자는 무겁다. 나도 아까 욕조에서 나왔을 때 내가 무거워졌다는 느낌이 들었지. 맨 앞에 가는 것이 시신이고 이어 시신 친구들이다. 친구. 코니 켈러허와 사내아이가 화환을 가지고 뒤따랐다. 그 옆에 있는 것은 누구일까? 아, 매부.

모두가 뒤를 따라갔다.

마틴 커닝엄이 속삭였다.

—블룸 앞에서 자살 이야기를 했을 때 어찌나 난처하던지.

—뭐라고? 어째서 그래? 미스터 파워가 속삭였다.

—그의 아버지는 음독자살하셨어, 에니스에서 퀸스 호텔*70을 경영하고 계셨지. 클레어에 갈 일이 있다고 이야기했었지? 기일이야. 마틴 커닝엄이 속삭였다.

—그래? 처음 듣는 이야긴데. 음독자살? 미스터 파워가 말했다.

그가 되돌아보니 생각이 깊은 음침한 눈을 한 얼굴이 추기경*71 묘소를 향해 뒤따르고 있었다. 이야기하면서.

—보험은 들어 있었나? 미스터 블룸이 물었다.

—그런 것 같아, 한데 보험증권을 담보로 한 빚이 많아서. 마틴이 사내아이를 아테인 가게에 넣으려고 애쓰고 있어. 미스터 커넌이 대답했다.

—아이는 몇이지?

—다섯. 네드 램버트가 여자아이 하나를 토드 가게*72에 넣어 주겠다고 말하더군.

—딱한 일이야, 어린 애들이 다섯이나 있다니. 미스터 블룸이 조용히 말했다.

—안쓰럽게도 부인이 고생이지. 미스터 커넌이 대답했다.

—정말 그래. 미스터 블룸이 맞장구쳤다.

이제 그를 이긴 셈이다.

그는 시선을 떨어뜨려 스스로 구두약을 바르고 닦은 구두를 바라보았다.

---

*70 에니스는 더블린 서남서쪽으로 약 220km 떨어진 곳에 있는 도시. 블룸의 아버지가 경영했다고 하는 퀸스 호텔은 처치거리에 있다.

*71 에드워드 매케이브(1816~85). 1879년 대주교, 82년 추기경이 되었다.

*72 더블린 비단 포목상. 리피강 북쪽 저비스거리와 메리거리가 엇갈리는 모퉁이에 있었다.

그녀는 그보다 오래 살아남아서 남편을 잃었어. 나 같은 사람보다도 훨씬 뼈저리게 남편 죽음을 느끼고 있겠지. 어느 한쪽이 더 오래 살아남아야 하는 법이야. 현인들이 말한 그대로. 세상에는 남자보다도 여자가 많지. 그녀를 위로한다. 얼마나 마음이 아프십니까? 바로 뒤를 따르시길. 이것은 인도 과부에게만 통하는 말이다.[73] 그녀는 다른 남자와 결혼할 거야. 그 사나이와?[74] 설마. 그러나 앞일은 모른다. 빅토리아 여왕이 죽은 이래, 과부 생활은 시대에 뒤떨어졌어.[75] 포차(砲車)에 실려 운반된다. 빅토리아와 앨버트 내외. 프로그모어 궁전 기념 추모제.[76] 그러나 그녀도 만년에는 보닛에 바이올렛을 몇 송이 꽂게 되었지.[77] 그녀 마음 바닥에 있는 허영심. 모든 것이 그늘의 인간으로서 살게 된다.[78] 여왕 남편일 뿐 왕도 아닌데. 실체는 그녀 아들 쪽이다. 희망을 품을 수 있는 새 세대. 그녀가 되돌아가고 싶은 과거와는 다른 무언가 새로운 것을 기다린다. 과거는 결코 돌아오지 않는다. 남자가 먼저 죽어야 한다. 혼자서 흙 속으로. 이제 그녀의 따뜻한 침대에서 자는 일은 없다.

—잘 지내나, 사이먼? 오랜만이야. 네드 램버트가 낮은 목소리로 말하면서 손을 쥐었다.

—그저 그래. 코크 사람들은 어떻게 지내나?

—부활절 월요일에 코크 공원 경마[79]에 갔는데, 변한 것 하나 없이 옛 그대로야. 딕 티비 집에서 묵었지.

—딕은 어떻게 하고 있어? 그 야무진 녀석은?

—녀석의 머리 가죽과 천국 사이를 가로막는 건 아무것도 없게 되었어.

—뭐라고? 딕 티비가 대머리가 됐나? 미스터 디댈러스가 놀라움을 억누

---

[73] 아내가 남편 시신과 함께 산 채로 타 죽는 힌두교 순장 풍습. 1829년 영국 정부가 이를 금지했다.

[74] 블레이지스 보일런.

[75] 빅토리아 여왕은 1861년에 남편 앨버트 공을 여의고 나서 오랫동안 상복을 입고 지냈다.

[76] 여왕은 앨버트 공과 그녀 자신을 위해 윈저성에 기념비를 세우고 추모제를 지냈다.

[77] 만년에는 여왕도 엄격한 생활 태도를 누그러뜨렸다.

[78] 여왕 남편은 국서(國婿, Prince Consort)이며, 여왕에 이어 왕실 서열 2위로서 수많은 공적 역할도 주어지지만 본질적으로는 여왕의 신하이며, 왕이 될 수는 없다.

[79] 코크 공원에서 매년 열리는 경마 대회. 1904년 부활절 월요일은 4월 4일이었다.

른 목소리로 말했다.

—마틴이 아이들을 위해 기부금을 모으고 있어, 네드 램버트는 앞쪽을 가리키면서 말했다. 한 사람이 두서너 실링씩. 보험금이 지급될 때까지 그들이 살아갈 수 있도록.

—그래, 그렇군, 미스터 디댈러스는 미심쩍은 듯이 말했다. 저 맨 앞에 있는 아이가 장남인가?

—그래, 처남과 함께 있는 사람이. 그 뒤가 존 헨리 멘튼. 1파운드 기부에 서명했어.

—그 사나이라면 하겠지, 나는 곧잘 패디에게 말했어, 그 사람의 일을 제대로 봐 주라고 말야. 존 헨리는 결코 나쁜 사람이 아냐. 미스터 디댈러스가 말했다.

—어쩌다 해고당했지? 술 때문인가? 네드 램버트가 물었다.

—착한 사람에게 흔히 있는 결점이지. 미스터 디댈러스는 한숨 섞인 말로 대답했다.

그들은 묘지 예배당 문 근처에서 멈췄다. 미스터 블룸은 화환을 가진 남자 아이 뒤에 섰다. 그리고서 그 아이의 빗질한 머리와 새 옷깃에 조여 주름이 진 가느다란 목을 내려다보고 있었다. 가엾은 아이! 아버지가 죽을 때 이 아이는 그 자리에 있었을까? 어느 쪽도 죽는다는 의식은 하지 않았을 것이다. 마지막 순간에 의식이 또렷해져서 이것이 마지막이라는 것을 알게 되었을 때가 마지막이다. 이야기하고 싶었던 여러 가지 일. 오그레이디에게 3실링 빚이 있다.*80 그는 알고 있을까? 장의사들이 관을 예배당 안으로 들고 들어갔다. 머리가 어느 쪽이지.

얼마 뒤 그는 다른 사람들의 뒤를 따라 안으로 들어갔다. 가리개를 통해서 들어오는 햇빛에 눈을 깜박이면서. 네 개의 노란 촛불이 구석구석에 서 있는 성단소 앞 관대(棺臺)에 관이 놓여 있었다. 항상 우리 코앞에 놓여 있다. 코니 켈러허는 소년에게 무릎을 꿇도록 신호하면서 네 구석에 화환을 놓았다. 문상객들은 거기에서 기도대 앞에 무릎을 꿇었다. 뒤의 세례반 곁에 서 있던 미스터 블룸은 모두가 무릎을 꿇자 주머니에서 꺼낸 신문지를 펴 신중하게

---

*80 〈오그레이디에게 10달러 빚졌다〉는 아일랜드 노래의 패러디인데, "아스클레피오스에게 닭 한 마리 빚졌다"는 소크라테스의 유언의 패러디기이도 하다.

프로스펙트 묘지 교회

아래에 놓고 거기에 오른쪽 무릎을 꿇었다. 그리고 검은 모자를 살며시 왼쪽 무릎 위에 놓고 모자 가장자리를 쥔 채 경건하게 윗몸을 숙였다.

시종이 무엇인가가 든 놋쇠 양동이를 가지고 문으로부터 나왔다. 이어 하얀 겉옷 차림 사제가 한 손으로 제의(祭衣)를 고르면서, 다른 한쪽 손은 두꺼비 같은 배 위로 작은 책을 든 채로 시종 뒤를 따라 나왔다. 누가 책을 읽을까? 저요, 하고 깊은 산 떼까귀가 말했지.[81]

그들은 관대 옆에서 걸음을 멈추었다. 그리고 사제는 그 책의 한 구절을 유창하고도 불길한 목소리로 읽기 시작했다.

코피 신부. 이름이 코핀(관)과 비슷해서 외우고 있었다. 주여, 주의 이름으로 중얼중얼. 두툼한 입. 지휘봉을 휘두를 것이다. 기골이 장대한 크리스천. 그를 비웃기라도 한다면 화가 있을 지어다. 사제. 너는 베드로이다.[82] 저 사제는 클로버 초원에 있는 양처럼 곧 저 옆구리가 터질 거야, 반드시, 하고 디댈러스가 말했었지 아마. 독살된 개 같은 배다. 이건 이제까지 없었

---

[81] 전래동요 〈누가 울새를 죽였나〉 가사를 변형한 것.

[82] 예수께서 베드로의 이름을 시몬(듣는 자)에서 베드로(반석)로 바꾸며 이르신 말. (《마태오복음서》 16 : 18)

던 재미있는 표현이군. 으흠, 옆구리가 터진다?

—당신의 종과 법정으로 들지 마소서, 주님이시여.*83

라틴어로 기도를 받으면 사람들은 한층 중요하다고 느끼지. 진혼 미사. 검은 상복을 입고 우는 남자들. 검은 테두리 서한 용지. 문상객 명부에 이름을. 여기는 매우 춥군. 충분히 먹어 둬야지. 아침부터 앉아서 오랫동안 기다리고 있으려면. 자, 다음 분 하는 말을 기다리고 있다. 눈까지 두꺼비 같아. 무엇을 먹고 저렇게 부었을까? 몰리는 양배추를 먹으면 살이 찌는데. 이곳 공기 때문일까? 나쁜 가스가 차 있는 것 같아. 묘지 일대에는 무서운 유독 가스가 차 있음에 틀림없다. 이를테면 도축업자는 생 비프스테이크와 똑같이 된다. 누가 나에게 그렇게 말했더라? 머빈 브라운.*84 150년이나 되는 아름답고 고풍스런 오르간이 있는 저 워버그 성당*85 봉안당에서는 가끔 나쁜 가스를 빼서 태우기 위해 관에 구멍을 뚫어야만 한다. 분출하는 푸른 가스. 그것을 한 번 마시는 날에는 끝장이다.

무릎 관절이 닿아서 아프다. 아, 이쪽이 좋군.

사제는 끝에 구(球)가 달린 막대를 시종의 양동이에서 집어 관 위에서 흔들었다. 그리고 반대쪽으로 돌아가 다시 한 번 흔들었다. 그리고 나서 처음 위치로 돌아와 양동이에 그 막대를 다시 놓았다. 이제 끝났다. 쉬어도 좋다. 저것은 모두 책에 쓰여 있어서 그는 그대로 해야만 한다.

—저희를 유혹에 빠지지 않게 하시고.*86

시종이 가장 높은 목소리로 응답했다. 항상 생각하는데, 이런 일은 남자아이에게 시키는 것이 좋아. 15살 정도의. 그 나이가 지나면 아무래도……

저것이 성수(聖水)겠지. 잠을 뿌려 준다. 그는 틀림없이 그 일에는 싫증을 느낄 것이다. 잇따라 말이 운반해 온 시신에 저런 것을 뿌린다. 그때마다 그가 그 위로 무엇을 뿌리는지 보아도 괜찮겠지. 매일 새로운 무더기. 중년 남자, 노파, 어린이들, 애 낳다가 죽은 여자, 수염 기른 남자들, 대머리 실

---

*83 라틴어 기도문. 죽은 자를 위해 미사를 드리고 나서, 관을 무덤으로 옮겨 가기 직전 외는 사죄문(謝罪文) 한 구절. 〈시편〉143 : 2 참조.
*84 실존 인물. 더블린 음악 교사, 오르간 연주자.
*85 더블린에서 가장 오래된 성당으로 리피강 쪽 워버그거리에 있다.
*86 주기도문에서. (《마태오복음서》6 : 13)

업가들, 참새 가슴의 폐병 앓은 소녀. 일 년 내내 그는 모두에게 같은 기도를 하고 위에서 물을 뿌린다. 편안한 잠을. 지금은 디그넘 위에.

—'천국으로.'[*87]

그는 천국으로 가고 있다거나, 이미 가 있다고 말한 것이다. 그 어떤 죽은 자에 대해서도 그렇게 말한다. 따분하다. 하지만 그로서도 무엇인가 말해야만 하겠지.

오코널 탑

사제는 책을 덮고 시종을 데리고 나갔다. 코니 켈러허가 옆문을 열었다. 그러자 산역꾼들이 들어와서 다시 관을 들고 밖으로 들어내어 그들의 수레에 얹었다. 코니 켈러허는 꽃다발 하나를 사내아이와 매부에게 건네주었다. 모두가 그들 뒤를 따라 옆문에서 나와 온화한 회색 공기 속으로 나갔다. 미스터 블룸은 그의 신문지를 다시 주머니에 접어 넣으며 마지막으로 나왔다. 그리고 관을 실은 수레가 왼쪽으로 사라질 때까지 엄숙하게 지면을 바라보았다. 금속 바퀴가 자갈을 누르면서 날카로운 소리를 내고, 무덤 샛길을 따라 수레 뒤를 사람들의 구두가 무거운 소리를 내며 따라갔다. 리 라 리 라 루 하고. 신이여, 이곳에서 즐거운 목소리를 내면 안 되죠?

—오코널 탑[*88]이로군. 미스터 디댈러스가 주위 사람들에게 말했다.

미스터 파워의 부드러운 눈이 높이 솟은 원뿔처럼 생긴 꼭대기를 올려다보았다.

[*87] 라틴어. "천사들이 천국으로 그를 인도해 주시길"의 앞부분. 관을 무덤으로 옮길 때 부르는 성가.

[*88] 대니얼 오코널(1775~1847). 가톨릭계 독립운동가. 부하에 둘러싸인 그의 기념비가 이 묘지 중앙에 있다.

—그분은 자고 있어. 늙은 오코널 영감은 부하들에 둘러싸여 자고 있지만 그의 심장은 로마에 묻혀 있어.*89 얼마나 많은 상처 입은 마음이 여기에 묻혀 있는지, 사이먼!

—아내의 묘는 저쪽이야. 나도 곧 그 옆에 누울 거야. 주가 원하실 때에는 언제라도. 미스터 디댈러스가 말했다.

참다못하여 그는 조용히 울기 시작했다. 비틀거리면서. 미스터 파워가 그의 팔을 잡았다.

—마나님은 저 세상에 계시는 편이 행복해. 그는 따뜻하게 말했다.

—나도 그렇게 생각해, 만약에 천국이 있다면 그녀는 천국에 있을 거야. 미스터 디댈러스는 작은 목소리로 헐떡이며 말했다.

코니 켈러허가 열 밖으로 나와서 문상객들이 지나가게 했다.

—아무래도 마음이 아파. 미스터 커넌이 정중하게 말을 꺼냈다.

미스터 블룸은 눈을 감고 슬픈 듯이 머리를 두 번 숙였다.

—다른 분들이 이미 모자를 쓰고 있으니까, 우리도 써도 좋을 거야. 우리가 마지막이야. 이 묘지는 으스스한데.

두 사람은 모자를 썼다.

—사제께서 식을 너무 빨리 서두른 것 같지 않아? 미스터 커넌이 비난 섞인 투로 말했다.

미스터 블룸은 묵직하게 고개를 끄덕였다. 그의 안정되지 않은, 핏기 서린 눈을 들여다보면서. 비밀이 있는 눈, 비밀을 살피는 눈이다. 프리메이슨이 아닐까, 어쩌면. 확실하지는 않지만. 또 이 사나이와 이웃하게 됐어. 우리가 마지막. 같은 배에 탄다.*90 무엇인가 그 일이 아닌 이야기를 하면 좋을 텐데.

미스터 커넌이 말을 이었다.

—마운트 제롬에서 행하는 아일랜드 교회*91 식이 더 간단하지만 더 감명 깊은데 말이야.

미스터 블룸은 신중하게 동의했다. 기도에 쓰이는 말은 물론 별문제지만.

---

*89 1847년 오코널은 이탈리아 제노바에서 죽었다. 시신은 아일랜드로 옮겨져 이 묘지에 묻혔지만 심장은 로마의 성 아가타 성당에 묻혔다.

*90 조문객 가운데 블룸과 커넌만이 가톨릭 교도가 아니다.

*91 신교도 교회.

미스터 커넌은 장중하게 영어로 말했다.

—'나는 부활이요 생명이다.'[*92] 이 말은 사람 마음의 깊은 곳까지 스며든단 말야.

—맞아. 미스터 블룸이 말했다.

아마도 당신 마음에는 스며들겠지. 하지만 세로 6피트 가로 2피트의 관 속에서 실국화에 발을 쑤셔 넣은(죽은) 사나이에게는 무슨 상관인가? 스며들 리가 없지. 애정의 자리. 상처를 입은 심장. 심장은 펌프다, 매일 부지런히 수천 갤런 혈액을 밀어내고 있다. 그러나 어느 날 마개가 막히면 그것으로 끝. 이 근처에는 그런 사람들이 넘쳐나고 있어. 폐, 심장, 간장. 낡아서 녹슨 펌프, 결국 그뿐이 아닌가. 부활이요 생명이다. 일단 죽은 자는 죽은 것이다. 저 마지막 심판이라는 생각.[*93] 모든 인간을 무덤 안으로부터 두들겨 깨운다. 나오라, 라자로여! 그는 다섯 번째에 나왔으므로[*94] 본의 아니게 운을 놓쳤다. 일어나! 마지막 날이다! 그러면 모두는 자기 간과 폐 등 그 밖의 부품 일체를 찾아다닌다. 그날 아침에 자기 몸을 모두 찾아내기란 매우 어려워. 두개골 안에는 가루가 1페니웨이트뿐. 12그램이 1페니웨이트. 트로이 저울이라면.[*95]

코니 켈러허가 그들과 나란히 걷기 시작했다.

—모든 것이 잘 되어 갔어. 안 그래?

그는 여느 때의 흐릿한 눈으로 그들을 바라보았다. 경찰과 똑같은 어깨 모양. 자네의 콧노래 투랄룸 투랄룸과 함께.

—나무랄 데가 없었어. 미스터 커넌이 대답했다.

—뭐? 응? 코니 켈러허가 말했다.

미스터 커넌이 다시 한 번 동의했다.

—톰 커넌과 함께 걸어오는 남자는 누구지? 얼굴은 알지만. 존 헨리 멘튼이 물었다.

[*92] 예수가 한 말. 〈요한복음서〉 11 : 25.

[*93] 부활의 마지막 날에 죽은 자가 정말로 다시 살아날 것인가 하는 생각.

[*94] And he came fifth. '나오다(come forth)'의 forth를 fourth로 읽어 fifth에 특별한 의미를 주는 것은 영어권 나라에선 꽤 흔한 농담이었다.

[*95] 트로이 저울은 귀금속 및 보석의 중량을 재는 기구. 정확히는 24그레인이 1페니웨이트(1. 5552그램).

네드 램버트가 뒤돌아보았다.

―블룸이야. 마담 마리온 트위디는 소프라노였지? 아니, 지금도 소프라노지? 그 여자의 남편이야.

―아, 그러고 보니, 요즈음엔 못 봤지만 아름다운 여자였어. 함께 춤을 춘 적이 있지. 가만, 15년, 17년 전 젊었을 때였어. 라운드타운*96 맷 딜런 집에서. 그녀의 몸을 안은 기분은 만점이었는데.

그는 또 다른 사람들 쪽을 돌아보고 말했다.

―뭐하는 사람이지? 문방구류를 팔지 않았나? 언젠가 저녁 때 그와 싸운 일이 있어. 분명히 기억나. 볼링 경기 때.

네드 램버트는 미소 지었다.

―그래, 위즈덤 헬리 가게에 있었지. 압지(押紙) 주문을 맡았던 사람이야.

―도대체 뭣 때문에 그 여자는 저런 시시한 사람과 결혼했을까? 참 매력적인 여자였는데, 그 무렵에는.

―지금도 그래. 그는 지금 신문 광고를 받으러 다녀.

존 헨리 멘튼은 커다란 눈으로 곧장 앞을 바라보고 있었다.

손수레는 방향을 틀어 옆길로 들어갔다. 풀숲 속에서 기다리고 있던 건장한 사나이가 모자를 들어 인사를 했다. 산역꾼들이 모자에 손을 얹었다.

―존 오코널이다. 미스터 파워가 기쁜 듯이 말했다. 친구로 사귈 만한 사람이야.

미스터 오코널은 말없이 그들과 악수를 나누었다. 미스터 디댈러스가 말했다.

―또 만나게 됐군요.

―친애하는 사이먼 씨, 뵙게 되는 일이 적을수록 좋을 텐데요. 묘지 관리인은 낮은 목소리로 대답했다.

관리인은 네드 램버트와 존 헨리 멘튼에게 인사한 뒤, 뒤로 돌린 손으로 두 개의 열쇠를 만지작거리면서 마틴 커닝엄 곁으로 걸어갔다.

―들으신 분 안 계신가요? 쿰거리에서 온 멀커히 이야기 말이에요. 그는 그들에게 물었다.

---

*96 더블린 남쪽 교외의 마을.

—못 들었는데, 마틴 커닝엄이 대답했다.

그들은 서로 짜기라도 한 듯이 실크 모자를 기울였고, 하인스는 귀를 기울였다. 관리인은 늘어진 금시계 줄에 양손 엄지손가락을 걸고, 멍하니 미소 짓고 있는 모두에게 신중한 투로 이야기했다.

—어느 안개가 짙은 저녁에 술에 취한 두 사람이 친구의 묘를 찾으러 왔더랍니다. 그들은 쿰에서 온 멀커히 무덤은 어디냐고 묻고 그 장소를 알아냈죠. 그러곤 안개 속을 이리저리 헤맨 끝에 무덤을 찾았습니다. 술에 취한 한 사람은 이름을 읽었습니다. 테렌스 멀커히. 술에 취한 다른 한 사람은 죽은 멀커히의 부인이 세우게 한 구세주 그리스도 상을 노려보았습니다.

관리인은 지나가는 무덤 하나를 흘끗 돌아보고는 이야기를 계속했다.

—그리고 구세주를 노려보고 나서 그 사나이는 이렇게 말했다더군요. '조금도 닮지 않았어, 이건 멀커히가 아냐, 누가 만들었는지는 모르지만.'

미소로 보답 받고서 그는 뒤로 물러났다. 그리고 걸어가면서 코니 켈러허로부터 받은 서류를 넘겨보며 그와 이야기했다.

—그는 일부러 그런 이야기를 한 거야. 마틴 커닝엄이 하인스에게 설명했다.

—알아, 나도 알고 있어. 하인스가 대답했다.

—우리 기분을 돋우기 위해서야, 순수하게 그런 뜻에서. 그뿐이야. 마틴 커닝엄이 말했다.

미스터 블룸은 관리인의 건장한 몸매에 감탄하고 있었다. 모두가 이 사나이와 사이좋게 지내려 한다. 좋은 인간이다, 존 오코널은, 정말 좋은 사람이야. 그가 손에 든 열쇠들(키즈), 키즈 상점 광고 같다. 외출 때 모든 염려는 끝, 암호 걱정도 없음. 인신 보호. 장례식이 끝나면 지난번 그 광고를 성사시켜 봐야지. 내가 마사에게 편지 쓰는 것을 그녀가 방해했을 때 감춘 봉투에 볼스브리지*97라고 썼던가? 배달 불능 우편물과에서 처분되지 않기를 바랄뿐. 곧 흰 털이 섞이는 수염. 이것이 최초의 징후로 머리에도 흰 머리카락이 섞이게 된다. 동시에 성질도 까다로워진다. 회색 속 은실.*98 이 사나이의 아내가 된다는 것은 대단한 일일 거야. 여자에게 용케도 결혼 신청을 했어. 오세요, 함께 묘지에서 삽시다 하고. 그녀에게 매달린다. 처음에 여자는 스

---

*97 더블린 남동쪽 교외 마을. 키즈 상점이 있었다.

*98 렉스포드 작사, 댕크스 작곡 〈금색 속 은실〉(1873)을 변형한 것.

릴을 느낄지도 모른다. 죽음의 신과 연애하다니……. 여기에 내던져진 많은 죽은 자 위를 헤매는 밤의 그림자. 묘지가 하품할 때,*99 대니얼 오코널 동상이 어둠 세계의 거인으로 보일 때 무덤 그림자, 곧잘 그렇게 말한 것은 누구였지? 아마도 그의 자손이라고 여겨지지만, 그는 이상하게도 번식력이 강한 사나이인 데다가 위대한 가톨릭 교도였다고 한다. 도깨비 불, 묘지 가스. 아내에게 경솔하게 그런 이야기를 했다가는 임신도 되지 않아. 여자는 특히 민감하니까. 그녀를 잠들게 하기 위해 유령 이야기를 해 봐. 유령 본 적 있어? 그래, 나는 봤어. 캄캄한 밤이었지. 시계가 12시를 치고 있었어. 적당히 흥분하면 여자는 제대로 키스를 해. 터키 묘지 매춘부들. 젊었을 때 경험하면 무엇이든지 학문이 된다. 여기라면 젊은 과부를 낚을 수 있을까? 남자들은 그런 일을 좋아한다. 묘석(墓石) 사이에서의 사랑. 로미오*100다. 쾌락의 약이 된다. 죽음의 한가운데에서 우리는 살고 있다. 양극은 서로 만난다. 세상 뜬 가난한 사람들에게 자랑 삼아 보인다. 굶주린 녀석에게 불로 구운 비프스테이크 냄새를 맡게 하면. 급소에 사정없이 파고들어서. 모두 안절부절못하게 만들어 주고 싶다. 몰리는 창가에서 그것을 하고 싶어 했지. 어쨌든 저 관리인은 아이가 여덟이야.

여러 해에 걸쳐 많은 사람들이 주위의 땅에 차례로 묻히는 것을 그는 보아왔다. 신성한 토지. 세운 채 묻으면 더 묻을 수 있는데. 앉거나 무릎을 꿇거나, 그런 자세로는 안 된다. 선 채로? 그러는 동안 사태라도 나면 머리가 땅 위로 나와서 한 손은 앞을 가리키고 있을지도 모른다. 땅속은 완전히 벌집 모양일 거야. 직사각형 구멍투성이로. 게다가 그는 매우 깨끗하게 손질을 해 두지 않는가. 잔디를 손질하고 울타리를 가지런히 하고. 갬블 소령*101은 마운트 제롬 묘지를 자기 정원이라고 말했다. 실제로 그렇다. 잠자는 꽃이라도 심는 게 좋아. 중국 묘지에는 커다란 양귀비꽃이 심어져 있어서 최고급 아편을 딸 수 있다고 매스챤스키*102가 나에게 말했어. 그러고 보니 식물원

---

*99 〈햄릿〉 3막 2장. 햄릿이 어머니를 방문하기 전에 하는 독백. '지금은 한밤중, 마녀들도 활개치고 무덤은 입을 벌려 지옥은 이 세상에 독기를 내뿜는다.'

*100 가사(假死) 상태의 줄리엣을 로미오가 묘지에서 만난다.

*101 실존 인물. 마운트 묘지의 서기이자 사무관.

*102 더블린 야채상.

이 바로 저기군. 피가 땅 속에 스며들어 새로운 생명을 낳는다. 그와 마찬가지 생각으로 저 유대인들은 그리스도교도 소년을 죽였다고 한다.[103] 사람에 따라 값이 매겨진다. 영양이 좋은 뚱뚱한 신사, 미식가 시신은 과수원에 매우 쓸모가 있다. 특별히 싸게 드리겠습니다. 최근 돌아가신, 회계 감사관이자 회계사인 윌리엄 윌킨슨의 시신은 3파운드 13실링 7펜스입니다. 매번 감사합니다.

아마도 이 땅은 시신의 비료─뼈, 살, 손톱, 봉안당 따위로 비옥할 것이다. 으스스하군. 녹색이나 분홍색으로 변하면서 부패하고 있다. 습기 많은 땅에서는 빨리 썩는 법. 마른 노인은 더 오래간다. 그러는 동안에 쇠기름 같은, 치즈 같은 것이 되지. 그 뒤 점점 검어져서 검은 당밀 같은 것이 스며 나온다. 그러고는 말라 비틀어진다. 시신에 붙는 좀벌레. 물론 세폰지 뭔지 하는 것은 계속 살아간다. 변형될 뿐이다. 거의 영원히 산다. 사실상 영원히 살아 있다. 먹을 것이 없을 때에는 자기 살을 먹고서.

그러나 시신에는 무수하게 많은 구더기가 생길 거야. 틀림없이 땅 곳곳에서 구더기가 소용돌이치고 꿈틀거리고. 그것을 생각하면 머리가 어지럽다. 귀여운 해변의 아가씨들[104]을 봐도 머리가 어지럽지만. 저 사나이는 그런대로 명랑한 얼굴로 그것을 바라보고 있어. 다른 사람이 자기보다 먼저 묻혀 가는 것을 보면 힘을 느낄 테지. 그는 인생을 무엇이라 생각할까? 그도 농담을 해서 사람 마음을 훈훈하게 한다. 게시판에 붙은 소식 하나. 스퍼전은 오늘 오전 4시 천국으로 출발, 오후 11시(폐점 시간) 아직 도착하지 않았음. 베드로. 죽은 자라도 남자는 어쨌든 야릇한 농담 듣길 좋아할 테고, 여자는 유행을 알고 싶어 할 것이다. 과즙이 풍부한 배나 여자용 펀치 술, 뜨겁고, 강하고, 그리고 달콤한 것. 습기 제거가 된다. 자네라도 때로는 웃을 거야. 그렇다면 그 사나이처럼 하는 것이 좋아. 〈햄릿〉 속 산역꾼들.[105] 인간 마음에 대한 심오한 지식을 보여 준다. 적어도 2년 동안은 죽은 자에 대해서 욕을 해서는 안 된다. 죽은 자에 대해서 나쁘게 말하지 말라. 우선 상(喪)에서 벗어나고. 자신의 장례식을 떠올리기란 어려워. 어쩐지 농담 같은

＊103 옛날 산 제물을 바쳐서 부활과 풍작을 기원하던 풍습을 어렴풋이 떠올린 것일까.
＊104 보일런이 즐겨 부르는 노래의 가사.
＊105 〈햄릿〉 5막 1장에서 오필리아의 무덤을 파는 두 남자. 광대 역할을 하고 있다.

생각이 들어. 자기의 사망 광고를 읽으면 오래 산다고 한다. 그것이 제2의 생명을 주는 거다. 인생의 계약 갱신.

—내일은 몇 명이죠? 관리인이 물었다.

—두 사람, 10시 반과 11시에. 코니 켈러허가 답했다.

관리인은 서류를 주머니에 넣었다. 손수레가 멈췄다. 문상객들은 열을 무너뜨리고 신중한 발걸음으로 무덤 사이를 돌아 구덩이 양쪽에 나누어 섰다. 산역꾼들이 관을 들어 올려 끝이 구덩이 가장자리에 오도록 놓고 주위에 줄을 걸었다.

그를 묻는다. 우리는 시저를 묻기 위해 왔노라.[*106] 그의 재앙일은 3월인가 6월에 있는 액날.[*107] 죽은 이는 지금 여기에 누가 있는지도 모르고 알 생각도 없다.

어? 저기 매킨토시[*108]를 입은 호리호리하고 키 큰 사람은 누굴까? 누구지? 알고 싶다. 가르쳐 주면 조촐한 사례를 할 텐데. 뜻하지 않은 얼굴과 딱 마주치는 일이 많아. 인간은 죽을 때까지 줄곧 고독하게 살아갈 수도 있을 것이다. 그래, 할 수 있고말고. 하지만 죽은 뒤에는 누군가가 흙을 덮어 줄 사람이 있었으면 하겠지. 구멍을 본인이 팔 수 없는 것은 아니지만. 우리는 모두 서로를 묻어 주고 있다. 인간만이 시체를 묻는다. 아니, 개미도 묻지. 누구라도 바로 생각해 낼 수가 있어. 죽은 자를 묻는다는 것은. 로빈슨 크루소는 자연 그대로의 생활을 했다지. 그래도 프라이데이[*109]가 있었으므로 그를 묻었을 것이다. 잘 생각해 보면 모든 금요일은 목요일을 묻는 셈이다.

오, 불쌍한 로빈슨 크루소!
어떻게 그럴 수 있어?[*110]

[*106] 셰익스피어 〈줄리어스 시저〉 3막 2장. 시저를 추도하는 안토니오 연설에서.

[*107] 〈줄리어스 시저〉 1막 2장에서 예언자는 시저에게 3월 중간, 즉 3월 15일을 경계하라고 말한다. 로마력에서는 3, 5, 7, 10월 15일과, 나머지 달의 13일이 중간 날짜에 해당한다. 따라서 디그넘이 죽은 6월 13일도 중간 날짜다.

[*108] 스코틀랜드 화학자 C. 매킨토시(Mackintosh)가 1823년 고안한 방수 외투. 오버코트에 방수 재료를 칠한 것이다.

[*109] 크루소가 구출해서 하인으로 삼은 원주민.

[*110] 헤튼이 지은 〈불쌍한 노인 로빈슨 크루소〉 가사.

늘어선 묘석

불쌍한 디그넘! 관 속에 들어가 땅에 누운 그의 마지막 모습. 잘 생각해 보면 그것은 재목의 낭비다. 관은 완전히 부패해 버리는 것이므로. 저 친구들은 관을 미끄러트려 내릴, 미끄럼판 같은 더 깨끗한 관대(棺臺)를 만들 수 있을 텐데. 그렇다, 그러나 다른 시신에 쓰인 관대를 통해 미끄러트려서 묻는 일에는 반대할지 모른다. 모두 무척이나 까다로우니까. 나를 내가 태어난 땅에 묻어다오, 또는 성지에서 가져온 흙을 한 줌 넣어 주면 좋겠구나 따위. 어머니와 죽어서 태어난 아이는 관 하나에 묻힌다. 이렇게 하는 이유를 나는 잘 알지. 땅 속에 들어가서도 될 수 있는 대로 오래 아이를 지키려고. 아일랜드인의 집은 그의 관이다.*111 시체 방부 처리를 하고 지하 묘지로, 미라. 모두 같은 생각이다.

미스터 블룸은 뒤쪽 멀리에 서 있었다. 그는 모자를 손에 들고, 모자를 쓰지 않은 사람들의 머리를 헤아렸다. 열둘. 내가 열세 번째다. 아니다. 매킨토시를 입은 녀석이 열세 사람째다. 죽음의 번호. 그 사나이는 도대체 어디서 나왔을까? 예배당에는 없었어. 거기에 없었던 것은 확실해. 13에 대해서

---

*111 "영국인의 집은 그의 성이다"라는 속담의 변형.

그런 말을 한다는 것은 시시한 미신이야.*112

네드 램버트는 스카치직(織)의 부드럽고 좋은 옷을 입고 있구나. 보라색 기가 있는 색조다. 나도 서부 롬바드거리에 살 때는 저런 옷이 한 벌 있었지. 저 사나이 옛날에는 멋쟁이였는데. 하루에 세 벌이나 옷을 갈아입었어. 나의 그 회색 옷, 메시어스 양복점에서 뒤집어 다시 만들어야 해. 이런. 저 옷은 물을 들였군. 그의 아내가, 아냐 그는 홀아비였어, 그렇다면 하숙집 안주인이 그를 위해 그 실을 뽑아 주어야겠군.

관은 시야에서 사라져, 구덩이 발판에 두 다리를 버티고 서 있는 산역꾼들의 손으로 서서히 내려졌다. 산역꾼들이 안에서 올라와 비켜섰다. 그리고 모두 모자를 벗었다. 이로써 20명이다.

잠시 침묵.

만약에 우리 모두가 갑자기 다른 사람이 된다면 어떻게 될까?

저 멀리에서 당나귀가 울었다. 비가 오려나? 당나귀는 그렇게 바보가 아니야. 당나귀 사체를 본 사람이 없대. 사람의 눈에 띄는 죽음을 부끄럽게 여긴다나. 그들은 몸을 감춘다. 불쌍한 아버지도 그렇게 돌아가셨어.

탈모된 머리 주위로 상쾌한 바람이 속삭이듯이 불었다. 사람들의 속삭임. 구덩이 위쪽에 있는 남자아이가 양손에 화환을 받치고 검고 텅 빈 공간을 조용히 내려다보고 있었다. 미스터 블룸은 살이 오르고 친절해 보이는 관리인 뒤쪽으로 움직였다. 재단이 잘 된 프록코트. 다음에 죽는 것은 누가 될까 따져 보나? 그렇다. 그것은 긴 휴식이다. 이제 아무것도 느끼지 않는다. 죽는 순간에야말로 가장 통절한 느낌이 든다. 그것은 몹시 두려워할 고통임에 틀림없겠지. 처음에는 도저히 믿을 수가 없다. 내가 죽을 차례라니, 잘못일 거야. 누군가 다른 사람이겠지. 건너편 집과 착오를 일으킨 것은 아닐까? 기다려 줘, 나는 살고 싶어. 나는 아직이야. 죽음을 맞이하는 사람을 위해 방이 어두워진다. 그는 무엇보다도 밝은 것을 원하는데. 그리고 당신 곁에서 사람이 속삭인다. 당신은 사제를 만나고 싶지 않습니까? 그러고 나서 모두는 우왕좌왕한다. 그 사람이 평생 동안 감추고 있었던 일이 헛소리가 되어 나온다. 죽기 직전 고통. 그 잠은 자연스럽지가 않다. 아래 눈까풀을 눌러

---

*112 그리스도교에서 13은 불길한 숫자이다. 예수를 판 유다는 최후의 만찬에서 13번째 사람이었다.

봐. 그의 코가 뾰족하고 턱이 탁 늘어지고 발바닥이 노란지 확인해 봐. 베개를 빼고 편하게 해 드려.*[113] 이제 생명이 다했다는 것을 알 수가 있다. 죄인들의 죽음을 그린 그 그림 안에서는 악마가 그 남자에게 여자를 보여 주고 있었지. 셔츠 한 장을 입고 죽어가면서 그는 여자를 안고 싶어 했어. 〈루치아〉*[114]의 마지막 막(幕). '이제 두 번 다시 너를 볼 수가 없단 말인가?' 앗! 하는 사이에 숨이 끊어진다. 마침내 죽어 버린다. 얼마 동안은 모두가 자네 이야기를 할 거야. 그러다가 자네를 잊고. 그를 위해 기도하는 것을 잊지 마. 기도할 때 그를 생각해. 파넬의 일까지도. '담쟁이 날'*[115]도 기억에서 사라진다. 이리하여 그들은 차례로 구멍 속으로 떨어져 들어간다.

우리는 지금 그의 영혼의 평안을 위해 기도한다. 자네가 잘 있도록, 그리고 지옥에 떨어지지 않도록. 아주 괜찮은 전지요양이지. 인생의 프라이팬에서 뛰어나가 연옥 불길 속으로 들어간다는 것은.

자기를 기다리고 있는 구멍에 대해서 디그넘은 생각한 적이 있었을까? 햇살 속에서 추운 기운 때문에 몸을 떨 때 그런 일을 생각한다고 한다. 그때 누군가가 그 무덤 위를 걷고 있는 것이다. 호출인의 경고. 네 차례가 가깝다. 내 구멍은 저쪽 핑글래스 근처에, 내가 사놓은 땅. 거기에 어머니, 가엾은 어머니와 어린 루디가 잠들어 있다.

산역꾼들이 삽을 들었다. 그리고 무거운 흙덩어리를 관 위에 던져 넣었다. 미스터 블룸은 얼굴을 돌렸다. 만에 하나라도 지금 이 순간 그가 아직 살아 있다면? 부르르르. 아, 무서운 일이다! 아냐, 아냐. 그는 죽었어. 물론. 물론, 그는 죽었어. 월요일에 그는 죽었다. 무엇인가 법률이라도 만들어서 심장에 구멍을 뚫어 확인해 보든가, 아니면 관 속에 전기 시계나 전화기를 넣는다거나, 돛천으로 통기구 같은 것을 만들어야 해. 조난 신호기. 사흘 동안. 여름이면 그렇게 시신이 견디지 못하지. 역시 죽었다는 것이 확인되면 밀폐하는 편이 좋을까?

---

*113 에밀 졸라의 《대지》(1887)에서는, 늙은 농부가 *그*의 재산을 노리는 아들 부부의 손에 죽는 장면.
*114 이탈리아 작곡가 도니체티(1797~1848)의 오페라.
*115 파넬의 기일(10월 6일). 이날 그의 추종자들은 충성심의 증거로서 늘 푸른 담쟁이 잎을 가슴에 달았다.

흙 떨어지는 소리가 전보다도 사그라졌다. 망각의 시작. 눈에서 사라지면 마음에서도 사라진다.

관리인은 두서너 걸음 떨어져서 모자를 썼다. 이제 끝났다. 문상객들은 마음이 가벼워졌다. 한 사람씩 모양에 상관없이 모자를 썼다. 미스터 블룸도 모자를 썼다. 당당한 몸집의 관리인이 묘지의 미로를 교묘히 뚫고 지나간다. 조용히, 또 자기가 지배하고 있는 지면에 대한 확신을 가지고 그는 으스스한 땅을 가로질러 갔다.

하인스가 수첩에 무엇인가 적고 있었다. 아, 모두의 이름이구나. 그는 모두를 알고 있겠지. 아니, 나에게로 오는군.

—이름을 쓰고 있는데, 하인스는 목소리를 떨어뜨리며 말했다. 자네 세례 명이 뭐였지? 확실하지가 않아서.

—L이야. 레오폴드. 쓰는 김에 매코이 이름도 넣어주지 않겠어? 그의 부탁을 받아서 말야. 미스터 블룸이 말했다.

—찰리지? 하인스는 쓰면서 말했다. 알아. 옛날에 〈프리먼〉에 있던 사람이지?[116]

그래, 시신 보관소 루이스 번[117] 아래에서 일을 찾기 전까지는 그랬지. 의사가 시신 검사를 하는 것은 좋은 생각이다. 의사는 자기가 알고 있다고 생각하는 것을 확인하는 셈이다. 그는 어느 화요일에 죽었다. 내뺀 것이다. 약간의 광고료를 가지고. 찰리, 나는 자네를 좋아해. 그래서 그는 나에게 부탁한 거다. 아, 좋고말고, 손해 볼 것은 없어. 내가 책임질게, 매코이. 아, 고마워, 신세 좀 지겠네. 돈이 드는 것도 아니고.

—그런데 말야, 하인스가 말했다. 저 사내 알아? 저기, 저 무엇인가 입은 남자 말이야.

그는 주위를 둘러보았다.

—매킨토시 입은 사람 말인가? 그래, 봤어, 어디로 갔을까? 미스터 블룸이 대답했다.

—매킨토시? 하인스는 급히 쓰면서 말했다. 내가 모르는 사람인데. 매킨토시가 그의 이름인가?

---

*116 조 하인스는 블룸과 마찬가지로 〈프리먼〉 광고부원이다.
*117 더블린의 검시관.

그는 사라졌다. 주위를 둘러보면서.

—아냐, 미스터 블룸은 뒤돌아 걸음을 멈추면서 말했다. 어이, 하인스!

들리지 않은 모양이다. 어떻게 되었을까? 어디로 꺼졌나? 그림자도 보이지 않는다. 아무래도 이상해. 본 사람 없나? K, E, 더블 L 같다.*118 보이지 않게 되었어. 도대체 어떻게 된 거야?

일곱 번째 산역꾼이 미스터 블룸 곁으로 와서 비어 있는 삽을 들어 올렸다.

—아, 실례합니다!

그는 민첩하게 사라졌다.

갈색의 젖은 흙이 구멍 속에서 보이기 시작했다. 점점 높아진다. 거의 지면과 같게 되었다. 젖은 흙이 수북이 쌓였다. 더 높아지자 산역꾼들은 삽질을 멈추었다. 모두가 다시 잠깐 동안 모자를 벗었다. 사내아이가 꽃다발을 흙더미 한구석에 세우고, 매제는 꽃다발을 흙더미 위에 놓았다. 산역꾼들이 모자를 쓰고 흙 묻은 삽을 손수레 쪽으로 운반해 갔다. 그리고 잔디에 문질러 삽의 날을 깨끗이 했다. 한 사람이 몸을 숙이고 자루에 달린 긴 풀을 제거했다. 그리고 한 사람이 동료로부터 떨어져 어깨에 그 도구를 메고 천천히 걸어갔다. 그 삽날은 파랗게 빛났다. 또 한 사람이 말없이 무덤 위에서 관을 내릴 때 쓴 줄을 감았다. 그의 탯줄이다. 매제는 뒤를 돌아보고 산역꾼의 빈손에 무엇인가를 건네주었다. 말없는 감사. 아닙니다, 선생님. 수고하셨어요. 머리를 흔든다. 제가 다 알죠. 다른 분들과 나누어 가져요.

문상객들은 천천히 걸어갔다. 목적 없이 길을 돌아서, 묘석 위 이름을 읽기 위해 이따금 걸음을 멈추면서.

—수령(首領)*119 무덤에 들렀다 가지, 하인스가 말했다. 아직 시간은 있어.

—갑시다, 미스터 파워가 말했다.

그들은 오른쪽으로 돌았다, 그들의 내키지 않는 생각에 따르면서. 건성으로 외경(畏敬)의 마음을 담고 말했다.

—파넬은 그 무덤 안에 없다고 말하는 사람도 있어. 관에는 돌뿐이고, 언젠가는 다시 돌아온다고.

하인스가 고개를 흔들었다.

---

*118 Kell. 막이 덮인다.

*119 독립운동가 파넬.

—파넬은 두 번 다시 돌아오지 않아. 그는 거기에 있어. 그의 육체의 없어져야 할 것들은 모두. 죽은 그분이 평안하시길.

미스터 블룸은 나무 그늘을 따라 눈에 띄지 않게 걸었다. 슬퍼하는 천사들, 십자가, 파괴된 기둥, 가족 봉안당, 고대 아일랜드의 심장과 손으로 하늘을 우러러 기도하는 '희망'의 석상 등의 옆을 지나갔다. 이런 것보다는 살아 있는 사람을 돕는 데 돈을 쓰는 편이 현명하지. 누구누구 영혼의 평안을 위해 기도하는가? 진정으로 기도하는 사람이 있는가? 그를 묻어 버려. 그리고 그로써 모든 일이 끝난 것으로 해. 석탄을 지하 창고에 떨어뜨리는 것처럼. 그리고 시간을 아끼기 위해 한꺼번에 다룬다. 그것이 위령의 날이다. 27일에 나는 아버지 무덤에 성묘하러 간다. 묘지기에게 10실링 준다. 그러면 무덤에 잡초가 나지 않도록 풀을 깎아 준다. 묘지기 자신도 노인이다. 등을 굽히고 큰 가위로 자른다. 죽음의 문 가까이를. 죽은 자 곧 이 인생을 떠난 자. 그들은 마치 자신의 의지로 그렇게 된 것 같다. 그러나 떠밀린 것이다, 너나 할 것 없이. 죽은 것이다. 만약에 죽은 사람 각자가 자기의 직업이 무엇이었는지 지껄이기 시작하면 재미있을 거야. 아무개는 바퀴 만드는 목공. 나는 아마인(亞麻仁) 유포(油布)를 주문 받으러 갔는데 1파운드 5실링을 손해봤어. 다음에 나오는 것은 소스 냄비를 든 여자다. 나는 맛있는 아일랜드 스튜를 요리했어요. 시골 교회 무덤에 새기는 것은 저런 시(詩)가 아니면 별로지. 누구 거였더라? 워즈워스? 토머스 캠벨? 영원히 잠든다고, 프로테스탄트라면 그렇게 쓴다. 닥터 머렌의 무덤이다. 전능의 명의(신)가 그도 불러들였다. 그렇다. 여기는 그들을 위해 신이 마련한 토지. 기분 좋은 시골 별장. 새롭게 벽토와 페인트를 칠한. 조용히 담배를 피우면서 〈교회 타임〉을 읽기에는 이상적인 장소이다. 결혼 광고라는 것은 결코 미화시키지 않는다. 손잡이 위에 걸린 녹슨 금속 꽃다발. 청동 판금 꽃다발. 같은 돈을 들인다면 이편이 좋아. 그래도 생화 쪽이 시적이지. 저런 것은 이윽고 싫증나니까. 결코 시들지 않으므로. 아무런 표정도 없다. 시들지 않는 꽃은.

새가 얌전히 사람에게 익숙한 양 미루나무 가지에 앉았다. 박제가 된 것 같다. 시의회 의원 후퍼가 우리에게 준 결혼 축하 선물과 똑 닮았군. 호오! 까딱도 하지 않는다. 그들은 이곳에 활로 쏠 사람이 없다는 사실을 잘 아는 거야. 죽은 동물은 참 불쌍하다. 바보 밀리가 죽은 참새를 부엌의 성냥갑에

파넬의 무덤

넣어 두었지. 그 무덤 위에는 실국화 화환과 부서진 목걸이 토막으로 꾸미고.

그것은 구세주 심장 조각이다. 그것은 심장을 드러내 보여 준다.[120] 숨김 없이 보여주는 심장.

그러나 진짜 심장처럼 빨갛게 칠해져서 왼쪽 가슴에 있어야 한다. 아일랜드는 저 구세주 마음에, 또는 무엇인가 그와 같은 것에 바쳐지는 것이다. 그러나 아무래도 본인 마음이 내킨다고는 여겨지지 않아. 왜 이렇게 나에게 고뇌를 짊어지게 하는가? 새들이 와서 과일 바구니를 안은 소년과 같은 저 상(像)의 심장 있는 곳을 쪼지나 않을까? 아냐, 사실 참새들은 소년이 무서워서 달아나는 거라고 화가들이 말했어. 그것은 아폴로상(像)에 대한 것이었다.[121]

＊120 17세기 프랑스 성녀 마르가리타 마리아 알라코크는, 예수께서 자신의 심장을 꺼내어 그녀에게 보이고는 그녀 가슴속에 넣어 주는 환상을 계속 보았다고 한다.

＊121 그리스 화가 제욱시스(기원전 5세기)가 포도를 그리면, 그림이 어찌나 생생한지 새가 날아와서 쪼아 댈 정도였다고 한다. 어느 날 그는 포도 바구니를 든 소년을 그렸는데 또다시 새가 날아와 쪼려고 하자 이렇게 말했다. "이 그림은 실패작이다. 내가 소년을 제대로 그렸더라면 새들이 무서워서 도망쳤을 텐데." 블룸은 이 화가를 다른 화가인 아펠레스(기원전 4세기)와 혼동하고, 또 그것을 신화의 아폴로와 혼동한 듯하다.

얼마나 많은 무덤인가! 여기에 있는 죽은 이들은 한때 더블린을 돌아다녔던 사람들이다. 신앙심이 두터웠던 이 죽은 이들. 당신들이 지금 살아 있는 것처럼 우리도 한때는 살아 있었노라.[*122]

게다가 모든 사람을 기억할 수는 없을 것이다. 눈, 걸음걸이, 목소리. 그렇다, 목소리라면 축음기라는 것이 있어. 묘마다 축음기를 달아? 아니면 가정마다 두든가. 일요일 저녁밥을 먹은 뒤, 증조할아버지를 들어 봐, 직, 직, 직![*123] 여보세요, 여보세요, 여보세요, 매우 기뻐요, 직, 직, 다시 만나서 매우 기뻐요, 여보세요, 여보세요, 나는…… 지지직.[*124] ……사진으로 얼굴을 기억하는 것처럼 소리로 떠올리게 하는 거야. 사진이 없으면 15년쯤 지나선 얼굴을 잊을 것이다. 예를 들어 누구를? 예를 들면 내가 위즈덤 헬리의 가게에 있을 무렵에 죽은 그 어떤 사람을 그랬듯이.

츠르르! 자갈 소리다. 잠깐, 멈춰.

그는 마음이 끌려 무덤 석실(石室)을 들여다보았다. 어떤 동물이. 어? 저쪽으로 갔다.

살찐 회색 쥐 한 마리, 석실 벽을 따라 달리자 자갈이 움직인다. 나이 먹은 경험자다, 증조할아버지, 참 능청스럽기도 하서. 저 회색 동물은 기둥뿌리 아래로 들어가 몸을 비틀고 숨었다. 저것이 보물을 감추기에 좋은 장소구나.

여기엔 누가 계실까? 로버트 에멧[*125]의 영혼 여기에 잠들다. 로버트 에멧은 횃불에 비치면서 여기에 묻혔다—는 이야기가 아니던가? 저 쥐 녀석은 주위를 빙빙 돌고 있군.

이젠 꼬리가 보이지 않는군.

이렇게 큰 녀석이라면 시신 하나는 너끈히 해치울 거야. 깨끗이 뜯어 뼈만 남기지, 누구의 시신이 되었든 간에. 녀석들에게는 당연한 식사다. 시신이란 썩은 고기다. 그렇다, 그렇다면 치즈는 뭐지? 우유의 시신이지. 《중국 여행》이라는 책에서 봤는데, 중국 사람은 백인한테서 시신 냄새를 맡는다고 한다. 화장(火葬)하는 것이 좋아. 사제들은 화장에 절대 반대다.[*126] 화장회사

---

*122 비문에 흔히 쓰이는 글귀.
*123 레코드가 긁히는 소리.
*124 레코드가 멈추는 소리.
*125 1803년에 반란죄로 사형당한 아일랜드 혁명가.

의 밑 도급을 받게 되는 일이라고 해서. 대규모의 화장회사와 네덜란드인 오븐 도매상. 전염병이 떠돌 때에는 어떻게 하는가? 생석회의 열이 나는 구멍에 넣으면 소독이 된다. 가스를 써서 동물을 죽이는 방. 재는 재로.[*127] 그렇지 않으면 수장(水葬)으로 한다. 저 배화교(拜火敎)의 침묵의 탑은 어디에 있었지? 새가 쪼아 먹게 한다.[*128] 흙과, 불과, 물과. 익사(溺死)가 가장 편하다고? 죽는 한순간에 자기의 모든 생애가 눈에 떠오른다. 살아남는 일은 없다. 하지만 하늘에서 묻을 수는 없겠지. 비행기로부터. 새로운 시신을 떨어뜨릴 때마다 난리가 날까? 지하 세계 소식. 지상 통신에 따르면 말입니다. 놀랄 필요는 없을 것이다. 그들에게는 평소의 맛있는 식사다. 인간이 죽기 전에 파리가 온다. 디그넘 때도 냄새 맡고 곧 날아왔어. 녀석들(쥐)은 그런 냄새 같은 건 신경 쓰지 않아. 시신의, 소금처럼 하얗게 무를 고깃덩이, 하얀 순무와 같은 냄새, 맛.

앞에서 문이 희미하게 빛나고 있었다. 아직도 열려 있다. 속세로 다시 돌아가자. 이제 여기에는 더 이상 있고 싶지 않아. 여기에 올 때마다 자기 차례가 조금씩 가까워지는 거야. 지난번 내가 여기에 온 것은 미시즈 시니코[*129]의 장례식 때였다. 가엾은 아버지도 와 계셨지. 사랑이 사람을 죽인다. 그리고 내가 어딘가에서 읽은 사건처럼, 묻힌 지 얼마 안 되는 여자를 손에 넣으려고 야밤에 칸델라 불 아래서 흙을 파헤치는 것도 사랑 때문이야. 이미 썩어서 고름이 질질 흘러내린 여자를 파헤치는 것도. 그런 것을 읽은 뒤에는 으스스 몸이 떨린다. 죽은 뒤에 네 앞에 나타나겠어. 너는 내 유령을 볼 거야. 내 망령이 너에게 달라붙는다. 죽은 뒤에는 지옥이라는 또 하나의 세계가 있다. 난 다른 세계는 싫거든요, 하고 그녀가 편지에 써서 보냈지.[*130] 나도 싫어. 아직도 보거나 듣거나 만지거나 하고 싶은 일이 많아. 내 옆에 살아 있는 따뜻한 육체를 느낀다. 그들을 구더기 득시글한 침대에 잠들게 해둬라. 나는 아직 당분간 그들 축에 끼지 않겠어. 따뜻한 침대, 따뜻한 피가

---

*126 최후의 심판 때 죽은 자들이 부활하기 위해선 시신을 화장하면 안 되므로.

*127 영국국교회 《기도서》의 〈죽은 자의 매장〉 가운데 "흙은 흙으로, 재는 재로, 먼지는 먼지로".

*128 파시(8세기 무렵 페르시아에서 인도로 쫓겨 간 배화교도들의 자손)에게는 시신을 탑 위에 버려둬서 조장(鳥葬)을 하는 풍습이 있다. 봄베이 근처 '침묵의 탑'은 유명하다.

*129 《더블린 사람들》 참조. 자살한 그녀는 1903년 10월 17일 묻혔다.

*130 마사 클리퍼드의 편지 내용. 그녀는 말(word)을 세계(world)로 잘못 썼다.

넘치는 생명.

마틴 커닝엄이 옆길에서 나타났다. 누군가와 진지한 얼굴로 이야기를 나누면서.

변호사다. 틀림없이. 저 남자 얼굴을 잘 알아. 멘튼. 이름은 존 헨리, 변호사, 서약서 및 진술서를 취급하는 중개인. 디그넘은 그의 사무실에서 근무했지. 훨씬 이전에 맷 딜런에게 갔을 때의 일이었다. 유쾌한 맷 집에서 유쾌한 밤 모임. 차가운 닭고기, 여송연, 진열장 컵들. 참 마음씨가 착한 사내였어. 그래, 멘튼. 그날 저녁때 잔디 볼링에서 골이 났지. 이쪽이 그 녀석 공 안쪽으로 굴렸기 때문에. 전적으로 우연한 변화구였다. 그 뒤 그는 나를 싫어했어. 애초부터의 혐오였지. 몰리와 플로이 딜런이 라일락 나무 아래서 손을 잡고 웃고 있었다. 남자란 항상 그렇다. 근처에 여자가 있으면 이내 뽐내기 시작한다.

그의 모자 한쪽이 움푹 찌부러져 있다. 아마도 마차에 올랐을 때 부딪친 거겠지.

—실례지만. 미스터 블룸이 그들 옆에서 말을 걸었다.

둘은 멈췄다.

—모자가 약간 찌그러졌어요. 미스터 블룸은 가리키면서 말했다.

존 헨리 멘튼은 잠시 움직이지 않고 블룸을 물끄러미 바라보았다.

—봐, 거기야. 마틴 커닝엄이 옆에서 거들어 역시 그곳을 가리켰다.

존 헨리 멘튼은 모자를 벗었다. 그리고 찌부러진 곳을 고치고 저고리 소매로 주의 깊게 챙을 문질렀다. 그러고 나서 모자를 다시 머리에 얹었다.

—좋아. 마틴 커닝엄이 말했다.

존 헨리 멘튼은 고개를 끄덕여 고마움을 표시하고 짤막하게 말했다.

—고맙소.

그들은 문 쪽으로 걸어갔다. 미스터 블룸은 고개를 숙이고 엿듣지 않도록 몇 걸음 떨어져서 걸었다. 마틴이 강압적으로 무엇인가 이야기하고 있다. 마틴이라면 상대방이 눈치 채기 전에 마음대로 다룰 수 있겠지.

굴 같은 눈. 걱정할 필요는 없어. 나중에 알게 되면 틀림없이 뉘우칠 테지. 녀석을 다루려면 그렇게 하는 편이 좋다. 휴우, 고맙기도 해라. 오늘 아침 우리는 얼마나 근사한가!

에피소드 7
AEOLUS
아이올로스[1]

---

[1] 바람의 신.

줄거리

더블린의 중심 넬슨 기념탑 아래에서 각 방면으로 가는 전차가 출발한다. 이 에피소드의 중심 배경이 신문사여서, 여기의 글도 모두 신문기사풍이다. 크고 감각적인 제목에 문체는 짧고 간결하다. 블룸은 〈프리먼〉 신문사로 가서 편집장이자 시의회 의원인 내너티를 만나 자기가 맡아 온 키즈 가게 광고 도안을 설명한다. 또 이 신문 자매지인 〈이브닝 텔레그래프〉사로 가서 그 신문에도 키즈 상점 광고를 내게 하려고 한다. 거기에는 사이먼 디댈러스, 네드 램버트, 논설위원 맥휴 교수, 또 편집장 크로퍼드 등이 있다. 사이먼과 네드가 한잔하러 나간 뒤, 스티븐 디댈러스가 들어온다. 디지 교장에게 부탁 받은 원고를 이 신문에 싣기 위해서 온 것이다. 이때 시간은 정오. 크로퍼드 편집장은 디지 교장에 대해 알고 있어서, 별거하고 있는 아내 욕을 하고 교장 원고를 대수롭지 않게 다룬다. 그리고 스티븐에게, 자기 신문에 무엇인가 쓸 생각은 없느냐고 말한다. 여기에, 전에는 변호사였으나 지금은 몰락한 J. J. 오몰로이가 와서 크로퍼드에게 돈을 빌리려 하나 거절당한다. 스티븐은 이날 반달 치 급여를 받았으므로 일행을 데리고 무니 술집으로 한잔하러 간다. 가면서 넬슨 기념탑에 올라가 더블린을 조망하려고 한 두 여사제 이야기를 해서 맥휴 교수 등을 웃게 만든다.

이 에피소드는, 오디세우스가 바람의 신 아이올로스의 섬에 도착하여 거기에서 순풍을 받아 고향 이타카 근처까지 갔다가, 부하의 철없는 행동으로 다시 처음의 자리로 되돌아오는 《오디세이아》 제10장에 해당한다. 여기서 신문이라는 저널리즘의 힘이 현대 사회의 바람이며, 키즈 가게 광고를 실으려는 블룸의 계획이 크로퍼드 편집장의 반대로 무산되는 것이, 오디세우스가 고향 근처까지 갔다가 다시 되돌아올 때 실망감을 나타낸다.

에피소드 7 주요인물

내너티 Nannetti : 시의회 의원이자 〈프리먼〉지 인쇄인겸 사주.

레너헌 Lenehan : 건달. 더블린 술집 단골손님.

레드 머리 Red Murray : 〈프리먼〉지 사원.

마일스 크로퍼드 Myles Crawford : 〈프리먼〉지 자매지 석간 〈텔레그래프〉 편집장.

윌리엄 브레이든 William Brayden : 신문사 경영주.

잭 맥휴 Jack MacHugh : 라틴어 학자이자 민족주의자, 신문사 논설위원.

J.J. 오몰로이 J.J. O'Molloy : 이전에는 유능한 변호사였으나 병으로 퇴직. 몰락하여 친구들에게 빌붙어 살아가고 있다.

아일랜드 수도 중심에서

넬슨 기념탑 앞에서 전차는 속도를 늦추어 대기선(待機線)으로 들어가 촉륜(觸輪)을 바꾸고, 블랙록, 킹스타운, 달키, 클론스키, 래스가, 테레뉴어, 파머스턴 공원, 상부 래스마인스, 샌디마운트 그린, 래스마인스, 링센드, 샌디마운트 타워, 해롤즈 교차로 등지로 출발했다. 더블린 연합전차회사 직원이 쉰 목소리로 전차가 가는 곳을 외쳤다.

—래스가, 테레뉴어!

—다음은 샌디마운트 그린!

이층 전차 한 대와 단층 전차 한 대가 좌우로 나란히, 덜거덕덜거덕 차체를 흔들고, 딸랑딸랑 방울을 울리며 저마다 종점을 떠나 하행선으로 들어가 나란히 달려 사라졌다.

—파머스턴 파크, 발차!

왕관을 쓴 자

중앙우체국 현관 아래에서 구두닦이가 손님을 부르며 구두를 닦고 있었다. 에드워드 왕의 머리글자(E.R.)*²를 단 빨간색 왕실 우편차가 북부 프린스거리에 가지런히 섰다. 그 속으로 요란스러운 소리와 함께 던져진 것은 편지, 엽서, 봉함엽서, 우표가 붙은 것과 등기료가 이미 지급된 소포 포대 따위로, 시내, 지방, 영국, 해외로 배달하기 위한 것들이었다.

---

*2 에드워드 왕(Edward Rex) 머리글자. 당시 영국 왕 에드워드 7세를 가리킨다.

신문사 신사들

묵직한 큰 구두를 신은 짐수레꾼들이 프린스 창고 밖으로 땅을 울리며 통을 굴려 실어 올렸다. 프린스 창고에서 큰 구두를 신은 짐수레꾼이 굴려온 통은 양조장 마차 위에서 묵직하게 쿵쿵거리며 부딪쳤다.

—바로 여기 있었어, 알렉산더 키즈.*³ 레드 머리*⁴가 말했다.

—그걸 잘라 주겠어? 〈텔레그래프〉사*⁵로 가져갈 거니까. 미스터 블룸이 말했다.

러틀리지*⁶ 사무실 문이 다시 삐걱거렸다. 커다란 망토에 푹 감긴 데이비 스티븐즈*⁷가 작은 펠트 모자를 긴 곱슬머리 위에 얹고 칙서를 보내는 관리처럼 둘둘 말은 종이를 망토 아래에 끼고 나타났다.

레드 머리의 큰 가위가 솜씨 있게 네 번 움직이더니 신문 광고가 잘렸다. 가위와 풀.

—내가 인쇄공장에 가져갈게. 미스터 블룸이 네모진 발췌물을 집으면서 말했다.

—그렇게 해 줘. 저쪽에서 기사 광고를 원한다면, 우리도 어떻게든 사정을 봐 줄 수 있지. 귀 뒤에 펜을 끼운 레드 머리가 열심히 말했다.

—좋아, 미스터 블룸은 고개를 끄덕이며 말했다. 내가 잘해 보지. 우리.

샌디마운트 오클랜즈 윌리엄 브레이든 귀하

레드 머리가 큰 가위로 미스터 블룸의 팔을 건드리며 속삭였다.

—브레이든*⁸이다.

---

*3 신문 광고문.

*4 실존 인물. 레드 머리는 조이스의 외삼촌 존 머리의 별명이다. 그러나 작중에서 그는 스티븐과 관계가 없다.

*5 블룸이 근무하는 〈프리먼〉지 자매지인 석간신문.

*6 실존 인물. 〈텔레그래프〉 경리 영업 담당 지배인.

*7 실존 인물. 킹스타운 신문 판매점 경영자. 에드워드 7세가 아일랜드를 방문했을 때 알현 허가를 받아 '국왕의 사자(使者)'라는 별명을 얻었다.

*8 실존 인물(1865~1933). 법정변호사. 1892년부터 1916년까지 〈프리먼즈 저널〉 편집 발행인이었다.

미스터 블룸이 뒤돌아보자 위풍당당한 인물이 〈위클리 프리먼 앤드 내셔널 프레스〉와 〈프리먼즈 저널 앤드 내셔널 프레스〉 신문 게시판 사이를 지나 들어오고 있었다. 제복을 차려 입은 수위가 문자 띠가 달린 제모를 들어 올리고 인사하는 것이 보였다. 쿵쿵거리며 땅이 울리는 소리를 내는 기네스 맥주통과 똑같다. 엄숙한 수염으로 틀이 잡힌 얼굴이 양산으로 방향을 잡으면서 당당히 계단을 올라갔다. 브로드 옷감으로 지은 옷을 입은 등이 계단을 하나하나 올라갔다, 그의 등이. 저 사나이 뇌는 모두 목 뒤에 있다고 사이먼 디댈러스가 말했다. 그의 뒤에 붙어 있는 솟아오른 살덩어리. 뚱뚱한 목덜미의 주름, 살진 목덜미, 살진 목덜미.

—저 얼굴, 그리스도와 닮았다고 생각하지 않아? 레드 머리가 속삭였다.

러틀리지 사무실 문이 소리를 냈다, 끽. 바람 통하라고 문은 또 하나의 문과 마주보게 만들어져 있다. 입구와 출구다.

우리 구세주, 수염이 윤곽을 잡은 길둥근꼴 얼굴. 황혼 속에서 마리아와 마르타[*9]가 이야기하고 있다. 저런 식으로 양산을 칼처럼 움직이면서 풋라이트까지 나온 그 테너 가수 마리오.[*10]

—마리오와도 닮았어. 미스터 블룸이 말했다.

—그렇군, 레드 머리가 동의했다. 그러면 마리오가 구세주와 판박이라는 얘기네.

짧고 꼭 끼는 윗옷에 다리가 가늘고 긴, 뺨이 빨간 지저스 마리오. 그는 자기 손을 심장 있는 데에 놓았다. 가극 〈마르타〉를 공연할 때.

　'오라, 너, 헤매는 자여.
　오라, 너, 사랑하는 자여.'[*11]

---

*9 블룸은 마리아와 마르타가 어스름에 예수와 이야기하는 장면을 그린 베다니의 그림을 생각하고 있다.

*10 이탈리아 테너 가수 마리오(1810∼83).

*11 독일 작곡가 프리드리히 폰 플로토(1812∼83)가 작곡한 오페라 〈마르타〉 한 대목.

주교 지팡이와 펜

—사장님이 오늘 아침 두 차례 전화를 하셨어. 레드 머리가 진지하게 말했다.

그들은 사장 무릎이, 다리가, 구두가 사라져 가는 것을 지켜보았다. 목.

전보 배달부가 불쑥 들어와서 카운터에 봉투를 던지고는 한마디 남기고 이내 나갔다.

—〈프리먼〉!

미스터 블룸이 천천히 말했다.

—그도 우리 구세주 중 한 사람이군.

블룸이 카운터의 늘어진 문을 열고 옆문으로 들어가, 따뜻하고

〈프리먼즈 저널〉사 바로 옆의 오벌 술집

어두운 계단과 복도를 거쳐, 이번에는 소음*12을 반향시키는 방 옆을 지나가는 동안, 그의 얼굴에선 내내 부드러운 미소가 떠나지 않았다. 하지만 그 사람이 발행 부수를 잘 유지할 수 있을까? 쿵 쿵.

그는 유리로 된 반회전문을 밀고 안으로 들어가 흩어져 있는 포장지를 넘어갔다. 시끄럽게 울리는 윤전기의 좁은 길을 지나 내너티의 교정용 작은 방으로 향했다.

가장 존경하는 더블린 시민의 서거를 보도하는 것은 크나큰 유감

하인스도 여기에 와 있다. 아마도 장례식에 쓴 돈 때문이겠지. 쿵, 쿵. 오늘 아침, 고(故) 패트릭 디그넘 유해. 기계. 저 속에 끌려 들어가면 인간은

---

*12 윤전 인쇄기 소음.

산산조각이 난다. 지금은 온 세계를 지배하고 있다. 그[13]의 기계도 부지런히 움직이고 있다. 이것과 마찬가지로, 손을 떼기가 무섭게 혼란이다. 부지런히 움직이고 닳아 없어져 간다. 구멍 속으로 들어가기 위해 갉아 대는 그 큰 쥐와 꼭 닮았다.

큰 신문은 어떻게 만들어지는가?

미스터 블룸은 편집국장의 메마른 몸에, 광택이 나는 그의 뒷머리에 감탄하면서 걸음을 멈췄다.

묘하게도 자기가 태어난 고향을 본 일이 없다고 한다.[14] 아일랜드는 나의 조국이라고 말하면서도. 칼리지 그린구(區)[15]에 머물 뿐이다. 그는 평범한 노동자풍 편집 방식으로 온힘을 다하여 인기를 부채질했다. 주간지를 유지하는 것은 광고나 세상 돌아가는 모습을 기사나 관보에서 가져 온 낡은 뉴스가 아니다. 앤 여왕 서거. 서기 1천 몇 백 몇 년, 정부 관보 같은 것은. 티내친치[16] 남작령(男爵領), 로즈넬리스에 있는 사유지. 관심이 있는 모든 사람들에게 고한다. 밸리너[17]에서 수입한 노새와 암탕나귀 수를 보고한 공문서에 의거한 표. 자연의 기록. 만화. 필 블레이크의 주간 만필. 어린이를 위한 엉클 토비 페이지. 시골 사람들의 질문란. 친애하는 편집장님. 속이 부글거릴 때 좋은 치료법은 무엇입니까? 그 난을 담당하고 싶다. 남에게 가르쳐 주면서 자신도 만물박사가 된다. 인물란의 M.A.P.[18]에는 주로 사진이 들어간다. 황금 해안의 맵시 있는 수영복 차림새. 세계 최대 기구(氣球). 같은 날에 이루어지는 두 자매 결혼식. 두 신랑들이 얼굴을 마주보고 즐거운 듯이

---

[13] 편집국장 내너티.

[14] 이탈리아계 아일랜드인인 그는 모국을 다시 보지 못한 채 아일랜드 국민으로서 더블린 시의원에 당선되었다.

[15] 시 중앙부.

[16] 리시주(County Laois) 로즈넬리스 교구 다글 강가에 있는 티내친치 하우스라는 해석이 있다. 티내친치 하우스는 정치가 헨리 그래턴(1746~1820)이 아일랜드 의회에게서 선물받은 성관이다.

[17] 아일랜드 서부 도시. 메이요주 모이강 하구에 있다.

[18] 런던 주간지 〈Mainly About People〉의 준말. 블룸은 이를 'Mainly All Pictures'의 머리글자로 해석했다. 사진이나 그림이 많고 글자는 적은 일요 주간지를 비꼰 것.

〈프리먼즈 저널〉사와 가까웠던 무니 주점

웃는다. 인쇄공 쿠프라니*[19]도 웃었다. 아일랜드 사람보다도 더 아일랜드적
이다.

기계는 4분의 3박자로 진동했다. 덜컥, 덜컥, 덜컥. 여기서 그 사람이 졸
도했을 때 멈추게 하는 방법을 아는 사람이 없다면, 언제까지나 시끄럽게 돌
아가서 같은 것을 몇 번이고 몇 번이고 찍을 것 아냐. 모두가 엉망진창이 된
다. 냉정해야 한다.

—그럼, 이것을 석간에 넣어 주세요, 의원님.*[20] 하인스가 말했다.

얼마 있으면 시장이라고 부를 것이다.*[21] 키다리 존*[22]이 그의 뒤를 밀어
준다니까.

편집국장은 대답하지 않은 채 그 종이 가장자리에 인쇄라고 쓰고는 식자
공에게 신호했다. 그러고는 말없이 그 종이를 더러워진 유리 칸막이 너머로
건넸다.

---

*19 〈프리먼〉에서 일하던 이탈리아계 인쇄공.
*20 내너티는 시의회 의원을 겸하고 있다.
*21 그는 더블린 시장으로 선출될 예정이다.
*22 더블린 시 부집행관 별명.

—고맙습니다. 하인스가 떠나면서 말했다.

미스터 블룸이 하인스 앞에 섰다.

—돈을 받으려면, 지금 회계 주임이 점심을 먹으러 가는 참이야. 그는 엄지손가락으로 뒤를 가리키며 말했다.

—자네는 받았어? 하인스가 물었다.

—응, 급히 가면 따라잡을 수 있어. 미스터 블룸이 말했다.

—고마워, 하인스가 말했다. 나도 졸라 보겠어.

그는 급한 걸음으로 〈프리먼〉지 편집실 쪽으로 갔다.

미거 술집*²³에서 그에게 3실링을 꾸어 주었는데. 3주일 동안에 넌지시 재촉하는 것도 이로써 세 번째다.

일하는 광고 사원을 여기서 보다

미스터 블룸은 오려내어 가지고 온 것을 미스터 내너티 책상 위에 놓았다.

—실례합니다, 의원님. 이 광고 말인데요. 키즈의, 아시죠?

미스터 내너티는 그것을 잠시 바라보고 고개를 끄덕였다.

—7월에 싣고 싶다고 합니다. 미스터 블룸이 말했다.

이 사나이는 듣고 있지 않다. 내년.*²⁴ 철(鐵)의 신경이다.

편집국장은 그의 연필을 그쪽으로 움직였다.

—하지만 잠깐 기다려 주세요. 이것을 바꾸고 싶다는 겁니다. 키즈니까, 음……, 꼭대기에 두 개의 열쇠 그림을 넣고 싶다는 거예요. 미스터 블룸이 말했다.

지독한 소음이군. 그는 내 말을 알아들었을까?

편집부장은 잘 들으려고 뒤를 돌아보고, 팔꿈치를 들어 알파카 저고리 겨드랑 아래를 긁었다.

—이런 식으로 말이에요. 미스터 블룸은 꼭대기에서 첫째손가락 두 개를 서로 엇갈리게 놓으면서 말했다.

무엇보다 그가 그것을 이해하도록 해야 한다.

---

*23 더블린 중앙 북부 얼거리 4번지.

*24 내너티를 가리킨다.

미스터 블룸은 자기가 만든 십자로부터 비스듬히 눈을 들어 편집국장의 병색이 엿보이는 누런 얼굴을 바라보고, 황달기가 있구나 하고 생각하고, 저쪽에서 거대한 두루마리 종이를 삼키고 있는 얌전한 윤전기를 바라보았다. 철퍼덕, 철퍼덕. 풀면 여러 마일이 되겠지. 그 다음에 어떻게 되는가? 아, 고기를 싸면 돼. 소포 종이로도 쓸 수 있어. 여러 가지 용도. 수많은 용도로 이용할 수 있다.

그는 기계 진동 소리 사이로 교묘하게 말을 끼워 넣으면서 상처투성이 책상 위에 재빨리 그림을 그렸다.

키즈(열쇠)의 집

—이런 식으로 말이에요. 여기에 두 개의 열쇠를 교차시킵니다. 고리 모양을 넣어서. 그리고 여기에, 알렉산더 키즈라는 이름, 차(茶), 주류상 하는 식으로.

자신의 일에 대해서는 가르치지 않는 것이 좋아.

—의원님, 상대방 생각은 의원님이 잘 아실 겁니다. 그리고 위쪽에 원형으로 글자 사이를 띄어 키즈의 가게라고 넣습니다. 어떻습니까, 좋은 생각 아닌가요?

편집국장은 늑골 아래를 긁고 있던 손을 움직여서 다시 거기를 가볍게 긁었다.

—이 아이디어는 열쇠의 집*25이라는 데에 있습니다. 의원님, 맨섬 의회를 아십니까? 자치정신의 암시죠. 맨섬에서 온 관광객이라면 물론 알 테지만, 어쨌든 사람의 눈에 띈다는 거죠. 이런 식으로 할 수 있을까요? 미스터 블룸이 말했다.

나는 이 사람에게 voglio를 어떻게 발음하는가를 물어도 좋을 것이다. 하지만 그가 모른다면 난처하게 만들 뿐이다. 묻지 않는 것이 좋아.

—할 수 있지, 도안은 있나? 편집국장이 말했다.

—입수할 수 있습니다, 킬케니 신문에 실렸었습니다. 그는 그쪽에도 가게

---

*25 맨섬 의회의 옛 이름이기도 하다.

를 냈거든요. 잠깐 뛰어가서 물어보고 오겠습니다. 미스터 블룸이 말했다. 그런데 이것과 함께, 주의를 끌 만한 작은 기사를 넣을 수 있을까요? 일반적인 것이면 됩니다. 고급 주류 판매 허가점. 오래 기다리셨습니다, 등등.

편집국장은 잠시 생각했다.

—할 수 있겠지, 3개월마다 계약을 갱신하기로 한다면. 그는 말했다.

식자공이 그에게로 젖은 교정쇄를 가지고 왔다. 그는 말없이 교정을 보기 시작했다. 미스터 블룸은 기계의 높이 울리는 소리를 듣고, 말없이 활자 케이스로 향하고 있는 식자공의 등을 바라보면서 서 있었다.

철자법

그의 철자법을 잘 알고 싶다. 열띤 교정열. 오늘 아침, 마틴 커닝엄은 여느 때처럼 어려운 철자 퍼즐 내기를 잊고 있었다. unparalleled(r이 하나)라고 읽고 embarra는 두 개의 r이라, 무덤(cemetery) 벽 아래의 껍질을 벗긴 배의 균형(symmetry)을 재는(a, u의 gauge) 골치를 앓고 있는(s가 두 개인 harassed) 행상인, 식으로 읽어 가는 것은 재미있다. 그러나 어리석은 짓이 아닌가. 물론 symmetry와의 대조 때문에 cemetery라는 글자가 들어간 것이다.

그 녀석이 실크 모자를 썼을 때 이쪽에서 말해 주었으면 좋았을 걸.*26 고마워 하고. 나는 낡은 모자에 대해서 무엇인가 이야기해 주어야 했어. 아냐. 지금 생각해 보면, 그것은 새 모자라고 해도 손색없을 정도로 훌륭하다라고 말해 주었으면 좋았을 거야. 그러고는 그때 그 얼굴을 보는 거다.

스르륵. 첫 번째 인쇄기의 맨 아래 데크가 스르륵 하는 소리와 함께 4매 8절 신문 첫 회분을 보드 위로 밀어냈다. 스르륵. 녀석이 스르륵 하고 주의를 끄는 대목은 마치 인간과 똑같아. 무엇인가 이야기하려는 것이다. 저 문도 삐걱거린다, 마치 닫아 주기를 바라는 것처럼. 모든 물건들이 나름대로 말을 건다. 스르륵.

---

*26 블룸은 묘지에서 만났던 멘튼과의 일을 생각하고 있다.

임시 기고가, 고명한 주교

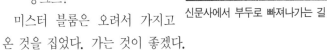

편집국장은 갑자기 교정쇄를
되돌려주면서 말했다.

—기다려. 대주교 편지는 어딨
지? 〈텔레그래프〉지에 다시 한
번 실어야 해. 그 아무개는 어디
있나?

그는 주위를 둘러보고, 시끄럽
게 돌아갈 뿐 아무 대답도 하지
않는 기계를 둘러보았다.

—몽크스 말입니까? 연판 주
조기에서 한 목소리가 물었다.

—그래. 몽크스는 어딨어?

—몽크스!

미스터 블룸은 오려서 가지고

신문사에서 부두로 빠져나가는 길

온 것을 집었다. 가는 것이 좋겠다.

—그럼 도안을 가지고 오겠습니다. 미스터 내너티. 좋은 자리에 넣어 주
시리라 믿습니다. 그는 말했다.

—몽크스!

—네.

3개월마다 갱신이라. 처음에 말이 꽤 많이 오가겠군. 어쨌든 해 보자. 8월
분은 어떻게든 마무리지어야지. 좋은 생각이다. 말 쇼가 있는 달. 볼스브리
지에서 그 모임이 열린다. 말 쇼를 보러 오는 여행자도 있어.*27

늙은 식자공

그는 식자실을 지나서 걸어갔다. 앞치마를 두르고 안경을 쓴, 등이 굽은

---

*27 더블린 남쪽 교외 볼스브리지에서는 매년 8월 말 품평회와 승마술 대회가 열린다. 이 대
회에는 온 유럽의 명마와 관광객들이 모여든다.

노인 옆을 지나서. 이분이 몽크스 할아버지, 늙은 식자공이다. 평생 동안 얼마나 많은 기묘한 기사가 그의 손으로 식자되었는가. 사망 광고, 술집 광고, 연설, 이혼 재판, 익사자. 이제 이분 인생도 마지막에 가깝구나. 저축은행에 돈을 어느 정도 저축한 꼼꼼한 사람이라고 한다. 술을 마시지 않는 착실한 사람이기도 할까? 아내는 요리를 잘하고 세탁을 좋아한다나. 딸은 거실에서 재봉틀을 밟는다. 아름답지는 않지만 차분한 아가씨. 들뜬 기분의 흉내는 싫어한다나.

그리고 그것은 유월절 축제 때였다

그는 식자공이 가지런하게 활자를 나열해 가는 것을 보기 위하여 걸음을 멈추었다. 거꾸로 읽는 것이 중요하다. 그것을 빨리 읽는다. 꽤 숙련이 되어야 해. 넘그디 릭트패.*28 돌아가신 아버지가 하가다 전례서를 손가락으로 짚으면서 오른쪽에서 왼쪽으로 읽어 주셨지. 유월절 축제. 이듬해에는 예루살렘에서. 신이여, 그 긴 고생*29 끝에 우리를 이집트로부터 끌어내어 구속의 집으로 끌어들이셨도다. 할렐루야. 이스라엘아 들으라, 우리 하느님 여호와. 아냐. 그것은 다른 거야.*30 그리고 열두 명 형제들, 야곱의 아들들.*31 그리고 양과, 고양이와, 개와, 지팡이와 물과 도살자. 그리고 죽음의 천사가 도살자를 죽이고, 그리고 그는 황소를 죽이고, 개는 고양이를 죽이고.*32 그 일

---

*28 패트릭 디그넘을 거꾸로 읽은 것.

*29 모세가 이집트에서 겪은 고난.

*30 유대인이 매일 외는 기도 '쉐마'에 "이스라엘아 들으라 우리 하느님 여호와는 오직 하나인 여호와시니"란 구절이 나온다. 신의 유일성을 표명하는 신앙고백. 〈신명기〉 6 : 4 참조. 이는 매일 아침 외는 기도로, 유월절(유대인의 이집트 탈출을 기념하는 축일)의 기도와는 다르다.

*31 유월절 두 번째 밤의 기도 "누가 오직 하나인 것을 아느냐"에 "열둘은 이스라엘 부족"이란 말이 나온다. 블룸은 이를 '야곱의 열두 아들'(〈창세기〉 35 : 23)과 혼동한 것이다.

*32 블룸은 유월절 두 번째 밤에 부르는 성가 〈한 마리 영양〉을 떠올리려 하지만 이번에도 실수했다. 정확한 가사는 다음과 같다. "영양은 고양이에게 먹히고, 고양이는 개에게 물리고, 개는 지팡이로 맞고, 지팡이는 불에 타고, 불은 물로 꺼지고, 물은 황소에게 먹히고, 황소는 도살자에게 살해되고, 도살자는 죽음의 천사에게 죽음당하고, 죽음의 천사는 성스러운 자에게 죽는다."

을 잘 이해하기 전까지는 약간 터무니없게 들린다. 정의는 그것을 뜻한다. 그러나 여러 가지 생물을 먹지 않는 사람은 없다. 그것이 결국 인생이다. 얼마나 빨리 일하는 사람인가. 자꾸 연습하다 보면 아주 잘하게 된다. 손가락 끝으로 본다는 생각이 들 정도다.

미스터 블룸은 복도에서 계단 층계참으로 빠져서 소음으로부터 벗어났다. 거기까지 전차로 간다고 해도 집에 없는 경우도 있다. 우선 전화를 거는 것이 좋아. 번호? 시트론네와 같아.*33 28. 2844다.

다시 한 번만 더 저 비누를

그는 건물 계단을 내려갔다. 이곳 벽면 전체에 성냥을 그어댄 놈은 도대체 누구냐? 내기를 위해 한 것일까? 공장이라는 곳에선 항상 진한 기름 냄새가 난다. 내가 거기에 있었을 때, 이웃집 톰 인쇄소*34에서는 항상 미지근한 아교 냄새가 났었지.

그는 코에 대기 위하여 손수건을 꺼냈다. 시트론 레몬 냄새? 아, 내가 넣어두었던 비누 냄새다. 그 주머니에서 꺼내야 한다. 그는 손수건을 제자리에 넣고 비누를 꺼내 바지 뒷주머니 단추를 풀고 그것을 거기에 넣었다.

부인은 어떤 향수를 쓰세요? 아직 집에 갔다 올 시간은 있구나. 전차로. 무엇인가 잊은 것이 있다고 말하면서. 옷을 입기 전에 잠깐 살펴본다. 아냐, 여기로, 아냐.*35

〈이브닝 텔레그래프〉지 편집실에서 갑자기 높은 웃음소리가 들렸다. 저 사람이 누군지 나는 알지.

무슨 일이 생겼나? 잠깐 전화를 걸기 위해 들러 볼까? 그것은 네드 램버트야.

그는 살며시 들어갔다.

---

*33 블룸의 옛 이웃인 시트론의 집은 28번지다.
*34 〈프리먼즈 저널〉사 옆에 있는 인쇄소. 블룸은 전에 이곳에서 일했다. 〈더블린 가제트〉 등 각종 정부 출판물을 내고 있다.
*35 블룸은 도서관에 가기 전에 여유가 생기자 뭔가 잊었다는 구실로 집에 가보려 한다. 보일런을 맞이할 아내를 떠올리면서.

아일랜드, 은빛 바다의 초록빛 보석

—유령이 걸어간다,*36 맥휴 교수가 비스킷을 입에 넣은 채 더러워진 유리 창을 향하여 조용히 중얼거렸다.

미스터 디댈러스가 불기 없는 난로 옆에서 네드 램버트의 무엇인가를 물으려는 표정을 바라보고 심술궂게 물었다.

—고뇌하는 그리스도 같군. 그것 때문에 당신 똥구멍이 근질근질하지 않나?

네드 램버트는 테이블을 향해 앉아서 계속 읽었다.

—'혹은 또, 속삭임과 굽이쳐 흐르는 작은 골짜기물의 행방에 유의하라. 그것은 앞길을 가로막는 암석과 다투면서도 부드러운 서풍에 불리어 햇빛이 하얗게 빛나는 들판을, 또는 깊은 생각을 품은 채, 숲의 왕자들이 우거진 잎들의 어두운 그늘을, 이끼가 긴 둑을 따라 마침내 파도가 광란을 부리는 해신(海神)의 푸른 바다에 이른다.' 이거 어때, 사이먼? 그는 신문 너머로 물었다. 훌륭하지 않아?

—한 잔 얼큰히 한 기분이라고나 할까? 미스터 디댈러스가 말했다.

네드 램버트는 웃으면서 신문지를 무릎 위에 놓으며 되풀이했다.

—'깊은 우수를 안으며 엉덩이를 돌린 수풀.' 오, 젊은이여, 젊은이여.

—'그리고 크세노폰*37은 마라톤 들판을 내려다보았도다.'*38 미스터 디댈러스는 다시 난로와 창 쪽을 바라보면서 말했다. 이리하여 마라톤은 바다에 다다랐다.

—이제 됐어, 맥휴 교수가 창가에서 외쳤다. 그 기사는 그만 듣고 싶군.

그는 먹다 남은 초승달처럼 생긴 워터 비스킷을 다 먹고, 그래도 배가 고파서 또 한쪽 손의 비스킷을 입에 넣으려고 했다.

거창한 잠꼬대. 허풍 주머니. 네드 램버트는 하루 쉴 작정이군. 장례식이 하나 있으면 하루가 망가진다. 녀석이 실력자라던데. 부총장인 노(老) 채터튼*39은 그의 종조할아버지, 아니 종증조할아버지? 벌써 90세에 가깝다고

---

*36 연극계나 언론계 속어로 '급료 배부 중'이라는 뜻. 경리 담당자 러틀리지가 봉급을 나눠 주면서 돌아다니고 있다.

*37 소크라테스 제자.

*38 영국 시인 바이런의 시 〈돈 후안〉(1819~24) 한 구절.

한다. 그 노인의 장례식 조문(弔文)은 이미 작성되어 있다. 모두를 골탕 먹이기 위해 살고 있는 것 같아. 네드 쪽이 먼저 갈지도 몰라. 조니여, 숙부의 자리를 비워 둬.*40 헤지스 에어 채터튼 각하. 아마도 정기 지급일에는 그 녀석을 위해 떨리는 손으로 수표 한두 장 써 주겠지. 그가 죽으면 뜻하지 않은 유산이 굴러들어 온다. 할렐루야.

—또 한 소절 읊게 해 줘, 네드 램버트가 말했다.

—그건 뭐지? 미스터 블룸이 물었다.

—최근에 발견된 키케로*41의 유고(遺稿)야. 《우리 아름다운 우리나라》라는.' 맥휴 교수가 젠체하는 투로 말했다.

간결하고 요령 있게

—누구의 나라인가요? 미스터 블룸은 간결하게 물었다.

—가장 적절한 질문이군, 맥휴 교수는 입을 우물거리면서 말했다. '누구'를 강조하는 것을 보면.

—댄 도슨의 나라겠지, 미스터 디댈러스가 말했다.

—그것이 지난밤 그의 연설인가요? 미스터 블룸이 물었다.

네드 램버트가 고개를 끄덕였다.

—어쨌든 들어 봐.

그때 문이 활짝 열리고 문손잡이가 미스터 블룸의 허리에 부딪쳤다.

—미안, J.J. 오몰로이가 들어오면서 말했다.

미스터 블룸은 재빨리 옆으로 비켜섰다.

—아니, 제 잘못입니다. 그는 말했다.

—안녕하세요, 잭?*42

—들어와요, 들어와.

---

*39 실존 인물(1820~1910). 칙선(勅選) 변호사, 법무차관, 법무장관을 역임하고 하원의원, 아일랜드 부(副)대법관을 지냈다.

*40 19세기 말 유행가 가사. 젊은이에게 말하는 상투어.

*41 기원전 로마 정치가, 철학자.

*42 잭 맥휴 교수.

—안녕하세요.

—어때요, 디댈러스 씨?

—여전합니다, 당신은?

J.J. 오몰로이는 머리를 흔들었다.

비애

젊은 법정 변호사 가운데 가장 날렸던 사람*[43]인데. 가엾게도 폐병이라니. 그러한 소모성 열은 인간의 마지막을 뜻한다. 까딱하면 끝장이다. 무슨 바람이 불어서 왔지? 궁금하네. 돈 걱정 때문이겠지.

—'혹은 또 빈틈없이 솟은 산봉우리에 오르라.'

—신수가 훤하십니다.

—편집장을 만날 수 있을까요? J.J. 오몰로이가 안쪽 문을 바라보면서 물었다.

—만날 수 있고말고요. 마음을 푹 놓으시고. 그는 지금 레너헌과 이야기하고 있어요. 맥휴 교수가 말했다.

J.J. 오몰로이는 사무실 책상이 있는 곳까지 걸어가서 철해 둔 분홍색 페이지를 넘기기 시작했다.

일이 줄어들고 있다. 그랬을 수도 있는 일. 실망한다. 도박을 한다. 도박 빚. 모두가 내 탓이다. 한때는 D. 피츠제럴드나 T. 피츠제럴드*[44]로부터 꽤 많은 의뢰비를 받았다. 그들의 두뇌를 나타내는 저 가발. 글래스네빈의 입상 (立像)처럼 그들의 두뇌를 자랑하고 있다. 그는 분명히 개브리얼 콘로이와 함께 〈익스프레스〉 문예란에 글을 쓰고 있다. 박식한 사람이다. 마일스 크로퍼드가 〈인디펜던트〉지에서 시작했다. 이러한 신문쟁이들이 새로운 일거리라도 얻어 걸리면 이내 사상의 방향을 획 바꾸는 대목은 보기에도 재밌다. 기회주의자들. 짧은 말 속에 여러 가지 뜻을 담는다. 이랬다저랬다 한 입으로 두 말 한다. 어디를 믿어야 할지 모른다. 다른 이야기를 들을 때까지는 이것이 좋다. 신문쟁이들은 서로 두들겨 패다가도 이내 그만둔다. 다음 순간

---

*43 오몰로이.

*44 더블린 성(聖)안드레거리 20번지에서 공동사무소를 운영하는 두 변호사.

에는 친구가 된다.

—부탁이니까 이것 좀 들어 봐 줘, 네드 램버트가 호소했다. '혹은 또 빈틈없이 솟은 산봉우리에 오르라. ……'

—과장이야! 떠버리의 과장된 이야기는 이제 됐어! 교수가 말했다.

—'봉우리는 높고, 보다 높이 솟아, 우리의 영혼을 목욕시키고……' 네드 램버트가 말을 이었다.

—그의 입술을 목욕시켜, 미스터 디댈러스가 말했다. 이봐. 그런 걸 써서 얼마를 받나?

—'아름다움 그 자체로 보자면, 수려함을 자랑하는 다른 나라에서도 그 전형(典型)을 구할 수 있다. 그러나 그것들과는 비교할 수 없는 아일랜드 풍경의 탁월한 파노라마 안에서, 우리 영혼은 씻기는 듯하다. 우리의 신비한 아일랜드 황혼의 아름다운 반투명 빛은 그 속에 젖은 깊은 숲, 지세가 높아 졌다 낮아졌다 하는 들판, 젊은 목장을 감싸고……'

그의 사투리

—그리고 달이다. 햄릿을 잊고 있어. 맥휴 교수가 말했다.

—'황혼은 저 멀리 풍경까지 감싸고 밝은 달 달무리가, 그 백은(白銀) 빛으로 널리 비춰 은빛을 뿌리길 기다린다.'

—오! 빌어먹을 양파 녀석! 이제 됐어, 네드 군, 인생은 짧은 거야. 미스터 디댈러스가 절망적인 신음 소리를 내면서 말했다.

그는 실크 모자를 벗고 푹신한 콧수염을 움직이며 초조한 듯이 숨을 쉬고, 웨일스인처럼 손가락을 펴서 머리를 쓰다듬어 올렸다.

네드 램버트는 기쁜 듯이 웃음을 띠고 신문을 옆으로 던졌다. 순간의 차이를 두고 맥휴 교수의 검은 테 안경에 수염 난 얼굴의 목쉰 웃음이 요란하게 퍼졌다.

—설구운 빵이아, 그는 외쳤다.

웨더럽*45이 한 말

그것을 냉담하게 비웃는 것은 좋지만, 그러나 그런 기사 쪽이 막 구워낸 빵과자처럼 잘 팔린다. 그 남자는 빵집을 운영하나? 그러니까 '설구운 빵'이라는 별명을 듣는 거야. 어쨌든 훌륭하게 살고 있다. 딸은 자동차를 가진 세무서 남자와 약혼했고. 잘 낚았어. 거창하게 연회를 열고. 누구든 초대한다. 실컷 먹인다. 웨더럽이 항상 말했지. 먹여 두면 걸려들게 된다고.

안쪽 문이 탕! 열리더니 머리카락 한 줌쯤을 닭 벼슬처럼 치켜세운, 새빨간 매부리코 얼굴이 들여다보았다. 그 남자*46는 대담한 푸른 눈으로 모두를 훑어보고 거친 목소리로 물었다.

—무슨 일이야?

—그리하여 여기에 가짜 시골 신사분께서 나타나셨도다. 맥휴 교수가 큰 소리로 말했다.

—꺼져, 이 빌어먹을 늙은 선생이! 편집장이 인사 대신에 말했다.

—가자, 네드 군, 미스터 디댈러스가 모자를 쓰면서 말했다. 저런 일이 있으면 마시지 않을 수가 없지.

—마신다고! 편집장이 외쳤다. 미사가 끝나기 전에는 술 못 마셔.

—그도 그렇군요, 미스터 디댈러스가 밖으로 나가면서 말했다. 가자, 네드 군.

네드 램버트가 비스듬히 테이블에서 떨어져 나왔다. 편집장의 푸른 눈이 두리번거리면서 미소 짓는 표정으로 블룸의 얼굴을 쫓았다.

—같이 가지 않겠어, 마일스?*47 네드 램버트가 물었다.

기억할 만한 전투를 떠올리다

—북부 코크군*48은 말야, 편집장은 큰 걸음으로 난로 곁으로 오면서 외쳤

---

*45 실존 인물. 더블린 시 세무서에서 일하던 W. 웨더럽. 한때 조이스 아버지와 함께 일했던 사람인 듯싶다.

*46 편집장 마일스 크로퍼드.

*47 마일스 크로퍼드.

다. 우리 군은 싸울 때마다 이겼어! 북부 코크와 에스파냐 사관들은 말야!

—그건 어디서지, 마일스? 네드 램버트가 생각에 잠긴 듯이 구두 끝을 바라보면서 물었다.

—오하이오에서지! 편집장이 외쳤다.

—그래, 그랬었지. 네드 램버트가 동의했다.

그는 밖으로 나가면서 J.J. 오몰로이에게 속삭였다.

—정신병 초기다, 애석한 일이야.

—오하이오! 편집장이 새빨간 얼굴을 뒤로 젖히고 찢어지는 소리로 말했다. 내 오하이오!

—그것은 완전한 장단장격(長短長格)이다! 교수가 말했다. 장, 단, 장.*49

오, 바람의 하프여!*50

그는 조끼 주머니에서 릴로 감은 치실을 꺼내어 그것을 조금 자른 뒤, 닦지 않은 위아래 두 개 이빨과 두 개 이빨 사이에 치고 날카롭게 튕겨 공명음을 냈다.

—빙뱅, 뱅뱅.

미스터 블룸은 근처에 아무도 없는 것을 알아차리고 안쪽 문으로 향했다.

—잠깐, 미스터 크로퍼드, 광고 건으로 전화 좀 빌리겠습니다. 그는 말했다.

그는 안으로 들어갔다.

—오늘 석간 그 사설 어떻게 생각해? 맥휴 교수가 편집장 곁으로 가서 그의 어깨 위에 튼튼한 손을 얹으며 말했다.

—그것으로 좋겠죠, 신경 쓸 필요는 없어요. 잭, 그만하면 됐어요. 마일스 크로퍼드가 더 침착하게 말했다.

—안녕하세요, 마일스, J.J. 오몰로이는 가지고 있던 페이지를 맥없이 떨

---

*48 1798년 아일랜드 독립운동 때 영국 정부편에서 싸웠으며, 크로퍼드의 말과는 반대로 여러 번 굴욕적인 패배를 당했다. 크로퍼드는 코크 지방 출신.

*49 Ohio라는 말의 악센트. 오(장)—하이(단)—오(장).

*50 바람 부는 대로 울리는 하프. 낭만파 시인들은 시적 영감의 상징으로 보았다.

어뜨리면서 말했다. 예의 캐나다 사기사건*51은 오늘 것에 실리나요?

안에서 전화가 울렸다.

—28…… 아냐, 2…… 44번…… 그래.

우승마를 찍어라

레너헌이 '스포츠' 교정쇄를 가지고 편집 사무실에서 나왔다.

—골든컵 탈 말을 확실히 알고 싶은 사람 없소? 셉터호(號)에 기수 O. 매든이 타고 있어.

그는 탁자 위에 교정쇄를 던졌다.

복도를 맨발로 걷는 신문배달 꼬마들의 찢어지는 듯한 목소리가 가까워 왔다. 그리고 문이 거칠게 열렸다.

—조용히 해, 시끄럽잖아. 레너헌이 말했다.

맥휴 교수는 방을 가로질러 겁에 질린 장난꾸러기 꼬마의 목덜미를 잡았다. 그 사이에 다른 꼬마들은 복도를 뛰기 시작하여 계단을 내려갔다. 들어온 바람 때문에 파란 잉크로 갈겨쓴 교정쇄는 공중에 잠깐 떠올랐다가 다시 내려앉았다.

—제가 아니에요, 큰 녀석이 밀었어요.

—그 녀석을 끌어내고 문을 닫아 마치 허리케인이 부는 것 같아. 편집장이 말했다.

레너헌이 바닥 위에서 교정쇄를 줍기 시작했다. 두 번째 몸을 굽히고 교정쇄를 주웠을 때는 투덜대면서.

—우리는 경마 정보를 기다리고 있었어요. 팻 패럴이 저를 밀었어요. 신문팔이 소년이 말했다.

그는 문 그늘에서 들여다보고 있는 두 얼굴을 가리켰다.

—저 녀석이에요.

—꺼져. 맥휴 교수가 무뚝뚝하게 말했다.

그는 그 소년을 밀어내고 문을 탕! 닫았다.

---

*51 한 사기꾼이 싼 가격으로 캐나다까지 건네주겠다며 손님들에게서 돈을 우려낸 사건. 1904년 7월 11일 판결이 나왔다.

J.J. 오몰로이가 투덜대면서 파일을 들추어 무엇인가를 찾으면서 페이지를 넘기고 있었다.

─6페이지 제4단으로 이어지는군.

─네, 그렇습니다…… 〈이브닝 텔레그래프〉삽니다. 사장님께선……? 그렇습니다, 〈텔레그래프〉삽니다…… 어디로라고요? ……네에! 어느 경매장으로? …… 아…… 알겠습니다…… 알겠습니다. 그분을 꼭 만나겠습니다. 미스터 블룸은 편집장 방에서 수화기 너머로 말했다.

충돌이 일어나다

그가 전화를 끊자 또 벨이 울렸다. 그가 급히 들어오다가 교정쇄를 두 장째 주워 올리고 있는 레너헌과 부딪쳤다.

─'미안합니다, 선생님.' 레너헌이 그를 잠시 붙잡고 얼굴을 찡그리며 말했다.

─제가 잘못했죠, 미스터 블룸이 붙잡히면서 말했다. 다친 데는 없어요? 너무 서둘다보니.

─무릎을, 레너헌이 말했다.

그는 우스꽝스러운 표정을 짓고 무릎을 어루만지면서 처량한 소리를 냈다.

─지나온 세월 때문이지.

─미안해요, 미스터 블룸은 말했다.

그는 문까지 가서 그것을 반쯤 열어둔 채 멈췄다. J.J. 오몰로이가 무거운 페이지를 넘기고 있었다. 정면 계단에 웅크린 신문팔이 소년들이 있는 곳에서, 두 명의 요란스런 목소리와 휘파람 소리가 텅 빈 입구의 홀로 메아리쳤다.

'우리는 웩스포드의 젊은이들,
힘 닿는 데까지 싸웠지.'*52

---

*52 〈웩스포드의 젊은이들〉이라는 아일랜드 민요.

블룸 퇴장

—잠깐 배철러 산책길까지 다녀와야 합니다.[53] 이 키즈 광고에 관해서 결정하고 싶어서요. 그가 딜런 가게[54]에 와 있다고 하니까. 미스터 블룸이 말했다.

그는 순간 망설이는 듯이 모두의 얼굴을 바라보았다. 난로 선반에 기대어 손으로 머리를 받치고 있던 편집장이 갑자기 길게 팔을 뻗었다.

—갔다 와! 세상은 모두 자네 앞에 열려 있어.[55] 그는 말했다.

—곧 돌아오겠습니다, 미스터 블룸은 급히 밖으로 나가면서 말했다.

J.J. 오몰로이가 레너헌으로부터 교정쇄 다발을 받아 살며시 숨을 불어 넘기면서 아무 말도 하지 않고 읽었다.

—그는 그 광고를 따오겠지, 교수는 검은 테 안경을 통해서 격자창 너머를 물끄러미 바라보며 말했다. 그의 뒤를 개구쟁이들이 따라가고 있구만.

—나도 보여 줘! 어디? 레너헌이 창으로 달려오면서 말했다.

거리 행렬

미스터 블룸 뒤를 뛰면서 따라가는 신문팔이들의 줄을 두 사람은 미소를 띠고 격자창 너머로 바라보았다. 마지막 녀석은 나비매듭이 여러 개 달린, 비웃는 것 같은, 산들바람에 나부끼는 하얀 연 꼬리를 달고 있었다.

—블룸 뒤를 따라가면서 와글대는 저 꼬마 녀석들 좀 봐. 야단을 쳐주어야지, 정말 우스워 미치겠군! 녀석이 평발로 걷는 흉내를 내고 있어. 꼬맹이 아홉 놈. 종다리라도 잡을 것 같은 발걸음이라니까. 레너헌이 말했다.

그는 빠르게 마주르카 추는 흉내를 내고 미끄러지듯이 방을 가로질러, 난로가 있는 곳에서 J.J. 오몰로이 쪽으로 가까이 갔다. J.J. 오몰로이는 레너헌이 내민 양손에 교정쇄를 건네주었다.

---

*53 술 마시기 위해 어울리지 않고.

*54 조 딜런 경매장.

*55 밀턴 서사시 〈실낙원〉에 나오는 구절. "세상은 두 사람 앞에 활짝 열려 있다." 여기서 두 사람은 낙원에서 추방된 아담과 이브를 가리킨다.

부둣가 길. 배첼러거리

—도대체 어떻게 된 거야? 마일스 크로퍼드가 놀라서 말했다. 다른 두 사람은 어디 갔지?

—누구? 교수가 깜짝 놀라서 말했다. 그 두 사람은 오벌 술집[56]으로 마시러 갔어. 패디 후퍼[57]는 잭 홀과 함께 거기에 가 있고. 그는 어젯밤 도착했어.

—그럼 가자, 내 모자 어딨지? 마일스 크로퍼드가 말했다.

그는 저고리 섶을 갈라 뒷주머니 열쇠 소리를 내면서, 끄는 듯한 걸음걸이로 사무실로 들어갔다. 열쇠가 주머니에서 나와 서랍에 자물쇠를 채울 때 목재 부분에 부딪히면서 공기 중에서 짤랑거렸다.

—무척 기분이 좋은 모양이야, 맥휴 교수가 작은 목소리로 말했다.

—아마도 그런 것 같아, J.J. 오몰로이가 담뱃갑을 꺼내면서 중얼거렸다. 그러나 보기보다는 그렇지가 않아. 누구 성냥 있는 사람 없어요?

---

*56 더블린 애비거리 78번지.
*57 실존 인물. 코크 출신. 〈프리먼즈 저널〉 기자였고 뒷날 편집장이 되었다. 잭 홀도 마찬가지로 기자인 듯싶다.

평화의 담뱃대

그는 교수에게 담뱃갑을 내밀고 자기도 한 개비 뽑았다. 레너헌이 성냥을 그어 차례로 두 사람에게 불을 붙여 주었다. J.J. 오몰로이는 다시 한 번 담뱃갑을 열고 내밀었다.

—고맙소, 레너헌이 말하고서 한 개비를 집었다.

편집장은 밀대 모자를 비스듬히 쓰고 안쪽 사무실에서 나왔다. 그러곤 엄숙한 태도로 맥휴 교수를 손가락으로 가리키며 노래했다.

'그대를 유혹한 것은 지위와 명예,
그의 마음을 매혹시킨 것은 제국.'*58

교수는 긴 입술을 딱 다문 채 싱긋 웃었다.

—어때? 이 늙어빠진 로마 제국은? 마일스 크로퍼드가 말했다.

그는 열려 있는 담뱃갑에서 담배를 하나 집었다. 레너헌이 익숙한 솜씨로 불을 붙여 주면서 말했다.

—잠깐, 방금 생각난 나의 수수께끼를 들어 봐요!

—'임페리움 로마눔,'*59 J.J. 오몰로이가 점잖게 말했다. 그렇게 말하는 편이 브리티시나 브릭스턴*60의 말 같은 것보다는 고상하게 들리는군. 이 말을 들으면 왠지 무사하지 못할 것 같은 생각이 들어.

마일스 크로퍼드는 처음 빨아들인 연기를 거칠게 천장으로 내뿜었다.

—바로 그대로, 우리 처지가 바로 그래. 나나 자네나 무사하지는 못해. 우리에게는 지옥에서 눈덩이가 될 기회가 주어지지 않지.*61 그는 말했다.

---

*58 더블린 출신 가수 겸 작곡가 마이클 발프(1808~70)의 오페라 〈캐스틸의 장미〉(1857)
제3막 아리아에서.
*59 라틴어. '로마 제국'이란 뜻.
*60 런던 교외 한 지역. 그 무렵 무미건조한 도시 주변 사회의 전형이었다.
*61 희망이 전혀 없다는 뜻.

위대함, 그것은 로마였다

—잠깐, 맥휴 교수가 조용히 두 손을 들고 말했다. 말이나 말투에 흔들려
선 안 돼. 우리가 생각하는 로마는 제국의, 건방지고, 명령적인 거야.

그는 닳고 더러워진 셔츠 양 소매로부터 내민 팔을 웅변가처럼 옆으로 펼
쳤다. 그리고 잠깐 멈추었다가 말을 이었다.

—그들의 문명은 무엇이었나? 확실히 크고 넓은 것은 나도 인정해. 그러
나 천해. 뒷간. 하수구야. 유대 민족은 광야에서, 산 정상에서 말하지 않았
나. '여기가 어울리는 장소이다. 여기에 여호와 제단을 세우리'*62라고. 로마
인은, 그들을 흉내 내는 영국인처럼, 자기 발자국을 남길 장소라면 어디라도
(로마인은 우리 아일랜드 해변에는 결코 발자취를 남기지 않았어) 뒷간으로
만들고자 하는 망집(妄執)만을 가지고 돌아다닌 거지. 토가*63로 몸을 감싼
로마인들은 그 주위를 둘러보고 이렇게 말했어. '여기가 어울리는 장소이다.
여기에 뒷간을 세우자'라고.

—그리하여 그들은 모든 곳을 뒷간으로 만든 거군요. 기네스기(記)*64 1장
에 있는 대로 옛날 우리 조상들은 흐르는 물을 좋아했어요. 레너헌이 말했다.

—우리 조상들은 타고난 신사였군요. 하지만 로마법이라는 훌륭한 것이
있으니까요. J.J. 오몰로이가 중얼거렸다.

—그리고 본디오 빌라도*65와 같은 인물이 그 로마법의 예언자인 셈이지,
맥휴가 이에 응했다.

—회계감사원장 폴스 씨*66 이야기 알아요? J.J. 오몰로이가 물었다. 왕립
대학 만찬회 때 일인데요. 모든 것이 잘 되어 가고 있었습니다.

—먼저 내 수수께끼부터 들어 주세요. 자, 가요. 레너헌이 말했다.

키가 큰, 도니걸산(産) 회색 트위드 옷을 걸친 미스터 오매든 버크가 복

---

*62 예수의 달라진 모습을 다른 두 제자와 함께 본 베드로는 이렇게 말했다. "주님, 저희가
　　여기에서 지내면 좋겠습니다. 원하시면 제가 초막 셋을 지어 하나는 주님께, 하나는 모세
　　께, 또 하나는 엘리야께 드리겠습니다."(《마태오복음서》 17 : 4)
*63 고대 로마 시민이 입던 헐거운 겉옷.
*64 창세기(제네시스)에 더블린의 대표 맥주회사 기네스를 합한 말.
*65 예수에게 죄의 선고를 마지못해 한, 로마에서 유대 지방으로 파견된 총독.
*66 실존 인물(1831~1920). 아일랜드 회계감사원장.

도로부터 들어왔다. 그 뒤를 따라서 스티븐 디댈러스가 모자를 벗으면서 나타났다.

—젊은 양반들, 어서 오시오! 레너헌이 소리쳤다.

—청원자(請願者)*67 한 분을 모시고 왔어요. 미스터 오매든 버크가 기세 좋은 투로 말했다. 한 청년, 경험자에 이끌려 명사를 방문한 겁니다.

—안녕하시오? 편집장이 손을 내밀면서 말했다. 자, 어서, 방금 당신 아버지*68께서 나가신 참이오.

? ? ?

레너헌이 모두에게 말했다.

—조용히! 철도 선로 같은 오페라는? 심사, 숙고, 충분히 따져보고 대답하세요.

스티븐은 표제와 서명을 가리키면서 타자기로 친 편지를 건네주었다.

—누구 거지? 편집장이 말했다.

약간 찢어져 있군.

—개럿 디지 씨 것입니다.

—그 까탈스런 할아범? 이거 누가 찢었지? 갑자기 뒤라도 마려웠나? 편집장이 말했다.

'폭풍이 요란스러운 남으로부터
불타는 빨간 돛을 올리고 온다,
얼굴이 창백한 흡혈귀
나의 입술에 입맞춤하려고'*69

---

*67 '구제역'에 관한 디지 교장의 원고를 실어 주길 부탁하러 온 스티븐.

*68 사이먼 디댈러스.

*69 스티븐이 해변을 산책하다가 디지 교장의 원고 귀퉁이를 찢어서 메모했던 즉흥시. 스티븐은 마지막 한 행을 짓느라 고생했을 터인데, 결국 그 행은 하이드가 번역한 게일어 민요 〈해상의 슬픔〉의 마지막 구절과 거의 비슷해져 버렸다. 스티븐의 실수인지 패러디인지 알 수 없으나, 작가 조이스는 일부러 그런 것이 틀림없다.

—안녕하신가, 스티븐, 교수가 곁으로 와서 두 사람 어깨 너머로 들여다보면서 말했다. 구제역(口蹄疫)? 자네는 언제부터 전향했나?*70

불친소를 벗삼은 시인.

저명한 레스토랑에서의 소동

—안녕하세요, 선생님, 그 원고는 제 것이 아닙니다. 개릿 디지 씨 부탁을 받고……. 스티븐은 얼굴을 붉히면서 말했다.

—그래, 그 사람을 아네, 마일스 크로퍼드가 말했다. 그의 아내도 알지. 천하에 둘도 없는 여장부. 아무리 보아도 그녀는 구제역에 걸린 게 틀림없어. 스타 앤드 가터*71에서 웨이터 얼굴에 수프를 끼얹은 그날 밤을 생각하면, 끔찍해.

한 명의 여자*72가 이 세상에 죄를 가져왔다. 남편 메넬라오스를 버리고 달아난 아내 헬레네 때문에 10년 동안이나 싸운 그리스인. 브레프니의 왕자 오루크.*73

—그분은 혼자되셨습니까? 스티븐이 물었다.

—아, 별거하고 있어, 마일스 크로퍼드가 타자기로 친 사본을 훑어보면서 말했다. 황제 말. 합스부르크 집안. 한 아일랜드인이 빈 성벽 위에서 황제 목숨을 구했어.*74 잊지 말아! 맥시밀리언 칼 오도널, 아일랜드의 터코널 백작. 왕을 오스트리아 육군 원수로 삼기 위해 그의 후계자를 보냈지. 어느 날엔가 그곳에서 소란이 일어날 거야. 기러기.*75 오, 항상 되풀이되는 사정이야. 우리는 그것을 잊어서는 안 돼!

---

*70 맥휴 교수는 스티븐이 문학에서 의학으로 전향했다고 착각했다.

*71 리피강 남안 근처 드올리어거리 16번지에 있는 호텔.

*72 이브.

*73 에피소드 2에서 디지 교장이 한 말.

*74 1853년 2월 18일 오스트리아 황세 프란츠 요제프 1세(재위 1848~1916)가 빈 성벽에서 헝가리인 암살자에게 습격을 받았을 때, 아일랜드인 망명자의 아들인 부관 오도널이 암살자를 쓰러뜨리고 황제를 구했다.

*75 에스파냐와 오스트리아의 오도널 가문은 가장 유명한 '기러기'(추방된 아일랜드 애국자) 가운데 하나이다.

—중요한 점은, 그가 그것을 잊었는가 여부군요, 왕자를 구해 보았자 고 맙다고 하면 그것으로 끝이니까요. J.J. 오몰로이가 말굽 모양 서진(書鎭)을 뒤집으면서 조용히 말했다.

맥휴 교수가 그쪽으로 몸을 돌렸다.

—만약에 그렇지 않다면? 그가 말했다.

—여기에 쓰여 있는 어떤 일의 자초지종을 이야기해 드리죠. 마일스 크로 퍼드가 말했다. 어느 날 한 헝가리인이 있었어요…….

실패한 것들, 이름이 거론된 고귀한 후작(侯爵)

—우리는 항상 실패한 것들*76에 충실했었지. 교수*77는 말했다. 우리에게 성공은 지혜와 상상력의 사멸이야. 우리가 승리자에게 충실했던 적은 단 한 번도 없어. 우리는 그들을 섬길 뿐이야. 예를 들어 나는 시끄러운 라틴어를 가르치고 있지. 나 자신은, 그 정신의 극점(極點)을, '시간은 돈이다'란 격언 으로 나타낼 수 있는 민족의 언어*78를 말하고 있고. 물질의 지배야. 주여! 정신적인 것은 어디에 있습니까? 주 예수여! 솔즈베리 경*79은 웨스트엔드*80 클럽의 소파 같은 것입니다. 하지만 그리스어는 그것과는 다른 것입니다.

주여 불쌍히 여기소서*81

명랑한 미소가 그의 검은 테 안경 속에서 번쩍번쩍 빛나고 긴 입술이 옆으 로 더욱 길어졌다.

---

*76 참다운 문화를 만든 그리스가 로마에게 패배했다. 영국의 종속국인 아일랜드인으로서 영 국을 그러한 로마에 비유하고 있다.

*77 맥휴 교수.

*78 영국어.

*79 제3대 솔즈베리 후작(1830~1903). 영국 보수당 지도자. 3번에 걸쳐 수상을 지냈으며, 자유당 당수 글래드스턴과 대립하여 아일랜드 자치에 반대했다.

*80 런던 상업 중심지대. 버킹엄궁전과 웨스트민스터 궁전(영국 의회 의사당)을 비롯하여 여 러 관청, 고급 호텔, 유명한 클럽 등이 있다.

*81 그리스정교·가톨릭 미사 첫머리에 암송하는 글귀.

—그리스어란, 그는 다시 말했다. 주(主)는! 빛나는 언어야! 셈족도 색 슨족도 모르는 모음(母音)이지.[82] 주여! 지혜의 광휘야. 정신의 언어인 그 리스어를 가르쳐야 해. 주여 불쌍히 여기소서. 하수(下水)나 뒷간 제조업 자[83]는 우리 영혼의 주가 결코 될 수 없어. 우리는 트라팔가르에서 패배한 가톨릭적 기사도의, 또 아테네 함대와 함께 아이고스포타미에서 소멸한 정 신의 왕국[84]의 신하지 지배자의 신하가 아냐. 그래. 그들은 멸망했어, 피러 스[85]는 신탁에 현혹되어 그리스의 운명을 되찾기 위해서 마지막 시도를 했 지. 실패한 것들에게 충실했었지.

그는 모두의 곁을 떠나 창가로 걸어갔다.

—그들은 싸움터로 나갔어요, 그러나 항상 졌지. 미스터 오매든 버크가 싱거운 소리로 말했다.

—흑흑! 레너헌이 소리내어 우는 척했다. 마지막 단계에서 날아온 벽돌 때문에, 가엾은, 가엾은, 가엾은 피러스여!

그는 그렇게 말하고 나서 스티븐 귓전에 대고 속삭였다.

레너헌의 5행 속요(俗謠)

> 젠체하는 맥휴 선생은
> 검은 테 안경은 쓰고 있지만
> 항상 취해서 두 개로 보인다.
> 왜 일부러 안경을 쓰시는가?
> 나는 그 이유를 알 수가 없어.

멀리건이 말하던 살루스티우스[86]를 위해 상복을 입는 거군. 어머니를 짐 승처럼 죽게 한 녀석.[87]

---

[82] 그리스어 모음 입실론(υ)은 히브리어에도 영어에도 없다.

[83] 로마인, 영국인.

[84] 그리스.

[85] BC 300년 무렵 그리스 에피루스 왕. 타렌툼시(市)를 도와서 로마군을 무찔렀다. 그러나 마지막에는 노파가 던진 벽돌에 맞아 죽었다.

[86] 로마 역사가이자 정치가(기원전 86~34).

마일스 크로퍼드가 원고*⁸⁸를 옆 주머니에 쑤셔 넣었다.

—좋아요, 나머지는 나중에 읽지. 좋아요. 그는 말했다.

레너헌이 항의하듯이 두 팔을 뻗었다.

—그럼 내가 낸 수수께끼는! 철도 선로와 같은 오페라는 뭐죠?

—오페라라고? 미스터 오매든 버크의 스핑크스 같은 얼굴이 되풀이했다.

레너헌이 기쁜 듯이 해답을 밝혔다.

—캐스틸의 장미(The Rose of Castille)야. 주조된 강철의 열(Rows of cast steel)이란 뜻이지, 어때?

그는 미스터 오매든 버크의 비장 근처를 가볍게 찔렀다. 미스터 오매든 버크는 손에 들고 있던 양산을 짚고 숨이 멎은 것처럼 몸을 뒤로 젖혔다.

—살려 줘! 그는 비명을 질렀다. 기절할 것 같아.

레너헌은 발끝으로 서서 교정쇄로 바쁘게 얼굴을 부쳐 댔다.

교수가 파일이 있는 곳을 지나 자리에 돌아오자 스티븐과 미스터 오매든 버크의 느슨해진 넥타이를 훑어보고 나서 말했다.

—파리야, 과거나 현재나. 자네들은 파리코뮌지지자*⁸⁹ 같아 보이는군.

—바스티유 감옥을 폭파시킨 녀석들 같아요, J.J. 오몰로이가 점잖게 놀렸다. 아니면 핀란드 총독을 암살한 것은 자네들이 아니었나? 자네들은 그것을 해치운 것 같은 표정들을 하고 있어. 저 보브리코프 장군을 말야.*⁹⁰

뒤섞임

—우리도 마침 그것을 생각하던 참입니다. 스티븐이 말했다.

—여기에 모든 방면의 재주꾼들이 모였어. 법률, 고전……. 마일스 크로퍼드가 말했다.

—경마도, 레너헌이 참견했다.

---

*87 어머니가 죽었을 때 스티븐이 기도하지 않았다는 것.

*88 디지 교장의 원고.

*89 파리코뮌(1871년 3월 18일~5월 28일)은 프랑스 파리에서 민중이 세운 세계 최초의 사회
주의 정부. 이를 위해 봉기했던 군중을 일컫는 말.

*90 핀란드 총독이었던 러시아 장군 보브리코프는 무자비한 러시아화(化) 정책을 강행했으나,
1904년 6월 16일 헬싱키 시간으로 오전 11시(더블린 시간 오전 8시 35분)에 암살되었다.

—문학도, 신문도.

—블룸이 여기에 있다면, 광고업에 관한 우아하고 아름다운 기술도. 교수가 말했다.

—게다가 마담 블룸은, 미스터 오매든 버크가 덧붙였다. 노래의 여신으로 더블린 최고 인기인이죠.

레너헌이 일부러 크게 기침했다.

—에헴! 그는 매우 부드러운 목소리로 말했다. 오, 바람을 좀 쐬었더니만. 공원에서 감기에 걸렸어요. 문이 열려 있는 바람에.

자네는 할 수 있어!

편집장이 신경질적인 손을 스티븐의 어깨에 얹었다.

—나에게 뭔가 써 주지 않겠나? 뭔가 좀 자극적인 것을. 자네라면 할 수 있어. 얼굴을 보면 알 수 있지. '청춘의 사전에…….'*91 그는 말했다.

얼굴을 보면 알 수 있다고? 눈을 보면 알 수 있어. 게으르고 꾀를 부리는 쪼잔한 음모가라고.

—구제역이라! 편집장이 얕잡아보듯이 말했다. 보리스 인 오소리에서의 자치론자의 대(大)집회라. 시시하군! 대중을 얕잡아보고 있어! 무엇인가 자극적인 것을 써서 그들에게 줘. 그게 우리 모두가 해야 할 일이야. 그런 정신은 엿이나 먹으라지. 성부, 성자, 성령 그리고 훌륭한 정치인들도 보시라.

—우리는 모두 정신의 양식을 공급할 수 있는 사람입니다. 미스터 오매든 버크가 말했다.

스티븐은 눈을 들어 자기를 대담하게 바라보고 있는 상대방 눈길*92과 마주했다.

—자네를 신문쟁이 패거리로 억지로 끌어들이려는 거야. J.J. 오몰로이가 말했다.

---

*91 실패라는 말은 없다.
*92 편집장 크로퍼드의 눈.

위대한 갤러허

　—자네라면 할 수 있어, 마일스 크로퍼드가 말에 힘을 주기 위하여 주먹을 쥐면서 되풀이했다. 이그네이셔스 갤러허*93가 클래런스*94에서 당구 게임 계산을 하거나 그 밖에 여러 가지 일을 할 때 곧잘 입버릇처럼 말했듯이, 우리는 유럽을 깜짝 놀라게 할 수가 있어. 갤러허는 자네의 모범이 될 만한 신문기자였지. 그는 펜을 위해 태어난 사나이야. 그가 어떻게 유명해졌는지 아나? 이야기해 주지. 그는 신문이 하는 일에 관해서는 비길 데 없는 민완가였어. 그것은 81년*95 5월 6일, 무적혁명당 결사 사건 당시 피닉스 공원 암살사건*96이 났을 때 일이었어. 자네는 아직 태어나지도 않았을 테지만. 자네에게 그때의 일을 보여 주지.

　그는 모두를 헤치고 파일 쪽으로 갔다.

　—이것을 봐, 그는 돌아보며 말했다. 〈뉴욕 월드〉지*97가 해저 전신으로 특보를 구해 왔어. 그때 일을 기억하나?

　맥휴 교수는 고개를 끄덕였다.

　—〈뉴욕 월드〉가 말야, 편집장은 흥분해서 밀짚모자를 약간 밀어 올리며 말했다. 사건이 일어난 곳은 어딘가? 팀 켈리, 아니 캐버너야. 조 브레이디*98와 다른 녀석들이란? 그리고 '산양 가죽'*99이 마차를 몰고 간 장소는?

---

*93 《더블린 사람들》의 〈작은 구름〉에 나오는 인물. 더블린에서 런던으로 건너가 활약하고 있는 신문기자. 에피소드 6 참조.

*94 리피강 남안 웰링턴 부두에 있는 호텔.

*95 1881년. 실은 1882년이다.

*96 헨리 커벤디시와 그 부관 암살 사건.

*97 뉴욕 일간지. 실제로 〈뉴욕 월드〉는 1882년 5월 7, 8일자 신문에서 피닉스 공원 암살 사건을 보도했다.

*98 모두 무적혁명당원들로 암살 사건에 관여했는데, 직접 손을 쓴 사람은 켈리와 브레이디였다. 캐버너는 마차를 몰아 그들을 태우고 도주했다.

*99 암살 사건 때 동료들을 마차에 태우고 도망쳤던 사람은 캐버너지 피츠해리스가 아니다. 그러나 피츠해리스는 경찰의 눈을 속이기 위해 다른 마차로 다른 동료들을 태우고 더블린 도심으로 도주했다. 나중에 종신형을 선고받았으나 1902년 임시 석방되었다. '산양 가죽'은 별명. 외상 술값을 치르려고 기르던 산양을 죽여서 가죽을 벗겨 팔았기 때문에 그런 별명이 붙었다.

그는 코스를 모두 조사한 거야.

—산양 가죽은 피츠해리스를 말하는데 그는 버트교(橋) 옆 마부 집합소 소유주였대. 홀로헌이 그렇게 말했어. 당신 홀로헌 알죠? 미스터 오매든 버크가 말했다.

—그 절름발이 말인가? 마일스 크로퍼드가 말했다.

—늙어 빠진 검리도 거기에 있었대. 그가 그렇게 이야기하더군. 석재(石材) 회사에서 석재 관리일을 하고 있다나. 야경꾼이지.

스티븐이 놀라서 돌아보았다.

—검리가? 정말인가요? 아버지 친구 분이신 것 같은데요?

—검리 같은 건 어떻게 되든 상관없어, 마일스 크로퍼드가 화를 내고 소리쳤다. 검리에게는 돌을 망보게 해 두면 돼. 돌이 도망가지 않게 말야. 내 이야기를 들어 봐. 이그네이셔스 갤러허는 어떻게 했는가? 이야기해 주지. 그는 천재의 영감을 얻은 거야. 그래서 곧 해저 전보를 쳤지. 3월 17일 주간 〈프리먼〉은 있나? 좋아. 있었군?

그는 파일을 거칠게 넘기더니 손가락으로 한 점을 짚었다.

—4페이지를 찾아서 브랜섬 커피 광고가 난 곳을 봐. 찾았나. 좋아.

전화가 따르릉 울렸다.

먼 곳으로부터의 목소리

—내가 받지, 교수가 옆방으로 가면서 말했다.

—B는 공원의 문이야. 좋아

그의 손가락이 떨리면서 튕기듯이 여기저기 차례로 점을 쫓았다.

—T는 총독 공관, C는 암살 현장, K는 녹머룬문(門)이다.

그의 목의 늘어진 근육이 수탉 벼슬처럼 흔들렸다. 풀을 먹이지 않은 셔츠의 앞가슴이 튀어나오자 그는 거칠게 조끼 안으로 밀어 넣었다.

—여보세요? 〈이브닝 텔레그래프〉집니다……여보세요?……누구냐고요? ……그렇습니다……그렇습니다……그렇습니다.

—F로부터 P까지는 '산양 가죽'이 알리바이를 만들기 위해 마차를 몰았던 길이야. 인치코어, 라운드타운, 윈디 아버, 파머스턴 공원, 래닐라. 그것이

바로 F.A.B.P.의 여러 점이지. 찾았어? X는 상부 리슨거리 데이비 술집.

교수가 문 쪽으로 다시 나타났다.

—블룸한테서 전화야. 그는 말했다.

—지옥으로나 가라고 해, 편집장은 이내 대꾸했다. X는 버크 선술집. 알겠나?

빈틈이 없어, 정말로

—빈틈이 없어, 정말로. 레너헌이 말했다.

—접시가 따뜻할 때 먹으라는 거지, 마일스 크로퍼드가 말했다. 이 피비린내 나는 이야기를.

잊을 수 없는 악몽과 같은 사건이다.

—나는 그걸 봤어. 나는 그 자리에 있었지. 하느님이 이 세상에 태어나게 하신 인간 가운데 가장 마음씨가 착한 코크 태생의 딕 애덤스*100와 내가 말야. 편집장은 자랑스럽게 말했다.

레너헌이 공중에 뜬 사람에게 인사하듯이 말했다.

—부인(Madam), 저는 아담(Adam)입니다. 그리고 제가 엘바(Elba)를 만나기까지 저는 유능(Able)했답니다.*101

—역사적인 일이었어, 마일스 크로퍼드가 외쳤다. 프린스거리 그 '노파'*102가 맨 먼저 거기에 왔지. 그 기사를 보고 흐느껴 울면서 이를 갈고 있었어. 광고를 이용한 기사야. 그레거 그레이*103가 그 도안을 만들었지. 그것이 그의 출세의 실마리였어. 거기서 패디 후퍼가 테이 페이*104를 설득했으므로 그는 그것으로 〈스타〉지*105로 들어간 거야. 지금 그는 블루멘펠드*106

---

*100 실존 인물. 〈코크 이그재미너〉와 〈프리먼즈 저널〉의 기자였다. 1873년부터 변호사로도 활동. 피닉스 공원 암살 사건에서는 피츠해리스 등의 변호를 맡았다.

*101 엘바(Elba), 즉 able(가능)이란 글자를 이브(Eve)와 연관시켜 발음한 것. 불가능은 없다는 뜻.

*102 〈프리먼〉의 별명.

*103 더블린 화가.

*104 Tay Pay. 오코너 별명.

*105 오코너가 창간한 석간지.

와 함께 있어. 이것이 신문이야. 이것이 재능이야. 피아뜨 기자.*107 그는 신문기자의 아버지와 같은 존재였어.

—공포 저널리즘의 아버지이자 크리스 컬리넌의 매부고, 레너헌이 증언했다.

—여보세요? ……자네 아직 거기에 있나? 그래, 그는 아직 이쪽에 있어. 자네가 건너와.

—그 정도 신문기자가 지금 어디에 있다는 거야? 편집장이 외쳤다.

그는 파일을 탕! 닫았다.

—영주스럽게도 저리하네,*108 레너헌이 미스터 오매든 버크에게 말했다.

—정말 빈틈이 없어, 오매든이 말했다.

맥휴 교수가 안쪽 사무실에서 돌아왔다.

—무적혁명결사 사건 이야기에 대해서 말하자면 치안판사가 조사하기 전에 신문팔이 소년들이 진상을 먼저 알고 있었다는 것을.

—알고말고요. 더들리 부인*109은 작년 회오리바람*110으로 쓰러진 나무를 보기 위해 공원을 지나 집으로 돌아가는 길이었어요. 그리고 더블린 그림엽서를 살 생각이었죠. 그런데 그것이 조 브레이디인지, '넘버원'*111인지, '산양 가죽'인지의 기념엽서였다는 겁니다. 마침 총독 관저 입구 바로 옆이었어요. 상상해 보세요! J.J. 오몰로이가 열을 내고 말했다.

—요즈음 기자들은 제대로 된 것들이 하나도 없어, 신문기자도 변호사도 모조리! 요새 변호사 가운데 화이트사이드와 같은, 아이작 버트 같은, 웅변으로 유명한 오해건 같은 사람이 있느냐 말야. 시시한 것들이야. 싸구려 매장에나 어울릴 만한! 마일스 크로퍼드가 말했다.

그의 입은 다물었어도 멸시하는 것처럼 신경질적으로 비틀어져 경련을 일

---

*106 미국 출신 신문기자(1864~1948). 1904년에는 런던 〈데일리 익스프레스〉의 기자.

*107 프랑스 사회 혁명가이자 기자(1810~89). 1871년 파리코뮌에 참가했다가 그 뒤 런던으로 망명했다. 혁명가로서 신문에 기고하고 잡지를 편집하기도 했다.

*108 Damn clever(저주스럽게도 영리하네) → Clamn dever(영주스럽게도 저리하네) : 철자 순서를 바꾸어서 엉뚱한 뜻으로 만드는 Metathesis(음위전환).

*109 아일랜드 총독 부인.

*110 1903년은 '큰 바람이 불었던 해'였다. 2월 26, 27일에 큰 바람이 불어 더블린에 큰 피해를 남겼다.

*111 무적혁명당원 가운데 한 사람.

으켰다.

저런 입에 키스하고 싶어 하는 여자가 있을까? 어떻게 알아? 그럼 너는 어째서 그런 것을 썼지?

운율과 이성

마우스(mouth : 입)와 사우스(south : 남쪽). 입과 남쪽이 관계가 있는가? 그렇지 않으면 남쪽이 입과 관계가 있는가? 어쩌면 있을지도 모른다. 사우스, 파우트(pout : 입을 내밀다), 아우트(out : 밖으로), 샤우트(shout : 외치다), 드라우스(drouth : 갈증). 운이 맞는다. 같은 옷을 입고 같은 표정을 한 두 남자, 두 사람씩, 두 사람씩.

……라 투아 파체 (그대의 평온한 마음)
……케 파를라르 티 피아체 (그대가 기꺼이 말하려는 것)
……멘트레케 일 벤토, 코메 파, 시 타체 (있는 그대로 바람이 잠자는 그 동안에도)*112

그는 소녀들을 보았다. 세 사람씩 서로 얽혀 녹색의, 장밋빛의, 팥빛의 옷을 입고, 붉은 자줏빛의, 자줏빛의, 저 평화로운 불꽃을, 전에 느껴보지 못한 내 가슴 속에 열정이 스며들게 하는 불꽃의 황금 옷을 입고 어두컴컴한 하늘을 지나 가까이 오는 것을. 그러나 나는 뉘우치고 무거운 걸음걸이로 걸어오는 노인들을 밤의 어둠 아래에서 보고 있다. 마우스, 사우스…… 툼(tomb : 무덤), 움(womb : 자궁)이다.

—반대론을 펼쳐 주게, 미스터 오매든 버크가 말했다.

오늘은 오늘로서 족하도다

J.J. 오몰로이는 창백한 얼굴에 미소를 띠고 도전에 응했다.

---

*112 단테의 《신곡》 '지옥' 제5곡 92~96행 변형.

―이봐요, 마일스, 그는 담배를 옆으로 내던지고 말했다. 당신은 나의 말을 왜곡해서 해석하고 있어요. 현재 충고된 바에 따라서 나는 직업으로서의 제3직업[113]을 변호할 생각은 없어요. 하지만 당신 의족(코크 레그즈)[114]은 약간 옆길로 빗나간 것은 아닙니까? 헨리 그래턴[115]이나, 플러드[116]도 있고, 게다가 데모스테네스[117]나 에드먼드 버크[118]도 있었던 거예요. 이그네이셔스 갤러허에 대한 것은 누구나 알고 있어요. 뿐만 아니라 그 녀석의 상관이자 신교 개종자로 서푼짜리 신문 발행인인 함즈워스[119]나 미국의 사촌 형제가 보워리거리의 하급 신문을 경영하는 일도, 또 〈패디 켈리 버짓〉지나 〈퓨즈 오커런스〉지나 우리의 관심 많은 친구인 〈스키버린 이글〉지[120] 같은 것도 두말할 필요도 없이 모두 잘 알고 있어요. 어째서 화이트사이드 같은 법정 변론의 대가를 인용하는 거죠? 신문 같은 건 그날 하루로 족하면 되는 거예요.

지나간 옛날과의 연관

―그래턴도 플러드도 우리 신문[121]을 위해 썼어, 편집장이 정면으로 달려들었다. 아일랜드 용사들이여, 그대들은 지금 어디에 있는가? 1763년 설립된 거야. 루카스 박사[122]를 통해서. 존 필폿 커런[123] 같은 인물은 지금 어디

---

*113 성직자, 의사의 뒤를 잇는 제3직업. 즉 법률가.

*114 크로퍼드가 코크 출신이란 점과, 얼스터의 발라드 〈코크(cork) 다리가 멈추질 않네〉를 합친 농담.

*115 아일랜드 정치가이자 웅변가(1746~1820). 가톨릭 해방운동에 헌신했다.

*116 아일랜드 정치가이자 웅변가(1732~91). 아일랜드의 정치적 독립을 추구했다.

*117 그리스 정치가, 법정 변론가(기원전 384~322).

*118 더블린 출신 정치가이자 웅변가, 저술가(1729~97). 영국 하원에서 훌륭한 연설을 많이 했다.

*119 기자이자 대중신문 경영자(1865~1922). 〈앤서즈〉(1888)를 비롯해 〈런던 이브닝 뉴스〉, 〈데일리 메일〉 등 많은 신문을 발행해 그 시대의 신문 제국을 건설했다.

*120 오락 주간지. 1832년 11월부터 1834년 1월까지 더블린에서 발간됐다.

*121 〈프리먼〉지.

*122 아일랜드 의사(1713~71). 애국자인 그는 창간 당시 〈프리먼〉 기고자였다. '시민'이란 서명을 주로 썼다.

*123 법정 변호사이자 웅변가(1750~1817). 아일랜드 의회 의원이며 애국자. 가톨릭 농민 해방을 주장했다.

에 있지. 응?

―글쎄, 예를 들어 칙선(勅選) 변호사 부시*124 같은. J.J. 오몰로이가 말했다.

―부시? 응, 그래, 부시라. 그래, 그에게는 약간 그런 면이 있어. 켄덜 부시, 아니 내가 말하는 것은 시머 부시 쪽이야. 편집장이 말했다.

―제대로라면 벌써 판사가 되었을 거야. 그런데…… 괜찮아, 됐어. 교수가 말했다.

J.J. 오몰로이는 스티븐 쪽을 바라보고 조용한 목소리로 천천히 말했다.

―이제까지 들은 것 가운데 가장 세련된 문장의 하나라고 여겨지는 것은 시머 부시의 입에서 나온 거야. 그것은 저 형제 살해사건, 저 차일즈 살인사건 때 일이지. 부시가 그를 변호했어. '그리하여 나의 귓구멍에 부어 넣었다'*125고. 그건 그렇고, 그는 어떻게 그것을 알았을까? 그는 자고 있는 동안에 죽었는데. 그리고 또 한 가지 이야기로는 '등이 두 개인 짐승'*126이었다고도 하는데.

―그것은 뭐지? 교수가 물었다.

예술의 여신, 이탈리아

―그*127는 로마의 이른바 증거의 법칙에 대해서 논했습니다, J.J. 오몰로이가 말했다. 오래된 모세의 법전, 즉 '동태복수법(同態復讐法)'*128과 대조시켜서 말이에요. 그리고 교황청에 있는 미켈란젤로의 모세상(像)을 인용했어요.*129

---

*124 더블린 법정 변호사(1853~1922). 1904년 영국으로 건너가 칙선 변호사가 되었다.

*125 〈햄릿〉 1막 5장, 햄릿 아버지의 유령이 귀에 독약을 주입당해 동생한테 살해되었다는 것을 햄릿에게 알릴 때의 말.

*126 〈오셀로〉 1막 1장에서 이아고의 말. 서로 안은 남녀의 모습을 말한다.

*127 변호사 시머 부시.

*128 '눈에는 눈 이에는 이'(《레위기》 24장)처럼 가해자에게 그가 저지른 행위와 똑같은 형벌을 가하는 법.

*129 미켈란젤로는 교황 율리우스 2세(1443~1513)의 무덤에 세워질 조각품으로 모세상을 만들었다.

—음.

—잘 선택된 몇 마디 안 되는 말들이야. 레너헌이 서두를 달았다. 조용히!

중간 휴식이다. J.J. 오몰로이는 담뱃갑을 꺼냈다.

겉치레 휴식이다. 흔해빠진 이야기가 나오겠지.

전달자는[130] 신중하게 생각하는 듯이 성냥갑을 꺼내더니 잎궐련에 불을 붙였다.

그 기묘한 시대를 되돌아보고 우리 두 사람의 그 다음 생활의 방향 전체를 결정한 것은 그 자체로서는 아무것도 아닌, 저 작은 행위, 그 성냥을 그은 일이었다고, 그 이래 여러 차례 나[131]는 생각했다.

세련된 문장

J.J. 오몰로이는 말을 만들어 내는 것 같은 투로 말을 이었다.

—그는 이렇게 말했어요. '뿔이 있는 무서운, 그리고 거룩한 인간 모습의, 얼어붙은 음악이라고나 할 수 있는 석상(石像), 지혜와 예언의 영원한 상징. 조각가의 공상 또는 기술이, 영혼이 변화한 것으로서, 또는 영혼을 변화시키는 것으로서 대리석에 새긴 예술 가운데에서, 무엇인가가 영원히 남겨져야 할 가치가 있다면 그 조각이야말로 남겨질 가치가 있다.'[132]

그는 가냘픈 손짓으로 그 말에 있는 반복어와 강세를 장식했다.

—훌륭해! 마일스 크로퍼드가 이내 말했다.

—신성한 영감이네. 미스터 오매든 버크가 말했다.

—자네는 마음에 들었나? J.J. 오몰로이가 스티븐에게 물었다.

스티븐은 그 말과 몸짓의 우아한 기품에 자극을 받아 얼굴이 빨개졌다. 그는 오몰로이의 담뱃갑에서 담배를 하나 집었다. J.J. 오몰로이는 담뱃갑을 마일스 크로퍼드에게 내밀었다. 레너헌이 전처럼 모두에게 담뱃불을 붙여 주고 다음과 같이 말하면서 자신의 전리품(담배)을 집었다.

—깊이 감사드립니다.

---

*130 레너헌.

*131 스티븐 디댈러스.

*132 부시의 재판문을 암송하고 있다.

도덕성이 높은 사람

　—매지니스 교수*[133]가 자네에 대해서 나에게 이야기한 일이 있어, J.J. 오몰로이가 스티븐에게 말했다. 자네는 유난히 사이가 가까운 저치들이나 단백석 빛깔과 침묵을 좋아하는 시인*[134]들 두목인 대신비주의자 A.E.*[135]를 어떻게 생각하지? 저 블라바츠키 여사*[136]가 그것을 만든 창시자야. 그녀는 실은 지독한 사기꾼이지. A.E.는, 자네가 의식층*[137]에 대해서 물어보기 위해 새벽에 그를 찾아왔다고 어떤 미국의 방문 기자에게 이야기했어. 매지니스는 자네가 A.E.를 놀렸음에 틀림없다고 생각하는 것 같아. 그 매지니스라는 사람은 매우 덕이 높은 인물이라서.

　내 이야기를 하고 있었다. 그는 뭐라고 말했지? 그는 뭐라고 말했지? 나에 대해서 그는 뭐라고 말했지? 묻지 마.

　—아니, 나는 됐어, 맥휴 교수가 손을 흔들어 담뱃갑을 옆으로 밀어내면서 말했다. 잠깐 기다려. 한마디 하게 해주게. 내가 이제까지 들은 것 중에서 가장 훌륭한 웅변은 대학 역사학회*[138]에서 존 F. 테일러*[139]가 한 연설이야. 재판관 피츠기번 씨,*[140] 즉, 지금의 공소원장이 먼저 이야기를 했지. 그리고 토론된 문제는 아일랜드어 부활을 주장한 논문이었어. 당시로서는 새로운 화제였지.

　그는 마일스 크로퍼드 쪽을 돌아보고 말했다.

　—제럴드 피츠기번 알겠지. 그렇다면 그의 연설 스타일을 떠올릴 수 있을

---

*133 실존 인물. 조이스의 모교 유니버시티 칼리지 교수.

*134 단백석도 침묵도 AE가 즐겨 쓰던 말. 그의 주위에 모인 젊은 아류 시인들을 비꼬는 것이다.

*135 조지 러셀. 예이츠 등이 이루어 낸 아일랜드 문예부흥 지도자.

*136 러시아 출신 신지학자(1831~91). 영매로도 유명했다. 1875년 뉴욕에서 신지학 협회를 창설했고 87년 런던으로 이주했다.

*137 신지학이 상정하는 의식의 7가지 층.

*138 트리니티 대학 역사학회. 1770년 창설되어 아일랜드와 영국에서 가장 오래된 대학 토론회로 인정된다.

*139 법정 변호사, 웅변가, 기자(1850~1902). 맥휴가 말하는 것은 1901년 10월 24일에 테일러가 한 연설이다.

*140 아일랜드 재판관(1837~1909). 1878년부터 공소 법원 재판관이 되었다. 아일랜드의 영국화(化)를 추진한 보수파.

거야.

—소문에 따르면 그는 팀 헬리*141 등과 함께 트리니티 대학 재산관리위원이 되었다죠? J.J. 오몰로이가 말했다.

—그는 어린애 옷을 입은 어린애와 함께 하고 있는 거야. 자, 계속해 봐, 그래서? 마일스 크로퍼드가 말했다.

—그건*142 말야 거만을 예의로 포장한 것 같은, 새로운 운동*143에 반대하려는 분노의 흐름까지는 아니더라도, 거만한 모욕을 세련된 말로 퍼부어 댄거야. 그것은 그 무렵에는 새로운 운동이었지. 우리는 아직 약했어. 그래서 힘을 얻지 못한 셈이지. 교수가 말했다.

그는 길고 엷은 입술을 잠시 다물었다. 그러나 더 계속하기 위해 크게 뻗은 손을 안경 쪽으로 가져갔다. 그리고 떨리는 엄지손가락과 넷째 손가락으로 가볍게 검은 테를 만지면서 안경 초점을 다시 맞췄다.

즉석 연설

그는 평소 조용한 목소리로 돌아가서 J.J. 오몰로이에게 말을 걸었다.

—말해 두겠는데, 테일러는 병을 무릅쓰고 거기에 나온 거야. 그가 자기 연설을 미리 준비하진 않았을 거야. 왜냐하면 회장(會場)에는 속기사 한 명도 없었으니까. 거무스름한 메마른 얼굴 둘레에는 수염이 검실검실 나 있고, 목에는 스카프를 느슨하게 걸치고. 마치 다 죽어가는 환자같이 보였어(사실은 그렇지 않았지만).

그의 눈길은 이내, 그러나 천천히, J.J. 오몰로이 얼굴에서 스티븐 얼굴로 옮겨갔다. 그리고 나서 이번에는 바닥으로 향했다, 말을 찾아내기 위해. 숙인 고개 뒤에서 윤기 없는 리넨 옷깃이 나타났다. 그것은 시든 머리카락으로 더러워져 있었다. 그는 아직도 말을 찾으면서 말했다.

—피츠기번 연설이 끝났을 때, 존 F. 테일러는 항변하기 위해 일어선 거야. 간단히 말하자면, 내가 기억하는 한 그의 말은 이러했어.

---

*141 아일랜드 의회당 당원이자 하원의원(1855~1931).
*142 피츠기번의 연설.
*143 아일랜드의 게일어 부흥운동.

그는 야무지게 고개를 들었다. 그의 눈은 다시 한 번 심사숙고하는 표정을 지었다. 마치 지혜 없는 조가비가 거대한 렌즈 속에서 이리저리 움직이는 것 같았다. 출구를 찾으면서.

그는 시작했다.

—'의장, 그리고 신사숙녀 여러분. 방금 학식이 많은 내 친구가 아일랜드 젊은이에게 주는 말을 듣고 나는 찬탄을 금할 수가 없습니다. 마치 내가 이 나라로부터 멀리 떨어진 나라, 이 시대에서 저 먼 옛날 시대로 옮겨진 것 같습니다. 내가 고대 이집트에 서 있고 그 나라 대사제가 젊은 모세에게 주는 말을 듣는 것만 같습니다.'

그의 이야기에 귀 기울이던 사람들은 듣기 편하도록 담배를 고쳐 쥐었다. 그 연기가 가냘픈 무늬가 되어 올라가 그의 연설을 장식했다. '그리고 우리의 소용돌이치는 연기가 피어오르게 하라.'[*144]

이제 고귀한 말이 나올 차례다. 들어라. 자네, 자신에게 그것을 할 수는 없었나?

—'그리고 한결같은 거만과 한결같은 자부의 말투로 강화된 저 이집트 대사제의 목소리를 들은 것 같은 생각이 들었습니다. 나는 그의 말을 들었습니다. 그리고 그 뜻이 나에게 계시된 것입니다.'

조상 이래

착한 것이란 부패할 수 있다는 것, 만약에 절대로 착하거나 또는 착하지 않다면 그것은 부패할 수 없다는 것이 나에게 계시되었다. 어? 제기랄! 성 아우구스티누스가 아닌가![*145]

—'너희 유대인들은 왜 우리의 문화, 우리의 종교, 우리의 언어를 받아들이려 하지 않는가? 너희는 유목민이다. 그러나 우리는 강대한 민족이다. 너희는 도시도 부(富)도 없다. 우리의 도시에는 인간이 넘치고 있다. 그리고 우리의 3층, 4층 갤리선은 모든 종류의 상품을 싣고 세계의 바다를 항해한

[*144] 셰익스피어 〈심벌린〉 5막 5장 끝부분에서 심벌린이 하는 대사. 여기선 담배 연기를 이에 비유했다.

[*145] 아우구스티누스(354~430)의 저서 《참회록》에 나오는 구절.

다. 너희는 원시생활로부터 갓 나왔지만 우리에게는 문학, 성직 계급, 오랜 역사와 정치조직이 있다.'*146

나일강.

아이, 어른, 우상(偶像).*147

나일강가에서 유모들이 무릎을 꿇는 갈대의 요람, 격투에 민첩한 사나이. 돌의 뿔에, 돌의 수염에, 돌의 심장을 가지고 있다.*148

—'너희는 시골의 이름도 없는 우상에게 기도를 올린다. 그런데 장려하고 신비스런 우리의 신전은 이시스와 오시리스, 호루스와 아몬 라*149가 계시는 곳이다. 노예 신분과 두려움, 비천은 너희 것. 뇌전(雷電)과 대해(大海)는 우리 것. 이스라엘은 약하고 그 자손은 적다. 이집트에는 백성이 많고 그 군대는 무섭다. 너희는 부랑아 또는 날품팔이라 불린다. 우리 이름을 들으면 세계는 무서워서 벌벌 떤다.'

배가 고파서 나온 트림이 그의 연설을 멈추게 했다. 그는 트림을 참고 대담하게 소리를 높였다.

—'그러나 신사 숙녀 여러분, 만약에 젊은 모세가 그런 인생관에 귀를 기울여 그것을 받아들였다면, 만약에 그가 그런 거만한 권고에 자신의 머리를 숙이고 의지를 굽혀 기백을 굽혔더라면, 그는 결코 선택된 백성을 데리고 노예의 집을 나서지도, 낮에 구름 기둥으로 인도받지도 못했을 것입니다. 시내산에서 번개가 치는 가운데 '영원'한 신과 이야기하는 일도 없었을 것이며, 모국을 잃은 사람들의 말로 쓰인 율법의 석판을 안고, 얼굴에서 영감의 빛을 내면서 산을 내려오는 일도 없었을 것입니다.'*150

그는 거기에서 이야기를 그만두었다. 그리고 모두를 바라보았다. 모두가 침묵한 것을 기뻐하면서.

---

*146 이집트를 영국에, 아일랜드를 그 노예가 된 유대인에 비유하고 있다.

*147 갈대상자에 담겨 나일강으로 흘러간 모세는 이집트 왕녀에게 발견된다. 그는 자라서 유대인의 지도자가 되고, 나아가 유대 민족의 우상적 존재가 된다.

*148 모세는 이집트인 두 사람을 죽였다. 후에 그는 머리에 뿔이 있다고 일컬어졌다.

*149 이집트 신들.

*150 모세가 유대 민족을 데리고 이집트를 나와 십계명을 하느님으로부터 받았을 때의 일.

흉조다, 그에게는

J.J. 오몰로이가 약간 유감스럽다는 표정으로 말했다.

—하지만 그는 약속의 땅으로 들어가지 못하고 죽었습니다.

—그—순간—에는—갑작스러운—그러나—전부터—오래 끈—병—때문
이었지만—자주—이전부터—예기되었던—죽음. 그러나 그의 뒤에는 큰 미
래가 기다리고 있었습니다. 레너헌이 말했다.

맨발의 한 떼가 복도를 돌진하여 통탕통탕 계단을 올라가는 소리가 들렸다.

—저거야말로 부인되지 않는 진짜 웅변이다. 교수가 말했다.

바람과 함께 사라졌다. 멀라마스트와 타라*¹⁵¹에 있는 왕의 군대. 여러 마
일이나 이어지는 현관. 사방으로 흩어진 호민관의 말. 그의 목소리로 보호된
민족. 죽은 듯이 고요한 소리. 한때 어딘가에 있었던 만유 창고의 기록. 그
(하느님)를 사랑하고, 찬미하라, 그러나 나는 결코.*¹⁵²

나는 돈이 있다.*¹⁵³

—여러분, 회의의 다음 발의로서 폐회를 제안하는 바입니다. 스티븐이 말
했다.

—자네는 나를 놀라게 하는군. 설마 프랑스식 인사는 아니겠지? 미스터
오매든 버크가 물었다. 비유적으로 말하자면, 나로선 유쾌한 옛날 술집에서
의 술병이 가장 고맙게 여겨지는 시간인데.

—그리하여 그것은 결정적으로 결정되었습니다. 찬성하는 분은 네라고 대
답해 주세요, 레너헌이 선언했다. 반대하는 분은 아니오라고 대답해 주세요.
본건은 만장일치로 가결되었습니다. 그런데 어느 선술집으로? ……저는 무
니 술집에 한 표 던지겠습니다만.

그는 제안하면서 선두에 섰다.

—우리 도수 높은 술 마시는 건 엄격하게 삼갑시다. 그래요, 어떠한 일이
있어도.

바로 뒤를 따른 미스터 오매든 버크가 우산으로 동맹군을 애교스럽게 건

---

*151 아일랜드의 옛 도시로 궁전이 있었던 곳.

*152 모세는 약속의 땅 가나안에 들어갈 수 없었다.

*153 스티븐은 봉급을 받았다.

드리면서 말했다.

—자, 덤벼, 맥더프.*154

—자네는 아버지와 똑 닮았어, 편집장이 스티븐의 어깨를 두드리면서 말했다. 자, 가자. 아니, 열쇠는 어디 갔지?

그는 주머니를 뒤져서 구겨진 타이프 용지를 꺼냈다.

—구제역이라,*155 알았어. 어떻게 되겠지. 게재될 거야. 열쇠는 어디 갔지? 아, 여기 있다.

그는 원고를 주머니에 넣고 안쪽 사무실로 들어갔다.

희망을 품자

J.J. 오몰로이가 그 뒤를 쫓아 들어가면서 스티븐에게 살며시 말했다.

—그것*156이 발표될 때까지 자네가 살아 있기를 바라. 마일스, 잠깐만.

그는 안쪽 사무실로 들어가 문을 닫았다.

—가자고, 스티븐. 지금 것은 훌륭했어. 예언적인 환상이다. 트로이는 이제 사라졌도다.*157 바람이 센 트로이*158의 약탈. 속세의 왕국이다. 지중해 지배자들도 지금은 노예가 됐어. 교수가 말했다.

맨 처음 나온 신문팔이 소년이 두 사람 뒤에서 계단을 뛰어내려 거리로 나가면서 소리쳤다.

—경마 특보!

더블린. 내가 배워야 할 것들은 많다.

두 사람은 왼쪽으로 돌아서 애비거리를 따라 걸었다.

—저도 환상이 하나 있어요. 스티븐이 말했다.

—그래? 교수가 보조를 맞추기 위해 발을 고쳐 디디면서 말했다. 크로퍼드는 뒤따라 올 거야.

---

*154 〈맥베스〉 5막 8장에서 맥베스의 말.

*155 디지 교장의 원고.

*156 디지 교장의 원고.

*157 베르길리우스 〈아이네이스〉 2 : 325에서. 성이 함락되기 직전, 격전이 벌어지는 가운데 트로이 측 사람이 한 말.

*158 영국 시인 테니슨의 시 〈율리시스〉(1842)에서.

다른 신문팔이 소년이 그들을 쏜살같이 지나쳐 가면서 외쳤다.

—경마 특보!

친애하는 더러운 더블린*159

더블린 사람들.*160

—더블린의 베스타 여사제 두 사람이 나이를 먹어 겸손하게 펌밸리 골목에서 살고 있었습니다. 한 사람은 50세, 또 한 사람은 53세였죠. 스티븐이 말했다.

—그 장소는 어디지? 교수가 물었다.

—블랙피츠*161 근처예요.

촉촉한 밤공기를 타고 시장기를 자극하는 빵 냄새가 풍겨 온다. 벽에 기대어. 그녀의 퍼스티언직(織) 솔로 감싼 하얗게 빛나는 얼굴. 미친 듯한 마음과 마음. 만유 창고의 기록(Akasic records). 여보, 빨리 해 줘요!*162

이야기해 버려. 과감하게. 생명이 있으라.*163

—그녀들은 넬슨탑 꼭대기에서 더블린 풍경을 바라보려고 했습니다. 그래서 빨간 함석 우체통형 저금통에 13펜스를 모았습니다. 그녀들은 그 가운데 3펜스 화폐와 6펜스 화폐를 흔들어 내고 페니 동전을 칼날로 파냈습니다. 은화로 2실링 3펜스, 동화로 1실링 7펜스. 두 사람은 보닛 모자를 쓰고 고운 옷을 입었습니다. 그리고 비를 대비하여 우산을 준비하였습니다.

—슬기로운 처녀들이군.*164 교수가 말했다.

원초적인 생활

—그녀들은 말버러거리의 북부 시티 식당에서 여주인인 미스 케이트 콜린

---

*159 DEAR DIRTY DUBLIN. 아일랜드 작가 시드니 오웬슨(1776? ~1859)의 말.
*160 조이스가 쓴 단편집(1914) 제목이기도 하다.
*161 더블린의 특권 구역.
*162 스티븐은 매춘부와의 대화를 떠올린다.
*163 '하느님께서 말씀하시기를 빛이 생겨라 하시자 빛이 생겼다.'(《창세기》 1 : 3)의 패러디.
*164 열 처녀의 비유에서 예수가 한 말(《마태오복음서》 25 : 1~13).

스 양에게서 1실링 4펜스분의 돼지고기와 빵 네 조각을 샀습니다. ……그녀
들은 돼지고기를 먹은 뒤 갈증을 풀려고 넬슨탑 아래의 소녀에게서 익은 자
두 24개를 샀습니다. 다음에 회전문 담당 신사에게 3펜스 동전 두 닢을 주
고는 나선형 계단을 천천히 오르기 시작합니다. 투덜투덜 서로 불평하고, 서
로 격려하고, 어둠을 무서워하고, 헐떡이고, 한쪽이 다른 편에게 염장육은
가지고 있느냐고 묻고, 하느님과 성모 마리아를 칭송하고, 이제 내려가자고
말하며 채광창을 들여다보기도 하고. 하느님, 이게 어떻게 된 거예요. 그녀
들은 그 탑이 이렇게 높다고는 생각지 못했습니다. 두 사람의 이름은 앤 키
언스와 플로렌스 매케이브. 앤 키언스는 허리가 아파서, 어떤 부인이 수난수
도회 신부님으로부터 한 병 받았다며 준 '루르드'*[165]의 성수를 허리에 바르
고 있었습니다. 플로렌스 매케이브는 매주 일요일 밤에 고기와 더블X 맥
주*[166]를 한 병씩 마시는 습관이 있었습니다.

—서로 반대되는 타입이군, 교수가 두 번 고개를 끄덕이며 말했다. 베스
타의 여사제들이 말야. 나에게는 그녀들이 눈에 보이는 것 같아. 우리 친구
는 왜 꾸물거리고 있는 거야.

그는 뒤돌아보았다.

신문팔이 소년 한 떼가 와글와글 계단을 뛰어내려 왔다. 그들은 사방으로
뛰기 시작하고, 외치고, 하얀 신문을 펄럭이며 갔다. 그들 바로 뒤에서 마일
스 크로퍼드가 계단 위에 나타났다. 그의 모자는 그의 빨간 얼굴 뒤 후광 같
았다. 그는 J.J. 오몰로이와 이야기하고 있었다.

—어서 와. 교수가 팔을 흔들며 불렀다.

그는 스티븐을 따라잡으려고 다시 걷기 시작했다.

블룸의 귀환

—그래. 나에게는 그녀들의 모습이 보이는 것 같군. 그는 말했다.

미스터 블룸이 〈아이리시 가톨릭〉과 〈더블린 페니 저널〉사 근처에서 거
친 신문팔이 소년들에게 휘말려 숨을 헐떡이면서 외쳤다.

---

*165 프랑스의 기적이 일어난 땅.
*166 기네스에서 만든 더블린 술집용 맥주. 외국 수출용 맥주인 트리플X와 구별된다.

—크로퍼드 씨! 잠깐!

—〈텔레그래프〉! 경마 특보!

—뭐야? 마일스 크로퍼드가 한 발 되돌아오며 말했다.

한 신문팔이 소년이 미스터 블룸 바로 앞에서 외쳤다.

—래스민스 대참사! 아이가 풀무에 끼었어요!

편집장과의 회견

—이 광고 건인데요, 미스터 블룸은 사람들을 헤치고 계단으로 걸어가, 잘라 가져온 것을 숨을 헐떡이면서 주머니에서 꺼내며 말했다. 지금, 키즈 씨와 이야기를 하고 왔는데, 2개월 계약이라면 계속하겠다는 겁니다. 그 다음에는 상황을 보고 하겠답니다. 하지만 〈텔레그래프〉 토요일 부록에라도 무엇인가 주의를 끌기 위해 기사를 써달라는 겁니다. 그리고 시간이 있으면, 제가 내너티 의원에게도 말한 '킬케니 피플' 도안을 쓰고 싶답니다. 국립 도서관에 가면 구할 수 있습니다. 하우스 오브 키즈, 열쇠의 집, 아시겠어요? 그의 이름은 키즈입니다. 이름에 멋을 부린 겁니다. 사실상 계약 약속은 했습니다. 하지만 조금 부풀리길 바라고 있어요. 그에게 어떻게 말할까요, 크로퍼드 씨?

K·M·A(내 엉덩이를 핥아라)

—내 엉덩이를 핥아라(Kiss my arse)고 녀석에게 말해 줘, 마일스 크로퍼드는 강조하기 위해 팔을 쭉 펼치면서 말했다. 바로 그렇게 말해 줘.

약간 짜증이 나 있군. 돌아가는 일에 주의해. 모두 마시러 가는 거구나. 팔짱을 끼고. 레너헌의 선원 모자가 빌붙기 위해 따라가고 있다. 여느 때의 아부야. 디댈러스 아들이 앞장서다니 이상하다. 오늘은 제대로 구두를 신고 있군. 저번에 보았을 때는 뒤꿈치가 그대로 보였어. 어딘가 진흙 속을 걸어온 거야. 신경 쓰지 않는 친구야. 아이리시 타운에서 무엇을 하고 있었을까?

—그런데, 미스터 블룸이 눈길을 돌리면서 말했다. 도안이 입수되면 짧은 기사를 곁들일 만한 가치가 있다고 생각하는데요. 그는 광고를 줄 겁니다.

제가 그에게 말하겠습니다…….

K·M·R·I·A(나의 고귀한 아일랜드인의 엉덩이를 핥아라)

—그는 나의 고귀한 아일랜드인의 엉덩이를 핥으면(Kiss my royal Irish arse) 돼, 마일스 크로퍼드가 어깨 너머로 돌아보고 높은 소리로 외쳤다. 언제라도 좋을 때 오라고 일러 줘.

미스터 블룸이 참뜻을 헤아리지 못하고 미소를 띠려 하면서, 다리를 끌며 큰 걸음으로 걸어갔다.

돈을 마련하는 일

—도저히 안 돼, 잭. 편집장은 턱까지 손을 올리며 말했다. 나도 이제 여기까지 와 있어. 사정이 아주 딱하게 됐어. 지난주만 해도 수표에 뒷보증해 줄 사람을 찾고 있었으니까 말야. 내 기분을 알아 줘. 미안해, 잭. 만약에 어떻게든 돈을 마련할 수 있다면 그야 기꺼이 해 보겠지만.

J.J. 오몰로이는 침울한 얼굴로 말없이 걸어갔다. 두 사람은 다른 사람들을 따라잡아 함께 걸어갔다.

—그녀들은 염장육과 빵을 다 먹고 빵을 쌌던 종이로 스무 개의 손가락을 닦고 나서 난간 가까이로 갔습니다.

—자네에게 맞는 이야기야. 넬슨탑 꼭대기에 오른 더블린 노파 두 사람의 이야기. 교수가 마일스 크로퍼드에게 설명했다.

대단한 탑이야! 이것이 비틀거리며 걸은 노파가 한 말

—거 재미있군, 마일스 크로퍼드가 말했다. 화젯거리야. 아이리시타운으로 소풍 나온 두 노파—언제?

—그녀들은 탑이 무너지지나 않을까 하고 걱정했습니다, 스티븐이 말을 이었다. 그녀들은 이곳저곳 집들의 지붕을 보면서 어느 것이 교회인가 하고 말을 주고받았습니다. 래스민스의 푸른 둥근 지붕,*167 아담과 이브 교회, 성

로렌스 오툴스 교회 등. 그러나 바라보고 있자니까 눈이 빙빙 돌아서 스커트를 끌어올렸습니다…….

약간 버릇없는 여자들

—그만, 마일스 크로퍼드가 말했다. 시인 흉내는 허용되지 않아. 여기는 대사교구니까.

—그리고 얼룩무늬 속치마를 깔고 앉아 외팔 간통자*168 동상을 올려다보았습니다.

—외팔 간통자라! 교수가 외쳤다. 좋은 착상이군, 자네 뜻을 알겠어.

귀녀들이 더블린 시민에게 준 선물은 비행 속력과 운석의 가속도를 갖춘 것이었다고 하는 까닭

—올려다보는 동안에 그녀들 목에는 경련이 일어납니다. 그리고 그녀들은 모두 피곤해서 올려다볼 수도, 내려다볼 수도, 이야기할 수도 없었습니다. 두 사람 사이에 자두 봉지를 놓고 하나씩 꺼내서는 먹고, 입에서 흐르는 자두 즙을 손수건으로 닦고, 난간 사이로 천천히 씨를 뱉었습니다.

스티븐은 갑자기 커다랗게 아이같이 웃는 것으로 이야기를 끝맺었다. 레너헌과 미스터 오매든 버크가 그 웃음소리를 듣고 뒤돌아 손으로 신호를 하고 거리를 가로질러 무니 술집 쪽으로 갔다.

—끝인가? 마일스 크로퍼드가 말했다. 그 정도면 조금도 해가 되지 않아.

궤변론자가 헬레네의 거만한 코를 꺾다.
스파르타인은 어금니를 간다.
이타카인들은 펜을 미인대표로 선출한다.

—자네를 보면, 교수가 말했다. 나는 궤변 철학자 고르기아스의 제자인,

---

*167 래스민스에 있는 성당의 둥그런 지붕. 넬슨탑에서 남쪽으로 약 3㎞ 떨어져 있다.
*168 전쟁에서 한쪽 팔을 잃은 넬슨은 해밀튼 부인과 연애했다.

안티스테네스*[169]가 생각나. 그가 타인에 대해 더 신랄했는지 자신에 대해 더 신랄했는지 아무도 알 수 없었다는군. 그는 귀족과 여자 노예 사이에서 태어난 아이였어. 책 한 권을 썼는데, 그 속에서 그는 미인의 전형으로 여겨진 그리스의 헬레네*[170]에게서 그 영예의 칭호를 거두어, 그것을 가엾은 페넬로페*[171]에게 주었지.

가엾은 페넬로페, 페넬로페 리치.*[172]

그들은 오코널거리를 가로지르려던 참이다.

여보세요, 중앙 전화국이죠?

8개 레일 여기저기에서 전차가 촉륜(觸輪)을 멈춘 채 궤도에 서 있다. 래스마인스, 래스파넘, 블랙록, 킹스타운과 달키, 샌디마운트 그린, 링센드와 샌디마운트 타워, 도니브룩, 파머스턴 공원 그리고 상부 래스마인스 쪽으로 나가는 것도 돌아오는 것도 모두 정전 때문에 서 있다. 임대 마차, 거리 마차, 배달 마차, 우편 마차, 자가용 사륜마차, 덜거덕거리는 나무 상자의 병과 함께 흔들리는 탄산수 운반용 짐수레가 말에 끌려, 덜컹덜컹, 급히 지나갔다.

무엇을?—그리고 또—어디에서?

—그런데 자네, 거기에 어떤 제목을 붙이지? 마일스 크로퍼드가 물었다. 노파들은 어디서 자두를 샀지?

---

*169 BC 445~370. 소크라테스의 제자로 키니코스학파의 시조.

*170 스파르타 왕 메넬라오스의 아내. 헬레네가 드로이 왕자 파리스에게 유혹되는 바람에 트로이 전쟁이 일어났다.

*171 헬레네의 사촌 여동생. 율리시스의 정결한 아내. 처음에 율리시스는 헬레네에게 구혼했다가 거절당하여 페넬로페와 결혼했다. 페넬로페는 20년 동안 남편이 돌아오기를 기다렸다.

*172 셰익스피어의 시 〈흑부인〉의 모델이라고 알려진 여자.

베르길리우스적이라고 교수는 말한다
대학생은 늙은 모세 편을 든다

—잠깐 기다려, 교수가 생각하기 위해 그 긴 입술을 벌리면서 말했다. 그 제목 말이지? 잠깐 기다려. '하느님이 주신 평화'라고 붙여보면 어때?

—아닙니다. 전 그것을 '피스가산*173에서 팔레스티나를 바라보다' 또는 '자두의 우화'라고 하겠습니다. 스티븐이 말했다.

—알았어. 교수는 말했다.

그는 넉넉한 목소리로 웃었다.

—알았어, 그는 새로워진 기분으로 즐겁게 말했다. 모세와 약속의 땅이다. 우리가 그에게 이 생각을 하게 한 거나 마찬가지지, 그는 J.J. 오몰로이를 향하여 덧붙였다.

이 화창한 6월, 호레이쇼*174는 주목의 대상

J.J. 오몰로이는 나른한 곁눈으로 동상을 흘끗 본 채 말이 없었다.

—알았어. 교수가 말했다.

그는 존 그레이 동상이 있는 섬과 같은 포석(鋪石) 한쪽에 서서, 찡그린 얼굴에 주름투성이 미소를 짓고는 높은 넬슨 동상을 올려다보았다.

손가락 수가 모자라는 것이 말괄량이 노파들에게는 웃음거리. 앤은 세밀하게 세고 플로는 속인다. 하지만 그녀들을 책망할 수 있을까?

—외팔의 간통자. 그렇게 말하면 우스워지는 것이 사실이지. 그*175는 냉담하게 내뱉었다.

—그 노파들도 웃었을 거야. 만약에 전능의 신의 진리가 알려졌다면. 마일스 크로퍼드가 말했다.

---

*173 모세가 약속한 땅을 바라본 산.
*174 넬슨 제독을 가리킴.
*175 맥휴 교수.

에피소드 8
THE LAESTRYGONIANS
라이스트리곤들*1

---

*1 그리스 신화에서 사람을 잡아먹는 식인 거인들.

줄거리

1시. 크로퍼드 편집장과 헤어진 블룸은, 도서관에서 키즈의 도안을 찾는 것과 점심 먹는 것을 목표로 거리를 걸어간다. 거리에서 스티븐 누이동생인 디댈러스 집안 아가씨가 무엇인가 팔려고 경매장 근처에 서 있는 것을 목격한다. 그 뒤 그는 종교 선전 전단을 강에 내던지고 갈매기에게 빵을 던져 준다. 그리고 이전에 그가 일했던 헬리 문방구점 샌드위치맨(앞뒤로 광고판 두 장을 달고 다니는 사람) 5명이 그 가게의 이름을 쓴 문자를 몸에 달고 줄 서 가는 것을 본다.

이윽고 그는 마리온의 친구이자 자신의 옛 애인인 조제핀 브린 여사를 만난다. 브린 여사의 남편 데니스 브린은 정신이상자로, 정신이 이상하다고 자기를 놀린 엽서를 보낸 남자를 고소하겠다며 돌아다니고 있다. 브린 여사는 걱정이 되어 그의 뒤를 따라다니던 참이다. 블룸은 그녀로부터 마이너 퓨어포이 여사가 홀리스 병원에서 산고(産苦)로 고생하고 있다는 말을 듣는다.

또 그는 아일랜드의 애국 시인 A.E.(조지 러셀)가 젊은 여자와 이야기하면서 지나가는 것을 본다. 배가 고파진 그는 버튼 식당에서 식사를 하려고 하지만 너무 지저분하고 시끄러워서, 좀더 잘 꾸민 데이비 번 음식점으로 자리를 옮긴다. 거기에서 포도주 한 잔과 샌드위치를 먹는다. 그곳에서 콧물을 흘리는 플린을 비롯해 밴텀 라이언스와 패디 레너드 등 아는 사람을 만난다. 블룸이 나간 뒤, 그들은 블룸이 프리메이슨이라느니, 아내에게 꼼짝 못한다느니, 친구들과 절대 술 마시지 않는다느니 이러쿵저러쿵 말들을 늘어놓는다. 거리에서 블룸은 어떤 눈먼 청년이 거리를 가로지르려 하는 것을 보고 친절하게 손을 잡아 준다. 도서관 앞에까지 왔을 때, 저편에서 블레이지스 보일런이 오는 것을 보고 그는 급히 옆에 있는 박물관으로 뛰어들어간다.

이 에피소드는 오디세우스가 식인거인 라이스트리곤들의 섬에 도착한 《오디세이아》 제10장에 상응한다. 식인거인들은 바위를 던져 배를 침몰시킨 뒤 오디세우스 부하들을 작살로 찍어 잡아먹는다. 오디세우스는 자기가 탄 배만은 항구 밖에 매어둔 덕에 위험을 피한다. 이것이 바로 버튼 식당의 묘사와 짝을 이루는 장면이다.

에피소드 8 주요인물

조제핀 브린 Josephin Breen : 마리온 친구이자 블룸 옛 애인.

데니스 브린 Denis Breen : 조제핀 브린 남편. 편집증으로 고통받고 있다.

데이비 번 Davy Byrne : 식당 주인. 친절하고 사려 깊다.

노지 플린 Nosey Flynn : 빈둥대는 경마 애호가이자 몰리 옛 애인.

바텔 다시 Bartell d'Arcy : 유명한 가수이자 몰리 옛 애인.

마이너 퓨어포이 Mina Purefoy : 산부인과 병동에서 이날 아이를 낳는 산모.

패디 레너드 Paddy Leonard, **톰 로치퍼드** Tom Rochford : 데이비 번 식당에 등장하는 인물들.

파인애플 맛이 나는 막대 엿, 레몬이 든 캔디, 버터 스카치. 사탕으로 범벅이가 된 소녀가 교회 청년에게 크림 과자를 한 수저씩 떠먹이고 있다. 학교 위안모임이라도 있는가. 아이들 위에 나쁠 텐데. 국왕폐하가 좋아하시는 마름모꼴 둥근꼴 사탕 제조업자라. 신이여, 지켜 주소서. 우리의.*² 왕좌에 앉아서 빨간 대추향 과자를 하얗게 될 때까지 빨고 있다.

그레이엄 레몬 과자점에서 흘러나오는 따뜻하고 달콤한 냄새 속에 서서 오가는 사람들을 지켜보던 YMCA의 음울한 한 청년이 미스터 블룸에게 전단을 건넸다.

마음에서 마음으로의 대화.*³

블루…… 나말인가?*⁴ 아냐.

양의 블러드(피).*⁵

그는 느린 걸음으로 강 쪽으로 걸어가면서 읽었다. 당신은 구원받았습니까? 모든 사람은 어린양 피로 깨끗해집니다. 신은 피의 희생을 요구합니다. 탄생, 찬미가, 순교, 전쟁, 기념비 건립, 희생, 콩팥 번제(燔祭),*⁶ 드루이드 사제 제단.*⁷ 엘리야가 온다. 시온에서의 교회 재건자, 존 알렉산더 도위 박사*⁸가 온다―라.

오는구나! 오는구나!! 오는구나!!!

---

*2 영국 국가 첫 마디.

*3 전단 속 구절.

*4 블룸은 피(Blood)와 자기 이름의 철자가 비슷하다는 데에 생각이 미친다.

*5 "저들은 어린양의 피로 자기들의 긴 겉옷을 깨끗이 빨아 희게 하였다."(《묵시록》7 : 14)

*6 고대 유대교에서 콩팥은 여호와를 위해 제단에서 불살라지는 특별한 기관이었다(《탈출기》 29 : 1~28).

*7 드루이드교는 고대 켈트족 종교. 인간을 제물로 바치는 관습이 있었다.

*8 미국 복음 선교사(1847~1907). 1904년 6월 유럽을 방문했으나 더블린에는 오지 않았다.

모두 마음으로 환영하리.

돈 버는 일이다. 작년에는 토리와 알렉산더가 왔었다. 일부다처. 우선 그의 아내가 그것을 방해할 것이다. 버밍엄인가 무엇인가 하는 가게 번쩍번쩍 빛나는 십자가의 그 광고를 어디서 보았지? 우리 구세주. 한밤중에 일어나 보니 그는 벽에 매달려 있다. 마술사 페퍼의 허깨비같은 생각. 쇠못이 죄어온다.*⁹

틀림없이 그것은 인(燐)으로 가공한 것이다. 예를 들면, 대구 살점을 그대로 두면 푸른 기가 섞인 은빛을 볼 수 있다. 언젠가 밤중에 부엌의 음식 찬장이 있는 곳으로 내려갔을 때, 갖가지 냄새가 튀어나오는 것 같은 느낌이 들었는데 기분이 썩 좋진 않았다. 음, 아내가 좋아한 것은 뭐였지? 말라가산(産) 건포도다. 그 냄새로 에스파냐를 생각하겠지.*¹⁰ 그것은 루디가 태어나기 전 일이었다. 인광(燐光), 저 푸른 기가 섞인 녹색 인광. 뇌에 매우 좋다고 한다.

버틀러 기념관 모서리에서 그는 배철러거리를 바라보았다. 디댈러스 딸*¹¹이 아직도 딜런 경매장 앞에 서 있다. 무엇인가 낡은 가구라도 팔러 온 것임에 틀림없어. 눈이 아버지를 딱 닮아서 한눈에 알 수 있지. 어슬렁거리며 아버지가 나오는 것을 기다리는 게야. 가정은 어머니가 없으면 무너지고 말아. 그*¹²는 아이를 15명이나 낳게 했다. 거의 해마다 낳은 셈이지. 그것이 그 종교*¹³ 계율(戒律)이다. 그렇지 않으면 신부는 가엾은 여자에게 참회도 면죄도 허락하지 않는다. 낳아서 땅에 가득 차게 하라.*¹⁴ 그런 터무니없는 말을 하는 종교가 어디 있담? 믿고 있으면 먹이가 되어 가정이고 뭐고 못쓰게 된다. 신부는 보살필 가정 따윈 없으니까. 가장 맛있는 국물을 빨고 있는 셈이야. 그들의 식료품 저장실과 식품 저장실. 신부들이 속죄 기도일*¹⁵의 엄

---

*9 십자가에 못 박혀서.
*10 마리온은 지브롤터 태생이다.
*11 스티븐 누이동생 데일리.
*12 사이먼 디댈러스.
*13 가톨릭교회는 산아 제한을 허용하지 않는다.
*14 〈창세기〉 1 : 28.
*15 욤 키푸르. 가을 수확을 축하하는 초막절(유대력 제7월)의 5일 전. 그날은 단식을 해야 한다(〈레위기〉 23 : 26~32).

격한 단식을 제대로 하고 있는지 알고 싶군. 십자가 과자라. 제단에서 쓰러지지 않도록 한 끼를 먹고 그 외에 간식을 하는 셈이지. 그들 가운데 가사도우미를 둔 사람이 있다면 사정을 들을 수 있을 텐데. 하지만 그런 일은 물어보아도 이야기하지 않을 걸. 신부가 돈을 얼마나 가졌는지 알아낼 수 없는 것과 마찬가지로. 하지만 잘 살아. 손님도 없고. 모든 것은 주인님 것이야. 자기의 수채화를 바라보고. 자기가 먹을 버터 바른 빵을 가져와요. 사제님. 쉿, 남에게 말해서는 안 돼.

어떻게 된 거야? 가엾게도 아이[16] 옷은 넝마가 아닌가. 영양 상태도 나쁜 것 같고. 감자와 마가린, 마가린과 감자겠지. 알아차렸을 때에는 너무 늦어. 말보다 증거다. 그렇게 하다가는 몸을 망쳐.

그가 오코널다리에 이르렀을 때, 민들레 솜털같은 연기가 난간으로부터 솟아올랐다. 수출용 흑맥주를 실은 맥주회사 거룻배다. 영국행인가? 바다 공기를 쐬면 쓴맛이 바뀐다고 들었어. 날을 잡아서 핸콕으로부터 출입증을 얻어서 맥주회사[17]에 구경 가면 재미있을 거야. 그 자체만으로 세계는 하나를 이룬다. 흑맥주 통이 죽 열을 이루고 있다. 훌륭해. 쥐도 들어갈 거야. 쥐들이 마셔서 콜리 개만큼 부풀어 떠 있다. 흑맥주로 곤드레만드레. 놈들은 인간처럼 토할 때까지 마신다. 그것을 우리가 마신다고 상상해보라! 쥐와 큰 술통. 글쎄, 만약에 그것을 모두가 안다면 도저히.

시선을 떨어뜨리자 그는 적적한 부두 안벽(岸壁) 사이에서 원을 그리며 야무지게 날갯짓하는 갈매기들을 보았다. 항구 밖은 날씨가 좋지 않구나. 만약에 내가 여기에서 몸을 던진다면. 루벤 J 아들은 저 더러운 물을 배가 차도록 마셨겠군. 1실링 8펜스는 너무 많아?[18] 흥, 사이먼 디댈러스가 이 이야기를 했을 때에는 재미있었어. 그 친구는 이야기 솜씨가 좋아, 분명히.

갈매기들은 원을 그리고 고도를 낮추었다. 먹이를 찾고 있어. 가만,

그는 종이[19]를 말아 갈매기들 사이로 던졌다. 엘리야는 초속 32피트 속도[20]로 왔는데 갈매기들은 거들떠보지 않는군. 종이공은 파도가 지나간 자

---

*16 사이먼 딸 데일리.

*17 기네스 맥주회사. 예부터 세계 유수의 큰 회사이다.

*18 루벤 J가 아들을 구한 남자에게 2실링 준 데에 대해 사이먼 디댈러스가 한 말.

*19 아까 받은 선교 전단지.

오코널다리

리에 떨어져 교각 사이에 떠 있다. 녀석들이 그렇게 바보는 아니야. 내가 에
린스 킹호(號)에서 묵은 과자를 던졌을 때에는 배꼬리 50야드 지점에서 주
워 올렸으니까. 살기 위한 지혜. 갈매기들은 원을 그리고 날개를 펄럭였다.

'굶주려 배고픈 갈매기는
어두운 물 위에 날개를 펄럭인다'[21]

시인은 이런 식으로 비슷한 음을 써서 시를 쓰는구나. 그러나 셰익스피어
에게는 각운(脚韻)이 없어. 무운시(無韻詩). 매끈한 말의 흐름이야. 사상이
있다. 장중해.

'햄릿, 나는 네 아버지 망령이지만,
잠시 동안 이 세상을 헤매는 운명이다.'[22]

---

[20] 낙하 속도.
[21] 각운을 맞춘 시구. 블룸이 지은 듯하다.

—사과 두 개에 1페니! 두 개에 1페니!

그의 눈길은 판매대에 빽빽하게 나열된 윤기 나는 사과를 보고 지나갔다. 지금 것은 오스트레일리아에서 온 거겠지. 번쩍번쩍 빛나는 껍질. 헝겊이나 손수건으로 닦은 거야.

가만. 그 불쌍한 새들.

그는 멈춰 서서 사과 파는 노파로부터 밴버리 케이크 두 개를 1페니에 샀다. 부서지기 쉬운 케이크를 쪼개서 리피강으로 던졌다. 거 봐! 갈매기들은 소리 없이 처음에 두 마리, 이어서 전부가 내려와서 먹이를 덮쳤다. 없어졌다. 하나도 남김없이.

그들의 탐욕과 빈틈없음을 알고서 그는 두 손에 묻은 케이크 가루를 털었다. 갈매기들에게는 뜻하지 않은 음식이었겠지. 기적의 음식.*23 녀석들은 생선을 먹고 살아가야만 해. 모든 바닷새, 갈매기, 바다거위. 아니야 리피강 백조들은 가끔 이 근처까지 와서 깃을 다듬는다. 맛에 대해서는 전혀 가늠할 수가 없어. 백조 고기맛은 어떨까? 로빈슨 크루소는 바닷새를 먹고 살아야만 했다.

그들은 가냘프게 날갯짓을 하면서 원을 그렸다. 이제 그만 던질 거야. 1페니로 충분해. 대단히 고맙다는 말을 듣기는커녕. 까악 하고 울어 주지도 않고. 게다가 그들은 구제역을 퍼뜨린다. 예를 들어, 칠면조에 밤 요리를 쟁이면 밤 같은 맛이 난다. 돼지는 돼지다운 맛. 그런데도 소금물에서 잡히는 생선에는 왜 짠맛이 없는가? 왜 그럴까?

그는 그 대답을 구하려고 강 수면을 바라보았다. 그러자 보트가 한 척, 닻을 내린 채 당밀과 같은 물결을 타고 광고판을 마지못해 흔들고 있는 것을 보았다.

'키노 가게*24
11실링
바지'

---

*22 〈햄릿〉 1막 5장에서 아버지 유령이 햄릿에게 하는 말.
*23 이집트를 탈출한 이스라엘인이 황야에서 굶주림으로 괴로워할 적에 하느님이 '만나'라는 음식을 내려 주었다(《탈출기》 16).
*24 런던 포목점. 더블린에도 지점이 있었다.

좋은 생각이야. 키노는 시 당국에 땅값을 치르고 있을까? 물 소유권이란 어떤 것일까? 물은 끊임없이 계속해서 흐르고 있다. 항상 변화하고 있으며, 우리도 인생의 흐름 속에서 그것을 뒤쫓고 있다. 왜냐하면 인생이란 흐름이기 때문이다. 어떤 장소도 광고에 이용할 수가 있다. 그 임질 치료의 돌팔이 의사는 화장실마다 광고를 냈다. 요즈음에는 볼 수가 없어졌지만. 비밀 엄수인가? 의사 하이 프랭크스. 돈 한 푼 안 쓰는 점에서는 댄스 교수 마기니의 자기 선전과 같다. 남에게 말해서는 안 될 그 건도 남에게 부탁해서 붙이든지 앞단추를 끄르면서 뛰어들어 붙이면 돼. 밤중에 남몰래. 장소도 좋고. 광고 붙이지 말 것. 110개 알약을 우편으로 보내라. 누군가 그것을 먹었더니 타는 듯했다나?

만약에 그가……

아, 그래!

뭐라고?

아니…… 아냐.

아냐, 아냐, 나는 그렇게 생각하지 않아. 그럴 리가 없어.

그렇고말고.[25]

미스터 블룸은 당혹스러운 눈을 들고 앞으로 나아갔다. 이제 그 일은 생각하지 않는 것이 좋아. 1시가 지났다. 항만 관리국 표시구(標時球)가 내려와 있다.[26] 던싱크 천문대 표준시간.[27] 로버트 볼[28]의 그 천문학 입문은 재미있는 책이야. 시차(視差)인가. 나는 한 번도 잘 이해할 수가 없었다. 저기에 신부가 계신다. 물어볼까? 파르(par)라고 하는 것은 그리스어이다. 평행(parallel), 시차(parallax). 내가 윤회라고 가르쳐 줄 때까지 그녀는 그것을 멧 힘 파이크호시즈(met him pikehoses)라고 불렀지. 참 어려운 일이야.

미스터 블룸은 선박용 바닥짐사무소 두 창문을 향해 '참 어려운 일이군요'

---

*25 '그'는 보일런. 블룸은 보일런이 혹시 성병에 걸렸을까 봐 두려워하고 있다.

*26 오코널다리 남쪽에 더블린 항만 관리본부가 있는데, 이곳 시계는 던싱크 천문대와 직결된 가장 믿을 만한 시계로서 던싱크 표준시를 알렸다. '표시구'는 기둥 위에 놓인 공. 정해진 시각에 아래로 떨어진다.

*27 던싱크는 더블린 시에서 4마일 거리이다. 천문대와 트리니티 칼리지 시계를 전류로 움직이는 원본 시계가 있다.

*28 더블린 트리니티 칼리지 출신 천문학자. 1840년 케임브리지 교수가 되었다.

하는 표정으로 미소 지었다. 결국 그녀 말이 옳을지도 모른다. 사소한 일에 거창한 말을 쓰는 것은 그 투가 재미있을 때뿐이다. 그녀는 재치가 있는 편은 아냐. 천박한 말을 할 때도 있고, 내가 마음속으로 생각하고 있는 것을 까발릴 때도 있다. 그러나 그렇다고만 할 수도 없지. 그녀는 벤 돌라드 목소리는 저급한*29 술통 같은 저음*30이라고 말했어. 그 녀석 다리는 술통 같았고, 술통에 머리를 처박고 노래를 부르는 것 같았으니까 말야. 어때? 참 재치 있는 말 아냐? 모두가 그에게 빅 벤*31이라는 별명을 붙였지만. 술통 같은 저음 쪽이 훨씬 위트가 있어. 신천옹 같은 식욕. 소 양쪽 허리 고기 한 마리분을 먹어 치운다. 고급 바스표(標) 맥주를 꿀컥꿀컥 마시는 것도 대단해. 맥주를 한 통이나 마시는 거야. 어때, 모두가 어울리지 않아?

하얀 덧옷을 입고 죽 늘어선 샌드위치맨들이 하수구를 따라서 블룸 쪽으로 천천히 걸어왔다. 저마다 빨간 띠를 비스듬히 두른 광고판을 걸치고 있다. 싸게 파는구나. 오늘 아침 사제와 마찬가지이다. 우리는 죄를 범했습니다, 우리는 고통을 받았습니다. 그는 하얀 다섯 개 모자에 적힌 주홍빛 글자를 읽었다. H·E·L·Y·S. 위즈덤 헬리 가게. Y자 사나이는 약간 뒤처져서 가슴 광고판 아래에서 빵 한 덩어리를 꺼내 입에 밀어 넣고 우물거리면서 걸었다. 우리 주식(主食)이다. 하루 3실링으로, 하수구를 따라 거리에서 거리로 걸어서 돌아다닌다. 겨우 뼈와 가죽만으로 살 만큼의 수입, 간신히 빵과 죽을 먹는다. 저들은 보일 가게 사람들은 아니다, 아냐, 맥글레이드 가게 사람들이다. 그렇게 해서는 제대로 손님이 오지 않을 걸. 나는 그에게 권고한 적이 있어. 유리를 친 전시용 마차에 예쁜 여자아이 둘을 앉혀서 편지를 쓰게 하고 복사지나 봉투나 압지를 나열해 두면 어떻겠느냐고. 무엇을 쓰고 있는지 알고 싶을 것이다. 모르는 체하고 있으면 20명은 온다. 알고 싶어 하는 것이 사람 마음이니까. 여자들도 마찬가지야. 호기심. 소금 기둥*32이지. 그것이 자기 아이디어가 아니었으므로 그는 애초에 내 생각을 채택하지 않았

---

*29 베이스, 즉 최저음.

*30 바리톤.

*31 영국 국회의사당의 커다란 시계탑.

*32 하느님이 소돔과 고모라를 멸망시킬 때 뒤돌아보지 말라고 했는데, 롯의 아내는 호기심으로 뒤돌아보았다가 소금 기둥이 되었다.

다. 그렇지 않으면 검은 셀룰로이드를 검은 얼룩처럼 보이게 한 잉크병 광고를 내라고 했는데. 그 사나이가 생각해 내는 광고란 자두나무표(標) 병조림과 같은 것으로 사망란 아래에 회사의 냉육처리공장을 넣는 것이 고작이다. 이것만은 무시할 수가 없어요. 뭐죠? 우리 회사 봉투입니다. 어이, 존스군, 어디 가는 거야? 방해하지 말아 줘, 로빈슨, 실은 단 하나 믿을 수 있는 잉크 지우개 '캔셀'을 급히 사러 데임거리 85번지 헬리 가게까지 바삐 가는 길이야.[33] 아냐, 그런 사람들과 인연 끊기를 잘했어.[34] 저 수도원을 수금하러 돌아다녔을 때는 혼이 났었지. 트랭퀼러 수도원.[35] 거기 수녀 얼굴이 참 예뻤는데. 그 작은 얼굴에 베일이 참 잘 어울렸어. 시스터? 시스터? 그녀의 눈은 아무리 생각해도 실연당한 여자 눈이야. 그런 여자를 상대로 장사를 한다는 것은 힘이 들어. 그날 아침 나는 그녀 기도를 방해한 셈이지. 그래도 바깥 세계와 접촉해서 즐거웠던 것 같아. 우리의 소중한 날이에요, 그녀는 말했지. 카르멜산(山) 성모 축제일.[36] 캐러멜이라고 하면 달콤한 이름이 된다. 그녀는 그것을 알고 있었어. 그 모습으로 봐서. 결혼했더라면 다른 여자가 되었을 텐데. 그 수녀들은 정말로 돈이 없었던 거야. 그런데도 프라이할 때에는 최상급 버터를 쓰지. 라드 같은 건 쓰지 않아. 낡은 기름을 먹으면 가슴이 타요. 그녀들은 모든 것에 버터를 넣는 것을 좋아한다. 베일을 올리고 잠깐 버터를 맛보는 몰리. 시스터? 팻 클래피. 그녀는 전당포 딸이었다. 철조망을 생각해 낸 것도 수녀들이었대.[37]

그가 웨스트모얼랜드거리를 가로지를 때 S가 달린 모자를 쓴 사람이 걸어갔다. 로버 자전거 가게. 오늘 경주가 있겠군. 몇 년 전이었던가? 필 길리건이 죽은 해였다. 우리가 서부 롬바드거리에서 살 때였다. 가만, 내가 토머스 인쇄소에 있던 무렵이지. 결혼한 해에 위즈덤 헬리 가게에 취직했다. 6년, 10년 전인 1894년에 그 아이[38]가 죽었으니까. 그래, 그것으로 맞는 이야기다. 아놋 가게에 큰 불이 났을 때다. 밸 딜런이 시장(市長)이었고, 글렌

---

[33] 모두 헬리 가게를 위해 블룸이 생각한 광고문안.
[34] 블룸은 이전에 헬리 가게에서 일했다.
[35] 카르멜회 수도원. 더블린 남쪽 교외 래스민스에 있다. 1833년 창설.
[36] 카르멜회 창립 기념 축제일. 7월 16일 또는 그 다음 일요일.
[37] 수녀가 철조망을 발명했다는 설이 있으나 실은 미국인 세 명이 최초 발명자라고 한다.
[38] 블룸의 아들 루디.

크리 강변 만찬회,[39] 시의회 의원인 로버트 오레일리는 깃발이 내려오기도 전에,[40] 시작 신호가 있기 전에 포트포도주를 수프에 붓고 말았어. 그것을 개 녀석이 그 대신에 핥고 있었다. 악대가 무엇을 연주하는지 알아들을 수도 없었다. 우리가 이미 받은 것을 위해 주여 우리를……. 그 무렵 밀리는 어린애였지. 몰리는 장식 단추가 달린 코끼리 가죽 같은 회색 드레스를 입고, 남자가 만든 것이었다. 그녀는 그 옷을 마음에 들어 하지 않았어. 그것을 처음으로 입고 슈갈로프산[41]으로 성가대가 들놀이 갔을 때 내가 발을 뺀 것이 그 때문이었지. 굿윈 할아범 실크 모자가 무엇인가 풀과 같은 것으로 손질이 되어 있었다. 파리들의 들놀이이기도 했다. 그때만큼 그녀가 옷을 잘 입은 적은 없었어. 옷이 몸에 딱 맞았고, 어깨도 엉덩이도 딱 맞았지. 마침 살집이 좋아지고 있었을 때였다. 그날 우리는 토끼 고기 파이를 먹었다. 모두가 몸을 돌려 그녀를 바라보고 있었다.

행복했었다. 지금보다도 행복했었다. 그 아담한 작은 방에 빨간 벽지를 발랐는데, 도크렐 가게에서 1타에 1실링 9펜스 주고 샀다. 밀리가 목욕하던 날 밤. 나는 향료가 든 미국 비누를 사왔다. 딱총나무 꽃향기가 든. 그녀의 목욕물의 기분 좋은 냄새. 온몸에 비누를 바른 그 아이의 우스운 꼴이라니. 귀여운 모습이었다. 지금은 사진관 수습 직원. 돌아가신 아버지도 은판 사진[42] 암실이 따로 있었다. 유전적인 취미.

그는 보도 가장자리를 따라 걸었다.

인생의 흐름이다. 저 사람 이름이 뭐였더라? 성직자 같은 얼굴로, 항상 지나갈 때마다 곁눈으로 보고 갔던 남자. 시력이 약한 눈, 여자. 시트론 씨가 설계한 성 케빈 산책길에서 걸음을 멈추었다. 펜 아무개라고 했지. 펜데니스[43]였던가? 어쩐지 요새 내 기억력은. 펜……? 하기야 여러 해 전 일이다. 전차 소리가 시끄러운 탓일 게다. 하지만 매일 얼굴을 맞대는 식자공 이름을 모른다고 하면.[44]

---

*39 위클로주 글렌크리 성 케빈 감화원에서 매년 기금을 조달하기 위해 여는 만찬회. 감화원은 더블린 시내에서 남쪽으로 16km 떨어진 글렌크리강 상류에 있었다.

*40 식전 기도를 하기도 전에.

*41 더블린 남남동 22km 떨어진 곳에 위치. 표고 655m.

*42 초기 사진술.

*43 Pendennis. 정답은 펜로즈(Penrose). 블룸은 나중에 기억해 낸다.

테너 가수 바텔 다시는 마침 그 무렵에 한창 팔렸었지. 연습이 끝나면 그녀를 집까지 바래다 주었어. 수염에 기름을 바른 젠체하는 녀석. 그녀에게 〈남쪽에서 부는 바람〉*45이라는 노래를 가르쳤던 거야.

바람이 세게 부는 밤이었다. 복권 건으로 지부 집회가 있었다. 시장 공관 식당인지 참나무 방에서 굿윈 연주회가 끝난 뒤. 그와 나는 뒤를 따라 걷고 있었다. 그녀의 악보 한 장이 내 손에서 고등학교 담 쪽으로 날아갔다. 하지만 재수 좋게 그것은. 그런 일이 있으면, 그날 밤 일의 효과가 사라지게 되니까. 굿윈 교수는 앞으로 나와 그녀와 팔을 끼고 있었다. 발걸음이 시원찮은 노인이었다. 그의 작별 콘서트. 무대에 서는 것은 이번이 마지막이다—라 해도, 그것이 수개월 동안 일일지 또 영원히라는 말일지 누가 알겠는가. 깃이 눈보라를 맞아 선 채로 바람을 향해 웃고 있는 그녀를 기억하라. 하코트거리 모퉁이에서의 그때 그 돌풍을 기억하세요? 브르르르. 그녀의 스커트가 온통 위로 날리고 그녀의 목도리 때문에 굿윈 노인은 하마터면 질식할 뻔했다. 바람 속에서 그녀 얼굴이 빨개졌지. 그래그래, 집에 돌아와서 난롯불을 다시 살려 야식으로 양고기에 그녀가 좋아하는 처트니 소스를 발라 구워 주었어. 그리고 럼술에 향료를 넣어 데워 주었고, 그녀가 침실에서 코르셋 고리쇠를 푸는 것이 난로 쪽에서 보였어. 하얀 살.

그녀의 코르셋은 스치는 소리를 내고 가볍게 침대 위에. 항상 벗은 뒤에는 그녀 체온이 남아 있었다. 그녀는 항상 그런 것을 벗길 좋아했다. 그리고 그녀의 머리핀을 빼며 거의 두 시간 동안이나 앉아 있었지. 밀리는 잠옷을 입고 어린이용 침대에. 행복, 행복, 그날 밤 일이었지······.

—어머? 미스터 블룸, 안녕하세요?

—안녕하세요, 미시즈 브린.*46

—푸념해 봤자 소용없어요. 요즈음 몰리는 어떻게 지내요? 꽤 오랫동안 못 봤는데······.

—잘 있어요. 밀리는 멀링거시(市) 쪽에서 일하고 있죠. 미스터 블룸이 명랑하게 말했다.

---

*44 내너티는 식자공 몽크스의 이름을 기억하지 못한다. 에피소드 7 참조.

*45 출처 불명의 노래.

*46 브린 여사는 블룸 아내 마리온 친구이자 블룸의 옛 애인이었다.

—집을 나온 거군요! 그녀로서는 좋은 일 아닌가요?

—그렇습니다. 거기 사진관에 근무하고 있어요. 일이 바쁜 모양이에요. 댁의 아이들은?

—모두 빵 가게에서 일하고 있답니다. 미시즈 브린이 말했다.

아이가 몇 명 있었지? 지금 보아서는 아이를 밴 것 같지도 않은데.

—상복을 입으셨군요. 댁에 무슨 일이라도……?

—아닙니다, 장례식에 갔다 오는 길입니다. 미스터 블룸이 말했다.

오늘은 어디를 가나 이 이야기가 나올 것 같군. 누가 죽었지? 언제 죽었지? 무슨 병으로? 귀찮을 정도로 물음을 받겠지.

—어머나. 하지만 가까운 친척은 아니겠죠? 설마. 미시즈 브린이 말했다.

동정을 받는 것도 나쁘지는 않아.

—제 오랜 친구인 디그넘입니다. 갑자기 죽었어요. 가엾게도. 심장병인 것 같아요. 장례식이 오늘 아침에 있었습니다. 미스터 블룸이 말했다.

'내일은 당신 장례식
밀밭을 지나갈 때
디들디들 덤덤
디들디들'*47

—오랜 친구가 죽는다는 건 슬픈 일이에요. 미시즈 브린이 여성다운 슬픈 눈으로 말했다.

이 이야기는 이것으로 족해. 넌지시 물어봐야지. 남편 일을.

—바깥양반은 어떠신가요?

미시즈 브린은 커다란 두 눈을 위로 들었다. 어쨌든 눈만큼은 옛날 그대로야.

—그 이야기, 그만두기로 해요, 그녀는 말했다. 그이는 아주 위험해요. 지금 가게에 법률 서적을 가지고 와서 문서에 의한 명예훼손에 대해서 살펴보고 있어요. 걱정이에요. 잠깐 기다려요. 보여드릴 게 있어요.

해리슨 가게*48로부터 뜨거운 송아지 머리 수프와 잼이 들어간, 방금 구운

─────────────

*47 두 노래가 섞여 있다. 1행은 맥글레논 작 〈그의 장례식은 내일〉. 2행은 로버트 번스 작 〈호밀밭에서〉.

찐과자의 김이 흘러나왔다. 진한 음식 냄새가 미스터 블룸의 식도 입구를 자극했다. 맛있는 반죽 과자를 만들기 위해서는 버터와 최고 품질 밀가루, 누런 데메라라 막설탕*49이 필요하다. 거기에 뜨거운 홍차를 곁들여 먹는다. 그런데 이것은 그녀에게서 나는 냄새가? 맨발 부랑아가 한 사람, 격자창 이쪽에 서서 냄새를 맡고 있다. 그것으로 시장기를 때울 작정이겠지. 즐거울까? 괴로울까? 1페니 저녁밥. 나이프와 포크가 쇠줄로 탁자에 매여 있다.

그녀는 핸드백을 열었다. 가죽이 얇은 핸드백이다. 모자의 핀이구나. 그런 것은 위험해. 전차 안에서 남자 눈을 찌르기도 한다. 뒤적이고 있다. 열었다. 돈이다. 하나 어떻습니까? 그녀들이 6펜스라도 잃어버리면 큰일이다. 큰 소동이 일어난다. 남편이 소리를 지른다. 월요일에 내가 준 10실링은 어디로 갔어? 네 남동생 가족이라도 먹여 살리고 있나? 더러워진 손수건. 약병. 치명적인 알약.*50 이 여자는 무엇을 하려는 것일까?

─틀림없이 초승달 무렵인가 봐요.*51 초승달 무렵이면 항상 바깥양반이 이상해져요. 어젯밤 어떤 일이 벌어졌는지 모르시죠? 그녀가 말했다.

그녀의 손은 뒤적이는 것을 멈췄다. 물끄러미 그를 바라보는 그녀의 눈은 불안해 하면서도 미소를 짓고 있었다.

─무슨 일이 있었죠? 미스터 블룸은 물었다.

그녀에게 말을 시켜야지. 똑바로 그녀 눈을 보고 있어야지. 당신이 하는 말을 믿어요. 나를 믿어요.

─밤중에 나를 깨우는 거예요. 꿈을 꾸었대요, 무서운 꿈을. 그녀가 말했다.

소화 불량.

─스페이드 에이스가 계단을 올라온대요.

─스페이드 에이스라고요? 미스터 블룸이 말했다.

그녀는 핸드백에서 접은 엽서를 꺼냈다.

─읽어 봐요. 오늘 아침 그에게로 온 거예요.

---

*48 웨스트모얼랜드거리 29번지에 있는 제과점.

*49 사탕수수에서 캐낸 옅은 황갈색 막설탕. 남아메리카 가이아나 데메라라강 유역이 원산지였다.

*50 아버지의 자살을 생각하고 있다.

*51 1904년 6월 13일 초승달이 떴다.

—뭐죠? 미스터 블룸은 엽서를 받으면서 물었다. U.P. ?

—U.P. 미쳤다는 말인가 봐요.*52 누군가가 그를 화나게 하려는 거예요. 누군지는 몰라도. 정말로 나쁜 사람이에요. 그녀가 말했다.

—정말 그렇네요. 미스터 블룸이 말했다.

그녀는 엽서를 돌려받고 한숨을 지었다.

—그래서 그이는 지금 미스터 멘튼*53 사무실에 계셔요. 1만 파운드 손해 배상을 청구한대요.

그녀는 엽서를 접어서 난잡한 핸드백 안에 넣고 쇠고리를 걸었다.

2년 전 입었던 것과 같은 청색 저지 옷. 보풀이 일어난 천의 색이 바랬다. 이것도 옛날에는 고운 옷이었는데. 귀 위에 성긴 머리카락이 떨어지려 하고 있다. 게다가 볼품없는 토크 모자, 낡은 포도 열매 장식 세 알이 단조로움을 덜어주고 있다. 허세를 부리고 있다. 옛날에는 품위 있는 옷을 입었다. 입가 주름. 몰리보다 하나나 둘 위인데. 지나가던 여자가 그녀를 바라보던 눈초리. 잔혹하다. 여자는 교활해.

그는 아직도 그녀를 바라보고 있었다. 불만을 눈초리에 나타내지 않으려고 하면서. 자극적인 송아지 머리 요리나 쇠꼬리 카레 수프 같은 강한 냄새가 난다. 나도 배가 고프다. 그녀 옷섶에 과자 부스러기가 붙어 있다. 뺨에는 설탕 섞인 가루가. 익은 과실을 듬뿍 담은 대황(大黃) 파이. 그것은 조지 포웰*54이었다. 루크 도일*55의 집에서 오래전에, 돌핀스 반에서 한 문자 수수께끼. U.P.는 미치광이다.

화제를 바꾸자.

—최근 미시즈 뷰포이를 만났습니까? 미스터 블룸이 물었다.

—마이너 퓨어포이 말이에요? 그녀가 되물었다.

나는 필립 뷰포이를 생각하고 있었는데. 연극 감상가 클럽. 매첨*56은 가끔 훌륭한 솜씨를 생각한다. 나는 쇠사슬을 당겼던가? 그래. 마지막 행동.

---

*52 up은 '끝났다', '손쓸 도리가 없다', '미쳤다'는 뜻.

*53 장례식에서 블룸과 함께 있었던 변호사.

*54 미시즈 브린 처녀 시절 이름.

*55 더블린 남서부 교외 돌핀스 반에 살았던 블룸 부부 친구.

*56 앞서 나온 통속 소설 주인공.

—그렇습니다.

—지나가던 길에 잠깐 들러서 물어봤어요. 무사히 해산이 끝났는가 해서. 그분, 홀리스거리 산부인과 병원에 있어요. 혼[*57] 선생님이 입원시켰어요. 사흘 전부터 고통을 당하고 있는가 봐요.

—아, 거 안됐군요. 미스터 블룸이 말했다.

—그래요, 게다가 집에는 아이들이 많고. 지독한 난산이라고 간호사가 말하더군요. 미시즈 브린이 말했다.

—오! 미스터 블룸이 말했다.

그는 동정하는 심각한 눈초리로 그녀 소식을 들었다. 그는 동정의 마음을 나타내기 위해 혀를 찼다. 츠, 츠.

—거 안됐군요. 가엾게도! 사흘 동안이나! 얼마나 괴로울지.

미시즈 브린은 고개를 끄덕였다.

—그분, 화요일부터 괴로워하기 시작했어요…….

미스터 블룸은 가볍게 그녀 팔꿈치를 누르고 경고했다.

—조심해요! 사람이 지나가요.

삐삐 마른 몸집의 사나이가 냇가 저편에서 보도 갓돌을 따라 큰 걸음으로 다가왔다. 굵은 줄이 달린 외알 안경 너머 공허한 눈길로 햇빛을 바라보고 있다. 작은 모자가 마치 머리뼈처럼 그의 머리를 꽉 조이고 있다. 접은 먼지 막이 겉옷과 지팡이와 우산을 한 손에 늘어뜨려 걸을 때마다 그것들이 흔들렸다.

—저 남자를 보세요. 저 남자는 항상 가로등 바깥쪽을 걸어요, 그렇죠? 미스터 블룸이 말했다.

—이런 거 물어봐도 괜찮다면, 저분은 누구예요? 머리가 모자란가요? 미시즈 브린이 물었다.

—그의 이름은 캐셜 보일 오코너 피츠모리스 티스덜 패럴이라고 합니다. 미스터 블룸은 웃으면서 말했다. 봐요!

—이름이 길군요. 데니스도 머지않아 저렇게 될지도 몰라요.

그녀는 갑자기 침묵을 지켰다.

[*57] 앤드루 J. 혼(1856~1924). 아일랜드 왕립 의학회 전(前) 부회장이자 홀리스거리 국립 산부인과 병원 원장.

―저기 그가 나왔어요, 제가 따라가야 해요. 안녕. 몰리에게 안부 전해 줘요.

―네. 미스터 블룸이 말했다.

그는 그녀가 통행인 사이를 뚫고 가게 쪽으로 가는 것을 지켜보고 있었다. 데니스 브린이 약간 짧은 프록코트에 파란 즈크화를 신은 모습으로 가슴에 무거운 책 두 권을 안고 발을 끌며 해리슨 가게에서 나왔다. 어쩔 줄을 몰라 하고 있다. 옛날 그대로다. 그녀가 따라잡아 어깨를 나란히 해도 놀라지 않고 더러워진 회색 턱수염을 아내 쪽으로 내밀었다. 그리고 무언가 열심히 이야기를 꺼냈는데 그동안 줄곧 그의 열린 턱이 흔들린다.

가짜 구세주. 머리가 돌았어.

미스터 블룸은 다시 편안한 마음으로 걷기 시작했다. 자기 앞쪽에, 햇빛 속에, 저 딱딱한 머리뼈와 같은 모자와 흔들거리는 지팡이와 우산과 먼지막이 겉옷을 보면서. 어제부터 저렇게 하고 계속 걷고 있다. 저 봐! 또 보도에서 벗어났어. 저것도 세상을 살아가는 한 가지 방법이다. 그리고 건너편에는 저런 넝마를 입은 나이든 이상한 미치광이가 또 하나 있다. 그녀는 그 사나이와 함께 살아가기가 녹록치 않을 것이다.

U.P. 미치광이. 그런 것을 써 보낸 것은 아무리 생각해도 앨프 버건이나 리치 굴딩*58이 틀림없어. 스카치 술집에서 장난 삼아 썼을 거야. 그러면 그 사나이는 멘튼 법률사무소에 들른다. 멘튼은 굴 같은 눈으로 그 엽서를 볼 것이다. 신들을 위한 축제.

그는 〈아이리시 타임스〉사 앞을 지나갔다.*59 또 응모 엽서가 와 있을지도 모른다. 모두에게 답장을 쓰고 싶군. 나쁜 짓을 하는 인간에게는 편리한 제도야. 전보 암호. 마침 점심시간이다. 저기 안경을 쓴 서기는 나를 모른다. 답장이 많이 있어도 그대로 내버려 두자. 44통을 훑어보는 것만도 큰일이야. 구함, 유능한 여자 타이피스트, 문필에 바쁜 신사의 조수. 저는 당신에게 철부지라고 이름 지었어요. 왜냐면 다른 세계*60는 싫으니까요. 그 말의 진짜 뜻을 가르쳐 주세요. 부인께서 어떤 향수를 쓰는지 꼭 알고 싶어요.*61

---

*58 스티븐의 숙부. 법률가. 블룸 친구.

*59 블룸은 여자와 편지를 주고받을 목적으로 여자 조수가 필요하다는 작은 광고를 이 신문에 내고 있다.

*60 마사의 편지에 쓰인 말(word)이란 단어의 오자.

이 세계를 누가 만들었는지도 가르쳐 줘요. 여자란 여러 가지 것을 묻고 싶어 하는군. 게다가 또 한 사람, 저 리지 트위그*62란 여자. 저의 문학적 노력은 다행히도 고명한 시인 A.E.*63의 칭찬을 받았습니다. 시집 한 권을 가지고 미지근한 차를 마시면서, 머리 손질할 틈도 없는 여자.

작은 광고를 내기 위해서는 그것이 가장 좋은 신문이다. 지금은 전국적으로 보급되고 있다. 무엇이든 할 수 있는 요리사, 고급 요리점, 하녀 딸림. 계산원으로 부지런한 남성 채용. 착실한 아가씨(로마 가톨릭) 과일가게 또는 돈육점에 직장을 구함. 제임스 칼라일*64이 그 난(欄)을 만들었어. 6.5% 배당금. 코츠의 주(株)로 큰돈을 벌었다.*65 세월아네월아 하면서. 빈틈없는 스코틀랜드 구두쇠. 그날 뉴스. 우리의 자비 넘치고 인망 두터운 총독부인. 지금은 〈아이리시 필드〉*66를 샀다. 레이디 마운트캐셜은 산후 건강을 완전히 되찾아 어제는 래소스에서의 여우 사냥 해금(解禁)을 맞아 워드 유니언 클럽 사냥개를 데리고 사냥에 참가하셨다. 먹을 수 없는 여우. 고기를 노리는 친구들도 있다. 공포라는 주사액이 노획물의 고기를 부드럽게 한다. 말에 올라타고. 남자처럼 말을 몬다. 중량급 여자 사냥꾼. 그녀를 위해서는 결코 여자 안장도 보조 안장도 없다. 사냥감을 지켜볼 때에는 맨 앞에 서고 사냥감을 잡은 신호 때에도 맨 앞이다. 그러한 승마 여인은 종마(種馬)라고 일컬을 정도로 강해. 말 대여소를 돌아다니며 뽐낸다. 눈 깜짝할 사이에 브랜디 잔을 비운다. 오늘 아침 그로우버너에서 본 저 여자처럼. 휙 하고 마차에 오른다.*67 위시 위시. 돌담도, 다섯 개 가로대 장애도 뛰어넘는다. 저 사자코 마부 녀석이 일부러 한 것 같은 생각이 든다. 그 여자는 누구를 닮았지? 아, 그래! 미시즈 미리엄 댄드레이드*68다, 셸번 호텔에서 나에게 낡은 숄과

---

*61 마사 클리포드의 편지.

*62 실존 인물. 여류 시인. 열성적인 아일랜드 국민당원.

*63 조지 러셀. 그 무렵 아일랜드에서 제일가는 시인. A.E.는 필명.

*64 〈아이리시 타임스〉지 사장.

*65 제임스 코츠가 경영하는 스코틀랜드 방적 회사는 1896년에 경쟁 회사를 합병하여 사업 실적을 늘림으로써 회사 주가를 올렸다.

*66 매주 토요일 더블린에서 발행되는 신문.

*67 에피소드 5에서 블룸이 본 마차에 오르던 여인.

*68 블룸의 밤의 환각에 나오는 여인. (에피소드 15)

검은 속옷을 판 여자. 이혼한 에스파냐계 미국인. 내가 그것들을 만지작거려도 아무렇지 않은 듯 있었어. 이쪽이 마치 옷걸이라도 되는 것처럼. 총독의 파티에서 그녀를 보았지. 공원 관리인인 스터브스가 〈익스프레스〉지 휄런과 나를 들어가게 해 주었을 때. 상류 사회가 먹다 남은 것을 처리하는 역할이다. 고기 요리를 곁들인 차. 마요네즈를 나는 커스터드로 잘못 알고 복숭아에 뿌렸어. 그로부터 몇 주일 동안 그녀는 귀가 윙윙 울렸을 거야. 그녀의 일을 보는 황소가 되고 싶다. 타고 난 매춘부야. 고맙게도 그녀에게는 아기 보는 일이 없지.

가엾은 미시즈 퓨어포이! 감리교 신자 남편. 그의 광기 속의 체계. 점심은 감화원 농장의 사프란이 든 건포도 빵과 우유와 소다. 초시계를 손에 들고 먹는다. 1분간에 32회 씹기. 지금도 그는 양과 같은 볼수염을 기르고 있다. 좋은 친척을 둔 것 같아. 더블린 성*69에 있는 시어도어 사촌이야. 어느 일족(一族)에나 바보 친척 하나는 있는 법이다. 해마다 건장한 1년생 식물(아이)을 그녀에게 선물한다.*70 언젠가 '세 사람의 즐거운 술고래' 술집*71 앞을 모자도 쓰지 않고 아이들을 데리고 행진하고 있었어, 장남이 시장 바구니에 갓난아이를 넣어서 안고서. 울어대는 아이들. 가엾은 아내! 해마다 밤중에 항상 젖을 물려야 하고. 어쨌든 금주주의자들은 이기적이다. 먹이통을 독점하는 개.*72 내 홍차에는 설탕 하나만 넣어 주세요.

그는 플리트거리 교차로에서 걸음을 멈추었다. 잠깐 점심이라도. 로우 가게에 가서 6펜스 음식을 먹고 갈까? 국립 도서관에서 그 광고를 찾아야 해. 버튼 식당*73 8펜스 점심. 그쪽이 좋아. 가는 길에.

그는 볼튼의 웨스트모얼랜드 하우스를 지나쳤다. 차(茶). 차. 차. 톰 커넌 네에 들르는 것을 잊었군.

스스스, 즈, 즈, 즈! 사흘 동안이나 초에 담근 손수건을 이마에 감고, 배가 부어오른 채 침대에서 신음하는 것을 그려 봐. 퓨! 정말 무서운 일이야!

---

*69 그 시대에 아일랜드 총독부로 쓰였을 뿐 아니라 온갖 관공청을 수용하고 있었다.
*70 연년생 아이들. 퓨어포이 여사는 자녀가 모두 아홉이다.
*71 더블린 톨카 강변에 있는 술집.
*72 이솝 우화에 나오는 이야기.
*73 버튼 호텔 앤드 빌리어드룸(레스토랑). 듀크거리 18번지.

아이 머리가 너무 커. 족집게다. 무턱대고 머리로 밀고 나오기 위해 출구를 찾으려고 어머니 태 안에서 몸을 둘로 접고 있다. 생각하기만 해도 몸이 오싹하는 느낌이야. 몰리가 가볍게 끝난 것은 참 다행이었어. 그런 일이 없도록 무슨 방법을 발명해야 해. 난산(難產). 무거운 진통을 수반하는 생명. 반마취 분만법, 빅토리아 여왕이 썼던 혼수분만법, 빅토리아 여왕이 그것을 이용했다.[74] 아이를 아홉 명이나 낳았으니까. 다산계(多產鷄). 옛날에 구두 한 짝에 살았던 할멈이 있었습니다. 아이들이 많이 있었습니다.[75] 남편은 폐병이었다고 생각해 봐.[76] 은빛으로 빛나는 우울한 가슴[77] 같은 쓸데없는 소리는 하지 말고 누군가가 그 해결책을 생각해도 좋을 때다. 그런 말은 멍청이에게 먹이는 잠꼬대에 지나지 않아. 온전히 고통없이 큰 병원을 지을 수 있었을 텐데. 모든 세금에서 벗어나려면 태어나는 모든 아이에게 복리로 5파운드씩 준다. 5퍼센트 이자로 100실링. 까다로운 것은 처음 5파운드. 10진법으로 20배 하면 돼. 저금하는 것처럼 사람들을 장려하여 21년 동안 110파운드와 약간의 돈을 저축하면 종이 위에서 계산해 보아도 상당한 돈이 되지. 상상 이상의 액수가.

죽은 채 나온 아이는 물론 예외. 출생 등록도 하지 않았으니까. 쓸데없는 고통이다.

배부른 여자 둘이 함께 있는 것은 묘한 광경이다. 몰리와 미시즈 모이젤.[78] 어머니들 모임. 폐결핵은 그 사이 잠시 좋아졌다가 다시 나타난다. 낫고 나면 그녀들이 갑자기 얼마나 납작하게 보이는지! 편안한 눈. 무거운 짐을 내려놓은 기분. 조산사인 미시즈 손튼은 유쾌한 노파였다. 모두 제 아이예요 하고 말했지. 빵죽 수프를 갓난아이에게 먹이기 전에 먼저 자기 입에 넣는다. 냠냠. 톰 월의 아들 때 손을 삐었다. 그 아이가 처음으로 세상에 인사를 했을 때. 상반은 호박 같은 얼굴. 코담배 냄새가 나는 닥터 머렌. 사람들은 언제라도 그를 깨운다. 부탁입니다, 선생님. 아내가 진통을 하고 있습

---

*74 빅토리아 여왕은 레오폴드 왕자를 낳을 때 클로로포름을 이용한 무통분만을 시도했다.
*75 자장가 한 구절.
*76 빅토리아 여왕의 남편 앨버트는 폐병을 앓았다.
*77 에피소드 7에 나오는 도슨의 연설에서.
*78 블룸 이웃. (에피소드 4)

니다. 그 주제에 사례는 수개월 기다리게 하다니. 자기 아내 왕진료를. 모두 배은망덕한 사람들뿐이야. 의사란 인정이 많은 사람이지, 예외도 있지만.

아일랜드 의사당*79의 크고 높은 입구 문 앞을 비둘기 떼가 날고 있다. 그들의 식후 놀이. 똥 갈기기. 누구에게 갈길까? 상복을 입은 저 사람에게. 자, 간다. 봐, 명중이다. 하늘에서라면 스릴 있을 거야. 앱존과 오웬 골드버그*80와 구스 그린 근처 나무에 올라가서 원숭이 놀이를 했을 때. 그들은 나를 고등어*81라고 불렀어.

경찰관 한 무리가 칼리지거리로부터 일렬종대로 행진해 왔다. 다리를 곧게 뻗고서 걷고 있다. 너무 먹어서 충혈된 얼굴. 땀이 흐르는 헬멧, 경찰봉을 만지면서. 지금 막 식사를 마친 터라 허리띠 아래에는 기름진 수프가 넉넉히 고여 있다. 경찰관이 하는 일은 꽤 재미있다. 그들은 몇몇 무리로 나뉘어 경례를 한 뒤 맡은 곳으로 흩어졌다. 방목 시간. 푸딩 먹는 시간이 그들을 공격할 가장 좋은 때이다. 식사 중에 일격을 가한다. 다른 한 무리가 열을 흐트러뜨린 채 트리니티 칼리지 울타리를 돌아 경찰서로 향했다. 여물통이 기다리고 있다. 기병대 습격을 맞을 준비. 수프 받을 준비.

그는 토미 무어*82상(像)의 익살맞은 손가락 아래를 지나갔다. 공중 화장실을 내려다보는 위치에 이 상을 세운 것은 잘한 짓이다. 흐름이 모이는 곳. 여성용 화장실을 만들어야 해. 여자들은 과자점으로 뛰어든다. 잠시 모자를 고치고 싶은데요 라고 말하고, '이 넓은 세계에 그토록 아름다운 골짜기는 없다네.' 줄리어 모컨의 훌륭한 노래. 마지막의 마지막까지 목소리를 죽이지 않았어. 그녀는 마이클 밸프*83의 제자가 아니었던가?

그는 맨 뒤에 있는 경찰관의 어깨 폭 넓은 제복을 물끄러미 지켜보고 있었다. 다루기 힘든 놈들을 상대로 하는 장사. 잭 파워라면 경찰에 대해서 재미있는 이야기를 해 줄지도 몰라. 아버지가 형사였으니까. 연행할 때 속을 썩인 녀석들은 유치장에서 혼을 내준다. 무리한 이야기는 아냐, 일이 일이니만

---

*79 아일랜드 은행. 1800년 연합법이 성립되기 전까지 이곳은 의사당이었다.

*80 둘 다 블룸 어린 시절 친구. 후자는 실존 인물이다.

*81 블룸의 어린 시절 별명.

*82 1779~1852. 유명한 아일랜드 애국 시인. 아래의 '이 넓은 세계에…… 없다네'는 그의 시 구절.

*83 1808~70. 유명한 아일랜드 작곡가 겸 가수.

큼, 특히 젊은 경관들은. 조지프 체임벌린[84]이 트리니티 칼리지에서 학위를 받던 날 저 기마 경관은 전혀 계산이 맞지 않는 고생을 했다. 분명히 그랬어! 우리 뒤에서 그의 말발굽은 애비거리를 요란한 소리로 쫓아왔다. 순간적으로 매닝 가게로 뛰어들었으니 망정이지 그러지 않았으면 혼이 났을 거야. 정말 거창한 기세였어, 그 사나이. 틀림없이 보도블록에 머리뼈를 다쳤을 거야. 나도 그런 의과생들과 휩쓸린 것이 잘못이었지. 게다가 네모꼴 모자를 쓴 트리니티 대학생도 있었다. 난리를 일으키고 싶으니

토미 무어 동상

까. 그래도 내가 벌에 쏘였을 때 성모병원에서 치료를 해 준 딕슨이란 청년과는 그것을 계기로 알게 되었다. 그는 지금 퓨어포이 부인이 있는 홀리스거리 병원에서 일한다. 얽히고설켰다. 경관의 호루라기 소리가 지금도 귓전에 들려. 모두 서둘러 도망쳤지. 왜 그는 나만을 쫓아왔을까? 나를 넘기라고 하면서. 난리가 시작된 것은 바로 이 근처였다.

　─보어인(人)[85] 만세!
　─드 웨트[86]를 위해 만세 삼창!
　─조지프 체임벌린을 사과나무에 매달아라![87]

　바보들. 목이 터져라 소리 지르는 풋내기 폭도들. 비니거 언덕.[88] 버터 거

─────────────

*84 1836~1914. 영국 정치가. 아일랜드 자치에 반대. 보어 전쟁 때 식민장관으로 주전론자.

*85 20세기 초 남아프리카에서 반영(反英) 독립운동을 시작한 민족.

*86 1854~1922. 보어인 출신 군인이자 정치가.

*87 〈존 브라운의 시체〉라는 군가의 한 구절을 변형했다.

*88 아일랜드 웩스퍼드주에 있는 언덕. 1798년 아일랜드 독립운동 때 영국에 대항하여 이곳에 진을 치고 싸웠으나 결국 패배했다.

래소의 악대도 있었다. 몇 년인가 지나면 그들의 절반은 치안판사나 관료가 되지. 전쟁이 시작되면 앞다투어 군대로 들어가고. 단두대에 올라가도 전쟁은 싫다고 한 녀석들이.

자기가 지껄이고 있는 상대가 어떤 인간인지는 모르는 법이다. 코니 켈러허 눈초리를 보면 하비 더프가 생각난다. 저 피터가 아닌, 데니스가 아닌, 제임스 케어리*89인가 뭔가 하는 무적 혁명당 음모를 밀고한 사나이를 빼박았어. 그도 단원의 한 사람이었지. 속사정을 알기 위해 젊은이들을 선동한다. 뒤에서는 더블린성(城)*90으로부터 비밀 운동비를 우려내고. 그런 것하고는 깨끗이 손을 끊는 것이 좋아. 왜 저 탐정이란 친구들은 항상 하녀들만 설득하는가? 제복을 입었던 사람은 한눈에 알 수가 있어. 하녀를 뒷문에 누르고 짓이긴다. 그녀를 약간 거칠게 다룬다. 그리고 그 다음 일이 진짜다. 저기에 와 있는 신사는 누구지? 젊은 도련님은 무슨 소리 하지 않았나? 열쇠 구멍으로 들여다보는 녀석. 함정용 오리. 혈기 왕성한 젊은 학생이 다리미질하는 그녀의 굵은 팔 옆에서 바보짓을 하고 있다.

—이거 네 거야, 메리?

—난 이런 거 입지 않아. ……그만둬요, 안 그럼 마나님에게 이를 거예요. 밤중까지 나돌아 다니고.

—이제 곧 신나는 일이 생겨, 메리. 두고 봐.

—아, 이제 됐어요, 그 신나는 시대 이야기는.

그리고 술집 여종업원. 담배 가게 여자.

제임스 스티븐스 생각이 가장 좋았다.*91 그는 녀석들이 하는 방법을 알고 있었다. 열 명씩 그룹으로 나누기 때문에 그 모임 이상의 것은 알 수가 없다. 신 페인(아일랜드 독립당). 탈퇴하려고 하면 칼을 맞는다. 알 수 없는 손으로. 당에 머물면 어느 땐가는 무장 경찰관에게 당한다. 교도관 딸이 그를 리치먼드에서 달아나게 했다. 배로 러스크항(港)*92으로부터. 그들의 코

*89 1845~83. 아일랜드 정치암살단원.

*90 아일랜드 총독의 본거지 아일랜드성.

*91 스티븐스 조직은 10명씩 한 조로 구성되고 그 우두머리에서 보다 상위 조직 우두머리로 이어지는 체계를 이뤘으므로, 최고 간부만이 전체를 파악할 수 있었다.

*92 더블린 북쪽 17.6km 지점에 위치한 작은 마을. 아이리시해 연안.

트리니티 칼리지

앞에 있는 버킹엄 팰리스 호텔에 투숙했다.*93 가리발디다.*94

　누구든 반드시 확실한 매력 하나는 있어야 해. 패널처럼. 아서 그리피스 같은 사람은 정직하지만 대중을 다룰 수 없었지. 그들의 사랑하는 나라에 대해 허풍을 떨어야만 한다. 엉터리 같은 허풍. 더블린 베이커리회사 찻집. 토론회. 공화제가 가장 좋은 정체(政體)라는 것. 언어문제가 경제문제보다 우선해야 한다는 것. 딸들로 하여금 달콤한 말로 당원들을 꾀어서 당신 집으로 끌어들인다. 그들에게 고기와 술을 넉넉히 대접한다. 성 미카엘 축일의 거위 요리.*95 당신에게 주려고 백리향(百里香) 양념에 재운 고기를 앞치마에 감추어서 가져왔습니다. 너무 식기 전에 거위 지방을 1쿼트 더 드세요. 배고픈 열광적인 애국자들. 1페니짜리 롤빵을 가지고 군악과 함께 행진한다. 고기 써는 자에겐 식전기도할 틈도 없다. 남의 돈으로 먹는다고 생각하면 요리 맛

---

*93 스티븐스 일행은 러스크에서 스코틀랜드로 건너가 열차로 런던까지 간 다음, 빅토리아역 팰리스 호텔에 투숙했다. 그 뒤 프랑스를 거쳐 미국으로 달아났다.
*94 1807~82. 이탈리아 장군이자 애국자. 이탈리아 통일의 영웅. 혁명운동에 참가했다가 사형을 선고받고 남아메리카로 도주했다.
*95 영국과 아일랜드에서는 성 미카엘 축일에 거위 요리를 먹는다.

은 각별하다. 자기 집에 있는 기분이 든다. 그 살구 이쪽으로 넘겨요, 복숭아 말이오. 그렇게 먼 미래는 아냐. 아일랜드 자치의 태양이 북서쪽으로부터 떠오르는 것은.

그의 미소는 걸어가는 동안에 사라지고 없었다. 짙은 구름이 조금씩 태양을 가려 트리니티 칼리지의 음울한 정면에 그늘을 드리웠다. 전차가 차례로 지나갔다. 가는 전차, 오는 전차. 딸랑 딸랑 종을 울리면서. 지껄여 봤자 무슨 소용이 있나? 사물은 똑같이 나아가고 있다. 날마다 경찰관의 열이 행진해 갔다가 돌아온다. 가는 전차, 돌아오는 전차. 헤매고 다니는 미치광이가 두 사람. 마차로 실려 간 디그넘. 침대 위에서 부푼 배를 안고 신음하면서 아이가 끌려나오기를 기다리는 마이너 퓨어포이. 1초마다 어딘가에서 한 사람씩 태어난다. 1초마다 다른 사람이 죽어간다. 내가 새에게 먹이를 준 지 5분 지났다. 그 동안에 300명이 이 세상을 하직했다. 다른 300명이 태어나서 피를 씻고 모두 양의 피로 깨끗해져서 요란스럽게 소리를 지른다. 응애 응애.

한 도시의 모든 사람이 죽고, 또 도시 하나만큼의 인구가 태어나고, 그것도 또 죽는다. 또 태어나서 또 죽고. 집들, 늘어진 집, 거리, 몇 마일이고 계속되는 포장도로, 쌓아올린 벽돌, 석재. 주인이 바뀐다. 이 소유자, 저 소유자. 지주(地主)는 결코 사멸되지 않는다고 사람들은 말한다. 한 사람의 기한이 끝나면 다음 사람이 그 뒷자리에 앉는다. 그들은 황금으로 땅을 모조리 사버리고도 여전히 황금을 가지고 있다. 어딘가에서 속인다. 도시 속에 쌓였다가, 세월에 따라 닳아 없어진다. 모래 속 피라미드. 빵과 양파*96 위에 세워졌다. 노예들. 만리장성. 바빌론. 거대한 돌만이 남는다. 둥근 탑. 그 밖의 것은 쓰레기가 된다. 보기 흉하게 뻗어가는 교외 주택지, 날림 공사, 바람이 지은 커원*97의 버섯집들. 하룻밤 피난처.

어느 것 하나 제대로 된 것이 없군.

지금은 하루 중 가장 나쁜 시각. 활력. 나른함. 우울. 가장 싫은 시간. 어쩐지 누군가에게 먹혔다가 토해진 것 같은 기분이야.

학장 집. 닥터 새먼 신부.*98 통조림 된 연어(새먼). 저 집에 단단히 통조

---

*96 노예들의 대표적인 식사.
*97 더블린 건축업자.
*98 1819~1904. 신학박사이자 수학자. 트리니티 칼리지 학장.

림되어 있다. 나라면 돈을 받는다 해도 이런 집에서는 살기 싫어. 오늘은 간장(肝臟)과 베이컨이 얻어걸리면 좋은데. 자연은 진공을 싫어한다.

태양은 서서히 구름을 떠나 거리 저편의 월터 섹스턴 보석상 진열장에 있는 은그릇에 반사되었다. 존 하워드 파넬*99이 그 앞으로 한눈도 팔지 않고 지나갔다.

저기 있군. 동생이다. 파넬과 딱 닮은 눈에 아롱거리는 얼굴. 그러나 이것은 우연의 일치다, 비록 백 번을 어떤 사람을 생각하고 있어도 그 사람과 만나게 되는 것은 아니다. 몽유병 환자 같은 걸음걸이. 아무도 그를 알아차리지 못한다. 오늘 시의회 모임이 있음에 틀림없어. 그는 그 자리에 취임한 이래 경찰청장의 정장을 입은 일이 결코 없다지. 전임자 찰리 볼거는 말을 타고 삼각모를 쓰고 머리에 가루를 뿌리고 수염을 깎고 으스대며 나왔었는데. 보라, 저 침통한 걸음걸이. 사업에 실패한 사람 같다. 유령과 같은 흐릿한 눈. 나는 괴로워. 위인의 형제. 그의 형제의 형제. 그가 시청의 관용 말을 타면 틀림없이 어울린 텐데. 아마도 커피를 마시려고 더블린 베이커리회사에 들러 거기서 체스를 두겠지. 그의 형은 모든 부하를 체스의 졸처럼 다루었어. 모두를 몰락하도록 내버려 두었지. 무서워서 불평 한마디 못했지. 그 눈초리에 모두가 겁을 먹었어. 그것이 매력이야, 파넬이라는 이름이. 저 일족은 모두가 이상해. 미친 패니와 그의 또 한 명의 누나 미시즈 디킨슨은 분홍빛 마구(馬具)를 단 말을 타고 다녔어. 외과의사 마들*100처럼 가슴을 펴고. 그래도 데이비드 쉬히는 남부 미스주 선거에서 그를 이겼어. 하원의원을 그만두고 공직 생활로 들어간다. 애국자의 향연. 공원에서 오렌지 껍질을 먹는다.*101 사이먼 디댈러스가 말했었지, 모두가 그를 의회에 보내기라도 하면 파넬이 무덤에서 나와 팔을 잡고 의회 밖으로 끌어낼 거라고.

—머리가 둘인 문어*102가 있었는데, 한쪽 머리는 세계의 종말이 오는 것을 잊고, 또 한쪽 머리는 스코틀랜드 사투리로 지껄인다.*103 그 다리는…….

---

*99 찰스 파넬의 형(1843~1923). 과거에 하원의원이었고 더블린 시 경찰청장을 지냈다.

*100 왕립 외과대학 특별 연구원이자 성 빈센트 병원 외과의.

*101 애국자 집회에 모인 사람들은 친영파 오렌지당이나 아일랜드 경찰 창시자 로버트 필(별명은 오렌지 필, 즉 오렌지 껍질)에 도전한다는 의미에서 오렌지를 먹었다.

*102 영국.

*103 잉글랜드와 스코틀랜드를 말한다.

두 사람이 포장도로 갓돌을 따라 미스터 블룸을 추월해 갔다. 수염과 자전거[104]와 젊은 여자다.

어? 저기에도 있지 않은가. 이렇게 되면 틀림없이 우연의 일치다. 두 번째. 이윽고 다가올 사건은 미리 예감이라는 것이 있는 법이야. 고명한 시인 미스터 조지 러셀의 인정을 받아. 저 A.E. 씨와 함께 있는 것은 리지 트위그[105]일지도 모른다. A.E.는 무슨 뜻일까?[106] 아마도 무엇의 머리글자일거야. 앨버트 에드워드, 아서 에드먼드, 알폰수스 에브인가 에드인가 엘인가, 에스콰이어인가. 그는 무엇을 말하는 것일까? 스코틀랜드 사투리로 세계의 양극(兩極)을? 다리, 낙지. 무엇인가 주술적(呪術的)인 이야기, 상징주의. 강요하듯이 설교한다. 그녀는 그것을 모두 받아들이고 있다. 한마디 말도 없이. 문필에 전념하는 신사를 돕기 위해서.

그의 눈은 손으로 짠 옷을 입고 수염을 기른 키가 큰 인물을, 수염과 자전거를, 그 옆에서 귀를 기울이고 있는 여자 뒤를 쫓았다. 채식 식당에서 나온다. 단지 채소와 과일만으로. 비프스테이크를 먹지 않는다. 만약에 먹으면 그 암소의 눈이 앞으로 영원히 쫓아오리라. 그들은 그것보다 채소가 건강에 좋다고 한다. 그러나 방귀와 오줌이 나올 뿐이야. 나도 전에 먹어 보았어. 온종일 화장실이다. 소금에 절인 훈제 청어처럼 맛이 없다. 밤새도록 꿈을 꾸고. 내가 먹은 그것을 왜 견과 스테이크라고 할까? 견과류만 줄곧 먹는 사람들, 과일만 줄곧 먹는 사람들. 그러고 보니 어쩐지 넓적다리 스테이크를 먹고 있다는 기분이 드는군. 어리석은 이야기. 게다가 짜. 그들은 탄산소다로 삶지. 덕분에 밤새도록 수세식 화장실 신세를 져야 해.

그 여자의 양말이 발목 둘레에 느슨하게 내려와 있다. 나는 저런 모습이 싫다, 품위가 없다. 저런 문학적이면서 아주 가볍고 여린 것들은 모두 같다. 꿈을 곧잘 꾸고, 구름 같고, 상징주의의. 탐미(耽美)주의자라고 하지. 그런 식의 시적인 두뇌의 물결을 만들어 내는 것이 그런 종류의 음식이라는 말을 들어도 놀랍지 않아. 예를 들어 자신의 셔츠가 땀에 젖도록 아이리시 스튜를

---

*104 A.E. 즉 러셀을 말한다.

*105 〈아이리시 타임스〉에 낸 블룸의 구인 광고에 답장을 보낸 시인. A.E.의 칭찬을 받았다고 편지에 쓴 그 여자.

*106 실제로는 aeon(영겁)의 처음 두 문자를 따서 지은 필명.

먹고 있는 저 경찰관들 가운데 어느 한 사람에게서도 당신은 시 한줄 짜낼수 없어. 도대체 시가 무엇인지도 몰라. 어느 정도는 정서에 젖어야 하니까.

'꿈과 같은, 구름과 같은 갈매기는
고인 물 위에 흔들린다'

그는 나소거리 모퉁이를 가로질러 건너가서는 예이츠 부자가게[*107] 진열창 앞에 서서 쌍안경 값을 알아보았다. 아니면 해리스 노인 가게로 가서 젊은 싱클레어와 잡담을 할까? 예의바른 친구야. 아마 점심시간이겠지. 그 오래된 망원경을 수리해 달라고 해야 하는데. 괴르츠제(製) 렌즈, 6기니. 여기저기에 독일인이 진출해 있어. 고객을 확보하기 위해 싸게 판다. 값 인하 경쟁이다. 철도 유실물 사무소에 가면 한 쌍 정도는 구할 수 있을지도 몰라. 기차나 화장실에서 잃어버린 물건 양은 놀랄 정도니까. 그 친구들은 무슨 생각을 하다가 물건을 잃어버릴까? 여자도 그래. 믿을 수 없는 일이야. 작년에 에니스에 갔을 때에도 저 농장 주인 딸 핸드백을 주워서 리머릭 환승역[*108]에서 건네줘야 했지. 주인이 누군지도 모르는 돈 또한 그렇다. 망원경을 시험하는 데에 딱 알맞은 시계가 그 은행 지붕 위에 있다.

그의 눈꺼풀이 검은 눈 아래쪽 끝까지 내려왔다. 그것이 보이지 않는다. 거기에 있다고 생각하면 겨우 보일 정도이다. 보이지 않는다.

그는 돌아서서 처마 차양 사이에 서서 어느 정도 거리를 두고서 태양을 향해 오른손을 쭉 뻗었다. 몇 번이고 이것을 실험해 보려고 했었어. 그래, 완전하군. 그의 새끼손가락 끝이 태양 원반을 지웠다. 광선이 만나는 곳이 초점임에 틀림없다. 만약에 내가 검은 안경을 가지고 있었더라면. 재밌다. 서부 롬바드거리에 살았을 때는 태양 흑점에 대해서 여러 가지 이야기가 있었지. 그것은 무서운 폭발에서 생긴다. 올해에는 개기일식이 있을 것이다. 언젠가 가을 무렵에.

지금 생각이 났어. 저 표시구는 분명히 그리니치 표준시에 맞추어서 떨어지도록 되어 있었지. 저 시계는 던싱크로부터 끌어온 전선으로 움직이는 거

---

*107 그래프턴거리 2번지. 광학기계 및 수학용 기구 판매점.
*108 티퍼러리주에 있는 역. 더블린 남서쪽 약 205km, 에니스 남동쪽 약 77km 떨어진 곳.

야. 언젠가 첫 토요일에 거기에 가야만 한다. 어떻게 해서든 졸리 교수[109]에 대한 소개장을 얻든가, 그의 집안에 대해서 무엇인가 알 수 있다면 좋은데. 그 말을 들으면 누구나 치렛말을 듣는 기분이 된다. 거의 기대도 하지 않았던 아부. 귀족들도 왕의 후궁 자손임을 자랑한다. 그의 어머니 쪽 선조가 말야. 치렛말은 거창하게 하는 것이 좋아. 모자를 벗어 손에 들고 영내(領內)를 걷는다. 거기에 들어가서 엉뚱한 말을 지껄이면 안 돼. 시차(視差)란 뭐냐고 말하면 이 신사를 출구로 안내하라고 나온다.[110]

아.

그의 손은 다시 옆구리로 내려갔다.

그런 일에 대해서는 아무것도 모른다. 시간 낭비다. 가스 덩어리가 돌고 있다. 서로 날고 스치고 지나가면서. 먼 옛날부터의 여전한 동작이다. 가스, 그리고 고체, 그리고 지구, 그리고 냉각, 그리고 죽은 껍데기가 떠돌아다닌다. 마치 저 파인애플 맛이 나는 막대엿처럼 얼어붙은 바위가. 달. 초승달이 나와 있음에 틀림없어요 하고 그녀는 말했다. 나도 그렇다고 생각해.

그는 라 메종 끌레르 예복점(禮服店) 앞을 지나갔다.

가만. 보름달은 2주일 전 일요일 그날 밤이었으니까 마침 지금이 초승달이다. 톨카 강변을 걸었지. 보는 달로서는 나쁘지 않았어. 그녀는 콧노래를 부르고 있었다. 5월의 젊은 달, 그녀는 사랑으로 빛나고 있었도다―라. 그 사나이[111]는 그녀 곁에 있었다. 팔꿈치, 팔. 그 사나이. 개똥벌레의 빛이 빛나고 있어. 연인. 촉각. 손가락. 요구. 대답. 승낙.

그만, 그만. 만약에 그랬다면 그랬다. 그렇게 돼야만 했다.

미스터 블룸의 숨결은 빨라지고 걸음걸이는 느려졌다. 그리고 애덤 광장을 가로질렀다.

그는 간신히 기분을 가라앉히고 살펴보았다. 여기 이 거리를 대낮에 저렇게 걷고 있는, 딱 벌어지고 어깨가 올라간 사나이는 보브 도런이다. 또 연례적인 주정이라고 매코이가 말했지. 저 친구들이 술을 마시는 것은 지껄이기 위해서인가, 무엇인가를 하기 위해서인가, 그렇지 않으면 '여자를 사냥하기

---

*109 아일랜드 천문학자(1864~1906). 트리니티 칼리지 천문학 교수, 던싱크 천문대장.
*110 엉뚱한 질문을 한 자는 쫓겨나게 되어 있다.
*111 블레이지즈 보일런.

위해서'인가. 쿰거리에서 깡패들과 창녀들과 함께. 그리고 한해의 나머지 시간은 재판관처럼 진지하게 살아간다.

그렇다. 생각한 대로다. 엠파이어 술집으로 들어갔다. 모습이 사라졌다. 아무것도 넣지 않은 소다수라도 마시는 것이 그의 몸에 좋을 것이다. 화이트 브레드가 퀸 극장을 경영하기 전에 팻 킨셀라가 하프 극장을 경영하고 있었던 곳. 인기 배우였지. 곰팡내 나는 보닛을 쓴, 추석 보름달 같은 얼굴을 한 디온 부시코*112식(式)으로. '귀여운 세 여학생들'.*113 시간은 얼마나 빨리 지나가는가. 스커트 밑으로 빨간 긴 판탈롱을 보여주면서. 주정뱅이들은 마시고 웃고 침을 튀기고 술로 목이 막힌다. 더 마셔. 팻. 천한 빨강. 주정뱅이들이 좋아한다. 바보 같은 웃음과 담배 연기. 그 흰 모자를 벗어. 살짝 익은 듯한 그의 눈. 그는 지금 어디에 있을까? 어딘가에서 거지 생활을 하고 있겠지. 한때 우리 모두를 굶주리게 만든 녀석.

그 무렵 나는 더 행복했었다. 그 무렵 내가 진짜 나였던가? 지금 내가 나인가? 스물여덟이었다. 그녀가 스물셋. 우리가 서부 롬바드거리를 떠난 뒤부터 무엇인가가 잘 풀리지 않았다. 루디가 죽은 뒤로는 전과 같지 않았다. 시간은 다시 되돌릴 수 없다. 손으로 물을 잡으려는 것과 마찬가지지. 그럼, 너는 그때로 돌아가고 싶은가? 갓 결혼한 그때로. 돌아가고 싶은가? 당신은 당신 가정에서 행복하지잖아요? 나의 버릇없는 꼬마. 나를 돌보고 싶어 해. 답장을 주어야지. 도서관에서 써야겠군.

집집마다 해가리개로 화려하게 장식된 그래프턴거리가 그의 감각을 유혹했다. 무늬를 넣은 모슬린, 비단, 아낙네들과 부인들, 마구(馬具) 금속들이 내는 소리, 뜨거워진 포장도로에 낮게 울리는 말굽 소리. 하얀 스타킹을 신은 저 여자. 다리가 굵군. 비라도 와서 저런 다리를 흙투성이로 만들었으면. 촌에서 자란 시골뜨기. 무다리가 줄줄이 왔거든요.*114 여자는 아무래도 다리 모양이 보기 좋아야 해. 몰리 다리도 똑바르진 않아.

그는 브라운 토머스 비단 가게 진열장 앞에서 걸음을 멈추었다. 리본의 폭포. 엷은 중국 명주. 기울어진 항아리 입에서 피 같은 빛깔의 포플린을 토해

---

*112 1822~90. 더블린 태생 극작가이자 배우.
*113 가극 〈미카도〉 가운데 한 소절.
*114 딸 밀리가 보낸 편지 한 구절.

내는 모양. 빨갛게 빛나는 피구나. 위그노 교도*115가 그것을 아일랜드로 가지고 들어왔어. '길은 신성하다.' 타라, 타라. 그것은 위대한 합창이다. 타라. 빗물로 씻겨야만 한다. 마이어베어.*116 타라. 봄, 봄, 봄.*117

바늘꽂이. 꽤 이전부터 사라고 아내에게 귀찮게 권하던 거다. 어디나 장소를 가리지 않고 바늘을 꽂으니까. 창 커튼에 바늘이 여러 개.

그는 왼손을 약간 걷어 올려보았다. 상처 흔적. 거의 없어졌군. 그러나 오늘은 그만두겠어. 그 로션을 가지러 돌아가야 해. 어쩌면 그녀의 생일 선물로 바늘꽂이를. 6, 7, 8, 9월 8일. 아직 석 달 가까이 남았어. 그런데 그녀는 좋아하지 않을지도 몰라. 여자가 바늘 갖는 것을 싫어하니까. 사랑에 상처가 난다나.

윤기 흐르는 비단. 가는 구리 난간에 걸린 속치마, 번쩍이는 납작한 비단 스타킹.

새삼 옛날로 되돌아가려 해도 갈 수 없어. 이렇게 되는 것이 당연했어. 저에게 모두 말씀해 주세요.*118

요란스러운 목소리. 태양으로 따뜻해진 비단. 덜그럭거리는 마구(馬具). 모두가 여자를 위한 거다. 가정도 주택도, 망과 같은 비단도, 은그릇, 자파에서 온 향기 진한 과실도. 아젠다스 네타임 회사. 세계의 부(富)인가.

따뜻한 인체의 풍만함이 그의 머리를 점령했다. 그의 머리는 그것에 굴복했다. 포옹의 향기가 그의 온몸을 공격했다. 막연하게 욕망하는 육체를 가지고 그는 말없이 열렬히 사랑을 강구했다.

듀크거리. 자, 다 왔다. 먹어야지. 버튼 식당이다. 그러면 기분도 좋아질 거야.

그는 컴브리지 가게 모서리를 돌았다. 아직도 그 자극을 느끼면서. 다다닥, 다다닥 울리는 말발굽 소리. 향수를 뿌린 육체. 따뜻하고 풍만한. 온통 키스를 받고 몸을 맡겼다. 풀이 우거진 여름 들판. 얽혀서 짓눌린 풀 위에서. 빗방울이 뚝뚝 떨어지는 값싼 셋집 복도에서, 소파에서, 삐걱거리는 침

＊115 17, 8세기 프랑스 신교도.
＊116 1791~1864. 독일 태생 작곡가. 〈위그노〉는 그의 명작이다.
＊117 블룸은 진열장 광고를 보고 있다.
＊118 마사가 보낸 편지 한 구절.

대에서.

—잭, 나의 여보.

—여보.

—키스해 줘요, 레기!

—나의 것!

—사랑해!

그의 심장은 고동치고 그는 버튼 식당 문을 밀고 들어갔다. 코를 찌르는 냄새가 그의 떨리는 호흡을 사로잡았다. 톡 쏘는 듯한 고기즙, 진한 채소즙. 보라고, 동물이 먹고 있는 것 같다.

인간, 인간, 인간.

바 옆의 높은 의자에 앉아서, 모자를 뒤로 젖히고, 식탁에서 공짜 빵을 더 가져다 달라고 소리치고, 폭음하고, 걸쭉한 음식을 한 입씩 삼키고, 눈은 튀어 나오고, 젖은 수염을 훔치고 있다. 쉬기름이 흐르는 창백한 얼굴을 한 청년이 자기의 큰 컵과 나이프와 포크와 스푼을 냅킨으로 닦고 있다. 새로운 세균의 무리. 어린이용 소스로 더러워진 냅킨을 감은 남자가 목을 울리며 식도 아래로 수프를 흘려 보냈다. 먹은 것을 자기 접시에 토해 내는 남자, 씹다 만 연골이다. 그것을 씹고씹고 씹어버릴 이가 없다. 고기구이에서 나온 넓적다리 굵은 고깃덩어리. 그것을 먹어 버리려고 통째로 삼킨다. 술꾼의 슬픈 눈. 씹을 수 없을 정도로 큰 덩어리를 물어뜯고. 나도 저런 식으로 먹는 가? 남에게 보이는 것처럼 자기 자신을 보라. 배 고픈 남자는 화가 난 남자다. 움직이는 이와 턱. 아냐아냐! 오! 뼈! 학교에서 배운 시에 있는 아일랜드의 마지막 이교 왕 코맥은 보인강(江) 남쪽 슬레티라는 곳에서 음식에 목이 막혀 죽었다. 무엇을 먹었을까? 어쨌든 맛있는 음식이었겠지. 성 패트릭*119이 그를 그리스도교로 개종시켰다. 하지만 그는 그것을 통째로 삼킬 수는 없었던 셈이다.

—양배추를 곁들인 로스트비프.

—스튜 하나.

인간의 냄새다. 그의 침이 나왔다. 침을 뱉는 톱밥. 달콤한 것 같은 미지

---

*119 아일랜드의 수호 성자.

근한 담배 연기. 곱창 냄새. 엎질러진 맥주, 남자의 맥주 냄새 나는 소변, 뭔가가 발효된 듯 퀴퀴한 냄새.

이런 곳에서 한 입인들 먹을 수 있겠는가. 자기 앞에 있는 음식을 모두 먹어치우기 위해 나이프와 포크를 갈고 있는 남자. 이쑤시개를 든 노인. 딸꾹질. 배가 가득 차서 입으로 되돌려 다시 씹고 있다. 식전과 식후. 식후 기도. 이 광경을 보라, 그리고 저쪽 광경을. 빵 조각으로 스튜 국물을 적셔서 건져 올린다. 접시까지 깨끗하게 핥아라. 어이! 해치워 버려!

그는 의자에 앉아서 테이블에서 먹고 있는 사람들을 둘러보았다. 코를 벌름거리면서.

—여기 흑맥주 둘.

—양배추 곁들인 콘비프 하나.

자기 목숨이 거기에 걸려 있기라도 한 것처럼 나이프로 잘라낸 양배추를 입에 밀어 넣고 있는 남자. 훌륭한 솜씨다. 보고 있자니까 불안해진다. 포크로 먹는 것이 안전해. 갈기갈기 찢는다. 그에게는 아주 간단한 일이다. 은 나이프를 입에 물고 태어난 거겠지. 멋진 농담이야. 나는 그렇게 생각해. 어때? 아냐, 그렇지도 않아. 은은 태어나면서부터 부자라는 뜻이다.*120 나이프를 물고 태어났다고 해봐. 그렇게 되면 그 암시가 모두 사라져 버린다.

앞치마를 아무렇게나 감은 종업원이 끈적거리는 접시를 달그락 달그락 모으고 있었다. 집사 록이 카운터에 서서 큰 컵에 솟아오른 거품을 불어내고 있었다. 거창한 거품이군, 그것이 그의 구두 근처에 떨어져서 노랗게 흩어졌다. 식사 중인 사나이가 나이프와 포크를 수직으로 세우고, 두 팔꿈치를 테이블에 세우고 다음 요리를 기다리면서 자기 앞의 네모나고 더러워진 신문지 너머로 음식 승강기 쪽을 바라보고 있다. 또 한 사나이가 음식을 입에 가득 넣은 채 그에게 무엇인가 말을 하고 있다. 그래그래 하는 얼굴로 귀를 기울이고 있다. 식탁에서의 대화. 나, 월요일에 맨체스터 뱅크에서 그를 만났어. 그래? 정말?

미스터 블룸은 망설이듯이 손가락 두 개를 입술에 댔다. 그의 눈이 말했다.

—여기는 아니다. 그 남자 보지 마.

---

*120 은수저를 물고 태어났다는 것은 부잣집 아들이라는 뜻이다.

나가자. 지저분하게 먹는 녀석들은 싫다.

그는 출구 쪽으로 되돌아갔다. 데이비 번 식당*121에서 간단하게 때우자. 시장기를 면하기 위해. 아직 견딜 수 있어. 아침밥을 넉넉히 먹었으니까.

―어이, 로스트비프와 으깬 감자를 이리 줘.

―흑맥주 한 파인트.

누구든 자기 몫만 생각하며, 있는 힘을 다하여. 꿀꺽. 꿀꺽. 입에 쟁여 넣고.

그는 약간 맑아진 공기 속으로 나오자 그래프턴거리 쪽으로 되돌아갔다. 먹느냐 먹히느냐. 죽여! 죽여!

아마도 훨씬 뒷날의 일일 테지만 공용 주방이 생길 것이다. 모두가 작은 사발과 반합을 들고 와 음식을 받을 것이다. 그리고 그것을 거리에서 게걸스럽게 먹는다. 존 하워드 파넬도, 트리니티 칼리지 학장도, 모든 사람이 말이다. 여자, 아이, 마부, 사제, 교구장, 원수(元帥), 대사제들도. 에일즈베리거리로부터도, 클라이드거리로부터도, 북부 더블린 교구연합의 장인(匠人) 주택으로부터도, 노란 마차에 탄 시장도, 늙은 여왕은 바퀴 달린 의자로. 제 접시는 비어 있어요. 먼저 하세요 하고 우리 단체의 컵을 가지고. 필립 크램튼 경의 음료 분수처럼. 자네 손수건으로 곰팡이를 닦아내. 다음 사나이가 자기 손수건으로 새로운 곰팡이를 바른다. 오플린 신부라면 그런 건 모두 무시할 것이다. 그래도 싸움이 일어난다. 모두가 자기 것을 손에 넣으려고. 아이들은 냄비 바닥에 눌어붙은 것을 두고 다투겠지. 피닉스 공원만큼 큰 수프 냄비가 필요할 거야. 거기에서 작살로 찔러서 옆구리 살이나 엉덩이 살을 끌어올려 먹는다. 자기 주위 사람들이 모두 미워진다. 그녀는 그것을 시티 암스 호텔*122의 '정식'이라고 말했다. 수프와 고기 요리와 디저트. 자기가 먹으면서도 누가 만든 건지도 모른다. 게다가 그 모든 접시나 포크를 누가 씻을까? 그땐 모두가 알약만으로 살아갈 거야. 이빨은 점점 못쓰게 될 테지.

그러고 보면 땅에서 자라는 것에는 좋은 풍미가 있다고 하는 채식주의자의 의견은 정말일지도 모른다. 마늘은 물론 지독한 냄새가 난다. 저 이탈리아인 풍금쟁이한테선 지독하게 양파 냄새가 나. 동물의 고통 문제도 있다.

---

*121 듀크거리 21번지에 있는 간단한 요릿집.

*122 프러시아거리 54번지에 있는 장기 투숙자 호텔. 소시장 근처. 블룸 부부는 한때 이곳에서 살았다. 블룸이 가축 중매상 커프 밑에서 일하고 있었기 때문이다.

새의 깃을 뜯고 내장을 뽑아낸다. 자기들의 골을 두 개로 쪼개는 도끼, 그것을 기다리는 가축시장의 가엾은 동물들. 음메에. 비틀거리는 가엾은 어린 송아지. 음메에. 거품을 물고 소리 지른다. 도살자의 양동이에 부글거리는 동물의 허파. 그 가슴살을 고리에서 내려 줘. 철썩. 해골과 피투성이 뼈.*¹²³ 가죽이 벗겨져 허리께가 고리에 찍혀 매달린, 유리구슬 같은 눈망울의 양. 피투성이 종이를 감은 코가 톱밥 위에 콧물을 질질 흘리고 있다. 머리 쪽에서도 엉덩이 쪽에서도 흘러나오고 있다. 너무 작게 썰지 마. 젊은이.

뜨겁고 신선한 피를 쇠약자에게 마시게 한다. 피는 항상 필요해. 모르는 사이에 진행되는 병. 그것을 다 핥아. 무럭무럭 김이 솟는 진한 설탕과 같은 피를. 굶주린 망령들.

아, 배고프다.

그는 데이비 번 식당으로 들어갔다. 제대로 된 식당이다. 데이비는 잔소리를 하지 않는다. 때로는 한턱 쏘기도 한다. 아마도 한 해 걸러 네 번에 한 번. 언젠가 내 수표를 현금으로 바꿔 주었어.

자, 뭘 먹어 볼까? 그는 시계를 꺼냈다. 어떻게 할까? 샌디개프*¹²⁴라도 마실까?

─안녕, 블룸! 노지 플린*¹²⁵이 구석에서 소리쳤다.

─안녕, 플린.

─어때?

─잘 있지…… 음. 붉은 포도주 한 잔, 그리고…… 음.

선반 위에 정어리가 있구나. 보기만 해도 먹은 것 같은 기분이 든다. 샌드위치라? 햄 일족(一族)이 그 땅에 모여 번식하도다.*¹²⁶ 다져서 양념에 버무린 고기. 자두나무표 통조림이 없어서야 가정이라고 할 수 있을까요? 아니죠. 얼마나 어리석은 광고인가! 더욱이 부고란 바로 아래에 실었으니. 위에는 자두나무를 장식하고, 디그넘의 다져서 양념에 버무린 고기. 식인종이라면 레몬을 친 라이스에 곁들여서 그것을 먹을 것이다. 백인 선교사는 너무

---

*123 Raw head and bloody bones.

*124 맥주와 진저에일을 섞어서 만드는 음료.

*125 《더블린 사람들》의 〈대응〉에도 등장하는 인물. 건달.

*126 식품 햄과 《구약성경》에 나오는 노아의 아들 함(Ham)을 연관시킨 것.

짜. 소금에 절인 돼지고기 같아. 추장님이 명예가 될 그 부분을 드시도록. 계속해서 사용한 신체 부위니까 아마도 단단할 거야. 어느 정도 정력이 붙을까 하고 그의 아내들이 모두 서서 바라보고 있다. '이전에 유서 깊은, 나이 든 흑인 임금님이 계셨다. 그분은 사제 맥트리거의 무엇인가 무엇인가를 먹었다고 한다'. 이것이 있어서 행복의 집이라. 어떻게 조리한 것인가는 하느님만이 안다. 대망막(大網膜), 곰팡내 나는 폐장, 기관(氣管) 등이 잘게 썰어져 있다. 그런데 고기는 어디에 있는지 찾아봐. 맑은 음식. 고기와 우유는 함께 먹지 않는다.*127 지금으로 말하자면 식품 위생이었지. 유대인의 속죄날 단식은 봄철 내장 대청소였어. 전쟁도 평화도 누군가의 소화기 상태에 따라 좌우된다. 종교도 그렇다. 성탄절 칠면조와 거위. 영아 대학살.*128 먹고 마시고 기뻐하라. 그 다음은 부랑자 수용소가 만원이 되지. 붕대를 감은 머리. 치즈는 치즈 이외의 모든 것의 소화를 돕는다. 위대한 치즈.

　—치즈 샌드위치 있어요?

　—네, 있습니다.

만약에 있다면 올리브도 약간 먹고 싶군. 나는 이탈리아 것이 좋아. 고급 붉은 포도주 한 잔이면 고민은 사라진다. 윤활유지. 좋은 샐러드다, 오이처럼 찬 것을. 톰 커넌은 조리를 잘해. 풍미가 나거든. 순수한 올리브 기름. 밀리는 그 커틀릿 요리에 파슬리를 더해서 내 주었어. 에스파냐산(産) 양파 하나 먹어야지. 신이 음식을 만들고 악마가 요리사를 만들었지.*129 매운 맛을 살린 게구이.

　—부인은 안녕하세요?

　—잘 있죠, 고마워요…… 치즈 샌드위치 하나 부탁해요. 고르곤촐라 치즈는 있어요?

　—네, 있습니다.

노지 플린은 물을 탄 럼술을 홀짝거리고 있었다.

---

*127 음식에 관한 유대교 계율. "너희는 새끼염소를 그 어미의 젖에 삶아서는 안 된다."(《탈출기》 23 : 19)

*128 헤롯왕이 한 일. 〈마태오복음서〉 2장 16절.

*129 영국 작가 존 테일러(1580~1653)의 말 "신은 고기를 주시고 악마는 요리사를 주었다"를 변형한 것.

―요즈음에도 노래하나?

저 녀석 입 좀 봐. 자기가 자기 귓구멍에 휘파람을 불어 넣을 수 있어. 그에 지지 않는 큰 귀. 음악이라니. 아는 거라곤 마부 수준의 지식밖에 없으면서. 하지만 이 사나이에게 이야기해 주는 편이 좋아. 아무런 해도 없으니까. 무료광고지.

―이달 말 대규모 연주 여행을 하기로 되어 있어. 자네도 들었겠지만.

―아니, 어, 그래, 바로 그거야. 누가 그걸 발기했지?

종업원이 접시를 가져왔다.

―얼마죠?

―7펜스입니다…… 고맙습니다.

미스터 블룸은 샌드위치를 가늘고 길게 썰었다. '미스터 맥트리거'. 저 달콤한 크림이 든 것보다는 먹기 쉬워. '그의 아내 500명. 그들은 사는 동안에 아주 즐거운 시간을 보냈다.'

―겨자입니다.

―고마워요.

그는 샌드위치를 한 조각씩 들어 올려 뒤에 노란 겨자를 발랐다. '그들은 사는 동안에'. 다음이 생각났다. '그것은 커지고, 더 커지고, 점점 더 커졌다는 거야'.*130

―누가 발기했냐고? 아, 그건 공동 계획 같은 거지. 모두가 출자해서 모두가 나눠 가져. 그는 말했다.

―그러고 보니 생각이 나, 노지 플린은 한손을 주머니에 넣어 사타구니 근처를 긁으며 말했다. 그 이야기를 내가 누구한테서 들었지? 블레이지스 보일런과 무슨 관계가 있나?

찡 하는 겨자 열기가 미스터 블룸의 심장을 쥐어뜯었다. 그는 눈을 들었다. 시계가 언짢은 표정으로 이쪽을 바라보고 있었다. 2시. 술집의 시계는 5분 빨라. 시간은 흐른다. 바늘이 움직인다. 2시. 아직 괜찮아.

그때 그의 횡격막은 위로 올라가려고 서둘다가 다시 아래로 가라앉았다가 다시 강하게 위로 올라가려고 서둘렀다.

---

*130 식인종에 대한 동화를 생각해 내고 있다.

포도주.

그는 그 기분 좋은 술을 냄새 맡으면서 홀짝거렸다. 그리고 빨리 마시라고 목구멍에 명령하고 나서 신중하게 잔을 아래로 놓았다.

―그래, 그는 말했다. 그가 흥행주야.

두려워할 것 없다. 생각이 없는 놈이니까.

노지 플린은 코를 훌쩍이고 사타구니를 긁었다. 벼룩도 넉넉한 식사를 하는구나.

―그는 돈을 꽤 번 모양이야, 잭 무니한테 들은 이야긴데, 마일러 키오가 포토벨로 막사의 예의 군인을 이긴 그 권투 경기에 또 건 거야. 대단해, 보일런은 이 젊은 선수를 칼로군(郡)에서 다운시켰다고 그가 말했어.

저 콧물이 그의 술잔에 떨어지지 않으면 좋을 텐데. 아냐, 훌쩍 들이마셨어.

―경기까지 시간이 한 달 있었는데, 이쪽에서 허가를 할 때까지는 절대로 기운을 내서는 안 된다고 말했대. 마시지 말라는 뜻이지. 알아? 정말이지 블레이지스란 녀석은 빈틈이 없다니까.

데이비 번이 셔츠를 걷어 올린 모습으로 안쪽 카운터에서 나오더니 자기 냅킨으로 입술을 두 번 훔쳤다. 청어처럼 붉은 얼굴이다. 그의 얼굴 위에 미소 하나하나가 푹신한 분위기를 간직하고 있다. 겸손이 넘치는 느낌이다.

―짜릿한 후추 맛이 나는 나리가 나오셨군. 그런데 골든컵 경마에 관해 무슨 좋은 정보 없나? 노지 플린이 말했다.

―나와는 전혀 관계가 없어요, 미스터 플린. 나는 경마에 돈을 걸지 않아요. 데이비 번이 대답했다.

―옳으신 말씀이야. 노지 플린이 말했다.

미스터 블룸은 시시한 이야기라고 생각하면서 샌드위치를 한 조각씩, 신선하고 깨끗한 빵과 혀를 자극하는 겨자와 발 냄새 나는 그린 치즈를 맛있게 먹었다. 핥듯이 마시는 포도주가 그의 미각에 기분 좋게 느껴졌다. 여기에는 로그우드 향이 들어 있지 않군. 이러한 계절에 약간 데워서 마시면 한층 맛이 나.

조용하고 좋은 술집이다. 저 카운터의 재목도 좋다. 대패질도 잘 되어 있고. 저기에서 곡선을 이루는 정도가 마음에 들어.

―그런 일에는 아예 손대고 싶지 않아요. 경마 때문에 파산한 사람이 많

으니까요. 데이비 번이 말했다.

포도주 상인들의, 건 돈을 이긴 한 사람이 차지하는 내기. 술집에서 맥주, 포도주, 증류술 따위 판매허가를 받다. 앞이 나오면 내가 이기고, 뒤가 나오면 네가 지는 식이다.

―당신 말이 맞아, 노지 플린이 말했다. 속사정을 모르는 사람에게는 말야. 요즈음에는 정직한 경마는 하나도 없어. 레너헌은 좋은 정보를 아는 것 같아. 오늘 그 녀석, 셉터에 거는 모양이야. 진펀델이라는 하워드 드 월든 경의 말로, 엡솜에서 우승했지. 기수는 모니 캐논이야. 난 전전 주에 세인트 애먼트에 걸었으면 7대 1로 이길 수 있었는데 말야.

―그래요? 데이비 번이 말했다.

그는 창이 있는 곳으로 가서 작은 출납부를 들고 페이지를 살피기 시작했다.

―그래, 정말 이길 수 있었어, 노지 플린이 콧물을 훌쩍이며 말했다. 그건 분명히 좀처럼 없는 말이었어. 세인트 프러스퀸이 그 아비지. 뇌우(雷雨) 속에서 우승을 한 일이 있어, 로스차일드의 암망아지인데, 솜으로 귀를 틀어막고, 푸른 상의에 노란 모자가 그거지. 덩치 큰 벤 돌라드와 그의 존 오곤트에게 악운을. 그 녀석이 내가 돈 거는 걸 막았어. 제기랄.

그는 단념한 듯이 술을 마시고 잔을 손가락으로 쓰다듬었다.

―제기랄. 그는 한숨을 쉬면서 말했다.

미스터 블룸은 서서 먹으며 그가 한숨 쉬는 것을 바라보고 있었다. 멍청이 노지. 레너헌의 그 말에 대한 것을 말해 줄까? 이미 알고 있을 것이다. 잊어버리는 것이 좋아. 가서 또 지는 것이 좋지. 바보의 헛돈. 또 콧물이 떨어질 것 같군. 저 차가운 코로 여자에게 키스할까? 그래도 여자는 좋아할지 몰라. 여자들은 까실까실한 수염을 좋아하니까. 개의 차가운 코. 시티 암스 호텔에 있었던 미시즈 리오던. 배에서 꾸룩꾸룩 소리가 나는 스카이테리어를 데리고 왔어. 몰리가 그 개를 무릎에 앉히고 쓰다듬었지. 어머나, 정말 큰 개야. 멍 멍 멍!

포도주에 적신 부드러운 말이빵의 알맹이, 겨자, 약간 메스꺼운 기분을 느끼게 하는 치즈. 꽤 좋은 술이다. 목이 마르지 않으니까 맛이 더 좋다. 물론 목욕한 탓도 있지만. 한두 입 먹어 두면 돼. 6시가 되면 제대로. 그렇게 해 두면 6시, 6시. 시간은 흐를 것이다. 그녀는.[131]

포도주의 온건한 불길이 그의 혈관을 불타오르게 했다. 나는 그걸 몹시 하고 싶었던 거야.*132 몹시 기분이 나빴으므로. 이제는 굶주리지 않은 눈으로 그는 통조림이나 정어리, 화려한 가재의 집게발 따위가 나열된 선반을 바라보았다. 인간은 이상한 먹을 것을 찾아낸단 말야. 고동 알맹이를 핀으로 빼내기도 하고, 나무에서 캐내기도 하고, 프랑스 사람처럼 땅 위의 달팽이를 잡아먹기도 하고, 바늘에 먹이를 달아 바다에서 낚아 올리기도 하고. 멍청한 물고기는 천 년 지나도 영리해지지 않아. 입속에 뭔가를 넣고도 위험한 줄 모른다면. 독이 있는 딸기. 산사나무의 열매. 둥근 것은 먹어도 된다고 생각한다. 화려한 색은 주의해야 해. 한 사람이 다른 사람에게 가르쳐서 점점 퍼지는 거겠지. 우선 개에게 먹여 봐. 냄새나 본 느낌으로 가늠한다. 미각을 자극하는 과일. 얼음과자. 크림. 본능. 예를 들어, 오렌지 숲. 인공 관개가 필요하다. 블라이프트로이거리. 하지만 굴은 어떤가. 가래 덩어리처럼 추악하고 더러운 껍데기. 그것을 여는 일이 또 한 차례의 수고. 누가 발견했을까? 쓰레기나 하수의 오물을 양분으로 삼는다. 샴페인과 붉은 모래펄의 굴. 성욕에 효력이 있다. 최음제. 이 녀석은 오늘 아침 붉은 모래펄에 있었어. 굴 먹는 사람은, 식탁에서는 늙은 물고기일지라도 침대에서는 젊은 몸. 지금은 없어. 6월은 r이 없는 달이니까 굴은 없다.*133 그러나 썩어가는 사냥감을 좋아하는 사람도 있어. 토끼 스튜. 먼저 토끼를 잡아야 해. 중국인은 50년도 지난 푸른 달걀을 먹는다. 접시 30개의 정찬. 한 접시씩은 해가 없어도 배 속에서 섞이면 어떨까? 독살을 다룬 탐정소설로서는 재미있는 착안이다. 레오폴드 대공작(大公爵)이었던가? 아냐. 그렇다, 그렇잖으면 합스부르크가 (家)의 한 사람인 오토였던가? 자기 머리의 비듬을 먹었다는 그 사나이는 누구였지? 이 세상에서 가장 값싼 점심. 물론 그것은 귀족의 이야기다. 그러면 그것을 다른 사람들이 유행에 뒤지지 않으려고 흉내 낸다. 밀리도 광유 (鑛油)와 밀가루가 맛있다고 한다. 난 익히지 않은 페이스트리 반죽을 좋아한다. 캐낸 굴의 반은 값의 저하를 막기 위해 다시 바다로 되던진다. 싸면 아무도 사지 않는다. 철갑상어 알. 훌륭한 요리지. 녹색 잔에 따른 독일의

---

*131 자신이 없는 집에서의 마리온과 보일런에 대해서 생각한다.

*132 목욕탕에서 블룸이 한 자위행위. 에피소드 5 끝부분 참조.

*133 굴은 영어의 달 이름에 r자가 붙을 때만 먹는다.

하얀 포도주. 호화스러운 폭식회. 그것이 귀부인이지. 분을 바른 가슴의 진주. '선택된 사람들 중에서 선택된 사람.' 상류 행세를 하고 싶어서 특별요리를 주문한다. 은자(隱者)는 콩만 먹고 고기의 자극을 억제한다. 나를 알고 싶으면 와서 함께 식사를 해. 왕실에서 즐겨 먹는 철갑상어. 주(州)지사. 도살자 코피, 황제 전용림(專用林)의 노루 고기에 대해 총독의 이름으로 받은 권리. 암소 고기 반을 그에게 돌려보내라. 고등법원 판사 댁 부엌에서 준비된 요리를 본 적이 있다. 유대교 율법박사처럼 하얀 모자를 쓴 요리장. 당장에라도 불타오를 것 같은 오리고기. '파르므 공작부인식' 양배추말이. 자네가 먹은 것을 곧 알 수 있도록 계산서에 적어 두면 좋아. 양념의 수가 많으면 요리 맛을 버린다. 나는 그것을 에드워즈의 건조 수프에 섞어봐서 잘 알아. 바보처럼 속을 채워 넣은 거위. 산 채로 삶은 바닷가재. 어서 들꿩요리를 들어보세요. 고급 호텔 직원이 되는 것도 나쁘지는 않을 거야. 팁, 야회복, 반은 벌거벗은 여인네들. 레몬즙을 곁들인 가자미를 좀더 드시겠습니까, 미스 뒤비댓? 네, 좀. 그리고 그녀는 실제로 그렇게 했다. 그것은 위그노 교도의 이름이라고 나는 생각한다. 킬리니에도 분명히 뒤비댓이란 여자가 살았는데. 뒤 드 라, 프랑스어다. 하지만 그것은 그 생선과 같은 것임에 틀림없어. 무어거리의 미키 핸론이 돈을 벌기 위해 재빨리 손가락을 아가미에 넣고 창자를 꺼냈던 그 생선. 그 사나이는 수표에 자기 이름도 쓸 수 없어 입을 비틀고 마치 풍경화라도 그리듯이 쓴다. 무이킬, 에이 에이차 하—하는 식으로 철자를 발음하면서. 무식하지만 5만 파운드나 모은 사람이지.

유리창에 달라붙은 파리 두 마리가 윙윙거린다.

불타는 듯한 포도주가 그의 입에서 머물다가 목으로 넘어갔다. 포도주 압축기에서 으깨지는 버건디 포도송이. 그것은 태양열이다. 비밀의 감촉에 닿아 나의 희미한 기억을 불러일으키는 듯하다. 그것은 그의 축축해진 감각을 자극하여 생각나게 했다. 호스 언덕, 야생 고사리 그늘에 숨어서. 그녀와 나의 눈 아래에는 만(灣)과 잠든 것 같은 하늘. 소리 하나 나지 않는다. 하늘. 만은 라이언곶(串) 근처에서 보라색으로 보인다, 드럼렉 근처에서는 녹색이다. 근처는 황록색이다. 바다 밑 세계, 풀 속에 엷은 갈색의 몇 가닥 줄, 바다 밑에 가라앉은 도시가 여기에 있다. 그녀의 머리는 내 코트를 베개 삼고, 히스나무 집게벌레가 그녀 목 아래에 낀 내 손을 긁었다. 나 두둥실 뜰 것 같아요. 어머, 멋져요! 향유 때문에 차가운 그녀의 부드러운 손이 나에게 닿아 애무했다. 나에게로 향한 그녀의 눈은 딴 곳으로 비껴나지 않았다. 나는 황홀한 기분으로 그녀 위에서 입을 벌리고 그녀의 입에 키스했다. 냠. 그녀는 살며시 나의 입 속으로 따뜻하게 씹은 시드케이크를 넣어 주었다. 그녀의 입으로 씹은 달고 시큼한 덩어리. 환희. 나는 그것을 먹었다. 환희. 젊은 생명, 입을 내밀고 나에게 준 그녀의 입술. 부드럽고, 따뜻하고, 끈적끈적한 추잉검 젤리 같은 입술. 그녀의 눈은 꽃이었다. 나를 드릴게요—하는 적극적인 눈. 자갈이 굴러가는 소리. 그녀는 누운 채 움직이지 않았다. 산양이다. 사람은 없다. 호스 언덕 위의 석남 숲 사이를 암산양이 걷고 있다. 까치밥나무 열매를 떨어뜨리면서. 고사리에 둘러싸인 그녀는 따뜻하게 안긴 채 미소 짓고 있었다. 나는 거칠게 그녀를 덮쳐 키스했다. 눈을, 입술을, 뒤로 젖힌 목덜미를, 얇은 블라우스 속에서 고동치고 있는 유방을, 단단해진 둥근 젖꼭지. 나는 나를 잊은 채 혀를 그녀 입 안에 넣었다. 그녀도 나에게 키스했다. 나도 키스를 받았다. 몸을 내맡기고 그녀는 나의 머리를 쓰다듬었다. 그리고 키스했다. 그녀도 나에게 키스했다.

나를. 그리고 지금 이 나를.

달라붙은 파리들이 윙윙거렸다.

그는 내리깐 눈길로 참나무 판자의 말없는 줄무늬를 따라갔다. 아름다움은 나뭇결의 곡선, 곡선이 아름다움이다. 아름다운 모습의 여신. 비너스, 주노.*134 세계가 찬미하는 곡선. 도서관에 가면 원형 홀에 서 있는 알몸 여신들을 볼 수 있다. 알몸 여신, 소화에 좋을 것이다. 그녀들은 남자가 어디를 바라보나 신경 쓰지 않는다. 모두가 보인다. 결코 아무 말도 하지 않는다. 플린과 같은 녀석에게 해 주고 싶은 말이다. 만약에 저 여신상이 갈라테이아처럼 피그말리온에게 말한다면 맨 처음에 뭐라고 할까?*135 죽어야 할 운명의 인간이여! 네 분수를 알아라. 신들과 식탁을 둘러싸고 신주(神酒)를 꿀

---

*134 로마 신화에서 여성을 보호하고 결혼을 관장하는 여신. 주피터의 아내. 그리스 신화의 헤라.

*135 그리스 신화. 키프로스의 왕 피그말리온은 자신이 만든 아름다운 여인상에 갈라테이아란 이름을 붙이고 그것을 사랑한다. 그의 마음을 헤아린 아프로디테가 갈라테이아의 몸에 따뜻한 피가 흐르게 했다.

컥꿀컥 마신다. 황금 접시. 모두 신들이 고른 식사. 우리가 먹는 6펜스 런치와 같은 것이 아니다. 삶은 양고기, 당근에 순무, 올솝표(標)*136 맥주 한 병과 같은 것이 아냐. 신주(神酒), 전기를 마신다고 상상해봐. 신들의 음식. 주노식으로 조각된 사랑스러운 여인의 모습. 영원 불사의 아름다움. 그런데 우리는 한쪽 구멍에서 넣고 다른 한쪽 구멍에서 낸다. 음식, 유미(乳糜), 혈액, 똥, 흙, 음식—하는 식으로 기관차에 불을 때는 것처럼 음식을 넣어줘야만 한다. 여신들에게는 그것*137이 없다. 본 적도 없었다. 오늘은 봐야지. 관리인은 알아차리지 못할 거야. 무엇인가를 떨어뜨리고 몸을 숙여 아래에서 들여다보아야지. 도대체 여신들에게도.

방광으로부터 물이 떨어지는 것 같은 재촉이 그 자리에서 할 수 없는 일을 하러 가라는 조용한 신호를 보내왔다. 한 사람의 남자로서 자기를 느끼며 그는 컵을 바닥까지 비우고 걸어갔다. 여신도 인간 남자에게 몸을 맡겼다. 남자를 의식해서 인간 애인과 잤다. 한 젊은이가 그녀를 즐겼다는 건가? 그는 뒷마당으로 나갔다.

그의 구두 소리가 사라졌을 때 데이비 번이 출납부를 보면서 말했다.

—무엇을 하는 사람입니까, 저분은? 보험회사 분이 아니었던가요?

—보험은 훨씬 이전에 그만두었지. 〈프리먼〉지 광고를 맡아보고 있어. 노지 플린이 말했다.

—얼굴은 잘 알겠는데. 무슨 불행한 일이라도 있었습니까?

—불행한 일? 별로 듣지 못했는데. 왜 그러시나?

—상복을 입고 있어서요.

—그래? 그래, 정말로 입고 있었어. 가족들은 모두 잘 있냐고 내가 물었지. 당신 말이 옳아, 맹세코. 그는 상복을 입고 있었어.

—저렇게 불행한 일을 당한 사람을 보면, 난 절대로 그런 이야기는 꺼내지 않아요. 손님이 잊고 싶어 하는 기억을 되새기게 하는 꼴이 되니까요. 데이비 번이 동정어린 투로 말했다.

—어쨌든 부인이 죽은 것은 아니야. 엊그제 그를 만났는데, 헨리거리에서 존 와이즈 놀런의 아내가 하는 그 아일랜드 농장 우유 가게 말이야, 거기에

---

*136 배철러 산책로 35번지. 올솝 부자 맥주 회사.
*137 항문.

서 크림 단지를 안고 나왔거든. 집에 있는 자기 반쪽에게 가져간다더군. 정말이지, 부인의 영양상태는 나무랄 데가 없어. 젖가슴이 매력적으로 도도록 하거든.

—그럼 그분은 〈프리먼〉지 일을 하시는군요? 데이비 번이 물었다.

노지 플린은 입을 다물었다.

—광고를 따낸 수입만으로 크림을 사는 것이 아니야. 이건 틀림없는 사실이지.

—어떻게요? 데이비 번이 출납부에서 눈을 떼며 말했다.

노지 플린은 재빨리 마술사와 같은 손가락으로 공중에 무엇인가 모양을 그렸다. 그리고 눈으로 신호했다.

—그는 프리메이슨*¹³⁸ 회원이야.

—정말이에요?

—틀림없어. 옛날부터 전해져 내려오는 남들이 아는 그들이지. 신을 통한 광명, 생활 그리고 사랑이란 식이지. 그는 그것으로 많은 도움을 받고 있어. 나는 그런 이야기를 들었어. 이름은 말할 수 없지만.

—정말입니까?

—아, 그것은 훌륭한 단체야. 곤란한 처지에 빠진 사람이 있으면 그들이 손을 뻗지. 내가 아는 사람 중에도 들어가고 싶다는 친구가 있었는데 손쉽게 넣어 주지 않더구만. 그 단체 친구들이 여자를 참가시키지 않은 것은 현명한 방침이야.

데이비 번은 한꺼번에 미소 띤 하품을 하며 고개를 끄덕였다.

—이이이이이이하아아아아아아흐!

—어떤 여자가, 그들이 어떤 일을 하는가 보려고 큰 시계 속에 숨어 있었더랬지. 노지 플린이 말했다. 그런데 그들이 곧 그것을 알아차리고 끌어내어 그 자리에서 선서식을 올리고 그녀를 메이슨 단장으로 만들어 버렸대. 그녀는 도너레일의 세인트 레저 집안의 한 사람이라지 아마?

하품이 끝나고 자리에 앉은 데이비 번은 눈물 젖은 눈으로 말했다.

—그것도 정말인가요? 겸손하고 조용한 분인데. 그분은 여기에 자주 오

*138 그리스도교 교회에 반드시 따르지 않는 관점에서 자선이나 선행을 서로 맹세하는 비밀결사. 1717년 런던에서 시작하여 온 세계에 회원을 두고 있다.

시지만 한 번도 취한 것을 본 일이 없죠.

─전능하신 신도 그를 취하게 할 수는 없을 거야. 노지 플린은 단언했다. 흥이 오를라치면 슬쩍 꽁무니를 빼버리니. 아까 시계를 보는 거 못봤어? 아, 당신이 없었을 때였지. 그에게 술을 권해 봐, 우선 천천히 시계를 꺼내 바라보면서 자신이 무엇을 들이켜야 하는지 보려고 한다니까. 맹세코 그는 그래.

─가끔 그런 분도 있죠. 틀림없는 사람이에요.

─나쁜 친구는 아니지. 노지 플린은 코를 훌쩍이면서 말했다. 그가 남을 돕길 좋아한다는 것은 잘 알려져 있어. 어떤 사람이든 어느 정도 좋은 점이 있는 법이니까. 그래, 블룸에게도 좋은 점은 있어. 그러나 그가 결코 하지 않는 일이 딱 하나 있지.

그의 손은 큰 컵 옆 테이블 위에다 펜으로 서명하는 동작을 했다.

─알고 있어요. 데이비 번이 말했다.

─서명하는 일은 절대로 하지 않아. 노지 플린이 말했다.

패디 레너드와 밴텀 라이언스가 들어왔다. 그 뒤를 따라 톰 로치퍼드가 들어왔다. 그의 짙고 어두운 붉은빛 조끼 위에 불평스러운 듯이 손을 대고.

─안녕하세요, 미스터 번.

─안녕하세요, 여러분.

그들은 카운터 옆으로 왔다.

─누가 한턱 쏘냐? 패디 레너드가 물었다.

─나는 어쨌든 한턱 얻어먹기를 기다리고 있네. 노지 플린이 말했다.

─그런데 뭘 마실까? 패디 레너드가 물었다.

─난 스톤 진저로 하겠어. 밴텀 라이언스가 말했다.

─몇 파인트지? 패디 레너드가 외쳤다. 언제부터야 도대체. 자네는? 톰.

─배수관 상태가 어떻냐고? 노지 플린이 술을 홀짝거리며 말했다.

대답 대신에 톰 로치퍼드가 손으로 갈비뼈를 누르더니 기침을 했다.

─미안하지만 물 한 잔 주시겠습니까, 미스터 번? 그가 말했다.

─알겠습니다.

패디 레너드는 두 술친구를 바라보았다.

─맙소사, 내가 한턱 쏘려는데 그 꼴은? 냉수와 생강이 든 탄산수! 여느

때라면 두 사람 모두 위스키를 마시며 류머티즘을 잊으려는 패거리가 아닌가. 저 사나이는 골든컵 경마의 훌륭한 말 냄새를 맡은 모양이야. 틀림없는 말을.

—〈진펀델〉이지? 노지 플린이 물었다.

톰 로치퍼드는 내놓은 컵 물속에 구겨진 종이에 싸인 가루를 넣었다. 그리고 마시기 전에 말했다.

—이놈의 저주스런 소화불량.

—소다는 잘 들어요. 데이비 번이 말했다.

톰 로치퍼드는 고개를 끄덕이고 마셨다.

—〈진펀델〉인가?

—가르쳐주지 않겠어, 밴텀 라이언스가 눈을 깜박거렸다. 나는 내 말에 5실링 걸 작정이야.

—너가 밥값을 한다면 말하라고, 이런 닌장맞을. 누가 가르쳐 줬어? 패디 레너드가 말했다.

미스터 블룸이 가게를 나가면서 손가락을 세 개 들고 인사했다.

—잘 가, 노지 플린이 말했다.

모두가 돌아보았다.

—저 사나이가 내 정보원이야. 밴텀 라이언스가 속삭였다.*139

—프르르! 패디 레너드가 비웃는 것처럼 말했다. 미스터 번, 액땜으로 제임슨 위스키 작은 거로 두 개, 그리고…….

—스톤 진저죠? 데이비 번이 예의 바르게 덧붙였다.

—그래, 패디 레너드가 말했다. 갓난아이에게는 우유병이야.

미스터 블룸은 도슨거리 쪽으로 걸어갔다. 혀로 이빨을 깨끗이 청소하면서. 무엇인가 파란 채소를 먹어야 할 것이다. 예를 들어 시금치라도. 그렇다면 예의 X선 광선으로 비춰보면.*140

듀크 골목에서 대식가인 테리어가 한 마리, 포장도로 돌 위에 뼈가 섞인

---

*139 그는 아침에 길에서 블룸을 만났을 때, 신문을 버린다(throw it away)는 말을 스로우어웨이(Throwaway)라는 이름의 말(馬)로 잘못 알아들었다.

*140 X선은 1895년에 발견됐다. 당시에는 체내에서 이동하는 녹색 물체도 X선으로 살펴볼 수 있다고 여겨졌다.

음식을 토해 내고 다시 그것을 열심히 핥고 있었다. 포식인가. 알맹이를 모두 소화한 뒤에 감사의 마음으로 그것을 토해 냈다. 처음에는 맛이 있고, 두 번째는 냄새가 좋아. 미스터 블룸은 조심스럽게 옆으로 비켜서 지나갔다. 되새김질하는 동물. 두 접시째 요리다. 그들은 위턱을 움직인다. 도대체 톰 로치퍼드는 그 발명을 어떻게 할까? 그것을 플린의 코앞에서 설명한다고 해도 시간 낭비다. 마른 사람은 입술이 길다. 발명가가 모이는 홀이나 시설을 만들어서 자유롭게 발명을 할 수 있게 해야 해. 당연히 모든 괴짜들 때문에 성가시고 귀찮기야 하겠지만.

그는 악곡의 끝 소절을 장엄하게 콧노래로 흥얼거리면서 한 절마다 마지막 소리를 길게 뺐다.

'돈 조반니여, 오늘 밤 만찬에
당신은 나를 초청했군'*141

기분이 좋아졌다. 붉은 포도주. 기운 돋우기에 좋다. 처음에 증류주를 만든 사람은 누굴까? 어딘가 우울한 사람. 술을 마신 김에. 도서관에서 〈킬케니 피플〉지를 지금 나는.*142

하수공사업자 윌리엄 밀러의 장식창에서 기다리는 노출된 청결한 실내 변기를 보고 그는 되돌려 생각했다. 그들*143은 할 수 있다. 그것이 아래로 떨어지는 것을 볼 수 있는 일이. 바늘을 삼키면 수년 뒤에 갈비뼈에서 나온다. 육체를 돌아 여행한다. 담즙 도관을 변화시킨다. 우울을 뿜어내는 간장, 위액, 파이프와 같은 장의 곡절. 그러나 실험대상이 되는 사나이는 가엾게도 끊임없이 자기 내장을 공개하는 셈이다. 그것이 과학이다.

—아 체나르 테코(오늘 밤 만찬에),

이 '테코'라는 말은 무슨 뜻일까? 아마도 '오늘 밤'이겠지.*144

---

*141 모차르트 가극 〈돈 조반니〉 2막 15장.

*142 그는 그 신문을 도서관에서 보기 위해 가고 있다.

*143 뢴트겐을 다루는 사람들.

*144 블룸은 'teco(당신의)'를 '오늘 밤'으로 잘못 알고 있다.

'돈 조반니여, 오늘 밤 만찬에
당신은 나를 초청했군.
더 럼 더 럼덤'

잘 되어가질 않는군.

키즈. 내너티만 설득한다면 두 달분. 그러면 2파운드 10실링, 2파운드 8
실링 정도가 된다. 하인스에게 3실링 꾸어준 것이 있으니까 2파운드 11실
링. 프레스컷 광고. 2파운드 15실링. 합해서 5기니 정도가 된다. 성공이네.

몰리에게 그 비단 속치마를 하나 사 줄 수 있어. 그녀의 새로운 가터벨트
빛깔과 같은 빛깔의 것을.

오늘. 오늘. 아무것도 생각하지 마.*145

그리고 남쪽 여행도. 영국 해수욕장은 어떨까? 브라이튼,*146 마게이트 같
은. 달빛 아래 부두. 그녀 목소리가 흘러나온다. 저 귀여운 해변의 아가씨
들. 존 롱 술집 벽에 기대어 졸린 듯한 부랑아 한 사람, 딱지가 생긴 무릎
관절을 깨물듯이 하면서 졸고 있다. 잡일꾼, 직장 구함. 저임금도 좋음. 무
엇이든지 먹습니다.

미스터 블룸은 그레이 과자가게의 팔리지 않는 파이가 진열된 진열창을
지나 목사 토머스 코널린이 경영하는 서점 앞을 지났다. 나는 왜 로마교회를
떠났는가?*147 '새들의 둥지'.*148 여자들이 그에게 자본을 대 주고 있다고 한
다. 감자 기근 때 그녀들은 가난한 아이들에게 수프를 돌려 프로테스탄트로
개종시키려 했다나. 불쌍한 유대인들 개종을 위한, 아빠가 갔던 길 저쪽의
모임. 같은 먹이이다. 우리는 왜 로마 교회를 버렸는가?

한 장님 청년이 서서 가느다란 지팡이로 보도의 갓돌을 두드리고 있었다.
전차는 달리지 않고 있다. 길을 건너고 싶은 거다.

—건너가고 싶어요? 미스터 블룸이 물었다.

장님 청년은 대답하지 않았다. 벽처럼 생긴 얼굴을 약간 찡그렸다. 그는

---

*145 보일런과 아내에 대한 일.

*146 영국 서식스 관광지.

*147 캐나다 장로교회 목사 찰스 치니키(1809~99)가 로마 가톨릭교회를 비판하여 쓴 저작.

*148 신교도 전도 협회. 킹스타운에서 고아원을 운영했다.

망설이는 듯이 머리를 움직였다.

—당신은 지금 도슨거리에 있어요, 건너편은 몰즈워스거리. 건너가고 싶어요? 지금이라면 방해될 것이 없는데. 미스터 블룸이 말했다.

지팡이가 떨리면서 양쪽으로 움직였다. 미스터 블룸의 눈이 그쪽 방향을 따라가자 드래고 이발소 앞에 또 그 염색공장 마차가 서 있는 것이 보였다. 마침 내가 하려고 했을 때 저 사나이의 머릿기름 바른 머리를 본 그 장소다. 고개 숙인 말. 마부는 존 롱 술집에 들어가 있다. 한잔 하고 있는 거지.

—저기에 마차가 있는데, 움직이지 않고 있어요. 건너가고 싶으면 손을 잡아 주죠. 당신은 몰즈워스거리 쪽으로 가고 싶은 거죠? 미스터 블룸이 말했다.

—네, 청년은 대답했다. 남부 프레데릭거리로 갑니다.

—자. 미스터 블룸은 말했다.

그는 메마른 팔꿈치를 살며시 만졌다. 그리고 앞으로 안내하기 위해 연약하고 민감한 손을 잡았다.

무엇인가 이 청년에게 말해 줘. 너무 친절하게 굴지 않는 편이 좋아. 일상적인 말을 나누자.

—비가 오지 않았군.

대답이 없다.

겉옷에 얼룩이 있다. 음식을 흘린 것이리라. 미각도 다른 사람과 다를 것이다. 먼저 수저로 먹여야만 해. 어린애 같은 손이군. 밀리의 손도 이랬어. 느낌이 날카롭다. 아마도 내 손을 만지면 무엇이든지 알고 말 거야. 이름은 있겠지. 마차다. 지팡이가 말 다리에 부딪치지 않도록 해야 해. 피곤한 말은 졸고 있다. 됐어. 지났다. 소는 뒤로, 말은 앞으로.

—고맙습니다. 선생님.

내가 어른이라는 것을 알고 있어. 목소리로.

—여기서 괜찮나? 우선 왼쪽으로 돌아가요.

장님 청년은 갓돌을 두들기면서 걷기 시작했다. 지팡이를 뒤로 빼고는 다시 한 번 살피면서.

미스터 블룸은 장님 뒤에서 걸어갔다. 청어 가시 무늬 트위드 천으로 만든, 마름질이 단조로운 옷. 가엾은 젊은이! 짐마차가 있다는 것을 어떻게 알았을까? 느낌이겠지. 이마로 사물을 볼지도 모른다. 어떤 양감(量感). 중량은. 무엇인가가 치워졌을 때 그는 그것을 느낄 수 있을까? 빈틈을 느낀다. 이 청년은 더블린에 관해서 틀림없이 기묘한 생각을 하고 있을 거야, 저렇게 돌을 두드리며 걸어가는 동안에. 저 지팡이가 없으면 그는 두 지점 사이를 똑바로 걸어갈 수 있을까? 성직자를 지망하는 학생 같은 핏기 없는 경건한 얼굴.

펜로즈! 그래 그놈 이름은.*149

그들이 배워서 할 수 있는 모든 것들을 생각해보라. 손가락으로 글을 읽는다. 피아노 조율. 그들에게 지능이 있다고 해서 놀라는 쪽이 이상하지. 누구나 할 수 있는 말도 신체장애우나 척추장애우가 하면 머리가 좋다는 인상을 주지. 물론 다른 감각은 보통 사람 이상. 수(繡)놓기. 바구니 짜기. 모두가 도와주어야 해. 바느질 광주리를 몰리 생일에 사 줘야지. 바느질을 몹시 싫어해. 거부할지도 모른다. 그들은 어둠의 인간이라고도 불린다.

후각도 훨씬 예민할 거야. 사방팔방 냄새가 모두 다발이 되어 한꺼번에 몰려든다. 거리마다 냄새가 다 다르다. 인간도 각자의. 게다가 봄, 여름, 여러 가지 냄새. 맛도 그럴까? 눈을 감은 채로 또는 코감기가 들었을 때 술을 맛볼 수 없다고 한다. 담배도 어둠 속에서 피우면 맛이 하나도 없다나.

그리고 예를 들어 여자에 대해서도. 보이지 않으면 그만큼 염치가 없는 사람이 될 수 있다. 스튜어트 학교 앞을 걷고 있는 저 아가씨, 머리를 위로 쳐들고. 나를 좀 봐줘요. 모두가 나를 보고 있어요. 그 여자를 보지 않는 것은 이상한 일이다. 그 사나이의 마음의 눈에 하나의 모습이 형성되어 있다. 그가 목소리, 체온, 손가락으로 여자를 만질 때, 거의 선, 곡선을 알아차림에 틀림없다. 이를테면 그의 손을 그녀 머리에 놓고, 예를 들어 검은 머리였다고 하자. 좋아. 우리는 그것을 검은 머리라고 부른다. 그 다음에 그녀의 흰 피부를 만진다. 아마도 다른 감각이 있을 것이다. 백색 감각이다.

우체국. 답장을 써야지. 오늘은 왜 이렇게 바쁘지? 그녀에게 우편환으로 2실링, 아니 2실링 반을 보낸다. 조촐한 내 선물을 받아 주기를. 여기에 마침 문방구점이 있다. 그러나 잠깐. 생각해 봐야지.

---

*149 블룸은 성직자가 되려는 학생같이 생긴 이 장님 청년을 통하여 잊었던 이름 펜로즈를 갑자기 기억해 낸다. 펜로즈는 아내 몰리를 염탐하던, 성직자처럼 생긴 이웃이다.

그는 손가락 하나로 뒤로 넘긴 귀 위 머리카락을 매우 천천히 만져 보았다. 다시 한 번. 가는 지푸라기처럼 생긴 섬유 같은 거구나. 다음에 그의 손가락은 살며시 오른쪽 뺨 피부를 만졌다. 여기에는 솜털이 나 있다. 별로 매끈하지가 않다. 배가 가장 매끈하다. 아무도 없다. 그 청년은 지금 프레데릭 거리 쪽으로 가고 있다. 아마도 레벤스톤의 댄스 교실에 피아노를 조율하러 가는 거겠지. 내 바지 멜빵을 고쳐 맬 수도 있어.

도런 술집 앞을 지나면서 그는 조끼와 바지 사이에 손을 넣어, 살며시 셔츠를 가르고 늘어진 배주름을 만져 보았다. 그러나 나는 내 배 피부가 흰빛을 띤 노란빛이라는 것을 알고 있다. 어둠 속에서 보고 싶군.

그는 손을 빼고 옷을 모았다.

가엾은 남자. 아직 젊지 않은가. 무섭다. 참 무섭다. 어떤 꿈을 꿀까? 눈이 보이지 않으면? 인생은 그에게는 꿈과 같다. 저렇게 태어나다니 도대체 신의 섭리는 어디에 있는가? 축하 여행에 가서 뉴욕에서 타 죽거나 물에 빠져 죽은 저 여자와 어린아이들.[150] 대참사. 그들은 과거에 저지른 죄악으로 인한 그 전생(轉生)을 인과응보라고 말한다. 재생, 윤회(輪廻). 아, 가엾게도, 정말. 그래도 그들 맹인들과는 어딘지 마음이 통하기가 어려워.

프레데릭 포키너 경[151]이 프리메이슨 회관으로 들어간다, 트로이 대사제처럼 엄숙하다. 얼스포트 테라스에서 고급 점심을 막 먹고 온 참이다. 서로 허풍을 떠는 나이든 법관 친구. 재판 이야기. 자선학교 연보. 나는 그에게 징역 10년을 언도했지. 내가 마신 저 포도주 같은 것에 대해 그러면 코웃음을 치겠지. 먼지 낀 병에 연호가 붙은 그들이 마시는 특제 포도주. 치안 재판소에서 보이는 그 자신의 정의관. 악의 없는 노인. 사건들로 채워 넣은 경찰 사건기록부를 보면 얼마나 많은 사건들이 만들어지는지를 알 수 있다. 각하해 버린다. 대금업자들에게는 사정이 없어. 루벤 J를 호되게 혼내 주었지. 정말로 그는 더러운 유대인의 전형이야. 재판관의 권력은 대단해. 가발을 쓴 무뚝뚝한 할아버지들. 성깔머리가 더럽게도 까다롭지. 신이 그대의 영혼에 자비를 베푸시길.[152]

---

[150] 1904년 6월 15일 뉴욕 이스트강에서 일어났던 외륜식 증기여객선 대화재 사고. 승객 1342명 가운데 1021명이 죽었는데 대부분은 여행 중이던 여자와 어린이들이었다.
[151] 실존 인물로 당시 더블린 지방법원 부장 판사였다.

어? 드림막이다. 마이러스 바자모임. 총독 각하가. 16일이면 오늘이네.
머서 병원 기금 원조를 위하여. 그 때문에 〈메시아〉가 초연되었지. 그래.
헨델이다. 거기에 가서 보는 건 어떨까? 볼스교(橋). 가는 김에 키즈 가게
에 들러야지. 구태여 거머리처럼 그에게 눌어붙어봐야 소용없어. 자주 얼굴
을 내밀면 싫어할 테고. 틀림없이 접수구에 누군가 아는 사람이 있을 거야.

미스터 블룸은 킬데어거리로 왔다. 우선 나는 꼭. 도서관이다.

햇살 받은 밀짚모자. 황갈색 구두. 끝을 접은 바지. 그래 분명히 그 사나
이다.*153

그의 심장이 부드럽게 뛰었다. 오른쪽으로 돌아가자. 박물관이 있다. 여신
상이 있는 박물관. 그는 오른쪽으로 돌았다.

그랬던가? 거의 확실하다. 만나고 싶지 않다. 얼굴에 술기가 있어. 왜 나
는 저렇게? 머리가 어지럽다. 그래, 그렇다. 저 걸음걸이. 보지 마. 곧장 가
자.

박물관을 목표로 초조한 걸음걸이로 걸으면서 그는 눈을 들었다. 훌륭한
건물이다. 토머스 딘 경이 설계한 거야.*154 설마 내 뒤를 따르지는 않겠지?

아마 나를 보지는 못했을 거야. 그 눈빛이란.

그의 헐떡임이 가라앉고 탄식이 되어 흘러나왔다. 빨리. 차가운 조각상들
이 있는 곳. 저기라면 조용하다. 곧 안전해진다.

그래, 나를 알아차리지 못했다. 2시가 지났다. 마침 입구 있는 곳에서.

깜짝이야!

그의 눈이 깜박거리면서 크림 빛깔 돌 곡선을 바라보았다. 토머스 딘 경은
그리스식 건축가였다.

뭔가를 찾는다 나는.

그의 급한 손이 재빨리 주머니에 들어가, 꺼내서는, 펼친 아젠다스 네타임
을 읽는다. 내가 어디에 두었을까?

바쁘게 찾는다.

---

*152 사형 판결을 내릴 때 마지막에 하는 말.

*153 아내의 애인 블레이지스 보일런이 오는 것을 보고 블룸은 당황한다.

*154 정확히는 토머스 딘(1792~1871)의 아들 토머스 뉴넘 딘(1828~99)과 손자 토머스 맨
비 딘(1851~1933)이 1885년부터 1890년까지 함께 도서관과 박물관을 설계했다.

그는 아젠다스를 처음에 꺼냈던 주머니로 쑤셔 넣었다.

오후라고 그녀는 말했다.

나는 그것을 찾고 있었다. 그래 그거다. 주머니를 전부 찾아 봐. 손수건. 〈프리먼〉지. 내가 어디에 두었을까? 아, 그래. 바지. 지갑. 감자. 내가 어디에 두었을까?

서둘러 찾아 봐. 천천히 걷는다. 하마터면. 아주 놀랐어.

그의 손은 그것을 어디에 넣어 두었는가를 찾았다. 물어보아야 한다고 생각하면서.*155 그리고 엉덩이 주머니에 화장비누가 미지근한 종이에 싸여 있는 것을 발견했다. 아, 비누는 여기에 있었다! 이거다. 입구다.

휴!

---

*155 키즈 가게를.

에피소드 9
SCYLLA AND CHARYBDIS
스킬라와 카리브디스^{*1}

스킬라와 카리브디스*1

---

*1 스킬라 : 큰 바위에 사는 머리가 여섯, 다리가 열둘 달린 여자 바다 괴물.
　카리브디스 : 시칠리아 섬 먼 바다의 큰 소용돌이. 배를 삼킨다.

줄거리

블룸이 이제 가려는 국립도서관에는 스티븐을 비롯한 문인들이 모여 토론하고 있다. 도서관장 리스터와 A.E.를 주축으로, 아일랜드 문예부흥 운동에 참여하는 비평가 존 이글린턴과, 스티븐과 같이 디지 씨의 학교에 근무하는 젊은 학자 베스트가 모였다. 그곳에서 스티븐은 자신의 셰익스피어론(論)을 펼친다―〈햄릿〉을 통해 셰익스피어가 고향에 두고 온 아내 앤이 그의 동생 리처드와 간통했을 것이라고 추정한다. 또한 어려서 죽은 아들 햄넷을 햄릿으로 되살려서 어머니의 간통을 비난하게 했다고도 말한다. 아울러 셰익스피어는 인생을 음미하고 소유할 수 있었던 보기 드문 위인이었다고 주장하며, 다음과 같은 근거를 댄다. 연상의 앤에게 정복되어 결혼한 셰익스피어는 그 뒤로 여성 관계에서는 피정복자였다는 것, 또 셰익스피어의 성격 안에는 이아고와 같은 악한 것, 샤일록과 같은 대금업자 근성이 있고, 또 이러한 악하고 열등한 의식 모두가 작품 안에 살아 있다는 것이다.

이러한 견해에 대하여 이글린턴과 A.E.는 반대한다. 하지만 스티븐은 끝까지 말한다. 그 도중에 벽 멀리건이 들어와서, 12시 반에 십 술집에서 만날 약속을 한갓 장난 전보로 무마시키려 한 것이 괘씸하다며 화를 낸다. 그리고 토론에 이따금 끼어들어 농담으로 모두를 웃긴다. 그러는 사이 키즈 가게의 도안을 찾기 위해 이 도서관에 들른 블룸이 멀리건, 스티븐과 만난다.

이 에피소드는 스킬라와 카리브디스란 두 괴물 사이를 오디세우스가 배를 타고 빠져나오는 《오디세이아》 제12장에 해당한다. 보일런을 피하여 도서관으로 들어오자 셰익스피어론이라는 문예 학문의 무서운 소용돌이가 그를 기다리고 있다. 그 사이를 블룸은 아슬아슬하게 빠져나간다.

에피소드 9 주요인물

리처드 베스트 Richard Best : 스티븐 친구. 토론에서 스티븐 편을 든다.

조지 러셀 (A.E.) : 당대 시인이며 학자로서 이날 국립도서관에서 셰익스피어 토론에 참가한다.

존 이글린턴 John Eglinton : 아일랜드 문예부흥 때 시인, 평론가. 스티븐과 논쟁을 벌인다.

토머스 리스터 Thomas W. Lyster : 아일랜드 국립도서관장. 이날 셰익스피어 토론회에 참가한다.

사람들을 편하게 해주고자 퀘이커 교도 도서관장*²이 공손하게, 낮고 부드러운 목소리로 기분 좋게 말했다.

―게다가 《빌헬름 마이스터》*³에 저 귀중한 페이지들이 있지 않습니까? 위대한 시인이 위대한 형제 시인에 대해서*⁴ 쓴 것입니다. 고뇌의 바다를 향해서 무기를 든 망설이는 영혼*⁵은 실제의 인생에서 우리가 보는 것 같은 괴로운 의심 때문에 갈기갈기 찢긴다는 것입니다.

그는 소가죽 구두를 삐걱거리며 발끝으로 한 발 앞으로 나왔다가 엄숙한 바닥 위를 다시 발끝으로 한 발 뒤로 물러섰다.

소리를 내지 않고 한 직원이 문을 살며시 열고 말없이 그에게 신호를 했다.

―곧 갈게, 그는 마음을 차마 정하지 못하면서 그러나 가려고 구두를 삐걱거리면서 말했다. 쓰라린 사실에 맞닥뜨려 비탄에 잠기는 아름답지만 무력한 몽상가입니다. 저는 언제나 괴테의 판단이 옳다고 생각합니다. 거시적 분석으로 보자면 진실이라고 말입니다.

분석적으로 이중으로 삐걱거리며 그는 춤추는 듯한 발걸음으로 나갔다. 대머리가 문간에 서서 직원 말에 큰 귀를 기울이더니 다 듣자 떠났다.

남은 것은 두 사람.*⁶

―므쉬 드 라 빨리스*⁷ 죽기 15분 전까지 쌩쌩했어요.*⁸ 스티븐이 비웃었다.

---

*2 국립 아일랜드 도서관의 유능한 관장 토머스 윌리엄 리스터를 가리킨다. 퀘이커 교도라고 한 것은 그가 항상 퀘이커 교도풍의 챙 넓은 모자를 쓰고 있었기 때문이라고 여겨진다.

*3 괴테의 《빌헬름 마이스터》에는 셰익스피어, 특히 햄릿을 논한 대목이 있다.

*4 괴테가 셰익스피어에 대해서.

*5 햄릿 영혼.

*6 이글린턴과 러셀.

*7 1400~52. 프랑스의 유명한 장군.

*8 '죽기 15분 전까지'는 그를 노래한 속요의 한 구절. 부하들이 그의 무용을 강조해서 이렇게 말했다. 뻔한 일을 나타낼 때 쓰는 말.

—자네는 그 용감한 의학생 여섯 명을 찾았나? 존 이글린턴이 연장자의 거만한 투로 물었다. 자네 말에 따라 '실낙원'*9을 쓰겠다는 그 여섯 사람 말야. 그는 《사탄의 슬픔》*10이라고 말하지만.*11

미소를 지어. 크랜리*12와 같은 미소를 지어.

'처음에 그는 그녀를 간질이고
그리고 나서 그녀를 쓰다듬었다.
그리고 그는 도뇨관(導尿管)을 꽂았다
그는 의학도였으므로
명랑한 나이 먹은 의……'*13

—〈햄릿〉을 필기하게 하려면 또 한 사람 필요하다고 생각하는데. 7이라는 수는 신비적인 정신에는 소중한 거야. W.B.*14는 그것을 빛나는 7이라고 부르지.

그의 붉은 갈색 머리의 머리뼈는 눈을 반짝이며 녹색 갓을 씌운 책상 등 근처, 짙은 녹색 그림자 속에, 수염을 기른 성자의 눈을 한 올라프와 같은 얼굴*15을 찾았다. 그*16는 낮은 소리로 트리니티 칼리지의 장학생 같은 웃음을 웃었다. 대답은 없었다.

'오케스트라의 사탄은 뼈저리게 슬퍼한다,
천사가 우는 것처럼 눈물을 흘리면서.
그리고 그는 엉덩이를 나팔로 삼았다네'*17

---

*9 실명한 밀턴은 딸들에게 구술필기를 시켜서 《실낙원》을 완성했다. 이글린턴은 스티븐이 쓰려는 책을 이 서사시에 빗대어 비웃고 있다.
*10 베르테르라고 말하는 대신에.
*11 《사탄의 슬픔》은 소설가 마리 코렐리(1855~1924)의 소설.
*12 스티븐의 대학 친구. 《젊은 예술가의 초상》 에피소드 1 참조.
*13 고가티(조이스의 친구. 멀리건의 모델)의 희작시(戱作詩)에서.
*14 W.B. 예이츠.
*15 뒤에 나오는 A.E.를 가리킨 듯. 올라프(995~1030)는 노르웨이 수호 성자.
*16 이글린턴.

그[18]는 나의 어리석은 행동을 저당 잡았다고 생각한다.

그들의 조국을 자유로 만들기 위해 크랜리가 이끄는 충실한 위클로인(人) 일곱 명. 이빨 빠진 캐슬린,[19] 그녀의 네 개의 아름다운 푸른 들판,[20] 그녀 집에 있는 타국인. 그리고 또 한 사람이 그에게 인사한다, '스승이여, 은혜가 있으시기를'. 티나헬리시(市) 12인조. 골짜기 그늘에서 그들은 신호의 고함을 지른다. 나는 그에게 영혼의 청춘을 주었다, 밤마다. 가는 길에 조심하세요. 성공을 빕니다.[21]

멀리건은 내 전보[22]를 받았다.

어리석은 행동. 끝까지 해.

—우리 아일랜드의 젊은 시인들은 색슨인(人)인 셰익스피어의 햄릿과 견줄만한 인물을 창조해야 해. 나로서는 나이든 벤[23]처럼 그를 거의 우상처럼 숭배하고는 있지만. 존 이글린턴이 비난했다.

—이러한 모든 문제는 순수하게 학구적인 거야, 러셀이 그가 앉아 있는 어두운 곳에서 신탁(神託)을 내렸다. 햄릿은 셰익스피어인가, 제임스 1세인가, 에섹스 백작인가 하는 문제는 말야. 성직자가 그리스도의 역사적인 실재성을 논하는 것과 같지. 예술은 우리에게 사상, 즉 형태가 없는 정신적 본질을 깨우쳐 보여줘야 해. 예술 작품에 대한 최고의 문제는, 그것이 어느 정도로 깊은 생명에서 발생했느냐에 있어. 구스타브 모로[24]의 그림은 사상의 그림이야. 셸리의 가장 심오한 시나 햄릿의 말은 우리의 정신을 영원의 지혜, 플라톤 관념의 세계에 접촉하게 해 주고. 그 밖의 모든 것은 학생을 위한 학생의 사색에 지나지 않아.

∗17 제1, 2행은 밀턴 《실낙원》 제1권 196, 619행 따위를 적당히 짜 맞추어서 바꾼 것. 제3행은 단테 《신곡》 한 구절.

∗18 이글린턴.

∗19 아일랜드를 상징하는 전설의 노파.

∗20 아일랜드의 4개 주(州).

∗21 스티븐은 크랜리 등의 독립운동에 작별을 고한다.

∗22 십 술집에서 만날 약속을 취소한 전보.

∗23 1572~1637. 셰익스피어와 같은 시대 극작가 벤 존슨. 셰익스피어를 매우 존경했지만 결점도 지적했다.

∗24 1826~98. 프랑스 화가. 환상적, 신비적인 그림을 그렸다.

A.E.가 어떤 미국인 방문자에게 이야기를 했다고?*25 흥, 제기랄!

킬데어거리에 있는 국립도서관

—스콜라 학자들도 처음에는 학생이었죠, 아리스토텔레스도 한때는 플라톤의 학생이었고요. 스티븐은 어리석을 정도로 공손하게 말했다.

—하지만 거기에서 조금도 진보가 이루어지는 것 같지 않아. 졸업증서를 겨드랑에 낀 모범생인 그*26가 눈에 보이는 것 같군. 존 이글린턴이 침착하게 말했다.

이번에는 그는 미소 짓고 있는 수염 난 얼굴을 향해 다시 웃었다.

모양 없는 정신. 성부, 말씀, 성령. 만물의 아버지, 천국의 사람, 히소스 크리스토스, 미(美)의 마술사, 우리 내부에서 시시각각 고민하는 로고스.*27 이것은 진실로 그것이로다. 나는 제단의 불이로다. 나는 희생의 버터로다.

던롭,*28 그들 가운데 가장 고귀한 로마인 저지,*29 농경(農耕) 신관(神官)*30의 한 사람 A.E. 입에 올려서는 안 될 이름, 하늘에서 K.H.*31라 불리는 그들의 스승, 그 실체는 밀의(密儀)를 믿는 사람에게는 널리 알려졌다. 그레이트 화이트 로지*32의 회원들이 원조해야 할 것인가의 여부를 항상 신경

---

*25 신문사에서 오몰로이가, A.E.가 스티븐에 대해 이야기했다고 전한 일이 있다.

*26 아리스토텔레스.

*27 여기서는 그리스도.

*28 ?~1935. 대니얼 니콜 던롭. 1896년 유럽 신지학(神智學) 협회 종신 회장.

*29 ?~1896. 아일랜드계 미국인. 1875년 블라바츠키 여사 등과 신지학협회 창립.

*30 신지학 운동의 주요 멤버인 12인을 가리킨다.

*31 블라바츠키 여사의 지배령(支配靈) 쿠트 후미(Koot Hoomi)의 머리글자.

*32 신지학협회의 별명.

쓰고 있다. 그리스도는 한 사람의 처녀인 뉘우치는 소피아가 낳은 빛의 방울이자 신부인 누이동생과 함께 깨달음의 세계로 떠났다. 밀의의 삶은 보통 사람이 아는 바가 아니다. O.P.*33는 먼저 나쁜 업(業)으로부터 빠져나와야만 한다. 미시즈 쿠퍼 오클리*34는 한때 우리의 고명한 여동생 H.P.B.*35의 심령력을 엿보았다.

어머, 싫어요, 그러지 말아요! '왜 이리 얌체 없이!' 보면 안 돼요. 마나님, 숙녀가 원시적인 곳을 내놓고 있을 때는 보면 안 돼요.*36

미스터 베스트*37가 들어왔다. 키가 크고, 젊고, 인정미가 있고, 금발이다. 그는 손에 새로운, 큰, 청결한, 번쩍번쩍 빛나는 노트를 품위 있게 들고 있었다.

—저 모범생 아리스토텔레스는, 자기 영혼이 죽은 뒤의 삶이 어떻게 될 것인가를 생각하는 왕자 햄릿의 사색을 플라톤의 사색과 마찬가지로, 있을 것 같지도 않은, 무의미하고 인상적인 것과는 거리가 먼 독백이라고 생각할 겁니다. 스티븐이 말했다.

존 이글린턴이 이마를 찡그리고 화가 난 듯이 말했다.

—분명히 말해 두지만, 나는 사람들이 아리스토텔레스와 플라톤을 비교하면 욱한 감정이 솟는단 말야.

스티븐이 물었다.

—두 사람 가운데에 어느 쪽이 나를 플라톤의 공화국으로부터 추방했을까요?*38

네 정의의 단검을 칼집에서 빼. 마성(馬性)은 모든 말의 본성이다. 경향의 흐름과 영겁을 그들*39은 숭배한다. 신은 거리의 소음.*40 대단한 소요학파*41다. 공간, 자네가 볼 수 있는 것은 모두가 그것이다. 인간 적혈구보다

---

*33 ordinary person. 보통 사람.

*34 런던의 신비주의자. 블라바츠키 여사와 밀접한 관계였다.

*35 헬레나 페트로브나 블라바츠키(Helena Petrovna Blavatsky)의 머리글자.

*36 〈햄릿〉 1막 2장에 나오는 햄릿 독백을 인유한 것.

*37 1872~1955. 박사. 스티븐 동창생. 유미주의에 몰두. 국립도서관 부관장을 거쳤다.

*38 플라톤, 그는 《국가》에서 시인을 추방하는 것 같은 말을 했다.

*39 신플라톤학파 접신론자들.

*40 스티븐의 신에 대한 정의의 하나.

도 작은 공간을 빠져나가, 그들은 블레이크*42 엉덩이에 붙어서 이 식물적 세계가 그 그림자에 지나지 않은 영원 속으로 남몰래 들어간다. 현재와 여기에 집착하라. 거기를 통해서 모든 미래가 과거로 뛰어든다.*43

미스터 베스트가 애교를 풍기며 동료 곁으로 가까이 왔다.

─헤인스는 가버렸어, 그가 말했다.

─그래? 스티븐이 대답했다.

─내가 그에게 쥬뱅빌*44의 책을 보여줬지. 그는 하이드의 《코노트의 연가》*45에 열중하더라고. 여기로 데려와서 토론을 듣게 하려고 했지만 여의치 않았어. 길 서점으로 책 사러 간다더군.

'조촐한 내 책이여
무정한 대중에게 인사하라
야위고 초라한 영어로 쓴다는 것이
내 바람은 아닌 것을.'

─이탄(泥炭) 연기가 그의 머리로 올라온 거야,*46 존 이글린턴이 추측했다. 우리 영국 사람도 느끼고 있어.*47 뉘우친 도둑.*48 떠났어. 나는 그의 담배를 피웠다. 녹색으로 빛나는 돌. 바다의 반지에 끼워진 에메랄드.*49

─사람들은 연가(戀歌)가 얼마나 위험한지를 모르고 있어, 금발의 달걀형 머리를 한 러셀이 신비스러운 경고를 했다. 세계를 혁명으로 몰아넣는 운동은 산자락에서 사는 농부 마음의 꿈이나 환상에서 생기는 법이야. 그들에게

─────────────

*41 아리스토텔레스는 학원 정원을 거닐면서 제자들을 가르쳤다. 그래서 그 제자들 일파는 소요학파라 불린다.

*42 1757~1827. 이 세상을 정신계의 색 바랜 그림자로 보고 식물적 세계라고 불렀다.

*43 어거스틴의 저서 《영혼 불멸에 관하여》 가운데 한 구절.

*44 1827~1910. 프랑스대학 켈트 문학 교수.

*45 하이드(1860~1949)는 작가이자 정치가, 아일랜드 문예부흥운동 지도자의 한 사람. 《코노트의 연가》는 그가 집필한 아일랜드 민요집. 아래의 인용구는 이 책의 한 구절이다.

*46 이탄은 아일랜드 특산품. 즉 헤인스가 아일랜드 전통 연구에 푹 빠져 있다는 뜻.

*47 헤인스가 이날 아침에 한 말. 에피소드 1 끝부분 참조.

*48 아일랜드를 식민지로 만든 영국인들.

*49 아일랜드.

대지는 개발하기 위한 땅이 아니라 살아 있는 어머니지. 아카데미나 경기장의 세련된 공기에서 태어나는 것은 대중 소설이나 뮤직홀의 노래야. 프랑스는 말라르메*⁵⁰에서 가장 정교한 퇴폐의 꽃을 피웠어. 그러나 바람직한 생활은 오직 마음이 가난한 자에게만 깨우쳐 보여주는 거야. 예를 들어 호머의 파이아키아인(人)들의 생활*⁵¹과 같은.

이 말을 듣고 나서 미스터 베스트는 온화한 미소를 띤 얼굴을 스티븐 쪽으로 돌렸다.

—알겠어요? 말라르메가 저 놀라운 산문시*⁵²를 쓰던 무렵에, 스티븐 맥케너가 파리에서 항상 나에게 읽어 주던 거예요. 〈햄릿〉에 대한 시 속에서 그는 말하고 있어요. '그는 헤맨다, 자기 마음의 책을 읽으면서'라고. 알겠어요? '자기 마음의 책을 읽으면서'예요. 그는 프랑스 어느 작은 도시에서 상연된 햄릿을 마음속에 그리고 있는 거예요. 알겠어요? 시골 작은 도시에서 말입니다. 그들은 그것을 광고했습니다.

그의 비어 있는 손이 보기 좋게 움직여 공중에 작은 간판을 그렸다.

> 햄릿
> 또는
> 망상자
> 셰익스피어의 극

그는 존 이글린턴의 찡그린 얼굴을 향하여 되풀이했다.

—셰익스피어의 극, 알겠어요? 이것이야말로 진짜 프랑스식이에요. 프랑스적인 사고방식이에요. '햄릿, 또는······.'

—얼빠진 거지, 스티븐이 일단락 지었다.

존 이글린턴은 웃었다.

—그래, 그렇다고 생각해. 분명히 프랑스 사람은 우수한 민족이야. 그러나 어떤

---

*50 1842~98. 프랑스 상징파 시인.

*51 평화롭고 풍요하고 행복한 생활. 오디세우스는 파이아키아인의 나라에 표류해 여왕 나우시카아의 도움을 받는다.

*52 〈햄릿과 포틴브라스〉(1896).

일에서는 비참할 정도로 근시안적이지. 그는 말했다.

호화롭고 불결한 과장된 살인극.*53

—로버트 그린*54은 그를 영혼의 살인자라고 부르죠, 스티븐이 말했다. 그가 거대한 도축용 도끼를 휘두르고 손바닥에 침을 뱉는 백정의 아들*55이었다는 것은 무익한 배경이 아니었어요. 아홉 명 목숨이 그의 아버지 목숨 하나와 바꾸기 위해 박탈되었습니다. 지옥에 있는 '우리 아버지'를 위하여. 카키복을 입은 햄릿*56이라면 주저 없이 총을 쏘았을 겁니다. 제5막의 피로 물든 수라장

도서관 옆 국립미술관

은 미스터 스윈번이 노래한 강제수용소*57의 전조입니다.

크랜리, 나는 그의 말 없는 졸병이다. 나는 멀리서 그를 따라가 싸움을 본다.*58

'흉악한 적의 아귀(餓鬼)와 어머니
그를 용서한 것은 우리뿐……'

---

*53 앞에 나온 말라르메 작품에서.
*54 1558~92. 엘리자베스 시대 영국 극작가, 소설가. 셰익스피어를 벼락출세한 사람이라고 비난했다.
*55 셰익스피어의 아버지 존은 장갑 장수. 백정이었다는 속설도 있다.
*56 현대 군인.
*57 영국 시인 스윈번이 지은 소네트 〈벤슨 대령의 죽음〉(1901)을 가리킨다. 보어전쟁 때 강제수용소에서 죽은 영국 군인을 노래한 시.
*58 스티븐은 조국을 등지고 파리로 떠나 멀리서 '보어전쟁'을 보았다.

색슨인의 미소와 양키의 비웃음 사이에. 악마와 깊은 바다.*59

―그는 〈햄릿〉을 유령 이야기로 간주하고 싶은 거야. 픽윅*60 속에 나오는 뚱뚱한 소년처럼 우리를 으스스하게 만들고 싶은 거야. 존 이글린턴이 미스터 베스트를 위해 설명했다.

'들어라, 들어라, 오, 들을 지어다!'*61

내 육체는 그의 말을 듣는다, 으스스하게 느끼면서 듣는다.

'만약에 네가 진정으로 (죽은 아버지를 사랑)한다면⋯⋯.'*62

―유령이란 무엇입니까? 스티븐은 찌르는 듯한 투로 말했다. 죽음에 의해서, 부재(不在)에 의해서, 습관의 변화에 의해서, 무형으로까지 조락(凋落)한 것입니다. 엘리자베스 시대 런던이 스트랫퍼드로부터 멀다는 것은, 마치 오늘날의 퇴폐한 파리가 처녀인 더블린으로부터 멀리 떨어져 있다는 것과 같습니다. '조상의 고성소(古聖所)'로부터 나타난 이 유령, 이미 그를 잊어버린 현세에 돌아온 이 유령은 누구를 말하는 겁니까? 햄릿왕은 누굽니까?
존 이글린턴은 판단하기 위해 몸을 뒤로 젖히고 그의 메마른 몸을 흔들었다. 시작되었다.*63

―6월 중순의, 시간은 지금과 같은 무렵입니다, 스티븐은 모두에게 눈을 돌려 조용히 해줄 것을 바라면서 말했다. 템스강 언저리 연극 막사에는 깃발이 올라 있습니다. 근처 파리 정원의 우리에서 곰 새커슨이 으르렁대고 있습니다. 드레이크*64와 함께 항해한 선원들이 맨땅 관객들 사이에 끼어서 소시지를 씹고 있습니다.
장소의 특색. 알고 있는 것은 모두 동원해. 모두 내 편으로 만든다.

---

*59 두 위협 사이에서 움직일 수 없는 상태를 나타내는 성구(成句).

*60 영국 소설가 디킨스의 유머러스한 소설 《픽윅 페이퍼스》.

*61 〈햄릿〉 1막 5장. 부왕의 망령이 햄릿 왕자에게 말한다.

*62 앞서 부왕의 말에 이어지는 말.

*63 자신의 셰익스피어론(論)이 시작되었다는 뜻.

*64 1540~96. 영국의 유명한 항해자, 해군 제독. 에스파냐 무적함대를 무찔렀다.

—셰익스피어는 실버거리 위그노 교도의 집을 나와 백조 우리 옆, 강가를 따라 걸어갑니다. 그러나 그는 어린 백조 무리를 갈대 사이로 쫓아다니는 어미 백조에게 먹이를 주기 위해 멈추지는 않습니다. 에이번강 백조*[65]는 딴 생각을 하고 있습니다.

장면의 구상. 이그네이셔스 로욜라여,*[66] 빨리 와서 나를 도와다오!

—연극이 시작됩니다. 배우 하나가 어둠 속에서 나타납니다. 궁정의 낡은 갑옷을 입은, 골격이 튼튼한 저음의 사나이입니다. 그것이 유령입니다, 왕입니다, 왕이면서도 왕이 아닌 그 배우는 셰익스피어. 이 유령역을 하기 위해 평생 동안 줄곧 햄릿을 연구해왔습니다. 그는 초를 먹인 천으로 만든 조각구름을 사이에 두고 눈앞에 선 젊은 배우 버비지*[67]에게 다음과 같이 말합니다. 그의 이름을 부르면서.

'햄릿, 나는 네 아버지의 유령이다.'*[68]

잘 들으라고 명하면서. 그는 아들에게 말합니다. 그의 영혼의 아들, 왕자, 젊은 햄릿에게. 그와 동시에 그의 육체의 아들, 같은 이름의 사람은 영원히 살아 있을, 스트랫퍼드에서 죽은 햄넷 셰익스피어*[69]에게.

—배우 셰익스피어, 즉 부재(不在)에 의해 유령이 된 인간이, 옛날의 덴마크 옷을 입고, 죽음으로 생긴 유령이 되어, 그 자신의 아들의 이름에 그 자신의 말로 이야기를 한다—는 것이 가능할까요? (만약 햄넷 셰익스피어가 살아 있었다면 햄릿 왕자와 빼다 박은 것처럼 똑같았을 겁니다) 이러한 전제에서 당연히 나올 논리적 결론을 그가 끌어내지도 또 예견하지도 않았다는 것이 있을 수 있는 일일까요? 알고 싶은 대목입니다. 너는 재산을 빼앗긴 아들이다, 나는 살해된 아버지다. 그렇다면 네 어머니는 죄 있는 여왕, 해서웨이 출신의 앤 셰익스피어*[70]—가 되지 않습니까?

---

*65 셰익스피어의 별명. 스트랫퍼드 어폰 에이번 태생이므로 이렇게 부른다.

*66 1491~1556. 에스파냐 종교 개혁자. 예수회 시조.

*67 1568~1619. 셰익스피어의 친구. 유명한 배우.

*68 〈햄릿〉 1막 5장.

*69 셰익스피어의 쌍둥이 아들 중 열한 살 때 죽은 아이.

*70 셰익스피어가 고향에 남겨 놓고 온 여덟 살 위 아내.

—하지만 그런 식으로 위대한 인간의 가정생활을 들여다보는 일은, 러셀이 성질 급하게 말했다.

정직한 자, 너는 거기에 있는가?*71

—기껏해야 그것은 교구(敎區) 서기들을 재미있게 할 뿐이야. 우리에게는 극(劇)이 있잖나. 즉, 〈리어왕〉을 우리가 읽을 때 시인이 어떻게 살았는가 하는 것과 무슨 관계가 있느냐는 거야. 생활에 관해서는 하인이 우리를 대신할 수 있다고 빌리에 드 릴라당*72이 말했어. 그 무렵 분장실의 소문이라든가, 시인의 술 마시는 태도, 시인의 빚 따위를 말이야. 우리에게는 〈리어왕〉이 있어. 그리고 그것은 사라지지 않아.

미스터 베스트의 얼굴이, 자기에게 말을 걸어오자, 동의했다.

‘그대의 파도와 그대의 조수(潮水)로 그들을 밀어내라
마나난, 마나난 맥리르여…….'*73

어이 여보게, 자네가 배를 곯고 있을 때 그가 꾸어 준 그 1파운드는 어떻게 됐어?*74

나는 그것이 꼭 필요했어.

이 노블 금화를 주지.

능청 떨지 마. 너는 그 돈의 대부분을 목사의 딸 조지나 존슨의 침대에서 썼어. 양심의 가책.

너는 그것을 돌려줄 작정인가?

그럼.

언제, 지금?

글쎄, ……아냐.

그럼 언제?

---

*71 〈햄릿〉 1막 5장.

*72 1838~89. 프랑스 상징파 시인.

*73 러셀의 3막 극시 〈데어드레〉(1902)에 나오는 대사. 마나난 맥리르는 아일랜드 전설의 해신(海神).

*74 스티븐은 A.E.로부터 돈을 꾸고 돌려주지 않고 있다.

나는 이제까지 내 돈으로 살아왔다. 내 돈으로 살아왔어.*75

진정해. 그는 보인강 저쪽에서 온 사나이야. 북동쪽 시골 놈. 너는 빚을 지고 있어.

기다려. 5개월이 지났다. 세포는 모두 변화하고 있어. 지금 나는 다른 나. 그 1파운드를 빌린 것은 다른 나.

와글. 와글.

그러나 나, 완전 실현(實現), 형상 중의 형상인 나*76는, 영원히 변화하는 형상 아래에 있으므로 기억에 의해서 나이다.

죄 짓고, 기도하고, 금식한 나.

콘미가 회초리에서 구해 준 아이.*77

나, 나와 나, 나.

A.E. I.O.U.*78

—자네는 300년 전통에 맞설 작정인가? 존 이글린턴이 나무라듯이 물었다. 어쨌든 그녀*79의 망령은 영원히 잠들어 있어. 문학적 측면에서 보면 그녀는 적어도 태어나기도 전에 이미 죽었어.

—그녀가 죽은 것은 태어난 지 67년 뒤입니다. 스티븐이 받아쳤다. 그녀는 셰익스피어가 태어나는 것도 죽는 것도 보았어요. 그녀는 그의 첫 포옹을 받아들이고 그의 아들을 낳고, 그가 죽을 때 눈 위에 페니 동전을 놓고 눈을 감겨 주었어요.

어머니의 임종. 촛불. 덮개를 씌운 거울. 나를 이 세상에 낳아 준 분이 청동빛 눈꺼풀을 하고 거기에 누워 있다. 얼마 안 되는 값싼 꽃 아래에. '백합 꽃에 장식되어.'

나는 혼자서 울었다.

존 이글린턴은 자기 책상 위 전등의, 형광빛을 내는 둥글게 감은 선을 들여다보았다.

---

*75 디지 교장의 말을 생각한다.

*76 아리스토텔레스의 형이상학에서 으뜸 실체를 가리키는 말.

*77 콘미 신부. 클론고우스 우드 초등학교에서 스티븐이 교사로부터 부당하게 매를 맞을 때 콘미 교장이 구해 주었다.

*78 A.E, I owe you. 즉 '나는 당신에게 빚이 있다'는 뜻.

*79 셰익스피어의 아내 앤 해서웨이.

—세상 사람들은 셰익스피어가 잘못*80을 저질렀다고 생각해. 그리고 될수 있는 대로 빨리 가장 좋은 방법으로 거기로부터 빠져나왔다*81고 하지. 그가 말했다.

—터무니 없는! 천재는 실수하지 않아요. 그의 실수는 자유 의사에 따른 것이며 발견의 입구입니다. 스티븐이 거칠게 말했다.

그때 발견의 입구가 열리더니, 부드럽게 삐걱거리는 구두를 신고, 대머리에, 귀가 곤두선, 근면한 퀘이커 교도 도서관장이 나타났다.

—생각해 봐. 사나운 계집이 유용한 발견의 입구는 아니지. 소크라테스는 크산티페*82로부터 어떤 유용한 발견을 배웠지? 존 이글린턴이 재빠르게 말했다.

—변증법을, 스티븐이 말했다. 그리고 어머니로부터는 사상을 어떻게 해서 이 세상에 낳느냐 하는 것을 배웠고. 소크라티디디온의 에피프시키디온도 또 한 사람의 아내 뮈르토로부터 (이름은 없다!) 무엇을 배웠는가는 그 어떤 남자나 여자도 결코 알 수가 없을 겁니다. 그러나 조산사의 가르침도, 아내 잔소리도 신 페인 당 집정관*83이나 독미나리 약병으로부터 그의 목숨을 구할 수는 없었습니다.

—그러면 앤 해서웨이는? 그래, 셰익스피어 자신이 그녀를 잊었던 것처럼 우리도 그녀를 잊고 있었던 것 같아. 미스터 베스트의 점잖은 목소리가 잊은 것을 떠올린 듯 말했다.

그의 눈초리는, 생각에 잠긴 사람의 수염으로부터 남의 말을 잘 헐뜯는 사람의 머리뼈쪽으로 움직였다, 그들로 하여금 생각해 내게 해서 부드럽게 나무라기 위해. 그리고 나서 심술궂지만 죄가 없는, 복숭아 색으로 벗어진 사과와 같은 머리 쪽으로 움직였다.

—그*84는 꽤 기지가 있는 사람이었어요, 스티븐은 말했다. 기억력도 좋았어요. 그는 〈내가 뒤에 남기고 온 아가씨〉*85라는 노래를 휘파람으로 불면서

---

*80 고향에서 앤 해서웨이와 결혼한 일.

*81 런던으로 간 일.

*82 소크라테스의 아내. 악처지만 사실 여부는 분명하지 않다.

*83 소크라테스에게 사형을 선고한 아테네 집정관들과, 아일랜드 독립운동조직 신 페인 당 지도자들을 합친 말.

*84 셰익스피어.

런던까지 터벅터벅 걸어갔었을 때, 그 짐 보따리에 그 기억을 넣어 가지고 갔죠. 만약 지진(地震)이 그 시기를 가르쳐 주지 않았어도, 항상 정해진 자세로 앉아 있는 가엾은 토끼나, 사냥개들 짖는 소리, 장식 못을 박은 마구(馬具)나 그녀의 푸른 눈*86 따위가 그의 생애의 어디에 해당하는가를 우리는 알 수 있을 것입니다. 그 기억, 〈비너스와 아도니스〉*87에 그려진 그 기억*88은 런던의 모든 창부 침실에서 살아 있었습니다. 말괄량이 캐서린*89은 못난 여자일까요? 호텐쇼는 그녀를 젊고 아름다운 여자라고 말했어요. 당신은 〈안토니오와 클레오파트라〉*90 작가, 저 정열의 순례자가, 눈을 머리 뒤에 달고 있던 탓으로, 함께 잘 여자로서 워릭서*91에서 가장 못생긴 시골 여자를 골랐다고 생각하십니까? 그렇다고 합시다. 어쨌든 그는 그녀를 남기고 떠나 런던에서 남자의 세계를 얻었습니다. 그의 소년 같은 여인들은 한 소년*92의 여인들이었습니다. 그들은 생활, 사상, 언어를 남성에게서 빌려왔습니다. 그의 선택이 잘못되었을까요? 내가 보기에는 그가 선택당했습니다. 만약에 일반적인 여자가 의지를 지녔다면, 앤은 특별한 여자입니다. 확실히 그녀 책임입니다. 그녀는 그를 유혹했습니다. 매력에 넘치는 26살 여자 힘으로. 배를 부풀게 하는 행동의 서막으로서, 상대방을 정복하기 위해 몸을 낮추고, 소년 아도니스에게 올라타는 잿빛 눈의 여신*93으로 그려진 여자는, 옥수수 밭에서 연하 애인을 끌어당기는 얌체 없는 스트랫퍼드의 촌색시였습니다.

　그래 내 차례는? 언제?

　자!

　─호밀밭이라! 미스터 베스트가 그의 새 노트를 즐겁게, 명랑하게 들어 올리면서, 명랑하고, 즐겁게 말했다.

---

*85 아일랜드 민요.

*86 이상은 〈비너스와 아도니스〉에 나오는 묘사.

*87 셰익스피어의 초기 장시(長詩).

*88 앤 해서웨이와의 연애 기억.

*89 〈말괄량이 길들이기〉 여주인공.

*90 셰익스피어의 만년 작품.

*91 셰익스피어의 고향 스트랫퍼드가 속한 주.

*92 어린 셰익스피어.

*93 비너스.

그리고 금발머리의 그는 모두에게 들리도록 중얼거렸다.

'밀밭에서
시골 아가씨가 눕는다'*94

파리스, 대단히 만족한 난봉꾼.
집에서 짠 털달린 옷을 입은 키가 큰 모습이 그림자 속에서 일어나 협동조합 시계를 꺼냈다.*95
─유감스럽지만, 〈홈스테드〉사 편집부에 가야 해.
어디 가는 거야? 개척할 수 있는 땅으로.*96
─가는 거야? 오늘 밤, 무어 집에서 만날 수 있을까? 파이퍼도 온댔어.*97 존 이글린턴이 눈썹을 활발하게 움직이며 말했다.
─파이퍼? 파이퍼가 돌아왔다고? 미스터 베스트가 삐삐거리는 소리를 냈다.
피터 파이퍼가 절인 후추를 쿡쿡 찔렀다(Peter Piper pecked a peck of pick of peck of pickled a pepper).*98
─만날 수 있을지 어떨는지 모르겠는데. 목요일이라. 우리 쪽에도 모임이 있어. 시간에 맞게 빠져나올 수 있다면.
도슨 회관*99의 강령술용 깜짝 상자. 《베일 벗긴 이시스》.*100 우리는 그들의 팔리어*101 성전(聖典)을 전당포에 담보로 잡으려 했었다. 가부좌를 틀고 짙은 갈색 우산을 쓰고서 그는 왕좌에 앉는다. 별의 세계를 지배하는 아즈텍 원주민*102의 로고스를 숭상하고, 성기층(星氣層)에서 힘을 미쳐 사람의 대

---

*94 〈뜻대로 하세요〉 5막 3장.
*95 A.E.는 온화한 사람이었을 뿐만 아니라 시간관념도 철저했다. 아래의 〈홈스테드〉는 그의 농업협동조합 기관지.
*96 농업협동조합 기관지 편집부에 가기에.
*97 무어(1852~1933)는 이 모임의 선배인 아일랜드 문학가, 소설가. 파이퍼(1868~1941)는 더블린 출신 신비주의자, 문학 애호가.
*98 언어유희.
*99 A.E.는 목요일에 여기에서 모임을 열고 있다.
*100 접신론자 블라바츠키 여사의 저서.
*101 팔리(Pali)어는 산스크리트어의 하나로 고대 실론어.
*102 멕시코 선주민.

령(大靈)이 되고 위대한 대성(大聖)이 된다. 밀의에 참가할 기회를 기다리는 충실한 신비주의자들이 그 주위에 모여 빛을 기다리고 있다. 루이 H. 빅토리, T. 콜필드 어윈. 연꽃 천녀들이 그들 앞에 시중들고 그들 머리의 송과샘(松果腺)이 빛을 낸다. 자신이 찾아낸 신으로 충만한 채 보리수 아래 부처가 왕좌에 앉는다. 사람들 영혼을 심연(深淵)에 던지고 또 끌어안는 자. 남자 영혼, 여자 영혼, 영의 대군. 울며 슬퍼하는 소리를 지르며 삼켜지고, 소용돌이에 말리고, 그들은 울부짖는다.

'정묘(精妙) 섬세한 작은 몸 안에,
  여러 해 동안 이 육체상자 속에 여자 영혼이 살았다.'*103

—사람들이 그러던데 머지않아 우리를 깜짝 놀라게 하는 문학 사건이 일어난다죠? 퀘이커 교도 도서관장이 다정하고도 열렬하게 말했다. 소문을 들으니 미스터 러셀이 젊은 시인들 원고를 정리하고 있다더군요. 우리는 모두 목을 빼고 그것을 기다리고 있습니다.

그는 신경 쓰이는 듯이 원뿔꼴로 퍼지는 전등 불빛에 비쳐 빛나고 있는 세 사람 얼굴을 흘끗 바라보았다.

이것을 보라. 기억하라.

스티븐은 무릎 위 물푸레나무 지팡이 손잡이에 건, 챙넓은 낡은 모자를 내려다보았다. 이것이 내 투구와 검이다. 두 개 손가락으로 가볍게 만져 보라. 아리스토텔레스의 실험. 하나인가, 아니면 둘인가? 필연이란 그것 때문에 그 자체가 다른 것이 될 수 없는 것이다.*104 따라서 하나의 모자는 하나의 모자이다.

들어 봐.*105

젊은 콜럼과 스타키.*106 조지 로버츠*107가 영업을 맡는다. 롱워스가 〈익스

---

*103 L.H. 빅토리 작 〈영혼을 손상시키는 모방〉 첫 행.
*104 "그 밖에 다른 게 있을 수 없는 것을 가리켜 필연(반드시 그렇게 될 수밖에 없는 것)이라고 한다."(아리스토텔레스 《형이상학》 제5권)
*105 다음에 나오는, 새로운 출판 기획에 대한 이야기를.
*106 전자는 아일랜드 농민 시인, 극작가, 비평가(1881~1972). 후자는 서정시인(1879~1958). 모두 조이스 친구들.

프레스)지에서 대대적으로 선전해 주겠지. 해 줄까? 나는 콜럼의 '가축을 시장으로 모는 사람'을 좋아했지. 그래, 그는 그런 기묘한, 천재야. 자네는 그가 정말로 천재라고 생각하나? 예이츠는 그의 '황무지 땅에 그리스 항아리가 묻혀 있는 것처럼'이라는 한 줄을 격찬했어. 그래? 자네도 오면 좋은데. 맬러키 멀리건도 와. 무어가 그에게 헤인스를 데려와달라고 부탁했어. 무어와 마틴*108에 대한 미스 미첼*109의 농담 들었나? 무어는 마틴의 젖먹이라는 거야. 얼마나 좋은 생각이냐. 그 두 사람은 돈키호테와 산초 판사를 생각나게 한다. 시거슨 박사*110의 말을 빌리자면 우리의 국민 서사시는 앞으로 써야 할 과제라지. 무어는 바로 그 일에 적임자야. 그 사람이야말로 이곳 더블린의 우수(憂愁)에 찬 기사지. 노란 킬트를 입은. 오닐 러셀*111? 그래, 그 사나이? 그는 장중한 고대어를 이야기하게 될 거야. 그런데 그의 둘시네아*112는? 제임스 스티븐스*113가 재치 있는 촌극을 몇 가지 쓰고 있어. 우리도 중요한 존재가 되어 가고 있는 것 같아.*114

코딜리어*115다, '코르돌리오',*116 리어의 가장 외로운 딸.

오도 가도 못하게 됐어. 자, 최상의 프랑스식 예의로 부탁해 봐.

—매우 고맙습니다,*117 러셀 씨, 스티븐은 일어서면서 말했다. 죄송하지만 이 원고*118를 노먼 씨에게 전달해 주시겠습니까?

—아, 좋아요. 그가 재미있다고 생각하면 실을 거요. 요즘 실어 달라고

---

*107 1873~1953. 출판업자. 1905년 더블린에 맨셀 출판사를 세워 싱 전집과 예이츠 시집 등을 출판했다.

*108 1859~1923. 극작가. 예이츠 일행과 함께 아일랜드 문예부흥운동을 시작했으나 이윽고 갈라섰다.

*109 1866~1926. A.E.의 영향을 받은 시인.

*110 1838~1925. 아일랜드 물리학자, 번역가, 문필가.

*111 1828~1908. 게일어 연구가. 오랫동안 미국에서 게일어 부흥운동을 펼치고 1895년 아일랜드로 귀국했다.

*112 돈키호테가 동경한 시골 처녀.

*113 1880~1950. 시인, 단편 작가. 앞서 나온 제임스 스티븐스와는 동명이인.

*114 이 대목은 A.E.와 이글린턴과 도서관장 등의 대화이다.

*115 리어왕의 가장 어린 딸로 늙은 왕에게 끝까지 충실했다.

*116 이탈리아어로 '고뇌'란 뜻.

*117 자기 말을 들어줘서.

*118 교장으로부터 부탁받은 원고.

보내온 원고가 워낙 많아서.

—알겠습니다. 고맙습니다. 스티븐이 말했다.

신의 뜻대로.[119] 돼지들의 신문.[120] 불친소를 벗삼은 시인이여.

싱[121]도 〈다나〉지에 평론을 쓰겠다고 약속해 주었어. 우리 것도 사람들이 읽을까? 된다는 기분이 들어. 게일어 연맹은 아일랜드어 작품을 쓰라고 말하고. 오늘 밤 자네도 오겠지? 스타키를 데려와.

스티븐은 앉았다.

퀘이커 교도 도서관장이 작별을 고하는 사람들로부터 돌아와 얼굴을 붉히면서 말했다.

—미스터 디댈러스, 자네 견해가 매우 재미있었어.

그는 여기저기 구두를 삐걱거리며 다녔다. 그리고 마치 구두 높이만큼 천국에 가까워지는 양 발끝으로 서서, 돌아가는 사람들의 소리에 섞어 낮게 말했다.

—그렇다면 그녀는 시인[122]에게 충실하지 않았다는 것이 자네 견해인가?

놀란 얼굴로 나에게 묻고 있다. 그는 왜 돌아왔을까? 예의 때문에, 아니면 마음속으로 느끼는 그리스도의 빛?

—화해가 있는 곳에는 처음에 분열이 있었을 겁니다. 스티븐이 말했다.

—그래요.

가죽 바지를 입은 그리스도 여우가 추적자 함성을 피해서 마름병에 걸린 나무의 갈라진 틈 속으로 도망친다. 암여우를 돌보지도 못하고 몰려서 혼자 걷고 있다.[123] 여자들이라면 그는 이미 정복했다. 상냥한 여자들을, 바빌론[124] 매춘부들, 법관 부인들, 난폭한 술집 종업원 아내들을. 여우와 거위들.[125] 그리고 뉴플레이스[126]에 있는 것은, 이전에는 이목이 좋고 사랑스러

---

[119] 셰익스피어 작 〈뜻대로 하세요〉 3막 3장.

[120] 〈아이리시 홈스테드〉. 여기서 '돼지'는 농민을 뜻한다.

[121] 1871~1909. 아일랜드 극작가. 예이츠 일행과 함께 아일랜드 문예부흥운동을 시작했다. 〈골짜기 그늘〉, 〈서방 플레이보이〉 등을 지었다.

[122] 셰익스피어.

[123] 셰익스피어를 동화 속 여우에 비유하고 있다.

[124] 런던.

[125] 런던에서 셰익스피어가 온갖 여성들과 맺었던 관계를 풍자하고 있다.

웠고 육계(肉桂)나무처럼 신선했지만, 지금은 그 잎이 모두 시들고 떨어져,
좁은 무덤을 두려워하고 용서받지 못한, 정조관념이 헤픈 여자의 몸이다.*127
　—그래. 자네는 그렇게 생각하는구만.
　사람들이 밖으로 나가고 문이 닫혔다.
　평온이 갑자기 조촐한 둥근 천장의 독방에 퍼졌다. 따뜻하고 무거운 공기
의 평온이.
　베스타 여신을 섬기는 무녀의 등(燈).*128
　그*129는 일어나지 않았던 일을 여기에서 깊이 생각한다. 만약에 카이사르
가 예언자를 믿었다면 어떤 일을 하고 살게 되었을까.*130 있었을지도 모르는
일, 가능으로서의 가능의 가능성, 모르는 일. 여자들 사이에서 살 때 아킬레
우스*131는 어떤 이름으로 불렸을까 따위.
　내 주위에는 관(棺)에 넣은 사상이 있다. 미라의 관에, 언어의 향유(香
油)에 싸여서. 타후티*132라는 도서관의 신, 새 모양의 신, 달의 관을 쓰고.
그리고 나는 이집트 대사제의 목소리를 들었다.*133 '타일 북이 가득 찬 채색
된 방에서'.
　그 책들은 멈추어 있다. 한때는 사람들 머릿속에 살아 있었다. 멈추어 있
다. 그러나 죽음의 갈망이 책 속에 숨어 있어서 내 귀에 애절한 이야기를 들
려주고 싶어 한다. 소원을 풀어 달라고 나를 다그친다.
　—확실히 그는 모든 위인들 가운데서도 가장 이상야릇한 인물이야. 살아

---

*126 셰익스피어가 은퇴 뒤 살았던 집.
*127 시인의 만년의 아내.
*128 그 방에 켜져 있는 전등.
*129 존 이글린턴.
*130 〈줄리어스 시저〉 1막 2장 앞부분.
*131 트로이 전쟁 때 그리스 용사. 호머 이후에 쓰여진 기록들을 보면 '트로이전쟁에 참가하
　　면 다시는 돌아올 수 없다'는 신탁을 받은 어머니 테티스(또는 아버지 펠레우스)가 아들
　　을 전쟁에 내보내지 않도록 하기 위해서 이름을 피라('빨간 머리 소녀', 본디는 그리스로
　　마 신화에 나오는 에피메테우스의 딸)로 바꾸고는 스키로스 왕인 리코메데스에게 맡겼
　　다. 아킬레스는 여자처럼 꾸미고는 리코메데스 딸들과 함께 지냈는데, 그 딸들 가운데
　　하나인 데이다메이아를 겁탈해서 아이를 가지게 했다.
*132 이집트 신화에서 지혜의 신. 학술, 기예, 문자의 발명자.
*133 신문사 장면에서 테일러의 연설을 맥휴 교수가 소개한 말 중의 한 구절.

서 고민했다고 하는 것 외에는 아무것도 모르니까 말야. 아냐, 그것조차도 잘 몰라. 우리의 의심을 뒷받침하는 것도 있어. 그러나 그 밖의 모든 것은 전혀 확실치가 않아. 존 이글린턴이 생각에 잠긴 채 말했다.

—하지만 〈햄릿〉은 아주 사적인 작품이 아닐까요? 내 말 뜻은, 사문서와 같다는 거죠. 누가 살해되었는가 또는 누구에게 죄가 있는가 따위는 전혀 문제 되지 않는다는 뜻입니다. 미스터 베스트가 맞았다.

그는 남을 무시하는 듯한 미소를 띠면서 죄 없는 노트를 책상 가장자리에 놓았다. 그건 이 사람이 자필로 게일어로 쓴 수기다. Ta an bad ar an tir. Taim imo shagart(배가 바닷가에 정박해 있다. 나는 사제다).*134 리틀 존, 그것을 영어로 번역해 봐.

꼬마 존 이글린턴*135이 말했다.

—나는 맬러키 멀리건으로부터 자네 논법을 들어왔으므로 역설에 대한 준비는 되어 있었지. 하지만 셰익스피어가 햄릿이라는 내 신념을 흔들려고 한다면, 자네는 어려운 일에 부딪혔다고 충고해 두겠어.

참아주게.*136

스티븐은 상대방의 찡그린 눈썹 아래 순간적으로 불신하는 눈*137의 독기를 견뎠다. 바실리스크.*138 '사람을 보고 사람을 매혹시켜 죽였도다.' 브루네토*139 님, 나는 당신의 말씀에 깊이 감사한다.

—우리 또는 어머니인 다나*140가 날마다 우리 육체를 짰다가 다시 풀듯이, 예술가는 자기 마음의 영상을 짜고 또 풉니다. 스티븐이 말했다. 그리고 우리 모든 육체가 연달아 새로운 소재로 만들어져 가더라도 내 오른쪽 가슴에 있는 검은 점은 태어났을 때와 마찬가지로 같은 장소에 있는 것처럼, 불안한 아버지라는 유령을 통해서, 죽은 아들의 모습이 나타나지요. 셸리가 말

---

*134 게일어 학습을 위한 연습 문제. 영어로 옮기면 'The ship moored to the shore, I am a priest.'이다.

*135 이글린턴의 별명.

*136 〈줄리어스 시저〉 3막 2장에 나오는 말.

*137 존 이글린턴의 눈.

*138 뱀처럼 생긴 전설 속 괴물. 쳐다보거나 입김을 부는 것만으로도 사람을 죽일 수 있다고 함.

*139 1230?~94. 이탈리아 시인, 문법학자. 단테의 스승.

*140 켈트 신화에 나오는 대지의 여신. 풍요와 생명을 관장한다.

하듯이, 상상력이 강력해진 순간에 정신이 타 버린 석탄처럼 되었을 때, 과거의 내가 현재의 나, 아마도 미래에도 존재할지도 모르는 나의 모습입니다. 따라서 과거의 자매인 미래에, 나는 지금 여기에 앉아 있는 대로의 나를 보게 될 겁니다. 미래에 있을 내 존재가 반영된 것으로서 말입니다.

호손든의 드러먼드[141]가 너를 그 어려운 처지에서 구해 주었다.[142]

─그래, 미스터 베스트가 기운차게 말했다. 나는 햄릿이 꽤 젊은 사람이라는 기분이 들어. 저 신랄한 말투는 아버지로부터 물려받은 것인지는 몰라도, 오필리아에게 하는 말은 틀림없이 아들의 것이야.

어림없는 착각. 그는 내 아버지 속에 있고, 나는 그의 아들 안에 있다.

─그 반점은 좀처럼 지워지지 않는 것이니까요, 스티븐이 웃으면서 말했다.

존 이글린턴은 재미없다는 듯이 얼굴을 찌푸렸다.

─만약에 그것이 천재로 태어난 표지라면, 천재란 흔해서 팔리지 않는 상품 같은 거겠지. 르낭이 그토록 숭배한 셰익스피어의 만년의 드라마는 전혀 다른 정신을 품고 있어. 그가 말했다.

─화해 정신이죠, 퀘이커 교도 도서관장이 말했다.

─화해는 절대로 있을 수가 없어요, 만약에 결렬이 없었다면. 스티븐이 말했다.

앞에서도 한 말이다.

─만약에 여러분이 〈리어왕〉이나 〈오셀로〉, 〈햄릿〉이나 〈트로일러스와 크레시다〉의 비극시대 위에 어두운 그림자를 드리우는 사건이 무엇인가를 알고 싶으면, 언제 어떻게 그 그림자가 사라지는가를 잘 보면 돼요. 심한 폭풍에 난파해서 제2의 율리시스라고도 할 수 있는 티레 왕 페리클레스[143]의 고뇌를 겪은 마음을 누그러뜨리는 것이 무엇인가를.

원뿔처럼 생긴 빨간 모자를 쓴, 언어맞고, 눈물로 장님이 된 얼굴.

─아이, 그의 팔에 안긴 소녀. 마리나[144] 때문이지.

─────────────

*141 1585~1649. 엘리자베스 시대 서정시인. 스코틀랜드 귀족. 호손든 영주.
*142 스티븐이 드러먼드의 영향을 받았다는 것을 암시.
*143 셰익스피어 작 〈페리클레스〉 주인공.
*144 〈페리클레스〉 3막 1장. 마리나는 페리클레스의 딸. 폭풍이 몰아칠 때 태어나 '폭풍의 자식'이라 불린다.

―외경(外經)*145이라는 낯선 분야에 집착하는 궤변론자들 숫자는 일정하다. 큰길은 따분하지만, 도시로 통한다. 존 이글린턴이 지적했다.

선량한 베이컨, 곰팡이 냄새가 난다. 셰익스피어, 즉 베이컨설(說)*146의 억지 논법. 큰길을 암호 마술사들이 걸어간다. 큰 노획물을 노리는 자들이여. 어느 도시로 가는 길입니까, 좋은 스승들이여. 이름을 감추고, A.E.가, 이온이.*147 매기가, 존 이글린턴*148이, 태양 동쪽, 달 서쪽, '불로불사의 나라'*149로. 두 사람 모두 장화를 신고, 지팡이를 짚고 있다.

'더블린까지는 몇 마일이지?
70마일입니다.
해질 무렵까지는 갈 수 있을까?*150

―미스터 브란데스*151는 이것*152을 만년기 최초 극이라고 믿고 있습니다. 스티븐이 말했다.

―그래? 사이먼 라자루스가 본명이라고 주장하는 사람도 있는데, 미스터 시드니 리*153는 뭐라고 말하지?

―마리나는, 스티븐은 말했다. 폭풍의 자식, 미란다*154는 불가사의, 페르디타*155는 잃어버린 것. 잃어버린 것이 그에게로 돌아옵니다. 그의 딸의 아들입니다. '사랑하는 아내'라고 페리클레스는 말했어요, '이 딸은 똑 닮았

---

* 145 출처가 의심스러운 책.
* 146 셰익스피어가 썼다고 알려진 모든 작품은 당시 학식이 있었던 문인 베이컨이 쓴 것이라는 설.
* 147 A.E. 외에 러셀이 사용한 필명. eon. '영겁'이라는 뜻.
* 148 매기는 존 이글린턴의 본명.
* 149 Tir na n―og. 켈트 신화 속 요정의 나라. 아일랜드 서쪽에 있는 영원한 젊음과 안식의 땅이다.
* 150 아일랜드 전래동요 변형.
* 151 1842~1927. 덴마크의 위대한 비평가. 《19세기 문예주조(主潮)》 저자.
* 152 〈페리클레스〉.
* 153 1859~1926. 영국 셰익스피어 학자.
* 154 〈템페스트〉 주인공 프로스페로의 딸.
* 155 〈겨울 이야기〉에서 시칠리왕 레온테스의 딸.

다.'*156 어머니를 사랑하지 않고서 딸을 사랑하는 남자가 있을까요?

—할아버지가 되는 기술이지. '할아버지가 되는…….' 미스터 베스트가 중 얼거리기 시작했다.

—저 기묘한 것, 천재성을 가진 남자에게는 물질적인 것이든 정신적인 것 이든, 모든 체험의 기준이 되는 것은 자기 자신의 이미지입니다. 그런 매력 에 그는 감동합니다. 자기와 피를 나눈 다른 남자의 이미지에는 혐오를 느낍 니다. 그는 이들 남성의 존재를 자기 자신의 출현을 예고하거나 되풀이하려 는 자연의 우스꽝스러운 시도로 볼 것입니다.

퀘이커 교도 도서관장의 온건한 이마가 희망에 젖어 장밋빛으로 빛났다.

—나는 미스터 디댈러스가 대중 계몽을 위해 그 이론을 활용하기를 바랍 니다. 그런데 우리는 또 한 사람 아일랜드 출신 해설자인 조지 버나드 쇼*157 도 빠트려서는 안 됩니다. 그리고 또 미스터 프랭크 해리스*158도 잊어서는 안 됩니다. 〈새터디 리뷰〉지에 실린 그의 셰익스피어론은 매우 훌륭했습니 다. 묘하게도 그도 《소네트》 모음의 다크 레이디*159와의 불행한 관계를 우리 를 위해 설명해 주고 있습니다. 그녀의 총애를 받은 연적은 펨브룩 백작 윌 리엄 허버트라는 겁니다. 만약에 시인이 거절당해야 한다면 그런 거절은— 뭐랄까—있어서는 안 된다는 우리 생각과 완전히 조화를 이룬다고 나는 고 백합니다.

행복한 듯이 그는 말을 마쳤다. 그리고 그들 사이는 얌전해졌다. 바다쇠오

---

*156 〈페리클레스〉 5막 1장

*157 1856~1950. 더블린 태생 유명 극작가, 사회비평가.

*158 1856~1931. 아일랜드 태생 비평가, 저널리스트, 나중에 미국으로 귀화했다.

*159 셰익스피어 소네트 모음 154편 가운데 후반부 28편(127~152)은 어느 여인에게 바쳐진 것이다. 이 여인을 Dark Lady(흑부인)라고 하며, 114편의 '사악한 여자'라느니 '사악한 천사'라는 서술에서 알 수 있듯이 남자를 유혹하는 여자(temptress)로 그려진다. 아울러 셰익스피어는 dark를 단순하게 '검다'는 뜻 외에도 이목구비로 대변되는 얼굴 생김새와 천성의 특성을 서술하며, 아름다움보다는 마성(devilishness)을 강조하는 부정적인 개념으 로 쓰고 있다. 이 여인의 정체에 대해서는 엘리자베스 여왕의 여관(女官)인 메리 피튼이 라는 설, 옥스퍼드 조지여관의 여주인이라는 설 등이 있으나 성격과 눈 색깔, 음악적 성 향, 절조 없음과 기혼자(旣婚者)라는 소테느 내용에서 볼 때 셰익스피어 극단의 후원자 였던 헨리 케어리의 정부(情婦)이자 셰익스피어와도 가까운 사이였던 에밀리아 바사노 러니어(Emilia Bassano Lanier, 1570~1654)라는 설이 가장 설득력 있다.

리 알. 그들의 투쟁의 전리품이다.

그 사나이*160는 권위 있는 남편의 말로 아내에게 말을 건다. 그대는 사랑하오, 미리엄? 그대 남편을 사랑하고 있소?*161

—그것은 그럴지도 모르죠, 스티븐이 말했다. 미스터 매기가 곧잘 인용하는 괴테의 말이 있습니다. '청년시대의 희망에 주의하라, 중년에 그것을 손에 넣을 것이기 때문이다'라고. 왜 그는 '속되게 번지르르한 여자'에게, 모든 남자가 올라타는 암말에게, 처녀 때 이러저러한 소문이 떠들썩했던 궁정 시녀에게 시시한 귀족 따위를 보내어 자기를 위해 구애하도록 했을까요? 그 자신은 언어의 왕이자 명예로운 신사가 되어 〈로미오와 줄리엣〉을 쓴 사람입니다. 왜 그랬을까요? 자신에 대한 믿음이 이미 죽었기 때문입니다. 그는 처음에 옥수수 밭에서 (호밀밭이라고 해야겠지요) 앤 해서웨이에게 정복당했습니다. 그래서 그 뒤로는 자기 자신의 눈에 도저히 승리자로서는 비치지 않았고, 웃으며 뒹구는 저 유희에서 승자처럼 행세할 수도 없었습니다. 돈 조반니인 체해도 아무런 도움이 되지 않았던 거지요. 나중에 아무리 다시 해보아도 처음 실수를 지울 수가 없었습니다. 사랑하는 사람이 피를 흘리고 있는 곳을 멧돼지 부리가 다시 상처를 입힌 것과 같습니다. 이를테면 사나운 여자가 정복을 당했다고 해도 눈에 보이지 않는 여성의 무기가 남아 있습니다. 그가 적고 있는 말 가운데에는 그를 새로운 정열로 몰아세우는 육욕의 자극 같은 것이 있다고 나는 생각합니다. 그 자신에 대한 이해까지도 둔하게 할 것 같은, 최초 정열의 가장 강해진 어두운 그늘이. 같은 운명이 또다시 그를 기다리고 있으며 그 두 가지 열광이 서로 얽혀 소용돌이를 이룹니다.

그들은 귀 기울여 듣고 있다. 그리고 나는 그들 귓구멍에 쏟아 붓는다.*162

—그의 영혼은 이미 치명상을 입었습니다. 누군가가 자고 있는 귀에 독을 부었습니다. 그러나 자는 동안에 살해된 자들은 그들의 조물주가 그들의 영혼에 가르쳐 주지 않는다면 자기들이 어떻게 죽었는지 모릅니다. 만약 창조주가 햄릿 왕에게 가르쳐 주지 않았더라면 독살과 그것을 권고한, 등이 둘인

---

*160 퀘이커 교도 도서관장.

*161 퀘이커 신자는 친한 사람에게도 고풍스런 언어를 쓴다. 여기서는 스티븐이 제멋대로 상상한 것이다. 도서관장은 독신이었다.

*162 〈햄릿〉 1막 5장. 왕의 귀에 독을 부었다.

짐승*163을 알 수가 없었습니다. 이것이 언어(그의 말라빠진 보기 흉한 영어)가 한참 잘못된 방향으로, 과거 쪽으로 밀려나는 이유입니다. 매혹자로서, 매혹되는 자로서, 그가 원했으면서도 손에 넣을 수 없었던 것이, 루크리스의 푸른 정맥으로 둘러싸인 상아의 구체(球體)와 같은 유방에서, 다섯 가지 점이 있는 이모젠*164의 벌거벗은 가슴에 이르기까지 줄곧 그를 따라다니고 있습니다. 그는 애초의 장소로 돌아갑니다. 그가 쌓아올린 창조물에 싫증이 나서 자기 자신으로부터 몸을 숨기기 위해, 옛 상처를 핥는 늙은 개처럼. 하지만 잃는 것이 그의 득이 되므로 그는 마모되는 일이 없는 개성을 지니면서, 그가 적은 지혜, 그가 깨우쳐 보여준 법칙의 가르침을 받는 일 없이, 영원의 세계로 들어갑니다. 그의 투구 앞덮개의 반은 올라갔다.*165 그는 이제 하나의 유령이며 그림자입니다. 엘시노어 바위나, 그 밖에 무엇이든 당신이 좋아하는 것에 불어 닥치는 바람, 바다 소리, 그의 그림자의 실체인 자, 아버지와 동일 실체인 아들의 심장에만 들리는 소리입니다.

　—아멘! 입구에서 목소리가 대답했다.

　이 내 원수! 또 나를 찾아왔소?*166

　막간이다.*167

　주임사제같이 무뚝뚝하고 야비한 얼굴의 벅 멀리건이 그때 얼룩덜룩한 어릿광대 옷을 입고 모두가 미소 짓고 있는 쪽으로 행복한 듯이 다가왔다. 나한테 온 전보.

　—내가 잘못 들은 것이 아니면, 자네는 지금 가스를 방출하는 성질이 있는 척추동물 이야기를 하던 것 같은데? 그가 스티븐에게 물었다.

　엷은 황색 조끼를 입은 그는 어릿광대 모자처럼 벗어든 파나마를 휘두르며 쾌활하게 인사했다.

　모두가 그를 환영했다. 당신이 비웃는 사람에게도 이윽고 인사하게 될 것이다.*168

＊163 성교를 암시한다.

＊164 〈심벨린〉에 나오는 왕의 딸.

＊165 〈햄릿〉 1막 2장. 유령을 묘사하는 대목.

＊166 〈열왕기〉 상 21 : 20. 아합 임금이 엘리야에게 한 말.

＊167 멀리건의 등장을 비꼰 말.

＊168 독일 격언.

비웃는 자의 무리. 포티우스, 가짜 맬러키, 요한 모스트.

글로―오―리―아 인 엑―셀―시스 데 오
(지극히 높으신 하느님의 영광)

신 자신을 낳은 신, 중간자인 성령 그리고 신은 신 자신을 이 세상에 보냈다, 속죄자로서, 신 자신과 다른 사람들 사이에. 그 속죄자는 신의 악마 등에 의해 속임을 당하고, 벌거벗겨 매를 맞고, 창고 문의 박쥐처럼 못 박혀 십자가 위에서 굶어죽었다. 신은 그 자신인 속죄자를 묻게 하고 부활시켜 지옥을 정복케 하고 천국으로 인도하여 거기에서 지난 1900년 동안 신 자신의 오른쪽에 앉게 하여 산 자가 이미 죽은 최후의 심판 날에 와서 산 자와 죽은 자를 심판하기 위해 다시 가도록 했다.

그는 손을 들어올린다. 장막의 베일이 떨어진다. 오, 꽃들이여! 서로 울려 퍼지는 종과 종과 종.*169

―그래요 정말, 퀘이커 교도 도서관장이 말했다. 매우 유익한 토론이었어요. 미스터 멀리건도 틀림없이 연극이나 셰익스피어에 대해서는 자신의 이론이 있겠죠. 인생의 모든 면을 묘사해야 합니다.

그는 모든 방면에 골고루 미소를 지어보였다.

벅 멀리건은 생각에 잠겼다. 그리고 어리둥절해했다.

―셰익스피어? 들어본 적은 있는 이름인듯 싶은데.

밝은 미소가 그의 야무지지 못한 이목구비 안에서 날아다니듯이 번쩍였다.

―확실히 그 사나이는 싱처럼 글을 쓰는 친구죠. 그는 생각해 내고 기운차게 말했다.

---

*169 스티븐은 잠깐이나마 환상을 본다. '비웃는 자의 무리'와 대치되는 것. 여기서 '그'는 사제, '종'은 미사 때 울리는 성스러운 종. 에피소드 3 참조.

미스터 베스트가 그가 있는 쪽을 돌아보았다.

—헤인스가 자네를 찾고 있었어, 그는 말했다. 만났나? 나중에 D.B.C.에서 기다리겠다던데. 그는 하이드의 《코노트 연가》를 사러 길 서점에 간댔어.

—나는 박물관에서 빠져나오는 길이야. 그는 여기에 있었나? 벅 멀리건이 말했다.

—시인의 동포들*170은 아무래도 우리의 화려한 이론에 진절머리가 나 있을 거야. 존 이글린턴이 대답했다. 어젯밤엔 더블린에서 어떤 여배우가 408회째 햄릿을 연기했다던데. 바이닝*171은 햄릿 왕자가 여자였다고 주장하잖아. 누군가 햄릿이 아일랜드인이라고 논한 사람은 없나? 버튼 판사*172가 무엇인가 단서를 찾고 있을 거야. 그는 (전하지 각하가 아니라서) 성 패트릭을 걸고 맹세하잖나.

—모든 것 중에서도 가장 훌륭한 것이 와일드의 그 이야기야. 미스터 베스트가 말하고서 노트를 들어 올렸다. 그는 《W.H.씨의 초상》*173에서 모든 색(hues)의 사람인 윌리 휴스(Hughes)란 남자가 소네트를 썼다고 증명하고 있어.

—그 윌리 휴스를 위해서가 아니고? 퀘이커 교도 도서관장이 물었다.

또는 휴이 윌스. 미스터 윌리엄 자신. W.H. 나는 누구지? *174

—윌리 휴스를 위해서죠, 미스터 베스트는 솔직하게 주석을 바로잡으면서 말했다. 물론 그것은 모두 역설이에요. 알겠어요? 휴스(Hughes)니 휴스(hews : 자르다)니 휴스(hues : 색깔)니. 그의 토론을 구성하는 방법은 매우 독특합니다. 알겠어요? 그것은 와일드의 고갱이 그 자체예요. 경쾌한 필치입니다.

금발의 그리스 청년 같은 그의 눈초리가 모두의 얼굴에 가볍게 와닿았다. 와일드의 길들여진 고갱이.

자네는 기지가 대단해. 위스키 석 잔, 자네는 디지 교장의 돈으로 마셨구

---

*170 헤인스 등 영국 사람들.

*171 셰익스피어 비평가(1847~1920). 그는 햄릿이 여자라고 주장했다.

*172 그는 햄릿이 아일랜드인이라고 주장했다.

*173 1889년 7월 〈블랙우즈 에든버러 매거진〉에 실렸다. 'W.H.씨' 정체를 밝히려 하는 두 남자의 운명을 그린 소설.

*174 W.H.라는 인물에 대한 추측.

나.[175]

나는 어느 정도 썼지? 오, 겨우 2, 3실링.

저 신문쟁이 동료를 위해서. 천연덕스러운 유머, 감상적인 유머.

기지. 그[176]가 의기양양하게 입고 있는 화려한 청춘의 몸치장을 입수하기 위해서라면 너는 네 마음도 줄 것이다. 욕망이 충족된 표정이다.[177]

기회는 많다.[178] 나에게 여자 하나 돌려 줘. 신이여, 시원한 한창 때를 그들에게 주시옵소서.[179] 그렇다, 그녀와 연인처럼 키스해.

이브. 껍질 벗은 밀과 같은 빛깔의 배를 한 죄. 뱀이 그녀를 휘감는다. 그 뱀의 키스 안에 송곳니가.

—당신은 그것을 단순한 역설에 지나지 않는다고 생각하십니까? 퀘이커 교도 도서관장이 물었다. 희롱 투로 말하는 사람은 막상 가장 진지하게 이야기할 때, 결코 진지하게 받아들여지지 않는 법이에요.

그들은 희롱하는 사람의 진지함에 대해서 진지하게 이야기를 주고받았다.

벽 멀리건이 다시 무뚝뚝한 얼굴로 스티븐을 잠깐 바라보았다. 그러더니 머리를 흔들며 곁으로 와서 주머니에서 접은 전보를 꺼냈다. 그는 떨리는 입술로 그것을 읽었다. 새로운 기쁨으로 미소 지으면서.

—전보! 놀랄만한 영감이다! 전보! 교황의 칙서(勅書)다. 그는 말했다.

그는 전등 빛이 닿지 않는 책상 구석에 앉아서 즐거운 듯이 소리 내어 읽었다.

—'자기 행위에 무한한 책임을 지지 않고 쾌락을 누리려는 자는 감상주의자로다.'[180] 서명, 디댈러스. 자네는 어디서 이걸 쳤지? 사창가? 아냐. 칼리지 그린[181]인가. 자네는 월급 4파운드를 술로 마셔 버렸나? 우리 큰어머니께서 허울뿐인 자네 아버지를 방문한다고 말씀하고 계셔. 전보! 맬러키 멀리건 님, 십 술집, 하부 애비거리. 유례없는 어릿광대! 성직자 행세하는 바

---

*175 베스트는 스티븐의 동료로 오늘은 월급날이다.

*176 벅 멀리건.

*177 스티븐이 멀리건의 얼굴을 비웃으며 한 말.

*178 세상에는 여자가 많다.

*179 〈원저의 즐거운 아낙네들〉 5막 5장.

*180 조지 메러디스 소설에서 인용.

*181 트리니티 칼리지 뒤의 공원.

보! [*182]

그는 즐거운 듯이 전보와 봉투를 주머니에 넣고 나서 아일랜드 사투리로 투덜대며 불평했다.

—내가 말하고 싶은 것은 이거야, 미스터 허니. 우리는, 즉 헤인스와 나는 사실 기분이 묘했어, 그가 이 전보를 가져왔을 때에는. 우리는 수도자(修道者)까지도 취하게 만드는 훌륭한 걸 한 잔 하려고 기다리던 참이었거든. 게다가 녀석은 여자아이와 농탕치고 싶어서 안달이고. 한 시간, 두 시간, 세 시간, 우리는 대여섯 잔 얻어 마실까 하고 코너리 술집에서 얌전하게 기다리고 있었던 거야. [*183]

그는 소리 지르며 불평을 계속했다.

—그리고 우리가 거기서 기다리는데, 유감스럽게도 마치 목마른 성직자들처럼 혀는 한 길이나 길게 내빼고서 기다리는데 어떻게 너는 여자아이에게 혹해서 이런 전보 따위나 칠 수 있나.

스티븐은 웃었다.

벅 멀리건은 경고하는 것처럼 재빨리 머리를 숙이고 말했다.

—부랑아 싱 [*184]이 자네를 찾고 있어. 자네를 때려죽인다고 말야. 자네가 말야, 글라스툴의 자기 집 입구에 소변을 갈겼다는 것을 알았어. 죽이겠다고 찢어진 구두를 신고 돌아다니고 있어.

—나를! 스티븐이 외쳤다. 그 행동은 문학에 대한 자네의 공헌이었어.

벅 멀리건은 유쾌하다는 듯이 몸을 젖히고 귀를 기울인 것 같은 천장을 향해 크게 웃었다.

—자네를 죽인다고 말야! 그는 웃었다.

생 탕드레 데 자르거리에서 내장 요리를 뒤적이면서 나에게 싸움을 걸어온 딱딱한 빗물 홈통 주둥이 같은 얼굴. [*185] 말에 대해서 말로서 하는 말, 쓸데없는 이야기. 패트릭과 만난 오이신. [*186] 그가 파리 교외 클라마르 숲에서

[*182] 싶 술집에서 만나기로 한 약속을 깬 스티븐이 거기에 가 있던 멀리건에게 전보를 친 것.

[*183] 12시 반에 싶 술집에서 만나자고 멀리건이 바닷가에서 스티븐에게 말했었다.

[*184] 그는 졸업 후 유럽 대륙을 방랑했다. 1892년 조이스는 파리로 유학 갔을 때 싱을 만났다.

[*185] 싱을 말한다.

[*186] 아일랜드의 전설적 영웅이자 시인 오이신과 아일랜드 수호 성자 성 패트릭. 싱과 조이스 자신의 우연한 만남을 가리킨다.

목양신(牧羊神)을 만났더니 술병을 휘두르고 있었다나. '성 금요일이다!'*187 살인자 아일랜드인. 헤매고 돌아다니는 그 자신의 모습을 그는 만났다. 내가 내 모습을. 나는 숲에서 바보를 만났어.*188

—리스터 씨, 직원이 열린 문에서 불렀다.

—그의 희곡 중에서는 누구나가 자기 자신을 발견할 수가 있어요. 그리하여 매든 판사는 그의 《윌리엄 사일런스의 일기》에서 사냥 용어를 발견한 까닭을 말하고…… 왜, 무슨 일이지?

—손님 오셨습니다, 직원은 앞으로 나와 명함을 건네주며 말했다. 〈프리먼〉지에서 오신 분입니다. 지난해 〈킬케니 피플〉지 신문철을 보고 싶다고 하는데요.

—알았어, 알았어, 알았어. 그리고 그분은?

그는 명함을 받고 흘끗 눈을 주었을 뿐 보지는 않고 아래에 놓았다. 그리고 구두를 삐걱거리고 걸으면서 또 물었다.

—그분은? 아, 저기에.

그는 3박자 춤의 경쾌한 발걸음으로 밖으로 나갔다. 그리고 햇볕이 닿는 복도에서 열심히 유창하게 이야기했다. 의무감에 사로잡혀, 가장 공정하게, 가장 친절하게, 퀘이크 교도로서 매우 정직하게.

—이쪽 분이 〈프리먼즈 저널〉의? 〈킬케니 피플〉지를? 안녕하세요. 물론. 킬케니…… 있고말고요…….

한 사람의 검은 그림자가 귀를 기울이면서 참을성 있게 기다렸다.

—주요 지방지라면 모두 있습니다……. 〈노던 휘그〉지, 〈코크 이그재미너〉지, 〈에니스코시 가디언〉지. 1903년 것을…… 그럼, 에반스, 이분을 안내해 드려…… 아니 차라리 내가…… 이쪽으로, 자, 어서…….

그는 막힘없이 직무에 따라서 지방지 쪽으로 안내했다. 머리를 숙이는 한 사람 모습이 그의 성급한 걸음 뒤를 따라갔다.

문이 닫혔다.

—유대인! 벅 멀리건이 외쳤다.

그는 일어나서 명함을 집었다.

---

*187 그리스도가 십자가에 못박힌 기념일.

*188 셰익스피어의 〈뜻대로 하세요〉 2막 7장.

—이름이 뭐야? 아이키 모제스*¹⁸⁹? 블룸.

그는 빠른 말로 종알거렸다.

—포피 수집가 여호와*¹⁹⁰는 이젠 없어. 내가 거품에서 태어난 아프로디테*¹⁹¹에게 인사하러 갔을 때,*¹⁹² 나는 그가 그 박물관 안에 있는 것을 봤어. 그리스 여신 입은 기도 때문에 일그러지는 일은 한 번도 없었어. 우리는 날마다 그녀에게 존경의 뜻을 나타내야 해. '생명의 생명, 그대 입술은 불을 붙인다'*¹⁹³야.

그는 갑자기 스티븐 쪽으로 향했다.

—그는 자네를 알고 있어. 자네 아버지도 알고. 아니 어쩌면 그는 그리스인보다 더 그리스인일지도 몰라. 그의 창백한 갈릴리아인*¹⁹⁴ 눈은 저 비너스상(像) 한가운데 홈을 물끄러미 바라보고 있었어. 비너스 엉덩이. 오, 저 허리의 외침! '숨은 처녀를 추적하는 신'*¹⁹⁵.

—더 듣고 싶군, 존 이글린턴이 미스터 베스트의 찬성을 얻어 결정했다. 우리는 셰익스피어 부인에게 흥미가 생기기 시작했어. 이제까지는 그녀를 생각했다 해도, 기껏해야 참을성 있는 그리셀다*¹⁹⁶나 집을 지키는 페넬로페*¹⁹⁷ 정도.

—고르기아스*¹⁹⁸의 제자 안티스테네스*¹⁹⁹는, 스티븐이 말했다. 그 안에서 영웅 20명이 잠잔 트로이 목마의 암말에 해당하는, 키리오스 메넬라오스의 아내인 아르고스 여인 헬레네로부터 아름다움의 상징인 종려를 거두어 불쌍한 페넬로페에게 주었습니다. 20년 동안 셰익스피어는 런던에서 살았으며, 얼마 동안은 아일랜드 총독과 동일한 수입을 받았죠.*²⁰⁰ 그의 생활은 윤택했

---

*189 19세기 말 유대인을 비웃는 말.
*190 유대교 할례 전통에 대한 익살.
*191 미의 여신 비너스의 그리스 이름.
*192 이 도서관에 연이어 있는 박물관에서 비너스 상을 보려고 한 일.
*193 셸리 시에서.
*194 유대인.
*195 스윈번 시극 〈칼리돈의 아탈란타〉에서.
*196 초서 《캔터베리 이야기》와 보카치오 《데카메론》에 나오는 참을성 많은 숫처녀.
*197 율리시스 아내. 남편이 출정한 20년 동안 정조를 지켰다.
*198 B.C. 483?~376?. 그리스 궤변론자이자 수사학자.
*199 B.C. 445?~365?. 그리스 철학자. 소크라테스 제자이며 키니코스학파 시조.

습니다. 그의 예술은 월트 휘트먼이 말한 것처럼 봉건주의의 예술이기는커녕 풍요의 예술입니다. 뜨거운 청어 파이, 녹색 원통꼴 잔에 든 에스파냐산 백포도주, 벌꿀이 든 소스, 장미꽃처럼 생긴 설탕과자, 마지팬, 구스베리를 쟁인 비둘기 요리, 링고 사탕, 월터 롤리 경은 체포되었을 때 한 쌍의 호화로운 바지 걸이를 포함해서 몸에 50만 프랑을 지니고 있었습니다. 여자 고리대금업자 엘리자 튜더*[201]는 시바 여왕*[202]과 견줄 정도의 리넨 속옷을 가지고 있었습니다. 20년 동안 셰익스피어는 한쪽에서는 부부애의 순결한 기쁨을, 다른 한쪽에서는 창부의 사랑과 그 사악한 쾌락 사이를 오갔습니다. 그리고 리처드 3세로 분장한 디크 버비지*[203]를 본 어떤 시민의 아내가 그를 자신의 침대로 불러들였을 때, 그것을 우연히 들은 셰익스피어가 어떻게 별어려움 없이 그 암소의 뿔을 잡았는가, 그리고 버비지가 와서 문을 두들겼을 때, '정복자 윌리엄이 리처드 3세보다 먼저 왔어'*[204] 하고 거세된 수탉의 침대에서 외쳤다는 매닝엄의 이야기를 여러분은 알 겁니다. 그리고 유쾌한 작은 몸집의 정부 피튼*[205]은 위로 올라타고 오! 외칩니다. 그리고 페넬로페리치 부인처럼 배우에 어울리는 전형적인 상류 여인, 그리고 뱅크사이드의 1회 1페니 짜리 창녀도 있었습니다.

쿠르 라 렌 산책로. 20수만 더 내세요. 여러 가지 재미나는 일을 해 드릴게요. 여보? 어때요?*[206]

—상류 생활의 극치입니다. 수컷 카나리아다운 남자라면 그 누구를 막론하고 카나리아산 포도주를 대접했다는 옥스퍼드의 윌리엄 대비넌트*[207]의 어머니도 있습니다.

---

*200 당시 아일랜드 총독 연봉은 5000파운드였다.

*201 영국 엘리자베스 1세.

*202 아라비아 시바족 여왕으로 그녀의 요염에 솔로몬왕이 미혹되었다.

*203 리처드 버비지. 앞서 나온 유명한 배우이자 셰익스피어 친구. 디크는 리처드의 애칭.

*204 상대 이름(리처드)과 자기 이름(윌리엄), 그날 상연한 극 제목, 정복왕 윌리엄 1세가 리처드 3세의 선조라는 점 등을 복합적으로 엮어 만든 농담.

*205 《소네트》에 묘사된 흑부인.

*206 스티븐은 파리에 머물던 시절 매춘부와 나눴던 대화를 떠올리고 있다.

*207 17세기 영국 시인. 어머니는 옥스퍼드에서 여관을 경영했다. 그녀가 흑부인이라는 설도 있고 대비넌트가 셰익스피어의 아들이라는 설도 있다.

벅 멀리건은 겸손한 표정으로 눈을 들고 기도했다.

—성녀 마가렛 메리 에니콕*208 님이여!

—그리고 아내가 여섯인 해리*209의 딸과 그 근처 다른 여자 친구들, 신사 시인 론 테니슨이 노래한 대로입니다. 그러나 그 20년 동안 줄곧 스트랫퍼드에서 산 가엾은 페넬로페*210는 마름모꼴 유리창 그늘에서 무엇을 했다고 생각해요?

하고 또 해라. 이미 끝난 일. 식물학자 제라드*211가 소유한 페터 골목길의 장미원을 걷는 회색 섞인 갈색 눈동자의 그. 그녀의 정맥과 같은 푸른 방울꽃.*212 주노의 눈꺼풀. 제비꽃.*213 그는 걷는다. 인생은 하나이자 모든 것. 하나의 육체. 해라. 오직 해라. 멀리 저쪽에서, 음욕(淫慾)과 불결(不潔)의 지독한 냄새가 피어나는 속에서 두 손이 하얀 육체 위에 놓여 있다.

벅 멀리건은 존 이글린턴의 책상을 날카롭게 두들겼다.

—그럼 당신은 누구를 의심합니까? 그는 이의를 제기했다.

—셰익스피어가 소네트 안에서 퇴짜 맞은 애인이라고 가정합시다. 한 번 걸어차이면 두 번 걸어차이는 법이고. 그러나 궁정 음란녀는 그를 버린 뒤에 한 사람 귀족, 셰익스피어가 말하는 '그리운 내 친구'로 바꿔 탄 거요.

그 이름을 입으로 말할 수 없는 사랑.*214

—그럼 자네는, 영국인으로서 그가 한 귀족을 사랑했다는 거로구만. 기운 찬 존 이글린턴이 참견했다.

낡은 벽 위에 갑자기 도마뱀이 순간적으로 지나가는 것과 같다. 샤랑 통*215에서 나는 그것을 봤다.

—그런 것 같네요, 스티븐이 말했다. 왜냐하면 그는 그 귀족을 위해서나, 그 밖의 모든, 특히 아직 개간되지 않은 자궁을 위해서도, 마부가 종마(種

---

*208 수컷이라면 누구라도.

*209 헨리 8세.

*210 셰익스피어의 아내인 앤 해서웨이.

*211 1545~1612. 엘리자베스 시대 궁정 정원 감독관, 식물학자.

*212 셰익스피어 〈심벨린〉 4막 2장.

*213 셰익스피어 〈겨울 이야기〉 4막 4장.

*214 동성애. 오스카 와일드와 사귀던 알프레드 더글러스의 시에서.

*215 파리 남동쪽에 있는 도시.

馬)를 위해 행하는 것*²¹⁶ 같은 신성한 직무를 다하려는 것이니까요. 아마도 소크라테스와 마찬가지로 그의 아내가 잔소리가 심했던 여자였던 것처럼 그의 어머니는 조산사였습니다. 하지만 그 낄낄거리는 음란녀*²¹⁷가 부부 침상의 맹세를 깨뜨리지는 않았습니다. 두 가지 행위가 저 유령의 정신을 괴롭혔습니다. 부부 맹세가 깨졌다는 것, 아내의 애정이 머리가 둔한 시골뜨기인 죽은 남편의 동생에게 갔다는 것입니다.*²¹⁸ 내가 생각하기에 사랑스러운 앤은 한 성질 했어요. 한 번 여자에게 구혼한 남자는 두 번도 마다하지 않습니다.

스티븐은 의자에 앉은 채 대담하게 둘러보았다.

—다음과 같은 일을 증명하는 것은 여러분이 할 일입니다. 제가 할 일이 아닙니다, 그는 얼굴을 찡그리며 말했다. 만약에 여러분이 그가 〈햄릿〉 제5장에서 그녀에게 불륜의 낙인을 찍었다는 것을 부정한다면 그녀가 그와 결혼한 날과 그를 묻은 날 그 사이 34년 동안 아내에 대해서는 한마디도 하지 않았던 까닭을 설명해 주시기 바랍니다. 그 집 여자들은 모두 남자들을 저승으로 보낸 뒤에도 살아 있었습니다. 메리는 남편 존이, 앤은 불쌍한 윌런이 먼저 죽고 자기를 뒤에 남겼을 때, 그가 먼저 죽었다며 화를 냈습니다. 존은 동생 네 사람을, 쥬디스는 남편과 아들 모두를, 수잔도 남편을, 그리고 수잔의 딸 엘리자베스는, 할아버지 말을 빌리자면, 첫 번째 남자를 죽이고 두 번째 남자와 결혼했습니다. 아, 그렇다, 할 말이 있습니다. 그가 런던에서 호화롭게 살던 무렵 아내는 빚을 갚기 위해 자기 아버지의 양치기에게서 40실링을 꾸어야 했습니다. 이것을 설명해 보세요. 그녀를 묘사해서 후세에 전한 '백조의 노래'를 설명해 보세요.

그는 그들의 침묵에 맞닥뜨렸다.

그들에게 이글린턴이 이렇게 말한다.

자넨 유서를 말하는구만.

---

*216 수말과 암말을 맞붙이는 행위. 《소네트》는 젊은이에게 빨리 결혼해서 애를 낳으라고 권하는 소네트로 시작된다. 즉 그는 마부 역할을 다하려 한 셈이다.

*217 흑부인.

*218 스티븐의 이론 속에서는 햄릿 아버지의 동생 클로디어스와 셰익스피어의 동생 리처드가 겹쳐지고 있다. 셰익스피어는 부재(不在)했다는 의미에서 유령이나 마찬가지였다.

그건 이미 법률가들이 설명했을 텐데.
그녀는 홀어미로서 유산을 받을 권리가 있었어
관습법에 따라.
그의 법률 지식은 대단했지.
우리 판사들이 우리에게 말하더라.
사탄이 그를 비웃는다.

그 비웃는 자가 말하기를,

그래서 그는 그녀 이름을 뺐었다.
그러나 첫 초벌 원고에서 그는 빼놓지 않았지.
손녀딸이나 딸들, 누이동생이나
스트랫퍼드와 런던에 있는
옛 친구들에게 줄 선물을.
그녀 이름을 넣도록 누군가가 강력하게 권했을 때
그는 그녀에게 남겨 주었다 그의
두 번째로 좋은
침대를.

'구두점'

그녀에게 남긴 그의
두 번째로 좋은
가장 좋은 침대
두 번째로 좋은 침대
침대 하나 남겨 주었다.

그만!
　―영리한 시골 사람들도 그 무렵에는 재산이 거의 없었어. 만약 우리나라
농민극이 사실적이라면 지금도 아무것도 가지고 있지 않아. 존 이글린턴이

말했다.

—그는 유복한 시골 신사였어요, 스티븐이 말했다. 문장(紋章)도 있고, 스트랫퍼드에 땅도 있고, 아일랜드 야드에 저택도 있었어요. 주주(株主) 자본가, 의회 법안 청원자, 십일조 징수자였습니다. 만약 아내가 남은 생애 동안의 밤을 평화롭게 지내기를 바랐다면 그는 왜 그의 가장 좋은 침대를 그녀에게 남겨 주지 않았을까요?

—침대가 두 개 있었던 것은 분명해, 즉, 가장 좋은 것과 두 번째로 좋은 것, 미스터 세컨드베스트적인 베스트가 재치 있게 말했다.

—'식탁과 침실로부터의 분리'*219지, 벅 멀리건의 보다 더 재치 있는 말에 모두들 미소 지었다.

—옛 사람들은 침대에 대해서 여러 가지 것을 쓰고 있어, 세컨드급(級) 이글린턴이 입을 오므리고 침대에서 하는 것처럼 미소를 지었다. 생각 좀 해 보자고.

—고대는 아리스토텔레스 학파의 장난꾸러기 소년과 대머리 이교도 현자(賢者)에 대해 적어 놓았습니다, 스티븐이 말했다. 그 사람은 추방 중에 다 죽어가고 있었을 때 자기 노예를 자유의 몸으로 풀어주면서 재산을 나눠 주고, 조상을 기리어 칭송하고, 죽은 아내 근처에 묻어달라고 유언하고, 나이 먹은 정부에게 친절하게 대해서 (넬 그윈 허필리스*220를 잊지 말아다오) 자기 별장에서 살게 해달라고 친구들에게 부탁했지요.

—자네는 셰익스피어가 그렇게 죽었다고 생각하나? 미스터 베스트는 관심을 조금 보이며 물었다. 내 말은……

—그는 곤드레만드레 취한 상태에서 죽었어, 벅 멀리건이 마무리 지었다. '맥주 한 쿼트는 임금님의 성찬이다.' 아, 나는 다우든*221이 한 말을 해야겠어.

—뭐라고 했는데? 베스트 이글린턴이 물었다.

윌리엄 셰익스피어 주식회사. 대중판 윌리엄 전집. 이와 관련된 모든 문의나 신청은 하이필드가(家) E. 다우든에게……

---

*219 이혼을 선언할 때의 말.
*220 찰스 2세의 첩이자 유명한 배우.
*221 1843~1913. 더블린 트리니티 칼리지 영문학 교수. 문학 비평가. 저서로는 《셰익스피어, 그 정신과 예술》(1875)이 있다.

—훌륭한 말이야! 벅 멀리건이 정을 담고 한숨을 지어보였다. 저 시인에게 뒤집어씌운 비역질 혐의를 어떻게 생각하는지 그에게 물어보았지요. 그는 두 손을 들고 말하더군요. '우리가 할 수 있는 말은 그 시절 생활이 매우 열정적이었다는 것뿐입니다.' 훌륭하지 않나요?

미동(美童).

—미의식은 우리를 옆길로 빠지게 하기 쉬워요, 애수미에 젖은 베스트가 미운 이글린턴에게 말했다.

완고한 존*222이 엄격하게 대답했다.

—그 말이 무슨 뜻인지 알고 싶으면 의사에게 물어보면 돼. 두 가지 일을 함께할 수는 없어.

자네는 그렇게 말하는가? 그들은 우리로부터, 나로부터, 아름다움을 상징하는 종려를 빼앗을 건가?

—그리고 소유 의식도, 스티븐이 말했다. 그는 샤일록*223을 그 자신의 깊은 주머니에서 끄집어냈어요. 엿기름 도매상이자 대금업자 아들이며 곡물 중매인이자 대금업자인 그는, 기근 폭동 때 곡물을 10토드*224나 저장하고 있었습니다. 그로부터 돈을 빌린 사람들은, 체틀 폴스태프가 적은 대로 모든 종파에 걸쳐 있었을 것입니다. 그는 엿기름 몇 부대 대금을 받기 위해 동료 배우들을 고소했고 빌려 간 모든 돈에 대한 이자를 살점으로 줄 것을 강요했습니다. 그러지 않았으면 오브리*225가 말하는 마부이자 배우 호출 담당 젊은이가 어떻게 벼락부자가 될 수 있었겠습니까? 모든 사항을 그는 이용했습니다. 샤일록은 여왕의 시의(侍醫)며 유대인인 로페즈가 교수형에 처해지고 육체가 수레에 묶여 찢긴 (유대인인 이 남자의 심장은 살아 있는 동안에 적출되었습니다) 뒤에 일어난 유대인 박해와 때를 같이 하고 있습니다. 그리고 〈햄릿〉과 〈맥베스〉는 마녀 화형을 좋아하는 스코틀랜드의 가짜 철학자*226가 왕위에 오른 때와 겹칩니다. 패배한 에스파냐 무적함대는 〈사랑의

---

* 222 이글린턴.
* 223 〈베니스의 상인〉에 나오는 탐욕스런 고리대금업자.
* 224 1토드는 28파운드.
* 225 1626~97. 전설 연구가.
* 226 제임스 1세.

헛수고〉에서 비웃음거리가 됩니다. 그의 야외극인 사극은 마페킹적인 열광*227을 떠올리게 하는 애국의 물결을 타고 진행됩니다. 워릭서 예수 수도회 수도사들이 재판을 받으며, 우리는 한 문지기가 뜻을 알 수 없는 이론을 말하는 것을 듣습니다. '시 벤처호' 승무원이 버뮤다 제도에서 돌아옵니다. 그러면 이내 저 르낭이 찬미한 희곡*228이 우리 미국인 사촌인 패치 캘리번을 주인공으로 하여 쓰입니다. 설탕 절임과 같은 소네트가 시드니*229를 흉내 내어 쓰입니다. 〈윈저의 즐거운 아낙네들〉의 영감을 준 저 빨간 털 베스라고 불리는 마녀 엘리자베스, 그 뚱보 처녀*230는 어떤 독일신사*231에게 그가 평생동안 세탁물 광주리 속에서 깊고 오묘한 뜻을 찾아내도록 했습니다.

꽤 잘하는군. 신적논리학적언어학적 혼합물을 섞기만 해. '밍고, 밍시, 믹뚬, 밍게레(오줌 싸는, 오줌 쌌다, 오줌 싼, 오줌 싸다).*232

—그가 유대인이었음을 증명해 주게, 존 이글린턴이 기대하는 듯한 말투로 도전했다. 자네 대학 학장은 그가 로마 가톨릭이라고 주장하던데.

'나는 자제해야 한다.'

—독일에선 그를 이탈리아산 스캔들에 프랑스식 광택을 내는 명인으로 부릅니다. 스티븐이 대답했다.

—만인의 마음을 가진 사람, 미스터 베스트가 생각난 듯이 말했다. 콜리지*233는 그를 만인의 마음을 가진 사람이라고 말했어요.

'더욱이. 인간 사회에서 많은 사람들 사이에 우호적인 관계가 존재하는 것

---

*227 마페킹은 지금의 남아프리카공화국 노스웨스트주 주도(州都) 마히켕(Mahikeng)의 예전 이름. 제2차 보어전쟁(1899~1902) 당시 영국군 거점. 이 지역을 포위한 보어군과 포위된 영국군 사이에서 1899년 10월부터 1900년 5월까지 217일 동안 이어진 전투에서 영국군은 12명이 죽고 8명이 다쳤으나, 보어군은 60명이 죽거나 다치고 108명이 포로로 사로잡히면서 포위공격을 풀고서 물러났다. 이 전투에서의 승리는 영국 국민의 열광적인 애국심을 불러일으켰다.

*228 〈템페스트〉.

*229 1554~86. 시인이자 여행가.

*230 엘리자베스 여왕. 그 무렵 윈저성(城)에서 살았다.

*231 셰익스피어 연구가.

*232 라틴어 동사 '오줌 싸다'의 활용. 영어의 '혼합'이란 단어가 나오자 그와 음이 비슷한 라틴어 동사의 변화가 스티븐의 머리에 떠오른다.

*233 19세기 영국 낭만파 시인, 비평가.

이 정말 중요하다.*234

　─성 토머스*235는, 스티븐이 말하기 시작했다.

　─'우리를 위해 기도해주시오.' 수도사 멀리건이 신음하듯 말하고는 의자에 몸을 묻었다.

　그러고 나서 그는 소리 내어 북국 옛노래를 읊었다.

　─'내 엉덩이에 입을 맞추어라! 내 심장의 고동이여! 우리는 오늘부터 파멸이다! 우리는 분명히 파멸이다!

　모두가 저마다 미소를 지었다.

　─성 토머스를, 스티븐이 미소를 지으며 말했다. 올챙이배를 떠올리게 하는 그의 저작(著作)을 나는 원서로 읽는 것을 좋아합니다. 미스터 매기*236의 이른바 신(新)비엔나파*237의 그것과는 다른 관점에서 근친상간에 대해서 썼어요. 그는 그 나름의 현명하고 재미있는 방법으로 이것이 감정의 탐욕과 비슷하다고 말합니다. 그가 하는 말에 따르면, 혈통적으로 너무나 가까운 사람에게 주어지는 사랑은, 그것을 열망할지도 모르는 그 누군가로부터 억지로 빼앗는 일이라는 것입니다. 그리스도 교도가 탐욕적이라고 비난하는 유대인은 모든 인종 가운데 가장 근친결혼하기 쉬운 민족입니다. 하지만 이것은 홧김에 하는 트집입니다. 유대인의 축재(蓄財)를 가능하게 한 그리스도의 율법은 (유대인에게는 위클리프파와 마찬가지로 폭풍우가 피난처입니다) 그들의 애정을 강철 테로 조이고 말았습니다. 그것이 죄인지 미덕인지는 나이 든 아버지이신 신이 마지막 심판 날에 우리에게 가르쳐 주실 것입니다. 그러나 그의 빚에 대한 그의 권력을 너무 완강하게 고집하는 사람은 그의 아내가 되는 여자에 대한 권리에도 강하게 집착할 것입니다. 어떤 미소 짓는 이웃*238에게도 그의 황소나 아내, 하인, 하녀, 수탕나귀에게 손가락 하나 대게 하지 않을 겁니다.*239

─────────────

＊234 라틴어. 출전 불명. 다음에 나오는 성 토머스, 즉 토머스 아퀴나스의 말을 인용한 것은 아닌 듯싶다.
＊235 토머스 아퀴나스.
＊236 이글린턴.
＊237 정신분석학 주창자인 프로이트, 아들러 등이 빈 출신이기 때문에 이렇게 부른다.
＊238 〈겨울 이야기〉 1막 2장.
＊239 모세 십계명 중 열 번째 계율(《탈출기》 20 : 17).

—또는 그의 암탕나귀에도. 벅 멀리건이 맞장구 쳤다.

—마음씨 고운 윌*240이 모질게 대접받고 있군. 사람 좋은 미스터 베스트가 부드럽게 말했다.

—어느 윌?*241 벅 멀리건이 교묘하게 개그를 넣었다. 헷갈리는데.

—살기 위한 윌(의지)은, 윌의 과부에게는 죽기 위한 윌(유언)이야. 존 이글린턴이 철학적으로 말했다.

—'평안히 잠들지어다.'*242 스티븐이 기도했다.

'모든 윌은 어떻게 되었지?
그것은 이미 먼 옛날에 죽었다······.'*243

그 무렵 침대는 오늘날 자동차만큼 드문 것이었다거나 침대에 새겨진 조각이 일곱 교구 중에서 뛰어난 작품이었음을 여러분이 밝혀내더라도 그녀는, 얼굴을 감싼 왕비*244는, 빳빳하게 굳은 채로 그 두 번째 좋은 침대에 안치됩니다. 그녀는 늘그막에는 복음전도사들과 가깝게 어울리면서 (그 가운데 한 사람이 뉴플레이스*245에서 머물렀는데, 그 마을에서 값을 치른 에스파냐산 백포도주를 마셨지만 그가 어떤 침대에서 잤는가는 물어볼 길이 없습니다) 자신에게 영혼이 있음을 들었습니다. 그녀는 그의 값싼 책을 〈즐거운 아낙네들〉보다 더 즐겨 읽었거나, 읽게 해서 들었습니다. 그리고 요강*246에 밤마다 오줌을 지르면서 '신자들의 바지를 위한 혹 단추'에 대한 일이나 '아주 경건한 영혼들까지도 재채기하게 하는 가장 정신적인 코담배갑'*247 따위를 숙고하였습니다. 비너스가 입을 일그러뜨리고 기도했습니

---

*240 벤 존슨의 추모시에 '마음씨 고운 셰익스피어'란 말이 나온다.

*241 윌(will)은 윌리엄 셰익스피어를 가리키는 말일 뿐만 아니라 '의지', '유언'이란 뜻의 보통명사이기도 하다.

*242 죽은 이의 영혼의 영면(永眠)을 위한 기도. Requiescat in pace(=May you rest in peace)를 줄인 것으로 '삼가 고인의 명복을 빕니다'의 뜻.

*243 조지 러셀(AE)의 〈샛길에서 부른 노래〉에서.

*244 〈햄릿〉에 나오는 비극의 여왕.

*245 셰익스피어가 만년에 살던 집.

*246 순례자들이 성수를 푸는 강 이름이지만, 보통명사로는 '요강'을 뜻한다.

다.*248 양심의 가책입니다. 나이 먹고 지칠 대로 지친 창부가 신을 찾는 시대입니다.

—역사적으로 보면 그것은 진실이야, '역사학자 이글린턴은 말했다.' 시대는 꼬리를 물고서 서로 이어진다. 그러나 인간 최악의 적은 내 집의 가족이다*249라는 매우 믿을만한 말도 있어. 하지만 러셀이 옳다고 생각해. 우리가 왜 그의 아내나 아버지에 대해서 신경을 쓰는가? 나는 가정생활을 영위하는 자는 가정시인뿐이라고 말하고 싶어. 폴스태프*250는 가정적인 사람은 아니었지. 저 뚱보 기사 폴스태프가 그의 최고의 창조물이지.

메마른 체격의 이글린턴이 몸을 뒤로 젖혔다. 너의 가장 순수한 동류*251를 부끄럽게 여기고 부정하고 있다, 아주 엄격한 교인들이여, 부끄러워하면서 신을 믿지 않는 자들과 함께 식사하면서, 그는 컵을 남몰래 들이킨다.*252 얼스터 지방 앤트림주(州)에 사는 그의 아버지가 그에게 가르친 마시는 방식이다. 그는 4분기 지급날마다 찾아온다. 매기 씨, 신사 분이 만나겠다고 와 계십니다. 나를? 아버지라고 하십니다. 나의 워즈워스*253를 들어오시게 해 줘. 그러자 매기 아버지 매슈*254 등장. 주름투성이에 텁수룩한 머리털의 하층민, 홀쭉한 바지 앞주머니에 단추를 끼고, 열 군데 숲을 지나면서 진흙투성이가 된 양말을 신고. 야생 사과나무 지팡이를 손으로 흔들면서.

네 아버지는?*255 녀석*256은 네 아버지를 알고 있다. 그 홀아비를.

화려한 파리로부터 그녀의 지저분한 죽음의 침대로 달려와서 부두에서 나

---

*247 둘 다 청교도 소책자의 제목(1650년 무렵).

*248 〈비너스와 아도니스〉에 묘사된 장면. 애욕을 추구한 자가 신앙인이 되었다.

*249 〈마태오복음서〉 10 : 34~36. "내가 세상에 평화를 주러 왔다고 생각하지 마라. 평화가 아니라 칼을 주러 왔다. 나는 아들이 아버지와 딸이 어머니와 며느리가 시어머니와 갈라서게 하려고 왔다. 집안 식구가 바로 원수가 된다."

*250 〈헨리 4세〉와 〈윈저의 즐거운 아낙네들〉에 나오는 뚱뚱한 허풍쟁이 군인.

*251 가족.

*252 〈헨리 4세〉 제1부 3막 3장. 폴스태프의 욕에서. 남몰래 비열한 행동을 한다는 뜻.

*253 19세기 영국 전원시인. 자연의 신비를 노래했다. 이글린턴이 좋아했던 시인. 시골에서 올라온 아버지를 워즈워스로 생각하고 있다.

*254 아버지 매기는 매슈 아널드나 조지 무어와 같은 얼굴을 하고 있다.

*255 스티븐, 즉 자신의 아버지는 어떠한가?

*256 이글린턴.

는 그의 손을 만졌다.*²⁵⁷ 그의 목소리에는 새로운 상냥함이 담겨 있었다. 의사 보브 케니*²⁵⁸가 그녀를 보살피고 있다. 나를 호의적으로 보는 눈. 그러나 그는 나를 모른다.

—아버지는, 스티븐이 절망과 싸우면서 말했다, 필요악입니다. 그는 그희곡*²⁵⁹을 아버지가 세상을 떠나고서 몇달 뒤에 썼습니다. 만약에 여러분이 이 남자를, 나이가 찬 딸 둘을 둔 백발이 섞인 이 남자, '우리 인생의 한 가운데에서'*²⁶⁰인 35세에 이르러 마음껏 세상을 보아온 이 남자를, 비텐베르크에서 돌아온 풋내기 대학생*²⁶¹이라고 주장한다면, 그의 일흔 살 노모는 음탕한 왕비라고 주장해야만 합니다. 천만에. 아버지 존 셰익스피어의 시신이 밤에 헤매고 다니는 일은 없습니다. 시시각각으로 그것은 썩고 또 썩어갑니다. 그는 쉬고 있습니다. 그의 아들에게 저 신비로운 재산*²⁶²을 양도하고 아버지라는 지위에서 벗어나. 보카치오의 칼란드리노*²⁶³만이 자기가 임신했다고 생각한 처음이자 마지막 남자입니다. 의식해서 아들을 낳는다는 뜻으로의 부성(父性)은 인간으로서는 알 수 없는 것입니다. 유일한 아버지*²⁶⁴에서 유일한 아들*²⁶⁵로 전해지는 신비의 재산이자 사도로서의 상속물입니다. 교회가 건설되고 확고한 자리를 차지한 것은 이 신비성 때문이지, 교활한 이탈리아 지식인이 유럽 대중에게 던져 준 성모 마돈나상(像) 때문이 아닙니다. 왜냐하면 그것은 세계, 즉 대우주, 소우주처럼 공허 위에 건설되었기 때문입니다. 불확정한 것 위에, 있을 것 같지도 않은 것 위에 말입니다. '어머니 사랑.' 그 주어적 속격, 목적어적 속격*²⁶⁶만이 인간 생활에서의 유일한 진실일지도 모릅니다. 부성은 법률적인 허구일지도 모릅니다. 아들이 아버지를

---

*257 약 반년 전 스티븐은 어머니의 죽음을 맞기 위해 파리에서 돌아왔다.

*258 더블린 출신 의사.

*259 〈햄릿〉.

*260 단테 《신곡》 '지옥편' 제1곡 제1행. 셰익스피어는 18세에 결혼했으므로 35세 즈음에 큰 딸들이 있었다. 그는 〈햄릿〉을 1602년이나 1601년(36, 7세)에 썼다.

*261 햄릿.

*262 천재성.

*263 보카치오 《데카메론》 제9일 제3화에 나오는 남자.

*264 하느님.

*265 예수.

*266 어머니가 아들을 사랑하고 아들이 어머니를 사랑한다. 에피소드 2 참조.

사랑하고 아버지가 아들을 사랑한다는 뜻에서의 아들의 아버지란 어떠한 사람입니까?

자네 도대체 무슨 말을 하는 거야?

알고 있어. 입 닥쳐. 제기랄! 나에게는 이유가 있어.

'더. 이제까지. 다시. 앞으로.'*267

너는 이런 일을 꼭 해야 하는 운명이라도 타고 났나?

—아버지와 아들이라는 것이 씻을 수 없는 육체적인 치욕감으로 찢어져 있으므로, 여러 근친상간이나 수간(獸姦) 따위의 더러운 죄로 가득 찬 세계의 형법연감에도 부자간 그런 범행을 기록한 것은 없어요. 아들은 어머니와, 아버지는 딸과, 동성애 자매들, 그 이름을 입에 담을 수 없는 사랑,*268 조카는 할머니와, 죄수는 열쇠 구멍과, 여왕은 우수한 황소와—이런 식입니다. 아들은 태어나기 전부터 여자의 아름다움을 해치고, 태어났을 때는 어머니를 괴롭히며, 또 애정을 분할하여 고민을 증가시킵니다. 아들은 남자입니다. 그의 성장은 아버지의 노쇠를 의미합니다. 아들의 청춘은 아버지의 질투를 불러일으킵니다. 아들의 친구는 아버지의 적입니다.

나는 파리의 므쉬 르 쁘렝스거리에서 이것을 생각했다.

—자연계에서 아버지와 아들을 이어주는 것은 무엇인가? 맹목적인 발정(發情)의 한 순간뿐입니다.

나는 아버지일까? 만약에 그렇다면?

메마른 믿음직스럽지 못한 손.

—모든 야수 가운데 가장 교활한 녀석이라고 일컬어진 이단의 창시자 아프리카인 사벨리우스*269는 아버지(신)는 그 자신의 아들이라고 주장했어요. 그에 대해서는 그 어떤 비판도 불가능한 불도그 같은 아퀸*270이 그를 반박합니다. 그렇다면 묻겠는데, 아들 없는 아버지가 아버지가 아니라면 아버지가 없는 아들이 아들일 수 있는가? 러틀랜드베이컨사우샘프턴*271셰익스피어

---

*267 스콜라 철학 토론 순서.

*268 동성애.

*269 3세기 무렵 아프리카 신부. 삼위일체설에 반대했다.

*270 토머스 아퀴나스. 13세기 이탈리아 사람. 가톨릭 최대 이론가.

*271 셰익스피어가 저자라고 알려진 여러 작품이 실은 다른 사람이 쓴 것이라는 설이 있다.
    그 사람들의 이름을 나열한 것.

나, 또는 실수연발이라는 작품 속 동명(同名)인 셰익스피어라는 다른 시인이 〈햄릿〉을 썼다면, 그는 자기 아들의 아버지는 아니었습니다. 그리고 이미 아들이 아니므로 그는 그의 일족(一族) 모두의 아버지라고 생각하고 있었습니다. 실제로 그랬습니다. 그는 그 자신의 할아버지의 아버지이고 그의 태어나지 않은 손자의 아버지였습니다. 그러나 그 손자는 태어나지 않았습니다. 매기 씨가 생각하는 것처럼 자연은 완성을 싫어하기 때문입니다.*272

이글린턴의 눈이, 기쁨으로 재빨리, 수줍은 듯 빛나며 위를 올려다보았다. 얽힌 들장미 때문에 즐거운 쾌활한 청교도다.

아부하라. 가끔은. 그래도 아부해.

─그 자신이 자기 아버지라, 아들 멀리건이 혼잣말했다. 가만. 나는 아이를 뱄어. 내 머릿속에는 아직 태어나지 않은 아이가 있어. 팔라스 아테나*273가 있다! 연극! 연극이 바로 그것이다.*274 내가 그것을 낳게 해 줘.

그는 출산을 돕는 것처럼 양손으로 이마를 안았다.

─그의 가족에 대해서 말하자면, 스티븐이 말했다. 그의 어머니 이름*275은 아든 숲 안에 살아 있습니다. 그녀의 죽음은 〈코리올레이너스〉의 볼럼니아*276와의 장면을 그에게 만들게 했습니다. 그의 어린 자식의 죽음은 〈존왕〉의 어린 아서의 죽음 장면이 됐고, 검은 상복의 왕자 햄릿은 햄넷 셰익스피어입니다. 〈폭풍〉이나 〈페리클레스〉나 〈겨울 이야기〉의 아가씨들이 누구인가를 우리는 알고 있습니다. 이집트 고기 냄비*277인 클레오파트라가, 크레시다가, 비너스가 누구라는 것도 짐작이 갑니다. 그러나 그의 가족의 또한 사람이 기록되어 있습니다.

─이야기가 점점 복잡해지는군, 존 이글린턴이 말했다.

퀘이커 교도 도서관장이 머리를 흔들면서 발끝으로 들어왔다. 흔들, 그의

---

* 272 셰익스피어가 사실(史實)로 포착할 수 없는 존재라고 한다면 신과 같은 인물이어야 한다는 것이다. 이글린턴이나 러셀의 의견을 시인하면서도 부정하는 역설이다.
* 273 그리스 신화. 지혜의 여신 팔라스 아테나는 아버지 주피터의 머리에서 태어났다고 한다.
* 274 〈햄릿〉 2막 2장 햄릿의 독백.
* 275 메리 아든.
* 276 코리올레이너스의 어머니.
* 277 〈탈출기〉에 유대인이 이집트에서 먹은 고기맛을 그리워하는 이야기가 있다. 여기선 관능적인 클레오파트라를 가리킨다.

얼굴이, 흔들, 급한 걸음으로, 흔들, 흔들.

　문이 닫혔다. 독방. 낮.

　그들은 귀를 기울인다. 세 사람이다. 그들은.

　나, 너, 그, 그들.

　자, 뒤섞어요.

스티븐

셰익스피어에게는 형제가 셋 있었습니다. 길버트, 에드먼드, 리처드입니다. 길버트가 노년이 되어 어떤 신사분들에게 이야기한 바에 따르면, 그는 언젠가 입장료 징수담당에게 공짜표를 얻어 런던으로 갔대요. 그곳에서 극작가 형제인 윌이 극 중에 나와서 그를 올라탄 남자와 레슬링하는 것을 보았답니다. 길버트 마음은 극장 소시지로 충분했어요. 그는 작품 어디에도 나와있지 않습니다. 그러나 에드먼드와 리처드는 마음씨 고운 윌리엄의 작품에 기록되어 있죠.

매기 이글린턴

이름! 이름에 어떤 의미가 있는데?*278

베스트

그건 내 이름이야, 리처드, 알겠나. 리처드를 위해서 잘 말해 주었음 좋겠어, 알겠나, 나를 위해서.

(웃음)

벅 멀리건

(피아노, 디미누엔도[약하게, 점점 약하게])

---

*278 〈로미오와 줄리엣〉 2막 2장. 줄리엣의 말.

'그래서 의학생인 딕*279이
친구인 의학생 데이비*280에게 말하기를……'

스티븐

속 검은 윌들의 삼위일체, 악당 사기꾼들, 이아고*281와 꼽추 리처드*282와
〈리어왕〉에 나오는 에드먼드. 그 가운데 둘은 사악한 숙부의 이름*283으로
불렸습니다. 아니, 그 마지막 희곡은 동생인 에드먼드가 서더크*284에서 죽
어갈 때 완성되었거나 쓰이고 있었습니다.

베스트

바라건대 에드먼드가 벌받기를. 나는 내 이름인 리처드가 너무…….

(웃음)

퀘이커리스터

(아 템포〔이전 빠르기로〕) 그러나 나로부터 좋은 내 이름을 훔치는 자는
…….*285

스티븐

(스트링겐도〔차차 빠리〕) 그는 자기 이름, 윌리엄이라는 아름다운 이름을
희극 속에서 어떤 때는 단역에, 또 어떤 때는 어릿광대에 남몰래 붙였습니

---

*279 리처드의 애칭.
*280 디댈러스의 약칭.
*281 〈오셀로〉에 나오는 매우 간사한 인물. 오셀로의 질투를 북돋아 데스데모나를 죽이게 한다.
*282 리처드 3세.
*283 리처드.
*284 템스강 남쪽 기슭의 런던 자치구.
*285 〈오셀로〉 3막 3장. 이아고의 말.

다. 마치 이탈리아 화가가 캔버스의 어두운 구석에 자기 얼굴을 그려 넣은 것처럼. 그는 윌(의지)이라는 문자가 넘치도록 나오는 소네트[286]에서 그것을 나타내었죠. 그가 아첨질로 얻은, 검은 담비가죽 바탕에 창 또는 은의 창끝을 표시한 저 문장(紋章)이 소중한 만큼 그의 이름은, 존 오곤트[287]처럼 그에게 소중하며, 이 나라 최대의 연극 작가라는 영광보다도 소중합니다. 이름이란 무엇인가? 우리가 어렸을 때, 이것이 네 이름이라고 들었던 것을 적을 때 내 이름이 맞나 하고 생각하는 것과 같죠. 그가 태어났을 때 하나의 별이, 낮의 별이, 혜성이 나타났습니다.[288] 그것은 대낮 하늘에 단 하나, 밤의 비너스별보다도 밝게 빛났습니다. 그리고 밤이 되자 카시오페이아 삼각주, 즉 많은 별들 사이 그의 머리글자인 W가 비스듬히 놓인 별자리 위에서 그 별은 빛났습니다. 한밤중에 그녀의 두 팔로부터, 쇼터리[289] 마을로부터 빠져나와 나른한 여름 밭 옆을 지날 때, 그는 큰곰별 동쪽, 지평선 위에 낮게 가로놓인 그 별을 바라봤습니다.

두 사람 모두 만족하고 있다. 나도 만족한다.

이 별이 사라졌을 때 그가 아홉 살이었다는 것은 말하지 마.

그녀의 두 팔로부터.

여자가 먼저 구애하여 정복하길 기다리고 있다. 에이, 바보 녀석. 누가 너에게 구애하겠어?

하늘을 읽어라.[290] '자기를 괴롭히는 자. 왕관을 쓴 소.' 네 별자리는 어디에 있나? 스티븐, 스티븐, 빵을 잘라다오. 평등하게. S.D.[291] '그의 여자. 그래, 그의 것이다. 젤린도는 S.D.를 사랑하지 않으리라고 마음먹었어.'

—그건 뭡니까, 디댈러스 씨? 퀘이커 교도 도서관장이 물었다. 그것은 천체 현상이었던가요?

---

[286] 《소네트》 135와 136편 등.

[287] 1340~99. 에드워드 3세의 넷째 아들. 랭커스터 공작.

[288] 1572년 11월에 초신성이 나타나 이듬해 3월까지 계속 밝게 빛났다는 기록이 있다. 그러나 셰익스피어가 태어난 해는 1564년이므로, 그가 8살 때 일이다.

[289] 스트랫퍼드와 가까운 마을. 앤 해서웨이의 친정집이 있었다.

[290] 별로 자기 운명을 깨달아라.

[291] 스티븐 디댈러스의 머리글자이면서 '그의 여자(sua donna)'의 머리글자이다. 젤린도는 남자 이름.

—밤에는 별을 따라, 스티븐이 말했다. 낮에는 구름 기둥을 따라서죠.*292 더 이야기할 게 있나?

스티븐은 자기 모자, 지팡이, 구두를 바라보았다.

'스테파노스,*293 내 왕관. 내 검. 그로부터 빌린 구두는 내 발 모양을 못 쓰게 만들고 있다. 한 켤레 사야지. 양말에 구멍이 나 있다. 손수건에도.

—자네는 이름을 잘 쓰고 있군, 존 이글린턴이 인정했다. 자네 이름도 꽤나 별스럽지. 내 생각으로는 그게 자네의 환상적인 기분을 설명하는 듯싶어.

나, 매기 그리고 멀리건.

가공의 세공인(細工人). 매 같은 남자. 너는 날았다.*294

어디로? 뉴헤이븐에서 디에프로, 삼등 여객.*295 파리로 갔다가 돌아온다. 댕기물떼새. 이카로스. '아버지여 하고 그는 외친다.' 바닷물로 떨어져 허우적거린다. 너는 댕기물떼새다. 그*296와 마찬가지로 댕기물떼새다.

미스터 베스트는 열심히 그리고 조용히 노트를 열고 말했다.

—바로 그 형제라는 동기는, 알다시피, 옛 아일랜드 신화 속에서도 찾아내기 때문에 아주 흥미롭지. 자네가 말하는 것과 똑같은 것이. 세 형제인 셰익스피어와 똑같은 것이. 그림*297에도 있어. 알겠나? 옛 이야기에 말이야. 잠자는 미인과 결혼해서 최고의 상을 손에 넣는 세 번째 동생 이야기 말야.*298

베스트 형제 가운데 최고 녀석. 좋은, 더 좋은, 가장 좋은.

퀘이커 교도 도서관장이 리듬을 붙여 곁으로 왔다.

—꼭 알고 싶군요. 어느 형제와…… 내가 듣기로는 그 형제들 가운데 한 사람과 간통을 했다고 넌지시 알려주는 것 같은데…… 내가 넘겨짚었나요?

---

*292 〈탈출기〉 13 : 21. 이스라엘 백성들을 이끈 것.

*293 스티븐의 그리스 이름. 보통명사로는 왕관.

*294 그리스 명장(名匠) 다이달로스가 밀랍으로 날개를 만들어 하늘을 난 일. 스티븐 디댈러스라는 이름은 이 명장으로부터 따온 것. 다음에 나오는 이카로스는 그 아들로, 아버지의 주의를 무시해서 너무 높이 날았다가 태양열로 밀랍이 녹아 바다에 떨어져 죽었다.

*295 그가 파리로 간 여정.

*296 이카로스.

*297 동화작가 그림 형제.

*298 그림의 옛 이야기 '잠자는 미녀'.

그는 도중에서 말을 끊고 모두를 바라보더니 이야기를 그만두었다.

직원이 문간에서 불렀다.

—리스터 씨! 디닌 신부님이…….

—디닌 신부님이? 곧 갈지.

빠른 걸음으로, 자세를 가다듬고 구두를 삐걱거리며 그는 나갔다.

존 이글린턴이 도전해 왔다.

—자, 리처드와 에드먼드에 대해서 자네가 하고 싶은 말을 들어 보자고. 자네는 그 두 사람을 마지막까지 챙겨 두었잖아.

—저 두 사람의 고귀한 육친 리치 숙부와 에드먼드 숙부를 회상해 달라고 여러분에게 청한 것이, 어쩌면 무리한 부탁이었지 싶네요. 형제란 우산처럼 잊어버리기 쉬운 것이니까. 스티븐이 대답했다.

댕기물떼새.

네 동생*299은 어디에 있는가? 약제사 조합 본부에. 내 숫돌은 그 동생과, 그리고 크랜리와 멀리건이다. 지금은 여기에 있는 이 녀석들. 이야기. 이야기. 그러나 행동하라. 이야기로 행동하라. 그들은 너를 시험하려고 비웃는다. 행동하라. 그들에게 맞서라.

댕기물떼새.

나는 내 목소리에, 에서의 목소리에 싫증이 났다.*300 한 잔 술*301을 위해서라면 내 왕국을 주지.

계속해.

—여러분은 그런 이름은 그가 희곡 소재로 쓴 옛 기록에 이미 있었다고 말할지도 모릅니다. 그렇다면 왜 그는 다른 이름이 아니라 이들 이름을 선택했을까요? 사생아이자 불구자로 꼽추였던 리처드*302가 과부 앤(이름이 무슨 상관이겠습니까?)에게 접근하고 설득해서 그녀를 손에 넣습니다. 천하고 명랑한 과부를 말입니다. 셋째 동생인 정복자 리처드는 피정복자 윌리엄*303

---

*299 조이스의 동생 스태니슬라우스 조이스를 암시한다.

*300 〈창세기〉 27 : 22 이하. 야곱이 형 에서의 목소리를 흉내 내어 눈먼 아버지의 축복을 받는다. 여기에서는 마음이 약한 자기가 당당한 사람의 흉내를 내는 데 지나지 않는다는 자기반성 내지는 자학의 목소리일 것이다.

*301 칭찬.

*302 리처드 3세.

다음에 나타납니다. 이 극에서 뒤의 네 막은 저 첫째 막에 맥없이 매달려 있어요. 그가 그린 많은 왕 가운데에서, 이 세상의 천사 셰익스피어의 경의(敬意)로써 비호 받지 못한 유일한 왕이 이 리처드입니다. 왜 에드먼드가 나오는 〈리어왕〉의 곁 줄거리가 시드니의 《아케이디아》*304에서 표절되어 역사보다도 오래된 켈트 전설에 끼워 넣어졌을까요?

—그것이 윌이 하는 방식이었어, 존 이글린턴이 변호했다. 현대의 우리라면 북유럽 전설과 조지 메러디스*305 소설 발췌분을 합쳐서 하나로 만들어서는 안 되지. 하지만 무어라면 '그러면 어떻게 하라는 거야?' 하고 말할 거야. 셰익스피어는 보헤미아 왕국이 해안에 있다고도 하고 율리시스에게 아리스토텔레스를 인용하게도 하지만.

—왜 그럴까요? 스티븐은 자문자답했다. 왜냐면 셰익스피어는 거짓말이나 횡령, 간통하는 형제, 또는 이 세 가지를 하나로 합친 형제라는 주제를 가난한 사람을 다루지 않을 때도 항상 다루었기 때문입니다. 추방, 애정으로부터의 추방, 가정으로부터의 추방의 감정은 〈베로나의 두 신사〉에서 시작하여 프로스페로*306가 그 마법의 지팡이를 꺾어 여러 길 땅속에 묻고 마법의 책을 물속으로 던질 때까지 끊임없이 울려 퍼지고 있습니다. 그것은 그의 생에 중간 무렵에는 이중으로 겹쳐서 다른 것에 반영, 되풀이되는 도입부, 전개부, 위기부, 대단원*307입니다. 그가 무덤에 가까워졌을 무렵 결혼한 딸, 가족의 한 사람인 수잔이 간통죄로 고소당했을 때에도 그것은 다시 되풀이됩니다. 그러나 그의 판단력을 둔하게 하고 의지력을 약화시키고, 어쩔 수 없이 악에 끌리는 성향(性向)을 제공한 것은 원죄였습니다. 메이누스*308의 우리 사제님들의 말씀에 따르면 원죄, 그리고 원죄와 같은 죄를, 다른 사람이 저질렀더라도 그 또한 죄를 지은 것입니다. 그것은 그가 마지막으로 쓴

---

*303 리처드 3세도 리처드 셰익스피어도 셋째 동생. 윌리엄 셰익스피어는 앤 해서웨이에게 정복당한 남자.

*304 필립 시드니 경의 목가 이야기(1590). 셰익스피어는 곁 줄거리가 되는 글로스터 백작의 비참한 운명을 여기에서 빌렸다.

*305 19세기 영국 시인, 소설가.

*306 〈템페스트〉 5막 1장.

*307 극 구조를 나타내는 당시 용어.

*308 더블린 북서쪽에 있는 도시. 가톨릭 신학교인 성 패트릭 대학이 있다.

말 속에서도 알 수 있습니다. 그것은 아내 유골이 묻히지 않았던 그의 묘비에 새긴 글에 분명하게 남아 있습니다.*309 세월도 그것을 지울 수는 없었습니다. 아름다움도 평화도 그것을 마멸시킬 수가 없었습니다. 그것은 그가 창조한 세계 곳곳에 끝없이 다양한 모습으로 있습니다. 〈헛소동〉 안에, 〈뜻대로 하세요〉 안에 두 번, 〈템페스트〉 안에, 〈햄릿〉 안에, 〈자에는 자로〉 속에, 그리고 내가 읽지 않은 그 밖의 모든 희곡들 안에 말입니다.

그는 그의 마음을, 그의 마음의 속박으로부터 자유롭게 하기 위해 웃었다.

재판관 이글린턴이 결론을 내렸다.

—진리는 중용에 있다, 그는 단언했다. 그는 유령이면서 왕자야. 그는 모든 것 중의 모든 것이야.

—그래요, 스티븐이 말했다. 제1막의 소년은 제5막의 성인입니다. 모든 것이 그렇습니다. 〈심벨린〉이나 〈오셀로〉에서 그는 뚜쟁이이자 오쟁이 진 남자입니다. 그는 작용하기도 하고 이용당하기도 합니다. 이상(理想) 또는 정반대 것을 사랑하므로 그는 호세처럼 참된 카르멘을 죽입니다. 그의 무자비한 지력(智力)은 그의 안에 사는 흑인 오셀로를 끊임없이 괴롭히는 이아고입니다.

—뻐꾹, 뻐꾹,*310 멀리건이 유혹하는 듯이 뻐꾸기 우는 소리를 흉내냈다. 무서운 말이다.

어두운 둥근 천장에 소리가 되비쳐서 다시 들렸다.

—게다가 이아고란 도대체 어떤 사람이지? 두려움을 모르는 이글린턴이 소리쳤다. 어쨌든 작은 뒤마*311(아니 큰 뒤마*312?)가 한 말은 옳아. 즉, 신 다음으로는 셰익스피어가 가장 많은 것을 창조했어.

—남자도 여자도 그의 마음에 들지 않았어요,*313 스티븐이 말했다. 그는 오랜 부재 끝에, 그가 태어나서 자란 곳, 소년시절부터 자기가 항상 무언의 증인으로서 거기에 존재하던 땅으로 돌아옵니다. 인생 여정을 마치고 이 땅

---

*309 셰익스피어 묘비명은 다음과 같다. "무덤을 지키는 자에겐 축복이, 뼈를 옮기는 자에겐 저주가 있으라." 그는 아내와 합장되길 거부했다.

*310 뻐꾸기 울음소리는 오쟁이 진 남편을 뜻한다.

*311 아들 뒤마.

*312 아버지 뒤마.

*313 〈햄릿〉 2막 2장.

에 뽕나무를 심고 그리고 죽습니다. 활동은 끝났습니다. 산역꾼들은 아버지 햄릿이자 아들 햄릿인 그를 묻습니다. 반주음악이 연주되는 가운데 왕과 왕자는 마침내 죽습니다. 그리고 상냥하고 상처 입기 쉬운 마음을 지닌 여자들이, 비록 배반해서 죽였다고 해도 그 죽음을 슬퍼합니다. 덴마크 사람이건 더블린 사람이건 남편이 죽었을 때는 그로부터 분리되기를 원치 않는다고 마음속으로 생각하게 되는 법이지요. 만약에 여러분께서 마지막 말을 좋아하신다면 그것을 잘 살펴보세요. 유복한 프로스페로는 보상 받은 착한 사람, 리지는 할아버지의 귀염둥이.*314 숙부 리치*315는 나쁜 사람이므로 권선징악에 따라 나쁜 흑인들이 가는 곳으로 쫓겨납니다. 감동적인 막이 내립니다. 그는 자기 내면 세계에서 가능한 것이 외계에서도 가능하다는 것을 발견했어요. 마테를링크는 말합니다. '만약 소크라테스가 자기 집을 나갔다가 돌아오면 그는 문간 계단에 앉아 있는 그 현자(賢者)*316를 발견할 것이다. 만약에 유다가 외출한다면 그의 발은 유다 자신의 집으로 향할 것이다.' 모든 인생은 며칠이고 끝없이 이어지는 많은 날의 연속입니다. 우리는 자기 내부를 통과할 때, 도둑이나 망령, 거인, 노인, 젊은이, 아낙네들, 과부들, 사랑하는 형제들을 만나지만, 언제나 결국엔 자기 자신과 마주하게 됩니다. 이 세상의 책*317을 쓰고, 더욱이 그것을 서투르게 쓴 신, 즉 극작가(그는 처음에 인간에게 빛을 주고 태양은 이틀 뒤에 주었습니다), 즉 대개의 가톨릭 로마인이 신이여, 교살자여라고 부르는 모든 것의 주이자 교살자인 신은 틀림없이 우리 모든 사람의 모두의 모두이고, 마부이자 도살자이고, 뚜쟁이이자 오쟁이 진 남편일 것입니다. 그러나 햄릿이 예언한 하늘의 세계에는 이미 결혼도, 영광 받은 인간도, 아내가 그 자신이라는 양성(兩性)의 천사도 없습니다.

　　―'유레카!'*318 벅 멀리건이 외쳤다. '유레카!'

　그는 갑자기 행복해진 듯이 벌떡 일어서더니 존 이글린턴의 책상까지 성

---

*314 리지는 엘리자베스의 애칭. 셰익스피어의 손녀 엘리자베스 홀을 가리킨다.

*315 셰익스피어의 숙부도 스티븐의 외숙부도 이름이 리치다.

*316 자기 자신.

*317 구약성서 창세기.

*318 아르키메데스가 목욕하던 중 그의 유명한 원리를 발견했을 때 외친 말.

큼성큼 걸어갔다.

—실례지만, 주님이 맬러키에게 말씀하셨어요.

그는 종이쪽지에 글자를 갈겨쓰기 시작했다.

돌아가는 길에 카운터에서 메모 용지 몇 장 가져가야지.

—이미 결혼한 사람들은 한 명 빼고는 다 살려주죠. 침착한 신의(神意) 전달자 미스터 베스트가 말했다. 나머지 사람[319]은 지금 그대로 평생을 보내는 것이 좋겠고.[320]

독신인 베스트는 독신 문학사 이글린턴 요하네스에게 웃음을 던졌다.

그들은 결혼도 하지 않고 마음에 드는 상대도 없고, 여자의 간계를 두려워하여 저마다 자신의 〈말괄량이 길들이기〉 주석본을 손가락으로 여기저기 훑으며 생각에 잠긴다.

—자네 의견은 망상이야, 존 이글린턴이 솔직하게 스티븐에게 말했다. 자네는 프랑스식 삼각관계를 설명하기 위해 우리를 줄곧 여기까지 끌고 온 거야. 자네는 자신의 이론을 믿나?

—아니요, 스티븐은 이내 대답했다.

—자네는 그것을 쓸 작정인가? 미스터 베스트가 물었다. 그것은 대화체로 써야 해. 와일드가 쓴 플라톤식 대화처럼 말야.

존 이클렉티콘[321]이 애매하게 미소 지었다.

—자네가 만약에 쓴다면, 자기가 믿지 않는 것으로부터 왜 수입을 기대하는지 나로선 알 수가 없군. 다우든은 〈햄릿〉 안에 무엇인가 풀리지 않는 수수께끼가 있다고는 생각하지만 그 이상은 말하지 않아. 셰익스피어는 사실 러틀랜드 후작이라는 설을 만들어 낸 파이퍼가 베를린에서 만난 저 헤어 블라이프트로이[322]는 그 비밀이 스트랫퍼드 기념비 안에 숨겨져 있다고 믿고 있어. 그는 지금의 러틀랜드 공작을 찾아가서 그의 조상이 그 극들을 썼다는 것을 증명하려는 모양이라고 파이퍼가 말하더군. 그것은 당사자인 공작에게는 뜻밖의 말일 거야. 그러나 그는 자기의 이론을 믿고 있어.

---

[319] 독신 여성. 오필리아도 포함해서.

[320] 〈햄릿〉 3막 1장. 햄릿의 말.

[321] Eclecticon. 절충주의자 존 이글린턴.

[322] 19세기 후반 독일 자연주의 운동 선구자.

주여, 저는 믿습니다. 믿음이 없는 저를 도와주십시오.[323] 그것을 믿도록 도와달라는 건가 아니면 믿지 않도록 도와달라는 건가? 믿도록 돕는 것은 누구인가? '자기 자신.' 믿지 않도록 돕는 것은 누구인가? 다른 녀석.

―〈다나〉지(紙) 기고가 가운데 고료를 요구하는 것은 오직 자네 하나야. 그런 식으로 나가면 다음 호 것은 어떻게 될지 몰라. 프레드 라이언[324]은 경제 기사를 실을 자리가 필요하다고 말하고.

프레드린,[325] 그는 은화 두 닢을 나에게 꾸어 주었어. 어떻게든 헤쳐나가 봐. 경제학?

―1기니면 자네는 이 탐방 기사를 발표할 수 있어. 스티븐이 말했다.

웃으면서 갈겨쓰던 벅 멀리건이 웃으면서 일어섰다. 그러고는 악의(惡意)를 달콤하게 꾸미면서 진지하게 말했다.

―나는 상(上)멕클렌버그거리에 있는 그의 여름 주거로 시인 킨치를 방문한 적이 있지. 거기에서 그가 석탄 부두 매춘부 넬리와 로잘리 이 두 임질녀들과 함께 토머스 아퀴나스의 《신학대전》을 열심히 연구하는 것을 보았어.

그는 도중에 말을 끊었다.

―와, 킨치, 어서 와, 헤매는 새 엥거스[326]여.

어이, 킨치, 우리가 남겨둔 것을 모두 먹어치웠나. 그래, 나는 자네에게 알맞은 찌꺼기나 남은 밥을 확보해 주지.

스티븐은 일어섰다.

인생은 많은 날의 연속이다. 이날도 언젠가는 끝난다.

―오늘 밤 만나, 존 이글린턴이 말했다. '우리 친구' 무어가 맬러키 멀리건도 꼭 와야 한다더군.

벅 멀리건은 종잇조각과 파나마모자를 자랑삼아 보이고 말했다.

―므쉬 무어는 아일랜드 청년을 위한 프랑스 문학 강사야.[327] 나는 거기에 가 보겠어. 자, 킨치, 시인은 마셔야 해. 자네 똑바로 걸을 수 있나?

---

[323] 〈마르코복음서〉 9 : 24.

[324] 저널리스트, 편집자.

[325] 프레드 라이언을 프랑스어로 발음한 것. 스티븐은 그에게 빌린 돈을 떠올린다.

[326] 고대 아일랜드 신. 청춘과 사랑과 시를 다스린다. 그의 키스가 새로 변하여 젊은 남녀 머리 위에서 춤춘다고 한다.

[327] 무어는 오랫동안 파리에 머물면서 프랑스 문학의 영향을 받았다.

웃으면서 그는…….

11시까지 실컷 마신다. 아일랜드 천일야화.

미련퉁이…….

스티븐은 미련퉁이 뒤를 따라갔다.

어느 날 우리는 국립도서관에서 토론했다. 셰익스피어에 대해. 나는 그 미련스러운 등 뒤를 따라갔다. 그의 튼 살 뒤를 따라가는 것을 견딜 수가 없어.*328

스티븐은 작별을 고하고 난 뒤 완전히 침울해져서 재주 없는 어릿광대의, 이발소에서 갓 나온, 매끈하게 빗질한 머리 뒤를 따라서 둥근 천장 지하실로부터 모든 것을 산산조각 내는 무정한 햇볕 속으로 나갔다.

나는 무엇을 배웠는가? 녀석들에 대해서? 나에 대해서?

자, 헤인스처럼 걸어.

정기 열람자 독서실. 대출 명부에 캐셜 보일 오코너 피츠모리스 티스댈 패럴이 기다란 자기 이름을 서명하고 있다. 항목. 햄릿은 미쳤었나? 퀘이커의 머리가 공손하게 사제와 책 이야기를 하고 있다.

—네, 기꺼이, 저는 정말, 기꺼이…….

흥에 겨운 벽 멀리건이 혼자 고개를 끄덕이면서 즐거운 듯이 혼잣말하고 있었다.

—말끝마다 기꺼이라.

회전문.

저건가? ……파란 리본이 달린 모자, ……장난으로 갈겨쓰고 있는…… 어? 보았나?

곡선을 이룬 난간, 유유히 흐르는 민키우스강.*329

파나마모자를 쓴 장난꾸러기 멀리건이 한 발짝씩 내려오며 억양조로 리듬을 붙였다.

존 이글린턴이여, 나의 존, 존이여.

---

*328 〈햄릿〉 5막 1장. 극중에서는 햄릿이 세상의 상하 신분 격차가 줄어든 것을 풍자하여 하는 말이다.

*329 이탈리아의 강.

당신은 왜 혼자 사십니까?*³³⁰

그는 공중에 침을 튀기며 말했다.
—오, 나약한 중국인이여! 친 촌 에그 린 톤.*³³¹ 우리는 그들의 연극 막사에 가서 보았지, 헤인스와 내가, 연관공(鉛管工) 회관*³³²에서 말야. 우리 배우 여러분은 그리스인처럼 또는 므쉬 마테를링크처럼 유럽을 위해 새로운 예술을 창조하고 있어. 애비 극장!*³³³ 수도사들의 땀 냄새를 맡는 기분이야.

그는 냅다 침을 뱉었다.

잊고 있었다. 얄미운 루시가 그에게 준 매질*³³⁴을 잊은 것과 마찬가지로. 그리고 '서른 살의 여인'*³³⁵을 남겨 두고 떠났다.*³³⁶ 그리고 왜 그 뒤로는 아이가 태어나지 않았는가? 그리고 첫 아이는 딸이었는가?

때 늦은 지혜. 다시 시작이다.

완고한 은자(隱者)는 아직도 저기에 있군 (그는 그의 과자를 들고 있다). 그리고 얌전한 젊은이가, 누군가의 마음에 드는 사람이, 가지고 놀기에 어울리는 파이돈 금발이.*³³⁷

저……나는 다만……잠깐……말을 다 못했으니까……저…….
—롱워스*³³⁸와 매커디 앳킨슨도 거기*³³⁹에 와 있었어…….

장난꾸러기 멀리건은 떨리는 목소리로 박자를 잡고 노래 부르면서 걸어갔다.

---

*330 로버트 번스 〈내 사랑 존 앤더슨〉 첫 부분을 변형한 것.
*331 제임스 필립 작곡 오페레타 〈게이샤〉에 나오는 노래의 후렴.
*332 애비거리 연관공 회관을 극장으로 개조한 것이 애비 극장이다. 예이츠, 그레고리 부인 등은 이곳을 아일랜드 문예부흥운동 거점으로 삼았다. 1904년 12월부터 신작이 상연되었으므로 이때는 아직 개조 중이었다.
*333 애비는 수도원이라는 뜻도 있다.
*334 셰익스피어는 루시의 수렵림에서 노루를 훔쳐 고향에서 쫓겨났다고 한다.
*335 발자크 소설 제목에서.
*336 아내가 서른 살일 무렵 셰익스피어는 런던으로 나왔다.
*337 플라톤의 대화편 《파이돈》에서 소크라테스는 감옥으로 면회 온 젊은 제자 파이돈의 머리를 쓰다듬는다. 여기서는 남색을 암시한다.
*338 〈데일리 익스프레스〉지 편집장.
*339 애비 극장.

변두리의 외침도 내 앞을 지나가는
병사의 말도 거의 알아들을 수 없어.
생각나는 것은 F. 매커디 앳킨슨,
목제 의족을 차고
짧은 바지를 입은 무법자
목이 말라도 갈증을 풀지 않았지.
턱이 들어간 얼굴의 매기 군.
아내를 얻는 것이 너무나도 두려워서
두 사람은 오로지 자위행위에만 몰두했다네.*340

농담을 계속해. 너 자신을 알라.*341

내 아래쪽에 걸음을 멈춘 한 어릿광대가 나를 바라보고 있다. 나는 걸음을 멈춘다.

—상복을 입은 광대*342여, 벅 멀리건이 신음했다. 싱은 자연스럽게 살기 위해 검은 옷 입길 그만뒀어. 검은 것은 까마귀와 성직자, 영국 석탄뿐이야.

웃음이 그의 입술에서 춤을 추었다.

—롱워스가 몹시 화를 냈어, 그는 말했다. 자네가 그 오래된 대구 같은 그레고리 할멈*343 책에 대해서 글을 쓴 것 때문에 말야. 자네 같은 주정뱅이 유대 예수교도는 종교재판에 붙여야 해! 그녀는 자네에게 신문에 글을 쓰는 일을 얻어다 줬는데, 자넨 예수에 대한 그녀의 허튼소리를 가혹하게 비평하다니. 자네는 예이츠식*344으로 할 수 없었나?

그는 위아래로 걸으며, 얼굴을 찡그리고, 팔을 우아하게 흔들며 성가를 부르듯이 말했다.

—우리 시대에 우리나라에 나타난 가장 아름다운 책. 호메로스를 떠올리게 한다는 식으로 말야.*345

---

*340 예이츠가 쓴 슬픈 사랑의 시 〈볼랴와 일린〉의 첫 부분 패러디.
*341 델포이 아폴론 신전에 새겨져 있는 말.
*342 스티븐이 어머니 상(喪)으로 검은 옷을 입고 있는 것을 비꼰다.
*343 예이츠와 함께 아일랜드 문예부흥운동을 이끈 지도자의 한 사람. 극작가.
*344 예이츠는 항상 그레고리 여사를 칭찬했다.
*345 예이츠가 그레고리 여사를 비평한 말.

그는 마지막 계단에서 섰다.

—나는 무언극 배우들을 위한 연극을 하나 생각해 냈어, 그*346는 엄숙하게 말했다.

기둥이 있는 무어 양식 홀, 그림자들이 서로 얽힌다. 역할 이름이 적힌 종이 모자를 쓴 아홉 명의 모리스 춤*347은 방금 끝났다.

기분 좋게 변화하는 목소리로 벅 멀리건은 자기 수첩을 읽었다.

　　자기 자신을 아내로 삼는 남자들
　　또는
　　손안의 신혼여행
　　(오르가슴 3회의 국민 부도덕극)
　　작자
　　불알 같은 멀리건.

그는 행복한 어릿광대의 억지웃음을 스티븐 쪽으로 돌리고 말했다.

—가명은 곧 탄로날지도 모르지만 우선 들어 봐.

그는 읽었다, '마르카토(하나하나 끊어서)로'.

—나오는 사람들.

　　토비 토스토프*348 (파산한 폴란드인)
　　사면발니*349 (숲 속 노상강도)
　　의학생 딕
　　그리고 (일석이조)
　　의학생 데이비
　　그로건 할멈 (물 나르는 여자)
　　숫처녀 넬리

---

*346 멀리건.

*347 5월제 때 추는 춤. 5월제는 시골 청년 남녀가 들판에 세운 기둥 둘레를 춤추는 축제.

*348 비어. 전자는 여음(女陰), 후자는 수음(手淫).

*349 사람 음부의 거웃 속에 기생하며 피를 빨아먹는 이.

그리고

로잘리 (석탄 부두 창녀)

그는 웃었다. 여기저기 머리를 흔들면서 스티븐 앞을 걸어갔다. 즐거운 듯이, 그는 그림자에게, 남자들의 영혼에 말을 걸었다.

—오, 네*³⁵⁰가 너의 진한 보라색의, 다채로운, 다양한 토물(吐物) 속에 누워 있을 때, 너를 넘어가려고 아일랜드 아가씨들이 그녀들의 스커트를 걸어올려야 했을 때의 캠든 홀*³⁵¹의 밤이여!

—아가씨들이 스커트를 들어올려 보여 주었던 남자 중에서는 가장 순진한 아일랜드 아들이지. 스티븐이 말했다.

출구를 빠져나가려는데, 누군가가 뒤에서 오는 것 같아 그는 옆으로 비켜섰다.

헤어져. 지금이 그 순간이다. 그럼 어디로? 오늘 소크라테스가 자기 집을 나가도, 오늘 밤 유다가 외출을 해도.*³⁵² 왜? 내가 이윽고 어쩔 수 없이 가야만 할 공간에서 기다리고 있다, 어쩔 수 없이.

내 의지. 내 앞을 가로막고 있는 그의 의지. 그 사이에 바다가.

한 남자*³⁵³가 두 사람 사이를 지나갔다. 머리를 숙이고 인사하면서.

—또 만났군요, 벅 멀리건이 말했다.

현관이다.

나는 여기서 점을 치기 위해 새 무리를 바라본 일이 있다. 새의 엥거스. 새는 날아가고 새는 날아온다. 어젯밤 꿈에서 나는 날았다. 손쉽게 날았다. 모두의 눈이 휘둥그레졌다. 그 다음은 매춘부들이 있는 거리. 그는 크림색 멜론을 나에게 내밀었다. 들어오세요. 보시면 알아요.

—헤매는 유대인*³⁵⁴이다, 벅 멀리건이 외경(畏敬)의 마음을 나타내는 어

---

*350 그림자.

*351 캠든거리 창고. 애비 극장이 생기기 전에는 문예부흥운동 거점 중 하나였다. 술에 취한 조이스(스티븐)가 이곳 통로에 쓰러져서 잔 적이 있다.

*352 두 사람 모두 자기 집으로 돌아갔을 때 문간에서 자기 자신을 만날 것이라는 마테를링크의 말을 기억하라.

*353 블룸.

*354 블룸을 말한다.

릿광대 몸짓으로 속삭였다. 자네는 그의 눈을 봤나? 그는 강한 욕정의 눈으로 자네를 바라보고 있었어. 나는 당신을 두려워한다, 나이 먹은 항해자여. 어이, 킨치, 자네는 위험에 처해 있어. 튼튼한 걸로 볼기짝에 대 둬.*355

옥센퍼드 풍습이다.*356

낮이다. 다리 아치 위에 손수레와 같은 태양이 있다.

검은 옷을 입은 등*357이 두 사람 앞을 걸어간다. 표범과 같은 걸음으로 계단을 내려와 쇠가시 철선 밑을 지나 문 밖으로.

그들은 그 뒤를 따라갔다.

더 욕을 해. 더 지껄여.

부드러운 공기가 킬데어거리 집들의 외곽을 뚜렷하게 그려냈다. 새도 없다. 지붕에서는 두 가닥 부드러운 연기가 솟아올라 부드럽게 퍼져서 불어오는 바람에 옆으로 누워 두둥실 사라졌다.

다투지 마. 〈심벨린〉에 그려진 드루이드 사제의 평안을.*358 비밀 의식을 베푸는 자의. 넓은 대지에서 하나의 제단이.

우리는 신을 찬미한다.
이 성스러운 제단으로부터
소용돌이치며 솟는 연기로 하여금
신들의 콧구멍에 닿게 하자.*359

---

*355 남색(男色)의 위험이 있다는 뜻.

*356 옥스포드의 중세시대 명칭. 그 풍습이란 남색.

*357 블룸.

*358 〈심벨린〉 5막 5장에서 점쟁이가 모든 혼란이 끝나고 평화와 풍요가 찾아온다는 것을 예언한다.

*359 〈심벨린〉 5막 5장. 마지막 장면.

에피소드 10
THE WANDERING ROCKS
방황하는 바위들

줄거리

이 소설의 바탕을 이루는 묘사법인 '의식의 흐름'은 떠오르는 외면과 내면의 이미지를 일어나는 순서대로 적는 것이다. 따라서 일원적 묘사가 되어 중심인물의 의식만을 쫓게 되므로 자칫 단조로워지기 쉽다. 그러나 조이스는 이 에피소드에서 다원적인 동시성의 효과를 낸다. '의식의 흐름'에 더하여 다른 사건, 다른 의식의 흐름을 조합한 것이다. 하나의 에피소드에서 서로 관련 없는 사건이 같이 나열되는가 하면, A장면이 B C E F로 이어진다든가, A에피소드에 나왔던 A'가 D에도 등장한다든가, B에서 잠깐 출연했던 인물이 E에선 주인공이고, 그가 F G에선 다시 엑스트라라든가 하는 식이다. 이것들을 동시에 파악할 수 있다면, 하나의 조감도적인 다원 묘사가 될 것이다. 음악으로 치자면 오케스트라이고, 인식 방법 면에서는 신의 눈이다. 자서전적인 작품이라면 원칙적으로 쓸 수 없는 방법이지만, 허구인 소설에선 이것이 가능하다.

오후 3시. 이 에피소드는 19개 장면이 오케스트라처럼 짜여 있다.

(1)클론고우즈 우드 칼리지 교장인 존 콘미 신부가 집에서 나와 거리를 걸어 학교까지 간다. (2)콘미 신부가 지나갈 때 오닐 장의회사 코니 켈러허가 회사 앞에 서서 경찰관과 이야기하고 있다. (3)그때 블룸 집에서는, 보일런을 기다리며 화장하는 마리온이 거리에서 노래 부르는 상이군인에게 동전을 던져 준다. (4)스티븐의 누이동생 케이티, 부디, 매기가 수녀에게 받은 완두로 조촐한 식사를 한다. (5)보일런이 과일가게에 들러 점원과 농담을 주고받으며 과일 바구니를 마리온에게 보낸다. (6)그 무렵 스티븐은 알미다노 아르티포니와 이탈리아어로 대화하는데, 성악을 계속하라는 권유를 정중히 사양한다. (7)보일런 사무실에 근무하는 미스 던은 타자기로 편지 첫머리에 1904년 6월 16일이라고 쓴다. 그리고 보일런의 전화를 받고, 레너헌이 그와 만나기 위해 4시에 오먼드 호텔에서 기다리겠다고 했다는 말을 전한다. (8)부유한 상인 네드 램버트는 지난날 성 마리아 수도원 회의실이었던 자기 가게

창고에서 휴 C. 러브 래스코피 신부를 안내하고 있다. 라스코피 신부는 교회 역사 연구가로서 이 건물을 보러 온 것이다. 거기에는 J.J. 오몰로이도 있다. 이 몰락한 변호사는 앞서 〈텔레그래프〉 편집장 크로퍼드에게 돈을 꾸러 갔다가 거절당하고서, 스티븐과 무니 술집에서 한잔한 뒤에 여기로 돈을 빌리러 온 것이다. (9)마권 판매원 톰 로치퍼드가 새로 고안한 프로그램 지시기를 노지 플린과 매코이, 레너헌에게 설명한다. 레너헌은 4시에 보일런과 만나므로 그것을 그에게 말해서 써 보게 하자고 한다. 그곳에서 나온 레너헌과 매코이는 헌책 거리판매대에서 책을 뒤지고 있는 블룸을 본다. 레너헌은 자기와 블룸의 아내 사이에 있었던 일을 이야기한다. (10)블룸은 그 거리판매대에서 《죄의 감미로움》을 훑어보고 아내를 위해 사기로 한다. (11)딜런 경매장 옆에서 스티븐 누이동생 딜리 디댈러스와 아버지 사이먼 디댈러스가 실랑이를 벌인다. 딜리는 돈이 있는 것을 아니까 달라 하고, 사이먼은 없다고 한다. 결국 딜리는 미심쩍지만 1실링 2펜스를 받아낸 것에 만족한다. (12)톰 커넌이 로버트슨 가게의 광고를 순조롭게 맡은 것에 기분 좋아하며 제임스거리를 걸어간다. 그 무렵 미시즈 브린은 정신병을 앓고 있는 남편과 함께, 스티븐의 숙부 굴딩의 법률사무소 쪽으로 간다. 마이러스 바자모임에 가는 아일랜드 총독 내외 마차 행렬이 지나간다. (13)앞서 블룸이 들른 헌책 거리판매대에서 스티븐이 누이동생 딜리를 만난다. 딜리는 프랑스어 자습서를 샀다며 보인다. 스티븐은 누이동생을 돌보지 않는 마음의 가책으로 괴로워한다. (14)사이먼 디댈러스는 고리대금업자 루벤 J 때문에 고통 받는 카울리 신부를 만나 이야기하고 있다. 거기에 가수 벤 돌라드가 온다. 이 세 좋은 친구들은 고리대금업자에게 대처할 방법을 상의하며 걸어간다. (15)잭 파워와 마틴 커닝엄 그리고 와이즈 놀런 세 사람이 디그넘 유가족에 대해 상의하며 걸어간다. 블룸이 5실링이란 거금을 기부한 것이 화제에 오른다. 지나가는 지미 헨리에게 기부를 권하지만 거절당한다. 그 와중에 애초에 찾아가려 했던 부집행관 존 패닝을 만난다. 그때 총독 마차가 그 사무소 앞을 지나간다. (16)멀리건과 헤인스가 더블린 베이커리 클럽에서 스티븐에 대한 이야기를 주고받는다. 혁명가 파넬의 동생으로 경찰청장인 존 파넬이 그곳에서 체스를 두고 있다. 그 앞을 총독 마차가 지나간다. (17)더블린의 거리를 헤매고 다니는 미치광이 캐셜 보일 오코너 피츠모리스 티스덜 패럴. 이 사내는 11시에 디그넘을 묻는 곳에도 나타났고, 그 뒤 작품 안에서 여기저기 얼굴을 내미는데, 이때 메리온 광장에서 시각 장애우 청년과 만난다. (18)죽은 디그넘의 아들 패트릭이 돼지고기를 사 가는 길에 퀸투 포스터를 보기도 하고, 아버지가 죽은 날 일을 떠올리기도 하면서 어슬렁어슬렁 걷고 있다. (19)아일랜드 총독 내외 마차가 지날 때, 톰 커넌이 인사하고, 리치 굴딩이 바라보고, 사이먼 디댈러스가 모자를 벗고, 레너헌과 매코이가 지켜보고, 놀런이 냉소를 보낸다. 멀리건과 헤인스는 더블린 베이커리 클럽 창을 통해 보고, 딜리 디댈러스도 이를 보고, 보일런은 마차 안 부인들에게 윙크를 보내고, 패트릭 디그넘은 모자를 벗는다. 마차는 이들 거리 위 사람들 사이를 누비며 바자모임 장소로 나아간다.

이 에피소드는 오디세우스가 선택하지 않은 항로 '방황하는 바위들의 바다'에 상응한다. 오디세우스는 방황하는 바위들을 거쳐 갈지, 스킬라와 카리브디스 사이를 통과할지 결정해야 했고, 결국 후자를 택한다. 방황하는 바위들의 바다에서는 바위들이 움직이기 때문에, 어떤 배든 반드시 바위에 충돌하여 난파된다고 한다. 이 에피소드를 구성하는 동시적인 많은 단편이 이 바위들에 해당한다. 블룸이 이 장면에 조금밖에 등장하지 않는 까닭은, 오디세우스가 이 항로를 지나지 않았기 때문일 것이다.

에피소드 10 주요인물

존 콘미 신부 John Conmee : 스티븐이 소년시절 다녔던 클론고우즈 우드 칼리지의 교장. 죽은 디그넘의 아이들을 돌봐달라고 마틴 커닝엄에게 부탁받았다.

딜리, 케이티, 매기, 부디 Dilly, Katy, Maggy, Boody : 스티븐의 누이동생들.

휴 C. 러브 신부 Hugh C. Love : 젊은 신부이자 교회 역사 연구가. 지방에 교회를, 더블린에 셋집을 가지고 있다.

카울리 신부 Cowley : 고리대금업자 루벤 J에게 고통 받고 있는 신부. 벤돌라드가 잘 조정해서 구해준다.

벤 돌라드 Ben Dollard : 몰락한 바리톤 가수. 다음 에피소드에선 오먼드 호텔 바에서 노래를 불러 손님들의 찬사를 받는다.

수도원장 예수회 수사(修士) 존 콘미 신부*¹는 사제관 계단을 내려오면서 매끄러운 회중시계를 안주머니에 다시 넣었다. 3시 5분 전. 아테인까지 걸어가기에는 딱 좋은 시간이야. 그 아이 이름이 뭐라고 했지? 디그넘, 그래. 참으로 어울리고 옳은 일이다.*² 스완 수사를 만나야만 해. 미스터 커닝엄이 보낸 편지. 그래. 되도록 그 사람 부탁을 들어 주어야지. 착하고 유능한 가톨릭 교도니까. 전도 사업에는 쓸모 있는 인물이야.

한 외다리 수병이 느린 동작으로 목다리를 짚고 몸을 흔들며 앞으로 헤엄치듯이 걸어가면서 노래 몇 소절을 읊었다. 그는 자선회 수녀원 앞에서 걸음을 멈추더니 예수회 수사 존 콘미 신부에게 앞챙이 달린 모자를 내밀고 구걸했다. 콘미 신부는 햇볕 속에서 그에게 축복을 주었다. 자기 지갑에는 크라운 은화*³ 한 닢밖에 없다는 것을 알았으므로.

콘미 신부는 길을 건너 마운트조이 광장으로 나왔다. 그는 대포 포탄에 다리를 빼앗긴 뒤 어느 양육원에서 생애를 보내는 군인이나 수병에 대해서 생각했다. 그리고 추기경 울지*⁴의 말에 대해서, 그다지 오랜 시간은 아니었지만, 곰곰이 생각했다. '만약에 내가 왕을 섬기듯이 나의 하느님을 섬겼더라면, 나이 든 나를 이렇게 버리지는 않으셨을 텐데.' 그는 햇빛에 반짝이는 나뭇잎 그늘 곁을 걸어갔다. 그때 저편에서 데이비드 쉬히 하원의원 부인이 다가왔다.

─네, 잘 지내고 있습니다, 신부님. 그런데 신부님께서는?

콘미 신부는 과연 놀랍도록 잘 지냈다. 아마 해수욕하러 벅스턴에도 갈 것

---

*1 스티븐이 이전에 다닌 더블린 교외 클론고우즈 우드 칼리지 초등학교 교장.

*2 Vere dignum et justum est. 미사의 감사송(感謝頌). 사람 이름인 디그넘에서 라틴어 디그눔 (영어식으로 읽으면 디그넘)을 연상한 것이다.

*3 5실링 은화.

*4 1475?~1530. 영국 성직자, 정치가. 헨리 8세 때 대법관. 만년에 왕의 총애를 잃고 죽었다.

이다. 그리고 그녀 아들들, 벨베디어 학교[*5]에서 잘 하고 있나? 정말 그랬던가? 콘미 신부는 그렇다는 이야기를 듣고 진심으로 기뻤다. 그런데 미스터 쉬히는? 아직 런던에. 음, 아직 의회가 회기 중인 게 분명해요. 참, 날씨가 좋군요. 정말 기분이 좋아요. 그래요, 버나드 보언[*6] 신부가 또 설교하러 오시리란 것은 확실합니다. 맞아요, 큰 성공이었어요. 참 훌륭하신 분입니다.

신부

데이비드 쉬히 하원의원 부인이 매우 건강하다는 것을 알고 콘미 신부는 참으로 기뻤다. 데이비드 쉬히 하원의원님에게도 안부를. 그럼요, 찾아뵙고말고요.

—그럼 안녕히 가세요, 쉬히 여사.

작별을 고하면서 햇빛에 검게 빛나는 그녀의 만틸라 망토의 흑옥(黑玉) 구슬 장식을 향하여 콘미 신부는 실크 모자를 벗었다. 그리고 멀어져 가면서 또 미소를 지었다. 그는 황(黃)야자 열매 씨앗으로 만든 치약으로 이를 닦은 것을 기억하고 있었다.

콘미 신부는 걸어갔다. 걸으면서 미소를 지었다. 버나드 보언 신부의 어리둥절한 눈빛과 런던 사투리를 생각했기 때문이다.

—빌라도! 왜 저 시끄러운 무리를 쫓아내지 않는 거야?

그래도 열성적인 사람이야. 정말 그래. 나름대로 최선을 다하여 많은 공적을 세웠다. 그건 틀림없어. 또 아일랜드를 사랑한다고 말하지. 게다가 분명

[*5] 스티븐도 다녔던 더블린 시에 있는 예수회 남자 중학교. 콘미 신부는 이 학교 학감이었다.
[*6] 1847~1922. 영국의 유명한 가톨릭 신부. 설교사. 저서로는 《사회의 원죄》《사회, 원죄, 그리고 구세주》《사회주의》 등이 있다.

히 좋은 집안 출신이라는데 조금도 그렇게 여겨지질 않아. 웨일즈계(系) 집
안이 아닐까?

그래, 잊어서는 안 돼. 관구장(管區長)에게 보내는 그 편지.

콘미 신부는 마운트조이 광장 모퉁이에서 세 꼬마 학생들을 불러 세웠다.
생각한 대로 그들은 벨비디어 학교에서 돌아가는 길이었다. 그 작은 학교 말
이지? 응, 그래. 모두 학교에서 공부 잘했니? 그래, 착하기도 해라. 그런데
네 이름은? 잭 소헌이라고? 너의 이름은? 게르 갤러허? 그리고 그쪽 아이
는? 그 소년의 이름은 브러니 라이넘이라고 했다. 호, 좋은 이름이구나.

콘미 신부는 가슴 주머니에서 한 통의 편지를 꺼내어, 브러니 라이넘 군에
게 건네주고 피츠기번거리 길모퉁이에 있는 빨간 우체통을 가리켰다.

―하지만 네 몸까지 우체통에 넣어선 안 된다, 꼬마 친구.

소년들은 여섯 개 눈으로 콘미 신부를 보고 웃었다.

―네, 선생님.

―그럼 어디 편지를 부칠 줄 아나 보자, 콘미 신부가 말했다.

브러니 라이넘 군이 뛰어서 길을 건너더니 관구장에게 보내는 콘미 신부
편지를 빨간 우체통 입 속으로 넣었다. 콘미 신부는 빙그레 웃고 고개를 끄
덕이더니, 다시 빙그레 웃고 마운트조이 광장 동쪽 거리를 걸어갔다.

댄스 교수 미스터 데니스 J. 매기니는 실크 모자에 비단 깃이 달린 청회색
프록코트를 입고 하얀 넥타이, 딱 맞는 엷은 보라색 바지에 노란 장갑, 끝이
뾰족한 에나멜 가죽구두 차림으로 젠체하며 걷다가, 디그넘 광장 모서리에서
맥스웰 여사와 마주치게 되자 아주 정중하게 보도 갓돌 쪽으로 몸을 비켰다.

저건 미시즈 맥기네스가 아닌가?

미소를 머금은 채 건너편 보도를 천천히 걸어온 은발의 당당한 미시즈 맥
기네스가 콘미 신부에게 인사했다. 콘미 신부도 빙그레 웃고 인사했다. 안녕
하십니까?

상당히 당당한 풍채다. 스코틀랜드 여왕 메리와 같은 저 여자가 전당포 여
주인이라니. 참, 어떻게 말해야 좋을지, 저런 여왕 같은 풍채로.

콘미 신부는 그레이트 찰스거리를 걸으면서 왼편의, 문을 꽉 닫은 자유 교
회 쪽으로 흘끗 눈을 주었다. 문학사(文學士) T.R. 그린 신부의 설교(그것이
하느님 뜻이라면) 있음. 성직록(聖職祿)*7을 받는다는데. 몇 마디 하는 것을

성직록에 대한 의무라고 생각했다. 너그럽게 봐 주어야지. 불가항력적인 무지. 그들은 그들 나름대로 행동했다.[8]

콘미 신부는 모퉁이를 돌아서 북부 순환도로를 따라 걸어갔다. 이렇게 중요한 큰 거리에 전차가 다니지 않는다는 것은 놀라울 만한 일이야. 아무래도 필요한데 말이야.

가방을 어깨에 멘 초등학생 무리가 리치먼드거리에서 나와 길을 가로질렀다. 모두가 약간씩 때 탄 모자를 벗고 인사했다. 콘미 신부는 몇 번이고 생글거리며 답례를 했다. 그리스도교 구빈학교 아이들이다.

콘미 신부는 걸어가는 동안에 오른편에서 풍기는 향기로운 냄새를 맡았다. 포틀랜드거리 성 요셉 교회다. 나이든 정숙한 여인들이 가는 교회. 콘미 신부는 성체를 향해 모자를 벗었다. 그러나 정숙한 저 할멈들도 때로는 까다로운 점이 있어.

올드버러 저택[9] 근처에서 콘미 신부는 돈 씀씀이가 헤픈 귀족들을 생각했다. 그런데 지금 그 집은 사무소인지 무엇인지로 바뀌었지.

콘미 신부는 이번에는 북부 스트랜드 도로를 걷기 시작했다. 그리고 자기 가게 문간에 서 있던 미스터 윌리엄 갤러허[10]의 인사를 받았다. 콘미 신부는 미스터 윌리엄 갤러허에게 답례 인사를 하면서 돼지 옆구리 살과 커다란 버터 덩어리가 발산하는 냄새를 맡았다. 그로건 담뱃가게 앞을 지날 때 거기 기대 세운 신문 게시판이 뉴욕의 몸서리쳐지는 대참사를 알려 주었다. 미국에서는 이러한 사건이 노상 일어나지. 저런 식으로 아무런 마음의 준비도 없이 죽다니 불행한 사람들. 회개 기도드릴 시간조차 없이.

콘미 신부는 대니얼 버긴 술집 곁을 지나갔다. 무직자 두 사내가 그 창문에 기대어 시간을 보내고 있었다. 두 사람은 그에게 인사를 하고 답례를 받았다.

콘미 신부는 H.J. 오닐 장의사 사무소[11]를 지나갔다. 거기에서 코니 켈러

---

[7] 성직자의 의무에 따른 보수.
[8] 새로 생긴 교회에 대한 비난.
[9] 성 요셉 교회에서 가까운 양로원.
[10] 북부 스트랜드거리 4번지에 있는 채소, 곡물, 식료품상.
[11] 북부 스트랜드거리 164번지에 있는 장의사로 이날 디그넘의 장례를 맡았다.

허가 마른 풀 이파리 한 장을 씹으며 거래 장부에 숫자를 적어 넣고 있었다. 순찰 중인 경찰이 콘미 신부에게 인사했다. 콘미 신부도 답례했다. 돼지고기 전문점 유크스테터에서 콘미 신부는 하얗고 검고 불그스레한 돼지 순대가 둥그렇게 튜브에 말려 가지런하게 진열되어 있는 것을 보았다.

찰빌 산책길*12 나무들 아래서 걸음을 멈추고 콘미 신부는 이탄을 실은 거룻배들과 고개를 숙인 말들, 더러운 밀짚모자를 쓰고 배 중간쯤에 앉아서 담배를 피우며 머리 위 포플러나무 가지를 바라보는 뱃사공을 바라보았다. 한가로운 풍경이었다. 콘미 신부는, 이탄을 파내 도시나 마을로 운반하여 가난한 사람들 집에 불을 피울 수 있도록, 늪지에 그것을 묻어 둔 창조주 섭리에 대해 곰곰이 생각했다.

상부 가디너거리 성(聖)프란시스 자비에르 교회 소속 예수회 존 콘미 신부는 뉴커먼교(橋) 위에서 시외로 가는 전차로 발을 옮겼다.

그때 북부 윌리엄거리 성 아가타 교회 수석 사제보(司祭補) 니콜라스 더들리 신부가 시내로 가는 전차에서 뉴커먼교 위로 내렸다.

뉴커먼교에서 콘미 신부는 시외로 가는 전차를 탔다. 머드 섬*13의 더러운 길을 걷는 것이 싫었기 때문이다.

콘미 신부는 전차 한쪽 구석에 앉아서 푹신한 키드 장갑 한짝의 구멍에 푸른색 차표를 살며시 밀어 넣고, 푹신한 장갑을 낀 다른 한쪽 손바닥에 모아 두었던 4실링, 6펜스, 5페니를 지갑으로 쏟아 넣었다. 담쟁이가 얽힌 교회를 지날 때, 으레 차장이 표를 검사하러 올 텐데도 승객들이 무심코 차표를 내버리곤 한다는 것을 그는 생각해냈다. 전차 승객들의 엄숙한 표정이 콘미 신부에게는 이렇게 값싸고 짧은 여행엔 너무 거창하다고 여겨졌다. 콘미 신부는 명랑하게 예법을 지키는 것을 좋아했다.

평화로운 한낮이었다. 콘미 신부 건너편에 앉은 코안경을 낀 신사가 말을 마치고 아래를 보았다. 이 신사 부인이구나 하고 콘미 신부는 추정했다. 안경을 낀 그 신사의 부인이 입을 열고 작게 하품했다. 그녀는 장갑 낀 작은 주먹을 들어, 아주 우아하게 하품하고, 또 장갑 낀 작은 주먹으로 열린 입을 툭툭 치면서 작게, 달콤하게 미소 지었다.

---

*12 로열운하 남쪽 둑 산책길.
*13 더블린 북동부 외곽의 진흙 지대.

콘미 신부는 전차 안에 떠도는 그녀의 향수 냄새를 느꼈다. 그녀 건너편 쪽 남자가 어색하게 앉아 있는 것도 알아차렸다.

콘미 신부는 성체 배령대(拜領臺)에서 떨리는 머리를 제대로 가누지 못하는 노인 입에 간신히 성체를 넣어 주었던 일을 기억했다.

앤슬리교(橋)에서 전차가 멎었다. 다시 막 출발하려 할 때 한 노파가 좌석에서 벌떡 일어나 내리려고 했다. 차장은 그녀를 내려 주기 위해 전차를 멈추게 하는 벨의 끈을 당겼다. 그녀는 바구니와 장보기용 망 주머니를 들고 내려갔다. 콘미 신부는 차장이 그녀가 내리는 것을 돕고 망 주머니를 내려 주는 것을 보았다. 그리고 1페니 구간을 하마터면 더 타고 갈 뻔한 그녀 또한 '주여, 당신 아이에게 축복을 내리소서' 하는 말을 항상 두 번씩 되풀이해서 들려주어야만 하는, 그렇게 죄를 용서받고 나서도 '저를 위해 기도해 주세요' 하고 말하는 저 착한 사람들 가운데 한 명이라는 것을 알아차렸다. 저들은 인생의 온갖 고민과 걱정거리를 짊어진 가여운 존재들이다.

광고판에서 미스터 유진 스트래튼이 흑인의 두툼한 입술을 일그러뜨리고 콘미 신부에게 미소를 던지고 있었다.

콘미 신부는 흑인, 혼혈인, 황색인에 대해 생각했다. 예수회 성 피터 클레이버*14 신부와 아프리카 선교에 관하여 자신이 설교했던 일, 복음전파 사명에 대해, 그리고 주님의 날이 마치 밤도둑처럼*15 오고 있는 데도 아직 세례를 받지 못한 수백만 흑인, 혼혈인, 황색인에 대해 생각했다. 콘미 신부는 벨기에 예수회 수사가 쓴 《선택된 사람들》 내용이 도리에 맞는 탄원인 것 같다는 생각이 들었다. 신의 형상과 비슷하게 지음받았으나, 신의 뜻에 따라 신앙을 얻지 못한 사람은 수만 수억이나 있다. 그러나 신이 만든 그들은 신의 것이다. 콘미 신부는 그들 모두를 잃는 것은 딱한 일이고 말하자면 낭비라고도 여겼다.

콘미 신부는 호스거리 정류소에서 내릴 때 차장 인사를 받고 답례를 했다.

맬러하이드 도로는 조용했다. 이 거리도 그 이름도 콘미 신부 마음에 들었다. 축하의 종이 즐겁게 맬러하이드*16에서 울리고 있었다. 맬러하이드와 그

---

*14 17세기 에스파냐 선교사. 서인도 제도에서 선교하여 노예 편을 들었다.

*15 〈테살로니카 신자들에게 보낸 첫째 서간〉 5 : 2.

*16 더블린 시 유명한 옛 성. 1185년부터 1975년까지 탤벗 집안 본가였다.

근해(近海)의 정당한 세습권을 가진 제독 탤벗 드 맬러하이드 경.*17 어느 날 군 소집령이 떨어지고 그녀는 하루 사이에 처녀이자 아내 그리고 과부가 되었다. 그것은 먼 옛날 즐거웠던 영지에 충성심이 충만했던 시대, 이 도시에서 전해져 내려오는 옛이야기였다.

콘미 신부는 걸으면서 자기가 쓴 작은 책자, 《남작령(男爵領)의 옛이야기》에 대하여, 그리고 앞으로 쓰게 될지도 모르는, 예수회 수도원과 몰즈워스 경의 딸이자 초대 벨비디어 백작 부인인 메리 로치퍼트에 관한 책에 대하여 생각했다.

기운이 축 처진, 이제는 늙어버린 백작 부인 메리가 수달이 물에 뛰어들어도 놀라지도 않고, 우울하게 혼자 에넬 호숫가를 거닐고 있었다. 그 누가 진실을 알랴? 그녀가 시동생과 저지른 일이 완전한 의미에서의 간통, 다시 말해서, 여성의 자연적인 관(管)의 내부로 정자가 들어섬으로써, 더 이상 돌이킬 수 없는 지경에까지 이르렀는지는 질투 많은 벨비디어 경도, 그녀의 고해신부도 알 수 없다. 만약에 그녀가 완전히 죄를 범하지 않은 것이라면, 여자들이 흔히 그러듯이 그녀는 자신이 지은 죄를 적당하게 고백했을 것이다. 그것은 오직 신과 그녀와 그, 즉 시동생만이 아는 일이다.

콘미 신부는 불합리하기 짝이 없는, 그러나 지상 인류에게는 필요한 것이기도 한 음행(淫行)에 대해서, 또 사람의 길과는 다른 하느님의 길에 대해서 생각했다.

콘미 신부는 또한 걸어가면서 옛날 시대에 자신이 살았다면 어땠을까 상상했다. 인간적이고 존경 받는 신부였겠지. 고해성사를 통해 들은 여러 비밀들을 마음속에만 간직한 채, 화려한 과일 장식으로 풍성하게 꾸민 천장과 밀랍으로 환히 빛나는 응접실에서 자신에게 미소 짓는 고상한 사람들을 바라보며 그도 미소로 화답했으리라. 그리하여 고귀한 신랑과 신부는 이 사람 돈 존 콘미의 축복 아래 하나로 결합했으리라.

참 멋진 날이야.

들판의 지붕 달린 문을 통해 길게 뻗은 양배추밭이 한눈에 들어왔다. 큼직한 잎들이 아래로 늘어진 모양이 마치 자신에게 무릎을 꿇고 인사하는 것만

---

*17 탤벗 집안은 12세기 헨리 2세로부터 맬러하이드영(領)을 받았고, 15세기 에드워드 4세로부터 세습 제독 자격을 부여받았다.

같다. 하늘을 보니 몇 개의 작은 하얀 솜구름이 바람을 타고 천천히 흘렀다. 프랑스 사람은 저걸 '양털 구름'이라 부른다지. 소박하고도 더할 나위 없는 이름이다.

콘미 신부는 성무(聖務) 일과를 읽다가도 래스코피의 하늘을 흘러가는 양털구름 무리를 바라보았다. 얇은 양말을 신은 발목을 클론고우즈 들판 그루터기가 간지럽히곤 했다. 그는 기도문을 읽으며 석양빛에 싸여 걸었다. 장난치며 뛰어다니는 소년들의 고함 소리가 들려 왔다. 조용한 해거름에 울려 퍼지는 젊음의 외침. 그는 그 아이들의 교장이었다. 그의 지도 방식은 온화했다.

콘미 신부는 장갑을 벗고 빨간 테를 두른 성무 일과표를 꺼냈다. 상아 책갈피가 해당 페이지에 꽂혀 있었다.

정오 기도. 점심 전에 그것을 읽었어야 했지만 맥스웰 부인이 왔었다.

콘미 신부는 '주기도문'과 '아베 마리아'를 암송한 뒤 가슴에 성호를 그었다. '하느님, 저를 구하소서.'

그는 조용히 걸으면서 정오 기도를 묵송했다. 걸으며, 읽으며. '마음이 깨끗한 자는 복이 있나니', '당신 말씀은 한마디로 진실이며 당신의 의로운 법규는 영원합니다.'[18]

산울타리 틈으로 얼굴이 발그레한 젊은이가 나타났으며 그의 뒤를 따라 줄기 끝에서 하늘거리는 들국화를 손에 든 젊은 여자가 나왔다. 젊은이가 급히 모자를 벗었다. 젊은 여자도 서둘러 인사를 하고 치마에 붙어 있는 작은 가지를 꼼꼼하게 떼어냈다.[19]

콘미 신부는 근엄하게 두 사람을 축복하고 성무 일과표의 엷은 페이지를 넘겼다. '신(Sin)[20] 권세가들이 저를 까닭 없이 박해하나 제 마음은 당신 말씀을 무서워합니다.'[21]

---

*18 〈시편〉 119 : 160.

*19 뒤에 나오는 빈센트 린치. 스티븐의 친구. 원래 콘미 신부 학교에 다녔다. 밀회를 들켜서 당황하고 있다.

*20 헤브라이어 알파벳의 하나. 표제로 쓰인 것.

*21 〈시편〉 119 : 161.

*

장의사 코니 켈러허가 길쭉한 거래 장부를 닫더니 한쪽 구석에 보초처럼 서 있는 소나무 관 뚜껑을 우울한 눈초리로 흘끗 보았다. 그는 허리를 똑바로 펴고 그 곁으로 가서 모서리를 축으로 삼아 휙 돌려보고는 모양이나 놋쇠 장식을 검토했다. 그러고는 마른 이파리를 씹으면서 관 뚜껑을 내려 놓고 문간으로 갔다. 거기서 햇볕을 막기 위해 모자 챙을 기울이고 한가로이 밖을 내다보면서 문틀에 몸을 기댔다.

존 콘미 신부는 뉴커먼교에서 돌리마운트로 가는 전차를 탔다.

코니 켈러허는 치수가 큰 부츠를 채우고 모자 챙을 내린 채 건초 이파리를 씹으면서 유심히 밖을 바라보았다.

순찰 중인 C57호 경찰이 그와 말을 나누기 위해 걸음을 멈췄다.

—날씨가 좋군요, 켈러허 씨.

—그래요, 아주, 코니 켈러허가 대답했다.

—매우 찌는군요, 경찰관이 말했다.

코니 켈러허가 씹던 풀잎의 즙을 소리나지 않게 찍 내뿜자 입에서 한 줄기 포물선이 그어졌다. 마침 그때 에클즈거리 어느 집*22 창문에서 하얀 팔이 나타나더니 인심 좋게 동전을 내던졌다.

—재미있는 이야기라도 있나요? 그가 물었다.

—어젯밤 예의 그 녀석을 보았는데요, 경찰관이 숨을 죽이고 말했다.

*

외다리 수병이 목다리를 짚고 맥코널 약국 모퉁이를 돌아 라바이오티 가게 아이스크림 운반차를 둘러서 에클즈거리를 껑충껑충 걸어 올라갔다. 와이셔츠 모습으로 문간에 서 있는 래리 오루크에게 그는 무뚝뚝하게 말했다.

—'조국 영국을 위해……'

그는 거칠게 몸을 앞쪽으로 내밀면서 케이티와 부디 디댈러스를 따라잡고 멈춰 서서 말했다.

—'가정과 미녀를 지키기 위해.'

---

*22 블룸의 집.

창백하게 핼쑥한 얼굴의 J.J. 오몰로이는 미스터 램버트가 어떤 손님과 함께 창고에 있다는 말을 듣고 있었다.

한 뚱보 여성이 걸음을 멈추고 지갑에서 동전을 한 닢 꺼내어 내민 모자 속으로 떨어뜨렸다. 수병은 감사의 말을 신음하듯이 내뱉고는, 무심한 창문들에 심술궂은 눈동자를 던지고 나서, 머리를 숙이고 몸을 흔들며 네 걸음 앞으로 나아갔다.

그는 걸음을 멈추고 성난 듯 으르렁댔다.

—'조국 영국을 위해······.'

맨발의 개구쟁이 둘이 감초 줄기를 빨면서 그 옆에 발을 멈추고, 노란 군침이 흐르는 입을 떡 벌린 채 그루터기와 같은 의족을 바라보았다.

그는 홱 하고 몸을 던져 앞으로 나가더니 멈춰 서서 한 창문 쪽으로 머리를 치켜들며 낮게 으르렁댔다.

—'가정과 미녀를 지키기 위해.'

집 안에서 명랑하고 달콤하며 지저귀는 듯한 휘파람 소리가 한두 소절 이어지더니 멈췄다. 창 가리개가 한쪽으로 젖혀졌다. '가구 없는 셋방 있음'이라고 쓰인 카드가 창틀에서 미끄러져 내렸다. 하얀 드레스에 끈 달린 슈미즈를 입은 누군가의 벌거벗은 포동포동한 팔이 나타났다. 여자 손이 마당 울타리 너머로 동전을 던졌다. 그것은 보도 위에 떨어졌다.

개구쟁이 하나가 달려가 그것을 주워 음유시인 모자 속으로 떨어뜨리며 말했다.

—여기요, 아저씨.

*

케이티와 부디 디댈러스는 김이 서린 부엌문을 열고 안으로 들어갔다.

—책은 저당 잡혔어? 부디가 물었다.

매기는 아궁이 옆에 서서 막대로 회색 덩어리를 거품이 이는 비눗물 아래로 두 번 밀어 넣고서 이마의 땀을 씻었다.

—그것으로는 땡전 한푼도 줄 수 없대, 그녀가 말했다.

그때 콘미 신부는 클론고우즈 밭을 가로질러 갔다. 그루터기가 얇은 양말을 신은 그의 발목을 간지럽혔다.

─어디로 갔었니? 부디가 물었다.

─맥기네스 가게.

부디는 발을 구르며 작은 가방을 테이블 위에 내던졌다.

─제기랄, 잘난 체하는 할망구는 뒈져버려야 해! 그녀가 소리질렀다.

케이티는 아궁이 옆으로 가서 곁눈으로 들여다보았다.

─냄비 안에 있는 것은 뭐지? 그녀가 물었다.

─셔츠, 매기가 대답했다.

부디가 화가 나서 소리를 질렀다.

─젠장, 먹을 건 없잖아?

케이티는 그녀의 더러워진 스커트 자락으로 솥뚜껑을 잡으면서 물었다.

─그럼 이쪽은 뭐지?

대답 대신에 숨 막히는 김이 새어 나왔다.

─완두콩 수프야, 매기가 대답했다.

─어디서 얻었어? 케이티가 물었다.

─메리 패트릭 수녀한테서, 매기가 말했다.

호객꾼*23이 종을 울렸다.

─짤랑! 짤랑!

부디는 테이블에 앉아서 배고픈 듯한 소리를 냈다.

─이쪽으로 줘!

매기가 노란, 들큰한 수프를 그릇에 담았다. 케이티가 부디 맞은편에 앉으면서, 손가락 끝으로 닥치는 대로 빵부스러기를 입에 넣으며 조용히 말했다.

─이거라도 먹을 수 있어서 다행이야. 딜리는 어디 갔지?

─아버지 찾으러 갔어, 매기가 대답했다.

부디는 커다란 빵 덩어리를 쪼개서 노란 수프에 적시며 덧붙였다.

─하늘에 계시지 않는 우리 아버지.

매기는 케이티 사발에 노란 수프를 따르면서 말했다.

─부디! 부끄러운 줄 알아라!

엘리야는 오도다, 라고 적힌 구겨진 종잇조각이 작은 배처럼 가볍게 리피

---

*23 딜런 경매장의.

강을 떠내려가, 루프라인교(橋) 아래를 지나고 다릿기둥 근처에서 소용돌이 치는 급류를 지나, 선체와 닻줄을 뒤로 한 채 세관의 오래된 뱃도랑과 조지 부두 사이를 동으로 동으로 떠내려갔다.

*

손튼 가게 금발 아가씨는 버드나무 가지로 짠 바구니에 바스락바스락 소리가 나는 천을 깔았다. 블레이지스 보일런은 그녀에게 핑크색 얇은 종이에 싼 술병과 작은 단지 하나를 건넸다.

—이걸 먼저 넣어 주겠어요?

—네, 알겠습니다, 금발 아가씨가 말했다. 과일이 맨 위가 되네요.

—좋은 생각이에요, 바로 그거예요, 블레이지스 보일런이 말했다.

아가씨는 살이 단단한 배의 머리와 엉덩이를 서로 어긋나게 나열하여, 잘 익어서 수줍어하는 복숭아를 그 사이에 적당히 이리저리 놓았다.

새로운 황갈색 구두를 신은 블레이지스 보일런은 과일 냄새가 나는 가게 앞쪽을 이리저리 돌아다니며, 싱싱한 즙이 가득한 주름진 과일과 탄력 있는 빨간 토마토를 손에 들고 냄새를 맡았다.

흰 실크 모자를 쓴 H.E.L.Y.'S*24의 줄이 그의 눈앞을 거쳐 탠지어 골목을 지나, 목적지를 향하여 천천히 걸어갔다.

그는 딸기 바구니가 있는 곳에서 갑자기 돌더니 조끼 주머니에서 황금 회중시계를 꺼내어 시곗줄을 최대로 길게 늘이고 바라보았다.

—전차로 배달해 받을 수 있을까? 지금 바로?

그때 검은 옷 입은 사나이*25 뒷모습이 머천트 아치 아래 행상인 수레에서 책을 뒤지고 있었다.

—알았습니다, 시낸가요?

—그래요, 10분 거리.

금발 아가씨가 꼬리표와 연필을 건네주었다.

—주소를 써 주시겠어요?

블레이지스 보일런은 카운터에서 쓰고 나서 꼬리표를 밀어 주었다.

---

*24 헬리 가게 5명의 광고 부대.

*25 블룸.

─곧 부탁해요, 병문안이니까요.

　─네, 선생님. 그렇게 하겠습니다.

　블레이지스 보일런은 바지 주머니에서 동전 소리를 냈다.

　─모두 얼마죠?

　금발 아가씨의 가는 손가락이 과일을 세었다.

　블레이지스 보일런은 그녀의 블라우스 사이로 보이는 가슴을 들여다보았다. 젊은 암평아리. 그는 아래 손잡이가 있는 키가 큰 꽃병에서 빨간 카네이션을 하나 뽑았다.

　─이거 가져도 돼요? 그는 상냥하게 물었다.

　금발 아가씨는 넥타이를 약간 비뚤게 맨 그를 곁눈으로 흘끗 보면서 얼굴을 붉히며, 상관하지 않고 일어섰다.

　─그러세요, 선생님.

　깜찍스레 허리를 굽히면서 그녀는 다시 통통한 배와 불그스레한 복숭아를 헤아렸다.

　블레이지스 보일런은 붉은 꽃줄기를 그의 미소 짓는 이(齒) 사이에 끼우고, 그녀의 블라우스 속을 한층 호감을 갖고 들여다보았다.

　─전화 한 통 쓸 수 있을까, 아가씨? 그는 짓궂게 물었다.

＊

　─'하지만!' 알미다노 아르티포니가 말했다.

　그는 스티븐의 어깨 너머로 골드스미스[26]상(像)의 울퉁불퉁한 뒷머리를 바라보았다.

　관광객을 가득 태운 이륜마차 두 대가 천천히 지나갔다. 여자들이 앞에 앉아서 손잡이를 붙잡고. 창백한 얼굴들이다. 남자들 손이 몸집이 작은 여자들을 공공연하게 껴안고. 그들은 트리니티 칼리지에서 아일랜드 은행의 어두운 주랑(柱廊)이 있는 닫힌 현관을 보고 지나갔다. 입구를 바라보았다. 비둘기 떼가 꾸루룩 울고 있었다.

　─'나도 그런 생각을 했었어.' 알미다노 아르티포니가 말했다. '자네처럼

───────────────

＊26 1728〜74. 아일랜드 출신 영국 소설가, 희극 작가. 그의 동상은 트리니티 칼리지 구내 도로변에 있다.

젊었을 무렵에는. 나도 이 세상이 지저분한 곳이라고 생각했지. 어리석은 일이야. 왜냐면 자네 목소리라면…… 수입 밑천이 될 텐데. 그런데도 자네는 자신을 희생시키고 있어.'

—'피를 흘리지 않는 희생이죠.' 스티븐이 미소를 띠고, 물푸레나무 지팡이 한가운데를 잡고 가볍게 흔들면서 말했다.

—'그렇다면야 좋지만.' 콧수염을 기른 둥근 얼굴이 부드럽게 말했다. '하지만 내 말에도 유의하게. 곰곰이 생각해보자고.'

마치 멈춰라 하고 명령이라도 하는 것 같은 그래턴*27상(像)의 엄격한 손 옆에서 인치코어에서 떠난 전차 한 대가 멈추자 스코틀랜드의 고지 지방 군악대 병사들이 와자지껄하게 내렸다.

—'잘 생각해 보겠습니다.' 스티븐이 단단한 바짓가랑이에 눈을 떨어뜨리며 말했다.

—'정말이겠지?' 알미다노 아르티포니가 말했다.

그는 굵은 손으로 스티븐 손을 꽉 잡았다. 사람 눈. 그들은 신기한 듯이 잠깐 바라보다가 달키로 가는 전차 쪽으로 재빨리 눈길을 돌렸다.

—'이봐, 한번 찾아오게나. 그리고 생각 잘 해보고. 잘 가게, 안녕.' 알미다노 아르티포니가 친숙하게 그러나 서둘러 말했다.

—'안녕히 가세요, 선생님.' 스티븐은 그의 손이 풀리자 그 모자를 집으면서 말했다. 고맙습니다.

—'뭐라고? 미안허이, 안녕히 가게나.' 알미다노 아르티포니가 말했다.

알미다노 아르티포니는 악보를 감은 지휘봉을 신호표처럼 들어 올리면서 뚱뚱한 다리를 바삐 놀려 달키로 가는 전차 뒤를 쫓아갔다. 그러나 시간이 맞지 않았다. 트리니티 칼리지 문에서 악기를 들어 나르는 맨 무릎의 소란한 군악대원들 사이로 신호를 하면서 쫓아갔으나 소용이 없었다.

*

미스 던*28은 케이펠거리 도서관에서 가져온 복사본 《하얀 옷을 입은 여

---

*27 영국 의회와 아일랜드 의회 합병에 반대하고 가톨릭 해방에 힘썼다. 동상은 아일랜드 은행(옛 아일랜드 의사당) 앞에 서 있다.
*28 블레이지스 보일런 사무실에서 일하는 여자.

인》*29을 서랍 깊숙이 밀어 넣고 화려한 편지지 한 장을 타자기에 감았다.

이 책에는 수수께끼 같은 일이 너무 많아. 그는 그 여자 마리온을 사랑하고 있을까? 이건 그만두고 메리 세실 헤이*30의 딴 소설과 바꿔야지.

원반*31은 홈을 미끄러져 내려와 잠시 흔들리다 멈춘 뒤 모두에게 추파를 던졌다—6번.

미스 던은 타자기 단추를 짤깍짤깍 두드렸다.

—1904년 6월 16일.*32

하얀 실크 모자를 쓴 샌드위치맨 다섯 명이 모니페니 양재 자수점 모퉁이와 울프 톤 동상이 설 자리였던 받침대*33 사이에서 H., E., L., Y., 'S의 순서로 방향을 바꾸어 늘어서더니 다시 오던 길을 천천히 되돌아갔다.

그녀는 매력적인 바람둥이 역 희극 배우 마리 켄덜의 커다란 포스터를 바라보았다. 그러고 나서 따분하다는 듯 의자에 기대어, 메모장에 16과 대문자 S를 장난삼아 갈겨썼다. 겨자빛 머리카락과 더덕더덕 칠한 뺨. 저 여배우는 예쁘지도 않아, 안 그래? 스커트를 약간 쳐드는 저 동작. 그 남자, 오늘밤 음악회에 갈까? 나도 저 양재사에게 수지 네이글 같은 아코디언 주름을 잡은 스커트를 만들게 하고 싶지만. 걸어갈 때 흔들리는 모양이 볼만해. 샤논과 그 밖의 보트 클럽 멋쟁이들 모두 그 여자에게서 눈을 떼지 않았어. 이런 곳에 7시까지 있게 하지 않으면 좋겠는데.

귓전에서 전화가 요란하게 울렸다.

—여보세요, 네, 그렇습니다, 아니에요. 네, 그렇습니다. 5시가 지나서 전화하겠습니다. 그 두 건뿐입니다. 벨파스트와 리버풀로 가는. 알겠습니다. 그럼, 이쪽으로 돌아오시지 않는다면 6시 지나서 저는 돌아가겠습니다. 15분 지나서. 네. 27실링 6펜스. 그렇게 전하겠습니다. 네, 1파운드, 7실링, 6펜스.

그녀는 세 개 숫자를 봉투에 갈겨썼다.

---

*29 19세기 대중작가 윌키 콜린스의 소설.

*30 1840?~86. 대중작가.

*31 톰 로치퍼드가 고안한 경마 프로를 알리는 장치.

*32 이 작품의 시간 배경.

*33 1898년 스티븐스 그린 북서쪽 모서리, 그래프튼거리에 이어진 지점에 받침대가 설치되었다. 그러나 동상은 완성되지 못했다.

—미스터 보일런! 여보세요! '스포츠'사에서 오신 그분이 만나고 싶으시 대요. 네, 미스터 레너헌이. 4시에 오먼드 호텔에 계시겠대요. 아니요. 네. 5시 지나서 전화해 두겠어요.

*

불길이 치솟은 작은 횃불*³⁴ 곁에서 분홍빛 두 얼굴이 뒤를 돌아보았다.

—거기 누구야? 네드 램버트가 물었다. 크로티인가?

—링가벨라와 크로스헤이븐이야, 누군가의 목소리가 발판을 살피면서 말했다.

—여, 잭, 자네였나? 네드 램버트가 빛이 흔들리는 아치 사이에서 손에 들고 있던 가느다랗고 낭창낭창한 막대기를 들어 인사하면서 말했다. 이리 와. 발밑을 조심해.

사제가 들어올린 손 안의 성냥은 매끄럽고 긴 불꽃이 되어 타다가 아래로 떨어졌다. 그들 발 아래에서 그 찌꺼기가 다 타고, 곰팡내 나는 공기가 그들을 둘러쌌다.

—참 흥미롭군요! 어둠 속에서 어떤 품위 있는 목소리가 말했다.

—그렇고말고요, 네드 램버트가 맞장구쳤다. 우리는 지금 역사적으로 유명한 성 마리아 수도원*³⁵ 회의실에 서 있습니다. 1534년 토머스가 여기에서 반란의 횃불을 들었어요. 더블린에서 가장 역사적인 장소입니다. 가까운 장래에 오매든 버크*³⁶가 이에 대해서 쓸 겁니다. 옛 아일랜드 은행도 합병될 때까지는 거리 저편에 있었고, 저 애들레이드거리에 유대 교회당이 설 때까지는 원래의 유대인 사원도 여기에 있었어요. 자네는 전에 여기에 온 적 없었나, 잭?

—없었어, 네드.

—그*³⁷는 데임 산책길을 말을 타고 내려갔었죠, 세련된 목소리가 말했다. 내 기억이 옳다면. 킬데어 백작 집안 저택은 토머스 코트에 있었으니까.

---

*34 성냥불.

*35 10세기 수도원. 12세기 시토 수도회 소유가 되었다가 16세기에 파괴되었다.

*36 스티븐 친구. 문필가.

*37 토머스 피츠제럴드.

—맞습니다, 네드 램버트가 말했다. 말씀하신 그대로에요.

—그럼 가능하시다면 다음 번에…… 하도록 허락해 주시겠습니까, 사제가 말했다.

—얼마든지요, 네드 램버트가 말했다. 언제든 사진기를 가지고 오십시오. 창을 막고 있는 부대를 치우겠습니다. 어디에서든지 찍을 수 있습니다.

어슴푸레한 빛 속을 걸으며 그는 막대기를 들어 바닥에 쌓아올린 종자 부대와 사진 찍기 적당한 지점들을 가리켜 보였다.

수염으로 뒤덮인 길쭉한 얼굴, 체스판을 응시하는 눈.[38]

—정말 고마워요, 미스터 램버트, 바쁘실 텐데 또다시 귀중한 시간을 뺏다니……. 사제가 말했다.

—천만에요, 언제라도 좋을 때 오세요. 그러니까, 다음 주에라도. 오시겠습니까? 네드 램버트가 말했다.

—네, 물론. 그럼 안녕히 계세요, 미스터 램버트. 만나서 대단히 기쁩니다.

—천만의 말씀입니다, 네드 램버트가 대답했다.

그는 출구까지 손님을 배웅한 뒤 들고 있던 막대기를 원기둥 사이에 내던졌다. 그러고는 J.J. 오몰로이와 함께 다시 마리아 수도원 안으로 천천히 걸어 들어갔다. 마부들이 캐럽과 야자열매 부대를 수레에 싣고 있었다. 웩스퍼드주(州) 오코너 운송점이다.

그는 걸음을 멈추고 손에 든 명함을 읽었다.

—휴 C. 러브 래스코피 신부. 현주소, 샐린스 성 미카엘 성당이라. 훌륭한 청년이군. 피츠제럴드 집안에 관한 책을 쓰고 있다던데. 틀림없이 역사에 정통하겠구먼.

젊은 여자가 가벼운 스커트에 붙어 있는 작은 가지를 꼼꼼하게 떼어 내고 있었다.

—나는 자네가 새로운 '화약 사건'[39] 음모라도 꾸미는 줄 알았지, J.J. 오

---

[38] 경찰청장 파넬이 더블린 판 회사 커피점에서 체스를 두고 있는 다른 장면의 묘사를 한 줄 끼워 넣은 것.

[39] 1605년 제임스 1세 종교 정책에 불만을 품은 가톨릭 교도 일당이 런던 의사당 지하실에 폭약을 설치하여 국왕을 암살하려고 했다. 그러나 계획이 직전에 발각되어 일당은 체포, 처형되었다.

몰로이가 말했다.

네드 램버트가 손가락을 튕겨 소리를 냈다.

—아차, 그가 외쳤다. 킬데어 백작이 캐셜 대성당에 불을 지르고 난 다음에 어떻게 되었는지 이야기해 주는 걸 깜빡 잊었어. 그가 뭐라고 한 줄 아나? '내가 저지른 일이 참으로 후회스럽다. 하지만 이것만은 하느님 앞에 맹세할 수 있다. 나는 그때 대주교가 틀림없이 성당 안에 있을 거라 생각했다'고 했다네. 하지만 그 젊은이는 이 이야기를 좋아하지 않을지도 몰라. 어때? 그래도 어쨌든 이야기해 보겠어. 그것이 대백작, 대(大)피츠제럴드야. 모두 성질이 과격했었으니까, 피츠제럴드 집안은.

그가 옆으로 지나가자 말들이 느슨한 마구(馬具) 아래에서 불안스레 움직였다. 근처의, 부르르 몸을 떠는 얼룩무늬말 엉덩이를 찰싹 내리치고는 그가 외쳤다.

—워, 이 녀석아.

그는 J.J. 오몰로이에게로 몸을 돌려 물었다.

—그런데, 잭. 왜 그래? 무엇이 문제야? 잠깐 기다려. 꽉 잡고 있어.

그는 가만히 선 채 입을 벌리고 머리를 한껏 뒤로 젖히더니 잠시 후 요란하게 재채기를 했다.

—에취! 제기랄!

—부대 더미에서 나온 먼지 때문이야, J.J. 오몰로이가 점잖게 말했다.

—아냐, 네드 램버트가 헐떡이며 말했다. 감기가 들었어, 그제 밤……망할 놈……밤에…… 틈새바람이 세서…….

그는 손수건을 손에 들고, 다음 재채기에 대비했다.

—내가……오늘 아침에……저 가엾은……뭐라고 했더라……에취! ……제기랄!

*

톰 로치퍼드가 암적색 조끼 위로 원반 더미를 붙들어 안은 채 그중 맨 위의 것을 집어들었다.

—봤어? 그가 말했다. 6번이군. 여기 보이지. 자, 그럼 들어간다.

그는 원반을 왼쪽 홈에 넣었다. 홈을 미끄러져 내린 원반은 흔들림을 멈추더니 모두에게 추파를 던졌다. 6번.

지난 시대의, 오만하게 변론을 펴던 변호사들은 리치 굴딩*40이 굴딩 콜리스 앤드 워드 법률사무소 소송 견적 가방을 들고 중앙세무서에서 민사소송재판소 쪽으로 향하는 것을 보았다. 또 의치를 보이면서 의심쩍은 미소를 띤, 품이 너른 검은 비단 스커트를 입은 한 나이 많은 여성이 고등법원 해사재판소로부터 공소재판소 쪽으로 스커트 소리를 내며 가는 것을 들었다.

—봐, 그*41가 말했다. 아까 넣은 것이 이곳으로 나왔지. 끝난 거야. 충격. 지렛대 작용. 알았나?

그는 그들에게 오른편으로 쌓여가는 원반 기둥을 보여줬다.

—아이디어가 좋아, 노지 플린이 코를 훌쩍이며 말했다. 그러면 늦게 온 사람도 지금 몇 번을 하고 있는지, 몇 번이 끝났는지를 알 수 있다는 거군.

—봐, 톰 로치퍼드가 말했다.

그가 원반을 한 장 넣었다. 그리고 그것이 미끄러져 내려가, 흔들리고, 추파를 던지고, 멎는 것을 보았다. 4번. 진행 중이다.

—나는 곧 오먼드 호텔로 가서 그*42를 만나, 레너헌이 말했다. 그를 타진을 해보겠어. 한 번 잘되면 다음에도 잘되니까.

—그렇게 해 봐, 톰 로치퍼드가 말했다. 내가 보일런을 애타게 기다리고 있다고 말해 주게.

—안녕, 매코이가 갑자기 끼어들었다. 자네들 두 사람이 하기 시작한 날에는……

노지 플린이 지렛대 쪽으로 몸을 숙이더니, 코를 킁킁거렸다.

—하지만 어떻게 해서 이곳이 움직이는 거지, 토미? 그가 물었다.

—그럼 안녕, 다음에 또 보자고. 레너헌이 말했다.

그는 매코이 뒤를 따라서 크램턴 코트 작은 광장을 가로질렀다.

—녀석*43은 영웅이야, 그가 예사로 말했다.

---

*40 스티븐 디댈러스의 숙부인 변호사가 재판소 구내를 걷고 있는 장면을 동시적인 것으로 끼워 넣었다.

*41 톰 로치퍼드.

*42 블레이지스 보일런과 레너헌이 4시에 거기에서 만나기로 되어 있다.

*43 톰 로치퍼드.

─알고 있어, 매코이가 말했다. 하수구 사건 말이지.

─하수구? 맨홀 바닥이야. 레너헌이 말했다.

두 사람은 던 로우리 음악당 옆을 지났다. 바람난 여자역 희극 여배우 마리 켄덜이 포스터 속에서 짙은 화장의 미소를 두 사람에게 던졌다.

엠파이어 음악당 옆 시카모어거리 보도를 걸어 내려가면서 레너헌이 매코이에게 사건의 자초지종을 들려주었다. 그 빌어먹을 가스관 같은 맨홀 가운데 하나에 말이야, 가여운 녀석이 시궁창 가스에 반쯤 질식한 채 틀어박혀 있었다고. 톰 로치퍼드가 마권 판매원 조끼를 입은 채 밧줄로 몸을 감고 아래로 내려갔지. 그러곤 그 가엾은 녀석에게 밧줄을 감았고 둘이 함께 끌어올려졌어.

─영웅의 행위로군, 그는 말했다.

두 사람은 돌핀 호텔 옆에서, 저비스거리로 향하는 부상병 운반차가 지나가도록 걸음을 멈췄다.

─이쪽으로, 그는 오른쪽으로 걸으면서 말했다. 나는 셉터호(號) 출발 시세를 보러 라이넘 술집에 잠깐 들러야겠어. 금줄 달린 자네 금시계로는 지금 몇 시지?

매코이는 차 도매상 마커스 터티우스 모제스의 어두컴컴한 사무실을, 이어 오닐 가게의 시계를 들여다보았다.

─3시가 지났군, 기수는 누구지?

─O. 매든이야, 투지만만한 암말이지. 레너헌이 대답했다.

매코이는 템플 바거리에서 기다리는 동안에 바나나 껍질을 발끝으로 살며시 밀어서 도랑 속으로 떨어뜨렸다. 어두워졌을 때 술 취한 사람이 걸어오다가는 아차! 하는 사이에 미끄러질 테니까.

차고 도로 문이 활짝 열리더니 총독 기마행렬이 밖으로 나왔다.

─1 대 1이다, 레너헌이 돌아와서 말했다. 안에서 밴텀 라이언스를 만났는데 녀석이 누구에게서 들었는지 전혀 승산 없는 말에 거는 참이었어.*44 여기서 빠져나가자.

두 사람은 계단을 올라가 머천트 아치를 지나갔다. 누군가가 검은 등을 보

─────────────

*44 신문을 버리겠다는 블룸의 말을 잘못 알아들어서 스로우어웨이에게 돈을 건 것이다.

이고 행상인 수레 위의 책을 뒤적이고 있었다.

—저기 그가 있어, 레너헌이 말했다.

—무엇을 사는 것일까? 매코이가 흘끗 뒤돌아보고 말했다.

—'레오폴드, 호밀밭은 꽃이 한창'이라는 책이야, 레너헌이 말했다.

—저 친구는 싼 값에 파는 거라면 사족을 못 쓴다니까, 매코이가 말했다. 언제였던가, 함께 있었을 때 리피거리 할아버지한테서 2실링짜리 책을 사더군. 그 책에는 책값 두 배 가치가 나가는 삽화가 들어 있었어. 별, 달, 긴 꼬리가 달린 꽁지별 등 천문학 책이었지.

레너헌은 웃었다.

—꽁지별 꼬리라면 아주 재미있는 이야기가 있어. 햇볕이 닿는 곳으로 가자. 그는 말했다.

두 사람은 거리를 가로질러서 철교 옆으로 나오자 둑을 따라 웰링턴 강가를 걸어갔다.

패트릭 앨로이시우스 디그넘 군[45]이 1파운드 반 스테이크용 돼지고기를 안고 이전에는 페렌버크 정육점이었던, 맨건 정육점에서 나왔다.

—글렌크리 소년원에서 큰 잔치를 열었을 때 말인데, 레너헌이 열 올려 말했다. 해마다 열리는 만찬회말야. 풀 먹인 와이셔츠를 입고 오는 행사지. 시장도 와 있었어. 밸 딜런 말이야. 찰스 캐머런 경과 댄 도슨이 연설을 했고, 음악도 있었지. 바텔 다시가 독창을 하고 벤자민 돌라드가……

—알아, 매코이가 가로막았다. 아내도 거기에서 노래를 부른 일이 있어.

—그래? 레너헌이 말했다.

에클즈거리 7번지 창틀에 '가구 없는 셋방 있음' 카드가 또 나타났다.[46]

그는 잠시 이야기를 멈추더니, 씨근덕거리는 웃음을 폭발시켰다.

—잠깐, 곧 끝낼 테니까. 캠든거리 델러헌트 가게에서 음식을 조달했고 그의 충실한 친구인 내가 음료 계장을 맡았지. 거기에 블룸과 그의 아내가 온 거야. 넉넉히 먹었어. 포트포도주에, 셰리 술에, 큐라소까지 배터지게 먹고 마셨어. 술 다음에는 음식. 차게 식힌 구운 고기가 넉넉히 나왔고 게다가

---

[45] 죽은 디그넘의 아들.
[46] 마리온이 아까 상이군인에게 동전을 던져주었을 때 떨어진 카드를 그녀가 다시 내붙인 것이다.

고기 파이도…….

—알고 있어, 매코이가 말했다. 아내가 갔던 해는…….

레너헌이 상대방 팔을 꽉 잡았다.

—들어보라니까. 떠들썩한 잔치가 다 끝나고서 우리는 또 밤참을 먹은 거야. 밖으로 나갔을 때에는 새벽이 다 돼 있었지. 동쪽 하늘은 푸른 빛. 돌아가는 길의 털 침대 더미 위는 호화로운 겨울 밤하늘이었어. 블룸과 크리스컬리넌이 마차 한쪽에, 나와 그의 아내가 맞은편에 앉았지. 우리는 합창이나 이중창을 부르면서 출발했어. '보라, 솟아오르는 아침 빛을' 하고 말야. 그의 아내는 복대(腹帶) 밑에다 숨겨서 델러헌트 포트포도주를 넉넉히 챙겨 왔었지. 낡은 마차가 흔들릴 때마다 나와 부딪치는 거야. 싫지는 않았지. 젖가슴이 대단했어, 정말. 이랬어.

그는 눈을 가늘게 뜨면서 양손을 내밀어 가슴 앞으로 둥글게 곡선을 그려 보였다.

—나는 오는 동안 내내 그녀 엉덩이 아래에 무릎 덮개를 밀어 넣어 주기도 하고 모피 목도리를 고쳐 주기도 했지. 내 말 뜻을 알겠나?

그는 손으로 공중에 넉넉한 곡선을 그렸다. 그리고 기쁜 듯이 눈을 꼭 감고 몸을 움츠리더니 입술로부터 달콤한 쪽쪽 소리를 냈다.

—아무튼 나의 그 녀석이 차렷 자세를 하고 서 있었단 말야, 그는 한숨을 쉬고 말했다. 분명히 말해서 그녀가 팽팽한 암말임에는 틀림이 없어. 블룸은 크리스 컬리넌과 마부에게 온갖 밤하늘 별과 꽁지별을 가리키며 가르치고 있는 거야. 큰곰자리와 헤라클레스자리, 용자리, 그 밖의 여러 별자리를 말야. 그러나 나로 말하자면 미리내에 빠진 셈이었지, 까놓고 말하자면. 그는 별자리 이름을 거의 다 알더군. 그런데 그녀가 멀리 있는 작은 별을 가리키더니 '저건 무슨 별이에요, 폴디' 하고 말하더군. 이 물음에는 블룸도 대답을 못했지. 그러자 크리스 컬리넌이 말하더군. '저것 말야? 저것은 핀으로 찌른 자국이야.' 그다지 빗나간 말은 아니었어.

레너헌은 멈춰 서서 둑에 기대어 숨을 헐떡이며 낮게 웃었다.

—어지러워, 그는 헐떡였다.

매코이는 창백한 얼굴로 잠시 미소를 지었으나 이내 어두워졌다. 레너헌은 다시 걷기 시작했다. 그는 요트 모자를 벗고 몹시 가려운 듯이 뒷머리를 긁었다. 그러더니 햇볕 속에서 흘끗 매코이를 곁눈질했다.

─블룸은 교양 있는 팔방미인이야, 보통 남자들과는 달라. 블룸에게는 어딘지 예술가다운 데가 있어. 그는 진지하게 말했다.

*

미스터 블룸은 《마리아 몽크의 무시무시한 폭로》를 멍하니 뒤적이다가, 이어서 《아리스토텔레스의 걸작》을 펼쳐들고 페이지를 넘겼다. 인쇄 상태가 조악하다. 삽화가 있구나. 피투성이 자궁 안에 공처럼 웅크린 태아는 마치 도살된 암소의 간장 같다. 지금 이 순간에도 이렇게 생긴 수많은 태아들이 있다. 모두 밖으로 나가려고 머리를 디밀어댄다. 매순간 어딘가에서 아이가 태어난다. 미시즈 퓨어포이.

그는 두 권의 책을 내려놓고 세 번째 책으로 눈길을 돌렸다. 《게토 이야기》, 레오폴트 폰 자허마조흐 지음.

─이건 읽었어, 그는 옆으로 밀어 놓으면서 말했다.

책방 주인이 카운터 위에 책 두 권을 내려놓았다.

─이 두 권은 재미있어요, 그가 말했다.

이빨이 몇 개 남지 않은 주인 입에서 양파 냄새가 풍겨 왔다. 그는 몸을 굽히고 다른 책을 묶어서 조끼 단추를 푼 가슴에 안고 더러운 커튼 뒤로 날랐다.

오코널교(橋) 위에서는 많은 사람들이 댄스 교수 미스터 데니스 J. 매기니의 점잖은 태도와 화려한 몸치장을 바라보았다.

미스터 블룸은 혼자서 책 제목을 바라보았다. 《아름다운 폭군들》, 제임스 러브버치 지음. 어떤 책인지 알고 있어. 읽었던가? 그래.

책을 펼쳤다. 생각한 대로야.

더러운 커튼 뒤에서 여자 목소리가 났다. 누구지? 아, 그 사나이다.

안 돼. 아내는 이런 종류의 것은 그다지 좋아하지 않아. 한번 사 준 일이 있어.

그는 또 한 권의 책 제목을 읽었다. 《죄의 감미로움》. 이쪽이 그녀에게 알맞아. 어디 보자.

그는 손가락을 넣어서 펼쳐진 곳을 읽었다.

—'그녀는 남편이 준 달러를 모두 가게에서 호사스러운 가운이나 주름 장식이 달린 값비싼 란제리를 사는 데에 탕진했다. 애인을 위해! 라울을 위해!'

그래, 이건 좋다. 여기를 읽어 봐야지.

—'달콤한 육감적인 키스로 그녀 입술은 그의 입술에 딱 달라붙었다. 그 사이에 그의 손은 그녀의 평상복 아래 풍만한 곡선을 더듬었다.'

그래, 이걸 사야지. 결말은.

—'늦었잖아, 그는 의혹의 눈초리로 그녀를 노려보며 쉰 목소리로 말했다. 아름다운 그녀는

거리 모퉁이의 북메이커

검은담비로 가장자리를 두른 숄을 벗어던지고 여왕과 같은 어깨와 풍만한 육체를 드러냈다. 그녀가 태연하게 그가 있는 쪽을 바라보던 순간 그녀의 나무랄 데 없는 입가에는 알 듯 말 듯한 희미한 미소가 어려 있었다.'

미스터 블룸은 다시 읽었다. '아름다운 그녀.'

온화한 열기가 그를 감싸고 그의 육체를 조였다. 구겨진 옷 아래에서 육체가 힘을 잃었다. 눈의 흰자위가 위로 매달렸다. 그의 콧구멍은 노획물을 찾아 저절로 활 모양으로 벌어졌다. 유방에 바른 녹은 향약(香藥)('애인을 위해! 라울을 위해!'). 겨드랑이 밑 양파 같은 땀 냄새. 아교처럼 끈질긴 점액('그녀의 풍만한 육체'). 만져 줘요! 꼭 안아 줘요! 으스러뜨려요! 사자의 유황빛 똥!

젊음! 젊음!

꽤 나이가 많은, 이제 젊다고는 할 수 없는 한 여인*47이, 대법원에서는

---

*47 미시즈 브린을 말한다.

포터튼의 정신착란 사건을, 해사재판소에서는 피고 버크형 범선 모나호 선주 측에 대한 원고 레이디 케언즈호 선주 측 당사자 신청에 따른 출정(出廷) 명령을, 공소재판소에서는 피고 해난 보험회사에 대한 원고 하비의 소송 판결 보류를 방청하고 나온 참이었다.

가래 끓는 기침이 책방 공기를 진동시키고 더러운 커튼을 부풀렸다. 빗질하지 않은 희끗희끗한 머리에 제멋대로 수염이 자란 책방 주인의 벌게진 얼굴이 연신 기침을 터트리며 커튼 밖으로 나왔다. 그는 요란하게 목을 돋워 가래를 바닥에 뱉었다. 그러고는 뱉은 가래를 구두로 밟아 문지른 뒤 몸을 굽혀 머리숱 적은 정수리를 드러냈다.

미스터 블룸은 그것을 보았다.

그가 숨을 가다듬고 말했다.

—이걸로 하겠어요.

주인이 눈곱 낀 젖은 눈을 들었다.

—《죄의 감미로움》, 재미있는 책이에요. 그가 책을 가볍게 두들기며 말했다.

*

딜런 경매장 문 옆에서 호객꾼이 손에 든 종을 두 번 흔들고는, 분필로 뭐라 써 있는 수납장 거울에 자기 모습을 비추어 보았다.

보도 갓돌 언저리를 어슬렁거리던 딜리 디댈러스는 종이 울리는 소리와 안에서 경매인이 지르는 소리를 들었다. 4실링 9펜스. 이렇게 고급 커튼이. 5실링. 좋은 커튼이군요. 새 것은 2파운드에 팝니다. 자, 5실링에 더 걸 사람 없습니까? 5실링에 낙찰.

호객꾼이 종을 흔들었다.

—짤랑! 짤랑!

마지막 바퀴를 알리는 종이 울려 퍼져, 반(半) 마일 자전거 경주 선수들의 기운을 북돋았다. J.A. 잭슨, W.E. 윌리, A. 먼로 그리고 H.T. 게이언이 앞으로 쭉 뻗은 목을 흔들면서 대학 도서관 옆 커브를 깨끗하게 돌았다.[48]

미스터 디댈러스가 긴 콧수염을 잡아당기면서 윌리엄 골목길 모퉁이를 돌

___
[48] 이날 대학 구내에서 자전거 경기가 열렸다.

아 나타났다. 그는 딸 옆에서 걸음을 멈추었다.

—마침 잘 만났어요, 그녀가 말했다.

—부탁이니, 예수님을 위해서라도 똑바로 서 있거라. 코넷을 부는 존 숙부를 흉내 내는 거냐? 어깨에 머리를 파묻고? 맙소사! 미스터 디댈러스가 말했다.

딜리는 어깨를 움츠렸다. 미스터 디댈러스는 딸의 양 어깨에 손을 얹고 뒤로 젖혔다.

—제대로 서, 등이 굽잖아. 너, 어떤 모습을 하고 있는지 아니?

그는 머리를 푹 수그리고 어깨를 늘어뜨리더니 그 위로 아래턱을 괴었다.

—그만해요, 아버지. 다들 보잖아요. 딜리가 말했다.

미스터 디댈러스는 몸을 똑바로 펴더니 콧수염을 잡아당겼다.

—돈은 좀 구하셨어요? 딜리가 물었다.

—어디서 구하겠니? 더블린에서 나에게 4펜스 빌려 줄 사람도 없으니. 미스터 디댈러스가 말했다.

—얼마 정도는 구하셨잖아요. 딜리가 그의 눈을 들여다보면서 말했다.

—어떻게 그걸 알지? 미스터 디댈러스는 딸을 놀리듯이 말했다.

미스터 커넌은 기입한 주문 액수에 만족해서 제임스거리를 의기양양하게 걸어갔다.

—알고 있어요, 이제까지 스카치 하우스 술집에 계셨어요? 딜리가 물었다.

—아니, 거기에는 없었어, 미스터 디댈러스가 웃으면서 말했다. 저 꼬마 수녀들이 너를 이렇게 시건방지게 만들었냐? 자.

그는 딸에게 1실링 은화를 건네주었다.

—네가 그 돈 가지고 뭘 하는지 두고 보겠어.

—5실링은 구하셨을 텐데, 좀더 주세요.

—잠깐, 미스터 디댈러스가 위협하듯이 말했다. 너도 다른 녀석들과 마찬가지니? 불쌍한 네 어미가 죽고 나서부터 너도 저 되바라진 애들이랑 똑같아졌어. 그러나 잠깐만 기다려라. 차라리 내가 어딘가로 꺼져 버릴 테니까. 어디서 껄렁껄렁한 말이나 배워와서는. 너희한테는 질려버렸어. 내가 죽어도 너희는 신경도 쓰지 않을 거야. 저분 죽었어요. 이층에 사는 사람, 죽었어요 하고 말야.

그는 딸을 뒤에 남기고 걸어갔다. 딜리가 재빨리 뒤따르며 그의 외투를 당겼다.

—아니, 또 볼일이 있니? 그는 멈춰 서서 물었다.

호객꾼이 뒤에서 종을 울렸다.

—짤랑! 짤랑!

—시끄러워, 이 멍청이가, 미스터 디댈러스가 그쪽을 바라보며 소리쳤다.

호객꾼은 그 말을 듣고 늘어진 종의 추를 약하게 흔들었다.

—짤랑.

미스터 디댈러스가 그를 바라보았다.

—저 남자를 봐, 참고가 될 거야. 그는 우리 이야기를 방해하지 않으려고 조심하는 거야.

—더 갖고 계시죠, 아버지.

—그럼 마술을 보여 주지. 그러면 그리스도가 유대인들을 떠나신 것처럼 나도 너희를 떠날 수 있겠지. 자, 이게 전부다. 잭 파워*49한테서 2실링 빌려서 2펜스를 장례식 앞두고 수염 깎는 데 썼어.

그는 신경질적으로 동전을 한 줌 내밀었다.

—다른 데서 좀더 구할 수 없어요?

미스터 디댈러스는 잠시 생각하고 나서 고개를 끄덕였다.

—해 보마, 그가 엄숙하게 말했다. 오코널거리 도랑을 죽 뒤졌으니 이번에는 이곳 도랑을 찾아보겠어.

—아버지는 참 이상해서, 딜리가 빙그레 웃으면서 말했다.

—자, 미스터 디댈러스는 페니 동전 두 닢을 건네면서 말했다. 우유 한 잔이랑 빵이나 뭐 다른 걸 사 먹도록 해. 곧 집으로 돌아가마.

그는 나머지 동전을 주머니에 넣고 걷기 시작했다.

총독 기마행렬이 경의를 표하는 경찰관들의 경례를 받고 공원 정문을 통과했다.

—틀림없이 1실링 더 갖고 계시면서, 딜리가 말했다.

호객꾼이 시끄럽게 종을 울렸다.

---

*49 부유한 상인.

미스터 디댈러스는 소음 속에서 입을 오므리고 더듬더듬 중얼거리면서 걸어갔다.

—꼬마 수녀들이다! 괜찮은 꼬마 녀석들! 틀림없이 그들은 아무것도 하지 않았을 거야! 오, 틀림없이 정말 아닐 거야! 꼬마 수녀 모니카야!

*

풀브룩 로버트슨 가게에서 받은 주문에 만족하여 미스터 커넌은 해시계가 있는 곳에서 제임스 게이트 쪽으로, 제임스거리를 따라, 새클턴 사무소 앞을 지나 의기양양하게 걸어갔다. 잘 설득했어. 미스터 크리민스 기분은 어떠세요, 덕택에 잘 지내요. 저는 당신이 아직 핌리코 가게에 계신 것이 아닌가 하고 생각했죠, 사업은 어떻습니까? 그럭저럭이시라고요. 그런데 오늘 날씨는 참 좋군요, 정말. 농촌에도 좋겠죠? 하지만 그 농부들은 늘 투덜거리고만 있으니까요. 최상급 진 술을 조금 마시겠어요, 미스터 크리민스. 약한 진, 네 알았습니다. 그런데 제너럴 슬로컴호(號) 폭발은 참 무서운 사건이더군요. 무서운 일입니다, 무서운 일이에요. 사상자가 1000명이라니까요. 차마 볼 수 없는 광경입니다. 남자가 여자와 아이들을 짓밟고 도망치다니. 참으로 잔혹한 일입니다. 원인은 뭐라던가요? 자연 발화라면, 참으로 어처구니없군요. 구명보트 한 척도 내릴 수가 없었고 소화관은 모두 파열되었다고 하니까요. 제가 이해가 가지 않는 점은 검사관들이 왜 그런 선박에 허가를 주었는가 하는 겁니다. 그래요, 말씀하신 대로예요, 미스터 크리민스. 당신은 그 까닭을 아세요? 뇌물이에요. 그거 정말인가요? 틀림없어요. 그런데 생각해 보세요. 그러면서도 미국은 자유의 나라라고 하니까요. 우리가 더 심하다고 생각했는데.

나[50]는 그에게 미소 지었다. '미국은', 하고 나는 조용히 말했다, 차분한 목소리로. '미국이 어떤 나라입니까? 우리나라를 비롯한 온 세계에서 쓸어모은 쓰레기 집합소지요. 안 그래요?' 사실이 그렇거든.

부당 이득이에요, 선생. 틀림없어요. 돈이 굴러다니는 곳에는 그것을 줍는 사람이 있으니까요.

---

*50 톰 커넌.

그가 내 프록코트를 보고 있다는 걸 알아차렸지. 정장이 행세하는 거야. 제대로 된 복장만큼 효과 있는 것은 없어. 모두를 압도하니까.

―여, 사이먼, 카울리 신부[51]가 말했다. 잘 지내나?

―여, 보브 선생, 미스터 디댈러스가 걸음을 멈추면서 대답했다.

미스터 커넌은 발을 멈추고 피터 케네디 이발관의 기울어진 거울 앞에서 자신의 옷 맵시를 살폈다. 정말 멋진 옷이다. 도슨거리 스콧 신사복 가게에서 지은 것. 니어리에게 반 파운드를 냈는데 그만한 가치는 확실히 있어. 3기니 이하로는 만들 수 없어. 나에게 딱 맞아. 틀림없이 킬데어거리 클럽 멋쟁이들이 입을 만한 물건이야. 어제 칼라일교 위에서 아일랜드 은행 지배인인 존 멀리건이 마치 이쪽을 알기라도 하는 양 유심히 보았어.

에헴! 그런 친구들에게는 정장을 해 보여야 해. 길 위의 기사(騎士)요 신사. 미스터 크리민스, 한 가지 더 부탁드려도 되겠소? 옛 속담에 있듯이 취하지는 않고 기운을 돋우는 것으로 한 잔.

북벽(北壁)과 선체를 잇는 밧줄이 복잡하게 얽힌 존 로저슨 경 부두 근처를 지나 서쪽으로 '엘리야는 오도다'란 구겨진 전단 한 장이 연락선 파도에 밀려 가벼운 배처럼 서쪽을 향해 떠내려갔다.[52]

미스터 커넌은 거울 속 자기 모습에 작별의 눈길을 보냈다. 물론, 혈색은 좋다. 콧수염엔 흰털이 섞이고. 귀환한 인도 주둔군 장교. 그는 짧은 행전을 맨 다리에 땅딸막한 체중을 싣고 어깨를 편 채 당당하게 앞으로 걸어갔다. 길 저쪽 저 사람은 네드 램버트의 동생 샘인가? 그래. 정말 꼭 닮았어. 아냐, 달라. 자동차 바람막이 유리에 해가 비쳐서 그래. 저런 식으로 번쩍이다니. 정말로 그를 닮았어.

에헴! 진의 뜨거운 알코올 성분이 그의 내장을 따뜻하게 하고 그의 숨결을 뜨겁게 만들었다. 좋은 진이었어 그것은. 그가 뚱뚱한 몸을 뒤로 젖히고 걸어가자 프록코트 자락이 밝은 햇빛 속에서 펄럭였다.

저기 저곳에서 에멧[53]이 교수형에 처해지고 장이 꺼내어지며, 목이 잘리고 사지가 갈가리 찢겼다. 기름기로 끈적끈적한 밧줄. 총독 부인이 이륜마차

---

*51 고리대금업자 루벤 J에게 고통당하고 있는 신부.

*52 블룸이 낮 무렵에 다리 위에서 던진 전단이다.

*53 1778~1803. 아일랜드 혁명가. 체포되어 사형당했다.

로 옆을 지나갈 때 개들이 거리의 피를 핥고 있었대.

가만. 그는 성 미카 교회에 묻혔나? 아냐, 천만에. 한밤중에 글래스네빈 묘지에 묻혔어. 담벼락 비밀 문으로 들여와서. 디그넘도 지금 거기에 있어. 허망하게 가 버렸어. 휴우. 여기서 도는 것이 좋아. 돌아서 가야지.

미스터 커넌은 길을 바꾸어 기네스 가게 응접실 모퉁이를 돌아 워틀링거리 언덕을 내려갔다. 더블린 양조회사 창고 앞에서 승객도 마부도 없는 유람마차가 고삐가 바퀴에 얽힌 채 서 있다. 위험천만한 일이다. 티페러리의 어떤 바보가 시민 생명을 위험에 노출시키고 있다. 고삐 놓은 말.

두툼한 책을 몇 권 들고 있는 데니스 브린이 존 헨리 멘튼 법률 사무소에서 한 시간을 기다린 끝에 싫증이 나서, 아내를 데리고 오코널교를 건너 콜리스 앤드 워드 법률사무소로 향했다.

미스터 커넌은 아일랜드거리에 다가갔다.

동란의 시대였어. 네드 램버트에게 요나 배링턴 경*54 회고록을 빌려 달라고 해야지. 지금은 말하자면 과거를 되돌아보고 정리를 다시 해야 할 때야. 댈리 클럽에서의 노름. 그때에는 속임수라도 쓰면 혼이 났었어. 그 패거리 중 하나는 테이블 위에서 단도로 손을 찍혔잖아. 에드워드 피츠제럴드 경*55이 써 소령*56 손에서 벗어난 것이 이 근처였지. 모이러 하우스 뒤 마구간이다.

그건 참 좋은 진이었어, 정말.

혈기 왕성한 훌륭한 귀족 청년. 물론 집안도 좋았다. 저 악당이, 저 보라색 장갑을 낀 악당이, 저 가짜 지주*57가, 그를 팔아넘겼어. 하기야 그들의 방법이 잘못되기는 했어. 그들은 음울하고 불우한 때 봉기한 거야. 잉그럼의 작품은 좋은 서사시다. 그들은 모두 신사였어. 벤 돌라드가 그것을 부르면 가슴이 찡해. 훌륭한 솜씨지.

'로스를 포위한 싸움에서 내 아버지는 쓰러지셨다.'*58

---

*54 아일랜드 사법관.

*55 1763~98. 아일랜드 혁명가.

*56 Henry Charles Sirr. 1764~1841. 아일랜드 군인, 경찰 장교.

*57 당시 〈프리먼즈 저널〉사 사주 프랜시스 히긴스 별명.

*58 맥버니가 지은 발라드 〈까까머리 소년〉에서. 로스는 아일랜드 남동부 요새. 1798년 아일랜드 독립을 위한 봉기 때 영국군 거점.

총독 마차행렬은 매끈한 총총걸음으로 펨브룩 부두를 지나갔다. 선발대가 저마다 안장에 앉아 가볍게 몸을 움직이며. 프록코트 무리. 크림 빛 양산.

미스터 커넌은 숨을 헐떡이며 서둘러 앞으로 나아갔다.

총독 각하야! 아차! 간발의 차로 보지 못했어. 젠장! 아깝네!

*

스티븐 디댈러스는 거미줄이 드리운 창을 통해 보석 세공사 손가락이 고풍스런 목걸이를 만지작거리는 것을 바라보았다. 유리창과 진열장에 낀 먼지. 섬세하게 움직이는 독수리 발톱 마냥 긴 손톱 밑에 새까맣게 낀 먼지. 청동과 은제 고리 위에, 붉은빛을 띤 주황빛 마름모꼴 메달 위에, 루비 위에, 적포도주 빛깔 돌 위에 잠들어 있는 먼지.

모두 구더기가 꿈틀거리는 어두운 땅 속에서 생긴 것들. 얼어붙은 불의 반점, 어둠 속에 빛나는 불길한 빛. 타락한 천사장이 그들 이마의 별을 내던진 곳. 진흙투성이 돼지 코가, 손이, 파고 또 파서 끄집어낸다.

그녀는 고무진과 마늘이 끓고 있는 불결한 어스름 속에서 춤추고 있다. 붉은 수염을 기른 뱃사람이 유리병 안 럼 술을 홀짝이면서 그녀를 바라본다. 오랜 항해 동안에 쌓이고 쌓인 무언의 색정. 그녀는 춤추고 신나게 뛰어다닌다. 암퇘지 같은 허리와 엉덩이를 흔들면서 춤춘다. 그녀의 기름진 배 위로 달걀만 한 루비가 출렁인다.

보석 세공사 러셀 영감은 더러운 새미 헝겊으로 다시 보석에 광택을 내고, 그것을 뒤집고, 모세와 같은 턱수염 끝으로 가져간다. 훔친 장물을 탐욕스레 들여다보는 늙은 유인원.

그리고 매장의 땅 속에서 오래된 영상(靈像)을 캐어 내는 그대! 궤변론자들의 광기 어린 말. 안티스테네스,*59 독약에 대한 지식이 여러 방면으로 넓은 자. 영원에서 영원으로 이어지는 썩지 않는 동방의 밀알.

바닷바람을 막 쐬고 온 두 나이든 여자가 아이리시 타운을 거쳐 런던교 거리를 따라 터벅터벅 걸어갔다. 한 사람은 모래가 달라붙은 낡은 양산을 들고, 또 한 사람은 조산사 가방을 들고. 가방 안에 새조개 11마리가 이리저리

---

*59 기원전 4세기 무렵 그리스 철학자. 견유학파 시조.

굴러다닌다.

발전소 가죽띠가 윙윙 돌아가는 소리, 전동기 웅웅 울리는 소리가 스티븐을 계속 걸어가도록 재촉했다. 존재 없는 존재. 멈춰라! 항상 너 없는 곳에서 울리는 맥박. 그리고 언제나 너의 내부에서 고동치는 맥박. 그것은 그대가 노래하는 그대 심장. 나 자신은 이들 두 고동 사이에 있다. 어디에? 소용돌이치며 으르렁대는 두 세계 사이에. 그것들을 분쇄하라, 둘 다 모두. 그러나 그 타격으로 나 자신도 기절하게 하라. 누군가 그럴 수 있다면 나를 분쇄하라. 말하자면 매춘부이자 도살자.[*60] 하지만, 지금 곧 정할 순 없어. 다시 한 번 둘러보고 나서.

네, 전적으로 그대로입니다. 거대하고 불가사의하며 올바른 운행으로 다스리십니다. 말씀하신 대로입니다. 어느 월요일 아침에는 바로 그대로였습니다.[*61]

스티븐은 베드퍼드거리를 내려갔다. 물푸레나무 지팡이 손잡이로 어깨뼈를 탁탁 치면서. 클로히시 서점 진열장 안의 약간 색바랜 1860년판 히넌 대 세어즈 권투경기 판화가 그의 눈을 끌었다. 네모난 모자를 쓴 후원자들이 권투 경기장을 둘러싼 채 지켜보고 서 있다. 꽉 끼는 7부 반바지를 입은 중량급 선수들이 서로 둥근 주먹을 인사로 내민다. 그들 가슴이 고동친다. 영웅들의 심장이다.

그는 몸을 돌려 비스듬히 기울어진 책수레 앞에 발을 멈추었다.

—한 권에 2펜스, 4권에 6펜스. 행상인이 말했다.

너덜너덜한 페이지. 《아일랜드 양봉가》. 《어스 사제의 생애와 기적》. 《킬라니 지방 휴대용 길라잡이》.

내가 저당 잡힌, 학교에서 상으로 받은 물건들도 여기에 있을지 모르겠군. 1등 상, 최우수생, 스티븐 디댈러스.

콘미 신부는 정시 기도를 외우고 나서 저녁 기도를 중얼거리며 도니카니 마을을 지나갔다.

제본이 잘 된 것 같은데 이건 뭘까? 모세 제8서와 제9서. 모든 비밀 가운데 비밀. 다윗왕 인장. 손때 묻은 페이지. 읽고 또 읽었겠지. 나보다 앞서

[*60] 신에 대한 욕.

[*61] 신을 부정하려다가 또 그것을 시인하려는 주저.

여길 다녀간 사람은 누굴까? 튼 손 손질법. 백포도주로 식초 만드는 법. 여성의 사랑을 얻는 법. 나에게는 이것이 좋아. 손을 모으고 다음 주문(呪文)을 세 번 읊어라.

─축복 받은 여성 천국! 나만을 사랑하기를! 성스럽도다! 아멘.

누가 이것을 썼을까? 모든 참다운 신자에게 전달될, 가장 축복 받은 대수도원장 피터 살랑카 주문과 기도인가? 웅얼거리는 요아킴 주문이나 다른 어떤 대수도원장 주문에 못지 않게 훌륭하군. 내려와, 대머리, 그렇잖으면 곱슬머리를 뽑아버릴 테다.*62

─이런 데서 뭘 하고 있어, 스티븐?

딜리의 뽐내는 어깨와 초라한 옷차림.

빨리 책을 덮어. 보지 못하게.

─넌 뭘 하고 있어? 스티븐이 물었다.

유례없는 찰스왕의 스튜어트형 얼굴. 똑바른 머리가 양쪽에 늘어져 있다. 난로에 몸을 숙이고 찢어진 구두를 태울 때 이 얼굴은 빨갛게 빛났지. 나는 파리 이야기를 해 주었다. 낡은 외투를 여러 겹 뒤집어쓰고서 언제까지나 침대에 누워 일어날 생각을 안 했지. 댄 켈리에게 받은 인조 황금 팔찌를 만지작거리면서. '축복 받은 여성.'*63

─그건 뭐니? 스티븐이 물었다.

─저쪽 수레에서 1페니로 샀어, 딜리가 신경질적으로 웃으면서 말했다. 조금은 쓸모가 있을지 모르지.

그녀는 나와 같은 눈초리를 하고 있다고 모두가 말한다. 다들 나를 이런 식으로 보는 것일까? 재빠르고, 아득하고 대담한 눈빛. 내 마음의 그림자.

그는 그녀 손에서 표지가 떨어져 나간 책을 집어들었다. 샤르드널의 프랑스어 초급.

─뭣 때문에 샀지? 프랑스어 배우려고? 그가 물었다.

그녀는 얼굴을 붉히더니 입술을 야무지게 다물고 고개를 끄덕였다.

놀란 모습 보이지 마. 아주 자연스럽게.

─받아, 쓸모가 있을 거야. 매기가 네 이름으로 전당포에 잡히지 못하도

---

*62 요아킴의 예언 한 구절.

*63 앞서 나온 주문.

록 해. 내 책은 모두 전당포에 잡힌 것 같아. 스티븐이 말했다.

─모두는 아니지만, 딜리가 말했다. 별 도리가 없었어.

그녀는 익사하고 있어. 가책. 그녀를 구해라. 가책. 모두가 우리 적이다. 그녀는 나까지 끌어들여 익사시킬 테지. 눈과 머리카락. 나, 내 마음, 내 영혼을 둘러싼 곧게 뻗은 감줄 같은 해초 머리카락. 짜디짠 초록빛 죽음.

우리.

양심의 가책. 가책의 양심.

비참하다! 비참하다!

＊

─안녕, 사이먼, 어떻게 지내나? 카울리 신부가 말했다.

─안녕, 보브 선생, 미스터 디댈러스가 걸음을 멈추고 대답했다.

두 사람은 레디 부녀 골동품점 앞에서 요란스럽게 악수를 나누었다. 카울리 신부는 손을 둥글게 말아 자꾸 콧수염을 쓸어내렸다.

─무슨 좋은 소식이라도? 미스터 디댈러스가 물었다.

─별로. 사이먼, 난 내 집으로 들어가려고 어슬렁거리는 두 남자 때문에 집에 들어가지 못하고 있어. 카울리 신부가 대답했다.

─재미있군, 그게 누군데? 미스터 디댈러스가 말했다.

─아, 우리가 아는 어떤 고리대금업자야.

─등이 굽은 녀석인가?

─그래, 맞아, 사이먼. 바로 그 종족*[64]인 루벤*[65]이야. 나는 마침 벤 돌라드를 기다리고 있었어. 그가 키다리 존*[66]에게 잠깐 말을 해 주기로 했거든. 두 녀석을 우리 집에서 좀 떼어놔 달라고 말이야. 나는 다만 시간을 좀 달라는 것뿐이야.

그는 막연한 희망의 빛을 띠고 부두 여기저기를 둘러보았다. 커다란 결후(結喉)가 목에서 튀어나와 있었다.

─알겠어, 미스터 디댈러스가 고개를 끄덕이며 말했다. 안짱다리 벤도 힘

---

*64 유대인.

*65 장례식 마차 안에서 화제에 오른 고리대금업자.

*66 부집행관 존 패닝의 별명.

들 거야. 늘 남 치다꺼리나 하고 있으니. 가만!

그는 안경을 끼고 철교 쪽을 잠시 바라보았다.

—저기 오고 있어, 틀림없이, 엉덩이도 주머니도 바로 그의 거야.

커다란 웃옷 위로 헐렁한 푸른 모닝코트를 입고 네모난 실크 모자를 쓴 벤 돌라드[67]가, 철교 쪽에서 나타나 당당한 걸음으로 강가를 가로질렀다. 그는 외투 뒷자락 아래로 손을 넣어 북북 긁으면서 두 사람 쪽으로 천천히 걸어왔다.

그가 가까이 오자 미스터 디댈러스가 인사했다.

—거기 이상한 바지 입은 사람, 잠시 멈추게나.

—당장 붙잡아서 멈추게 하라고. 벤 돌라드가 말했다.

미스터 디댈러스는 냉정한 조소의 빛을 띠고 벤 돌라드의 행색을 살폈다. 그러고 나서 카울리 신부에게 고개를 끄덕이며 비꼬듯이 말했다.

—멋진 의상이군, 그렇잖아? 여름날에.

—무슨 소리를 하는 거야, 이 저주 받을 인간아, 벤 돌라드가 화가 난 듯 소리쳤다. 내가 한창 잘 나갔을 때는 난 자네가 본 적도 없는 비싼 옷도 별로라며 집어던졌던 사람이야.

그는 두 사람 옆에 서자 밝게 미소지으면서 우선 그들을, 그러고 나서 헐렁한 자기 옷을 바라보았다. 미스터 디댈러스가 양복 이곳저곳에 묻은 보풀을 털어 주며 말했다.

—어쨌든 온몸이 멀쩡한 남자를 위해 만들어진 옷임에는 틀림없군, 벤.

—이것을 만든 유대인에게 벌이 있을지어다, 벤 돌라드가 말했다. 고맙게도 그에게 돈을 아직 지급하지 않았으니 망정이지.

—그런데 자랑하는 '최저음'은 어떠신가, 벤자민? 카울리 신부가 말했다.

외알 안경을 쓴 캐셜 보일 오코너 피츠모리스 티스덜 패럴이 중얼거리면서 킬데어거리 클럽 앞을 어슬렁어슬렁 지나갔다.

벤 돌라드가 눈썹을 찡그리더니 갑자기 노래하는 입모양을 만들고는 한 음절 깊은 저음을 토해 냈다.

—오!

—개성이 있어, 미스터 디댈러스가 그 소리에 고개를 끄덕이며 말했다.

---

[67] 사이먼 디댈러스의 친구인 벤자민 돌라드. 저음 가수로서 재능이 뛰어난 영락한 사나이.

—어때? 과히 나쁘지는 않지? 어때? 벤 돌라드가 말했다.

그는 두 사람 쪽을 돌아보았다.

—훌륭해, 카울리 신부도 고개를 끄덕이며 말했다.

휴 C. 러브 신부[68]가 이전의 성 마리아 수도원 회의장[69]을 나와 제임스 앤드 찰스 케네디 양조장 앞을 지나서, 키가 훤칠하고 잘생긴 제럴딘 집안 가족들과 함께 허들스강 선착장 건너 솔셀 쪽으로 걸어갔다.

묵직한 기부금 명부를 들고서 벤 돌라드가 앞서 걸었다. 즐거운 듯이 손가락을 흔들면서.

—함께 부집행관 사무실로 가세, 그가 말했다. 록이 집달관으로 뽑은 잘생긴 새 친구를 소개해 주지. 로벤귤러와 린치혼을 합친 것과 같달까. 만나볼 가치가 있는 사람이야. 가자고. 아까 우연히 보데가 술집에서 존 헨리 멘튼을 만났는데, 실수하면 내가 위험한 꼴을 당해…… 잠깐 기다려 봐. 아니 잘될 거야. 보브, 내게 맡겨.

—며칠만 더 기다려달라고 그에게 말해 줘, 카울리 신부가 근심스러운 듯이 말했다.

벤 돌라드가 걸음을 멈추고 물끄러미 바라보았다. 그는 그의 큰 목소리 내는 입을 멍하니 벌린 채 분명히 들으려는 듯이 그의 눈에 달라붙은 눈곱을 손가락으로 문질러 뗐다. 그의 외투 위로 늘어진 단추가 번쩍번쩍 빛나는 뒷면을 보이며 실 끝에서 덜렁거렸다.

—며칠만 더라니? 그가 외쳤다. 자네 집주인은 집세를 안 냈다고 해서 차압하지 않았나?

—했지, 카울리 신부가 말했다.

—그렇다면 그의 증서(證書) 같은 건 휴지만도 못해, 벤 돌라드가 말했다. 집 주인에게 우선권이 있으니까 말야. 자세한 이야기는 전해 두었어. 윈저거리 29번지. 러브란 이름이지?

—맞아, 카울리 신부가 말했다. 러브 신부, 그는 시골 어딘가 사제지. 그런데 지금 이야기는 확실한가?

---

[68] 네드 램버트 창고를 견학하러 간 사제로 카울리 신부 집주인. 카울리 신부 가구를 차압하고 있다.

[69] 현재 네드 램버트 창고.

—그 도둑놈에게 내가 그렇게 말했다고 전해 줘, 벤 돌라드가 말했다. 그런 서류는 원숭이가 호두 열매를 치워 둔 것과 마찬가지로 아무런 쓸모가 없다고 말야.

그는 신부를 앞으로 이끌며 걸음을 서둘렀다.

—개암나무 열매라고 생각하는데, 미스터 디댈러스가 안경을 저고리 앞에 매달고 두 사람 뒤를 쫓아가면서 말했다.

*

—어린 것은 괜찮겠지? 마틴 커닝엄이 일행과 함께 캐슬야드문(門)을 나오면서 말했다.

경관이 경례를 했다.

—수고하십니다, 마틴 커닝엄이 싹싹하게 말했다.

그는 기다리고 있던 마부에게 신호를 했다. 마부는 고삐를 잡자 말에 소리를 질러 에드워드거리로 나아갔다.

금발과 나란히 암갈색 머리가, 다우스 양 머리와 나란히 케네디 양 머리가 오먼드 호텔의 낮은 차양 위로 보였다.*70

—그래, 마틴 커닝엄이 턱수염을 꼬면서 말했다. 내가 콘미 신부에게 편지를 보내서 자세히 설명해 뒀어.

—우리 친구도 한번 만나보는 것이 좋지 않을까, 미스터 파워*71가 망설이면서 제안했다.

—보이드를? 마틴 커닝엄이 퉁명스럽게 말했다. 그만두자고.

명단*72을 읽으면서 뒤처져 걷고 있던 존 와이즈 놀런*73이 뒤에서 쫓아와 빠른 걸음으로 코크 힐을 내려갔다.

시청 계단을 내려가는 시의원 내너티가 올라오는 시 참사회원 카울리와 시의회 의원 에이브러햄 라이언에게 인사했다.

승객을 태우지 않은 총독부 마차가 익스체인지거리를 달려갔다.

---

*70 보일런과 레너헌이 4시에 만나기로 한 술집의 여종업원들.

*71 블룸과 커닝엄의 친구. 부유한 상인으로 숨겨 둔 여자가 있다.

*72 기부자 명단.

*73 블룸 무리의 친구. 놀기를 좋아하고 디그넘 유족들을 걱정한다.

—이걸 봐 마틴, 존 와이즈 놀런이 '메일'사(社) 앞에서 두 사람을 따라잡자 말했다. 블룸이 5실링을 기부하겠다고 서명했어.

—정말 바람직하군, 마틴 커닝엄이 명단을 받으면서 말했다. 역시 5실링 적어 놓았군.

—별다른 불평도 않고 말야, 미스터 파워가 말했다.

—이상하지만 사실이야, 마틴 커닝엄이 덧붙였다.

존 와이즈 놀런이 놀란 듯이 눈을 크게 떴다.

—유대인도 자비심이 풍부하시다라는 건가? 그가 우아하게 인용했다.

이제 그들은 의사당 거리로 접어들었다.

—저기 지미 헨리가 있어, 미스터 파워가 말했다. 캐바나 술집으로 가는 길이군.

—틀림없어, 마틴 커닝엄이 말했다. 자 시작하지.

라 메종 끌레르(빛의 집) 바깥에서 블레이지스 보일런이, 특허구역 쪽으로 걸어가는, 곱사등에 튼튼하게 생긴, 잭 무니 매부를 불러 세웠다.

존 와이즈 놀런은 미스터 파워와 함께 뒤에서 걸어갔다. 한편 마틴 커닝엄은 미키 앤더슨 시계점 앞을 급한 듯이, 그러나 상태가 안 좋은 발걸음으로 지나가는, 서리 무늬 양복을 입은 자그마한 사나이 팔꿈치를 잡았다.

—시 서기보는 티눈으로 고생하는 모양이야, 존 와이즈 놀런이 미스터 파워에게 말했다.

그들은 모퉁이를 돌아서 제임스 캐바나 술집 쪽으로 걸어갔다. 텅 빈 총독부 마차가 그들 코앞, 에섹스문(門) 옆에 멎어 있었다. 마틴 커닝엄은 계속 말하면서 자꾸만 기부금 명단을 보이려고 했지만 지미 헨리는 거들떠보지도 않았다.

—키다리 존 패닝도 여기 있군, 존 와이즈 놀런이 말했다. 정말로.

키다리 존 패닝의 커다란 모습이 문간을 가득 채우고 서 있었다.

—안녕하세요, 부집행관님, 마틴 커닝엄이 말했다. 모두가 걸음을 멈추고 인사했다.

키다리 존 패닝은 입구에서 비키려 하지 않았다. 헨리 클레이[74]를 입에서

---

*74 파이프.

떼고 그들을 찌르는 듯한 커다란 눈으로 노려보았다.

─입법부 의원 선생님들은 심의를 제대로 계속하고 있을까? 그는 시 서기보에게 언짢은 기색을 역력히 나타내면서 말했다.

지옥문이 열린 것처럼 난리에요, 하고 지미 헨리가 짜증스럽게 말했다. 망할 아일랜드어 때문에요. 시의회 질서를 유지해야 할 사회자는 도대체 어디로 갔는지 그는 묻고 싶었다. 의장인 늙은 발로우는 천식으로 누워 버리고, 의장 책상 위에는 사회봉도 없고, 질서가 아주 문란해져 정원도 차지 않고, 게다가 시장인 허친슨이 랜디드노에 가 있어서 로컨 셜록이 임시 대리를 맡고 있었다.

키다리 존 패닝이 입으로 담배 연기를 뿜어냈다.

마틴 커닝엄이 턱수염 끝을 꼬면서 시 서기보와 부집행관에게 번갈아서 말을 걸었다. 그 사이 존 와이즈 놀런은 침묵을 지키고 있었다.

─그건 무슨 디그넘이라고 했지? 키다리 존 패닝이 물었다.

지미 헨리는 얼굴을 찌푸리고 왼발을 들었다.

─아, 티눈이! 부탁이니 이층으로 올라가지요. 좀 앉아서 쉬어야겠어요. 아야야! 조심해! 그가 애처롭게 말했다.

그는 언짢은 얼굴을 하고 키다리 존 패닝 옆을 비집고 들어가 계단을 올라갔다.

─올라갑시다, 마틴 커닝엄이 부집행관에게 말했다. 당신은 그*75를 모르거나 어쩌면 알고 있었는지도.

존 와이즈 놀런과 미스터 파워가 그들을 뒤따라 들어갔다.

─진지하고 좋은 사람이었죠, 미스터 파워가 거울에 비친 키다리 존 패닝 쪽을 향해 올라가고 있는 키다리 존 패닝의 탄탄한 등에 대고 말했다.

─어느 쪽이냐 하면 키가 작은 편이에요, 멘튼 법률사무소에서 일했던 친구죠. 마틴 커닝엄이 말했다.

키다리 존 패닝은 그 사나이를 생각해 낼 수가 없었다.

밖에서 말발굽 소리가 울려왔다.

─저건 뭐지? 마틴 커닝엄이 말했다.

---

*75 패디 디그넘.

그들 모두는 서서 뒤돌아보았다. 존 와이즈 놀런이 다시 아래로 내려갔다. 문간 시원한 그늘에 서서 그는 말들이, 마구(馬具)와 화려한 무늬를 햇빛에 빛내면서 의회 거리를 지나가는 것을 보았다. 말들 행렬은 그의 차갑고, 쌀쌀맞은 시선을 받으며 명랑하게, 빠르지 않은 속도로 지나갔다. 앞장서서 안내하는 맨 앞쪽 말들에는 경호원이 타고 있었다.

—무슨 일 있었나? 마틴 커닝엄이 모두가 다시 계단을 오르기 시작했을 때 물었다.

—육군 중장, 아일랜드 총독 각하야. 존 와이즈 놀런이 계단 아래쪽에서 대답했다.

✻

두꺼운 카펫 위로 걸어가면서, 벅 멀리건은 파나마모자로 입을 가리고서 헤인스에게 속삭였다.

—파넬*76 동생이야. 저기 저 모서리에.

두 사람은 얼굴이 길쭉한 사내가 앉아 있는 자리 맞은편, 창가 작은 테이블을 골랐다. 사내의 턱수염과 시선은 체스판 위에 고정되어 있었다.

—저 사람이 그 사람? 헤인스가 의자에서 몸을 비틀고 돌아보며 물었다.

—그래, 멀리건이 말했다. 저분이 존 하워드, 파넬 동생으로 이 시 경찰 청장이야.

존 하워드 파넬은 하얀 체스 말을 조용히 움직이고 나서 다시 잿빛 손톱을 이마 쪽으로 가져다 댔다.

잠시 뒤, 그는 손 차양 아래로 유령처럼 눈빛을 빛내며 상대쪽을 재빨리 한 번 바라본 다음, 다시 격전이 벌어지고 있는 체스판 한쪽 구석 위로 시선을 고정시켰다.

—나는 '멜랑주'로 하겠어, 헤인스가 여종업원에게 말했다.

—멜랑주 둘 그리고 스콘과 버터, 케이크도 가져다 줘. 벅 멀리건이 말했다.

그녀가 떠나자 그는 웃으면서 말했다.

---

*76 찰스 스튜어드 파넬. 19세기 말 아일랜드 독립운동 혁명가.

—맛없는 과자(damn bad cakes)를 만들기 때문에 여기를 D.B.C(더블린 베이커리 클럽)라고 부르지. 그러고 보니 자네는 디댈러스 '햄릿론'을 못 들어봤겠군.

헤인스는 새로 산 책을 펼쳤다.

—거 유감이군. 셰익스피어는 마음의 균형을 잃은 사람들에게는 안성맞춤의 사냥터니까 말야.

외다리 수병이 넬슨거리 14번지 구역에서 소리쳤다.

—'영국은 기대한다⋯⋯'*77

벅 멀리건의 담황색 조끼가 웃음소리에 맞추어 명랑하게 흔들렸다.

—한번 봐 둬, 녀석이 몸의 균형을 잃었을 때를 말야. 나는 녀석을 헤매는 엥거스라 부르지.

—그에게는 무엇인가 '강박관념'이 있어, 헤인스가 생각에 잠기는 것처럼 엄지와 검지로 턱을 잡으면서 말했다. 그것이 뭘까 지금 생각하는 중이야. 그런 부류에게는 항상 있는 일이니까.

벅 멀리건은 진지한 얼굴로 테이블 위로 몸을 기울였다.

—그 생각이 녀석을 미치광이로 몰아가고 있지. 지옥 환상에 사로잡혀서 말야. 그가 아티카 가락을 파악한다는 건 무리야. 모든 시인 중에서도 특히 스윈번 가락, 하얀 죽음과 붉은 탄생이라는 걸 말야. 그 점이 녀석의 비극이야. 그는 절대로 시인이 될 수 없어. 창조의 기쁨⋯⋯.

—영원한 형벌이야, 헤인스가 가볍게 고개를 끄덕였다. 나는 알아. 오늘 아침, 그와 신앙에 관해서 논쟁해 봤지. 그의 마음속엔 뭔가가 있다는 걸 알았어. 이것은 꽤 재미있는 문제지. 왜냐하면 빈의 포코니 교수가 거기서 재미있는 문제를 끌어냈거든.

벅 멀리건의 빈틈없는 눈은 여종업원이 오는 것을 보았다. 그는 그녀를 도와 쟁반 위 것들을 테이블로 내려놓았다.

—교수의 설에 따르면, 고대 아일랜드 신화에선 지옥이라 부를 만한 게 전혀 나타나지 않는대, 군침 돌게 하는 컵들을 앞에 두고서 그가 말했다. 도덕 관념이 결여되어 있고, 운명이나 응보 개념도 없기 때문이라는 거야. 그

---

*77 트라팔가르 해전 때 넬슨이 제창했던 유명한 구호. '영국은 기대한다, 저마다 최선을 다 할 것을.'

런 고정관념을 그가 품게 되었다는 것은 아무래도 이상한 일이야. 그는 자네들 문학 운동을 위해 무언가 쓰고 있나?

그는 거품이 이는 크림 속에 설탕 두 덩어리를 긴 쪽이 세로가 되게 세워서 솜씨 있게 넣었다. 벅 멀리건은 김이 나는 스콘을 둘로 쪼개어 따끈따끈한 속에 버터를 발랐다. 그런 다음 말랑말랑한 스콘 조각을 게걸스럽게 베어 먹었다.

—10년, 계속 씹으며 또 웃음지으면서 그가 말했다. 10년이 지나면 뭔가 쓸 모양이야.

—상당히 먼 미래의 이야기군, 헤인스는 생각에 잠긴 듯 천천히 들어올리며 말했다. 어쨌든 언젠가는 틀림없이 쓸 거라 생각해.

그는 컵에서 크림을 한 스푼 가득 떠서 맛보았다.

—이건 진짜 아이리시 크림이겠지, 그가 신중한 어조로 말했다. 가짜는 질색이야.

엘리야*[78]가, 둥글게 말아서 던진 가벼운 전단의 쪽배가, 선박과 연락선 사이를 지나, 군도처럼 떠 있는 코르크 마개들 사이를 빠져나가, 뉴워핑거리를 지나, 벤슨 선착장을 뒤로하여, 브리지워터로부터 벽돌을 싣고 온 마스트 세 개짜리 스쿠너선 로즈빈호(號) 옆으로 빠져 동쪽으로 흘러갔다.

*

알미다노 아르티포니는 홀리스거리와 수엘즈 구내를 지나갔다. 그의 뒤에서 캐셜 보일 오코너 피츠모리스 티스덜 패럴이 지팡이 겸 우산 겸 외투를 덜렁덜렁 들고 미스터 로 스미스 집 앞 가로등을 피해 거리를 건너, 메리온 광장을 따라 걸어갔다. 그보다 훨씬 뒤쪽에서 한 장님 젊은이가 칼리지 파크 담벽을 따라 지팡이로 길을 딱딱 두드리며 걸어갔다.

캐셜 보일 오코너 피츠모리스 티스덜 패럴은 미스터 루이스 워너의 화려한 유리창이 있는 곳까지 가서 방향을 바꾸어 그의 지팡이 겸 우산 겸 외투를 덜렁거리며 큰 걸음으로 메리온 광장을 따라 되돌아갔다.

그는 와일드 집 모퉁이에서 걸음을 멈추고, 메트로폴리탄 홀에 나붙은 엘

---

*78 엘리야라고 쓰인 전단.

리야 이름을 읽고, 또 멀리 총독 관저 잔디밭 산책로를 바라보며 얼굴을 찡
그렸다. 그의 외알안경이 햇빛을 받아 번쩍번쩍 빛났다. 그는 앞니를 드러내
고 중얼거렸다.

　—'나는 욕망할 수밖에 없었다.'*79

　그는 이 저주의 말을 중얼거리면서 클레어거리 쪽으로 걸어갔다.

　그는 치과의사 미스터 블룸이라는 글자가 적힌 창 앞을 지나갈 때 그의 방
진용 외투를 흔들며, 지팡이로 바닥을 두드리며 걷고 있던 힘없는 몸*80을
거칠게 밀치고 계속 나아갔다. 장님 젊은이는 그의 병적인 얼굴을 사라져가
는 사람 쪽으로 돌렸다.

　—뒈져라, 어디 누군지는 모르지만 나보다 눈이 보이지 않는단 말이야?
이 망할 자식! 그는 원망스러운 듯이 말했다.

*

　러기 오도노호 술집 건너편에서 소년 패트릭 앨로이시우스 디그넘*81이,
예전엔 페렌버크 정육점이었던 지금의 맨건 정육점에서 산 스테이크용 돼지
고기 1파운드 반을 들고 따뜻한 위클로거리를 따라 천천히 걷고 있었다. 미
시즈 스토어와 미시즈 퀴글리, 그리고 미시즈 맥도웰과 함께, 덧문을 내린
거실에 앉아 코를 킁킁거리면서 버니 아저씨가 터니 가게에서 사온 황갈색
최고급 셰리 술을 홀짝거리는 그녀들과 함께 있는 자리는 정말 끔찍하도록
지루했다. 그녀들은 함께 있던 시간 내내 손으로 만든 과일 케이크 부스러기
를 집어 먹으면서 언제 끝날지 모를 잡담을 늘어놓거나 한숨만 푹푹 내쉬고
있었다.

　위클로거리를 지나 마담 도일 여성 정장용 모자가게 진열장이 그의 발을
멈추게 했다. 그는 두 권투선수가 벌거벗은 채 자세를 취하고 있는 것을 보
았다. 양옆 거울에서 또 상복(喪服)을 입은 소년 디그넘 둘이 입을 멍하니
벌리고 서 있었다. 더블린의 스타 마일러 키오가 상금 50파운드를 걸고 포

---

*79 동로마제국 황제 유스티아누스 1세(483~565)가 편찬한 《로마법대전》에서. 이상 성욕에
　　관한 문구.

*80 장님의.

*81 패디 디그넘 아들.

르토벨로 권투선수 베네트 특무상사와 맞붙을 것이라니, 야, 이 경기는 볼만하겠어. 녹색 띠를 두르고서 이쪽으로 주먹을 내민 사나이가 마일러 키오야. 입장료 2실링, 군인은 반값이라. 엄마 속이기야 식은 죽 먹기지. 그가 뒤돌아보자 왼쪽 거울의 소년 디그넘도 뒤를 돌아보았다. 상복을 입고 있는 내 모습이다. 언제 하지? 5월 22일. 이런, 짜증나게도 모두 다 끝났잖아. 그가 오른쪽으로 돌아서자 오른쪽 디그넘도 방향을 바꾸었다. 모자가 옆으로 틀어지고 옷깃이 튀어나와 있었다. 단추를 잠그고 턱을 들자, 두 권투선수 옆으로 매력적인 바람둥이 여자역 희극배우 마리 켄덜 모습이 보였다. 스토어 녀석이 피우던 싸구려 담뱃갑에 그려진 것과 같은 여자다. 그 녀석, 언젠가 아버지에게 들켰을 때 죽도록 맞았지.

소년 디그넘은 옷깃을 내리고 어슬렁어슬렁 걸었다. 힘으로만 따지면 저 피츠시몬스가 가장 뛰어난 권투선수였어. 그 사람이 술에 취해서 어설프게 날리는 주먹 한방으로도 넌 나가떨어질 수 있어, 이 사람아. 하지만 피츠시몬스가 젬 코벳 코를 납작하게 만들기 전까지는 젬 코벳이 권투기술로는 으뜸이었지. 모두 다 재빨리 피했으니까.

그래프턴거리에서 소년 디그넘은 한 멋쟁이 신사 입에 물린 빨간 꽃과 그가 신고 있는 훌륭한 구두를 보았다. 그는 자기에게 말을 걸어오는 술 취한 사람*82 이야기를 들으며 내내 웃음을 띠고 있었다.

샌디마운트로 가는 전차는 오지 않는군.

소년 디그넘은 나소거리를 따라 걸으면서 스테이크용 돼지고기를 다른 손으로 바꾸어 들었다. 옷깃이 튀어나오자 아래로 잡아당겼다. 장식 단추가 셔츠 구멍에 비해 너무 작아, 제기랄. 그는 가방을 맨 학생들을 만났다. 나는 내일도 학교에 가지 않는다, 월요일까지 쉬는 거야. 또 다른 학생들과 마주쳤다. 그들은 내가 상중이라는 걸 알아차렸나? 바니 아저씨가 오늘 밤 신문에 낼 수 있다고 말씀하셨어. 그렇게 되면 모두가 내 이름과 아빠 이름이 신문에 난 것을 읽을 테지.

아빠 얼굴은 여느 때처럼 빨간색이 아니라 잿빛이 되어 있었다. 파리가 그의 얼굴에 앉았고 눈 가까이까지 기어갔다. 관에 못 박는 소리. 아래층으로

---

*82 블레이지스 보일런.

관을 내릴 때 쿵 하고 부딪치던 소리.

아빠는 그 안에 들어 있었다. 엄마는 거실에서 울고. 바니 아저씨가 모퉁이에서 어떻게 들고 갈 것인가를 지시하고 있었어. 엄청 크고 무거워 보였지. 어쩌다 그렇게 되었을까? 그날 밤, 술에 취한 아빠는 계단참에 서서, 터니 술집에 가서 더 마시고 오겠으니 구두를 내놓으라고 소리 질렀고, 셔츠 입은 모습이 작아 보였어. 이제는 아빠를 만날 수 없어. 죽는다는 건 이런 거야. 아빠는 죽었어. 내 아빠는 돌아가셨어. 엄마 말 잘 들으라고 하셨지. 다른 말도 하셨지만 나는 알아들을 수가 없었어. 하지만 제대로 말하려고 혀와 이를 계속 움직이셨지. 가엾은 아빠. 그것이 내 아버지, 미스터 디그넘이었어. 지금은 연옥(煉獄)에 계실 거야. 토요일 밤에 콘로이 신부에게 고해를 하러 가셨으니까.

*

더들리 백작 윌리엄 험블과 레이디 험블은 점심을 먹은 뒤 헤슬타인 육군 중령을 동반하고 마차로 총독부 관저를 나왔다. 미시즈 퍼젯, 미스 드 코시, 그리고 제럴드 워드 부관 등을 태운 마차가 그 뒤를 따랐다.

기마 행렬은 경의를 나타내는 경관들 경례를 받으며 피닉스 공원 아래쪽 문을 나와 킹교(橋)를 지나 북쪽 강가로 나아갔다. 총독은 수도를 횡단하는 동안 곳곳에서 진심어린 인사를 받았다. 강 건너 멀리 블러디교(橋)에서 미스터 토머스 커넌이 인사를 보냈지만 소용이 없었다. 퀸교(橋)와 위트워스교 사이에서 총독 더들리 경 일행 마차 행렬은 법학사이자 문학사인 미스터 더들리 화이트 곁을 지나갔으나 그의 인사를 받지 못했다. 미스터 더들리 화이트는 그때 아란거리 서쪽 구석에 있는 전당포 주인 미시즈 M.E. 화이트 가게 앞에서, 집게손가락으로 코를 문지르면서, 피브스버러에 빨리 가려면 전차를 세 번 갈아타는 것이 좋은가, 마차를 타야 하는가, 그렇지 않으면 스미스필드에서 콘스티튜션 언덕으로 빠져 브로드스턴 종착역 옆을 걸어가야 하는가를 정하지 못하고 서 있었다.

고등법원 정문 현관에서는 굴딩 콜리스 앤드 워드 법률사무소 회계 가방을 든 리치 굴딩이 놀란 듯이 바라보고 있었다. 리치먼드교 지나서 있는, 변호사이자 애국보험회사 대리인인 루벤 J. 도드 사무소 입구 계단에 선, 한 나이 지긋한 여성이 거기에 들어가려던 계획을 바꾸어 킹스 가게의 진열장까지 되돌아가 국왕폐하의 대리자를 보고 믿음직스럽게 미소 지었다. 톰 디번 토목사무실 아래, 리피강을 따라 쌓은 우드키 벽(壁) 수문으로부터는 포들강이 충성을 맹세하듯이 오수(汚水)의 혀를 늘어뜨리고 있었다. 오먼드 호텔 해가리개 너머로 암갈색 머리와 함께 금발 머리가, 미스 다우스 머리와 나란히 미스 케네디 머리가 바라봤고 찬탄했다. 오먼드 강가 위에서는 공중 화장실을 나와 부집행관 사무실로 가던 미스터 사이먼 디댈러스가 거리 한가운데 멈춰 서서 모자를 벗었다. 총독 각하는 미스터 디댈러스의 인사에 정중히 답례했다. 커힐 모퉁이에서 문학사 휴 C. 러브 신부가, 부를 가져다주는 성직자 추천권을 쥐고 있던 역대의 자비심 많은, 왕 대리인들을 떠올리고 인사했지만, 그들은 알아차리지 못했다. 그래턴교 위에서 이제 막 헤어지려던 레너헌과 매코이가 행렬이 지나가는 것을 바라보았다. 거티 맥도웰은 병으로 몸져누운 아버지 대신에 케이츠비 제조소의 코르크 리놀륨에 대한 편지를 가지고 로저 그린 법률사무소와 돌라드의 빨갛고 큰 인쇄소 옆을 지나가고 있었는데, 행렬을 보고 총독 각하 내외라는 것은 알았지만 총독 부인이 어떤 옷을 입었는지는 볼 수 없었다. 그녀 앞에서, 총독 각하에게 경의를 표하기 위해 전차 한 대와 스프링 가구점의 노랗고 큰 가구운반차가 멈추었기 때문이다. 런디 푸트 담배도매상을 지나서 캐바나 술집 그늘진 입구에서는 존 와이즈 놀런이 총독 각하를 바라보며 눈에 띄지 않게 냉소를 보냈다.

더들리 백작이자 빅토리아 여왕 대십자(大十字) 훈장을 받은 윌리엄 험블 경이, 언제나 시간을 알리는 미키 앤더슨 시계가게와 헨리 앤드 제임스 양복가게의, 말쑥하게 차려입고 화색이 도는 신사 헨리와 최신 유행복 차림의 제임스라는 이름의 밀랍 광고인형 앞을 지나갔다. 톰 로치퍼드와 노지 플린은 데임문(門)에 기대어 기마행렬이 가까이 오는 것을 지켜보았다. 톰 로치퍼드는 더들리 백작 부인 눈이 자기를 바라보고 있다는 것을 알자 적포도주 빛깔 조끼에서 재빨리 엄지손가락을 빼고 모자를 벗어 그녀에게 인사했다. 매력적인 '하녀역 희극 배우' 마리 켄덜은 포스터 안에서 뺨을 짙게 화장한 채 스커트를 들어 올려 더들리 백작 윌리엄 험블에게, 육군 중령 H.G. 헤슬타인에게, 그리고 제럴드 워드 부관에게도 끈적한 미소를 보냈다. D.B.C 창으로부터는 명랑하게 보이는 벅 멀리건과 진지한 헤인스가 흥분한 손님들 어깨 너머로 총독 마차를 내려다보았다. 창가로 몰린 사람들 때문에 존 하워드 파넬이 주시하고 있는 체스판 표면이 어두워졌다.

파운스거리에서 딜리 디댈러스는 샤르드널 프랑스어 초급교본에서 시선을 뗀 뒤 눈을 가늘게 뜨고 눈부신 빛 속에 펼쳐진 파라솔과 빙글빙글 도는 차 바퀴살을 보았다. 존 헨리 멘튼은 무역회관 입구에 서서 두툼한 금덮개 회중시계를 손에 든 채, 술에 취한 굴 같은 눈으로 멍하니 바라보고 있었다. 통통한 왼손에 쥔 회중시계를 보지도 만지작거리지도 않은 채. 빌리 왕을 태운 말*83 앞발이 공중에서 발버둥치고, 그 아래에서 미시즈 브린은 맨 앞 말발굽에 치이지 않도록 서둘러 대는 남편을 끌어당겼다. 그녀는 남편 귓가에 입을 대고 큰 소리로 이유를 설명해 주었다. 남편은 사정을 알자 몇 권 책을 왼쪽 가슴으로 옮겨 두 번째 마차에 인사했다. 제럴드 워드 부관은 당황했지만 곧 기분 좋게 답례했다. 폰선비 서점 모퉁이에서는 피로에 지친 하얀 술병 모양 H.가 멈춰 섰다. 그리고 그 뒤로 중산모자를 쓴 하얀 술병 모양 E., L., Y., 'S가 차례대로 걸음을 멈추었다. 그 사이 수행원을 태운 말들이 요란스레 지나가고, 마차가 그 뒤를 따랐다. 피곳 악기점 건너편에서, 총독은 화려한 옷을 입고 위풍당당하게 걷는 댄스 교수 미스터 데니스 J. 매기니를 지나쳤으나 알아보지 못했다. 트리니티 칼리지 학장 저택 담을 따라 블레이지스 보일런이 하늘색으로 장식된 양말에 황갈색 구두를 신고 〈내 여자친구는 요크셔 아가씨〉 후렴에 발맞추어 걸어갔다.

행렬 하늘색 이마 장식띠와 절도 있는 움직임을 향해, 블레이지스 보일런은 자신의 하늘색 넥타이와 비스듬히 기울여 쓴 챙 넓은 밀짚모자와 남색 서지 정장을 뽐냈다. 인사할 생각이 없는 듯 그의 손은 여전히 윗옷 주머니 속에 들어 있으나 세 부인을 바라보는 눈빛과 입술에 문 빨간 꽃은 대담한 찬양을 바치고 있었다. 행렬이 나소거리를 지나갈 때 각하는 답례하고 있는 부인에게 칼리지 파크에서 들려오는 음악 연주에 귀 기울여 보라고 말했다. 어디선가 스코틀랜드 출신 젊은 취주악단이 '행렬'을 좇아 나팔을 불고 북을 쳤다.

---

*83 윌리엄 3세 동상의 말.

'비록 그녀가 공장에서 일하고
멋진 옷은 안 입었어도
바라밤.
그래도 나는 내 귀여운
요크셔 장미를 사랑해.
바라밤.'

담 건너편에서는 4분의 1마일 플랫의 핸디캡이 주어진 자전거 경주자, M. C. 그린, H. 스리프트, T.M. 페이티, C. 스케이프, J.B. 제프스, G.N. 모피, F. 스티븐슨, C. 애덜리 그리고 W.C. 허거드가 출발했다. 캐셜 보일 오코너 피츠모리스 티스덜 패럴은 핀 호텔 옆을 큰 걸음으로 지나가면서 엄격한 눈초리로 외알 안경 너머 마차 행렬 저쪽 오스트리아—헝가리 제국 부영사관 창가에 있는 미스터 M.E. 솔로몬스 얼굴을 바라보았다. 렌스터거리 안쪽에 있는 트리니티 칼리지 뒷문 옆에서 충실한 왕당파인 나팔수가 여우 사냥 모자에 손을 댔다. 털이 매끄러운 말들이 메리온 광장 옆을 지나가려고 기다리고 있었다. 소년 패트릭 앨로이시우스 디그넘은 모두가 중산모자를 쓴 신사에게 인사하는 것을 보고, 자기도 스테이크용 돼지고기 포장지로 더러워진 손가락으로 검은색 새 모자를 들어올렸다. 그와 동시에 그의 옷깃도 다시 올라갔다.

머서 병원 자금 원조를 위한 마이러스 바자모임 개회식에 참석하러 가는 길인 총독 일행은 수행원들을 데리고 하부 마운트거리 쪽으로 달려가고 있었다. 길 건너편 브로드벤트 과일점 곁을 한 장님 젊은이가 걸어갔다. 하부 마운트거리에서 갈색 방수외투를 입은 행인이 딱딱한 빵을 먹으면서 재빨리 무사히 총독이 지나가는 길을 가로질렀다. 로열 운하교 근처 광고판에서 미스터 유진 스트래튼이 두툼한 입술로 미소지으며, 펨브룩 구역으로 오는 모든 통행인에게 환영 인사를 전했다.

해딩턴거리 모퉁이에서 양산과, 새조개 11개가 데굴거리는 가방을 든 두 모래투성이 여인이, 걸음을 멈추고 금목걸이를 걸지 않은 시장과 시장 부인을 감탄하는 눈빛으로 바라보았다. 노섬벌랜드거리와 랜즈다운거리에서 총독 각하는 드문드문 지나가는 남성 보행자들의 경례, 1849년 부군과 함께 아일랜드 수도를 방문한 영국 여왕이 감탄했다는 건물 정원 문 앞에 서 있던 두 초등학생의 경례와 문 틈에 바짓가랑이가 낀 알미다노 아르티포니의 인사에도 꼼꼼하게 답례의 눈길을 보냈다.

에피소드 11
THE SIRENS
세이렌*1

---

*1 상반신은 여자이고 하반신은 새의 모습을 한 바다의 세 요정. 아름다운 노랫소리로 뱃사람
들을 유혹하여 잡아먹기도 한다.

줄거리

오후 4시. 오먼드 호텔 바. 여종업원 미스 케네디와 미스 다우스가 총독 마차가 지나가는 것을 보고 있다. 둘은 잡담을 나누다, 블룸 눈이 느끼하다며 한바탕 웃는다.

블룸이 리치 굴딩을 만나 오먼드 호텔 바 안으로 들어온다. 4시에 마리온에게 가기로 했던 보일이 레너헌의 연락을 받고 이곳에 와 있다. 그는 레너헌과 함께 '종을 울린다'는 암호로 통하는 음란한 동작을 미스 다우스에게 시키며 즐거워한다. 이 광경을 구석에서 보고 있던 블룸은 보일런과 마리온이 만나는 장면을 떠올리며 괴로워한다. 그는 마사에게 연애편지를 쓰고, 무슨 편지냐고 묻는 굴딩에게 단골에게 보내는 것이라고 둘러댄다.

사이먼과 카울리 신부, 벤 돌라드 세 사람도 이곳에 와서 노래를 부르고 있다. 사이먼은 테너로서, 돌라드는 바리톤으로서, 카울리는 피아니스트로서 기량을 발휘해 갈채를 받는다.

한편, 보일런은 마리온을 만나기 위해 마차를 타고 서둘러 달려간다. 술집에서 나온 블룸은, 전차 소음을 틈타 방귀를 뀐다.

앞의 에피소드 10에서 장면 배열이 다원적이었던 데 비해, 이 에피소드에선 음향이나 운율, 이미지 배열이 다원적이다. 시작 부분에 시와 같은 형식의 뜻이 불분명한 짧은 문장들이 나열되는데, 그것은 이 음악적인 에피소드 안에서 되풀이되는 악곡적(樂曲的) 주제이다. 원문에서는 그 주제가 보다 더 운율적으로 각 부분에서 되풀이되고 서로 어우러져서 울리는데, 번역할 때도 이를 되도록 살리고자 했다.

총독 마차 소리, '종을 울리는' 가터벨트 소리, 사이먼과 돌라드가 부르는 노래 가사, 그 밖에 주요인물들 말소리. 이러한 것들이 음악적 (여기서는 이전 에피소드와 달리 사건이 아니라 음향 배열이 중심이다) 반향으로 진행되는 이 에피소드에서, 사이먼과 돌라드가 부르는 노래는, 마차 울림이나 가터벨트 소리의 뒤를 이어 실로 음악적으로 크게 퍼진다. 이 에피소드는 음악의 에피소드라 할 수 있다.

이 에피소드는 오디세우스가 세이렌 섬에 이르렀을 때인 《오디세이아》 제 12장과 상응한다. 사람을 홀려 목숨을 빼앗는 세이렌의 노랫소리를 이겨내기 위해, 오디세우스는 부하들 귀를 밀랍으로 막고, 자신은 돛대에 묶인 채 그 노래를 들으면서 그곳을 통과한다. 블룸 또한 마사 클리퍼드에게 편지 쓰는 데 열중하여 음악의 힘에서 벗어나고자 한다.

에피소드 11 주요인물

리디아 다우스 Lydia Douce : 오먼드 호텔 술집 여종업원. 암갈색 머리 아가씨. 보일런에게 마음이 있다.

마이너 케네디 Mina Kennedy : 오먼드 호텔 술집 여종업원. 금발 머리 아가씨. 리스모어거리 4번지에 살고 있다.

금발*2과 나란히 암갈색 머리*3가 말 쇠발굽 소리를 듣노라. 울려 퍼지는 강철 소리를.*4

버릇없는는 는는는.

손톱 조각, 엄지손가락의 단단한 손톱에서 자르다 남은 손톱 조각을 쥐어 뜯으면서, 손톱 조각을.

싫어요! 금발은 한층 얼굴을 붉혔다.

플루트로 쉰 목소리 같은 한 음절을 불었다.

불었다. 뾰족하게 솟은 금발

머리 위엔 푸른 꽃.

새틴 옷에 싸인 새틴 같은 유방 위에서 춤추는 장미, 캐스틸 장미.*5

바르르 떨리는, 바르르 떨리는, 목소리, 아이돌로레스.

어? 누가 거기에…… 흘끗 보인 금발.

날카로운 고음이 동정하는 암갈색 머리를 향해 울렸다.

그리고 맑은, 오래 계속되는, 떨리는 소리. 오래 이어지며 서서히 잦아드는 부르는 소리.

유혹. 부드러운 말. 하지만 보라! 빛나는 별빛은 흐려져 간다. 오, 장미여! 지저귀면서 대답하는 멜로디. 캐스틸. 아침은 온다.

짤랑, 짤랑, 이륜마차가 경쾌하게 짤랑, 짤랑.

동전이 땡그랑. 시계가 땡.

승낙의 말. 종을 울려라. 내 어찌 그대를. 가터벨트 탄력. 떠날 수 있으

---

*2 미스 케네디.

*3 미스 다우스.

*4 이하 시구 형식의 60여 구절은 교향곡 내지는 오페라의 음 고르기 또는 서곡과 같은 부분이다. 앞으로 전개되는 여러 음악적 주제를 소개한 것.

*5 오페라 제목.

리. 철썩. 그 종을. 넓적다리에 철썩. 승낙. 따뜻한. 애인이여, 안녕!

딸랑 딸랑. 블루.

붕붕 울려 퍼지는 화음. 사랑이 영혼을 빨아들일 때. 전쟁! 전쟁! 고막.

출항! 파도 위로 펄럭펄럭 파도치는 베일.

상실. 개똥지빠귀가 울고 있었다. 지금은 모든 것이 사라졌다.

뿔피리. 붕―하고 울리는 뿔피리.

그가 처음 보았을 때에는. 아아.

질탕한 교미, 고동치는 맥박.

새의 지저귐. 아 유혹! 유혹한다.

마사여! 돌아오라.

딱딱. 딱딱. 딱딱딱.

맙소사, 그는 전혀―듣고 있지 않―았어.

가는 귀 먹은 팻이 봉투 속으로 나이프를 집어넣어, 들어 올린다.

달빛이 빛나는 밤의 부르는 소리, 멀리, 멀리.

나는 무척 슬퍼요. 추신. 정말 혼자서 무척 적적해요.

들어라!

끝이 뾰족한, 소용돌이 모양의 차가운 소라고둥. 했나? 저마다 그리고 서로를 위해. 철썩이는 물소리와 침묵하는 해명(海鳴).

진주. 그녀가 할 때. 리스트*⁶ 광상곡. 슈르르르

당신은 설마?

안 했어, 아냐, 아냐, 믿으라. 리들리드. 쇠망치로, 탁탁.

검다.

깊은 울림으로. 해 봐, 벤, 해 봐.

기다리는 동안은 기다린다. 히 히. 당신이 히 하는 동안은 기다린다.

그러나 잠깐 기다려!

어두운 땅속에 깊이. 깊이 파묻힌 무쇠.

주의 이름으로. 모든 것은 사라지고. 모든 것은 쓰러지고.

가냘픈, 가냘프게 떨리는 공작고사리 잎.*⁷

---

*6 Franz Liszt(1811~86). 헝가리 작곡가.

*7 Maidenhair는 여기에서 '공작고사리'와 '처녀 머리카락 (maiden hair)'이라는 겹의미를 갖는다.

오먼드 호텔

아멘! 그는 분노한 나머지 이를 갈았다.

왔다, 갔다, 왔다. 차가운 막대가 튀어나온다.

금발 마이너와 나란히 암갈색 머리 리디아.

녹색 바다 빛깔 그늘 속에 암갈색 머리, 그 옆엔 금발 머리, 블룸. 나이든 블룸.

누군가가 두들겼다, 탁탁, 쇠망치로.

그를 위해 기도하라! 기도하라, 착한 사람이여!

그의 통풍(痛風) 걸린 손가락이 와들와들 떨리고.

뚱뚱이 베너벤. 뚱뚱이 벤벤.

여름의 마지막 캐스틸 장미꽃은 꽃(블룸)을 버렸다, 나 홀로 슬프구나.

부—욱! 작은 방귀가 소리를 냈다.

참다운 남자. 리드 커 카우 디 그리고 돌. 과연, 과연. 여러분처럼. 다 같이 칭크를 충크와 함께 들어 올리자.

프프프! 우!

암갈색 머리를 가까이에서 어디로? 금발은 멀리에서 어디로? 말발굽은 어디로?

르르프르. 크라. 크란들.

그때 바로 그때까지는. 나의 비명(碑銘). 작성되어 있길.

끝.

시작해!

오먼드 호텔 바 해가리개 틈으로 금발과 나란히 암갈색 머리가, 미스 케네디와 나란히 미스 다우스 머리가, 지나가는 총독 마차 말발굽이 내는 강철 소리를 들었다.

—저이가 총독 부인이야? 미스 케네디가 물었다.

미스 다우스가 그렇다고 대답했다. 각하와 나란히 앉아서, 진주빛 백발에 '짙은 초록빛' 옷을 입었어.

—환상적인 조합이군, 미스 케네디가 말했다.

그때 몹시 흥분한 미스 다우스가 힘주어 말했다.

—저 중산모자 쓴 사람 좀 봐.

—누구? 어디? 금발이 더 힘주어 말했다.

—두 번째 마차 안에, 미스 다우스의 젖은 입술이 햇빛 속에서 웃으며 말했다. 이쪽을 보고 있어. 기다려 봐, 또 이쪽을 볼 테니까.

그녀, 암갈색 머리는 방 가장 구석진 쪽으로 달려가서 유리창에 얼굴을 바싹 댄 채 가쁘게 숨을 쉬었다.

그녀의 젖은 입술이 킥킥 웃었다.

—목을 한껏 돌려 보고 있어.

그녀가 웃었다.

—어머나, 어이가 없어! 남자들이란 정말 바본가 봐.

슬픈 기분으로.

미스 케네디는 슬픈 듯이 밝은 햇빛이 닿는 곳에서 천천히 되돌아왔다, 풀어진 귀밑머리를 감아올리면서. 슬프게, 천천히 걸으면서, 더 이상 금빛이 아닌 머리카락을 꼬아서 감아올렸다. 슬픈 듯이 천천히 걸으며, 그녀는 귀 곡선 뒤로 금발을 감아올렸다.

—저런 남자들, 그것으로 즐거운가 봐, 그녀는 슬픈 듯이 말했다.

한 남자.

블루 아무개라는 남자가 물랭의 수많은 술통 옆을, 가슴에 《죄의 감미로움》*8을 안고, 포도주 가게 옛 물건들 옆을 감미로운 벌받을 말의 추억을 안고, 캐롤의 가무스름하게 일그러진 은 접시 옆을 '라울을 위해'*9 지나갔다.

호텔 심부름꾼이 그녀들, 바에 있는 그녀들, 술집 여종업원인 그녀들 쪽으로 왔다. 그를 돌아보지도 않는 그녀들을 위하여, 그는 도자기가 덜거덕덜거덕 소리를 내는 쟁반을 카운터 위에 거칠게 내려놓았다. 그리고

—차 나왔어, 그가 말했다.

미스 케네디는 조심스럽게, 뒤집어 놓은 리튬 상자 위에 차 쟁반을 옮겨놓았다. 눈에 띄지 않게, 낮은 장소에.

—도대체 무슨 일이야? 목소리 큰 심부름꾼이 무뚝뚝하게 물었다.

—맞춰 봐, 미스 다우스가 망보던 자리를 떠나면서 대꾸했다.

—네 애인이야?

그러자 거만한 암갈색 머리가 대답했다.

—다시 한 번 그런 버릇없는 말 해 봐. 드 마세 마담한테 이를 테니까.

—버릇없는는 는는는, 심부름꾼은 그녀 협박에 아랑곳없이 왔을 때와 마찬가지로 무례하게 코를 킁킁거리며 물러갔다.

블룸.

이마를 찡그리고 자기 꽃을 보면서 미스 다우스가 말했다.

—어린 놈이 엄청 짜증나게 굴어. 다시 한 번 그런 짓을 했다가는 귀를 1야드쯤 늘여줄 테야.

멋진 대조를 이루는 숙녀다움.

—신경 쓰지 않는 것이 좋아, 미스 케네디가 대답했다.

그녀는 찻잔에 차를 따르고 이어 그 차를 다시 찻주전자에 따랐다. 그녀들은 카운터 암초 그늘, 발판과 뒤집어 놓은 상자 위에 몸을 도사린 채 차가 우러나길 기다렸다. 그러는 동안 1야드에 2실링 9펜스와 2실링 7펜스짜리인 자신의 검은 새틴 블라우스를 만지작거렸다.

그래, 암갈색 머리는 가까이에서, 금발은 멀리에서, 가까이에서는 강철 소리, 멀리에서는 말발굽 소리가 나는 것을 들었다. 강철제 말발굽쇠를, 소리

---

*8 블룸이 에피소드 10에서 몰리를 위해 고른 소설.
*9 《죄의 감미로움》에 나오는 글귀.

나는 말발굽을, 소리 나는 강철을 들었다.

　—나, 햇볕에 많이 탔지?

　암갈색 머리는 블라우스 목 부분을 열어보였다.

　—아니, 미스 케네디가 말했다. 이제부터 그을은 티가 날 거야. 체리 로렐수(水)에 붕사(硼砂) 넣은 것 써 봤어?

　미스 다우스는 금도금 글자가 새겨지고 백포도주와 적포도주 잔이 번쩍번쩍 반사하는, 한가운데에 조개를 장식한 거울에 자기 피부를 비추어 보려고 몸을 반쯤 일으켰다.

　—남은 거 있으면 좀 줘. 그녀가 말했다.

　—글리세린을 써 봐, 미스 케네디가 권했다.

　미스 다우스는 자신의 목과 손에 작별을 고하면서

　—하지만 그런 건 뾰루지만 만들 뿐이야, 하고 대답하며 다시 자리에 앉았다. 보이드 가게 그 할아범에게 피부에 바를 것을 부탁해 뒀어.

　미스 케네디는 잘 우러나온 차를 따르면서 얼굴을 찡그리고 애원하듯이 말했다.

　—제발 부탁이니 그 사람 이야기는 꺼내지 말아 줘!

　—일단 내 얘기를 좀 들어봐, 미스 다우스가 간청했다.

　달콤한 차에 우유를 따르고 나서 미스 케네디가 두 새끼손가락으로 양쪽 귀를 막았다.

　—안 돼, 하지 마, 그녀가 외쳤다.

　—듣고 싶지 않아, 그녀가 외쳤다.

　그러나 블룸은?

　미스 다우스가 코를 훌쩍이는 버릇이 있는 할아범 목소리를 흉내내어 말했다.

　—당신 어디에 바르는 거지, 그러는 거야.

　미스 케네디가 듣기 위해, 이야기하기 위해 귀에서 손가락을 뗐다. 그러나 다시 애원했다.

　—그 남자 이야기는 꺼내지 말아 줘. 나 죽어도 싫어. 더러운 늙은이! 그날 밤, 에인션트 음악당에서 말야.

　그녀는 자기가 탄 차를 맛없다는 듯이 마셨다. 마셨다, 뜨거운 차를, 홀짝

오먼드 호텔 레스토랑

홀짝, 달콤한 차를.

─이런 식으로 말야, 미스 다우스가 말했다. 암갈색 머리를 푹 기울이고
코를 벌름거리면서. 후와 후와.

새된 웃음소리가 미스 케네디 목구멍에서 튀어나왔다. 미스 다우스가 씩
씩대고, 콧구멍을 벌렁대고, 버릇없느는─, 심문하는 자의 호통 소리 같
은, 히힝거리는 소리를 냈다.

─어머 새된 소리를 내며 미스 케네디가 소리쳤다. 그 휘둥그레 뜬 눈이
라니, 결코 잊을 수가 없어.

미스 다우스가 깊은 암갈색 웃음을 내뿜으며 외쳤다.

─그리고 네가 말한 또 한 사람의 눈도 말야![10]

블루 아무개 검은 눈은 아론 피가트너(Aaron Figatner)[11]라는 이름을 읽었
다. 어째서 나는 항상 피개더(Figather)[12]라고 생각할까? 무화과(fig)를 모은

---

[10] 블룸의 눈.

[11] 다이아몬드 세공 기술자, 보석상. 그의 가게는 웰링턴 부두 26번지에 있다.

[12] Fig+gather. fig는 (1) 무화과, (2) 여성의 음부, (3) 첫째손가락과 가운뎃손가락 사이로 엄
지손가락을 내미는 동작.

다라고 생각하기 때문이겠지. 게다가 프로스퍼 로레의 위그노교도 계통 이름이다. 배시*13가 만든 성모상 옆을 블룸의 검은 눈이 지나갔다. 푸른 저고리에 하얀 속옷을 입은 사람이여, 나에게로 오라. 사람들은 그녀를 신이라고 믿는다. 그렇지 않으면 여신이라고. 오늘 본 여신들.*14 거기*15가 보이지 않았다. 그 지껄이던 녀석. 학생이다. 나중엔 디델러스 아들과 함께였지. 그가 멀리건일지도 모른다. 아름다운 처녀들의 모습. 한량들을 끌어들인다. 그녀의 흰.

그의 눈은 지나갔다. 죄의 감미로움. 감미로움은 달다.

죄의.

피식피식 웃는 웃음들의 공명 속을, 젊은 금발과 암갈색 머리의 목소리, 다우스와 케네디 목소리가 뒤섞여, 네가 말한 사람 눈, 하고 말했을 때, 그녀들, 암갈색과 피식피식 웃는 금발은 더 편하게 웃을 수 있도록 그 젊은 얼굴을 쳐들고, 네가 말한 다른—, 서로 손짓하며, 터져나오는 웃음, 째질 듯한 고음의.

아, 하고 헐떡이며, 한숨 쉬며. 아, 하고 한숨 쉬며 피로에 지쳐서 그녀들 웃음소리는 가라앉았다.

미스 케네디가 다시 한 번 그녀의 컵을 들어 올려 입술을 대고 한 입 마시고 다시, 키득거렸다. 미스 다우스가 또 차 쟁반 위에 몸을 굽히고, 다시 그 코를 벌름거리며, 놀라서 눈이 튀어나온 모습으로 눈알을 빙빙 돌렸다. 그러자 케네디가 피식피식 웃기 시작하더니, 몸을 수그리고, 금발 머리 뾰족한 끝과 대모갑 빗을 보이고, 입에 머금은 차를 뿜어내더니, 차와 웃음에 목이 메면서 숨이 막힌 듯이 기침을 하며 외쳤다.

—아, 번들거리는 눈이라니! 그런 남자와 결혼했다고 생각해 봐, 그녀는 외쳤다. 그 수염은 어떻고!

미스 다우스가 멋진 비명 소리를, 성숙한 여성의 충만함, 기쁨, 즐거움, 분노로 가득 찬 소리를 질렀다.

—그 느끼한 코와 결혼한다면! 그녀가 외쳤다.

---

*13 18세기 초 활동했던 조각가.

*14 박물관에서 본 조각들.

*15 블룸은 여신도 큰 볼일을 보는가 하는 생각으로 항문이 조각되어 있는지 알고 싶어했다.

새된 소리, 터지는 웃음소리, 암갈색 머리 다음엔 금발, 번갈아 터지는 웃음, 암갈색 금발, 금발 암갈색, 새된 한숨, 이어지는 웃음, 그 다음엔 더욱 크게 웃었다. 느끼한, 그래 맞아. 그녀들은 지쳐서 숨을 헐떡이며 광택 나는 빗으로 탑처럼 빗어 올린 흔들리는 머리를 카운터 모서리에 기댔다. 얼굴을 붉히고 오! 오! 헐떡이면서, 땀을 흘리면서 오오! 가쁜 숨을 토하며.

블룸과, 그 번들거리는느는 눈의 블룸과 결혼한다면.

—어머, 너무했어, 미스 다우스가 가슴 위에서 춤추고 있는 장미꽃을 내려다보며 한숨을 쉬고 말했다. 이렇게 웃을 일이 아니었어. 땀으로 흠뻑 젖었잖아.

—어머, 미스 다우스, 미스 케네디가 항변했다. 너는 정말 지독한 애야.

그리고 얼굴이 더욱 빨개지면서 (지독한 애야!) 금발이 더욱 생생하게 빛났다.

캔트웰 사무소[16] 옆을 번들거리는 눈의 블룸이 어슬렁거리고 있었다. 기름으로 번들거리는 성녀상들 곁을. 내너티 아버지는 나처럼 집집마다 같은 말을 되풀이하면서 그런 것을 팔러 다녔다. 신도 돈이 된다. 키즈 광고 건으로 내너티를 만나야 돼. 우선 배를 채우자. 배가 고프다. 아냐, 아직은. 4시에 보일런이 온다고 그녀는 말했지. 시간은 계속해서 지나간다. 시곗바늘이 돌아간다. 걷자. 어디서 먹을까? 돌핀의 클레어런스 가게. 걷자. 라울을 위해 먹자. 만약에 내가 그 광고로 5기니를 손에 넣으면 자주색 실크 페티코트를, 아냐 아직. 죄의 감미로움.

얼굴의 붉은 기가 엷어져서, 점점 엷어져서 황금빛 도는, 창백한.

술집 안으로 미스터 디댈러스가 어슬렁어슬렁 들어갔다. 미처 잘리지 않은 손톱을 엄지의 단단한 손톱으로 쥐어뜯으면서. 잘리지 않은 손톱을. 그는 어슬렁어슬렁 걸었다.

—오, 돌아왔군, 미스 다우스.

그는 그녀의 손을 잡았다. 휴가는 즐거웠나?

—더할 나위 없이 좋았어요.

그는 로스트리버[17]에서 날씨가 좋았었느냐고 물었다.

---

*16 웰링턴 부두 12번지에 있는 주류 도매상.
*17 아일랜드 동북쪽 해안에 있다.

—날씨가 참 좋았어요, 그녀는 말했다. 이렇게 잘 탄 피부를 보세요. 온종일 바닷가에서 뒹굴었으니까요.

암갈색 흰 빛.

—짓궂은 아가씨라니까, 디댈러스는 이렇게 말하고서 그녀 손을 잡고 주물러댔다. 유혹에 넘어가는 가련하고 어리석은 남자들.

미스 다우스는 새틴 천에 감싸인 팔을 살며시 빼냈다.

—저쪽으로 가세요, 당신은 그렇게 어리석은 분이 아니잖아요. 그녀가 말했다.

사실은 단순했지.

—그런데 나는 어리석은 사나이라서, 그는 생각에 잠긴 듯이 말했다. 갓난아이였을 때 내가 그렇게도 바보같이 보였던지 얼뜨기 사이먼이라고 불렀지.

—당신은 틀림없이 귀여운 어린애였을 거예요, 미스 다우스가 대답했다. 그런데 오늘 의사 선생님은 무엇을 마시라고 하셨어요?

—글쎄, 그는 생각했다. 오늘은 아가씨 명령에 따르지. 물 조금 그리고 위스키 반 잔 부탁해.

딸랑.

—네, 곧 가져다 드릴게요, 미스 다우스가 대답했다.

우아하고 신속한 동작으로 캔트렐과 코크런 이름을 도금한 거울 쪽으로 그녀는 몸을 돌렸다. 그러고는 크리스털 술통을 우아하게 기울여 황금빛 위스키를 잔에 따랐다. 미스터 디댈러스는 외투 자락을 걷고 담배쌈지와 파이프를 꺼냈다. 그녀는 재빨리 따랐다. 그가 파이프를 혹 하고 두 번 불어 목쉰 피리 소리를 냈다.

—정말이지, 그는 생각했다. 예전부터 몬 산줄기*18에 가 보고 싶었어. 그곳 공기는 틀림없이 몸에 좋을 거야. 오랫동안 별러 왔으니 언젠가는 갈 테지. 그래, 그래.

그래. 그는 파이프에 머리카락을, 처녀 머리카락,*19 인어 머리카락을 쟁여넣었다. 손톱 조각. 머리카락. 생각에 잠긴 채, 말없이.

---

*18 다운주(州)에 있는 산. 아이리시해에 면해 있다.

*19 공작고사리.

아무도 말하는 사람은 없었다. 그래.

미스 다우스가 명랑하게 큰 컵을 닦았다. 음꼬리를 떠는 목소리로 노래하면서.

—'오, 동쪽 바다의 여왕, 아이돌로레스여!'[20]

—리드웰 씨는 오늘 오셨었나?

레너헌이 들어왔다. 그는 주위를 둘러보았다. 미스터 블룸은 에섹스(Essex)교(橋)에 이르렀다. 그래, 미스터 블룸은 예섹스(Yessex)의 다리를 통과했다. 마사에게 편지를 써야지. 편지지를 산다. 댈리 가게. 그곳 여점원은 친절하다. 블룸. 그리운 블룸. 호밀에 푸른 꽃이 핀다.[21]

—점심시간에 오셨어요. 미스 다우스가 말했다.

레너헌이 가까이 왔다.

—보일런 씨가 나를 찾지 않았나?

그가 물었다. 그녀는 그에 대한 답으로,

—미스 케네디, 내가 이층에 가 있는 동안에 보일런 씨 오시지 않았어? 하고 물었다. 케네디의 처녀다운 목소리가 대답했다. 펼친 책장을 응시한 채, 두 잔째인 찻잔을 가만히 손에 든 채.

—아니, 오시지 않았어요.

대답만 할 뿐 고개를 들지 않고, 처녀다운 시선으로, 미스 케네디는 독서를 계속했다. 레너헌은 자신의 둥근 몸을 움직여 샌드위치 벨 주위를 둥글게 돌았다.

—이봐! 저 구석에 있는 것은 누구지?

케네디 눈은 그를 조금도 쳐다봐 주지 않는데, 그는 여전히 이야기를 계속했다. 신경을 끌기 위해. 까만 글자만 들여다보는 그녀의 둥근 O와 꼬부라진 S.

짤랑 짤랑 이륜마차 방울이 짤랑 짤랑.

금발 소녀, 그녀는 읽었다. 그리고 쳐다보지 않았다. 신경 쓰면 안 돼. 그가 목소리 높낮이를 바꿔가며 외워 둔 우화(寓話)를 들려주어도 그녀는 신경 쓰지 않았다.

＊20 레슬리 스튜어트의 희가극 〈플로로도라〉에 나오는 'Oh, my Dlores'라는 말을 잘못 알고.

＊21 '호밀밭은 꽃이 한창'이라는 레너헌 대사가 에피소드 10에 있다.

─여우가 황새를 만났습니다. 여우가 황새에게 말하였습니다. 당신 부리를 내 목에 넣어 뼈를 꺼내 줄 수 없을까?

그는 헛되이 계속했다. 미스 다우스는 옆에 있는 자기 찻잔 쪽으로 몸을 돌렸다.

그는 한숨 짓고 고개를 돌렸다.

─휴우! 이런.

그는 디댈러스와 인사를 주고받았다.

─고명하신 아버님의 유명한 아드님이 안부 전하더군.

─누구를 말하는 거지? 미스터 디댈러스가 물었다.

레너헌은 더없이 상냥하게 두 팔을 벌려보였다. 누구라니?

─누구를 말하냐고? 그는 물었다. 그런 걸 묻나? 스티븐 말야. 젊은 시인. 목이 말랐다.

고명하신 부친, 미스터 디댈러스는 불기 없는 담배가 든 파이프를 옆에 놓았다.

─알았어, 그놈을 말하는 것이라곤 미처 생각 못했지. 듣자 하니 그 녀석, 대단한 패거리와 교제한다던데. 최근에 그를 만났나?

레너헌은 만났다고 말했다.

─실은 오늘, 그와 함께 신주잔(神酒盞)을 기울였지, 레너헌이 말했다. '시내' 무늬와 '해변' 무늬 술집에서. 시신(詩神) 수고 덕분으로 돈이 들어왔다더군.*²²

그는 암갈색 머리의 차로 젖은 입술을 바라보며, 자기 이야기를 듣고 있는 그녀 입술과 눈에 미소를 보냈다.

─아일랜드의 '선택된 사람들'이 그의 말에 귀를 기울이더군. 당당한 학자로 더블린에서 제일가는 논설가이자 편집자인 휴 맥휴와, 오매든 버크란 근사한 필명을 쓰는 서부 시골 출신 시인 말이야.

잠시 사이를 두고 나서 미스터 디댈러스는 그의 물 탄 위스키 잔을 들어 올리며 말했다.

─무척 즐거웠을 테지. 내 눈엔 보여.

---

*22 월급 받은 것을 시 원고료가 들어왔다고 스티븐이 말했다.

그는 본다. 그리고 마셨다. 아침 안개에 싸인 먼 산[23] 눈빛으로. 잔을 내려놓는다.

그는 살롱 문 쪽을 바라보았다.

—피아노 위치를 바꿨군.

—오늘 조율사가 왔었어요, 미스 다우스가 대답했다. 클럽 음악회를 앞두고서 조율했는데, 저는 그 사람처럼 뛰어난 조율사는 본 적이 없어요.

—정말이야?

—그렇잖았어, 미스 케네디? 알다시피 진짜 일류 조율사이고. 게다가 장님이에요, 가엾게도. 아직 스무 살도 채 안 된 것 같던데.

오먼드 호텔 바

—정말이야? 미스터 디댈러스가 말했다.

그는 술을 마시고 저쪽으로 걸어갔다.

—그의 얼굴을 보면 정말 안쓰러운 생각이 들어, 미스 다우스가 동정했다. 뒈져라, 어디 누군지 몰라도, 이 망할 자식.[24]

그녀의 동정에 호응이라도 하듯이 식당의 방울이 짤랑짤랑 울렸다. 식당 입구에 대머리 팻이, 귀찮다는 듯한 얼굴을 한 팻이 오먼드의 웨이터 팻이 나타났다. 저장맥주는 식사 손님에게. 그녀는 서둘지 않고 맥주를 따랐다.

참을성 있게 레너헌은 초조하게 보일런을, 경쾌한 이륜마차를 몰고 다니는 불타는 악당을 기다렸다.

뚜껑을 들어 올리고 그[25](누구?)는 나무틀(관?) 안 비스듬한 삼중의(피아노!) 강선(鋼線)을 바라보았다. 그는 살며시 페달을 밟으면서 세 개 키를

---

*23 아까 그가 화제 삼은 먼 산.
*24 에피소드 10에서 이 장님 조율사라고 여겨지는 젊은이가 지껄인 말.
*25 사이먼 디댈러스.

(그녀의 손을 주무르던 그 손으로) 눌렀다. 펠트 두께 변화를 보기 위해서, 해머가 움직여 때리는 충격음을 듣기 위해서.

내가 위즈덤 헬리 가게에 있었을 때, 현명한 블룸, 즉 헨리 플라워(마사에게 편지 쓸 때 이름)는 댈리 가게에서 예비용 크림 색 모조 양피지 두 장과 편지 봉투 두 장을 샀다. 가정에서 행복하시지 않은 거예요? 나를 위로하려는 꽃, 가시는 찌른다, 아하. 무엇인가 뜻이 있는 꽃말. 그게 데이지였던가? 그것은 천진난만이라는 뜻이다. 미사에서 돌아오는 양갓집 아가씨를 만난다. 정말 기뻐요. 현명한 사람 블룸은 문에 붙어 있는 포스터를 보았다. 인어(人魚)가 아름다운 파도 사이에서 담배를 피우고 있다. 인어가 담배를 피운다. 무엇보다도 시원한 끽연이군. 머리칼이 흐트러지고, 사랑에 병들고. 어떤 남자를 위해. 라울을 위해. 그는 화려한 모자를 쓴 누군가를 태운 유람용 이륜마차가 멀리 에섹스교(橋) 위를 달려가는 것을 보았다. 그놈*26이다. 세 번째. 우연한 만남이다.

마차는 다리를 지나 부드럽고 경쾌한 고무 바퀴 소리를 내며 오먼드 부두 쪽으로 나아갔다. 뒤를 쫓아라. 과감하게 해 봐. 서둘러. 4시에.*27 이제 가깝다. 나가자.

―2펜스입니다. 여점원이 야무지게 말했다.

아……잊을 뻔했어……실례.

그리고 4시.

4시에 그녀가. 애교 넘치게 여점원은 블루 아무개에게 미소 지었다. 블룸도 미소를 짓고 급히 나갔다. 안녕. 네가 해변가에 남은 유일한 조약돌이라 생각해?*28 누구에게나 그렇게 한다. 모든 남자들에게.

말없이, 졸음에 겨워 금발은 책 위로 고개를 숙였다.

살롱에서 소리가 들려왔다. 길게 여운을 남기며 잦아드는 소리. 그것은 조율사가 가지고 있었던, 그가 잊고서 놓고 간 조율용 소리굽쇠로, 그*29가 방금 두들긴 소리굽쇠 소리였다. 또 한 번의 소리. 그의 손은 동작을 멈추고,

---

*26 보일런.
*27 보일런이 마리온 블룸을 만나러 가는 시간.
*28 자기만이 남자라고 생각해?
*29 사이먼 디댈러스.

소리가 웅웅 진동한다. 들리나? 그것은 떨렸다. 맑게, 점점 더 맑게, 부드럽게, 더욱 부드럽게, 웅웅거리는 소리굽쇠. 길게 여운을 남기며 잦아드는 소리.

팻은 가져온 맥주값을 받았다. 그리고 떠나기 전에, 근심하는 표정을 지으며 큰 컵과 쟁반과 마개를 딴 맥주병 위로 자신의 대머리를 기울여 미스 다우스에게 속삭였다.

—'빛나는 별은 사라지고…….'[30]

목소리 없는 노래가 내부에서 울려 나오며 노래한다.[31]

—'……아침이 왔도다.'

섬세한 손가락 아래에서 12음계 화음이 밝은 고음부에 화답하여 새 지저귐처럼 울려 퍼졌다. 번쩍번쩍 건반이 일제히 빛나면서, 서로 연관되고 일제히 조화를 이루어, 이슬 내린 아침을, 청춘을, 사랑의 이별을, 인생의, 또 사랑의 아침 멜로디를 노래하는 목소리에 보조를 맞추었다.

—'진주 같은 이슬방울…….'

레너헌 입술은 카운터 너머로 유혹의 휘파람을 낮게 불었다.

—이쪽을 봐, 그가 말했다. 캐스틸 장미 아가씨.

이륜마차가 갓돌 있는 곳까지 와서 멎었다.

그녀는 일어서서 책을 덮었다, '캐스틸 장미'[32]가. 괴로워하며 고독하게, 마치 꿈 꾸듯이 일어섰다.

—그 여자가 찬 거야, 아니면 차인 거야? 그가 그녀에게 물었다.

그녀는 멸시하듯이 대답했다.

—거짓말을 듣고 싶지 않으면 아무것도 묻지 마요.

숙녀답게, 숙녀답게.

블레이지스 보일런의 멋진 황갈색 구두가 그가 걸어오는 술집 바닥 위로 삐걱삐걱 소리를 냈다. 저 사람이다, 금발은 가까이에서, 그녀와 나란히 선 암갈색 머리는 멀리에서. 레너헌은 듣고, 알아보고는 그를 마중했다.

---

[30] 제인 윌리엄스 작사, 존 L. 해튼 작곡의 가곡.
[31] 이하 계속되는 가사는, 음악을 좋아하는 사이먼 디댈러스가 안쪽 방에서 피아노로 연주하는 곡의 가사이다.
[32] 미스 케네디.

—보라, 정복자가 오셨도다.[*33]

　마차와 창 사이를 조심스러운 걸음걸이로 정복되지 않은 용사 블룸이 지나갔다. 녀석이 나를 볼지도 몰라. 녀석이 앉아 있었던 좌석. 아직 따뜻하다. 그러고는 의심 많은 검은 수고양이처럼,[*34] 리치 굴딩이 인사를 위해 높이 쳐든 회계 가방 쪽으로 걸어갔다.

　—그리하여 나는 그대로부터……

　—자네가 와 있다고 들었어, 블레이지스 보일런이 말했다.[*35]

　그는 금발의 미스 케네디에게 인사하기 위해서 비스듬히 쓴 밀짚모자 테에 손을 갖다 댔다. 그녀는 그에게 미소 지었다. 그러나 암갈색 친구 쪽은 한층 더 진하게 미소 지었다. 더욱 풍성해진 머리를 그를 위해 어여쁘게 치장하고, 장미 꽂은 가슴을 가다듬으면서.

　멋쟁이 보일런이 술을 주문했다.

　—자네는 뭘 하겠나? 비터 맥주 한 잔? 그럼 비터 맥주 한 잔. 그리고 나에게는 자두술. 전보[*36]는 아직인가?

　아직도. 4시에 그가. 모두가 4시라고 말했다.

　집행관 사무소 입구에 서 있는 카울리 신부 빨간 귓불과 목젖. 피하자. 굴딩이 있어서 마침 잘됐어. 놈은 오먼드 술집에서 뭘하고 있을까? 마차가 기다리고 있다. 기다리자.

　여, 안녕하신가요? 어디 가는 길이야? 뭔가 자시러? 나도 마침 식사를. 그래서 여기에 온 거야. 뭐라고? 오먼드말이야? 더블린에서 가장 멋진 가게지. 그런가? 식당. 눈에 띄지 않도록 자리를 잡는 거야. 이쪽에서는 보이고 저쪽에서는 보이지 않도록. 같이 갈까? 자, 어서. 리치가 앞에 섰다. 블룸은 그의 가방 뒤를 따랐다. 왕자에게 어울리는 정찬.

　미스 다우스는 높은 곳의 병을 잡으려고 팔을, 새틴 천에 감싸인 팔을, 가슴을, 한껏 뻗어 올렸다.

　—오, 오, 레너헌은 그녀 팔이 조금씩 뻗을 때마다 숨을 헐떡였다. 오!

[*33] 토머스 모렐(1703~84)이 쓴 시의 유명한 한 구절.

[*34] 블룸이.

[*35] 레너헌에게 하는 말.

[*36] 애스컷 경마 경기 결과를 전하는 전보.

하지만 그녀는 손쉽게 병을 잡고 의기양양하게 밑으로 내렸다.

—어째서 넌 키가 더 자라지 않지? 블레이지스 보일런이 말했다.

암갈색 그녀는 병에서 그의 입술을 위한 시럽처럼 진한 술을 따르면서, 그리고 그것이 흘러가는 것을 바라보면서, (이분 외투에 꽂은 꽃, 누가 주었을까?) 그리고 시럽처럼 달콤하게 말했다.

—좋은 물건은 작은 포장 속에 들어있는 법이에요.

말하자면, 그녀. 그녀는 솜씨 좋게 진한 즙 같은 자두술을 따랐다.

—운이 어떤지 볼까, 블레이지스가 말했다.

그는 큼직한 동전을 내던졌다. 동전이 소리를 냈다.

—가만, 레너헌이 말했다. 이번에야말로 내가…….

—이길 거야, 그가 말했다, 거품 이는 맥주를 높이 올리면서.

—셉터호가 우승할 거야, 그가 말했다.

—나도 돈을 조금 걸었지, 보일런이 눈을 찡긋하고는 마시면서 말했다. 내가 선택한 건 아니야. 한 친구가 틀림없다고 우겨대는 통에 말이야.

레너헌은 여전히 마시며 맥주 잔을 기울이며 활짝 웃었다. 미스 다우스의 입술이 싱글싱글 웃음을 던졌다. 반쯤 벌어진 채, 끝이 떨리는 목소리로, 바다 노래를 흥얼거리는 그녀 입술. 아이돌로레스. 동쪽 바다.

시계가 돌아갔다. 미스 케네디가 그들 옆을 지나갔다, (저 꽃, 누가 주었을까?) 차 쟁반을 들고서. 시계가 째깍거렸다.

미스 다우스가 보일런이 낸 은화를 받고 거칠게 계산대 서랍을 열었다. 서랍은 철컥, 시계는 째깍째깍. 이집트 미인*37이 서랍을 열고 노래를 흥얼거리면서, 서랍 안으로 손을 넣어 뒤적거린 다음, 거스름돈을 내밀었다. 서쪽 방향을 보라고. 째깍, 째깍. 나를 위해.

—몇 시지? 블레이지스 보일런이 물었다. 4시?

4시다.

레너헌이 눈을 게슴츠레 뜨고 노래를 흥얼거리는 그녀의 탐스러운 가슴께를 바라보면서 블레이지스 보일런의 소매를 당겼다.

—예의 한 곡*38 들어보자구.

---

*37 〈플로로도라〉 중 '야자수 그늘'에 나오는 가사. 주인공 돌로레스를 가리키는 말인데 여기서는 미스 다우스.

굴딩 콜리스 앤드 워드 변호사 가방은 호밀 꽃이 핀 것 같은 테이블 사이를 지나 블룸을 인도해 갔다. 부질없이 여기저기를 헤매던 끝에 그는 대머리 팻이 대기하고 있는 문가 자리를 골랐다. 가까이 있어야지.*³⁹ 4시에. 녀석은 잊었을까? 이것이 수작이겠지. 시간을 끌어 초조하게 만드는 것이. 나는 흉내도 못낼 것 같은 재주다. 기다려, 기다려. 웨이터 팻은 대기했다.

번쩍번쩍 빛나는 암갈색 파란 눈이 블래저의 하늘색 나비넥타이와 눈을 보았다.

—자, 어디 한번 해 봐, 레너헌이 재촉했다. 아무도 없어. 이 친구는 아직 들은 적이 없어.

—'……플로러 입술로 서둘렀다네.'

한 줄기 고음(高音)이 또렷하게 울려 퍼졌다.

암갈색 머리 다우스는 울렁이는 그녀 가슴 위 장미와 이야기하면서 블레이지스 보일런의 꽃과 눈을 찾았다.

—자, 자.

그는 승낙하는 대답을 얻으려고 재촉했다.

—'나 그대와 헤어질 수 없으니……'

—나중에, 미스 다우스가 수줍은 듯이 약속했다.

—안 돼. 지금 당장. 레너헌이 재촉했다. 울려 봐. 그 종을! 지금 아무도 없어.

그녀는 주위를 둘러보았다. 재빠르게. 미스 케네디가 들리지 않는 곳에 있다. 그녀는 재빨리 몸을 굽혔다. 두 개 불타는 얼굴이 그녀의 곡선을 바라보았다.

화음이 떨리면서 선율에서 헤매어 나와 다시 선율을 발견하고, 헤매는 화음이 길을 잃고, 그리고 다시 찾았다, 비틀거리면서.

—자, 해 봐. 울려 봐.

몸을 굽히고 그녀는 스커트 자락을 무릎 위까지 걷어 올렸다. 머뭇거리면서, 몸을 굽힌 채 의미심장한 눈으로 그들을 초조하게 만들었다.

—울려 봐.

---

*38 여종업원이 가터를 허벅지에 튕겨 소리를 내는 것.
*39 보일런과.

탁! 그녀가 팽팽하게 잡아당긴 가터벨트 끈을 놓아 긴 스타킹 신은 그녀의 따뜻한 허벅지 위로 튕겼다.

—종(鐘)이 울린다! 레너헌이 즐거운 듯이 외쳤다. 교육을 제대로 받았어.

그녀는 한심하다는 듯 비웃었고, (맙소사, 남자란 저래서 싫어) 그러고는 밝은 쪽으로 미끄러져 가서 보일런에게는 상냥한 미소를 지었다.

—당신은 정말 품위가 없는 분이군요, 그녀가 미끄러지듯 다가가면서 보일런에게 말했다.

보일런이 그녀를 보았다. 그녀도 그를 보았다. 그는 두툼한 입술에 잔을 대고 그 진한 보라색 시럽을 마지막 한 방울까지 마셨다. 그의 매료된 눈은, 반질반질 빛나는 맥주 잔, 포도주 잔, 조개껍데기 따위가 놓인 금박 입힌 아치 선반 거울 속을 지나가는 그녀를, 거울에 비친 좀 더 밝은 빛 암갈색 머리와 조우하면서, 미끄러지듯 거울 곁을 스쳐 카운터로 돌아가는 그녀 머리를 쫓았다.

그렇다, 암갈색 머리가 가까이에서 떠났다.

—'……연인이여, 안녕!'

나는 가겠어, 초조해진 보일런이 말했다.

그는 재빨리 잔을 밀어놓고 거스름돈을 집었다.

—잠깐, 레너헌이 재빨리 마시면서 말했다. 자네에게 할 이야기가 있었어. 톰 로치퍼드가……

—그런 녀석은 지옥으로 가라지, 블레이지스 보일런은 떠나면서 말했다.

레너헌이 따라가기 위해서 단숨에 들이켰다.

—갑자기 아랫도리에 뿔이라도 돋았나? 그가 말했다. 잠깐 기다려. 지금 갈 테니까.

그는 삐걱삐걱 구두 소리를 내며 서둘러 걸어가는 그의 뒤를 쫓았다. 그러다 문간에 이르러 재빨리 멈춰 서서 뚱뚱이와 홀쭉이 두 사람에게 인사했다.

—안녕하세요, 돌라드 씨?

—네? 안녕? 안녕이라고? 벤 돌라드의 분명치 않은 낮은 목소리가 잠시 동안 카울리 신부의 넋두리 상대를 그만두고 대답했다. 이제 녀석이 자네를 괴롭히는 일은 없어, 보브. 앨프 버건이 저 키다리*40에게 이야기할 거야. 이번에는 이쪽이 저 이스가리옷*41 유다 녀석을 골탕 먹일 차례다.

한숨을 쉬면서 미스터 디댈러스가 살롱을 빠져나왔다. 손가락으로 눈꺼풀을 부비면서.[42]

―두고 봐, 할 거야, 벤 돌라드가 명랑하게 목가적인 곡조로 노래하듯이 말했다. 여, 사이먼, 한 곡 더 불러 줘. 자네 피아노 연주 우린 다 들었어.

대머리 팻이, 귀찮은 표정의 종업원이, 음료 주문을 기다리고 있었다. 리치에게는 파워 위스키. 그런데 블룸에게는? 어디 보자. 그를 두 번 걷게 하지 않고 지금 말하는 것이 좋은데. 발가락에 티눈에 생겼다더군. 지금은 4시. 이 검은 옷은 얼마나 더운가? 물론 약간은 신경 탓이겠지. 열의 굴절(맞나?). 자, 무엇으로 하지? 사과술. 그래, 사과술 한 병.

―아까 그 피아노 연주 말인가? 미스터 디댈러스가 말했다. 그냥 생각나는 대로 쳐본 거야.

―자, 자. 벤 돌라드가 말했다. 우울한 걱정일랑 떠나보내게. 자, 이리와, 보브.[43]

돌라드가 육중한 몸을 출렁거리며 (저 친구 좀 잡아, 잡아주라구) 앞장서서 살롱 안으로 느릿느릿 들어섰다. 그가 피아노 의자 위에 그의, 돌라드의 몸을 털썩 내려 앉혔다. 그의 통풍 걸린 손가락들이 화음을 두들겼다. 그러다가는 갑자기 멈췄다.

대머리 팻은 입구 쪽에서 찻잔 없이 돌아오는 금발과 마주쳤다. 그가 성가신 듯한 표정으로 파워 위스키와 사과술을 주문했다. 암갈색 머리는 창 쪽에서 물끄러미 바라보고 있었다. 암갈색 머리가 멀리에서.[44]

딸랑 딸랑 마차는 달려갔다.

블룸은 방울 소리를, 그 작은 방울 소리를 들었다. 녀석이 나갔다. 가볍게 흐느끼는 듯한 한숨을, 블룸은 말없는 푸른 꽃을 향해 토해냈다. 딸랑딸랑. 녀석은 떠났다. 딸랑딸랑. 들어보라.

―〈사랑과 전쟁〉[45]이군, 벤, 미스터 디댈러스가 말했다. 옛날이 그립군.

---

[40] 집달관 사무실 부집행관인 키다리 존.

[41] 은화 30냥에 예수를 팔아넘긴 제자. 여기에서는 루벤 J. 도드를 가리킨다.

[42] 아까부터 피아노를 연주하던 그는 옛날 생각에 눈물겨운 심정이 되었다.

[43] 카울리 신부.

[44] 나가는 보일런을 보고 있었다.

[45] T. 쿡이 만든 노래.

미스 다우스의 대담한 눈은, 무시당한 채, 눈부신 햇빛을 피해 해가리개로부터 고개를 돌렸다. 가 버렸어. 수심에 잠겨(아무도 몰라), 빛에 고통 받으며 (햇빛이 너무 강해) 그녀는 끈을 당겨 해가리개를 내렸다, (왜 그분은 그렇게 갑자기 가 버렸는지 몰라? 내가 이렇게) 그러자 대머리와 금발 머리 두 사람, 조금도 훌륭하지 않은 대조를 이루고 서 있는 두 사람 위에, 그리고 또 자신의 암갈색 머리 주위에, 느릿느릿, 차가운, 어두컴컴한, 오 드 닐 향수와 같은, 바닷물과 같은 푸른색의, 깊은 그림자가 미끄러져 내려왔다.

—그날 밤[46] 피아노 반주는 돌아가신 굿윈 노인이 맡았었지, 카울리 신부가 옛 이야기를 꺼냈다. 노인과 콜라드[47] 피아노 사이에는 의견 차이가 좀 있었지.

과연 그랬다.

—걸어다니는 토론장이랄까, 미스터 디댈러스가 말했다. 그분 말을 멈추게 하기란 도저히 불가능했지. 술만 들어가면 온갖 심통을 부려댔으니까.

—어이, 기억하나? 뚱뚱배 돌라드가 건반에서 고개를 돌리고 바라보며 말했다. 제기랄, 나는 결혼식 예복이 없었어.

세 사람 모두 웃었다. 예복이 없다니. 트리오가 함께 웃었다. 예복이 없었다니 말야.

—우리 친구 블룸이 그날 밤 참 쓸모가 있었지, 미스터 디댈러스가 말했다. 그런데 내 파이프는 어딨지?

그는 파이프를 찾으러 바 쪽으로 걸어갔다. 대머리 팻이 두 손님 리치와 폴디에게 음료수를 가지고 갔다. 카울리 신부가 다시 한 번 웃었다.

—그때는 내가 그 상황을 해결해 주었다고 생각해.

—맞아, 벤 돌라드가 단언했다. 그때의 꽉 끼던 바지[48]에 대해서는 잘 기억하고 있어. 그건 참 훌륭한 아이디어였어, 보브.

카울리 신부 얼굴이 귓불까지 빨개졌다. 그가 상황을 해결했다. 답답한 바지. 훌륭한 아이디어.

—나는 그[49]가 매우 곤궁한 처지라는 걸 알고 있었어. 그의 아내는 토요

---

[46] 1895년, 벤 돌라드는 콘서트에서 〈사랑과 전쟁〉을 노래했다.

[47] 영국 피아노 제조회사.

[48] 블룸에게 빌린 옷.

일마다, 쥐꼬리만한 보수를 받고 커피 팰리스에서 피아노를 쳤지. 그리고 누가 나에게 일러 주었는지 기억이 안 나지만, 그녀가 다른 장사도 한다는 말을 들은 적이 있어. 기억하나? 우리는 그들 부부를 만나려고 홀리스거리를 샅샅이 찾았지만, 결국 케오 가게의 꼬마한테서 번지수를 알아냈잖나. 기억하지?

벤은 기억했다. 그의 넓적한 얼굴에 의아해 하는 표정이 떠올랐다.

—그런데 말야, 그 여자는 집에 사치스런 오페라 외투 같은 비싼 옷을 여러 벌 갖고 있었지.

미스터 디댈러스가 파이프를 손에 들고 어슬렁어슬렁 돌아왔다.

—메리온 스퀘어형 옷, 무도회용 드레스에다, 세상에, 궁정식 예복까지 있었지. 그런데 그 친구*50는 한사코 돈을 받으려고 하지 않아. 그리고 말야, 삼각모나 볼레로*51나 트렁크호스*52도 적잖이 있었고. 안 그랬어?

—그래, 그래. 미스터 디댈러스가 고개를 끄덕였다. 그리고 마리온 블룸 여사는 그 옷들을 전부 포기해 버렸지.

이륜마차는 강가를 따라 달려갔다. 블레이지스는 흔들리는 바퀴 위에서 사지를 쭉 폈다.

간장과 베이컨 프라이. 스테이크와 콩팥 파이. 네, 알겠습니다. 네, 알겠습니다, 팻.*53

미시즈 마리온*54은 찰싹 달라붙는 바지를 입은 그를 만났다. 폴 드 코크의 불에 그슬린 냄새. 훌륭한 이름이군요.

—그 여자 이름은 뭐라고 했지? 그 풍만한 여자. 마리온…….

—트위디.

—그래. 그녀는 아직도 살아 있나?

—쌩쌩하지.

—아버지는…….

---

*49 블룸.
*50 블룸.
*51 짧은 여자용 상의.
*52 16~17세기에 유행한 넓적다리까지 내려오는 푹신한 반바지.
*53 팻이 말했다.
*54 블룸은 오늘 아침 집에서 마리온이 한 말을 회상하고 있다.

—연대 장교였던가.

—그래, 그랬어, 연대 고적대장이었지.*⁵⁵

미스터 디댈러스가 성냥을 그어 파이프에 불을 붙이고 연거푸 맛있게 뻐끔거렸다.

—아일랜드인인가? 나는 아무것도 몰라. 아일랜드 여자야, 사이먼?

빨아들이고 내뿜고, 빨아들이고, 강하게, 향기롭게, 찝찝 소리를 내면서.

—뺨 근육이 약간…… 어때? 약간 처졌군…… 오, 그녀는…… 나의 아일랜드 아가씨 몰리여, 오.*⁵⁶

그는 독한 담배 연기를 길게 뿜어냈다.

—지브롤터*⁵⁷ 바위산에서…… 멀리…….

그녀들 두 사람은, 대양과 같은 깊은 그늘 속에서*⁵⁸ 금발은 맥주 펌프 옆에, 암갈색 머리는 마라스키노 술 옆에서, 드럼콘드라의 리스모어 테라스 4번지 마이너 케네디와 침묵의 여인 돌로레스, 여왕 아이돌로레스*⁵⁹가 생각에 잠겨 있었다.

팻이 덮개를 덮지 않은 요리 접시를 내어왔다. 블룸이 간장(肝臟) 고기를 썰었다. 앞에서도 말한 바와 같이 그는 내장과, 호두 맛이 나는 모래주머니와, 프라이한 대구알 요리를 즐겨 먹었다. 한편 콜리스 워드 법률사무소 리치 골딩은 스테이크와 콩팥을, 스테이크에 이어 콩팥 파이를 우물우물 먹었다, 블룸도 먹었다, 그들은 먹었다.

블룸과 굴딩이 침묵 속에 한 쌍이 되어 먹었다. 왕자에게 어울리는 만찬을.

독신자 블레이지스 보일런이 덜컹거리는 마차를 타고 암말의 윤기 흐르는 엉덩이에 채찍질을 하며 뜨거운 햇볕이 내리쬐는 배철러 산책길을 달려가고 있었다. 사지를 쭉 펴고서, 몸이 달아올라 안절부절못하면서. 뿔피리.*⁶⁰ 너도 그걸 가졌나? 붕붕 울리는 뿔피리를.

그들 목소리를 압도하며 돌라드의 저음(低音)이 포격중 피아노 화음 위로

*55 마리온의 아버지 트위디.

*56 작자 불명 아일랜드 민요.

*57 에스파냐 남단 영국령 요새.

*58 미스 다우스가 해가리개를 내렸기 때문에.

*59 이집트 여자. 다우스를 가리킨다.

*60 동시에 남성 성기를 뜻함.

공격을 가했다.

—'사랑이 나의 불타는 영혼을 빨아들일 때⋯⋯.'*61

벤의 영혼이 담긴 벤자민의 노래가, 우렁차게 퍼져나가 사랑에 취한 연인처럼 천장과 유리창을 부르르 떨게 했다.

—전쟁의 노래를! 전쟁의 노래를! 카울리 신부가 외쳤다. 자네는 전사야.

—과연 지당하신 말씀, 전사 벤이 웃었다. 나는 자네 집주인을 생각하고 있었지. 사랑이냐 돈이냐야.*62

그가 노래를 멈췄다. 커다란 얼굴은, 커다란 턱수염을 흔들면서 그는 자신이 저지른 커다란 실수를 생각했다.

—자네는 틀림없이 여자들 고막을 찢어놓을 거야, 미스터 디댈러스가 담배 연기를 뿜으며 말했다. 자네의 그러한 성량(聲量)*63이라면.

턱수염을 흔들며 돌라드는 건반 위에서 크게 웃었다. 그럴지도 모르지.

—찢어놓을 게 그 막*64밖에 없는 건 아니지. 카울리 신부가 덧붙였다. 잠시 쉬게, 벤. '사랑스럽게, 그러나 지나치지는 않게', 아닌가. 이번엔 내가 해 보지.

미스 케네디가 두 신사가 앉은 테이블에 시원한 흑맥주를 내왔다. 그녀가 의견을 말했다. 첫 번째 신사가 말했다. 날씨가 좋군. 그들은 시원한 흑맥주를 마셨다. 총독이 어디로 가는지 아나? 그리고 강철 말발굽을, 저 소리 나는 말발굽을 들었나? 아뇨, 저는 몰라요. 하지만 틀림없이 신문에 기사가 났을 거예요. 아냐, 애쓰지 않아도 돼. 그럴 필요는 없어. 그녀는 〈인디펜던트〉지를 펼쳐들고 총독⋯⋯ 총독이라고 찾으면서 작은 탑처럼 생긴 머리를 천천히 움직였다. 수고를 끼쳐 미안하군, 첫 번째 신사가 말했다. 아뇨, 천만의 말씀을. 어떤 모습이었냐면요. 총독 말이에요. 금발과 암갈색 머리는 말발굽 강철이 내는 소리를 들었다.

—'⋯⋯불타는 내 영혼
나는 내일을 걱정하지 않나니.'

---

*61 〈사랑과 전쟁〉 한 구절.
*62 사랑이냐 전쟁이냐가 아니라.
*63 성기도 뜻한다.
*64 처녀막.

블룸은 간장 육즙 안에 으깬 감자를 섞었다. 사랑과 전쟁을 누군가가. 벤 돌라드의 유명한. 그날 밤 그 음악회 때문에 그가 우리 집으로 야회복을 빌리러 달려 왔다. 바지가 북 가죽처럼 그의 다리에 달라붙었지. 노래하는 식용 돼지. 그가 떠난 뒤 몰리가 몹시 웃어댔지. 침대에 몸을 내던지고 깩깩 소리 지르고 발을 구르면서. 자기 물건을 모두 내보이는 것과 마찬가지였어.*65 오, 하늘에 계신 성인들이시여, 나는 땀에 흠뻑 젖었어요! 만약에 맨 앞좌석 여자들이 봤다면! 아, 난 이렇게 웃어본 적이 없어요! 하지만 그의 물건이 그에게 베이스 소리를 내게 하는 거야. 예를 들어 거세한 남자의 목소리를 생각해 봐. 누가 연주하고 있지? 훌륭한 솜씨다. 카울리일 거야. 음악적 재능이 있어. 무엇을 치든 대번에 어떤 음조인지를 알아맞히지. 하지만 숨이 길지 않은 게 안됐어. 그쳤다.

미스 다우스, 매력적인 리디아 다우스는, 안으로 들어서는 부드러운 인상의 변호사 조지 리드웰에게 인사했다. 어서 오세요. 그녀는 촉촉한 숙녀다운 손을 내밀어 그의 단단한 악수를 받았다. 오랜만인데. 네, 저희 돌아왔어요.*66 또다시 이 직장으로.

—친구가 안에 와 계십니다, 리드웰 씨.

조지 리드웰은 우아하게 몸을 굽히고 리디아가 내민 손을 잡았다.

블룸은 앞에서 말한 바와 같이 간장(肝臟)을 먹었다. 적어도 이곳은 깨끗하다. 버튼 식당 그 사나이, 연골을 어그적어그적 깨물고 있었어. 여기에는 아무도 없고, 굴딩과 나뿐이다. 깨끗한 테이블, 꽃, 주교관(主敎冠) 모양으로 접힌 냅킨. 왔다 갔다 하는 팻. 대머리 팻. 아무것도 할 일이 없는데도. 더블린에서 최고급 식당이다.

또 피아노가. 카울리구나. 그가 피아노 앞에 앉을 때 모습, 피아노와 일체가 되어 서로 상대방을 이해하고 있는 듯하다. 서투른 녀석들이 활 끝을 노려보며 바이올린을 켠답시고 깽깽이 소리를 내거나 첼로를 톱으로 긁어대는 걸 듣고 있노라면 치통을 앓는 기분이다. 여자가 코고는 소리와 마찬가지지. 우리가 특별석에 앉아 있던 밤. 바로 그 아래에서 고래처럼 숨을 불어 대던 트롬본, 막간이 되자 침을 닦아 내기 위해 나사를 빼던 나팔쟁이, 그리고 지

---

*65 바지가 너무 꽉 껴서.

*66 휴가에서.

휘자가 포대 자루 같은 풍성한 바지를 입고 빙글빙글 춤추고 있었다. 그런 바지라면 그것들을 감출 수 있지.

빙글빙글, 딸랑딸랑 이륜마차는 달린다.

오직 하프만이. 귀여운 금발이 빛을 노려본다. 하프 켜는 아가씨.[*67] 귀여운 엉덩이. 저기다 육즙을 부으면 더할 나위 없으리라. 황금 배. 에린.[*68] 한 번인가 두 번인가 하프 줄을 스쳐간 손. 차가운 손. 벤 호스 언덕.[*69] 만병초꽃. 우리는 그녀들의 하프다. 나도 그도, 늙은이도, 젊은이도.

—아, 나는 못 해, 미스터 디댈러스가 창피해 하면서 힘없이 말했다. 완강하게.

—그래도 해 봐, 벤 돌라드가 으르렁거렸다. 조금이라도 좋으니 해 봐.

—〈꿈처럼〉[*70]을 연주해 주게, 사이먼, 카울리 신부가 말했다.

무대 앞으로 몇 걸음 걸어 나오면서, 그[*71]는 고뇌어린 엄숙한 표정을 지으며, 팔을 활짝 펼쳤다. 쉰 목소리, 목젖을 울리는, 부드러운 쉰 목소리. 그는 벽에 걸린 먼지투성이 바다 그림을 향해 부드럽게 노래했다. '마지막 이별'을. 돌출한 곳, 배, 파도에 흔들리는 범선. 안녕. 귀여운 소녀, 그녀의 베일이 곳 위에서 펄럭이고 있다. 바람에 둘러싸여, 파도처럼.

카울리가 노래했다.

—'사랑은 지금 나를 찾아와
  내 눈동자를 사로잡고……'[*72]

그림 속 소녀는 카울리 노래도 듣지 않고, 그녀 베일을 떠나가는 사람에게, 사랑하는 사람에게, 바람에게, 사랑에게, 사라지는 범선에게, 돌아가는 사람에게 흔들고 있었다.

—시작해, 사이먼.

[*67] 하프는 아일랜드 상징. 아일랜드의 오래된 화폐 뒤에 하프를 안은 소녀 상을 새긴 것이 있다.

[*68] 아일랜드의 옛 이름.

[*69] 블룸은 이전에 마리온에게 구혼했을 때의 정경을 떠올린다.

[*70] 독일 오페라 작곡가 프리드리히 폰 프로트(1812~83)의 오페라 〈마르타〉에 나오는 테너 가곡.

[*71] 카울리 신부.

[*72] 〈마르타〉 가곡 〈꿈처럼〉.

—아, 나의 화려한 시대도 지나갔어, 벤…… 그래.

미스터 디댈러스는 그의 파이프를 소리굽쇠 옆에 놓았다. 그리고 앉으면서 건반을 눌렀다.

—아냐, 사이먼,[73] 카울리 신부가 돌아보고 말했다. 옛날 식으로 해 줘. 반(半)저음으로.

소리는 온순하게 높아지고, 말하고, 더듬거리고, 고백하고, 당황했다.

무대 안쪽으로 카울리 신부가 걸어갔다.

—자, 사이먼, 내가 반주할 테니 자넨 일어나게, 그가 말했다.

그레이엄 레먼 가게의 파인애플 맛이 나는 막대엿 옆을, 엘버리 코끼리 하우스 옆을 이륜마차는 터벅터벅 나아갔다. 스테이크, 콩팥, 간, 다진 고기 요리—왕자에게 걸맞은 요리 앞에 블룸 왕자와 굴딩 왕자가 앉아 있었다. 두 왕자가 위스키와 사과술을 건배했다.

리치가 말했다. 예부터 수많은 테너곡 가운데 가장 훌륭한 것은 〈몽유병 여인〉[74]이야. 그는 어느 날 밤 조 마스[75]가 그것을 노래하는 것을 들은 적이 있었다. 아, 맥거킨[76]은 참 좋았어. 그래. 그 나름대로 독특한 방식이었어. 성가대 소년 발성법이었지. 마스는 성가대 소년이었어. 미사 소년. 서정적인 테너라고나 할까. 그건 잊을 수가 없어, 절대로.

블룸은 간 베이컨 요리 접시 건너편에 있는 고통스러워 하는 굳은 얼굴[77]을 안쓰러운 듯 바라보았다. 등이 아프다, 그는. 브라이트병[78] 환자 특유의 빛나는 눈을 하고 있다. 프로그램 다음 항목. 백파이프 연주자에게 봉사료 지급. 알약, 빵부스러기로 만든 것 같은 알약이 한 상자에 1기니. 그것도 잠시 병세를 늦출 뿐. 노래도 부른다. '술에 곯아 떨어져.[79] 그에게 딱 맞아.

---

[73] 피아노 연주하지 말고 노래를 불러.

[74] 이탈리아 작곡가 빈첸초 벨리니(1801~35)가 지은 오페라.

[75] 그 무렵 유명한 영국 가수.

[76] 아일랜드 테너 가수. 소년 성가대에서 노래했다.

[77] 리치 굴딩의 얼굴.

[78] 영국 내과의사 리처드 브라이트(1789~1858)의 이름을 딴 병. 만성신장염(chronic nephritis) 의 옛 병명(病名)이다.

[79] 전통곡(傳統曲) 제목이자 합창으로 부르던 후렴구. 앤 여왕 통치기(1702~14) 때 유행했으며, 영국 시인 존 다이어(1700~58)가 노랫말을 정리했다.

콩팥 파이. '사랑하는 사람에게 사랑하는 꽃을.'*80 그것도 별로 먹을 수가 없다. 더블린 안에서 가장 비싼 가게. 이 남자다운 일이다. 파워 위스키? 음료에 까다로운 사람이야. 컵에 난 흠집. 신선한 바트리물을 줘. 절약을 위해 카운터 성냥은 꼭 챙긴다. 그러면서도 쓸데없는 일에 많은 돈을 쓰지. 한 푼도 낼 필요 없는 그런 때에. 그런데 술에 취하면 자기 몫 마차 삯 내는 것도 거절한다. 이상한 친구야.

리치는 그날 밤 일을 절대로 잊을 수 없을 거라고 한다. 생명이 이어지는 한, 절대로. 귀여운 피크와 함께 옛 국립극장 값싼 이층 발코니에서. 그리고 첫 곡조를 들었을 때.

리치 입술에서 잠시 말이 멈췄다.

곧 큰 허풍을 떨기 시작할 거야. 무슨 일이든지 무턱대고 허풍을 떤다. 자기가 지껄이는 일을 정말로 믿고 말이야. 정말로 그래. 놀랄 만한 거짓말쟁이다. 하지만 그러려면 기억력도 꽤 좋아야 해.

—저 곡은 무슨 곡이지? 레오폴드 블룸이 물었다.

—'이제는 모두가 허망하다'지.*81

리치는 입술을 앞으로 쭉 내밀었다. 감미로운 요정의 중얼거림으로 시작하는 조용한 첫 가락. 한 마리 지빠귀새, 한 마리 개똥지빠귀새. 참새 울음소리 같은 감미로운 그의 숨결, 그가 자랑하는 보기 좋은 치아, 애처로운 고뇌를 휘파람으로 불었다. '허망하다.' 풍부한 소리. 두 화음이 하나로 합쳐진다. 내가 산사나무 골짜기에서 들었던 검은새 소리. 내가 흥얼거린 멜로디를 받아 그가 변주하여 노래한다. 아무리 새로운 외침이라도 결국 모두 사라지고 만다. 반향. 되돌아오는 소리는 얼마나 달콤한가. 어떻게 이럴 수 있지? 이제는 모든 것이 사라졌다. 그는 구슬프게 휘파람을 불었다. 붕괴, 항복, 상실을.

블룸은 꽃병 아래에 깐 작은 천 조각을 펼치면서 레오폴드의 귀를 기울였다. 주문. 그렇다, 이제 생각났다. 감미로운 곡. 잠든 채 그녀*82는 그에게로

＊80 〈햄릿〉 5막 1장에서 거트루드는 오필리아 무덤에 꽃을 뿌리면서 '아름다운 꽃을 아름다운 이에게, 안녕'이라 말한다. 신장병 환자가 콩팥 파이를 먹는 것은 딱 어울리는 일이다.

＊81 〈몽유병 여자〉에 나오는 테너곡.

＊82 〈몽유병 여자〉 여자 주인공.

갔다. 달빛 속 순진한 아가씨. 하지만 그녀를 붙잡아라. 용감한 아가씨, 그녀는 위험을 모른다. 이름을 불러라. 물에 손을 대라.*83 짤랑짤랑 울리는 마차. 너무 늦었다. 그녀는 가고 싶었다.*84 그러므로. 여자. 바다를 막는 것과 같이 어려운 일이다. 그렇다. 모든 것은 사라졌다.

—아름다운 곡이야, 블룸은, 잃어버린 레오폴드는 말했다. 나도 잘 알고 있어.

리치 굴딩은 평생 동안 못 잊을 거라고 말했다.

그 또한 잘 알고 있다. 또는 느끼고 있다. 끊임없이 딸에 대해서 이러쿵저러쿵 되풀이해 말하면서. 자기 아버지를 이해하는 영리한 아이였다고 디댈러스가 말했지. 나는?

블룸은 곁눈으로 간 요리 접시 건너편을 바라보았다. 모든 것이 허망하다—는 얼굴.*85 과거엔 유쾌한 친구였지. 지금은 진부하고 낡아빠진 구식 농담밖엔 할 줄 몰라. 귀를 실룩실룩 움직이면서. 눈에 냅킨 고리를 끼워 보이기도 하면서. 요즘에는 아들에게 구걸하는 편지를 보낸다지. 사팔뜨기 월터,*86 네, 받았어요, 아버지. 곤란하게 할 생각은 없었단다. 다만, 약간의 돈이 필요했을 뿐이야. 미안하구나.

다시 피아노 소리. 소리가 더 좋아졌군. 틀림없이 조율을 한 거야. 또 그쳤다.

돌라드와 카울리가 머뭇거리는 독창자*87를 여전히 독촉하고 있었다.

—해, 사이먼.

—그래, 사이먼.

—신사 숙녀 여러분, 여러분의 정중한 간청에 깊이 감사드립니다.

—그래, 사이먼.

—돈이 없어서 곤란한 형편입니다만, 여러분이 귀 기울여 주신다면 의기소침한 마음에 대한 노래를 한번 불러 보겠습니다.

---

*83 몽유병자를 갑자기 깨우는 것은 위험하다고 여겨, 조용히 이름을 부르든가 물에 닿게 했다.
*84 블룸은 〈몽유병 여자〉 여주인공의 몽중보행(夢中步行)을 욕망의 표현이라고 생각했다.
*85 리치의 얼굴.
*86 리치의 아들.
*87 사이먼 디댈러스.

차양 그늘에 잠긴 샌드위치를 담은 종처럼 생긴 그릇 곁을 리디아, 그녀의 암갈색 머리와 장미가 오고 갔다. 한편 작은 탑처럼 생긴 금발 마이너는 차가운 청록색 오 드 닐 향수에 싸여 두 신사의 맥주잔 곁을 오고 갔다.

서곡의 반복되는 화음이 잦아들었다. 길게 끄는 소리가 목소리를 고대하고 있었다.

—'처음 그대 아름다운 모습 보았을 때.'*88

리치가 돌아보았다.

—사이먼 디댈러스 목소리다, 그가 말했다.*89

고개를 기울이고, 뺨에 홍조를 띤 채 그들은 그들의 피부와 사지와 마음과 영혼과 등골 위로 사랑스럽게 흘러가는 음률에 귀 기울였다. 블룸은 팻에게, 대머리 팻, 귀가 어두운 웨이터인 그에게 술집 문을 약간 열라는 신호를 했다. 그래. 그 정도로 됐어. 웨이터 팻은 귀를 기울여봤으나 들리지 않아, 문옆에서 기다리면서 손님에게 신경을 썼다.

—'내 마음에서 슬픔은 사라지는 것처럼 보였다.'

실내 정적을 가로지르며 한 목소리가 노래했다. 빗소리도, 나뭇잎 속삭임도, 갈대 소리도 아닌, 또한 어떤 현악기 소리와도 다른 그 목소리는 그들 고요한 귓가에, 추억에 잠긴 마음에 가 닿았다. 훌륭해. 들을 만하다. 슬픔이 그들 마음으로부터, 그들 두 사람으로부터, 그들이 듣기 시작했을 때에, 사라져가는 것처럼 보였다. 그들, 멍하니 있는 리치와 폴디가, 처음으로 아름다움에 감동 받았을 때를, 그녀를 만나고, 그녀의 말을 들었을 때를, 그리고 뜻하지 않게 그녀의 최초의 사랑스럽고 부드러운 말을 들었을 때를 떠올렸다.

노래하고 있는 사랑. 사랑의 그립고 상냥한 노래. 블룸은 천천히 그의 꾸러미 고무줄을 풀었다. 사랑의 오래되고 상냥한 금발을 울려라. 블룸은 고무줄을 포크 모양으로 펼친 네 개 손가락 주위에 감아, 그것을 당겼다가 늘리면서 두 겹, 네 겹, 여덟 겹으로 감아 손가락이 움직이지 않도록 했다.

—'희망과 기쁨으로 넘치고 넘쳐……'

---

*88 여기서부터 얼마 동안 사이먼이 노래하는 〈꿈처럼〉이 삽입된다. 사이먼은 이 곡을 영어로 옮겨서 부른다.

*89 리치 굴딩은 사이먼의 매제이지만 서로 사이가 나빠져서 말도 주고받지 않는다.

테너는 얼마든지 여자들을 손에 넣을 수 있다. 여자가 생기면 그들의 성량이 늘어난다. 우리 언제 만날까요?*90 하고 여자들은 그의 발아래에 꽃을 던진다. 내 머리는 그저 소용돌이치고.*91 기쁨에 겨운 방울 소리가 짤랑짤랑. 그 사람은 신사들을 위해서는 노래 부를 수가 없어. 당신 머리가 소용돌이치고. 그를 위해 향수를 뿌리고, 당신 부인은 무슨 향수를 쓰세요? 알고 싶어요.*92 짤랑. 멈춰. 똑똑.*93 그녀는 문을 열기에 앞서 으레 하듯이 거울을 마지막으로 흘끗 보고. 거실. 오셨어요? 기분은 어때? 좋아요. 거기야? 자? 그렇잖으면? 그녀 손가방 속에는 입냄새 없애는 약. 키스할 때 사탕 과자가. 괜찮아? 손이 풍만한 육체를 더듬고.*94

아! 목소리는 높아지고, 헐떡이며, 변했다. 높게, 충만하게, 빛나고, 자랑스럽게.

―'하지만, 아, 허무한 꿈…….'

여전히 훌륭한 목소리로군. 코크*95 출신이 부르는 노랫소리는 부드럽다. 그들의 사투리까지도. 어리석은 남자야! 성악으로 톡톡히 돈을 벌 수도 있었을 텐데. 노랫말이 틀렸어. 아내를 고생시켜 죽게 했지. 그리고 지금 이렇게 노래하고 있다. 하지만 뭐라 말하긴 어렵지. 그들*96 단둘이서. 사고라도 당하지 않는 한, 그는 지금쯤 서둘러 달려가고 있을 테지. 그의 손도 다리도 노래하고 있으리라. 술을 들이키며. 긴장한 신경. 노래하기 위해서는 절제해야 한다. 제니 린드*97식 수프, 육수, 샐비어 잎사귀, 날달걀, 크림 반(半) 파인트 식사. 크림처럼, 꿈결처럼 부드러운 목소리를 위해서는.

노랫소리는 갈수록 상냥함을 더해 간다. 느릿느릿, 부풀어오르면서, 두근두근 맥박친다. 그거예요. 여보, 넣어 줘요! 어때? 그것이 꼿꼿이 일어서서, 자랑스럽게 고동친다.

---

*90 마사의 편지 구절.
*91 보일런이 곧잘 부르는 〈해변의 아가씨들〉.
*92 마사의 편지 구절.
*93 보일런이 지금쯤 자기 집 앞에 마차를 멈출 것이라고 블룸이 상상한다.
*94 《죄의 감미로움》 속 한 문장.
*95 아일랜드 남서부 먼스터주 도시.
*96 보일런과 마리온.
*97 유명한 여성 가수.

말? 음악? 아냐. 문제는 그 안에 있다. 블룸은 고무줄로 고리로 만들고, 다시 고리를 풀고, 고개를 끄덕이다가는 다시 고개를 좌우로 젓는다.

블룸. 따뜻하고 혼미한, 할짝거리는 은밀함의 물결이 음악으로, 욕망으로 범람하며, 핥아대면서, 그 흐름을 어둡게 물들인다. 그녀를 간질이면서 그녀를 어루만지면서 그녀를 가볍게 두들기면서 그녀를 덮친다. 교미한다. 부풀어 오를 대로 부풀어 오른 구멍. 교미한다. 그 기쁨, 그 감촉, 그 따뜻함. 교미한다. 수문(水門)을 넘어 분출하는 격류(激流). 홍수, 격류, 흐름, 환희의 분출, 교미의 펄떡임. 지금이다! 사랑의 언어.

—'……희망의 빛은…….'*98

웃음으로 빛나는 얼굴. 리디아가 리드웰을 향해 새된 소리로 무어라 외쳤으나, 귀부인처럼 우아한 그녀, 뮤즈 목소리도 희망의 빛에 가려 거의 들리지 않는다.

〈마르타〉다.*99 우연의 일치로군. 마침 편지를 쓰려는 참이었다. 라이오넬의 노래. 당신의 이름은 사랑스럽군요. 쓸 수가 없다. 내 조촐한 선물을 받아줘요. 그녀의 마음의 현(絃)을, 그리고 동시에 지갑 끈을 만지작거린다. 마치 그녀는……. 전 당신을 버릇없는 꼬마라고 불러요. 하지만 이름이 마사라니. 얼마나 기묘한 우연의 일치인가, 오늘은.

라이오넬 목소리가 대답했다. 전보다 약하지만 지쳐 있지는 않다. 그것은 다시 한 번 리치와 폴디와 리디아와 리드웰을 향해, 그리고 입을 벌린 채 손님이 부르지 않을까 쫑긋 귀를 세우고 대기 중인 팻을 향해 노래했다. 그는 어떻게 그 아름다운 모습을 처음 보게 되었나, 어떻게 슬픔이 가슴으로부터 사라지는 것을 느꼈는가, 어떻게 시선과 모습과 말이 그를, 굴드를, 리드웰을 매혹하고 팻과 블룸의 마음을 정복했는가.

그*100의 얼굴을 볼 수 있으면 좋을 텐데. 그러면 노래를 더 잘 이해할 수 있을 것이다. 드래고 이발관에서 이발사와 이야기할 때 항상 내가 거울 속 그의 얼굴을 바라보고 이발사 또한 거울 속 내 얼굴을 보며 이야기하는 것과

---

*98 〈꿈처럼〉에 나오는 노랫말.

*99 블룸은 마사에게 편지를 쓰려고 했을 때 오페라 〈마르타〉의 노래를 들었다. 마사(Martha)와 마르타(Martha)는 철자가 같다.

*100 사이먼.

같은 이치다. 하지만 거리는 약간 멀어도 술집에 있는 것보다 여기에 있는 편이 기분 좋게 들리는군.

—'저마다의 우아한 표정……'

테레뉴어의 맷 딜런 집에서 처음으로 그녀[101]를 봤던 그날 밤. 그녀는 검은 레이스 장식이 달린 노란 옷을 입고 있었다. 의자 빼앗기 놀이를 했다. 우리 두 사람이 마지막까지 남았었지. 운명. 그녀 뒤를 쫓아. 운명이다. 빙빙, 빙빙, 천천히. 그러다가 빨리. 모두가 우리 두 사람을 보고 있었다. 걸음을 멈췄다. 그녀가 앉았다. 의자에 앉지 못한 사람들이 모두 보고 있었다. 입술이 웃고 있었다. 노란 무릎들.

—'나의 눈을 매혹시키고……'

노래하고 있었다. 기다리면서, 그녀는 노래했다. 나는 그녀 노래를 향해 고개를 돌렸다. 라일락 향기 감도는 그 목소리. 나는 어느 쪽이나 똑같이 풍만한 그녀 가슴을, 섬세하게 떨리는 목선을 바라보았다. 처음 보았을 때. 그녀는 나에게 고맙다고 했다. 왜 내게 고맙다고 했을까? 운명이다. 에스파냐 여인 눈. 돌로레스, 돌로레스 그녀는 지금과 같은 시간에 옛 마드리드 뒤뜰 구석, 배나무 그늘 아래 홀로 앉아 있었다. 나를 바라보며, 유혹하고 있다. 아, 유혹하고 있다.

—'마르타여! 아, 마르타여!'

나른하게 이어지던 라이오넬의 노래가 비통한 외침으로 깊어지면서, 동시에 고조되는 화음과 더불어 사랑이 돌아오기를 바라는 불타는 열정의 외침으로 변화한다. 알아다오, 마르타여, 느껴다오, 라이오넬의 고독한 외침을. 그는 오직 그녀만을 기다리고 있다. 어디에 있는가? 그녀를 찾아 사방팔방을 헤맨다. 저 너머 어딘가에 있을 그녀를 찾아.

—'오라, 그대 길 잃은 자여!

오라, 그대, 그리운 사람이여!'

고독. 하나의 사랑. 하나의 희망. 나를 위로해 주는 한 가지. 가슴에서 울려퍼지는 저음의 목소리, 마르타여, 돌아오라!

—'오라!'

---

*101 마리온.

그것은 날아올랐다. 한 마리 새가. 계속 날았다. 빠르게 솟구치는 맑은 울음소리, 고요하게, 점점 더 속도를 더해가며, 직선으로 솟구쳐 오르는 은빛 덩어리, 돌아오려면, 너무 오래 끌지 마, 그는 호흡을 길게, 길게 이어간다, 기나긴 인생, 높이 솟아오르는, 높이 솟아오르는, 눈부시게 타오르는, 상징의 광채 속으로, 포근한 대기 가슴 속으로, 높이, 사방으로 빛을 내뿜으며, 모든 것이 솟구친다, 모든 것이, 끝없이, 무한 속으로, 무한 속으로……

—'나에게로!'

사이오폴드여! [*102]

차차 사라지면서.

야, 잘한다. 모든 사람들이 박수를 쳤다. 그녀는 와야 한다. 오라. 나에게로, 그에게로, 그녀에게로, 또 자네에게도, 우리에게로.

—브라보! 짝짝짝. 훌륭하다 사이먼. 짝짝짝. 한번 더! 짝짝짝, 종소리 같은 울림이다. 브라보, 사이먼. 짝짝짝. 한번 더와 박수 사이에, 말했다, 외쳤다, 모든 사람들이 박수를 쳤다. 벤 돌라드가, 리디아 다우스가, 조지 리드웰이, 팻이, 마이너가, 두 개의 큰 컵을 든 신사 두 사람이, 카울리가, 큰 컵을 든 첫 번째 신사가, 그리고 암갈색 머리 미스 다우스가, 금발 미스 마이너가.

블레이지스 보일런의 멋 부린 황갈색 구두는, 앞서도 말한 바와 같이, 바의 바닥 위로 삐걱삐걱 소리를 냈다. 그리고 방금, 존 그레이 경, 호레이쇼 외팔이 넬슨, 시오볼드 머슈 신부 기념비 옆을 지나서, 앞서도 말한 바와 같이, 마차가 짤랑짤랑 지나갔다. 열기 속을, 열기에 달궈진 마차가, 총총걸음으로. 종을, 종을 울려라. 암말은 조금 느려진 속도로 러틀랜드 광장 원형건물을 따라 언덕을 올라갔다. 보일런, 불타는, 보일런, 초조해 하는 보일런에게는 너무나 느리게, 암말은 비틀거리며 앞으로 나아갔다.

카울리가 연주하던 피아노 화음 여운이 감흥으로 가득한 공중에서 사라졌다.

그리고 리치 굴딩이 그의 위스키를 마시고 레오폴드 블룸은 그의 사과술을 마셨다. 리드웰은 그의 기네스 술을, 두 번째 신사는 만약에 그녀들이 이의를 제기하지 않는다면 큰 컵으로 두 잔 더 주문하고 싶다고 말했다, 미스

[*102] 사이먼과 레오폴드의 감동 일치를 나타낸다.

케네디는 빈 컵과 접시를 치우면서 산호와 같은 입술로 첫 번째와 두 번째 신사에게 웃음을 만들어 보였다. 아무 상관없어요, 그녀가 말했다.

—빵과 물만 먹으며 7일 동안 감옥에 처박혀 있어도, 자네는 정원 지빠귀 새처럼 노래 부르겠지, 사이먼. 벤 돌라드가 말했다.

라이오넬 노래를 독창한 사이먼은 크게 웃었다. 보브 카울리 신부는 반주를 맡았다. 마이너 케네디가 술을 내왔다. 두 번째 신사가 한턱 낸 것이었다. 톰 커넌이 건들건들 안으로 들어왔다. 리디아는 감탄을 받고, 또 감탄했다. 블룸은 침묵으로 노래했다.

감탄하면서.

감탄하면서 리치는, 그 사나이의 훌륭한 목소리에 맞춰 작게 따라불렀다. 그는 오래전 어느 날 밤 일을 떠올렸다. 그날 밤 일은 잊을 수가 없어. 사이먼이 〈그것은 지위요 명예였네〉를 불렀다. 네드 램버트 집에서였지. 정말, 평생 동안에 그런 걸 들어본 적이 없어. '그렇다면 거짓된 자여, 우리 헤어지자꾸나', 그렇게 분명하게, '이제 사랑은 죽었으니', 그렇게 훌륭한 목소리는 들어본 적이 없었어. 램버트에게 물어 봐, 그가 이야기해 줄 테니까.

굴딩은 창백한 얼굴을 흥분으로 붉히면서 미스터 블룸에게 그날 밤 이야기를 했다. 디댈러스 집이자, 네드 램버트 집인 곳에서 사이먼이 〈그것은 지위요 명예였어〉를 부르던 것을.

그, 미스터 블룸은, 그, 리치 굴딩이 그날 밤 미스터 블룸이었던 리치 굴딩, 그 자신이, 그, 네드 램버트 집에서, 그, 사이먼이 노래한 〈그것은 지위요 명예였네〉를 들었던 얘기를 하는 동안, 그, 리치 굴딩의 말에 귀 기울였다.

매제, 친척. 우리는 스쳐지날 때라도 결코 말을 섞지 않는다. 불화가 생길 낌새라고나 할까. 그는 사이먼을 경멸한다. 그러나 보라, 그는 사이먼을 한층 더 찬양하고 있다. 사이먼이 노래한 그날 밤. 가는 두 가닥 명주실과 같은 사람 목소리. 누구보다 훌륭한 가수였어.

아까는 슬프게 한탄하는 목소리였지. 지금은 조용하다. 음악이 끝나고 나서야 정말로 듣는 것 같은 기분이 드는 법이다. 아직도 떨리고 있다. 지금은 침묵의 가락이다.

블룸은 깍지 끼고 있던 손을 풀고 손가락으로 가는 고무줄을 잡아당겼다. 잡아당긴 고무줄을 튕겨 소리를 냈다. 고무줄이 윙윙 소리를 냈다. 그 사이 굴딩은 바라클라프*103 발성법에 대해 이야기했고, 톰 커넌은 추억에 잠긴 채, 오르간 독주라도 하는 양 연신 고개를 끄덕이고 있는 카울리 신부에게 옛날 이야기를 늘어놓고 있었다. 거구 벤 돌라드는 파이프에 불을 붙이고 연기를 빨아들이며 고개를 끄덕이는 사이먼 디댈러스와 대화를 나눴다.

그대 잃어버린 자여. 모든 노래 주제는 이거야. 블룸은 고무줄을 더욱더 팽팽하게 잡아당겼다. 잔인한 일인 것 같다. 남자와 여자를 서로 사랑하게 만들고, 유혹하고, 그러고는 서로 떼어놓는다. 죽음. 폭발. 머리를 한 대 때린다. 지옥에서 나와 또 다른 지옥으로 들어가는 것. 그게 인간 삶이다. 디그넘. 음, 저 꿈틀꿈틀 움직이던 쥐꼬리.*104 나는 5실링을 냈다. 천국에 있는 육체. 흰눈썹뜸부기처럼 우는 소리를 내던 사제. 독 먹은 짐승 새끼마냥 부풀어오른 배. 그는 죽었다. 그들은 노래한다. 그리고 잊혀진다. 나도. 언젠가는 그녀*105도. 그녀를 버린다. 싫증이 나서. 괴로워한다. 흐느껴 운다. 그녀의 에스파냐 혈통의 커다란 눈이 휘둥그레 무(無)를 바라본다. 그녀의 빗질하지 않은, 무겁게 물결치는느느는 머리카락.

그러나 지나치게 행복하면 금세 따분해진다. 그는 점점 더 팽팽하게 잡아당겼다. 그럼 당신은 댁에서 행복하지 않아요?*106 툭! 고무줄이 끊어졌다.

짤랑짤랑 울리는 마차는 도싯거리로.

미스 다우스는 나무라듯이, 그러나 즐거워하며, 새틴에 감싸인 팔을 뒤로 뺐다.

—그렇게 허물없게 구시면 안 돼요. 우리가 좀더 잘 아는 사이가 될 때까지는. 그녀가 말했다.

조지 리드웰은 그녀에게, 정말이야, 진심이야 하고 말했다. 그러나 그녀는 믿지 않았다.

첫 번째 신사가 마이너에게 그게 그렇다고 말했다. 그녀는 그에게, 그게 그렇냐고 물었다. 그러자 두 번째 맥주컵*107이 그녀에게 말했다. 그게 정말

---

*103 성악 교수.

*104 묘지에서 보았던.

*105 마리온.

*106 마사가 보낸 편지의 한 구절.

*107 맥주를 시켜 마시던 두 신사 가운데 두 번째.

그래.

미스 다우스, 즉 미스 리디아는 믿으려 하지 않았다. 미스 케네디, 마이너
도 믿으려 하지 않았다. 아네요, 조지 리드웰 씨. 미스 다우는…… 하지 않
았다. 첫 번째, 첫 번째, 큰 컵을 가진 신사에게, 믿다니, 아네요. 미스 케
네는……하지 않았다. 리드리디아우엘. 큰 컵.*108

여기서 그것*109을 쓰는 편이 좋겠어. 우체국 깃털 펜은 사람들이 깨물어
대는 통에 구부러졌더군.

대머리 팻이 신호를 받고 가까이 왔다. 펜과 잉크를. 그는 걸어갔다. 빨종
이도 갖다주게. 그는 멀어져갔다. 잉크를 빨아들이는 종이 말야. 알아들었습
니다, 귀머거리 팻.

그래, 미스터 블룸이 꼬인 고무줄을 만지작거리면서 말했다. 분명히 그래.
잠깐 두서너 줄만 쓰면 돼. 내 선물. 이탈리아풍 화려한 음악이에요. 누가
작곡했죠? 이름을 알면 좀더 잘 알 수 있는데. 편지지와 봉투를 꺼내야지,
자연스러운 표정으로. 개성이 매우 뚜렷하군요.

—모든 오페라 가운데 가장 장대한 악장이야, 굴딩이 말했다.

—그래, 블룸이 말했다.

실제로 숫자다. 생각해 보면 모든 음악은 숫자다. 2에 2배 해서 반으로 하
면 1이 두 개.*110 떨림, 그것이 화음이다. 1 더하기 2 더하기 6은 7.*111 숫자
놀음으로 무엇이든 할 수 있다. 늘 이것과 저것이 같다는 걸 깨닫게 되지.
묘지 담 아래 균형. 그는 내 상복을 알아차리지 못하는군. 무신경, 자기 윗
주머니 일에 관한 생각뿐이다. 뮤즈의 수학이다.*112 음악을 들을 때 천상(天
上)의 것을 듣는다고 생각해 보라. 그러나 다음과 같이 말한다고 생각해 보

---

*108 여종업원 두 사람과 큰 컵을 든 두 신사의 대화가 옆방에서 불완전하게 들리는 것을 묘
사한 것이다.

*109 마사 클리퍼드에게 보내는 편지.

*110 어떤 진동수 음에 대하여 그 2배 진동수를 가진 음은 옥타브 위 같은 이름 음이다. 반대
로 어떤 진동수 음에 대해서 그 반의 진동수를 가진 음은 옥타브 아래 같은 이름 음이
다. 아무리 2배를 해도, 아무리 반으로 해도 같은 이름 음이 나온다.

*111 1을 예로 들어 '도'라고 하면 그것의 2도는 '레', '레'의 6도는 '시', '도'와 '시'는 7도를
이룬다.

*112 뮤직의 어원적 의미는 '뮤즈들의 기술'이다.

라. 마르타여, 9 곱하기 7 빼기 엑스는 3만 5000. 아주 평범해진다. 그것은 음악이 소리이기 때문이다.

예를 들어 그는 지금 연주하고 있다. 즉흥곡을. 적어도 가사가 들려오기 전까지는 그것이 당신 마음에 들지도 모른다. 그래서 당신은 열심히 귀 기울인다. 열심히. 처음 시작은 좋다. 그런데 이윽고 화음이 약간 어긋나는 것처럼 들린다. 약간 혼란스러운 것 같군. 철조망 넘어, 모래 부대를 지나, 통을 뛰어넘어 가는 장애물 경주. 시간이 선율을 만들어 낸다. 어떤 기분으로 듣느냐도 문제다. 하지만 역시 언제 들어도 기분이 좋아. 여학생들 음계 연습만은 별개지만. 바로 이웃에서 두 사람이 함께 피아노 연습을 한다. 소리나지 않는 피아노를 발명해야 한다. 〈꽃 노래〉 악보[113]를 그녀에게 사 주었지. 이름이 좋아서 말야. 그것을 천천히 치고 있었다. 한 소녀, 내가 밤에 집으로 돌아갈 때, 그 소녀. 세실리아거리 근처 마구간 문 쪽에서. 밀리는 흥미가 없다. 기묘하다, 왜냐하면 우리 두 사람은.[114]

대머리에 가는귀먹은 팻은 빨종이와 잉크를 가져왔다. 팻은 잉크와 펜과 매우 납작한 빨종이를 테이블에 내려놓았다. 그러고는 그릇과 접시, 나이프와 포크를 집었다. 팻은 가 버렸다.

음악이야말로 유일한 언어야, 미스터 디댈러스가 벤에게 말했다. 그는 어렸을 때 크로스헤이븐 링거벨라에서 곤돌라 뱃노래를 들었다. 퀸스타운항구는 이탈리아 배들로 가득 찼었지. 벤, 알 거야, 에스파냐 모자를 쓰고 달빛 아래를 거닐면서, 그들은 목소리를 맞추어 노래하고 있었지. 참, 좋은 음악이었어, 벤. 어렸을 때 들었던. 링거벨라항구를 가로질러 울려 퍼지던 저 달밤 노래 말야.

시큼한 냄새를 풍기는 파이프를 거두고 그는 달빛 비치는 밤의, 가까이에서 들려오는 선명한 부르는 소리를, 그것에 응답하는 먼 곳에서 부르는 소리를, 그의 입술 옆에, 손을 방패처럼 세우고 흉내 냈다.

〈프리먼〉지를 막대처럼 감은 끝으로 블룸의 눈이, '네가 말한 또 한 사람 눈'[115]이 둘러보고 있었다. 어디서 그걸 봤더라, 하고 면밀히 조사하면서.

---

*113 독일 작곡가 구스타프 랑게(1830~89)의 피아노 소곡.

*114 음악을 좋아하는데.

*115 다우스와 케네디가 싫은 눈이라고 소곤대던 블룸 눈.

캘런, 콜먼, 디그넘 패트릭.*116 헤이호! 헤이호!*117 포싯. 아하! 마침 내가 찾던…….

그*118가 보지 않으면 좋겠는데. 쥐새끼처럼 눈치빠른 자니까. 그는 둥글게 만 〈프리먼〉지를 펼쳤다. 이러면 안 보이겠지. 그리스 문자 이[H]를 쓰는 것을 잊지 마. 블룸은 잉크를 적셨다. 블룸은 중얼거렸다, 삼가 아룁니다. 헨리*119가, 친애하는 메이디*120에게. 당신 편지와 꽃은 잘 받았습니다. 그런데 그걸 어디다 두었더라? 어느 주머니엔가 들어있겠지. 아무래도 할 수 없습니다. '할 수 없습니다'에 밑줄을 긋는다. 오늘 써야 해.

자, 난처한 걸. 난처해. 블룸은 잠시 생각해 봐야겠다는 식으로 손가락으로 팻이 가져온 납작한 빨종이를 가볍게 북처럼 두들겼다.

계속해서 쓰자. 내가 하는 말을 이해해 줘요, 아니, 이 이[H]를 바꿔야지. 함께 보낸 내 조촐한 선물을 받아줘요. 그녀에게 답장을 요구하지 않을 것. 그리고, 5*121를 디그넘에게 주었고, 이 근처에서 2.*122 갈매기들에게 1페니, 엘리야가 온다.*123 데이비 번 가게에서 7.*124 약 8실링이다. 반(半)크라운*125으로 할까. 내 조촐한 선물. 우편환(換)으로 2실링 6펜스. 편지를 길게 써 주세요. 그렇다고 절 비웃는 건 아니시겠죠? 짤랑 짤랑, 당신 혹시? 무척 흥분해서. 어째서 저를 장난꾸러기라고 부르죠? 당신도 장난꾸러기 아닌가요? 어머, 메리는 핀*126이 없네. 오늘은 이것으로 안녕. 좋아요, 좋아요, 말해줄게요. 그리고 싶어요. 계속 하세요. 다른 이름으로 저를 불러주세요. 그녀는 다른 세계라고 썼다. 이젠 인내심이 바닥났어요. 힘내요. 믿어줘요. 맥주컵 든 신사. 그것은, 정말, 입니다.

---

*116 사망 광고 인명.

*117 15분마다 울리는 시계가 두 번 울렸다. 즉, 4시 30분이다.

*118 굴딩.

*119 블룸이 편지에 쓰는 가명.

*120 마사.

*121 실링.

*122 실링.

*123 블룸이 받았던 전단.

*124 펜스.

*125 2실링 5펜스(반 크라운) 상당의 선물을 하기로 정한다.

*126 속바지 핀. 에피소드 5 참조.

이런 편지를 쓰는 게 어리석은 일일까? 남편들 잘못은 아니다. 결혼이, 아내가 시키는 짓이다. 나는 떨어져 있으니까. 만약에 이를테면. 그런데 어떻게 그런 일이? 그녀에게 필요한 일…… 언제까지나 젊기 위해서는. 만약에 그녀가 발견한다면. 모자 안쪽에 끼워 둔 카드*127를. 아니, 전부 털어놓을 필요는 없지. 고통을 자청할 이유가 있나. 만약에 그녀가 보지 않는다면. 여자들이란. 뭐, 피장파장이지.

도니브룩 하모니대로(大路) 1번지에서, 마부 바턴 제임스가 모는 324호 전세 마차에, 한 승객이 타고 있었다. 그 신사는 이든강변 5번지 양복 재단사 조지 로버트 메시어스에게 주문하여 만든 남색 서지 정장을 매끈하게 차려입고, 그레이트 브런즈윅거리 1번지 모자점 존 플라스토에서 산 최신식 밀짚모자를 쓰고 있었다. 어때? 경쾌하게 짤랑짤랑 울리며 달리는 이륜마차다. 들루가츠 정육점과 아젠다스 회사의 번쩍이는 기관(汽罐) 옆을 엉덩이도 잘빠진 암말이 총총걸음으로 지나갔다.

—광고 답장을 쓰고 있나? 날카로운 눈의 리치가 블룸에게 물었다.

—그래, 주문을 받기 위해서, 아무래도 가망성은 없어 보이지만, 블룸이 대답했다.

블룸은 중얼거렸다. 최상의 신원 보증인. 동시에, 헨리는 썼다. 그것은 나를 흥분시킬 겁니다. 당신도 알 겁니다. 급히. 헨리. 그리스 문자 이[H]. 추신을 덧붙이는 게 낫겠지. 그런데, 그*128는 지금 무엇을 치고 있지? 즉흥 간주곡. 추신. 럼 탐 탐. 당신은 어떤 방식으로 나에게 벌을 주겠다는 겁니까? 나를 벌준다고요? 비뚤어진 스커트가 흔들리면서 탁탁 두들기고 있었다.*129 말해 줘요. 나는 꼭 알고 싶어요. 오, 물론 궁금하지 않았다면 묻지도 않았겠죠. 라 라 라 리. 거기에서 단음계로 슬프게 가늘어진다. 왜 단음계는 슬픈가? H라고 서명한다. 사람들은 슬픈 끝마디로 마무리되는 곡을 좋아하지. 추가 추신. 라 라 라 리. 오늘따라 무척 슬퍼요. 라 리. 너무나 외로워. 디.

그는 팻이 가져온 납작한 빨종이로 재빠르게 잉크를 눌렀다. 봉투. 주소.

---

*127 사서함 우편 수령용.

*128 카울리 신부.

*129 이웃집 하녀가 마당에서 모포를 두들기던 모습을 생각한다.

신문에서 베껴야지. 그는 중얼거렸다. 미시즈 캘런, 콜먼 주식회사. 헨리는 썼다.

더블린 시
돌핀스 반 거리
우체국 방
미스 마사 클리퍼드 귀하

그*130가 읽을 수 없도록 나머지 부분을 빨종이로 훔쳐낸다. 됐어. 토막소식상(賞) 감 아이디어다. 탐정이 빨종이에서 무엇을 읽어 내는가? 컬럼당 (當) 1기니 원고료. 매첨은 자주 웃는 마녀를 생각한다. 가엾은 퓨어포이 여사. U.P. 미치광이.

이 슬픔은 너무나 시적이군. 음악을 들었기 때문이다. 음악에는 마력이 있다고 셰익스피어는 말했지. 일 년 내내 아무 날에나 쓸 수 있는 인용구. 사느냐 죽느냐.*131 기다리는 동안의 지혜.

페터 골목 식물학자 제라드의 장미원 안을 회갈색의 그가 걸어 다닌다. 한 번의 삶이 전부이다. 하나의 육체. 실행하라. 오직 실행하라.*132

어쨌든 했다. 우편환 우표. 우체국까지는 좀더 가야 한다. 자, 걷자. 시간은 충분하다. 바니 키어넌 술집에서 그들*133과 만나기로 약속했는데. 별로 마음이 내키지 않아. 초상집. 걸어가자. 팻! 들리지 않는다. 그는 귀먹은 얼간이다.

이제 마차는 그 근처에 갔을 것이다. 이야기해. 이야기해. 팻. 들리지 않는다. 냅킨을 정리하고 있다. 하루 동안에 그는 꽤 넓은 공간을 걸어다닐 것이다. 뒷머리에 또 하나 얼굴을 그리면 그는 두 사람이 된다. 그들이 좀더 노래하면 좋은데. 내 마음*134을 다른 곳으로 돌릴 수 있도록.

---

*130 리치.
*131 〈햄릿〉 3막 1장.
*132 스티븐이 도서관에서 셰익스피어에 대해 했던 상상.
*133 마틴 커닝엄 등과 디그넘 유족의 일로.
*134 보일런과 아내에 대한 생각.

귀찮다는 표정의 팻이 냅킨을 주교관 모양으로 접었다. 팻은 귀가 먼 웨이터이다. 팻은 당신이 기다리는(wait) 동안 기다리는(wait) 웨이터(waiter)이다. 히히히. 그는 당신이 기다리는(wait) 동안에 기다린다(wait). 히히. 그는 웨이터(waiter)이다. 히히히히. 당신이 기다리는 동안, 만약 당신이 기다린다면 그는 당신이 기다리는 동안에 기다릴 것이다. 히히히히. 호. 당신이 기다리는 동안에는 기다린다.

이번에는 다우스다. 다우스 리디아. 암갈색 머리에 장미.

그녀는 정말로 아름다운 휴가를 보내고 왔다. 그녀가 가져온 훌륭한 조개껍데기를 보라.

그녀는 끝이 뾰족한 소라고둥을 가볍게 품 속에 안아 들고 술집 카운터 맞은편 구석으로 걸어갔다. 그 소리를 그 사람, 변호사 조지 리드웰에게 들려주려고.

—들어 봐요, 그녀가 말했다.

진으로 불쾌해진 얼굴로 톰 커넌이 말하고 있는 가운데 반주자는 천천히 음악을 연주했다. 진짜 사실이야. 어쩌다가 월터 뱁티가 목소리를 잃게 됐냐면 말이지, 그녀 남편이 그의 목을 졸랐다는 거야. '비열한 놈. 이제 다시는 사랑노래 따위는 부를 수 없게 해 주마' 하고 그 남편이 말했지. 그러고는 실제로 그렇게 해 버린 거야. 정말 그랬어요, 톰. 보브 카울리가 피아노를 쳤다. 테너에겐 여자들이 꼬인다. 카울리가 윗몸을 뒤로 젖혔다.

아, 이번에는 그*135가 들었다. 그녀가 그것*136을 그의 귀에 댔다. 들어 봐요! 그는 들었다. 훌륭하다. 그녀는 그것을 자신의 귀에 가져다 댔다. 해가 리개 틈으로 새어 들어오는 엷은 햇살이 그녀의 몸을 황금빛으로 물들였다. 듣는다.

탁, 탁.

블룸은 술집 카운터 문을 통해서 그들이 조개껍데기를 귀에 가져다 대는 모습을 지켜보았다. 그는 희미하게 들려오는 그 소리에 귀 기울였다. 그는 들었다. 자신 귀에 가져다 댔다가는, 또 서로 귀에 갖다 대주며, 그들이, 저마다 홀로 듣고 있는 그 소리, 요란하게 밀려드는 철썩이는 파도와 소리 없

---

*135 조지 리드웰.

*136 소라고둥.

는 바다 굉음을.

암갈색 머리가, 그 곁에, 피곤에 지친 금발이, 가까이에서, 그리고 멀리서, 들렸다.

그녀 귀 또한 조개껍데기다. 살짝 드러나 보이는 귓불. 해변에 있던 것이다. 사랑스러운 바닷가의 소녀. 군데군데 껍질이 벗겨진 햇볕에 탄 피부. 보기 좋은 구릿빛 살결을 얻으려면 미리 콜드크림을 발라두어야 한다. 버터를 바른 토스트처럼. 아, 그리고 그 화장수를 잊어선 안 돼. 그녀 입가에 감도는 열기. 그녀 머리 그 자체. 가지런하게 딴 머리카락. 해조(海藻)가 붙은 조개 같다. 왜 그녀들은 해조와 같은 머리로 귀를 감추는가? 그리고 터키 여자들은 왜 입을 감추는가? 왜 그럴까? 베일 위로 드러난 그녀 눈. 입구를 찾아라. 동굴 하나. 업무 외 출입금지.

바다 소리가 들린다고 그들은 생각하고 있다. 바다 노랫소리, 울부짖는 소리, 피가 흐르는 소리다. 때때로 귓속으로 흘러든다. 그러나 바다다. 혈구(血球)의 섬 무리.

참 근사해. 소리가 생생하군. 또 들린다. 조지 리드웰은 귀에 대고서 조개껍데기 속삭임을 들은 뒤, 조심스럽게 그것을 내려놓았다.

—거친 파도가 뭐라고 말하는 것 같은데? 미소를 띠면서 그가 말했다.

매혹하듯이, 바다 같은 미소로, 그리고 대답하지 않고, 리디아는 리드웰에게 미소 지었다.

탁, 탁.

마차 덜컹거림에 몸을 맡긴 채, 등받이에 몸을 기댄 보일런이 래리 오루크 가게 곁을, 용감한 사내 래리 오 곁을 지나 모퉁이를 돌았다.

조개껍데기를 내려놓고서 미스 마이너*¹³⁷는 자신의 맥주컵이 있는 쪽으로 미끄러지듯이 멀어져갔다. 아니에요, 그렇게 외롭진 않았어요, 미스 다우스의 얼굴 표정이 미스터 리드웰에게 말했다. 해변을 따라, 달밤 산책. 아니에요, 혼자는 아니었어요. 그럼 누구와? 그녀는 고상하게 대답했다. 어떤 신사 친구분하고요.

보브 카울리의 떨리는 손가락이 다시 고음부 건반을 두드렸다. 집주인은

---

*137 케네디.

채권에 우선권을 가지고 있다. 잠시 유예. 키다리 존. 뚱보 벤. 미소를 머금고 하늘하늘 걸어다니는 여인들을 위해, 그리고 그녀들의 점잖은 신사 친구들을 위해, 그는 밝고 명랑한 곡을 경쾌하게 연주했다. 원. 원, 원, 원. 투, 원, 쓰리, 포.

바다, 바람 소리, 잎사귀 살랑거림, 천둥 소리, 물 흐르는 소리, 암소 울음 소리, 가축시장, 수탉, 울지 않는 암탉, 스스로 기어가는 뱀, 이르는 곳마다 음악이 있다. 러틀리지 문 삐걱대는 소리. 아니, 그건 소음이다. 이제 그는 〈돈 조반니〉의 미뉴에트를 치고 있다. 성 안에서 벌어지는, 가지각색의 궁정복을 입은 사람들의 무도회. 비참. 성 밖 소작농들. 소리쟁이 잎을 뜯어먹는 굶주린, 풀물 든 얼굴들. 훌륭한 곡이다. 보라, 보라, 보라, 보라, 보라, 우리를 보라.

내가 느끼는 즐거움. 작곡해본 적은 없다. 왜일까? 내 즐거움은 다른 사람의 즐거움이다. 그러나 둘 다 즐거움이다. 그렇다, 그것은 분명 즐거움이다. 그저 음악을 들어보는 것만으로도 분명하게 알 수 있다. 노래를 부르게 되면서 그녀[138]는 더 이상 우울해하지 않는다고 종종 생각했다. 그러면서 알게 된다.

매코이 여행 가방.[139] 내 아내와 자네 아내. 날카로운 고양이 울음 소리. 비단을 찢는 듯한. 이야기할 때면 그녀 혀는 마치 풀무의 혀. 그러나 남자에게서 거리감을 느끼게 되면 어쩔 줄 몰라한다. 대화 중에 말 흐름이 끊어지면 질겁한다. 나를 채워 줘요, 나는 따뜻하고, 어둡고, 열려 있어요. '누구 없소?'를 노래하는 몰리. 메르카단테.[140] 귀를 벽에 바싹 대고 듣는다. 구함, 이쪽의 요구를 채워줄 수 있는 여성.[141]

흔들리고, 춤추고, 흔들리고, 멈췄다. 멋쟁이 보일런의 멋쟁이 황갈색 구두, 양말, 푸른색 시계가 마차 밖으로 모습을 드러냈다.

보라, 우리는 이러하도다! 실내악. 재밌게 가지고 놀 수 있는. 그녀가……… 할 때면 나는 이 음악을 떠올리곤 했지. 그것은 음향학이다. 딸랑딸랑.

---

*138 마리온.
*139 매코이 아내 연주 여행 때 가방을 빌려 준 일이 있다.
*140 1795~1870. 나폴리 태생 이탈리아 작곡가. 약 60편의 오페라를 만들었다.
*141 블룸이 여인과 편지를 주고받을 목적으로 〈아이리시 타임스〉에 낸 구인문 패러디.

텅 빈 그릇이 가장 큰 소리를 낸다. 왜냐하면 음향학에서 물의 무게에 따른 공명(共鳴) 변화량은 쏟아지는 물의 양에 비례하기 때문이다. 집시의 눈을 가진, 리스트의 〈헝가리 광시곡〉 같은. 진주. 물방울. 비. 디들, 이들, 애들, 우들. 우들.*142 쉿. 지금. 아마 지금일 거야. 좀더 전이겠네.*143

누군가 문을 두드렸다. 누군가 탁탁, 노크를 했다. 폴 드 코크*144가 노크했다. 큰 소리로, 당당하게 울리는 노커로. 코크*145 카라카라카라*146 콕. 콕콕.

탁탁.

―'여기에 노여움'*147을 해 봐, 벤, 카울리 신부가 말했다.

―아냐, 벤, 톰 커넌이 끼어들었다. 〈까까머리 소년〉*148을 해. 우리가 사랑하는 아일랜드 말로.

―그래 그것을 해, 벤, 디댈러스가 말했다. 저 선하고 진실한 자들의 노래를.

―해, 해 봐, 그들이 한 목소리로 청했다.

난 가봐야겠어. 어이, 팻, 돌아와. 이리 와 봐. 그는 왔다, 그는 왔다, 그러나 멈춰 서지 않고 지나쳐 갔다. 이리로 오라고. 얼마지?

―무슨 조(調)야? 올림표 6개?

―F장조, 벤 돌라드가 말했다.

보브 카울리의 길게 자란 손톱이 깊은 음을 내는 검은 건반을 눌렀다.

꼭 가야 돼, 왕자 블룸이 왕자 리치에게 말했다. 안 돼, 리치가 말했다. 아니, 가야 해. 돈 받을 곳이 있어. 나는 오늘 코가 삐뚤어지도록 마실 작정

---

*142 디들 : 속어로 '성교하다', 애들 : '썩은, 혼란을 이룬', 우들 : 속어로 '많이, 넉넉히'.

*143 보일런이 블룸의 집에 도착하는 것은.

*144 코크의 통속 연애소설 주인공이란 뜻. 보일런을 가리킨다.

*145 노크 소리를 나타냄과 동시에 '수탉' '남근'이라는 뜻도 있다.

*146 '카라새'를 떠올리게 한다. 집에 들어갈 때 부리로 노크한다고 한다. 이 새 특징을 보일런과 결부시킨 것.

*147 모차르트 오페라 〈마적〉 제2막 2장, 아리아 '이 성스러운 홀에서' 첫 마디.

*148 맥버니가 지은 발라드. '단발 당원(croppy)'이라 불리던 가톨릭교도 농민들이 1798년 아일랜드 동남부 웩스퍼드주에서 일으킨 광범위한 독립운동을 배경으로 한 노래다. 아일랜드 독립운동 단체에 가담한 소년이 그 전에 죄를 뉘우치려고 사제를 찾아왔는데, 이미 성당을 점령하고 신부로 꾸미고서 주둔하고 있던 영국군 병사가 그 소년을 붙잡아서 처형한다는 줄거리. 이 발라드에 관한 내용이 한동안 이어진다.

이야. 얼마지? 그*149는 말하는 입술을 읽는다. 1실링 9펜스입니다. 1페니는 자네에게 주는 팁. 자, 여기. 2펜스 주면 좋은데. 귀머거리의 짜증스러운 표정. 그러나 그에게도 자신을 기다리는 아내와 가족이 있겠지. 자신을 기다리는. 히히히히. 가족이 기다리는 동안 귀머거리가 기다린다.

그러나 잠깐. 잠깐 들어 봐. 음울한 화음. 침우우울울한. 낮다. 지하 암흑 동굴에. 파묻힌 무쇠. 무쇠 같은 음악.

선하고 진실한 자를 찾아, 암흑시대 목소리가, 버림 받은 자의, 피로한 대지의 고통스러운 목소리가, 멀리, 눈 덮인 산줄기에서 들려왔다. 그는 자신의 이야기를 털어놓을 수 있는 신부(神父)를 찾고 있었다.*150

탁탁.

깊게 울리는 벤 돌라드 목소리. 노래하기 위해 온힘을 다 쏟고 있다. 남자도, 달도, 여자도 없는 황량한 늪지 개구리 울음소리. 그 또한 몰락한 남자다. 그*151는 외항선 뱃기구 상인이었다. 생각난다. 수지(樹脂) 먹인 로프와, 랜턴. 1만 파운드를 손해봤다. 지금은 아이비그 홈*152에 수용되어 있다지. 몇 호인가 하는 호수가 매겨진 작은 방에. 그가 그렇게 된 것은 고급 배스 맥주 탓이야.

신부님은 집에 계십니다. 가짜 신부의 하인이 그를 맞았다. 들어오세요. 로마 교황. 화음의 소용돌이.

사람들을 파멸시킨다. 생활을 엉망으로 만든다. 그 다음 그들을 위해, 생애 마지막을 보내라며 작은 방을 세운다.*153 잘 자라, 자장가. 잘 자, 잘자, 그리고 죽는다, 개처럼.

경고의 목소리, 엄숙한 경고의 목소리는 그들에게, 젊은이가 텅 빈 홀에 들어갔다는 것을 알리고, 그의 발걸음이 거기에서 얼마나 엄숙하게 울리는가를 알리고, 고해를 들으려고 어두운 방에 앉아 있는 미사복 차림 신부에 대한 것을 알렸다.

---

*149 귀머거리 팻.
*150 돌라드가 부르는 노래 줄거리.
*151 벤 돌라드.
*152 아서 기네스 회사 사장이 세운 양로원.
*153 술 사업을 하는 기네스의 자선 행위를 꼬집는다.

점잖은 사람.*154 지금은 약간 취했다. 그는 〈앤서스〉지 시인 그림 퍼즐에서 상금을 탈 생각으로 있다. 우리는 귀하에게 빳빳한 새 5파운드 지폐를 드립니다. 둥지에서 알을 품고 있는 새. 그 수수께끼는 '마지막 음유시인의 노래'*155를 말하는 것이라고 그는 생각했다고 한다. C □ T는 무슨 가축*156인가? T-R은 가장 용감한 선원. 그는 지금도 목소리가 좋아. 거세도 안 했고, 몸도 온전하지.

들어 봐. 블룸은 들었다. 리치 굴딩은 들었다. 그리고 문 옆에서 귀머거리 팻이, 대머리 팻이, 팁을 받은 팻이 들었다.

화음은 은은하게 반복됐다.

후회와 고뇌의 목소리가, 기교를 부린 약간 떨려오는 목소리가 은은히 퍼져나갔다. 벤의 후회하고 슬퍼하는 수염 난 얼굴이 뉘우쳤다. '하느님 이름으로.' 그는 무릎을 꿇었다. 손으로 가슴을 두드리며 뉘우친다, '내 잘못'을.

다시 라틴어다. 라틴어는 새 잡는 끈끈이처럼 그들 마음을 사로잡는다. 여자들에게 주는 성체(聖體) 빵을 가진 저 사제. 시체 안치소 안에 있던 사람. 코핀이었던가 코피였던가.*157 지금쯤 그 쥐는 어디에 있을까? 아삭아삭.

탁탁, 탁탁.

그들은 들었다. 맥주 컵들과 미스 케네디가, 조지 리드웰이, 매혹하는 눈꺼풀과, 팽팽한 새틴 가슴*158이. 커넌과 사이*159가.

슬픔으로 한탄하는 목소리가 노래했다. 그의 죄. 부활절 이래 그는 신을 세 번 저주했습니다. 건달 녀석입니다. 그리고 언젠가는 미사 때 그는 놀러 가 버렸습니다. 또 한 번은, 묘지를 지나가면서도 어머니의 평온을 빌지 않았습니다. 어린애. 까까머리 소년입니다.

암갈색 머리가 맥주 펌프 옆에서 들으며 먼 곳을 바라보고 있었다. 감동에 겨운 표정으로. 내가 바라보고 있다는 것을 모를 리가 없다. 몰리도 누군가가 자기를 보고 있다는 것을 금방 알아차린다.

---

*154 돌라드.

*155 월터 스콧 시 제목.

*156 고양이(cat).

*157 신부 이름을 생각해 내려는 것이다.

*158 미스 다우스.

*159 사이먼.

암갈색 머리는 비스듬히 앞을 바라보고 있었다. 거기에 거울이 있다. 그녀 얼굴은 저 반쪽이 아름다운 쪽일까? 여자들은 늘 그것을 알고 있다. 문에 노크. 문 열기 전, 마지막 머리 손질.

코크 카라카라.

그들은 음악을 들을 때 무엇을 생각할까? 방울뱀을 잡는 방법. 마이클 건이 우리를 위해 특별석을 잡아 준 밤. 악기 조율. 페르시아 군주는 그것을 가장 좋아했다. 그것이 그에게 그리운 고국을 떠올리게 했기 때문이다. 커튼으로 코를 풀었다. 아마도 그의 나라의 풍습일 것이다. 그것 또한 음악이다. 생각만큼 나쁘지 않다. 푸―하고 계속 푼다. 위로 솟은 관을 통해 당나귀 울음 같은 소리를 토해내는 나팔. 옆구리에 깊은 상처를 입은 것처럼 신음하는 더블베이스. 암소처럼 우는 목관 악기. 아가리 벌린 악어를 연상시키는 뚜껑 열린 세미 그랜드 피아노. 음악의 벌려진 턱. 목관 악기(Woodwind)는 굿윈(Goodwin) 이름과 비슷하다.

그녀는 아름다워 보였다. 무대의상으로 쓰는 가슴 부위가 깊이 파인 크로커스 드레스를 입고 있었다. 극장에서 무엇인가 물어보기 위해 몸을 굽히거나 할 때 그녀의 숨결에선 늘 정향나무 냄새가 났다. 죽은 아버지의 책을 펼쳐 스피노자[160]가 말한 대목을 읽어주었다. 그녀는 최면에 걸린 사람처럼 귀를 기울이고 있었다.[161] 그럴 때마다 나를 바라보던 그녀의 눈. 그녀는 몸을 굽혔다. 2층 특별석에 앉은 어떤 놈이 오페라글라스로 그녀를 열심히 내려다보고 있었다. 음악의 아름다움은 두 번은 들어야 비로소 안다. 자연과 여자는 한 번 보는 것으로 충분하다. 신은 전원을 만들고, 인간은 음악을 만들었다. 윤회. 철학. 횡설수설!

모든 것이 사라졌다. 모든 것이 무너졌다. 로스 포위 공격에서 그의 아버지[162]가, 고리에서는 형제들이 모두 쓰러졌다. 웩스퍼드로, 우리는 웩스퍼드 젊은이. 그는 갈 것이다. 그의 집안과 종족 중에 살아남은 마지막 한 사람.

＊160 1632~77. 포르투갈계 유대인의 아들로 암스테르담 태생 네덜란드 철학자, 근대 독일 철학 아버지.
＊161 그러나 실은 듣고 있지 않았다.
＊162 〈까까머리 소년〉 가사. 로스는 아일랜드 동남쪽 도시.

나 또한 종족의 마지막 한 사람이다. 밀리는 아직 어린 학생. 그래, 내 잘 못일 테지. 아들이 없다. 루디. 이젠 너무 늦었어. 그러나 혹시?

그는 조금도 미워하는 마음은 없었다.

원한. 사랑. 그것들은 단순히 이름에 지나지 않아. 루디. 나도 곧 늙은이가 된다.

뚱뚱이 벤 목소리가 낭랑하게 울려퍼졌다. 훌륭한 목소리다, 리치 굴딩이 창백한 얼굴을 붉게 물들이면서 블룸에게 말했다. 곧 늙은이가 될 블룸에게. 하지만 언제는 젊었었나?

아일랜드 시대가 온다. 국왕보다 조국을 사랑하라. 그녀는 귀 기울이고 있다. 1904년*163을 이야기하길 누가 두려워하랴?*164

—'신부님, 우리에게 은총을', 단발 당원인 돌라드가 노래했다. 우리를 축복해 주시고 우리가 떠날 수 있도록 허락해 주소서.

탁탁.

무장한 혁명군처럼 떠나기에 앞서 신부 축복을 받지 못하는 블룸은 그녀들을 바라본다. 보수 1주에 18실링.*165 그 돈은 모두 남자가 내는 셈이다. 조심해야 해. 저 아가씨들, 저 귀여운. 슬픈 파도 곁을 거니는 그녀. 코러스 걸의 로맨스다. 약속위반을 입증하기 위해 법정에서 낭독되는 편지. 당신의 작은 종달새로부터. 방청석 웃음소리. 헨리.*166 나는 그것에 서명하지 않았다. 이름이 참 멋지시군요.

노래 곡조도, 가사도 낮게 가라앉았다. 그러다가 갑자기 빨라졌다. 가짜 사제는 카속을 벗어던지고 군복 차림으로 나타났다. 농민군 대장이다. 모두 노래 줄거리를 알고 있다. 모두가 갈망하는 그 전율의 순간. 농민군 대장.*167

탁탁. 탁탁.

그녀는 감동으로 두근거리는 가슴을 기울인 채 듣고 있었다.

---

*163 이 소설의 배경이 되는 해.

*164 존 켈리 잉그램의 시 〈죽은 이를 추모하며〉 첫머리인 '1798년을 이야기하길 누가 두려워하랴?'를 패러디한 것.

*165 다우스와 케네디.

*166 블룸이 마사를 상대할 때 쓰는 가명.

*167 돌라드의 노래 줄거리.

초점 없는 텅 빈 얼굴. 처녀겠지, 아마도. 아니더라도 약간 손 탄 정도겠지. 저 하얀 백지 같은 얼굴에도 앞으로 무언가가 쓰여지게 되리라. 그렇지 못하면 그녀들은 어떻게 될까? 시들고 절망하겠지. 젊음을 유지한다는 것. 자기 자신에게 반한다는 것. 그녀들을 봐봐. 자, 그녀들을 연주해 봐. 입술을 불어 봐. 하얀 여자의 육체. 살아 있는 피리. 천천히 불어. 소리를 높여서. 모든 여자에게는 세 개 구멍이. 여신에게서는 찾을 수 없었지만. 그녀들은 남자가 너무 조심스럽게 구는 것도 탐탁지 않아 한다. 그 놈이 여자들을 후릴 수 있는 것도 그런 이유 때문이야. 주머니에는 돈, 얼굴엔 철면피. 눈에서 눈으로, 말 없는 노래로. 몰리와 저 손풍금 연주하는 소년. 그녀는 그가 '원숭이가 아프다'라고 말할 때 무슨 뜻인지 알아차린다. 아니면 에스파냐 사람에 가까워서일까? 동물들 방식도 마찬가지다.

솔로몬도 그랬다. 자연의 축복이랄까.

복화술(腹話術). 입술을 다물고. 위장 속에서 생각한다. 무엇을?

어때요? 당신은? 나는. 너와. (……)고 싶어.

농민군 대장이 거친 분노를 터뜨리며 저주를 퍼부었다. 중풍 걸린 갈보년에게서 난 놈들아. 좋은 생각이 났다, 네놈들이 살아 있을 시간은 앞으로 한 시간 남았다. 네놈들 마지막이다.

탁탁.

전율한다. 그들은 연민을 느낀다. 순교자들을 생각하며 눈가를 훔친다. 죽어가는 자, 죽음을 원하는 자, 죽도록 죽고 싶어 하는 자들을 위하여. 태어나는 모든 것들을 위하여. 가엾은 퓨어포이 여사. 차라리 어서 가시기를 빌어야지. 자궁 때문에.

자궁 속 액체처럼 촉촉이 젖은 눈동자가 속눈썹 아래서 고요히 듣고 있었다. 봐, 저 눈이 정말로 아름다운 것은 여자가 이야기하지 않을 때이다. 강 저편에서. 새틴에 싸인 풍만한 가슴이 천천히 오르락내리락할 때마다, 붉은 장미가 솟아오르고, 또 가라앉는다. 심장 고동, 그녀의 호흡, 그것은 생명. 그리고 섬세하게 떨리는 연약한, 연약한 공작고사리 잎사귀들.

그러나 보라. 빛나는 별들은 희미해져 간다. 오, 장미여! 캐스틸의 아침이다. 아. 리드웰이 있다. 그럼, 그랬던가?*¹⁶⁸ 말도 안 된다? 그래도 여기서 그녀를 바라보는 거야. 펑 하고 뽑히는 병마개, 넘쳐오르는 맥주 거품,

쌓인 빈병들.

미끈미끈하게 튀어나온 맥주 펌프 손잡이 위로 리디아가 가볍게 손을 얹었다. 내게 맡겨 주세요. 모두 까까머리 노래에 열중하고. 뒤로, 앞으로, 앞으로, 뒤로, 매끄러운 손잡이 위로 (그녀는 그의 눈을, 내 눈을, 그리고 그녀 자신의 눈을 알고 있다), 그녀의 엄지손가락과 첫째손가락을 애틋하게 움직였다. 앞으로, 뒤로, 부드럽게, 너무나 부드럽게, 차갑고 튼튼한 하얀색 에나멜 막대기를 고리 속으로 집어넣었다.*169

코크. 카라카라카라.

탁탁, 탁탁, 탁탁.

이 집에서는 내 맘대로 하겠다.*170 아멘. 그는 화가 나서 이를 갈았다. 반역자는 교수형에 처한다.

피아노 화음이 이에 조응한다. 매우 슬픈 일. 그러나 그렇게 될 수밖에 없었던 일.

노래가 끝나기 전에 빠져나가야지. 고마워, 정말 좋았어. 내 모자는 어디 있지? 그녀 옆을 지난다. 〈프리먼〉지는 안 챙겨도 돼. 편지는 가지고 있다. 만약에 그녀가 실은 나를 ……한다면?*171 아냐, 가, 가, 가, 가자. 캐셜 보일로 코노로 코일로 티스덜 모리스 티슨덜, 패럴*172처럼. 거어어어어어언자.

그래, 나는 가야 해. 너도 가는 거야? 가야지. 블룸—일어섰다. 웃자란 호밀밭 푸름 위로. 블룸은 일어섰다. 어? 비누*173가 엉덩이에 눌어붙은 것 같다. 분명 땀을 흘려서. 음악. 화장수를 잊으면 안 돼.*174 그럼 이만. 고급 모자. 안쪽에 넣어둔 카드.*175 됐다.

문간에 서서 귀를 곤두세우고 있는 귀머거리 팻 곁을 블룸은 지나갔다.

---

*168 미스 리디아가 블룸을 보고 있었던 것은 아니다.

*169 맥주 펌프에서 술을 따르는 동작을 묘사하면서 성행위 장면을 암시하고 있다.

*170 노래 속 농민군 대장의 말.

*171 리디아가 자기에게 마음이 있다면.

*172 캐셜 보일 오코너 피츠모리스 티스덜 패럴의 이름이 노랫소리와 섞여서 흩어진다.

*173 오늘 아침 목욕탕에서 쓰고서 주머니에 넣어 둔 비누.

*174 약국으로 화장수 찾으러 가는 일.

*175 우체국에서 우편물을 찾기 위한 카드.

제네바 병영(兵營)에서 그 젊은이는 죽었다. 통로에 쓰러져 죽어 있었다. 슬프도다! 오, 그대, 비통한 자여. 애절한 장송곡 목소리가 비탄에 잠긴 기도자(祈禱者)에게 호소했다.

장미 곁을, 새틴으로 싸인 가슴 곁을, 상냥한 손길 곁을, 넘치는 맥주 거품과 빈 병 곁을, 펑 하고 뽑히는 병마개 곁을, 지나가며 인사하면서, 사람들 시선과 공작고사리와 깊은 바다 빛깔 그늘 속 암갈색 머리와 금발 머리를 뒤로 하고, 상냥한 블룸이, 쓸쓸한 블룸이 지나갔다.

탁탁, 탁탁, 탁탁.

그를 위해 기도하라, 돌라드의 저음이 기도했다. 편안하게 듣는 자들이여. 기도를 올려라. 눈물을 흘려라, 선량한 사람들이여. 훌륭한 사람들이여. 그 사람이야말로 참다운 단발 당원이었소.

엿듣고 있던 까까머리 구두닦이 아이 가슴을 덜컥 내려앉게 하고 지나가면서, 블룸은 오먼드 호텔 복도에서 브라보라고 외치는 소리를, 와자지껄 찬탄하는 소리를 들었다. 모두가 발로 바닥을 구르면서, 구두를, 구두닦이 아이의 것이 아닌 구두로. 모두 합창, 자, 건배다, 쭉 들이켜. 나는 후련함을 느끼며 그들을 피해 빠져나온다.

—어이, 벤, 사이먼 디댈러스가 말했다. 자네는 여전히 잘하는군.

—전보다 더 잘하는데, 술에 흠뻑 취한 톰 커넌이 말했다. 발라드를 이렇게 절절하게 부르는 사람은 다시없어.

—러블라시*176는 저리 가라다, 카울리 신부가 말했다.

벤 돌라드는 크게 칭찬 받아 싱글벙글 웃으며, 통풍으로 고생하는 손가락을 공중에 치켜들고서 캐스터네츠를 연주하듯이 흔들면서, 육중한 다리를 놀려 그 뚱뚱한 몸을 이끌고 술집 카운터 쪽으로 카추차 춤을 추며 걸어갔다.

살찐 베나덴 돌라드. 빅 벤벤. 빅 벤벤.

끄르르.*177

모두가 크게 감격했고, 흥분한 사이먼이 코로 안개고동 소리를 내어 좌중을 웃기는 동안, 사람들은 큰 갈채를 보내며, 그, 벤 돌라드를 앞쪽으로 이끌었다.

---

*176 1794~1858. 이탈리아 태생 오페라 가수.
*177 블룸의 배에서 나는 소리.

—자네 얼굴이 빨갛게 달아올랐어, 조지 리드웰이 말했다.

미스 다우스는 시중들기 위해 기다리는 동안 자신의 장미를 가다듬었다.

—우리의 친애하는 벤 돌라드 씨는 아직 쓸 만하단 말이지. 미스터 디델러스가 벤의 살찐 어깻죽지를 두들기면서 말했다. 지방이 좀 많이 붙었긴 하지만 말이야.

르르르스스.*178

—죽도록 많이 붙었지, 사이먼, 벤 돌라드가 신음하듯이 말했다.

리치가, 사이가 틀어진 친척이, 혼자 앉아 있었다. 굴딩, 콜리스, 워드가. 어떻게 할까 망설이면서 기다리고 있었다. 요금을 받지 못한 팻 또한.

탁탁, 탁탁, 탁탁, 탁탁.

미스 마이너 미스 케네디가 맥주컵 신사 귀 가까이로 입술을 가져다 댔다.

—저분이 돌라드 씨예요, 입술들이 낮게 속삭였다.

—돌라드라? 맥주컵이 중얼거렸다.

맥주컵은 믿었다. 미스 켄을. 그가 돌라드라고 그녀가 말했을 때. 그녀가 말하는 돌라드를. 맥주컵이.

그는 그 이름을 안다고 속삭였다. 말하자면, 낯설지 않은 이름이다. 돌라드라는 이름을 들어본 적 있다는 뜻이다. 돌라드였지? 그래요, 돌라드예요.

그래요, 그녀가 더욱 소리 높여 말했다. 돌라드 씨예요. 저분, 노래를 참 잘 불렀어요, 마이너가 속삭였다. 그리고 〈여름의 마지막 장미〉*179는 참 좋은 노래예요. 마이너는 그 노래를 좋아한다고 말했다. 맥주컵은 마이너가 좋아하는 노래를 자기도 좋아한다고 말했다.

그것은 돌라드가 남긴 여름의 마지막 장미, 블룸은 아랫배가 살살 아파왔다. 사과주를 마시면 가스가 차고 변비도 생긴다. 가만. 루벤 J 근처 우체국에서도 1실링 8펜스다. 해치워 버리자. 그리크거리를 우회해서 가자. 만날 약속*180을 하지 않았으면 좋았을 텐데. 밖에 나오니 가슴이 상쾌하다. 음악. 신경을 자극하는 것. 맥주 펌프. 요람을 흔드는 그녀 손이 그것을 지배한다.*181 벤 호스 언덕. 세계를 지배한다.

---

*178 블룸의 배에서 나는 소리.

*179 아일랜드 시인이자 작곡가인 토머스 무어 작.

*180 마틴, 커닝엄 등과.

멀리서. 멀리서. 멀리서. 멀리서.

탁탁, 탁탁, 탁탁, 탁탁.

강가를 따라 라이오넬[182] 레오폴드가, 장난꾸러기 헨리가 메이디에게 보내는 편지를 가지고, 《죄의 감미로움》을 가지고, '라울을 위한' 주름장식을 가지고, 착 달라붙은 바지를 입은 폴디가 걸어갔다.

장님이 지팡이로 도로 경계석 바닥을 탁탁, 두드리면서 걸어갔다.

카울리는 약간 정신이 멍했다. 일종의 취기(醉氣)랄까. 적당하게 기분을 내기만 하면 돼. 하녀를 상대하는 남자처럼. 예를 들어 음악광이란 사람들. 전신을 귀로 삼고. 32분 음표 하나 놓치지 않는다. 눈은 감은 채. 가락에 맞추어 고개를 흔들고. 조금은 미치광이 같은. 음악을 듣는 동안은 아무것도 하지 않는다. 생각하는 것도 금지. 오직 음악 이야기만. 음표니, 화음이니 하는 것들에 대한 시시한 이야기들.

모든 음악은 무엇인가를 말하려는 것이다. 그것이 도중에 멈추면 불쾌해진다. 왜냐하면, 내용을 분명히 알 수가 없으므로. 가디너거리의 오르간. 늙은 글린은 1년에 50파운드 받는다. 혼자 다락방에서 음(音栓)마개와 페달과 건반을 상대로 살아간다는 것은 기묘한 일이다. 오르간 앞에 온종일 앉아서 몇 시간이고 혼잣말을 중얼거리고, 또는 풀무를 밟고 있는 사나이에게 말을 건다. 화를 내고 소리 지르고, 그리고 찢어지는 소리로 욕하고 (어떻게든 해야 돼요, 그녀는 소리쳤다. 그 입에 재갈이라도 물려야 해요), 그리고 나서는 갑자기 작은, 희미한 삑삑거리는 오르간 소리.

부욱! 희미한 바람 소리가 위위위위 하고 피리를 불었다. 블룸의 작고 희미한 소리가.

—그였나?[183] 미스터 디댈러스가 파이프를 들고 돌아보면서 말했다. 오늘 아침 가엾은 패디 디그넘 장례식에서 그와 같이 있었어.

—그래, 그[184]도 가엾게도.

—그런데, 저기에 소리굽쇠가…….

---

*181 '요람을 흔드는 그녀 손이 세계를 지배한다'는 속담이 있다.

*182 노래 속의 연인 라이오넬인 체하는.

*183 나간 남자가 블룸이었나?

*184 디그넘.

탁탁, 탁탁, 탁탁, 탁탁.

—블룸 아내는 목소리가 좋아. 아니 좋았다고 해야 하나? 뭐라고? 리드웰이 물었다.

·—그래요, 틀림없이 그 조율사 물건이에요. 리디아가 그 물건을 처음 본 사이먼 라이오넬*185에게 말했다. 여기에 왔을 때 잊고서 두고 간 거예요.

그분은 장님이었어요, 그녀가 그 물건을 두 번째 보게 된 조지 리드웰에게 말했다. 그리고 연주 솜씨가 대단했어요, 들을 만했어요. 훌륭한 대조다, 암갈색 머리 리디아와 금발 마이너.

—노래해! 벤 돌라드가 술을 따르면서 외쳤다. 노래하자!

—하자! 카울리 신부가 외쳤다.

르르르르르르.*186

어쩐지 (······) 나올 것 같은 기분.*187

탁탁, 탁탁, 탁탁, 탁탁.

—잘한다, 디댈러스가 머리 없는 정어리를 물끄러미 바라보면서 말했다.

종처럼 생긴 샌드위치 그릇 덮개 아래, 마지막 남은 빵 덩어리가 놓인 선반 위에, 외로운, 여름의 마지막 정어리가 놓여 있다. 블룸 혼자.

—잘한다, 그는 여전히 응시했다. 저음부가 특히 더 마음에 드는군.

탁탁, 탁탁, 탁탁, 탁탁, 탁탁, 탁탁, 탁탁, 탁탁.

블룸은 배리 사무실 옆을 지났다. 나도 저런 일을 할 수 있다면. 가만. 저런 놀라운 기관을 얻을 수 있다면. 이 건물 하나에 변호사가 24명 있다. 소송. 서로 사랑하라.*188 산더미 같은 양피지 문서. 말하자면, 법정 대리인 권리를 갖춘 소매치기 협회 같은 거라고나 할까. 굴딩 콜리스 워드.

그러나 예를 들어 큰 북을 두들기는 것으로 먹고사는 녀석도 있다. 미키 루니 음악단원이 그의 직업이다. 처음 그런 생각이 떠올랐을 때는 어땠을까? 자기 집 안락의자에 느긋이 앉아 이런저런 망상을 쫓다가 차츰 진지하게 그 생각을 키워갔을 것이다. 밴드에서 자기가 맡은 부분을 연습해 본다.

---

*185 라이오넬을 노래한 사이먼.

*186 또 배가 울린다.

*187 블룸의 독백.

*188 〈요한복음서〉 15 : 11.

폼.*189 폼페디.*190 아내에게는 우습게만 보일 테지. 당나귀 가죽. 살아 있는 동안 그렇게 얻어맞았는데, 죽어서도 두들겨 맞는다. 운명.

탁탁, 탁탁. 한 젊은 장님이 탁탁, 지팡이로 길바닥을 더듬으면서 데일리 가게 진열창 곁을 지나갔다. 진열창 안에는 파도처럼 일렁이는 긴 머리카락을 늘어뜨린 인어가 (그러나 그에게는 보이지 않는다), 입으로 숨을 불고 있었다. (장님에게는 보이지 않는다) 세상 그 무엇보다 멋진 자태로.

악기. 풀잎, 혹은 그녀 손에 들린 소라고둥, 그녀가 숨을 분다. 하다못해 빗이나 화장지 같은 걸로도 선율을 만들어낼 수 있다. 서부 롬바드거리에는 시프트 원피스를 차려입은 몰리가 머리카락을 늘어뜨린 채. 나는 모든 직업마다 각기 특유한 음악이 있다고 생각하는데, 그렇지 않나? 뿔피리를 부는 사냥꾼. 후~. 뿔이 머리를 쳐들었나?*191 '종을 울려라.' 양치기에게는 피리가. 경찰에게는 호루라기가. '자물쇠와 열쇠 수리는 없습니까?' '굴뚝 청소는 어떻습니까?', '지금은 오전 4시! 이상 없음! 쉬세요!'*192 지금은 모든 것이 사라져버렸다. 북 소리? 폼페디. 가만, 알았다. 포고 사항을 알리고 다니던 고을 관리, 집달관. 키다리 존. 죽은 자도 눈뜨게 하는 것. 폼. 디그넘. 가엾은 '신의 이름으로 중얼중얼'. 폼. 그것은 음악이다. 그것은 말할 필요도 없이 모두 폼폼폼 이른바 다 카포*193라는 것. 아직 들린다. 우리가 행진하는, 행진을 계속하여, 행진을 계속함에 따라서. 폼.

정말로 난…… 프프프(fff).*194 만약 연회에서 이랬다간. 물론 풍습 문제긴 하지. 그 페르시아 군주는……*195 기도를 올려라, 눈물을 흘려라. 어쨌든, 그게 농민군 대장의 모자라는 걸 못 알아봤다니 그는 좀 순진한 사람이었던 게 틀림없어. 큼직한 모자였는데도. 묘지 앞에 갈색 방수외투 차림의 저 사람은 누굴까? 아, 뒷골목 매춘부다!

검은색 밀짚모자를 삐뚜름히 쓴 한 지저분한 창녀가 피곤한 표정으로 강

---

*189 화려함, 장관.

*190 호화로움, 장관. 지금은 쓰지 않는다.

*191 발기를 했나?

*192 야경꾼이 하는 소리.

*193 '처음부터 되풀이하라'는 음악 용어.

*194 방귀 나오는 소리를 음악기호로 표시한 것.

*195 커튼으로 코를 풀었다.

가를 따라 블룸 쪽으로 걸어왔다. 그 사랑스러운 모습을 처음 본 것은 언제였나. 그래, 그렇지. 너무 외로워요. 비 오던 그날 밤, 그 골목. 뿔. 누가 그 뿔을…… 히히히힝.*196 그녀가 이쪽을 본다. 못 본 척 뿌리쳐야 해. 뭐지? 뭐지 이 여자는? 이봐요! 세탁하실 거 없어요? 몰리와 아는 여자다. 우리 집 세탁물을 맡고 있는 여자다. 난 지금 갈색 외투를 걸친 통통한 여인네와 단 둘이 있는 거야…… 이러다간 망치고 말아. 우리의 그 약속. 그럴 일은 절대 없을 테지만, 혹시…… 아니야, 이렇게 집과 가까운 곳에서…… 그런 터무니없는…… 그녀가 날 보고 있어, 그렇지? 낮에 보니 어딘가 섬뜩한 얼굴이다. 양초 같은 얼굴. 빌어먹을 계집. 앞으로도 죽 지금처럼 그렇게 살아가야 할 테지. 여기 가게 진열장이나 들여다보고 있자.

장난꾸러기 헨리 라이오넬 레오폴드, 헨리 플라워, 다시 말해서, 레오폴드 블룸은 라이오넬 마크스 골동품 가게 진열창 안을, 구더기를 연상시키는 쭈글쭈글한 바람 주머니가 삐져나와 있는 낡은 멜로디언과 촛대를 들여다보았다. 특매. 6실링이라. 멜로디언 연주를 배워보는 것도 괜찮겠지. 싸다. 그녀가 지나가도록 내버려 두자. 그러나 필요 없는 물건은 무엇이든 결국은 비싼 물건이다. 그게 능숙한 상인의 방식이지. 손님이 필요로 하는 게 아니라, 자신이 팔려고 생각한 것을 사게 만든다. 그 이발사 놈은 내 얼굴을 면도한 그 스웨덴제 면도칼을 내게 팔아먹었지. 날이 망가졌다고, 그 값을 내라는 것이었다. 지금 그 여자가 지나간다. 6실링이라.

사과술 아니면 부르고뉴산(産) 포도주가 틀림없어.*197

다가온 암갈색 머리는 가까이에서, 다가온 금발은 멀리에서. 사내들은 눈을 빛내며 신이 나서 서로 잔을 짤랑짤랑 부딪쳤다. 암갈색 리디아의 유혹하는 여름의 마지막 장미, 캐스틸 장미 앞에서. 맨 먼저 리드, 그리고 디, 카우, 커, 돌, 다섯 번째로 리드웰, 사이 디댈러스, 보브 카울리와 커넌과 뚱뚱이 벤 돌라드.

탁탁. 한 청년이 오먼드의 텅 빈 홀로 들어섰다.

블룸은 라이오넬 마크스 가게 진열장에 걸린 그림 속 용감한 영웅을 바라보았다. 로버트 에멧*198이 마지막으로 남긴 말. 일곱 구절로 된 마지막 말.

---

*196 당나귀나 말 울음소리.
*197 아랫배가 더부룩한 이유.

마이어베어*199의 작품이다.

—진정한 남자인 여러분.

—잘한다, 잘해, 벤.

—우리 모두 축배의 잔을 듭시다.

그들은 건배했다.

짤랑, 짤랑.*200

탁탁. 젊은 장님이 문가에 서 있었다. 그는 암갈색 머리를 보지 못했다. 그는 금발을 보지 않았다. 벤도, 보브도, 톰도, 사이도, 조지도, 맥주컵 신사들도, 리치도, 팻도 보지 않았다. 히히히히. 그는 보지 않았다.

바다의 블룸, 번들거리는 눈의 블룸은 그 마지막 말을 읽었다. 조용히. '내 조국이 지위를 확보할 때까지.'

프르르 프르르

술 때문일 거야.

프프프 우 르르프르

'지상의 여러 국가들 가운데서.'*201 뒤에는 아무도 없다. 그 여자는 지나갔다. '그때, 오직 그때만.' 전차. 덜컹, 덜컹, 덜컹. 좋은 기회. 온다. 덜커덩 덜커덩. 분명히 부르고뉴산 포도주 때문일 거야. 그래. 하나, 둘. '나의 묘비명은 이렇게……' 카라아아아아아아. '기록될 것이다. 이제,'

프프르르프프프르르프프프프프(Pprrpffrrppffff).*202

다 이루었다.*203

---

*198 1778~1803. 아일랜드 민족지도자. 1803년 더블린에서 아일랜드 독립운동을 일으켰으나 실패했다.

*199 블룸은 메르카단테의 오라트리오 〈가상칠언〉을 마이어베어 작품으로 잘못 알고 있다. 가상 칠언이란 예수가 십자가 위에서 한 일곱 가지 말이다.

*200 잔 부딪치는 소리.

*201 앞의 '내 조국이 지위를 확보할 때까지'에 이어지는 말.

*202 방귀 나오는 소리를 음악 기호로 표시한 것. p=약하게, pp=매우 약하게, ff=매우 강하게.

*203 예수가 십자가 위에서 한 마지막 말.

에피소드 12
THE CYCLOPS
키클롭스*1

---

*1 외눈박이 거인.

줄거리

이 에피소드는 일상회화에서 쓰는 속어와 고전작품에서 흔히 볼 수 있는 과장된 묘사기법이 뒤섞여 있다. 후자는 특히 라블레의 《가르강튀아》 영향이 큰 것으로 보인다. 비속어 섞인 현대인 일상 대화를 제시한 뒤, 이를 고전적 문장으로 다시 그려내는 이중묘사가 에피소드 전체에 걸쳐 등장하여 보다 입체적인 묘사 효과를 노리고 있다.

오후 5시. 바니 키어넌 술집. 알 수 없는 한 사람의 독백으로 이야기가 시작된다. 이 화자와 조 하인스, 앨프 버건 그리고 애국주의를 내세워 편협한 소리를 해대는 '시민'과 술에 취한 보브 도런 등이 이곳에 모여 있다. 죽은 디그넘 이야기, 사형집행인 이야기가 나온다. 여기에서 마틴 커닝엄과 만나기로 한 블룸이 아까부터 밖에서 기웃거리다가 들어와 이들과 합류한다. 그러나 술은 마시지 않는다. 거기에 네드 램버트와 그에게 돈을 꾸러 갔던 J.J. 오몰로이가 들어온다. 또 레너헌과 존 와이즈 놀런이 경마에 져서 시무룩한 얼굴로 들어온다.

그러는 동안 '시민'은 유대인을 공격하기 시작하여 급기야는 공격의 화살을 블룸에게로 돌린다. 심상치 않은 분위기를 감지한 커닝엄이 블룸을 밖으로 끌어내고, 참을성 많은 블룸도 마침내 폭발한다. 시민은 블룸을 겨냥해 비스킷 깡통을 던지지만, 블룸들이 탄 마차는 서둘러 자리를 피한다.

이 에피소드는 《오디세이아》 제9장, 오디세우스가 외눈박이 거인 키클롭스 동굴에 갇힌 장면에 상응한다. 그 거인이 '시민'이며, 키어넌 술집이 동굴이다. 오디세우스는 키클롭스 눈을 멀게 하고 배로 도망쳐 와서는 그 거인을 놀린다. 그러자 눈이 보이지 않는 거인은 산 꼭대기 바위를 집어 배를 향해 던지지만 빗나간다. 이 에피소드에서도 석양빛이 '시민'의 눈을 방해하는 바람에 비스킷 깡통은 블룸을 맞히지 못한다.

에피소드 12 주요인물

보브 도런 Bob Doran : 디그넘의 친구. 곧잘 우는 취객. 어머니가 바닷가에서 매춘을 위한 숙소를 운영하고 있다.

시민 : 더블린의 여러 술집을 돌아다니며 아는 사람들에게 술을 얻어 마시는 열광적인 민족주의자, 국수주의자. 개리오웬이라는 개를 데리고 다닌다. 유대인을 싫어하여 블룸과 싸운다.

앨프 버건 Alf Bergan : 죽은 디그넘이 살아서 돌아다니는 것을 본다.

나*²는 마침 D·M·P*³ 트로이 영감과 거기 아버 힐*⁴에 서서 이야기하고 있었는데, 굴뚝 청소부 녀석이 와서는 청소용 솔로 하마터면 내 눈을 찌를 뻔 했다.*⁵ 그 녀석을 야단치려고 돌아보자, 스토니 배터*⁶ 거리를 따라 비틀거리면서 오는 사람이 하나 있었는데 누군가 하고 보니 바로 조 하인스*⁷였다.

—어이, 조, 재미는 어때? 방금 저 굴뚝 청소부 녀석이 내 눈알을 쑤실 뻔한 걸 보았나? 내가 말한다.

—검댕은 재수가 있는 거지,*⁸ 조가 말한다. 자네와 이야기하던 저 영감님은 누구지?

—트로이 영감이야, 경찰에 있는 사람이지. 아까 그 녀석이 빗자루와 사다리로 교통을 방해한 것을 고발할까 봐. 내가 말한다.

—자네는 이런 곳에서 뭐하고 있었나, 조가 말한다.

—별거 아니야, 내가 말한다. 치킨 골목 모퉁이에 있는 개리슨 교회 근처에 아주 여우 같은 도둑놈이 사는데—트로이 영감이 그 녀석에 대해서 귀띔해 주던 참이야—녀석은 다운주(州)에 농장이 있다고 허풍을 떨어서, 모제스 허조그라는, 저쪽 헤이츠베리거리에 사는 난쟁이로부터 설탕과 차를 왕창 사들였다는 거야. 매주 3실링씩 갚겠다는 조건으로 말이지.

—할례 받은 녀석*⁹이군. 조가 말한다.

---

*2 이 에피소드는 '나'라는 화자가 이끌어 간다. 그는 빚 독촉하는 일을 한다. 한편 이 에피소드에는 33개의 패러디가 끼워져 있다.

*3 더블린 수도 경찰.

*4 더블린시 서부, 리피강 북쪽 강가 거리.

*5 《오디세이아》에서 오디세우스는 달군 통나무로 키클롭스의 눈을 찌른다.

*6 아버 힐 동쪽으로 가면 왼쪽에서 교차하는 거리.

*7 블룸 친구. 〈프리먼〉지 광고부 직원.

*8 검댕이가 갑자기 굴뚝에서 무더기로 떨어지면 그 집에는 돈이 들어온다는 미신이 있다.

*9 유대인을 뜻하는 은어.

더블린성

　—그래, 성가신 작자야. 게러티라는 늙은 배관공이지. 두 주일 동안이나 꽁무니를 쫓아다녔는데 땡전 한 푼 받아내지 못했다네. 내가 말한다.

　—지금 맡고 있는 일이 그건가? 조가 말한다.

　—그래, 내가 말한다. 아, 내 꼴이 이게 뭐람. 받을 가망 없는 남의 빚이나 수금하러 다니는 신세라니. 하여튼, 내 살다 살다 이렇게 악질적인 도둑놈은 처음일세. 빗물이 괼 정도의 곰보딱지 상판대기를 해 가지고서는. 그가 그렇게 말하더군. '그자한테 가서 전해. 나도 가만있지 않겠다고. 다시 한 번만 자네를 여기로 보냈다간, 내가 결단코 가만있지 않겠다고. 법정에 갈 줄 알라고, 암 그러고말고, 무허가 영업이나 하면서 말이야.' 그러면서 그 인간은 배가 터지도록 음식을 처먹고 있는 거야. 그건 그렇고 그 난쟁이 유대인이 펄펄 뛰는 모습이 참 우스웠어. '내 차를 마시고, 내 설탕을 핥으면서, 왜 안 갚아. 내 돈을 왜 안 갚냐구.'

　더블린시 우드 강변지구, 성 케빈거리 13번지에 거주하는 상인 모제스 허조그(이하 판매자라 한다)로부터 구입하여 더블린시 아란강 강변지구, 아버힐 29번지 신사 마이클 E. 게러티(이하 구매자라 한다)에게 매각, 인도된 비부패성 상품, 다시 말하면 상형(常衡)*10 1파운드당 3실링의 우량차, 상형 5

파운드와, 상형 1파운드 당 3펜스 결정 가루설탕 3스톤*[11]은 상기 구매자가 수령 가격에 대해서 1파운드 5실링 6펜스를 판매자에게 부담하며, 그 금액은 구매자 판매자에게 정화(正貨) 3실링 매주 지급, 즉 매 7일 지급한다. 따라서 해당 상품은 구매자가 이를 저당, 매각, 기타에 의해 양도할 수 없고, 오늘 여기에 판매자, 그 후계자, 상속인, 피신탁인, 양수인 측과, 구매자, 그 후계자, 상속인, 피신탁인, 양수인과의 사이에 계약되어 그 효력을 발생시키는 방법으로, 구매자가 판매자에게 해당 금액을 지급하지 않는 한 상품은 판매자 소유며, 임의로 처분할 수 있다.*[12]

　—자네는 금주회 회원인가? 조가 말한다.

　—마시고 난 뒤 다음 마실 때까지는 한 방울도 입에 안 댄다는 주의지, 내가 말한다.

　—우리 둘 모두의 친구에게 경의를 표하는 뜻으로 한 잔 하는 건 어때? 조가 말한다.

　—누구 말인가? 알았다. 아, 그 녀석이라면 머리가 이상해져서 성 요한 병원*[13]에 입원해 있어. 가엾게도 말야. 내가 말한다.

　—빈털터리가 돼서 말인가? 조가 말한다.

　—그래, 물 탄 위스키가 머리까지 올라온 거야.*[14] 내가 말한다.

　—바니 키어넌 술집으로 가자고. '시민'을 만나고 싶어. 조가 말한다.

　—단골 바니로? 뭐 새로운 이야기는 없나, 조? 내가 말한다.

　—아무것도 없어, 나는 시티 암스 호텔 그 모임에 갔다 왔어. 조가 말한다.

　—무슨 모임이지, 조? 내가 말한다.

　—가축업자들이 구제역에 대해서 이야기하더군. 그 내막을 '시민' 녀석에게 들려주고 싶어. 조가 말한다.

　그래서 우리는 리넨홀 병영과 재판소 뒤를 돌아 이런저런 이야기를 하면서 걸어갔다. 조는 돈이 있을 때에는 씀씀이가 좋은 사나이지만 좀처럼 돈을

---

*10 16온스를 1파운드로 하는 저울 단위.

*11 무게 단위. 보통 14파운드.

*12 민사소송 문서를 패러디한 것.

*13 남성 정신병 환자를 위한 사립 시설. 더블린시 남쪽 교외 스틸로건에 있다.

*14 뇌수종(腦水腫).

▲ 바니 키어넌 술집

▶ 바니 키어넌 옛터

쥐는 일이 없지. 쳇, 드러내놓고 도둑질하는 그 지독하고 교활한 게러티를
참을 수가 없어. 허가 없는 영업이라고 오기를 부리는 거야.

　아름다운 이니스페일*15에는 하나의 나라, 성스러운 마이컨의 나라*16가 있
도다. 망루가 높이 솟아 사람들은 멀리서도 이곳을 볼 수 있나니. 죽은, 고
명한 용사나 왕후들이, 살아 있었을 때처럼 여기에 잠들어 있노라. 잔잔히
속삭이는 풍요로운 바다와 강이 있는 아름다운 땅. 성대, 유럽산 가자미, 민
물잉어, 넙치 무리, 굽은 턱 대구, 연어 새끼, 작은 가자미, 넙치, 민물 잡
어와 대해에서 흘러 온 외래종도 수없이 노니도다. 동서로 불어오는 부드러
운 산들바람 아래, 높이 자란 나무들이 그 일급 군엽(群葉)을 사방팔방으로
물결치게 하노라. 부드러운 무화과, 레바논 삼나무, 하늘로 치솟은 플라타너
스, 개량종 유칼립투스, 그 밖에 온갖 수목들이 울창하게 자라노라. 아름다
운 아가씨들은 아름다운 나무들의 뿌리 가까이에 앉아 가장 아름다운 노래

────────────

*15 아일랜드의 시적인 명칭. 이 구절은 아일랜드 시나 신화 또는 전설을 패러디한 것.
*16 바니 키어넌 술집은 성 마이컨 교구에 있다.

를 부르면서, 갖가지 아름다운 것, 이를테면 황금 덩어리, 은빛 고기, 다량의 청어, 한 무리의 뱀장어, 대구 새끼, 여러 소쿠리의 연어 새끼, 바다의 자주색 보석, 희롱하는 곤충들과 노닐도다. 그리고 용사들은 그녀들에게 구애하기 위해 멀리서 항해해 오노라. 엘바나에서 슬리브마지에 걸쳐서, 무적(無敵) 먼스터 왕자, 정의의 코노트 왕자, 익살 좋고 교활한 렌스터 왕자, 크루아칸국(國) 왕자, 아름다운 아머국 왕자, 고귀한 보일 지방 왕자, 온갖 왕국 왕자들이.

또 거기에는 반짝이는 수정 지붕을 얹은 눈부신 궁전*¹⁷이 서 있어, 아름답고 튼튼한 범선을 타고 먼 바다를 항해하는 선원들도 그 모습 볼 수 있노라. 그리로 온 나라의 온갖 짐승과 통통하게 살 오른 가축 떼, 첫 수확한 과일들이 모여드노라. 족장 오코널 피츠시몬*¹⁸이 그들로부터 세금을 징수하매, 거기에 거대한 마차로 운반되는 것은, 논밭의 갖가지 수확물, 즉, 여러 바구니에 담긴 꽃양배추, 수레에 쌓인 시금치, 두껍게 썬 파인애플, 랭군콩, 산더미처럼 쌓아올린 토마토, 무화과, 여러 이랑의 스웨덴 순무, 공처럼 둥근 감자, 요크종과 사보이종의 여러 다발 무지개 양배추, 그릇에 담긴 대지의 진주 양파, 여러 광주리에 가득 담긴 버섯, 커스터드와 같은 호리박, 비대한 완두콩, 보리와 유채와 적록(赤綠) 황갈색 팥, 달고 알 굵은 사과, 과즙이 풍부한 딸기 바구니, 여러 광주리의 구스베리, 왕후 입에도 어울리는 산딸기, 갓 따온 나무딸기 등이도다.

—나도 가만있지 않겠어, 그가 말한다. 나는 결단코 가만있지 않겠어. 썩 나와라, 게러티, 이 불한당 같은 도둑놈아.

그리하여 그 길을 지나가는 것은 무수한 가축, 즉 방울을 달고 앞장선 거세 숫양들, 번식기에 살을 찌운 숫양들, 털을 깎은 숫양과 새끼 양들. 회색 거위들, 중간 크기 불친소들, 목에서 가르랑거리는 소리가 나는 암말들, 뿔을 자른 송아지들, 면화용 양들, 식용 양들, 더블린시 가축상들이 최상급으로 거래하는 출산이 가까운 소들, 고기용 하등 가축, 난소를 절개한 암퇘지들, 베이컨용 불깐 수퇘지들, 여러 종류의 살찐 돼지들, 앵거스산(産) 어린 수소, 나무랄 데 없는 순수혈통 뿔 자른 불친소들, 우량 배를 받은 젖소들,

---

육우들. 또 러시(Lush)[19]와 러시(Rush), 캐릭마인스[20]의 목장으로부터, 토먼드[21]의 물 좋은 골짜기로부터, 맥길리커디산줄기[22]의 접근이 어려운 높고 험한 봉우리와 헤아릴 수 없이 고상한 샤논강[23]으로부터, 키아르족(族)의 완만한 경사지로부터, 늘 들리는 것은, 양들의, 돼지들의, 발굽이 무거운 수소들 쿵쿵거리는 소리, 탁탁거리는 소리, 으르렁대는 소리, 음매 하고 우는 소리, 소가 울부짖는 소리, 으르렁거리는 소리, 꿀꿀거리는 소리, 우적우적 씹는 소리, 쩍쩍 씹는 소리들이다. 우유와 큰 통에 담긴 버터, 굳은 치즈와 농장용으로 작은 통에 담은 버터, 양 목살과 가슴살, 그리고 여러 크래녹[24]의 곡물과 갖가지 크기의 암갈색 달걀들로 넘쳐 미어터질 지경이다.

여기서 우리는 바니 키어넌 술집으로 들어갔는데 과연 거기에서는 '시민'이, 구석에서 혼잣말하기도 하고 그 망할 놈의 옴에 걸린 잡종개 개리오웬을 상대로 지껄이기도 하면서 술이 하늘에서 떨어지기를 기다리고 있었다.

—봐, 녀석이 있어, 녀석은 허섭스레기 상자 같은 구석에서 넘치는 맥주잔[25]과 낡은 신문 더미를 안고 대의를 위해 싸우고 있군. 내가 말한다.

망할 놈의 잡종개는 으스스한 소리로 으르렁거렸다. 만약에 누군가가 저 빌어먹을 똥개 숨을 멎게 해 준다면 육체적 자선 행위를 한 셈이 될 거야. 언젠가는 근처를 순찰 중이던 경찰관 바지를 왕창 물어뜯어 놓았다지.

—거기 지나가는 자 누구냐?[26] 그가 말한다.

—이상무, 시민, 아군이야. 조가 말한다.

—아군은 통과, 그가 말한다.

그러고는 눈을 손으로 부비고 나서 다시 말한다.

—자네들은 세상 돌아가는 꼴이 어떻다 생각하나?

마적*²⁷이나 산의 로리*²⁸ 행세를 하고 있군. 맙소사, 조 녀석 잘도 장단을 맞추는구나.

―경기는 오르막인 것 같아, 한손으로 넓적다리를 문지르면서 그는 말한다. 틀림없다고 하는 것처럼 '시민'은 무릎을 손으로 두드리며 말한다.

―외국 전쟁이 그 원인이야.

그러자 조가 엄지손가락을 주머니에 쑤셔 넣으면서 말한다.

―러시아인은 세계 정복을 노리고 있어.

―이봐, 자네 넋두리 듣는 건 이제 질렸어, 조, 반 크라운*²⁹ 어치 술 정도로는 어림도 없을 만큼 목이 마르다구. 내가 말한다.

―무엇을 마시고 싶나, 시민, 조가 말한다.

―조국의 술,*³⁰ 그는 말한다.

―자네는? 조가 말한다.

―마찬가지로 맥아나스피*³¹로 하지, 내가 말한다.

―3파인트 주게, 테리, 조가 말한다. 그런데 시민, 자네 경기는 어때?

―조금도 좋지 않아, 친구, 그가 말한다. 어때 개리,*³² 우리 잘 되어 갈까, 응?

이렇게 말하면서 그는 그 지랄맞은 늙은 개 목을 잡았는데, 나 참, 거의 목을 졸랐다.

둥근 탑*³³ 아래 큰 옥석 위에 앉은 자, 그 용사는 붉은 얼굴에, 어깨가 떡 벌어지고, 가슴이 두터우며, 사지가 튼튼하고, 눈이 맑고, 머리카락이 붉고, 주근깨가 많고, 수염이 덥수룩하며, 입과 코가 크고, 머리통이 길쭉하고, 우람한 팔다리와 드러난 무릎엔 털이 잔뜩 돋아 있었도다. 한쪽 어깨에서 다른

---

*27 1691년 리머릭 조약 이후, 단념하고 대륙으로 망명하는 대신 아일랜드에 남아 영국 지배에 저항하기로 결심한 사람들은 숲이나 구릉지에 자리 잡고서 게릴라 활동을 했다.

*28 키컴이 쓴 시 제목이자, 이 시에 나오는 애국심 깊은 농부. 또한 토지개혁 때 지주들을 위협했던 무리의 통칭이기도 하다.

*29 2실링 반.

*30 흑맥주.

*31 흑맥주.

*32 개에게 이야기한다.

*33 원형 탑은 노르만 정복 이전, 9세기에서 12세기에 걸쳐 망루이자 피난처로서 수도원 딸림 건물로 만들어졌다. 현재도 많이 남아 있다.

마켓거리를 지나는 짐마차

쪽 어깨까지는 그 거리가 수 피트요, 그 바위와 같고 산과 같은 무릎을 뒤덮은 털은 그 억셈과 빛깔이 황갈색 가시금작화와 거의 비슷하도다. 또한 황갈색 코털이 무성한 콧구멍 안쪽은 매우 넓어 그 동굴과 같은 어둠 속에는 종달새도 쉽사리 둥지 틀 수 있으리. 언제나 눈물과 미소가 승리를 다투는 그 눈은 커다란 양배추만 하도다. 따뜻한 숨결의 힘찬 흐름이 그 심연처럼 깊은 목구멍에서 규칙적으로 흘러나오고, 동시에 그 가공할 심장 소리의 높고 강하며 완전무결한 반향(反響)의 천둥 같은 울림은 대지를, 높은 탑 꼭대기를, 동굴 높은 벽을 뒤흔드노라.

   그가 입은 상의는 민소매에다 길이가 무릎까지 닿는 느슨한 소가죽 옷이요, 허리엔 짚과 골풀로 엮은 띠를 매었도다. 하의는 짐승 창자로 만든 실로 거칠게 꿰맨 사슴 가죽 바지요, 정강이엔 보라색 밸브리건[*34] 가죽 행전을, 발에는 소금에 절인 소가죽과 소 울대를 꼬아 만든 신발을 신었도다. 그리고 그가 그 육중한 몸을 움직일 때면 허리에 매달린 바다 돌들이 일제히 출렁였는데, 이들 돌에는 아일랜드나 고대 영웅, 여성 종족의 여러 모습이 단순하

*34 더블린시 북쪽 30킬로에 위치한 항구 도시. 양말 제조로 유명했다.

면서도 정교한 솜씨로 새겨져 있었도다. 쿠훌린, 백전(百戰)의 콘, 아홉 볼모의 니얼,[35] 킹코라의 브라이언, 아드리가(家)의 맬러키. 아트 맥머러, 셰인 오닐, 존 머피 신부, 오웬 로, 패트릭 사스필드, 붉은 털 휴 오도널, 붉은 털 짐 맥더못, 소가스 이오건 오그로우니, 마이클 드와이어, 프랜시 히긴스, 헨리 조이 맥크래큰, 골리아스, 호레이스 위틀리, 토머스 코네프, 페그 위핑턴, 마을 대장장이,[36] 캡틴 문라이트,[37] 캡틴 보이콧, 단테 알리기에리, 크리스토퍼 콜럼버스, S. 퍼서, S. 브렌던, 맥머흔 원수, 샤를마뉴, 시오볼드 울프 톤, 매커비 일족의 어머니, 모히칸족의 최후,[38] 캐스틸 장미, 골웨이 용사, 몬테카를로의 은행을 파산시킨 남자, 난국에 처한 사나이,[39] 아무 일도 하지 않은 여자,[40] 벤자민 프랭클린, 나폴레옹 보나파르트, 존 로렌스 설리번, 클레오파트라, 사버린 딜리시, 줄리어스 시저, 파라셀수스, 토머스 립튼 경, 윌리엄 텔, 미켈란젤로, 헤이즈, 무함마드, 래머무어의 신부, 은둔자 피터, 짐 꾸리는 사람 피터, 검은 머리 로잘린, 패트릭 윌리엄 셰익스피어, 브라이언 공자, 무르타그 구텐베르크, 패트리시오 벨라스케스, 캡틴 네모, 트리스탄과 이졸데, 최초의 프린스 오브 웨일스, 토머스 쿡 부자, 용감한 소년병,[41] 아라 나 포그, 딕 터핀, 루드비히 베토벤, 콜린가(家)의 본, 워들러 헬리, 컬디의 앵거스, 돌리 마운트, 시드니 퍼레이드, 벤 호스, 밸런타인 그레이트레익스, 아담과 이브, 아서 웰스리, 크로커 두목, 헤로도토스, 거인 사냥꾼 잭, 고타마 붓다, 고디바 부인, 킬라니의 백합, 악마의 눈 베일러, 시바의 여왕, 애키 네이글, 조 네이글, 알렉산드로 볼타, 제레미야 오도노반 로사, 돈 필립 오설리번 베어의 얼굴들이. 그의 곁, 잘 닦인 화강암 위엔 창(槍)이 가로놓여 있었도다. 또한 발치엔 개와 비슷하게 생긴 들짐승이 누워 쉬고 있었으니, 그 색색거리는 숨소리로 보아 불안한 선잠에 빠져들어 있음

---

[35] Niall. 379~405. 아일랜드 상왕. 브리튼과 골에 침입하여 살해되었다. 제후 자제를 볼모로 삼고 있었으므로 이런 별명이 붙었다.

[36] 미국 시인 헨리 워즈워스 롱펠로 시 제목에서. 평범하고 성실한 대장장이 생활을 칭송한다.

[37] 1870~80년대, 토지개혁 운동기 과격파가 협박자에게 썼던 서명.

[38] 미국 소설가 제임스 페니모어 쿠퍼의 장편소설.

[39] 고대 아일랜드에서 왕이나 부족이 받은 모욕과 위해에 보복하는 의무를 짊어진 용사.

[40] 캐나다 소설가 그랜트 알렌의 장편소설 《일을 한 여자》(1895)의 인유.

[41] 아일랜드 작곡자이자 소설가 사무엘 러버(1797~1868)의 시 제목.

을 알 수 있었노라. 이는 이따금 그르렁대는 소리를 내고 경련하듯 몸을 떠는 것으로도 확실히 알게 되었던 바, 그럴 때마다 그 주인은 돌로 만든 조잡하고 뭉툭한 몽둥이로 가끔 한 대씩 때리는 것으로 그 소리를 가라앉히곤 했노라.[*42]

중앙시장

그러는 동안 테리가 맥주 3파인트를 가져오자 조가 일어서서 1파운드를 내놓았을 때 나는 내 눈을 믿을 수가 없었다. 오, 그건 틀림없는 진짜 금화, 잘 생긴 1파운드짜리 금화였다.

—이것뿐 아냐, 또 있어, 그가 말한다.

—어디 자선 모금함이라도 털어온 건가? 내가 말한다.

—이마에 땀 흘려 번 돈이야, 조가 말한다. 나에게 광맥을 알려 준 사람은 그 금주회 회원[*43]이지.

—자네를 만나기 전에 그를 만났어, 내가 말한다. 대구 같은 흐리멍덩한 눈으로 필 골목이나 그리크거리[*44]를 생선 창자라도 찾아다니는 양 헤매고 있더군.

검은 갑옷을 입고 마이컨의 나라를 지나오는 자는 누군가?[*45] 로리 아들, 오 블룸 그 사람. 로리 아들은 두려움을 모른다. 그는 신중한 사람이다.[*46]

---

*42 아일랜드 영웅담 패러디이자 영웅 명단.
*43 블룸을 말한다. 조 하인스는 블룸과 같은 〈프리먼〉지의 광고부 직원이다. 블룸은 오늘 아침 회사에서 하인스에게 출납원으로부터 돈을 받을 기회를 알려 주었다. 블룸은 하인스에게 꾸어 준 돈을 받을 생각이었으나 뜻대로 되지 않았다.
*44 더블린 시립 과일 야채 어시장 서쪽.
*45 블룸은 성 마이컨 교구에 있다.
*46 아일랜드 문예부흥의 패러디.

—프린스거리 그 노파*47를 위해 일하고 있겠지, '시민'이 말한다. 보조금까지 받고 있는 그 신문을 위해서 말야. 영국 의회에 볼모로 잡힌 아일랜드 당(黨)에서 오는 거지. 그리고 이 빌어먹을 쓰레기 신문을 좀 보게. 이것 봐, 이것은 파넬이 노동자의 친구랍시고 창간한 〈아이리시 인디펜던트〉지야. 말하자면, 아일랜드 '독립'을 위한, 아일랜드인 모두의 신문이라는 거지. 이 신문 출생란과 사망란을 읽어 줄까? 결혼란도 함께 말야.

그리고 그는 그것을 읽기 시작한다.*48

고든, 엑서터시 반필드 크레센트거리. 레드메인, 세인트 앤즈 온 시, 이플리의 윌리엄 T. 레드메인 아내 득남. 이건 어때, 어? 라이트와 플린트 양가, 빈센트와 질렛 양가, 스톡웰 클래펌 로드 179번지 로저와 고(故) 조지 앨프레드 질렛 딸 로사 마리온과의. 플레이우드와 리즈데일 양가, 우스터 대성당 수석 사제 닥터 포리스트 사제가 거식(擧式), 켄싱턴 성 유대 교회에서. 어때? 사망. 브리스토, 런던, 화이트홀 골목에서. 카, 스토크 뉴잉튼, 위염과 심장병. 콕번, 쳅스토우시 모트 하우스에서……

—그 녀석(콕번)*49이라면 내가 좀 알지, 조가 말한다. 혼이 났으니까.

—콕번 씨. 해군대장 고(故) 데이비 딤지 부인 딤지. 제분업자 토트넘, 85세. 웨일스인, 6월 12일 리버풀 캐닝거리에서 이사벨라 헬렌. 민족 신문에 이런 기사를 싣다니, 무슨 생각일까? 밴트리시 늙은 너구리, 마틴 머피 정도 되는 사람이 이게 어떻게 된 일이야.

—글쎄, 조가 술을 건네면서 말한다. 할 수 없지. 녀석들이 우리를 앞지르고 있었으니까. '시민', 그걸 마셔.

—마시고말고, 그가 말한다. 훌륭하신 나리.

—조, 자네 건강을, 내가 말한다. 이하는 생략하자구.

어이! 이제 얘기는 사절이야! 내가 이 한 잔을 얼마나 못 견디게 마시고 싶었는지 알아? 하느님께 맹세컨대, 내 귀엔 아까부터 술이 위장 속으로 흘러들어가는 소리가 들렸다고.

---

*47 〈프리먼즈 저널〉을 가리킨다.
*48 이하는 1904년 6월 19일자 〈아이리시 데일리 인디펜던트〉. 단, 시민은 아일랜드인 기사를 고의로 빼고 읽고 있다.
*49 콕번은 성병이라는 뜻도 있다.

미팅하우스 골목길

　그러나 보라. 그들이 기쁨의 술잔을 나누고 있을 그때 신의 사자와 같은, 천사처럼 빛나는 눈을 가진 아름다운 젊은이가 갑자기 안으로 들어오도다. 그리고 이어서, 신성한 계명이 적힌 두루마리를 든, 우아한 기품의, 나이 지긋한 한 남자가, 그리고 그 곁에는 그의 아내인, 비할 데 없이 고귀한 혈통의 아름다운 귀부인이 함께 걸어들어 오도다.

난쟁이 앨프 버건이 별안간 안으로 들어오더니 술집 구석 자리 뒤로 몸을 숨기고 금방이라도 숨이 넘어갈 듯 웃어댔다. 그 구석 자리엔 술에 녹초가 되어 코를 골고 있는 녀석이 하나 있었는데, 처음엔 얼굴을 알아볼 수 없었으나, 나중에 알고 보니 바로 보브 도런이었다.*50 왜 그러는지는 알 수 없었지만 앨프는 문밖을 향해 연신 손짓을 했다. 그런데, 저것 보라지, 늙은 어릿광대 데니스 브린이 목욕탕 슬리퍼를 질질 끌고 겨드랑이엔 웬 두툼한 책 두 권을 끼고 걸어오는 게 아닌가. 그리고 뒤이어서 그의 가련한 여편네가 푸들처럼 종종걸음치며 뒤따라 들어왔다. 앨프는 저러다 어떻게 되는 거 아닌가 싶을 만큼 계속 미친 듯이 웃어대고 있었다.

　—저 인간 좀 봐, 그가 말한다. 브린 말이야. 누군가에게서 미치광이라

---

*50 앨프 버건도 보브 도런도 블룸과 고(故) 디그넘의 친구들이다.

욕하는 엽서를 받았다는군. 그래서 지금 그걸 가지고 더블린 온 시내를 돌아다니고 있는 거야, 그 뭐냐, 그걸 하겠다고, 명예…….

그러면서 그는 또다시 배를 움켜쥐고 웃어댔다.

—뭘 하겠다고? 내가 말한다.

—명예훼손으로 1만 파운드를 물리게 한대. 그가 말한다.

—정신 나갔군! 내가 말한다.

빌어먹을 똥개가 섬뜩하게 으르렁대기 시작하자 '시민'이 그놈 옆구리를 걷어찼다.

—가만 있어, 그가 말한다.

—누구야? 조가 말한다.

—브린이야, 앨프가 말한다. 이 친구가 아까 존 헨리 멘튼*51 법률사무소에 찾아가더니만 또 거기서 콜리스 앤드 워드 법률사무소로 가는 거야. 그러고는 거기서 톰 로치퍼드를 만났는데, 그가 장난삼아 이 친구를 부집행관*52에게로 보낸 거야. 아, 웃겨 죽을 것 같아. 제대로 돌아버렸어. 키다리가 냉담한 눈으로 바라보니까, 이 정신 나간 친구가 이번에는 경찰관을 찾으러 그린거리로 간 거야.

—키다리 존이 마운트조이에서 놈을 매다는 때가 언제지? 조가 말한다.

버건 말인가? 보브 도런이 잠에서 깨어나 말한다. 거기 있는 건 앨프 버건이냐?

—나다, 앨프가 말한다. 매다는 이야긴가? 좋은 것을 보여줄 테니까 기다려. 어이, 테리, 작은 컵으로 한 잔 줘. 저 바보 녀석! 1만 파운드라니. 자네들도 그때 키다리 존의 눈을 봤어야 했는데. 미친 녀석.

그러고는 다시 웃기 시작했다.

—누구를 비웃는 거야? 보브 도런이 말한다. 버건이야?

—어이, 테리, 빨리 좀 갖다 줘. 앨프가 말한다.

테렌스 오라이언은 그의 말을 듣고 곧장 거품이 이는 흑맥주를 크리스털 컵에 가득 채워 가지고 왔다. 그것은 불사(不死)의 레다*53의 자식들처럼 솜씨 있고 고귀한 쌍둥이 형제 번기비와 번가딜론이 그들의 훌륭한 맥주 통에

---

*51 고(故) 디그넘이 일했던 변호사 사무소.
*52 키다리 존.

담아 양조한 것이다. 그들은 즙이 풍부한 호프 열매를 모아 차곡차곡 쌓은 뒤 체에 거르고 가루를 내고 그것을 양조하여, 거기에 신맛이 나는 즙을 섞어 그 액체를 신성한 불에 얹어 놓고 밤낮으로 쉴 틈이 없이 일했다. 이들 솜씨 좋은 형제, 큰 통의 왕자들은.

그러고 나면 기사도적인 품위를 갖춘 테렌스가 천성대로인 행동거지로 그 감미로운 음료가 담긴 크리스털 컵을 목마른 이들에게 내밀었다. 기사도 정신의 전형, 불멸의 신과 같이 아름다운 테렌스는.

하지만 오버건족(族) 젊은 수령인 그[54]는 다정한 행동에서 남에게 뒤처지는 것을 좋아하지 않아, 우아한 태도로 더할 나위 없이 귀중한 청동화[55] 한 닢을 그에게 주었다. 그 화폐 위에는 탁월한 기교로 부각된 국왕 복장을 한 여왕 모습, 브런즈윅 집안 후예, 빅토리아 여왕 폐하, 신의 의지에 따라 대(大)브리튼, 아일랜드, 그 밖의 해외 영국 영토 연합 왕령 통치자, 인도 여제(女帝), 정의의 수호자인 바로 그분, 통치권을 장악하여 다수 민족의 정복자이자 경애의 중심이 되는 분이 있었다. 왜냐하면 백색 인종, 흑색 인종, 적색 인종 그리고 에티오피아인까지 해가 솟을 때부터 질 때까지[56] 그녀를 알고 사랑했기 때문이다.

—저 망할 놈의 프리메이슨 녀석[57]은 뭘 하는 거야, '시민'이 말한다. 가게 앞을 서성거리고 있는데.

—보여줄 거라는 게 뭐야? 조가 말한다.

—자, 받아 둬, 앨프가 돈을 내놓으면서 말한다. 매다는 이야기가 나와서 말인데. 평생 구경도 못해봤을 물건을 보여 주지. 사형 집행인 편지야. 이거 봐.

그는 주머니에서 봉투에 든 편지 한 다발을 꺼냈다.

—장난하냐? 내가 말한다.

---

*53 그리스 신화에서 스파르타 왕 틴다레오스의 아내. 목욕을 하다가 백조로 변한 제우스와 관계를 맺어 알을 낳는다. 그 알에서 헬레네·폴리데우케스·카스토르·클리타임네스트라가 깨어났다고 한다.

*54 앨프 버건.

*55 1페니.

*56 대영제국 위에 해가 지는 일이 없다는 말에서.

*57 블룸을 가리킨다.

—농담 아냐, 읽어봐. 앨프가 말한다.

조가 편지를 집어 들었다.

—지금 누구를 비웃는 거야? 보브 도런이 말한다.

그것을 듣자 싸움이 시작될 것 같은 생각이 들었다. 보브는 술버릇이 나쁜 인간이라 나는 화제를 만들기 위해 입을 연다.

—윌리 머리*58는 요즈음 어떻게 지내지, 앨프?

—모르겠는데, 앨프가 말한다. 좀 전에 패디 디그넘과 함께 케이펠거리에 있는 것을 보았지만. 나는 워낙 이쪽 일에 정신이 팔려서……

—뭐라고? 조가 편지를 내던지면서 말한다. 누구와 같이 있었다고?

—디그넘하고, 앨프가 말한다.

—패디 말인가? 조가 말한다.

—그래, 왜 그러지? 앨프가 말한다.

—그가 죽은 걸 모르나? 조가 말한다.

—패디 디그넘이 죽었다고? 앨프가 말한다.

—그럼, 조가 말한다.

—분명히 그를 본 지 5분도 안 됐어, 그건 틀림없어. 앨프가 말한다.

—누가 죽었다고? 보브 도런이 말한다.

—그럼 자네는 그 사람 유령을 본 거야. 하느님, 해악으로부터 우리를 지켜주소서. 조가 말한다.

—뭐라고? 앨프가 말한다. 아냐, 단연코. 아까 5분 전에…… 뭐라고? …… 게다가 윌리 머리가 같이 있었어. 두 사람이 그곳에…… 뭐라고? 디그넘이 죽었다고?

—디그넘이 어떻게 됐다고? 누구야, 그런 말을 지껄이는 게? 보브 도런이 말한다.

—죽었다고! 자네가 살아 있는 것과 마찬가지로 그는 살아 있어. 앨프가 말한다.

—그럴지도 모르지, 그러나 어쨌든 오늘 아침 장례식을 끝냈어. 조가 말한다.

---

*58 조이스 숙부 가운데 한 사람으로, 등장인물 리치 굴딩과 마찬가지로 콜리스 앤드 워드 변호사 사무실에서 일했다.

─패디가? 앨프가 말한다.

─그럼, 그는 죽었어. 신이여, 그에게 자비를 베푸소서. 조가 말한다.

─설마! 앨프가 말한다.

그는 망연자실했다.

어둠 속에서 정령의 손이 펄럭이는 것을 느낄 수 있었다. 그리고 탄트라 경전*59의 기도가 올바른 방향으로 향했을 때, 희미한 루비 빛깔 빛이 점차 뚜렷해지면서 에테르 형태의 분신을 이루더니, 마치 살아 있는 것처럼 머리 꼭대기와 얼굴에서 생명(生命)의 빛이 일어났다. 교감은 뇌하수체를 통해서, 또 엉치뼈 부분과 복강신경총에서 나오는 오렌지색과 심홍색을 통해 이루어졌다. 천계(天界)에서의 그의 소재를 생전의 이름*60으로 질문 받자 그가 말하기를 지금은 프랄라야*61의 길목, 즉 돌아오는 여정 중에 있는데 아직은 위치가 낮은 영계(靈界)에서 피에 굶주린 존재들의 손에 내맡겨져 고통을 겪고 있다고 한다. 유명(幽明) 경계를 넘어서면서 처음에 느꼈던 감정은 어떠했느냐는 질문에 대해서는, 처음에는 어두운 거울 속을 들여다보는 것처럼 흐릿하게만 보였으나, 경계를 넘어서고 나면 영혼의 궁극적인 진화 가능성이 열리는 듯한 느낌을 받게 된다고 답했다. 그곳 생활이 우리 육체 경험과 비슷한지 묻자 그가 말하기를, 그곳 축복받은 정령들에게서 들은 바에 따르면 그들은 탈라파나, 알라바타르, 하타칼다, 와타글라사트*62와 같은 현대적 가정용품이 잘 갖춰진 거처에 머물고 있으며, 특히 최고 달인(達人) 들은 순수한 영혼의 기쁨과 즐거움에 젖어 있다고 한다. 그러고는 버터우유를 1쿼트만 달라 청하여 이를 마시며 숨을 돌렸다. 잠시 뒤 산 자들에게 전할 말은 없느냐 물으니 모두 한시바삐 마야의 허상을 깨달아 참된 길을 찾아야 한다고 했다. 왜냐하면 인간이 저지른 해악 때문에 화성과 목성이 흰양자리가 다스리는 동쪽 구석으로 밀려나고 있다는 보고가 데바*63의 영계에까지 보고되었기 때문이라고. 이어서 죽은 사람으로서 우리에게 특별히 바라는

---

*59 힌두교 제사, 수행, 명상 등에 관한 경전. 신지학자들이 이용했다.

*60 패디 디그넘.

*61 praláya, 힌두창조론 개념으로 절대신 브라만이 잠을 자는 시기, 즉 우주의 휴식기를 뜻한다.

*62 전화, 승강기, 수도 시설, 수세식 화장실을 말한다.

*63 인도에서 신(神)을 가리키는 말. 조로아스터교에서는 악신(惡神)을 지칭한다.

게 없는지 묻자 그는 다음과 같이 답했다. '아직 육신 안에 머무르는 지상 친구들이여, 우리가 여러분에게 인사를 전하오. C.K.가 과도하게 이득을 취하지 못하도록 신경 쓰시오.' 거론된 이름은 H.J. 오닐이 경영하는 저명한 장의업소 지배인, 개인적 친구로서, 그의 장례식 집행을 책임졌던 코넬리우스 켈러허*[64]로 확인되었다. 떠나기 전에 그는 친애하는 아들 패티*[65]에게, 찾고 있던 구두 한짝은 옆방 장롱 밑에 있으며, 아직 뒤꿈치는 쓸만하니까 컬렌 가게에 가서 구두창만 갈아 달라고 하면 된다는 말을 전해 달라고 했다. 저승에 가서도 내내 이 문제가 걸려 마음이 평안하지 못했다며 반드시 이 얘기를 전해주라며 거듭 부탁했다.

그렇게 하겠다는 약속을 받자 그는 만족한 표정을 지었다.

그렇게 그는 이승을 떠나갔다, 아, 디그넘, 우리의 아침 태양 디그넘은. 고사리를 밟고 가는 그의 발걸음은 가볍도다. 번쩍이는 이마 패트릭이여. 슬퍼하라, 반바*[66]여, 너의 바람으로. 슬퍼하라, 오, 대양(大洋)아, 너의 회오리바람으로.

—그가 또 왔어, '시민'이 밖을 내다보면서 말한다.

—누가? 내가 말한다.

—블룸이, 그가 말한다. 10분 전부터 근처를 오가며 망을 보고 있어.

그리고 정말, 녀석 얼굴이 흘끗 안을 들여다보고 눈을 돌리는 것을 나는 보았다.

가엾게도 앨프는 넋이 나가 있었다. 잘못 봤을 리 없다는 표정.

—자비로우신 그리스도여! 그가 말한다. 맹세해도 좋지만, 내가 본 것은 진짜 그 친구였어.

그러자 술에 취하면 망나니가 되는 것으로 더블린에서 둘째가라면 서러운 보브 도런이 모자를 뒤쪽으로 밀어젖히면서 말한다.

—언놈이 그리스도는 자비롭다고 떠들었냐?

---

*64 코니 캘러허.
*65 디그넘의 아들 패트릭.
*66 제프리 키팅의 《아일랜드 역사》(1634년 무렵)에 따르면 반바는 다나 신족 여신의 딸로, 아일랜드의 오래된 나라 이름이자 수호신이다. 또 신화에서는 명계(冥界)와 깊이 관련된 여신이기도 하다.

—미안, 앨프가 말한다.

—가엾은 윌리 디그넘을 죽게 한 것이, 그것이 자비로운 그리스도란 말이야? 보브 도런이 말한다.

—그야, 앨프가 그 자리를 모면하려고 말한다. 그래도 덕분에 더 이상 고통 받을 일은 없을 것 아니야.

하지만 보브 도런은 계속 소리 지른다.

—아냐! 가엾은 윌리 디그넘을 죽이다니, 지독한 악당이다!

테리가 와서, 이 품위 있는 술집에서 그런 이야기를 하면 사람들이 좋아하지 않으니까 조용히 해달라고 그에게 눈짓을 했다. 그러자 보브 도런은 패디 디그넘 이야기를 하면서 울기 시작했다.

—그렇게 좋은 녀석은 없었어. 그는 훌쩍거리면서 말했다. 그렇게 정직한 녀석은 없었어.

이렇게 말하면서 그는 계속 울었다. 모자 쓴 머리를 푹 수그린 채, 중얼거리면서. 이 친구 이제 그만 집으로 기어들어가는 게 좋겠어. 집행관 딸인 무니, 몽유병 걸린 제 마누라 곁으로. 하드윅거리에서 하숙을 친다지. 그래서 그런지 하숙집 문 앞 계단에서 노상 서성인다더군. 밴텀 라이언스한테서 들은 얘기로는 새벽 2시에 실오라기 하나 걸치지 않고 거기 서 있던 적도 있다지. 누가 다가오든 공평무사한 태도로 말이지.

—가장 훌륭하고 가장 정직한 녀석이었어, 그가 말한다. 그는 죽었어. 가엾은 윌리는, 불쌍한 패디 디그넘은.

그렇게 그는 슬픔에 잠겨 무거워진 마음으로 천상의 빛줄기가 사라졌음을 한탄했다.

늙은 개, 개리오웬 녀석이 문가에서 들여다보는 블룸에게 또 으르렁대며 덤비기 시작했다.

—들어와, 들어와, 자넬 물어뜯진 않을 테니까, '시민'이 말한다.

그래서 블룸은 대구처럼 생긴 눈으로 개를 보면서 들어와 테리에게 마틴 커닝엄이 오지 않았었느냐고 묻는다.

—아, 이게 뭐야, 편지를 읽던 조가 말한다. 이걸 들어봐.

그러고는 큰 소리로 읽기 시작했다.

리버풀시(市)
헌터거리 7번지.
더블린시, 더블린주 주장관 님

각하, 저는 앞에서 말한 수고로운 직분에 제 힘을 보태고자 합니다. 저는 1900년 2월 12일 부틀 교도소*67에서 조 건의 교수형을 집행하였습니다······.

—어이, 이리 줘 봐, 내가 말한다.
—'펜튼빌 교도소*68에서 제시 틸짓을 참살한 이등병 아서 체이스의 형(刑)을 집행하였으며, 그 밖에 제가 집행보조로 참여한 사건은······.'
—신이여, 내가 말한다.
—'빌링턴*69이 가공할 살인마 토드 스미스를 처형하던 때에······.'
'시민'이 편지를 잡아채려고 했다.
—가만 있어 봐, 조가 말한다. '저는 일단 줄을 걸기만 하면 절대 목이 빠지지 않는 특별한 방법을 알고 있습니다, 각하. 저의 보수는 5파운드입니다.

주임 이발사*70

H. 럼볼드

—피에 굶주린 야만인 자식이다, '시민'이 말한다.
—휘갈겨 쓴 꼬라지를 좀 보라지, 글씨체가 엉망이야. 조가 말한다. 가져가게, 앨프, 이딴 건 당장 내 눈 앞에서 치워버리라고. 여, 블룸, 뭘 마시겠어?
술 이야기가 나오자 블룸은 마시고 싶지 않고, 마실 수도 없으며, 지금 이러는 건 절대 다른 뜻이 있어서가 아니라는 둥의 이야기를 늘어놓은 끝에 그냥 여송연이나 한 대 태우겠다고 말했다. 틀림없는 금주회 회원이다.

---

*67 리버풀 근처에 있는 사형수 교도소.
*68 런던 북부에 있는 사형수 교도소.
*69 1899년에 아일랜드 애국지사 세 명을 처형한 것으로 유명한 영국인 사형 집행자.
*70 예전에는 이발사가 외과의사나 치과의사와 같은 직업으로 조합을 형성했었다.

—고급품으로 한 개 가져와, 테리, 조가 말한다.

앨프는 편지 뭉치를 뒤적이며 검은 테를 두른 애도 엽서를 보낸 녀석도 있다고 말하고 있었다.

—놈들*71은 전부 이발사들이야. 블랙컨트리*72 출신들이지. 품삯 5파운드에다 여비까지 쳐준다면 제 아비라도 목 매달 놈들이라니까.

그가 이어서 설명하길, 교수형이 집행되면 교수대 밑에 두 사람이 기다리고 있다가 사형수 몸이 교수대 발판 밑으로 떨어지자마자 그의 양쪽 발꿈치를 잡고 아래로 끌어당겨 신속하게 숨통을 끊는다고 한다. 그런 다음에 사형수를 묶었던 밧줄을 잘라 서로 나눠 가지는데, 이걸 사람들에게 몇 푼씩 받고 판다는 것이다.*73

검은 나라에, 복수심에 불타는 면도칼 기사들이 살았도다. 그들 손에 들린 것은 죽음의 올가미, 바로 그것이었노라. 그렇다, 그들은 그것으로, 피비린내 나는 죄 저지른 자라면 누구나, 주저 않고 저승으로 이끄노니, 이는 하느님께서 그리 하라 하셨기 때문이니라.

그렇게 해서 그들은 사형에 관한 이야기를 주고받기 시작했다. 블룸이 사형제도 존재이유와 기원, 공포 효과로서의 효용가치 등에 대해 열렬하게 말하는 동안, 늙은 개는 줄곧 그의 냄새를 맡고 있었다. 내가 듣기로 유대인 몸에서는 개들을 쫓아버리는 어떤 괴상한 냄새가 난다고 한다. 정확히 어떻게 된 사연인지는 알 수 없지만.

—액땜이 듣지 않는 것이 하나 있어, 앨프가 말한다.

—그게 뭐지? 조가 말한다.

—매달린 녀석 거시기, 앨프가 말한다.

—그런가? 조가 말한다.

—그거 정말이야, 앨프가 말한다. 무적혁명당*74의 조 브레이디*75를 매달

---

*71 교수형을 집행하는 사람들.

*72 잉글랜드 중부 버밍엄을 중심으로 하는 공업지대. 중공업을 중심지로 제철소・제강소 따위에서 나오는 연기가 하늘을 검게 덮는다고 해서 붙은 이름이다.

*73 교수형 집행에 쓰인 줄은 마력이 있어서 두통, 열병 따위를 고치고 행운을 가져와 사고를 막는다고 믿었다. 그래서 교수형을 집행한 사람은 그 줄을 팔아서 돈을 벌었다.

*74 페니아회(會)에서 분리된 과격파 비밀결사.

*75 1883년 5월 14일 더블린 서쪽 교외 킬메이넘 감옥에서 처형.

아 죽이던 당시, 킬메이넘 교도관으로 있던 사람한테서 직접 들은 이야기야. 숨이 끊어진 뒤 줄을 끊어 내렸을 때 그 친구 거시기가 부지깽이처럼 불쑥 솟아 있더란 거야.

—죽음 앞에서 욕망은 더 강해진다는 거지, 누군가가 말했듯이 말야. 조가 말한다.

—그건 과학으로 설명할 수 있어, 그것은 자연현상에 지나지 않아. 안 그래? 왜냐하면……. 블룸이 말한다.

그리고 그는 예의 어려운 말을 쓰기 시작한다. 현상과 과학과 이런저런 현상에 대해서.

탁월한 과학자이자 교수이신 루이트폴트 블루멘두프트*[76]는 다음과 같은 의학적 소견을 제출했다. 즉, 갑작스러운 목뼈 골절과 그에 이은 척추 절단은, 학계에 널리 인정된 학설에 따르면, 인체 신경중추 신경마디를 격렬하게 자극해서 음경해면체 기공을 급속히 팽창시킴으로써, 페니스 또는 남성생식기라 불리는 해부학상 부위에 피를 모으며, 따라서 목을 매는 때부터 죽음에 이르기까지 기간 동안에 의사가 병적인 전상방(前上方) 다산성(多産性) 생식기 발기라 이름 붙인 현상이 발생하게 된다.

그러는 동안 물론 '시민'은 약간의 말을 끼워 넣을 기회를 기다리고 있었고, 급기야 무적혁명당에 관한 일, 영국 수비대에 관한 일, 1767년 용사와 1798년 용사에 대해서 말하기를 두려워하는 사람들에 관한 일을 이야기하기 시작했다. 그리하여 전지(戰地) 임시 군사 법원에서 교수형을 당하거나 내장을 적출당하거나 추방된 친구들에 대해서, 그리고 새로운 아일랜드에 대해서, 새로운 이것저것에 대해서, 그 밖의 일에 대해서, 조가 그와 함께 이야기하기 시작했다. 새로운 아일랜드에 대한 이야기가 오가는 동안 개는 그자리를 떠나 친구가 될 만한 다른 개를 찾아보는 게 나았다. 그리하여 개는, 부스럼투성이인 데다 배가 등짝에 달라붙을 만큼 허기진 개는, 근처를 온통 코를 벌름거리면서 냄새를 맡고 다니다가 재채기를 했고, 그러고는 부스럼 딱지를 긁으면서, 먹다 남은 것을 핥으면서, 앨프에게 반 파인트 술을 대접하고 있는 보브 도런 쪽으로 가까이 갔다. 물론 당연하게도 보브 도런은 개

---

*76 레오폴드 블룸.

와 장난을 치기 시작했다.

—자, 손, 손을 내. 멍멍아! 아이 착하지. 손! 손을 내봐!

어이쿠, 놈 앞발을 잡기는커녕 하마터면 의자에서 굴러 떨어져 개 위로 엎어질 뻔한 걸 앨프가 의자를 붙잡아 막아주었다. 그는 다정함을 바탕으로 하는 개 조련술이 어떻다느니, 순종개가 어떻다느니, 어떤 품종이 영리하다느니 헛소리를 늘어놓았다. 그러고는 테리에게 가져오라 시킨 제이코브*77 비스킷 깡통 바닥에 남은 오래된 비스킷 조각을 집어 개에게 먹였다. 그놈은 헌 장화 삼키듯 그걸 한입에 삼키더니 더 달라며 혀를 1마(碼)나 내민 채 그를 바라보았다. 깡통채로 삼킬 기세인 걸 보니, 굶주린 똥개답다.

그러는 사이, '시민'과 블룸은 아버 힐에서 처형된 시어스 형제*78에 대해 논쟁했고, 이어서 울프 톤*79에 대해, 로버트 에멧*80에 대해, '조국을 위해 목숨을 바쳐라'에 대해, 새러 커런에 대한 토머스 무어의 노래에 대해, '그녀는 그 땅에서 멀리 떨어진 곳에서 산다'에 대해 토론했다. 그리고 물론, 블룸은 '날—쓰러트려—줘' 여송연을 들고서, 기름기 번들거리는 얼굴을 들이밀며 거드름을 피웠다. 현상이라는 것! 뭐 그의 아내의 그 살찐 엉덩이만큼은 상당한 '현상'이긴 하지. 그들이 시티 암스 호텔에 머물던 때 있었던 일을 피서 버크가 얘기해 준 적이 있지. 그곳에 한 늙은 노파*81와 얼간이 조카가 함께 살고 있었는데 블룸이 그녀 비위를 맞추려 애썼다는 거야. 그녀 유언장에 자기 이름을 올려 돈푼이나 타내려 했던가 보지. 카드놀이 상대가 되어준다든가, 위가 좋지 않은 그녀를 위해 금요일에는 고기를 먹지 않는다든가, 그녀의 얼뜨기 조카를 데리고 산책을 나간다든가 그랬대.

한번은 그 얼뜨기를 데리고 더블린 시내를 돌아다니면서 그 녀석이 술에 떡이 될 만큼 끊임없이 먹이고 또 먹여서는 집으로 데리고 왔다지. 그러면서 술의 해악을 가르쳐주기 위해 그렇게 했다고 그랬다지. 그러니 그 세 여자들, 그러니까, 그 할멈과 블룸 아내, 그리고 호텔 주인 오도우드 부인이 그

＊77 더블린의 비스킷 제조회사.

＊78 헨리 시어스(1755~98)와 존 시어스(1766~98) 형제. 1798년 아일랜드 독립운동 때 밀고로 교수형에 처해졌다.

＊79 1763~98. 키어넌 술집에서 그리 멀지 않은 아버 힐 감옥에서 자살했다고 전해진다.

＊80 1803년 아일랜드 독립운동 주모자.

＊81 미시즈 리오던.

렇게 화를 낸 것도 당연하지. 피서 버크가 그 할멈들이 투덜대는 소리나 '모르시겠어요?'와 '하지만 그건' 따위 블룸이 하던 말을 흉내 내는데 얼마나 웃기던지 배꼽 빠지는 줄 알았어. 그리고 이건 확실한 소문인데, 그 무렵 블룸 이놈은 일주일에 다섯 번은 코프거리 온갖 술집들을 쓸고 다니면서 술을 푸고는 도저히 걸을 수 없을 만큼 술에 떡이 되어 마차에 실려 돌아오곤 했다지. 대단한 '현상'이야!

　—죽은 이들을 추모하며, '시민'은 1파인트 컵을 들고 블룸을 노려보면서 말한다.

　—그래, 그래, 조가 말한다.

　—자네는 내 말을 오해하고 있어, 내가 말하고자 하는 것은……. 블룸이 말한다.

　—신 페인당(黨)!*82 '시민'이 말한다. 신 페인당 만세! 사랑하는 동지들은 우리 곁에, 증오하는 적은 우리 앞에.

　마지막 작별 순간은 가슴이 저미도록 애달팠다. 가까이에서, 그리고 멀리서, 죽음을 알리는 구슬픈 조종(弔鐘)이 쉼 없이 울리고, 동시에 검은 천으로 덮인 100개 북에서 울리는 불길한 소리와 간간이 끼어드는 공허한 포성(砲聲)이 음울한 경내에 온통 메아리쳤다. 번개가 번쩍이며 을씨년스러운 광경을 비추고, 고막을 찢어놓을 듯 천둥이 울렸다. 하늘의 대포가 가뜩이나 섬뜩한 풍경 위로 그 초자연적인 장관을 펼쳐 보였다. 그리고 성난 하늘 수문으로부터는 폭포수 같은 비가 적어도 50만에 이르는 모자 벗은 군중 머리 위로 쏟아졌다. 경찰국장이 직접 지휘하는 더블린 경찰청 경관 부대가 수많은 군중의 질서를 유지하고 있었다. 그리고 요크거리 취주악단은, 우리가 요람에 있을 때부터 익히 들어온, 스페란자*83의 애수 어린 가사가 붙은 그 아름다운 노랫가락을, 상장(喪章)을 단 악기로 훌륭하게 연주하여 기다리는 시간 동안 군중의 따분한 심정을 달래주고 있었다. 시골에서 온 사람들을 위해서는 임시 특급행락열차와 장식 달린 유람마차가 준비되었다. 더블린에서 인기를 모으고 있는 가수 L-n-h-n*84과 M-ll-g-n*85이 '래리의 교수형 전날

────────────────

*82 아일랜드 완전 독립을 목표로 1905년 조직된 결사. 그러나 이 생각은 이전부터 있어왔다.
*83 오스카 와일드의 어머니 제인 프란시스카 엘지(1826~96)의 필명.
*84 Lenehan(레너헌).

밤'을 여느 때처럼 흥취 있게 노래했으므로 커다란 위안이 되었다. 이 두 유례없는 어릿광대들은 우스꽝스러운 것을 좋아하는 사람에게 노랫말을 팔아서 돈을 벌었는데, 아일랜드의 진정한 오락에 대해 조금이라도 아는 사람이라면 이 두 사람이 그걸로 푼돈을 번다고 탓하지는 않을 것이다. 그 광경을 구경하려고 고아원 창가에 모여든 아이들은 오늘 볼거리에 뜻하지 않게 첨가된 이러한 오락에 무척 즐거워했다. 그리고 참다운 교훈이 담긴 이 위안을 부모 없는 가엾은 아이들에게 제공한 탁월한 취향에 대해서는 빈민구호 수녀회에 감사의 말을 해야 할 것이다.

총독 관저 초대객 중에는 고명한 사교계 여성이 많이 포함되어 있었고, 그들은 총독 각하 부부를 따라 정면 관람석 특별석에 앉았다. 그 건너편 관객석에는 에메랄드섬*86의 친구로 알려진 여러 외국 사절들이 자리를 차지하고 있었다. 자리를 가득 메운 외국 사절들 이름은 다음과 같다. 즉, 바찌바찌 베니노베노네 제독(외교단 선임자로, 반신불수 때문에 강력한 증기(蒸氣) 기중기를 이용해 그 자리에 앉혀야 했다), 삐에르뽈 뻬띠떼빠땅 씨, 익살꾼 블라디미르 포케탄커체프, 대 익살꾼 레오폴드 루돌프 폰 슈반첸바드—호텐탈러, 마라 비라가 키사스조니 뿌뜨라뻬스티 백작 부인, 하이람 Y. 봄부스트, 아타나토스 카라멜로풀로스 백작, 알리 바바 백시시 라하트 로쿰 에펜디, 시뇨르 이달고 까발레로 돈 뻬까딜로 이 빨라브라스 이 빠떼르노스떼르 데 라 말로라 데 라 말라리아, 호코포코 하라키리, 히훈창, 올라프 코베르케델센, 민헤르 트릭 반 트룸프스, 판 폴락스 파디리스키, 구즈폰드 프르클스트르 크라치나브리치시츠, 헤르 후르하우스디렉토르프레지덴트, 한스 휴헬리 스토이에를리, 국립체육관박물관요양소및교수소보통무급강사일반역사특별교수박사*87 크리그프리트 유베르알게마인. 외국 사절들은 너나 할 것 없이, 이제 직접 눈으로 보게 될 비할 데 없는 만행에 대해 자기네 말로 의견을 밝혔다. 활발한 논쟁이 F·O·T·E·I*88 사이에서 이루어졌으나 (모두 여기

---

*85 Mulligan(멀리건).

*86 아일랜드의 별명.

*87 독일어 합성어를 풍자한 것.

*88 앞서 나온 에메랄드섬의 친구(the Friends of the Emerald Isle)를 말하는 것이나 조직의 존재에 관해서는 불분명하다.

에 참가) 논제가 된 것은 아일랜드 수호성인 패트릭의 정확한 생일이 3월 8일인가 9일인가 하는 것이었다. 논쟁이 이루어지는 동안 포탄, 초승달칼, 부메랑, 나팔총, 실내변기, 고기 자르는 칼, 우산, 노포(弩砲), 주먹에 씌우는 쇠붙이, 모래주머니, 선철(銑鐵) 덩어리 따위를 이용하여 마음껏 치고받았다. 특사의 호출을 받고 부터스타운*89으로부터 달려온 초보경찰관 맥퍼든이 3월 17일이 맞다고 재빨리 결론을 내려줌으로써 장내 질서를 회복했으며, 그 덕분에 양쪽 진영 모두 체면을 잃지 않을 수 있었다. 키가 9피트*90인 그 사나이의 시기적절한 제안을 모두 환영하며 만장일치로 받아들였다. F·O·T·E·I 일원 모두가 맥퍼든 경찰관에게 깊은 감사를 표했는데 그러는 중에도 몇몇은 피를 철철 흘리고 있었다. 베니노베노네 제독은 안락의자 밑에서 구출되었는데, 그때 그의 32개 주머니*91에 든 갖가지 물건들은, 그가 난리 틈에 어린 동료들 주머니에서, 그들을 제정신으로 돌릴 목적으로 빼낸 것이라고 그의 법률고문 아보카도 파가미미가 설명했다. 이들 물건은 (그중에는 수백 명 귀부인 또는 신사의 금은 시계가 포함되어 있었다) 원주인들에게 즉시 반환되어 화기애애한 분위기는 최고조에 이르렀다.

나무랄 데 없는 모닝 드레스를 입고 마음에 드는 꽃 '글라디올러스 크루엔터스'를 가슴에 꽂고 점잖게 겸손한 태도로 럼볼드는 단두대로 올라갔다. 그는 많은 사람들이 흉내내 보려 애썼던(성공한 사람은 없다) 그 특유의 럼볼드식 헛기침으로 자신의 존재를 알렸다. 짤막하면서, 애써 공들인 티가 나는, 그러나 동시에 개성이 살아 있는 헛기침 소리였다. 세계적으로 유명한 사형집행자가 도착하자 군중 속에서 거대한 갈채와 환호가 터져 나왔다. 총독 관저 여인들은 흥분한 나머지 손수건을 흔들었고, 그에 못지않게 흥분한 외국 사절들은 '호흐, 반자이, 엘렌, 지비오, 친친, 폴라 크로니아, 힙힙, 바이브, 알라'*92 등 여러 외침의 혼성곡으로 떠들썩하게 부르짖었다. 그중에서도 노래의 대표자가 내는 '에브비바'*93란 외침은 (2옥타브 높은 F음은 거

---

*89 중앙우체국 남동쪽 6.4킬로에 있는 해변가 마을로 더블린 수도경찰의 경찰서가 있었다.

*90 더블린 수도경찰관은 키가 5피트 9인치(약 175cm) 이상이 되어야 했다. 지방 출신자가 많았던 것 같다. 신장 9피트는 의도적인 과장으로 여겨진다.

*91 아일랜드 주는 32개 주.

*92 차례대로 독일어, 일본어, 세르보크로아티아어, 헝가리어, 버진 영어, 그리스어, 미국어, 프랑스어, 아랍어.

세 가수 카탈라니가 불러서 우리 조부모들을 매혹한 바 있던 그 감미로운 곡조를 떠올리게 한다) 특히나 또렷하게 들렸다. 정각 17시가 되었다. 그러자 손확성기를 통해 기도 신호가 주어져 모든 사람이 모자를 벗었고, 리엔치 혁명*94 이래 그들 일족 소유가 되었던 제독의 테 넓은 모자도 그의 시의(侍醫)인 피피 박사 충고에 따라 벗겨졌다. 죽음의 형벌을 치르려는 영웅 순교자에게 신성한 종교의 마지막 위안을 주려는 학식 높은 성직자들은, 빗물이 고인 가운데에서도 그리스도교적인 정신으로 무릎을 꿇고 백발 머리에 성직복을 입고 신의 제단을 향해 열렬하게 탄원 기도를 올렸다. 단두대 옆 가까이에 풍채가 으스스한 사형집행인이 서 있었다. 검은 복면에 가려져 얼굴은 볼 수 없었으나 복면에 뚫린 두 개 구멍을 통해서 광포하게 번뜩이는 그의 두 눈을 볼 수 있었다. 그는 운명의 신호를 기다리면서 그 무서운 흉기의 칼날을 시험해 보려고 자신의 건장한 팔뚝에 대고 갈아보기도 하고, 그의 잔혹하지만 불가피한 직무의 찬미자들이 준비해 온 양들 모가지를 재빠른 솜씨로 동강내버리기도 했다. 옆에 놓인 아름다운 마호가니 테이블 위에는 사지 절단용 나이프, 튼튼하게 만들어진 내장 절단용 기구(셰필드시에 있는 세계적으로 저명한 칼 장수 존 라운드 부자가게에서 특별히 제공했다), 십이지장, 결장, 창자, 맹장 따위가 잘 적출되었을 때 이들을 넣기 위한 테라코타 냄비와, 가장 귀중한 피를 담기 위한 우유 항아리 두 개가 가지런히 놓여 있었다. 개·고양이 합동수용소 집사가 이들 항아리가 채워졌을 때 자선 기관으로 운반하기 위해 기다리고 있었다. 얇게 저민 베이컨, 달걀, 양파를 곁들인 스테이크, 갓 구운 따끈한 빵과 기운을 북돋는 차로 이뤄진 대단히 훌륭한 식사가 당국 지시로 비극의 주인공에게 제공되었는데, 그는 죽음을 각오하는 동안에도 기운이 팔팔하여, 식사가 준비되는 과정을 처음부터 끝까지 비상한 호기심을 보이며 지켜보았다. 현대에는 드문 극기심 소유자인 그는, 이 비상사태에 슬기롭게 맞서, 이들 음식을 병약자 빈곤자 세입자 협회 회원에게 호의와 경의 표시로 평등하게 나누어 주기 바란다는 죽기 전 바람을 나타냈다(그것은 곧 승인되었다). 그의 예비 신부가 얼굴을 붉히면서 초만원

---

*93 이탈리아어로 '만세'를 뜻함.
*94 콜라 디 리엔치(1313~54)는 1347년 이탈리아에서 혁명을 일으켜 정치를 개혁하려고 했으나, 자신이 호민관이 되자 전제적이 되었으며, 폭도에 의해 살해되었다.

관중석을 헤치고 돌진하여 이제 이 여자를 위해 영원의 세계로 떠나려는 남자의 탄탄한 가슴에 몸을 던졌을 때 감동은 절정, 초절정에 달했다. 영웅은 그녀의 연약한 몸을 사랑의 포옹으로 안아 '실라, 내 사랑, 실라'*95 하고 부드럽게 중얼거렸다. 자신의 세례명으로 불리자 용기를 얻은 그녀는 그녀의 정열이 수의(囚衣) 품격을 훼손시키지 않는 한도 내에서 그의 몸 여기저기에 열정적으로 키스했다. 짠 눈물을 서로 섞으면서, 그녀는 당신 추억을 소중히 하겠어요, 마치 클론터크 공원*96으로 헐링 게임하러 가는 사람처럼 콧노래를 부르면서 당당히 죽음을 향해 걸어가는 영웅적인 내 남자를 절대로 잊지 않겠다고 맹세했다. 그리고 그녀는 그에게 아나리피*97 강가에서 함께 뛰놀던 행복했던 어린 시절을 떠올리게 했고, 이에 과거 순수한 추억에 흠뻑 잠기든 두 사람은 무서운 현실조차 잊어버리고 서로를 바라보며 환하게 미소 지었다. 나이 든 사제를 포함하여, 구경꾼 모두가 그들 환한 웃음에 하나로 녹아들었다. 거대한 군중 전체가 환희로 가득 찼다. 그러나 기쁨은 이내 슬픔에 압도당했고 두 연인은 찢어지는 가슴을 안고 마지막 작별 악수를 나눴다. 흘러넘치는 눈물이 새로이 그들 눈물샘에서 쏟아졌다. 깊이 감동한 구경꾼들은 가슴이 터져라 흐느껴 울기 시작했고 나이 든 성직자들조차 감정을 주체하지 못했다. 마음 굳센 치안대 사내들과 거구의 왕립 아일랜드 경찰 대원들조차 체면도 아랑곳없이 연신 손수건으로 눈가를 훔쳤으니, 이 기록적인 숫자의 군중 가운데 눈물 흘리지 않은 이는 단 한 사람도 없었다 해도 과언이 아니리라. 이때 대단히 낭만적인 사건이 일어났다. 여성에 대한 기사도(騎士道) 정신으로 익히 알려져 있던 옥스퍼드 대학 출신 수려한 청년*98이 앞으로 나와 그의 명함과 은행 통장과 가계도(家系圖)를 보여주고 의지할 곳 없는 이 젊은 여인에게 결혼을 신청, 예식 날짜를 정하자 제안하니 그녀는 이 결혼 신청을 즉석에서 받아들였다. 구경꾼들 가운데 여자들 모두는 뜻 깊은 그날을 기리는 기념품으로서 해골 밑에 넓적다리 뼈가 엇갈리게 놓

---

*95 아일랜드를 표상하는 여성. 로버트 에멧의 실제 약혼자는 사라 커런이었다.

*96 더블린 북부, 토르카강 바로 북쪽. 헐링(하키 비슷한 아일랜드 구기 종목) 등 아일랜드 고유 경기가 이곳에서 열렸다.

*97 리피강 애칭.

*98 로버트 에멧 약혼자 사라 커런은 에멧이 처형당하고 3년 뒤 영국 대위 로버트 스터전과 결혼했다.

여 있는 모양의 브로치를 선물로 받았다. 그것은 매우 시의적절한 행위였으므로 새로운 감동의 폭발을 일으켰다. 그리고 그 우아한 젊은 옥스퍼드 대학 졸업생(말이 난 김에, 그는 앨비언*⁹⁹의 역사상 가장 유서 있는 이름의 소유자이다)이 그의 매력적인 약혼자 손가락에 네잎 토끼풀*¹⁰⁰ 모양으로 박은 값비싼 에메랄드 약혼반지를 끼워 주었을 때 사람들 흥분은 한층 더 커졌다. 이 행사를 주재하는 엄격한 헌병사령관, 꽤 많은 인도 토민병들을 조금의 주저함도 없이 대포에 넣고 쏘아 날려 버린*¹⁰¹ 톰킨 맥스웰 프렌치멀란 톰린슨*¹⁰² 중령까지도 솟구치는 감정을 억누를 수가 없었다. 그는 장갑 낀 한 손으로 남몰래 눈물을 훔쳤고, 마침 그 바로 옆에 있을 수 있는 특권을 얻은 시민들은 그가 떨리는 낮은 목소리로 다음과 같이 혼자 중얼거리는 것을 들을 수 있었다.

─체, 그녀는 그 무엇과도 바꿀 수 없는 아가씨군. 저 아가씨를 보고 있으면 가슴이 메어지는 것 같아, 라임하우스*¹⁰³ 골목에서 나를 기다리던 옛날 애인이 생각나는구나.

그러는 한편, '시민'은 아일랜드어와 시의회와 모국어를 잊어버린 아일랜드인에 대해 말하기 시작한다. 조가 누군가에게 1파운드를 갚으라 소리지르고 블룸은 조에게서 얻은 값싼 잎궐련 꽁초를 물고 게일어 연맹에 대해서, 음주반대연맹에 대해서, 아일랜드에 내린 저주인 술에 대해서 지껄였다. 어련하시겠어. 체! 남의 술이라면 목구멍에 죽도록 퍼 넣어도 아무렇지 않지만 자기가 한턱내는 일은 절대로 안 된다는 놈이지. 그리고 어느 날 밤, 나는 그들 음악의 밤이라는 모임에 누군가와 간 일이 있었지. 예의 '그녀는 건초 다발 위에서 일어설 수 있었네, 나의 모린 레이는' 따위 노래와 춤이었어. 금주회 파란 리본 휘장을 달고 아일랜드어로 지껄이는 녀석들이 있더군. 또 알코올이 들지 않은 음료를 든 젊은 아가씨들이 회원 메달이나 오렌지, 레모네이드, 건포도 따위를 팔러 다니는 거야. 체! 말을 말아야지. 술 깬

---

*99 영국.

*100 아일랜드 나라꽃.

*101 영국군 안에서 반란죄를 범한 인도 토민병을 처형할 때 본때를 보이기 위해 이렇게 사형시키는 일이 있었다.

*102 가공 인물이다.

*103 런던 동부 지구 빈민가.

아일랜드가 곧 자유 아일랜드라는 거야. 그리고 그때 한 무리 노인들이 백파이프를 불기 시작하자 거기에 있던 얼간이들이 늙은 암소를 죽여서 만든 그 악기 장단에 맞춰 발을 굴렀어. 그리고 사제 한두 명은 누가 여자들에게 못된 짓이나 하지 않을까 하고 눈을 부라리며 사방을 둘러보고 있었지.

그런데, 그건 그렇고, 아까 말한 늙은 똥개가 깡통이 비어버린 걸 알고는 다시 나와 조 근처를 어슬렁대기 시작한다. 내가 키웠으면 애정을 기울여 훌륭하게 길들여놓았을 텐데. 물론 제 분수를 까먹지 않도록 가끔 걷어차 줄 필요는 있겠지.

—물릴까 겁나냐? '시민'이 코웃음 치며 말한다.

—아냐, 그런 건, 하지만 저 녀석이 내 다리를 가로등이라 착각할는지도 모르지. 내가 말한다.

그는 개를 부른다.

—어이, 개리, 무슨 일이야? 그가 말한다.

그러면서 그는 아일랜드어로 욕지거리를 퍼부으며 개를 꾸짖자 개가 그에 대답하듯 으르렁대는데 그 꼴이 오페라 이중창 같다. 저들처럼 서로 시끄럽게 으르렁대는 개와 개주인 사이는 어디서도 다시 볼 수 없으리라. 공익을 위해서라도, 누구든 좀 한가한 사람이 나서서 저런 부류의 똥개는 아가리에 재갈을 물려야 한다고 신문에 기고라도 해야 한다. 으르렁대고, 그르렁대고, 굶주려서 눈에는 핏발이 서 있고, 아가리에서는 광견병 옮기는 침이 질질 흘러내린다.

하등 동물들(그들이 무수히 많음을 기억하라)*[104] 사이에 인간 문화를 전파하는 데 관심 있는 자라면, 한때는 개리 오웬이란 별명으로 불렸고, 최근에는 안면이 있는 광범위한 친구들 사이에서 오웬 개리라 불리는 저 고명한 노령 아일랜드종(種) 붉은 세터 사냥개가 보여 준 참으로 놀라운 광견병 증상 발로를 주목해야 하리라. 다년간에 걸친 다정함을 기초로 한 훈련과 주의 깊은 식사요법의 성과라고 볼 수 있는 그 전시(展示)는 여러 가지 예능을 포함하는 것인데, 그 하나가 시 암송이다. 우리나라의 현존하는 가장 위대한 음성학자는 (제아무리 사나운 말(馬)도 이 학자를 우리로부터 빼앗아 갈 수

---

*104 〈마르코복음서〉 5 : 9에서.

없으리!) 그것을 암송된 시와 비교하는 연구에 총력을 기울인 결과, 그것이 고대 켈트족 음유시인 시와 '현저하게'(강조는 우리가 표시한 것) 닮았다는 것을 발견했다. 그렇다고 해서 그것이 '아름다운 작은 가지'*105라는 우아한 필명을 쓰는 한 익명 작가가 독서 애호가들에게 퍼트린 저 즐거운 사랑노래들과 비슷하다는 얘기는 아니다. 오히려 그것은 (한 석간신문의 흥미로운 대담기사에서 기고가 D·O·C가 지적한 바와 같이) 최근에 가장 유행하고 있는 현대적 감각의 서정시는 말할 것도 없고, 저 유명한 래프터리*106와 도널드 맥콘시다인*107의 풍자시에 담긴 보다 거칠고 개성적인 신랄함과 닮아 있다. 우리는 이를 입증하는 본보기로서 지금으로선 이름을 밝힐 수 없는 어느 탁월한 학자가 영어로 번역한 시 한 편을 여기에 덧붙이기로 한다. 독자들은 이 작품에서 시사적 상징성을 발견할 수 있으리라 믿는다. 웨일즈풍(風) 4행시의 착잡한 두운법(頭韻法)과 동일장음 절어법(節語法)을 떠올리게 하는 개의 원시(原詩)의 운율법은 이보다도 훨씬 복잡하다. 하지만 원시의 정신을 여기서 포착할 수 있다는 점에서는 우리 독자들이 동의할 것으로 믿는다. 또 한마디 덧붙이거니와, 오웬 시를 약간 완만하게 또 불명료하게, 억압된 울분을 암시하는 가락으로 낭독한다면 효과는 한층 커질 것이다.

저주받을지어다, 저주받을지어다
이레 동안 날마다
금주하는 목요일에도
너, 바니 키어넌은,
물 한 모금 준 적 없으니
내 용기를 꺾기 위하여,
나의 붉은 내장은 으르렁댄다
로우리의 불빛을 생각하며.*108

---

*105 W.B. 예이츠와 함께 아일랜드 문예협회를 설립한 시인, 학자, 번역가인 더글러스 하이드 (1860~1949)의 게일어 필명.
*106 마지막 음유 시인이라고 일컬어지는 장님 시인 안토니 래프터리(1784~1835).
*107 19세기 중엽 활약한 크레아주(州) 시인.
*108 아일랜드 옛 시를 영시로 모방한 패러디.

여기서 그는 테리에게 개에게 먹일 물을 조금 가져오라고 말했다. 맙소사. 똥개 놈이 물을 핥아 먹는데 1마일 떨어진 곳에서도 그 소리를 들을 수 있을 정도다. 조가 한 잔 더 하겠느냐고 그에게 물었다.

—그러지, 친구, 그가 말한다. 마치 나쁜 뜻은 없다고 말하려는 것처럼.

참, 녀석은 보이는 것과는 달리 속은 어리석지가 않아. 이 술집, 저 술집으로, 계산은 자네에게 부탁한다고 하면서 늙은 길트랩*[109]의 개를 데리고 시세 납부자나 시의회 의원에게 한턱 내게 하면서 돌아다닌다. 주인도 개도 대접을 받는 거지. 조가 말한다.

—또 한 잔 하겠나?

—두말하면 잔소리지. 내가 말한다.

—테리, 한 잔 더 가져와, 자네는 정말로 술은 한 모금도 하지 않나? 조가 말한다.

—고맙지만 괜찮아, 블룸이 말한다. 사실, 난 저 가엾은 디그넘의 보험 때문에 마틴이 여기로 와 달라고 해서 온 것뿐이야. 그런데 그 디그넘 말인데, 당시에 회사 쪽에 증서 양도 지정을 해 두지 않았으므로 법률에 따라 명의상 피저당권자는 보험 증권상 지위를 회복할 수 없게 됐어.

—성전(聖戰)이군, 조가 웃으면서 말한다. 만약에 샤일록*[110]을 꼼짝 못하게 만든다면 대단한 일이 될 거야. 그렇게 되면 디그넘 부인도 곤경에서 벗어날 수 있겠지. 안 그래?

—바로 그게 부인에게 구애하는 사람들이 바라는 점이지. 블룸이 말한다.

—누구에게 구애한다고? 조가 말한다.

—아니, 부인의 상담을 맡은 사람들 말이야,*[111] 블룸은 말한다.

그러고 나서 그는 모든 것이 뒤죽박죽된 앞뒤가 맞지 않는 말을 지껄이기 시작한다. 법정에서 대법관이 낭독하듯이 저당권자의 법률상 요건이 이러저러하다느니, 또 유증재산권 효력이 발휘되더라도, 디그넘이 브리지먼에게

---

*109 에피소드 13의 중심인물 거티 맥도웰의 외할아버지.

*110 〈베니스 상인〉에 나오는 탐욕스런 유대 상인. 여기서는 디그넘의 채권자 브리지먼을 가리킨다.

*111 부인의 상담을 맡고 있는 사람들이라고 해야 하는데 자기도 모르는 사이에 부인에게 구애하는 사람들이라고 잘못 말한 것. 그래서 황급히 정정했다.

진 빚 때문에 뭐가 어떻게 되고, 따라서 지금의 부인, 즉 디그넘의 아내가 저당권자 선정에 이의를 제기할 경우엔 또 어쩌고 저쩌고, 정신없이 떠들어대는 통에 아무것도 알아들을 수가 없다. 언제였던가, 녀석이 사기 및 부랑자 혐의로 잡혀 들어갈 뻔했을 때 재판소에 있던 친구 덕분에 무사히 풀려난 적이 있었지. 바자회 티켓인가, 헝가리 왕실 특별 복권인가 하는 걸 팔 때 일이었을 거야. 이건 확실해. 정말이지 유대인 놈들이란. 헝가리 왕실이니 어쩌니 면책특권을 휘두르는 도둑놈들이라니까.

그때 보브 도런이 흐느적흐느적 걸어오더니 자신의 말을 디그넘 부인에게 전해달라며 블룸에게 부탁한다. 부인이 겪고 있을 슬픔에 자신도 마음이 아프며, 장례식에 참석하지 못하여 매우 미안하게 생각하고 있다는 것, 그리고 지금은 고인이 된 가엾은 윌리만큼 정직하고 훌륭한 사람은 없었으며, 자기가 아는 사람들 또한 하나같이 그렇게 말한다는 것 등등. 허튼소리를 늘어놓고 비극배우처럼 울먹이면서 블룸 손을 잡는다. 친구, 잘 부탁하네. 나나 자네나 건달이기는 마찬가지잖나.

—우리 우정을 믿네, 그가 말한다. 세상 기준으로 보자면, 자네와 내가 알게 된 지 얼마 되지 않으니 그 우정이란 게 보잘 것 없으리라 생각할지도 모르지. 하지만 난 우리가 서로에 대해 품고 있는 감정과 존경심에 입각하여 자네가 내 부탁을 들어줄 거라 확신하네. 혹시나 예의에 어긋나는 점이 있었더라도 그게 다 내 마음의 진정 때문이니 너그러이 양해해주기 바라네.

—아닙니다, 다른 한쪽*[112]이 말했다. 당신의 이러한 행동을 이끈 심정을 충분히 이해합니다. 슬픈 심부름이기는 하지만 당신의 부탁을 들어드리겠습니다. 당신의 솔직한 마음이 쓰디쓴 술잔을 그나마 달콤하게 만들어주는 것처럼 위안이 되는군요.

—그렇다면 악수하게 해 줘, 그가 말했다. 자네의 그 친절한 마음이 내 불충분한 말보다 내 심정을 훨씬 더 잘 전달해주리라 확신하네. 나로선 마음 먹은 대로 얘기하고 싶어도 이 가슴이 터질 것만 같아서 정작 한마디도 제대로 할 수가 없으니 말일세.

그리고 그는 나갔다. 똑바로 걸으려고 애쓰면서. 5시에, 술에 취해서. 예

---

*112 블룸.

전 어느 날 밤에도 패디 레너드가 그와 알고 지내는 사이가 아니었더라면 그는 체포됐을 거야. 브라이드거리 술집에 폐점 뒤까지 남아서 매춘부 둘과 뒹굴면서, 그리고 순찰하는 야경꾼을 놀리면서 찻잔으로 맥주를 마시고 있었다지. 매춘부에게는, 자기가 프랑스인 조제프 마누오라고 하면서, 가톨릭을 비방하고, 젊었을 때에는 아담 앤드 이브 성당에서 주일 미사를 도울 정도였고, 누가 신약을 쓰고 누가 구약을 썼는지 눈 감고도 알 수 있었다고 지껄이면서 그녀들을 안고 주물러대는 거야. 두 매춘부는 죽도록 웃으면서 그 바보 녀석 돈을 훔치고 있는데 그는 바닥에 맥주나 흘리고 있었어. 매춘부들이 깔깔대며 물었지. '당신의 성서 상태는 어때요? 구약은 제대로 거기에 붙어 있어요?'*113 마침 그때 패디*114가 거리를 지나간 거야. 그러면서도 일요일이 되면 녀석은 창녀나 다름없는 아내를 데리고 성당에 나갔지. 그리고 그 여자는 상류 부인인 체하며 제비꽃을 가슴에 장식하고 에나멜 구두를 신고 엉덩이를 흔들며 성당 복도를 걸어다녔어. 그게 잭 무니 누이동생이야. 창녀와 손님이 그 짓 할 수 있게 방을 빌려주는 걸로 먹고 살았지. 잭*115이 녀석을 고분고분 따르도록 만들었지. 제대로 굴지 않으면 피똥 싸게 만들어 주겠다고 으름장을 놓았을 테지.

때마침 테리가 맥주 3잔을 내어왔다.

—자, 건배다, 조가 주인 역을 하면서 말한다. 건배야, '시민'.

—'건강을', 그가 말한다.

—행복을, 조, 건강을 비네, '시민'. 내가 말한다.

제기랄, 벌써 반이나 비웠군. 녀석에게 술대접하려면 주머니가 두둑해야 한다니까.

—시장 선거에 후보자로 나선 키다리는 누구지, 앨프? 조가 묻는다.

—자네 친구야, 앨프가 말한다.

—내넌*116인가? 조가 말한다. 그 시의원?

—이름은 말하고 싶지 않아, 앨프가 말한다.

---

*113 당신 불알은 잘 붙어 있어요?

*114 야경꾼 패디 레너드.

*115 무니.

*116 내너티.

—그럴 거라고 생각했어, 아까 전에 그가 하원의원 윌리엄 필드*117와 함께 가축상들 집회에 나온 것을 봤어. 조가 말한다.

—털보 이오파스*118다, '시민'이 말한다. 폭발한 화산 같은 인간, 모든 국민의 사랑을 받는다고 착각해서 스스로를 우상으로 받드는 놈이지.

그리하여 조는 '시민'에게 구제역, 가축업자 견해, 그들 처우 문제 등에 대한 자신 의견을 토로하기 시작했고, '시민'은 이 모두에 반대를 표명했으며, 블룸은 옴 치료를 위한 세양액(洗羊液)이니, 기침하는 송아지 기관지염을 위한 물약이니, 우설염(牛舌炎) 특효약이니 늘어놓기 시작했다. 녀석은 예전에 도살장에서 근무한 적이 있었다. 수첩과 연필을 들고 이리저리 돌아다니면서 몸은 안 쓰고 머리만 굴리려 드니까, 마침내는 녀석이 목축업자에게 주제넘게 굴었다는 이유로 조커프가 해고해버렸지. 아는 건 많은 녀석이야. 자네 할머니한테라도 오리 젖 짜는 법을 가르치려 들걸. 피서 버크가 말하길, 호텔에서 녀석 아내가 곧잘 울곤 했다더군. 오도우드 부인을 붙잡고선 그 뒤룩뒤룩 살찐 몸을 흔들며 눈이 퉁퉁 붓도록 울었다는 거야. 그녀가 허리띠를 풀 수 없다니까 예의 흐리멍덩한 눈초리로 그 방법을 가르쳐 준다면서 그녀 주위를 돌며 왈츠를 추었다나. 오늘 주제에 대한 자네 고견은? 그래, 가축에 대한 인간적 처우겠지. 불쌍한 짐승들이 고통 받고 있다느니, 전문가들 의견이 어떻다느니, 짐승 고통을 최소화하는 치료법이 있는데 그게 뭐 어떻다느니, 정성스레 보살펴 주어야 한다느니. 제기랄. 암탉 궁둥이라도 애인 쓰다듬듯이 할 놈이야.

꼭, 꼭, 꼬꼬댁, 꼬꼬.*119 검둥이 리즈는 우리집 암탉입니다. 리즈는 우리를 위해 알을 낳지요. 그녀는 알을 낳으면 무척 기뻐한답니다. 꼬꼬댁, 꼬꼬꼬. 그러면 레오*120 아저씨가 오세요. 아저씨는 검둥이 리즈 엉덩이 밑으로 손을 집어넣어 그녀가 갓 낳은 신선한 알을 꺼내지요. 꼬꼬댁. 꼬꼬댁, 꼬꼬.

—어쨌든, 조가 말한다. 필드*121와 내너티*122가 오늘 밤 런던으로 갈 거

---

*117 더블린에서 선출한 하원의원. 아일랜드 가축업자협회 회장.

*118 그리스 신화. 디도의 구혼자 가운데 한 사람으로 아프리카 왕.

*119 어린이용 초급 독본 문체 패러디.

*120 레오폴드.

*121 아일랜드 출신 국회의원.

*122 〈프리먼〉지 편집국장이자 시의회 의원인 내너티. 블룸이 맡은 키즈 광고일과 관련되어 있다.

야. 하원에서 그 문제에 대해 질문하기 위해서.

—확실해? 블룸이 말한다. 내너티 의원도 간다고? 마침 만나고 싶었는데.

—아, 우편선으로 간다네, 오늘 밤. 조가 말한다.

—거, 난처한 걸, 블룸이 말한다. 꼭 만나봐야 하는데. 미스터 필드만 가는 것 아니었나? 전화를 걸 수가 없었어. 확실한 이야긴가?

—내년도 같이 가, 조가 말한다. 공원에서 아일랜드 전통 스포츠 경기를 금지한 경찰국장 조치에 대해 질의하도록 연맹에서 그를 파견하는 거야. 시민, 자네는 어떻게 생각하나? '아일랜드 민중연맹'에 대해서.

카우 코네이커(멀티판엄구(區).*¹²³ 국민당) : 나의 존경하는 친구, 실렐라주 소속 의원 질문에 관련하여 본인은 총리 각하에게 묻는 바입니다. 정부는 이들 가축들의 병리 상태에 관하여 아직 어떠한 의학적 증명도 이루어지지 않은 상황에서 전부 도살할 것을 명령한 것이 맞습니까?

올포스(타모샹트구. 보수당) : 의원 여러분은 이미 전원위원회에 제출된 증거를 알고 계실 것입니다. 거기에 무언가를 덧붙여 말씀드릴 필요는 없다고 생각합니다. 존경하는 의원님 질문에 대한 대답은 '그렇다'입니다.

오렐리(몬테노트구. 국민당) : 피닉스 공원에서 아일랜드 전통 스포츠 경기를 개최하려는 인간 동물들 도살에 대해서도 이와 비슷한 명령 법안이 발효되었습니까?

올포스 : 답변은 '아니다'입니다.

카우 코네이커 : 총리 각하의, 유명한 미첼스타운 보고전보는 앞서 재무부 정책에 영향을 미쳤습니까? (오, 오, 하는 소리 들림).

올포스 : 이 질문은 사전 보고할 필요가 있다고 생각합니다.

스테일윗(번컴구, 무소속) : 필요하면 총을 써. (야당 측 풍자적인 박수).

의장 : 조용히! 조용히!

(산회, 박수).

—저기, 게일릭*¹²⁴의 스포츠를 부활시킨 사람이 있군, 조가 말한다. 저기 앉아 있는 저 사람 말이야. 제임스 스티븐스*¹²⁵를 달아나게 한 남자지. 16

---

*123 웨스트미스주(州) 목축 중심지.

*124 아일랜드 토박이.

파운드 포환던지기 전 아일랜드 선수였어. 자네 최고기록은 얼마였지, 시민?

―대단치는 않았어, '시민'이 겸손하게 말한다. 아무튼 누구 못지않은 때도 있었지.

―겸손 떨 거 없어, '시민', 자네는 대단했잖아. 조가 말한다.

―그게 정말인가? 앨프가 말한다.

―그래, 블룸이 말한다. 유명했지. 몰랐어?

그래서 그들은 이야기하기 시작했다. 아일랜드 스포츠에 대해서, 론 테니스와 같은 영국 것을 흉내낸 종목들에 대해서, 헐리*[126]하키에 대해서, 시금석을 놓는 일과 낙천적인 전망에 대해서, 국가 재건에 대해서, 그리고 모든 일에 대해서. 그러자 물론 가만히 듣고만 있을 수 없는 블룸이 피곤해지기 쉬운 심장을 가진 사람에게 격렬한 운동은 부적절하다는 식의 애기를 늘어놓았다. 내 의자 등덮개를 걸고 단언하건대, 만약 당신이 바닥에서 지푸라기를 주워 블룸에게 '블룸, 여기 이 지푸라기 보이나? 이건 지푸라기야' 하고 말한다면, 그는 그것에 대해서 한 시간이 지나도 여전히 지껄여 댈 것임에 틀림없다.

리틀브리튼거리 브라이언 오시어네인 집안 고풍스런 홀에서 아일랜드 민중연맹 주최하에 가장 흥미로운 토론이, 고대 게일족 스포츠 부활 및 고대 그리스, 고대 로마 그리고 고대 아일랜드에서 고려된 것처럼, 종족 발전을 위한 체육 문화의 중요성에 대한 토론이 있었다. 이 고상한 집회의 존경스러운 의장이 앉은 자리를 중심으로 여러 참석자들이 있었다. 의장의 계몽적인 강연이 있은 뒤, 당당한 웅변이 유창하고 힘차게 발표되어, 우리 고대 조상 범(汎)켈트족의 오래된 유희와 운동 부활의 희망에 대해서, 여느 때처럼 높은 수준의, 무엇보다 흥미롭고 계몽적인 논의가 이어졌다. 우리의 오래된 국어를 위해 가장 존경받는 저명한 학자 조지프 매카시 하인스 씨*[127]가 고대

*125 1824~1901. 아일랜드 독립운동가. 1848년 7월 아일랜드 독립을 위한 무장봉기를 꾀하였으나 실패, 프랑스로 망명했다.

*126 막대기와 공을 이용한 야외경기로 헐링이라고도 한다. 오래전부터 아일랜드 국기(國技)로 인정받아왔다.

*127 조 하인스.

게일족 운동과 오락 부활에 대해서 유창하게 연설했다. 그것은 실제로 핀 매쿨 씨가 아침저녁으로 실천하여, 고대로부터 물려받은 남성적인 역기(力技)의 가장 좋은 전통을 부활시키는 것으로 생각했다. L. 블룸은 부정론에 찬성하였으므로 칭찬과 질타를 차례로 받아 성악가인 의장은 토론끝을 선언하였으나, 그는 만석이 된 의장(議場) 여기저기에서 되풀이된 요구와 마음속으로부터의 상찬에 보답하여, 불멸의 토머스 오스본 데이비스*128의 영원히 참신한 시(여기에 소개할 필요가 없을 정도로 일반화된 것) '민족은 또다시'를 매우 훌륭하게 독창했는데, 그것을 행할 때 이 노련한 애국적 선수는, 훌륭하게도 그 자신 본디 역량 이상의 성과를 올렸다고 단언할 수 있다. 이 아일랜드의 카루소 가리발디라고도 할 수 있는 인물은, 비교할 수 없는 호조(好調)를 나타내어, 우리 시민만이 노래할 수 있는 가락으로 훌륭하게 노래한 유서 깊은 그 국민가(歌)에서 그의 높은 가락을 가장 훌륭하게 들을 수 있었다. 그 최상의 질로, 이미 국제적으로도 높은 평판을 얻은 그의 탁월한 고급발성법을 많은 청중이 큰 소리로 찬양했다. 그 청중 가운데는 신문기자, 법률가, 기타 교양 있는 직업 대표자와 함께, 성직(聖職)에 있는 여러 저명 인사들이 포함되어 있었다. 모임은 그렇게 끝이 났다.

출석한 성직자에는 예수회 부감독이자 법학박사인 윌리엄 딜레이니, 신학박사 제럴드 몰리 선생, 성령회 P.J. 캐버너 선생, 천주교회 T. 워터스 선생, 성당구(聖堂區) 주임사제 존 M. 아이버스 선생, 여자 프란시스코회, P.J. 클리어리 선생, 도미니크회 L.J. 히키 선생, 카프친 수도회 니콜라스 선생, 세족(洗足) 카르멜교단 부감독 P. 고먼 선생, 예수회 T. 마허 선생, 예수회 부감독 제임스 머피 선생, 성 빈센트교단 존 레이버리 선생, 신학박사 윌리엄 도허티 선생, 마리아회 선교사조합 피터 페이건 선생, 성 어거스틴 교단 T. 브랜건 선생, 천주교회 사제 J. 플래빈 선생, 천주교회 사제 M.A. 해킷 선생, 천주교회 사제 W. 헐리 선생, 주교 총대리 맥머너스 선생, 성 마리아교단 P.R. 슬래터리 선생, 교구 사제 부감독 M.D. 스캘리 선생, 전도 교회 F. T. 퍼셀 선생, 교구사제 부감독, 티머시 교회 수사 신부 고먼 선생, 천주교회 사제 J. 플래너건 선생, 일반신도로는 P. 페이, T. 쿼크 등등이 포함되어

---

*128 1814~45. 아일랜드 애국 시인. 아일랜드 청년당 창설자.

있었다.

—격렬한 운동에 대한 얘기가 나와서 말인데, 자네는 저 키오 대 베네트 경기에 가 봤나?*129 앨프가 말한다.

—아니, 조가 말한다.

—누구 누구는 그 경기로 100파운드나 벌었대, 앨프가 말한다.

—누구? 블레이지스? 조가 말한다.

그리고 블룸이 말한다.

—가령 테니스의 장점이란 민첩성과 시야를 길러준다는 데 있지.

—그래, 블레이지스다, 그 친구 얘기로는 마일러가 술에 찌들어서 못쓴다는 거야. 그런데 마일러는 매번 이기거든. 앨프가 말한다.

—그가 하는 방법은 누구나 알고 있지, 배반자 아들이야. 왜 영국 금화가 녀석 주머니에 굴러들어가는지 훤히 보여.*130 '시민'이 말한다.

—그래, 조가 말한다.

그리고 다시 블룸이 끼어들어 론 테니스와 혈액순환에 대해 이야기를 늘어 놓는다.

—버건, 그렇게 생각하지 않아? 블룸이 동의를 구하듯 묻는다.

—마일러는 그 친구*131를 바닥에 기게 만들었어, 앨프가 말한다. 히넌과 세어스의 대결은 여기에 비하면 머저리들끼리의 싸움이었을 뿐이야. 마일러 녀석, 신중을 기하는 방법으로 훌륭한 성과를 거뒀지. 상대 배꼽에 닿을까 말까한 키에 훈제 청어 모양으로 말라비틀어진 친구*132가 말이야. 상대방 거구 주먹이 계속 허공을 갈랐지. 그러다 마침내 마일러가 상대방 명치에 한 방 먹인 거야. 퀸스베리 권투 규칙이네 뭐네 해도 녀석이 먹은 적 없는 것까지도 토하게 만들었다니까.

50파운드 상금을 걸고 치러진 마일러와 퍼시의 대결은 역사적으로도 큰 의미가 있었다. 체격적인 약점이 있었지만 더블린시 총아였던 작은 양*133은

---

*129 에피소드 10에서 포스터에 등장했던 마일러 키오와 퍼시 베네트.

*130 마일러 키오의 아버지 윌리엄 키오는 가톨릭옹호회 지도자로서 지지를 받았으나, 이후 아일랜드 대검찰청 차장직을 받아들임으로써 배신자 오명을 얻게 됨.

*131 베네트.

*132 마일러 키오.

*133 마일러 키오.

링 위에서 절묘한 기술로 그것을 보충했다. 불꽃 튀기는 마지막 라운드는 두 챔피언 모두에게 대단히 험난했다. 그 웰터급 특무상사*¹³⁴가 전 라운드 난투에서 키오를 샌드백처럼 두들긴 결과 그의 얼굴에서 적포도주 빛 피가 샘솟았고, 코에 보기 좋게 적중한 포수*¹³⁵의 한 방은 그를 그로기 상태로까지 몰고 갔다. 상사는 강력한 왼손 잽으로 주도권을 잡았으나, 아일랜드 검투사는 상대 턱에 통렬한 한 방을 먹이는 것으로 응수했다. 영국 병사가 가드를 올리고 머리를 깊게 숙이자, 우리의 더블린 전사는 왼손 훅으로 상대 몸통을 쳐서 상체를 들어올렸다. 이 몸통 지르기가 절묘했다. 상대는 홀딩을 시도했다. 마일러가 민첩하게 움직이며 거한(巨漢)을 로프로 밀어붙인 뒤 일방적으로 연타를 퍼붓는 가운데 공이 울렸다. 오른쪽 눈이 부어올라 거의 보이지 않게 된 영국인은 코너로 돌아와 그것을 물로 식혔고, 다시 공이 울리자 용기백배, 금방이라도 에블레이나 용사를 때려눕힐 듯 호기롭게 나섰다. 그것은 그야말로 일인자를 결정짓는 사투. 두 마리 맹호처럼 두 선수가 서로 얽혀 관중은 흥분 또 흥분. 심판이 싸움닭 퍼시*¹³⁶에게 두 번이나 홀딩 주의를 주는 동안, 더블린 총아는 교묘했고 또한 발놀림은 참으로 볼만했다. 서로 격렬하게 치고받는 동안에 군인의 통렬한 올려치기는 재빨리 상대 입에서 피를 흘리게 했으나 그 뒤 갑자기 더블린 투사가 맹공으로 전환하여 싸움닭 퍼시 복부에 맹렬하게 훅을 퍼부어 보기 좋게 바닥에 쓰러지게 했다. 실로 통쾌한 녹아웃이었다. 장내 팽팽한 긴장감 속에서 포토벨로 난폭자의 카운트가 개시되자 베네트의 세컨드, 올 포츠 웨트슈타인*¹³⁷이 수건을 던져 넣음으로써 샌트리 마을 젊은이의 승리가 선고되어 열광한 관중은 크게 갈채, 링 로프를 뚫고 들어가 함성을 지르면서 그 주위로 몰려들었다.

　—그*¹³⁸는 이해관계에 까다로워서 말야, 이번에는 북쪽으로 연주 여행을 갈 예정이라는 소문이야. 앨프가 말한다.

　—그건 정말이야, 안 그래? 조가 말한다.

---

*134 베네트.

*135 베네트.

*136 베네트.

*137 변호사이자 취리히 주재 노르웨이 부영사. 조이스와 충돌한 적이 있다.

*138 보일런.

─누가 말야? 음, 그래, 맞아. 피서여행이라고나 할까. 놀이가 반인 여행 말이야. 블룸이 말한다.

─미시즈 B가 특히 빛나는 스타라지? 조가 말한다.

─내 아내 말이야? 음, 그녀도 노래를 하도록 되어 있어. 이 여행은 성공할 거야. 그자는 솜씨 좋은 흥행사거든. 수완이 무척 좋아. 블룸이 말한다.

망할 것, 나는 마음속으로 말한다. 이것으로 야자열매에 유즙(乳汁)이 있는 까닭도, 동물 가슴에 털이 없는 까닭도 알았어. 피리를 부는 것은 블레이지스. 연주 여행이라. 보어인과 싸우기 위해 정부에 같은 말을 두 번이나 팔아넘긴 아일랜드 브리지 근처 사기꾼 던의 아들이다. 뭐야, 뭐야만 연발하는 아버지. 빈민구제비와 수도 요금을 받으러 왔는데요, 보일런 씨. 뭐라고? 수도 요금 말입니다, 보일런 씨. 뭐라고? 그 녀석 틀림없이 그 여자를 자기 것으로 만들 거야. 우리끼리만 하는 얘기지만.

칼페 바위산*139의 자랑, 트위디 딸, 갈가마귀빛 머리카락 아가씨. 비파나무와 아몬드 향기 나는 땅에서 비할 데 없이 아름다운 여자로 자랐다. 알라메다*140 정원은 그녀 발소리를 알고 있었다. 감람나무 안뜰은 그녀를 알아보고 인사했다. 가슴이 풍만한 마리온, 그녀는 레오폴드의 정숙한 아내여라.

그리고 보라, 오몰로이 일족 한 사람*141이 들어왔다. 약간 붉은 기가 도는 창백한 얼굴의 훌륭한 사나이, 법률에 통달한 폐하의 법률 고문, 그리고 그 옆에 있는 자는 왕자, 바로 램버트 집안 고귀한 상속인*142이다.

─여, 네드.

─여, 앨프.

─여, 잭

─여, 조.

─신의 가호가 있기를, '시민'이 말한다.

─가호가 있기를, 뭐 마시겠어, 네드? J.J.가 말한다.

─

*139 그리스 신화에서 칼페는 헤라클레스 기둥 가운데 하나로, 지금의 지브롤터 바위산을 가리킨다. 마리온 블룸이 살던 곳.

*140 에스파냐어로 포플러 가로수길. 지브롤터에 이런 공원이 있다.

*141 병을 앓고 있는 전 변호사 J.J. 오몰로이. 그는 앞서 네드 램버트를 방문했다.

*142 네드 램버트.

—반 파인트, 네드가 말한다.

J.J.가 마실 것을 주문했다.

—재판소에 가 보았나? 조가 말한다.

—아, 갔었지. 예의 건은 그가 처리할 거야, 네드. J.J.가 말한다.

—그렇게 되면 좋은데, 네드가 말한다.

그런데 이들 두 사람은 지금 무엇을 노리는 것일까? J.J.가 대배심원 명부에서 그의 이름을 지워 주자, 다른 한쪽*¹⁴³이 그를 돕는다. 현재 일정한 직업이 없는 몸인가? 젠체하는 코안경을 걸친 멋쟁이들과 함께 카드 놀이를 하고 술을 마시고, 더욱이 영장이나 채권 압류 영장에 쫓겨 진퇴양난이다. 돈을 갚고 구두를 찾으러 온 피서와 동행하여 내가 프랜시스거리 커민스 전당포 사무실에 이르렀을 때 그는 아무도 아는 사람이 없다고 생각하고 금시계를 저당 잡히러 와 있었다. 이름은, 선생님? 던, 하고 그는 말한다. 맞아, 그래, 던(done, 끝장)이지 하고 내가 말했지. 가까운 장래에, 젠장, 그는 틀림없이 가까운 장래에 이러지도 저러지도 못하게 될걸.

—자네는 그 근처에서 미치광이 브린을 보았나? 거, 있잖아, U.P. 미치광이. 앨프가 말한다.

—봤지, 사립 탐정을 찾고 있었어. J.J.가 말한다.

—그래, 그는 곧장 재판소에 고소하려고 했었어. 그것을 코니 켈러허가 설득해서 필적 조사부터 하기로 했어. 네드가 말한다.

—1만 파운드야, 앨프가 웃으면서 말한다. 그래, 그가 재판관이나 배심원 앞에서 뭐라고 하는지 듣고 싶은걸.

—자네가 그걸 했나, 앨프? 조가 말한다. 진실을, 모든 진실을, 그리고 진실만을 말하게.*¹⁴⁴ 그래야 도와줄 수 있지. J.J.가.

—내가? 앨프가 말한다. 내 인격에 상처 나는 말은 하지 마.

—자네가 아무리 변명해도, 그것은 자네에게 불리한 증거가 될 뿐이야. 조가 말한다.

—물론 기소가 되겠지, 그 말은 그 작자, 정신이 온전치 못하단 뜻이야. U.P. 미치광이. J.J.가 말한다.

---

*143 램버트.

*144 재판 때 선서 문구.

―자네 눈이나 온전한지 걱정하게! 앨프가 웃으며 말한다. 그가 돌았다는 것을 모르나? 그자 머리를 봐. 아침에 구둣주걱이 없으면 모자도 제대로 쓰지 못할걸.

―그래, J.J.가 말한다. 그렇더라도 법률적인 관점에서 볼 때 그가 명예를 훼손당했다는 진실이 공포될 경우 고발은 면할 수 없어.

―하하, 앨프, 웃으면서 조가 말한다.

―하지만 저 가엾은 여자를 생각하면, 그의 아내 말이야. 블룸이 말한다.

―아내는 불쌍해, 얼치기와 결혼한 여자는 불쌍해. '시민'이 말한다.

―얼치기라고? 블룸이 말한다. 말하자면 그가……

―무슨 말이냐면, 죽도 밥도 아닌 인간이라는 거야. '시민'이 말한다.

―정체를 알 수 없어, 조가 말한다.

―바로 그거야, 돼지고기가 되다 만 생선이랄까, 이러면 알아듣겠지? '시민'이 말한다.

제기랄, 쓸데없이 얘기가 길어졌다. 그리고 블룸은, 저 말더듬이 미치광이 영감을 쫓아다녀야 하는 아내에게 그런 말은 너무 잔인한 것 같다고 말하고 싶었을 뿐이라고 변명을 늘어놓았다. 잔인하다는 얘기가 나와서 말인데, 저 찢어지도록 가난한 브린을 길바닥에 내몬 채, 비를 쫄딱 맞든 말든 제 긴 턱수염에 걸려 넘어지든 말든 내버려두는 게 짐승에게 하는 잔인한 짓과 뭐가 다를까. 그런데 그 여자는 그와 결혼하고 난 이후 잔뜩 콧대를 세우고 다녔지. 그의 아버지 사촌 중 하나가 교황청 좌석 안내인이라나 뭐라나. 고대 켈트풍 콧수염을 기른 그 남자 초상화가 벽에 걸려 있었어. 서머힐 출신 시뇨르 브리니,*145 교황 근위병이었던 그 사람은 강가를 떠나 모스거리로 이사했다. 그가 누구라고? 말해봐. 복도 딸린 뒷방 두 개를 주당 7실링에 빌려 쓰던 사람이 아닌가. 지금은 요란한 갑옷으로 무장한 채 세상과 싸워보겠다고 난리를 치고 있다.

―게다가, J.J.가 말한다. 엽서는 공개적인 거야. 새드그로브 대 홀 시소(試訴)사건에서도 악의를 입증하는 물증으로 채택되었지. 내 의견으로는 소송이 성립한다고 봐.

---

*145 브린을 이탈리아어로 읽은 것.

6실링 8펜스 받겠습니다인가?[146] 누가 자네 의견을 물었지? 조용히 술이나 마시자구. 제기랄, 그 정도 일조차 함부로 할 수 없다 이거군.

—그럼 건배다, 잭, 네드가 말한다.

—건배, J.J.가 말한다.

—저 녀석, 또 왔어, 조가 말한다.

—어디? 앨프가 말한다.

과연, 그가 겨드랑이에 책을 끼고, 문가를 지나갔다. 그의 곁에는 아내가 붙어 있고, 코니 켈러허가 그들을 따라 걷고 있다. 켈러허 녀석은 지나갈 때 한번 멍한 시선으로 술집 안을 들여다보았을 뿐, 중고 관(棺)을 팔려고, 아버지를 조르는 자식처럼 그에게 계속 말을 붙였다.[147]

—그 캐나다 사기소송 건은 어떻게 되었지? 조가 말한다.

—반송되었지, J.J.가 말한다.

주먹코협회 회원이었던 제임스 워트, 일명 새피로, 일명 스파크 앤드 스피로라는 사나이가 신문에 캐나다행 표를 20실링에 판다고 광고를 냈지. 뭐? 그런 수작에 넘어갈 사람인가 내가? 당연히 새빨간 사기였지. 그런데 죄다 걸려든 거야. 미스주(州) 출신 하녀들과 촌놈들이 말이지. J.J.가 우리에게 말했어. 나이 든 히브리인 자레츠킨가 뭔가 하는 사람이 증인석에서 모자를 쓴 채 울면서, 성 모세에 맹세코 2파운드를 사기당했다고 했다고.

—그 건을 누가 심리했는데? 조가 말한다.

—시 재판소 판사지, 네드가 말한다.

—늙은 프레데릭 경인가, 누구한테나 깜빡 속는. 앨프가 말한다.

—마음이 너무 너그럽지, 네드가 말한다. 그 사람에게 집세 체납 고통이나 병든 아내, 먹여 살려야 할 자식들 이야기를 해봐. 재판석에 앉아 질질 짤 걸.

—그래, 앨프가 말한다. 얼마 전 버트교(橋) 근처 회사 석재(石材)를 지키는 불쌍한 꼬마 검리를 루벤 제이가 고소했을 때, 그가 그 심리를 맡지 않은 건 그야말로 운이 좋은 거였지.

그러고는 우는 시늉을 하며 늙은 판사 흉내를 내기 시작한다.

---

[146] 변호사가 사건에 대한 의견을 요구받고 그 비용을 청구하는 말의 흉내.
[147] 켈러허는 장의사를 운영하고 있다.

―참으로 불미스러운 일이다! 묵묵히 열심히 일해 온 이 가엾은 사나이! 아이는 몇 명이지? 열 명이라고 했나?

―네, 그렇습니다, 판사님. 그리고 제 아내는 장티푸스를 앓고 있습니다.

―게다가 아내는 장티푸스로 고통을 받고 있다고? 얼마나 비참한 일인가! 당장 퇴정하라. 아니, 아니, 본관은 지급명령은 내지 않는다. 어떻게 감히 법정에 출두하여 내게 지급명령을 내달라는 건가. 근면한 근로자가 이런 가엾은 꼴을 당하다니! 본관은 이 사건을 기각한다.

그리하여 수소의 눈을 가진 여신*[148]의 달*[149] 제16일, 그리고 성 삼위일체 축일이 지난 지 3주째 되는 날에, 하늘의 딸, 초승달이 상현(上弦)달이 되었을 때 저 학식 깊은 재판관들은 법의 전당으로 갔다. 코트네이 씨는 자신의 방에 앉아 권고를 내리고, 앤드루 판사는 유언재판소에 배심원 없이 임석하여, 깊은 애도를 표하는 바인 주류상 고(故) 제이코프 핼리디 유언장에 적힌 재산, 부동산 및 동산에 관한 최종적 재산 분배에 대하여, 제1권리자 요구와 그에 반하는, 미성년자이자 정신질환이 있는 유복자 리빙스턴 측 의견을 각각 신중히 고려하고 판단했다. 이윽고 그린거리 엄숙한 법정에 매 사냥술 명수, 프레데릭 경이 모습을 드러냈다. 5시께 그는 더블린 경내 및 부속영지에서 발생한 사건들에 관한 법률위원회 법률 집행을 주관하기 위해 자리에 앉았다. 또한 그 곁에는 대의원으로서 아이아르*[150] 12종족, 즉 패트릭족(族), 휴족, 오웬족, 콘족, 오스카족, 퍼거스족, 핀족, 더못족, 코맥족, 케빈족, 케이올트족, 오션족을 대표하는 12인이 앉아 있었으니, 모두 선량하고 진실한 사람들이었다. 프레데릭 경은 그들에게 폐하와 수감 중인 죄수 양자에 똑같이 적용되는 법률과 증거에 따라 참다운 판단을 내릴 것을 십자가에 못 박혀 죽으신 분의 이름으로 맹세하고 성경에 입 맞추게 했다. 이어서 그들, 아이아르 종족 대표 12인 모두가 일어섰으며, 영원한 하느님 이름으로 그분의 올바름대로 행할 것을 선서했다. 곧바로, 교도관들이 성 감옥으로부터 한 사람을 끌어내 데려온 바, 이는 정의의 사냥개들이 고지(告知)에 따라 체포하여 가둔 자이다. 그자는 악인이므로 손과 발에는 수갑과 족쇄를

---

*148 주노.

*149 6월.

*150 아일랜드.

채웠고, 이제 기소되어 법 심판을 받게 될 터이므로, 앞으로도 그에 대한 보석 신청은 허용되지 않을 것이다.

—참으로 훌륭한 녀석들*¹⁵¹이야, 그놈들이 온 덕분에 아일랜드가 빈대로 들끓게 됐으니 말이야. '시민'이 말한다.

블룸은 아무 말도 듣지 못한 채 조와 이야기하기 시작한다. 더는 그런 사소한 문제*¹⁵²로 골치 썩지 않아도 된다는 둥, 크로퍼드 씨*¹⁵³에게 한마디 하면 어떻겠냐는 둥. 조는 이런저런 성인들의 이름을 걸고 자기가 꼭 해결해 보겠노라 맹세했다.

—왜냐하면 말이야, 블룸이 말한다. 광고라는 것은 반복이 중요하거든. 비결은 거기에 있지.

—나를 믿으라고, 조가 말한다.

—놈들이 아일랜드 농부와 가난한 이들을 등쳐먹고 있어, 우리는 더 이상 이방인이 오는 걸 원치 않아. '시민'이 말한다.

—오, 그러면 확실히 잘될 것 같아, 하인스, 블룸이 말한다. 거긴 그저 키즈 가게일 뿐이잖아.

—그건 이제 정해진 것과 다름없다고 생각해 줘, 조가 말한다.

—정말 고마워, 블룸이 말한다.

—그래, 이방인들 말이야, '시민'이 말한다. 그건 우리 실책이었어. 우리가 그들을 들어오게 한 거야. 우리가 그들을 불러들인 거지. 저 간부(姦婦)와 정부(情夫)가 날강도 색슨놈들을 이곳에 데려온 거야.

—이혼 임시판결이야, J.J.가 말한다.

블룸은 그런 시시한 일에는 흥미가 없다는 표정으로 술통 뒤 구석에 드리운 거미줄을 바라보았고, '시민'은 그런 그를 노려보았으며, 발치에 도사린 늙은 개는 언제 누구를 물어뜯으면 좋을지 신호를 기다리며 주인을 올려다보았다.

—정숙치 못한 한 아내,*¹⁵⁴ 그 여자가 이 모든 불행의 원인이야. '시민'이

말한다.

—여기 그 부정(不貞)한 아내가 나오는데, 카운터에서 테리와 함께 〈폴리스 가제트〉*155를 들여다보며 킥킥 웃고 있던 앨프가 말한다. 온몸에 분칠을 하고서 말야.

—잠깐 보게 해줘, 내가 말한다.

테리가 코니 캘러허에게 빌려온 잡지에 실린 어느 양키 여인의 외설스러운 사진이었다. 당신의 은밀한 부위를 늘리는 비법. 사교계 미녀 비행사건. 시카고의 부유한 건설업자 노먼 W. 터퍼는, 아름다우나 행실이 나쁜 아내가 사관(士官) 테일러 무릎 위에 앉아 있는 것을 발견했다. 부정한 짓을 벌이고 있는 속바지 차림 미녀. 그녀의 간지럼 섞인 애무를 받고 있는 정부. 노먼 W. 터퍼가 권총을 꺼내 들고 안으로 뛰어들었을 땐 이미 늦고 말았으니, 그녀는 테일러와 고리던지기 놀이*156를 막 끝내고 난 참이었다.

—오, 이런, 제니, 조가 말한다. 자네 셔츠는 정말 짧구먼!

—봐, 털이 보여, 조, 내가 말한다. 이 색다른 엉덩이 콘비프를 먹고 싶지 않나?

그러는 동안에 존 와이즈 놀런과 그 뒤로 말상 얼굴 레너헌이 들어왔다.

—여, 현장에서 온 최신 뉴스는 뭐지? 시의회는 아일랜드어에 대해서 어떤 결정을 내렸나? '시민'이 말한다.

번쩍이는 갑옷을 갖춰 입은 오놀런이 강력하고 고귀한 아일랜드 왕에게 깊이 몸을 숙여 절한 뒤, 왕국에서 두 번째로 큰 도시 엄숙한 장로들의 공회당 모임에 대해 보고했다. 그들이 어떻게 하늘나라 신들에게 합당한 기도를 올렸으며, 또 어떤 식으로 신의 은총인 게일어를 인간 세상에 되살릴 방안을 논의했는가에 대해서.*157

—곧 그렇게 될 거야, 저 빌어먹을 색슨 놈들과 그놈들 냄새나는 언어가 지옥으로 꺼질 날도 머지않았어. '시민'이 말한다.

이때 J.J.가 끼어들어 한껏 점잔을 떨며 한쪽 이야기만 들어서는 안 된다는 둥, 사실을 간과하고 있다는 둥, 보이지 않는 눈에 망원경을 갖다 대는 격이

---

*155 1846년 창간된 주간지.
*156 똑바로 선 막대에 고리를 끼우는 놀이, 성행위를 뜻함.
*157 그 무렵 아일랜드어인 게일어 복원 운동이 일어나고 있었다.

라는 둥, 국민을 비난하는 것은 공민권을 포기하겠다는 말이나 마찬가지라는 둥 딴죽을 걸었다. 이에 블룸은 조심스럽게 그를 옹호하는 말을 했고, 이어서 영국 식민지 및 영국 문명에 대하여 예의 그 지겹고 머리 아픈 소리들을 늘어놓기 시작했다.

　—놈들의 그 시필라이제이션*158에 대해 말하고 싶은 건가? '시민'이 말한다. 지옥에나 떨어지라지! 신의 저주가 그 망할 창녀*159의 귀때기 두꺼운 자식들 위로 떨어질지어다! 이렇다 할 음악도 미술도 문학도 없는 놈들. 그나마 있는 거라곤 죄다 우리한테서 훔쳐간 것들뿐이야. 후레자식을 조상으로 둔 혀 짧은 후레자식들이다.

　—유럽 종족은……, J.J.가 말한다.

　—놈들은 유럽인이 아냐, '시민'이 말한다. 나는 파리의 케빈 이건*160과 유럽에 있었어. 화장실 안이면 모를까 유럽대륙에선 그들 언어를 어디서도 찾아볼 수 없어.

　그러자 존 와이즈가 말한다.

　—사람들 몰래 피는 꽃이 많도다?*161

　그리고 외국어를 어느 정도 알고 있는 레너헌이 말한다.

　—영국인을 해치워라! 불성실한 영국놈들!*162

　그는 그 튼튼하고 억센 손으로 거품 이는 흑맥주 잔을 들어올리고 그들 종족 슬로건인 '붉은 손에 승리를'을 외운 다음, 그들의 적, 강하고 용감한 용사들 종족, 불멸의 신처럼 말없이 설화석고(雪花石膏)의 왕좌에 앉아 있는 해상 통치자*163가 멸망하기를 기원하며, 잔을 들이켰다.

　—요즘은 어때? 내가 레너헌에게 말한다. 자네는 12펜스 잃고 6펜스 번 것 같은 얼굴을 하고 있군.

　—골드 컵 경주야, 그는 말한다.

　—어느 쪽이 이겼죠, 미스터 레너헌? 테리가 말한다.

---

*158 syphilisation. syphilis(매독)과 civilization(문명) 합성어.

*159 빅토리아 여왕.

*160 파리로 피신하여 숨어 있는 아일랜드 혁명가.

*161 토머스 그레이(1716~71) 〈시골 묘지에서 쓴 비가〉에서.

*162 Conspuez les Anglais! Perfide Albion! (프랑스어)

*163 영국 제국.

―스로우어웨이호*164지, 그가 말한다. 20 대 1이야. 거들떠보지도 않았던 시시한 말이지. 그 외 것은 문제가 안 됐어.

―바스*165 암말은 어떻게 됐죠? 테리가 말한다.

―지금도 달리고 있을 걸, 그가 말한다. 우리는 같은 배를 탔지. 내가 점 찍어 준 셉터호에 보일런이 자기와 애인 몫으로 2파운드를 건 거야.

―나도 2실링 6펜스를 플린 씨가 가르쳐 준 진펀델호에 걸었는데. 하워드 드 월든 경 말이죠. 테리가 말한다.

―20 대 1이다, 레너헌이 말한다. 별 볼일 없는 변두리 인생이란 그런 거지. 스로우어웨이호라. 비스킷이나 집어 먹으며 발에 생긴 티눈 얘기나 하는 거지. 약한 자여, 그대의 이름은 셉터로다.

여기서 그는 보브 도런이 남긴 비스킷 그릇이 있는 곳으로, 입에 뭐 넣을 것이 없는가 하고 보러 간다. 그러자 그 늙은 개도 옴투성이 코를 쳐들고 자기도 얻어걸리지나 않을까 하고 따라간다. 늙은 허버드 아주머니 찬장으로 간다.*166

―여기는 없다, 멍멍아. 그가 말한다.

―기운을 내, 조가 말한다. 그 말도 상대가 달랐으면 돈을 땄을 거야.

한편, J.J.와 '시민'이 법률과 역사에 관해 논쟁하는 가운데 블룸이 묘한 말을 꺼낸다.

―어떤 사람들은, 다른 사람 눈 안의 티는 봐도 자기 눈 안에 있는 들보는 못 보지.*167

―헛소리야, '시민'이 말한다. 자네에게는 이해가 가는 말일지 어떨지 모르지만 보려고 하지 않는 녀석이 가장 눈먼 장님이야. 원래라면 당연히 있어야 할 아일랜드 2000만 국민은 어디로 가고 지금은 400만밖에 없지? 그리고 온 세계에서 가장 아름다운 우리 도자기와 직물(織物)은? 주베널(Juvenal) 시대에 로마에서 팔렸던 우리 양모, 우리 아마, 앤트림에서 짠 우

---

*164 블룸이 신문을 버린다는 뜻으로 '스로우어웨이'라고 말했을 때, 밴텀 라이언스는 그것이 블룸의 암시라고 생각했다.

*165 바스 맥주회사 사장.

*166 자장가.

*167 〈마태오복음서〉 7 : 3.

리 다마스크 천, 그리고 우리 리메릭 레이스, 우리의 무두질한 가죽, 밸리바우에서 생산하는 크리스털 유리, 리옹 자카드 이래로 우리 위그노 포플린, 우리 견직물, 우리 폭스퍼드 트위드와 뉴 로스 카르멜회 수도원에서 만든 상앗빛 돋을새김 무늬 레이스, 아무리 세계가 넓다 해도 이만한 수준의 것이 있을라구? 저 헤라클레스 두 기둥*168 사이로, 지금은 인류의 적*169에게 빼앗긴 저 지브롤터를 지나서, 카르멘 시장에 내다팔 황금과 자줏빛 염료를 가득 싣고 웩스퍼드로 항해하던 그리스 상인들은 지금 어디에 있지? 타키투스*170와 프톨레마이오스*171를, 또 기랄두스 캄브렌시스*172를 읽어 봐. 포도주, 모피, 코네마라 대리석, 최상품인 티퍼래리산 은(銀). 지금도 명성이 자자한 아일랜드 말(馬), 그리고 에스파냐 필립왕은 우리 영해에서 조업할 수 있게 해달라며 관세를 지급하겠다고 제안했지. 우리 무역이 붕괴되고 가정이 파괴된 건 더러운 앵글리아*173 놈들 때문이 아니야? 게다가 우리 모두를 폐병 걸려 죽게 만들려고, 수백 만 에이커 습지와 이탄지를 품은 배로우강과 새넌강*174 바닥을 그놈들이 파내려고 하잖나.

—지금 숲을 가꾸지 않으면 이내 포르투갈처럼 나무가 없는 나라가 될 거야, 존 와이즈가 말한다. 그렇지 않으면 헬골란트 섬*175처럼 단 한 그루 나무밖에 없는 곳이 될 테지. 낙엽송이며, 전나무며, 침엽수들이 빠르게 줄어들고 있어. 캐슬타운 경 보고서에서 읽었지만⋯⋯.

—나무들을 구하소서, '시민'이 말한다. 골웨이 거대한 물푸레나무를, 그리고 40피트 나무줄기와 1에이커 땅을 뒤덮을 정도로 잎이 무성한 킬데어 느티나무를. 오, 아름다운 언덕 아일랜드, 미래 아일랜드 인민을 위하여 아

＊168 지브롤터 해협에 솟아 있는 두 개 바위 곳.

＊169 영국인.

＊170 로마 역사가(55？～120？).

＊171 2세기 그리스 출신 알렉산드리아 수학자, 천문학자.

＊172 1146？～1220. 웨일스 성직자, 연대기 작가. 《아일랜드 풍토기》, 《아일랜드 공략기(攻略記)》를 저술했다.

＊173 라틴어로 영국.

＊174 배로우강은 렌스크 지방을 남으로 흐르고, 새넌강은 리메릭 지방을 서남으로 흐른다. 구릉지에 누적된 습지를 없애려는 영국의 계획을 가리킨다.

＊175 독일, 베벨 하구 북방에 있는 작은 섬. 모래와 돌들로 이루어져 있다.

일랜드 나무를 돕자.

—유럽의 눈이 자네를 주목하고 있어, 레너헌이 말한다.

오늘 오후, 아일랜드 국유림(國有林) 최고 관리인 진 와이즈 드 놀런 기사와 소나무 골짜기 미스 퍼 코니퍼*176 양 결혼식에 국제적으로 다수 사교계 부인들이 참석했다. 레이디 실베스터 엘름셰이드,*177 미시즈 바바라 러브버치, 미시즈 폴 애시, 미시즈 홀리 헤이즐라이즈, 미스 대프니 베이즈, 미스 도로시 케인브레이크, 미시즈 클라이드 트웰브트리즈, 미시즈 로원 그린, 미시즈 헬렌 바인거딩, 미스 버지니아 크리퍼, 미스 글래디스 비치, 미스 올리브 가스, 미스 블랜치 메이플, 미시즈 모드 마호가니, 미스 마이러 머틀, 미스 프리실러 엘더플라워, 미스 비 허니서클, 미스 그레이스 포플러, 미스 오미모사 샌, 미스 레이첼 시다프론드, 릴리언과 비올라 라일락 자매, 미스 티미디티 애스페널, 미시즈 키티 듀이모세, 미스 메이 호손, 미시즈 글로리아나 팜, 미시즈 라이아나 포레스트, 미시즈 아라벨라 블랙우드 그리고 오크홈 레지스 미시즈 노머 홀리오크가 참석하여 식장을 한층 빛냈다. 아버지인 글랜즈 코니퍼 씨가 인도한 신부는 눈부시도록 매력적이었다. 그녀는 황혼의 잿빛 속치마에 광택 나는 실크 옷을 겹쳐 입었는데, 소매에는 짙은 빛깔 삼단 주름 장식이 달려 있고, 품 넓은 부드러운 초록빛 허리띠에, 멜빵과 갈색 엉덩이 덧댐천이 더해져 한층 돋보였다. 신부측 들러리인 라치 코니퍼*178와 스프루스 코니퍼*179 자매는 똑같은 색조의 무척 깔끔하고 잘 어울리는 옷차림으로, 세로줄무늬 주름과 장미 빛깔 깃털이 수놓인 옷에, 백로 깃털을 연상시키는 하얀 산호빛 깃털이 달린 초록빛 모자를 쓰고 있었다. 그 고명한 재능으로 반주를 맡은 시뇨르 엔리크 플로르*180 씨가 결혼식 미사의 예정된 진행에 더하여 〈나무꾼이여, 그 나무를 베지 말라〉라는 새롭고 훌륭한 곡을 연주했다. 교황의 축복이 있은 뒤, 정원의 성 피아커 성당을 떠날 때 이 행복한 신랑 신부는 개암 열매, 너도밤나무 열매, 월계수 잎사귀, 냇버들 꽃,

---

*176 퍼=전나무, 코니퍼=소나무, 전나무 따위의 구과(毬果) 식물.

*177 숲의 느릅나무 그늘. 이하 나무들을 의인화한 것.

*178 낙엽송.

*179 가문비나무, 전나무.

*180 블룸의 익명. 포르투갈어로 표기했다.

담쟁이덩굴, 홀리 딸기, 인동나뭇가지 그리고 울타리 나무 가지들의 십자포화 세례를 받아야 했다. 와이즈 코니퍼 놀런 부부는 검은 숲*181에서 조용하면서도 행복한 시간을 보낼 예정이다.

—그리고 우리는 유럽을 주목하고 있어, '시민'이 말한다. 우리는 저 잡것들이 번식하기 이전까지 에스파냐, 프랑스, 벨기에와 거래했었지. 골웨이에는 에스파냐 맥주가, 와인 빛깔 수로 위에는 코르크 마개들이 둥둥 떠다녔지.

—그런 날이 다시 올 거야, 조가 말한다.

—그래, 성모의 도우심으로 반드시. '시민'이 손바닥으로 허벅다리를 내리치며 말한다. 우리의 텅 빈 항구는 다시 가득 차게 될 거야. 퀸스타운, 킨세일, 골웨이, 블랙소드만(灣), 케리 왕국 벤트리, 그리고 데스먼드 백작*182이 찰스 5세 황제와 조약을 체결했던 그 시절처럼, 세계 제3의 항구 킬리벡스에, 골웨이 린치와 캐번 오레일리, 더블린 오케네디 같은 회사 상선들이 가득 들어차게 될 거야. 그리고 우리 아일랜드 첫 군함이 굽이치는 파도 위로 그 위용을 드러낼 테지. 뱃머리에는 우리 깃발이, 더 이상 헨리 튜더 왕조 하프가 그려진 깃발이 아니라, 해상에서 가장 오래된 깃발, 데스먼드와 소먼드*183 깃발, 밀레시어스*184 세 아들을 상징하는, 세 개 왕관이 푸른 바탕 위에 새겨진 깃발이 달려 있을 거야.

그리고 나서 그는 잔에 남은 술을, 화산재처럼 텁텁한 찌꺼기까지 남김없이 마셔버렸다. 되지도 않는 헛소리를 장황하게 늘어놓고서. 과연, 코노트*185 소들은 뿔이 길다. 샤나골든 마을로 내려가 군중에게 일장연설이라도 할 것 같은 기세군. 그런데 문제는 그곳에 몰리 머과이어*186 단원들이 그의 몸에 바람구멍을 내놓으려고 혈안이 되어 찾아다니고 있다는 거지. 어느 소작농 소작지를 그가 강탈해갔다는 거야.

—어이, 자네들, 존 와이즈가 말한다. 뭘 마시겠나?.

---

*181 독일 남서부 유명한 삼림지대.
*182 11대 데스먼드 백작. 영국왕 헨리 8세에 맞서서 아일랜드 침입을 계획하던 에스파냐 찰스 5세와 남몰래 결탁했다.
*183 각각 고대 아일랜드 남 맨스터와 북 맨스터를 상징하는 기.
*184 에스파냐 전설적 왕. 그의 세 아들이 아일랜드를 정복, 재건했다고 한다.
*185 골웨이, 슬라이고 등을 포함하는 아일랜드 서부 지역.
*186 아일랜드 노동자 권익보호를 위해 만들어진 비밀결사조직.

—기마 의용대,*¹⁸⁷ 레너헌이 말한다. 축배를 올려야지.

—테리, 반 파인트, 존 와이즈가 말한다. 그리고 손 들어*¹⁸⁸ 한 잔. 테리, 졸고 있나?

—알겠습니다, 테리가 말한다. 스몰 위스키에 앨솝 맥주 한 병, 지금 곧 가져가겠습니다.

손님 시중은 들지 않고, 재미있는 기사 없나 하고 앨프와 함께 망할 신문만 뒤적거리고 있다. 상대 머리를 깨부수려 안달인 두 선수 권투 경기 사진. 한 녀석이 문이 열리길 기다리는 수소처럼 머리를 숙이고 상대에게 돌진하고 있다. 또 하나는 조지아주 오마하에서 화형당한 '검은 짐승' 사진. 모자를 눌러 쓴 데드우드*¹⁸⁹ 놈들 여러 명이 기둥에 묶인 검둥이를 향해 총을 쏘고 있다. 혀를 쑥 빼문 검둥이 발 아래 모닥불이 활활 타오르고 있다. 제기랄, 확인사살을 할 거면 더 확실하게, 바다에 처넣었다가 건져내어 전기맛을 보여준 뒤 십자가에 매달아 버릴 것이지.

—그런데 적을 견제하는 우리 해군에 대해서는 어떻게 생각해? 네드가 말한다.

—내가 이야기해 주지, '시민'이 말한다. 그곳은 말 그대로 생지옥이야. 포츠머스 훈련용 함선에서 자행되는 태형에 대한 신문 폭로 기사를 읽어 봐. '혐오자'란 사람이 쓴 거야.

이어서 그는 체형(體刑)에 대해서, 수병들과 장교들 그리고 삼각모를 쓰고 죽 늘어선 해군제독들에 대해서, 그리고 엄마를 찾으며 울부짖는 어린 병사를 끌고 가서 대포에 묶어버리는 일에 대해서 이야기하기 시작한다.

—우둔살과 적포도주 열두 잔,*¹⁹⁰ '시민'이 말한다. 이것이 옛날 난폭자 존 베레스퍼드 경이 붙인 태형 이름이야. 하지만 형벌식에 참관하는 개신교 성경을 든 목사에 대해서, 영국인들은 볼기짝 매질이라 부르지.

그러자 존 와이즈가 말한다.

—그것은 지키기보다는 없애는 편이 더 명예로울 관습이군.*¹⁹¹

---

*187 아일랜드 특산주.

*188 상표에 '빨간 손'이 그려진 앨솝 맥주.

*189 흑인 사형(私刑)으로 유명한 미국 사우스다코타주의 도시.

*190 엉덩이를 열두 번 치라는 뜻. 본디 아일랜드 놀음판에서 쓰는 말.

그러고 나서 그는, 무장한 대장이 긴 매를 가지고 와서 끌어낸 가엾은 소년 엉덩이를 사람 살려라는 비명이 나올 때까지 두들겨 팬다는 이야기를 우리에게 들려준다.

—그런 것들이지, '시민'이 말한다. 그게 세계를 지배한다는 영국 해군놈들 본모습이야. 결코 노예가 되지 않는다*192며 지상에 오직 하나인 면면히 이어지는 왕실을 받든다고 하는데, 놈들 나라는 열두어 명 남짓 돼지사냥꾼*193과 솜뭉치 남작들 손아귀에 있어. 그것이 노동자와 매 맞는 노예들을 자랑하는 대제국이란 말이지.

—그곳 하늘에 태양이 뜨는 일은 절대 없지,*194 조가 말한다.

—그런데 비극은, 그들이 그것을 믿고 있다는 거야. '시민'이 말한다. 불행한 야후*195들은 그것을 믿고 있다고.

그들은 채찍을, 전능하신 태형자(笞刑者)를, 지상에 지옥을 창조한 자를, 그리고 영국 수병을, 대포의 아들*196을 믿고 있다. 그 아들은 더러운 자만으로 잉태되어, 해군 손에 키워져, '우둔살과 적포도주' 제물이 되어 피부가 벗겨질 때까지 얻어맞으면서 지옥 같은 비명을 내지르고도, 사흘이 지나면 다시 침대에서 일어나 항구에 들어가서, 생활을 위해 천한 일이라도 해서 돈을 벌려고 명령이 내릴 때까지 뱃전에 앉아 있다.

—그러나, 블룸이 말한다. 규율이라는 것은 어디에서나 마찬가지 아닐까? 내 말은, 힘을 힘으로 누르려 하는 한, 그들이나 우리나 마찬가지일 거란 말이야.

봐, 누가 아니래. 숨이 꼴딱 넘어갈 순간에도 죽음과 삶은 다르지 않노라. 태평하게 논쟁이나 할 놈이야, 저놈은. 이건 내가 술을 마시고 있는 것만큼

---

*191 〈햄릿〉 1막 4장.
*192 제임스 톰슨의 《앨프레드 가면극》에 나오는 시에서 인용. "영국이 하늘의 뜻에 따라/푸른 망망대해로부터 솟아났을 때/그 땅에 내려진 헌장이 있었네/또한 천사들은 이 선율을 노래했다네/지배하라 영국이여! 파도를 지배하라! /영국은 결코 노예가 되지 않으리라!"
*193 귀족들.
*194 "The sun in my dominion never sets."를 비꼰 것.
*195 《걸리버 여행기》에 나오는 말의 나라의 하등 인간. 여기서는 영국인.
*196 수병이 몰래 숨겨 키우는 자식. 이윽고 악당이나 불한당을 가리키는 말 또는 단순한 부름말로도 쓰이게 됐다.

이나 확실한 이야기지.

—우리는 힘에는 힘으로 맞설 것이다, '시민'이 말한다. 바다 건너편에 더 큰 아일랜드가 생기지 않았어?[197] 그들은 암흑의 47년[198]에 고향에서 내몰렸지. 길가에 있던 그들 흙담집이며 오두막은 공성(攻城)망치에 두들겨 맞아 허물어지고 말았어. 그리고 〈타임스〉지[199]는 손을 부비며 겁쟁이 색슨놈들에게, 아일랜드에 있는 아일랜드 사람들은 곧 미국에 있는 인디언 정도의 인구로 줄어들 것이라고 말했어. 터키 황제도 그의 돈을 우리에게 보내 주었지. 그러나 색슨 놈들, 잉글랜드 탐욕자들은 리우데자네이루에서 사들인 곡식들로 창고를 가득 채워놓고도, 본국 국민인 우리를 굶겨 죽이려 했어. 놈들은 수많은 농민들을 나라 밖으로 내몰았지. 2만 명 농민이 낡은 배 안에서 죽어 갔어. 자유의 나라[200]로 건너가는 데 성공한 이들일지라도 여전히 이곳 압제의 나라에 대한 기억을 뼈에 새겨두고 있지. 그들은 복수심을 품고 돌아올 거야. 비겁한 자들이 아냐. 그라누엘 자손들, 캐슬린 니 훌리안[201] 용사들은 돌아올 거라고.

—전적으로 동감이야, 블룸이 말한다. 그러나 내 견해를 말하자면…….

—우리는 오랫동안 그날을 기다려왔어, '시민', 네드가 말한다. 그 가엾은 노파가, 프랑스인이 바다를 건너서 킬랄라[202]에 상륙했다고 우리에게 이야기한 이래로 말야.

—그래, 존 와이즈가 말한다. 우리는 스튜어트 왕실을 위해 윌리엄 일파와 싸웠으나 그들은 우리를 버리고 배반했지. 리머릭[203]과 파기된 조약의 돌을 잊지 마. 우리는 프랑스와 에스파냐를 위해 붉은 피를 흘리지 않았던가. 폰테노이 전투는 어때? 그리고 사스필드,[204] 에스파냐 테투언 공이 된

---

*197 미국 이민으로.

*198 1847년 아일랜드에서 대기근으로 페니언당 아일랜드 독립운동이 일어났다.

*199 런던 타임스.

*200 미국.

*201 예이츠 희곡. 등장인물 노파 이름으로 아일랜드를 상징한다.

*202 아일랜드 서부 메이요 지방. 1778년 아일랜드 혁명군을 돕기 위해 프랑스군이 이곳에 상륙한 적이 있다.

*203 1691년 리머릭 조약. 영국과 아일랜드 사이에 체결된 휴전조약으로, 영국이 일방적으로 파기하였다. 조약 서명이 새겨진 돌이 남아 있다.

오도넬*²⁰⁵ 그리고 마리아 테레사의 육군 원수였던 캐머스의 율리시스 브라운*²⁰⁶도 있어. 그런데 그 보답으로 우리는 무엇을 받았지?

—프랑스 놈들! '시민'이 말한다. 빌어먹을 춤꾼 놈들! 녀석들 정체를 아나? 그들은 아일랜드에겐 아무런 가치도 없어. 녀석들은 지금 테이 페이 만찬 모임*²⁰⁷에서 거짓말쟁이 앨비언*²⁰⁸과 '화친협상'*²⁰⁹을 맺으려 한다니까. 언제나 유럽에 전화(戰火)를 몰고 오는 불쏘시개 같은 놈들이야.

—프랑스 놈들을 해치우자! 레너헌이 맥주를 마시면서 말한다.

—그리고 저 프러시아와 하노버 녀석들 말인데, 조가 말한다. 조지 선제후 이래 독일에서 온 애송이와 허풍쟁이 할멈*²¹⁰에 이르기까지, 소시지나 처먹는 것들을 왕좌에 앉히는 것은 이제 싫증날 때도 되지 않았어?

아, 웃겨 죽겠어. 매일 밤 그 빅토리아 할멈이 술에 잔뜩 취해 커다란 술잔을 들고서 해롱대고 있으면 마부가 들어와 할멈을 침실로 데려간 다음 침대 위로 몸을 굴려 눕힌다는 거야. 그러면 그녀는 마부 턱수염을 잡아당기면서 〈라인강의 에렌〉*²¹¹을 흥얼거리다가는 술값이 싼 곳으로 가자고 졸라댄다나?

—하지만 말야, 지금은 평화주의자인 에드워드*²¹²가 왕이야. J.J.가 말한다.

—그 따위 말은 바보한테나 해, 그 겁쟁이에게 있는 건 평화가 아니라 매독이지.*²¹³ 교황 추종자 놈! '시민'이 말한다.

—그런데 자네는 어떻게 생각해? 조가 말한다. 성직자들, 아일랜드 사제들과 주교들이 메이누스*²¹⁴에 있는 자신의 방을 악마 같은 황제의 경마 깃

---

*204 리머릭 조약을 체결한 아일랜드 근왕당 장군, 후에 프랑스군에 투항했다.

*205 아일랜드 출신 에스파냐 장군.

*206 1705~57. 아일랜드 태생 군인. 마리아 테레사의 야전 장군.

*207 테이 페이는 아일랜드 정치가 겸 저널리스트 토머스 파워 오코너(1848~1929)를 가리킨다. 과격파로부터 영국 만찬 모임 냄새를 풍기는 논조라고 비난받았다.

*208 영국인.

*209 독일, 오스트리아―헝가리, 이탈리아 삼국 동맹에 맞서는 영프협상. 1904년 4월 8일 체결되었다.

*210 빅토리아 여왕의 남편 앨버트 공과 빅토리아 여왕.

*211 연인에게 작별을 고하는 병사에 대한 노래.

*212 빅토리아 여왕의 아들, 에드워드 7세.

*213 에드워드 7세가 여자를 좋아하는 것에 대한 풍자.

발로 장식하고 그 기수들이 탄 모든 말 사진을 붙이는 점에 대해. 더블린 백작*215의 사진은 물론이고.

—그들은 국왕이 탄 모든 여자 사진을 붙여야 해, 난쟁이 앨프가 말한다.

그리고 J.J.가 말한다.

—벽면이 모자란 것이 그들이 결단을 망설이는 요인이지.

—한 잔 더 할래, 시민? 조가 말한다.

—응, 그러지. 그가 말한다.

—자네는? 조가 말한다.

—고맙지, 조, 자네에게 행복이 있기를. 내가 말한다.

—지금 것을 다시 한 잔, 조가 말한다.

블룸은 존 와이즈와 이야기하고 또 이야기하면서, 그의 암갈암울빛 잔을 입으로 가져가며 우스꽝스러운 표정을 짓고, 꽤 흥분해서 그의 자두눈알을 굴리고 있었다.

—박해, 세계 모든 역사는 박해로 가득 차 있어. 민족과 민족 사이에 민족적 증오심을 이어가는 거야. 그*216가 말한다.

—민족이란 무엇을 뜻하는지 아나? 존 와이즈가 말한다.

—알지. 블룸이 말한다.

—뭐지? 존 와이즈가 말한다.

—민족? 민족이란 같은 장소에 사는 같은 주민이지. 블룸이 말한다.

—그래? 네드가 웃으면서 말한다. 그렇다면 나도 민족이군, 최근 5년 동안 같은 장소에 살고 있지.

여기서 모두는 블룸을 비웃었고 그는 어떻게든 이를 타개하기 위해서 말한다.

—그러나 다른 장소에 사는 경우도 있지.

—그렇다면 나도 그렇군, 조가 말한다.

—실례지만 자네는 무슨 민족이지? '시민'이 말한다.

—아일랜드, 나는 여기에서 태어났어. 아일랜드. 블룸이 말한다.

---

*214 킬데어주에 있는 예수파 대학으로 유명한 도시.

*215 영국 왕.

*216 블룸.

'시민'은 아무 말도 하지 않고 목에서 가래를 모아, 레드 뱅크 식당의 굴 같은 그 가래침을 퉤! 하고 구석에 뱉었다.

—조, 먼저 해 주게, 그는 입을 닦기 위해 손수건을 꺼내면서 말했다.

—여기 있어, '시민', 자네 오른손에 그걸 들고 내가 말하는 대로 따라 해 봐. 조가 말한다.

밸리모트서(書)*217를 지은, 드로마의 솔로몬과 마누스의 토말타하 오그 맥도의 것으로 추정되고, 사람들이 귀히 여기는 정교한 자수가 수놓인 고대 아일랜드 수건이 이때 조심스럽게 꺼내어져 모두의 감탄을 자아냈다.*218 손 수건 네 귀퉁이에 수놓인 자수의 그 극치에 이른 아름다움에 대해서는 따로 자세히 설명할 필요가 없으리라. 그것이 사복음서 저자들 각자에게 복음 전 도 상징인, 탄화(炭化)된 떡갈나무 홀(笏)과, 북미 퓨마(지나가는 말로 이 것은 영국 사자보다도 훨씬 고귀한 동물의 왕자이다), 케리 송아지와, 캐런 튜오힐산(産) 황금 매를 바치고 있는 모습임을 누구든 쉽게 알아볼 수 있었 다. 코 묻은 바탕 위에 그려진 정경은, 우리 고대 성곽과 요새와 환상열석 (環狀列石), 그리고 성내 일광욕실과 학문의 자리인 수도원과 저주의 돌사 발*219을 나타내고 있었는데, 옛날 그 옛날, 바메시데스가(家)*220 시대에 슬 라이고 장식 화가들이 그들의 예술적 공상을 자유로이 구사했을 때와 같은 놀라울 만한 아름다움과 섬세한 색채를 자랑했다. 글렌달로그, 킬라니의 아 름다운 호수들, 클론맥노이스 유적, 콩 사원, 아이나 계곡과 트웰브 핀스, 아일랜드 눈, 탈라트의 푸른 언덕, 크로아 패트릭, 아서 기네스 부자회사(유 한 회사) 양조장, 네아 호안(湖岸), 오보카 골짜기, 이졸데 탑, 메이파스 방 첨탑(方尖塔), 패트릭 던 경 병원, 클레어 곶, 아헐로우 골짜기, 린치 성, 스카치 하우스, 러플린스타운의 라스다운 연합 빈민원, 털러모어 감옥, 캐슬 코널 여울, 킬발리맥쇼너킬, 모내스터보이스 십자가, 주어리 호텔, 성 패트 릭 연옥, 연어 도약장, 메이누스 대학 식당, 컬리 수영장, 웰링턴 초대 공작

*217 아일랜드 성명(姓名) 계보, 역사, 초기 아일랜드 왕들 전설을 담은 책. 1391년 슬라이 고에서 만들어졌다.

*218 '시민' 손수건에 묻은 얼룩을 자수 무늬라고 한 것.

*219 커다란 돌 사발 안에 매끈한 잔돌을 시계 반대 방향으로 나열하여 주문을 외운다. 특히 아일랜드 서부 지역에 많이 남아 있다.

*220 《아라비안 나이트》에 나오는 바그다드 귀족.

의 세 출생지, 커셀 바위, 알렌 연못, 헨리거리 창고, 핀걸 동굴—이러한 모든 감동적인 풍경이 그 위에 묻은 슬픔의 물[221]과 오랜 세월 덧입혀진 코와 가래를 통해 한층 아름답게 되어 오늘도 여전히 우리를 위해 거기에 존재하고 있다.

—이거 한 잔 안 할 수 없군, 어느 것이 내 거지? 내가 말한다.

—그것은 내 거야, 악마가 죽은 경찰에게 말한 대로.[222] 조가 말한다.

—그리고 나는 한 인종에 속해 있기도 하지. 블룸이 말한다. 미움 받고 박해당하는 인종에게. 지금도 고통 받고 있어. 바로 지금 이 순간에도.

저 녀석, 저러다 잎궐련 꽁초에 손가락까지 태워먹겠는데.

—도둑맞고, 약탈당하고, 그가 말한다. 모욕당하고, 억압받고, 정당하게 우리에게 속하는 것을 빼앗기고 있지. 바로 이 순간에도, 주먹 쥔 손을 들어올리며 그가 말한다. 노예나 가축처럼 모로코 경매시장에서 팔려나가고 있어.

—새 예루살렘[223]에 대해서 이야기하는 건가? '시민'이 말한다.

—불의에 대해서 말하고 있는 거야, 블룸이 말한다.

—좋아, 그럼 사나이답게 힘으로 그것에 맞서. 존 와이즈가 말한다.

그렇게 되면 달력 사진으로 안성맞춤이지.[224] 덤덤탄[225] 표적으로는 딱이야. 늙고 기름진 얼굴을 한 그가 총구와 용감히 맞선다. 유모 앞치마라도 두른다면 빗자루가 알맞지. 결정적인 순간이 되면 녀석은 갑자기 사기가 죽어 적에게 등을 돌리고 젖은 걸레처럼 흐물흐물해질걸.

—하지만 그런 건 아무 소용이 없어. 그가 말한다. 힘이니, 증오니, 역사니 하는 것들, 모욕하고 증오하는 삶은 인간을 위한 것이 아니야. 누구나 아는 일이지. 그것과 정반대 것만이 참다운 인생을 만들어간다는 것도.

—그게 뭐지? 앨프가 말한다.

—사랑, 블룸이 말한다. 나는 증오의 반대를 말하는 거야. 이제 가봐야겠군, 그가 존 와이즈에게 말한다. 마틴이 아직 거기 있나 잠깐 재판소에 들러봐야겠

---

*221 눈물.

*222 두말할 필요가 없다.

*223 그리스도교 내세의 신의 왕국과 시온주의를 통한 조국 회복을 뜻한다.

*224 달력 사진에 남겨둘만한 명장면.

*225 목표물에 맞으면 탄체가 터지면서 납 알갱이 따위가 인체에 퍼지게 만든 탄알. 인도 공업도시 덤덤에서 비롯된 명칭이다.

어. 만약에 그가 오면 내가 곧 돌아올 거라고 말해 줘. 얼마 안 걸릴 거야.

누가 가지 말라고 했나? 녀석은 기름 바른 번갯불처럼 재빨리 빠져나간다.

—이민족을 위한 새로운 사도*²²⁶로군, 보편적인 사랑이라. '시민'이 말한다.

—하지만 그것은 우리도 배운 바잖아. 이웃을 사랑하라고 말야. 존 와이즈가 말한다.

—저 친구를? '시민'이 말한다. 네 이웃에게 구걸하라가 그의 신조야. 사랑? 체! 그는 로미오와 줄리엣의 좋은 표본이야.

사랑은 사랑을 사랑하는 것을 사랑한다.*²²⁷ 간호사는 새로운 약제사를 사랑한다. A관구 14호 경찰은 메리 켈리를 사랑한다. 거티 맥도웰은 자전거가 있는 소년을 사랑한다. M.B*²²⁸는 근사한 신사*²²⁹를 사랑한다. 리 치 한은 키스하는 차 푸 초우를 사랑한다. 코끼리 점보*²³⁰는 코끼리 앨리스를 사랑한다. 나팔형 보청기를 단 버스코일 영감은 눈이 움푹 들어간 버스코일 할멈을 사랑한다. 갈색 매킨토시를 입은 사나이는 어떤 죽은 여인을 사랑한다. 국왕은 왕비를 사랑한다. 미시즈 노먼 W. 터퍼는 사관 테일러를 사랑한다. 당신은 어떤 사람을 사랑한다. 그리고 모든 사람들은 누군가를 사랑하게 되어 있으므로 이 어떤 사람은 다른 누군가를 사랑한다. 그러나 하느님은 모든 사람을 사랑한다.

—자, 조, 자네 건강과 노래를 위해. 한층 힘을 내 줘, '시민'. 내가 말한다.

—만세, 조가 말한다.

—자네에게 하느님과 성모와 패트릭*²³¹의 축복이 있기를, '시민'이 말한다.

그리고 그는 마시기 위해 잔을 들고 일어서서 말을 잇는다.

—우리는 저 위선자 수법을 알고 있어. 설교를 하고 지갑을 노리지. '하느님은 사랑이다'라는 성경 문구를 새긴 대포와 칼로 드로이다*²³² 여자와 아이들을 학살한, 저 믿음직하고 착실한 체하는 크롬웰과 그 부하들이 저지른

---

*226 이교도에게 선교한 바울을 인용. 레오폴드를 말한다.

*227 벽, 공중화장실 따위 낙서 문체 패러디.

*228 마리온 블룸.

*229 블레이지스 보일런.

*230 런던 동물원에 있던 아프리카 코끼리.

*231 아일랜드 수호 성인.

*232 더블린 북쪽 작은 도시. 1649년 크롬웰이 정복해 대학살이 일어났다.

일은 어떻지! 성경이라! 오늘 〈유나이티드 아이리시맨〉에 실린, 영국을 방문 중인 줄루족 추장을 다룬 글 읽어 보았나?

—무슨 글인데? 조가 말한다.

'시민'은 가지고 다니는 신문 하나를 꺼내어 읽기 시작한다.

—어제 맨체스터 방적업계의 유력한 대표들은, 궁내관(宮內官) 워크업 온 에그즈 경의 안내를 받아, 아베아쿠타국 알라키 폐하를 배알하여, 폐하 영토에서 누릴 편의에 대한 영국무역업자들의 깊은 감사를 전했다. 대표자들은 오찬 모임에 참석했는데 식사가 끝날 무렵 검은 피부 군주는, 영국인 목사 아나니아스 프레이즈갓 베어본스가 통역을 맡은 유창한 연설에서, 워크업 경에게 최고 감사를 전하고, 아베아쿠타와 대영제국 사이에 존재하는 친밀한 관계를 강조했다. 또한 백인 여추장인 여장부 빅토리아 여왕이 우악(優渥)한 친필 헌사를 붙여 정중하게 기증한, 하느님 말씀과 영국의 위대한 비밀이 담긴 서적인 빛나는 성경을, 그의 가장 존귀한 보물의 하나로서 비장(祕藏)하고 있노라고 말했다. 그리하여 알라키왕은, 카카차카차크 왕조 선왕, 일명 40개 사마귀라는 두개골로 '흑인과 백인'을 위해 건배를 주도하여 최고급 스카치위스키로 친선의 잔을 든 뒤, 방적 도시 주요 공장을 방문, 방명록을 쓰고, 이어 아베아쿠타국 고대 전승춤을 추었는데, 여공들 갈채를 받는 도중, 나이프와 포크 몇 개를 꿀꺽 삼켰다.

—그 과부*233를 나는 의심하지 않아. 그*234는 그 책을 나처럼 밑을 닦는 데에 썼을까? 네드가 말한다.

—똑같이, 아니 그 이상으로 했을는지도 모르지, 그 뒤로 그 풍요한 나라에서는 망고가 매우 잘 자랐으니까 말야. 레너헌이 말한다.

—그 기사, 그리피스가 썼나? 존 와이즈가 말한다.

—아냐, '시민'이 말한다. 샨가나*235란 서명이 없어. P라고만 적혀 있어.*236

—P라, 좋은 머리글자로군, 조가 말한다.

---

*233 빅토리아 여왕.

*234 알라키 추장.

*235 아서 그리피스의 아일랜드어 필명. '가득 찬 개미', '오래된 모래', '친근한 대화' 등으로 해석된다.

*236 이 또한 그리피스 것으로, 파넬 정신을 상징함.

—늘 쓰는 수법*237이야, 무역은 국기(國旗)를 따른다라는 거지. '시민'이
말한다.

—그래, J.J.가 말한다. 만약에 콩고 자유령 벨기에인보다도 나쁜 인간들
이 있다면 그들은 진짜 나쁜 놈들임에 틀림없어. 자네 그 사람 보고서 읽었
나? 이름이 뭐였더라?

—케이스먼트*238야, 아일랜드인이지. '시민'이 말한다.

—그래, 그 사람이야. 벨기에 놈들, 부녀자들을 강간하고, 온갖 수를 다
써서 원주민들 등골을 빼먹는다더군. J.J.가 말한다.

—그가 어디로 갔는지 알고 있어, 레너헌이 손가락을 꺾어 소리를 내면서
말한다.

—누구? 내가 말한다.

—블룸 말야, 재판소는 구실이야. 그 친구 스로우어웨이에 돈을 걸어 몇
푼 벌었거든. 그걸 타러 간 거야.

—그 흰 눈 이교도 말인가? 시민이 말한다. 그놈은 절대로 말에 돈을 건
적이 없어.

—그 일 때문에 간 것이 틀림없어, 레너헌이 말한다. 밴텀 라이언스를 만
났는데, 그 친구도 내가 말리지 않았더라면 그 말에 걸 뻔했다니까. 그런데
그 말을 블룸이 알려줬다는 거야. 그가 5실링 걸고 100실링은 벌었을 거라
고 내가 보증하지. 더블린 전체에서 돈을 딴 사람은 그 녀석뿐이야. 저 다크
호스에게 건 것은.

—그놈 자신부터가 망할 다크호스인걸 뭐, 조가 말한다.

—미안하지만, 조, 화장실은 어디지? 내가 말한다.

—이쪽입니다, 선생님, 테리가 말한다.

안녕, 아일랜드여, 나는 고트로 간다네.*239 오줌을 누기 위해 나는 뒷마당
으로 가서, 끅—, (5실링 걸고 100실링이라) 나의 배설물을 배출하면서 나
그것을 (스로우어웨이가 20배라) 방출하면서, 끅—, 나는 혼잣말을 하고 있

---

*237 영국 식민지 정책.
*238 케이스먼트는 콩고 영사 재임 시절, 그 나라를 지배하던 벨기에인들이 고무나무 농장에서
    원주민들을 학대하는 실상을 보고했다. 그 뒤 그는 신페인당에 가담했다가 처형당한다.
*239 '고트'는 북서부 아일랜드 슬라이고 근처 마을. 낙향하는 사람들의 고별사를 흉내 낸 어투.

다. 불안했던 거야, 그놈은. 속으로 (조가 낸 것이 2파인트와 슬래터리 술집에서 1파인트라) 속으로 녀석은 자리를 뜨고 싶어했지(100실링 벌었다면 5파운드가 아닌가). 그리고 모두가 카드 파티를 (다크 호스) 했을 때 피서버크로부터 들은 이야기지만, 아이가 아프다는 핑계를 대고 (끅―, 틀림없이 1갤런 정도 나온 것 같군) 엉덩이가 늘어진 아내로부터 전화가 걸려온다. 아이 병이 좀 좋아진 것 같아요 또는 '약간', (오우!)*240 하지만 전부 놈의 계략이다. 놈이 이기면 모두 가지고 달아날 수 있으니까. (호, 꽉 찼었나보네), (오우!) 아일랜드가 내 나라라고? (털털 흔든다) 가까이 가면 안돼 (이것으로 끝이다) 저 예루살렘 (아!) 오쟁이 진 녀석 같으니.

어쨌든 내가 돌아왔을 때에 그들은 저마다 신나게 떠들어 대고 있었다. 존 와이즈 이야기로는, 블룸 녀석이 그리피스 신페인당(黨)*241을 위한 전략으로, 선거구를 조정한다든지, 배심원을 포섭한다든지, 정부 세금을 유용한다든지, 온 세상에 영사를 파견해서 아일랜드 제품을 팔도록 한다든지 하는 아이디어를 자기 신문에 실었다는 거야. 하나같이 현실성 없는 망상이다. 끅―, 블룸, 이 느끼한 눈깔의 자식이 끼어들었다간 전부 망쳐버리고 말 거야. 끅―, 우리 일은 우리에게 맡겨 둬. 신이여, 빌어먹을 쥐새끼 같은 놈들에게서 아일랜드를 보호하소서. 엇나가는 말만 늘어놓는 블룸 녀석, 그리고 놈의 선대(先代)인 사기꾼 영감 메두살렘*242 블룸, 이 행상인을 가장한 도둑놈은 싸구려 물건과 가짜 다이아몬드를 온 나라에 퍼트려놓고는 청산가리를 먹고 뒈져버렸지. 낮은 이자로 우편대부 해드립니다. 약속어음 담보로 얼마든지 대출해드립니다. 언제 어디서나. 무담보로. 끅―, 아무 뒤꽁무니나 따라다니는 란티 맥헤일 염소*243 같은 놈이다.

―그래, 그건 사실이야, 그리고 그것을 보증해 줄 사람이 있어. 바로 마틴 커닝엄. 존 와이즈가 말한다.

*240 이야기하는 사람은 성병에 걸려 있다. 배뇨 곤란에 따른 통증.

*241 아일랜드 정당. 1905년 경 아서 그리피스(1872~1922)가 창설한 신페인 협회에서 비롯되었으며, 1916년 부활절 봉기에 참여한 것을 시작으로 1923년까지 아일랜드 독립혁명을 주도했다.

*242 성경에서 969년을 산 최장수 인물.

*243 레버(Charles Lever) 시 〈래리 맥헤일〉에서, 맥헤일은 술을 퍼마시고 폭력을 행사하며 빚과 법률에 철면피한 인물이다. 염소는 맥헤일의 추종자이자 동반자.

거기에 아일랜드 정청 마차가 마틴*244을 태우고 도착했다. 잭 파워와 크로프터인지 크로프턴인지 하는 녀석도 딸려 있었는데, 그는 수세관(收稅官)을 그만둔 연금 수령자이며 블랙번 호적부에 실린 오렌지당원*245으로, 혹은 크로퍼드라고도 하는, 국가의 돈을 타먹으며 건들거리며 돌아다니는 자이다.

우리 여행자 일행은 시골풍의 여관에 도착하여 마차에서 내렸다.

—어이, 이봐, 일행의 우두머리로 보이는 사람이 외쳤다. 건방진 하인 녀석 같으니라고, 마중을 나오지 않는 거냐?

그렇게 말하면서 그는 칼자루로 열려 있는 격자창을 요란스레 두드렸다.

숙소 주인은 분부에 따라 모피 앞치마를 졸라매면서 나타났다.

—잘 오셨습니다, 나리, 그는 머리를 굽실거렸다.

—뭘 꾸물거리는 거야, 아까 문을 두드린 남자가 외쳤다. 우리 말들을 돌봐야지. 그리고 우리는 배가 고프니 가장 좋은 음식을 내놓도록.

—유감스럽지만, 나으리, 주인이 말했다. 우리 누추한 여관의 식품 창고는 텅 비었습니다. 무엇을 올려야 마음에 드실지 가늠할 수가 없습니다.

—무슨 소린가, 주인장, 유쾌한 표정을 한 두 번째 남자가 말했다. 그것이 임금님의 사자(使者)이신 테프턴 나리를 마중하는 태돈가?

주인의 표정이 이내 달라졌다.

—용서하십시오, 나리, 그는 허리를 더욱 굽히면서 말했다. '만약에 나리께서 임금님의 사자이시라면 (하느님, 임금님을 보호하여 주시옵소서!) 우리 숙소에서는 무엇 하나 모자란 것이 없게 하겠습니다. 임금님 가까이 계신 분이 (하느님, 임금님을 축복해 주시옵소서) 여기서 배를 주려서야 되겠습니까요.

—그렇다면 서둘러! 이제까지 입을 다물고 있던, 한눈에도 대식가로 보이는 사람이 말했다. 도대체 우리에게 무엇을 먹일 작정인가?

여관 주인은 연신 굽실거리며 대답했다.

—이런 거라면 어떠실는지요, 나리. 새끼 비둘기 파이, 엷게 썬 사슴고기, 송아지 등심, 바삭바삭한 돼지 베이컨을 곁들인 오리고기, 피스타치오 양념 돼지 머리, 맛있는 커스터드 한 사발, 서양모과 쑥국화 한 접시, 그리

---

*244 커닝엄은 정청에서 일한다.

*245 신교도.

고 오래된 라인산 백포도주 한 병이라면?

—거 좋겠군, 마지막으로 입을 연 남자가 말했다. 마음에 들었다. 피스타치오라!

—호오, 유쾌한 표정의 남자가 말했다. 그런데도 음식 창고가 텅 비었다니, 재미있는 녀석이로군.

거기에 블룸은 어디에 있느냐고 물으면서 마틴이 들어온다.

—어디에 있나니, 레너헌이 말한다. 미망인과 고아한테 사기치러 나갔어.

—그런데 사실인가, 존 와이즈가 말한다. 내가 블룸과 신페인당(黨)의 관계에 대해서 '시민'에게 한 말이?

—맞아, 마틴이 말한다. 적어도 모두가 그렇게 말하긴 하지.

—누가 그런 말을 퍼뜨렸지? 앨프가 말한다.

—나야, 조가 말한다. 내가 그 말을 퍼뜨렸지.

—하지만 결국, 왜 유대인은 다른 사람처럼 자기 나라를 사랑할 수가 없을까? 존 와이즈가 말한다.

—사랑 못할 것은 없지, J.J.가 말한다. 어느 것이 자기 나라인가를 알고만 있으면.

—그는 유대교도인가? 아니면 비유대교도인가? 구교도인가? 아니면 신교도인가, 도대체 뭐지? 네드가 말한다. 그리고 그 사람은 어떤 사람이야? 자네를 화나게 할 생각은 없어, 크로프턴.

—우리는 그가 필요 없어, 오렌지당원 혹은 장로파인 크로프터가 말한다.

—주니어스*246는 도대체 누구지? J.J.가 말한다.

—그는 신앙을 잃은 유대인이야, 마틴이 말한다. 헝가리의 어느 지방 출신이지. 그리고 그는 무엇이든지 헝가리식으로 계획을 세워. 더블린성(城) 당국에서는 잘 알고 있지.

—그는 치과의사인 블룸의 사촌 아닌가? 잭 파워가 말한다.

—전혀, 마틴이 말한다. 동명이인일 뿐이야. 그의 이름은 원래 비라그야. 그것이 독약으로 자살한 아버지의 이름이지. 그는 그것을 행정 포고에 따라서 바꾼 거야. 아냐, 그가 아냐. 아버지가 한 거야.

---

*246 신원 미상의 인물.

—그자가 아일랜드를 위한 새로운 구세주라니! '시민'이 말한다. 아일랜드가 온통 성인과 현인 투성이가 될 거야!

—그런데 그들은 지금도 여전히 그들의 구세주를 기다리고 있어, 마틴이 말한다. 그것에 대해서는 우리도 마찬가지지만.

—그래, J.J.가 말한다. 그래서 앞으로 태어나는 남자아이는 모두 구세주가 될지도 모른다고 생각하고 있어. 그러니까 아이가 태어날 때에는 모든 유대인들이 몹시 흥분하는 것 같아.

—이번에야말로, 이번에야말로 하고 기대하는 거야, 레너헌이 말한다.

—과연, 네드가 말한다. 죽은 그의 아들이 태어나기 전의 블룸을 자네들도 봤어야 했는데. 어느 날 남부 시장에서 니브스 푸드*247를 한 상자 사고 있는 그를 만났는데, 그것이 아내가 아이를 낳기 6주 전의 일이었지.

—'배 속에 있는 동안에', J.J.가 말한다.

—그런 놈을 남자라고 할 수 있을까? '시민'이 말한다.

—제 물건을 어디다 넣어야 하는지나 알까, 조가 말한다.

—하지만 어쨌든 아이는 둘이 생겼어, 잭 파워가 말한다.

—그게 누구의 아들인지 의심스럽다지? '시민'이 말한다.

끅—. 농담 가운데도 진실은 있는 법이지. 놈은 이도 저도 아닌 중성(中性) 인간이야. 피서가 나에게 이야기해 주었어. 달거리하는 암컷처럼 한 달에 한 번 두통 때문에 호텔에 드러눕는다고 말야. 내가 하는 말을 알겠어? 저런 녀석을 붙잡아 짠 바다로 내던진다는 것은 신의 뜻에 합당한 일이야. 그런 일은 정당 살인이다. 5파운드의 돈을 쥐고 있으면서도 사나이답게 건배도 하지 않고 달아나다니. 신이여, 우리를 축복하소서. 눈이 찌부러지도록 마시라는 것도 아니고.

—이웃에게는 너그러워야지, 마틴이 말한다. 그런데 그 녀석 어디로 갔을까? 나는 한가한 사람이 아닌데.

—양 가죽을 쓴 이리야, '시민'이 말한다. 녀석은 그런 자야. 헝가리 출신의 악한이다! 나는 그를 아하수에로*248라고 부르겠어. 신의 저주를 받은 자.

—잠깐 한 잔할 틈 있나, 마틴? 네드가 말한다.

---

*247 유아 식품.
*248 페르시아의 왕 크세르크세스 1세(BC 519?~465).

—한 잔만, 마틴이 말한다. 서둘러야 해. J.J.&S를 마시겠어.*249

—잭, 자네는? 크로프턴은? 반 파인트 셋 줘, 테리.

—성 패트릭*250은 다시 한 번 밸리킨러에 상륙해서 우리를 개종시키고 싶겠지, '시민'이 말한다. 우리의 국토를 더럽히는 그런 녀석들을 내버려 두었으니까 말야.

—그러게 말야, 마틴이 테이블을 두들겨 술을 재촉하면서 말한다. 바라옵건대 여기에 있는 모두에게 축복을 내리시옵소서.

—아멘, '시민'이 말한다.

—신의 가호가 우리와 함께 할 거야. 조가 말한다.

그리고 제령(祭鈴)의 종*251 소리에 따라서 십자가를 받든 사람을 선두로, 복사(服事)들, 향로를 든 성직자들, 독송자(讀誦者)들, 수문(守門)들, 부제(副祭)들, 차부제(次副祭)들에 선도되어, 사제관(司祭冠)을 쓴 대수도원장들, 소수도원장들, 카르투지오회 수도사들, 카말돌레시회 수도사들, 시토회 수도사들, 올리벳회 수도사들, 오라토리오회 수도사들, 발롬브로사회 수도사들, 그리고 아우구스티노회 수도사들, 브리지트회 수도사들, 프레몽트레회 수도사들, 세르베투스회 수도사들, 성 삼위일체회 수도사들, 그리고 베드로 놀라스코의 제자들, 또 카르멜산으로부터는 알베르트 주교와 아빌라의 테레사에 인도되어 맨발의 예언자 엘리야의 제자들과 그 외 수도회 사람들, 가난한 프란시스코의 자손들인 갈색과 회색 옷을 입은 탁발수사들, 카푸친회 수도사들, 꼬르들리에 교인들, 미니모회 수도사들과 원시회칙파 수도사들 그리고 클라라의 딸들, 그리고 성 울스턴의 수도사들, 도미니크회 수도사들, 탁발수사단의 설교자들, 빈첸티우스의 아들들 그리고 성 울스턴의 수도사들, 그리고 이그나티우스의 예수회 수도사들, 또 존경하는 형제 에드먼드 이그나티우스 라이스에게 인도된 그리스도교 종형제회 수도사, 그리고 그 뒤를 모든 성직자들, 순교자들, 동정녀들 그리고 참회자들이 따랐다. 성 시르 그리고 성 이시도어 아레이토 그리고 성 야고보와 시노페의 성 포커스와

---

*249 존 제임슨 앤드 선 상회의 위스키.

*250 아일랜드의 수호 성인(337~461). 스코틀랜드 태생. 아일랜드에 전도(傳道)하는 것을 사명으로 삼았다.

*251 미사에서 성체를 바칠 때 울리는 종.

자선가 성 율리아누스와 칸탈리스의 성 펠릭스와 성 시몬과 그리스도교 최초의 순교자 성 스테파노스와 성 리처드와 성 빈센트 드 폴과 토디의 성 마르티누스와 투르의 성 마르티누스와 성 알프레드와 성 요셉과 성 디오니소스와 성 코르넬리우스와 성 레오폴드와 성 베르나르두스와 성 테렌스와 성 에드워드와 성 오웬 카니쿨루스와 성 아무개와 성 동명인(同名人)과 성 가명(假名)과 성 동명이인(聖同異人)과 성 동어원(同語源)과 성 동의어(同義語)와 성 로렌스 오툴과 딩글과 콤포스텔라의 성 야곱과 성 콜룸실과 성 콜럼바와 성 켈레스티누스와 성 콜만과 성 케빈과 성 브렌다누스와 성 프리지디아누스와 성 세넌과 성 파흐트나와 성 골롬바노와 성 골과 성 퍼시와 성 핀탄과 성 피아커와 네포무크의 성 요한과 성 토머스 아퀴나스와 브르타뉴의 성 이브와 성 미칸과 성 헤르만 요셉과 성스러운 청년의 세 명의 수호성인인 성 알로이시우스 곤자가, 성 스타니슬라오 코스트카, 성 요한 베르크만과 게르바시우스, 세르바티우스, 보니파티우스 성자들과 성 브리드와 성 키어른과 킬케니의 성 카니스와 투암의 성 자를라트와 성 핀바르와 밸리먼의 성 팝핀과 알로이시우스 평화인과 프란시스코 회사 루이스 전사(戰士)와 리마 및 비테르보의 성녀들 로즈와 베타니아의 성 마르타와 이집트의 성 마리아와 성 루치아와 성 브리지타와 성 아트락터와 성 딤프나와 성 이타와 성 마리온 칼펜시스와 아기 예수의 성녀 테레사와 성 바르바라와 성 스콜라스티카와 성 우르술라와 이를 따르는 1만 1000의 처녀들. 그리고 이 모두가 윤광과 후광과 환광(環光)에 싸이고, 그 몸은 종려잎, 하프, 칼 그리고 올리브 관으로 장식했으며, 그들이 입고 있는 의복 위에는 그들의 법력의 축복받은 상징인 잉크병, 화살, 빵 덩어리, 항아리, 족쇄, 도끼, 나무, 다리, 욕조 속의 아기들, 조가비, 도구 주머니, 큰 가위, 열쇠, 용, 백합꽃, 산탄(散彈), 수염, 돼지, 램프, 풀무, 벌집, 국자, 별, 뱀, 쇠모루, 바셀린 병, 종, 협장(脇杖), 족집게, 사슴 뿔, 방수 장화, 매, 돌절구, 접시를 바라보는 눈, 양초, 성수반, 일각수 따위가 수 놓여 있었다. 그리고 그들은 넬슨 기념탑, 헨리거리, 케이펠거리, 리틀 브리튼거리를 행진하며 '일어나라, 빛을 발하라'로 시작되는 주(主)의 공현축일 성가를 부르고 또 이어서 〈시바의 백성들은 오리라〉를 아름답게 노래하면서 여러 기적을 행하는 바, 즉, 악마를 쫓아내고, 죽은 자를 살아나게 하고, 물고기의 수를 늘리고, 절름발이와 장님을 고치고, 잃어버린 물건을 되찾고, 성경 구절을 해독하고, 축원하고, 예언했다. 그리고 황금 천을 두른 오플린 신부가 말라기와 패트릭을 대동한 채 행렬의 맨 끝에서 걸어갔다. 선량한 신부들이 예정된 경로대로 버나드 키어넌 앤드 컴퍼니 건물과 리틀 브리튼거리 8번지, 9번지, 10번지, 잡화도매점, 맥주 포도주 및 주정(酒精) 판매 허가를 획득한 포도주 및 브랜디 무역회사 곁을 지나가면서 중간 문설주가 나 있는 창문, 방파제, 아치지붕, 기둥 모서리, 기둥머리, 박공, 처마돌림띠, 톱날형 아치, 뾰족탑, 둥근 지붕, 그 지붕을 물결치듯 가로지르는 가로대 등에 성수를 뿌리며 축복하고 하느님께 기도드리기를, 당신께서 아브라함과 이삭과 야곱의 집을 축복하셨듯이, 이들의 집을 축복하시어 그곳에 천사들이 거하게 하소서 하고 기도했다. 또한 건물로 들어서서 그곳의 음식과 음료를 축복하니, 축복받은 자들 모두가 그 기도에 응답하여 가로되,

—우리의 도움은 주님의 이름에 있으니

—하늘과 땅을 만드신 분이로다

—주님께서 여러분과 함께

—또한 사제와 함께

그리고 사제가 축복받은 자의 머리에 손을 얹고 감사드리며 기도하매, 모두가 그를 따라 기도하더라.

—말씀으로 모든 것을 정결하게 하시는 하느님, 이들 피조물 위에 축복을 주옵소서. 또 당신의 법과 뜻에 따라 감사의 정으로 이를 쓰는 자는 누구나 당신의 지극히 거룩한 이름을 부름으로써 당신의 도움을 입어 육신의 건강과 영혼의 보호를 얻게 하소서, 우리 주 예수 그리스도의 이름으로 기도드리옵나이다.

—우리도 같이 기도 드리지, 잭이 말한다.

—연수입 1000파운드를 내려달라고 기도하자고, 램버트, 크로프턴인지 크로포드인지가 말한다.

—맞아, 존 제임슨 위스키를 들어올리며 네드가 말한다. 생선에 바를 버터도.[252]

---

[252] 더블린시 하층 계급의 축배의 말.

또 누가 소원을 빌려나 둘러보고 있는데, 그가 다시 안으로 헐레벌떡 뛰어들어온다.

—금방 재판소에 갔다 오는 참인데, 그가 말한다. 자네를 찾아서. 아직 그……

—아니, 마틴이 말한다. 마침 잘 왔어.

재판소라니, 기가 막혀서. 네놈 주머니는 금화와 은화로 묵직하지. 이 구두쇠 녀석. 모두에게 한 잔 내봐. 멋대로 구는 녀석! 너야말로 유대인이다. 무엇이든지 자기중심이란 말야. 화장실 쥐새끼처럼 빈틈이 없어. 5실링 걸고 100실링이라니.

—다른 사람에게는 이야기하지 마,*²⁵³ '시민'이 말한다.

—뭘 말이야? 블룸이 말한다.

—자, 가자, 마틴이 재미없는 분위기를 알아채고 말한다. 가.

—아무에게도 말하면 안 돼. '시민'이 큰 소리로 말한다. 비밀이니까.

그때 망할 똥개가 눈을 뜨고 으르렁거렸다.

—모두들 잘 있게, 마틴이 말한다.

그러고는 일행을 이끌고 서둘러 밖으로 나왔다. 모두 이륜마차에 올라탔다. 잭 파워와 크로프턴인지 뭔지 하는 녀석, 그리고 그 중간에 블룸이 앉았다.

—자, 출발, 마틴이 마부에게 말한다.

하얀 젖빛 돌고래가 그 수염을 흔들고, 선미루에 선 키잡이는 배가 바람을 타도록 조정하여 좌현의 보조돛을 포함한 모든 돛이 바람에 잔뜩 부풀게 했다. 수많은 사랑스러운 님프들이 우현과 좌현으로 다가와 우아함이 넘치는 뱃전에 매달렸다. 솜씨 좋은 수레바퀴 장인이 바퀴 축에 똑같은 길이의 바퀴 살들을 일정 간격으로 끼우고, 이를 다시 외륜(外輪)에 연결하듯이 님프들은 그들의 눈부신 형상을 나란히 잇대어 붙어서 아름다운 여인의 미소를 얻기 위해 서둘러 연회 자리로 달려가는 사내들의 다리에 속도를 더해 주었다. 이들 즐거운 님프, 불사의 자매들은. 그리고 그녀들은 웃었다, 물거품의 고리 속에서 노닐며. 배는 파도를 가르며 경쾌하게 나아갔다.

그런데 제기랄, 내가 남은 술을 마시려고 막 술잔을 기울이려는 참인데,

---

*253 블룸이 경마로 딴 돈을 타왔으면서도 재판소에 다녀온 것으로 핑계 댄다고 '시민'은 생각한다.

'시민'이 일어서서 수종병(水腫病) 환자처럼 코와 입으로 거품을 뿜으며 문 쪽으로 걸어가면서 그 녀석*254에게, 크롬웰의 저주*255를 퍼붓고, 아일랜드 어로 종과 성서와 양초에 의해 파문한다*256 선고하고 퍼붓고 침을 뱉는 것 이 보였어. 조와 난쟁이 앨프가 요정에 그렇게 하듯이 그를 붙잡고 달래는 것도 보였지.

—말리지 마, 그가 말한다.

그런데 뭔일이야? 이 친구 문턱까지 가서는 두 사람이 붙잡자 놈을 향해 이렇게 소리 지르는 거야.

—이스라엘을 위해 만세 삼창!

어이, 제발 부탁이니 제대로 앉아 있기나 해. 모두가 있는 곳에서 쓸데없 는 짓은 그만 둬. 어디에나 시시한 일을 가지고 난리를 부리는 멍청이는 꼭 있다니까. 마신 맥주가 뱃속에서 썩는 기분이야.

그러자 문 주위에 부랑자 매춘부들이 모여들었다. 마틴은 마부에게 달리 라고 말하고 '시민'은 고함을 지르고, 앨프와 조가 그를 진정시키려 든다. 블룸 녀석이 흥분하여 기염을 토하자 부랑자들은 그에게 연설을 하라고 부 추기고, 잭 파워는 그를 마차에 붙들어 앉혀 그의 입을 막으려 하고, 한쪽 눈을 천으로 가린 한 놈팽이가 '만약에 달 세계에 있는 자가 유대인, 유대인 이라면' 하고 노래를 부르기 시작하는 가운데 매춘부 하나가 소리친다.

—이봐요, 신사 양반, 바지 지퍼가 열렸어요!

그리고 그가 말한다.

—멘델스존*257은 유대인이었다. 칼 마르크스도 메르카단테*258도 스피노자 도, 게다가 구세주도, 그의 아버지도 유대인이었어. 자네들의 하느님 말이야.

—예수에게는 아버지가 없었어. 마틴이 말한다. 이제 이 정도면 되겠지, 달려.

—누구의 신이라고? '시민'이 말한다.

---

*254 블룸.

*255 아일랜드의 봉기에 대한 크롬웰의 잔학한 학대에 빗대어.

*256 범죄인에 대한 파문. 종은 주의를 환기시키고, 성서는 파문을 선고하고 촛불을 끔으로써 암흑을 의미한다.

*257 함부르크 태생의 유명한 작곡가(1809~47).

*258 1797~1870. 이탈리아의 오페라 작곡가.

—그렇다, 예수의 숙부도 유대인이었어, 그가 말한다. 자네들의 신은 유대인이었어. 그리스도는 나와 마찬가지로 유대인이었어.

그러자 '시민'이 갑자기 가게 안으로 뛰어들었다.

—맹세코, 신성한 이름을 더럽힌 놈의 머리통을 때려 부수고야 말겠어. 십자가에 매달아버릴 테다. 그 비스킷 깡통 이리 줘.

—그만둬, 그만둬, 조가 말한다.

대도시에서 온 즐거운 표정의 친구와 지인들 다수, 그리고 그보다 훨씬 많은 숫자의 더블린 시민들을 합쳐 수천 명에 이르는 군중이 물의 초원으로 떠나는 여행길에 오르는 왕실인쇄업소 메서 알렉산더 톰스 상회 직원 나갸자고 우람 리포터 비라그*259를 환송하기 위해 모였다. 의식은 커다란 갈채와 진심어린 우정의 분위기 가운데 진행되었다. 아일랜드 예술가들의 작품이 기록된 고대 아일랜드의 채색된 양피지 두루마리와 제작자인 메서 야곱 아구스 야곱의 명성을 다시 한 번 확인시켜준, 고대 켈트의 장신구를 본떠 만든 작은 은제 상자가 시민들의 마음을 대표하여 이 탁월한 현상학자에게 증정되었다. 함께 출발하는 그의 여행 동료들은 열렬한 박수갈채와 아일랜드 파이프 교향악단이 연주하는 저 유명한 곡 〈돌아오라 에린으로〉와 뒤이어지는 〈라코치 행진곡〉에 크게 감격한 듯했다. 사해(四海)의 해안을 따라 호스 언덕, 스리 락 마운틴, 슈갈로프, 브레이 헤드, 몬 산맥, 골티 산맥, 옥스, 도네걸, 스페린과 같은 산봉우리들, 맥길리커디스 산맥, 슬리에 오티, 슬리에 버너, 그리고 슬리에 블룸 산의 꼭대기마다 타르를 태우고 모닥불을 피워 그들의 여행길을 밝혀주었다. 하늘을 진동시키는 갈채소리에 멀리 캄브리아와 칼레도니아의 언덕에 구름같이 모여든 군중의 환호성이 호응하는 가운데, 마스토돈을 연상시키는 거대한 기쁨의 배는 여성대표단에게서 작별 인사와 더불어 마지막 꽃다발을 증정 받은 뒤, 마침내 소형 선박들의 호위를 받으며 서서히 강을 미끄러져 내려갔고, 이에 항만관리국, 세관, 피전하우스의 발전소 등은 깃발을 낮춰 다는 것으로 경의를 표했다. '안녕, 사랑하는 친구여! 안녕!' 떠날 뿐 잊지는 않으리.

악마라도 저놈은 못 말리겠다. 앨프가 비스킷 깡통을 움켜쥐고 밖으로 달

---

*259 블룸을 말한다.

려나가는 '시민'의 팔꿈치를 잡고 끌고, 놈은 칼 맞은 돼지처럼 꽥꽥 소리를 질러댄다. 이거 퀸즈로열 극장의 뮤지컬 못지않은걸.

—어디로 갔어, 놈을 죽여 버릴 거야.

그리고 네드와 J.J.는 웃어대느라고 몸도 제대로 가누지 못했다.

—이거 큰일인데, 내가 말한다. 이러다 송장이라도 치르겠어.

그때 다행히 마부가 맞은편 길로 말머리를 돌려 출발했다.

—그만둬, '시민', 조가 말한다. 그만둬.

오, 이런 녀석이 손을 뒤로 쭉 뺐다가 힘차게 던진다. 신의 뜻이었는지 햇빛에 그의 눈이 가렸다. 그렇지 않았으면 정말로 송장치를 뻔했다. 아이구, 깡통이 롱퍼드주 근처까지 날아갔겠다. 말은 기겁을 하며 달리고, 늙은 잡종 개는 악마처럼 뒤를 쫓고 구경꾼들은 모두 고함을 지르고 웃고, 양철 깡통은 요란한 소리를 내며 길바닥을 데굴데굴 굴러간다.

사실 이 대참사는 순식간에 일어난 일이었다. 던싱크 기상 관측소에 따르면 첫 지진 발생시점 이후 총 11회의 진동이 기록되었으며, 이는 모두 메르칼리 진도계 기준 진도 5 이상의 것이었다고 한다. 이번 지진은 실큰 토머스*260가 모반을 일으켰던 해인 1534년의 대지진 이래로 우리 섬에서 발생한 최대의 지진으로 기록될 것이다. 진앙지는 인스키 지역구와 성 마이컨 교구를 포함하는 대도시 지역으로, 면적은 41에이커 2루드 1 사각주에 달한다. 재판소 부근 대형 저택 건물들은 모두 파괴되었으며, 지진 발생 당시 중요한 법률상 토의가 진행 중이던 고귀한 재판소 건물 또한 말 그대로 폐허더미가 되어 재판정 출석자 전원이 그 아래 생매장된 것으로 추정된다. 목격자의 보고에 따르면 당시 지진파에 이어 사이클론을 방불케 하는 격렬한 대기 변화가 수반되었다고 한다. 명망 높은 왕실치안재판소 서기 조지 포트렐 씨의 것으로 확인된 모자 하나와 더블린 판사로서 박식하고 저명한 사계(四季)법원 재판장 프레드릭 포크너 경의 황금 손잡이에 머리글자가 새겨져 있는 비단 우산, 그리고 가문의 문장이 달린 저고리가 수색대에 의해 각각 멀리 떨어진 곳에서 즉, 전자는 '거인의 둑길' 현무암으로 뒤덮인 세 번째 용마루에서, 후자는 킨세일의 옛곳 근처 홀오픈만(灣)의 모래사장 속 1피트 3인치 깊이

---

*260 토머스 피츠제럴드. 1534년 왕에 반역하여 37년에 처형되었다.

에서 발견되었다. 또 다른 목격자들의 증언에 따르면 상당한 크기의 백열(白熱)로 타오르는 물체가 남서미서(南西微西) 방향으로 가공할 속도로 날아가는 것이 관측되었다고 한다. 각 대륙 각국으로부터 애도와 동정의 메시지가 매시간 날아들어 오는 가운데, 교황은 사망자를 위한 특별 미사를 즉시 감독교회 관구의 각 대성당에서 동시에 열어 이번 참사로 뜻하지 않게 하느님의 부름을 받게 된 믿음 깊은 사람들의 영혼의 평온을 위해 기도하라는 교서를 내렸다. 인명구조, 잔해 제거 및 사체 발굴 작업 등은 그레이트 브런스윅거리 159번지의 마이클 미드 부자상회, 또 노스 월 77, 78, 79 및 80번지는 T.C. 마틴 상회에 위탁되었고, 콘월 공의 경보병대*[261] 사관 및 병사가, K·G,*[262] K·P,*[263] K·T,*[264] P·C,*[265] K·C·B,*[266] M·P,*[267] J·P,*[268] M·B,*[269] D·S·O,*[270] S·O·D,*[271] M·F·H,*[272] M·R·I·A,*[273] B·L,*[274] Mus. Doc.,*[275] P·L·G,*[276] F·T·C·D,*[277] F·R·U·I,*[278] F·R·C·P·I,*[279] 및 F·R·C·S·I*[280]인 해군 소장, 헤라클레스 한니발 하베어스 코퍼스 앤더슨 경의 총지휘 아래 작업지

---

*261 이 연대(聯隊)는 실재했으나 더블린에는 주둔하지 않았다.

*262 가터 경.

*263 성 패트릭 경.

*264 템플 기사단.

*265 추밀(樞密) 고문관.

*266 바스 경.

*267 하원 의원.

*268 치안 판사.

*269 의학사.

*270 수훈장(殊勳章) 패용자(佩用者).

*271 이 리스트에서는 이질적인 것으로 SOD는 남색자(男色者)라는 뜻.

*272 사냥개 관리관.

*273 왕립 아일랜드 학사원 회원.

*274 법학사.

*275 음악학 박사.

*276 구빈위원.

*277 트리니티 칼리지 특별연구원.

*278 아일랜드 왕립대학 특별연구원.

*279 아일랜드 왕립내과 칼리지 특별연구원.

*280 아일랜드 왕립외과 칼리지 특별연구원.

원에 나섰다.

참 별일도 다 있군 그래. 그 친구 진짜 머리에 맞히기라도 했으면 골든컵 경마에서 돈이라도 딴 듯이 좋아했을 거야. 암, 그렇고말고. 하지만 그랬으면, '시민'은 폭행죄로, 조는 방조죄로 잡혀 들어갔겠지. 마부가 정신없이 말을 몬 덕분에 하느님이 모세를 구한 것처럼 블룸을 구한 거야. 뭐라고? 거짓말이 아니야. 정말로 그랬어. 그리고 그는 뒤에서 욕을 퍼부었지.

—내가 그를 죽였나? 그가 말한다. 녀석은 어떻게 됐지?

그러더니 더러운 개에게 소리쳐 명령한다.

—쫓아가, 개리, 그를 쫓아가!

그리고 우리가 마지막으로 본 것은 모퉁이를 돌아가는 마차와 그 안에서 손시늉을 하는 그 양 같은 얼굴과, 그 녀석의 몸을 갈기갈기 찢어 놓으려고 귀를 젖히고 쫓아가는 개였어. 5실링 걸고 100실링이라! 제길, 그는 녀석한 테서 그만한 가치를 우려냈어. 내가 보증하지.

그런데, 보라! 그때, 그들 주위로 크나큰 광휘가 나타났고, 그들은 보았 도다. 그가 전차를 타고 하늘로 오르는 것을. 또한 그들은 보았도다, 마차에 타고 있는 그가 광휘의 영광에 감싸여 태양처럼 눈부시고 달처럼 아름다우 며 경외심을 불러 일으켜 감히 바라볼 수 없을 만큼 두려운 의복을 걸치고 있는 것을. 이때 하늘로부터 음성이 들려오니 "엘리야! 엘리야!" 하는 부름 이더라. 그가 큰 소리로 외쳐 가로되 "아버지! 하느님이시여!" 그리고 그들 은 보았도다. 그를, 감히 그를, 삽으로 퍼 올려 던진 흙더미처럼 산(山) 블 룸 엘리야가 도노호 가게 위를 45도 각도로 솟아올라 천사들의 구름 속 빛 나는 영광 가운데로 승천하는 것을.*281

---

*281 성경 구절을 패러디한 것. "그들이 이야기하면서 계속 걸어가는데, 갑자기 불 병거와 불 말이 나타나서 그 두 사람을 갈라놓았다. 그러자 엘리야가 회오리바람에 실려 하늘로 올 라갔다. 엘리사는 그 광경을 보면서 외쳤다. '나의 아버지, 나의 아버지! 이스라엘의 병 거이시며 기병이시여!' 엘리사는 엘리야가 더 이상 보이지 않자, 자기 옷을 움켜쥐고 두 조각으로 찢었다." 〈열왕기 하권〉 2 : 11~12.

에피소드 13
NAUSICAA
나우시카[*1]

*1 스케리아섬의 왕 알키노스의 딸. 난파한 오디세우스를 구해 준다.

줄거리

오후 8시에 가까운 무렵. 위도가 높은 더블린에서는 이즈음 해가 진다. 스티븐과 멀리건이 사는 마텔로 탑 근처의 샌디마운트 해변에 세 소녀, 거티 맥도웰과 시시 캐프리, 에디 보드먼이 저녁 바람을 쐬러 나왔다. 에디는 갓난아이 동생을 유모차에 태우고 서 있고, 시시는 네 살 난 쌍둥이 남동생 재키와 토미를 데리고 있다. 심술궂은 에디와 말괄량이 시시는 데려온 아이들을 상대로 놀고 있지만, 아름다운 소녀 거티만은 이에 아랑곳없이 혼자 떨어져 앉아 있다. 그 해변에는 '바다의 별'이라는 교회가 있고, 마침 거기에서 금주를 위한 기도가 진행된다. 흘러나오는 기도 소리를 들으며 거티는 술주정뱅이 아버지의 일로 슬퍼하고, 또 준수한 젊은이 레기 와일리와의 밋밋한 사랑을 떠올린다. 이곳에는 마침 산책하러 온 블룸이 있다. 거티의 아버지 맥도웰은 죽은 디그넘과 아는 사이인데, 술 때문에 건강이 나빠 장례식에도 오지 못했다. 그러나 블룸은 이 소녀를 모른다.

쌍둥이가 가지고 놀던 공이 블룸에게로 날아오자, 그는 그것을 다시 던져준다. 그것이 거티 옆에 떨어져 그녀와 블룸은 서로 시선을 나눈다. 거티의 예사롭지 않은 아름다움에 블룸은 매혹되고, 결혼상대로는 중년 남자가 좋지 않을까 몽상하던 참인 거티도 블룸에게 마음이 끌린다. 황혼이 짙어지고 마이러스의 바자 불꽃이 하늘로 올라간다. 마이러스 바자는 에피소드 10의 이야기를 관통했던 아일랜드 총독이 참가한 자선 행사이다. 불꽃놀이를 보려고 시시와 에디는 아이들을 데리고 뛰어간다. 그러나 거티는 바위에 앉은 채, 불꽃을 본다는 핑계로 몸을 점점 더 뒤로 젖힌다. 무릎을 든 자세가 된 거티의 속옷이 블룸에게 보이고, 블룸은 자극을 받아 자위행위를 한다. 의식적으로 노출한 거티도 이를 알고 있다. 그러나 두 사람은 이야기를 나누거나 가까이 다가서거나 하지 않는다. 이 대목에서는 불꽃과 자위가 비슷하게 묘사된다.

이 에피소드의 전반은 이 소설에서는 신기할 정도로 정통적인 묘사체로 쓰여 있다. 그것은 19세기 로맨틱한 연애소설 문체로 거티의 시각을 반영한다. 그리고 후반부는 블룸의 의식의 흐름 문체로 바뀐다.

이윽고 어둑해져, 친구들이 부르는 소리에 거티는 떠난다. 그리고 그때 블룸은, 그 아름다운 소녀가 여느 이들과는 좀 다름을 알게 된다. 그 뒤 그는 해변에 남아 여러 가지 몽상을 한다. 밀회를 즐기고 있을 아내와 보일런 때문에 집에는 돌아가고 싶지 않았으므로, 혼의 산부인과 병원에 입원한 퓨어포이 부인에게 문병 갈까 생각한다. 마지막에 그는 바위에 앉은 채 살짝 존다.

이 에피소드는 《오디세이아》 제5장에 해당한다. 오디세우스는 지중해를 오랫동안 표류하다가 칼립소의 섬에서 7년 동안 머문 뒤 고향인 이타카로 돌아가는 길에 다시 해신 포세이돈 때문에 난파된다. 그리하여 스케리아 섬에 나체로 표류한다. 그 섬의 왕녀 나우시카는 시녀들을 데리고 빨래를 하러 갔다가 오디세우스를 발견하여 왕궁으로 데려간다. 부왕 알키노스는 오디세우스와 나우시카가 결혼하길 바라지만, 오디세우스는 자신의 신분을 털어놓고 이들의 도움을 받아 고향 이타카 섬으로 돌아간다. 나우시카와 오디세우스가 서로 사랑을 느끼면서도 맺어지지 않았다는 점이, 블룸과 거티의 접촉 없이도 사랑을 나눈 방법을 반영한다.

에피소드 13 주요인물

거티 맥도웰 Gerty Macdowell : 미인이지만 절름발이. 블룸의 자위행위 대상. 《오디세이아》에서 스케리아 섬의 왕녀 나우시카에 해당한다.

에디 보드먼 Edy Boardman : 거티의 친구. 갓난아이의 누나. 근시(近視)이며 심술궂다.

시시 캐프리 Cissy Caffrey : 거티의 친구. 쌍둥이 남동생을 돌보는 쾌활하고 명랑한 소녀.

토미 캐프리 Tommy Caffrey, **재키 캐프리** Jacky Caffrey : 시시 캐프리의 네 살 난 쌍둥이 남동생들.

여름의 석양이 그 신비한 포옹으로 이 세상을 감싸기 시작했다. 저 멀리 서쪽에서는 해가 막 져가고, 너무나 빨리 지나가는 하루를 마무리하는 것이 아쉬운 듯 마지막 노을이 바다 위에, 해변 위에, 예부터의 만(灣)의 물을 지키면서 오만하게 서 있는 낯익은 호스곶 위에, 샌디마운트 해안 지대의 해조로 덮인 바위에, 그리고 마지막으로 조용히 서 있는 유서 깊은 교회 주위에 아름답게 머물러 있다. 이 교회로부터 가끔 정적 속으로 흘러나오는 것은, 폭풍에 시달린 사람의 마음을 인도하는 영원한 등불, 바다의 별, 성모 마리아에게 올리는 기도의 목소리들이었다.

세 소녀가 바위에 앉아 석양의 경치와, 아직은 하오의 온기를 간직하고 있는 상쾌한 바람을 즐기고 있었다. 기회가 닿을 때마다 그녀들은 마음에 드는 이곳에 와서 반짝이는 파도 옆에 앉아 다정하게 이야기도 하고 여자다운 화제에 열중하기도 했다. 에디 보드먼은 유모차에 갓난아이를 태우고, 시시 캐프리는 곱슬머리의 어린 두 동생 토미와 재키를 데리고 와 있었다. 해군복에 맞게 '제국 군함 벨아일'이라는 글자가 새겨진 해군모자를 쓴 캐프리가(家)의 토미와 재키는, 네 살이 될까 말까한 쌍둥이였으므로, 때로는 어떻게 손쓸 수 없는 개구쟁이였지만 그래도 명랑한 얼굴에 하는 짓이 귀여운 꼬마들이었다. 삽과 양동이를 든 두 아이는 모래투성이 꼬마들이 흔히 그렇듯 성을 만들기도 하고 커다란 색공을 던지기도 하면서 시간 가는 줄도 모른 채 즐겁게 놀았다. 한편에선 에디 보드먼이 유모차에 탄 포동포동한 갓난아이를 앞뒤로 흔들어주면, 어린 신사는 그때마다 즐겁게 소리 질렀다. 아직 생후 11개월 9일밖에 안 된 이제 막 걸음마를 뗀 아기지만 그래도 혀짤배기소리 한두 마디는 할 수 있었다. 시시 캐프리가 몸을 굽히고 아기의 통통하고 야무진 뺨과 아래턱의 귀엽게 생긴 보조개를 간질였다.

―아가야, 시시 캐프리가 말했다. 큰 소리로, 큰 소리로 말해 봐. 물 주세요.

그러자 갓난아이는 돌아가지 않는 혀로 그녀의 말을 흉내 냈다.

—무, 무.

시시 캐프리는 갓난아이를 껴안았다. 아이를 무척이나 좋아하는 그녀는 꼬마들이 아파 괴로워할 때도 참을성 있게 잘 돌봐주었다. 그래서 그녀가 황금빛 시럽을 바른 검은 빵을 주마고 약속하면서 아이의 코를 잡고 먹이지 않는 한, 토미 캐프리에게 피마자기름을 먹일 수 있는 사람은 아무도 없었다. 소녀의 아이 어르는 솜씨를 보라! 앙증맞은 새 턱받이를 하고 있는 그 아이는 깨물어주고 싶을 만큼 귀엽고 사랑스러웠다. 시시 캐프리는 플로러 맥플림지*²처럼 제멋대로이고 버릇없는 미인형과는 거리가 멀었다. 이보다 진실한 마음씨를 지닌 아가씨는 또 없으리라, 언제나 웃고 있는 집시 같은 눈, 잘 익은 버찌와 같은 붉은 입술, 쾌활한 목소리, 너무나 사랑스러운 소녀였다. 그리고 에디 보드먼도 어린 동생의 귀여운 옹알거림을 들었을 때는 자기도 모르게 웃음을 터뜨렸다.

그런데 마침 그때, 토미와 재키 사이에 사소한 말다툼이 일어났다. 사내아이들이란 어디까지나 사내아이들일 수밖에 없으니, 이 쌍둥이들도 예외는 아니었다. 불화의 씨앗은 재키가 만든 모래성이었는데, 토미가 그 모래성에도 마펠로 탑*³처럼 정문이 있어야 한다고 우겨댔던 것이다. 토미가 고집이 있다면, 재키도 오기가 있어서, 아일랜드인들은 제 집이 아무리 작더라도 자신만의 성으로 생각한다는 격언에 충실히 따라, 재키는 몸을 날려 혐오하는 적을 덮쳤고, 자신을 공격한 자에게 슬픔을 안겨줄 양으로, (아, 가슴 아프게도) 탐내던 성마저 뭉개놓고 말았다. 혼란에 빠진 토미가 울음을 터트려 소녀들의 주의를 끌었을 것임은 새삼 말할 필요도 없으리라.

—이리 와, 토미, 그의 누나가 명령조로 불렀다. 얼른! 재키, 요녀석. 가엾게도, 토미를 더러운 모래밭에 쓰러뜨리다니. 누나한테 혼 좀 나볼래.

토미는 눈물이 그렁그렁한 눈으로 누나에게 갔다. 쌍둥이들에게 누나의 말은 곧 법이었기 때문이다. 꼴이 엉망이다. 아이의 해병 모자며 바지가 온통 모래투성이였다. 그러나 시시는 사소한 말썽을 매끄럽게 해결하는 재주가

---

*2 미국의 변호사이자 시인인 버틀러(1825~1902)의 시 〈아무것도 입을 것이 없다〉의 여주인공. 말괄량이 부자 아가씨.

*3 스티븐과 멀리건이 사는 옛 탑.

'바다의 별' 교회(Star of the Sea Church)

있어서 이번에도 아이의 옷을 털어내더니 금세 모래 알갱이 하나 붙어 있지 않은 깨끗한 상태로 돌려놓았다.

아이의 푸른 눈이 여전히 뜨거운 눈물에 젖어 반짝였으므로, 소녀는 입맞춤으로 아이의 눈물과 상처를 보듬어 주고는 말썽을 일으킨 재키 쪽을 돌아보며 붙잡히면 혼내 줄 거야 하고 소리쳤다.

—재키, 요 못된 녀석! 그녀가 외쳤다.

그러고는 고개를 돌려 꼬마 해병의 어깨 위로 팔을 두르며 달래듯이 말한다.

—우리 아기 이름이 뭐지? 버터 앤 크림이었나?

—말해 봐, 누가 제일 좋으니? 에디 보드먼이 말했다. 시시 누나가 네 여자친구니?

—아니야, 눈물을 글썽이며 토미가 말했다.

—음, 알겠다, 에디 보드먼이 근시인 눈동자를 둥글게 굴리며 상냥하게 말했다. 그럼 토미의 여자친구는 거티 누나구나, 그렇지?

—아냐, 토미가 금방이라도 울음을 터트릴 것 같은 표정으로 말한다.

시시가 모성애적인 지혜를 발휘하여 무엇이 문제인지를 깨닫고는, 에디 보드먼에게 토미를 신사들의 눈에 띄지 않는 유모차 그늘로 데려가 새 갈색 신발이 젖지 않게 조심해서 쉬를 뉘여 주라고 속삭였다.

　그런데 거티가 누굴까?

　친구들 근처에 앉아 멍하니 생각에 잠긴 채 먼 곳을 바라보고 있는 거티 맥도웰은 매력적인 아일랜드 소녀의 전형이라 할 만했다. 그녀를 아는 이웃 사람들은 대개 그녀가 아버지 쪽인 맥도웰 가문의 혈통보다 어머니 쪽인 길 트랩 가문의 혈통을 더 많이 이어받은 것 같다고 말하곤 했으나, 어찌됐든 그녀가 미인이라는 점에는 다들 이견이 없었다. 그녀의 몸은 날씬하고 우아하며 가냘프다고 해도 좋을 정도였지만, 그래도 요즘 들어서는 최근 복용하고 있는 철분제 덕분인지 예전에 위도우 웰치의 부인약을 먹던 때와는 다르게 기력을 잃고 쉬이 피로를 느끼거나 하지는 않았다. 밀랍처럼 창백한 그녀의 얼굴은 상아처럼 순수하고, 어떤 영적인 기품까지 느껴지게 하는 데 비해, 장미꽃 봉오리를 연상시키는 입술은 고대 그리스적인 완벽함을 지닌 큐피드의 활과 같았다. 정맥이 투명하게 비치는 그녀의 손은 설화석고처럼 희고, 손가락은 가늘고 길었다. 하얀 피부는 어쩌면 레몬즙과 크림여왕*⁴을 발라서 그런 건지도 모르지만, 그렇다고 그녀가 잘 때 유아용 장갑을 낀다거나 우유로 족욕(足浴)을 한다거나 하는 소문은 사실이 아니었다. 버서 서플*⁵이 언젠가 거티와 몹시 사이가 나빴을 때 꾸며낸 이런 거짓말을 에디 보드먼에게 했는데, (당연한 얘기지만, 소녀들도 보통 사람들처럼 서로 다투기도 한다) 그러면서 절대 내가 그런 얘길 하더라고 남한테 말하지 말라고, 그러지 않으면 더 이상 아무것도 알려주지 않겠노라고 엄포를 놓았다. 그래, 내 명예를 걸고 얘기 안 할게. 하지만 명예는 그럴 가치가 있는 경우에만 명예인 법. 거티에게는 타고난 우아함과 대범한 여왕의 기품이 있었으니 그녀의 섬세한 손과, 둥글고 높은 발등이 이에 대한 확실한 증거였다. 만약 운명의 신이 친절을 베풀어 그녀를 상류계급의 숙녀로 태어나게 하여 훌륭한 교육을 받을 수 있는 환경에서 자라게 했다면, 거티 맥도웰은 이 나라의 그 어떤 숙녀와도 당당히 어깨를 나란히 했을 것이며, 그녀의 이마에는 보석 장식이 반짝이고, 발 밑에서는 여러 귀족 젊은이들이 그녀의 사랑을 얻기 위해 서로 다퉜으리라. 그녀의 부드러운 얼굴에 이따금 떠오르는 어떤 의미를 숨긴 듯

---

*4 영국의 M. 비섬 부자(父子) 상회의 제품.

*5 거티의 여자친구.

한 긴장된 표정, 그리고 그러한 표정이 그녀의 아름다운 눈에 부여하는 어떤 낯선 갈망의 빛깔, 저항하기 힘든 그 신비로운 매력은 아마도 그녀가 그동안 경험할 수도 있었을 사랑에 대한 동경이 그 원인인지도 몰랐다. 어째서 여인들의 눈은 그리도 마력적인가. 짙푸른 아일랜드 푸른빛을 띤 거티의 눈동자는 윤기 흐르는 속눈썹과 표정 풍부한 짙은 빛깔의 눈썹으로 인해 더욱 두드러져 보였다. 전에는 그녀의 눈썹에 이 정도로 부드러운 매력은 없었다. 〈프린세스 노블렛〉지(誌)의 여성미용 담당자인 베라 베리티 부인의 기사를 보고 처음으로 그녀는 눈썹 그리는 법을 알게 되었다. 그것이 유행의 첨단에 선 여성에게도 어울리는 저 매혹적인 표정을 그녀의 눈에 주었으므로 그녀는 자신의 선택을 결코 후회하지 않았다. 얼굴이 붉어지는 버릇은 과학적으로 치료할 수 있다고 하고, 키를 크게 하기 위해서는 장신술(長身術)이 있고, 얼굴은 아름답다고 해도, 코는 어떻게 될까? 코 걱정은 코가 단추처럼 납작한 디그넘 부인*6이나 하는 거다. 그러나 거티의 가장 뛰어난 매력은 그 풍성한 그 머리카락의 아름다움에 있다. 그것은 자연스럽게 곱슬진 암갈색 머리였다. 그녀는 마침 초승달이 뜨는 날이므로 오늘 아침 그것을 막 자른 참이다.*7 그녀의 사랑스러운 머리 위로 풍성한 머리다발이 눈부시게 늘어뜨려져 있다. 또 그녀는 손톱 손질도 했다. 목요일에 하면 복이 있다고 하니까. 그리고 방금 에디의 말을 듣고는 뺨에 섬세하고 옅은 장밋빛 홍조를 띠우며 수줍어하는 그녀의 표정은 신이 빚으신 아름다운 나라 아일랜드 내에서도 견줄 여성이 없을 만큼 아름다워 보였다.

그녀는 슬픈 듯 눈을 내리깔고서 잠시 말이 없었다. 에디에게 무어라 대꾸하려 했지만 내면의 어떤 것이 그녀의 말을 막고 있었다. 마음은 말하라고 유혹했지만 자존심은 침묵하라 명령했다. 그녀는 그 귀여운 입술을 잠시 달싹이는가 싶더니 흘깃 위쪽을 바라보고는 5월의 아침처럼 신선한, 짧고 경쾌한 웃음을 터트렸다. 그녀는 누구보다 잘 알고 있었다. 무엇이 사팔뜨기 에디로 하여금 그런 말을 하게 했는지를.*8 에디는 연인끼리의 단순한 말다툼일 뿐인데도 그 남자애가 거티에게 사랑이 식은 것처럼 차가운 태도를 보

---

*6 패디 디그넘의 아내.
*7 초승달이 떴을 때 머리를 잘라야 머리카락이 빠지지 않는다는 미신에서.
*8 거티가 토미의 여자친구라고 한 말.

였다고 생각하면서 그걸 마음에 담아두고 있었다. 전에는 거티의 방 창문 곁을 자전거로 항상 왔다 갔다 했던 저 남자애에 대해 에디가 오해하고 있다. 사실은 그의 아버지가 벌써 시작된 중간시험에서 열심히 공부해 장학금을 타도록 저녁에 그 애를 집에 붙들어두고 있어서 그런 건데. 고등학교를 마치면 그 애는 자전거 경주에 출전한 그의 형 W.E. 와일리처럼 트리니티 대학에 입학해 의학 공부를 하기로 되어 있다. 그 애는 거티가 어떻게 느끼는지에 대해서는 까맣게 모르고 있을 것이다. 가슴을 내리누르는 그 통증, 때로는 가슴을 후벼 팔 듯 날카롭게 엄습하는 그 공허감에 대해서. 하지만 그는 아직 어리다. 세월이 흐르면 그 애도 어떻게 사랑해야 하는지를 배우게 될 것이다. 비록 그 애 집안은 신교도 집안이지만. 물론 거티는 주님이 가장 먼저고, 그 다음이 성모 마리아, 또 그 다음이 성 요셉이라고 알고 있었다. 어쨌든 그 소년은 대단히 잘생겼는데 특히 오똑한 코가 그랬다. 게다가 한눈에 봐도 나무랄 데 없는 신사라는 걸 알 수 있었다. 그의 머리 또한, 모자를 쓰지 않을 때에는, 뒤에서 보아도 어딘지 보통 사람과는 달라보인다고 그녀는 느꼈다. 또 그가 가로등 곁에서 손잡이에서 손을 뗀 채 자전거를 회전시키는 방법도, 그 고급 잎담배의 근사한 향기도 그녀는 알고 있었다. 게다가 그와 그녀는 체구가 비슷했다. 그래서 그런 것이다. 에디 보드먼은 그가 더 이상 그녀의 정원 앞을 자전거로 오가지 않는다는 것 때문에 자기 마음대로 단정을 짓고는 자신이 무척 똑똑하다고 여기고 있었다.

거티가 입은 옷은 단순했지만 본능적인 판단으로 귀부인형을 고른 것이었다. 그가 그 근처에 잠깐 올지도 모른다는 예상이 약간 있었으므로. 강청색(鋼靑色)의, 돌리 염색기로 자신이 직접 염색한(〈레이디스 픽토리얼〉지에서 강청색이 유행할 것이라고 예언했으므로), 가슴골까지 V자형으로 파인, 손수건 꽂는 주머니가 있는 블라우스를 입고 있었다. (그 주머니에 그녀는 항상 자기가 좋아하는 향수를 적신 솜을 넣어 두었는데, 손수건을 넣으면 모양이 나빠졌기 때문이다.) 그리고 보폭에 맞추어 재단된 해군 제복 스타일의 정강이 아래까지 내려오는 스커트는 그녀의 우아하고 날씬한 몸매를 완전히 드러내 보여주었다. 머리에는 약간 요염한 매력을 풍기는 모자를 쓰고 있었는데, 챙이 넓은 진한 갈색 밀짚모자로, 가장자리에는 황청색 장식 끈으로 테를 둘렀고 옆면에는 같은 색의 나비매듭이 달려 있었다. 지난 화요일

샌디마운트의 옛 해안선에 가까운 리히스테라스

오후 내내, 그녀는 모자에 어울리는 끈을 찾아 다녔는데, 마침내 딱 원하던 제품을 클러리 백화점[*9]의 여름 세일에서 발견했던 것이다. 그것은 오랜 기간 진열되어 있었던 탓인지 약간 변색된 듯했지만 쉽게 눈에 띌 정도는 아니었다. 7펑거[*10]가 2실링 1페니였다. 그녀는 모든 걸 혼자서 해냈다. 마침내 그것을 머리에 쓰고서 거울에 비친 미소 짓는 자신의 모습을 바라보면서 그녀는 얼마나 기뻐했던가. 그리고 형태가 어그러지지 않도록 그것을 물주전자에 씌워 놓고 보았을 때, 그녀는 그 모자가 친구들의 부러움을 사리란 것도 잘 알았다. 또 그녀의 구두는 최신 유행의 것으로, (스스로 자기 발이 작다고 자랑하는 에디 보드먼의 발도 결코 5호 크기인 거티 맥도웰의 발에는 미치지 못하리라) 독특한 디자인의 앞닫이 모양에, 높고 둥근 발등 위에는 멋진 버클이 하나 달려 있었다. 그녀의 우아한 발목은 스커트 아래로 드러난 부분과, 위쪽은 가터벨트 형태를 띠고 뒤꿈치 부분은 그물 형태로 된 스타킹에 감싸인 그녀의 보기 좋은 다리 전체와의 완벽한 비율을, 너무 지나치지

[*9] 지금도 오코널거리에 있다.

[*10] 가운데 손가락의 길이를 기준으로 한 단위로 1펑거는 약 4.5인치(11.43cm). 7펑거는 약 80cm.

않게, 적당한 선에서 드러냈다. 속옷은 거티가 가장 신경 쓰는 부분이었다. 달콤한 17세 소녀의 가슴을 뒤흔드는 희망과 공포를 아는 사람이라면 (그러나 거티에게 17세는 다시 오지 않으리) 그 누가 그녀를 나무랄 수 있겠는가? 그녀는 아름다운 자수가 놓인 깜찍한 나들이옷 네 벌과 긴 상의 세 벌, 그리고 여분의 잠옷을 가지고 있었다. 그 어느 것이나 장미색, 엷은 청색, 홍자색(紅紫色), 초록색 등 각기 다른 색의 리본 장식이 달려 있었다. 그녀는 세탁소에서 옷들이 돌아오면 직접 말린 다음 청분(靑粉)을 뿌리고 손수 다림질도 했다. 다리미 받침대로 쓰는 벽돌도 가지고 있었다. 세탁소 여자들에게 다림질을 맡겼다간 옷을 태워먹을지도 모른다고 생각했기 때문이다. 그녀는 행운의 바탕이 된다는 푸른 옷을 입고 있었다. 그것은 그녀가 좋아하는 색이었고, 또 신부가 옷 어딘가에 푸른색을 조금 지니면 행복해진다고들 하기 때문이다. 그녀는 조금이라도 좋은 운명이 오기를 기도했다. 왜냐하면 지난주 어느 날, 그녀가 녹색 옷을 입었을 때, 그의 아버지가 중간시험의 장학금을 위해 공부하라며 그를 밖으로 못 나가게 한 슬픈 일이 있었으므로. 또 그녀는 이날 아침, 낡은 속옷을 뒤집어서 입을까 고심했는데, 이는 속옷을 뒤집어 입으면, 그날이 금요일만 아니라면, 행운이 찾아오고 연인의 만남이 이뤄진다는 얘기를 어디선가 들은 적이 있기 때문이었다.

그런데도, 그런데도! 그녀의 얼굴에 떠오르는 저 굳은 표정! 신경을 갉아 먹는 슬픔이 얼굴에 새겨져 있다. 그녀의 영혼이 그녀의 눈 속에 드러나 있다. 지금 당장 내 방으로 돌아가 혼자 마음껏 울고, 가슴을 조여 오는 이 감정을 잊을 수만 있다면 얼마나 기분이 후련할까? 그렇다고 아주 심하게 울지는 않을 것이다. 그녀는 거울 앞에서 귀엽게 울기 위해서는 어떻게 해야 하는가를 알고 있었기 때문이다. 너는 귀여워, 거티 하고 거울은 말했다. 한없이 슬픈 또 동경하는 그녀의 얼굴 위로 석양의 창백한 광선이 쏟아져 내려오고 있다. 거티 맥도웰이 갈망하는 것은 헛된 것이다. 그렇다. 그녀는 처음부터 알고 있었다. 그녀의 결혼에 대한 백일몽이 한갓 공상일 뿐임을. 더블린 트리니티 대학 출신인 레기 와일리 부인(그의 형과 결혼하는 여자가 와일리 부인이 되듯이)을 위한 결혼식 종이 울린다거나, 신문 사교란에 값비싼 푸른 여우털로 장식한 잿빛의 화려한 최신 유행 코트를 입은 거트루드[*11] 와일리 부인의 사진이 실린다거나 하는 일은 결코 있을 수 없다는 것을. 그는 아직 어려서 이해하지 못한다. 여성의 타고난 권리인 사랑을 그는 믿지 않는다. 오래전 스토어가(家)에서 파티가 있었던 밤, (그때 그는 여전히 짧은 반바지를 입고 있었다) 그들이 단둘이 있게 됐을 때, 그는 그녀의 허리에 살며시 팔을 둘렀고 그녀는 곧 입술까지 새파래졌다. 그는 묘하게 쉰 목소리로 그녀를 귀여운 사람이라 부르며 짧게 키스(최초의 키스!)했다. 하지만 그의 입술이 닿은 곳은 그녀의 코끝에 지나지 않았고, 그는 뭘 좀 마셔야겠다는 식으로 말하면서 급히 방을 나가버렸다. 얼마나 성질 급한 사람인가! 강한 성격은 결코 레기 와일리의 장점이 아니었다. 어쨌든 거티 맥도웰의 사랑을 얻고, 그녀를 자기 것으로 만들려면 사나이 중의 사나이여야 할 것이다. 그러나 그녀는 기다리고 있었다, 언제나, 구혼 받을 그날을. 올해는 윤년*¹²이지만 이대로 곧 흘러가버리고 말 것이다. 그녀가 그리는 이상적인 사랑은 그녀의 발아래 진기하고 불가사의한 애정을 바치는 왕자의 매력 같은 것이 아니었다. 그보다는 오히려 강하고, 과묵한 얼굴의, 이제까지 이상적인 여성을 만난 일이 없는, 아마도 머리에는 약간 백발이 섞인 남자다운 남자다. 여자를 이해하고, 그 튼튼한 팔로 힘껏 그녀를 품어 안고서, 길고 긴 입맞춤으로 위로해주는 그런 남자. 틀림없이 천국과 같은 기분이리라. 그런 남자를, 그녀는 이 향기로운 여름의 석양빛 아래 앉아서 동경하고 있다. 마음의 모든 것을 바치고, 오직 그만의 유일한 한 사람이 되어 부유할 때나, 가난할 때나, 건강할 때나, 아플 때나 언제나 함께하는 앞으로 죽음이 두 사람을 갈라놓을 때까지*¹³ 그의 약속된 아내가 되기를 바란다.

에디 보드먼이 어린 토미를 유모차 그늘로 데려간 동안에 그녀는 자기가 그의 사랑스러운 아내로 불릴 날이 언제 올 것인가 하고 생각했다. 그때가 되면 다른 여자들은 그녀 애기를 하면서 침울한 표정을 지을지도 모른다. 버서 서플도, 성질 급한 에디도. 에디는 오는 11월에 22세가 되니까. 거티는 남편이 편안히 쉴 수 있도록 정성을 다해 음식과 의복을 준비할 것이다. 여성다운 지혜를 가진 그녀는 보통 남자들이 가정적인 분위기를 좋아한다는 사실을 알기 때문이다. 그녀가 만드는 노릇노릇 잘 구워낸 금갈색 과자와 맛

---

*11 거티의 본명.
*12 윤년에는 여자 쪽에서 구혼해도 좋다는 풍습이 있다.
*13 결혼식 때 하는 기도문을 인유한 것.

있는 앤 여왕식 크림 푸딩은 먹어본 모든 이들에게서 최고의 찬사를 이끌어 냈다. 불을 피우고, 베이킹파우더에 빵가루를 뿌리고, 오랫동안 같은 방향으로 휘저어 섞고, 우유와 설탕으로 거품을 내고, 계란 흰자위를 휘젓고 하는 솜씨가 뛰어났기 때문이다. 그런데 그녀는 다른 사람과 함께 있어서 수줍을 때면 그다지 먹는 것을 좋아하지 않았다. 왜 인간은 제비꽃이나 장미꽃 같은 시적인 것을 먹을 수 없을까 하고 생각할 때도 있었다. 어쨌든, 그녀와 남편은 또한 그림과 조각 작품, 사람을 너무 닮아 금방이라도 말을 할 것 같은, 길트랩 할아버지의 애견 개리 오웬의 사진, 친츠천으로 덮인 의자, 부잣집에서 쓰는 백화점 여름 세일에 나왔던 저 은제 토스트랙 같은 것들로 꾸민 아름다운 응접실을 갖게 될 것이다. 남편은 훤칠한 키에 어깨가 떡 벌어져 있을 것이며(그녀는 항상 남편으로 키가 큰 남자를 원했다), 꼼꼼히 손질한 콧수염 아래 하얗고 가지런한 치아가 빛나는 그런 남자일 것이다. 그와 그녀는 대륙으로 신혼여행을 떠나게 될 것이고(꿈 같은 3주간!), 그리고 그 다음엔 작고 아늑한 집에 둘만의 보금자리를 꾸미고 날마다 소박하면서도 빈틈없이 갖춰진 아침식사를 함께 할 것이다. 그러면 그는 일하러 집을 나서기 전에 사랑하는 아내와 진심어린 포옹을 하고는, 잠깐 그녀의 눈을 물끄러미 내려다볼 것이다.

에디 보드먼은 토미 캐프리에게 끝났느냐고 물었다. 그는 끝났다고 말했다. 그녀는 그의 작은 반바지 단추를 끼워 주고 나서 저쪽으로 뛰어가서 재키와 싸우지 말고 얌전하게 놀라고 말했다. 하지만 토미는 공을 가지고 싶다고 말했고, 그러자 에디는, 안 돼, 아기가 그 공을 가지고 놀고 있으니 네가 가져가면 다시 싸우게 될 거야 하고 말했다. 하지만 토미는 그것은 자기 공이며 자기는 그 공이 필요하다고 말하면서 발을 굴렀다. 이런 애가 어디 있담! 귀여운 토미 캐프리는 이제 턱받이 같은 건 하지 않으니까 어른이야, 안 돼요, 안 돼, 저리 가서 놀아 하고 에디는 말했고, 시시 캐프리에게 그를 상관 말라고 일렀다.

—내 누나도 아니면서, 말을 듣지 않는 토미가 말했다. 저건 내 공이야.

하지만 시시 캐프리가 손가락을 높이 들어올려 보이며 갓난아이 보드먼에게, 봐, 내 손가락을 봐, 하고 말하면서 재빨리 공을 빼앗아 모래 위로 던져 주었다. 그러자 의기양양한 토미는 그것을 쫓아갔다.

샌디마운트에서 바라본 피전하우스 발전소

　—시끄러워지지 않으려면 별수 없어, 시시가 웃었다.
　그리고 그녀는 공에서 주의를 돌리기 위해 갓난아이의 양쪽 뺨을 간질였
다. 여기 시장님이 오시네, 말이 두 마리, 봐, 생강 빵 마차야, 시장님이 마
차에 타셨어, 다가닥, 다가닥, 다가닥. 그러나 에디는 다들 응석을 받아주기
만 하니까 애가 제멋대로인 거라며 언짢아했다.
　—혼을 좀 내야 해, 그녀가 말했다. 때려줄까보다.
　—볼기짝을 쳐줘, 시시가 쾌활하게 웃으며 말한다.
　거티 맥도웰은 머리를 숙이고, 자기라면 어떠한 일이 있어도 창피해서 입
에 담지 못할 저런 말을, 시시가 숙녀답지 못하게 소리 높이 말한 것을 생각
하고는 얼굴이 붉어져 짙은 장밋빛이 되었다. 그리고 에디 보드먼도, 저편에
있는 신사가 틀림없이 시시가 한 말을 들었을 것이라고 말했다. 하지만 시시
는 조금도 신경 쓰지 않았다.
　—들어도 상관없어, 고개를 들고 콧날을 치켜세우며 그녀가 말했다. 자기
도 맞기를 원한다면 당장에라도 가서 때려주지 뭐.
　흑인인형처럼 곱슬머리를 한 말괄량이 시시. 그녀를 보면 가끔 웃을 수밖
에 없다. 예를 들어 그녀가, 중국차와 '쇈딸기' 럼술을 드릴까요 하고 말하

며 항아리를 끌어당기거나 할 때, 또는 자신의 손톱에 빨간 잉크로 사람 얼굴을 그린 것을 보면 누구나 배를 부여잡을 수밖에 없다. 화장실에 가고 싶을 때에는, 미스 화이트를 보러 잠깐 갔다 오겠다고 말하는 식이다. 일종의 시시주의(主義)라고나 할까. 오, 그녀가 아버지의 옷을 입고, 모자를 쓰고, 태운 코르크로 수염을 그리고, 담배를 피우면서 트리튼빌거리를 걸어갔던 밤의 일을 누가 잊으랴. 그녀처럼 장난 잘 치고 재미있는 여자는 다시없다. 그녀의 성정은 진솔함 그 자체였다. 하느님이 만드신 사람 가운데 가장 용감하고, 가장 진실된 심장을 지닌, 겉과 속이 똑같은 소녀이기 때문에, 착한 척, 새침한 척 굴지 못했다.

그리고 그때, 합창 소리가 공중에 울려퍼지고, 오르간이 성가를 연주했다. 그것은 교구 전도사인 예수회 존 휴즈 신부가 거행하는 금주묵도로서, 묵주 신공, 설교, 성체 강복식으로 이어졌다. 남성 신자들은 거기에, 사회 계급의 구별 없이 모여 있었는데, (그것은 곁에서 보기에도 대단히 교훈적인 행사였다) 이 고뇌에 찬, 사회의 폭풍을 통과해 온 이들은 이 해변의 교회에 모여, 성스러운 처녀 앞에 무릎을 꿇고 '로레토*14의 성모 마리아'*15 호칭 기도를 외면서, 성스러운 마리아, 성스러운 처녀 중의 처녀시여, 하고 귀에 익은 기도로 성모 마리아에게 선처해 줄 것을 소원했다. 가엾은 거티에게는 얼마나 슬프게 들리는 소리인지! 그녀의 아버지가 서약을 지켜, '피어슨 주보'에 나와 있는 금주 치료약을 먹는다거나 해서 주마(酒魔)의 손아귀로부터 빠져나오기만 했다면, 그녀는 지금쯤 남부럽지 않은 마차를 타고 돌아다닐 수 있었을 텐데. 그녀는 방 안에 등이 두 개 있는 것을 싫어했으므로, 꺼져가는 화로의 남은 불 옆에서 생각에 잠기거나, 또 녹슨 양동이 위에 비가 떨어지는 것을 창에서 내다보며 몽상에 젖는 일이 많았는데, 그럴 때면 몇 번이고 몇 번이고 그런 생각을 했다. 하지만 그렇게 많은 가정이나 가족을 파멸시켜 온 저 천한 음료는 어렸을 때부터 그녀에게 어두운 그림자를 던져왔다. 그녀는 음주벽이 가져온 가정 내 폭력을 직접 목격까지 한 바, 바로 그녀의 아버지가 이성을 잃고서 그 몹쓸 마력의 희생양이 되곤 했던 것인데, 다른 건 몰

*14 중부 이탈리아에 있는 성모 마리아의 순례지.
*15 13, 4세기에 로레토의 마을에 있는 산타 카사 사원의 마리아 상을 찬미하는 유명한 호칭 기도.

라도 한 가지 확실한 것은, 여자에게 손찌검을 하는 남자는 최악 중의 최악이라는 사실이다.

그래도 여전히 남자들의 목소리는 위대한 힘을 지닌 성처녀, 더할 나위 없이 자비로운 성처녀에게 기도하고 노래했다. 거티는 생각에 잠겨, 주위에 있는 그녀의 친구도, 장난치고 있는 쌍둥이도, 샌디마운트의 초지(草地) 쪽에서 걸어와 해안으로 잠시 산책 나온 사람, 시시 캐프리가 아버지와 닮았다고 한, 그 신사 쪽을 바라보지도 않았고, 소리에 귀 기울이지도 않았다. 아버지가 취하신 것을 보지 못했으니까 그런 소리를 하는 거야. 어쨌든 그녀는 아버지를 아버지로서 사랑할 수가 없었다. 나이를 너무 먹었거나, 얼굴 생김새가 그래서인지도 모른다. (그것은 분명히 우울박사 그대로였다). 아니면 여드름 난 적갈색 코와 듬성듬성한 허연 코밑수염 탓이었다. 불쌍한 아버지! 비록 그녀의 아버지는 결함이 많은 사람이지만, 그녀는 여전히 그를 사랑했다. 가령 그녀의 아버지가 〈알려주오, 마리아여, 어떻게 당신의 사랑을 구해야 하는지〉 또는 〈나의 사랑과 로셀*16 근처 오두막〉 같은 노래를 부르고, 또 친구들과 함께 새조개 스튜와 라젠비 가게 샐러드 소스를 곁들인 양상추를 저녁으로 들면서 최근 뇌졸중으로 갑작스럽게 죽은, 그래서 최근 장례를 치른 디그넘 씨—오 하느님, 디그넘 씨에게 은혜를 베푸소서—와 함께 〈달이 뜬다네〉를 부를 때면, 그녀는 아버지에 대한 애정을 느끼곤 했다. 그녀의 어머니의 생일이었던 그날은 찰리도 휴가로 집에 와 있었고, 톰과 디그넘 씨와 디그넘 부인, 그리고 패치*17와 프레디도 있었으니까 다 함께 사진을 찍었더라면 좋았을 것이다. 그가 그렇게 갑자기 죽을지 누가 알았겠는가. 그는 지금 땅속에 묻혀 있다. 거티의 어머니는 남편에게 이번 일이 그에게 남은 생을 어떻게 살아갈지에 대한 좋은 본보기가 될 거라고 말했다. 그녀의 아버지는 통풍(痛風) 때문에 장례식에도 갈 수 없었다. 그래서 그녀는 아버지의 사무실로 가서 편지와 케이츠비사(社)에서 만든 예술적 디자인의, 내구력 좋고 가정에 광채와 기품을 주는 코르크 리놀륨 바닥재 견본을 가져와야 했다.

거티는 집에서 제2의 어머니라 불러도 될 만큼 딸 노릇을 톡톡히 해내는 데다가, 마음이 순금(純金) 같은 아름다운 천사였다. 어머니가 머리가 쪼개

---

*16 비스케이만 가까이에 있는 프랑스의 작은 도시.

*17 패트릭 디그넘.

질 듯한 심한 두통을 앓았을 때 어머니의 이마에 박하뇌 가루를 발라준 것도 바로 거티였다. 다만 거티는 어머니가 가끔 코담배 연기를 들이마시는 것을 좋아하지 않았기 때문에, 그 코담배만이 두 사람의 말다툼의 씨앗이 되는 것이었다. 사람들은 모두 거티가 하는 일을 보고 그녀를 착한 아이라 생각했다. 매일 밤 가스마개를 잠그는 것도 주로 그녀였다. 또 2주마다 한 번씩 염산석회 뿌리는 일을 잊는 법이 없는 그 장소*18의 벽에다 잡화상 터니 씨의 크리스마스 그림 달력을 붙인 것도 그녀였다. 그것은 강녕기절(康寧期節)*19의 그림으로, 그 옛날에 유행했던 의복과 삼각모를 쓴 젊은 신사가, 고풍스런 기사도의 관례에 따라 격자창을 통해, 사랑하는 귀부인에게 꽃 한 다발을 바치고 있었다. 그 뒤에 로맨스가 있으리란 것은 누구나 알 수 있는 일이었다. 색채는 매우 아름다웠다. 귀부인은 세련된 태도로 몸에 딱 붙는 흰 옷을 입고, 신사는 초콜릿색의 옷을 입고 있어 귀족적으로 보였다. 화장실에 갈 때마다 거티는 항상 넋 놓고 그것을 바라보고, 소매를 걷어 그 귀부인의 그것처럼 하얗고 부드러운 자신의 팔을 만져보았다. 또한 이미 그녀의 할아버지 길트랩이 쓰던 워커 발음사전에서 강녕기절의 뜻을 찾아보고 난 뒤인지라, 그 시절에 대한 공상에 즐겨 빠져들곤 했다.

쌍둥이들은 이제 더없이 사랑스러워 보일 만큼 사이좋게 놀고 있었다. 하지만 또 고집쟁이 재키가 말릴 틈도 없이, 일부러 공을 힘껏 차서 해초로 뒤덮인 바위 있는 곳까지 날려버렸다. 말할 필요도 없이, 가엾은 토미는 놀라서 소리를 질렀으나 다행히도 한 상복 입은 신사가 친절하게도 구원에 나서 공을 막아 주었다. 우리의 두 선수는 씩씩한 목소리로 그들의 놀이 도구를 요구했다. 시시 캐프리는 또 싸움이 생기면 안 되겠다고 생각하여 공을 그녀가 있는 곳으로 던져 달라고 부탁했다. 그 신사는 한두 번 표적을 가늠해 보더니 모래사장 이쪽의 시시 캐프리가 있는 곳을 향해 그것을 던졌지만 공은 경사면을 맞고 굴러 떨어져서 마침 거티의 스커트 아래 바위 옆, 물웅덩이 근처에서 멎었다. 쌍둥이는 자기들 쪽으로 차달라고 소리를 질렀다. 시시는 애들이 공을 쫓아 다투도록 멀리 차라고 했다. 거티는 공이 다시는 자기에게 굴러오지 않기를 바라면서 발을 뒤로 뺐다가 찼으나 헛발질을 하고 말았다.

---

*18 화장실.
*19 동지 무렵의 평온한 2주간을 가리킨다. 평화로운 시대라는 뜻도 된다.

에디와 시시가 웃음을 터트렸다.

—괜찮아, 다시 차 봐, 에디 보드먼이 말했다.

거티는 알겠다는 미소를 지어 보이고는 입술을 깨물었다. 어여쁜 뺨에 엷은 홍조가 떠올랐지만 그녀는 이번엔 모두에게 제대로 보여줄 작정인 듯 스커트를 적당히 걷어 올리고는 날아갈 방향을 잘 살핀 뒤 멋지게 공을 차는 데 성공했고, 쌍둥이들은 꽤 멀리 날아가는 공을 쫓아 자갈밭 있는 곳까지 달려갔다. 물론 그것은 저편에서 보고 있는 신사의 주의를 끌기 위해 일부러 한 일이었다. 그녀는 따뜻한 홍조가, 거티 맥도웰, 그녀에게는 늘 위험한 신호인 그 붉은빛이 자신의 뺨으로 올라와 후끈거리는 것을 느꼈다. 그녀는 그때까지는 무심히 스쳐 지나듯 신사와 시선을 마주친 것이 고작이었지만, 이번엔 모자 챙 아래로 빤히 그를 바라보았다. 그리고 거기에, 황혼 속에, 그녀가 바라본 그 신사의 얼굴은 창백하고 묘하게 굳어져 있어, 그녀가 이제까지 본 얼굴 가운데 가장 슬프게 보이는 듯했다.

교회의 열린 창으로부터 향기로운 냄새가 흘러나왔다. 그와 함께 원죄(原罪)의 얼룩 없이 태어난 성모의 향기로운 이름들이, 신비로운 그릇이여, 우리를 위해 기도해 주소서, 존경하올 그릇이여, 우리를 위해 기도해 주소서, 지극한 사랑의 그릇이여, 우리를 위해 기도해 주소서, 신비로운 장미여[20] 하는 기도 외는 소리가 흘러나왔다. 그리고 거기에는 근심어린 사람들, 나날의 빵을 얻기 위해 노동하는 사람들 또 죄를 짓고 방황하는 많은 사람들이 있었다. 그들의 눈은 회개의 눈물로 젖어 있으면서도 희망으로 빛났으니, 왜냐하면 휴즈 신부가 저 위대한 성자 성 베르나르가 성모께 바친 기도에서 애기한 성처녀 마리아의 중재하는 권능을 환기시키며, 어느 시대에나 성모의 은총과 보살핌을 탄원한 자가 버림받은 일은 없었노라고 그들에게 말해주었기 때문이다.

두 쌍둥이는 이제 다시 즐겁게 놀고 있었다. 아이들의 다툼이란 지나가는 여름날의 소낙비와 같은 것이기 때문이다. 아기 보드먼은 시시가 거는 장난에 기분이 좋은지 그 조그만 손을 뻗어 손뼉을 치며 까르륵까르륵 웃었다. 그녀가 유모차 포장그늘 뒤로 몸을 숨기며 없다, 하고 외치면 아기는 시시,

---

* 20 사제와 신도들이 한 구절씩 교대로 낭송하는 마리아의 호칭 기도에서.

어디 갔어, 하고 물었고 그러면 시시가 다시 여기 있지, 하고 불쑥 얼굴을 내밀었다. 아기가 어찌나 재밌어 하는지! 그녀가 아기에게 아빠 해봐, 하고 말했다.

—아빠 해봐, 아가야. 아빠. 아빠빠빠빠빠.

그러자 아기가 제법 그럴듯하게 소리를 따라하는데, 그도 그럴 것이 아이를 본 사람들마다 하나같이 생후 11개월치곤 무척 영리하다고, 또래에 비해 건강하고 꽃처럼 사랑스러운 것이 앞으로 크게 될 녀석이 틀림없다고 말할 정도이기 때문이다.

—하쟈, 쟈, 쟈, 쟈, 하쟈.

시시는 침이 뚝뚝 떨어지는 턱받이로 아기의 작은 입을 닦아주고, 제대로 앉힌 다음 다시 한 번 시켜보려 하다가, 허리끈을 풀어 보고는 어머나! 하고 소리를 질렀다. 오줌을 누었어. 아래에 깐 모포를 뒤집어서 깔아줘야겠는데. 물론 이러한 용변 의례를 집행하는 동안 아기 폐하는 미친 듯이 발버둥치고 울어댐으로써 모두가 이를 인지하도록 했다.

—바바, 바아아아, 바아아아, 바아아아.

그리고 굵고 예쁜 눈물 두 줄기가 아기의 뺨을 따라 흘러내렸다. 아가야 울지 마, 울지 마, 아무리 달래도, 말이 왔다거나 기차가 왔다거나 말해 봐도 아무 소용이 없었다. 하지만 언제나 임기응변에 강한 시시가 그의 입에 우유병 젖꼭지를 물리자 이 나이 어린 야만인은 이윽고 조용해졌다.

거티는 이제 그만 울어대는 갓난아이를 집으로 데려가서 더 이상 자기 신경을 날카롭게 하지 않으면 좋겠다고 생각했다. 게다가 이제 쌍둥이들이 밖에서 놀기엔 늦은 시간이었다. 그녀는 먼 바다 쪽을 바라보았다. 그것은 언젠가 그 남자*21가 포석(鋪石) 위에 여러 색깔의 분필로 그리던 그림과 닮아 있었다. 그리고 이제 그 풍경은 서서히 다가오는 저녁의 어둠 속에 묻혀가고 하늘엔 구름이 밀려들고, 호스곶의 베일리 등대엔 불이 켜진다. 바람결에 실려 오는 교회의 노랫소리, 그리고 교회에서 태우는 향냄새, 이 모든 것이 처량하게만 느껴졌다. 그리고 그렇게 응시하는 동안, 그녀의 가슴은 두근두근 고동치기 시작했다. 그렇다, 그 신사가 보고 있는 것은 그녀였고, 그의 시선

---

*21 영국에 흔히 있는 거지 화가.

속에는 어떤 의미가 담겨 있었다. 마치 그녀의 내부를 샅샅이 뒤지고, 그녀의 영혼 자체를 읽어내기라도 할 듯 이글거리는 눈빛으로 바라보고 있었다. 그것은 더할 나위 없이 의미심장한, 놀랄 만한 눈이었다. 하지만 믿어도 될까? 요즘 이상한 사람이 얼마나 많은데. 그녀는 그의 검은 눈과 창백하고 지적인 얼굴을 바라보며 단번에 그가 외국인일 거라 생각했고, 여자들에게 특히 인기가 많은 연극배우 마틴 하비[22]와 닮았다고 느꼈다. 콧수염이 있는 것이 달랐지만, 그녀는 그편이 오히려 좋았다. 그녀는 위니 리핑엄처럼, 한 연극 작품을 위해 그들 두 배우[23]가 언제까지나 서로 똑같은 의상을 입고 등장해주기를 바랄 정도의 그런 연극광은 아니었다. 하지만 그의 코가 매부리코인가 아니면 약간 들창코인가는 그가 앉은 위치상 알 수 없었다. 그가 깊은 애도의 감정에 빠져 있다는 것은 한눈에 알아볼 수 있었는데 그 슬픔에 얽힌 어떤 사정이 그의 얼굴에 그려져 있었다. 그것이 어떤 사정인지를 알 수만 있다면 온 세계를 주어도 좋으리라. 그는 골똘히, 조금도 움직이지 않고 그녀를 바라보고 있었다. 그는 아마도 그녀가 공 차는 모습을 보았을 것이다. 그리고 그녀가 발끝을 아래로 해서 주의 깊게 발을 흔들었으므로 그녀 구두의 번쩍이는 강철 버클을 볼 수 있었을 것이다.

그녀는 레기 와일리가 나올지도 모른다는 생각에 살이 비치는 스타킹을 신고 나오길 잘했다고 생각했다. 와일리에 대한 일은 이제 어떻게 되든 상관없다. 그녀가 그토록 자주 꿈꾸던 일이 지금 여기에서 일어난 것이다. 문제는 그다. 그녀의 얼굴에는 기쁜 표정이 떠올랐다, 그를 원했기에, 본능적으로, 그가 다른 누구와도 다르다고 느꼈기에. 여인이 되어가고 있는 소녀의 심장이 그 사람에게로, 꿈속의 남편에게로 이끌렸다. 직감적으로, 바로 이 사람이라는 걸 알았기 때문에. 만약에 그가 스스로 지은 죄 때문이 아니라 타인이 저지른 죄로 인해[24] 세상의 고통을 받았다 해도, 또는 비록 그 자신이 범죄자요 죄인이라 할지라도, 그녀는 상관하지 않았다. 만약에 그가 신교도 혹은 감리교도라 해도, 그가 그녀를 사랑하기만 한다면 그녀는 그를 손쉽게 개종시킬 수 있으리라. 참다운 애정을 통해서만 치유되기를 바라는 상처가 있

---

*22 저명한 배우, 연출가 존 마틴 하비(1863~1944).
*23 제임스 알베리(1838~89)의 코미디극 〈두 장미〉에서 두 자매가 똑같은 의상을 입고 등장한다.
*24 〈리어왕〉 3막 2장.

다. 그녀는 여성스러운 여인이니, 그동안 그가 알아온, 변덕스럽고 여성스럽지 못한 여자들, 자전거를 타고 다니면서 뭐라도 있는 척 거드름을 피우는 그런 여자들과는 달랐다. 그녀는 그에 대한 모든 것을 알고 싶었다. 그가 자신과 사랑에 빠지게 된다면, 그의 지난 사랑의 기억들, 추억들조차 모두 용서할 것이며 그 사람 역시 그 모두를 잊게끔 할 수 있을 것 같았다. 그리하여 그는 참다운 사내로서, 그녀의 부드러운 몸을 자신에게로 끌어당겨 포근히 껴안으리라, 사랑해주리라, 그만의 소녀, 오직 하나뿐인 그만의 그녀를.

죄인들의 피난처, 고뇌하는 사람들의 위로가 되는 성모여. 우리를 위해 기도해 주소서. 진실로 끊임없이 그녀에게 기도하는 자는 그 누구도 버림 받는 일이 없다는 것은 지당한 말이다. 그리고 성모 자신의 심장을 뚫은 일곱 가지 슬픔*25이 있으므로, 그녀야말로 고뇌하는 자의 피난처라는 이름에 어울리는 것이다. 거티는 교회 안의 광경을 눈앞에 생생히 그릴 수 있었다. 등불을 켠 스테인드글라스, 양초, 꽃, 동정녀 마리아 기도회의 푸른 기, 그리고 콘로이 신부*26가 눈을 내리뜬 채 성당 참사회원 오핸런을 제단에서 도우며 이런 저런 물건들을 들고 오고, 또 들고 나가는 모습까지도. 그*27는 거의 성인처럼 보였다. 그리고 그의 고해성사실은 매우 조용하고 청결하고 어두워서, 그의 손은 흰 밀랍처럼 빛났다. 만약에 그녀가 흰 옷을 입은 도미니카 교단의 수녀가 된다면, 그는 성 도미니크의 9일 기도를 위해서 수녀원에 올지도 모른다. 그녀가 참회 때에, 그에게 보이지나 않을까 두려워하며 머리 뿌리까지 빨개지면서 고백할 때에 신부는 말했다, 걱정할 필요는 없다, 그것은 단순히 자연의 목소리이며, 우리는 모두 자연 법칙에 따를 뿐이니. 이 세상에서나 저세상에서나 그것은 죄가 아니다, 그것은 신이 만든 여성의 성질에서 오는 것으로, 우리의 동정녀까지도 대천사 가브리엘에게 '주의 여종이오니 말씀대로 내게 이루어지이다'라고 말씀하셨다고. 그는 그와 같이 친절하고 거룩했다. 몇 번이고 몇 번이고 그녀는 어떤 선물을 하면 좋을까 생각

---

*25 마리아가 그리스도와 관련해서 체험한 슬픔. 어린 예수에 관한 시메온의 예언, 이집트로의 도피, 사흘 동안 아기 예수를 잃어버림, 갈보리(골고다) 언덕으로 가는 길에 예수를 만남, 예수가 처형된 십자가 아래에 머무름, 십자가에서 내려온 예수의 주검을 받음, 예수의 매장.

*26 버나드 콘로이 신부. 바다의 별 교회의 사제.

*27 콘로이 신부.

하고 또 생각했다. 테두리 장식이 있는 꽃무늬 차 주전자 덮개를 만들어서 보내 줄까, 그렇잖으면 탁상시계를 보낼까. 하지만 그의 집에는 벽난로 선반 위에 은과 금으로 된, 시간을 알리기 위해 카나리아가 둥지에서 나오는 카나리아 시계가 있다. 40시간 예배를 위한 꽃 때문에 찾아갔을 때 봤었다. 그래서 무엇을 보내야 좋을지 몰랐다. 아마도 더블린이나 어떤 다른 곳의 채색 풍경화 앨범이 좋을지도 모른다.

사람을 아주 난처하게 만드는 쌍둥이 녀석들이 또 싸우기 시작했다. 재키가 바다 쪽으로 공을 던졌고 그들은 그것을 뒤쫓았다. 구정물처럼 어디에나 있는 장난꾸러기들. 둘 다 얌전히 앉아 있게 하기 위해서는 누군가가 그들을 붙잡아 호되게 혼내 주어야 한다. 시시와 에디는 미세기가 밀려와서 그들을 덮칠까봐 돌아오라고 소리쳤다.

—재키! 토미!

그런 말로 그들이 들을 것 같은가? 얼마나 엄청난 생각을 하는 녀석들인데! 시시는 저 녀석들을 데려오는 것은 정말 이번으로 마지막이라고 말했다. 그녀는 펄쩍펄쩍 뛰며 그들의 이름을 부르더니, 이내 머리카락을 펄럭이면서 신사 옆을 지나 뛰어 내려갔다. 그 머리카락은 조금만 더 길었더라면 한층 풍부한 빛깔이 되었을 테지만, 아무리 갖은 약을 다 발라 봐도 조금도 길어지지 않는데, 그도 그럴 것이 머리카락이란 인위적으로 어떻게 한다고 자라는 것이 아니기 때문이다. 그래서 그녀는 이내 될 대로 되라 내버려 두었다. 그녀는 타조처럼 큰 걸음으로 뛰어갔는데, 스커트가 어찌나 꽉 끼는지 스커트 옆구리가 터지지 않는 것이 신통해 보일 정도였다. 말괄량이 아가씨 시시 캐프리는 몸을 드러내어 과시할 수 있는 순간이면 체면이고 뭐고 거침이 없었고 뜀박질에도 일가견이 있는지라 그토록 힘차게 달려갔던 것인데, 그 바람에 신사는 그녀의 스커트 끝과 속치마 자락이 한껏 말려 올라가면서 드러나는 그녀의 날씬한 정강이를 볼 수 있었다. 그녀가 키를 더 커 보이게 하려고 신은 프랑스제 굽 높은 구두가 무엇에라도 걸려 넘어지기라도 하면 더욱 볼만할 것이다. 오, 생각만 해도! 그런 신사에게 이는 얼마나 매력적인 노출이겠는가.

천사들의 여왕이여, 성조(聖祖)들의 여왕이여, 예언자들의 여왕이여, 모든 성자들의, 가장 성스러운 로사리오의 여왕이여, 하고 그들은 기도를 올렸다. 그리고 콘로이 신부가 향로를 성당 참사회원 오핸런에게 건넸고 그는 거기에 향을 넣어 성체에 분향했다. 시시 캐프리가 쌍둥이를 붙잡았다. 두 녀석 모두 귀가 윙하고 울리도록 한 대씩 후려갈겨 주고 싶었지만 그가 보고 있을지도 모른다는 생각에 그만두었다. 하지만 그것은 그녀의 크나큰 착각이었으니, 그가 자신에게서 눈을 떼지 않는다는 것을 거티는 보지 않아도 알고 있었기 때문이다. 그때 성당 참사회원 오핸런은 다시 콘로이 신부에게 향로를 건네고 성체*28를 올려다보면서 무릎을 꿇었다. 그러자 성가대가 '지존하신 성체 앞에'를 부르기 시작하고, 이어서 음악이 '그리하여 경배 속에 엎드리나이다'에 따라 높아지고 낮아지는 것에 맞추어 그녀는 다리를 앞뒤로 흔들었다. 그녀는 그 스타킹을 화요일, 아니 부활절 전날인 월요일에, 조지 거리의 스패로우 가게에서 3실링 11펜스를 주고 샀다. 흠집 하나 없는 이 스타킹, 그가 지금 바라보고 있는, 투명하게 비치는 이 스타킹이 시시 것처럼 모양도 형태도 없는(부끄러운 줄 알아야지) 형편없는 스타킹과는 다르다는 것을 저 신사도 눈이 있으니 알아볼 테지.

시시가 쌍둥이를 데리고 공을 갖고 해변에서 올라왔다. 뛰어다닌 탓에 그녀의 모자는 한쪽으로 기울어져 있었다. 그녀는 두 꼬마를 데리고 있는 마법사처럼 보였다. 겨우 2주 전에 샀던 얇은 블라우스는 마치 넝마처럼 어깨에 걸려 있고 속치마 자락은 보기 흉하게 늘어져 있었다. 거티는 머리를 매만지기 위해 잠시 모자를 벗었다. 그러자 더욱 우아한 밤색 머리가, 그 어떤 소녀의 어깨 위에서도 찾아볼 수 없을 아름다운 머리가 나타났다. 미칠 정도로 아름다운 머릿결이었다. 이 정도의 머리를 만나려면 적어도 수백 마일은 헤매다녀야 하리라. 그 아름다움에 감동한 그의 눈에 감탄의 빛이 스치고 지나간 듯한 생각이 들어, 그녀는 전신에 전율을 느꼈다. 그녀는 챙 밑으로 훔쳐볼 수 있도록 모자를 다시 썼다. 그 눈에 담긴 표정을 보았으므로 그녀는 전보다 빨라진 호흡에 맞추어 그녀의 버클 달린 구두를 흔들었다. 그는 뱀이 먹이를 바라보듯이 그녀를 바라보고 있었다. 그녀의 여자로서의 본능이, 그녀가 그의 내면의 악마를 깨웠다는 사실을 알려주었다. 그런 생각이 들자 그녀의 얼굴이 목에서부터 이마까지 화끈 달아오르면서 탐스러운 장밋빛으로

---

*28 예수의 육체를 상징하는 작은 빵.

물들었다.

에디 보드먼 또한 그것을 알아차리고 있었다. 노처녀처럼 안경을 쓰고, 반쯤 미소 지으면서 갓난아기를 달래는 척하며 거티를 훔쳐보고 있었기 때문이다. 그녀는 언제나 성가신 작은 각다귀처럼 구는 여자였다. 그래서 아무도 그녀와 사이좋게 지내지 못한다. 자기와 아무 관계도 없는 일까지 사사건건 참견하므로. 그녀가 거티에게 말했다.

—무슨 생각하고 있는지 맞춰볼까?

—뭔데? 드러낸 새하얀 이빨로 인해 더욱 돋보이는 미소를 지으며 거티가 대꾸했다. 시간이 좀 늦지 않았나 생각하고 있었을 뿐이야.

그녀는 어떻게 해서든 그들이 이 성가신 코흘리개 쌍둥이와 갓난아기를 집으로 데려가면 좋겠다고 생각했기에 시간이 늦었음을 넌지시 알렸다. 과연, 시시가 왔을 때 에디가 그녀에게 몇 시인지 물었다. 그러자 우스갯소리 좋아하는 시시 양은 '키스한 지 30분 지났으니까 또 한 번 키스할 시간이야' 하고 말했다. 하지만 집을 나설 때 일찍 돌아오라는 말을 들었으므로 에디는 시간을 알고 싶어 했다.

—잠깐 기다려, 시시가 말했다. 나 저기 아저씨한테 가서 몇 신지 물어보고 올게.

그리하여 그녀는 그가 있는 쪽으로 걸어갔고, 그는 자신에게로 다가오는 그녀를 바라보았으며, 또 그녀는 그가 초조한 듯 어색하게 주머니에서 손을 빼어 시곗줄을 만지작거리면서 교회 쪽을 바라보는 것을 바라보았다. 거티는 그 신사가 정열적인 성격이면서도 자기 자신을 꽤나 억제하고 있다는 걸 알 수 있었다. 한순간 그는 사랑스러운 소녀의 모습에 매혹되어 물끄러미 바라보다가도 다음 순간에는 그 탁월한 외양 곳곳에 자기억제의 표현을 드러내며, 점잖고 엄숙한 신사의 모습이 되어 있었다.

거티는, 시시가 실례지만 정확히 몇 시인지 알 수 있을까요 하고 묻자, 그가 시계를 꺼내어 귀에 대보고, 위를 올려다보고, 그러고는 헛기침을 하는 것을 보았다. 대단히 유감스럽게도 시계가 멎었다, 그렇지만 해가 저물었으니 분명 8시는 넘었을 것이다, 하고 그가 말했다.[29] 교양이 느껴지는 목소리

---

[29] 더블린은 위도가 높으므로 여름에는 8시 무렵에 해가 진다.

에, 차분히 신중을 기한 어조였으나, 왠지 부드러운 말투 속에 떨림이 섞여 있는 듯했다. 시시는 고맙다고 말하고는 혀를 내밀며 돌아와서는 아저씨가 자기 수도꼭지*30가 고장난 것 같다고 말했다고 전했다.

그때 사람들은 '경배 속에 엎드리나이다'의 제2절을 불렀다. 그리고 성당 참사회원 오핸런은 다시 일어서서 성체에 분향하고 무릎을 꿇고, 콘로이 신부에게 촛불 하나가 하마터면 꽃에 옮겨 붙을 뻔했다고 속삭였고, 그러자 콘로이 신부가 일어나서 그것을 제대로 고쳐 놓았다. 그녀는 신사가 시계의 태엽을 감고 기계 소리에 귀를 기울이는 것을 보았고, 그러는 동안 한층 더 빠르게 두 다리를 앞뒤로 흔들었다. 점점 어두워져 갔으나 그는 여전히 볼 수 있었고, 시계를 감거나 이리저리 만지작거리는 척하면서도 계속 보고 있었다. 곧 신사는 시계를 있던 곳에 집어넣고는 다시 주머니에 손을 넣었다. 그녀는 어떤 감동이 온몸에서 격렬하게 솟구치는 것을 느꼈다. 그리고 그녀의 머리 근처의 느낌과 코르셋이 닿는 곳의 초조한 느낌으로 그것*31이 오고 있음을 느꼈다. 가장 최근에 그것이 있었던 날은 초승달이 뜨던, 그래서 머리를 잘랐던 그날인데, 그때의 느낌을 잘 기억해두고 있었기 때문에 알 수 있었다. 또다시 그의 검은 눈은 마치 그녀의 윤곽 전체를 빨아들일 것처럼, 여신의 신전에서 경배하는 사람처럼, 그녀에게 고정되어 있었다. 남자의 정열적인 응시(凝視)에 거짓 없는 숭배의 마음이 드러날 때가 있다면, 바로 지금 이 남자의 얼굴에서 그것을 볼 수 있으리라. 그것은 너 때문이다, 거트루드 맥도웰이여, 그리고 너는 그것을 알고 있다.

에디는 돌아갈 준비를 하기 시작했다. 정말로 이제 돌아갈 시간이었다. 그리고 거티는 그녀가 준 작은 암시가 원했던 효과를 나타냈음을 알았다. 유모차를 밀어 올려야 할 길이 있는 곳까지는 해안을 따라 한참을 가야 했기 때문이다. 시시는 쌍둥이의 모자를 벗기고 그들의 머리를 손질해 주었는데, 이는 자신이 잘 보이기 위함이었다. 그때 성당 참사회원 오핸런은 목을 조이는 긴 사제옷을 입고 일어섰다. 콘로이 신부는 그에게 낭송할 카드를 건네주었다. 그가 '당신은 천국으로부터 백성들에게 빵을 주셨나이다'라고 읽는 동안 에디와 시시는 몇 시나 됐을까 끝없이 얘기하며 거티에게 의견을 물었고, 그

---

*30 비뇨기를 암시하는 상스러운 표현.

*31 생리.

녀는 잘 모르겠다고 대답했다. 또 에디가 널 버린 그 애 때문에 마음이 아프냐고 물었을 때는 신랄하지만 정중한 어조로 짤막하게 대답했다. 거티는 순간적으로 움찔했다. 측정할 수 없을 정도로 깊은 멸시가 담긴 차가운 불길이 잠시 그녀의 눈에서 이글거렸다. 그것은 아팠다. 그렇다, 그 말은 그녀에게 깊은 상처를 입혔다. 에디는 상대방에게 상처가 되는 말을, 그게 상처가 되리란 걸 알면서도, 차분한 목소리로 내뱉는 재주가 있었다. 더러운 암고양이 같은 계집애. 무슨 말인가를 하려고 거티의 입술이 달싹였으나 목으로 치미는 흐느낌을 억누르느라 말이 되어 나오지 않았다. 참으로 갸름한, 예술가가 꿈꿔왔을 법한, 아름다운 목덜미로다. 그녀는 그가 알고 있는 것 이상으로 그를 사랑하고 있었다. 그 역시 다른 남자들과 다를 바 없는 무정하고 변덕스러운 사기꾼일 뿐이어서 자신을 향한 그녀의 진심을 이해할 리 없었다. 순간 그녀의 파란 눈에 눈물이 핑 돌았다. 자신을 물끄러미 바라보는 두 친구의 무자비한 시선 속에서, 그러나 거티는 용기를 내어, 그들이 분명히 볼 수 있도록, 자신이 새로 정복한 남자를 정이 담긴 눈빛으로 흘끗 바라보았다.

—오, 거티는 재빨리 웃으면서 그리고 의기양양하게 고개를 번쩍 들면서 대답했다. 난 마음에 들면 누구한테든 고백할 수 있어, 올해는 윤년이니까.

그녀의 말은 수정처럼 맑고 산비둘기들의 울음소리보다도 더 음악적으로 울려나왔다. 그러나 그것은 주위의 침묵을 얼음처럼 꿰뚫었다. 젊음이 넘치는 그녀의 목소리에서는 나 그렇게 가볍게 무시당할 여자 아니야, 라고 말하는 어떤 것이 묻어났다. 집에 재산 좀 있다고 으스대는 그깟 레기 와일리 정도는 쓰레기 버리듯 차버릴 수 있어. 두 번 다시 생각도 안 할 거고, 그가 준 얼빠진 엽서 따위는 갈기갈기 찢어버릴 거야. 그가 감히 내게 주제넘게 군다면, 오금이 저리도록 멸시어린 눈으로 쏘아줄 거야. 보잘것없는 외모의 에디는 기가 죽었다. 그리고 거티는 에디의 눈이 어둡게 번쩍이는 것으로 보아 이 작은 암고양이 계집애가 감추고는 있지만 억누를 수 없는 분노에 사로잡혀 있다는 것을 알았는데, 거티의 말의 화살이 그녀의 시시한 질투심의 급소를 꿰뚫었기 때문이다. 그녀들 모두 거티가 자신보다 우월한 존재라는 것을, 그들과는 다른 영역에, 다른 차원에 있다는 것을 알고 있었고, 또한 이 사실을 인지하고 지금 지켜보고 있는 또 다른 누군가가 있음을 알 것이므로, 그녀들은 이 점에 대하여 오랫동안 곱씹어 보아야 하리라.

에디는 갈 준비를 하고 아기 보드먼의 옷매무새를 고쳐주었다. 시시는 공과 삽 그리고 양동이를 밀어 넣었다. 이제는 정말 돌아갈 시간이었다. 잠귀신이 어린 보드먼에게 다가오고 있었으므로. 시시는 빌리 윙크스[32]가 찾아오고 있으니, 아가는 집으로 돌아가서 자야 한다고 말했다. 그러자 갓난아기는 귀여운 얼굴을 하고, 즐거운 눈으로 웃으면서 올려다보았다. 시시는 그의 포동포동하게 살찐 배를 희롱하듯이 손가락으로 콕콕 찔렀다. 그러자 아이는 손 쓸 틈도 없이 그의 새로운 턱받이에 우유를 토하고 말았다.

—저런, 그녀가 외쳤다. 턱받이를 다 버렸어.

예기치 않은 사소한 사건이 그녀의 주의를 끌었고, 그녀는 곧 손쉽게 그 작은 문제를 바로잡았다.

거티는 입에서 나오려던 고함 소리를 억누르고 신경질적으로 기침을 했다. 에디가 무슨 일이냐고 물었다. 그녀는 질책하는 말을 해 주고 싶었으나, 귀부인다운 예법을 벗어난 일이 없었던 터라, 잠시 축복기도를 입에 올렸을 뿐이라고 얼버무렸다. 마침 해변의 교회 뾰족탑에서 종이 울리기 시작했고 성당 참사회원 오핸런이 손에 성체의 빵을 들고, 감사의 기도문을 읊으면서 콘로이 신부가 둘러 준 베일[33]을 걸치고 제단에 오르고 있었다.

어두워져 가는 황혼의 풍경은 얼마나 사람의 마음을 매혹시키는가! 서서히 어둠 속으로 잠겨 들어가는 에린의 마지막 풍경. 가슴을 파고드는 석양의 종소리. 그때, 담쟁이로 뒤덮인 종루(鐘樓)에서 박쥐 한 마리가 나오더니 나지막하고 슬프게 울며 어두운 황혼을 가로질러간다. 그리고 그녀는 저 멀리 그림처럼 아름다운 등대의 불빛을 볼 수 있었다. 그림도구를 가져왔더라면 좋았을걸, 하고 그녀는 생각했다. 등대가 사람보다는 그리기 쉬웠다. 이제 곧 점등원(點燈員)이 가로등에 불을 켜고 다닐 것이다. 장로파 교회 건물을 지나, 연인들이 산책하는 트리튼빌 가로수 길을 따라서, 그리고 머지않아 그녀가 《메이블 본》의 작가, 미스 커민스[34]의 책 《점등원》에서 읽은 것과 비슷하게도, 레기 와일리가 자전거를 타고 커브를 돌곤 하던 그녀의 창문 곁 가로등에도 불을 켜러 가리라. 원래 거티에게는 아무도 모르는 그녀만의 꿈

---

[32] 잠의 아저씨.
[33] 성찬의 전례 때 걸치는 어깨걸이 옷.
[34] 마리아 수잔나 커민스(1827~66). 미국의 작가.

들이 있었다. 그녀는 시를 읽는 것을 좋아했다. 그리고 버서 서플에게서, 떠오른 생각들을 기록할 수 있는 저 산호 빛 표지의 아름다운 노트를 받았을 때, 그녀는 그것을 사치스럽진 않지만 우아하고 깔끔한 화장대 서랍에 넣어 두었다. 그녀의 소녀다운 보물들, 거북등껍질로 만든 빗, 유년시절의 마리아 기도회 배지, 백장미 향료, 눈썹 먹, 설화석고로 만든 향수통, 세탁물이 돌아오면 고쳐 달곤 하는 리본류 따위가 들어 있는 바로 그 서랍이었다. 그리고 그녀는 그 노트에 데임거리 헬리 서점에서 산 보라색 잉크로 몇 가지 아름다운 단상들을 적었다. 어느 날 저녁에 남새를 싼 신문에서 발견하여 베껴 둔, 그토록 깊이 감동을 주었던 그 시처럼, 자신의 마음을 있는 그대로 표현할 수 있다면 자기도 시를 쓸 수 있을 거라 생각했기 때문이다. 그것은 〈나의 이상적인 사람이여, 그대는 실존하는가?〉라는 제목으로, 마게라펠트시 (市)의 루이스 J. 월시가 쓴 것이었다. '어느 날엔가 그대 또한 황혼에'와 같은 시구(詩句)가 있었다. 시 속에 그려지는 저 덧없는 아름다움으로부터 생겨나는 슬픔이, 한 해 두 해 세월이 지나가는 것을 그녀로 하여금 생각하게 하여, 침묵의 눈물로 그녀의 눈을 흐리게 했다. 단 한 가지 결점만 없었다면 그녀는 그 어떤 경쟁상대도 두려워할 필요가 없다는 것도 알고 있었다. 더욱이 그 부상은 댈키 언덕을 내려올 때, 사소한 부주의로 입은 것이었다. 그녀는 끊임없이 그것을 감추려 했다. 하지만 그 일도 이제 그만둘 때가 왔다고 그녀는 느끼고 있었다. 그녀가 그 남자의 눈에서 읽은 저 마법과 같은 유혹이 진실이라면, 더는 주저할 이유가 없었다. 사랑은 열쇠장수를 비웃는다.*35 그녀는 위대한 헌신의 길에 나설 것이다. 그녀의 모든 노력은 그의 생각을 이해하고 공유하는 데 바쳐질 것이다. 그녀는 그에게 이 세상보다 더 소중한 존재가 되어 그의 나날을 행복으로 꾸밀 것이다. 지금 가장 중요한 문제는, 도대체 그가 결혼한 남자일까? 아내가 먼저 세상을 떠난 홀아비일까? 아니면 저 노래의 나라에서 온 외국 이름의 신사처럼, 잔혹하게도 사랑하는 아내를 정신병원에 넣어야 할 그 어떤 비극이 있는 사람일까? 그것은 그녀가 어떻게 해서든 알고 싶은 일이었다. 그러나 그게 뭐 어떻다는 것인가? 알든 모르든 무슨 큰 차이가 있겠는가? 조금이라도 품위에 어긋나는 일 앞에서는

---

*35 그 어떤 장애도 돌파한다.

본능적으로 움츠러드는 것이 그녀의 타고난 천성이었다. 그녀는 도더강(江) 근처 주택가에서 멀리 떨어져 있는 길을, 처녀의 명예를 저버린 채, 병사나 하류 남자들과 함께 걷고, 성(性)을 더럽히고, 경찰에 끌려가는 타락한 여자들을 혐오했다. 아니, 아니, 그런 짓은 도저히 할 수 없다. 그와 그녀는 커다란 S가 붙은 사교계(Society)의 전통과는 다르더라도,*³⁶ 그런 일을 전혀 하지 않을 것이고, 마치 큰오빠와 누이동생과 같은 좋은 친구가 되리라. 그가 상복을 입고 있는 것은 아마도 오랜 옛날의, 회상할 수도 없는 먼 옛날의 애정 때문일 것이다. 그녀는 알 것만 같았다. 그녀는 그를 이해하려고 노력할 것이다. 왜냐하면 남자란 매우 다른 존재이므로. 오랫동안 동경하던 사랑이 여기에서 기다리고 있었다. 작은 하얀 손을 내밀고, 푸른, 호소하는 듯한 눈을 하고 기다리고 있었다. 나의 애인이여! 그녀는 그녀의 사랑의 꿈을 따라 앞으로 나아가리라. 그는 어디까지나 그녀의 것이다. 온 세계에서 그가 그녀를 위한 유일한 남자라는 것을 알리는 그녀의 마음의 속삭임에 따르리라. 사랑만이 가장 위대한 안내자이므로. 그 밖의 그 무엇도 문제가 아니다. 어떤 일이 닥치더라도 그녀는 분방하게, 구속되지 않고 자유로우리라.

성당 참사회원 오핸런은 성체를 다시 성궤 안에 넣었다. 그리고 합창대는 '주를 찬미하라, 모든 백성들이여'를 노래했다. 그는 성궤 덮개에 자물쇠를 채웠다. 강복식은 끝나고 콘로이 신부는 그가 쓸 모자를 건네주었다. 그때 화난 고양이 에디가 거티에게 함께 가지 않겠느냐고 물었다. 그때 재키 캐프리가 외쳤다.

—저것 봐, 시시 누나.

모두는 보았다. 번개가 지나가는 건가? 토미도 그것을 보았다. 교회 옆 나무들 너머 공중에, 처음엔 파랗다가 녹색으로 그 다음엔 자주색으로 변하는 어떤 것을.

—폭죽이야, 시시 캐프리가 말했다.

그녀들은 집들과 교회 저편으로 솟아오르는 불꽃을 보기 위해 허둥지둥 해안을 뛰어갔다. 에디는 갓난아이 보드먼을 태운 유모차를 밀고, 시시는 뛰어가면서 넘어지지 않도록 토미와 재키의 손을 붙잡고.

---

*36 그 무렵 상류층 사회에서는 매음, 간통 등이 일상다반사였다.

—어서 와, 거티, 시시가 불렀다. 바자회 불꽃이야.[*37]

그러나 거티는 요지부동이었다. 그녀는 친구가 하자는 대로 움직일 생각은 조금도 없었다. 그녀들이 사냥개처럼 뛴다고 해서 자기가 앉아 있는 것이 나쁠 리 있는가. 여기서도 볼 수 있어 하고 그녀는 말했다. 그녀를 물끄러미 바라보는 남자의 눈이 그녀의 가슴을 울렁이게 하고 있었다. 그녀는 한순간 그를 바라보았다. 그리고 그의 눈동자와 마주치자, 빛이 그녀의 몸 안으로 스며들었다. 그 얼굴에는 달아오른 정열이 있었다. 무덤과 같은 침묵의 정열이. 그리하여 그것이 그녀를 그의 것으로 만들었다. 두 사람 사이에 얼굴을 내밀고 여러 가지 참견을 하는 사람이 없어져, 마침내 그와 그녀는 단둘이 되었다. 그리고 그녀는, 그가 죽을 때까지 믿을 만한, 강직(剛直)하고 진실한 남자라는 것, 손가락 끝까지 불요불굴(不撓不屈)의 명예 인사라는 것도 알고 있었다. 그의 손과 얼굴이 움직이자 전율이 그녀의 온몸에 퍼졌다. 그녀는 몸을 뒤로 쭉 빼고서 멀리에 있는 불꽃을 바라보았다. 그리고 뒤로 넘어가지 않도록 무릎에 양손으로 깍지를 꼈다. 그녀가 포동포동한, 부드러운, 아름다운 다리 전체를 드러냈을 때, 그것을 보는 사람은 그와 그녀 외에는 아무도 없었다. 그의 심장의 고동과 거친 숨소리가 들려오는 듯했다. 뜨거운 피를 가진 남자의 그러한 정열에 대해서 그녀는 알고 있었기 때문이다. 예전에 버서 서플이 그녀에게 극비로 이야기해 준 것으로, 절대로 입 밖에 내지 않겠다고 맹세까지 한 일인데, 그녀의 집에서 하숙하던 밀집지구위원회[*38] 담당자인 어떤 신사가, 신문에서 오린 스커트댄서나 치어리더의 그림을 가지고, 누구나 떠올릴 수 있는, 좋지 않은 어떤 일을 때때로 침대 속에서 하더라는 것이다. 그러나 이것[*39]은 그러한 짓과는 전혀 다른 종류이다. 왜냐하면 거티는, 그가 그녀의 얼굴을 자기 얼굴 곁으로 끌어당겨 그의 잘생긴 뜨거운 입술로 불타는 듯한 최초의 키스를 한 것 같은 기분이었기 때문이다. 게다가 두 사람이 결혼하기 전에 다른 짓을 하지 않는 이상, 이 정도는 용서받을 수 있으리라. 굳이 이런 일을 고백하지 않아도 이해해 줄 여자 사제가

[*37] 아일랜드 총독 더들리 백작이 참석한 마이러스의 바자회.

[*38] 1891년 아일랜드 서부 지역의 가난과 밀집된 주거 환경을 개선하기 위해 창설된 단체로 1923년에 해체되었다.

[*39] 지금 그 신사, 즉 블룸이 하는 짓.

있으면 좋을 것을. 시시 캐프리도, 때로는 꿈을 꾸는 듯한 표정을 짓곤 하지, 그러니까 그녀도 마찬가지인 거야. 그리고 배우 사진에 그렇게 열중하는 위니 리핑엄도, 마음속에 저 다른 것이 다가오고 있기 때문인 거야.

재키 캐프리가, 저것 봐, 하고 외쳤다. 또 하나의 불꽃이 올라갔다. 그녀는 더욱더 몸을 뒤로 젖혔다. 투명한 가터벨트가 불꽃으로 인해 푸른빛으로 빛났다. 모두가 불꽃을 바라보았다. 저것 봐, 저기 좀 봐. 그녀는 불꽃을 보기 위해 더욱더 몸을 뒤로 젖혔다. 그러자 무엇인가 기묘한 것이 공기를 가르는 것이 보였다. 무엇인가 부드러운 것이 앞으로, 뒤로, 어둡게. 그리고 그녀는 길다란 원통형 꽃불이 나무 위로 높이, 높이 올라가는 것을 보았다. 그녀들은 높이, 높이 올라가는 그것을 바라보며 잔뜩 흥분하여 숨을 죽이고 있었다. 그녀는 거의 시야에서 사라질 정도로 높이, 높이 치솟는 그것을 눈으로 쫓기 위하여 점점 더 뒤로, 뒤로 몸을 젖혀야 했다. 그녀의 얼굴은 무리하게 몸을 뒤로 젖힌 탓에 신성하고도 매혹적인 장밋빛으로 붉게 물들었다. 그는 볼 수 있었다. 좀 더 다른 것, 얇은 무명 속바지, 4실링 11펜스짜리, 초록색인 것, 하여서 더 잘 보이는, 살결을 기분 좋게 애무하는 면직물, 그녀는 그에게 그것이 보이도록 했다. 그리고 그가 보고 있다는 것을 알았다. 꽃불은 너무나 높이 올라가 한순간 보이지 않게 되었고 그녀는 너무 무리하게 위를 쳐다보고 있었으므로 사지가 덜덜 떨리고 있었다. 그는, 이제까지 그 누구도 보지 못한, 그녀가 그네를 탔을 때에도, 강을 건널 때에도 볼 수 없었던 그녀의 무릎 훨씬 위쪽을 충분히 볼 수가 있었다. 그녀는 그것을 부끄럽게 생각하지 않았고, 그 또한 그렇게 엿보는 것을 부끄럽게 생각하지 않았다. 신사들이 보는 앞에서 버릇없이 행동하는 스커트댄서처럼, 거의 보라는 듯이 노출된 상태를 거부할 수가 없었으므로 그는 그것을 바라보고 또 바라보았다. 그녀는 흐느낄 듯이, 그 하얀 가는 팔을 내밀며, 외치고 싶었다, 이리 와서 그 입술을 내 이마에 대어 달라고, 그녀는 갈구했다, 어린 소녀의 사랑의 외침, 가슴을 쥐어짜듯 토해내는 외침, 오랜 세월 거듭되어 온 그 외침으로. 그러자 그때 하늘로 치솟은 폭죽이 펑 하고 터지며 사방을 눈부시게 비췄고, 오! 하는 탄성, 이어서 원통형 꽃불이 터지고, 다시 오!, 모두가 오! 오! 하고 기쁨에 차 소리치고, 그때 금빛 빛줄기가 하늘로 소나기처럼 쏟아지니, 아! 그것은 황금빛에 녹색 빛이 도는 이슬 젖은 별들이어라, 오 너무나 생생

한, 오 너무나 부드럽고, 달콤하게, 오 너무나 부드럽게! [*40]

그러고 나서 그 모두가 잿빛 하늘로 이슬처럼 녹아 사라졌다. 모두가 침묵으로 돌아갔다. 아! 그녀는 재빨리 앞으로 몸을 일으켜서 그를 흘끗 바라보았다. 정을 담고, 머뭇거리듯 비난하면서, 울 것 같은 표정으로 흘끗 쳐다보자 그는 소녀처럼 얼굴을 붉혔다. 그는 뒷쪽 바위에 기대고 있었다. 레오폴드 블룸 씨(바로 그였다)는 그녀의 순진한 눈 앞에 머리를 숙이고 말없이 서 있었다. 얼마나 비열한 남성인가! 그리고 이런 일을 하고 있었단 말인가? 아름다운, 더러움이 없는 영혼의 소녀가 그에게 호소하고 있었다. 그것에 대해서 그는 실로 천한 짓을 저질렀다. 소녀의 호소에 터무니없는 짓거리로 응답했다. 이 얼마나 천한 인간인가. 다른 사람도 아닌 내가! 그러나 그 소녀의 눈 속에는 한없이 큰 자비가 있었다. 비록 그가 잘못해서 죄를 범하고 옆길로 빗나갔다 해도 그곳엔 그를 위한 용서의 말이 깃들어 있었다. 소녀는 이번 일을 다른 사람에게 털어놓을까? 아니다, 천 번도 아니다. 그것은 두 사람만의 비밀이다. 그들만의, 그들을 가려주는 해거름의 어둠 속에서의, 두 사람만의 일이었다. 그리고 거기에는, 석양의 어둠 속을 여기저기 조용히 날아다니는 작은 박쥐 말고는 그것을 아는 사람도 이야기하는 사람도 아무도 없었다. 작은 박쥐가 이야기할 리 있는가.

시시 캐프리는 자신이 대단한 존재라는 것을 과시하려는 듯이 축구 경기장의 소년들 흉내를 내어 휘파람을 불었다. 그리고 외쳤다.

─거티, 거티! 우리는 이제 갈 거야. 어서 와. 계단 위에서 보면 더 잘 보여.

거티가 한 가지 생각을 해냈다, 사랑의 작은 책략 하나를. 그녀는 손수건을 넣어두는 주머니에 손을 집어넣어 솜손수건, 그것을 알겠다는 신호로, 물론 그에게가 아니라 시시에게 흔들고는 다시 주머니에 넣었다. 그 사람은 멀어서 보지 못했을까? 그녀는 일어섰다. 그것은 이별인 셈이었을까? 아니다. 그녀는 가야만 하나 두 사람은 또 여기에서 만날 것이다. 그리고 그녀는 내일 그때까지, 전날 석양의 꿈을 꾸고 있을 것이다. 그녀는 똑바로 섰다. 여운이 남는 마지막 눈짓에 두 사람의 영혼은 교감되어, 그녀의 마음속까지 파

[*40] 거티의 오르가슴과 블룸의 자위의 절정.

고든 그의 눈초리는 이상한 빛을 띠고, 그녀의 아름다운 꽃과 같은 얼굴에 황홀하게 쏟아지고 있었다. 그녀는 창백하게 미소 짓는 표정을 그에게로 돌렸다. 감미로운 용서로 가득 찬 미소를, 금방이라도 눈물이 쏟아질 것 같은 미소를. 그리고 두 사람은 헤어졌다.

그녀는 뒤돌아보지도 않고, 천천히, 울퉁불퉁한 해변을 따라, 시시에게로, 에디에게로, 재키와 토미 캐프리에게로, 갓난아이 보드먼에게로 걸어갔다. 이제 날은 어두웠다. 해변에는 돌이나 나뭇조각, 미끄러지기 쉬운 해조 따위가 있었다. 그녀는 그녀 특유의 어떤 조용한 위엄을 가지고, 그러나 주의를 기울여, 천천히 걸어갔다. 왜냐하면 거티 맥도웰은…….

구두가 너무 죄는가? 아니. 그녀는 절름발이이다! 오!

미스터 블룸은 그녀가 다리를 끌면서 걸어가는 것을 지켜보고 있었다. 가엾은 소녀! 그래서 그녀를 제쳐놓고 다른 소녀들이 전속력으로 뛰어간 거였구나. 그녀의 모습에 어딘가 이상한 점이 있다고 생각했었다. 버려진 미녀. 불구는 여자에겐 10배나 더 손해가 되는 법이다. 그러나 그러한 여자는 정숙한 법이다. 그녀가 자신의 그곳을 보이고 있었을 때 내가 그것을 알아차리지 못해 다행이야. 하지만 꽤 정열적인 아가씨야. 상관없어. 수녀나 흑인 여자, 안경 쓴 소녀들에게 있는 호기심이지. 저 사팔뜨기 여자는 민감하게 알아차리고 있었다. 아마도 달거리가 가까워서 초조했을 것이다. 오늘 머리가 몹시 아파요.*41 그 편지를 어디에 넣어뒀지? 그래. 됐어. 온갖 종류의 미칠 것 같은 열망들. 1페니 동전을 핥는다.*42 트랭퀼라 수녀원에는 석유 냄새를 맡고 싶어 하는 여자가 있다고 그 수녀가 나에게 이야기해 주었어.*43 그대로 처녀로 있다가는 마침내는 미쳐버릴 것이다. 시스터 뭐라고 했지? 오늘 더블린에서 달거리하는 여자가 얼마나 될까? 마사와 아까 그 여자, 그렇다, 하늘의 무언가 때문에. 달 탓이다. 그렇다면 달이 모양이 같을 때 여자들이 한꺼번에 달거리를 하지 않을까? 아마 태어난 시간에 따라 달라질 것이다. 아니면 모두가 시작점은 같지만 이윽고 보조(步調)가 흩어지는가? 몰리와 밀리는 가끔 달거리가 일치할 때가 있지. 어쨌든 나는 그것*44을 잘 이용했

---

*41 마사의 편지 글귀.

*42 1페니 동전(pennies)과 남자의 성기(pennis)간 발음의 유사성에 착안한 말놀이.

*43 블룸이 헬리 가게에서 일할 때 수금하러 갔던 수녀원.

어. 그녀의,*45 당신에게 벌을 주겠어요라는 터무니없는 편지를 읽고서, 오늘 아침 목욕탕에서 그것을 하지 않은 건 참 잘한 일이야. 오늘 아침 전차 운전사가 방해한 것에 대한 보상은 받았군.*46 저 사기꾼 매코이 녀석이 쓸데없는 이야기를 해서 나를 방해했어. 아내가 순회공연을 가니까 가방을 빌려 달라고? 곡괭이로 찍는 것 같은 목소리인 주제에. 약간의 배려에 고마워하고. 역시 싸게 먹히는 일이지. 좋으시다면 제발. 여자들도 하고 싶을 테니까 말야. 타고난 욕망이지. 날마다, 해질녘이 되면 사무실로부터 와— 하고 여자들이 떼지어 나온다. 모르는 척하는 것이 좋아. 필요 없다고 하면 저쪽에서 쫓아오거든. 그래서 그 자리에서 잡아붙드는 거지. 자기 스스로 그것을 알 수 없다니 여자는 불쌍해. 터질 것 같은 스타킹의 꿈. 그것을 어디서 봤지? 그래그래. 케이펠거리의 연속 환등사진이었어. 성인남자만. '엿보는 톰', '윌리의 모자로 여자들은 무엇을 했는가?'*47 실제로 그 여자들을 촬영한 걸까, 아니면 가짜인가? 속옷 때문에 자극적인 거야. 그녀의 평상복 아래 감춰진 곡선을 더듬고 있었다.*48 그러면 그녀들은 흥분한다. 나는 아주 깨끗해요, 자, 저를 더럽혀 주세요. 게다가 그녀들은 그 희생을 위해 서로 옷 입혀 주길 좋아하는 것이다. 밀리는 몰리의 새 블라우스를 기뻐했다. 우선은 입힌다. 옷을 입히는 것은 그것을 이윽고 벗기기 위한 거다. 몰리. 내가 그녀에게 자줏빛 가터를 사준 것도 그 때문이다. 우리 남자들도 마찬가지야. 녀석*49이 맨 넥타이. 녀석의 멋 부린 양말과 끝단을 접어올린 바지. 우리가 처음 만난 그날 밤, 놈은 행전을 차고 있었어. 멋 부린 셔츠 위에 무엇을 입고 있었지? 검은 옷이었어. 여자는 핀을 하나 뺄 때마다 매력을 잃는다지. 핀으로 꼼꼼히 잘 여민다. 오, 메리는 자신의 핀을 잃었다네. 누군가를 위해 정성들여 성장(盛裝)하고 여자의 매력을 만들어내는 유행의 역할. 슬슬 비밀을 알아차릴 무렵이 되면 또 바뀐다. 동양은 예외야. 마리아와 마르타 등은 예나 지금이나 마찬가지다. 정식 신청이라면 거절하지 않는다. 그 여자도

---

*44 아까 그 소녀의 달거리 때를.

*45 마사의.

*46 거리에서 여자가 마차에 오를 때 치마 속을 볼 수 있었는데 전차가 와서 물거품이 된 일.

*47 블룸이 연속 환등사진으로 본 그림의 제목.

*48 《죄의 감미로움》의 한 구절.

*49 보일런.

서두는 기색은 아니었어. 여자가 서두르는 것은 언제나 남자에게로 갈 때지. 그녀들은 결코 약속을 잊지 않는다. 무엇인가 제비뽑기하는 기분으로 외출하는 게 아닐까. 그녀들은 우연을 믿는다. 그녀들 자신이 그런 것이기 때문이지. 그리고 다른 아가씨들은 그녀를 은근히 빈정대고 싶어 한다. 서로의 목에 팔을 감기도 하고, 열 손가락을 서로 꽉 끼기도 하고, 수도원 마당에서 키스하기도 하고—아무것도 아닌 비밀을 서로 속삭이는 여학교 때의 여자친구. 차가운 두건을 쓰고 묵주 알을 굴리면서 손에 넣을 수 없는 것에 대한 복수심을 불태우는, 청정무구(淸淨無垢)한 얼굴로 위장한 수녀들. 철조망.*50 정말로 편지 주세요. 저도 편지 하겠어요. 꼭! 몰리와 조지 포엘.*51 그것도 라이트 씨*52가 나타날 때까지고, 그 뒤에는 좀처럼 만나지 않게 된다. 그 재회가 어떨지 상상해 보라! 어머 누군가 했어! 오랜만이야. 잘 있었어? 지금은 어떻게 지내? 키스해 줘, 이렇게 만날 수 있다니, 키스해 줘. 정말 기뻐. 그러면서 서로 상대의 옷차림에서 결점을 찾는다. 옷이 참 잘 어울리는구나. 서로에게 이빨을 드러내는 영혼들. 아이는 몇이야? 하지만 소금 한 줌 꾸어줄 생각은 없지.

아!

그것*53이 시작되면 여자들은 악마로 변한다. 어두운 악마 같은 표정. 몰리는 몸무게가 1톤이나 나가는 듯한 기분이 든다고 말했었다. 발바닥을 긁어 줘요. 아, 거기. 네, 기분이 아주 좋아요. 이쪽도 기분이 이상해진다. 한 달에 한 번 휴업하는 것도 나쁘지 않아. 그것일 때 하면 안 되는가? 임신할 염려는 없지. 우유도 상하게 하고, 바이올린 줄도 끊어놓는다지, 여자가 그것 중일 때는 정원의 풀들도 시든다고 어디선가 읽은 적이 있어. 게다가 옷에 장식한 꽃이 시들어 있는 여자는 바람둥이라던데. 여자란 다 그런 것이다. 그녀는 나를 틀림없이 바람둥이라고 생각했어. 인간이 그런 기분일 때에는 틀림없이 그런 느낌의 인간을 만나는 법이다. 나를 좋아했을까? 글쎄. 그녀들은 우선 옷차림부터 살핀다. 그걸로 구애(求愛)하는 남자를 금방 알

*50 수녀가 철조망을 발명했다고 블룸은 믿는다.
*51 브린 부인의 처녀 때 이름.
*52 적당한 남편감.
*53 달거리.

아보지. 옷깃이나 커프스를 보면. 수탉이나 수사자, 수사슴도 마찬가지로 장식을 하고 있다. 하지만 넥타이를 매지 않은 쪽을 마음에 들어 할지도 모른다. 바지? 내가 그것을 하고 있었을 때 어쩌면? 설마. 부드럽게 하는 것이 좋아. 난폭하거나 당황스럽게 하는 건 원치 않아. 어둠 속에서 키스해주면 절대 남에게 이야기하지 않을 거야. 내가 한 일을 무엇인가 봤구나. 무엇을? 오른쪽 안경 위에 곰 기름*54으로 굳힌 곱슬머리를 늘어뜨린 시인 선생보다, 이대로의 내가 더 호감이 가는지도 모르지. 문학 작가 조수 구함.*55 내 연배쯤 되면 풍채에 신경써야만 해. 되도록 옆얼굴은 보이지 않는다. 그래도 결국 알 수 없는 일이다. 아름다운 여자와 못난 남자가 결혼한다. 미녀와 야수. 그런데 나는 그런 일은 할 수 없다. 몰리가 있는데. 머리카락을 보이기 위해 그녀는 모자를 벗었지. 얼굴을 감추기 위해 산 챙이 넓은 모자, 아는 누군가를 만나면 고개를 숙이거나 꽃다발 향기를 맡는 척한다. 발정기에는 머리 냄새가 심하게 난다. 우리가 홀리스거리에서 가난하게 살 때, 몰리의 빗을 팔아 손에 넣은 10실링. 안 될 것 있나? 만일 놈이 몰리에게 돈을 준다면, 안 될 것 있나? 모두 편견. 그녀는 10실링, 15실링, 아니 1파운드의 가치는 있어. 안 그런가? 나는 그렇게 생각한다. 그걸 공짜로. 대담한 필적이다.*56 마리온 여사님. 언젠가 플린에게 보낸 엽서처럼 그 편지*57에 받는 사람 주소 쓰는 것을 잊었던가? 그리고 내가 넥타이를 매지 않고 드리미 가게에 갔던 그날. 그 일로 나는 몰리와 말다툼을 했다. 아냐, 생각났다. 리치 굴딩. 그도 나와 같은 남자다. 그의 마음의 무거운 짐. 시계가 4시 30분에 멈추다니 재미있어. 먼지가 들어갔나? 시계를 청소할 때 시계점에서는 상어 기름을 쓴다. 나라도 그 정도는 할 수 있다. 저축. 그 시각에 마침 그가, 그녀가.*58

오! 녀석*59이 했어. 그녀 안에. 그녀도 했어. 끝났어.

아!

---

*54 약품이나 화장품에 쓴다.

*55 블룸이 여자와 편지를 주고받기 위해 신문에 낸 광고.

*56 보일런이 보낸 편지의 봉투에 적힌 필적.

*57 마사에게 아까 보낸 편지.

*58 보일런과 마리온을 생각한다.

*59 보일런.

미스터 블룸은 조심스러운 손으로 젖은 셔츠를 매만졌다. 오, 큰일이다, 저 절름발이 마녀 같으니. 차갑고 끈적끈적하군. 뒷맛은 안 좋아. 그래도 남자란 어떻게 해서든 배설해야 한다. 여자들은 태연해. 틀림없이 나쁜 기분은 아닐 거야. 집으로 돌아가서 맛있는 빵과 우유를 먹고 어린 동생들과 함께 기도를 드리겠지. 그런 거지 뭐. 여자라는 것을 있는 그대로 보면 꿈이 깨지고 만다. 무대 장치, 입술연지나 의상, 자세, 음악 같은 것이 없으면 곤란하다. 이름도 그렇다. 여배우들의 연애 사건. 넬 그윈,*⁶⁰ 미시즈 브레이스거들,*⁶¹ 모드 브랜스콤.*⁶² 개막, 달빛, 빛나는 은빛, 슬픈 가슴을 들킨 아가씨, 그리운 애인이여, 와서 나에게 키스해 줘요. 나는 아직도 느낀다. 그것이 남자에게 힘을 주지. 그게 묘한 점이야. 디그넘의 집을 나와서 담 밑에서 쏟은 건 잘한 짓이야. 사과술 때문이었다. 그게 아니었으면 그런 일은 일어나지 않았을 것이다. 그런 뒤에는 노래를 부르고 싶어진다. '동기는 신성한 것이어라' 하고. 그녀에게 말을 걸었으면 어땠을까? 무슨 말을? 하지만 이야기를 어디에서 마무리지어야 할 지 모르면 상황이 곤란해져. 여자들이란 질문을 하면 반드시 무언가를 되물어오는 법이거든. 얌전히 마차 안에 머물러 있는 게 상책이다. 그러면야, 내가 안녕하세요, 하고 인사하더라도 그녀 역시, 네, 안녕하세요, 하고 인사하는 걸로 고작일 테니까. 아, 하지만 아피안 길거리에서 어두운 저녁에 하마터면 클린치 부인에게 말을 걸 뻔했어. 거리의 여자라고 잘못 알고서. 아슬아슬했어! 어느 날 밤엔가 미스거리에서 만난 여자. 무슨 더러운 말을 지껄이든 그냥 잠자코 내버려 둬 봤지. 물론 전부 헛소리였어. 뭐, 엉덩이라 할 걸 방주*⁶³라고 하질 않나. 제대로 된 계집을 찾기란 너무 어려워. 아휴. 그녀들이 꾀려고 아양을 떨 때, 무슨 대답이라도 해주지 않으면 금세 얼굴이 굳어서는 끔찍하게 굴어대지. 2실링쯤 덤으로 주면 그제야 살살 웃으며 내 손에 키스를 하지. 앵무새들. 단추를 누르면 자동으로 울음소리를 낸다. 제발 날 나리라고 부르지 말아 줬으면. 아, 어둠 속 그녀의 입! 그리고 너, 유부남이 미혼여자와! 그게 그녀들의 낙이

---

*60 17세기의 여배우. 영국 왕 찰스 2세의 애인이었다.

*61 17세기 말의 여배우. 극작가 윌리엄 코크리브의 애인이었다고 한다.

*62 그 무렵 미녀 인기 배우였으나 특별히 뜬소문은 없었다.

*63 arse(엉덩이)라고 할 것을 arks(방주)라고 잘못 말했다.

지. 다른 여자에게서 남자를 빼앗는 것. 적어도 누가 누구 남자를 후렸네, 하는 소문을 듣기 좋아한다. 나는 좀 다르지. 다른 놈 여자를 뺏는 건 관심 없다. 남이 먹다 남긴 밥에 욕심낼 이유가 있나. 버튼네 가게*⁶⁴에서 누군가 씹다가 뱉어놓은 그 비곗덩이를 생각해 봐. 내 주머니엔 여전히 프렌치 레터*⁶⁵가 들어 있지. 문제의 절반은 요놈 때문이야.*⁶⁶ 어쩌면 그 일이 생길 수도 있지, 아니, 그럴 것 같진 않아. 들어오세요, 전 준비됐어요. 꿈을 꿨어요. 어떤 꿈을? 애초에 시작한 게 잘못이지. 제 맘에 안 들면 멋대로 화제를 돌려버린다. 버섯 좋아하시나요, 전에 알던 신사 분은 좋아하시던데, 라거나 누군가 말을 꺼내려다 마음이 바뀌어 입을 닫으면, 저분 무슨 말을 하려고 했죠, 하고 묻는다. 하지만 난 정말로 하고 싶을 땐, 하고 싶다고 말하는 사람이다. 나는 하고 싶고 그녀도 하고 싶을 테니까. 여자를 화나게 한다. 그리고 화해한다. 몹시 바라는 체한다. 그러면서 그녀를 위해 참는다고 말해 준다. 그런 식으로 기분을 맞춰준다. 그 여자*⁶⁷도 줄곧 누군가 다른 남자를 생각하고 있었음에 틀림없어. 좋지 않은가? 나이가 찬 뒤부터는 언제나 그, 그, 그였을 것이다. 첫 키스가 계기가 된다. 기회가 무르익은 순간, 그녀들의 내부에서 무엇인가가 터진다. 남몰래 글썽이는 눈에서 전해지는 그 말. 최초의 생각들만큼 강력한 건 없다. 그것을 그녀들은 죽는 날까지 기억하고 있다. 몰리, 정원 곁 무어인의 성벽 아래서 멀비 대위의 키스를 받았다지.*⁶⁸ 열다섯 살 때였다고 했다. 하지만 그녀의 유방은 이미 다 자라 부풀대로 부풀어 있었겠지. 여기까지 말하고는 그녀는 잠들어 버렸다. 글렌크리 만찬 모임을 마치고 우리 집, 우리의 깃털침대산(山)으로 돌아가는 마차 안에서였어.*⁶⁹ 그녀는 자면서 이를 갈았지. 시장 각하 역시 줄곧 그녀 쪽을 바라보았었다. 밸 딜런 시장. 잔뜩 화가 난 표정으로.

저기 그녀가 있다. 불꽃놀이를 보려고 친구들과 함께. 나의 불꽃놀이.*⁷⁰

---

*64 더러워서 블룸이 도망쳐 나온 대중식당.

*65 콘돔.

*66 성병.

*67 거티.

*68 지브롤터에서 마리온이 멀비 대위와 첫 키스를 한 일.

*69 시장도 참석했던 글렌크리 감화원에서의 대만찬 모임. 여기서 돌아오는 마차 안에서 레너헌과 마리온이 블룸 몰래 뒤엉켜 있었다.

폭죽처럼 올라갔다 막대처럼 내려온다.*71 그리고 저 아이들, 쌍둥이가 틀림없을 저 애들은 무언가 일어나주기를 기다리고 있다. 어서 어른이 됐으면 하고. 엄마의 옷을 입어보고 싶어 한다. 아직 멀었어, 세상 이치를 깨닫게 되려면. 빗자루처럼 뻣뻣한 머리에 흑인처럼 입술이 두꺼운 저 가무잡잡한 아가씨.*72 틀림없이 휘파람을 불 줄 알 거다. 입술이 그렇게 생겨먹은걸. 몰리의 입술과 닮았다. 자멧의 고급매춘부가 코까지만 베일로 가린 것도 다 이유가 있는 거지. 죄송하지만 정확한 시간을 가르쳐주시겠어요?*73 가르쳐줄테니 저기 어두운 골목으로 함께 좀 가지. 매일 아침 40번씩 프룬 프리즘 프룬 프리즘, 하고 외워보렴.*74 그러면 입술이 얇아질 거야. 아기를 좋아하는군. 제삼자가 보는 눈이 정확하지. 물론 여자들은 새와 동물, 갓난아기와 마음이 통하지. 기질이 그런걸.

그녀는 해변을 걸어가는 동안 뒤를 돌아보지 않는다. 더 이상은 만족을 주려고 하지 않는다. 아가씨들, 저 아가씨들, 귀여운 해변의 아가씨들.*75 그녀는 눈이 아름다웠다. 맑고 맑은. 눈이 돋보이는 것은 눈동자보다는 흰자위 덕분이다. 내가 어떤 사람인지 그녀는 알았을까? 그야 알았겠지. 개가 덤빌 수 없는 곳에 앉아 있는 고양이처럼. 여자들은 아무것도 숨길 줄 모르고 다 드러낸 채 비너스 그림이나 그리고 앉아 있는 저 고등학교의 월킨스 같은 인간과는 만나주지 않는다. 그것을 순진하다고 할 수 있을까? 가엾은 바보지! 그의 아내가 고생이야. '방금 칠했음'이라고 쓰인 벤치에 여자들은 결코 앉지 않는다. 여자는 온몸이 눈이다. 있지도 않은 것을 찾아 침대 밑을 살핀다. 자신을 놀래켜 줄 무언가가 있기를 갈망하면서. 바늘처럼 날카로운 존재다. 내가 몰리에게, 커프거리 모퉁이에서 본 남자 말이야, 잘생겼던데, 그렇게 말했더니, 저 남자 의수(義手)예요 하고 바로 말했다. 정말로 그렇더군. 그녀는 어디에서 그런 본능을 익혔지? 자기 다리를 보이기 위해 로저 그린

---

*70 불꽃놀이 때 그는 자위행위를 하고 있었다.

*71 발기와 이완.

*72 시시 캐프리.

*73 아까 시시가 블룸에게 시간을 물었던 말.

*74 찰스 디킨스의 소설 《꼬마 도리트》에서. Papa, potatoes, poultry, prunes and prisms를 늘 외우면 입술과 얼굴의 모양이 예뻐진다고 한다.

*75 보일런의 애창가.

가게의 계단을 두 단씩 올라가는 타이피스트. 아버지로부터, 어머니에게, 딸에게 유전되는 것이리라. 골수에 박혀 있다. 예를 들어, 밀리는 다리미질을 생략하기 위해 자기 손수건을 거울에 붙여서 말린다. 거울은 여자의 눈을 사로잡는 광고를 하기에 가장 좋은 장소이다. 그리고 내가 프레스코트 가게로 몰리의 페이즐리 숄을 찾으러 그 아이를 보냈을 때 밀리는 거스름돈을 자기 스타킹 속에 넣어가지고 돌아왔어. 말이 난 김에 하는 얘기지만 그 광고는 꼭 해봐야겠어. 센스가 빠른 말괄량이 같으니! 그런 건 결코 가르쳐준 적이 없는데. 그리고 그 아이가 꾸러미를 들 때의 우아한 모습. 그런 사소한 일이 남자를 끌어당긴다. 손이 얼어 벌게지면 피를 통하게 하려고 손을 위로 쳐들고 흔들어댄다. 그런 건 누구한테서 배웠지? 아무에게서도 배우지 않았어요. 간호사가 그런 말을 했던 것 같아요. 어머, 간호사들은 그런 걸 모른다고요? 우리가 롬바드거리 서쪽에서 이사하기 전이니까 그 아이는 세 살로, 몰리의 화장대 앞에 앉아 있었다. 내 얼굴 참 예뻐요. 멀링거시(市)*[76]에서. 누가 알겠어? 세상사란 모르는 거야. 젊은 학생이라.*[77] 어쨌든 아까의 여자아이들과는 달리 다리는 쪽 곧게 뻗었지. 그건 그렇고 그녀는 여전히 먹음직스러운 사냥감이야. 제기랄, 지독하게 젖어 있군. 너는 야수야. 그녀의 포동포동한 정강이. 투명한 스타킹. 당장이라도 터질 듯 팽팽한. 오늘 만난 그런 너절한 여자와는 달라. A.E. 주름투성이 스타킹.*[78] 그래프턴거리의 그 여자. 희다.*[79] 윽! 무다리.*[80]

칠레 삼나무 폭죽이 터지면서 요란한 소리를 낸다. 치직, 치직, 치지직. 시시와 토미가 그것을 보려고 뛰기 시작하고, 에디는 뒤에서 유모차를 밀며 가고, 거티는 바위 모서리를 돌아서 사라졌다. 그녀는 과연 이쪽을 볼까? 봐, 이쪽을 보라구! 거봐, 돌아봤다. 그녀는 알아차렸다. 귀여운 것, 나는 너를 봤어. 나는 모든 것을 봤어.

오, 주여!

---

*76 블룸의 딸 밀리가 근무하는 사진관이 있는 시. 웨스트미스주의 수도.
*77 남학생과 알고 지낸다는 밀리의 편지에서.
*78 A.E.와 함께 걷고 있던 스타킹이 내려간 여자.
*79 매코이와 이야기할 때 본 하얀 스타킹 신은 여자.
*80 무다리 여자들이 사진을 찍으러 왔다는 밀리의 편지에서.

어쨌든 좋았어. 키어넌 술집에서 있었던 일이나 디그넘의 장례식으로 마음이 무거웠는데. '교대하러 와주니 정말 고맙군.' 햄릿에 나오는 말이다. 정말! 기분이 온통 뒤죽박죽이었어. 짜릿한 흥분. 그녀가 몸을 뒤로 젖힐 때, 혀끝이 얼얼해 올 정도였다니까. '머리가 빙빙 돈다.' 그놈*81 말 그대로다. 그러나 나는 더 어리석은 짓을 했는지도. 시시한 이야기는 그만. 그러면 저는 무엇이든지 이야기할게요.*82 그러나 그것도 나와 그녀가 나눈 하나의 말이었다. 설마 그 여자*83는 아니겠지. 아니, 친구가 거티라고 부르던데. 하지만 내 이름*84처럼 가명인지도 모르고 돌핀스 반*85이란 지역명만으로는 알수가 없어.

　　처녀 적 이름은 제미너 브라운
　　아이리시 타운에서 어머니와 함께 살았죠.*86

이런 생각이 드는 건 아마도 장소 때문이겠지. 어차피 이거나 저거나. 그소녀들은 스타킹으로 펜을 닦거나 한다. 그러나 그 공은 이치를 제대로 안것처럼 그녀에게로 굴러왔었다. 모든 총알은 저마다 날아가 박힐 곳이 있다.*87 나는 학교 때 무엇이든 똑바로 던질 수가 없었다. 수소 뿔처럼 휘어서 날아갔지.

하지만 불과 몇 년 뒤에는 저런 아가씨가 가정을 이루어 냄비나 닦는 신세가 된다고 생각하면 참 슬퍼진다. 곧 남편 바지는 윌리에게도 맞을 테고, 여차하면 갓난아기 쉬운 걸 훔치는 걸레로 쓸지도 모르지. 간단한 일이 아니야. 아이를 보호하고, 해를 입지 않게 지키고, 자연의 섭리라는 건가. 아이를 씻기고, 시체를 씻긴다. 디그넘. 자식들은 제 어미에게 엉겨 붙어서 한시도 떨어지지 않으려 한다. 제대로 피도 안 마른 어린 것의 코코넛처럼 물렁

---

*81 보일런이 부르는 노래의 가사를 쓴 사람.
*82 마사의 편지에 나오는 말.
*83 마사 클리퍼드.
*84 헨리 플라워.
*85 마사 클리퍼드가 편지를 받는 우체국이 있는 지역의 이름.
*86 아일랜드의 속요.
*87 싸움터에서 총알에 맞는 것은 운명이다.

한 두개골, 아직은 원숭이 새끼에 불과한, 그리고 포대기에서 진동하는 상한 우유 냄새, 굳어서 눌어붙은 분유 덩어리. 아직은 빈 젖꼭지를 물려선 안 돼요. 우유병에 바람이라도 채워서 줘요. 뷰포이, 퓨어포이 부인.*88 병원에 한 번 가봐야 할 텐데. 간호사 캘런이 아직 거기에 있을까? 몰리가 커피 팰리스에 나가던 시절,*89 몇 번인가 밤에 우리 집에 들러주었지. 그 젊은 의사 오헤어의 외투를 그녀가 솔질해 주는 것을 본 적이 있다. 브린 부인도 디그넘 부인도 옛날에는 그렇게 했어. 결혼적령기 아가씨로서. 무엇보다도 곤란한 것은 밤이에요 하고 시티 암스 호텔에서 더건 부인이 나에게 이야기했지. 한밤중에, 스컹크처럼 지독한 술냄새를 풍기며 굴러 들어오는 남편. 깜깜한 어둠 속에서 퀴퀴한 술냄새가 코로 훅 끼쳐 올 때의 그 기분이란. 그런 주제에 아침이 되면 어젯밤 내가 취했었나? 하는 거예요. 그러나 그런다고 남편을 들볶는 것은 졸렬한 방법이다. 닭이 밤이 되면 제 둥지를 찾아 돌아오는 것과 같은 이치이다. 부부는 아교처럼 서로 붙어 있다. 여자 쪽에도 잘못이 있을지 모른다. 그런 점에서 본다면 몰리는 그 어떤 여자에게도 지지 않는다. 그것은 남방인의 피. 무어인의. 그리고 그 형태, 그 육체. 손은 풍만한 곡선을 더듬고 있었다.*90 다른 여자들과 잠시 비교해 보는 것만으로도 명백하다. 집에만 틀어박혀 있는 아내, 찬장 안의 해골*91이랄까? 소개하겠습니다. 저의…… 그러면서 자신의 시시하고 볼품없는 아내를, 상대방으로선 이름이 무언지 그다지 알고 싶지 않은 그런 여자를 소개한다. 남자의 약점은 언제나 그의 아내를 보면 안다. 그러나 사랑에 빠지는 것, 그것은 운명. 두 사람만의 비밀. 여자가 돌보지 않으면 타락해버릴 남자들. 작달막한 계집에겐 체격이 왜소한 남편이 붙는다. 신은 그 지으신 대로 이들을 짝지어 주신다. 그런데 가끔 아이는 제대로 생긴 것이 태어난다. 0 더하기 0이 1이라. 그런가 하면 70세 부자 영감탱이가 수줍음 타는 어린 아내를 얻기도 한다. 5월에 결혼하고 12월에 후회한다. 바지가 축축해서 영 불쾌한걸. 들러붙었다. 포피(包皮)*92가 벗겨진 그대로다. 손으로 잡아당기는 게 좋겠어.

---

*88 브린 부인의 이야기에서 나온 퓨어포이 부인이 근처의 병원에 입원해 있다는 것을 떠올린다.
*89 생활비를 벌기 위해 몰리가 커피 팰리스에서 피아노를 치던 때.
*90 오후에 블룸이 산 《죄의 감미로움》의 한 구절.
*91 남에게 밝히기 힘든 수치스러운 비밀을 뜻하는 관용어이다.

우욱.

또 키가 6피트나 되는 사내가 자기 가슴팍에나 올까 말까 한 여자를 데리고 사는 경우도 있다. 꺽다리와 장다리 커플. 뚱뚱이와 홀쭉이 커플. 내 시계가 아무래도 이상한 걸. 손목시계는 고장이 너무 잦아. 사람 몸에서 자력(磁力)이 나오나? 멈춘 시간이 하필 그놈이 그걸 하던 때······. 그래, 바로 그 순간에 멈춘 거야. 고양이 없는 곳에선 쥐가 설친다.*93 필 골목*94에서 시계를 들여다봤던 게 분명히 기억나. 어쨌든 문제는 자력이야. 모든 일의 배후에는 자력이 있어. 예를 들어, 지구 역시 자력에 따라 끌리거나 끌어당긴다. 운동은 그렇게 해서 생겨나는 거지. 그리고 시간은? 그렇다. 운동에 필요한 것이 시간이다. 따라서 만약에 무엇 하나가 멈추면 온 우주가 서서히 멈춘다. 서로 연결되도록 그렇게 짜여 있으니까. 자기(磁氣) 바늘을 보면 태양이나 별에서 일어나는 일을 알 수 있지. 작은 쇠붙이 조각 하나로 말이야. 포크를 가까이 대면. 간다, 간다, 이것 봐, 딱 붙는다. 그것이 남자와 여자다. 포크와 쇠붙이. 몰리와 그놈.*95 치장하고, 바라보고, 암시하고, 그걸 보도록 만든다. 재채기가 나오는 것처럼 자연스럽게, 본다. 그러면 그녀는 짐짓 당신의 눈길에 저항하는 척 굴고, 당신은 좀 더, 좀 더, 허벅지, 봐요, 그럴 배짱이 있다면, 여길 봐요. 슬쩍, 건드린다. 이제부터는 발사할 일만 남았을 뿐. 그 부위가 건드려질 때, 여자는 대체 어떤 느낌일까. 제삼자가 곁에 있을 땐 엄청 부끄러워한다. 스타킹에 구멍이라도 나있으면 더욱더 어쩔 줄 몰라 하지. 예전에 몰리는 말 박람회장에서 박차 달린 승마용 장화를 신은 농부 근처에 있을 때면 고개를 뒤로 젖히고 아래턱을 쭉 내민 자세를 취했었다. 서쪽 롬바드거리에 화가들이 왔을 때도 그랬다. 그 친구는 목소리가 참 좋았지. 쥬글리니*96의 창법이었어. 그때 꽃향기 비슷한 게 났었지. 정말 그랬어. 제비꽃 같은. 물감에서 나는 테레빈유(油) 냄새였을 거야. 여자들은 뭐든지 자기식대로 이용하는 재주가 있다. 그 짓을 하는 중에도 슬

---

*92 귀두를 감싸고 있는 피부. 블룸은 유대인이지만 할례를 받지 않았다.

*93 고양이는 블룸 자신을 뜻한다.

*94 더블린 중심지, 리피강 북쪽.

*95 보일런.

*96 안토니오 쥬글리니(1827~65). 이탈리아의 테너 가수.

리퍼로 바닥을 긁어대어 다른 사람이 듣지 못하도록 한다든지. 하지만 많은 여자들이 절정을 경험하지는 못하는 것 같아. 몇 시간이고 계속 한다. 온몸을, 그리고 허리 아래쪽을 휘감는 그 어떤 것.

가만있자. 킁. 킁. 그래. 그녀의 향수 냄새로군. 그녀가 팔을 흔들었던 건 이것 때문이었나. 멀리 있더라도 절 잊지 마시라고 향기를 남겨두고 떠납니다. 무슨 향수일까? 헬리오트로프? 아니야, 히아신스인가? 킁킁. 장미인가 보군. 이런 종류를 좋아하는가봐. 달콤하고 값싼. 이런 건 금세 시큼해지지. 몰리가 오포파낙스*97 향을 더 좋아하는 것도 그런 이유에서야. 거기다 재스민향을 약간 섞으면 그녀에게 가장 잘 어울리는 향기가 된다. 그녀의 고음과 저음의 혼합이랄까. 그 무도회날 밤, 그녀는 놈을 만나 몇 시간이나 춤을 췄다. 열기 때문에 향수 냄새가 한층 더 짙게 났지. 그녀가 입은 검은 드레스에는 예전에 뿌렸던 향수냄새가 남아 있었다. 그 옷이 전도체(電導體) 역할을 한 건가? 아닌가? 조명도 생각할 문제지. 빛과 어떤 관련이 있을 거야. 가령 어두운 지하실 안에 있다고 생각해 봐. 역시나 신비롭지. 왜 지금에서야 이 향기를 맡았을까? 냄새가 여기까지 닿는 데에는 그 아가씨가 오는 것과 같은 정도의 시간이 걸린다. 늦지만 확실하게. 수백만 개의 미분자(微分子)가 불려서 날아온다고 생각해 봐. 그렇다, 정말 그렇다. 실론 섬, 그 향신료의 섬들에서는 여러 마일이나 떨어진 먼 바다까지 냄새를 실어 보낸다고 하니까. 아무튼, 그게 뭔지 알려주지. 사실 여자의 피부는 대단히 얇은 베일이나 망 같은 것으로 뒤덮여 있다. 여자 스스로는 의식하지 못하지만, 그녀의 육체는 무지갯빛 도는 미세한 거미줄 같은 것을 실을 잣듯이 끊임없이 뽑아내고 있다. 그녀가 벗는 모든 것에 그것이 묻어 있다. 스타킹의 발가락 끝부분. 이제 막 벗은 구두. 코르셋. 속바지. 가볍게 차서 던져 놓는다. 바이, 바이, 다음에 또 만나요. 고양이도 침대에 내팽개쳐진 그녀의 슈미즈 냄새 맡는 것을 좋아한다. 그녀의 냄새라면 확실히 구별해낸다. 목욕물 냄새 역시. 크림 뿌린 딸기를 생각나게 하지. 정확히 어느 부위에서 나는 냄새인지 모르겠군. 거기인가 아니면 겨드랑이? 목덜미인가? 어쨌든 구멍이나 옴폭한 곳이면 어디든 냄새가 나기 마련이니까. 히아신스 향수는 기름인가, 에

테르인가 하는 걸로 만들지. 사향쥐. 꼬리 아래 주머니가 달려 있는데 그놈 1그레인*98이면 향기가 몇 년은 간다지. 개들은 서로의 엉덩이 냄새를 맡는다. 안녕. 안녕. 내 엉덩이 냄새가 어때? 쿵. 쿵. 참 좋은 냄새군. 고마워. 그게 동물들의 방식이다. 그래, 똑같은 이치지. 우리도 마찬가지다. 예를 들어 어떤 여자들은 달거리 하는 동안엔 곁에도 오지 못하게 한다. 가까이 다가가면? 고약한 냄새 때문에 코를 틀어쥐게 될 걸. 냄새가 어떠냐고? 삭힌 청어 냄새랄까, 아니면…… 으으. 잔디에 들어가지 마십시오.

아마 여자들도 우리에게서 남자 냄새를 맡을 것이다. 어떤? 키다리 존이 저번에 책상 위에 놓아 둔 담배 냄새 찌들은 그 장갑. 그냥 입 냄새일까? 아까 먹고 마신 음식 냄새? 아니다. 분명 사내의 냄새라니까. 틀림없이 그것과 관계가 있을 것이다. 왜냐하면 하지 않는다고 알려진 사제에게선 특별한 냄새가 나니까. 여자들은 설탕물 주위에 꼬이는 파리떼처럼 그들 주위에 윙윙거리며 모여든다. 제단이 난간으로 둘러쳐져 있어도 어떻게 해서든지 가까이 간다. 금단(禁斷)의 사제 나무. 오, 신부님, 해주실 거죠? 저부터 먼저 해주세요. 그것은 온몸에서 퍼져 나와 침투한다. 생명의 원천이요, 몹시도 기묘한 냄새로다. 셀러리 소스인가? 가만.

블룸은 그의 코를 들이밀었다. 쿵쿵. 이 안쪽인가? 쿵쿵. 그의 조끼 입은 가슴 근처로. 아몬든가? 아니면. 아냐, 레몬이다, 이건. 아, 아냐, 비누다.*99

아, 이제 생각났다. 그 로션.*100 뭔가 마음에 걸리는 일이 있더라니. 분명히 가게에 다시 들른 적이 없어. 비누 값도 치르지 않았고. 오늘 아침에 본 그 할망구처럼 볼썽사납게 그런 걸 들고 다니고 싶진 않아. 하인스가 3실링을 갚았을지도 모르는데. 미거 가게 얘기를 꺼내면서 슬쩍 생각나게 할 수도 있었어. 그래도 그가 그 광고 건을 잘 처리해 준다면, 2실링 9페니인가.*101 나를 좋지 않게 생각할 거야. 내일 가야지. 내가 얼마를 내야하죠? 3실링 9페니였나요? 2실링 9페니입니다. 아, 네. 다음부터는 외상을 주지 않을지도 몰라. 그런 식으로 손님을 잃게 되는 법이다. 술집들이 그래. 외상을 자꾸

---

*98 0.0648그램.

*99 블룸은 이제까지 주머니의 비누 냄새를 거터의 향기라고 생각해왔다.

*100 스위니 약국에 주문해 놓고 찾아오지 않은 것.

*101 약국의 외상이 3실링 1페니라는 것을 모르고.

주다 보면, 사람 마음이 한 가게에 잔뜩 외상을 져 놓고는 뒷길을 돌아 다른 가게를 찾는 식이 돼버리거든.

어? 저기에 아까 지나쳐 가던 그 고귀한 신사[102]가 있군. 만(灣) 쪽에서 왔나 본데. 제때 돌아갈 수 있을 거리까지만 나선다. 저녁식사는 꼭 집에서 한다. 얼굴색이 좋군. 실컷 먹은 게로구나. 이제는 자연의 풍광을 즐기고 있다. 식후의 기도, 저녁식사 후 1마일의 산책. 은행 예금이 약간 있겠지. 관리였으니까. 오늘 신문팔이 아이들이 날 따라왔듯이 내가 그를 따라가면 거북해 할 거야. 그래도 무엇인가 배울 것은 있다. 타인의 눈으로 자신을 보라? 여자의 비웃음을 받지 않는 이상 신경 쓸 필요 없어. 그게 올바른 방법이지. 자신이 누구인가 스스로에게 물어보라. '해안의 신비로운 사나이' 레오폴드 블룸 작, 현상공모 단편소설 입선작. 한 단락 당 1기니의 원고료.[103] 그리고 오늘 묘지에서 봤던 저 갈색 매킨토시를 입은 남자. 그의 운명적으로 돋아난 티눈.[104] 모든 걸 빨아들이는 건강함. 바람이 휘파람 소리를 내면 비가 온다지? 왠지 꾸물꾸물한 기운이 느껴져. 오먼드 호텔의 소금은 젖어 있었지. 몸이 먼저 안다. 베티 할멈의 관절이 쑤신다.[105] 눈 깜박할 사이에 날아서 세계 둘레를 도는 배에 관한 십턴 할멈[106]의 예언. 확실해. 비가 올 징조다. 로열 독본.[107] 먼 산이 가깝게 보인다.

호스곳. 베일리 등대. 둘, 넷, 여섯, 여덟, 아홉. 저것 봐. 저렇게 불빛 방향을 바꾸지 않으면 그냥 집이라 생각할 거야. 그래서 난파한다. 그레이스 달링.[108] 사람들은 어둠을 무서워한다. 개똥벌레도, 자전거 타는 사람도. 점등 시간. 보석, 다이아몬드는 더 잘 빛난다. 빛을 보면 안심이 된다. 밝은 곳에선 해를 입지 않을 거야. 물론 이전에 비하면 훨씬 좋아졌다. 시골길. 아무것도 아닌 일로 인간의 배를 찔러 죽이거나 한다. 길을 걷다 부딪쳤을 때 상대방의 반응은 크게 두 가지이다. 찡그린 얼굴, 아니면 미소 짓는 얼

---

[102] 브린을 말한다.

[103] 오늘 아침 신문에서 읽은 〈티트비츠〉지의 현상소설을 생각하고 있다.

[104] 지미 헨리는 티눈을 핑계로 디그넘의 유족에 대한 기부를 하지 않았다.

[105] 날씨에 대한 더블린의 속담과 같은 것.

[106] 1488~1561. 런던대화재(1666)와 증기기관의 출현 등을 예언했다는 영의 예언자·마녀.

[107] 모두 6권으로 된 초등학생용 교과서.

[108] 그레이스 호슬리 달링(1815~42). 1838년, 등대 부근에서 난파한 선원을 구했다.

굴. 실례했습니다. 천만에요. 해가 지고 그늘이 질 무렵이 식물에게 물을 주기 가장 좋은 시간이다. 아직도 약간 빛이 남아 있다. 빨강색 광선이 제일 길다. 로이그비브*[109] 밴스 선생님이 우리에게 가르쳐주셨지. 빨, 주, 노, 초, 파, 남, 보. 별이 하나 보인다. 금성인가? 아직 모르겠군. 이어서 둘, 셋이 나타나면 밤이다. 저쪽에 걸린 밤 구름은 언제까지나 저곳에 머물러 있는 걸까? 꼭 유령선 같군. 아니, 가만. 나무로구나. 착시 현상이었어. 신기루. 해가 지는 나라다. 남동으로 지는 자치의 태양*[110]이라. 나의 조국이여, 잘 자라.*[111]

이슬이 내린다. 당신, 이런 때에 돌 위에 앉아 있는 건 좋지 않아요. 백대하(白帶下)*[112]에 걸려요. 그럼 아이를 못 낳게 돼요. 배 속의 아기가 힘이 세서 제 스스로 기어 나오지 않는 한. 나부터가 치질에 걸릴지도 모른다. 여름 감기나 입가에 난 상처처럼 잘 낫지가 않아. 풀잎이나 종이에 벤 상처가 가장 처치곤란이다. 엉덩이의 마찰. 그녀가 앉아 있었던 저 바위가 되고 싶군. 오, 귀여운 작은 소녀여, 너는 네가 얼마나 사랑스러워 보이는지 모르겠지. 그 나이 또래의 여자아이들이 좋아지기 시작한다. 푸른 사과들. 주는 건 무엇이든 덥석 잡아챈다. 책상다리를 하고 앉는 유일한 시절. 오늘 도서관에서 본 여학교 졸업생들도 그랬지. 그녀들의 엉덩이에 깔리는 의자는 행복하여라. 하지만 그건 황혼녘의 분위기 탓이었다. 그녀들 모두가 그것을 느낀다. 꽃처럼 활짝 피어난다, 자신이 언제 피어날지 아는 해바라기나 양엉겅퀴처럼, 무도회장에서, 샹들리에 아래서, 가로등 아래 가로수길 위에서. 내가 그녀*[113]의 어깨에 키스했던 맷 딜런네 정원에 피어 있던 비단향꽃무. 그때 그녀의 전신을 그림으로 그려 놓았더라면. 내가 구혼한 것도 역시 6월이었다. 세월은 흐른다. 역사는 그 자신을 되풀이한다. 너희 바위와 산이여. 우리는 그대들이 있는 곳으로 돌아간다. 그대만의 작은 내면세계에서 일어나는 생명, 사랑 그리고 항해. 그리고 이번 것은? 물론 그 아가씨가 다리를

---

*109 Rougbiv. 무지개 일곱 가지 색 각각의 머리글자를 따서 만든 이름.

*110 '북서에서 솟는 자치의 태양'이라는 그리피스의 말을 비꼬아서.

*111 바이런의 시 〈차일드 해럴드의 편력〉 중에서.

*112 자궁이나 질벽의 점막에 염증이나 울혈이 생기는 때 나오는 끈끈한 흰 냉, 또는 그 냉이 나오는 병.

*113 몰리.

저는 것은 슬픈 일이지만, 너무 불쌍히 여기지 않도록 조심해야 해. 여자들은 그것을 기회로 삼으니까 말야.

이제 호스곶은 아주 조용해졌다. 먼 언덕들은 마치…… 우리가 있던 곳. 진달래꽃.*114 내가 바보지. 자두 열매는 놈*115이 먹고, 내게 남은 건 다 먹고 뱉은 자두씨뿐이다. 예부터 저 언덕들은 모든 걸 보아왔다. 다만 사람의 이름만이 바뀌어 왔을 뿐.*116 단지 그것뿐이다. 연인들, 쪽. 쪽.*117

좀 피곤한 것 같군. 일어설까? 아니, 기다려. 내 몸 안에서 남성적인 힘을 모두 빼앗아 갔어, 저 작은 마녀가. 그녀*118가 나에게 키스했다. 나의 젊음. 이제 돌아오지 않는다. 그것은 단 한 번 닥쳐올 뿐. 그녀의 젊음도 그렇지. 내일 기차를 타고 그곳에 가볼까. 아냐, 같은 것은 이제 돌아오지 않는다. 어린애처럼 같은 집으로 다시 가 보다니. 나는 새로운 것을 원한다. 태양 아래 새로운 것은 없다? 돌핀스 반 우체국 사서함. 당신은 댁에서 행복하지 않아요? 버릇없는 꼬마.*119 돌핀스 반에 있는 루크 도일의 집에서 한 문자 수수께끼 놀이. 맷 딜런과 그의 딸들인 타이니, 애티, 플로이, 메이미, 루이, 헤티. 그리고 몰리도 있었다. 87년.*120 우리가 함께 되기 전해의 일이다. 그리고 한잔 하기를 좋아한 늙은 소령. 그녀는 외동딸, 나도 외동이라는 것은 묘한 일이다. 그러니까 다음 대도 그렇다.*121 자기는 면했다고 생각해도 언젠가는 같은 운명이 된다. 길게 돌아서 왔다고 생각해도 결국 내 집으로 가는 가장 가까운 길이다. 그리고 마침 녀석과 그녀가 그때에.*122 링 안을 빙빙 도는 곡마단의 말. 우리가 하던 립 밴 윙클 놀이.*123 립(rip : 째진틈), 그것은 헤니 도일의 외투의 째진 틈. 밴(van : 배달차), 그것은 빵 배달차, 윙클(winkle : 새조개), 새조개와 소라고둥(periwinkle). 그리고 나는 돌아오는 립 밴

---

*114 마리온과 갔던 소풍에서 구혼했던 추억.
*115 보일런.
*116 결혼한다는 것.
*117 마리온과 블룸의 키스.
*118 호스곶에 갔을 때의 마리온.
*119 마사의 편지 한 구절.
*120 1887년, 마리온과 블룸은 처음으로 만났다.
*121 아이가 밀리 하나뿐이다.
*122 보일런과 마리온.
*123 문자 수수께끼 놀이의 하나. 어빙 소설의 제목.

윙클*124을 연기했다. 그녀는 찬장에 기댄 채 바라보았다. 무어인의 눈.*125 '잠의 골짜기'에서 20년 동안 잠자고 있었다. 모든 것이 변했다. 잊혀졌다. 그때의 젊은이는 이제 늙어버렸다. 그의 총도 이슬에 젖어 녹이 슬었다.

획, 하고 날아다니는 저건 뭐지? 제빈가? 박쥐인가 보군. 나를 나무라고 생각하는 모양이지. 눈이 잘 보이지 않으니까. 새는 후각이 있지 않나? 윤회. 옛날 사람은 슬픔 때문에 인간이 나무로 변한다고 믿었다. 수양버들 같은. 획! 저쪽으로 날아간다. 우스꽝스럽게 생긴 난쟁이 거지 같다. 저놈은 어디에서 살까? 저쪽에 있는 종루야. 틀림없다. 성스러운 향냄새에 싸여 거꾸로 매달려 있다. 종소리에 놀라서 튀어나왔겠지. 미사는 끝난 것 같다. 모두가 기도하는 소리가 들렸다. 우리를 위해 기도해 주소서, 우리를 위해 기도해 주소서, 우리를 위해 기도해 주소서. 되풀이할수록 효과가 있다. 광고도 마찬가지다. 우리 가게에서 구입하세요, 우리 가게에서 구입하세요. 그렇다. 사제관에 등불이 켜졌다. 그들의 조촐한 식사. 톰 인쇄소에 근무할 때 계산 착오를 저질렀던 게 기억나는군. 28파운드.*126 이 교회는 집을 두 채 가지고 있다. 가브리엘 콘로이의 동생은 보좌신부이다. 획! 또 날고 있다. 왜 꼭 생쥐처럼 밤에 기어나올까? 녀석들은 튀기이다. 날아다니는 생쥐. 무엇이 무서운 거지? 등불인가 소리인가? 얌전히 좀 있으면 좋을 텐데. 가뭄 때, 몰고 온 조약돌로 물병을 채워 물병 아가리 가장자리로 차오른 물을 마시는 새처럼 저것도 본능적인 움직임일 테지. 망토 두른 난쟁이처럼 녀석들은 손이 작다. 작은 뼈. 희미하게 빛나는 그 손이 보이는 것 같다. 푸른 기운이 도는 창백한 흰빛. 색이란 거기에 닿는 빛에 달렸다. 예를 들어 매처럼 태양을 바라보다가*127 구두를 보면 노랗고 희미한 반점처럼 보인다. 태양은 모든 것에 자기 상표를 붙이고 싶어 한다. 예를 들어 오늘 아침 계단에 있었던 저 고양이. 갈색 진흙 색. 삼색 고양이는 결코 없다고 한다. 하지만 아니

＊124 미국의 소설가 워싱턴 어빙이 쓴 소설의 주인공. 잠의 골짜기에서 20년이나 잔 뒤 돌아온다.

＊125 마리온의 어머니 쪽에 무어인의 피가 흐른다.

＊126 바다의 별 교회에는 주임 신부와 보조 신부를 위해 부속된 주택이 두 채 있는데 각 평가액은 28파운드였다.

＊127 신화에 따르면 매는 태양을 똑바로 바라볼 수 있다. 늙으면 시력 회복을 위해 태양을 향해 난다고 한다.

야. 저 시티 암스 호텔에 있던 머리에 M자 무늬가 있는 흰색 바탕에 검은색 갈색 오렌지색의 얼룩 고양이. 무수히 서로 다른 색을 가진 몸. 호스곳은 조금 전에는 자수정 빛이었다. 반사하는 유리. 무슨무슨 이름인가의 그 현자가 유리로 불을 일으킨 방식과 같다. 야생화 언덕이 불탄다. 관광객의 성냥 때문이 아니다. 그렇다면? 아마도 바람 부는 쨍쨍한 날 마른 가지들이 서로 마찰을 일으킨 탓이겠지. 그렇지 않으면 금작화 곁에 버려진 깨진 병에 햇볕이 닿아 확대경과 같은 작용을 하는 것이다. 아르키메데스. 유레카!*128 나의 기억력도 그렇게 나쁘진 않군.

획! 저것들은 무얼 찾아서 저렇게 날아다니는 건지 알 수가 없단 말야. 곤충인가? 지난주 내 방에 들어온 꿀벌은 천장에 비치는 자기 그림자와 장난을 치고 있었다. 나를 찌른 녀석이 상태를 보기 위해 돌아왔나? 새도 그렇다. 무엇을 지껄이고 있는지 전혀 알 수가 없어. 우리의 잡담과 같은 것. 암놈이 한마디, 그러면 받아서 수놈이 한마디 하는 식이다. 신경이 곤두선다고? 그들은 매년 날아서 대양을 건너갔다가 다시 이곳으로 돌아와야 한다. 많은 숫자가 폭풍우를 만나거나 전선에 앉거나 해서 죽을 것이다. 그런 무서운 생활을 선원들도 하지. 요동치는 바다의 어둠 속을 바다소처럼 헤쳐나가는 대양(大洋) 기선이라는 육중한 짐승. 돌진! 거기 비켜, 이 멍청아. 또 손수건만 한 돛을 단 작은 배에 실려 선실 안에서 이리저리 나뒹굴며 밤새도록 폭풍우에 시달려야 하는 선원들. 그들도 결혼을 한다. 때로는 몇 년 동안이나 지구의 끄트머리 어딘가에 가 있다. 사실 끄트머리란 것은 없다. 지구는 둥그니까. 항구마다 마누라가 있다고 그들은 말한다. 조니가 다시 집으로 돌아올 때까지 아내가 온전히 수절하며 기다리고 있다면 그건 정말 대단한 일이지. 그가 정말로 돌아오기나 할는지 모르지만. 항구 뒷골목의 냄새를 맡는 것. 바다 같은 거 어디가 좋단 말인가? 어쨌든 그들은 바다를 좋아한다. 닻을 올린다. 그리고 출범한다. 액땜을 위하여 성의(聖衣)를 걸치거나 메달을 목에 걸고서. 음, 그리고 테필림*129인가 뭔가 하는 물건도 있지. 옛날에, 불쌍한 아버지들의 아버지들이 문간에 매달아놓고 오갈 때마다 만졌던 물건

---

*128 아르키메데스가 목욕을 하다가 그 유명한 원리를 발견했을 때 남긴 말.

*129 테필린(트필린)의 오기. 유대인들이 구약성서의 문구를 적은 양피지를 넣어 두는 성구함(聖句函)으로 주로 팔이나 이마 등에 줄로 매달아 갖고 다닌다.

말이야. 우리를 이집트에서 끌고 나와 다시 속박의 집으로 데려간 그 물건. 미신이라곤 하지만 의미는 있지, 우리 앞에 어떤 위험이 기다리고 있을지 알 수 없으니. 소금물을 수도 없이 들이켜면서, 판자나 돛대에 매달려, 구명대를 온몸에 감은 채, 가망 없는 목숨을 지키기 위해 발버둥 친다. 하지만 상어 떼가 냄새를 맡고 다가오는 순간, 그것이 그들의 마지막이지. 물고기도 멀미를 할까?

이어서 찾아오는 구름 한 점 없는 하늘, 잔잔한 바다의 아름다운 고요. 산산이 부서진 배의 잔해와 화물상자들. 데이비 존스의 사물함.*130 부드러운 파도에 흔들리는 익사한 시체들. 달이 굽어본다. 내가 그런 거 아닌데, 라는 표정의, 늙은 악동.

머서 병원 기금 모금을 위한 마이러스 바자회에서 쏘아올린 길 잃은 폭죽이 하늘로 지그재그 궤적을 그리며 올라가더니 맥없이 픽, 하고 터져 자줏빛 별무리와 하얀 별 하나를 뿌린다. 별들은 잠시 떠 있다간 이내 떨어져 내리며 어둠 속으로 사라진다. 양치기의 시간. 포옹의 시간. 밀애의 시간.

밤 9시의 우편배달부가 집에서 집으로 찾아다니며 문을 두 번씩 두드린다. 그의 노크는 언제나 환영받는다. 월계수 울타리 길을 걸어가는 우편배달부의 허리에 매달린 반딧불 램프가 어둠 속을 어슴푸레 비춘다. 그리고 다섯 그루의 어린 나무들 사이에서 누군가 점등 막대를 들어 올려 리히의 테라스 곁 램프에 불을 켠다. 앙칼진 목소리가 소리 높여 외치며 블라인드를 내린 불 밝힌 창문 곁을, 집집마다 똑같은 모양의 정원들 곁을 지나간다. 〈이브닝 텔레그래프〉 최종판 있어요! 골드컵 경마 대회 결과를 확인하세요! 그러자 디그넘의 집 문이 열리더니 한 소년이 달려 나와 그 목소리를 불러 세운다. 박쥐가 지저귀며 이리저리 날아다닌다. 저 멀리 모래사장 쪽에서는 잿빛 파도가 슬금슬금 기어온다. 길고 따분한 낮 시간, 진달래꽃 아래서 쪽쪽 입을 맞추는 연놈들을 구경하는 것도 신물이 난 호스곶은 (그는 늙었다) 이제 그만 잠들기 위해 기다랗게 누워 있다. 밤의 미풍이 불어와 쓰러져 있던 자신의 양치류 잎사귀들을 일으켜 세우는 것을 기분 좋게 느끼면서. 호스곶은 누워 있었으나 여전히 잠들지 않고서, 그 붉은 눈*131을 뜬 채 게으르게 느릿느

---

*130 익사한 사람들이 간다는 바다 밑바닥. 18세기 선원들이 바다의 악령을 가리켜 데이비 존스라고 불렀던 데서 유래.

릿 무거운 숨을 내쉬었다. 그리고 저 멀리 키시 방파제 근처에 정박한 등대선이 블룸을 향해 눈짓하듯 불빛을 깜박거렸다.

저기 저편, 한곳에 붙잡혀 어쨌거나 함께 살아가야만 하는 인간들. 아일랜드 등대 위원회. 자신의 죄를 참회하는 자들. 해안경비대 역시. 조명탄, 부표처럼 떠있는 선원의 반바지, 구명정. 우리가 유람 삼아 에린스 킹호(號)를 탔을 때 그들 곁을 지나가면서 신문 뭉치를 던져줬었지. 그들은 동물원 우리에 갇힌 곰들을 연상시킨다. 끔찍한 여행. 술을 깨려고 갑판으로 나오는 주정뱅이들. 속엣 것을 바다에 토해낸다. 그걸 주워 먹으려 청어들이 몰려든다. 구역질. 그리고 신을 두려워하는 듯한 표정의 여인들. 하지만 밀리는 아무렇지도 않은 표정. 푸른 스카프를 느슨히 감고서 아이는 웃고 있다. 그 나이에 죽음이 뭔지 알 리가 없지. 위장도 깨끗하다. 대신 엄마를 잃어버릴까봐 무서워한다. 크럼린에서 나와 마리온이 나무 뒤에 숨었을 때도 그랬지. 솔직히 그런 장난은 내키지 않았어. 엄마! 엄마! 숲 속의 아이들.*132 가면을 쓰고 아이들을 놀래준다. 아이를 공중에 던져 올렸다 다시 받는다. 죽여버릴 테야. 그건 정말로 농담일까? 전쟁놀이를 하는 아이들. 진지하다. 사람들은 어떻게 서로에게 총을 겨눌 수 있을까? 때로는 총알이 튀어나오는 일도 있다. 가엾은 아이들. 아이를 키울 땐 단독(丹毒)과 두드러기가 가장 골치다. 예전엔 그래서 감홍(甘汞)*133 하제(下劑)를 딸에게 먹인 적이 있었지. 조금 좋아진 다음에는 몰리 곁에서 잠이 들었다. 제 엄마와 똑같은 치아. 그녀들은 무엇을 사랑하는가? 또 하나의 자기를? 그리고 다음 날 아침엔 몰리가 우산을 들고 딸의 꽁무니를 쫓아다녔지. 혹시 어디 다치지나 않을까 걱정스러웠던 거야. 나는 그 애의 맥을 짚어 보았다. 규칙적으로 뛰는 맥박. 조막만한 손. 지금은 크다. 사랑하는 아빠. 손의 감촉을 통해 전해오는 모든 것. 아이는 내 조끼 단추 세는 것을 좋아했다. 그녀가 처음으로 코르셋을 입었을 때의 기억. 그것을 보고 나는 웃음을 터뜨렸지. 젖꼭지도 처음에는 작다. 왼쪽 것이 민감할 테지. 나도 그래. 심장에 가까우니까? 풍만한 가슴이 인기였던 시절엔 속에 패드를 넣고 다녔지. 밤중에 성장통(成長

---

*131 등대.
*132 영국의 옛 민요.
*133 염화제일수은의 일상적인 속칭.

痛)*¹³⁴으로 아파서 나를 깨우던 아이. 첫 생리 땐 무척 무서워했지. 가여운 것! 제 엄마도 그 순간만큼은 묘한 기분이었을 거야. 자연스레 자신의 소녀 시절을 회상했겠지. 지브롤터. 부에나 비스타*¹³⁵에서 내려다보는 풍경. 오하라의 탑. 갈매기의 울음. 제 식구를 모조리 잡아먹은 늙은 바버리 원숭이. 저물녘, 해협을 건너는 이들을 위한 호포 소리. 바다를 굽어보며 그녀는 내게 말했지. 지금 같은 초저녁이었어. 구름 없는 맑은 날씨였지. 나는 늘 내가 개인 요트를 소유한 귀족이나 부유한 신사와 결혼하리라 생각했어요. 잘 자요, 아가씨. 남자는 아름다운 젊은 아가씨를 사랑하는 법이랍니다. 왜 나였죠? 당신은 다른 사람과 상당히 달라 보였거든요.

밤새도록 이곳에 삿갓조개마냥 붙어 있어 봐야 좋을 건 없겠지. 오늘 같은 날씨엔 몸이 뻐근하니 쑤신다. 등대를 보니 곧 9시가 되겠군. 집으로 돌아가야지. 〈레오, 킬라니의 백합〉을 보기엔 너무 늦었어. 아니지, 아직 하고 있을지도 모르겠군. 병원에나 들를까. 그녀*¹³⁶의 근무시간이 끝났으면 좋으련만. 긴 하루였어. 마사, 목욕, 장례식, 키즈네 가게. 여신들이 있는 박물관, 디댈러스의 노래. 그리고 바니 키어넌 가게의 고함을 지르던 그 사나이. 나도 내 나름으로 물러서지 않았지. 주정뱅이들의 허풍. 내가 당신의 신은 유대인이었다고 했더니 움찔 했잖아. 그냥 대거리하지 말걸 그랬나? 그렇지 않으면? 아냐. 녀석들 집으로 돌아가 자기의 바보짓을 떠올리며 부끄러워해야 할 필요가 있어. 언제나 패거리를 만들어서 무턱대고 마시려 든다. 두 살 먹은 아이처럼 혼자 있는 것을 두려워하는 거지. 그놈이 나를 쳤다고 생각해 봐. 상대편 처지에서 생각해 보라고. 놈에겐 그다지 나쁜 일이 아니었겠지. 아마도 상처를 입힐 생각은 없었을 거야. 이스라엘을 위해 만세 삼창이라. 놈이 팔려고 끌고 다니던 그 암컷 똥개를 위해서나 만세 삼창이다. 고놈의 송곳니 3개를 위해 만세 삼창이라고. 똑같은 스타일의 미인. 차나 마시기에 좋은 늙다리 모임. 보르네오 출신 야만인 마누라의 여동생이 시내에 나타났다네.*¹³⁷ 이른 아침에 그런 여자와 맞닥뜨린다고 생각해 봐. 취향은 다들 제

---

*134 특별한 신체적 이상이 없는데도 양쪽 무릎·정강이·허벅지·팔 등이 아픈 증세. 주로 성장기 아이에게 많이 나타난다.
*135 지브롤터에서 가장 높은 산. 오하라의 탑은 이 산의 가장 높은 봉우리들 중 하나다.
*136 퓨어포이 부인.

각각인 법, 모리스가 그렇게 말하고는 암소에게 키스했다지. 하지만 디그넘 그 친구 일 때문에 계속 마음이 안 좋군. 속내야 알 길 없지만 초상집이란 언제나 우울해 보이는 법이거든. 어쨌든 그녀*138는 돈이 필요해. 약속대로 스코틀랜드의 과부들*139을 찾아가야 한다. 묘한 이름이야. 당연히 남편이 먼저 죽는다고 생각하는 걸까? 월요일에, 크레이머 가게 앞에서 나를 바라보던 그 과부. 불쌍한 남편을 땅에 묻는 대신 보험금으로 순탄하게 살아간다. 가난한 과부가 내는 정성어린 헌금. 음? 과부에게서 뭘 더 기대하겠어? 남의 비위나 맞춰가며 돈을 얻어 겨우겨우 살아가겠지. 홀아비는 차마 눈뜨고 못 봐주겠어. 너무 처량해 보여. 오코너, 그 불쌍한 친구, 아내와 다섯 자식을 한꺼번에 잃었지. 이곳에서 나는 홍합을 먹다가 중독으로 그만. 하수 오염 때문이야. 그렇게 되고 보면 아무런 희망도 없지. 납작한 중절모자 차림의 맘씨 착한 한 뚱뚱이 여자가 그에게 엄마 구실을 해준다. 그를 챙겨준다. 둥글넓적한 얼굴, 커다란 앞치마를 걸치고서. 여성용 회색 플란넬 블루머, 한 벌에 3실링짜리, 놀랄 만큼 싼 물건이다. 안 예쁜데도 사랑받는 여자가 영원히 사랑받는다는 말이 있지. 그런데 어떤 여자도 자신이 그렇게 못생겼다고는 생각하지 않아. 사랑하고, 거짓말하고, 아름다워지고, 왜냐하면 내일이면 우리는 죽을 테니까. 자신에게 짓궂은 장난을 건 놈을 찾으러*140 돌아다니고 있는 그 남자와 가끔 마주친다. U.P. 미치광이. 그것은 운명이다. 나 말고, 그 사람이 그렇다고. 그리고 한 가게가 자주 눈에 띈다. 저주란 언제나 그 뒤꽁무니를 졸졸 따라다니는 모양이다. 어젯밤에 무슨 꿈을 꾸었더라? 가만. 헷갈리는군. 몰리는 빨간 슬리퍼를 신고 있었다.*141 터키풍의. 바지를 입고 있었을 거야. 뭐, 그렇다 치자고.*142 파자마 쪽이 나은가? 쳇, 결정하기 어렵군. 내너티는 가 버렸다. 우편선으로.*143 지금쯤 홀리헤드곶 근처겠지. 키즈 가게 광고를 벽에 붙여야 해. 하인스와 크로퍼드에게 일을 부

---

*137 유행가 가사에서.

*138 디그넘 부인.

*139 생명보험회사.

*140 미치광이라고 쓴 엽서를 보낸 사람을 찾고 있는 브린.

*141 꿈에 나타난 몰리가.

*142 '바지를 입는다'는 남편을 깔아뭉갠다는 뜻의 관용어이기도 하다.

*143 바니 키어넌 술집에서의 소문.

탁해야 하고, 몰리에게 줄 속치마도 사야 한다. 그녀는 그 속에 뭔갈 넣던데. 그게 뭘까? 돈일지도 몰라.

블룸은 몸을 굽히고 해변에서 휴지 한 장을 주워 뒤집어 보았다. 눈 가까이에 대고 들여보았다. 편진가? 아니다. 읽을 수가 없다. 가는 것이 좋겠어. 가자. 하지만 피곤해서 움직여지지가 않는군. 낡은 습자책의 한 페이지. 무수한 구멍과 조약돌들. 그 누가 이 모두를 헤아릴 수 있으랴? 여기서 어떤 물건이 나올지 아무도 모른다. 침몰하는 배 안에서 누군가 바다로 던졌을, 보물의 소재가 적힌 종이를 넣어둔 유리병. 소포우편. 아이들은 곧잘 바다에 물건을 던지고 싶어 한다. 그것을 믿는 건가? '네 빵을 물 위에다 놓아 보내라'*144는 말을? 이것은 뭘까? 그냥 막대기다.

오! 그 아가씨가 나를 지치게 만들었다. 나도 이제 그리 젊지가 않아. 그녀는 내일 여기에 올까? 그녀를 위해 어딘가에서 언제까지고 기다리는 거다. 반드시 또 한 번 올 것이다. 살인범이 그렇다. 나는?

블룸은 주운 막대기로 발아래 모래를 천천히 뒤적였다. 그녀에게 메시지를 남기자. 지워지지 않고 남아 있을 수도 있어. 뭐라고 쓴다?

나는(I).*145

아침이면 누군가의 발이 이걸 뭉개고 지나가겠지. 소용없는 짓이야. 파도에 씻겨버릴 걸. 밀물이 밀려와 여기까지 웅덩이를 만들어 놓을 거야. 주름과 상처와 낙서로 뒤덮인 저 바위들. 저들은 순수하도다! 저들은 아무것도 모른다. 다른 세계라니 무슨 뜻인가. 전 당신을 버릇없는 꼬마라 불러요. 왜냐하면 싫거든요.*146

이다(AM A).

더 쓸 자리가 없군. 관두자.

블룸은 느릿느릿 발을 움직여 글자를 지웠다. 모래는 끔찍한 물질이다. 모래 속에서는 아무것도 자라지 않아. 모든 게 사라져버리지. 큰 배가 여기로 닿을 일은 없겠지. 기네스*147의 화물선 말고는. 80일간의 키시 등대 일주,

---

*144 성경 〈코헬렛〉 11 : 1.
*145 블룸이 모래에 쓴 글자.
*146 마사의 편지 한 구절. 그녀는 말(word)을 세계(world)로 잘못 썼다.
*147 더블린의 맥주 회사.

반(半) 고의로.

그는 막대기 펜을 내던졌다. 그것은 축축한 모래 속에 푹 꽂혔다. 설령 일주일 내내 애를 쓴다고 해도 될 일이 아니다. 우연이야. 이제 다시는 만날 일 없겠지. 하지만 정말 좋았어. 안녕, 소녀여. 고마워. 다시 젊어진 기분을 느끼게 해줘서.

잠깐 눈 좀 붙였으면 좋겠군. 9시가 다 됐겠지. 리버풀로 가는 기선은 벌써 지나간 지 오래다. 연기조차 보이지 않는걸. 그리고 그녀[148]는 또 다른 짓을 할 수도 있지. 이미 했겠지만. 그러고는 벨파스트로 떠난다.[149] 난 안 갈 거야. 거기에 닿기 무섭게 또 급히 말을 달려 에니스로 가야 하니까. 하고 싶은 대로 하라지. 잠시 눈을 감고 있어야겠다. 자려는 건 아니야. 잠깐 조는 거지. 같은 일은 다신 없겠지. 또 박쥐다. 뭐 괜찮아. 그냥……. 잠시 동안만…….

오 달콤한 소녀여 너의 소녀다운 하얀 다리 안쪽 더러운 코르셋 끈을 보고 난 사랑을 하고 끈적끈적해졌다 우리 두 사람 말괄량이 그레이스 달링 그녀는 그를 침대를 반쯤 지나 파이크 호스의 그를 만나 라울을 위한 향수 프릴 장식 너의 아내는 풍성한 검은 머리 아래 세뇨리타 앳된 눈 멀비 부풀어 오르는 시절 꿈들이 돌아온다 꼬리 끝 아젠다스 귀여운 사랑스러운 내게 보여줬지 그녀의 내년엔 속바지를 입고서 돌아온다 내년에 그녀의 다음 그녀의 다음에.[150]

박쥐 한 마리가 날았다. 이쪽으로. 저쪽으로. 저 멀리 높은 회색의 어둠 속에서 종이 울렸다. 미스터 블룸은 입을 벌린 채, 그의 왼쪽 구두를 모래 안으로 비스듬히 쑤셔 넣고 바위에 기대어 가만가만 숨쉬고 있었다. 그저 잠시 동안.

뻐꾹
뻐꾹
뻐꾹

---

* 148 몰리.
* 149 보일런과의 연주 여행.
* 150 블룸의 반쯤 잠든 상태에서의 몽상.

사제관 벽난로 선반의 시계가 구구 하고 울었다. 성당 참사회원 오핸런, 예수회의 콘로이 신부, 존 휴즈 사제가 차를 마시고 버터를 바른 소다빵과 토마토소스를 얹은 양고기 프라이를 먹으면서 담소를 나누고 있었다.

뻐꾹
뻐꾹
뻐꾹

거티 맥도웰은 그 새가 작은 집에서 나와 시간을 알리는 카나리아임을 알았기에 그녀가 그곳에 있던 시간이 몇 시였는지 알아차렸다. 왜냐하면 그런 일에 대해 누구보다 눈치가 빠른 그녀 거티 맥도웰이었기에, 그리고 그녀는 단번에 알아보았으니, 그때 바위 위에 앉아 있던 그 외국인 신사가 마치—

뻐꾹
뻐꾹
뻐꾹*151

---

*151 사제관의 벽시계가 9시를 알리기 위해 아홉 번 울린다. 이 의성음 cuckoo는 엘리자베스 풍 연극에서는 흔히 '아내를 빼앗긴 남편'을 암시한다.

에피소드 14

THE OXEN OF THE SUN

태양신의 황소들

줄거리

밤 10시, 홀리스거리의 산부인과. 블룸은 퓨어포이 부인의 난산이 걱정되어 병원에 들른다. 아름답고 착한 간호사 캘런이 그를 맞이한다. 또 그곳에서 근무하는 인턴 딕슨은 예전에 벌에 쏘인 블룸을 치료해 준 적이 있다. 딕슨의 친구들이 병원의 식당에 모여 술을 마시고 있는데, 그 자리에 블룸이 초대된다. 거기에는 빈센트 린치, 펀치 코스텔로, 매든, 레너헌 그리고 스티븐이 있다. 스티븐은 술기운에 말이 많고, 곤드레만드레 취한 코스텔로는 야릇한 노래를 불렀다가 간호사들의 눈총을 받는다.

그때 천둥이 치고 비가 내리기 시작하자(더블린 부근에는 오랫동안 비가 오지 않아 몹시 가물었던 차다), 모두들 그것이 신이 노여워하신다는 증거라며 코스텔로를 겁준다. 비에 젖은 맬러키 멀리건과 알렉 배넌이 이 자리에 합류한다. 멀링거시에서 온 배넌은 그 도시의 사진관 수습생으로 일하는 밀리와 연애하고 있다. 그는 옆에 있는 블룸이 그 소녀의 아버지란 사실은 까맣게 모른 채 밀리의 아름다움에 대해 늘어놓는다. 이윽고 2층에 있던 퓨어포이 부인이 사흘의 고생 끝에 사내아이를 낳았다는 소식이 전해진다.

블룸이 스티븐을 만난 것은 장례식 마차 안, 도서관에서 만난 것에 이어 이번이 세 번째다. 태어난 지 11개월 만에 죽은 아들 루디를 생각할 때마다 대를 이을 아이가 없음을 슬퍼하던 블룸은, 이 청년에게 점점 아들에 대한 것과 같은 애정을 품게 된다. 그는 마리온을 처음 만난 곳인 맷 딜런의 집에서 봤던 어린 스티븐을 떠올린다. 스티븐은 이날 받은 급료를 원고료라고 속이며, 친구들에게 술을 내기 위해 한밤중의 거리로 나간다. 블룸은 이층의 산모를 만난 뒤 스티븐을 쫓는다. 일행은 문을 닫고 있는 버크 술집에 들어가 술을 마시는데, 곧 문 닫을 시간이 되어 쫓겨난다. 그 뒤의 일은 이 에피소드에 나타나지 않으나, 다음과 같이 진행된다. 웨스틀랜드거리 정거장에서 스티븐과 멀리건이 다투고, 스티븐은 더욱더 마텔로 탑으로는 돌아가지 않으리라 결심한 뒤 린치를 데리고 밤의 거리로 들어선다.

이 에피소드는《오디세이아》제12장, 오디세우스가 태양신 헬리오스의 섬인 트리나키아에 닿는 장면에 대응한다. 홀리스거리에 있는 혼 산부인과 병원은 헬리오스의 소(뿔 즉 혼을 가진 소)를 뜻하는 듯하다. 혼(뿔)은 남성의 성기를, 트리나키아(삼각의 섬이란 뜻)는 그 모양으로 보아 여성의 성(性)을 상징하는 것으로 보인다. 오디세우스가 '절대 해치지 말라'고 맹세까지 시켰는데도 선원들이 헬리오스의 소를 잡아먹은 결과, 그들은 바다에서 번갯불을 맞아 모두 죽고 오디세우스만이 살아남는다. 이번 에피소드에 나오는 피임이나 자위행위에 따른 생식력의 말살이란 이 태양신의 소를 죽인 행위를 반영하는 것이 아닐까.

이 에피소드의 전반부는 여러 고전의 문체로 쓰였다. 이를 우리말로 정확히 번역하기란 어렵고 다만 고문 냄새를 풍김으로써, 속어를 중심으로 쓰인 후반부와 대조시켜 보았다.

에피소드 14 주요인물

딕슨 Dixon : 스티븐의 친구. 블룸이 벌에 쏘였을 때 치료해 준 적이 있다.

알렉 배넌 Alec Bannon : 학생. 멀링거시에서 사진관 수습생으로 있는 블룸의 딸 밀리와 연애하고 있다.

빈센트 린치 Vincent Lynch : 스티븐의 친구. 의학생. 여자와 남몰래 만나는 것을 은사 콘미 신부에게 들켰던 그 사람.

캘런 Callan : 혼 산부인과병원 간호사. 아름답고 착한 여자.

펀치 코스텔로 Punch Costello : 스티븐의 친구. 쌍말을 잘하는 주정뱅이.

남쪽 홀리스거리로 가자, 남쪽 홀리스거리로, 남쪽 홀리스거리로 가자.

보내 주소서, 빛나는 자, 밝은 자, 호혼*¹이여, 태동하는 자궁의 과실을. 보내 주소서, 빛나는 자, 밝은 자, 호혼이여. 태동하는 자궁의 과실을. 우리에게 주소서, 빛나는 자, 밝은 자, 호혼 선생님, 태동하는 자궁의 과실을.

오, 사내아이, 오! 사내아이, 오! 오, 사내아이, 오!*²

교의에 정통하고, 그리하여 고고한 정신의 소유자들에게 늘 장식품처럼 따라붙기 마련인 찬사와 존경을 한 몸에 받는 그러한 사람들이 늘 주장해 왔고, 또 세상 사람들도 인정하는 것과 같이, 한 민족의 번영은 그 외의 다른 조건들이 동일하다는 가정하에서라면, 겉으로 보이는 화려함이 아니라 그 민족이 지속적인 자손번식을 위해 얼마나 헌신했느냐에 따라 판단하는 것이 온당한 바, 이러한 헌신이 없는 것은 곧 악의 원인이 될 것이요, 다행히 이러한 헌신이 있다면 이는 곧 전능한 자연이 베푸는 순수한 은총의 확실한 증거가 될 것이니, 하여 이에 대해 무지한 자라면 지혜로운 인간들이 탐구함으로써 가장 유익할 것으로 간주하는 다른 어떤 주제에서도 똑같이 보잘것없는 식견을 지녔을 것이 분명하도다. 왜냐하면 온갖 의미심장한 일들을 이해하면서도 저 외적인 화려함이 사실은 타락해가는 진창 같은 현실의 외양일 수 있음을 모른다거나 혹은 어떠한 자연의 혜택도 번식의 풍요에는 미치지 못한다는 이치를 인식하지 못하는 인간이 있다고는 상상할 수 없기 때문이니, 그러므로 만일 천박한 습관이 갈수록 만연하여 조상에게서 물려받은 명예로운 관습을 비방하고, 또 하느님이 풍요의 예언과 감소의 위협을 통하여 온 인류에

---

*1 Horhorn. 조이스가 창조한 조어(造語)로 중의적 상징이다. 홀리스거리의 혼 산부인과병원 원장 앤들 존 혼(Horne)을 가리키는 말이면서, 두 개의 뿔(horn and horn)을 뜻하여 풍요와 다산(多産)의 신인 태양신 헬리오스의 황소를 상징하기도 한다. 또한 뿔은 남자의 발기된 성기를 암시하기도 한다. 세 번 반복되는 이 문장은 태양신 헬리오스를 향한 기원문 형식을 차용하고 있다.

*2 갓난아기를 안아 올린 간호사가 사내아이라는 것을 알고 지르는 소리.

게 약속하시고 명령하신 반복적 분만 작용이라는 변경될 수 없는 복음을 전파하는 사명을 뻔뻔하게도 망각하고 등한시하는 것은 그 이상 끔찍할 수 없을 죄악이라 단언했던 조상들의 전통에 담긴 심오한 의의를 조롱한다면, 마땅히 모든 정의로운 시민들이 나서서 부지런히 이웃에게 훈계하고 권고하며, 과거 우리 민족이 탁월하게 시작했던 번식의 사명을 미래에 동일한 탁월성으로 성취하지 못할까 두려워하고 염려해야 하지 않겠는가?

그러므로 가장 뛰어난 역사가들이 서술한 바와 같이, 그 본질적인 의미에서 찬탄할 만한 것이 아니면 그 어떤 것도 찬탄하지 않았던 켈트족 가운데서 의술이 그토록 명예롭게 여겨지는 것은 조금도 이상한 일이 아닐 것이라.*3 구빈원, 나환자 수용소, 증기탕, 역병으로 죽은 자들을 위한 전용매장지 등은 말할 것도 없거니와, 오실 가문, 오히키 가문, 오리스 가문 출신의 위대한 의사들이 밤낮으로 노력하여 다양한 치료법을 개발하였는 바, 그것으로 중풍이든 이질이든 척척 치료하여 병자 및 재발환자들의 건강을 회복시켰도다. 무릇 중요성을 띤 모든 공적인 업무에서는 그 중요성에 상응하는 준비가 있어야 할 것인데, 과연 그들은 어김없이 이러한 원칙에 입각하여 의료계획을 채택하였으니(그 계획이 신중하게 고안된 것인지 축적된 경험을 통해 얻어진 것인지는 후세 연구가들의 견해 차이로 인해 오늘날까지도 섣불리 단정하기 어려운 바이다), 이러한 덕분으로 임산부는 모든 돌발적인 위험의 가능성으로부터 안전해졌으며, 여성으로서의 가장 힘겨운 시기에 필요한 온갖 조치를 제공받게 되었으니 이는 부(富)를 누리는 임산부뿐만 아니라, 생활이 넉넉지 않은 임산부, 쥐꼬리만 한 보수를 받으며 간신히 연명하는 임산부들까지를 그 대상으로 하는도다.

그녀들은 그때나 그 뒤에도 아무런 걱정을 하지 않아도 되었으니, 이는 아이를 많이 낳는 어머니가 없다면 그 어떤 번영도 있을 수 없음을, 또 영원(永遠), 신들, 생물, 출생 따위를 향수한 것은 모성에 의존한 바가 큼을 모든 시민이 느꼈기 때문이니라. 때가 되어 임신부를 수레로 이곳으로 운반하자, 다른 모든 여성들 사이에서도 그곳에 가기를 원하는 마음이 생기게 되었도다. 아, 그들이 그녀들 안의 모성을 미리 인정하고, 또 그녀는 그들에 의해서

---

*3 일찍이 중세부터 의학교가 문을 열었던 아일랜드는 눈부신 의학 발달로 온 유럽에 이름을 떨쳤다.

국립 산부인과 병원(홀리스거리)

자기가 얻고자 하는 바를 알고 또 자신들이 소중히 여겨지는 것을 알게 되었으니, 이는 칭찬 받아 마땅한 일이요, 나아가 참으로 후세에 전할 신중한 우리 민족의 업적이노라!

나기 전부터 아기는 존귀하도다. 자궁 속에서 화려한 축하를 받았으니. 이 시기에 응당 이루어져야 할 모든 것이 이루어졌도다. 조산사가 곁에서 돌보아 주는 침상, 좋은 음식, 배 속 아기가 이미 태어나기라도 한 듯한 선견지명으로 마련된 편안하고 깨끗한 배내옷. 뿐만 아니라 수많은 약과 분만시 임산부에게 필요한 외과 기구, 이 지구상에 있는 온갖 지역의 매우 좋고도 좋은 풍경과 하느님 또는 현세 인간의 그림도 마련된 바, 마침내 해산할 날이 와 임산부가 이곳에 누웠을 때 햇살이 잘 비치도록 편안하게 해 두었으니, 산모가 이 장소에서 그것을 바라봄은 곧 복부 팽창을 촉진하고 출산을 순조롭게 하는 것이로다.

밤의 장막이 내릴 무렵, 걸어와 도착한 한 남자가 있어 이윽고 그 집 문 앞에 섰도다. 지상을 멀리 떠돌다 이곳에 온 것은 이스라엘의 백성*⁴이었으니. 그로 하여금 이 집 앞에 서게 한 것은 진심에서 우러나온 자비의 마음이었노라.

이 집 주인은 A. 혼이로다. 그는 이곳에 70개의 침상을 갖추고 그 위에 늘 임산부를 뉘여, 하느님의 사자가 마리아에게 고한 것 같은 건강한 아기를 인내를 가지고 낳게 하는 것이 상례(常例)였도다. 백의의 간호사 두 사람은 잠을 자지도 않고 그 안을 순회하였나니, 그녀들이 진통을 가라앉히고 병을 완화시킨 것이 12개월 동안에 100의 세 곱절이나 되는 횟수에 이르렀도다. 혼 대신에 주의 깊게 간호하는 이들 두 간호사는 더할 나위 없이 성실한 이들이었도다.

주의 깊은 감시의 와중에서, 한 간호사는 그 정이 두터운 사람이 왔다는 기별을 듣고, 간호사 모자를 쓴 채 일어서서 문을 활짝 열어 주었도다. 그 때, 보라! 눈부신 번갯불이 아일랜드의 서쪽 하늘에 번쩍이는 것을! 그녀는 분노한 하느님이 죄 많은 인류를 물로써 멸하려 하시는가 싶어 몹시 두려워 했노라. 그녀는 자기 가슴에 성호를 긋고, 그 사람을 서둘러 안으로 이끌었

---

*4 블룸.

도다. 그는 그녀의 돈독한 뜻을 알고 혼의 집으로 들어왔도다.

방문자는 방해가 되는 것을 두려워하여, 모자를 들고 혼의 현관에 서 있었도다. 그는 예전에 이 간호사가 살던 곳에서 그의 사랑하는 아내, 사랑하는 딸과 함께 산 일이 있었으나,*5 그로부터 9년 동안 땅과 바다를 떠돌며 방랑의 시간을 보냈도다. 언제 한 번은 도시의 부두에서 마주쳤으나 그녀의 인사에 대한 답례로 모자를 벗지 않은 일도 있었도다. 이에 대하여 이제 그가 그녀의 착한 성품을 믿고 용서를 구하며 이르기를 그날 언뜻 지나쳐가며 봤을 때 너무 어려보인 까닭에 미처 알아보지 못했다 하더라. 이 말을 들은 그녀의 눈은 빛나고 뺨은 붉게 물들었도다.

그때, 마침 그녀의 눈은 그의 검은 상복을 알아보고, 슬픔을 염려했으나 이내 수심은 사라지고 기쁜 마음이 되었더라. 그가 묻기를 먼 바다 저편에서 의사 오헤어가 무슨 기별이라도 전해오는가 하니 그녀가 탄식하며 대답하기를 의사 오헤어는 이미 하늘의 부름을 받았다 하더라. 그 말을 들은 그는 슬픔과 연민의 정으로 가슴이 미어지는 듯했도다. 이에 그녀는 너무도 이른 친구의 죽음을 슬퍼하면서도, 하느님의 정당하신 뜻이고 보면 조금도 거스를 생각은 없다고 말하였도다. 또한 말하기를, 오헤어는 하느님의 뜻에 따라 참회를 위하여 미사 사제에게 성찬도 받고, 그 지체에 환자용 성유도 발라, 맑고 편안하게 임종을 맞았다 하더라. 그러자 그는 다시 의사 오헤어가 무슨 병으로 죽었느냐고 물었고, 이에 간호사는 모나섬*6에서 위암으로 죽었는데, 오는 칠더마스 날*7이면 벌써 3주기가 된다 말하며, 그의 영혼이 자비로운 하느님의 품속에 영원히 안식하기를 기도했어라. 그녀의 슬픔 어린 말을 들으며 그는 슬픈 눈길로 손에 든 모자를 바라보며 서 있었도다. 그리하여 두 사람은 그곳에 서서 잠시 무거운 비탄에 잠겼나니.

그러므로 모든 인간들이여, 그대의 마지막 날을, 여자로부터 태어난 모든 인간에게 들이닥치는 죽음과 먼지를 생각할지어다. 어머니로부터 태어났을 때 벌거벗은 것과 마찬가지로, 그 마지막도 벌거벗은 채, 태어났을 때처럼

---

*5 블룸과 아는 사이인 간호사 캘런. 의사 오헤어를 사랑했다.

*6 웨일스 북서부 지역의 섬으로 1904년 요양지로 유명했다.

*7 Childermas. 12월 28일. 유대의 헤롯왕에게 살해된 베들레헴의 아기들을 추도하는 아기의 날(Holy innocents' Day).

사라지게 되나니.

그 집에 방문한 그 남자가 그때 간호사에게 묻기를, 이 집에서 몸을 풀 예정인 그 여인의 상태는 어떠하나이까, 간호사가 대답하기를 그 여인은 사흘 동안 진통을 겪어 심한 난산이었으나, 이제 안산(安産)도 머지않았으며 또 자기는 그와 같은 까다로운 출산은 이전에 본 일이 없다 하더라. 그녀는 더 나아가 이전에 이 집 근처에서 살았던 사람들에 대해서 이야기하였도다. 그 사람은 그녀의 말에 귀를 기울였나니, 여성이 어머니이기 위해 받아야 할 그 커다란 고통에 마음을 빼앗겼기 때문이었도다. 그리하여 그는 누가 봐도 아름다운 이 여인의 얼굴을 바라보고, 그토록 오랜 세월 동안 봉사하는 몸으로 있는 것은 무엇 때문인가 하고 의아하게 생각하였도다. 달거리가, 12개월이 아홉 번이나 돌아와서 지나갔어도 애를 배지 않는 그녀를 나무라면서 헛되이 흘러 없어졌도다.

이렇게 이야기를 주고받는 동안에 성의 문이 열리고,*8 여러 사람들이 이야기하는 소리가 그들에게까지 가까이 들렸도다. 그러자 두 사람이 서 있는 곳으로 딕슨*9이라는 젊은 학도인 기사(騎士)가 가까이 왔도다. 그런데 나그네인 레오폴드와 이 학도는 친한 사이였으니, 그것은 레오폴드가 무섭고도 무서운 용의 창으로 찔린 상처*10를 치료 받으러 그곳에 갔을 때, 그가 상처를 휘발성 소금과 기름으로 꼼꼼히 치료해 주었던 일이 있었기 때문이도다. 그가 블룸에게 말하기를, 성으로 들어와서 거기에 있는 사람들과 함께 즐거움을 나누지 않으려오 하였으나, 나그네 레오폴드는 똑똑하고 조심성 많은지라 다른 볼일이 있다고 이를 사양하였도다. 여인도 한마음 한뜻이라 나그네의 말이 조심성에서 나온 거짓임을 알고도 학도 기사를 말렸도다. 그러나 학도 기사는 그의 거절하는 말도 듣지 않고, 여인의 비난도 귀 담지 않으며, 오로지 자기의 뜻에 거역하는 것을 나그네에게 허용하지 않으려, 지금 이 성은 진기한 일들로 가득하다고 주장하였도다. 그러자 나그네 레오폴드는, 여러 나라를 다녀왔고 또 때로는 정사(情事)도 시도한 긴 여행 끝이라, 다리도 아프고 해서 잠시 쉬기 위해 그 성 안으로 들어갔도다.

---

*8 병원의 홀 문.
*9 스티븐의 친구. 의학생. 이 병원에서 인턴으로 근무하고 있다.
*10 1904년 5월 23일 블룸은 벌에 쏘여 딕슨에게 치료 받았다.

성 안에는 핀란드산 벚나무로 만든 탁자가 있었는데, 그 나라 출신의 네 난장이가 탁자를 떠받치고 있었던 바, 이들은 마법에 걸려 감히 몸을 움직일 수 없었도다. 탁자 위에는 어느 거대한 동굴에서 악마들이 비지땀 흘리며 백 열하는 불꽃 속에 담금질하여 만든 큰 칼과 작은 칼들이 놓여 있었으니 이들에는 모두 동굴 근처에 수없이 떼 지어 사는 물소와 수사슴의 뿔로 만든 자루가 달려 있었도다. 또한 마법사들이 마훈드*11 마법으로, 바다모래와 공기를 사용해 거품을 부풀리듯 숨을 불어넣어 빚은 많은 그릇들이 있었도다. 그리고 탁자 위에는 그 누가 상을 차린다 해도 이보다 뛰어날 수 없을 만큼 더없이 풍성하고 훌륭한 진미들이 가득 차려져 있었도다. 또 특별한 방식으로만 덮개를 열 수 있게 해놓은 은제 통이 있었으니 의심 많은 사람들은 눈으로 직접 보기 전에는 믿지 않으리로되, 그 속에는 참으로 진기한, 머리 없는 물고기가 들어 있었도다. 이들 물고기는, 포르투갈에서 가져온, 올리브에서 짜낸 즙마냥 걸쭉하고 기름기 도는 액체 안에 담겨져 있었도다.*12 또 여기에서 가장 불가사의한 것은, 그들이 칼데어산(産) 밀의 씨눈을 가지고 만든 혼합 가루 안에, 어떤 종류의 화를 잘 내는 악마를 몰아넣어, 그 힘으로 이 것을 거대한 산처럼 부풀린 일이었도다.*13 또 그들은 뱀을 땅으로부터 긴 지팡이에 뒤엉켜 오르게 하고, 이들의 비늘로 벌꿀주를 빚어 냈도다.*14

학도 기사가 편력(遍歷)의 귀공자 레오폴드에게 한 잔 술을 부어 권하는 동안, 그 자리에 있는 사람들도 저마다 술을 마셨도다. 귀공자 레오폴드는 그를 기쁘게 하기 위해 투구의 앞가리개를 들어 올리고*15 의좋게 조금 마셨으나 벌꿀주 같은 것을 마시는 일이 없는 그인지라, 이를 옆으로 밀어, 남몰래 남의 잔에 대부분을 따랐는데, 옆에 있는 사람은 그것을 눈치채지 못했도다. 그리하여 그는 잠시 쉬기 위해서 성내에 앉아 있었도다. 아아, 감사드리옵나이다, 전능하신 하느님이시여.

이러는 동안 그 착하디착한 간호사는 문간에 비켜서서 간청하였으니, 우

---

*11 중세 이후 유럽에서 이슬람의 예언자 무함마드를 모욕적으로 일컫는 이름으로 스코틀랜드 지역에서는 악마를 뜻하는 말로 통용된다.
*12 통조림한 생선.
*13 빵을 뜻한다. 칼데어는 고대 서남아시아의 한 지역.
*14 맥주의 원료인 홉의 덩굴과 맥주 주조 과정을 묘사한 것.
*15 〈햄릿〉 1막 2장.

리 만물의 왕이신 주 예수를 생각하여 제발 흥청망청한 연회는 그만둬 주길 바란다며 간청하고, 또 위층에 계신 귀부인이 곧 아이를 분만하실 예정이니 그래서는 안 된다고 애원도 했다. 레오폴드는 위에서 소리 높여 외치는 목소리를 듣고 그것이 여인의 음성인지 아기 울음인지 궁금히 여기고, 또 태어날 듯 아직도 태어나지 않다니 너무 오래 걸리는구나 하고 의문을 품었도다. 그러다 식탁 저편에 앉은 비교적 나이 든 레너헌이라는 자유농민을 보고는, 그들 모두 무용(武勇)으로 명성이 높은 기사들인 데다 또 그쪽이 더 나이를 먹었는지라 그에게 점잖게 말을 걸었도다. 그가 가로되, 이토록 오래 기다려 왔으니 곧 하느님의 은총으로 출산이 이루어지고 산부는 아기를 얻은 기쁨을 맛보리라 했도다. 술에 취한 농민이 대답하되, 이번에야말로 구세주가 아닌가 기대하외다 하는도다.*16 또한 그 누구의 권유도 없이 자기 앞의 술잔을 들더니 두 사람의 행복을 빌며 레너헌은 자, 마십시다 하고 명랑하게 말하고는 단숨에 술을 들이켜는 것이니, 참으로 선량하며 쾌활한 사람이라 할 것이로다. 레오폴드도 학생들 사이에 낀 수많은 손님들 가운데서 가장 슬기로우며, 암탉의 엉덩이 밑에 바지런히 손을 넣는*17 사람들 가운데서 가장 상냥하고 기품 있으며, 귀부인들에게 봉사하는 길을 걷는 기사들 가운데서도 가장 어진지라 그에게 공손히 축배를 올렸도다. 여인이 겪을 고통에 대해 경이로움을 느끼며 깊이 생각하면서.

이제 마음껏 술 취하며 서로 어울리는 이 친구들의 이야기를 함이 어떠한가. 탁자 양쪽에는 학도라고 부를만한 사람들이 죽 앉아 있었도다. 자비 성 마리아 병원의 젊은 의사 딕슨 그리고 그의 친구요 의학도인 린치와 매든, 자유민 레너헌, 알바롱가*18에서 온 크로더스, 상좌에 앉아 사제와 같은 표정을 짓고 있는 스티븐, 한때 몸소 보여 준 호기(豪氣) 때문에 펀치 코스텔로라고 불린 코스텔로(벌꿀술을 더 가져오라 외치며, 젊은 스티븐 다음으로 취해 있었도다), 그리고 그 곁에 온화한 레오폴드가 앉아 있었도다. 그들은 이 연회석상에 참가할 것이라 약속한 맬러키를 기다리고 있었도다. 그리하

---

*16 유대인은 늘 다음에 태어나는 아이가 구세주 아닐까 기대한다며 블룸을 놀린다.
*17 바니 키어넌 술집에서 조 하인스가 블룸을 두고 했던 조롱.
*18 로마보다 300년 전에 건설된 이탈리아 중부의 고대도시로 옛 왕국 라티움(Latium)의 수도. 여기서는 스코틀랜드를 가리킨다.

여 악의를 품은 자들은 맬러키가 어떻게 자신들과의 약속을 어길 수 있느냐며 비난을 퍼부었음이라. 그럼에도 레오폴드 경은 자리를 지키고 있었으니, 이유인즉 사이먼 경과 그의 아들 스티븐과는 절친한 우정을 맺고 있었으며, 기나긴 방랑 끝에 느끼는 피로가 그를 차분히 가라앉혀 놓은 터라, 명예롭고도 정중한 대접을 받고 있는 한 떠날 마음이 없었기 때문이었도다.

또한 그 자리에 올바르며 기지 넘치는 학도들이 있음에랴. 그리하여 그는 이들이 출산과 정의에 관하여 크게 떠드는 소리에 귀 기울였던 것인데 젊은 매든이 주장하기를 이러한 경우(몇 해 전 혼 산부인과 병원에서 지금은 세상을 떠난 에블라나*19 출신 여인에게 문제가 생겨, 그녀가 죽기 전날 밤 의사와 약사 등이 모여 상의한 일이 있었으니) 산모를 죽도록 내버려두는 것은 가혹한 일이라 했도다.*20 이에 사람들이 두둔하며 여인은 '고생해서 아들을 나으리라'*21 했으니 본디 죽어서는 안 된다, 그러므로 젊은 매든은 양심에 따라 산모를 죽게 내버려둘 수 없다 하니 참된 말을 했도다 하더라. 그러나 젊은 린치를 비롯한 적지 않은 이들이 의심에 잠겨 가로되 비록 비열한 이들은 그렇지 않다 믿으나 세상은 악의 손아귀에 떨어져 법도 판관도 아무런 구제가 되지 않음이라 하였다.*22 하느님이시여, 세상을 바로잡아주소서. 그 소리는 작았으나 이를 들은 이들이 하나같이 성모 마리아의 이름을 부르짖으며 가로되, 아니 될 일이다, 맹세코 아내를 살리고 영아는 죽도록 하여야 한다 하더라. 술 마시고 논쟁하므로 그들의 얼굴은 붉게 달아올랐으나, 자유민 레너헌은 흥취를 깨지 않도록 이내 각각의 잔에 술을 채웠도다. 이윽고 젊은 매든이 사건의 자초지종에 대하여, 즉 산모가 어떻게 숨을 거두었고, 그 남편이 어떻게 순례자와 기도자의 충고에 따라 성스러운 종교를 위해, 그리고 아브라칸의 성 울탄*23에게 바친 맹세를 위해 아내를 죽게 하지

---

*19 프톨레마이오스가 언급하고 있는 히베르니아(아일랜드의 옛 이름)의 지명. 더블린 근처라고 추정된다.

*20 로마 가톨릭 교의에 따르면, 불가피한 경우 아이보다는 차라리 어머니가 죽는 편이 낫다고 한다.

*21 〈창세기〉 3 : 16.

*22 암시적으로 산아제한 따위를 가리킨다. 가톨릭은 이것을 허용하지 않는다.

*23 7세기 아일랜드의 전도사. 고아들을 기르고 가르쳤으므로 훗날 환자와 고아를 지키고 보호하는 성인이 되었다.

않으려 했는가를 이야기하니, 모두가 경탄하며 가슴아파했도다. 그러자 젊은 스티븐이 그들에게 말하였나니 그 내용이 다음과 같더라.

여러분, 속인들 사이에서 작은 불평은 종종 나오기 마련이오. 지금은 아기든 산모든, 하나는 어두침침한 지옥의 변경*24에서, 다른 하나는 연옥의 불길 속에서 조물주를 찬양하고 있소이다. 하지만, 아아, 하느님이 부여하신 생명을 밤마다 헛되이 흘려보내는 그 일은 어찌할 것이오?*25 이는 성령이요, 하느님이시며, 우리에게 생명을 부여하신 주님께 짓는 죄가 아니겠소이까? 왜냐하면 여러분, 우리의 정욕은 짧게 지속되고 마는 것이기 때문이외다. 우리는 우리 안에 깃든 저 작은 생명을 위한 하나의 수단에 지나지 않으며, 자연은 우리가 아닌 더 큰 목적을 바라보는 법이오. 그러자 의학도 딕슨이 펀치 코스텔로에게 그 목적이란 것이 무언지 아느냐 물었도다. 그러나 그는 술에 만취된지라, 그에 대해 할 수 있는 최선의 말이란 다음과 같았나니, 즉 정욕의 울적(鬱積)을 풀 수만 있다면 남의 아내든, 처녀든, 연인이든 간에 누구든지 범하겠다 하더라. 이에 알바롱가의 크로더스가 천 년에 단 한 번 뿔을 보인다는 일각수(一角獸)에 대한 젊은 맬러키가 지은 송가(頌歌)를 부르니, 성 포티누스*26에 맹세컨대 그의 '기관(器官)'이라면 남자들이 할 수 있는 것은 무엇이든 할 수 있으리라, 외치며 모든 이들이 야유하고 웃어대기 시작했도다. 이처럼 모두가 유쾌하게 소리 내어 웃고 있는 동안에도 젊은 스티븐과 레오폴드 경은 그저 웃는 시늉만 할 뿐이었으니, 그 까닭인즉 레오폴드 경은 자신을 드러내지 않으려는 이상한 기질이 있는 데다 또한 누군지 어디에서 왔는지도 모르는 그 산모에 대한 연민을 느꼈기 때문이라.

그때 젊은 스티븐이 오만하게 이야기를 꺼내었으니, 가슴에서 그를 떼어내던져 버린 어머니이신 교회, 교회의 율법, 낙태의 수호신 릴리스*27 등을 화제로 삼았도다. 또 바람에 날린 빛의 씨앗,*28 흡혈귀의 입에서 입으로 전

---

*24 세례 받지 않은 자가 영원히 놓이게 되는 지옥.

*25 피임과 자위행위를 암시한다.

*26 프랑스 리옹의 첫 주교(3세기). 리옹 지방 서민들은 이 성인(聖人)을, 기독교 이전에 존
재했던 남근숭배 사상의 신들과 융합했다. 16세기가 되어서도 사람들은 그 조각상의 음부
에 포도주를 부어 산화시켜서 만든 식초를 붙임 치료제로 썼다. 다만 이 성인은 확인할
수 없다. 실재하지 않는다는 설도 있다. 프랑스어 foutre(성교를 가리키는 속어)에서 나왔
을 가능성도 있다.

해지는 마법,*29 베르길리우스가 말했던 서풍(西風)의 힘,*30 달꽃의 향기,*31 남편하고 잠잔 여자와 그 직후에 함께한 잠자리, 아베로에스와 모세스 마이모니데스가 말했던 여자의 목욕탕*32 등등 이런 것들로 인해 성사되는 임신에 관해서 그는 말하였도다. 이어서 그가 가로되, 임신 2개월이면 뱃속 아이에게 영혼이 깃들며*33 위대한 어머니이신 교회는 신의 위대한 영광을 위해 이러한 영혼을 지켜 주시는데, 이 속세의 어머니는 짐승처럼 아이를 낳을 뿐이니 교회 율법대로 숨을 거둠이 옳도다, 어부의 증거를 지닌 자로서 반석 위에 영원히 우뚝 설 성스러운 교회를 건립한 저 축복 받은 성 베드로도 그렇게 말했기 때문이로다 하였도다. 그때 독신자들은 모두 레오폴드 경을 향하여, 만약에 당신이 그러한 처지에 놓인다면, 하나의 생명을 구하기 위해 여성의 목숨을 위험에 처하게 할 의지가 있느냐고 물었도다. 레오폴드 경은 극히 신중한지라 모두가 만족할 만한 답을 내놓고자 결심하고 손으로 아래턱을 괴더니 늘 그랬듯이 속내를 숨기면서 대답하길, 한낱 속인인 나는 지금껏 의약(醫藥)의 길을 매우 존경해 왔으며·그러한 드문 사건과는 인연이 없었으나, 산모가 숨을 거둔다면 위대한 어머니인 교회는 출산과 사망 봉납금(奉納金)을 한꺼번에 얻게 되지 않겠느냐고 말하였나니 이로써 그들의 질문

* 27 바빌로니아에서 기원한 여자 귀신으로 한밤의 괴물. 귀신들의 여왕이자 악마의 아내이다. 유대 전설에 따르면 그녀는 아담의 첫 아내인데 그 자리를 이브에게 빼앗긴 뒤 귀신이 되었다고 한다. 관능적인 유혹자이며, 원죄가 저질러진 뒤 아담과 다시 관계를 맺었다는 전설도 있다. 신생아와 임부를 특히 미워하므로, 그녀의 재앙을 피하려면 부적을 지녀야 한다.
* 28 제우스는 황금의 비로 변해 다나에를 임신시켰다.
* 29 스티븐은 자작시(에피소드 3 참조)를 떠올렸다.
* 30 라틴 시인 베르길리우스는 《농경시》에서 암말들의 발정기를 묘사하고 있다. "그리고 갈망하고 있는 골수에 타는 듯한 정열이 스며들자……암말들은 모두 제피로스(서풍의 신)를 향해서 높은 절벽으로 올라가 미풍을 들이마셨다. 그리고 흔히 부부의 인연을 맺지 않고도 바람 덕분에 임신하여(놀랍도다!), 바위를, 바위산을, 협곡을 넘어 도망쳐 간다."
* 31 달꽃이란 달거리를 말한다. 즉 이는 달거리 중인 여성의 곁에 있음을 뜻한다. 플리니우스(로마 제정시대의 학자)는 《박물지》에서 달거리하는 여자의 영향력에 대해 긴 목록을 작성해 놓았는데, 그중 '다른 여성의 불임을 치료한다'는 것도 있다.
* 32 스티븐의 마음속에서 두 사람은 전에도(에피소드 2) 연결되어 있었는데, 사실 여자의 목욕탕을 언급한 사람은 아베로에스뿐이다. 그는 자신의 의학서에서, 목욕하던 여자가 마침 가까이에서 목욕하던 남자의 정액으로 임신해 버린 사례를 들고 있다.
* 33 아리스토텔레스는 태아의 육체 성장과 더불어 태아의 영혼이 발달한다고 생각했다. 아퀴나스는 영혼이 창조되어 육체에 들어가는 시기는, 수태하는 순간이 아니라 그보다 조금 더 뒤라고 보았다. 단, '2개월'은 스티븐이 그럴듯하게 말한 숫자일 뿐이다.

을 회피했도다.

옳도다, 이에 딕슨이 맞장구치며 말하노니, 내가 잘못 이해했을지도 모르나 그것은 의미심장한 말이 아닐 수 없도다 하더라. 그러자 젊은 스티븐이 놀랍게도 즐거워하며 단언하기를 가난한 자로부터 훔치는 자는 여호와에게 빌려주는 자*34라 하였으니, 그는 취하면 행실이 거칠어지는 자라, 바로 이때에 그러한 성질이 드러나는도다.

그러나 레오폴드 경 스스로는 그렇게 말을 했지만 수심을 띤 낯빛이었으니, 이는 분만의 수고로 무시무시한 비명을 내지르고 있는 여인들을 여전히 안쓰러워하기 때문이라, 또한 태어난 지 열하루 만에 죽은 자신의 유일한 아들을 낳아준 부인 마리온에게 생각이 미쳤기 때문인데, 어떠한 의술로도 아이를 구할 수 없어 어두운 운명을 막을 수 없었도다. 마리온은 이 재난으로 가슴에 크나큰 충격을 받았으며, 매장(埋葬)할 때는 (마침 한겨울이라) 완전히 썩어 사라지거나 얼어붙는 일이 없도록 새끼양의 털로 짠 아름답고 고급스런 조끼를 만들어 아이에게 입혀 주었도다. 이런 곡절로 레오폴드 경은 이 세상에서 자신의 뒤를 이어 줄 아들을 두지 못했는지라 자기 친구*35의 자식을 바라볼 제 이미 사라진 행복을 그리면서 한없는 애모(哀慕)의 정으로 눈물 흘렸나니 (세상 사람들 모두가 재주 있는 아이라 칭찬하던) 착한 자식을 잃고 한탄하는 아버지로서 지극한 슬픔을 느끼지 않을 수 없었음이라, 그리하여 마침내는 불량한 놈들과 어울려 불명예스러운 나날을 보내며 매춘부들을 위해 재화를 낭비하는 저 젊은 스티븐에 대해, 내 아이의 비운에 대한 한탄 못지않게 크나큰 애석함을 금치 못하였도다.

때마침 젊은 스티븐은, 모든 빈 잔에 술을 채우고, 자신도 끊임없이 술을 마셔대고 있었으니, 그보다 현명한 그 사람*36의 만류가 없었더라면, 술도 더 이상 남아나지 않았으리라. 그러나 술을 자꾸만 권하면서 교황께 기도하며, 브레이의 목사*37이자 그리스도의 대리자*38인 그를 위해 건배하자고 말

---

*34 멀리건이 했던 말.

*35 사이먼 디댈러스.

*36 블룸.

*37 영어 속요(俗謠)에 나오는 인물. 네 사람의 통치자를 섬겨, 통치가가 바뀔 때마다 종파를 바꾸었다. 변절자라는 뜻.

*38 교황.

했도다. 자, 마십시다, 이 잔을, 친구여 마시세나, 이 술을. 이는 내 육신의 일부가 아니라 내 영혼의 화신이로다. 빵만으로 사는 자*[39]에게는 빵조각을 줄지어다. 또한 술이 모자라는 것을 두려워하지 말지어다. 빵은 우리를 우울하게 하나 술은 우리에게 위안을 주나니, 행여나 술이 모자랄까 두려워 마시라. 여길 보시오. 그가 이렇게 말하고는 모두 2파운드 19실링에 달하는 번쩍이는 동전과 금세공인의 주화를 내보이며 다시 가로되, 이는 내가 지은 노래*[40]로 번 것이로다 하였도다. 그러자 마침 곤궁한 나날을 보내고 있던 모두가 그러한 부(富)를 보고 경탄하더라. 이에 그가 이르노니 그 말은 다음과 같았도다 : 모두 들으시오. '시간의 폐허가 영원의 궁전을 세운다.'*[41] 이는 무슨 뜻이겠소? 정욕의 바람*[42]은 가시나무를 휘몰아가나, 언젠가 그 가시나무 덤불에서 시간의 십자가 위에 핀 장미가 태어날 것이오.*[43] 내 말을 잘 들어보시오. 말씀은 여자의 자궁에 깃들어 육신으로 화하나, 생을 마치고 사라지는 육신은 조물주의 영(靈) 가운데서 다시 영원한 말씀으로 돌아간다오.*[44] 이것이 바로 '창조 이후'라는 것이오. '모든 이가 당신께 나아가리이다.' 이는 우리의 속죄자요, 구세주이며, 목자이신 주님의 성스러운 육신을 잉태하신 고귀한 어머니시니, 그 이름의 권능이 참으로 크외다. 베르나르도*[45]가 지당하게 말했듯이, 그녀 마리아는 하느님에게 탄생을 선물할 전능의 힘을 지니셨소이다. 이는 아우구스티누스*[46]도 말한 바와 같이, 탯줄의 끊임없는 연결로 인하여 우리의 먼 조상에 해당하는 조모(祖母) 이브는 값

---

*39 "예수님께서 대답하셨다. '성경에 기록되어 있다. 사람은 빵만으로 살지 않고 하느님의 입에서 나오는 모든 말씀으로 산다.'"(《마태오복음서》 4 : 4)

*40 스티븐은 월급을 원고료라고 거짓말한다.

*41 브레이크의 편지에 있는 구절.

*42 클레르보의 성 베르나르두스는 이런 설교를 했다. "이브는 상처를 받았으므로 가시덤불에 해당하고, 마리아는 만인에 대한 사랑으로써 장미에 해당한다. 이브는 만인을 죽음으로 인도하는 가시덤불이고, 마리아는 구원을 나타내는 장미이다." 그리고 단테의 《신곡》 '천국편' 제13곡에 이런 구절이 나온다. "기나긴 겨울 동안 딱딱하게 굳어 있던 가시나무가, 때가 되자 장미꽃을 피우는 모습을 봤기 때문이니."

*43 예이츠의 시 〈시간의 십자가에 피어난 장미〉에서 나온 구절. 이 시는 1892년에 발표되었다.

*44 〈요한복음서〉 1 : 14 참조.

*45 12세기경 프랑스 신부.

*46 354~430. 초대 그리스도교 교회가 낳은 위대한 철학가이자 사상가.

싼 사과 한 알과 그녀의 자손이며 일족인 우리 모두를 맞바꾼 반면, 성모는 제2의 이브로서 우리를 구하셨나니, 그녀의 기도에는 전능한 힘이 있음이라. 하지만 문제는 여기에 있소이다. 내가 말하는 제2의 이브인 그분이 그리스도를 인정했다고 합시다.*47 그렇다면 그녀는 당신 자식의 딸, 동정녀로서 그녀 자신의 창조물의 창조물에 지나지 않게 되오. '동정의 어머니시여, 당신 아들의 따님이시여.'*48 또 그녀가 그를*49 인정하지 않는다고 합시다. 그렇다면 그녀는 잭*50이 세운 집에 산 어부 베드로도, 모든 불행한 결혼을 행복한 것으로 만드는 목수 요셉*51도 전부 부인하거나 무시해 버린 것이오. 레오 택실*52은 그녀가 이런 궁지에 몰린 것은 성스러운 비둘기*53 탓이라 말하오. 이것이 동일실체론인가 실체론인가는 아직 알 수 없으나 잠재실체론이 아니라는 것만은 확실하외다.*54 그러자 이를 듣고 있던 모두가 그것은 불경한 말이로다, 하고 떠들썩하게 외쳤도다. 기쁨 없는 수태, 그가 말했도다, 고통 없는 출산, 상처 없는 육체, 부풀지 않은 배. 음탕한 자가 신앙과 열정으로 숭배하도록 내버려두라. 그럴지라도 우리는 굳건한 의지로 이에 저항하고 맞설지니.

그러자 펀치 코스텔로가 주먹으로 탁자를 쿵쿵 두드리며 알마니*55 건달의 아이를 밴 처녀를 노래한 〈스타부 스타벨라〉라는 음란한 돌림노래를 부르기 시작했도다. "첫 세 달 동안은 몸이 좋질 않았지, 스타부." 그러자 그 순간 퀴글리라는 이름의 간호사가 문에서 나타나 화난 목소리로 가로되, 부끄러움을 아는 자라면 제발 조용히들 해 주시오, 앤드루 경*56이 도착하기 전까

---

*47 하느님의 아들로서.

*48 Vergine madre, figlia di tuo figlio. 단테의 《신곡》〈천국편〉 제33곡 1행.

*49 하느님의 아들로서.

*50 요한.

*51 마리아의 남편 요셉.

*52 《예수의 생애》 저자. 에피소드 3 참조.

*53 마리아는 비둘기로 상징되는 성령으로 임신한 뒤 요셉과 결혼했다.

*54 동일실체론(transsubstantiality)은 성부·성자·성령을 동일체로 보는 것, 곧 삼위일체론을 말하며 실체론(substantiality)은 각각의 고유한 실체성을 인정하는 이론. 잠재실체론(subsubstantiality)은 존재 내부에 숨겨진 실체가 있다는 뜻 정도로 추측된다. 발음의 유사성과 반복성을 이용한 말놀이에 가깝다.

*55 독일의 옛 이름.

지 만사가 준비되어 있길 바라노니 이런 나의 부탁은 당연하다 할 것이며, 내가 당직일 때 난잡한 이들이 방탕한 소동을 벌여 내 명예에 흠을 낼까 두려워서 하는 말이오이다. 그녀는 온건한 용모와 신심(信心) 깊은 걸음걸이와 침울해 보이는 주름진 얼굴에 잘 어울리는 회갈색 의복을 입은, 나이 들고 슬픈 표정의 여인이었도다. 그녀의 타이름이 효과를 나타내어 그 자리에 있던 사람들은 모두 펀치 코스텔로를 나무랐도다. 어떤 이는 정중하면서도 엄격한 말로, 또 다른 이는 위협적인 감언(甘言)으로 꾸짖는 가운데, 모두가 이 얼간아 염병에나 걸려라, 대체 무슨 짓거리냐, 촌놈 같으니, 못난 자식, 풋내기 같은 놈, 사생아 같은 놈, 탕자 같은 놈, 돼지 창자 같은 놈, 반역자 자식 같으니, 도랑에 떨어져 태어난 놈아, 팔삭둥이야, 날 때부터 덜떨어진 천치 놈아 당장 그 술 취한 방정맞은 주둥이나 닫아라 등등 온갖 욕설을 퍼부었도다. 거동이 조용한, 신사의 모범이라 할 마음씨 착한 레오폴드 경도 충고하기를, 지금은 매우 성스러운 순간이며 또 그러해야 할 순간이므로 조용함이 이곳 혼 산부인과 병원을 지배함이 옳다 하였도다.

이 얘기는 여기서 줄이기로 하고 아무튼 이러한 소란이 거의 가라앉았을 즈음 에클즈거리 마리아 병원의 딕슨 학사가 싱글빙글 웃으며, 젊은 스티븐에게 성직(聖職)에 오를 결의를 하지 않는 이유가 무엇이냐고 물었도다.[57] 스티븐이 대답하되, 그러한 삶은 자궁 안에 있을 때는 순종하고, 무덤에 누워서는 순결하며, 그러나 평생 본의 아닌 가난과 더불어 사는 것이라 하였도다.[58] 이에 레너헌 학사는 평소 스티븐의 파렴치한 행위에 대해 들은지라, 소문을 듣자니 그대는 신뢰하는 어느 여인의 백합 같은 정조를 더럽혔다 하니, 이야말로 젊은이의 타락이 아니겠는가, 하고 말했도다. 그러자 좌중의 모두가 그 증거를 들어 스티븐의 아비 됨을 축하하고 건배하여 기쁨의 잔을 들었도다. 그러나 그가 말하기를, 여기의 모든 사람들이 생각하는 것은 모두 사실이 아니거니와 그 자신은 영원한 아들,[59] 즉 동정(童貞)이라고 하였도다. 이 말에 좌중의 사람들이 더욱 요란하게 환성을 올리며 그에게 마다가스

---

*56 혼 의사의 이름.
*57 그는 어머니와 대학 교수들의 희망과는 달리 신부직에 앉지 않았다.
*58 신부직의 계율, 순종과 순결과 가난한 생활을 비꼬아서.
*59 '신의 아들'이란 뜻도 있다.

카르섬에서 사제들이 거행하는 기묘한 예식에 대한 이야기를 들려주었는
바, 그곳에서 신부는 흰색과 사프란색 예복으로 차려입고, 신랑은 흰색과 연
지색 옷을 입는데, 감송향(甘松香) 초가 타오르는 새 침상에 들어, 신랑이
신부의 옷과 화관을 벗기고 마침내 신부가 처녀성을 잃을 때까지 사제들은
기도문을 외고 또 〈육체의 성의 신비를 알게 하라〉라는 축가를 부른다 하였
도다. 그러자 스티븐은, 존 플레처*60 학사와 프랜시스 보몬트*61 학사라는
저 섬세한 시인들이 연인들의 결합을 안내하기 위해서 쓴 〈처녀의 비극〉*62
에 실린 참으로 경탄할 만한 아름다운 혼인의 노래를 모두에게 선보였도다.
피아노의 반주에 맞추어서 '새 침상으로, 새 침상으로'라는 후렴이 붙은 아
름답고 정 넘치는 이 노래는 들러리가 든 향기 그윽한 촛불의 안내를 받으며
부부 합환(合歡)의 무대인 다리 넷 달린 침상으로 가는 이 연인들을 위해
만들어진, 더없이 매력적이고 감미롭고 절묘한 축혼가였도다. 그 두 작가는
참으로 잘 만났도다, 딕슨 학사가 즐거워하며 말하더니, 이어서 가로되, 그
러나 젊은이여, 그들의 이름은 보 마운트(Beau Mount)*63와 레처(Lecher)*64
로 불렸으면 한층 좋았을 것이라 하였더라. 이유인즉 이 두 사람의 교제(交
際)로 더 뛰어난 노래가 태어나지 않았겠느냐 하더라. 그러자 젊은 스티븐
이 가로되, 그렇다, 내 기억이 틀림없다면, 그 두 사람은 한 정부(情夫)를
함께 나누었도다. 그녀는 매춘부 출신으로, 생활비가 많이 드는 무렵인지라,
사랑의 기쁨을 사이좋게 나누기 위해 그렇게 한 것으로, 이는 나라의 풍습에
도 어긋나지 않았기 때문이라. 그리고 이어 가로되, 내 아내를 친구의 잠자
리에 내놓는 것보다 더 큰 사랑은 없도다.*65 그대도 가서 이와 같이 하라.*66
인류에게 베푼 은혜에서 따를 자가 없는, 한때 우미대학(牛尾大學 : Oxtail)
의 불문학(French letters)*67 흠정(欽定) 강좌 담당 교수였던 차라투스트라는
이렇게, 또는 이러한 취지로 말했도다.*68 이방인을 나의 성곽으로 인도했을

---

*60 17세기 영국의 극작가.
*61 17세기 영국의 극작가.
*62 플레처와 보몬트가 함께 쓴 희곡. 1611년 무렵의 작품.
*63 아름다운 언덕. 여성의 음부를 뜻한다.
*64 호색한이라는 뜻이다.
*65 친구를 위하여 목숨을 내놓는 것보다 더 큰 사랑은 없다. 〈요한복음서〉 15 : 13의 패러디.
*66 〈루카복음서〉 10 : 37 참조.

때, 그대가 두 번째로 가장 좋은 침대[69]로 들지 않는다면 재난이 있을지어다. 형제여 나 자신을 위해 기도하라.[70] 그러면 모든 사람들은 아멘이라 말하리라. 기억하라, 에린[71]이여, 그대의 세대들과 옛 시절을, 그대는 어찌 나와 나의 말을 중히 여기지 않고 낯선 사람을 나의 집 안으로 끌어들여, 내 눈앞에서 음행(淫行)을 하고, 여수룬[72]처럼 살이 쪄서 제가 주인인양 발길질하게 하는가.[73] 그런고로 그대는 광명에 등을 돌려 죄를 범하고, 그대의 주인인 나를 하인의 노예로 만들어 버렸도다. 돌아오라, 밀리[74]의 일족(一族)이여. 나를 잊지 말아라, 밀레시아 사람들이여. 어찌하여 그대는 나를 걷어차고 설사약을 파는 약장수[75] 편으로 돌아섰는고. 또 어찌하여 그대 딸들은 나를 모른다 말하고, 뜻조차 통하지 않는 인도인과 로마인과 호화로운 침대에서 함께 음란한 짓을 했는가. 이제 보라, 나의 백성이여. 호렙산(山)으로부터, 느보산으로부터, 피스가산으로부터, 하텐의 봉우리[76]로부터 젖과 돈[77]이 흘러오는 이 약속의 땅을 바라보라. 그러나 그대는 내게 쓰디쓴 젖을 물렸도다. 나의 해와 달을 영원히 지워 버렸도다. 그리하여 그대는 나를 영영 괴로운 어둠의 길에 홀로 버려두었도다. 죽음의 재(灰)의 입술로 내 입에 키스했느니라.[78] 이 내부의 암흑은, 하고 그는 다시 말을 이었도다. 이런 내부의 어둠은, 칠십인역성경(七十人譯聖經)[79]의 지혜로도 밝혀지지 않았

---

*67 '옥스퍼드 대학 불문학과'를 음식 재료인 쇠꼬리(Oxtail)와 콘돔(French Letter는 영국에서 콘돔을 가리키는 은어)에 빗대어 나타냈다.

*68 니체의 《차라투스트라는 이렇게 말했다》의 패러디.

*69 유언으로 아내에게 '두 번째로 좋은 침대'를 남겼던 셰익스피어의 일화에서 따온 표현. 에피소드 9 참조.

*70 미사 때 낭송하는 봉헌문의 패러디.

*71 아일랜드의 옛 이름.

*72 이스라엘의 시적인 이름.

*73 〈신명기〉 32 : 15.

*74 밀레시안(전통적인 아일랜드 왕족의 조상)을 말하는 아일랜드어.

*75 헤인스의 아버지. 영국인을 가리킨다.

*76 이상은 모두 모세가 약속의 땅을 발견하여 바라본 산 이름들.

*77 젖과 꿀을 비꼬아서. 〈탈출기〉 33 : 3.

*78 꿈속에서 본 어머니의 이미지.

*79 그리스어역 《구약성서》. 72명의 학자가 번역했다고 해서 이런 이름이 붙었다.

고, 또 지옥의 문을 부수고 그 어둠을 방문했던, 천상에서 온 저 동방인*80을 위해 언급조차 되지 않았도다. 습관이 되면 더 이상 포악(暴惡)도 느끼지 않으며(툴리*81가 그의 친애하는 스토아파 사람들에게 말했듯이), 부왕은 그의 왕자인 햄릿에게 유기체 산화의 흔적*82을 보여주지 않았도다. 인생의 한창 때의 암흑은 이집트에 몰아닥친 재앙*83과 같은 것으로, 생전과 사후의 밤이야말로 그것이 본디 있어야 할 올바른 장소이자 길이로다. 또 만물의 목적과 궁극이 어느 정도 그 발생과 기원에 일치하는 것처럼 탄생에서 성장으로 나아가는 저 똑같은 다양한 동일성이 동시에 퇴행적 변형에 의해 감소되고 풍화되어 종말을 향해 나아가는 과정을 이루나니, 이는 자연의 섭리에 부합하는 것이며, 태양 아래 존재하는 우리 또한 이러한 질서에서 예외일 수는 없는 법이로다. 운명의 세 노파들*84은 우리를 생명으로 이끌고, 우리는 울고, 먹고, 즐기고, 움켜쥐고, 껴안고, 이별하고, 늙고, 죽나니, 그때가 되면 다시 노파들이 찾아와 죽은 우리를 굽어보노라. 처음엔 나일 강 갈대숲 사이 윗가지로 엮은 바구니 침상에 눕혀져 있다가 구원받았도다. 마지막엔 어느 산 동굴, 살쾡이와 독수리 울부짖는 곳에서 신비로운 무덤이 되었도다.*85 아무도 그 무덤의 소재를 알지 못하며, 또한 우리는 우리 자신이 어떤 과정을 통해 그곳으로 인도되는지, 더더욱 지옥으로 인도될지, 에덴동산으로 인도될지 모르나니 이와 마찬가지로 우리가 뒤를 돌아본다 해도, 인간이 언제 어디서 어떤 존재로서 비롯되었는지 알 도리가 없도다.*86

이에 펀치 코스텔로는 큰 목소리로 〈에티엔의 노래〉를 부르고, 명령하듯 소리 높여 외쳤나니, 보라, 지혜는 스스로 집을 지었도다,*87 이 거대하고 웅장한, 유구한 역사의 궁륭, 완두콩을 찾는 자에게 1페니 수여라는, 정연한

---

*80 예수 그리스도

*81 키케로. 로마의 웅변가, 정치가, 문학가.

*82 부패의 흔적.

*83 〈탈출기〉 7, 8, 9, 10, 12 참조.

*84 그리스 신화에 등장하는 운명의 세 여신 클로토, 라케시스, 아트로포스. 각각 인간의 탄생, 생애의 사건, 죽음을 다룬다.

*85 모세의 생애.

*86 이상은 스티븐이 한 말.

*87 〈잠언〉 9장 1절. "지혜가 일곱 기둥을 깎아 자기 집을 지었다."

질서에 따라 건설된 창조자의 수정궁을.

우러러보라, 교묘한 잭이 세운 전당을.
보라, 맥주로 가득 찬 수많은 술 부대를.
잭 존의 저 자랑스러운 야영지 안에서.

이곳 거리에 무서운 것이 부서지는 듯한 소리가 났도다. 그것은 울려 퍼지고 반향하였도다. 왼쪽 근처에서 소리 높이, 뇌신(雷神)의 소리가 울려 퍼졌도다. 그것은 해머를 던지는 신의 무시무시한 분노였도다. 그러자 린치 학사는 코스텔로를 향하여, 그대의 악마 같은 혀와 이단의 말이 신의 노여움을 샀으니, 이제 우롱과 속된 농담을 자제하라 하였도다. 그러자 그토록 대담한 말을 끊임없이 내뱉던 그도 이내 얼굴이 창백해져, 눈에 띄게 몸을 움츠렸으니, 그 거칠던 목소리도 돌연 기세를 잃고, 그 심장은 뇌우(雷雨) 소리에 전율했도다. 이때 어떤 자는 우롱하고, 어떤 자는 비웃었나니, 펀치 코스텔로는 다시 벌컥벌컥 맥주를 마시기 시작하고, 레너헌 학사도 그에 뒤따르겠노라 했으나, 다시 요란스러운 소리가 울리자 모두의 안색이 핏기를 잃었도다. 그런데 아까 큰소리치던 저 허풍선이[88]가 외치기를, 늙고 모습 없는 아버지이신 하느님이 설령 그의 잔 안에 있다손 치더라도 신경 쓸 필요 없도다, 그의 인도함을 받지 않겠다 하더라. 그러면서 그 자신 혼의 홀에서 몸을 웅크리고 있는지라, 그러한 큰소리도 겁먹은 마음을 나타내는 데 지나지 않았도다. 그는 자신의 용기를 북돋우기 위해 단숨에 술을 들이켰나니, 그때였도다, 하늘 끝까지 울려 퍼지라는 듯이 천둥소리가 울린지라, 마음속으로부터 신을 두려워한 매든 학사는 그 형벌의 천둥소리를 듣고 자기 가슴을 치고, 블룸 학사는 허풍선이 곁에서 그의 두려움을 달래기 위해 온건히 말하였도다. 그대가 들은 소리는 극히 가벼운 천둥소리에 지나지 않으며, 그 천둥소리와 함께 비가 오지 않았는가? 이것은 곧 자연 현상의 질서일 뿐이라.

그러나 젊은 허풍선이[89]의 두려움이 진정자[90]의 말로 사라졌는가? 아니

*88 스티븐.
*89 스티븐.
*90 블룸.

다. 말로는 씻을 수 없는 '쓴맛'이라는 큰 못이 그의 가슴에 박혀 있었기 때문이로다. 그렇다면 그는 블룸처럼 차분하거나 매든처럼 신앙심이 깊지 않았던가? 그는 둘 가운데 어느 상태든 되기를 바랐으나 그 어느 것도 되지 못하였도다. 그러면서도 그는, 어린 시절에 품고 있던 '신성(神性)'의 단지를 찾아내려고 노력할 수는 없었단 말인가? 진정 그는 그렇게 할 수가 없었도다. 이유인즉 이 항아리를 찾아내게 하는 '은총'이 없었기 때문이로다. 그렇다면 그는 저 우르릉거림 속에서도 '출산'이란 신의 목소리, 또는 '진정자'가 말하는 '현상'의 소음을 들었는가, 못 들었는가? 당연한 일이지만, '이해'의 관(管)을 마개로 틀어막지 않았다면 (그는 그렇게 하지 않았나니) 그는 그 소리를 들을 수밖에 없도다. 진정 그는 그 관을 통해서 다른 사람들과 마찬가지로, 그 또한, 지나가는 그림자이고 보면, 반드시 때가 와서 죽을 수밖에 없는 '장소'인 '현상'의 나라에 살고 있음을 깨달았으리로다. 그러면 그는 다른 사람들과 같이 죽음으로 나아가는 것을 받아들일 마음은 없단 말인가? 그는 그것을 어떻게든 용인하려 하지 않고 '형상'이 명령하는 대로, '법칙'의 책에 의해서, 남자가 그의 아내와 함께 행하는 것과 같은 일도 하려 하지 않았도다. 그러면 그는 '나를 믿으라'의 땅,*91 '환희'의 왕에 어울리는 땅, 죽음도 없고, 출생도 없고, 혼인도 모성도 없고, 믿는 자는 모두 온다는 그 약속의 땅에 대해서 아는 바가 없었단 말인가? 그는 알고 있었도다. '경건'이 그에게 그 나라에 대해 이야기해 주었고, '순결'은 그곳으로 향하는 길을 그에게 제시하였으나, 그간의 사정을 말하자면, 가는 도중에 용모가 아름다운 창부(娼婦)를 만나 그 이름을 물었더니, 그녀는 '손 안에 든 한 마리 새'*92라 자신을 소개하고, 그를 향해, 거기 멋진 남자여, 근사한 곳으로 안내해 드릴 테니 이리 오셔요 하고 아부의 말로 유혹하여 그를 옳은 길에서 벗어나게 하였으니 '숲 속의 두 마리 새',*93 또는 학자가 '육욕'이라 이름 붙인 자신의 동굴로 그를 데려가 포로로 삼았던 것이로다.

이것이야말로 '모성의 집'에서 한 식탁에 둘러앉은 모든 사람들이 바랐던 것으로, '손 안의 한 마리 새'(이는 모든 질병이나 요괴 및 나쁜 마물 안에

---

*91 〈요한복음서〉 6 : 35 참조.

*92 자위 행위.

*93 성교.

있는 것이로다)라고 할 수 있는 이 매춘부를 만나게 된다면, 그들 역시 있는 힘껏 그녀를 접하고 그녀를 알려고 하리라. 그도 그럴 것이 그들 스스로가 '나를 믿으라'는, 하나의 관념에 지나지 않은 것으로, 그것에 대해서는 어떤 생각도 품을 수 없노라 말하고 있는 바, 그리고 또한 첫째, 그녀가 그들을 유혹하여 데려간 '숲 속의 두 마리 새'는 참으로 묘한 동굴이어서, 그 안에는 '등타기'와 '거꾸로 하기', '얼굴 맞대기', '가까이 눕기'라는 글자를 적은 네 개의 푯말이 붙은 베개가 있기 때문이며 둘째, '보존법'이 소 창자로 만든 견고한 보호의 방패를 그들에게 주었으니 '매독'이나 그 밖의 수많은 요괴들에 관해서는 걱정할 것이 없기 때문이요, 셋째, '아이 살해'라 불리는 이 방패 덕분에, 저 사악한 마물인 '자손'으로부터 책망을 당하는 일도 없기 때문이로다. 이리하여 모두들 저마다의 눈먼 공상에 빠져들었나니, 트집쟁이 씨도, 변덕스런 신자(信者) 씨도, 술꾼 원숭이 씨도, 가짜 자유농민 씨도, 멋쟁이 딕슨 씨도, 젊은 허풍선이 씨도, 차분한 온건 씨도*94 모두 그러했도다. 오, 가련한 자들이여, 그대들은 모두 현혹되어 있도다. 왜냐하면 그 천둥소리야말로 많이 낳으라는 명령인 그분의 말씀을 거역하고서 그들이 저지른 난용(亂用)과 누설(漏泄) 때문에, 손을 들어 그들의 영혼을 없애려는 몹시 노한 신의 음성이기 때문이로다.

이리하여 6월 16일 목요일은, 패트릭 디그넘이 뇌졸중으로 쓰러져 죽어 흙 속에 묻힌 날이었으나, 오래 계속된 가뭄 끝에 은혜로운 비가 내렸도다. 토탄(土炭)을 쌓아 50마일쯤 되는 수로를 왕래한 나룻배 사공이 말하기를, 밭은 말라 빛깔이 시들고, 씨앗이 싹트지를 못하고, 늪지도 수초도 심한 악취로 가득하다 할 정도로 가뭄이었도다. 누구도 기억하지 못할 만큼 오래전부터 비가 내리지 아니하여, 숨 쉬기도 어려워졌으며, 어린 초목은 모조리 말라 버렸도다. 장미 꽃봉오리는 갈색으로 빛이 바래어 얼룩이 퍼지고, 언덕 주변에는 불만 놓으면 당장 모조리 타 버릴 마른 잎과 마른 잡초밖에 남지 않았도다. 작년 2월에 온 나라를 파괴했던 대풍(大風)조차도, 이 가뭄에 비한다면 그리 대수롭지 않은 것이라고 다들 입 모으고 있도다. 그러나 이미 이야기한 바와 같이 이윽고 오늘의 태양이 지고 나서 서쪽에서 바람이 불기

*94 차례로 린치, 매든, 코스텔로, 레너헌, 딕슨, 스티븐, 블룸을 가리킨다.

시작하여, 밤이 다가옴에 따라 크게 번지는 구름이 나타나, 번갯불은 하늘 전면에 퍼져 번쩍이기 시작하였고, 이윽고 10시가 지났을 무렵, 울려 퍼지는 천둥소리와 함께 커다란 벼락이 떨어졌다 싶더니 금세 김을 뿜으며 거센 소나기가 쏟아져 사람들은 이에 놀라 허둥지둥 집 안으로 뛰어 들어갔도다. 사내들은 헝겊이니 손수건으로 밀짚모자를 덮고, 여인들은 옷자락을 추켜올리며 서둘러 뛰었도다. 엘리 광장, 배곳거리, 듀크의 잔디밭, 거기에서 메리온 광장을 지나 홀리스거리에 이르기까지, 아까만 해도 바싹 말라 있었던 곳 위로 엄청난 물줄기가 콸콸 흐르는지라, 주위에 이륜마차도 사륜마차도 전세마차도 전혀 보이지 아니했도다. 저 최초의 천둥이 친 뒤로는 더 이상 천둥소리가 들리지 않았도다. 한편 판사 피츠기번 각하(대학 재산 관리 위원회에서 변호사 헬리 씨와 나란히 앉을 분이로다) 댁 건너편에 자리 잡은 작가 무어 씨(그는 한때 교황파 사람이었으나 지금은 착한 윌리엄파*95라고 소문이 났도다) 댁에서 나온 신사 중의 신사 맬러키 멀리건은 우연히도 알렉 배넌*96과 마주쳤도다. 배넌은 보브컷*97 머리를 하고(요즘 유행하는 켄덜 그린*98을 입은 멋쟁이에게는 필수인 머리형이로다) 있었도다. 이 사나이는 멀링거에서 마차를 타고 더블린으로 막 돌아온 참이었도다. 그의 사촌과 멀리건의 동생은 성(聖) 스위딘 축제까지 한 달 더 그곳에 머무를 예정이라고 그는 전했도다. 서로 어디로 가는 중이냐 묻자, 배넌은 집으로 가는 길이라 하고, 멀리건은 앤드루 혼의 산부인과 병원에서 열리는 술잔치에 초대를 받았노라고 말하였도다. 나이에 비해 몸집이 크고 살이 오른 그 변덕스러운 처녀*99 이야기를 들려줄 수 없겠냐고 멀리건은 재촉하고, 마침 비가 내리는지라 그들은 함께 혼의 산부인과 병원으로 향했도다. 그곳에는 크로퍼드 신문사의 사원인 레오폴드 블룸이, 장난꾸러기이자 논쟁을 좋아하는 패거리인 자애 성모병원의 학생 딕슨, 한 스코틀랜드인,*100 빈센트 린치, 윌리엄 매든, 그 경주마에 걸었던 것을 깊이 한탄하고 있는 T. 레너헌 그리고 스티븐

---

*95 영국 국교회.
*96 블룸의 딸 밀리와 데이트하는 남자.
*97 클레오파트라의 헤어스타일에서 유래된 단발머리 스타일.
*98 영국 북서쪽의 켄덜 지방에서 생산된 녹색 모직물.
*99 밀리.
*100 크로더스.

디댈러스 등과 기분 좋게 앉아 있었도다. 레오폴드 블룸은 처음에는 생각에 잠겨 앉아 있었지만 이제는 마음이 약간 풀린 상태였도다. 하지만 그는 어젯밤 자기 아내 몰리가 터키풍(風) 바지를 입고 붉은 슬리퍼를 신고 있는 이상한 꿈을 꾸었는데, 지혜 있는 사람의 생각에 따르자면, 그것은 달거리의 상징임에 분명하였도다. 더욱이 이 집에는 본디 복부 진찰을 받으러 왔던 퓨어포이 부인이 지금은 가엾은 상태로 자리에 누워, 산기(産期)가 이틀이나 지나 곁에 있던 산파들도 피로를 느꼈으나 아직 낳지 못하고, 또 마시면 수렴제(收斂劑)가 될 한 사발의 중탕(重湯)조차도 토하여 호흡은 매우 거칠어 괴로워 보였도다. 태동으로 보아 태어날 아이는 개구쟁이일 것 같다고 사람들은 서로 말하였도다. 하느님이여, 그녀로 하여금 머지않아 낳게 하소서. 내가 듣기로 그 아기는 살게 될 아홉 번째 아이로, 성모영보(領報) 대축일[101]에 태어난 지 12개월이 되어 처음으로 손톱을 잘라준 여덟 번째 아이는,[102] 그녀의 가슴에서 자라다 죽은 다른 세 아이들과 함께, 훌륭한 필적으로 흠정역 성경[103]에 이름이 기록되어 있도다. 남편은 쉰 살 고개를 넘은 감리교도로 지금은 성찬을 받고,[104] 또 듣자하니 화창한 안식일에는 반드시 사내아이 둘을 데리고 평저선(平底船)을 타고 블록 항(港) 앞바다로 가서, 단단한 브레이크가 달린 릴을 이용해 낚싯줄을 늘어뜨리거나 또는 넙치와 대구 따위를 그물질로 잡아 올려 풍어(豊漁)를 본다는 것이로다. 말하자면 엄청난 비가 쏟아져서 만물이 새 생명을 얻게 되었으니, 올해는 필시 수확이 풍족하게 되리로다. 그러나 학식 있는 자들은 가로되, 말라기[105]의 예언서가 말하길 바람과 물이 있은 뒤에는 셋 모두가 남김없이 나타나리라고 하였도다. (듣자하니 러셀 씨는 이와 똑같은 요지를 담고 있는 힌두스탄에서 전

---

*101 3월 25일. 대천사 가브리엘이 성모 마리아에게 예수를 잉태하였음을 알린 날.

*102 아이가 태어난 지 만 1년이 되기 전에 손톱을 자르면 훗날 물건을 훔친다는 아일랜드 미신이 있다.

*103 1611년에 영국 왕 제임스 1세의 명령에 따라 제작된 영역(英譯) 성경. 퓨어포이 집안이 프로테스탄트임을 나타낸다. 집안에 전해 내려오는 성서에는 가계(家系)가 기록된다.

*104 이로써 그가 구시대의 감리교도였음을 알 수 있다. 존 웨슬리(1703~91)는 감리교회를 창시했을 때, 교도는 성례전을 저마다 자기 교회에서 그곳 성직자로부터 받는 게 아니라 영국 국교회로부터 받아야 한다고 했다. 이런 국교회와의 관계는 웨슬리가 세상을 떠난 뒤 완전히 바뀌었다.

*105 헤브라이의 예언자. 예언서란 성경 구약 가운데 〈말라기서(書)〉를 말한다.

해 내려온 예언적인 주문을 그의 농민신문*[106]에도 실은 바 있었도다) 그러나 이와 같은 이야기는 늙은이나 아이들을 현혹시킬 수는 있어도, 이성의 뒷받침이 없는 만들어낸 말일 뿐이로다. 그러나 그 까닭은 알 수 없으나 때때로 이런 기묘한 예언이 적중하는 일도 있도다.

이때 식탁 한쪽으로 레너헌이 가까이 와서 오늘 석간신문에 실린 논문이 어땠는지 말하며, 주위 여기저기를 찾았으나 (그는 선서로 맹세하기를 자신은 그 기사 때문에 골치가 아팠다 하였도다)*[107] 그만 찾고 이리 오라는 스티븐의 설득에 응하여 민첩하게 자리에 앉았도다. 그는 놀기 좋아하는 놀이꾼으로, 광대 또는 악의 없는 장난꾼으로 통하여, 특기로서 정사(情事), 경마, 소문난 이야기에 정통했도다. 털어놓고 이야기하자면, 그는 재산은 별로 없고, 유괴자, 마부, 마권(馬券)장수, 외투 도둑, 밀매자, 도제(徒弟) 장인, 창녀, 그 밖에 이와 비슷한 악한들과 함께 커피점이나 선술집 따위를 돌아다니고, 때로는 우연히 마주친 헌병이나 경찰과 함께 밤새도록 새벽까지 술을 마시면서, 그들로부터 잡다한 소문을 잔뜩 주워 모으는 사나이였도다. 그는 평소에 싸구려 식당에서 식사했지만, 지갑 속의 6펜스로 변변찮으나마 찌꺼기 요리나 내장 요리가 얻어걸릴 때에는, 이내 입이 가벼워져서 창부로부터 얻어들은 난폭한 욕지거리를 지껄여대어, 사람의 아들로서 그것을 듣고 배를 거머쥐지 않는 자가 없었도다. 그의 건너편에 앉은 사나이 코스텔로는 그의 이야기를 듣고, 그것은 노래냐 이야기냐고 물었도다. 레너헌 말하되, 아닐세, 프랭크여(이것이 그의 이름이니) 그것은 전염병 때문에 한 마리도 남김없이 도살당할 케리주(州)의 암소*[108]에 관한 얘기라네, 하지만 이러한 시시한 쇠고기 이야기 따위 어떻게 되든 무슨 상관인가, 하고 그는 눈을 찡긋하며 말하였도다. 이윽고 여기 이 주석 그릇에 담긴 생선은 맛이 참 좋은 거라고 말하면서, 소금에 절인 청어를 먹어 볼 것을 정중하게 권했으니, 그것은 굶주려 있던 그가 아까부터 먹고 싶어서 바라보던 것으로, 곧 그 그릇 안이 그의 외교의 주된 계획이 자리한 장소였도다. 암소의 죽음이란 말이지, 하고 그때 프랭크는 프랑스어로 말했나니, 예전에 보르도에 양조장을 가진

---

*106 조지 러셀(AE)은 〈아이리시 홈스테드〉라는 주간 농민신문의 편집자였다.
*107 스티븐이 소개한 디지 교장의 논문.
*108 아일랜드 남서부 케리주가 원산지인 검은 소. 몸집이 작은 소인데 젖이 많기로 유명하다.

브랜디 수출상에서 일한 적이 있었기에 신사다운 프랑스어가 줄줄 나온 것이었도다. 이 프랭크란 자는, 어릴 때부터 하는 일이 없었던 사람으로, 읍장(邑長)이었던 그의 아버지는, 그를 학교에 보내어, 글자와 지도(地圖) 보는 법을 배우게 하려고 애를 쓰고, 공학을 배우도록 대학에 진학시켰지만, 그는 버릇없는 망아지처럼 제멋대로 굴어, 책보다도 재판소나 교구 하급 관리들과 가까이 지냈도다. 그는 한때는 배우를 지망하고 또 술집 지배인, 마권장수가 되려고도 했으나 이윽고 곰싸움이나 닭싸움보다 재미있는 것은 없다 하였고, 그 다음에는 대양으로 배를 타고 나가려 시도하기도 하고, 집시 무리에 끼어 방황하고, 달밤을 이용하여 지주의 후계자를 유괴하고, 하녀의 속옷을 슬쩍하고, 덩굴 울타리 그늘에서 암탉의 목을 졸라 죽이기도 하였도다. 그는 고양이가 되살아나는 것처럼 여러 번 집을 나갔고, 그때마다 빈털터리가 되어 읍장인 아버지에게로 돌아왔으니, 아버지는 그를 볼 때마다 어김없이 한 파인트나 되는 눈물을 쏟았도다. 무슨 말이오? 하고 팔짱을 낀 블룸 씨가 대화의 추이를 따라가고자 입을 열었도다. 남은 소를 전부 도살한다는 거요? 분명 오늘 아침 리버풀을 다니는 배에 소들이 실려 가는 것을 보았소이다.*[109] 그리고 그게 크게 잘못된 결정이라고는 생각지 않소. 그가 이렇게 말한 것은, 프러시아거리에 있는 개빈 로우 씨의 목장 근처에서, 가축과 농장 중매 사업을 한 품격 있는 상인 조지프 커프 씨 밑에서, 수년 전 서기로 근무한 적이 있었으므로, 번식용 가축, 잉태한 가축, 비옥돈(肥沃豚), 거세양 따위에 대한 지식이 있었기 때문이라. 그가 가로되, 아무래도 의심스럽소, 내가 보기에 그것은 설염(舌炎)이 아닌가 싶소. 그러자 스티븐 씨는 마음이 다소 동요했으나 여전히 훌륭한 태도를 보이며 말했도다. 그럴 리는 없소, 내 수중에 황제의 최고 수행원에게서 건네받은 감사 편지가 있는 바, 내용인즉 하제(下劑) 한두 알만 먹이고도 뿔을 잡고 소를 일으켜 세울 수 있다는, 러시아 최고 권위의 수의사 '우역(牛疫)' 박사를 파견해주는 것에 대한 치하의 말씀이라오. 가만, 가만, 이에 공명정대한 자세를 보이며 빈센트 씨가 참견하였도다. 그렇다면 말하겠는데, 만약에 그 박사가 아일랜드의 황소에 손을 댄다면 스스로 딜레마의 뿔에 걸리는 꼴이 될 것이오.*[110] 그러자

---

*109 장례식 마차 안에서.

*110 '딜레마에 빠지다'란 관용구를 이용한 표현.

스티븐은 이름도 성질도 아일랜드요, 하고 말하며 주변의 빈 술잔에 맥주를 부어주었도다. '영국 도자기점에 들어간 아일랜드 황소'*¹¹¹란 말도 있으니 말이오. 무슨 말인지 알겠네, 딕슨이 말했도다. 그놈은 우수한 가축 사육업자인 농부 니콜라스*¹¹²가 우리 섬에 보냈던 그 에메랄드 코뚜레를 한 황소와 똑같은 황소가 아니겠나.*¹¹³ 그 말은 참이로다, 빈센트 씨가 탁자 너머에서 말했도다. 또한 정곡을 찌른 말이로다. 토끼풀*¹¹⁴ 위에 똥 눈 적 있는 녀석들 가운데 그보다 더 살찌고 힘세며 훌륭한 황소는 없을지니. 그 소는 많은 뿔과 황금빛 털을 가졌으며, 그 콧구멍에서는 달콤한 연기 같은 숨이 나오매, 이 나라 섬의 아낙네들은 밀반죽도 밀방망이도 다 내던지고, 황소 전하(殿下)를 들국화로 엮은 화환으로 꾸미면서 따라갔도다. 그러자 그것은 무엇 때문이었냐고 딕슨 씨가 말했도다, 씨 없는 자인 농부 니콜라스가 이 땅으로 건너오기 전에 역시 그와 마찬가지 신세인 의사들을 시켜 황소를 거세했나니. 그가 자, 이제 가세, 내 종형제인 해리 왕*¹¹⁵께서 명하시는 대로 농부의 축복을 받으라, 말하고는 황소 엉덩이를 찰싹 쳤지. 하지만 이러한 찰싹 때리기와 축복은 소에겐 친근한 벗이라네, 그의 말을 받아 빈센트 씨가 말했도다, 그리고 농부는 이러한 벗을 대신해 줄 재주를 소에게 가르쳤나니, 그런고로 오늘날까지도 처녀, 유부녀, 수녀, 과부 그 누구 할 것 없이 여인네들이 아일랜드 네 왕국*¹¹⁶을 통틀어 가장 잘 생기고 건장한 젊은 멋쟁이와 함께 자리에 눕기보다는 오히려 한 달 중 어느 때라도 우사(牛舍)의 어둠 속에 들어 그 황소와 서로 속삭이고 그 길고 성스러운 혓바닥이 자신의 목덜미를 핥도록 하는 것을 바라노라 단언하는 것이 아니겠는가. 이때 또 한

---

*111 An Irish bull in an English chinashop. 세심해야 할 때 거칠고 서툴게 행동하는 남자를 뜻하는 관용구 'a bull in a china shop'을 응용해서 던진 농담.

*112 니콜라스, 즉 교황 하드리아노 4세는 유일한 영국인 교황이다. 그는 1155년 교황 교서(papal bull)에서, 영국 왕 헨리 2세가 아일랜드에 군림하는 것을 허락했다. 그리고 그 증거로서 에메랄드가 박힌 금반지를 왕에게 선사했다(또 '에메랄드섬'은 초목이 푸르게 우거진 나라라고 해서 아일랜드에 붙여진 별명이다).

*113 '소'도 로마 교황의 '교서'도 전부 bull이라는 점에 착안한 농담. 또 존 불(John Bull)은 영국을 의인화한 인물이다.

*114 토끼풀은 아일랜드의 국화(國花)이다.

*115 영국 왕 헨리 2세.

*116 아일랜드의 4개의 고대왕국을 가리킨다. 먼스터, 렌스터, 얼스터, 코노트.

사람이 끼어들어 다음과 같이 말하도다 : 그리고 여인들은 소에게 딱 맞는 옷을 입혔도다. 그에게 슈미즈 스커트와 어깨걸이와 끈 달린 속옷과 속치마를 입히고, 손목엔 주름장식을 달아 주고, 머리털을 깎아 주고, 전신에 향유 고래기름을 발라 주었으며, 또한 거리 모퉁이마다 그가 마음 놓고 자고 똥도 쌀 수 있도록 황금구유가 달린 우사*¹¹⁷를 짓고 시장에서 사온 가장 좋은 건초를 그곳에 가득 채워주었더라. 이 무렵 신자(信者)들의 신부(神父)(그들은 황소를 이 같은 이름으로 불렀음이라)는 살이 찐 나머지 거동조차 힘들었던지라, 그 노고를 덜어주기 위해 거짓 많은 부인네와 처녀들이 앞치마에 건초를 싸서 가져오니 이로써 배를 채운 소는, 귀부인들에게 신비한 것을 보이기 위해 뒷발로 벌떡 일어나 황소의 말로 울부짖으매 여인들 모두가 그를 따랐도다. 그렇다, 하고 또 한 사람이 가로되, 이리하여 그는 점점 더 만족하여 온 나라에 자신이 먹을 초록빛 풀 이외에는 아무것도 자라지 못하게 하였으며 (녹색은 그의 마음에 합당한 오직 한 가지 색이었기 때문이었도다) 나라 중간쯤의 언덕 위에, 해리 전하의 명에 따라*¹¹⁸ 땅에서 자랄 수 있는 풀은 초록으로 정한다는 표찰이 세워졌도다. 그러므로, 하고 딕슨 씨가 말하기를, 로스커먼*¹¹⁹이나 코네마라*¹²⁰의 평원에 가축 도둑이 있다는 것이나 또 슬라이고*¹²¹의 농부가 겨자 한 줌이나 유채 씨 한 봉지를 뿌린 사실을 알았을 때*¹²² 그는 오직 해리 전하의 명에 따라 온 나라를 미친 듯이 헤집으며 뿌려진 것을 모조리 뿔로 뽑아버린 것이 아니겠나 하도다. 이에 빈센트 씨가 말하되, 처음에 그들 두 사람 사이에는 다툼이 있었는데,*¹²³ '해리 왕'은 니콜라스 농부를 세상에서 제일가는 악마라거나 7인의 매춘부*¹²⁴를 둔 사창굴 우두머리라 부르고, 자신이 그를 손봐줄 것이라 했도다, 지옥의 냄새를 맡게 해주마, 내 아버지께 물려받은 쇠좆매로 하고. 다음으로 딕슨 씨가 가로되, 그런데 어느 날 저녁, 해리 전하는 보트 경주에서 이겼는데(하기야 그 자신

---

*117 교회.

*118 by the Lord Harry. '맹세코', '반드시'라는 의미의 관용어구이기도 하다.

*119 중부 아일랜드의 주(州).

*120 골웨이주(州)의 대서양 연안 지역.

*121 아일랜드 북서부 코노트 주(州)에 있는 도시.

*122 가톨릭 교의(敎義)가 행해졌을 때.

*123 영국 국교와 가톨릭의 다툼.

은 삽 같은 노를 들었지만, 경기의 제1 규칙에 따라, 다른 사람들은 쇠스랑 같은 노를 젓게 했으니) 그날 밤의 만찬에 참석하기 전, 자신의 가죽옷을 손질하던 중 자기의 모습 안에 황소와 닮은 점을 발견하고, 식기실에 보관되어 있는 때 묻은 싸구려 책을 조사해 보았더니, 과연 자기는 명실공히 저 엉터리 라틴어로 동료들의 우두머리를 뜻하는 '보스 보붐'*125이라는, 로마인들 사이에서 유명한 챔피언 소*126의 방계 자손임을 알았도다 그러자 빈센트 씨는 말했도다, 해리 전하는 모든 신하들이 보는 앞에서 자신의 머리를 소가 마실 물이 담긴 구유통 속에 푹 처박았다가 다시 들어올리고는 자신의 새로운 이름을 알려 주었도다. 그는 자기의 몸에서 흐르는 물을 개의치 않고, 그의 할머니 것이었던 낡은 저고리와 스커트를 입고, 황소의 말을 배우기 위해*127 문법책을 샀으나, 1인칭대명사를 제외하고는 아무것도 외울 수 없었는지라, 그것만을 큰 글자로 써서 외우고, 외출을 할 때에는, 주머니에 분필을 가득 넣고 무엇이든지 그의 마음에 드는 것이면, 바위에도, 찻집 탁자에도, 솜 보따리에도, 코르크 구명대에도 그 말을 적었었다고 하외다. 간단히 말하자면, 그와 아일랜드의 황소는, 셔츠가 엉덩이와 이내 친해지는 것처럼 친해졌도다. 이에 스티븐이 말했도다. 그래, 그랬었지, 그리하여 마지막에는 이 나라 남자들은, 배은망덕한 여자들이 모두 한마음이 되는 것을 보고 가망이 없음을 깨닫자, 뗏목을 만들어 그 위에 가재도구와 함께 몸을 싣고, 모든 돛대를 세우고, 바람이 부는 쪽으로 나아가, 역풍에는 배를 멈추고, 바람에 석 장의 돛을 부풀게 하고, 뱃머리를 수면으로 내리고, 닻을 올리고 키를 잡고, 해적기를 나부끼게 하고, 만세 삼창을 세 번 하고, 배수펌프를 움직이고, 상선(商船)과 헤어져 마침내 아메리카 대륙을 향해 드넓은 바다로 출항한 것이외다.*128 그러자 빈센트 씨가 말하길, 어느 갑판장이 지었다는 그 우

---

*124 헨리 8세에게는 아내가 여섯 명 있었는데, 사실 교황 클레멘스 7세에게는 첩이 일곱이나 있었다. 헨리 8세의 이혼 문제로 그들은 크게 대립했으며, 마침내 클레멘스 7세는 헨리 8세를 파문하기에 이르렀다. 이를 계기로 영국 국교회는 가톨릭교회에서 떨어져 나오게 됐다.

*125 '황소 중의 황소'라는 뜻.

*126 초대 교황이라 불리는 성 베드로.

*127 헨리 2세는 프랑스에서 자랐으므로 프랑스어와 라틴어밖에 몰랐다.

*128 영국의 압정과 기근에 못 이겨 많은 아일랜드인이 미국으로 옮겨 갔다.

스꽝스러운 뱃노래가 그때 만들어진 것이오, 하더라.

"교황 베드로는 자다가 오줌을 찔끔.
　그래도 남자는 남자라네."[129]

　우리의 고귀한 지인 맬러키 멀리건 씨가 학도들의 우화(寓話)가 끝날 무렵에, 알렉 배넌이라는 젊은 신사이자 국방병 부대의 기수(旗手)나 군악대 자리를 사서 군인으로 종군할 마음으로 수도에 도착한 친구를 데리고 나타났도다. 멀리건 씨는 그 자리에서 진행된 악의 치료 방안에 관한 논의가 자신의 구상과 부합됨을 알고는 이에 대하여 정중하게 기쁨을 표했도다. 그러고는 보기 좋은 이탤릭체로 '맬러키 멀리건. 수정촉진 및 인공부화. '램베이섬'[130]이라는 글자가 박힌 명함을 일동에게 돌렸는바, 이는 그날 퀴넬 씨 가게[131]에서 인쇄된 것이었도다. 악의 치료에 관하여 그가 내놓은 해결책이란, 그 자신의 설명에 따르면, 도시의 '경박한 맵시꾼'이나 '허약한 수다쟁이'들의 주요사업을 형성하는 나른한 쾌락의 굴레에서 벗어나 본디 유기체로서의 우리 육체에 부여된 가장 고귀한 사업에 헌신하는 것이로다. 어디 한번 들어봅시다, 친구여, 딕슨 씨가 말했도다, 제법 음탕한 냄새가 나는 이야기인 듯하니. 두 분 다 이리 와 앉으시오. 서 있으나 앉아 있으나 술값은 달라지지 않는다오. 이러한 초청 제의를 받아들인 멀리건 씨는 자신의 구상을 자세히 설명하기 시작했도다. 그리하여 그가 말하길, 내가 불임의 원인에 대하여 숙고하다 이와 같은 착상을 얻게 된 바, 불임에는 저해성과 금지성이 있나니, 저해성은 교정(交情) 곤란 또는 균형이 불완전한 데에서 기인한 것이고, 금지성은 선천적 결함 또는 몸에 지닌 성벽(性癖)에 그 원인이 있는 것이라. 혼인 관계에서 그 가장 귀한 보증[132]이 결여됨을 본다는 것은 몹시 가슴 아픈 일이라오. 재산 많은 과부가 어리석기 짝이 없는 사제들의 먹이가

---

[129] 사도 베드로. 로마 가톨릭 교회는 그를 최초의 교황으로 간주한다.
[130] 더블린에서 동북동쪽으로 19.2km 떨어진, 맬러하이드 앞바다에서 3.6km 거리에 있는 섬. 조류보호구역으로 알려져 있다.
[131] 더블린 가운데를 흐르는 리피강 남쪽, 프리트거리 45번지에 실제로 있는 조지 퀴넬 인쇄소.
[132] 아이.

되어, 뜻에 차지 않는 수도원의 함지 아래*133 그 아름다움을 감추고, 또는 애무하려고 기다리는 선남들이 있어서 더 많은 행복을 손에 넣을 수 있음에도 불구하고 무책임한 악한의 포옹에 여성의 꽃을 잃고, 무한한 성의 가치를 희생시키는 아름다운 여인들이 너무나 많음을 보면 눈물이 한없이 쏟아지오이다. 이러한 불합리를 억제하기 위해 (그것을 그는 잠복열의 억압 때문이라고 결론 내렸거니와) 유능한 고문(顧問)들과 상의하여 해당 문제를 조사한 뒤, 램베이섬의 소유자로서 크게 융성하고 있는, 우리 당(黨)에 호의적이라고 알려진 왕당파의 신사 탤벗 드 맬러하이드 경으로부터 무상으로 그 섬을 빌리기로 결정하였소. 여기에 옴팔로스*134라는 이름의 민족수정매개소를 건설하여, 이집트식 오벨리스크에 글자를 새겨서 세우고, 여자 본연의 기능을 실행하기 위해 그곳에 오는 여자라면 신분 계급을 막론하고 그 누구에게든, 수태를 위해 충성스러운 봉사를 기꺼이 제공할 참이오. 돈 따위는 문제가 아니오. 수고비는 단 1페니도 받지 않을 거요. 가장 가난한 부엌데기부터 위로는 부유한 귀부인에 이르기까지, 그녀들의 소원이 육체적 또는 정신적 열의에 입각하는 것이라면 나는 얼마든지 그들의 종복이 될 작정이라오. 영양(榮養)과 정기(精氣)를 보충하기 위해서는 향기로운 구근, 생선, 산토끼를 섭취할 텐데, 특히 후자의, 다산(多産)하는 설치류의 고기는 육두구(肉荳蔲) 이파리나 고추 한두 개로 양념하여 굽거나 스튜로 끓여낼 거요. 이와 같이 열정적이고 단정적인 말투로 설교를 마친 멀리건 씨는, 비를 막으려고 덮었던 손수건을 모자 위에서 벗겼도다. 그들 두 사람은 비에 쫓겨 발을 재촉했으나 흠뻑 젖는 것을 면할 수 없었던 듯하니, 이는 멀리건 씨의 굵은 회색 나사(羅紗) 반바지에 얼룩이 많이 붙은 것으로 보아도 분명했도다. 그의 계획을 청중들은 바람직한 것으로 받아들여, 모두가 마음속으로부터 칭찬을 보냈으나, 성 마리아 의학교의 딕슨 씨만은 예외인지라 내키지 않는 태도로, 당신이 하는 말은 뉴캐슬까지 석탄을 운반한다는 것*135과 같은 일이 아니오, 하고 물었도다. 그러나 멀리건 씨는 이에 아랑곳 없이 상대의 비위를 맞추려는 듯 학자적인 태도를 취하며 외고 있던 고전 가운데 자신의 생각

---

*133 등불을 켜서 함지 속이 아니라 등경 위에 놓는다. (《마태오복음》 5 : 15) 함지 속에 둔 등불은 아무 쓸모가 없다는 뜻.

*134 에피소드 1 참조. 멀리건은 마텔로 탑을 이렇게 부른다.

을 적절히 대변해 줄 만한 구절을 택하여 암송했나니. "오, 로마 시민들이여, 오늘날 도의는 끝간 데 모를 만큼 타락하여, 우리네 가정의 주부들은 로마 백인대장의 묵직한 불알과 단단한 페니스의 발기보다는 거세당한 리비아인의 음탕한 손가락의 간질간질한 애무를 더 좋아하기에 이르렀도다."*136 또한 그는 한층 교양이 부족한 사람들을 위해, 숲 속 공터의 수사슴과 암사슴, 농가에서 키우는 집오리 암컷과 수컷 등 그들 입맛에 맞는 친숙한 동물계의 예를 들어 자신이 생각한 바를 자상하게 설명해 주었도다.

스스로 자신의 우아한 매력을 크게 평가하는 바인, 이 고상한 수다꾼은 이제 자기 옷이 이렇게 된 원인으로 날씨의 갑작스러운 변화에 대하여 열띤 비난을 가하기 시작했으나 한편 좌중의 무리는 여전히 말한 계획에 대하여 아낌없는 찬사를 보내고 있었더라. 그의 친구인 젊은 신사*137는 최근에 그에게 일어난 연애 사건을 떠올렸는지 매우 기뻐하여, 이를 가까이 앉은 사람에게 털어놓지 않을 수 없었도다. 멀리건 씨는 식탁을 바라보고 이 '빵과 물고기'*138는 누구를 위한 것이냐고 묻고, 또 낯선 사람들이 앉아 있는 것을 보고 공손하게 인사하고 나서 가로되, 거기에 계시는 여러분, 여러분께서는 우리 직업이 줄 수 있는 도움을 필요로 하지 않으시오? 그러자 그중 한 사람이 이 제의를 듣고 비록 여전히 적절한 거리를 유지하는 태도를 고수하면서도 진심어린 감사를 표하며 조심스럽게 말하길, 나는 지금 이곳 혼 산부인과 병원에서 무거운 몸을 하고서—아, 가여운 여인이여—엄청난 고통에 빠져 있는 한 임산부의 출산이 과연 (여기서 그는 긴 한숨을 쉬었도다) 무사히 이루어지는지 알아보기 위해 왔소이다 하더라. 딕슨 씨는 분위기를 돌리기 위해 멀리건에게 이제 막 시작된 자신의 복부비만에 대해 하소연하며 이것이 전립선소실(前立腺小室) 내 난자생식의 조짐인지 혹은 남자자궁의 형성 조짐인지, 그것도 아니면 저명한 내과의 오스틴 멜던 씨가 말하듯 자신의 배

---

*135 뉴캐슬은 잉글랜드 북동부의 도시로 과거에는 석탄 산지였다. 따라서 이 말은, 뉴캐슬에 석탄을 운반하는 것만큼 쓸데없는 짓이라고 비웃는 농담이다. 세상에는 튼튼한 남자들도 많은데 당신이 군이 나설 필요가 있겠느냐는 뜻으로 보인다.

*136 라틴어로 된 이 인용구는 저자의 창작으로 보인다.

*137 배넌.

*138 예수께서는 뒤따라온 자들을 '빵 다섯 개와 물고기 두 마리'로 배불리 먹이셨다. 〈요한복음서〉 5 : 14.

안에 걸신들린 아귀가 살고 있어서 그런 건지 물었도다. 그는 이에 대한 응답으로 미친 듯이 웃음을 터트리며 숨이 막히는지 횡격막 아래를 주먹으로 쾅쾅 두들기는 것인데, 그러고는 그로건 할멈*139(창녀라는 게 안타까우나 그래도 여자들 가운데 가장 훌륭한 인물이로다)의 몸짓을 우스꽝스레 흉내 내어 외쳤도다, 내 배는 아비 없는 자식은 낳은 적 없다우! 그것은 이내 다시 한 번 좌중에 환희를 불러일으켜 모두가 강렬한 기쁨의 흥분으로 달아올랐도다. 이 활발한 달변가는, 옆방에서 어떤 소리가 일어나지 않았더라면, 그 몸짓을 계속하였으리라.

그때 스코틀랜드 학생이자 아마(亞麻)와도 같은 금발의 소유자인, 다소 흥분 잘 하는 한 경청자*140가 있었으니, 그는 더없이 활발한 몸짓으로 그 젊은 신사*141를 축하하고, 그 신사의 이야기가 절정에 이르렀을 때 그것을 가로 막고, 그의 맞은편에 앉아 있는 사람에게 감로주 병을 넘겨줄 수 없겠느냐고 공손히 가리키면서 동시에 뭔가 묻는 것처럼 고개를 기울이고(한 세기에 걸쳐 교양을 배운들 이런 우아한 몸짓을 할 수는 없으리로다) 또 그 다음에는 같은 태도로 반대쪽으로 고개를 기울이고, 이야기하는 사람에게 매우 분명한 말투로, 이 술 한 잔 드시지 않겠소이까 하고 물었도다. 그러자 상대는, 물론 기꺼이, 고귀한 이방인이여, 하고 기쁜 듯이 말하였도다. 참으로 고맙소이다, 이는 참으로 적절한 때에 권해 주셨구려. 나의 기쁨을 완전케 하기 위한 것으로 이 한 잔의 술 외에 무엇을 더 바라리오. 그러나 아아, 자비로우신 하늘이여, 만일 작은 주머니에 든 빵조각과 한 잔의 우물물밖에 아무것도 없다 하여도, 나의 하느님이여, 저는 이를 기꺼이 받아, 땅에 무릎을 꿇고, 만물을 내리시는 분께서 저에게 주신 이 행복으로 말미암아 하느님의 능력을 찬양하리이다. 그는 이렇게 말하면서, 큰 잔을 입술로 가져가 한 모금 만족스럽게 마시더니, 머리카락을 매만지고, 웃옷을 열어젖혀, 비단 끈으로 매단 작은 상자를 꺼냈는데, 그것은 그녀*142가 손수 그 안에 글자를 적어 넣은 초상화로서, 이 젊은 신사가 지금까지 품속에 늘 간직해 온 것이었도

---

*139 마텔로탑에 우유를 팔러 온 노파.

*140 크로더스.

*141 배넌.

*142 밀리.

다. 그 초상화 속 여인의 얼굴을 그리운 심정으로 바라보면서, 아, 그대여, 하고 그는 말하였도다. 그녀가 우아한 어깨걸이를 걸치고, 그 매력적인 모자(그녀 애기로는 생일에 선물로 받은 물건이로다)*143를 쓰고, 꾸미지 않은 요염한 자태 속에, 녹아내릴 듯한 상냥함을 보인 그 사랑스러운 순간에 내가 나의 눈으로 본 것처럼, 만약에 자네가 보았더라면, 분명히 자네도 그 자리에서 영원히 달아나든가, 그렇지 않으면 마음속으로부터 감동하여 아름다운 적에게 항복할 수밖에 없을 거요. 나의 생애에서 이토록 감동했던 적은 다시 없었노라. 하느님이여, 저에게 행운의 날을 주신 데에 감사하옵나이다! 이토록 사랑스러운 사람의 호의를 받는 남자야말로 세 배나 행복할지어다. 그는 애정이 담긴 한숨을 쉬고 지금 한 말을 다시 강조한 뒤, 그 작은 상자를 가슴에 품고, 눈물을 훔치고 다시 한숨을 내쉬었도다. 모든 피조물에게 축복의 씨앗을 뿌려주시는 은혜로운 파종자시여, 자유민이든 농노든 시골뜨기든 세련된 멋쟁이든 맹목적인 정열에 사로잡힌 연인이든 인생의 성숙기에 접어든 남편이든 상관없이 모두를 노예로 삼는, 세상에서 가장 달콤한 당신의 횡포는 얼마나 위대하고도 무한한 것이옵나이까. 음, 미안하오, 애기가 옆길로 샜구려. 그나저나 이 세상의 기쁨이라는 것은 얼마나 불순하고 불완전한가. 저주 받을지어다! 하느님이 만약에 예견의 힘으로 나에게 늘 비옷을 지니고 다니도록 해 주셨다면 좋았을 것을! 이것을 생각하면 눈물짓지 않을 수 없소이다. 그것만 갖고 있다면 소나기가 일곱 번 쏟아져도 전혀 고생할 리 없을 것을. 하지만 어리석도다, 손바닥으로 이마를 치며 외쳤도다. 내일부터는 조심하리라. 천 번의 천둥에 맹세하건대,*144 두건 달린 긴 외투를 파는 상인*145인 무슈 푸앙트를 알고 있으니, 거기에서 여인들이 비에 젖는 것을 방지하는 착용감 좋은 프랑스형 외투를 1리브르로 구하리라. 그러자 가만, 하고 수정업자(授精業者)*146가 참견했도다. 나무랄 데 없는 여행자인 나의 친구 무슈 무어(나는 조금 전까지 그분과 함께 이 도시의 일류 식자들과 더불

---

*143 블룸이 보낸 선물.

*144 "천 번의 천둥에 맹세하건대 꼭 다시 뵙겠습니다."(디킨스 《리틀도릿》)

*145 marchand de capotes. 프랑스어. 'capote'는 '콘돔'을 가리키는 은어다. 피임용품 판매는 아일랜드에선 금지되어 있었다. 따라서 몰래 사든가 영국에서 우편으로 구입할 수밖에 없었다. 문맥으로 보면 고무제품을 파는 가게에서 밀매되고 있었던 듯하다.

*146 멀리건.

어 한잔 했소이다)가 하는 말을 소개하자면, 케이프 혼에서는, 수사슴의 배에 맹세코 말하지만, 그 어떤 외투, 아무리 튼튼한 외투라도 뚫을 정도의 비가 온다는 것이외다. 그의 말에 따르면, 그 비를 얻어맞아 몇 사람인가가 저세상으로 갔다 하외다. 어리석은 일이오! 1리브르나 내다니! 하고 무슈 린치는 외쳤도다. 그 변변치 못한 물건은 1수*149도 주기 아깝도다! 옛날이야기에 나오는 버섯만큼 크다 해도, 우산*148 하나로 막는 편이 열 배는 더 나을 거요! 분별 있는 여성이라면 아무도 그런 걸 입지 않나니. 오늘도 내 사랑하는 키티*149가 오늘 말한 바에 의하면, 그따위 구원의 방주(方舟)*150 속에서 굶어죽느니 차라리 홍수 속에서 춤추는 편이 낫다고 했소. 이유인즉, 그녀는 이야기하길(고운 뺨을 발갛게 물들이며, 허공에서 노니는 나비들 이외에는 엿들을 이 하나 없는데도 내 귀에 바싹 대고 속삭이듯이) 신성한 축복을 통해 자연의 여신이 우리 마음에 뿌리내리게 하고 마침내는 누구나 아는 말이 되게끔 한 그것, 다른 상황에선 예의에 어긋날지도 모르는 의상이나, 본디 우리가 태어나면서부터 입고 있는 유일한 의상이라 즉, 이 알몸이란 말은 '두 가지 경우가 있다' 하였소. 첫째, 그녀는 말했다오, (그때 나는 이 여류철학자가 마차에 오르도록 돕고 있었던 바, 그녀는 내 주의를 끌기 위해 혀끝을 내 귓불에 살짝 대며 속삭이는 것이었으니) 첫째는 목욕을 할 때인데…… 그러나 바로 그때 홀에서 초인종 소리가 났던지라 우리의 지식 창고를 분명 풍요롭게 해 주었을 그 논의는 그만 중단되고 말았던 것이라오.

이처럼 그곳에 모인 자들 모두가 농담에 푹 빠져서 들뜬 마음으로 소란을 피우는 가운데, 별안간 초인종 소리가 낭랑하게 울려 퍼졌다. 다들 무슨 일일까 의아해하는 가운데 캘런 양이 안으로 들어왔다. 그녀는 젊은 딕슨의 귀에다 나지막이 몇 마디 속삭이고는 모두에게 정중히 인사한 뒤 물러갔다. 이름난 난봉꾼들의 모임에서, 비록 한순간이었지만, 나무랄 데 없는 예절을 갖추고 아름다우면서도 근엄한 여인이 나타났으므로, 잠시이기는 했지만, 우스갯소리는 멈추었다. 그러나 그녀가 떠나자마자 상스러운 이야기가 단숨에

---

*147 프랑스돈 5상팀에 해당하는 동전.
*148 페서리(질에 삽입해서 쓰는 고무로 된 피임 도구)의 은어.
*149 콘미 신부에게 들킨 여성.
*150 대홍수 때 노아와 그의 가족들이 탔던 배에 빗대어.

엄청난 기세로 폭발했다. 술에 흠뻑 취한 코스텔로가 이봐 너, 하고 부르더니 말했다. 살찐 암소고기 마냥 먹음직스러운 계집이구나! 저 여자 너하고 놀았지. 내 말이 틀리냐, 망할 놈아? 여자 다루는 데는 도가 텄잖아? 제기랄. 틀림없어, 린치 씨가 무릎을 치며 말했다. 아, 맞아. 분명히 그럴 거야! 성모병원에서 쓰이는 침대 매너가 바로 그런 식이지. 쳇, 저기 간호사의 턱밑을 어루만지고 있는 저놈은 의사 오가글 씨*151가 아닌가? 7개월 동안 쭉 저 병원의 잡무를 맡아 봤던 나의 키티한테서 들었으니까 틀림없는 이야기라고. 어머, 선생님, 싫어요, 연한 노란빛 조끼를 입은 젊은 청년 멀리건이 여자의 간드러진 목소리를 흉내 내어 음란하게 교태를 부리면서 말했다. 이렇게 못살게 굴지 마세요. 안 돼요. 어지럽다고요. 어머, 당신은 정말이지 캔터키셈 신부*152처럼 끈질기시군요! 그러자 코스텔로가 큰 소리로 외쳤다. 그 젊은 여인이 애를 배고 있지 않다면 난 이 싸구려 맥주에 코를 박고 죽어도 좋아! 난 슬쩍 보기만 해도 배가 부른 여자를 순식간에 알 수 있다고! 이때 그 젊은 외과의사*153는, 간호사가 당장 병실로 와달라고 했으니 가야겠다면서 다음과 같이 말했다. 하늘의 섭리란 얼마나 자비로운지. 지금까지 감탄할 만큼 꿋꿋하게 참아 온 저 '회임한' 여성, 그녀의 고뇌가 드디어 막을 내렸답니다. 건강한 사내아이가 탄생했다는군요. 그건 그렇고, 아까부터든 생각이지만 남을 즐겁게 할 재치도 남을 교화할 학식도 없으면서 멋대로 고귀한 천직(天職)을 조롱하는 자들을 참아낼 인내심이 내게도 있다면 좋겠습니다. 의사의 일이야말로 하느님의 권능을 제외하고는 이 지상의 행복에 기여하는 가장 위대한 힘이라 할 것이기 때문입니다. 만약 필요하다면, 나는 저 간호사의 숭고한 활동의 탁월성을 증명해 줄 증인들을 얼마든지 불러올 수 있습니다. 그러한 여성의 행위란 조롱받을 일이 아니라 눈물로써 경탄해야 할 일일 것입니다. 난 당신들을 용납할 수 없습니다. 여성들에겐 영광이요, 우리 남성들에겐 경이로움 그 자체인 저 캘런 양처럼 훌륭한 간호사를, 그것도 진흙의 자식인 연약한 인간에게 닥친 가장 중요한 순간이라 할 이런

---

*151 Gargle은 양치질 약. 여기에 '아들'을 뜻하는 'O'를 붙여서 만든 말.

*152 'catechism(가톨릭의 주요 교리)'과 'can't kiss them(그들에게 키스할 수 없다)'을 합쳐서 만든 말.

*153 딕슨.

때에 모욕하다니! 상상조차 해선 안 될 일입니다! 혼 산부인과의 산모와 간호사에게 온당한 경의를 표할 줄도 모를 만큼 이토록 악의의 씨앗이 퍼져 번성하고 있는 우리 민족의 장래를 생각하니 그저 몸서리가 쳐질 따름입니다. 이렇게 실컷 비난을 퍼붓고 난 뒤 그는 그곳에 있는 사람들에게 인사를 하고는 문으로 걸어갔다. 그러자 모두가 그의 말에 공감하며 수군거렸고, 일부는 이 천박한 술주정뱅이를 당장 여기서 내쫓자고 제안했으니, 만약 그가 그 지독한 욕설을 뒤섞어가면서 나도 그 누구 못지않은 착한 아들이라 (그는 꼬부라진 손을 치켜들고서 선서했다) 주장함으로써 그나마 그 죄과를 덜고, 또한 응당 받아야 할 것 이상으로 비난받지 않았더라면 이러한 제안은 실제로 실행에 옮겨졌을 것이다. 내 말이 거짓말이면 칼로 내 배때기를 찌르게, 그가 말했다, 나, 이 정직한 코스텔로의 속마음은 늘 그렇다니까. 지금껏 커오며 자네들 아버지 어머니를 내가 얼마나 각별히 존경해왔는데 그러나. 특히 자네들도 알다시피, 자네들 어머니가 만드신 기막히게 맛있는 롤리폴리 푸딩이며 속성푸딩의 그 맛을 떠올릴 때면 늘 감사하는 마음이 된단 말일세.

이제 다시 블룸 씨의 애기로 돌아가자면, 이곳 병원에 온 이래로, 그는 귓가에 들려오는 무례한 조롱의 말들을 의식하지 않을 수는 없었으나, 사람들이 흔히들 어린 것들은 동정심이 없다 욕하는 것처럼, 그들이 아직 어려서 그런 거려니 했다. 혈기왕성한 젊은이들이란 본디 오냐오냐 커서 제멋대로인 아이들만큼이나 행실이 방종한 법이다. 그들의 떠들썩한 토론에서 오가는 말들은 이해하기 어렵고, 때로는 눈살이 찌푸려질 때도 있었다. 그의 이성으로는 그러한 성급하고 난폭한 말들을 받아들이기 힘들었다. 용솟음치는 혈기를 유감없이 과시하는 반면 예의에 대한 세심한 고려 따위는 어디에도 없었다. 그리고 그 가운데서도 가장 참기 어려웠던 것은 코스텔로 씨의 언행이었으니, 이 역겨운 인간은 서출에다 귀 잘린 곱사등이로서 날 때부터 이미 이가 돋아나 있고 어미 배에서 빠져나올 땐 다리부터 나왔을 것이며, 외과의사의 집게로 그 두개골 속을 좀 쑤셔보면 그가 바로 고(故) 다윈 선생이 평생 탐구했던 생물진화역사의 '잃어버린 고리'임이 증명될 것이라고 그는 생각했다. 그러나 이미 인간에게 주어진 수명의 절반을 넘긴*154 블룸 씨는 천

---

*154 블룸은 1866년에 태어났고 1904년인 현재 38살이다.

변만화의 삶을 겪어 온 몸이고, 게다가 조심성 있는 민족의 후예로서, 선견지명을 타고난 인물이었으므로, 마음속에 끓어오르는 분노를 억누르며, 재빨리 참을 인(忍)자를 가슴에 새기고 있었다. 마음이 천한 자들은 이를 비웃고, 성급히 판단하는 자들은 그를 멸시하였으나, 세상 사람들은 이러한 그의 태도를 타당한 것으로 간주했다. 여성의 우아함에 상처를 입힘으로써 재치있게 구는 것(이는 그가 결코 찬성할 수 없는 정신적 악습이었다)이 잘 자란 인간의 특권으로 여겨지거나, 훌륭한 교양의 전통을 잇는 것이라고 말하는 것을 그는 결코 허용하지 않았다. 오히려 이러한 무뢰배에 대해서는 일체의 인내를 포기하는 것이 당연하며, 조속하고 불명예스럽기 짝이 없는 퇴각을 할 수밖에 없게 하는, 격렬한 해독제가 될 체험을 선사하는 것이 좋으리라. 늙은이의 찌푸린 얼굴도, 훈계자의 고언도 아랑곳 않는 혈기왕성한 청년이 성서 저술가들의 순진한 공상에 의하면 금단의 나무 열매를 먹으려고 하는 것을 이해할 수 없는 것은 아니지만, 처신이 올바른 숙녀에 대해서는, 어떠한 상황에서도, 인간성을 모욕하는 말을 해서는 안 된다. 결론컨대, 간호사의 말을 듣고 분만이 머지않았음을 예기하고는 있었으나, 이처럼 오래 계속된 진통 끝에 기다렸던 해산이 이루어져, 신의 은혜와 자비가 다시 한번 증명되었다는 소식을 들었을 때, 그는 가슴을 쓸어내리며 안도할 수밖에 없었다.

　그래서 블룸 씨는 옆 자리 사람에게 마음을 터놓고 말하길, 자기 생각에 (자기 의견을 가끔 말해 둔다는 것은 나쁜 일이 아니니) 그녀가 이토록 고통당한 것은 그녀의 과실 때문이 아니므로, 이 안산(安産)의 새로운 소식을 기뻐하지 않는 자는 냉정한 성품의 사람이거나 둔감한 정신의 소유자임에 틀림없다고 했다. 그러자 멋쟁이 청년[155]은, 그녀를 이런 지경에 몰아넣은 것은 남편의 죄이며, 그녀가 에페소 여인[156]이 아닌 한 당연히 그럴 거라고 했다. 이때 강조효과를 노려 탁자를 두드리며 크로더스 씨가 말했다. 자네가 알아야 할 일이 있어, 오늘도 저 구레나룻을 길게 기른 글로리 할렐루야 영감[157]이 찾아왔는데,[158] 내 목숨과도 같은 빌헬미나와 잠시 이야기하고 싶다

─────────────

*155 멀리건.
*156 에페소의 신전에서는 여성 신자가 여행자나 상인들과 자유롭게 통하여 아들을 낳아도 비난 받지 않았다.

고 코맹맹이 소리로 말하는 거야. 나는 조만간 사건이 터질 테니 마음의 준비를 하라고 했지. 거참, 솔직히 말해, 그 여자에게 또 아이를 낳게 한 노인의 정력에는 혀를 내두를 수밖에 없다니까. 그러자 사람들은 제 나름대로 노인의 정력에 감탄을 나타냈다. 다만 그 젊은 멋쟁이 청년*159만은 얼마 전에 말한 자기 의견대로, 그 건은 그녀의 남편이 아닌 남자들, 즉 사제나 야간안내업자(행실이 바른)나 가내용품을 파는 행상인이 이룩한 일이라고 고집했다. 객인*160은 남몰래 생각했다. 이 청년들이 지닌 여간 아닌 윤회*161의 힘은 불가사의할 정도로군. 산부인과 병원도, 해부실도 모두 그들이 농담하는 장소이지만, 학위만 따면 곧, 이제까지 경박한 청년이었던 이 친구들이, 훌륭한 사람들에게 가장 고귀하다고 존경 받는 인술(仁術)의 모범적인 실행자가 되다니. 그러나 같은 깃털을 가진 새들이 모여 웃고 까불어대는 모습을 한두 번 보았던가.*162 아마도 평소의 압박감에서 벗어나고자 저리 하는 것이겠지.

그러나 자비로우신 왕자의 관용 덕분에 시민권을 얻게 된 이 외래인*163이, 도대체 어떠한 자격으로 우리 내정(內政)의 최고 권력자가 되어 있는가를 우리는 그의 후원자인 총독 각하에게 묻는다.*164 왕정에 보답할 충성심은 이제 그 어디에도 없단 말인가? 최근 전쟁*165에서 적이 그라나도스에서 잠시 우위에 섰을 때, 이 반역자는 4% 공채(公債)의 폭락*166에 전전긍긍하면

---

* 157 퓨어포이(감리교도)를 가리키는 이 말은, 미국의 신앙부흥 운동가가 "글로리 할렐루야"라고 외친 데에서 따온 별명이다.
* 158 병원으로.
* 159 멀리건.
* 160 블룸.
* 161 metempsychosis. 정확히는 '변형(metamorphosis)'이라고 해야 하지 않을까.
* 162 '깃털이 같은 새는 한데 모인다'는 속담에서.
* 163 블룸.
* 164 〈아이리시 인디펜던트〉의 주필 아서 크리피스를 블룸이 암암리에 조종한다는 오인을 가리켜서 말한 것이다.
* 165 보어 전쟁(1899~1902).
* 166 영국이 보어 전쟁에서 지거나 아일랜드의 영국 정부가 쓰러진다면 투자가 위험해진다. 블룸은 '캐나다 정부 발행, 이자 4% (등록) 900파운드 국고 채권(인세 면제) 소유 증서'를 가지고 있다.

서도 자진해서 신민이 된 주제에 제국에 반하는 활동을 할 기회를 포착하지 않았던가? 그는 자신이 누린 모든 이익을 잊은 것처럼, 이 일도 잊어버렸을까? 아니면, 혹시 떠도는 소문이 사실이라면, 그는 본디 이기주의적인 향락자였는데, 다른 사람을 속이고 있는 동안에 어느 틈엔가 자기 자신을 속이게 된 것일까? 저 용감한 소령*[167]의 딸인 고귀한 여성의 침실을 어지럽히려 한다거나, 그녀의 부덕(婦德)에 대해서 잘못된 생각을 품는 것은 결코 올바르다 할 수 없을 것이나, 그가 정녕 그럼으로써 세상의 이목을 끌고자 한다면 (그러지 않는 편이 그에겐 훨씬 이득이 될 터이지만) 그렇게 하도록 내버려 두라. 불행한 여인이라 하지 않을 수 없는 그녀는 자기의 정당한 특권을 너무 오래 또 너무 완고하게 거절당해 왔으므로, 절망자의 냉소 이외의 감정을 가지고 그의 비난을 들을 수가 없는 것이다. 그는 도덕의 검열관이 되기라도 한 듯이, 혹은 경건한 펠리컨*[168]이라도 된 듯이 이런 이야기를 하는 것이다. 더욱이 그 자신은 자연의 규범을 무시하고, 가장 천한 신분의 하녀와 불의의 관계도 주저하지 않았다. 만약 그 아가씨의 청소용 빗자루가 수호천사 역할을 해 주지 않았더라면, 그녀는 이집트 여자 하갈*[169]처럼 비참한 신세를 면치 못했으리라. 목장 일과 관련해서도 그는 고집 세고 엄격하기로 악명을 떨쳤으니, 격분한 농장주가 시골뜨기다운 막말로 그에게 욕하고 따지는 소리가 그의 고용주 커프 씨의 귀에까지 들리는 경우도*[170] 있었다. 그런 그가 복음을 입에 담다니 전혀 어울리지 않는 일이다. 그에게는 집 바로 옆에 현재 놀고 있는, 씨 뿌려야 할 밭*[171]이 있지 않은가? 젊었을 때의 비난 받을 습관*[172]은 중년이 되면 제2의 천성이 되고 또 추문(醜聞)이 된다. 만약에 그가 젊고 방종한 친구들을 건전하게 할 불가사의한 가전약(家傳藥)이나 금언(金言)으로 길르앗 향유*[173]를 제조할 작정이라면, 그의 정신을 채우고 있는

---

*167 마리온의 아버지 트위디.

*168 부모와 사랑, 혹은 그리스도의 상징. 어미 펠리컨이 제 몸에 상처를 내어 흐르는 피를 죽은 새끼에게 먹여 살려냈다는 설화에서 유래했다.

*169 아브라함의 하녀. 주인의 자식을 밴 그녀는 결국 아브라함의 아내 사라에게 쫓겨났다. 〈창세기〉 16장 1~6절.

*170 블룸은 목축업자 커프 밑에서 사무원으로 일한 적이 있다.

*171 블룸과 마리온 사이에 정상적인 성교가 없다는 뜻.

*172 자위행위.

교의와 그의 행위를 좀 더 합치시켜야 할 것이다. 남편으로서의 그의 가슴속은 비밀의 저장고여서, 그것을 밝은 곳으로 드러내자면 품위가 떨어질 우려가 있다. 세월에 빛바랜 미녀의 음란한 도발은, 몸을 망친 아내 대신에 그의 마음을 위로해 줄지도 모른다. 그러나 윤리의 새로운 주창자요 해악의 치유자인 이 사람은 고작 외국에서 온 나무 한 그루에 불과하다. 그 나무는 원산지인 동양에서는 번성하여 잎이 무성하고 향유도 풍부했으나, 온난한 토지로 자리를 옮기고 나서는 그 뿌리가 애초의 생기를 잃고, 그 향유도 침전되고 산화되어 그 효력을 잃고 말았다.

그 소식*174은 오스만 제국 조정의 의식 관례를 떠올릴 정도로 용의주도하게, 제2의 여성 간호사를 통해 이곳에서 근무 중인 하급 의무관에게 전해졌고, 이어서 이 사람은 후사(後嗣) 탄생 소식을 대표단에게 알렸다. 다시 이 사람이 피로와 축사(祝辭) 속에서 다 같이 침묵하고 있는 내무대신과 추밀원 고문단*175 앞에서 진행될, 예정된 산후(産後) 의식에 조력하기 위해 이곳을 떠난 뒤에, 대의원들은 오랜 그리고 고된 숙직(宿直)에 슬슬 짜증이나, 간호사와 의무관이 함께 자리 비운 것을 틈타, 경사스러운 일도 있으니 그들의 방종을 너그럽게 봐 주리라 믿고, 즉시 설전에 돌입했다. 이들을 설득하고, 달래고, 억제시키려 애쓰는 광고부원 블룸 씨의 목소리는 헛되이 허공을 맴돌 뿐이었다. 이 한때는, 이처럼 기질이 각양각색인 사람들을 한데 뭉치게 하는 거의 유일한 수단이라 할 수 있는 이른바 두서 없는 논쟁을 펼치기에 더 없이 좋은 순간이었다. 출산의 모든 국면이 차례대로 해부되었다. 자궁 내 동복형제(同腹兄弟) 간의 본능적 반목, 제왕절개, 부친 사후 출생, 그리고 보다 드문 경우로는 모친 사후 출생, 변호사 부시 씨가 열정적인 호소로 피고의 무혐의를 입증해냈던, 차일즈 살인사건이란 이름으로 알려진 저 기념할 만한 형제 살해 사건, 장자상속권, 쌍둥이 및 세쌍둥이에게 주어지는 국왕 전하의 하사금, 유산(流産)과 영아 살해, 혹은 유산으로 위장된

---

* 173 길르앗 향유는 그것보다 2배 무거운 은덩어리와 맞먹는 가치를 지녔으며, 그 향기와 약효로 유명했다. 〈예레미야서〉8 : 22. 길르앗은 팔레스타인 요르단강 동쪽에 있는 유대인 거주지의 옛 이름.

* 174 임산부의 출산 소식.

* 175 퓨어포이 부인과 간호사 두 명을 가리킨다.

영아 살해, 심장 없는 '태아 속 태아'*176 현상, 울혈로 인한 안면결여, 부계(父系)유전으로서 (의사 후보생 멀리건 씨가 언급) 중선(中線)을 따라 악골 돌기가 불완전하게 접합됨으로써 생기는 쑥 들어간 턱의 중국인, 그 결과 (다시 그의 말에 따르면) 한쪽 귀로 다른 쪽 귀가 내는 소리를 들을 수 있다고 한다, 마취 또는 무통분만의 이점, 고령임신에서 나타나는 혈관압박에 의한 진통의 연장, 조기 양수파열로 인한 (실제 사례에서 예증되듯이) 자궁 패혈증의 위험, 주사기를 이용한 인공수정, 폐경 이후의 자궁수축, 강간으로 인한 임신에 있어서 종(種)의 영속화 문제, 브란덴부르크 사람들이 '추생(墜生)'*177이라 부르는 저 끔찍한 분만방식, 월경기 임신 또는 근친상간으로 수태된 다생아(多生兒) 양성아(兩性兒) 및 기형아 출산 사례, 간단히 말하자면 아리스토텔레스가 그의 걸작에서*178 다색석판 삽화를 곁들여 정리해놓은 인간탄생의 온갖 양상들. 또한 산과의학 및 법의학에 있어서 가장 중요한 문제들이 임신과 관련하여 민간에 떠도는 강력한 믿음들—가령, 태아가 탯줄에 목 졸려 죽지 않도록 임산부가 시골 울타리 층층대를 넘어가면 안 된다든가, 여성의 욕구가 충만할 때 이루어진 삽입이 기대한 만큼의 만족을 주지 못했을 경우라도 오랜 관습에 따라 징계의 장소로서 신성시되어 온 그녀 육체의 그 부분*179에 손대서는 안 된다는 따위의 속설들과 마찬가지로 열띤 논의의 대상이 되었다. 언청이, 사마귀, 다지증(多指症), 검은 반점, 붉은 반점, 보라색 반점 따위의 기형성은, 이따금 태어나는 돼지 머리 아이(그리셀 스티븐스 부인의 사례*180는 아직도 잊히지 않는다) 또는 온몸이 개의 털로 뒤덮인 아기에 대한, (매우 명석하고) 자연스러운 가정적 설명이 된다고 혹자는 단언했다. 칼레도니아*181의 사절(使節)이 제출하고 또 그가 대표하

---

*176 fetus in fetu(foetus in foetu), 모체의 자궁 속에서 함께 수정된 쌍둥이 중 한쪽이 제대로 자라지 못해 다른 쌍둥이의 몸에 붙어 기생하는 증상을 일컫는 의학 용어.

*177 드물게 사고처럼 일어나는 갑작스런 분만을 가리키는 의학용어.

*178 블룸이 헌책방에서 발견한 책.

*179 외음부. 임부가 자신의 외음부를 만지면 기형아가 태어난다는 미신이 있었다. 또는 엉덩이라고 해석할 수도 있다.

*180 그리셀 스티븐스 부인(1653~1746)은 더블린의 유명한 외과의 리처드 스티븐스의 여동생으로, 오빠에게서 물려받은 재산으로 병원을 세웠다. 몹시 살이 찐 그녀는 남들 앞에서는 늘 베일을 썼다. 그래서 머리가 실은 돼지 머리인 게 아니냐는 우스갯소리가 나돌았다.

*181 스코틀랜드의 시적인 명칭.

는 나라의 형이상학적 전통에 어울리는 원형질 기억*182 가설은, 이러한 경우를 태아의 발달이 인간에 도달하기 전의 어떤 단계에서 억제되었다고 판단한다. 어떤 국외의 대표*183는 이러한 두 가지 견해에 반대하여, 확신하는 듯 열을 올리며, 인간 여성과 동물 수컷의 성교 때문이라는 이론을 지지하였으나, 그 설의 근거는, 그 자신의 고백에 따르면, 우아한 라틴 시인*184 저서인 《변신》에 등장하는 미노타우로스*185와 같은 우화에서 얻은 것이다. 그의 말은 사람들에게 감명을 주었으나, 그 영향은 오래가지 않았다. 농담에 관해선 둘째가라면 서러워할 달인인 의사 후보생 멀리건 씨가 말쑥하고 근사한 노인*186을 욕망의 최고 대상으로 상정하여 한바탕 이야기를 늘어놓음으로써 그가 했던 말은 금세 잊히고 말았던 것이다. 이와 때를 같이 하여, 대의원 매든 씨와 의사 후보생 린치 씨 사이에, 샴쌍둥이*187 가운데 한쪽이 다른 한쪽보다 먼저 죽었을 때 발생하는 법학적 신학적 딜레마에 관한 격론이 펼쳐졌다. 이 난문제는 합의 끝에 일단 보좌 신부 부사제인 디댈러스 씨에게 맡기도록 광고부원 블룸 씨에게 인도되었다. 부자연스러운 엄숙성을 지니고 그가 입고 있던 불가사의한 의복*188의 존엄성을 잘 나타내기 위해서인지, 아니면 내면의 목소리에 따르려 한 건지, 그때까지 침묵하던 그는, 짧게, 그러나 어떤 사람은 형식적이라고 생각한 말투로, 신이 맺어 준 것을 떼지 말라고 인간들에게 명하는 하느님의 가르침*189을 설파했다.

그러나 말라키아스*190의 이야기는 그들을 공포에 떨게 했다. 그는 주문

---

*182 신학에서는 영혼의 전생(轉生), 즉 낮은 상태에서 인간을 거쳐 초인(超人)에 다다르는 과정의 전체적인 기억을 뜻한다.

*183 유대인 블룸.

*184 고대 로마 시인 오비디우스.

*185 오비디우스의 《변신이야기》에 따르면, 미노스의 왕비 파시파에는 '끔찍한 수간(獸姦)'을 통해 황소 머리가 달린 반인반수의 괴물 미노타우로스를 낳았다.

*186 외설적인 노래 가운데 "여자를 못 찾겠으면 말쑥한 노인이라도 손에 넣어라"라는 것이 있다.

*187 1811년, 샴(태국)에서 태어난 서로 붙은 쌍둥이. 자라서 세계 각국의 볼거리가 되었으며, 1874년 64세로 죽었다.

*188 상복.

*189 〈마태오복음서〉 29 : 2, 〈마르코복음서〉 20 : 9.

*190 맬러키 멀리건.

(呪文)으로 그들 앞에 하나의 장면을 상기시켰기 때문이다. 굴뚝 옆에 있는 비밀 판자문이 열리고, 그 안에서 나타난 것은…… 헤인스였다! 그때 소름이 돋지 않은 자가 우리 가운데 단 하나라도 있었으랴! 그의 한 손에는 켈트 문학서로 가득 찬 가방이, 다른 한 손에는 '독약'이라고 적힌 조그만 병이 들려 있었다. 그가 그들을 보고 유령 같은 웃음을 능글맞게 지어 보였을 때, 놀람과 공포와 혐오의 감정이 모든 사람의 얼굴 위에 떠올랐다. 예상했던 대로의 환대로군, 그는 으스스한 웃음을 지으며 말하기 시작했다. 비난받아야 할 것은 역사가 아니겠나.*¹⁹¹ 그래, 그건 사실일세. 내가 새뮤얼 차일즈를 죽였어.*¹⁹² 그렇긴 해도 이 얼마나 지독한 형벌인지! 난 지옥 따위 조금도 두렵지 않네. 무거운 짐, 그리고 세월 이것이 내 운명이야. 후, 대체 어떡해야 편히 쉴 수 있단 말인가, 그가 쉰 목소리로 중얼거렸다. 나는 내가 아는 노래들과 더불어 더블린 방방곡곡을 누비고 있는데, 그 녀석이 무슨 유령이나 괴물*¹⁹³처럼 내 뒤를 졸졸 따라다니고 있어. 나의 지옥, 그리고 아일랜드의 지옥은 바로 이 세상일세. 그래서 나는 내 죄를 씻으려고 부단히 노력했지. 기분 전환, 떼까마귀 사냥, 어스어*¹⁹⁴(그는 몇 마디 암송했다), 아편제(그는 그 작은 병을 입술에 댔다), 야영, 아, 다 소용없었어! 그의 망령이 나를 살금살금 따라오고 있다고. 아편만이 내 유일한 희망이야. 아아, 끝장이다! 흑표범이다!*¹⁹⁵ 외마디 소리를 지르고서 그는 갑자기 사라지고 판자문이 다시 닫혔다. 그리고 잠시 뒤 그의 머리가 다시 반대쪽 문간에 나타나서 말했다. 11시 10분에 웨스틀랜드거리 역*¹⁹⁶으로 나를 마중 나와 주게. 그리고 그는 사라졌다! 그러자 방탕한 자들의 눈에서 눈물이 흘러넘쳤다. 예언자*¹⁹⁷는 하늘을 향해서 손을 번쩍 치켜들고 중얼거렸다. 마나난*¹⁹⁸

---

*191 영국인이 아일랜드인을 지배하는 문제에서.

*192 차일즈 형제 살해 사건.

*193 bullawurrus. 이 단어에 대해선 두 가지 설이 있다. 게일어(Gaelic)로 '살인의 냄새'라는 설과, '소 괴물'이라는 설이다.

*194 스코틀랜드와 아일랜드의 게일어를 가리킨다.

*195 마텔로탑에서 머물고 있는 헤인스는 검은 표범에 대한 잠꼬대를 한다.

*196 병원과 가까운 철도역. 그곳에서 멀리건과 헤인스는 샌디코브로 가는 마지막 열차를 탄다.

*197 맬러키 멀리건.

*198 마나난 맥리르. 켈트 신화에서 요정들의 왕이자 바다의 신.

의 복수다! 그 현자는 되풀이해서 '동태복수법(同態復讐法)'*199이라고 중얼거렸다. 자기 행위에 무한한 책임을 지지 않고 쾌락을 누리려는 자는 감상주의자로다.*200 말라키아스는 크나큰 감동에 휩싸여서 입을 다물었다. 비밀은 폭로되었다. 헤인스는 세 번째 동생이었다. 그의 진짜 이름은 차일즈였다. 흑표범은 그의 아버지의 망령이었다. 그는 그것을 잊으려고 마취제를 마셨다. '교대해 주어 정말 고맙군'*201 묘지 옆 적막한 집에는 사는 이가 아무도 없다. 그곳에선 아무도 살지 않을 것이다. 거미가 홀로 쓸쓸히 집을 짓고 밤에는 쥐가 구멍 너머로 훔쳐본다. 저주 걸린 집이다. 귀신 들린 집. 살인자의 땅이다.

인간 영혼의 나이는 몇 살일까. 인간의 영혼은 새로운 것이 가까이 오면 색을 바꾸는 카멜레온 같은 능력을 지닌 것으로, 유쾌한 사람과 함께 있을 때에는 쾌활해지고, 슬픈 사람과는 함께 슬퍼하는 것이므로, 그 나이 또한 그 기분처럼 바뀌는 것이다. 레오폴드가 그곳에 앉아, 추억을 되씹으며 반추하고 있을 때, 그는 이미 신문의 꼼꼼한 광고업자도 아니고, 소액의 공채 소유자도 아니었다. 그는 젊은 레오폴드가 되었다. 추억의 질서 속에서 거울 속의 거울에서, (자, 보시라, 짜잔.)*202 자신의 모습을 들여다본다. 어린 시절 자신의 모습이 나타났다. 조숙하여 이미 어른 같은 모습으로, 클랜브러실거리*203의 옛집에서 고등학교까지, 어머니의 정성이 담긴 보리빵 한 덩어리가 든 가방을 탄약띠 모양으로 걸치고, 추운 날 아침을 걸어가는 것이다. 또는 그로부터 1년쯤 지나서, 같은 인물이지만, 처음으로 딱딱한 모자를 쓰고 (아, 얼마나 훌륭한 날이었던가!) 이미 세상에 나와 가족기업*204의 독립한 어엿한 외판원으로서 주문 장부와 향수를 뿌린 손수건을 가지고(체면을 위한 것뿐만은 아니었다), 가방에는 번쩍이는 잡화를 넣고(아아, 이것도 옛날 일이구나!), 손가락을 꼽아 계산하면서 망설이는 이곳저곳의 여인네들이나

---

*199 눈에는 눈 이에는 이 식으로 가한 상해에 걸맞은 형벌을 부여하는 법. 〈레위기〉 24장. 에피소드 7 참조.

*200 스티븐이 멀리건에게 친 전보 문구.

*201 〈햄릿〉 1막 1장.

*202 마술가가 하는 소리.

*203 더블린 중심가의 남쪽에 있는 거리.

*204 블룸의 아버지는 잡화상 행상인이었다.

그의 정중한 인사에 수줍은 듯 답례하는 젊은 처녀들(속마음은 어땠을까?)에게 그는 아낌없는 상냥한 미소를 보내고 있었다. 그 향기와 그 미소와, 그보다도 그의 검은 눈과 그의 공손한 태도가, 해질 무렵이면 그의 가족기업의 주인*205에게로 다량의 주문을 가지고 돌아가게 했던 것이다. 그 주인도 온종일 그것과 거의 같은 일을 끝마친 뒤에, 조상 전래의 난로 옆에서(난로 위에는 어김없이 국수 요리가 데워지고 있었다), 둥근 뿔테 안경을 쓰고 유럽에서 온 한 달 전 신문을 읽으면서*206 야곱의 파이프*207를 피우고 있다. 하지만 다시, 짜잔, 거울이 흐려지면서 젊은 편력기사(遍歷騎士)의 모습은 멀어지고, 축소되어 안개 속의 미세한 점이 된다. 이제 그는 아버지가 되었고 그의 주위에 있는 젊은이들은 어쩌면 그의 아들인지도 모른다. 누가 알겠는가? 현명한 아버지는 자기 자식을 알아보는 법이다. 그는 어느 비 오는 날, 해치거리의 보세 창고 바로 곁에서 있었던 그 최초의 일을 생각한다. 그녀와 함께 (그녀는 가엾은 떠돌이, 사생아. 단돈 1실링과 팁으로 소녀는 너의 것, 나의 것, 모두의 것이다) 새 왕립 대학*208 옆을 비옷 입은 두 그림자가 되어 지나가는 야경꾼의 무거운 발소리를 듣는다. 브라이디여. 브라이디 켈리여. 그는 그 이름*209을 결코 잊지 않을 것이다. 영원히 기억하리라. 그날 밤, 첫날밤, 신부의 밤을 언제까지나 간직하리라. 두 사람은, 원하는 자와 원하여지는 자는 암흑 속에서 뒤얽혔다. 한순간 (빛이 있으라!)*210 빛이 세상에 가득 차려고 했다. 가슴과 가슴이 서로 껴안았는가? 아니다. 착한 독자여. 일은 순식간에 끝났지만—잠깐! 그러면 안 돼요! 가련한 소녀는 공포로 부들부들 떨며 어둠 속으로 달아난다. 그녀는 어둠의 신부, 밤의 딸이기에. 그녀는 금빛으로 빛나는 한낮 태양의 아이를 감히 낳을 수 없다. 불가능하다, 레오폴드여. 이름과 추억은 그대를 위로하지 못하리라. 그대의 강건한 젊은

---

*205 아버지.

*206 아버지는 헝가리 출신의 유대인이다.

*207 유럽 대륙에서 사용하던 커다란 사기 대통이 달린 담뱃대.

*208 국립더블린대학(U.C.D). 1880년에 창립되었다.

*209 블룸이 처음으로 남몰래 만난 가난한 소녀.

*210 "땅은 아직 꼴을 갖추지 못하고 비어 있었는데, 어둠이 심연을 덮고 하느님의 영이 그 물 위를 감돌고 있었다. 하느님께서 말씀하시기를 빛이 생겨라 하시자 빛이 생겼다."(《창세기》 1 : 2∼3)

날의 환상은 이미 그대를 떠나 허망하게 사라져 버렸다. 그대의 친아들은 이제 그대 곁에 없다. 루돌프*²¹¹에게 레오폴드와 같은 존재가, 레오폴드에게는 존재하지 않으니.*²¹²

온갖 목소리들이 뒤엉켜, 막연한 침묵 속에 뒤섞였다. 침묵, 그것은 무한한 공간이다. 그리고 영혼은 침묵한 채, 세대와 세대의 무한한 순환이 이루어지는 지상 위를 둥둥 떠돌아다닌다. 회색의 황혼이 깃든 기류는, 넓은 회녹색(灰綠色)의 목장까지 결코 내려오지 않고, 그 어스름을, 별의 영원한 이슬을 흩뿌리고 있다. 그녀*²¹³는, 어린 암말을 이끄는 어미 말과 같은 그녀의 어머니 뒤에서, 위태로운 발걸음으로 따라간다. 그녀들은 어스름의 환상이다. 그러나 예언자와 같은 우아한 모습, 날씬한, 모양새 좋은 허리, 부드러우면서도 강인해 보이는 목, 온건하고 총명한 얼굴을 하고 있다. 이들 슬픈 환영들은 사라져 갔다. 모든 게 사라졌다. 아젠다스는 황무지의 땅, 올빼미*²¹⁴와 반쯤 눈 먼 후투티*²¹⁵의 둥지. 황금의 네타임*²¹⁶도 이제 없다. 그리하여 구름의 대로(大路) 위로*²¹⁷ 그들 짐승들의 유령은 온다. 반역의 뇌성을 중얼거리면서. 후우! 하크! 후후! 시차(視差)*²¹⁸는 그들 뒤를 쫓아오면서 전갈과도 같은 그 눈의 번갯불로 그들을 찌르고 괴롭힌다. 엘크*²¹⁹와

---

*211 블룸 아버지의 이름.

*212 블룸은 아들을 어려서 잃었다.

*213 밀리.

*214 흉사(凶事)의 예언자. 여기서는 블룸의 아들이 생후 얼마 뒤에 죽은 일을 상기시킨다.

*215 새의 한 종류. 중세 동물학에서는 시체를 먹고 자기 둥지에 인간의 배설물을 늘어놓는다고 알려져 있다.

*216 오늘 아침 헌 신문에서 본 아젠다스 네타임 척식회사의 이름.

*217 〈요한묵시록〉 1 : 7 "보십시오, 그분께서 구름을 타고 오십니다. 모든 눈이 그분을 볼 것입니다. 그분을 찌른 자들도 볼 것이고 땅의 모든 민족들이 그분 때문에 가슴을 칠 것입니다." 묵시록적 괴상한 환상 속에서 블룸의 몽상은 이어진다. 또한 《오디세이아》의 열두 번째 노래 참조. 태양신의 신성한 소는 살해된 순간 오디세우스와 그의 부하들에게 들러붙는다. "그런데 내가 바닷가의 배에 돌아와 보니/한 명 한 명 붙잡아 꾸짖어 보았으나/소는 이미 죽어 있으므로 마땅한 방책이 떠오를 리 없다. /그로부터 얼마 뒤 신들은 부하들에게 징조를 보이셨다. /벗긴 가죽이 바닥을 기고, 꼬치에 꿰인 고기가/구운 고기든 날고기든 한꺼번에 울부짖기 시작하여/소 울음과 똑같은 소리가 울려 퍼지는 것이었다."

*218 로버트 볼 경의 천문학 책에서 블룸이 알게 된 용어.

*219 북유럽, 아시아 등지에 서식하는 큰 사슴.

야크, 바산*220과 바빌론의 황소, 매머드와 마스토돈.*221 그들은 함몰한 바다, 사해(死海) 쪽으로 떼 지어 몰려온다. 흉악한 복수심에 불타는 불길한 야수의 무리! 으르렁대면서 구름을 건너, 뿔 짧은 놈 뿔 긴 놈, 엄니가 있고 코로 울부짖는 놈, 사자 갈기를 휘날리는 놈, 큼직한 가지 뿔을 가진 놈, 땅을 기는 놈, 설치류, 반추동물 또는 후피동물(厚皮動物), 꿈틀거리며 신음하는 거대한 무리, 태양의 학살자들.

죽은 바다를 향하여, 그들은 짠맛 나는 영원히 마르지 않을 고인 물을 지치지도 않고 격렬하게 들이켜려고 걸어간다. 이때 말[馬]을 닮은 괴물*222이 텅 빈 천공에 거대한 몸을 드러내며 다시 나타났으니, 아니, 심지어 천공 그 자체만큼 몸을 크게 부풀려 처녀자리 위로 몽롱하게 떠오른다. 그리하여 보라! 윤회(輪廻)의 놀라움을. 그것은 그녀였다. 영원한 신부, 새벽 샛별의 선구자이자 영원한 처녀인 신부. 그것은 그녀, 길 잃은 그대,*223 마사다. 젊고 귀엽고 아름다운 밀리센트*224가 바로 그녀다. 묘성(昴星) 가운데 여왕인 그녀는 날이 새기 전, 마지막 때보다도 약간 빨리, 빛나는 황금 샌들을 신고, 아지랑이라 불리는 베일을 쓰고, 얼마나 화려하게 지금 모습을 드러내는가! 그 베일은 별에게서 삶을 받은 그녀 육신 주위를 흐르고 풀리면서, 에메랄드의, 사파이어의, 또렷한 자주색의, 연한 보라색의 흐름이 되어, 별 사이의 차가운 바람에 불려 소용돌이치고, 빙빙 돌고, 천공에 신비한 글자를 그리며, 이윽고 무수한 상징적인 변화를 거듭한 뒤에, 환하게 타오르며 황소자리 이마 위에서, 홍옥빛으로 반짝이는 삼각형 기호 알파*225가 된다.

프랜시스*226는, 콘미 교장 시절에 함께 학교에 다녔다는 것을 스티븐에게 상기시켰다. 그는 글라우콘,*227 알키비아데스,*228 페이시스트라토스*229에 관

---

*220 요르단강 상류의 드넓고 비옥한 지역. 감람숲과 소로 유명.

*221 코끼리와 비슷하게 생긴 태고시대의 동물.

*222 페가수스자리. 1904년 6월 16일 오후 11시, 더블린 수평선에는 페가수스자리가 떠올랐을 것이다.

*223 사이먼이 부른 노래에서.

*224 블룸의 딸 밀리의 본명.

*225 알파성(星)은 황소자리의 이마를 형성하는 삼각형 모양의 성좌들 가운데 가장 밝은 별로 일명 주성(主星)이라 불린다.

*226 린치. 그는 오늘 오후 소녀와 남몰래 만나는 도중에 콘미 교장에게 들켜 얼굴을 붉혔다.

해 물었다. 그들은 지금 어디에 있을까? 나도 모르네. 자네는 과거와 그 환상에 대해 이야기했어, 스티븐이 말했다. 왜 그런 걸 생각하지? 만약 내가 그들 가엾은 망령들에게 레테의 강을 건너 다시 삶으로 돌아오라 부른다면, 내 부름에 응답하여 떼 지어 돌아오지 않을까? 누가 그걸 알겠는가? '왕관을 쓴 황소',*230 불친소를 벗삼은 시인*231인 나는, 그들의 주인이자 생명의 부여자이다. 그는 빈센트에게 미소 지으면서, 흐트러진 머리칼 주위에 포도 잎사귀 화환을 둘렀다. 빈센트가 말했다. 그 질문에 대한 답과 이 포도 잎사귀는, 자네의 그 가벼운 송가(頌歌)들보다 더, 훨씬 더 위대한 작품으로 자네 천재 부친을 불러올 수 있을 때 한층 더 자네에게 어울릴 것이네. 이것이 자네가 잘되길 바라는 모든 사람들의 희망이지. 모두들 자네가 구상한 것을 작품으로 완성시키기를 바라고 있네. 난 자네가 실패하지 않기를 진심으로 바라고 있어. 아냐, 아냐, 빈센트, 하고 레너헌이 옆에 앉은 그의 어깨에 손을 얹으면서 말했다. 걱정할 거 없네. 이 친구는 아직까지 어머니를 고아인 채로 떠나보낼 수 없어서 그런 것뿐이니까.*232 젊은이*233의 얼굴은 어두워졌다. 그의 장래나 최근에 있었던 어머니의 죽음*234을 떠올리는 것이 그에게 얼마나 힘든 일인지 그들 모두는 이해할 수 있었다. 모두의 떠들썩한 소리가 그의 고통을 누그러뜨려 주지 못했다면, 그는 그 술자리를 떠났을 것이다. 매든은 기수(騎手)의 이름이 왠지 마음에 들어 셉터호에 걸었다가 5실링을 손해보았다. 레너헌은 그것보다 더 잃었다. 그는 사람들에게 경마 이야기를 했다. 깃발이 내려가는 순간, 그 암말은 O. 매든을 태우고 기세 좋게 달려

---

*227 학교에서 배운 현자들. 플라톤의 《국가》에 등장하는 아테네의 의인(義人).

*228 아테네의 정치가, 장군, 소크라테스의 친구이자 제자.

*229 아테네의 폭군.

*230 Bous Stephanoumenos. 《젊은 예술가의 초상》에서 친구들은 스티븐을 "Bous Stephanoume-nos, Bous Stephaneforos!"라 부르며 놀렸다. '스테파노스(Stephanos)'는 기독교 최초의 순교자인 성 스테파노이고, '보우스(Bous)'는 풍요의 상징인 소를 뜻한다. 따라서 '보우스 스테파노우메노스'는 왕관을 쓴 황소, '보우스 스테파네파로스'는 화환을 두른 황소이다. 화환을 두른 황소란 희생제물을 뜻한다.

*231 멀리건이 스티븐에게 붙인 별명.

*232 어머니의 죽음을 위해 기도하지 않은 것에 대한 비꼼.

*233 스티븐.

*234 스티븐의 어머니는 1903년 6월 26일에 매장됐다.

나갔지. 그녀는 선두였다고. 모두의 심장이 벌렁벌렁 뛰었어. 필리스조차도 가만히 있질 못했다니까. 그녀는 스카프를 휘두르면서 소리 질렀지, 달려라! 셉터! 힘내! 그런데 결승점 근처의 직선 코스에서 경쟁이 벌어졌을 때, 다크호스 스로우어웨이가 셉터를 바짝 쫓더니, 나란히 가다가 앞질러 버린 거야. 만사 끝장났지 뭐. 필리스는 말문이 막혀 버렸고. 그녀의 눈동자는 아네모네처럼 슬퍼 보였어. 그녀가 외쳤지. 주노 님, 이제는 틀렸어요. 그러나 그녀의 애인은 그녀를 위로하면서, 황금색으로 빛나는 작은 상자를 그녀에게 주었어. 그 안에는 달걀 모양의 알사탕이 몇 개 들어 있었고 그녀는 그것을 먹었지. 눈물이 한 방울, 딱 한 방울 떨어졌지. 이에 레너헌이 말했다. 참 훌륭한 기수야, W. 레인이란 놈은. 어제 네 번이나 이겼고 오늘도 세 번. 뭐 그런 놈이 다 있지? 그 녀석이라면 낙타를 타든 미친 들소를 타든 쉽게 우승해 버릴 거야. 하지만 우리도 옛 사람들처럼 참아 보세. 불운한 자에게 자비를! 가엾은 셉터여! 그는 가벼운 한숨을 내쉬며 말했다. 이제 그 녀석도 더 이상 예전의 그 팔팔하던 암망아지가 아니야. 맹세하건대 그런 말은 다시는 볼 수 없을 거야. 신께 맹세코 말하지만, 경주마 중에서도 단연 여왕이었지. 자네는 그 말을 기억하나, 빈센트? 빈센트가 대답했다. 자네도 오늘 나의 여왕님을 봤어야 했는데. 정말이지 어찌나 젊고 눈부셔 보이던지 (랠러지[235]도 그녀 옆에선 빛을 잃고 말 거야), 그녀는 노란색 구두에, 정확히 뭐라고 부르는지 모르겠지만 하여튼 모슬린 원피스를 입고 있었지. 우리 위로 그림자를 드리운 밤나무는 꽃이 한창이었고, 공기는 황홀한 꽃향기와 꽃가루로 가득 차 들큰했어. 햇볕 내리쬐는 바위들은 어찌나 뜨거운지 페리플리포메네스[236]가 다리 옆 가게에서 파는 건포도를 넣은 빵과자를 한 가마는 구울 수 있을 정도였지. 하지만 그녀의 이빨을 위해 있는 것이라고는, 그녀를 안고 있던 나의 팔 말고는 없어서 내가 좀 바짝 죌라치면 그녀는 장난치듯이 내 팔을 살짝 깨물곤 하는 거야. 일주일 전에는 아파서 꼬박 나흘이나 침대에 누워 있었던 그녀가 오늘은 자유롭고 발랄하고 어떤 위험도 그냥 웃어넘길 것처럼 태평스러워 보였지. 그럴 때 그녀는 한층 매력적이야. 게다가 그녀의 그 꽃다발! 정말 못 말리는 말괄량이라니까, 우리가 서로 기대어

---

[235] 라틴 시에 나오는 전형적인 미녀의 이름.
[236] 그리스 조어로 '과일 행상인'이란 뜻.

있었을 때 하나 가득 모은 거야. 그런데 이건 비밀인데, 우리가 들판에서 나왔을 때 누구를 만났는지 짐작도 할 수 없을 걸. 글쎄 콘미 신부님이더라고! 뭔가를 읽으면서 울타리 옆을 지나가시더군. 아마 성무일과서(聖務日課書)였을 거야. 그리고 거기엔 글리세라 아니면 클로에*237가 보낸 재치 있는 편지가 분명 책갈피 대신 끼워져 있었을 거고. 내 연인은 당황해 얼굴이 새빨개지면서 치맛자락에 엉킨 작은 가지를 떼어 내며 옷매무새를 고치는 척했지. 콘미가 지나갈 때, 그녀는 가지고 있던 손거울로 자기의 아름다운 얼굴을 들여다보고 있더군. 하지만 신부님은 상냥하게 대해 주셨어. 지나가면서 우리를 축복해 줬으니 말이야. 신들도 언제나 상냥하시지, 하고 레너헌이 말했다. 바스의 암말*238 덕에 좀 재수가 없었지만, 그가 만든 이 맥주맛은 더 좋은듯하니 말이야. 그는 술 항아리에 손을 댔다. 그 모습을 본 맬러키는 그 동작을 말리면서 이방인*239과 빨간 라벨을 손가락으로 가리켰다.*240 조심해, 하고 맬러키가 속삭였다. 드루이드교 신부의 침묵을 지켜. 그 사람*241의 영혼은 멀리서 헤매고 있어. 환상에서 깨어나는 것은 태어날 때와 마찬가지로 괴로운 일이야. 깊게 살핀다면, 어떤 것이든 신들의 불멸의 영세(永世)로 다가가는 문이 될지도 모르지.*242 그렇게 생각하지 않나, 스티븐? 접신학자(接神學者) 테오소포스*243는 내게 그렇게 말했지, 스티븐이 대답했다. 전생에 이집트의 사제들로부터 인과법칙의 비밀을 배운 테오소포스가 나에게 말했어, 달의 군주들은 태음계의 유성 알파에서 온 오렌지 불꽃의 무리이지만, 그들은 에테르로 자기재현을 행하지 않으므로, 제2성좌에서 나오는 루비 빛깔의 자아(自我)를 통해 육체화한 것이라고.

그러나 사실 그*244가 의기소침해졌다거나 무언가에 홀린 듯하다거나 하는

---

*237 고전문학이나 목가(牧歌)에 나오는 전형적인 두 미녀.

*238 바스 맥주회사 사장의 말 셉터.

*239 블룸.

*240 블룸은 술병의 빨간 라벨을 보고 독약병과 독약 자살을 한 아버지를 떠올린다.

*241 블룸의 아버지.

*242 깊게 살핀다면……다가가는 문: 신지학(神智學, Theosophy)의 교리. 만물에는 영혼이 깃들어 있으므로, 올바르게 관찰된 각 영혼은 다른 모든 것과 동등하며 마찬가지로 사랑 받아야 할 존재이다.

*243 Theosophos. 신지학(Theosophy)의 의인화.

건 가장 천박한 오해에서 나온 터무니없는 억측에 불과했다. 위와 같은 일이 이루어지고 있는 바로 그때, 눈에 활기를 띠기 시작한 이 사람의 의식은, 다른 누구보다 뛰어나다고 할 수는 없을지라도 아주 민첩했다. 그 반대라고 추측한 사람은 틀림없이 자기가 오해했음을 금세 알아차렸을 것이다. 이제까지 4분 남짓한 동안 그는 버튼 온 트렌트라는, '바스 맥주회사'의 병에 채워 넣은 최우수 바스 맥주가, 그가 앉은 건너편에 놓인 다른 수많은 맥주들 틈에 우연히 끼어 있던 것을 물끄러미 바라보고 있었는데, 그 진홍색 빛깔로 인해 사람들의 주의를 끌 것이 분명했다. 나중에야 알게 된 일이지만 그는 그저 아까의 소년시절이나 경마에 대한 이야기가 나온 뒤부터는 사뭇 다른 감정에 사로잡혀, 아직 태어나지 않은 아이처럼 곁의 두 사람*245은 결코 알 수 없을 두서너 가지 사적인 일*246에 대한 생각에 잠겨 있었던 것뿐이었다. 그러나 뜻하지 않게 서로의 눈길이 마주치고 상대*247가 그 술을 마시려 한다는 것을 알아차리자마자, 그는 마지못해 자기 쪽에서 술을 따라 주기로 결심하고, 요구된 액체가 담긴 중형 유리 용기를 쥐고 대량의 술을 따라주었다. 그 동작은 거칠었지만 그는 맥주가 주위에 한 방울도 흘러넘치지 않게끔 세심한 주의를 기울였다.

이에 이어진 토론은, 그 목적으로 보나, 그 전개 양상으로 보나 인생여정의 표본과도 같았다. 토의 장소로나 토의 내용으로나 그 권위에 부족함이 없었다. 토론 참가자들은 이 나라에서 제일가는 날카로운 두뇌의 소유자였고, 그들이 내건 토론 주제는 가장 고상하고 생기로운 것이었다. 혼의 집 안 천장 높은 홀에서, 이처럼 대표적이고 다채로운 모임이 이루어진 일은 이제껏 없었고, 또 이 건축물의 낡은 서까래까지도 이러한 백과사전적인 말을 들은 적이 없었다. 참으로 호화로운 광경이었다. 경탄할 만한 하일랜드 옷*248을 입고 테이블 가장자리에 앉아 있는 크로더스의 얼굴은 갤러웨이곶*249의 바닷바람을 맞아 벌게져 있었다. 그의 맞은편에는 린치가 있었는데, 그의 얼굴

---

*244 블룸.
*245 맬러키와 레너헌.
*246 아버지의 자살.
*247 레너헌.
*248 스코틀랜드 사람의 옷.
*249 노스해협에 면한 스코틀랜드 남서부의 곶.

은 이른 나이 때부터의 방종과 조숙한 지혜를 이미 나타내고 있었다. 스코틀랜드인 곁에는 괴짜 코스텔로가 자리 잡았고, 또 그 옆에는 매든이 웅크린 자세로 무감각한 휴식을 취하면서 앉아 있었다. 난로 옆 주인*250의 의자는 빈 채로 놓여 있었는데, 그 양쪽으로 굵은 실로 짠 탐험가용 반바지와 소금에 절인 소가죽 구두를 신은 배넌의 모습이, 우아한 엷은 노란색 옷차림의 맬러키 롤랜드 세인트 존 멀리건의 도시 사람다운 태도와 극단적인 대조를 이루고 있었다. 마지막으로 테이블 상석에는, 교육 업무와 형이상학적 심문(審問)으로부터 빠져나와, 소크라테스식 토론의 술자리에서 아늑함을 발견하는 젊은 시인*251이 있었는데, 그의 왼쪽에는 지금 막 경마장에서 온, 경솔한 예언자*252와, 여행과 투쟁의 먼지에 뒤범벅되고 지울 수 없는 불명예의 오점이 찍힌 용의주도한 방황자로서, 더욱이 그 확고부동한 심장에, 그 어떤 유혹도 위험도 협박도 영락도 결코 지울 수 없는, 라파예트의 영감 받은 붓이 그려내어 영원히 전하게 된 아름다운 미녀의 모습*253을 품은 사람*254이 앉아 있었다.

그런데 우선 말해 둘 일은, S. 디댈러스 씨(신성 회의론자)의 논의로 보아, 그가 푹 빠져 있는 것으로 추측되는 왜곡된 초월주의란 일반적으로 인지된 과학적 방법과는 전적으로 서로 반대되는 것이라는 점이다. 여기서 아무리 강조해도 지나치지 않은 것은 과학은 실재적 현상을 다루는 학문이라는 점이다. 과학자는 세상 사람들과 마찬가지로 못 본 척할 수 없는 구체적인 사실에 맞닥뜨려, 그것에 대해 최선을 다해 설명해야 한다. 물론 과학이— 현재 단계에서—대답할 수 없는 문제가 존재하는 것도 사실이다. 예를 들자면 L. 블룸 씨(광고업자)가, 태어나는 인간의 성의 결정에 대해서 제출한 첫 번째 문제와 같다.

우리는 오른쪽 난소(단 달거리 후기에 한해 그렇다고 주장하는 자도 있지만)가 사내아이의 출생을 결정한다는 트리나크리아의 엠페도클레스의 설*255

---

*250 딕슨.

*251 스티븐.

*252 레너헌.

*253 거티 맥도웰.

*254 블룸.

을 받아들여야 하는가, 아니면 너무 오래 방치된 정자가 성별의 원인인가, 혹은 컬페퍼, 스팔란차니, 블루멘바흐, 러스크, 헤르트비히, 레오폴드, 발렌티 등 많은 태생학자들이 믿는 것처럼 그 두 요소의 혼합인가? 이것은 한편으로는 정자의 생식본능과, 다른 한편으로는 수용하는 측의 교묘하게 선택된 체위 사이의 협동관계(자연이 애호하는 연구의 하나)를 가리킬지도 모른다.

　같은 질의자가 제안한 다른 문제 또한 이에 못지않게 중요하다. 그것은 바로 유아의 사망률이다. 그가 적절하게 말했듯이, 우리가 똑같은 방식으로 태어남에도 불구하고 서로 다른 방식으로 죽는다는 것은 매우 흥미로운 사실이다. M. 멀리건 씨(위생학 및 우생학 박사)는, 회색 허파를 가진 우리 시민들이, 먼지 속에 떠다니는 박테리아를 흡입함으로써, 아데노이드*²⁵⁶를 비롯한 여러 가지 폐질환을 앓게 되는 위생 상태를 비난했다. 이들 요인과 더불어, 우리 도시의 길거리에서 보이는 가증스러운 광경들, 즉 추악한 광고 포스터, 모든 종파의 사제들, 불구가 된 육해군 병사, 비바람에 노출된 괴혈병에 걸린 마부, 허공에 매달린 죽은 동물 사체, 편집광(偏執狂)에 가까운 독신자(獨身者), 임신을 못하는 여교사 등 이 모든 사람은 모든 인류의 쇠망의 징조로서 헤아려야 할 요인이라고 그는 단언했다. 또 예언하길, 우량아 출산법이 곧 일반적으로 채용될 것이며, 생활에서 우아한 모든 것, 즉 진정으로 좋은 음악, 기쁜 문학, 소박한 철학, 교육적인 회화, 비너스나 아폴로 같은 고대 조각의 석고 복제, 우량아의 예술적인 컬러 사진 따위에 약간의 주의를 기울이는 것만으로도, 임산부는 달이 찰 때까지 더없이 즐겁게 지내게 될 것이라 했다. J. 크로더스 씨(토론학사)는 공장에서 중노동하는 여공들의 복부 질환 및 가정 내 부부생활의 규율 문제가 태아 사망의 부분적인 원인이 된다고 했으나, 그보다 더 큰 원인은 개인 및 공적 기관의 태만이며 이런 태만은 신생아 유기, 범죄적 낙태 수술, 끔찍한 유아 살해에서 그 정점에 달한다고 주장했다. 비록 전자(우리는 태만에 관해 논하고 있었다)는 틀림없는 사실이라 하겠으나, 그가 예시한 것처럼 간호사가 복강에 넣은 해면

---

*255 시칠리아(이곳의 옛 이름이 트리나크리아) 출신의 고대 철학자. 그는 이런 설을 내세우지 않았으나, 아리스토텔레스는 〈동물의 세대에 관해〉 제4권에서 아낙사고라스의 설을 비판할 때 엠페도클레스의 이름을 언급한다.

*256 인두(咽頭)의 보호기관인 인두편도(咽頭扁桃)가 여러 가지 장애를 일으키는 질환.

의 개수를 확인하는 일을 깜빡하는 경우는 일반화하기엔 그 사례가 많지 않다는 점에 주의해야 하겠다.

사실 이 문제를 조금만 들여다보더라도 가끔 자연의 의도를 방해하는 우리 인간 측의 결함과 그 외 모든 조건들을 감안했을 때, 이토록 많은 임신과 출산이 현재처럼 훌륭하게 이루어지고 있다는 사실은 참으로 놀라운 일이 아닐 수 없다. 한편 V. 린치 씨(수리학사)는 독창적인 의견을 제시했다. 말인즉슨 출산도 사망도 다른 모든 진화 현상, 즉 조수 간만, 달이 차고 이지러지는 현상, 체온, 일반적인 질병 따위와 마찬가지로, 요컨대 머나먼 별의 소멸에서부터 공원을 수놓는 무수한 꽃들 가운데 하나의 개화에 이르기까지 자연의 거대한 일터에서 이루어지는 모든 일과 마찬가지로, 아직 확인되지 않은 수의 법칙에 따른다는 것이다.

그럼에도 정상적인 건강한 부모에게서 태어나 건강해 보이며 또 적절한 보살핌을 받은 유아가 어째서 이상하리만치 빨리 죽는가(같은 부모에게서 태어난 다른 아이들은 죽지 않았는데도) 하는 소박하고 솔직한 의문은, 시인의 표현을 빌리자면 우리를 분명 망설이게 한다.*257 우리가 확신하듯이 자연이 행하는 모든 일에는 자연 그 자체의 훌륭하고도 강력한 이유가 있겠으나, 아마 그런 사망은 하나의 예측 법칙…… 그에 따르면 병원균에 감염된 생물(현대과학은 원형질만이 불멸한다는 사실을 결정적으로 증명했다)은 발달 단계 초기일수록 죽기 쉽다는 어떤 선행 법칙에서 비롯되는 것이 아닐까. 이것은 우리(특히 모성)의 어떤 감정에 고통을 주긴 하지만, 그래도 결국 이로 인해 적자생존이 보증되므로 인류 전체에는 유익한 것이라고 생각하는 사람들도 있다. S. 디댈러스 씨(신성회의론자)가 내놓은(또는 끼어들었다고 할까?) 의견은, 황달에 걸린 정치가나 위황병(萎黃病)을 앓는 수녀는 말할 것도 없고 분만으로 쇠약해진 여성 암 환자, 지적 직업에 종사하는 비만증 걸린 신사 등 이런 잡다한 음식물을 전부 씹고 삼키고 소화해서 어디까지나 태연하게 통상적인 통로로 넘길 수 있는 저 잡식성 존재*258는, 스태거링 보브(staggering bob)처럼 무해하고 가벼운 음식을 섭취할 때 위장의 부담이

---

* 257 〈햄릿〉 3막 1장의 "사느냐 죽느냐, 그것이 문제로다"라는 독백에 나오는 말이다. "이 세상의 번민으로부터 벗어나도 죽음이라는 잠 속에서 어떤 꿈을 꿀 것인가 생각하면 망설여진다."

적으리라는 것이었다.

그런데 이것은 무엇보다도 불미스러운 양상으로 위에 설명한 경향을 드러내고 있는 바 이 인물은 병적인 미학자이자 햇병아리 철학자로서 과학적인 지식을 뽐내고 있으나 스스로 자만하는 것과는 달리 산과 알칼리를 제대로 구별조차 못하는데, 이 남자처럼 시립 도살장에 대해선 잘 모르는 사람들을 계몽하려면, 하급 면허 음식점의 속된 용어로 '스태거링 보브'란 어미에게서 갓 태어난 식용 송아지 고기를 뜻한다는 점을 여기서 밝혀 둬야 하리라. 홀리스거리 29, 30, 31번지에 있는 국립 산부인과병원, 다들 알다시피 유능하고 인기 있는 원장 A. 혼 박사(산과의사, 아일랜드 의과대학 전 부학장)가 운영하는 병원인데, 이곳의 넓은 홀에서 이루어진 L. 블룸 씨(광고업자)와의 최근의 공개 논쟁에서, 목격자의 말에 따르면, 그는, 여자가 일단 고양이를 자루에 집어넣으면(아마 자연의 작용 가운데 가장 복잡하고도 오묘한 것들 가운데 하나인 성행위를 미학적으로 암시한 것이리라) 그녀는 그걸 다시 자루에서 꺼내거나, 아니면 그것에 생명을 부여함으로써 자신의 생명을 지키는 것이라고 말한 바가 있었다. 그녀의 생명을 위험에 밀어 넣으면서까지 그렇게 해야 하는가 하는 것이 그의 논적(論敵)의 말이었는데, 그 말투는 온건하고 절제되었으며 매우 인상적이었다.

이러는 동안 의사의 인내와 숙련 덕분에 경사스럽게도 분만이 이루어졌다. 산부도 의사도 목이 빠져라 기다리던 시간이었다. 외과 기술로 가능한 작업은 전부 동원되었으며, 용감한 여성은 의연하게 그것을 견뎌냈다. 그녀는 해냈다. 싸움을 훌륭하게 끝마치고 이제 그녀는 매우매우 행복했다. 세상을 떠난 사람들, 앞질러 간 사람들도 이 감격적인 정경을 내려다보고 미소를 지으면서 행복을 느꼈다. 이제 새로운 어머니로서의 첫 꽃을 피운 그녀가 눈에 모성의 빛을 띠고 거기에 누워서, 온 우주의 남편인 하늘에 계신 하느님에게 감사의 묵도를 외면서, 갓난아기의 손가락을 더듬어 찾는 모습을 (참으로 어여쁜 광경이로다) 경외하는 마음으로 바라보라. 그리고 그녀는 애정어린 눈으로 갓난아기를 보면서 오직 또 하나의 행복을 원했다. 그녀의 친애하는 남편 도디가 그 자리에 있어서 기쁨을 나누고, 저 하느님의 흙덩어리인

＊258 '사형집행인으로서의 신'을 뜻한다. 요컨대 '신도 때로는 갓난아이의 부드러운 고기를 드셔서 속을 달래고 싶으신 거겠지'라는 냉소적인 평가이다. 에피소드 9 참조.

꼬마, 즉 그들의 합법적인 포옹의 열매를 그의 팔로 안아 줬으면 하고. 그도 이제 나이를 먹어 (우리끼리 하는 얘기인데) 허리가 약간 구부정하지만, 그래도 세월이 흐르는 동안에 어떤 묵직한 위엄이, 얼스터 은행 칼리지 그린 지점의 이 충실한 부(副)회계사에게 깃들어 있다. 오, 도디여, 옛날의 애인이여, 지금은 성실한 인생의 동반자여, 먼 옛날의 저 장밋빛과 같은 나날은 이제 두 번 다시 돌아오지 않으리라! 그녀는 예쁜 얼굴을 옛날처럼 기울이고 지난날의 추억을 떠올린다. 아아, 이제 세월의 안개를 통해 생각하면 그것은 얼마나 아름다운가! 하지만 그녀의 상상 속에서는 침대 주위에 그들 부부의 아이들이 모여든다. 그녀의 것이기도 하고 그의 것이기도 한. 찰리, 메리 앨리스, 프레드릭 앨버트(만약 살아 있다면), 메이미, 버지(빅토리아 프랜시스), 톰, 바이올렛 콘스턴스 루이저, 사랑스러운 꼬마 봅시(보어 전쟁의 유명한 영웅, 워터퍼드와 칸다하르의 지도자 봅스 경의 이름을 딴), 그리고 그들 결합의 마지막 증명인, 진짜 퓨어포이다운 코를 지닌, 말하자면 진정한 퓨어포이인 이 아이. 앞날이 밝은 이 갓난아기는, 더블린성(城)*259의 재무부에 근무하는 세력가 팔촌형의 이름을 따서 모티머 에드워드란 세례명을 받게 될 것이다. 이렇게 해서 시간은 흘러간다. 그러나 천부(天父)인 크로니온*260은 조용한 결말을 내려 주시었다. 자, 귀엽고 사랑스러운 마이너여, 그 가슴에서 탄식을 자아낼 필요는 없단다, 그리고 도디여, 소등을 알리는 종이 그대를 위해 울릴 때면(부디 먼 훗날이기를!) 그대의 파이프에서 재를 툭 떨어 버려라. 지금도 그대가 아끼고 있는 친숙한 브라이어 파이프의 재를. 램프 아래에서 성서를 읽고 있다면 그 불을 꺼라. 기름도 이미 거의 바닥났으니. 그리고 평화로운 마음으로 침상에 들라. 휴식을 위해. 하느님은 모든 것을 아시는지라 때가 되면 부르시리라. 그대도 참 열심히 싸웠고 남편으로서의 의무를 충실히 다했다. 자, 그대에게 내 손을. 정말 잘했다. 그대 착하고 충실한 종복이여!

죄 또는 (세상에서 부르는 바에 따르자면) 악(惡)의 기억이 있다. 그것은

---

*259 총독부.

*260 아버지와도 같은 시간. 그리스 신화의 신 크로노스(수확의 신으로 아버지 우라노스를 죽였고 아들 제우스의 손에 살해된다)와 '시간'을 뜻하는 그리스어 '크로노스'의 혼동에서 비롯된 표현.

사람의 마음속 가장 어두운 부분에 숨겨진 채 그곳에서 서식하며 기다리고 있다. 인간은 그 기억이 점점 흐려지는 것을 허락하여, 그것이 마치 존재하지 않았던 듯 여겨, 그것들이 없었다거나 적어도 다른 것이었다고 자기를 납득시키려 한다. 하지만 별것 아닌 한마디가 그것을 불러낸다. 다양한 상황에서, 즉 환각에서, 꿈에서, 탬버린이나 하프의 소리가 그의 오감을 한창 즐겁게 해줄 때, 또는 서늘한 은색 황혼의 고요함 속에서, 또는 한밤중 술독에 빠져 있을 때. 이 환상이 나타난 것은 그 분노 앞에 굴복한 자에게 모욕을 주기위해서가 아니며, 또 살아 있는 자들과 헤어지게 하여 복수하기 위해서도 아니다. 그것은 그저 과거라는 슬픈 수의(壽衣)를 입고, 소리도 없이 멀리에서 나무라듯이 나타난다.

그 이방인은 눈앞에 있는 사람[261]의 얼굴에서 인생의 비속함에 끌리는 화자(話者) 내면의 불건전함을 신랄하게 까발리고 싶은 욕구를 참고 있는 듯한, 습관적인 것이거나 세심하게 꾸며낸 듯한 평온한 표정이 서서히 사라져 가는 것을 물끄러미 지켜보았다. 그러나 자신의 기억과는 무관한 어떤 풍경이, 마치 장난스러운 아늑함이 담긴 말 한마디에 과거가 되살아나듯이, 실제 그런 시절이 있었기라도 한 양(그렇게 믿는 사람들도 있다) 즉각적인 기쁨을 동반하며 이 관찰자의 머릿속에 떠올랐다. 어느 5월의 화창한 석양 무렵의 잘 깎인 잔디밭, 생생하게 떠오르는 라운드타운[262]의 라일락 숲, 보랏빛 꽃과 하얀 꽃, 공이 느릿느릿 잔디밭 위를 굴러가 이웃하는 공에 부딪쳐[263] 내는 소리를 정말 재미있어 하며 보고 있는 향기롭고 늘씬한 소녀들. 그리고 물이 조용히 흘러감에 따라 가볍게 움직이는 회색 연못 근처에는, 마찬가지로 향기로운 여성들이 무리지어 서 있는 것이 보였다. 그것은 플로이, 애티, 타이니,[264] 또 그녀들보다 피부가 검고 왠지 모르게 사람들의 눈길을 끌던 그녀들의 친구인 한 소녀[265]였다. 그 여성은, 한쪽 귀에 아름다운 버찌 귀걸이 두 개를 하고, 이국적인 피부의 풍만한 맛이 차가운 그 열매와 눈부신 대

---

*261 스티븐.

*262 블룸이 몰리와 만난 곳.

*263 블룸은 멘튼과 했던 게임을 회상하고 있다. 에피소드 6 참조.

*264 맷 딜런의 딸들.

*265 맷 딜런의 집에서 처음으로 본 마리온.

조를 이루던 '우리의 버찌 성녀'였다. 마모(麻毛) 교직물 옷을 입은 네다섯 살 정도 된 사내아이*266가 (꽃 피는 계절이라지만, 이윽고 공이 전부 모여 상자에 들어갈 즈음이면, 따뜻한 난롯가가 그리워지는 시기였으므로) 소녀들의 정답게 깍지 낀 손들의 보호를 받아 연못가에 서 있었다. 지금 이 젊은이가 그러듯이 사내아이가 약간 미간을 찡그리고 있는 것은 위험을 충분히 의식하면서도 즐기고 있기 때문인데, 화단에 면한 베란다에서 기쁜 표정을 띤 채 방관 또는 비난하는 느낌으로 '모든 무상(無常)한 것'을 지켜보고 있는 어머니의 모습을 그는 때때로 흘끔흘끔 보지 않을 수 없었다.

앞으로의 일을 주의하고 기억하라. 종말은 갑자기 닥쳐온다. 학생들이 모여 있는 산원의 출산 대기실에 들어가 그들의 얼굴을 보라. 그곳에는 무분별이나 난폭함은 조금도 존재하지 않는 것 같다. 오히려 이 건물 안에서 그들이 맡은 직분에 어울리는 수호자다운 정숙함, 먼 옛날 유대 베들레헴의 여물통 주변에 모인 양치기들이나 천사들*267이 보여 주었던 철야의 경계를 발견하리라. 그러나 번개가 치기 전에, 밀집한 비구름이 지나친 습기 때문에 무거워져서, 팽창한 덩어리가 되어 뭉게뭉게 퍼져서, 하나의 거대한 잠 속에 하늘과 땅을 잇고, 메마른 들판과 졸린 소와 시든 관목과 초록의 덤불에 내려와, 이윽고 갑자기 섬광이 그 중심을 뚫고 천둥과 함께 소낙비가 쏟아지는 것처럼, 바로 그와 같이, 말 한마디를 외치자 격렬한 변화가 일어났다.

버크 술집!*268 하고 외치면서 우리의 스티븐 경이 뛰쳐나간다. 그러자 뒤이어서 수다쟁이 놈, 멋부리는 놈, 사기꾼, 돌팔이의원, 그리고 마지막으로 꼼꼼한 블룸이, 모두들 손에 모자, 물푸레나무 지팡이, 칼, 파나마모자, 칼집, 체르마트식(式) 등산지팡이를 들고서 그를 뒤따랐다. 발랄한 젊은이, 고귀한 학도들이 그곳에 있었다. 현관에서 마주친 간호사 캘런도, 적어도 1파운드는 족히 되는 태반 처리가 끝난 것을 알리기 위해 미소를 띠면서 2층에서 내려온 외과의사*269도 그들을 막을 수는 없었다. 그들은 일제히 소리

---

*266 스티븐 디댈러스.

*267 예수는 마구간에서 태어나 여물통 안에 뉘였다.

*268 텐질거리 끄트머리의 홀리스거리 17, 존 버크의 찻집 겸 술집. 홀리스거리를 가로질러 국립 산부인과병원에서 약간 북쪽으로 가면 있다.

*269 딕슨.

를 지르면서 그를 재촉했다. 문이다! 열려 있나? 좋아! 그들은 와자하게 떠들며 문밖으로 뛰쳐나가, 촌각을 다투어 목적지인 덴질거리와 홀리스거리에 걸쳐 있는 버크 술집으로 뛰었다. 딕슨도 그들을 나무라면서도 뛰었다. 블룸은 2층의 행복한 어머니와 젖먹이에게 축하 인사를 전하려고 잠시 간호사가 있는 곳으로 다가갔다. 규칙적인 식사와 안정이 우선입니다. 그런데 그 말은 간호사 자신에게도 해당되지 않을까? 완전히 지쳐버린 그녀의 창백한 얼굴은 그녀가 혼 산부인과 병원에서 불철주야 간호하고 있음을 보여 주었다. 모두가 떠난 뒤, 그는 타고난 지혜의 번뜩임에 도움을 받아 살며시 속삭이며 지나간다. 마담, 황새가 당신을 찾아올 날은 언제입니까*270 하고.

바깥공기는 천상에서 내려온 생명의 정수(精髓)인 비와 이슬로 흠뻑 젖어, 별이 빛나는 '천공' 아래 더블린의 포석 위에서 빛나고 있었다. 하느님의 대기(大氣), 만물의 아버지인 대기, 빛나는, 온누리에 감도는 온화한 대기. 그것을 그대의 가슴 깊이 호흡하라. 신에 맹세코 말하지만 시어도어 퓨어포이여, 그대는 대단한 공을 세웠다. 그것도 매우 훌륭하게! 그대야말로 이 쓸데없는 말로 가득 채워진 만물의 수납함 같은 잡다한 연대기*271 속에서, 누구보다도 가장 비범한 선조(先祖)이니라. 참 놀라운 일이다! 그녀 안에는, 하느님을 본떠 창조되고, 하느님이 주신 예정된 가능성이 숨어 있었으니, 그대는 약간의 남자의 노동으로 그 가능성을 실현시켰도다. 그녀 곁에 찰싹 달라붙어 있으라! 봉사해라! 계속 노력하고 망보는 개처럼 일해라. 그리고 학자인 체하는 녀석들이나 맬서스주의자*272 따위는 멀리 쫓아 버려라. 시어도어여, 그대는 그들 모두의 아버지다. 가정에서는 정육점 계산서, 은행에서는 금은 덩어리(그대 소유물이 아닌!)에 시달려, 그대는 그 무거운 짐에 짓눌려 의기소침해져 있는가? 고개를 들라! 아이가 하나 태어날 때마다 그대는 무르익은 밀 1호메르*273을 얻으리라. 자, 보라. 그대의 모발은 젖어 있다. 그대는 다비 덜먼과 그의 아내 조안을 부러워하는가?*274 그 부부가

*270 서양에서는 흔히 황새가 굴뚝을 통해 갓난아기를 데려온다고 아이들에게 가르친다. 여기서는 간호사에게 결혼을 언제 하느냐고 묻는 것이다.
*271 우주 또는 인간의 역사를 뜻한다.
*272 조혼(早婚) 금지 및 산아 제한을 주장했다.
*273 고대 유대인이 쓰던 부피의 단위. 10~12부셸. 〈에제키엘서〉 45 : 13.
*274 13세기 헨리 샘슨 우드폴의 발라드 〈행복한 노부부〉에 나오는 사이좋은 부부.

낳은 자손이라곤 가엾은 소리를 내는 어치새와 눈곱 낀 똥개뿐이다. 쯧쯧쯧, 내 그대에게 말하노라! 그자는 한 세대에서 끝나는 노새, 죽은 달팽이, 정력도 원기도 없는 녀석이다. 동전 한 닢짜리 가치조차도 없다. 번식 없는 성교! 단연코 반대다! 유아 학살자 헤롯왕이야말로 그의 진짜 이름이다. 그렇다, 채소만 먹고 있으면 결실은 생기지 않는다.

　그녀에게 비프스테이크를 먹여라, 시뻘건 날고기, 피가 뚝뚝 떨어지는 것을! 그녀는 만병이 둥지를 튼 백발의 아수라장이로다. 결핵성 경부 림프선염, 이하선염, 편도선염, 관절염종(關節炎腫), 건초열, 욕창, 쇠버짐, 유주신(遊走腎), 갑상선종(甲狀腺腫), 사마귀, 담즙 과다증, 담석, 냉혈증, 정맥류 같은 것들. 비가(悲歌)니 장송곡이니 애가(哀歌)니 하는 것은 일체 중지! 20년간의 고생, 그것을 뉘우치는 일은 없다. 바라고 원하고 기다리고, 그러면서도 결코 낳지 않은 많은 사람들과 그대는 다른 것이다.

　그대는 그대의 신대륙을, 평생의 과업을 발견하여, 바다 건너[275]의 들소처럼 교미하기 위해 돌격했다. 차라투스트라는 뭐라고 말했던가? '그대는 슬픔이라는 암소의 젖을 짠다. 그리하여 지금 그대는 그 유방의 달콤한 젖을 마시고 있도다.' 자, 보라! 그것은 그대를 위해 풍성하게 흘러나오고 있다. 마셔라, 인간이여, 유방에 가득 찬 젖을! 어머니의 젖, 퓨어포이여, 인류의 젖을, 엷은 수증기처럼 머리 위에서 빛나는 저 별들의 젖, 방탕자들이 술집에서 마시는 우유 펀치, 광기(狂氣)의 젖, 가나안 땅의 꿀 젖[276]을. 그대 암소의 젖꼭지는 단단했는가? 그렇다. 그러나 지금 그녀의 젖은 따뜻하고 달콤하고 자양분도 풍부하다. 그것은 덩어리지지 않고 들큰하고 감미로운 진한 우유다. 그녀에게로 가라, 늙은 족장이여! 아빠여! 파르투라와 페르툰다[277] 신의 이름에 걸고. 자, 건배!

　모두는 술을 마시기 위해 출발했다. 팔을 흔들고 거리에서 소리를 지르며. 진정한 여행자들이.[278]

---

*275 아메리카 대륙.

*276 〈탈출기〉 3 : 8.

*277 로마 신화의 여신. 전자는 탄생을, 후자는 처녀성 상실을 관장한다.

*278 Bonafides. 알코올 음료가 술집에서 제공되는 시간은 제한돼 있으나, 정해진 시간에 '식사'하지 못한 여행자들은 예외로 인정되었다. 그래서 술을 마시고 싶을 때면 사람들은 이웃 마을까지 '여행'을 가서 마셨다. 그리하여 이 단어는 술꾼을 뜻하게 되었다.

지난밤에는 어디서 잤나? 찌그러진 맥주잔 티모시*279 녀석. 굉장한 기세인데. 집 우산이나 고무장화는 가지고 있나? 젠장, 뼈 깎는 외과랑 낡아 빠진 헌 옷*280은 어디에 있나? 누가 알겠어. 어이, 딕스! 리본 카운터*281로 가자고. 펀치는 어디 있어? 이상 없음. 쳇, 저것 봐, 산부인과 병원에서 술취한 목사님*282이 나오셨구먼. '전능하신 하느님, 성부와 성자의 복음을 모두에게 내려 주시기를.'*283 나리, 반 페니만 주십쇼. 덴질 골목길*284의 꼬맹이 놈들. 흥, 망할 자식들. 꺼져 버려! 그래요, 아이작스,*285 이놈들 좀 조명 밖으로 밀어내 주오. 당신, 우리 무리에 끼지 않겠소? 강요는 아니오, 절대로. 당신은 참 좋은 분 같구려. 여기 친구들은 다 똑같소. '전진해라, 이놈들아!' 제1 포수, 쏴라. 버크 술집! 버크 술집! 그리하여 그들은 5파라상 전진.*286 슬래터리의 기마보병*287이군. 그 작가란 놈은 어디 갔지? 스티븐 목사님, 배교자신경(背教者信經)*288을 외워 주시게! 아니, 아니, 멀리

---

*279 준남작 티모시 오브라이언은 패트릭거리의 저택에서 술집을 경영했다. 별난 인물 티모시를 가리켜 아일랜드 문예부흥운동의 문학가들은 '찌그러진 맥주잔의 기사'라고 불렀다. 그리고 찌그러진 맥주잔 때문에 술 양이 줄어든다며 농담했다.

*280 몰리와 블룸은 홀리스거리에 살 무렵 헌 옷을 팔았다(에피소드 11 참조). 헌 옷 장사는 전통적으로 유대인의 (약간 부정직한) 직업이었다. 그러나 이 자리에서 블룸은 그다지 주목받지 않으므로, 그보다는 낡은 옷을 입고 있는 스티븐을 가리키는 말이 아니냐는 해석도 있다.

*281 '리본'은 진이나 그 밖의 주류를 가리키는 은어이기도 하다. 그러므로 술집 카운터를 뜻한다.

*282 검은 옷을 입고 중절모를 쓴 스티븐을 가리킨다. 이는 과거 더블린에서 프로테스탄트 목사의 일반적인 차림새였다.

*283 미사가 끝날 때 나오는 축복. 다만 '성부와 성자와 성령' 가운데 '성령'이 빠졌다.

*284 병원에서 버크 술집으로 가는 길 왼쪽에 있다.

*285 유대인을 부를 때 쓰이는 모욕적인 말. 여기서는 블룸을 뜻한다.

*286 그리스 역사가 크세노폰을 흉내 낸 학생들의 상투적인 말. 페르시아 원정기인 《아나바시스》(교과서로 쓰임)의 첫 번째 장에서, 하루 행군 거리를 나타내는 말이다. 1파라상은 5.6km.

*287 퍼시 프렌치가 지은 익살스런 가요의 제목. 처음 부분은 이렇다. "시저의 소문은 들었겠지, 대(大) 나폴레옹의 이야기도 말이야/코크 시민군이 워털루에서 기세가 꺾인 사연도/그러나 여기 이 세상에 알려지지 않은 위대한 영광의 한 페이지/용감하고 씩씩한 이야기, 아아 슬래터리의 기마보병."

*288 apostates' creed. 사도신경(Apostles' Creed)을 살짝 바꾼 것.

건! 거 참 느리구먼! 앞으로 나오게. 시계에서 눈 떼지 마. 문 닫을 시
간*289이라고. 멀리! 뭘 꾸물거려? '어머니가 날 시집보냈다네.'*290 영국식
팔복(八福)*291이지! '큰북을 울려라, 둥, 둥.' 아아, 가지고 있네. 드루이드
드럼 인쇄소에서 두 여성 디자이너에게 인쇄와 장정을 맡길 거라네.*292 오줌
녹색의 송아지 가죽 표지로. 예술적인 배색의 결정판이라고. 현대 아일랜드
에서 태어난 가장 아름다운 책.*293 '조용히 해!*294 서둘러, 서두르라고. 정
신 차려. 제일 가까운 술집으로 진격, 술 창고를 빼앗아라. 전진! 저벅, 저
벅, 저벅, 젊은이들은 (복이다!)*295 갈증을 느낀다.*296 맥주, 쇠고기, 사
업, 성경, 불도그, 전함, 남색(男色), 그리고 주교.*297 단두대에 오른다 해
도.*298 맥주 쇠고기가 성경을 짓밟도다. 아일랜드를 위해서라면. 짓밟는 녀
석들을 짓밟아 버려라. 망할 것들! 빌어먹을 군대 보조(步調)로 가라고. 우
리가 쓰러지겠어. 주교의 술집. 정지! 배를 대라. 럭비다. 스크럼을 짜자.

---

*289 1904년 더블린에서 술집이 문 닫는 시간은 밤 11시였다.

*290 "멀리!" 하고 이름을 불린 멀리건이 자기는 잘 있다는 뜻으로 노래부른 것이다.

*291 예수가 가르친 여덟 가지 행복. 가난, 슬픔, 온유, 의로움에 주리고 목마름, 자비, 마음
이 깨끗함, 평화를 이룸, 의로움 때문에 박해받음(《마태오복음서》 5 : 3∼10). 이것을 슬
쩍 바꿔서 여덟 개 늘어놓은 패러디가 뒤에 나온다.

*292 W.B. 예이츠의 어동생 엘리자베스는 1903년 던드럼에 인쇄소를 설립하고, 예이츠의 신
작과 다른 아일랜드 문학자의 저작을 한정판으로 간행했다. 예이츠와 그의 다른 어동생
수잔도 이 일을 도왔다. 드루이드드럼은 던드럼과 드루이드교를 합쳐서 만든 합성어. 에
피소드 1 참조.

*293 W.B. 예이츠는 그레고리 부인의 크나큰 후원과 우정에 보답하여 그녀의 《무일혜브나의
쿠훌린》에 서문을 바치며 이렇게 말했다. "생각건대 이것은 현대 아일랜드에서 태어난
가장 아름다운 책이다." 에피소드 9에서 멀리건은 이 말을 인용해 스티븐의 고집스런 비
평을 조소했다.

*294 Silentium! 라틴어. 멀리건이 예이츠에 관한 농담을 던지자 스티븐은 화내고 있다.

*295 atitudes! '팔복이다(Beatitudes)'에서 Be가 빠진 것으로 해석했다.

*296 미국 남북전쟁 행진가의 합창 부분이 "저벅, 저벅, 저벅, 젊은이들은 행진한다"라고 시
작된다.

*297 Beer, beef, business, bibles, bulldogs, battleships, buggery and bishops. 이것이 앞에서 나온
'영국식 팔복'이다. 영국인들이 좋아하는 것 가운데 British의 B에 맞춰서 B로 시작되는
단어들을 늘어놓았다.

*298 T.D. 설리번(1827∼1914)이 만든 가요 〈하느님 아일랜드를 구원하소서〉의 후렴. "하느
님 아일랜드를 구원하소서. /사람들도 영웅도 입을 모아 말했다. /높은 단두대에 오른다
해도/전쟁터에서도 우리는 죽는다. /아일랜드를 위해서라면 기꺼이."

터치 킥 따위 금지.*299 악, 내 발! 다쳤나? 정말이지 엄청 미안해!

뭐 좀 물어보고 싶은데. 오늘 밤 누가 쏘는 거지? 미안하지만 한 푼도 없어. 정말 처량한 이야기지. 진짜야. 아무것도 없어. 최근 일주일 동안은 땡전 한 푼 얻어걸리지 않았다니까. 자네는? 초인이 마시는 선조 대대로 내려온 맥주다. 마찬가지다. 최상의 맥주 다섯 병. 당신은? 달콤한 진저에일이다. 웬일이야, 마부들이 마시는 달걀술 아닌가. 몸이 따뜻해져. 시계태엽을 감는 셈이군. 낡으면 멈춰서 더는 움직이지 않지.*300 나한테는 압생트를 주게, 알겠나? '뭐라고!' 달걀술이나 날계란으로 해 줘. 몇 시야? 시계는 전당포에 맡겼어. 10분 전*301입니다. 아 고마워. 별말씀을. 가슴에 상처라도 입었나, 딕스? 맞아. 마당에서 졸면 십중팔구 호박벌한테 쏘인다니까. 자비로운 성모병원 가까이에 살고 있는데. 결혼했어. 그 녀석 부인은 아나? 응, 알지. 몸집 크고 풍만하고. 홀딱 벗은 거 봐 봐. 벗으면 굉장하다고. 멋진 연인이지. 네놈들의 말라깽이 암소하고는 진짜로 차원이 달라.*302 가리개를 내려 줘요 여보. 맥주 2병. 여기도 똑같은 거. 빨리빨리 하라고. 꾸물거리지 마. 다섯, 일곱, 아홉. 좋아! 민스 파이*303 같은 훌륭한 유방을 하고 있어. 나를 재우고 나서, 그 뒤엔 그녀의 무한한 도취가 있다 이거지. 자기 눈으로 보지 않으면 몰라. 오, 풀 항아리여, 별 같은 눈동자와 새하얀 목덜미로 너는 내 정신을 쏙 빼놓는구나, 뭐? 류머티즘을 막는 감자라고?*304 참말로 어처구니없네, 이런 말은 좀 실례지만. 일반 대중이 하는 일이라서. 아무래도 찬성 못하겠는데. 어, 선생이시군요? 부인과에서 돌아오신 건가요? 몸 상태는 좋으신가요? 아주머니나 아이들은? 산후에 어머니 몸은 좀 어떠시고? '꼼짝 마, 가진 거 다 내놔.'*305 암호. 털이 있다. 우리 암호는 하얀 죽음과 붉은 탄생이다.*306 어이! 대장, 침이 튀잖아. 어릿광대 놈*307에게 보낸 전

---

*299 술 취한 주정뱅이들이 상상 속에서 럭비 게임을 하고 있다.

*300 미국 가요 〈할아버지의 시계〉(1876)를 인용.

*301 오후 10시 50분. 폐점 10분 전.

*302 블룸과 마리온 이야기를 딕슨이 하고 있다.

*303 밀가루에 잘게 다진 고기, 말린 과일과 아몬드, 계피 등을 넣어 만든 파이.

*304 블룸은 류머티즘을 예방하기 위해 감자 하나를 주머니에 넣고 다닌다.

*305 강도의 상투적인 협박 문구. 아마 더블린의 술집에서 자주 쓰이는 농담이었을 것이다. "한잔 쏴, 술 내놔"라는 뜻.

보다. 메러디스한테서 빌려 온 글귀지.*308 자기가 예수라도 되는 줄 아는 불알 찬 이투성이 예수회 녀석! 우리 백모님은 킨치*309의 아빠에게 편지를 썼어. 불량한 스티븐이 우리 착한 맬러키를 유혹했다고.

어이, 거기 젊은이, 공을 잡아.*310 그 보리차*311 좀 돌리게. 자, 용감한 스코틀랜드 고지의 청년, 자네를 위한 건배다. 오래도록 자네의 가마에서 김이 오르고 냄비가 늘 끓기를.*312 내가 내는 술이야. 고맙네. 모두의 건강을 빌며. 이거 어때? 그건 반칙이야. 내 새 바지를 더럽히지 말아 주게. 어이, 거기 후추 통 좀 이쪽으로 던져 줘. 자 받아. 캐러웨이(caraway)*313를 운반해 간(carry away) 셈이군. 이해했나? 침묵의 외침.*314 누구에게든 사랑하는 여자쯤은 있는 법이라고. 지상의 비너스. 귀여운 여인들. 멀링거시(市)에서 돌아오는 드세고 못된 여자.*315 내가 그녀 이야기를 하더라고 전해 주게. 사라의 허리를 붙들고. 맬러하이드로 가는 도중에. 나? 나를 유혹한 그 여자가 제 이름을 가르쳐 준다면 좋을 텐데. 9펜스 가지고 뭘 어쩌려고? 그야. 매크리, 매크루이스킨.*316 아래 위로 출렁이는 매트리스*317에 딱 맞는 음란한 매춘부. 자, 다 같이 건배하세. 단숨에 잔을 비우세!

기다리고 있는 거요, 대장? 물론이지. 뭐든지 걸겠어. 돈이 들어올 기대도 저버린 것처럼 멍하니 서 있군. 어이, 머리가 어떻게 된 거 아냐? 녀석은 언제나 현금을 가지고 있어. 아까도 3파운드 가지고 있었는데 자기 돈이

---

*306 스윈번의 시 〈생성〉에서 인용.

*307 맬러키.

*308 '자기 행위에 무한한 책임을 지지 않고 쾌락을 누리려는 자는 감상주의자로다'를 말한다. 에피소드 9 참조.

*309 스티븐의 별명.

*310 '맥주를 들게'라는 뜻. 술이 나왔다.

*311 맥주를 가리키는 18세기 초 은어.

*312 스코틀랜드 사람이 건배할 때 하는 말.

*313 예부터 사람들은 술 냄새를 없애려고 캐러웨이 씨를 썼다. 후추와 캐러웨이 씨는 위장에 찬 가스를 배출하는 약으로 쓰인다.

*314 '침묵의 외침은 부정적인 대답'이라는 경구가 있다. 레너헌의 농담이 안 먹힌 것이다.

*315 밀리 블룸을 가리킨다.

*316 Machree, Macruiskeen. 아일랜드 민요의 후렴.

*317 '성교'를 암시한다.

래. 어이, 우리는 자네의 초대를 받은 손님이 아닌가? 자네가 물주야. 자네가 쏴, 단돈 2실링 1펜스면 너무 인색해. 아니, 그런 수작은 프랑스 사기꾼한테 배운 건가? 그래 봤자 여기서는 하나도 안 통해. 어이, 젊은이, 미안해. 난 이 근방에서는 상당한 유력자야. 정말이야, 이 친구야. 우린 술에 취한 게 아냐. 취하지 않았어. 그럼 안녕, 미스터, 고마워.

그래, 맞아. 뭐라고? 술집에서지. 아주 취했어. 어이 밴텀, 자네는 이틀 동안이나 술기운이 없었어.*318 클라렛 술 아니면 마시지 않아. 어이! 잠깐, 저걸 봐. 저런, 세상에. 저 녀석 이발소에 다녀왔군.*319 말도 할 수 없을 정도로 취했어. 역장하고 같이 있군. 그걸 어떻게 알지? 오페라라도 볼 작정인가? 캐스틸의 장미(Rose of Castile).*320 주조된 쇠 줄(Rows of cast).*321 경찰! 기절한 신사에게 H_2O*322를 가져다주게. 밴텀 녀석을 봐. 어라, 끙끙거리기 시작했어. '오, 금발 아가씨. 나의 금발 아가씨.'*323 이봐, 입 다물어! 이놈의 더러운 주둥이를 냄비 뚜껑으로 확 틀어막아 버려. 내가 시시한 말을 가르쳐 주지 않았더라면 녀석은 오늘 이겼어. 스티븐 핸드 녀석, 질 나쁜 말을 우리에게 잡게 만들다니. 악마한테 목이나 뜯기라지. 그놈은 전보 배달부하고 우연히 마주친 거야. 패덕*324에 있는 거물 바스가 경찰서로 보내는 전보를 가져가는 배달부를 만났어. 그에게 4펜스 쥐여 주고 몰래 읽었지. 말 상태 매우 좋음.*325 시시한 일에 돈을 썼어. 그게 새빨간 거짓말이었다고. 정말이라니까. 의도적인 장난질 아냐? 난 그렇게 생각해. 경찰이 이

---

*318 스로우어웨이호에 걸려다가 그만두고 손해를 본 밴텀 라이언스가 여기에 와서 레너헌과 이야기하고 있다.

*319 런던 사투리로 '흠뻑 취했는데 돈 한 푼 없다'는 뜻.

*320 레너헌은 자신이 했던 말장난을 떠올리고 있다. 에피소드 7 참조.

*321 오페라에 대한 레너헌의 말장난을 떠올림.

*322 물.

*323 술에 취한 라이언스가 노래를 부르기 시작했다.

*324 경마가 시작되기 전에 말들이 모여 있는 장소.

*325 《율리시스》의 독일어 번역자에게 조이스가 보낸 답장에 따르면 상황은 다음과 같다. 스티븐 핸드는 우연히 전보 배달부와 마주쳤다. 그 배달부는 영국의 유명한 양조업자 바스가 더블린 경찰청에 있는 친구한테 보내는 경마정보가 적힌 전보를 갖고 있었다. 핸드는 배달부에게 4펜스를 주고 수증기를 써서 전보를 개봉해 몰래 읽는다. 그 내용인즉 바스의 말인 셉터에게 돈을 걸라는 것이었다. 핸드는 전보를 다시 봉인해서 가져가게 하고 셉터에게 돈을 걸었다가 결국 손해를 본다.

사건에 끼어들면 그놈은 당장 감옥에 처박히겠지. 매든에게 돈을 걸다니 그 것은 미친(madden) 짓이야.*326 오, 욕정이여, 그대는 우리의 피난처요 우리 의 힘이시라.*327 달아나야지. 돌아가려고? 엄마한테 가야지. 곁에 있어 줘. 내 새빨간 얼굴을 좀 감춰야 해. 들키면 끝장이야. 집에 돌아가, 밴텀. 안 녕, 친구. 아내를 위한 앵초를 잊지 말고 꼭 들고 가시게. 다 털어놔. 자네 에게 말에 대한 이야기를 한 건 누구야? 비밀, 비밀. 정말이야. 그녀의 낭 군, 늙은이 레오 녀석이야.*328 하느님께 맹세코 이것만큼은 거짓이 아니야. 아 정말이고말고. 위대한 수도사 나리가 곁에 있잖아. 왜 이야기해 주지 않 았어? 그게 유대인의 더러운 수법이 아니라면 나는 학살을 당해도 좋아. 신 성한 엠*329에 맹세코, 아멘.

자네가 제안하려고 하는 건가? 젊은 스티브 군, 더 쏘라고. 좀 더 마실 사 람 있어? 한없이 도량이 넓은 이 주최자 분께서, 지독히 가난하고 심하게 목 마른 녀석들이 이 호화로운 연회를 끝내 버리는 걸 과연 허락하실까요? 제발 숨 좀 돌리게 해 줘. 주인장, 주인장, 좋은 술 있나, 스타부? 흠, 주인장, 잠깐 맛보게 해 주쇼. 자, 자, 얼마든지. 거 신난다. 주인장! 압생트를 모두 에게. 우리는 모두 초록빛 술을 마시리라, 뒤처진 자는 악마에게 먹히리라. 손님, 이제 문 닫을 시간인데요.*330 뭐? 신사 블룸한테 포도주를 큰 잔으로 내어 드리게. 네? 뭐라고 하셨나요?*331 양파 이야기를 하셨나? 블루라고? 광고업자? 저분이 사진 양*332의 아빠라고? 놀랍군. 그렇게 큰 소리 내면 안 돼, 이 친구야. 살짝 빠져나가자. '여러분, 안녕.' 그리고 매독 마녀의 함정. 그 맵시 좋은 멋쟁이 녀석은 어디 갔지? 도망쳤다고? 한방 먹었군. 그럼, 자네들은 가고 싶은 대로 가도 좋아. 체크 메이트. 임금님은 탑으로.*333 친절

---

*326 매든이 기사 오매든이 탄 말에 돈을 걸었다는 것.
*327 독송(讀誦) 미사 마지막에 드리는 기도 "오, 하느님은 우리의 피난처요 우리의 힘"의 패러디.
*328 레오폴드 블룸.
*329 은어로 '음경'을 말한다.
*330 바텐더가 문 닫는 시간(밤 11시)이 됐음을 알려 주고 있다.
*331 블룸의 이름을 들은 배넌은, 그가 밀리의 아버지인가 하고 깜짝 놀란다.
*332 포토 걸. 즉 밀리 블룸.
*333 체스 게임의 용어.

한 그리스도교도여, 숙소 열쇠를 친구에게 빼앗긴 젊은이가 2나이트*334 머리를 식힐 만한 장소를 찾는 걸 도와주지 않겠나? 이런 젠장, 꽤 취하는군. 이게 지금까지의 인생에서 가장 좋은 휴식이 아니라면 나는 영원토록 저주받은 셈이야. 어이 바텐더, 이 어린 놈한테 과자를 2개 주시게. 브랜디 과자 같은 건 소용없어. 아가씨들이 먹은 건 소용없어. 치즈 한 조각도 없나? 이 매독 녀석, 특허지구의 갈보들과 함께 지옥으로 떨어져. 시간이 됐습니다. 온 세계를 방황하는 자.*335 자, 모두의 건강을 기원하며. 여러분의 건강을!

어? 저기 저쪽에 매킨토시 입은 녀석은 대체 누구야?*336 부랑자 같군. 저 녀석 꼴 좀 봐. 참 나! 뭘 먹는 거지? 축제일의 양고기다.*337 최상의 비프 스테이크를 먹는 것 같군. 잘도 처먹어. 저 거지 녀석을 아나? 리치먼드*338에 있던 사람인가? 그야 당연하지! 녀석은 자기 거시기에 납이 들어 있다고 믿지. 일시적인 정신이상이지만. 우리는 빵 먹는 버틀이라고 불렀어. 그도, 이봐, 꽤 잘나갔던 적이 있어. 의지할 곳 없는 아가씨와 결혼했지. 그런데 아가씨는 달아났고. 저것이 아가씨에게 걷어차인 남자야. 적적한 골짜기를 방황하는 매킨토시. 마저 털어넣고 자러 가야지. 자, 이제 시간이 다 되었습니다. 경찰이 오니까 조심하세요. 뭐라고? 오늘 저 사람을 장례식에서 봤다고? 친구가 죽은 건가? 하느님 맙소사! 가엾은 아이들! 폴드 군? 제발 그런 이야기는 그만둬! 친구 패드니*339가 검은 포대에 실려가는 걸 보자니 눈물이 비처럼 쏟아지더란 말인가? 패트 씨보다 착한 사람은 없었지. 그런 사람은 태어나서 지금까지 결코 본 적이 없어. 휴우. 그 이야기는 이제 그만! 그건 슬픈 이야기야. 정말이지. 9분의 1의 기울기에서 뒤집어진 거야.*340 차축이 엉망이 된 거지. 예나치*341는 반드시 녀석을 납작하게 눌러 버릴 거야.

---

*334 2 night. 즉 tonight로 '오늘 밤'.

*335 유대인.

*336 디그넘 장례식 때 있었던 알 수 없는 사람.

*337 1887년 빅토리아 여왕의 즉위 50년 축하 행사 때 국가에서 더블린의 빈민들에게 양고기를 나눠 주었다.

*338 리치먼드 정신병원.

*339 패트릭 디그넘.

*340 그 시대 자동차는 그랬다.

*341 벨기에인 카레이서.

일본인? 고사계 사격(高射界射擊), 탕! *342 전쟁 특보에 따르면 격침당했다는 거야. 그 녀석 말로는 위험한 것은 러시아가 아니라 그쪽이라더군. 시간이 됐습니다. 11시입니다. 돌아가 주세요. 전진하라, 이 갈지자로 춤추는 놈들아! 잘 자. 잘 자. 지고하신 알라께서 오늘 밤 그대의 영혼을 평화롭게 지켜 주시길. *343

어이, 조심해! 우리는 그렇게까지 취하지 않았어. 리스거리의 경찰이 우리를 쫓아낸 거야. 경찰을 조심하게. 저 녀석은 토악질을 하는군. 속이 메스꺼운 모양이야. 끅, 잘 자. 모나여, 나의 상냥한 사랑. 끅! 모나여, 내 사랑. *344 우욱.

들어봐! 노래 좀 그만둬. 플라프! 플라프! *345 불이다. 뛰어간다. 소방대다. 배를 돌려. 마운트거리를 지나가. 지름길이다. 플라프! 따라왔군. 자네는 안 가나? 뛰어, 서둘러, 경주다! 플라아아프!

린치! 뭐야? 이리 와. 이쪽이 덴질 골목길 *346 이야. 여기서 매음굴로 돌아가자. 그녀가 그렇게 말했잖아, 우리 두 사람은 밤거리의 성모님을 찾는 편이 좋다고. 그야 좋지, 언제든지. 그 침상에서 기쁨으로 노래할지어다. 자네도 가겠나? 아 잠깐 귀 좀, 저기 검은 옷을 입은 남자는 누구지? *347 쉿! 빛에 등 돌리고 죄를 범했으니, 하느님께서 불로써 세상을 심판하러 오실 날이 가까이 다가왔다네. *348 플라프! 기록된 바를 이루려 함이니라. *349 노래 한 곡 불러 주게. 그때 햇병아리 의사 딕이 햇병아리 동료인 데이비한테 말했다. 어이, 메리온 홀에 붙어 있는 그 누런 *350 똥 같은 설교자 녀석은 누구

---

*342 러일전쟁(1904~05) 중이던 1904년 2월 8일, 9일에 벌어진 첫 번째 해전(인천 앞바다)에서, 일본군의 고사계 사격은 러시아 군함의 얇은 갑판을 위협했다. 2척 격침.

*343 아랍인이 잠잘 때 하는 인사와 기도.

*344 웨딜리와 애덤스가 함께 만든 가요의 제목이자 후렴 부분의 일부.

*345 소방차 사이렌 소리.

*346 덴질거리가 가까운데, 스티븐과 린치는 블룸을 데리고 조금 떨어진 웨스틀랜드거리 역까지 가서 애미언스거리 역으로 가는 열차를 탄다. 이 역은 리피강 북쪽에 있는데 더블린 동부의 홍등가 외곽에 자리하고 있다.

*347 블룸.

*348 그리스도교에서 전통적으로 묘사하는 최후의 심판은 불로써 세상을 다 태워 정화하는 것이었다. 방황하는 유대인은 심판의 날에 끝없는 삶으로부터 해방된다.

*349 〈마태오복음서〉 26 : 56.

지? 양(羊)의 피로 씻긴 채 엘리야는 오고 있다! 술 취한 놈들, 자 다들 따라와라, 포도주 마시고, 진 마시고, 꿀꺽거리는 녀석들아! 자, 따라와, 개 같은, 쇠머리 같은, 딱정벌레 같은, 돼지 턱 같은, 땅콩 대가리를 한, 족제비 눈깔을 한 허풍선이들아, 사기꾼들아, 쓰레기들아, 다 따라와라. 따라오라니까, 파렴치한 쭉정이 같은 놈들아. 프란시스코의 바닷가에서 블라디보스토크까지 이 지구의 절반을 영광으로 쑥 끌어올린 알렉산더 J. 크라이스트 도위*351라. 하느님은 싸구려 동전으로 볼 수 있는 구경거리가 아니야. 말해 두지만 하느님은 올바르고 참된 상업적 신조로 영업하신다네. 하느님은 여전히 가장 위대하신 존재란 사실을 잊지 말지어다. 주 예수의 구원을 소리 높여 갈구할지어다. 전능하신 하느님을 속일 작정이라면, 너 죄인이여, 아침 일찍 일어나야 하리라. 플라아아프! 그뿐이 아니지. 하느님은 자네를 위해 효과 좋은 기침약을 마련해 주셨다 이거야, 뒤쪽 주머니에. 어디 한번 마셔봐.

---

*350 린치는 욕설을 할 때 누렇다(yellow)란 단어를 쓰는 버릇이 있다.
*351 유명한 전도사. 에피소드 8 참조.

김성숙(金聖淑)
연세대학교 영문학과 졸업.
1955년 최재서 지도받아 제임스 조이스 《율리시스》 연구번역에 평생 바치기로 결심
1960년 《율리시스학회》를 창학, 50년 강의
2011년 55년 열정을 바쳐 옮긴 제임스 조이스 《율리시스》 한국어판 간행
옮긴책 존 듀이 《민주주의와 교육》 《철학의 개조》
데이비드 흄 《인간이란 무엇인가(오성·정념·도덕)》
존 로크 《인간지성론》

세계문학전집037
James Augustine Aloysius Joyce
ULYSSES
율리시스 I
제임스 조이스/김성숙 옮김
동서문화사창업60주년특별출판
1판 1쇄 발행/2016. 9. 9
1판 3쇄 발행/2023. 1. 1
발행인 고윤주
발행처 동서문화사
창업 1956. 12. 12. 등록 16-3799
서울 중구 마른내로 144(쌍림동)
☎ 546-0331~6 Fax. 545-0331
www.dongsuhbook.com

＊
사업자등록번호 211-87-75330
ISBN 978-89-497-1496-7 04800
ISBN 978-89-497-1459-2 (세트)